本書由全國古籍整理出版規劃領導小組資助出版

國家清史編纂委員會・文獻叢刊

桐城派名家文集 1

主編 嚴雲綬 施立業 江小角

姚範集

方東樹集

吴德旋集

時代出版傳媒股份有限公司
安徽教育出版社

圖書在版編目（CIP）數據

桐城派名家文集. 第1卷，姚範集、方東樹集、吴德旋集 / 嚴雲綬，施立業，江小角主編. 一合肥：安徽教育出版社，2014
ISBN 978-7-5336-7875-3

Ⅰ. ①桐… Ⅱ. ①嚴…②施…③江… Ⅲ. ①中國文學－古典文學－作品綜合集－清代 Ⅳ. ①I214.91

中國版本圖書館 CIP 數據核字（2014）第 143602 號

桐城派名家文集 ①姚範集、方東樹集、吴德旋集
TONGCHENGPAI MINGJIA WENJI

出 版 人：鄭　可
質量總監：張丹飛
策劃統籌：吳壽兵　錢　江　夏業梅
責任編輯：姜　好　丁昌龍　程宏業
裝幀設計：何宇清
責任印製：王　琳

出版發行：時代出版傳媒股份有限公司　安徽教育出版社
地　　址：合肥市經開區繁華大道西路 398 號　郵編：230601
網　　址：http://www.ahep.com.cn
營銷電話：(0551)63683011，63683013
排　　版：安徽創藝彩色製版有限責任公司
印　　刷：安徽新華印刷股份有限公司

開　　本：787×1092　1/16
印　　張：61.75
字　　數：856 千字
版　　次：2014 年 10 月第 1 版　2014 年 10 月第 1 次印刷
本册定價：488.00 元
全套定價：5480.00 元

（如發現印裝質量問題，影響閱讀，請與本社營銷部聯繫調换）

國家清史編纂委員會出版委員會

總序

戴逸

二〇〇二年八月，國家批准建議纂修清史之報告，十一月成立由十四部委組成之領導小組，十二月十二日成立清史編纂委員會，清史編纂工程於焉肇始。

清史之編纂醞釀已久，清亡以後，北洋政府曾聘專家編寫清史稿，歷時十四年成書。識者議其評判不公，記載多誤，難成信史，久欲重撰新史，以世事多亂不果。中華人民共和國成立後，中央領導亦多次推動修清史之事，皆因故中輟。新世紀之始，國家安定，經濟發展，建設成績輝煌，而清史研究亦有重大進步，學界又倡修史之議，國家採納衆見，決定啓動此新世紀標志性文化工程。

清代為我國最後之封建王朝，統治中國二百六十八年之久，距今未遠。清代衆多之歷史和社會問題與今日息息相關。欲知今日中國國情，必當追溯清代之歷史，故而編纂一部詳細、可信、公允之清代歷史實屬切要之舉。

編史要務，首在採集史料，廣搜確證，以為依據。必藉此史料，乃能窺見歷史陳迹。故史料為歷史研究之基礎，研究者必須積累大量史料，勤於梳理，善於分析，去粗取精，去偽存真，由此及彼，由表及裏，進行科學之抽象，上升為理性之認識，才能洞察過去，認識歷史規律。史料之於歷史研究，猶如水之於魚，空氣之於鳥，水涸則魚逝，氣盈則鳥飛。歷史科學之輝煌殿堂必須巋然聳立於豐富、確鑿、可靠之史料基礎上，不能構建於虛無飄渺之中。吾儕於編史之始，即整理、出版文獻叢刊、檔案叢刊，二者廣收各種史料，均為清史編纂工程之重要組成部分，一以供修撰清史之用，提高著作質量，二為搶救、保護、開發清代之文化資源，繼承和弘揚歷史文化遺産。

清代之史料，具有自身之特點，可以概括為多、亂、散、新四字。

一曰多。我國素稱詩書禮義之邦，存世典籍汗牛充棟，尤以清代為盛。蓋清代統治較久，文化發達，學士才人，比肩相望，傳世之經籍史乘、諸子百家、文字聲韻、目録金石、書畫藝術、詩文小説，遠軼前朝，積貯文獻之多，如恒河沙數，不可勝計。昔梁元帝聚書十四萬卷於江陵，西魏軍攻掠，悉燔於火，人謂喪失天下典籍之半數，是五世紀時中國書籍總數尚不甚多。宋代印刷術推廣，載籍日衆，至清代而浩如烟海，難窺其涯涘矣。清史稿藝文志著録清代書籍九千六百三十三種，人議其疏漏太多。武作成作清史稿藝文志補編，增補書一萬零四百三十八種，超過原志著録之數。彭國棟亦重修清史稿藝文志，著録書一萬八千零五十九種。近年王紹曾更求詳備，致力十餘年，遍覽群籍，手抄目驗，成清史稿藝文志拾遺，增補書至五萬四千八百八十種，超過原志五倍半，此尚非清代存留書之全豹。王紹曾先生言：『余等未見書目尚多，即已見之目，因工作粗疏，未盡鈎稽而失之眉睫者，所在多有。』清代書籍總數若干，至今尚未能確知。

清代不僅書籍浩繁，尚有大量政府檔案留存於世。中國歷朝歷代檔案已喪失殆盡（除近代考古發掘所得甲骨、簡牘外），而清朝中樞機關（内閣、軍機處）檔案，秘藏内廷，尚稱完整。加上地方存留之檔案，多達二千萬件。檔案為歷史事件發生過程中形成之文件，出之於當事人親身經歷和直接記録，具有較高之真實性、可靠性。大量檔案之留存極大地改善了研究條件，俾歷史學家得以運用第一手資料追踪往事，了解歷史真相。

二曰亂。清代以前之典籍，經歷代學者整理、研究，對其數量、類别、版本、流傳、收藏、真偽及價值已有大致瞭解。清代編纂四庫全書，大規模清理、甄别存世之古籍。因政治原因，查禁、篡改、銷燬所謂『悖逆』、『違礙』書籍，造成文化之浩劫。但此時經師大儒，聯袂入館，勤力校理，盡瘁編務。政府亦投入巨資以修明文治，故所獲成果甚豐。對收録之三千多種書籍和未收之六千多種存目書撰寫詳明精切之提要，撮其内容要旨，述其體例篇章，論其學術是非，叙其版本源流，編成二百卷四庫全書總目，洵為讀書之典要、後學之津梁。乾隆以後，至於清末，文字之獄漸戢，印刷之術益精，故而人競著述，家嫻詩文，各握靈蛇之珠，衆懷崑岡之璧，千舸齊發，萬木争榮，學風大盛，典籍之積累遠邁從前。惟晚清以來，外强侵凌，干戈四起，國家多難，人民離散，未能投入力量對大量新出之典籍再作整理，而政府檔案，深藏中秘，更無由一見。故不僅不知存世清代文獻檔案之總數，即書籍分類如何變通，版本庋藏應否標明，加以部居舛誤，界劃難清，亥豕魯魚，訂正未遑。大量稿本、鈔本、孤本、珍本，土埋塵封，行將澌滅。殿刻本、局刊本、精校本與坊間劣本混淆雜陳。我國自有典籍以來，其繁雜混亂未有甚於清代典籍者矣！

三曰散。清代文獻、檔案，非常分散，分別庋藏於中央與地方各個圖書館、檔案館、博物館、教學研究機構與私人手中。即以清代中央一級之檔案言，除北京第一歷史檔案館所藏一千萬件以外，尚有一大部分檔案在戰爭時期流離播遷，現存於臺北故宫博物院。此外，尚有藏於沈陽遼寧省檔案館之聖訓、玉牒、滿文老檔、黑圖檔等，藏於大連市檔案館之内務府檔案，藏於江蘇泰州市博物館之題本、奏摺、録副奏摺。至於清代各地方政府之檔案文書，損毁極大，但尚有劫後殘餘，璞玉渾金，含章藴秀，數量頗豐，價值亦高。如河北獲鹿縣檔案、吉林省邊務檔案、黑龍江將軍衙門檔案、河南巡撫藩司衙門檔案、湖南安化縣永曆帝與吳三桂檔案、四川巴縣與南部縣檔案、浙江安徽江西等省之魚鱗册、徽州契約文書、内蒙古各盟旗蒙文檔案、廣東粤海關檔案、雲南省彝文傣文檔案、西藏噶廈政府藏文檔案等等，分别藏於全國各省市自治區，甚至清代兩廣總督衙門檔案（亦稱葉名琛檔案），英法聯軍時遭搶掠西運，今藏於英國倫敦。

清代流傳下之稿本、鈔本，數量豐富，因其從未刻印，彌足珍貴，如曾國藩、李鴻章、翁同龢、盛宣懷、張謇、趙鳳昌之家藏資料。至於清代之詩文集、尺牘、家譜、日記、筆記、方誌、碑刻等品類繁多，數量浩瀚，北京、上海、南京、廣州、天津、武漢及各大學圖書館中，均有不少貯存。豐城之劍氣騰霄，合浦之珠光射日，尋訪必有所獲。最近，余有江南之行，在蘇州、常熟兩地圖書館、博物館中，得見所存稿本、鈔本之目録，即有數百種之多。

某些書籍，在中國大陸已甚稀少，在海外各國反能見到，如太平天國之文書。當年在太平軍區域内，為通行之書籍，太平天國失敗後，悉遭清政府查禁焚燬，現在中國，已難見到，而在海外，由於各國外交官、傳教士、商人競相搜求，攜赴海外，故今日在外國圖書館中保存之太平天國文書較多。二十世紀，向達、蕭一山、王重民、王慶成諸先生曾在世界各地尋覓太平天國文獻，收獲甚豐。

四曰新。清代為傳統社會向近代社會之過渡階段，處於中西文化衝突與交融之中，產生一大批内容新穎、形式多樣之文化典籍。清朝初年，西方耶穌會傳教士來華，攜來自然科學、藝術和西方宗教知識。乾隆時編四庫全書，曾收録歐几里得幾何原本，利瑪竇乾坤體儀，熊三拔泰西水法、簡平儀説等書。迄至晚清，中國力圖自强，學習西方，翻譯各類西方著作，如上海墨海書館、江南製造局譯書館所譯聲光化電之書，後嚴復所譯天演論、原富、法意等名著，林紓所譯茶花女遺事、黑奴籲天録等文藝小説。中學西學，摩蕩激勵，舊學新學，鬥妍争勝，知識劇增，推陳出新，晚清典籍多别開生面、石破天驚之論，數千年來所未見，飽學宿儒所不知。突破中國傳統之知識框架，書籍之内容、形式，超經史子集之範圍，越子曰詩云之牢籠，發生前所未有之革命性變化，出現衆多新類目、新體例、新内容。

清朝實現國家之大統一，組成中國之多民族大家庭，出現以滿文、蒙古文、藏文、維吾爾文、傣文、彝文書寫之文書，構成為清代文獻之組成部分，使得清代文獻、檔案更加豐富，更加充實，更加絢麗多彩。

清代之文獻、檔案為我國珍貴之歷史文化遺産，其數量之龐大、品類之多樣、涵蓋之寬廣、内容之豐富在全世界之文獻、檔案寶庫中實屬罕見。正因其具有多、亂、散、新之特點，故必須投入巨大之人力、財力進行搜集、整理、出版。吾儕因編纂清史之需，賈其餘力，整理出版其中一小部分；且欲安裝網絡，設數據庫，運用現代科技手段，進行貯存、檢索，以利研究工作。惟清代典籍浩瀚，吾儕汲深綆短，蟻銜蚊負，力薄難任，望洋興嘆，未能做更大規模之工作。觀歷代文獻檔案，頻遭浩劫，水火兵蟲，紛至沓來，古代典籍，百不存五，可為浩嘆。切望後來之政府學人重視保護文獻檔案之工程，投入力量，持續努力，再接再厲，使卷帙長存，瑰寶永駐，中華民族數千年之文獻檔案得以流傳永遠，霑溉將來，是所願也。

二〇〇四年

前言

桐城派興起於清代康熙之際，延續至民國初年，前後達兩個世紀之久。其陣營之壯大，内涵之豐富，在中國文化學術史上，實屬罕見。近百年來，社會變遷，貶之者較多，譽之者亦不乏人，分歧頗大。自上世紀八十年代以後，在解放思想大潮的推動下，不少學人已不約而同地認識到：作爲清代文化學術領域内一種重大的存在，桐城派是一個繞不過去的話題。可以説，没有對桐城派系統、深入的研究，要想寫好清代文學史、學術史、文化史，當非常困難。而且，不少桐城派作家的社會實踐活動，涉及清代社會的諸多方面，如政治、經濟、軍事、教育、學術、文藝等，有些影響至爲深遠；且其詩文中史料甚豐，值得治史者細心發掘。然而，由於種種原因，桐城派所受到的學術關注，還很難説與其重要的歷史地位、影響相稱。很多研究有待於深化，不少的領域還是空白。文獻資料的搜尋、整理則長期停留在分散、零星的狀態。

桐城派名家文集係國家清史編纂委員會文獻組的規劃項目。此項目的確定與實施，無疑使桐城派文獻資料的整理工作邁入了一個新階段。其便利學人，推進桐城派研究的作用，自不待言。桐城派自興起、形成，歷經發展、變化，兩百多年中，直接或間接與桐城派相關聯的作者，可能近千人。影響所及，北達京都，南逾五嶺，東及吴越。文獻遺存十分豐富。我們此次從其發展過程中選擇各個階段的若干代表人物的文集，編纂整理，試圖爲廣大讀者提供一套大體上能體現桐城派不同階段特徵的文獻資料；在以歷史發展綫索爲主的基礎上，適當兼顧地域的因素。本着上述意圖，文集收入的作家爲：戴名世、方苞、劉大櫆、姚範、姚鼐、吴德旋、陳用光、方東樹、姚椿、管同、劉開、姚瑩、梅曾亮、吴敏樹、曾國藩、龍啓瑞、戴鈞衡、王拯、方宗誠、張裕釗、黎庶昌、薛福成、吴汝綸、賀濤、范當世、馬其昶、姚永樸、姚永概，共二十八人。持此一編，基本上可以感知桐城派演化的不同階段的根本特徵，亦能從中窺探清代社會某些方面的情景。

文集分甲、乙兩編。甲編收入姚範、吴德旋、陳用光、方東樹、姚椿、管同、劉開、姚瑩、吴敏樹、龍啓瑞、戴鈞衡、王拯、方宗誠、薛福成、馬其昶、姚永樸、姚永概等十七位作家詩文集。因爲在本項目擬訂規劃時，上述十七位作家的詩文尚未見到整理本出版，所以此次編纂、整理時，盡力求全：在對其已刊刻作品進行校勘、標點的同時，又儘可能蒐集其未刊稿，希望由此提高資料的完整性。乙編爲戴名世、方苞、劉大櫆、姚鼐、梅曾亮、曾國藩、張裕釗、黎庶昌、吴汝綸、賀濤、范當世等十一位作家的文章選集。上述作家，或爲桐城派開宗立派的大師，或爲推進桐城派轉變、發展的巨匠，其詩文本當全部匯録，但考慮到均已有整理本出版，因此本文集以其文選入編，雖然未能以全貌示人，但經過編者認真選擇、整理的文選，當亦能在基本方面體現出各位作家的文章風貌。

國家清史編纂委員會、國家清史編纂委員會項目中心與文獻組對桐城派名家文集的編纂十分重視，給予了多方面的指導與扶持。安徽省哲學社會科學界聯合會、中共桐城市委員會、桐城市人民政府從始至終對整理工作提供各項支持，諸多實際困難得以化解。顯然，若無上述各方面的關心，文集必然很難完成。時代出版傳媒股份有限公司安徽教育出版社一向重視文化傳承，扶持學術，毅然承當了文集的出版工作。在此，謹對一切關心、支持本項目的機構、人士深致謝忱！

桐城派名家文集乃是文化學術界第一次較大規模的桐城派文獻資料整理工程，難度可想而知。而我們則學力有限，每每有力不從心之憾。因此，文集内難免有不少疏誤之處。出版之後，希望得到廣大讀者的積極回應，給予指正。

嚴雲綬　施立業　江小角

二〇一一年九月廿五日

凡例

一、桐城派名家文集分甲、乙兩編；甲編收入姚範、吴德旋、陳用光、方東樹、姚椿、管同、劉開、姚瑩、吴敏樹、龍啓瑞、戴鈞衡、王拯、方宗誠、薛福成、馬其昶、姚永樸、姚永概等十七位作家詩文集，乙編爲戴名世、方苞、劉大櫆、姚鼐、梅曾亮、曾國藩、張裕釗、黎庶昌、吴汝綸、賀濤、范當世等十一位作家選集。

二、凡收入甲編的名家文集均保持其原刻本編次。不同年代刊行的文集或詩集按其刊刻年代先後編排。有輯佚稿者按文、詩分類編年，附於原刻文集之後；年代不明者，酌情處置。

三、每位作家文集前之整理説明，簡要説明作家、著作版本的主要情況。甲編各文集後附録清人所撰寫的年譜、附記、墓志銘等相關資料。

四、底本之選擇兼顧底本完整性與準確性兩原則。若兩者不能兼顧，則以訛誤少、校刻精之本作底本，其殘缺部分以他本配補。

五、凡底本不誤而他本誤者，一般不出校記。

六、底本之明顯的版刻錯誤，如因形近致誤的『己』、『已』、『巳』之類，可以依據上下文予以辨識者，逕改之，不出校記。

七、凡底本之訛、脱、衍、倒，確有實據者，予以改正，并以符號標識。以圓括號表示誤字或應删之字，改正之字置於括號後；以方括號表示增補之字。

八、文中脱漏、殘缺或難以辨識之處用方框表示。

九、底本與他本文异，但義可兩通、難以取捨者，以校記説明。一般虚字有异而文義無殊者，可不出校。

十、文字盡量保持原貌，通假字、异體字一般均依原文，不改爲現代通行體，亦不求統一。過於冷僻之字可酌改爲通行字。文中如有外文詞語之翻譯與現在通行譯法不同者，不作改動，仍存原譯。同一譯名在文集中前後相异者，亦存原譯，不予統一。

十一、校記力求簡短，摘引正文時僅舉所校詞語。校記置於該篇篇末。

十二、文中引文與原書小异但不失其本意者，不改動亦不出校。節引原書文字大异且失其原意者，出校説明，但不改正。

十三、標點符號依照一九九六年中華人民共和國國家標準標點符號用法的規定使用。考慮到古代漢語的特點，原則上不使用省略號、破折號、着重號和連接號。

十四、凡直接引用的文字用雙引號表示，若引文中復有引文，則加單引號。古人引書多述其大意或節略其文，凡此等處不用引號。

總目

姚範集

點校　方寧勝　楊懷志

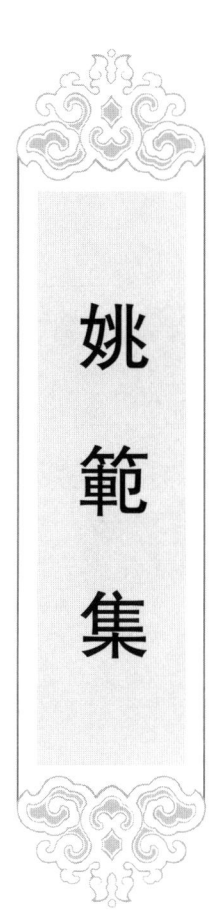

整理説明

姚範（一七〇二—一七七一），初名興涑，中年字㒟青，又字己銅，號銅庵，亦號石農，又號橐沙，復改字南青，號薑塢，晚稱几蘧老人。安徽桐城人。元季，先祖勝三公因父親到安慶做官，遂由餘姚遷至桐城，居於大宥鄉之麻溪，是爲桐城麻溪姚氏始祖。遷桐城後以詩書傳家，代出名賢。姚範的曾祖文然爲明崇禎癸未（一六四三年）進士，入清後官至刑部尚書，卒謚端恪。祖父士基爲清康熙壬子（一六七二年）舉子，官至羅田令。父親孔鋠爲邑增生，早卒。姚範天性純孝，敦敏好學。弱冠之年，即與同鄉葉酉、王洛、劉大櫆、方澤諸人友善，相約十年不下樓，沉潛經史，共研古文，號稱『龍眠十子』。姚範於雍正七年（一七二九）拔貢生，乾隆元年（一七三六）舉順天鄉試第二，乾隆七年中進士，授庶吉士，散館授翰林院編修。乾隆九年任順天鄉試同考官，充武英殿經史館校刊官，兼三禮義疏館纂修官。服內喪期滿後官復原職，兼任文獻通考館纂修官。乾隆十三年京察一等，正待升遷，却以疾病乞歸，往來天津、揚州之間，以授徒養家，曾主講問津書院八年。晚年歸里，多行善舉。乾隆三十六年卒於家，享年七十。

姚範在桐城派發展史上具有獨特而重要的地位。他生當康乾盛世，與晚年方苞年齒相接，相知頗深而學術觀點不盡吻合；他與劉大櫆爲終生摯友，情誼深重，文學主張也基本一致；他是姚鼐的伯父兼業師，啓導誘迪，情逾父子。一人而與桐城派『三祖』結有如此厚緣，這在桐城派諸作家中絶無僅有，其在桐城派開創時期承上啓下的津梁地位亦可由此而論定。姚範治學，綜括精粹，不名一家，不喜著書而精於校勘，每見所讀之書有訛誤衍脱之處，或行文與他本有所不同，即在卷端寫下自己的看法，或寫在紙片上夾在原處，經年累月，積少成多。由其曾孫姚瑩匯刻、方東樹校訂的援鶉堂筆記五十卷，集中反映了姚範的治學成就。作爲一位對理學、經學都有較高造詣的文學家，姚範與劉大櫆一起，對方苞的『義法』説進行了補充、改造和提升，并以自己窮經究史、專力考證的學術實踐，引導姚鼐開辟了一條『義理、考證、文章』兼長相濟的文學通途。他的文學理論的主要特點，就是强調文道統一，具體來説，就是文貴氣韻高古，文貴雄奇藻麗，文貴持重渾穆，文貴『文、理、義三者兼並』。由此，我們不難看出，劉大櫆、姚鼐文論思想的形成，明顯受到了姚範的直接影響。

姚範無意爲文，存世古文數量不多，體裁也僅限於論説、序跋、墓誌、頌賦，其中如校上北齊書序録、書史記六國世表序後等篇，發明義理，有物有序，惜乎格局謹嚴有餘而文采波瀾不足。姚範曾入翰林院爲庶吉士，自然精於駢文，雖用典較多，但多貼近達意，雅正而有光彩。姚範還是當時詩壇上有名的詩歌評論家與詩人，錢鍾書曾斷言：『桐城亦有詩派，其端自姚南青發之。』他的詩作取材廣泛，清新自然，頗見風骨。

姚範平生著作，除詩文集外，還有對漢書、南史、明薛蕙考功集、吴雯蓮洋集，清國朝山左詩鈔、朱彝尊詩、方苞望溪集及歐陽修、曾鞏古文的諸多評點，著有北齊書校正數卷、尚書記四卷等，惜因家貧無力付梓，迄今流傳於世者惟其曾孫姚瑩所刊援鶉堂集詩七卷、文六卷及筆記三十四卷，初皆於嘉慶十七年刻於閩中，嘉慶二十四年重刻援鶉堂遺集三種三十九卷，道光十五年重編另刊筆記五十卷。惟因年深日久，所著流傳未廣，存世無多，殊難搜集周全。此次整理，文集以合衆圖書館藏民國三十一年（一九四二）潘景鄭鈔本爲據，詩集以初刻原本爲底本，末附包世臣藝舟雙楫、姚瑩姚氏先德傳、安徽通志、馬其昶桐城耆舊傳所收有關姚範傳記。點校時有關校勘、標點等問題遵從國家清史編纂委員會文獻工作通則要求。由於我們水平有限，點校中難免存在错訛不當之處，敬請廣大讀者批評指正。

方寧勝　楊懷志

目録

援鶉堂詩集卷六 …… 一二八

援鶉堂文集卷一

進呈周易比之初爻説

臣謹案：天人上下相與之際，物類呼名會合之間，罔有不洽于孚而能感之以必應者也。其應之者殊，而遠近淺深一皆視其所以感之者為量，是猶鐘石之異鳴，淵谷之吐納，流泉火燧之就爨也，豈作而致哉！

今夫物生而有羣，有羣而相比，此天之所為，非强而合也。君之所以親撫其臣民，臣民之自靖自獻于君，降而朋好締交以資規勸，皆非漫無所比而能塊立。立也，且比之處乎？初者嘗為是非之判，而成敗安危之由出，君子所尤廪廪也。今夫五以陽居尊，二與五相應，自内比之而吉也。四與五相近，自外比之而吉也。若初之與五，其勢既暌而不合，其情復曠而不屬，而委贄輸忱，絕愆尤之叢集，致它告之終來，非誠信積于中而詐諼絕于外，未有不終替者也。昔者建武之初，河西、隴右、益州三方竝建，隗囂初通使京師，邀漢殊禮，其後卒持兩端，終以覆敗。此不孚于初之故也。竇融身兼五郡，擁富殖之資，據甲兵之雄，介于述、囂之間，獨能決策東向，其後璽書褒嘉，終不渝節，卒以策力自效，共定隴右，遂爵膺茅土，祚及子孫。此則孚于始事，彌虔于終而致吉也。

推之往轍，事難徧舉。然上下之交，朋友之誼，按之而亦可知已。雖然孚必俟之于終，而又命之以它吉者，何也？曰：此不謀其利，不計其功之義也。今夫臣出身而事主，士交友而納忠，身膺榮寵，義兼斷金，皆事理固然，非儻來之物也。然而无咎者有孚之初心，終吉者自它之偶至。聖人若曰：此不期而自致，非緣實以相求，事循職分之内而效，若徵于倏然之來所，以著反求諸己之道也。

臣因此義推之，凡事之有為而為之者，其效淺。無意而感之者，其化深。漢臣魯恭嘗曰：人君當行仁義，尚於無為，令家給人足，安業樂產，人道義於下，則陰陽和於上，祥風時雨，覆被遠方。易曰：『有孚，盈缶，終來有它，吉。』言甘雨滿我之缶，誠來有它，而吉已。説者曰：坤為土缶之象也，坎為水雨之象，坎在坤上，故曰甘雨滿缶也。然則誠無感而不通，理無微而不著，匹夫之誠，足以格金石，致異類，況乎君人者巍巍蕩蕩，煦嫗羣生，覆燾衆有者乎？故君人者，積其誠信，章於宮府，施于法度，謹于萬事萬物之宜，至天地昭其象，鬼神效其靈，雨暘寒暑，各適其節，跂行喙息，各暢其生，一皆如它吉之自至焉，可也。無所預期，不覬其獲而自熹焉，可也。

冰才水性說

衆萬之生，紛紜而不知其所止，雜出而不知其所從，蠢蠢芸芸，其各有所憑而乘是以往耶？其任所之而無以為之樞耶？其造物者先為之極，而羣羣者聽其遞轉而不能逾其域耶？其亦隨所自取之淺深厚薄，雖冥冥者欲轉變於其間，而或必不得耶？于是為有之說者曰：吾將返之於其初，是有主之者，而吾將與其權也。為無之說者曰：吾將聽其所自化，而契乎無物之始，是區區之委形，無所容吾心也。是二者，物而不化者也。欲歸之欲無有，而終滯於迹者也。

不見夫海水之為冰與漚乎？今夫冰之為質也，或堅若石，或薄若脂，或激風貞質，當白日而奭然以解；或亘千年而沍而不泮，其狀殊焉。今夫漚之為象也，躍如珠，散如唾，激如楛矢，注如垂紳，激字有誤如懸溜，漩洑若車輪，其狀殊焉。然而靈海池涎乎八裔之表，湝陁乎萬里之外，不自量其所都，而烏知夫冰與漚之狀也耶？而烏知夫冰與漚厚薄、大小、久暫之懸殊耶？然後知造物者之造物也，太虛之氣洋布於兩間，一翕一闢，而孰究其職？一歛一舒，而孰測其居？而萬物乘是以動盪流衍於其間，而品質以成，而智愚、强弱、聚散以生，而變化以明，而造物者一任其自為之而不能主之也矣。

嗟夫！自道之不明，而學者昧於氣化之原，屈伸消息之故，迷謬於中，而異端之說熾矣。循張子之說，其亦可知所守也已。

解言

君子之相與也，雖離散分處，若絲牽繩結，而其交益固。而小人者，固欲以言中傷之。嗚呼！言而可以間君子之交，則君子之所謂友以輔仁者，反不如彼之市道耶？人有終身比匪，雖終身不為變者，錮于所習深也。況相尚以道義者乎？史記所載凶終而末隙者，君子未嘗不廢書扼腕而三歎也。百圍之木，虫蟻食焉，其中之朽折者，久矣。置蠹虫于鐵石之上，嚙之愈專，鐵石不為蝕而蠹虫之齒腐矣。

揚雄不事王莽辨

明世泰和胡正甫辨揚雄不事莽，焦樂侯作筆乘，采其說云：雄來京師見成帝，年四十餘，自七十餘歲卒，距莽篡之日，年當百餘，不應尚校書天祿閣也。又云：桓譚新論『雄作甘泉賦而死』，則卒于成帝時也。汪編脩琬續稿亦載之，疑而不辨，可謂疎矣。雄傳既本雄自序，孟堅去雄數十年耳，漢書成於班氏父子，叔皮生與雄接，豈有妄也。雄云：孝成帝時，客有薦雄文似相如者，上郊祀甘泉泰畤、汾陰后土，以求繼嗣。正月，從上甘泉，還，奏甘泉賦。

按：漢成帝即位永始元年十二月作南郊，罷甘泉汾陰祠，至永始三年十月，以皇太后詔復祠。是時漢成在位十九年矣。永始四年正月，始行幸甘泉，郊泰畤。元延二年正月，復行幸。三月遂幸河東祠后土。是年冬幸長楊宮，從胡人校獵，雄既奏甘泉賦，又云三月以祭后土，奏河東賦。其十二月羽獵，雄從，作羽獵賦，事皆在元延二年無疑也。漢成在位二十六年，建始、河平、陽朔、鴻嘉、永始、元延、綏和，凡七改元，四年一改元，惟綏和次年帝崩，僅二年耳。以次推之，哀帝六年，平帝五年王莽居攝三年。莽建國五年。建國二年，尋棻以獻符命始。雄以天鳳五年卒，年七十一。建國二年至天鳳五年，當九年，上推雄來遊京師，當在元延元年之間，年四十一；投閣之時，雄年六十二，安得年百餘也？雄事較然不誣，焦、汪二君號博雅多聞，不一置辨，何也？又雄自云哀帝時丁、傅、董賢用事，雄方草太玄，作解嘲。又云賦近俳優，輟不復為，而覃思渾天，則太玄之作，當為雄四十以後之書。桓譚親從受太玄、法言，則當據雄傳以辨新論之偽竄，不當據偽者以辨真也。且新論，肅宗嘗令班固校其書亡琴道一篇，豈有載雄死事，與己書悟不及知者？則後所傳新論妄也。然則劇秦美新及法言頌安漢公，俱雄自為之，無可疑者。王介甫云劇秦美新『谷子雲作谷永』，當元延元年為北地太守，歲餘以曲陽侯根薦為大司農，又歲餘死，永不及王莽之篡，其所黨附王音、王根，非莽也。王莽之篡，永之死久矣。

雄之書，好者匹于五經，不廢其言，可也。宋人至以事莽不悟于聖人，嗟乎！莽為聖人所許，則亂臣賊子接迹于世，何不可設一說以自解耶？當莽之末，建武之初，蜀多高節卓行之士，如譙君黃、李業、任永、馮信之徒皆是也。是數子者，雖偏至，然成名立方，足垂後世，何必太玄、法言而後著哉！

辟雍泮宫辨

昔先王之治天下也，自天子之邦逮於羣辟，莫不有學。於是王都侯域異其制，鄉黨州術別其名。在國在郊殊其小大之稱，而虞夏商周各本一代所尚，而著其命名之義。凡見於周官、禮記、孟子諸經，亦既班班可考矣。然以古制之難明，經義之晦蝕，則宜言之者，參錯而不合也。

考辟雍泮宫之名，始見于詩，其以爲天下諸侯之學，始著于王制。據靈臺詩傳云：『水旋邱如璧，曰辟廱。以節觀者，泮水。』箋云：辟廱者，築土廱水之外圜如璧，使四方來觀者均也。泮之言半也，半水者，蓋東西門以南通水，而北無也。禮記註：辟，明也；廱，和也，所以明和天下也。頖之言頒也，所以班政教也。詩禮箋註異者疏云：詩箋解其形，而禮註明其義也。白虎通曰：辟廱所以行禮樂，宣德化。辟以象璧，圓以法天也。廱者，壅之以水，象教化之流行也。韓詩說曰：言辟雍，不言辟水者，言廱和也。此解辟雍、泮宫名義之大凡也。大戴禮盛德篇云：明堂者，所以明諸侯之尊卑，外水曰辟廱也。政穆篇云：太學，明堂之東序也。盧植禮記註云：明堂即太廟也，於以望氣，謂之靈臺；以序昭穆，謂之太廟；圓之以水似璧，謂之辟雍。穎子容春秋釋例，賈逵、服虔之註左傳，並同其說。而蔡邕月令論：因以清廟、太室、明堂爲一，于以取其四門之學，則曰太學； 取其四面圓如璧，則曰辟廱。 此又以廟學、靈臺、辟雍爲一者也。 西漢建明堂，在長安西南七里；靈臺，西北八里； 辟廱，西北七里。 東漢明堂、靈臺、辟雍，建於平城門二里所，辟廱去明堂三百步。 此二漢之所謂三廱宫也。

夫三代之制，敻乎邈矣，遺者僅見於經，經之文或散出，又或微缺不具，而其説僅見於後儒箋註掇拾之文。嘗考漢承秦坑滅儒生廢學之後，干戈甫定，除挾書律令，諸儒修其經藝，而典章文物，間亦博采其説，以更一代制度，雖隆古往矩，遐不可追。 然賡續繼治，鬱乎彬彬，有非後世所及，而諸儒之所議論淵源，誦習與耳目之所覩記，俱足以交資而互證，故康成釋經，多引漢代故事，而儒先謂鄭以目驗而知者也。 禮記雖不與易、書、詩、春秋成於聖人之手，其四十九篇亦各有異同出入，然悉儒者記所見聞。 王制篇迺漢文時博士之所撰述，漢初叔孫通徵議諸儒，而魯之諸生至三十人。 其後經師亦多齊魯之士，則所云諸侯學曰泮宫者，疑魯諸生目魯而言之也。其諸國之學不可考，然云天子命之教，然後爲學，則固有不命不爲學者矣。 且子矜刺學校廢，而泮水序云： 頌僖公能修泮宫也。 則先王立學典法，諸國當已墮廢，而魯僖能復其舊而建宫，值水上，又適合先王半水之制，遂以泮宫名之。 而後儒因魯而知宗周之法，諸侯之學，其爲制如此，故以概乎諸國而言之歟！

戴殖引通典： 魯國有泗水縣，泮水出焉，因謂泗水名泮，非學制也。 按： 唐之泗水縣，漢之卞縣也，隋分汶陽縣於卞縣古城，置泗水縣。 水經云： 泗水出魯卞縣北山，西南流逕魯縣北。 前漢志云： 泗水西南至方與入卞，過郡三，行五百里。 僖十七年，夫人姜氏會于卞是也。 又按： 酈元之注水經： 泗水經魯縣北分爲二，北爲洙瀆，南則泗水，自城北南逕魯城西南，合爲沂水，出魯城東南尼邱山。 沂水北對稷門，門西即曲阜，上有季氏宅、武子塋，塋西北二里有周公臺，臺南四里爲孔子宅，宅東稍北爲魯靈光殿，殿東南即泮宫也。 宫中有臺，高八十尺。 臺南水，東西百步，南北六十步。 臺西水，南北四百步，東西六十步。 咸結石爲之。 詩所謂『思樂泮水』也。 沂水又西南，注泗水，此則泮宫在沂水上矣。 且酈注云結石爲之，則以人力，因沂水而取泮水之制爲之，又益明矣。故孔氏正義云：泮宮之名既定，亦可單名爲泮，泮水皆因泮宮而名之也。故杜佑所云：『泮水出焉者，即魯泮宮之水也，非泗水、沂水之外，有所謂泮水者也。』

莊子云文王有辟廱之樂，其或別有據與？抑或據此。詩鼓鐘而以於樂之樂爲樂也。且文王方爲殷諸侯，而擅作禮樂，是身即叛亂之迹矣，何樂之名耶？春秋元命苞以武爲文王之樂，言文王之民喜其能興師討伐，名之曰武。雖篤信緯書者，亦不之從矣。此與莊子何異焉！周禮大司樂以樂舞教國子，舞雲門、大卷、大咸、大磬、大夏、大濩、大武，豈有文王制樂，周公廼蔑棄而不録者？

楊用修妄舉魯詩解，以辟廱爲太王之宮。按：泰王居岐，王季徙程，文王徙豐，武王遷鎬，豐去岐三百餘里，鎬去豐又三十里，安得豐、鎬之間有太王之宮乎？魯詩説出于鄞人豐坊僞撰，與用修同時。用修不能正其僞，乃欲求異於前儒乎？用修又云：辟廱，説文作『廦廱』解。云廦，牆也，天子享燕廦廱也。按：説文於『廱』下解云：『廱，天子饗飲。辟廱，從广雝聲。』此解廱也。于『辟』下解云：『廦，牆也。』此解廦也，未嘗以辟廱之辟當爲廦也。樂記曰：養三老五更于太學。王制曰太學，曰辟廱，雝雝在宮。康成箋云：『羣臣助文王養老，則尚和也。』是許氏僅舉辟廱饗食一節耳，非有異於諸儒也。孔穎達云：『泮雝之宮，內有館舍，外無牆院。』漢明帝幸三雝宮，坐明堂，朝羣后，登靈臺以望雲物，袒割辟廱之上，尊養三老五更。饗射既畢，帝坐講，諸儒問難于前，冠帶搢紳之人，圜橋觀之，豈有叔重作説文而故爲牆廦之謬乎？宋胡寅云：辟，君也；廱，和也。靈臺，言鳥獸昆蟲之得所，鼓鐘簴業之均調，不應勦入辟廱、學校之可樂。文王有聲：止于繼武，功作豐邑。築城池，建垣翰，以成京師，亦無緣遽及學校之役也。夫民安其居，樂業勸功，尊君親上，然後興學，則文王學校正宜。及作豐築城、四方悦附之日，且棫樸旱麓，詩稱官人養士之盛，比於薪蕕之衆多，鳶魚之飛躍，而謂文王不及學校，豈不謬哉？靈臺之作也，觀雲物，察氛祲，而詩不一及焉，遂以靈臺爲游觀之區耶！

夫古今制度，變更多矣。漢世掇殘補闕于散亡之餘，中更儒生學士之所論議，而後人欲以無所据依之談，出乎其上，何其謬也！佚儒問天于修人，修人欲我不知。佚儒曰：『子雖不知，猶近于我。』今徵三代制作，于兩漢取其近焉者，可也。抑又論之經之不著也，三禮尤多互異。康成之註，于禮經功最鉅，然亦多謬誤。至於推之而不通，則强附於夏殷周之制，内外諸侯之殊，而南北尊鄭學者，又附會而張大之。此其博而寡要，勞而少功也。即如學之大小之異制，天子諸侯所建之殊地。三代質文相沿，或存或廢，以疏註考之，而終有不合者，若辟廱、泮宮，蓋猶名義之可從者矣。往制無徵，儒者各是其説，後人平允而折其中，闕其疑，毋馳其辨而苟爲異焉也。

名字號説義

範，易疏模範也，本義如鑄金之有模範。禮記：笵，金合土。玉篇：笵與範同。字鳧青，考工：金有六齊，六分其金，而錫居一，謂之鐘鼎之齊，而鳧氏爲聲，聲即鐘屬，則金工有六，皆金錫和而成器，其用金多者，惟鳧氏矣。又云：鑄金之狀，黑濁之氣竭，黄白次之；黄白之氣竭，青白次之；青白之氣竭，青次之，然後可鑄也。故字鳧青。號銅菴，禹貢：三品之金。註家謂金銀銅也，且班書律歷志言古之律，度量衡皆用銅，下云銅爲物至精，不爲燥濕寒暑易其節，不爲風雨暴露改其形，介然有常，有似于士君子之行，故號銅菴。又號橐沙，仁和縣圖經有橐籥沙，縣東海際，可用鼓鑄銅錫之模，亦猶邢沙可以碾玉也。或曰沙可鑄範，而古亦有藥銅爲金之術，易之藥沙何如？予曰：是已侈矣。予頑鐵也，欲易爲銅，不可得，況于金乎？且説者謂金有二十種，五真金，十五藥成者。銀十七種，四真銀，十三藥成者。云爲藥成，則名之金銀而質非矣。予寧爲真銅，不爲藥成金銀也。

右予畧疏名、字、號之義，寄友人爲予作説者。予按古人命名皆有義，或以時，或以地，或以物，或以紀功而命。字多無義意，如聖門諸賢是也。蓋冠禮既成，以爲成人不欲名之，故命之以字。至號則無之。然如鶡冠、鬼谷及漢魏賦七，假設子虚、鏡機之類，或是號之濫觴乎？至唐人，則概有之。至元次山至一身而兼四五號，亦太繁矣。有明以來，斯風爲熾。近年吾鄉儕輩相推亦以號，少呼字者。予則因名廣其義如此，雖未能免俗，亦顧名思義以持其身，或亦非君子之所厚非也。

瑩按：此先曾祖中年之字號如此，後改字南青，號薑塢，晚年又稱几蘧，必皆有説，而今亡矣。中間又字己銅。

援鶉堂文集卷二

校上北齊書序録

臣某言：　北齊書紀八，傳四十二，合五十卷。按：高齊史，天統初，太常少卿祖珽述獻武起居注，名皇初傳。天保時，中書侍郎陸元規從侍征討，紀一時行師尅伐之績，著皇帝實録。而魏收、陳休之、杜臺卿、祖崇儒、崔子發等竝賡續注記。隋代秘書監王劭、内史令李德林俱少仕鄴中，多識故事，王乃憑述起居注，廣以異聞，作齊志十六卷，李在齊預修國史，創紀傳二十七卷。開皇初奉詔續撰，增多三十八篇，送官藏之秘府。唐武德之初，高祖感令狐德芬之言，始詔修梁、陳、魏、齊、周史，而太子詹事斐矩、吏部郎中祖孝孫、秘書丞魏徵主齊史論，歷年書未就，悉罷。貞觀三年，復詔譔定，時議者以元魏之書已詳於魏收、魏澹二家，惟隋及四史當立。當是時，德林之子中書舍人百藥次齊史，至貞觀十年，始具奏而上之。

按：　高氏立國爲日已淺，其功伐治績既不足以焜燿記載，而淫凶濁亂，上下相冒，偷容苟禄之習益甚。史家才識既卑，不能盡一時治亂因事勸戒之義，且煩猥叢碎，于四史較，又過之。昔劉知幾著史通，頗稱王劭齊志、宋孝王關東風俗傳，於李氏史數砭其謬。今宋、王書不傳，而前世學者多綜覽南北二史，於八書習者尤尠，故此書譌脱彌甚。今竝考校是正其句字，其非本書而較然可知爲後人雜采他史以補綴者，亦悉疏之每卷之末。蓋古書之存者鮮矣，其幸而傳者，亦非當時之舊，是以校讐有不得而遽廢也。

按：　本書李氏舊有序例，史通言百藥齊書例云人有本字行者，今竝其名。又浮辭篇言齊書序論，魏收云若使子孫有靈，竊恐未挹高論。至魏收傳論復又云云。據此則序例今已亡矣。又論贊篇云蕭、李南北史蕭子顯、李百藥，大唐新修晉史皆依范書，篇終有贊。今按：缺論贊者共十七卷，知此非本書之舊，而後人抄撮他書補入之也。具志於左。

一卷　二卷　三卷　五卷　六卷　七卷　九卷　十卷　十一卷　十二卷　十四卷　十五卷　二十六卷　二十七卷　二十九卷　三十卷以上俱無論贊　八卷有論無贊　二十八卷有贊無論

往聞前輩陽羨儲吉士六雅喜北齊書。此書何足好？羊棗、菖歜，殆不足以矜先得之嗜矣。範又記。

書史記六國世表序後

篇中皆用秦事爲經緯，以諸侯史記及周室所藏盡滅於秦火，所表見六國時事，皆得之秦記也。獨舉三晉、田齊，以是表踵春秋之後，燕、楚舊國事具春秋，且亂臣簒國，宴然不討，而中原盡爲所據，此事變之極，天下所以競於謀詐，而棄德義如遺跡也。秦之德義無足比數，而卒并天下，乃前古所未有，故求其説而不得者，或本以地形，或歸諸天助，又或以物所成，孰之方宜收功實，而不知秦之得意，蓋因乎世變。是何也？以謀詐遇德義，則民之歸仁沛然，誰能禦之？以謀詐馭謀詐，則秦之權變，非六國所能敵。其成功非幸，此所謂世變之異也。世變異，則治法隨之，故漢之興，多沿秦法。昔三代受命相因，孔子以爲百世可知，秦始變古而傳，乃曰法後王。何也？孔子之所謂因者，禮也。天不變，道亦不變。遷之所謂法者，政也。政必逐乎情與勢，而遷近已，而俗變相類。論卑而易行，乃情之不謀而同，勢之往而不返者也。故遷之言，亦聖人所不易也。其誚學者，以不道秦事爲耳食，蓋深感世變而詭其辭以志痛與！

書朱註楚辭後

朱子定楚辭，删七諫、九懷、九歎、九思，以爲類無疾而呻吟者，卓矣。而極詆反騷，則於其詞旨若未詳也。吊屈子之文，無若反騷之工者，其隱痛幽憤，微獨東方、劉、王不及也，視賈、嚴猶若過焉。今人遘罹禍殃，其汎交相慰勞，必曰：『此無妄之災也。』戚屬至則將咎其平時起居之無節，作事之失中，所謂垂涕泣而道之也。雄之斯文，亦若是而已矣。知七諫、九懷、九歎、九思之雖正而不悲，則知雄文言雖反而實痛也。然雄之末路謟張苟免，未必非痛屈子之心所伏積而成。文雖工，其所以爲文之意，則悖矣。豈朱子惡其爲文之意，於詞旨遂忽焉而未暇以詳與！

岣嶁碑識

『承帝曰咨！翼輔佐卿。洲渚與登，鳥獸之門。參身洪流，而明發爾興。久旅忘家，宿嶽麓庭。智營形折，心罔弗辰。往求平定，華嶽泰衡。宗疏事裒，勞餘伸禋。鬱塞昏徙，南瀆衍亨，衣制食備。萬國其寧，竄舞永奔。』

右岣嶁碑文載楊用修丹鉛録，其説云：王象之輿地紀勝言樵人見之，後無見者。宋嘉定中，蜀士因樵夫引至其所，以紙打其碑七十二字，刻于夔門。觀其後亦亡。近張季文僉憲自長沙得之，爲宋嘉定中何致子一橅刻於嶽麓書院者，碑凡七十七字，其文云云。楊氏之言如此。余疑此後人僞撰也。

按：其文，皆依倣爲之。荀子成相有禹平水土，『得益、皋陶、横革、直成爲輔』，遂有『翼輔』語，言翼之以輔，佐之以卿也。然唐虞不聞有卿名也。『明發爾興』，蓋影畧禹繼鯀而有功，襲詩字并襲其意。『忘家』則本『國爾忘家』之語。又云『宿嶽麓庭』，有宫室，當懷襄時，此可棲止否？且即有嶽麓之名耶？『智營形折』，語既不類，其『形折』亦因禹跳湯偏及禹步之云附之。『心罔弗辰』，辰，時也，亦本詩字。『往求平定』，亦本『我徂惟求，定華嶽泰』。衡嶽山，見於周禮，前不聞也。舜典、禹貢，泰山稱岱，周禮亦爾，此時即名泰耶？『宗疏事裒』，『宗疏』未詳，或亦本岱宗之宗言，表明諸嶽以爲宗。『事裒』則本詩『裒時之對』也。『鬱塞昏徙』，塞與徙不對，故詭其詞以示古語，不可詳耳。『竄舞永奔』，想指三苗，竄字見孟子。舞干舞于兩階，則本今所誦孔書，非有他義也。其間如『參身洪流』，皆不成語。當時懷襄滔天，豈止渚之登，遂稱功緒？『鳥獸之門』，不過本孟子『禽獸逃匿』語耳。輿地紀勝，客中無此書，其云蜀士因樵夫引至其所，歸刻于夔門，或亦用修增成其説也。且如周時所傳鐘鼎，劉原父、楊南仲諸人辨證不能無疑，乃于衡山之巔，唐虞之文風剥雨蝕，讀之一字無齟齬哉！適有官于衡山，贈予此碑者，姑識之。

又按：今志言宋嘉定中，何賢良致于祝融峯下，樵夫道之，至碑所，手模其文以歸，奉轉運曹彥約。時人未信，致遂刊之嶽麓書院。鄱陽張世南作記。如志所云，亦宋人僞撰也。瑩附按：盛洪之荊州記云：南嶽周回數百里，昔禹登而記之，因夢玄夷使者，遂獲金簡玉字之書。徐靈期南嶽記云：夏禹導水通瀆，刻石書名山之高。至唐劉禹錫寄呂衡州温詩云：『嘗聞祝融峯，上有神禹碑。古石琅玕姿，秘文螭虎形。』而昌黎岣嶁山詩云：『岣嶁山尖神禹碑，字青石赤形摹奇。』則當時已有傳此碑者矣。然其事亦皆得之傳聞，未之實見，疑不可信，故昌黎又云：『事嚴跡秘鬼莫窺，道人獨上偶見之』云云。皆作疑詞。若此碑文，韓、劉二公皆未之見也。至宋人乃緣此僞撰，王、楊二君信而著之，亦文人好奇之過耳。馮氏詩紀亦載之。

識雍録

雍録十卷，故四明沈嘉則豐對樓中之舊本也。繼歸于閩中徐興公備蠹峯藏書之數，其後周櫟園司農宦游閩粵，收法書名畫往籍最夥，而此書亦攜官橐矣。其諸公印識可考。余藏籍既尠，而地志尤寥寥。積雨侵旬，蓬門晝寂，點閱一過，覺漢、唐陳迹見諸紀載、賦頌、詩歌者，猶可髣髴其梗概，而關津阨塞險易，與夫宮府、都邑、典制、人物，皆燦然紙上，足以起千載之思。其有裨於學，蓋非僅一二名物之細故而已。點閱畢，并記脱簡如左，覬他日得別本以補正訛失云。二月某日，書於鷄鳴山茨。

跋顔氏家訓

昔顔介生遭衰叔，身狎流離，宛轉狄俘，阽危鬼録，三化之悲，劇於荼蓼。晚著觀我生賦云：『向使潛於草茅之下，甘爲畎畝之民，無讀書而學劍，莫抵掌以膏身，委明珠而樂賤，辭白璧以安貧。堯舜不能辭其素樸，桀紂無以汙其清塵。此窮何由而至，茲辱安所自臻？』玩其辭意，亦可悲矣。嗚呼！蘭以香焚，玉以澤毁，或貪泉而死，或鶩名以殉。夫豈盡甘彼昏而懵蹈罥羅者哉！是知才智爲性靈之祟，榮華亦世路之餌，遂使心競蛾蛹，患忘膏沃，迨乎河橋輟臯禽之鳴，緑水失祀竈之夢，而後悔于厥心。緬思曩訓，固以絲染難移，矢激不返，自非識洞物始，道鑒幾先，安能即稿壤而不辭，終陸沉而無悔哉！至於托身非地，過望所天，夷吾之譽，比之賊匪，籍彼聲援，銷斯矛戟，遂引梟鴟于鸞鳳，類虺蜮以虬龍。蓋交道之締結，爲禍福之倚伏，末路之荆榛，分周行之斜徑，此文人志士、幕府權門，貴判迹於首途，避薰炙于始灼也。

家訓之作，清談雅論，非止庭内箕裘，兼多士林龜鑑，再施讐校，把翫竟夕，遂以忘疲。十二月初八日。

跋劉須溪集

乾隆辛未春，大駕南廵，在籍臣工例迎江上，御舟既由廣陵而京口以東。余始以春仲下旬返自邗溝，雨雪載塗，道全椒，宿葛城，雪大如掌，輿丁病，遂止，一日不行。晨飲茅柴酒，爇桴炭火，看檐雪厚積尺許，檢笥中偶攜須溪記鈔二帙，呵凍取筆，點閲一過，不及詳也。

晚宋之文，以晦昧糾繞、詰屈漫羨爲奇，而刊本字句又復訛脱。櫳舍荒寒，雰霏沉冥，得非豐其蔀又豐其沛耶？時又欲少正句讀之失，既而少霽，遂行，至舒城，復取觀，才數行，即舍去。籃輿中看龍舒山色，棱角晴明如刻畫，爲之一快。

須溪以勝國遺老，而氣燄足以震耀遠邇，伏處田里，亦與巢棲澗飲，拾橡梠，尋螺蛤以自給者異矣。故其詩云：『門前載酒求賦詩，錦軸牙籤日推積。在官不置負郭田，既老翻得積古力。』其卷帙富溢，蓋不足異。此奇零一體耳，遂積至八卷。然宋元文儒值陽九百六之會，類身名泰然，可以想見當世涵濡之澤後世，有宇内承平而網密如凝脂，利盡于歛穧，合天下之財力，以快一人之私，使士大夫憔悴陻阸，不復自存，亦昔之君子所不及覩而發其衾歊太息者已。憩南獎，飯畢書此。

往見前明人文字，有類此者，而自矜詡殊甚，總之俗體，然亦前人導其源也。又記。

與周筆峰先生書

某月日同里後學姚範再拜。奉書筆翁先生函丈，某年十五六時，即誦讀先生刊布諸書，邇時私心已自嚮慕。其後先生往還城中，亦時獲親教言，顧未敢以片紙進塵几硯之末，而所藏之胸中，欲以質證于當代通儒碩士者，亦未獲吐其一二焉。蓋自以後生小子，非可以樸鄙淺拙之辭，造次陳于長者，且卒然相遇，率皆賓朋燕飲稠雜之會，而先生又不踰時而去，是以積歲踰年，默默一無所陳。及今未嘗不私自恨之。

前歲各省憲臣纂修通志，交聘材識通敏、殫見洽聞之士。先生適自楚中移官江南，遂膺茲任。竊謂志書之作，倣自周官職方，而地理、人物二門，尤多抵牾不合。地誌自班固而下，聚書幾可充棟，而一往謬語，十嘗五六，往往摘取經傳史乘一二字，聚古今能言之士，往復辨難，迄不能決。況大江南北數十州郡，總屬一百餘縣，援据考覈，尅期告成，非夫淵敏精慎、貫達古今如先生者，何以能此！人物一門，載在舊誌者，可以按籍考索，至於目前幽光潛德，或立身行己無媿古人，不幸而不遇，不遇而死，其子若孫且重困于貧賤，不能表揚先世懿德，又不得當世道德文章之士著其顛末，而賚志于九京者，可勝道哉！伏惟先生敦博廣易，尚賢與能，哀窮悼屈，凡在遠方僻壤，罔不搜隱剔微，著于簡編之次，況于生同里閈，耳目所覩聞者乎？

已又思之，古治隳壞久矣。周官外史掌四方之志，自公卿至于羣士，善惡之迹畢萃，而敦敏任卹、孝弟睦婣、德行道藝之書，又或書于閭胥，或書于族師，或書于黨正而入之于鄉大夫。暨三年大比，獻其書于王，以登于天府内史貳之，于是窮居側陋僻隱之士，類得上之史官，不俟博稽于衆，固已燭照而數計矣。迄漢代，治已非古，而舉賢良文學，令天下計書先上太史，蓋猶用周官遺法，此司馬遷、班固撰而成之，文直事核，得稱良史也。

今其制已曠絶，雖職列史官，猶不能盡核其實，況志局乎？然則徵信于鄉里，旁採于耳目，苟屬幽隱卓絶之行，爲先生所不及知，猶當表而列之，以助見聞之不逮，則夫爲人子孫，臚列其先世行蹟終始以備采録，或亦君子之所亟許者也。用敢條列先祖、先伯父小傳二篇，先君事實五則、小傳一篇，惟先生採掇焉。先祖、先伯父事載府志，雖之不詳，已畧具梗概。惟範先人不幸早世，範少孤而愚，生平行事十不悉其一二，而于執友鄉人僅有稱述者，復用湮滅，則數十年之後，豈復有知其事者乎？

夫人莫不欲榮其父祖，君子之心則又不然。八龍五雋，後人猶譏史氏掇其家傳虚論，而王氏中説，論者亦鄙福郊、福峙之徒，借達人以榮其先。範竊以爲恥，則茲之所以述於先生，與其所用心亦可知矣。古人以爲善足以示後，惡足以垂誡，鬱而不彰，修史者之責也。志雖與史異，而仁人君子用心何以異此？

窮居無聊，頗作文自娱，欲寫寄數篇奉教。晤江君若度，言志局筆札叢冗，不敢復擾清神，是以中止，稍暇録呈侍史，惟引而教之，幸甚。

復某公書

某白：承示方侍講周官辨惑，令某以言别其可否以復。屬有他事，不獲詳讀，因畧辨所疑，並書附納左右，惟裁答焉。

方氏衛經之心可謂至矣，然心所不安，及前賢疑辨及之者，盡委之劉歆之僞竄，過也。盜固當死，以異人異時、逋逃不定之案，傅致一人而盡弭其獄，非良折獄者也。周官自孝武時已出，平帝元始之間，歆勸莽立博士，其書布在中外久矣，歆不能隱挾而更竄之也。鄭興傳周官，受學于歆，興與子衆、康成並存其説，不言經有歆之改竄之文也。歆頌莽云『發得周禮，以明殷鑒』。謂莽『行事法周之禮，本於周官、禮記，如井田官制之屬是也』。公孫禄言歆顛倒五經，猶師丹怒歆之欲立古文尚書、逸禮、左氏春秋耳，亦豈云改竄周官耶？況莽當時未嘗以周官爲律令也，且歆待莽行一事而後岌岌私竄之耶？抑預卜數年後莽必行是令，民必犯是法，而先待之也？漢史云莽之居攝非豐，歆意莽（纂）［篡］後末年即亡之兆，其黨與而知之，而云鐫滅銅人，膺文令，武士拔劍提擊高廟，桃湯赭鞭，鞭灑屋壁，莽皆附於經而爲之。歆又不明，著其事于經，以爲厭勝亡國之鬼神，示禍祟於國中者，當如是。而悉傅於方相庭氏、哲族氏、壺涿氏，使其事相類，令天下知莽所行，一無悖於周官之舊，何其迂曲而鮮通也！媒氏『奔者不禁』，此上縱其滅禮教者，而愚民者自蹈之也。莽之没鑄錢者入鍾官，易其夫婦，此官酷其罪罰，而民愁恨無聊者也。今云預設『奔者不禁』之文，以解易其夫婦之酷罰，此其近於事實者耶！王爲諸侯緦縗，同姓則麻，異姓則葛。或當時有其文而後失脱，或歆自以儒説和之，且莽不哀其母，歆所附會其意在『庶子爲後，爲其母緦』耳。又以王禮承莽意，抑其母等於諸侯耳。麻、葛何殊焉，何用知此爲歆所增，而即知媒氏之文爲歆所竄入耶？賒貸之事，漢氏行之久矣，不必昉周官泉府也。莽行十一之法，其增賦無明文，近郊十一，遠郊二十，而三甸稍縣都，無過十二，悉擬虛而預增之，何哉？且九錫之事，莽所汲汲者，而周官無之，九百二人但云周官、禮記，宜於今者爲九命之錫，歆在當時，何不以所云九錫者竄入而張大之乎？莽畏備臣下以宦者領帑藏錢穀，並典吏民封事，此豈出周官耶？竊謂周官之書，周之制度存焉，中更春秋戰國，或儒生述造更竄不一。如云出元公手定之書完好如後世剞劂篇籍，誰其信之？

方氏篤好是經，往往推高聖人之旨，又或索之過深，而矯合以就其說，皆賢者之過也。然所爲周禮析義，遇其至者卓出於前儒之上，若此書爲以己意所欲芟薙之文，而姑託於歆之妄，以杜夷斥經文之咎，則可謂蔽矣。欲辨世人之惑，而不知其惑之愈甚也已。某白。

援鶉堂文集卷三

送方生序

夙有姻婭之親而日從吾游，慨然奔走四方，客游千里之外，於其行也，烏能無言以爲之贈耶？方生輔仁，予之從外弟，而吾叔父安舫先生，又生之外舅也，以故生與予最善。

予在皖江，一日方生來謁曰：『生父母老矣，貧無以養，將道粵東，謀所以爲生者。君曷爲文以贈？』夫予與生固不能已於言者，況其請之殷耶？獨念粵爲蠻鄉，風俗與上國異，朕其間，要必有善人長者，其偶有不善污濁之相遭，生識而拒之，樸誠修潔，自好之心無變於其初，日與其善人長者游，而不違其教，如是則生之行也，其爲獲也多矣，又何嗛嗛然不足之有？方生曰：『然。』于是遂書之以贈其行。

送胡襲參先生北上序

夫君臣之道，聖人所不能絶。而吾嘗觀夫古之畸人異士，一切不屑於人世，而翘然自匿於山林，其母乃溷淵汙漫，而不可以入於中庸之室與？雖然，世亦有顯名於時，功業卓卓，而後之君子，讀其書，論其世，顧不能無所刺譏者，何説也？嗚呼！厚於德而薄於命，蓋有生而自卜其窮者矣。然則士之生於今世而紆朱懷金，洋洋然得所願爲于一時，彼豈有鑒于古之畸人異士，不合於中庸而爲之哉！

胡襲參先生于學無所不通，而顧窮不足以贍其饑寒，不得已而周遊四方，四方之知先生者雖衆，而先生之困益甚。今復爲謀京師之行，夫先生豈久窮者耶？而吾獨以世之必就功業，而遂其紆朱懷金之樂，彼必有以自信其命之不窮於今者，其于先生信如何？吾知先生之有以擇而處此也。

方息翁大戴禮注序

大戴禮舊鮮注人，隋志云：　梁有謚法三卷，劉熙注今亡，則十三卷無注矣。今本間有注，然亦荒畧。朱子儀禮經傳通解引明堂篇云鄭注者，非也。康成著述無注大戴之目也。近世所傳者，篇第之差略如宋韓氏所考，而字句訛脱尤未易卒定。

息翁先生年介耆耄，矻矻丹鉛，得坊間刊行小本，欣然不惜目力，蠅頭細注，正僞標異。袁伯業長而勤學，向巨達老尤刊謬，昔賢風俗，翁其似之矣。余因謂先生健藥頤性，黄奶永年，異時當取禮記、家語、曾子、荀子、吕覽、新書、淮南、韓詩外傳、説苑，秦漢間諸載籍，覆其異同出入，定爲一本，則此書雖未敢與三禮並列，而扶樹微學，於昔賢取以次十四經者之意，亦有裨助乎！　今即以此本爲之權輿，可也。惜乎余方謀北去，未獲捧手卒所欲聞，而適承示校讐人，忽忽未獲雒誦，謹留一日，就翁今自標注者略附鄙見數則，以副下詢之意，且爲他日千里面目云。則數不多，恐煩周視，遂條於左。

主言篇『女可與明主之道乎？』『與』，別本作『語』，家語同，然讀『預』亦通。　『政之不中』，衍句，是。　『女憧』引易義，非，此即寡人惷愚冥頑之惷也。史記遵職奉義，愚惷而不逮事，本書千乘篇作『起不敬以惑憧愚』，皆同義。又疑同『恫』。論語孔註『未成器之人宜謹願』，豈非女憧之解耶？　『句烈』，家語作『三井爲埒，埒三爲矩』。『矩』、『句』字通。古書異説，當兩存之。三百步而里，千步而井，不必核以周官、孟子矣。　『慢怛』，家語『慘怛』，劉熙釋名『慢漫』也，言其漫漫無所限忌，或廣爲矜恤之意。俟考得別書證之。　『五義其心不買』，改質爲近，亦或作無差貸之貸。　『哀公問於孔子：　否，吾子之言也。』別本言之，禮記同。　『然冕而親迎』，『然』，屬下讀，亦得。家語『然』上有『也』字，『然』蓋若字之轉。　直言康成解政教。　『與其倨也寧』句，如已倨，則不決，『倨、句』之義，句古侯反，亦或句與一命而傴同音。　『曾子立事，君子出言以鄂鄂』，舊註辨厲不誤，蓋『廉鄂』、『垠鄂』之義。　『踐阼機銘』，『機』當作『机』，陸佐公刻漏銘『事百巾机』。　□字向謂脱文，鍾退谷選古詩歸，賞異此句，人多嗤之，朱子儀禮經傳通解引此與今本同，并載此注，馮氏詩紀亦然，或王伯厚集解有衍文之說耶！

五帝德篇下自記：劉道原外紀未見云云，按外紀，明人刊通鑑本子皆附具之，向于京師閱極多，蓋雜取秦漢間諸書爲之，僅兩册。『島夷經』，本字作『鳥』，故疏云：孔讀『鳥』爲『島』也。今刊本皆誤。顔注漢志本康成，其一說者，乃孔傳也。『嫎』字未審，叢書作『⿰飠旁』，⿰飠旁，飭字。小辨傳言以象反舌，皆至象，即象胥也。『少閒遷邑姚姓于陳』爲句，以姚爲句，誤。

張楞阿方伯自譜序

余嘗閱唐宰相世系表，論者言唐傳建國傳世既歷多遠，諸臣亦各修其家法，用門族相高，而材子賢孫因亦不隕其德，或累世而終顯。嗟乎！先世之功德有鉅細，其慶流奕禩而興衰長短不能一概，要視其後之繼系，踵而承之，豈非信哉！

張氏自前明中葉丕趾振緒，百有餘年，值我國家運際休明，賢喆輩出，贊元中朝，勤宣國典，而橐筆禁林，紆金綰符者，中外後先相望，稱隆極矣。方伯楞阿先生自少胚胎前光，餐咽璣璧，含吐宫徵，年三十以孝廉爲令天台，其後典守劇郡，敭歷大藩，爲天子旬宣德意，澤徧浙東西十二郡州，赫然爲時名臣。嘗自譜其丙寅前所歷，自稚齒迨於服政，無鉅細悉具。夫其聲華文采，紱冕貴盛，榮映後先，既使人企慕不可及，而庀家蒞官，一出于篤慎惇大，要使後人率由而不踰其矩矱哉。盛矣！夫觀後人之所以昌大，則其先世之毓和篤慶而貽謀其子孫者，可知也。觀其先緒至于今益振，則子孫篤誼秉禮，能循其舊，而保世承家以不替者，又可知也。讀公之譜序，益信其然云。

居嘗與公從容言當今吏治得失，因叩公昔日居官之署，公曰：『吾于屬吏未嘗苟容，然非恣睢奇衺，爲法之所不貸，亦間縱釋，或平鐫，俾更過易治。』又曰：『吾起家爲令，而知屬吏之難爲也。科條具矣，使一一執而核之，豈復有一人一地善其職哉！』吾因謂公之治浙，吏職修明，法令恢張。世或疑恃繩墨以掾持一切，而公之善容迺如是。昔袁安未嘗以臧罪鞠人人，史氏謂其仁心足以覃乎後昆。韓億不悦摭人之小過，君子知其後必大。公之殊德，豈殊量乎？余并附著之，俾知昔言之可徵，而公之所以紹其先而垂裕後人者如此。

周汝和左傳翼序

予友周君汝和既歿之三年，其從孫某來京師，橐君平生評釋左氏春秋傳曰左傳翼者示余，而屬爲之序。嗟乎！朋友之墓有宿草而不哭，若夫片言零牘，仿佛生平語笑，而敝篋殘編一二棖觸于前，至有移時，耿耿而不能止者，況其丹鉛點識，著録成帙者乎？此余之所以不可已於詞也。

左氏傳經，前代號爲淵海，然經學史筆，各有耑門，愛尚既殊，鑽仰各别，鄭、賈、服、杜，下逮沈、文、何、蘇寬、劉炫、孔穎達，稽核時地，詁訓名義，殆不遺餘力。而太史公作世家，則多采取左氏之文爲書。自是厥後，荀悦、張璠、孫盛、干寶、袁宏、裴子野、王邵之徒，率仿編年之體，以成一家之則。迨劉知幾作史通，標以六家，頗評覈其序事辭義之美。歷代文士雖所得淺深不同，類無不誦習左氏，豈非愛文者溺其華，尚質者循其義，其勢然乎？

君自少爲鄉里大師，以舉子業教授學者，于書無所不窺，尤篤好左氏傳，口吟手披，不以朝夕輟。有詢某公某年傳者，輒闇誦如流，檢本校之，不遺一字。蓋其勤也如此。昔宋吕成公爲一代大儒，好爲學者言左傳。君于宋氏儒書綜貫旁通，而程、朱之説率句談而字議，每爲學者解義，務掘其根株而披剥陳宿，使各冰涣而霧釋，宜其此書爲説之詳也。君既没，世之好君者頗欲得其遺書讀之，而君之從孫某夙嘗授學于君，遂刊布此編，以慰其望。此予之所以不辭而序其端也。惜乎舊學之亡也，無力以廣君之傳云。

吴氏族譜序

余少時讀李太常伯華海淀詩序記，同時八人出祖王道思，其一即吾鄉皖山先生參政吴公也。當是時，道思以不悦於枋國者，謫刊毘陵唐應公，諸公暨先生餞潤于張氏舊塾，相與飲酒賦詩，感歎陳昔。先生詩最工，最先就『流水暮雲』之句，迄今京輦談遊觀往事者，猶班班道之。而國初吾桐鄉先生論詩，亦云桐人以詩鳴者，皖山稱首，惜其文籍淪佚，欲快睹其全而不得也。

先生系出新安左臺御史少微之後，明初始家於桐，閱五代而先生成進士，敭歷中外，蜚聲奕奕。其後石瀾通參太守、孝先太僕、雪崖吉士、樂窩諸公績聞跡美，赫然爲世名人。余嘗以事出邑郊，過所謂馬埠山者，居人尚指其居址塋域以相告。蓋爲企譜者久矣。今其家修譜適成，而屬余爲序。余竊有觸於往事，不辭而弁其首，至其所以敦本善族，別親疏，派遠近，使賢子孫修其家法而念先澤，庇賴其後人者之不易荷，則讀其譜者自得之，不待余之詞贅也。

韋君傳序詩歌序

繁昌韋君綸宣，悼其先師畢君學之不章，而阸窮于時以没，既自合其平生著録，弟子作爲詩歌傳序，以寄於其邑無窮之意，又徵于四方學士，咏歌以廣其傳。嗚呼，韋君之於其師可謂文摯而誼篤矣！

往觀兩漢、魏、晉之間，學者授受率謹，師傳經義既殊，門户各判，至於論訐紛紜，屈伸異致，而終守其師授不仞他門者，雖或膠執成説，固而鮮通，其與游移于彼此，而因勢會以定趨尚者殊也。今世習尚舉子業者，人無異學，非有王、鄭、服、何之傳注，堅持而不下者也，而服勤之義，亦罕及於古焉。若韋君之于畢君伏膺無怠，而畢君之學又足以使其及門之士保而勿失，至于既殁而不忘所習傳，非所謂賢歟！

余未識畢君，往于京師遇韋君，行端而學富。當時遊太學，太學之士未能或之先也。然則畢君之賢合于韋君之言，信而可徵者審矣。

張北軒涉江畏語詩序

北軒暇日自其故櫝得國初邑人吳君所著涉江畏語一卷，因綜其家乘陳、范二夫人之行，爲詩一篇而剞劂以傳。嗚呼，明季寇亂之禍，披殘居夷書籍以來，蓋未有比者。當是時，吾邑以蕞爾之區，届於光、黃、廬、亳之間，獻賊三至城下，塹而攻之數十日，訖不能拔，力屈而去。余嘗歎息以爲是雖當時士大夫城守有方，抑亦禮義風教足以相維，而草澤之民烝然自勵，以從上之教者衆也。

北軒先世席膺華膴于太平之日，二夫人者，慮不外于酒醬箴管，非預籌海内鼎沸，爲禦亂之計者也。一旦亂作，以一綫之孤爲宗祏所繫，婦姑倉皇謀欲脱於兵戈蛾聚之餘，又以其身爲可死而不可出，求姻交如吴、范二君者，以孤屬之二人，又以爲義不可委，受而不辭，卒用輾轉崎嶇，以免於難。嗚呼，可感也已。嘗謂天下死生禍福，惟君子能度於義，而徐聽之勢之所轉。陳、范二夫人者，以婦姑守一室，以死自誓，不祈倖生以苟免，蓋其志夙定於中而習于義理者，明也。士大夫值倉卒之際，往往不能固其操而濱于挫辱，終不克振而死，聞二夫人之風，可以愧矣。寄一方之任，值奔竄流離之會，不能濟人之孤，又蹙于顛隮而因以爲利，聞吴、范二君之風，可以愧矣。

北軒易直愷悌，好爲歌詩，詩千餘篇，皆行于世，而于先世之軼行遺美，尤數見于篇章。誦其詩者，可以知其仁孝之篤志也。

張軒立紀遊詩序

余衰病，畏人却掃者二年矣。張君軒立獨時辱存臨，相與清譚，輒竟日去。君年未三十，工舉子業，能書，善繪事，喜游涉，齊魯、燕趙、吴楚、閩越，其舟車皆徧，而間以詩歌述其山水物色，信多使人欣愕而欲策杖游其間者。

余嘗患居俗之迫隘，竊思遐眺廣覽，如圖經所紀靈奇俶詭諸異境，以快平生遠游之志。卒以無所羈拘而畏出，不果。而君以盛年好奇如此，夫屏居草澤，躡屩放舟，追逐嶔巖渺瀰之區，餐芝术而友魚鳥，此余之欲與君同其樂者。若夫君詩之踔厲風發，鏗鏘陶冶，則當時戛珮紓紳，鳴九能而號德音者，將爲之揚聲而發光，而君以是望余，豈余之任也哉！

左仲孚詩序

豫章之木必萃于大匠之門，果布之珍必輳于旗亭之市，琨瑶珠碧，金華銀樸，隱于泉石邃谷，而登于天府，輸於臼藏者，至寶不終秘，而光氣不能以終掩也。然則英異卓犖之材，挾其詩歌文筆，以鳴于時，亦其穎曜莩甲而不可以潛匿者乎！

左君仲孚少以孤童自奮，鉤貫羣籍，矻矻不休，好文章，篤於詩歌，振華摛藻，軼出其儕。爲諸生十餘年，年始三十，而人多歎其屈，如老師宿儒之久困場屋者。先是，君之内兄張君北軒，以詩擅聲于時，君少從之鏃礪爲多。而方午莊別駕又君之從母兄也，咀英落素，聯吟續唱，君日與之角逐。二君故皆有集刊行於世，君今亦彙其平生諸作而付之剞劂，問序於余。余曰：

國家方更場屋之式，定諸生之家法，倣唐、宋舊裁於經義，外兼試詩律，凡號爲舉子，雖窮陬僻壤，莫不點綴呻吟，從事歌詠。而君乃以夙所肄業，先時而鳴，吾知必有爲匠石而居市五都者取其才，與夫奇木瑰珍同墆鬻而寶愛之也矣。爰書以弁其端，以待世之知君者。

飲墨軒詩序

午莊示余飲墨軒詩，展諷既周，愛歎無已，世有知者，當如醴源芝草同爲升平之瑞物，非如槁項黄馘，枯吟酸咽，而與蟬風蚿雨爭夫注翼之奇者也。

昔王元禮自詫七葉之中人人有集，追維午莊先世，自其六世祖以來，勃窣理窟。廷尉中丞繼暢其支，至文忠先生，貫三才，兼儒釋。君大父鶴山先生嗣振其緒，迨君之身七世矣。而君承其家尊觀察六義經緯之學，摛華結藻，吟咏斐然，以視沈少傅之所歎者，何遽減哉！然君且漬墨磨丹，方如春潮溢于江湖，凡今之視爲綺波文縠者，君胥視爲江流之濫觴。其虚中善下，尤學者之所貴也。

方眉山時文序

異時故友江君若度，慨科舉文字顢頇骫骳之習，於是疏瀹流別，數百年以逮竝世操觚秉牘，衆載其言者，判同異，別精觕，品其采素而調其甘辛，已又自謂不足，則鉤貫箋注義疏之學，出入諸子別集，以裨佐經傳，因以其餘潤飾其所爲舉子業者，蓋若度之於文，其勤如此。若度既没，里中承學之士多推爲本師，而眉山其舊高第弟子也。

眉山自曾、高以上，節行文學播於四方，資其先世緒餘，又獲所師承薰漬漸灌，故其爲文，採摭華實，卓出其儕，而秉志以希古，冲虚以善下，蓋如水之導於谷，而雲出於族，浩浩乎，油油乎，日進而不止者也。爲諸生十餘年，學使者以學行充貢入大學，爰槀其文游京師，將與羣學者鏃礪而益廣其所蓄，因以序屬余。

余曰：時文之爲技末矣，而由其道而深造者，亦鮮焉。至於敝精神，積歲月，以底於工矣。而屈伸顯晦又不必係于此，因思前世分門經學，老師大儒呻誦簡畢于山巖穴壁之中，至數十年，而終以老死不振。其弟子遂之者或至大官，而後師説炳焉。事有肇趾于此而收效于彼者，往往如是。若度没，視其良秋柏實矣。眉山方以盛年鳴文于時，拂長翮，摩霄冥，安知異日推其由來，不有同于經師授受而隆隆其聲者乎！眉山與余有婣，而投文是正于余，媿無以益之，爲題其端，俾觀者知其師法有自云。

三希堂讚

於鑠我皇，握矩成鈞。道契三古，藝御六珍。洛靈吐牒，山祇貢璘。爰有墨妙，霏霞焱雲。乘時芬蔚，秘寶垂文。自昔評書，詣標羲獻。卓哉鳳翥，邈矣鵝扇。化翮非奇，綰蛇徒慿。人那得知，君家獨擅。腕不可掣，屢邀尊歎。丞相之孫，名喧法護。此黑頭公，筆如椽鉅。三賢不作，千載憬慕。煙墜緗芸，楮漂粉蠹。皮擣萬穀，豪聚千兔。維優曇花，希世一遇。虎觀朝開，璧垣夜紫。粲兮珠華，爍哉瓊蘂。亟啟蓬山，藏之宛委。龍靈假威，詔職蒼史。虹攄接天，榮浮燭水。帝篆葳蕤，億萬星紀。

方頌椒山居記

士日居塵世喧嗔嘈雜之中，車馬賓朋酬酢之地，與之登巉巖，披蓊茸，盤桓奇思，探究窈窕，未嘗不顧而樂之。及使之久乎山溪岑寂之區，賓婭不至於室，軒屨不造於門，鳥獸嗥音，䶎䶑悲嘯，則怵然誘慕於中，而向之發舒志意蕩滌耳目者，或以導憂而增戚，抑又何耶？蓋食芻豢者或思螺哈，酣醹醴者或沃茗蔗，而非必其能舍滋味而終慕乎此也。昔宋高士种放、常秩之徒，隱於布衣，甘貧食素，若將終身，及後屢用大臣引薦，則牽於世榮，而不能自全其初志。由是觀之，豈非其初徒寄耳目於清曠，而非能見聲利而卓然不移者邪？

吾友方君頌椒結室於龍眠山麓。龍眠既爲桐山之秀，而君所居，蒼巖萃嵂，緑波澹淡，凡四時雜卉之茂植，雲霞之舒卷，鳥獸之嬉遨，畢獻於几席之下。而君左圖右書，嘯歌不輟，暇則登高以遠望，臨流而爲漁，自謂嘘精歙和，灝灝乎與造物者遊，而非世人之所知也。夫君之居既兼山水之勝，而君又能樂詩書聖人之道，吾知其能處之而終身焉者。雖然士非有求於世，而世或求之。君雖匿景藏采，將有拔而超之者，吾恐欲終其樂而不得也。

朱公墓碑記

去縣城之西二十里，曰石卄鋪，地志有曰朱公墓者，即漢司農邑之墓也。

按：班氏漢書：邑，初自舒桐鄉嗇夫官至大司農，病且死，屬其子曰：『我故爲桐縣吏，其民愛我，死必葬我桐鄉。』及死，其子葬之桐鄉西郭，民共爲起冢立祠。蓋今之縣治，古屬舒邑，舒人也。自三代衰，王政缺，中更暴秦，先王治民之具，一切掃地盡廢，更數十年而漢興，繼秦治者，漢最近古，當世居官者率以勤民奉職爲務，國家亦歲以民事察其治課以爲殿最。迄于昭、宣之世，吏道彬彬，循良之聲，幾侔于古昔，故下至嗇夫之卑，亦能自舉其職。至於惠義薰蒸，漸被于民，雖死而不忘也。嗟夫！後世之吏，大者或治一郡，次猶一州一縣，考其治，僅若傳舍，視其民不啻秦人之視越人，求傳所稱循吏之治，何可得耶？墓已不可辨，居人尚指延山之凸者亦爲記，不知其是否也。雍正八年，邑人某傷馬牛踐于其旁，乃買碑以爲之識。

夫以啬夫之卑，行其治以成一鄉之俗，至于既没，奉嘗思之而不能忘，迄今二千有餘年矣。鄉邑愚氓，考其遺蹟，不忍牛羊之踐踏，此所謂三代直道之不亡者非邪！又況于先王之治德化訖于宇内者哉！嗚呼，其可感也已。

援鶉堂文集卷四

戴聞齋先生八十壽序

乾隆十九年，集天下鄉賓之士試於京師，既竣事，以其名第列上。天子顧念試不下數千，而成進士者迺不及三百，慮才多遺美，而士有不遇之憾。于是特命簡閱其文之優善而未及塗乙者，得若干卷以進。既引見於廷，皆備員而以教諭、縣令補之。其年秋七月，戴君次韓得司教廬州之合肥，今年夏，遂奉其親聞齋先生就養官舍，而挈其家以從。合肥去吾邑數舍而近，無舟車闃旬之勞，而其職又以詩書文藝爲業，非有簿書朝會之促促也。次韓出則與諸生講文析義，衎衎焉以盡其旨趣，入則奉其親之色笑，而怡怡焉以娱其朝夕。當此之時，雖坐堂皇，擁幢旄，連千騎，陳五鼎，豈足以當斯樂之豪末也哉！

先生少以文章著聲，未冠以其業贄於其家，南山及劉北顧、古塘諸老宿皆爲之延譽。先生顧欿然自下，恥以走竿牘買名聲以馳騖於四方，潛居里中，與從游以講授爲樂。其於先儒之詁訓經義之源流，深探而旁索之。凡所甄録，蠅頭細書，不下尺餘。尤邃於易，采掇先儒數十家之説，手抄凡數過。自少束修，白首不渝，爲諸生祭酒者數十年，迄困於棘闈而終不遇，其門弟子得售於南宫與鄉舉者已十餘人。晚以其學授次韓，次韓遂舉於鄉，逢恩遇職教於兹土，所謂嗇於身者豐其後，深其植者美其報，詎不信與！

今年冬，先生壽八十，次韓書屬余文爲壽。余念少時與外兄孝廉王君岱亟及其弟今吏部郎仲韓厠講席者三載，其後則張中畯侍講及今編修又牧諸君承事先生者亦四五年，諸君或前逝，或宦游，余以白首居里中，執筆而頌先生，固所不辭。余往讀班、范兩漢書，歎當世儒者謹於師授，爲史者既科條其易、書、詩、禮、春秋矣，而弟子標名可證其傳者，亦繩綴而附出之如世繫焉。其間父子相爲賡續，號爲學門，尤史氏之艷稱而樂舉。今先生以其學教於里中，次韓爲學官，又益廣之。國家右文，崇尚經術，異日者論異同於石渠，辨經疑於朝會，使學者本其家法而知淵源之自。先生年彌高，神明益茂，方拭目竢，而余其殆以斯文預爲劵乎。

徐鑑亭七十壽序

吾郡屬縣凡六，而灊山最後立。唐、宋之世，灊蓋郡治也，故宋志以皖水、天柱山注之懷寧，而昔賢之知舒州及所題詠游蹟，皆今之灊也。灊之山水奇秀，多登陟眺覽之勝，而天柱一峯，相傳爲漢武巡幸望祀南嶽之所，巉絶青冥，髣髴靈僊之異境矣。而士於斯者，有林泉園圃之樂，好嬉游弛置自便，其賢者或不慕仕宦而尚通隱，亦其地氣然與！

鑑亭世居于灊，自前明以來代有聞人，及君之身，讀書爲文章，負康濟之畧。方其盛年，喜交游，思以功名自見於世。既而通籍仕版，需次京師，將得治中矣。忽一日，念其母夫人年高，無他子弟以養，遂不俟銓選，脂車而歸。歸而葺亭館，疏池沼，灌花種魚，以娱其親。暇則讀方書，學養生之術，數年親終，而君遂不出。

余子斟元，君子壻也，憶君與余相見時，蓋在丙子之冬，中間余至韓江，寓津門幾八九年。既歸，杜門却掃，雖去君不過二舍，而羸亦不能相從，以敘親故一日之歡，蓋余之病衰久矣。今五月下浣，爲君七十之辰，斟元偕其僚壻乞余言爲壽，余念與君不相見者蓋十四年，年且長余二歲，而神明益勝。晚而得子，長者十三，少者六歲，俱隱然見頭角，而君方益理故園，嘉木美箭，崇嵐遠岫，相與映帶欄楯。君日以扶策流憩蕭條而長吟，殆不知世網之可攖而浮榮之足慕也。余雖就衰，自顧少愈于舊，尚擬登君之堂而止其園，且乘籃輿登灊嶽，訪誌公卓錫之泉，尋魯直讀書之址，知君亦將欣然同之，遂書此爲壽，且以爲異日從游之券云。

廬江夏有益壽序

居嘗念市居擾擾，艷奢而夸利，因憶昔者以事周行墟聚湖北之聞見，居者溝塍田圃如畫，杉松梧竹之材，駢植其廬，凡治生之具不外取而給。三族比居先世之兆域，東阡西陌，或不越指，願得之，因笑曰：『是可謂甘其食，美其服，安其俗，樂其業者矣。』夫司徒十二，教其六，日以俗教安則民不偷。說者曰：『習於土地所生，則無呰窳偷生之患也。』或曰：『因其宮室、宅兆、衣服之宜，牖于兄弟、師儒、朋友之樂，則人倫以厚，此即本俗以安萬民者也。』蓋風俗之漓久矣，而教化之行始于鄉閭。苟有志於淳古，則循其故俗而漸以禮教，雖流失變壞之餘無害也。昔人有身居遐裔，講詩書，飾威儀，明禮讓，就居者咸慕從其善，況於親戚族姓之素閭里衡宇相望者哉！予友故嘗居郊野者，予率以是告之，或以爲迂，或曰是不有暇者也。

予友張君碧漪，其居蓋吾邑之東野而廬江之西鄙也，予告之。張君曰：『子之言信善矣。抑吾未能忘科舉進取之途，安能老於湖山阡陌者乎？抑吾地有夏君者，其土於斯蓋數世，其人懋樸篤厚君子也，保受賙救之事，歲以數舉而不自爲德，人服其長者。從其教而善良者非一日矣，庶幾於君之所云者，其有合乎！能舉古黨正族師之法，因以美其俗者，必夏君也。』異日張君携其子起龍之文以質於予，則既彬彬蔚乎其可愛，已而來謁，述其父太學君之行益詳，又言君之妃丁孺人之賢，太學君好行其德，抑亦多内助云。予曰：『如張君之云，蓋信而有徵。太學君其益敦行不怠，而予所云倣古之禮，意以善其一鄉一邑之俗，其亦自信非盡迂濶於事情者矣。吾子其益懋焉！淑其躬，襮其文，因以歸善而敬美，庶幾予非竊言，而子之榮其親者，益無有既。』時其親七十，乞言，遂書之以爲壽云。

鄭孺人壽序

昔董生論天人性命之理，謂世之仁壽鄙夭，皆出於上所陶冶而成，而治亂之所生不齊，則受其化染者亦異。蓋嘗以其言推之，而知世之治也。積和之氣，呴嫗亭育，覆露羣生，譬之草木，相與蒀藹於陽皐沃澤之區，儲與融衍，靡不懋遂而猥大者。而六代仳離隅判之際，於時才喆之士，年或不及彊立，而遽以夭閼不可勝數。蓋光岳之象既分，而所受於天者亦漓澆，雜儇薄之習，交滋而牙出，則其感乎促耗之運，而不獲全其天數者，亦其理也。

國家承平百年，功德之隆，上暨霄霓，下出無垠，廣輪所及，皛藻融融，以歌德化之成。當斯時也，閭里不覩鷄鳴犬吠之警，道路不見擐甲荷戈之役，人無札傷，物尠疵癘，至於老壽蕃祉，都邑墟落比户相望，而身享期頤、踰百歲者，大吏歲以奏聞，殆不絶書，而女子爲尤衆。於是賜書以旌其閭，文綺以嘉其慶，所以禮高年而惠耆老者，可謂盛矣。

歲之陽月，津門鄭君公依之母朱氏，以年八十來乞余言爲壽，念余之寓於津門已四年矣，公依又余故友侍讀王君之門人也，則既不可以不文辭，顧孺人之淑德懿行，余故非所及知，而其里中周親、文學之士，亦既爲之歌咏以道其盛矣。故獨推本國家涵濡之澤，人事休徵之應，與氣化治理相爲感通，而慶孺人之幸生斯世，且公依兄弟敬劬色養，其享鴻豫川運而阜積者，正未有涯也，遂書之。

大姊孺人六十壽序

乾隆二十一年三月初吉，姊夫人年六十，諸甥將謀介壽而申祝嘏之義，既入告，諭不可。予曰：『古之稱觴上壽，亦歲時燕飲之常，自風、雅以逮炎漢皆然，非必初度設帨之辰也。其所云主稱千金壽，賓進萬年觴，皆其義也。抑吾聞古之爲介壽之詞者，匪徒述其休盛而已，揚先烈，道古則，美其始而勗其終始，其後嗣謹而勿失，亦詩人之意也與。』然則緣諸甥稱觴之次而述懿美，使聞者紹休纘誼以開來祉，雖微諸甥請，余固未可以例於衆而終輟也。

乃爲言曰：吾觀世之陰陽占相之術，擇于微渺而決其生勝休廢之迹，其言或中以不然爲説，亦已詳矣。乃讀春秋内外傳記，一時禍福成敗，則多見于言語威儀動則之間，而事之左驗，若谷之應響，景之附表，以是知禮教之興，非特性情心術之所由陶冶，以底于中，而隆替休咎，亦罔不由之。予因以占士大夫承先世之庥廕，或世熾而代興，或遽振而中輟，雖運遇領會之不齊，要未有禮法修明而墜緒，先矩淪逸而膺祚者也。

往予承事外舅，清修長德，冠冕里閭，甥之先君子謙實純明，奉先世之訓，終其身不踰圭臬。吾姊年十六，克相君子。是時祖姑顧太恭人方在堂，姊色養終身無失志，以不逮事先姑，每念輒惻愴。事其舅朝夕無廢儀，從服居哀比終，三節無悔事，以冢婦典祭，視濯溉，實豆籩，潔鉶盛敦，無敢不敬姬周之前邈矣。嘗觀於唐、宋以來，傳世既久，士大夫勤儀度，修家法，其門閥之盛，與國家相爲終始，而内德之茂徵于傳記者，使人企慕有不可及之歎。今諸甥遠承先澤，修其身，炳其文，而門内風教，一與簡册所垂，同爲故實有徵。吾姊之淑行者，則與昔所云禮崇壼則又何媿焉。詩曰：『高山仰止，景行行止。』諸甥日率其閨門修婦順而敦和里，致休祥，以昌以熾，豈有艾乎？其書之以告吾姊也。

誥授通奉大夫禮部左侍郎張公墓誌銘

公諱廷璐，字某，別字藥齋。先世自江西遷桐城，明隆慶戊辰進士，官陝西左參政，載明史循吏傳諱淳者，公高祖也。曾祖某，祖某，三世俱以太傅文端公及公仲兄今少保貴，贈如官階。

文端子六人，公於次爲三，康熙戊戌以一甲第二人進士及第。聖祖仁皇帝臨軒臚知公名，諭今少保曰：『汝兄弟不媿家風矣。』嘉歎久之。授編修，辛丑既散館，特命教習是科進士。世宗憲皇帝纘承大統，召直南書房，授額外中允。雍正元年典試福建，遷右春坊右中允，旋充日講官，知起居注，擢侍講學士。九月，充會試同考官，即闈中拜督學河南之命，蒞河南，踰年試開封，而封丘令督諸生供瀕河之役，諸生向不任役，即走控，上官不即理，相約罷試。公檄歸開副使，集諸生戒約，諸生聞公命，咸已帖帖就試惟謹，而大吏已飛章以諸生梗命入告，獄具而公與副使俱以姑息去職。公方將伏闕謝罪，詣京師，未至，授侍講。冬奉命授皇八子懷親王書，晉國子監祭酒，轉詹事府少詹事，署祭酒事。五年，充會試同考官，同殿試讀卷官，陞詹事府詹事。七年，提督江蘇學政，壬子試周將告藏事，特命典試浙江。是年以學臣主試事，惟公與交河王閣學蘭生。事竣，復留任督學，旋晉禮部侍郎，轉左侍郎。今天子即位，知公學行，訓士校文，著有成績，可信，仍以原官留。公在江蘇九載，乾隆五年至京，以疾具疏乞休，不許。八年，典試江西。九年，天子奉皇太后東巡，恭謁祖陵，發京師，取道熱河，經蒙古諸部落，展謁三陵，大禮慶成。公以禮官陪侍從，還往數千里，還京，以年衰不任事，再疏乞休，不許。十年京察，又瀝陳衰病狀，乞罷，以例舉内閣學士李清植以代。上察其情懇，乃順求請，報可。公以是年四月南歸九江，疾篤，告薨里第。十二年九月十九日，葬於東北鄉雨山之原。

公純懿惇大，居常無矯亢之行，而所守堅正，嶽不可動。其接物，意誠以愉，表裏洞如也。仕登卿貳，年届七十，於人世可謂貴壽，而士大夫猶以公未及臺揆，年遠耄期爲憾，則公之德量感於人者，其有涯也！

夫人姚氏，德安令文燕之女，淑德壼行，具於家乘。先公三月卒，年七十二，遂以年月日祔公之兆次。子二人：若震，癸卯舉人，浙江布政使；若需，丁巳進士，翰林院編修。俱以公與夫人耆老，乞侍於家。女子一，適貢士姚孔□。孫男六人，某某。曾孫某。

系曰：公於文學，天植其性。陔蘭璚圃，寢饋典訓。謝墅怡顔，九齡裁詠。公之通籍，未爲晚達。夷考公門，第年公屈。一人臨軒，慶追先閥。憲皇御宇，何橐内廷。直廬視草，春澍夏霆。無言温樹，筆參灝冥。鑒裁棘闈，敷化首善。行先三物，學必九貫。日老圭璋，當時髦彦。三江震澤，沄沄魂魂。公之教澤，與相呑吐。公在容臺，考經志典。原本前修，爛焉編簡。公如虚谷，道裕黄中。本以御物，既介而通。夫人珮環，輝章黻舄。我不盡辭，庶藏幽宅。

資政大夫内閣學士兼禮部侍郎前工部左侍郎張公墓誌銘

公諱廷瑑，字某，太傅文端公第（四）［五］子也。生有異質，文端公愛之，往往形諸詩歌。比長，讀書日數千言，爲文章慓鷙奔放，而必衷於經訓。年三十，舉於鄉，又十年，雍正元年成進士，改庶吉士，授職編修。

公少學問，即究切經世之學，通籍後，恭逢世宗憲皇帝勤求治道，令羣臣得言事，公以詞臣數有陳奏，皆勅議施行。歷官左春坊左贊善、翰林院侍讀，晉學士，又擢詹事。至今上即位，特授工部侍郎兼起居注。部臣故無兼起居注者，公自編修官記注，自是迄告歸，兼其職殆二十年，充世宗憲皇帝實録副總裁。元年，充會試副總裁。四年，仍以原官轉左。時值京畿水災，督臣奏請民間堤埝輸工助修，而官則寓賑於工，責辦有司。公條畫其所不便，而奏請民堤工價亦準官堤給半，且州縣官据目見以振業貧民，部臣不當於奏銷据例裁省，使有司畏事而不能班布國家哀憐窮黎之意。又奏各省鄉試改用在籍舉人不便，皆允行之。元年，共事山陵，嗣脩太廟天地壇壝。公飭材鳩工，皆書伐增級。五年，試學江蘇，既竣事，充武會試正考官。八年，轉補内閣學士兼禮部侍郎，充江西鄉試考官。九年，扈駕至多倫諾爾。十一年，具疏乞休。天子哀其羸病，許之。

公既歸，閉户，率子弟飭行讀書，編輯家譜，理祭田以事先，增義田以收族，吉凶之禮，秩如也。公平生食不三豆，衣無華好，然親故族姻胥賴以濟困，而公之所以隱親計處之者，亦不知爲異體異人事也。公以十一年歸里，家居九年，以乾隆二十九年正月五日卒，享年八十有四。明年十一月二十一日，葬於縣東五里雁翎莊。

公高祖諱淳，明隆慶戊辰進士，仕陝西參政事，載明史循吏傳。曾祖諱某，祖諱某，俱以文端公及文和公貴，累贈光禄大夫、少保兼太子太保。夫人吴氏，某官之女，温淑莊慎，承先公先姑遺則，子婦服其教，鄉閭循其法。先公十年卒，至是合葬公墓。子二人：長若泌，雍正乙卯舉人；次若渠，乙卯副榜，早卒。女三：長適候選知州孫某；次適顧某；次未嫁，早卒。孫六人：曾某，以廕候選；曾叙，監生；曾修，增生；曾勷，選拔貢生；曾産，庠生。銘曰：

公之初生，蓋逾强仕。文和枋國，春官典禮。分佐司空，秉度垂式。當官而伸，結誠以久。不詭不隨，迨於暮齒。出則邦楨，居爲獻軌。遵彼松阡，百世仰止。

贈奉直大夫張公宜人姚氏合葬墓誌銘

公諱某，字某，相國太傅文端公之冢孫，少詹事諱廷瓚之子。少詹初娶於吴，生公及蒼梧副使某公，繼娶於顧，俱贈封恭人。公生於康熙癸丑五月二十六日，卒於雍正癸丑閏五月二十九日，年六十一，乾隆三十二年二月初十日始克卜葬於縣東鄉某山之原。

公再娶皆姚氏，前夫人江西新喻縣丞諱某之女，早卒，葬松山。今以後夫人祔。夫人康熙戊辰進士、左春坊左贊善諱上譌之女，生於康熙癸丑十二月十五日，卒於己丑九月日，年三十七。子二人：長曾□，歲貢士，後公十七年卒；次曾敏，南陵縣教諭，以卓異需擢縣令。孫某某。女四人：長適乾隆壬戌進士、翰林院編修姚某，次適姚某，次適武進縣教諭左世容，次適顧。

公少爲諸生，貢入太學，不仕，以孫元長貤贈奉直大夫，夫人贈宜人。公行己處濟物之大方及夫人淑行，別具於譜乘、墓表，茲故不詳，而以銘誌其槩。銘曰：

公幼端良，圭璧其躬。冲而用盈，不有其豐。人謂國器，退安家檢。或躍或潛，於道非貶。憫窮濟艱，活者千萬。楬條垂式，來者用勸。仰是淵軌，無忝前光。載施其後，載錫之慶。

贈宜人張母吳氏墓誌銘

宜人吳氏，贈奉議大夫張公諱廷□之配也。吳氏世爲桐城大姓，父文學諱某，祖明中書舍人諱某，曾祖南大理少卿諱應祺。宜人自其幼時事其母齊太君，即能迎其嗜好，喜怒不少迕其指意。年十五，歸贈大夫，以事其親者事其舅姑，即以事其舅姑者順其夫之志。宅心平恕，意所齵，未嘗形之辭色，雖奴婢不中使令，亦不憚再三諭而敕之，故其門内不嚴而治。教諸子以謙實廉讓，家故饒，脩其業而息之數十年，三倍於初，以故贈大夫之存也，無家事煩遽以累其心。及其没也，益敦其教，無佚游荒業而嬉者。後贈大夫若干年，以某年月日卒，距其生某年月日，年八十二。長子某，國學生；次某，貴州郎岱同知，以郎岱貴，得贈封；次某某，俱前卒。孫男女若干人。曾孫男女若干人。玄孫男一人，女二人。以某年月日葬於縣西北龍眠山社壇之陽。銘曰：

矗矗秦臺，懷清是式。匪以積居，來之以德。既壽而康，錫慶以臧。雍雍環珮，儼也士行。不遴其施，迺憫荒札。至今閭里，頌聲未沫。以裕後昆，來者繩繩，與銘石庶其可徵。

祭侍御吴君文

嗚呼吴君！昭哉世族，奕葉熙隆。駢次史載，乘揚休風。篤生君子，益大而崇。濡染典訓，激吹羽宮。藝圃振翰，墨瀋蜚虹。君之植行，介而能通。剛不戾物，内懷淵沖；其有不可，内壁複重。少投鎖院，中山穎秃。赤野珠飛，禺氏璧出；戰藝春明，譽望標矗。和卞偕聲，匠氏睨目。珥筆鳳沼，翱翔鵉鷺。

憲皇御宇，功覆九牧。乾坤端倪，春秋温肅。經國宏謨，樞機帷幄。君時居職，厥勤克宣。朝夕恪共，罔惜煩悁；心劬密地，澤被自天。遂登烏府，遐送鴻騫。繡衣風舉，九逵來駻。宣正殿側，觀象門前。豸角不觸，霜威凛然。介特嶽峙，罔或狥偏。輯政台階，掖垣寵著。燭方及貂，蟬葳振鷺。式振扶摇，詎悲雞樹。孝尼才高，節良行著。寃滯是申，苛擾罔作。仙掖風清，夕郎譽著。紫詔時批，黄麻待署。篤忠履素，君其殆庶！

皇皇京邑，金城隩區。良莠互藪，萬態横驅。七遷三選，百廛億閭。既利雨風，亦煩櫛疏。君職司憲，專道前騶。赤棒撝呵，褫魄姦誣。冉承帝簡，民歌溢衢。上都肇建，天庾赫庤。轉漕東南，軸轤萬里。君肘巡印，旌幢南指。齊魯郊濱，鄭衛河涘。瓠子風來，桃花水起。五樓三翼，控引銜比。既周民瘼，兼諭化理。咨度咨諏，歸告天子。天子曰俞，余心悦喜。如君魁茂，昔賢可方。既簡帝心，欽彼周行。薦揚卿列，雲路逶長。華鐘載振，頓寢鏗鍠。巨刃摩空，乃掩其芒。凡彼著位，心焉隕傷。況我與君，情何可量！萬里聲悲，僕御徬徨。帷堂嗚呼，終焉永望！

祭長女文

嗚呼！昔人有云：愛女勝於男子。余五男兒，笄而字者惟汝而已。汝生以健，雙華竝蒂。繡褓詩之，枯生各𣨑。術者之言，利奇防偶。一者其椔，庶汝考壽。曾未三十，柹生其肘。昭昭始生，悠悠夜厚。棄此呱呱，汝魂知不？憶汝毁齒，午達而羈。就余書案，授以毛詩。頗知瑟僴，亦别頡頏。時余大母，及我先慈，顧汝而嘻，以奉含飴。汝施衿帨，余羈京闕。笄衣之正，余愧已缺。汝母書告，人稱來括。匪俟西面，矜蠻無作。橋笄修贊，君舅欣獎。祝奠嘉菜，先姑用享。委積蓋藏，頗勝疇□。燕姞卜蕃，余心克廣；歲在柔兆，余膺罰酷。號跣星趨，月已踰朔。擗踴苫塊，泣血廬堊。歸甯慰余，含情如割。但懷慘悽，怛焉彌欒。白駒忽逝，素琴閒作。余服將終，汝遽天閼。

嗚呼！余年未老，多病早衰；重以降割，心隕形顇。何當哭汝，摧我肝脾。余年踰壯，始别南土。受命大親，飢邀升龠。追數殃咎，失非得補。作噩迄今，八紀寒暑。期功之喪，痛罹其五。汝復何辜，倏焉終古。計余遭喪，或北或南。疚心罔極，缺茲飯含。而汝襲斂，我視衣衫。憑棺哭汝，情復何堪！余臨繐帷，唁慰汝聟。外姓族姻，咸列喪次。述汝之賢，傷汝早逝。用是知汝，行多秉義。汝之遺息，二男一女。長者就塾，次者絶乳。其父愛憐，殆過於汝。汝靈呵護，俾兒康俣。嗚呼！汝志常賫，余悲曷訴？棄悁親愛，閟茲泉路。嗚呼哀哉，尚饗！

祭某公文 失名

嗚呼！惟公毓秀，浙江開靈。白嶽穹窿，表峻澄泓。灑濁嘘靈隱之輕清，噏明湖之秀淑。應我休期，式蹤昌躅。金枝九莖，朱絲雙彀，叔度萬頃之波，裴氏百間之屋。惟公幼嫺禮囿，長騁文衢。王氏七録，惠□五車，假篇章爲膏沃，藉筆墨爲佃漁。何菁英之未摘，疇道腴之未嚅。雲敷翼藻，工謝雕鏤。顔光禄之麗詞，悉聯金采；陸士衡之文賦，觸目璚敷。南國之璆歷録，東方之寶珣玕。于斯時也，人號寡雙，士推少耦，穿棘場之楊葉，先澤宮之貍首。李程五色，有目皆知；太沖三都，不脛而走。乃讀中秘之書，才居木天之右。叩擊琅函，胙枕二酉。夸史才於東觀，漢家咸謂尹班；追曩喆於西京，晉室多言嶠壽。

蓋當先皇在宥天下之年，而我公已冠儲才之藪。皇上珠囊在握，金鏡重輝，識東序之秘寶，甄懸圃之瑰奇。是躋卿貳，臺轄攸司冬官；釐建起部，規爲爰掌少秋。

理刑無頗，天際龍光，惟公載荷。帝重明賢，尤資文雅，遂珥筆而典中樞，上卿雲而光藻火，朝侍綸扉，次夕殿朶，潤霖雨於鴻文，下九天而播灑。師古則擩翰流離，文本則抒詞融冶。嚴、徐之精筆，在今已稀；燕、許之雄文，稽古亦寡。爾乃丹霄九萬，建木千尋，日月繪畫，元化丹青，接天顔於咫尺，傳復旦之歌賡。他若涓期類望，習祥旓征，從容幄殿，出納機衡，光分蓮炬，被擁青綾。神仙氣迴，雨露恩承。屢典鎖闈，斯文幟志。剪彼榛楛，收其榮翠。陸相無慙，歐陽詎媿。杞梓王國之楨，沆瀣金莖之氣。方謂待秉金樞，資調玉燭。占泰符而協三，瞻戴筐而次六，云何不吊而奪之速。

嗟巖松之驟傾，歎乘箕之已倏。朝著嗟咨，皇心軫悼，邸第親臨，襚衣衾冒。因夜嚴而增景仁之悲，錫銀帶而思克明之貌，易名之典已彰，太常之誄有耀。某少叨知鑒，長獲升堂。依仁有志，景行難忘。兹來錦里，都轉瀛滄。遽看丹旐，維漾池荒。河畔佇奠，有涕淋浪。

代同里諸公祭家從祖母張宜人文

嗚呼！夫人城圮，雲水蕭條，寶婺星頹，枌榆屑瑟。射蛟臺在，碧波生嫠女之悲；跨鶴樓空，白月助夸娥之惻。雲横鹿起，黛影空流，雨暗龍眠，蛾痕易滅。況乎習東洛茂先之訓，名著坤儀；編西京子政之書，家師壼則。跡其生平之茹痛，則共姬襄姊，未足以喻此酸辛；述彼闥内之勤劬，則洗母楊妻，庶足以方斯偉烈。某等戚近郗王，範遵尹姞。睹繞棺之牆翣，能不悲來？披匝宇之靈衣，自爾凄絶。

今夫譜門第之聲華，世稱崔李；敘家風之赫奕，時艷姬姜。翠珥瑤瑱，人驚爲帝，銅街鐵市，星宇爲張，青瑣門邊，黄金綴幄，烏衣巷側，碧玉爲堂。花隱彤騶，或罔頭之馭。娑栜迎畫雉，亦澤底以翩翔。生邀巾幗之榮，歿並珩璜之列。王家德配，譬埒參軍；謝氏賢媛，名齊封遏。以此表慈萱之行，雖安仁作誄，皆屬餘波，遂以盡春竹之蔭。縱庾信爲銘，譬猶一吷。蓋忠臣許國，每遭板、蕩之秋；而健婦持門，多遘屯、蒙之會。在昔西邸名卿，東華上第，名高紫陛，柏府初開，望重白雲，槐庭益大。江東王氏彪之，則冠冕人倫；河北崔家彦通，亦雍容晏侍。則時冢子趨庭，令妻主饋，蝦鬚春捲，佐餕萱羹。鳩杖秋隨，承歡菊酎。既而值端恪公箕入東維，奉政公軒驅南邁。陶彭澤歸田之後，頗廢登臨；習主簿過江以還，尤傷病憊。藥鑪茶竈，豈消平子之幽愁；酒椀詩筒，聊娱東陽之喟慨。是時宜人屏十斛之脂紅，却千篋之蛾緑，黛椀瀹羹，績筐采蕢。安東歸獵，許宰割之雍容；溢浦留賓，快酒漿之陸續。庭無懟婢，不怒康成；室鮮亡羊，何詢臧穀！以奉政故公優游林下一十七年，婆娑人間六十八歲。室成鳩配，何須三島尋芝；案有鴻妻，不煩七十求艾。然斯時也，鳳鳴樓上，猶隨蕭史以求仙；鸞舞鏡中，尚仗劉綱而庇儷。慨自歌殘寡鵠，年年夜月啼鵑；雨折芝蘭，歲歲春風怨鶴。蓋哲人不禄，桃溪公既掩金刀之芒，而愛子愴懷，奉政公復際長淮之涸。爰乃問司徒之門内，僅有愍孫；過車騎之庭前，惟遺謝客。寂寞望夫之石，凄涼思子之臺。健羽摧時，尚育將雛之翮；高柯折後，重培獨茂之枝。迨令孫容安君藝林毓秀，書圃擅奇。推陸氏之華，人思先德；邀許君之月旦，名重孤兒。庶幾茂灌之門，蓋堪貽厥；太丘之後，羣繼前徽。何圖未報春暉，先凋寸草；纔班湘竹，又折龍孫。令伯之報志終虚，恨埋碧血；百藥則反哺未遂，目斷青原。

嗟哉！宜人浪滿銀河，鵲毛將穨，波深滄海，精衛銜寃。念膝下之曾、玄，衮師尚在；撫床頭之幼稚，末婢猶存。蠟鳳騎羊，俱增凄惻；斷葱割肉，要費辛勤。況乎風凉月榭，已無奕子之聲；蟾照春庭，又寂椒花之頌。青燈課讀，機中理屢斷之絲；白髮哺雛，楓路續迷岐之夢。曲傷獨漉，何處招魂引怨？單棲聊賡，洛誦迄今。駢枝閬圃，知爲西母之花；並翅弇州，識是歸昌之啼。孰知石支天上，星星皆媧女焦勞；珠耀盤中，歷歷悉蛟人怨慟。且夫户本繩樞，門非棨戟。桃源之客，或不知晉代衣冠；隴畔之夫，或深駭陳王宫室。但解經營醢醯，屏當盤槅，釜無戛羹之聲，鮮射牛之隙。即稱女德無愆，婦教是飭。而宜人則巍峩甲第，巷傳崇讓之家；清綺門楣，人指光延之宅。謝家羣從，倚若長城；

林下諸賢，奉爲杓的。爾機神朗澈，器局澄明，片言斷決，一諾持平。投齊后以雙環，椎將引破；發李家之阿堵，船掩不驚。加之情隆花萼，誼篤金莖，閨裏魯生，散一囷之夙積；女中晏子，給三黨以餘榮。庭去疏籬，一任西隣撲棗；人依廣厦，嘗爲北郭分金。豈非頡頏東齊，邑封石窌，嵯峨西蜀，臺築懷清者乎！

嗟哉！宜人方謂棗進安邑，雉獻彭鏗，使天姥峯頭，寒筠護翠；鮑姑井上，霜柏長清。夫何星娥位在，却腃靈修；月姊宮虛，猶遲衆婞。遂使風微柘館，徒增少女之悲；日冷萱堂，大去皇娥之顧。是則瀛桑三變，不見麻姑；鳳羽初成，已摧梧桐。樹碑高梓里處處，黃絹春歇，比隣家家，薤露嗟嗟，德音寂寂，神理綿綿，生過八秩，譽望千年，彩霞不散，皓月長圓。況復薛氏門中，兒皆鳳翼；馬家庭內，客有鴛肩。鄴下金、張，原居貴地；城南韋、杜，依舊連天。但如某等圖畫空餘，絳維已失。三重繐帳，聽環珮之依稀；七尺屏風，疑步虛之彷彿。條桑館內，經雨皆枯；辛夷楣前，迎秋不菀。發蒿里之浩唱，人約千家；借蒲觴之清芬，奠先五日。庶降靈旗，馨茲有飶。

徵費埋葬引

墓大夫之職，設於周官，令國民族葬掌其教令，度數先王之法，纖悉曲至，而仁於死喪如此。然秋官復有蜡氏掌除骴，孟春亦令掩骼埋胔，抑又何也？以是知四海之廣，兆民之衆，雖以聖人仁惠深遠，猶慮有腐胈遺骸棄捐於道路者，豈非天地之大，人猶有所憾邪！

予自去年涖官桐邑，值今天子聖化覃敷，百姓喁喁，坐邀仁壽。先是，國家承前代之制，加意煢獨，設立義塚，所以遠慮而周置者，恩無不至。比年以來，地狹人衆，加以四方流寄客死，子孫湮滅，負土無期。前年丁未夏，更遭水患，隨波漂没殆以百數，予每巡行郊墟，未嘗不流涕歎息。昔宋山陰嚴世期性好施予，宗親嚴宏、鄉人潘伯等十五人露骸不收，嚴爲買棺殯埋。元魏趙郡李士謙年飢罄資糜粥，所全活以萬計，死者收埋棄骸，所見無遺。二事並載南北史書，傳爲美行。

然則今之纍纍於蓁穢陂塘之間，當亦仁人君子之所動心者也。夫倣周官之法，藏死者之體魄，此有司今日之責也。顧以先王之法制，國家之恩澤，民猶有暴置於蹊路者，況予區區一人之力乎？故舉世期、士謙之事，冀此邦好行其德，能助予之不逮云。

家母任太恭人六十壽乞言小引

家母姓任氏，世爲懷寧大族，外曾祖諱塾，康熙丁未進士，任禮部儀制司郎中，提學山左。外祖諱奕璽，康熙辛未進士，仕大理寺少卿。

家母年十九歸先君，生範及弟淑。先君積學敦行，未博見所蓄，遽不幸早世。家母年二十六，是時先王父已没，家母奉順祖母三十餘年，曲得歡心，事無鉅細，能不失一意。範兄弟既受室矣，祖母嘗諭孫婦：『異日汝事汝姑，如汝姑之事老人，可也。』接諸姑及伯叔母，雍然以和，四十年如始至。教範兄弟以禮法自持，懼隕先緒，課之學不少假。範少多病，不就里師，諸經悉家母口授。家母以乾隆元年得旌表，今年陽月下旬年六十。範今幸成進士，蒙恩改庶吉士，將乞假歸覲侍，乞當代大人先生暨同好錫之詩筆以爲寵光，敢爲請。範謹啓。

為同邑某先生議舉賢良方正狀

虞廷崇士，爰闢四門；周室賓賢，聿興三物。故招白駒於空谷，奚必齎函；下丹鳳於雲中，寧當投版！況乎事當饗序，譽本鄉評。志汝南之人物，可無周斐之書；詢會稽之名流，竊慕虞翻之對。蓋貢身貢名，流品攸分；舉士舉官，國典纂重。

伏見閣下堂構攸崇，箕裘遠紹。川渟嶽峙，傳北寺之黨魁；日烈霜飛，著東朝之鼎鉉。是以家傳名義，國重人倫。問王家之子姓，比樹成珠；承謝氏之門風，無毛不鳳。某髫鬌知名，淳明成性。行遊市上，不愛乘羊。就傅塾中，雅知拜太。爾乃長魚之母，癃患經秋；君仲之親，毒嬰永歲。母憐叔異，常勉力以加餐；兒是沙彌，乃苦身而試炙。遂乃病從指入，豎去殃平。發馨香於午夜，空際聞聲；啓日月於丹書，函中授字。以故蘭生陔下，哺愛林烏，萑感園中，泉流枯井。

抑有難焉，尤足稱者，家承清白，雲際邅迍，踞匡牀而長嘯；池館蕭條，縛栁車以送窮。詩書寥寂，某時未終，賈養切荀。何藉邊韶之便腹，爰謀趙孝之魚；假劉巘之檀橋，是代羅威之果。王通志學之歲，即橫講席而談經；孫期牧豕之暇，且向隴阡而受業。進雕胡之味，不取湖中；吸醴泉之甘，忽生竈下。用是冰淵自凛，游塵無染於素絲；羞膳維馨，幽薄不慙於朱萼。況乎香無情而易越，蘭不言而自芳。煌煌京洛，多他年杵臼之交；奕奕簪裾，有昔日紘斤之侶。而乃抱甕隨親，灌園終老。孔仲山交親范式，何妨匿景抱關；王仲孺誼密功曹，且愛銷聲隴畔。斑斕萊綵猶是兒嬉，眷戀潘輿依然孺慕。且也王家之孝子，即原氏之純孫。荒山足繭痛甚，風枝原相，淚枯悲深。霜露護驚雷於丹旐，扞野火於黃腸。韓靈瓜熟，遂降青鸞明徹；苗生還來，白馬軀封無恙。覆雲蓋於霜松，蟻結常安幕山，依於碧水。

若夫舉生平之綆亮，縷衡泌之清修，凡所傾心，尤難更僕。市中隱迹，雅稱織簾先生；道上行吟，不異披裘牧者。裂半絹於車上，雖煩韓伯之遺；雜餽麥於斛中，無易范丹之節。然膏非鐵，尚訪燈椸；束苧遺金，猶歸寺庫。他若隸侍王公之側，不鶩幕下之芙蓉；清談徐勉之旁，惟及宵來之風月。忘雞壇之車笠，豈以風雨而殊音；等鳥啼於塤篪，不以雪霜而改色。豈非范、張故義，當爲漢史之所敦崇；任、黎素交，應感白公而長歎息者乎？至若遊道德之平林，御藝文之珍駕。勃窣理窟，斥落霞孤鶩之詞；沈味義根，鄙鏤雲裁月之句。仁義之言藹如，性命之理通矣。訂頑篇就，如聞臯比遺聲；解頤書成，似鑿壁問舊說。此涿郡士子，奉永和以爲師；漢京儒生，依伯鐃而市宅也。

伏乞閣下採芳聲於下里，申茂舉於外臺，將使處子利賓，非苟下臣充賦。俾昭華之寶，得啓荆石以呈輝；鶉火之翬，不向丹山而匿彩。

援鶉堂文集卷五

聖駕南巡頌有序

敘曰：臣聞懷柔式序，周家崇時邁之勳；遊豫親侯，夏諺製吾休之頌。莫不以考同遐邇，輯玉帛而大皇靈；窮覽有無，降和鸞而求民瘼。斯固王政之大經，盛世之恒軌也。

國家道尊域大，德配乾元。奔走八荒，率海外而有截；甄陶六幕，勞天下以無私。皇上丕冒流仁，重熙繼照。納黄圖于塞晏，濟赤子於恬愉。上咸五而下登三，澤南洽而威北暢。川珍嶽貢，慶集昌辰，晷洽風揚，俗臻化國。惟東南之都會，有吴越之故封；控淮海以分疆，蔭斗牛而畫野。舟車輻輳，爲財賦之所生；巖壑星羅，亦名勝之所聚。蒜山京口，宋帝之所嘗遊；栁色濤聲，唐臣之所曾咏。崇基峻址，銅溝玉檻之遺；曲水流觴，修竹清湍之舊。屬以百年教澤，沐浴而涵濡；列聖恩膏，沈潛而匝至。人文由其蔚起，生齒于是繁殷，故以圖政任人，倍勞睿慮。披圖辨物，尤繫天情。

憶當辛未之仲春，曾覲巡遊之盛典，至今溪魚谷鳥，思鈞廣之重聞；岸草巖花，想旌旗之再拂，望幸之情爲日久矣。乃者旃蒙紀歲，淵默名年，屬準邑有欵關之臣，王師成掃穴之舉。百年梗化之俗，納版籍于司民；累代逋誅之囚，靡長纓於北闕。命偏師而禽頡利，未比其神；用賊將以取淮西，詎方其速。既已受俘，宗廟勒石環林，有詔來春，告功闕里。於是江淮父老，吴會衣纓，莫不企踵瞻雲；翹心就日，僉以泗沂東會。波接陽侯，蒙嶧南闕，雲連芒碭。望珠旗而在目，道里非遥；引桂楫以遵塗，津梁不隔。請因幸魯，遂事觀河，大吏以聞，詔書報可。旋值商羊告異，江東則淫潦三時；河伯不仁，淮北則洪濤千頃。皇上廑念推溝，憫懷懸罄，蠲除補助，德意頻蕃，賑恤扶持，恩言稠疊。流冗得所，不籍監門之繢圖；倉廥時開，非關汲黯之持節。斗升釜庾，計口無遺。巴蜀荆湘，沉舟相繼，遂使牂羊息詠，鴻雁忘劬，起之捐瘠之中，登之袵席之上。是則舉天下被澤之厚，無若東南之一隅； 極斯民愛戴之情，難酬天地之再造。惟願擁龍輧於道左，共效嵩呼； 迎羽蓋於亭臯，羣臚華祝。然而皇上方穆然深思，皇然遠慮，以爲黎民當阻饑之後，未忍勞以耘除； 官吏有期會之煩，或恐妨於賑給。爰宣涣汗，暫輟觀風，既而暘雨順時，年成玉燭，麥禾登隴，稼似黄雲。功敘可歌，民天有賴，然後順輿情而制蹕，諏吉日以浮鑾，猶恐池臺宫館，或以珍麗而啓侈心； 糗糒芻糧，或以儲跱而煩民力。黜浮去華之訓，諄復於璽書； 省事約費之懷，丁寧於詔旨。至矣！ 夫可謂比於先王觀動爲天下法者乎！

粤以二十有二年，太歲在於丁丑，太簇中於孟春，皇上乃奉皇太后紆玉輅，動金根，火正清氛，雨師灑道。川回嶽運，驤八旗於皇衢； 風舉雲摇，稅六虬於江左。藻舟初御，周覽河堤，雲罕徐經，遍觀桑稼。璧湖開棹，渡揚子而逕胥臺； 笠澤移帆，下錢塘而登禹穴。火耕水耨，土俗依然。栟葉梅花，風光不改。攬湖山之勝概，玩溪壑之春姿。極目流連，皆成舊識，隨時吟賞，別啓新篇。乃有鳩杖扶輪，銅車繞陌。縟川藻野，士女歡娛而覲光； 溢郭填城，黔黎踴躍而覩聖。暢黄輿之矚覽，道極於承歡； 採下里之風謡，事光于展義。洋洋乎！ 皡皡乎！ 信可以邁甫草於周年，陋樅陽於漢日者也。

臣海國凡鱗，雲衢退翼。十年載筆，舊立螭頭； 雙闕鳴珂，曾瞻雉尾。家承雨露，弟兄竝忝於科名； 身在江湖，姓氏尚蒙於記憶。蓋陶鎔曲成之理，在用舍而皆恩。況葵藿傾向之誠，豈進退而有間？常念一違身闥，五閲冬春，星漢無舟楫之因，蓬萊有風飈之阻。何幸屏居隴畔，忽睹天容； 伏處巖隅，還聞清蹕。遇風縱壑，莫喻凫藻之情； 騰實蜚聲，未忘蟲篆之習。庶幾與漁樵之侣，共述皇風； 偕耕鑿之儔，同稱帝力。比史公之留滯，遭逢竊幸於周南； 歌天子之南巡，辭翰遠慚於平子。拜手稽首，敢獻頌曰：

維昔帝鴻，登丸陟熊。亦越伊耆，遊陶作宫。夏王休助，周王會同。義隆裒對，典重觀風。其一

我皇闡繹，政維稽古。稽古巡方，紹聖祖緒。東遵瀋涘，北踐并土。維岱維崧，既秩既旅。其二

會稽具區，其州曰揚。東南奧壤，財賦之疆。皇之

初巡，歲在重光。皇輿既旋，民懷勿忘。其三

蠢彼淮夷，久患于邊。有携而歸，惟十九年。冬納其降，春休我鋌。攻昧侮亡，廟畧遐宣。其四

我師既獲，既獻其俘。詔祀孔林，以彰聖謨。卜明之春，以動皇輿。吴民聞之，引領以須。其五

惟此吴民，謂帝其邇。濟淮通波，究徐接軌。六龍其來，徐道以俟。帝曰俞哉，民悦以喜。其六

歲則不登，吴越並饑。既賑既蠲，補助以時。萬億其費，以活窮黎。軫其饑劬，詔緩巡期。其七

惟明年秋，禾稼既實。岳牧徯駕，閭閻候蹕。風雨清塗，羲和筮日。正月癸卯，允習其吉。其八

疆域之陬，巡駕載興。肅奉慈寧，安車以行。容裔辰旒，蕤綏翠旌。升堤觀河，祈福於氓。其九

問老覲侯，德禮孔殷。山川光華，草木交欣。載吟載歙，祝皇萬春。以歲以年，長奉皇巡。其十

皇太后七十萬壽無疆頌有序

臣聞道居氣，母合萬化以彌綸德，協乾元鈞，一寧而丕覆。是以虯書啟瑞，坤靈布位業之圖；龜典浮河，孝理著援神之契。蒼姬受籙，則北維之所憑神；白帝斯權，則東渚由斯降祉。星房瑶彩，水官毓聖之初；壽阜珠輝，土德雲書之兆。興歌下武，知王業之所以成乎；載詠思齊，知文考之所以爲聖。孰不溯始克昌，追原維則，况乎值光華復旦之際，正成周天保之辰，合萬宇之歡心，頌無疆之聖壽。欽惟皇太后侔堪輿而博載，施厚德以廣生。孕項胎軒，軼姜越姒。月華珠斗，配乾昊於陳樞御辨之年；坤母星娥，凝鴻禧於出見震離之日。重光協吉，動日月之和儀；亞歲升辰，興岡阜之嘉頌。

皇上以聖人之心，行天子之考，天明地察之量，瀛尊岳豆之崇，因心廣愛之思，惇典庸禮之式，磑磑即即，滇滇紛紛，道冠古初，誼均兩大。今夫函蒙祉福，徵民殷國阜之符；運值延洪，本道洽世昌之會。國家肇造區夏，亭育羣生，席蘿圖，光寶位，秉玉斗，正璿階。登九天而節四氣，度八紘而奠兆民。步驟五三，偕馳八九。皇上踵武式序，錫羨雍休，受昭華而順紀，葆延喜而垂衣。乘百年之精氣，坤載蓁隆；合五運之昌期，乾功燾育。四

瀛環抱，則物物之皆春； 十景棲襟，亦芸芸而畢燭。 若夫齊文軌而集車書，同聲教而明好惡。 保章星次，跨海中四七之占； 亥步縱横，更斗極北南之矚。 凡熱坂寒門之境，日棲月浴之鄉，請吏受羈，向風厥角。 白狼槃木，協鞮鞻以和聲； 青帶冰蠶，隸象胥而譯貢。 豈止菌鸖江歷，紛綸伊贄之書； 尊耳前兒，璘豳虢公之録。 於斯時也，燮大當以緯化，司泰柄以陶鈞。 至和汁於上載，淳理通於自然。 蕭雲榮露，掩軒楯而騰輝； 翠蓮華正，竝堂除而鞠蘸。 九尾三角，闐咽郊原； 連理雙棲，布獲阜藪。 山輿澤馬，委虬駕其奚珍； 玉羊碧鷄，等豢檻而弗貴。 皇圖照灼，四十六事所未甄明； 帝典葳蕤，七十二君殊兹總萃。 故三元肇慶，占蒼儀寶緯之祥； 五福居先，示璧合珠聯之瑞。 掌歲占星，登臺而欣紀； 射姓亶誦，珥筆而爲編。 蓋温洛榮河之日，慶集璿宫； 而斟元衍籙之期，祥呈壽緯。

值今玉琯方調，珠囊允洽，律惟天統，復得乾初。 慈暉溥於海隅，慶煙翔於上國。 銀臺金闕，别開不老之天； 玉閶瑶房，正闢長春之國。 神靈悦喜，占織女之明瑩； 圖緯昭宣，見景星之煜耀。 爾乃崇三朝之懋典，恢百代之隆規。 徽音熚焯，焕乎霞章鳳翥之文； 坤德博臨，赫矣天篆龍書之跡。 蕩蕩乎無得而名，穆穆乎不言而信。 鐫璆紀玉，儼河洛之方呈； 屬地炳天，似苞符之始出。 蓋聖人之大寶，道在尊親； 天下爲一家，義崇歸善。 時則摇風摇颺，立圭陰以識地中； 寶鼎晏進，臾區而推朞首。 東華瑞牒，咸集萬歲宫前； 南極卿雲，芬靄萬年樹側。 齡延天酒，仙人之掌上方溥； 壽益神芝，玉女之牕前紛起。 階蓂應節，沾瑞雪以生花； 宫樹迎陽，逗光春而破蕋。 鈞天廣樂之奏，聞者動心； 鍾山娱帝之觴，人間未覩。 歸昌諧節，胥由儀華忝之詩； 康老俳歌，並日升月恒之頌。 籌添海屋，未足罄此鼇詞； 竹盡南山，曷以揚斯戩穀。 于是覲光珠闕，鳳啣丹詔，以揚輝渥，澤天黄雲。 擁黄麻而濡潤，登春臺而熙熙，酌中衢而遂遂。 户邀比屋之封，人詩大澤之博。 好風好雨，調協氣而咸和； 益富益年，仰維皇而保錫。

臣江介凡鱗，雲衢退翼。 曾瞻雉尾，尚夢想於江湖； 舊立螭頭，但記遊于天上。 往者龍轙南幸，欣迎芝蓋之輝；近者鳳甸西臨，復覩星旄之色。玆值瑶圖受紀，寶祚迎禧。遂與康衢耕鑿之侶，共慶堯天；且傾陰崖葵藿之忱，同依舜日。是知卿雲糺縵，還甄擊壤之歌；逵巷忭訴，俱彙華封之祝。頌曰：

天皇之女，萌衛雲龍。斗樞爍電，爰誕有熊。於皇聖母，炳曜中宫。育我聖皇，用躋熙隆。其一

於爍隆平，歌惟復旦。海外有截，域中同貫。蒼昊澄明，黄圖塞晏。皇帝淵中，以崇歸善。其二

丹繩閟曜，翠籙凝華。春秋元命，禮讖含佳。維天眷德，義豈云誇？漢臣記注，陋彼曾沙。其三

天眷伊何，廓帝之域。風后四監，白阜丸部。曦望迴周，沉榆屆圉。億萬斯年，作蒸民主。其四

緹室初陽，黄鐘協律。欽惟璿宫，祥暉靄吉。植彼仙椿，濯龍鬱鬱。羞籩有蕡，五百而實。其五

滄溟斟醴，蘅華列豆。迴環二儀，仁者之壽。撫安四極，孝成日就。皇哉至德，乃配尊富。其六

大孝備矣，大禮孔昭。金鏤玉牒，煥赫穹霄。五老列陛，三精厠僚。龍負圖典，鳳協雲韶。其七

迺錫仁恩，德音遐布。高下清寧，山海浹飫。惠玆耆耇，下逮孩孺。殊類夐陬，衆載皇祐。其八

瑶光資物，實惟無形。維皇錫福，璇題玉英。覺德用愷，茂豫桐生。光宅緯化，一本天經。其九

世登三壽，元調萬春。成天下樂，無一隅顰。山川戢潤，草木懷新。臚歡獻古，暨於八寅。其十

聖駕春御經筵賦

粤惟璧垣昭灼，珠斗揚明。大文麗天而協曜，聖道章宇而元亨。蓋溯道統之遥源，既葳蕤乎圖篆；擴治功而在宥，亦瀰湛乎垠紘。是以珠囊丕煥，金鏡澄清。丹甑玉鷄，感苞符而竝出；火枝沈羽，共跂蟜而偕生。故已絜王德之根荄，儷帝道之華英矣。然猶衢室訪道，啓沃咨誠，紆思於日昃，求衣于未明。匯羣儒之秘義，萃往哲之元精。凡夫羣玉宛委之所藏弆，金匱石室之所編呈，莫不苞羅總統，甲帳駢盈。是故躋聖學於克明，章懋功於有秩，謂往牒之所昭垂，迺後王之所憲律。巍巍乎乘離出震，號則或五而或三；淵淵乎作聖述明，經則爲

九而爲七。或松楝雲牖之所咨詢，或姬公尼父之所闡繹，乾坤賴之以著其清寧，萬物緣之以成其雍謐。才之所以參，三聖之所以得，一也。

爰命禮官具儀，太常涓吉，肇舉經筵之典，聿啓縹緗之帙，將以抉經心而執聖權，匪云拮春華而采秋實。

當斯時也，景列聖之懿徽，光華復旦； 紹前修之奥緒，日月方中。欽神明之陟降，感道法之流通。詣奉先而展將事之敬，啓傳心而章鉅典之隆。蓋合氣於冥漠之表，體道於淵默之衷，洞洞屬屬，穆穆融融，仿佛羹牆之景慕，而著昭格於明聰也。時迺蒼靈紀功，青鳥奉職。律調姑洗之同，令達餘萌之蟄。祥光拂萬年之樹，淑靄徐舒； 清飈清九陌之塵，霱雲翔歙。虬鐘饗徹，度千列之鸞旂； 雉扇遐分，瞻九霄之雲蹕。百僚師師，千官輯輯。宮花含笑，奉芝蓋以遥臨； 階莢抽蓂，映簪裙而競入。帝容睟穆，玉藻彬雯。彤几前陳，升洛濱之璇籙； 黼扆中止，繪天上之卿雲。升翠烟于寶篆，挹講幄之氤氲。鵷鷺鵠立，蟬冕繽紛，莫不濟濟焉，翼翼焉，景盛儀之煜爍，而欽墳、典之鴻文。爾其振長佩之瓊琚，仿嘉謨而入告； 奉赤文緑字之編，探鳥篆龍圖之奥。先靈之所以淑世而宜民，後王之所以輔世而立教，究陶淑之淵微，極理亂之奥窔。上參元始而志通，下覈紛綸而眉較，是知席蘿圖而布紀先典，則龜鑑之攸存，握斗杓而御圓。聖德以冲虚而彌邵，周環於皇王之路，酌劑於正變之衢。展球室之秘寶，燦琳閣之璚敷。會周情與孔思，斟帝典與王謨。籠萬方而義路斯闢，接千聖而仁里依於天子。乃曠覽於邃古之初，紆思於元化之秘，丹青九有，陶鈞衆智，甄藝圃之菁華，沛德林之淵懿。海王開塞，屏霸駁之書； 漢室唐軒，雜醇醨之治。搴彼蕭稂，采其淑粹，峻此垣墉，資其塗塈。握璣矩以登閎，秉玉燭而高視。此規唐紹虞而可三，媲姒纘姬而可四也。若夫石渠虎觀之所縱横，鄭箋孔疏之所析解。宣室召賈而前席，邇英侍講之詞逮。既道本之懸殊，量治效而蓰倍。況乎松枝麈尾之虚談，金華元圃之塊壘。何殊斥鷃而寶蕭，徒夸編珠而綴琲。匹簣壤之方崇山，猶涓滴之具滄海，曾何足論其微鉅，稽其委匯也哉！

援鶉堂文集卷六

鑾輿春巡南國賦有序

欽惟皇帝陛下：天明地德，昭融穹宇。仁溥無垠，威覃殊域。禮典式序，聲教遐宣。乾隆二十二年，再巡揚域，圖事展義，翕河考績。神靈悦喜，黔黎觀忭。臣範生際昌期，涵泳闓澤。往以謭陋，濫竽翰林。素餐非分，不獲終侍。闕庭戢恩，懷慙永負。高厚瞻，戀宸極，彌以歲年。今者恭矚璇蓋莅止，凡與簪紱，咸蹈德，詠仁賡，歌休盛。臣自惟鼓缶擊轅，揚述帝載，以𡤨般頌，進越非職。顧念昊乾垂曜，萬物載曦，江海噓納，不遺纖芥。昔唐栁宗元身嬰壘累，屏諸遐土，尚思以文章報國，規撫皇雅。崔駰漢時太學諸生耳，欣逢章帝，猶上四巡之頌。何則？宣國美，揄盛典，抒情攄忠，不以遠近貴賤殊也。臣範用敢不揆庸虛，獻賦一篇，附於古詩之流，以究臣子忠孝之誼。其辭曰：

維彊圉赤奮，若之歲月陟陬，如皇帝省方巡功，布德戒職，將南狩於牛女之墟。辰旒建而飄雨之師警御，鑾和振而嶽瀆之神效驅。躬桓師師以奠繅，組綬濟濟而褩裾。梨顔鮐背齯齒之老，穲穰羃鬌纖倪之雛，總總欣欣，洋洋于于。仰翠華之重集，續佳氣之扶輿。聲淮浦而冰泮，汁青陸而爲蘇。於是迺有句吴惇士擅舊史氏而詔之曰：『蓋聞錞於振而介士踥騰，絲竹競而歌工宛轉。瓬注旁翼，不能秘響于陽臯；葩華絛搼，相與藎薾於露晼。氣歙而鳴，芳澤漸其膏而資之以融衍也。今吾子故嘗揚淳，圭彯纓冕，瞻觚棱而晨趨，厠臚句之有踐，抑揚淵雲，抵掌朔偃，顧自儕於潛蟆瘖蟬而不能發。皇儀簒先典，豈惟吾子之羞，抑亦髦士相顧而淟涊也。』

舊史氏曰：『唯唯否否。夫吮粉濡墨者，圖繢之譜而不能丹青。乾昊藻飾，蒼宇軌涂，步野者匠氏之矩，而不能規峻衡華，度深靈海。雖然，亦嘗識前古擩士風，沐浴休和歷年所矣。雖不足揚懿烈，述祥瑕，然州分部居，枝樹頬輔，庶使吾子墨竄而丹黚乎？昔者黄帝審星律以分野，風后受瑶圖而布功，次當星紀，律應黄鐘，實維東南之域，揚越之風，爾其廣輪演迤，維絡紆通。准望之所極，分率之所窮，枕梁宋，亘瀫泗，包徐潼。閩粤庨豁峙其國，荆楚雄廓襟其衝。導長江而東注，挾萬穴而來同。越尋陽，凌馬當，翼翎雷池，籍柯宣歙，蕪涂蕩廓乎白沙赤岸，若坤輿初判。而雲水合沓，浩乎洶洶。潛黟綰阻，羣舒宅隩。巖巒崮崒而隱轔，衆流汩越而涌沸。專達旁注，依防孫屬，南北合湖於壽春。金革鮑木，滙漅肥而通軸。廣陵吴郡，是爲東楚，南漸于越，奄薄海渚。涵洲島而綢沓，版溟澥而錯輔。藪浸鍾瀆，羗靡得而覼縷，峌嵲渺靡，南鏡泙渫，緬曠臨平，宣利苕霅，潘河瀫渠，潮汐翕納，縉雲赤城，四明三菁，句華回浦，負嶠瞰瀛。東南都尉之所部，騶摇起裔之餘勍。出峻嶂而卓詭，閟煙景兮岇峥。三江五湖，東吴國埠。儲與地媪之清嘉，貨賑羣州之太半。本端委之遺風，仍斯文之舊貫。牢東溟而熬波，席銅山而榷筭。岑崟紆其顧眺，濤瀨轉而句灌。載瞻金陵虎龍盤踞，控南徐以作屏，瞰南兖而爲户。昔天下之三分，割此邦以鼎據，占旗蓋於東南，亦論都之遐務。今四海其永清，陪神京以犟護，荅其邑居之佳麗，疆宇之跨傅，物産之殷充，人民之都裕，志乘精捃之而未詳，賦頌侈陳之而未具。

『粤我聖祖，鍾下武之景運，揚烈祖之耿光，蹤舜禹以度軌，舉姬代而憲章。惟一人之順動，荷天衢其慶行，涖江皐而賦政。鑾輿六出，皤髮遺老，至今嗟詠，如葵傾陽。世宗纘緒，錫羡雍休，金鏡環抱，不屆而周。

『我皇受之膏澤，洽乎函夏，王道炳乎八幽，威燀赫乎海表，澤浸潭乎漢流。户邀封於比屋，糧栖餘於隴邸，巷胥含哺而擊壤，羣相歙乎謡謳。喜康肌以腴骨，惟紆顧之猶惄乎其有痌而未瘳。往者重光協洽，江南耆老，縉紳之士，會乎在所，黎元舉踵，延首以佇。九旗之南指，請乎大吏而上聞也，不啻望歲而飢調。天人合，五繇愜，鑒民情，時允答。皇涖止恩綸匝，山川戢輝，草木芬始。計時已半於星周，土於斯者，咸歔乎慕思，蹴秋龍於閶闔，於是聖上軫斯民之懷祛，又重念水潦之不戒，而隱親之未浹也。酌五載而涓期約十二分，類造申職方以戒途，最大馭以掌較。祇璿宫之康悆，奉金根而揚纛。攝提並馭，以焱攸方。神秉節而騰踔，般羹氣之蔥蔥，殷百年之丕冒，紆春望於青祇，懥皇心而允樂。爾迺軼薊、邱，歷迺、莫，拂青、兖，越華鵲岱宗，迎輅而舒暉，虹旂旖旎以旭霍，前招摇而犴淮垠兮，後天畢屬乎河之堮。於是弭雕軫輦，華轙方餘，皇翳雲芝，施蜺幬，靡輕飈。式覲乎經注，紆察乎涔枝，溶潏碭駭，聿波揚乎九派，衝風起而巃嵷，肆滛滛以靉靆，儵砰霳而雷虺。潚彭沛，其猶呀呷滋海，若掍成接乎隝涯。感豳桑，閔澮菑，洞玉版，兆靈威，戒庚辰，鐍支祇。恤柏冬之獘塴，昫春日以條滋，紛桃花其澮淹，渺竹箭而平漪。於是出洪澤，汎射陂，方皇夷，猶以沍廣陵而集乎蜀岡之陲。俯九曲，瞰重江，梅舒舒而睞睇，松矗矗以摇橦。悵剖分如瓜豆，惟餘識迎鑾之鎮，誒龍輅於此邦，然後揚鷁采，齊吴船，鼓淮南，喝籟簫，浮揚子，榜春潮，扶輿教窣而上乎金焦。晨光曜於浮楯，萬頃鏡於軒寮，瀹中泠以濡翰，襟江海之超遥，睋雲帆而轉漕，樓櫓峙以峔嵺，慨民力之普存，益底慎兮維昭。

『爾乃迤旂口京，紆軫朱方艤。春申之舊浦，緬季子之維桑，纜牽犖於蘋芷，舟徐引乎新篁。鱗輯采而唼浪，鳥別岫而舒吭。弁翰回涉，沿瀨華光。若此者澄流宛潬，翠嶂低桁，娟秀容與。蓋數百里以達乎金閶，時則却三翼，頓玉軹，察民物之昌阜，審都邑之綱紀，升陽抱而概雲，馮穹窿之崛起。湖波洞其鴻溘，日月攸其桀委，巖岑茗遐而欽崟，徑壑纚連而碕礒。天廓雲旋，迴舟東指，右禦兒，徑檇李，逍遥乎明聖之湖，宿留乎錢塘之涘。昔天藻之昭回，賁山川而載韙；值雲罕之重臨，蔚金堤之栭杞。維兹邦之娟麗，實靈英之所偏。羅巖户里，鏡瀾牕前，水木渺其明瑟，煙月焕其淪漣。餐山光與湖渌，絜冰玉而澄鮮。當一方之割據，擬半堵以芝廛，矜瀏灕於篇翰，亦露綴而珠聯，瞻宸章之煒爛，譬日出而星躔。於是厲陽侯，飭冰夷，梁鼉龍，靖浩蜺，謖飛雲而西邁，聿駿屆乎會稽，懷撬輦之四載，剖日月之雙珪。山祇鎮於終古，明德眷其靈猗，啟玉笥之秘簡，酌丹井而芳滋。頖詰戒而陟跡，亮聖揆其若斯。既則旁睨海塘，磬折參伍，用董所司，方緱句矩，屹焉巨防，爲東南户。遂迺舉升龍旋虹旆，帝暉翼乎金陵。神靈翕其芬藹，禮故寢於鍾山，彷過湖以奠酹。臨池陽之舊宫，御鈞臺而蕝幣，升華蟲以辨等，暨銀黄之咸在，齊數度於律同，爰協職而載采，道方志以詔觀，稽地圖之梗概。登譽髦其樂胥，思烝徒而舟渭，第嘉頌之後先，準陳詩於曩裁，甄譎觚之不詳，勤民隱之愉泰。既嬬穢而美禾，亦簡金而沙汰。穀帛逮於高年，牛酒慽於户賚。登春臺而熙熙，酌中衢而愉愷。於是展上儀，整法服，召俊民，次方牧。迓六䮾之金輿，祝萬民之瑶籙，登皇寮而燕醑，溥飫賜之優沃。葆佾陳於階除，金匏盈於黼幄，五變四會之鏘洋，坐部之第録。耆童遞歌，泰容欽矚，康老能俳，歸昌嘯谷，重敏諧迭，㭒屬巢沂，賡言産續，仙倡白象，高紘紫鹿，已劙迹於虞廷，屏末事之骫曲。皇歡洽，懿爍烝，文德炳，武節騰，致果毅，昭戎經。艆艒雲横於海渚，檣帆嵂嵬乎滄溟。闟䡲讀列，句卒環弸。兹飛宿沙，文身雕題之旅，鮮扁而彸路；烏滸狼艈，板楯金鄰之隸，䟦踶而甄行。趁𧾷遭𤞤𤞤剙剙。時則波清宴以息纊，極葭菼之縱横，島嶼參錯以隱轔，艑艖闐若而瀴溟。長角疊，撓鐸更，祀始建，雷隱輷。馳海鶻與蒼隼，櫂木翟艨艟與水城。暘夷勃盧辟閭，淳鈞葩華而荓布；蛟帶偏褧縵胡，朱鬘鶚視而厲征。風雲合而正出，蛇虎盤而奇成。或霏舒而鴻列，旋鷉逝而飇乘。煌火馳兮明星隊，組練霍兮震雷驚。虬螭駭其氬費，鯨鰐悭其砯砰。天昊輟其舞，蝄蜽失其精。虞淵沸，湯谷焚，蛟室回湝，龍堂殷礊。日域橋噱，月蚷竛竮。斯則警危以安，慮險以平，以折遐衝，以憺威稜者也。軍容單皇，武究時邁。歌鶩夏，奏勞水，犀犒貝胄，布金錢而川流，積錦繒而陵覆。

『當斯時也，爕大當以緯化，司泰柄以陶鈞。魁頤育有於無象，瑶光資物於無垠。羣歷蕭勺而廓廓，桐生茂豫而訢訢。罔幽潛而不達，奚引楯而不申。何覺德之未愷，孰王義之未遵？蓋方將穆然於蜵蜎蠖濩之内，躋斯世於鷇居鷇飲之醇，却乘黄其不御，屏象載而弗珍，而戴穹穹者忘乎旻昊，履厚者冥乎紘寅。乃嚶喋角觸而言掌故，攜挈吮喁以綴舊論。適自曹其愚而貽世以噱噸也。且夫帝王盧牟六合，罣牢羣物，敦本而別宜，儴本而異術。咸莖章英，韶夏不齊，其聲音本性情，象事行，感人鬼，協陽陰，其致一也。經曲質文，隆殺不概，其文章治際會，序紀綱，昭治辨，秩典常，其用匹也。經綸方夏，整一寰俗，揆奮文武，不同其道。而因事以建德，形民以立軌，亦皆所以承天播，斗倂坤，博載而示之極也。故曰聖人者，不能生時，時至而勿失焉。巡守之期前載，略可覩矣。唐虞以五，夏殷以六，姬成釐典，歲星周而肇舉。然且三垓八通之壇，中階阼階之矩，五擯四擯之節，天揖時揖之敘，設藩籬而外衛，懸筍簴而晝樹，此咸周之舊則，而嬴、劉以下未嘗因循而紬緒，或登封而巡大河，或祠畤而臨豐序，或師行而及游畋，或祠社而封前古。此歷代之遺程，而後王未嘗仍之而錯武。況我列聖之肇造區夏也，秉軒弧以掃欃槍，奠舜戚而除旬始。澄九埶之睢刺，生億兆於煩褰。

『聖祖執天符，握地紀，繹辯章而惇化，鳥奕乎萬禩。三枘之畔換既靖，遐荒之獉狉順軌。慜東南之沈祲，時六龍而功底。世宗融皇風，緝聖蹕，顯翼翼，紹亹亹，司契於璇題玉英之中，而四方萬國，亭之毒之，敷恩而錫祉。

『皇上保大定功，柔遠安邇，設神理以景俗，斟元氣而廣被，六合在宥，八維順指，天地之道，闔闢不已，帝王之治，一張一弛。念在茣於日中，虞丕顯之怠只。於是越瀋陽，踰興安，閱驍武，稽侯屯，騎獷民搏，以厚敦龐，以翼藩翰，迺禮東岱，陟嵩巒。齊魯周衛之區，咸戢德而載懽，然後巡江甸，涖淮堧，闓大澤，察人瘝。今者以河公之肆溢，而悼民心之窶艱也。既灑澮之，又軫隱庶鮮，勑調均而愷惠，疇化居而懋遷。故曰：四時不同化而宅神，王道不襲軌而成動。一隅之見安，足以窺皇典而忖聖權也。榷維皇清之爲德也，罔懿典而弗遵，疇夸煽而弗擯。是故運天樞，毓黎獻，芬芬雉雉，旁魄曼羨，帝魁絜閎，巢軒共貫。然且却金繩，屏石礎，未嘗侈鶼鰈陳茅，忝推類號休以封禪也。義征不憓，威憺坤軸，西蹴邛龍，北血尸逐。奄蔡康居，蘇寙厥奥，朝甘泉静鷄鹿，班勇所未詳，朱英所未述，莫不面東風而請吏，受纓縻而崩厥角。然羣臣稔勞謙，仰淵谷，不敢仿前世上尊號，以耀休烈而章撻伐也。至於隆三朝之懋典，本歸善以鴻崇，慈暉溥於海宇，含飴浹於淵衷。恭天命以虔祀事，宣重光以昭顯融。澤溶溟渤，精耀瞳曨。昌期固若磐石，峻極仿其穹窿。甘露溢蓂，莆叢爓景，星圖天龍，然猶朝業業，夕繩繩，惕中机，銘盤弓，誦小毖，警桃蟲，功神德至。雖蒼頡執管，史佚展翰，猶遽數之不能終。况區區馬、揚、淵、固之徒，拾藻鏤采，揚景爍效，歌頌是猶，度黄輿而布量尋丈，窺太灝而引氣於蠛蠓也。」

於是惇士聞之，愉懌湛於睫，歡忭盈於胸，舒繹歌詠終身，而樂夫時雍。

聖駕西巡賦有序

欽惟皇帝陛下，繼照重熙，道媲謨烈，業兼創守，武功丕震，文德覃被，天明地德，日月儀光。乾隆二十六年，恭逢皇太后萬壽鴻慶，涓吉仲春，巡幸五臺，遂臨畿甸，神靈悦喜，兆庶懽忭。

臣生際昌辰，沐浴膏澤，非分素餐，退休隴畝。往者璇蓋南巡揚域，再覲江皋。兹者恭遇巡方，敬瞻龍輅。竊念葵藿傾誠，無間進退；采輯風謠，不以猥鄙。用敢不揆庸虚，獻賦一篇，附於拊轅擊壤，以申臣子忠孝之誼。

自昔璿室調元，嵩宫布政，明兩開儀，登三協聖，罔不設教省方，審衡修平。蓋以代蒼昊而作牧，括黄圖而司枋。八方同其風，羣生遂其性，故周崇時邁，式序懷柔，夏諺吾休，豫遊載慶。丹陵有舊幸之宫，白水有前巡之令，况乎温洛榮河之日，斟樞衍録之期，致治則五三步驟，鴻號則八九偕馳，受昭華而順紀，葆延喜而垂衣，梯霄構址，罄海裁基。

如今時者也，皇帝之御極也，統集熙辰，運膺景福，百年精氣，坤載靈長，五運昌期，乾功焘育，四瀛環抱，其如仁十。景棲襟而揚旭，尚以周成纘緒，克詰戎兵，雲紀合符，乃驅獯粥。爰運玉帳以振天聲，握金韜而行秋肅，念郅支之逋酋，兼頡利之梗服，虎臣鋪敦，龍驤角逐，遂繳大風於青邱，梏貳負於疏屬。懷彼集鴞，掎其鋋鹿，爇坂寒門，月棲日浴，莫不請吏受羈，向風厥角。於是籯金龜綬，來漂沙子合之君；爰質方奇，極安息條支之蠲。象胥重譯，則旁莫支留；鞮鞻和聲，有扶路側祿。幕人文馬之錢，畫革旁行之牘。雁澤龍堆，鷄田雀谷，田恭未詳，英超不録。伯益名以荒經，東方託爲怪籙。綜其廣輪，稽其名族，版登下兮拘彌，户編羼兮和犢。跨海中四七之占，更斗極北南之矚。表以圭臬，豈止桺谷？嵎峽畫以沉榆，詎云幽陵蟠木。又況至德準援神之契，天經緡瑞應之符，神龜升潛而負典，天龍夭矯而啣圖，景雲迴合於霄際，靈草杳藹於中衢。緝聖緯，融皇符，舄奕乎萬禩，亭毒乎綿區。於斯時也，靈臺偃伯，雕戈弢府。爰宣汗涣，聿幸畿輔，肅謁珠業，還瞻柏禦。且燕晉乃綰錯之交，而清涼實金仙之宇，叩珠藏之覺音，暢璿宮之康悆。於時重光紀歲，金穰司年，清風調於上載，淳化通於自然。三元肇於慶，五福居先，蒼儀先期而璧合，寶緯豫吉而珠聯。追上元之星紀，攷後禩之璣璇。保章登臺未覩，太史珥筆無編，然且屏射姓之奏，却亶誦之箋，勞謙若谷，聖德其淵，此所以巍巍蕩蕩，上諴於昊乾也。爾乃剛辰涓於上旬，征行卜於三兆。如月律應函鐘，啓行期先掌較。祇六騩之華轙，奉金根而揚纛。攝提並馭，以炎悠方，神秉節而騰趠；火正清棼，雨師蹕趡，般美氣之氤氳。殷衆婷之丕冒，紆春望於青祇，憶皇心而允樂。沃野彌望，原陸寬平。諸夏兼其逴躒，神皋赫乎崢嶸，郊圻則綺分繡列，疆埸則波涣鱗絣。遂乃雲畢臨乎上谷，星旄翼乎易京。芳氣葱葱，扈五雲於松路；朱光赫赫，擢三秀於佳城。唐陵熊羆之守，漢園遷選之英，想千齡於劍舄，託萬祀於旒旌。遂徑鮮虞，道新市，石臼逶迤，阜平貏豸。瞻慮虒之嵯峨，届室利之錫迹，即看鷲嶺字髮，旋螺因甜鴛藍。心花出指雲依，拂門以成黄氣。近仙居而半紫，映渚虹而嵐霞生，偪瑶光而黛色起。百千萬字之容，煜燿妙祥之祉。尼連寶樹，迓芝蓋以琴麗；忉利天香，拂蜺旌而霏靡。金姿寶相，喜瓊鈒之重臨；鸑鷟迦陵，識龍輴之莅止。於時化樓曉出，山徑春融。紅泉汩潺而冰澀，碧崿瀲灩而雲封。瞻雲罕之奕奕，轉和鑾之雝雝。於以展義，於以觀風。柏國樊城之舊壤，仙巘天井之遺踪。經遒鄭，歷完雄，金河澄瀅而鋪鍊，玉帶宛轉以垂虹。貫天漢而爲一，與瀛海其相通。於是雕輦却而徐輦，藻舟翔而時御。豐殖蒲魚，弁田雁鶩，栟杞環堤而煙凝，桃李先芳而霧吐。桑鳩穀太，歲華紀麗之纖書；麥粥杏餳，四時齊民之典故。乘太平之駢盈，欣室家之攸聚。暢慈輿之矚覽，美始專與；采下里之風謡，桐生茂豫。

當斯時也，徵求絶寡，兵衛裁陳，地逾千里，時計三旬。既躅租而賜復，乃惠獨而矜貧。秀采翹於葑菲，蘇萏翳於樗榊。却籠香饈藥之瑣綴，何貢金獻幣之紛綸。畫甕香臺，無煩祿頓；綵樓百戲，奚事求麋。葢聖上蜵蠖濩之中，穆乎在宥；而馭辨時乘之日，載厘還淳。此所以萬國臚歡，磑磑即即，衆樂終産，總總困困也。時則銅車繞路，鳩杖扶輪。盼珠旗所長薄，瞻秋駕於重闉。山川戢輝而含祉，草木芬始而懷新，葵藿之傾何極，華封之祝彌垠。豈若西都之賓，徒夸震爚；馮虛之客，但侈繽紛也。

五聲聽政賦

維聖哲之乘乾，稟昊蒼之靈命，故天之聰明寄乎民，民之耳目資乎聖。凛乎微而無弗彰，謹乎細罔敢弗敬。炳八荒於珠囊，羅萬有於金鏡。葢前旒掩明，黈纊塞聰，擴其偏覆，而不欲盡相而窮情。細流不擇土壤，不讓大，其并可用以釐訛而裁正也。粤稽古王，懿哉神禹，承二帝恭己之修，肇三代文命之主，慶安瀾於九州，修王功於六府。統東海西流朔南而布聲，官益、皋、横革、直成而爲輔。故以總方隅於砌陛，燭紛綸於庭户，乃猶懼淵隱之壅于上聞，而庶政之蔽于依宇。爰在治忽之幾，爰别進言之敘，豈不以君爲羣倫之宗，道實萬物之主，苟懷道之畢陳，何治功之不舉。音効春分，是名爲鼓差。其器曰建曰輮，設之地于庭于廡，或妙參象始，或心期皇古。斟德化之淵源，發精一之妙緒。如大昕之徵召，何衮闕之不補。若夫列八音之全肆，則金之爲長；統萬事之會歸，而義折其中。較得失于渺忽，比研悉于磨礱，則聽夫鏜鎝其聲，隱隱隆隆。葢鏗聲以立號，乃金奏之洪鐘，其有教宣，令作遒人職。恪鐃響于中春，通鼓音于金鐸，聞斯聲而憬懷，聽縷陳而矍矍。蓋衆事之淆陳，賴寸心之斟酌，思百度之所以允釐，庶一人之無忘民瘼。至于泗濱所浮，無句所定，氣通夷則之先，樂有立辨之應。誰語明庭之憂，式叩沉明之磬。於時獄既平而吏不稱豪，車猶下兮而如惻愁嗷。懸肺石而令窮民之情達，清貫索而下淑問于天高，則有樂師戒修，有倕錫號，同戒晨而警衆，匪靈鼓而摇鞀也。當斯時也，覩師濟之盈廷，見明良之交贊，繼二后之勳華，歌休明于復旦。廷無諧媚之聲，民絶殿屎之嘆。赫赫乎聲教之遐通，蕩蕩乎遠邇之共貫。

方今聖天子荷天衢以元亨，廓王道于蕩平。徐聽遠聞，仿高居於龍首；普震廣播，似詵鳴于華鯨。乃置敢諫之鼓，設進善之旌，人無不盡之隱，物無不獻之誠，道得一以貞，事得理而成。慶斯民之和樂，知庶獄之明清。此所以符帝德之茂實，而蜚王者之英聲也哉！

舜有羶行賦

維握乾而秉籙，并萬寓而苞含；既憲天以作兩，亦媲象而兼三；御陰陽之正氣，並性量之淵涵。是以懷方抱氣之倫，悉飲和而食德；而跂行喙息之屬，如飫醴而嚅甘。葢所蓄者既普汎而無際，則在宥者咸適所以愉湛。似聞馨之馥馥，良有味之醰醰。故尚德稽功，道必資乎謨、典，如斷章取義，説可及乎周、冊。粤稽往牒，載考前軌，紹帝運之方亨，纘伊耆之懿美。重華紀輝，有虞稱氏，恭己則土德初開，敘功而五運隆只。延喜是陳，昭華載徙。康衢不輟於作息，在廷賡颺於喜起。虞書、帝紀既覼縷難詳，而機鈐斗樞亦瑰譎不理，況乎巵言、子説之荒唐，而秋水庚桑之幻詭。然而擴其量則海宇匪遥，析其義則帶衽非邇。懿夫衆萬，以氣相感，以性相迎。疇有懷而不盡，孰有頗之難盈？置中路之衢尊，則不窮於衆列；酌芳腴之羹胾，自可厭夫羣情。本無心以應物，非有意于將迎，緬窮蟬之璇冑，實側陋之鰥煢。方其身未離乎襏襫，迹尚寄夫羣氓，習陶甄瓴甓之故伎，比網罟絲餌之經營。稽地志，則雷澤河濱紀其芳躅；徵往蹟，則歷山夏首詳彼遺聲。於時則珠囊方懸而未握，金鏡猶掩而未攄；覲光者則覩德輝而知慕，聞風者則耳盛事而相趨。譬緣坙則別燥濕，似集木而擇菀枯，曾原隰之幾歲，忽里閈之成區。西宇東衡，遥遥相屬；南隴北舍，奕奕相於。出陌度阡，往來不隔；龐眉稚子，宛轉相扶。非版圖之邑邑，成望裏之都都。信民情不異於蟻附，而舜躬未別於卷蔞，豈不以民資聖而本生，聖本天而立制，廣坤德之含宏，普乾元之美利，養欲而不名功給，羣求而不言賜夫。豈强其所難勝而禁其必至也哉！

且夫立德者不孤，溥愛者能應。烏睇茂林而翔飛，魚游淵浦而並詠。至于名灑丹烏之纖，號有元駒之命，潛坻壤而其細已甚，出槐根而以衆爲競。既相時而知穴，復馨羭而別徑。况夫同號含生，共抱識性；雖異智而殊愚，胥目窺而耳聽，故至德升聞之日，事炳于丹册緣篇，而詳往述聖之符蹟，備于冀、兖、陳、鄧，是不待徵瑞應于器車，列靈符于丹甑，即民情之欣熙，知淳理之可證。然後知聖人之御宇也，以神而動，如息相吹，執大方而爲矩，秉至圓以爲規，非有心於感召，視祈向而懷之，匪濡需之爲戀，實和德之所滋。聖天子合八荒而同貫利，統九有而一簪裙。肴覈仁義，酌劑詩書。鑒太清而民絶浮志，樂恬漠而俗絶淫渝。髽首跂踵之輩，鳥言䀹市之墟，胥回首而稟朔，如待食而湏餔。此所以握帝德之華英，而匹虞氏之都俞也。

天馬賦 以五花散作雲滿身爲韻

爾乃西極之邦，大宛之土，其俗毅深，其風健怒，其人則慓猛激悍，其氣則踔厲獰武。神氣之所生，水土之所乳，金革羽毛，槖駝羊羖，或不能當其異，于是乃獨鍾之而爲良馬。八駿之所生，七逸之是取。驪淵乃儲其精，應龍實爲之父。曠百年而始見，或間世而一睹，匪可十計而數以五。擊鼓乎吹蘆，吉日兮維午，羌兜豪氏，乃禱馬祖，剪之拂之，以誇諸部。

聖人御世，四海爲家。八荒在闥，萬國來華。貢物王朝，賜書曰嘉。于是名王當户，或衣青兕之裘，或着豪豬之靴，握刀樹羽，推琵引琶，蒲桃苜蓿，穰穰滿車。表靈獻異，實維渥洼。蕩蕩兮而踰河源，飄飄兮而至流沙。披肉騣之如錦，散連錢而似花。鬛紛綸兮錦霧分，目紫艷兮赤霞爠。爾其飾以錦韉，鑄以銀鑿。于闐之玉，爭璘鞍鐙；南國之金，鞶綳纓絡。歷九衢而風寒，過長楊而電作，霜蹄蹴兮般首伏，方瞳曜兮乳豹竄。周馳八極兮追金烏，蹴踏萬里兮揮赤汗。長安壯士，羽林徤兒，摻轡執鞭，惆悵覊絆。郭家獅子，徒望塵之如奔；唐帝拳毛，亦臨風而驚惋。唐成侯之驌驦，諒不足珍；海西侯之千里，或疑其謾。

于是給淵雲以筆札，假枚、馬以弱翰。蔚青敷文，珠皪綺散。或擬漢而賡歌，或繪圖而作贊。顏家太守，曹氏將軍，莫不擷彩綺霞，掞藻飛雯，啓口噴玉，舉脛搖雲，嵓峊嶒崒，峻耳蘭筋。開風沙于縞素，飛霹靂于雄文。流星飛兔，跨驥空羣，蓋育精于房駟，非寄產于渭汾。

當斯時，覆育九區，欣欣衎衎，受籙膺符，弗荒弗誕。監往轍于姬周，歌黄竹而傷痯；盼王母于崑墟，悵化人之閒館。且也鬐首貫胸，甌胐羌罕，咸奉王章，或邀組纂。不煩一兵之用，並納降王之欵，薄漢武之雄心，陋唐皇而氣短。萋白狼兮草緑積，交滿横門之道，不可九方之代。驂於象駟，空歷配乎勾陳。仰石飼秣，偎人摩呴，早櫪駑駘。聖世德致異物而亦安用遐珍，顧東郊之瘦馬，嗟逸發之殊身。苟脱鹽車于太行，將駕鼓車而侁侁。

援鶉堂詩集卷一

古近體詩六十三首

君馬黄

君馬黄，臣馬驪。豈曰不思？與子同來。翩翩者逝，邈不可追。君馬黄，臣馬白。君顧馳以南，臣猶遲以北。願君相思，聊焉止息。

怨篇

有枯者柳，植彼道周。曄曄紫芝，蔽於叢條。我欲除之，愧乏純鉤。泛泛者梟，在彼中流。弋言從之，遠不可舟。製裘不衣，寒凓其肌。借車不馳，足爲之疲。鬱彼原棘，有纍其實。絜之盈把，不可以食。載馳載驅，白日其除。獸號烏息，胡不歸乎子之居？

捉搦歌

駿馬生代北，蹀躞非舊土。男兒曳長裾，故鄉無片縷。村南吹竽，社北擊鼓。童男迎新神，父老嫁少女。

雜謡二首

黄狐厠社南，雄狐憑社北。猛虎夜渡河，獨吼南山側。老烏刺促西南飛，羣鴉決起四天黑。

有網不舉北海魚，有弓不射南山虎。孤鴻拍拍西南飛，張我弦，控我弩。

讀史

鼃紫既熸熄，漢道炳朱光。真人起白水，河圖協會昌。於赫建武世，景爍逮明章。芝醴日翕集，禮樂何焜煌。邈矣跨千載，懿哉冠百王。誰知運期氏？遼遼歌未央。驅馬去國門，哀茂惜餘芳。乃悟古人心，故非羣所量。雲臺繪四七，賦頌侈班張。以質賃春士，不足揚粃糠。悲哉瘖樞運，河海流湯湯。皇王若夢覺，天地就尨涼。斯人不可作，慨焉我心傷。王莽傳贊「紫色鼃聲」。

當塗竊國枋，八紘掩中州。隋珠既在握，荆璞亦冥搜。繇朗黜廟議，揚班爭匹儔。漢典何鬱鬱，學辭良優優。南皮清宴接，西園秉燭遊。謂當致高蹈，何意摧華輈。體弱既足病，肥戇亦爲羞。空文侔日月，楨幹委山邱。遂使三公位，徒啞孫仲謀。典畧云：鍾繇、王朗雖名爲魏卿相，至於朝廷奏議，皆閣筆不能措手。王粲傳：時舊儀廢弛，興造制度，粲恒典之。典論：斯七子者，於學無所遺，於辭無所假。魚豢引韋仲將云：仲宣傷於肥戇，休伯都無檢格，元瑜病於體弱，孔璋實自麤疏。如是彼爲非徒以脂燭自煎麋也。其不高蹈，有由矣。魏文帝用賈詡爲三公，孫權笑之。見賈詡傳注。

西園既諧價，左騶督禮錢。五百意未姝，小靳可萬千。此例遂垂則，意氣匪魚鱻。垣閡拘被賧，士操危不全。日進尚未足，月進豈待宣？判官及刺史，繹繹連車船。我聞畜淘河，終日循洲堧。魚蝦雖滿胡，吐去不填咽。又聞韝鷙鳥，雉兔飽霜拳。食之僅一臠，縱掣肘絛鏇。嗟哉中林卉，侯栗傷屈卷。矯翼雲天際，冥冥戾鶉鳶。小雅今已廢，斯義其誰箋？空懷皇古世，德至珠藏淵。

薳馮辭荆政，暑氣而繭衣。王子逃丹穴，越人薰出之。高位患疾顛，畏死良可悲。丈夫非瘠躄，何可同支離。始志六百石，進退脱銜羈。顧盼躋端揆，驤首希臺司。富貴偪人來，婉孌參璿璣。從容入左腹，語笑宜夸毗。但耳飽從諛，誰復知瑕疵？一朝榮華歇，衆美成瘢胝。上尊兼養牛，白馬相追隨。門無青蠅吊，魂有黄犬啞。始悟斷其尾，雞憚爲人犧。端冕祝牢柵，豢芻之所非。王子搜事見莊子讓王篇；耳飽從諛之説，陸士衡豪士賦序。

過虞姬墓

帳下歌殘萎玉枝，紅顔何計戀烏騅。君王事去惟憐妾，豎子名成欲向誰。夜雨江空神女夢，春蘭香歇杜鵑悲。凄涼一種芳魂草，猶傍嬋娟學舞時。

亞父祠

秦王虎視蒼生伏，中原鹿走羣雄逐。白璧來遺滈池君，道上秋風鬼母哭。西望太白經天長，蚩尤之旗指四方。大澤一呼羣狐嘯，揭竿初起夥涉王。沛上風雲起芒碭，會稽斬守佩秦章。居鄛老翁年七十，髮短種種心何長。三户亡秦立楚後，鉅鹿鏖戰咸陽亡。旌旗岌嶪鴻門高，戟光如練風騷騷。座上真人氣龍虎，東向西向羅英豪。珮玦三提王不語，撞殘玉斗空心勞。可憐失手一不擊，遂令戰血鏖成皋。憶初佐羽決雌雄，咄喈顧盼生英風。頡頏信越猶貔虎，卓落膝走侯王公。天下之事大定矣，指顧茅土期元功。一朝黄金散曲逆，君王反顧疑臣躬。八載奇謀安足惜，鴻溝不得割西東。雒陽置酒漢家興，興王慷慨憐臣增。四面楚聲圍垓下，但泣美人歌寶馬。

過項王廟

中原逐鹿竟歸劉，霸業從教一戰休。龍虎早成天子氣，侯王尚待故人頭。河山有地封屠狗，子弟無鄉望沐猴。日暮江東何處是，滿天風雨不勝愁。

別詩

舊譜飄零璧月殘，東山空憶舊清歡。他年紅豆歌天寶，也抵金人泣露盤。

鵝籠酒醒漏聲遲，石闕銜悲杜宇知。珠樹綺寮明月在，乳鶯雛燕傍鴉鴟。

楊柳蕭蕭喚奈何，曉風殘月舊情多。可憐法部仙音伎，都作人間薤露歌。

一曲清歌杜麗娘，珊珊夢裡返魂香。而今風冷梧桐死，無復當時舊鳳凰。

千年小別暫勾留，夢去真成一錯休。華表鶴歸春事晚，斷腸車子囀歌喉。

吳頭楚尾路依稀，下上春波燕子歸。十二珠樓齊捲箔，多情還掠舊巢飛。

春怨

長信宫中草，春來滿舊除。不憂侵玉舄，但恐碍金輿。紈素班姬怨，鴛鴦趙女居。遥看深夜月，清淚滴方諸。

楊白花

楊白花，春風飄蕩落誰家？東風澹蕩日千里，暮雨飛花相婉委。楊花日渡空江頭，芳草芊芊春水流。楊花暮渡空江曲，明月澹澹依星宿。花去江南辭故枝，樹植深宫猶含綠。繡闈春暖日初長，銜情盼景惜流光。但願百花無顔色，休更逢春空斷腸。

怨歌

葵藿傾太陽，日馭不迴車。商羊肆其爪，雨滴驪龍鬚。物性豈或異，所感不相如。示人以肝腸，未若顔敷愉。顔色敷愉人所愛，肝腸雖好焉可輸？

戲簡友人

菡萏初花照玉池，寶釵明鏡影參差。驪駒白馬人歸日，桂帳華燈客去時。清露鶴知仙掌重，銀河鵲渡彩雲移。碧天珍重涼如水，取冷中庭夜月遲。

長干竹枝

撥穀初飛陌上桑，池塘蒲結兩鴛鴦。雲中射雉青蛾轉，肘後探囊玉臂藏。坐久銖衣嫌素月，病餘麝火怯濃香。嫦娥却記瑶天夢，桂樹鳴啾九鳳凰。時未有子，故云。

楊柳春風拂小樓，樓前終日看行舟。悠悠一道秦淮水，送盡離人到白頭。

白門烏帽是儂良，生是南人嫁北商。羊酪胡葱都不愛，碧甌親注火前香。

羽獵曲

霜草寒枯萬木凋，羽林三萬擊弓彍。齊呼萬歲車輪落，恰是君王箭中雕。

羽騎貂裘朔雪飛，連營虎落割鮮肥。千行獵馬嘶風遠，火照旌旄正夜圍。

偶書

滄海流不息，日月人空老。富貴祝長年，貧賤委秋草。

齋中讀書

古巷悄無人，層雲靄虛晝。空庭老樹清，積雪明窓牖。我本孤棲士，親交少燕酢。道心存寂寥，寧能避呵訴？蕭散坐虛齋，卷帙紛左右。俯讀生止觀，琅琅金石奏。破壁慘寒顔，况乃凄風逗。興酣不復知，丹鉛覺肌皺。上覽黃虞初，下至三季後。欣賞誰與言？日暮鳴鼯鼬。

晚望

碧雲夕已合，漠漠江村樹。古寺一燈深，孤僧臨野渡。

登樓懷劉三畊南

水煙寥廓數峯青，何處孤鴻入杳冥？一夜梅花江上落，天涯曾向笛中聽。

江上阻風

幾日客程盡，凉深夢不成。荒江秋雨急，古樹一舟横。漁火依楓岸，寒蛩鎮夜鳴。長年吾念爾，終歲此宵情。

登翠蘿山坐石樓望雨

黯慘神靈意，蒼茫萬里流。龍吟雲滿谷，山暗水浮樓。梵殷空堂暮，苔深古殿秋。去帆乘暝漲，何處泊沙洲？

寄友

霜風冽冽吹枯枝，鴚鵝慘慄凍不飛。黃河濁流冰互結，有客騎驢來京師。京師九月燕山雪，冷刺肌膚利刀割。富兒勝衣貂鼠裘，甲卒狐狌擲氈褐。我客避門獨咿唔，絮帽禁風靴袴裂。東家借蹇踏九衢，塵滿兩耳目爲矓。懷中漫滅爾生刺，道上時遭金吾喝。賣文何處乞爲活，午夜歸來凍欲折。長鬚睡熟呌不應，殘杯冷炙空嗚咽。憶昔共居桐山岫，汗澷何知有宇宙。決澤崩山不可禦，戢景藏采肆殫究。意氣干霄凌曹輩，會合跌蕩憐杯酒。有時脱略郊溪遊，往往朝出暮歸酉。濯纓流觴忘主賓，越巘攀崖窮孤秀。自從君去寄京華，於今幾折長安花。我今百事廢不問，冥心直欲驂麐麚。聞人語音捫碑斫，忽忽山巔水之涯。聞子憤鬱有所作，燈前喟噫嘗思家。我昨策杖龍眠區，山色秀削青芙蕖。瀑布倒挂一千尺，雙峯蜿蜒如生駒。清瑶明玕摇碧落，松桂柏杉相扶踈。巔巖無復賓客至，喧聒但苦禽鳥呼。君今曰歸有意不？我當剸荆營君居。繒布爲衫麥作飯，晚食當飯安步車。君擊鼓，我吹竽，赤脚不用襪，頭垢何用梳？浩浩直與造物者遊，安期羨門徒區區，朱輪冠蓋胡爲乎？

送人還桂林

風帆一葉去依稀，楚水初波夕照微。江到衡陽秋色遠，數行凄雁向南飛。

過嶺風高海氣多，桄榔垂雨客初過。風流不見南園客，秋草苔荒弔尉佗。

洞庭曲二首送郭昆甫歸善化

何處湘江帝子靈，孤舟偏傍暮猿聽。凄涼玉女秋霜曲，神雨西風過洞庭。

柳毅祠邊碧蘚封，潮深舊井没遺蹤。瑶華滿袖湘煙隔，一夜波涼泣小龍。

山行

百道飛泉噴雨珠，春風窈窕綠蘼蕪。山田水滿秧針出，一路斜陽聽鷓鴣。

春日奉懷方高度表丈

寂寥猶戀舊巢松，却望雲波晚更重。廿載天涯悲老馬，千金故技悔屠龍。極憐人遠共明月，無奈煙深隔暮鐘。北郭溪光仍似昔，春來惆悵憶攜筇。

無題

雲耕瑶草佐山農，迴望清都隔幾重。自向神人呼六博，一時輸却兩班龍。

甲帳香濃燃鳳膏，西南遥望白雲高。但令青鳥通王母，休悔千年啖碧桃。

鄰里翁

市門佇立鄰里翁，髮卷鼻隆眉茸目。四時日著布衲衣，家藏千箱萬儋穀。去年此翁年七十，今年倚杖還如犢。井閭日薄爭囂喧，此翁掩閨進饘粥。窮子奔馳拾橡栗，此翁日中食粱肉。昨聞祖叫呼梟盧，肥羜盤餐燕宗族。奉觴跪祝壽千萬，怡然持杯自濡漉。大兒已作咸陽尉，怒馬鮮衣弓韔箙。諸孫飽食渾無事，夷頰平膚身縮朒。更聞隴西未撤屯防兵，明春次子更納官家粟。丈夫如翁願已足，人生何事自躑躅，涼踽角張招怨讟。

對酒當歌行贈江生之中州

君對酒，吾當歌，一酌飲君雙紅螺。人生如秉燭，百歲風中過。鬱儀結璘更御軸，安得魯陽令揮戈。功名樹立少年多，老憶少年將如何？白衣蒼狗須臾變，眼前萬事如驚梭。我初置身苦不早，鼴腹萬卷窮饞劘。胡贗越毳不易用，土龍芻狗空駢羅。故人寂寞今舊雨，世事幾度恒沙河。丈夫生而爲世用，皇帝王霸維殊科。用則爲虎不用鼠，愛竽鼓瑟寧非訛。江生十年爲處子，履迹不踏庭前莎。修幹豈隨繁英萎，棟梁自急撓雲柯。君材非處人下者，暫羈轅伏詎蹉跎。鹿生三年角乃墮，黄鵠六翮空韝囮。江生顧影休逶迤，春風澹蕩柳絲拖。雜花繞樹嚶鳴和，蒲芽茸茸魚躍陂。牛腰詩卷瘦馬駝，緑髮垂鬢紛婀娜。喙長三尺目如波，王公倒屣鏘鳴珂。人生斯世貴適意，高田種麥亦成穗，安必他鄉盡憔悴！

塞上吟

烽火中宵望候障，前軍已遇右賢王。不知竟得單于首，可易燈前兩鬢霜。

涼州辭

夜静邊風倚戍樓，誰家歌管唱涼州。不愁客鬢秋霜滿，只恐雙鬟亦白頭。

贈族姪某

平生當着幾兩屐，佳處都從句子搜。近愛阿戎詩興逸，因知谷口林泉幽。一重一掩吾肺腑，某水某邱君釣遊。聞道栽花迷洞外，他時愁誤武陵舟。

有感

昆明不盡刼灰殘，碧血何堪更索瘢。化彈化雞原幻寄，生程生馬總無端。魂招朱鳥關山黑，月墮楓林鬼火寒。回首少微星隱處，天街南北夜漫漫。

仙官勑下隱居墟，秘籍都歸百六餘。鬼哭總緣倉頡字，刼過難辨郢人書。西臺今日思雲敞，北面當時笑步舒。江海不消精衛恨，怒潮終古助靈胥。

戲題扇頭畫

赤鯉何年化，蒼茫信屈伸。寄聲江海客，休縱鼈爲神。

戲題某公集

漏下燈殘賦八哀，山邱零落幾低徊。不知當代劉真長，識得興公面目來。

題道援堂集後

一夜朱明刼火然，越裳文采等雲煙。可憐白玉臺前叟，空憶佳兒字八泉。

事見廣東新語。

曉發荻港

蕭寺晨鐘歇，殘星猶向曙。涼風吹我襟，蕭條櫓聲去。沙禽拍浪飛，漁父煙中語。迴首數峯青，不見泊舟處。

晚泊

折疊煙蓬住畫橈，秣陵城下雨瀟瀟。神鴉滿樹江祠晚，正及東風上暮潮。

送人

片帆迷望暮煙微，楊柳青青乳燕飛。江上鶯花人去夢，山中筍蕨雨添肥。初經世路偏宜拙，乍得萍交亦當歸。珍重天涯寒食近，客程何日授春衣。

西湖竹枝

櫻桃樹下妾門前，幾載湖邊學駕船。今朝蕩槳門前過，爛漫繁花劇可憐。

鷺鷥雙飛鷺食茄，燕子䨇棲燕作去聲窠。秋采香蓴夏采藕，勸郎沽酒勸儂歌。

西泠橋下喚吳舠，郎畏風波妾畏潮。憑誰穩閣橋頭柱，風雨生時儂上橋。

日出湖東雞子黄，湖中照見兩鴛鴦。誰家擊鼓唱歌去，西舍女兒新嫁娘。

西湖女兒顔色殊，采荷荷露濕衣裾。田田莫道荷錢小，遮得鴛鴦比目魚。

花花開遍白公堤，堤上吳孃唱竹枝。山鳩逐婦晴喚雨，不知何日定晴時。

援鶉堂詩集卷二

古近體詩四十九首

東方小坡時歸自京師

昔者吾鄉浮山叟，撑決雷電窺斗樞。讀書何止半袁豹，識大往往倅貴與。顧歎平生志經史，薈萃漁獵徒區區。方錢二子豈不卓？緝綴閒語傷繁蕪。雖然未能窺大雅，羅陳典籍勤爬梳。可歎少年喜謗訕，仳倠擁楹塹明娵。夜郎那復知漢大，王粲不聞列先儒。萬事盡喜改前軌，從邁令人懷彼都。君家白門老進士，後來卓落空羣愚。故紙不厭千遍讀，六籍沉湎首可濡。春秋畧約追啖趙，三禮聞亦窮雕鏤。義門已死榕村没，靈光巋然魯刼餘。落拓京華三十載，雞膚鶴髮困長裾。我嘗欲往從帳後，鼎也柱車馬守閭。却歎懶惰不勤志，借口束縛拘籠篵。君到長安已二載，摳衣應復鋤經畬。龍文炳焕華陰土，文章藻飾功遊睢。韓柳乃復憚殷陸，況如吾曹憚繁迂。清明釀知白酒熟，社前摘得山茗腴。君能十日閉小閣，爲説六藝破囚拘。我當載酒與茗椀，澆君舌本如貫珠。

送小坡之泉州

夢斷江南春月空，蘭橈初動五更風。鷓鴣聲裡迎梅雨，如火山花發刺桐。

塞下曲

孤城迢遞鬱嵯峨，慷慨關山出塞歌。萬里交河春草綠，十年明月戍樓多。胡兒驅馬來青塚，羌女吹蘆牧紫駝。五部名王歸漢闕，白頭中夜幾摩娑。

温太真墓

障扇燈前事憶劉，尋陽慷慨獨登舟。英雄兒女温忠武，不記當時第一流。扶風歌罷朔雲愁，亂起蒼鵝晉代秋。辛苦江東延譽日，不堪回首望幽州。

滁州道中

匹馬南滁古戰場，亂山寶劍共蒼茫。英雄末路消醇酒，更與樽前喚泰娘。

寄京中友人

燈殘雪冱罷談賓，呵凍裁書報故人。惆悵忽教殘醉醒，五陵裘馬九門春。

寄若度

我友文通子，清狂卧碧岑。半篙春水綠，一徑野航深。花鳥三春夢，詩書百代心。高樓空悵望，相對雪平林。

寄方息翁

不見谿堂叟，春來健勝無。人爭投四本，序已重三都。聞以詩歌相就正者甚衆。談笑熊羆却，清音雛鳳殊。近舉一雄。蕭蕭雙鬢白，浩蕩寄江湖。

送周旭之還蘇州

江水碧無際，扁舟欸乃遲。花經寒食雨，人負豔陽期。落日要離墓，春風短簿祠。坐令芳草綠，愁思怨班騅。

清明前一日 時客白下

細雨清明節，經旬客閉關。潮通瓜步水，春滿秣陵山。南浦江蘺綠，東皋稚子班。田園村務急，相待幾時還。

大觀亭遠眺

秋雨苦人懷，聊出肆遊騎。側聞亭觀壯，舉步試登覬。幽篁抱累榭，寒松隱重閉。唅呀怪石列，奮攫猿猱臂。坐覺胸臆動，臨軒一開眥。層雲豁猶密，孤峯時矯鷙。司空混遠碧，往往出奇勢。二孤盤青螺，嶔崟還嫵媚。回首指龍山，衣裾滴蒼翠。大江日夜流，東海何時至。波浪拍天浮，暮靄驅風厲。天吳挾文魮，江妃紛珮璲。攫網蛟龍奔，蹋促魴鮪避。片帆何處來，中流從軒輊。垂堂夙致戒，矧乃輕涉利。舟人固不覺，旁睞我心悖。躑躅慠惘間，悵然千秋喟。此邦昔戰爭，樓船照烽燧。雷霆懸衝車，雲霞列兵幟。虎視金陵雄，慘澹忠宣志。嵯峨夾瀾汧，恍惚古人意。我來屬時清，尚墮艱虞淚。三歎編簡陳，一醉江風麗。

重啟皖江書院恭紀二十韻

聖治隆三極，王風式八維。羣方欣霮䨴，庶物盡炊彝。賈董開綿蕝，桓曹冠羽儀。侁侁來胄子，奕奕振儒師。皖水雄南鎮，灊峯亘巽陲。文翁存講肆，安國建書規。相址存新構，連阿異昔宜。六經陳藝苑，四術肅皋比。秋圃牽蕭艾，春林刈兔葵。椹甘鴞應革，苹長鹿還熙。漢帝臺增迴，司空岫益奇。青襟無佻達，不誦在城詩。

送客

鄒枚誰復有梁園，萬里霜天策短轅。落寞鄉情渾未慣，秋風身傍五侯門。

寄京口友人

三月桃花水，門前幾尺潮。南園花事好，將放秣陵船。

戲簡

余不溪畔舊山家，翠篠嵐煙映素沙。何事詩囚孟東野，拋來愛踏長安花。

春日旅懷

東風遙聽雁行回，燕地寒多草未催。白社酒殘人乍病，高樓夢遠雨初來。朦朧市喚聲如鳥，塵堁鈿車殷似雷。日暮誰家還弄曲，望江南唱幾徘徊。

過仲涵屬題吟室三首

空庭客到鳥聲讙，隱几蕭蕭鬢影寒。丈室雅宜摩詰病，閒房聊似碩人寬。何須遠俗頻移榻，未厭孤吟徑脱冠。怪底新詩風味好，高情例應與都官。鄭若虛、梅聖俞皆爲都官郎。有明王、李諸公詩文唱和，亦以官刑曹日爲盛。

帝城車馬驚人海，地隔塵囂擬彈丸。金石閒評消茗椀，君内人工畫，知書史。詩書雒誦勸銅盤。猶子彩郎隨居京邸，君與夫人常自課之。稍嫌地狹無花圃，却愛鄰陰抵藥欄。官好不妨爲政拙，羡君長奉板輿歡。

鴻爪驚心故跡殘，鷦枝虚憶舊巢安。西山小閣迎朝爽，南郭輕陰送暮寒。蟲臂鼠肝空歲月，牛溲馬渤問衣冠。獨憐此地蕭閒甚，每到清吟抵漏闌。

送吴青然歸全椒

凜凜秋雲晚，離懷那可聞？登高望歸騎，獨返盡斜曛。楚水寒多夢，燕山黯易雲。蕭蕭沙上雁，天畔自爲羣。

送張滄崖歸合淝

久客惡別離，中歲傷懷抱。落日獨送君，登高望烏帽。

批家書後

封罷虚堂思寂寥，殘燈風幌影頻招。用同澼絖求龜藥，飽羡侏儒憶炙鴞。故我依人從枳化，新霜入鬢媿蟲雕。軟紅自哂君何與，茸帽鞭絲一様飄。

移居憫忠寺日大風廚奴告匱戲簡王郎中畹索米

風排籬壁千山出，耳内入聲松濤萬馬齊。索米東方空腹尺，據梧南郭辨天倪。往愁謁者獰如鬼，出笑車人縮似雞。正憶俸錢過九百，惱渠覔甕苦顔悽。事見墨客揮犀，時京員加俸，故云。

寄畊南揚州時聞買妾未就

桃花新泛柳條波，杜宇聲中唤奈何。不道仙家乖太歲，空令丹藥事消魔。春光無賴愁朝雨，燕子夥情認舊窠。惱殺嬉春楊鐵史，教渠何處竹枝歌。

出都日宿長新店寄張大渭南王二仲涵

平沙寒照雁行西，席帽風裘出郭齊。日暮鞭呼羸馬疾，林昏囂聚旅燈低。鄉心一歎六州錯，世事驚聞九里迷。欲寄匆匆何所似，蘆溝橋上數狻猊。俗謂蘆溝橋石獅子往復數之不盡。

過雄縣

林梢星動草蕭蕭，濁酒霜嚴撲面消。鐸語郎當殘夢醒，秋風秋雨十三橋。

十月初三日舟發江都門懷曹以南史西青黃子元秦大章時同出都門至淮上各先後别矣

晴江冬望拓疎櫺，犯卯金陵酒乍醒。上水行舟同病馬，故人初判悵孤翎。漁罾蟹舍參差見，僧唄樵歌次第聽。莫嘆蘆洲久住泊，東華塵障正冥冥。

宏濟寺

桑苧煙霞客夢員，花宮幽塢憩勞筋。蕭蕭風竹吟饑雪，隱隱殘鐘出凍雲。裙屐銷沉迷六代，江豚波浪走千軍。孤藤隨處蜂房遍，盡日空香静裡聞。

泊采石

西山昔别初重九，馬上寒雲映素霙。出都前一日雪。南浦今來逢小雪，舟前黃葉戀秋聲。登盤忽訝江魚美，柔櫓初更電轍鳴。獨恨石尤風作横，支筇苔磴看潮生。

金陵直溯横江館，半日郵籤計短長。十里蘆洲幾停棹，一帆蒲幅妬來商。更傳野堠淆三五，客慣人情夢角張。自笑愁心厭浦漵，聽風聽水奏伊凉。

嘗柑

一柑初擘洞庭霜，味半酸甜色半黃。摘處定應香透爪，攜來猶惜顆盈筐。固安栗熸風燈市，大谷梨收驛路嘗。幾日鄉思易南北，一時無語悵斜陽。

過舊家池館

坡陀殘照舊東岡，簫管無聲竹樹荒。兩部亂蛙喧曲榭，一鈎新月浸方塘。田文客去閒雞犬，王氏兒從綴鳳凰。却向西風頻灑淚，殷勤莫墜紫羅囊。

郡城晤魯雁門卽送歸望江

江湖落拓鬢如銀，一笑驚看夢裡真。京國摩挲三歲字，燈樓新唱八乂吟。風飄暮雨愁山鬼，鴂去遥天怨美人。時方註楚辭。為問白榆無恙在，君所居名白榆山房。凄涼北逸與南貧。

錦灰堆歌和方息翁

附原序：錦灰堆者，圖繪之品目也。偶不得秋香作供，取籬落間物充之，草木吾臭味也，又粗有文采可觀。爰假錦灰堆名而寵以歌。

谿堂夢好春風來，夭桃濃李援條枚。封姨斂衽却不進，雲君月姊紛徘徊。覺來一寤詹鈐語，似訴秋氣侵高齋。先生醉卧在花國，生活冷淡詩情乖。苦恨造物不解事，春蘭秋菊勞安排。西灝流精自沆瀣，秋光亦稱幽人懷。謝公夙抱宜北壑，庾季胸中空棘柴。掀髯一笑出新意，點綴妙妍天機囬。烏蘞莬荄湧箋釋，犀瓣鹿藿煩穿栽。豆甄盎缶亦格格，縹䞓葱黝交洄洄。厥卜蕃鮮匪上稿，窅出窊入同俠佳。屏當酸餡騁豪快，驅使草木為奇侅。平生夢寐古人意，偶爾亦復成部部。原詩引昌黎埋盆作沼，東坡怪石供為喻。可憐好事須兒輩，却妨屏隙生疑咍。原詩有云：此味正須兒輩覺。又云：呼之不至至一笑，勸我屏棄妨人咍。我謂先生此聊爾，狡獪不妨猶嫌猜。庬籬小醜用無用，雞窠老子材不材。有如高唱柏梁句，東方舍人撐牙頦。又云鎮西昔作達，元子老兵同追陪。韓非遂入老聃傳，紀真乞借讀去聲作士夫儕。邯鄲莫斥壽陵步，嫫女何必殊娵媧。憶我三年客京國，跳丸驚擲輪蹄推。牛溲馬通涴衣袂，軟紅寸草無萌荄。園官近利市三倍，火攻炕匝催苞胎。百錢一枝作瓶供，雖有好懷何由諧。豐臺芍藥爛如錦，兩脚不到悲拘絯。活香露蕊目未擊，捆載一歎牛車堆。秋來故人晨過我，方舍人觀承。齊化菊圃招銜杯。惜哉匆匆俶裝出，東籬豈禁歸思催。先生娛老乃好事，所恨不及過從皆。軒窓醉效鸜鵒舞，屏風影倒鸞鳳釵。竹林況有阿咸叔，家叔于巢。百罰肯辭傾尊罍。十日歸遲乏雅集，過眼瞥如雲煙纔。一尺裁割無剩錦，三斛湔濯思純灰。冬枯籓落瘠甚矣，賡詩詰曲幾窮哉！

家叔于巢以折枝蘭花贈方息翁息翁作歌張之壁間書一詩於後呈于巢

屈原已死瀟湘空，蕙蘭不生芳草叢，揭來南阮蕭齋中。美人不見相思瘦，一枝折贈秋風後，夜雨西堂落紅豆。我昔曾譜猗蘭篇，空山鼓之誰與傳，煩君更乞去聲冰絲絃。

送三崧編修叔

風光南浦上征旗，人戀恩波太液池。料理鶯花歸館集，傳吟閬苑譜笙詩。蝦鬚畫捲春暉靜，華跗賡歌夢草知。何似閒居潘騎省，駢羅絲竹洛濱時。

附呈一首

聯吟巨軸送行詩，七字翻嫌遏未遲。納手故應知袖短，拈毫自媿向隅癡。青陽故巷欺人夢，時余羣從方謀售故宅。白日春愁壓鬢絲。小幅匆匆同作草，散材慚負匠門知。

送郭昆甫歸善化

我聞衡嶽麓，不厭息心深。君去誅茅地，雲峯茀幾岑。螺書傳禹跡，石室諷仙音。自有封侯貴，何須問橘林？

南國騷人淚，曾投湘水流。傳過分汨處，猶帶古離憂。念我懷芳潔，他時悵阻修。憑君襟抱在，一上楚江樓。

夏夜與中涵譚近事有感

鸞鳳追隨各一羣，上仙官府自紛紛。中朝要職思元保，天下膏（梁）［粱］屬使君。南史荀伯子謂王宏語。百尺也知依寸蔭，四方從與詫爲雲。却憐少日騎羊侶，相對華顛話夜分。

慨慷燈前幾罷休，茫茫變態水雲浮。溺攢鄉里看吳季，祖販輿臺系武秋。黿枋祇今曾中柱，貉羣從古自成邱。湧思於忽彈新操，久矣啼烏解白頭。

為仁和翟巨川悼亡之作

子荆文在淚闌干，越樹燕山夜雨寒。曉月未弦珠浦冷，女臺窺鸞玉筐殘。去年某月七日方身而歿。夢田千里憐黃鵠，雲咽餘簫悵碧鸞。陌上他年吟舊曲，知君哀怨不勝彈。

為杭大宗編修題松吹讀書圖

傳柑節過樽罍空，閉門三日號春風。紙閣坐愁贏蜃曲，十指嗇縮僵寒蟲。出門試望東華路，車塵十丈何由通。歸來却理殘編篾，自笑棲我蔀家屋。硯花未泮冰池頑，管城詎可三薰沐。何來煙颭橫短幅，孤茅隱見篦簩繊。踈釵滿徑日絲微，竹素倒映鬚眉綠。誰與兀坐華陽居，摩丹漬墨刊豕烏。人生懽興詎有幾，仰面屋梁愁著書，令人東望增長吁。我少自省干時迂，角觭歲月爭鱣魚。一椽縛置岧嶢隅，其間雜樹楓楠櫧。七星五鬣章百餘，茯苓化犬鳴躍躍。白日不到跳鼪鼯，禽聲上下歌嘯孤。中有愚者山澤癯，失計一墮長安衢。猿鶴夢冷松竹蕪，阿誰曾收保遜燭。道上跛笑昌圖驢，搜腸燃桂不堪煮。長日邊腹空摩撫，枉向樽前辨嶊嵒，浪與時賢分虎鼠。從知簟扇負王摛，當年麻炬欺法武。曲江翰林鬱龍文，囊橐文雅馳英羣。陳説潰剝披亂毨，螭坳載筆看日曛，松風猶戀舊時聞。畫圖髣髴蒼髯君，我生愛接揚子云，問字頗思中壘歆。松枝折麈談紛綸，他時不速來殷殷。

歲暮誦東坡除夜贈段屯田詩龍鍾三十九勞生已強半年與之齊時復同之感如何矣酒闌不寐因次其韻

歲去如驚蛇，修鱗强掣半。未知來日歡，空餘逝者歎。濁酒不足傾，殘書詎堪玩？咄咄驥坂悲，悠悠樗木散。眼前冠蓋徒，胸中釣遊伴。轟輪送日月，寒鴉信昏旦。口淆茗酪器，飯强羶腥案。殘燈字黮黕，閶榬風凌亂。組痕念故衣，髮稀感新盥。壯志汨卑陬，深情昧堅緩。醫非三折餘，事經九變貫。失志僮顏低，疲策馬行懦。坦抱未須柴，膠口欲吞炭。憐爾九垓步，詫此尺棰館。懷清滅聞見，問心知冷暖。何如歸故山？一龕師摩粲。

次韻祭竈日念慈過宿寓齋之作

杯盤忽忽消殘臘，餳餌匆匆又瓣香。日下羣兒誇走馬，客中哀鬢話騎羊。比鄰定續何年約，事鬼徒憐壯氣傷。却笑燈花何太喜，金蟲獨吐夜深芒。

塗竈真同詛楚譏，踞觚紛聽亦班班。分來粔籹同今雨，歌及庋廖念故山。念慈時將迎室家來京。世有尸彭能奏過，鬼無司命解除姦。綠章我欲中宵啓，虎豹還愁距九關。

為三崧編修叔題照即送歸里

春水碧粼粼，春風捩柁人。峭帆津鼓動，祖騎棘蒭陳。丘壑辭京夢，陔蘭易日新。翰芬畱朶殿，萊綵照層闉。夜鶴行銷怨，熙陽憺悆神。桃花津漲潤，竹箭統飈勻。芊蕆依涯灌，參差緢水蕢。臯吟江鶾曉，岸舞海鷗春。絲柳晴朝颺，赬霞晚岫皴。茶香支折鼎，餐晏待垂綸。琴史銷豐暇，煙波絕埲塵。寺鐘殘夢冷，榜唱夕陽淪。涘獺情偏切，花磚影罷巡。有笙譜絳蕚，無鱠抵湘蓴。遙念周園日，何如侍洛濱。近游師束皙，爲政效潘仁。一幢西山綠，千花小圃畇。暇鬢懸晝靜，萱葉接輿嚬。池草吟聯碧，鸞箋句擘馴。芳時招阿末，下食坐諸荀。圜乞青綾解，經疑絳帳申。優曇參上乘，奈苑契初緡。曲奏懷園引，人爭夾轂詢。匪通三昧義，用唐學士下直大小三昧語。應繪五山真。爰憶東西巷，嘗憐去住身。拈著曾悔旅，設象數疑屯。述作同蛛務，經綸嘆竈瀕。燕商無定璞，東部信多蝦。交冷從車過，閣獰似鬼䰡。昌圖驢蹇躄，杜老灸悲辛。懷往痟垂首，思家腹轉輪。定巢慙哺羽，伏鷇念棲鶵。少日烏衣讌，當年澤底倫。天涯連北舍，官閣聚南貧。峘岌聲名異，肥流出處因。客兒期剖瑾，君孝愧稱麟。花下匏樽覆，書抽錦縹頻。羈愁緇素重，旅話故山珍。零雨徒飄恨，南波但寄顰。他年酬抱甕，遲我共驂麏。太絹首蜘蛛之務，不如蠶之蝓。又竈首竈無薪黃金瀕。

送侯元經試用蘇州主簿

摩空賦首詫通靈，一去金臺往夢醒。曲巷豈勞車轍過，沮洳且試釣竿腥。置身江海臣蟣虱，放眼功名帝豕零。却羨波平三萬頃，向人七十二峯青。

十二月九日同念慈過及甫齋中夜談時及甫就婚津門

小別經旬意不勝，談深休枕更張燈。文章售世檀同榼，才藝輸君岌竝峘。詩似藍田開玉圃，春臨析木泮河冰。最憐霧夕紅糕夜，隔巷詩人咏未曾。時津門寓士多江浙詩人。

寄懷汪師李萬循初時並客天津某氏

吾徒蕭索類韝鷹，羣雅誰憐海上徵。星轉蒼龍酣倒月，談非白馬氣消冰。夢連今雨寒愁重，事憶題糕句可憑。投轄倘邀十日飲，春波真擬泛查能。李賀詩酒酣，喝月使倒行。余與汪、萬俱於九月陶然亭讌集。

援鶉堂詩集卷三

古近體詩七十一首

張東園孝廉招同吳鄭公前輩及胡稚威申及甫蔣用安金閬石劉映榆陳長卿諸君分咏十國事余得南唐倣崑體四首

江淮羣盗起菰葭，六六英雄各建牙。蒼鶻可憐留角髻，黑雲何處問蟲沙。畫殘灰燼無餘字，博盡樗蒲忌渾花。至竟盤根仙李大，也知先業自楊家。楊隆演幼懦，徐知訓嘗命優人高貴卿侍酒，知訓爲參軍，隆演鶉衣髽髻爲蒼頭。楊行密收孫儒餘兵數千，以皂衣蒙甲，號『黑雲』，都常以爲親軍。南唐先主與宋齊丘論事，居高堂，不設障幄，置火鑪，以鐵筯畫灰爲字，隨滅去。徐温疑劉信，温與信博，信斂骰子，厲聲祝曰：『劉信欲背吳，骰爲惡彩。苟無二心，當成渾花。』温遽止之，一擲六子皆赤。二句言温疑忌他將，不知知誥得國也。

湧啞黿鼉國江濱，曾憶郊丘册老臣。海上梯航通貢篚，宫中粉黛記流銀。銅橋講武軍容壯，水府尊王祀典新。千里輿圖收楚越，一番花鳥繼梁陳。先主自稱受禪老臣。湘山野録云：宋時脩南唐舊宫，掘地，得水銀數十斛，乃宫人棄粉黛所積者。

金陵東下廣陵遥，都號東西建小朝。南渡僑移誇竹箭，後宫新飾競珠翹。蘼蕪澗獵招弓戈，簫鼓春調擅緑腰。百尺樓成鐘未曉，黄花清淺記江潮。中主稱臣於周，其諸臣稱周爲大朝，常夢錫笑曰：『君等常欲致君堯舜，今自爲小朝耶？』金陵青龍山，在城東三十五里，南唐後主嘗射獵其中，下有蘼蕪澗，中主於宫中起百尺樓。見南唐書蕭儼傳。大江春夏暴漲，謂之黄花水，及宋師至而水皆縮小。

文武衣冠並刼灰，澄心無復皂羅開。山河已隷降王長，絃妓難求宰相才。號定君臣容繕築，禮如父子竟蒿萊。娥皇休妬承新寵，八破聲聲汴水哀。周世宗使謂中主：『吾與江南大義已定，然慮後世不能容汝，可及吾世脩城隍，治要害，爲子孫計。』徐鉉使宋曰：『煜以小事大，如以子事父。』太祖曰：『爾謂父子者，爲兩家，可乎？」後主周后，小字娥皇，寢疾，小周后已入宫中，後偶褰幔，見之，驚曰：『汝何日來？』小周后尚幼，未知嫌疑，對曰：『既數日矣。』后恚，至死面不外向。小周后後隨後主入宋。

杭大宗編修移居

風霾漲天地，經旬怕出户。思如蠶眠筐，蠕蠕急一吐。夜來淅瀝聲，欣聽簷間雨。試瞻十二街，頗堪策疲駏。故人城南居，狹巷才投武。扣門不待閽，登堂署温語。亂帙上屋梁，家具庋廥序。曰昨始移居，新舊舍連廡。灰蛤指圬人，鹽豉走鄰姥。客至始驅雞，户隙猶瞰鼠。已見臨丹鉛，禿筆差州部。炕火漸通紅，遮莫遲賓屛。座掛一楸枰，惜少墅可賭。嗟人盡蓬飛，此生如縠旅。君家煙水窟，舊爲湖山主。一朝投簪笠，五載嬰紱哻。閭互辨欀囂，門闔易衡帾。一㡧移家圖，何似船牽滸。不見上林花，夙根寄南土。芬芬驗鼻觀，壽孽隨摇樠。吾生也有涯，孰是名吾處。樗蒚雖由魂，瓜守蠸輿父。蝸角逞刀兵，槐根治官府。紛紛成一笑，詎足相存撫。且辦紙閣須，兼度藤牀拄。餅肆未改坊，酒券續堪沽。長卿愛空居，子亦脱羈緤。相期祭竈時，一笑攜談麈。

送杭堇浦南歸

龍首高居諫鼓陳，一時法坐上儒紳。相從東閣觀奇士，翻愧先歐是曉人。春澑玲瓏穿徑碧，繁花匼匝向人親。中朝底石論文侶，俱叵吳門放子真。堇浦借寓秦中馬氏故園，頗有泉石花木之勝。梅福傳：爵祿，束帛者，天下之底石。

少日文章重賈鄒，琅玕披腹詎輕投。清時共信忘薰鼠，漢道何緣誦養鳩？脛脛自爲天下士，茫茫原合古今愁。朔方左校俱前事，阿閣終期赤鳳遊。鮑宣傳：爲天牧養，元元視之，當如一，合鳲鳩之詩。楊惲傳：脛脛者，未必全也。

為某友題小照

柔櫓寒波碧玉研，夕陽漁舍緯蕭邊。江邨頗似農功晚，一夜西風雁在田。貌來短㡧才扶寸，丘壑誰來小有天。畫到江南神似處，羈愁觸迕又今年。

輓馬相如舍人

金門落拓去還疑，白首揚雲執戟疲。十日平原思縱飲，千錢泉路問交期。聯吟月落當闕呼，余與君同寓西華門內，相隔不半里。竝轡朝回信馬遲。一夕懽悰成往事，儘教鄰笛向人吹。南史吳苞傳：趙僧巖曰：『吾今夕當死壺中，大錢一千以通九泉之路。』

凍雀無聲曉色黃，斷垣孤館出牆荒。詩篇零落如青燐，君詩最夥，今聞珊骨孝廉云：撿匣中存者數十首。鄉夢虛成寄白楊。君屢言歸而不果。坐上風流思武子，年來高譽憶長康。那知雨雪蕭蕭暮，惆悵梁園有孝王。君往來紫瓊主人最密，及没也，賻其喪甚厚。且曰：『馬君亡，吾無與言詩矣。』車胤善於賞會，當時每有盛坐，而胤不在，皆云『無車公不樂』。顧愷之矜伐過實，少年因相稱譽以爲戲弄。

飲及甫齋中念慈亦至因留宿和及甫韻

空階屐齒辨聲嫌，接巷聯吟笑比鵜。有酒共邀師魯舍，賣文同費晉公縑。九關互榛宵呼竦，小閣青燈鬢影纖。從事難酬今夜月，及甫以酒惡爲嫌。消寒還待撤空鹽。

送施竹虛歸山陽

哀樂中年異，言愁我欲愁。如何工賦別，不慣上書求。霽雪清蘭徑，時省覲尊人。歸帆直翠樓。遙知挾瑟者，偏傍黑貂裘。君姬侍二人。

次答裴秀才春臺中秋僧舍之作

紫濛雲接禁城陰，萬里凉颷急暮砧。已分中宵沉夜雨，不知明月到天心。晝時陰雨，夜月出，明甚。詩兼禪悅多乡悟，客共鄉愁愛土音。難忘清秋煙水夢，鱸如斫玉橘懸金。

和園牧立春日過念慈小飲懷及甫就婚津門

千條愁盡手如銀，塞馬何知僞與真。意蕊競開今夜雨，詩箋齊擘當家春。相期舊壘巢新燕，共笑寒花待故人。惜別却憐鴛社夢，曉牕星壓映紅輪。大戴禮衛將軍文子篇：『銀手如斷。』

山陽周白民手抄子史詩文都為集自題十詩阮裴園編修示余屬和為書二絕句於後

海波掬淚灑秋風，一寸心雕泰華嵩。淡墨幾行名字在，千秋人是可憐蟲。

河冰千里慘鴉鵝，岐夢迷人字不磨。余與白民乙卯始於金陵相識，丙辰再見於京師，今又五年矣。無數青山淮水上，白頭玉海共摩挲。張融名集爲玉海。

金質夫編修出繪卣年伯先生江聲圖屬賦

我觀枚叟奏七發，未知果不祛煩痟。清宮娥眉斥不近，教以觀濤東南天。潮聲百里雷轟填，蛟鯨突怒馮夷顛。乕上軒然大波涌，百靈祕怪潛喧湏。夜深風雨理詞源，燒燈不寐魂猶恐。錢塘先生古天竺，一椽構架孤山麓。沿溪小徑短籬斜，踈花幾朵欹苔綠。野雲漠漠過長松，夜月娟娟淨脩竹。先生兀坐意云何，妙寄曲江聲斷續。山林窅冥伯牙絃，風水蕭條龜茲曲。何方白鷺翔欲下，安知浩蜆波豩蹷。乃悟貴性者自便，鵬風鳩榆意所屬。當其快意各妍好，如何味肖金刀觸。我舊結茅浮渡岡，十年趺宴寄筐牀。越山吳水恨不到，頗飫嵐翠餐湖光。誰驅褦襶迷岐旁，黃塵瞇眼鐵裲襠。浪逐老兵馳騌驤，時時夢到菰蘆鄉。水舟擊撞調宮商，吁嗟乎人生居處究何常。南人茗戰北酪漿，不見畫圖山水窟，中人紫濛邊角控花當。先生時爲分守口北副使。

上巳日遊王氏𢡟園因過憫忠寺看海棠次同年黃介三韻

春來蟄戶阻牽邀，忽訝花蜂逐隊撩。會合人如同質劑，屢有看花之約，諸君皆期而不至。快遊情似脫羈招。杯觴何處通流水，堀堁還欣得静寮。歸去却愁風色横，爲他繁豔悵深宵。

次韻暗香齋盆梅絕句四首

談踈麈柄涷銷階，殘照依稀月墮懷。一笑瓦盆春意動，伴人清學太常齋。

江南煙水舊柴扉，踈影橫林杜德機。正是羈愁無賴日，到來春思隴頭飛。

曾挂珊瑚第幾枝，夢中海月共參差。分無好句酬高格，怕作搔頭弄粉姿。

懶稱東風時世粧，一枝解脱記禪香。買自廟市。斷橋玉砌渠儂命，惆悵花師舊斷牆。陸務觀詩：『雕欄玉砌由渠命，流水斷橋君何欠。』

為陳長卿題客燕圖

長卿爲劉太宰招，寓邸舍之旁，有燕巢於書室。長卿不能早起，窓扉未啓，卽依棲几硯之次，浹月不去，因繪爲圖而記其事。

閒鼓雉朝飛，時長卿喪偶。春風静蕙帷。地偏苔綠户，室小燕低扉。文杏他年夢，雕屏晝語饑。那須營舊壘，是處卽烏衣。

晝棟逼青霓，雙雙接羽齊。底愁羅一目，來共客單棲。衝雨嫌襟重，無巢近社迷。獨憐人晚起，唱殺汝南雞。

謝烈婦詩

醴泉無舊瀆，靈禾無故畦。芳蕙秀中野，蕭艾各紛披。有女父荒客，轉徙來巴西。結髮事所天，庶以免仳離。所天未云久，已復成髽嫠。君看單棲鵠，夜夜鳴聲悲。但戀女貞木，那擇枯菀枝。枝枯自有時，女心終不移。勿言磐石固，蒲葦千年絲。裊裊冢樹挂，不待徵繡衣。可憐寸血碧，遐照出天扉。片石鑱綠字，耿耿荒山厜。

上巳前一日飲晴嵐學士蘊真閣欒枝花下次少宗伯韻

塵根不斷六街風，萬朵醲芳小苑中。無限南花嬌弄影，只緣欠此主人翁。

射覆還同賭戟枝，紅燈花影白吟髭。風流日下留前輩，酒盞詩筒肯後時。

江南草長乳鶯飛，上巳花繁客未歸。記扣山扉兼水寺，笋鞋棕帽共僧衣。

又戲成一絶句

非方物産按圖知，南國名芳輦帝畿。他日此花須栽種，也同煖老待燕姬。予鄉絶少欒枝。

獻家叔編修承示歲暮卽事韻屬和並詢客況故後二首及之

空巷積瑶霙，停雲歲暮情。古香氤片縷，石鼎沸彭亨。謝客豐閒暇，揚云薄世榮。門前車馬客，誰念此華京。

舊雨連宵夢，新愁入故城。髮從心計短，書廢客裝輕。宿食初無定，親知别易成。三年一襆被，轣轆小車聲。時余屢移寓。

豈有懷安志，翻憐歲累輕。挾書趨角觴，撥火鬥楸枰。兒女嬉年態，寒暄餽問情。紛紛成一笑，靜裡辨喧聲。

除夕

漠漠曙鴉聲，轟雷轂鬥鳴。冥茫天地運，浩蕩古今情。揲象初龍蟄，悲歌猛虎行。烏皮凭小閣，吾道自尊生。

偶書館中壁

鄴中文筆師任沈，江左風流説謝支。今日始聞流別論，向來都是倒繃兒。

眼前研削盡針師，明鏡真教屢照疲。三十年來行我法，不能毛羽競鑽皮。

蜂房各各抱空龕，囊粟分支祇自慙。强奏將雛新授譜，何如歸唱望江南。

自顧霜毛歲月侵，空庭縞夜正秋吟。縱無逸興思鱸鱠，奈此區區誓墓心。

聖駕東巡盛京恭謁祖陵大禮慶成詩

九有成孚日，三靈諏吉辰。緝熙懷往烈，繼序念康禋。列祖膺鴻篆，東維指析津。軒弧懸白帝，舜戚奠朱垠。火統乘時集，元功不宰神。鼎湖龍馭杳，紀市象耕馴。赫矣周原舊，皇哉漢道新。芒芒恢肇域，穆穆頌生民。下武皇圖遠，尊先考德純。寢園稽禮志，方岳本虞巡。征命從三兆，剛辰卜上旬。祠官常伯肅，祀典秩宗論。翼翼千僚扈，嘽嘽七校踆。星旄臨大野，雲罼轉重闉。岐穎塍分綺，提封隰鏤鱗。平蕪收宿潤，甌脱静囂塵。候已逢淒節，人還別受春。三朝勤玉輅，六騩案金錞。不廢含飴樂，依然問膳頻。慈寧襟福應，帝澤洽陶鈞。赫濯車攻賦，彯珴羽騎袀。簿供俱上殺，網解夙尊仁。德化無中外，威陵憺廣輪。享王訓典著，忠孝骨肌淪。風雨交中洛，陰陽相舊豳。珠丘雲物護，松路虎羆蹲。日躍扶桑外，天低渤海湑。山川環寶勢，弓劍動蒼旻。星列帷宫謐，光摇玉幣陳。露莖珠錯落，煙樹璧璘斌。予樂新千祼，沮渠列九賓。蕭膋盈寢幄，鼗鼓殷栿棖。肸蚃希微意，臚歡契合緡。秋龍紛總總，風馬或駪駪。芝柱迎晨茁，庭鸞效舞踬。皇心通上縡，協氣偏宫鄰。孝敬徵靈緯，威儀感從臣。功宗因次舉，秩祀以時臻。祭澤施知博，含生德佩醇。百年詢父老，萬姓沐恩綸。遂舉升龍幟，還令部虎甄。鈞臺思夏后，菉幣走俞人。朔吹憑鉦鼓，軍容蕩海夤。鸛鵝聲既歛，士馬氣猶振。翠葆天邊轉，銀沙雪後勻。風雲來沛里，日月煥楓宸。車騎催鐃曲，風謡播樂均。真成天下樂，無復一隅顰。黼扆時昭鑒，璣鈐痞保申。升平方在宥，率土景恭寅。

次韻笏山苦雨撥悶

豈有天成漏，憑將渤澥添。閏六月十三日雨，農人云：『龍降海水，頗傷禾稼。』蓼鷩室作舫，簷注瀑飛簾。畏飯愁何涉，新吟險費拈。差堪償水厄，茗戰十分甜。

笏山又用韻來詢近況次答

攤笥黴痕涴，尋編蛀漏添。蠅癡鑽故帋，燕去罷鉤簾。書懶三年答，疑從廢義拈。醍醐堪世味，偏性不宜甜。

戲題園牧豔雪圖

一望銀沙隱斷橋，溪風孤艇正蕭蕭。周郎別有羅浮夢，喚得梅花似小喬。

題松雲聽梵圖

山茨濃嵐墮空綠，午牕鳥囀初夢熟。角巾着屐邨南亭，時有白雲松際宿。松風静不語，雲來無處所。依微梵刹度遙音，想見僧廊停粥鼓。聲聞果中坐日晏，松釵滿逕雲翳吐。心通那復折楊枝，滿眼紛飛豆花雨。

及甫過寓齋詢余病以新詩屬和且述稚威札中語次韻

秋士何如怨女春，且憑佳句鬥清新。風抨垂暮憐痟首，詩寄愁雲悵美人。稚威見及甫詩，有傾國之語。出户正看初月上，罷談才見掇皮眞。此生自念無拘束，不信人間望拜塵。

九月望日同及甫招諸君飲陶然亭念慈辭以内人病設醮壇為祈祐再以詩招之

塵翳雨過面亭空，接席談天稷下同。待汝名齊三十六，何緣不樂爲車公。

春來招弭贈冬堂，何事秋風奏綠章。太瘦劇憐衣帶緩，底知肘後憶香囊。

寶釵耀首記分明，紅豆曾聽曲裡生。自入秋來能夢遠，不宜偏動取凉情。

我昔曾傳六甲方，偏叅西母及東王。君來從借麒麟去，乞與仙人捧玉箱。

送梅恕漪歸宣城

溮問苓通附藥籠，高情合寄渺飛鴻。江東人士秋花晚，京國文章馬耳風。入牐單艖愁潦壯，過淮千樹競霜紅。陵陽山色青熒裡，清嘯期君有桂叢。

鳳城

瑶管春調暖，春風遍上林。三千金界濶，十二玉樓深。寶馬驕龍種，靈禽學鳳吟。遥知芝蓋出，葵藿盡傾心。

簡朱藴千

二月春已半，燕山雪正飛。垂簾爐餤短，破凍屐痕稀。素髮行如此，扁舟願尚違。爲憐同病者，腰帶幾移圍。

題尺棰吟館壁

老我久閉門，頗慙承少子。肅肅懼頭責，跫然心未喜。陋哉丈室耳，客笑團蕉似。避囂時曲肱，差可容巾几。刳智探玄珠，況下知履豨。聊復位鼎鐺，茗椀兼夾七。雖解麴櫱事，正足澆塊磊。罏中佛香餘，薄雲滃然起。木瓜沁心脾，瓶花韻仳傂。人生蟄崖蛀，各擅一壑水。溮誇東海樂，於我一彈指。乘氣俱逍遥，逢時矜淑姽。區區虷蠏鼈，大小焉足齒。

次韻答巨川見懷之作

朔氣秋兼絕塞沉，斷蓬霜笛共遥深。虛梁夢轉疑明月，落木巢空感暮禽。杵臼交情通冷暖，雨雲世態半晴陰。無多真賞吟雌霓，澗壑何年結故林。

壬戌十二月二十六日

白衣雨泣暮雲封，廣柳車前積霰濃。朝省夙同温室樹，平林空對義公松。當時餘望希城旦，此日埋聲抵季冬。聞道五音常聽治，只今文石尚懸鐘。

送高龕山人歸里

仕宦不止車生耳，何如遺契數其齒。阿誰道上呼八騶，浪説儒河潤九里。鄭圃先生思嫁衛，監河故人愁乞水。頭顱已歎堆雪霜，腰間何日酬金紫。春明門外千丈塵，敝車羸馬驅斜曛。搴帷帆風不知暮，半是鶴髮雞膚人。此間何日解抽身，忽返雲關驂霞麐。吁嗟乎世網如綿絡，惟善退者全其真。當年椽筆摩蒼旻，曾侍紫薇拖

儒紳。戾契功名隻手掄，是時軒皇握金鏡。九州同貫華離正，物土已頒司徒法。隱賑還恤西南病，騂剛赤緹辨土均。山藪穀畜書郡乘，軺車時占使臣星，五尺徑開千峯暝。喻蜀曾傳司馬文，通道或説番陽令。歸來更走河西道，漢家驃騎方遐討。卑鞮侯井通轉漕，輪臺卒田繕塞徼。譯長城長漢印綬，驢牛槖駝秦蓩藁。胸中歷歷都護城，眼底離離斯留孖。將軍枕席聞過師，男兒性命誇横草。當時得官欣爲儒，秋光匹練臨横湖。雖無竹千畝，頗傳柏八株。琴堂但時苦噪雀，漢水那復知驚魚。放衙小閣勤著書，忽忽已是十年餘。朝來漢庭璽書下，渤海龔卿穎川霸。兒童猶遲竹馬迎，林壑已待金門駕。秩金表用熙朝事，松竹荒蕪清夢吒。澗石聊免猿鶴譏，鵷雛詎必鴟鳶嚇。人生七尺有身須快意，前望五十人，後望五十人，昔賢亦復癡作計。廡下自託伯通居，吳門舊記子真寄。城南況復二頃田，草堂不煩嗔録事。往日吾鄉稱樂國，屬者政復非佳地。卽如慧日十住舊時清明宅，逆旅而今俱夢寐。三逕尚遲白首歸，一椽獨續郊居志。千章老樹聳旌幢，兩部鳴蛙增鼓吹。亂山懸溜鳴琤

琮，草閣殘陽破空翠。他日驢券歸去來，誅茅庶傍宗雷次。

咏古

鈞天廣樂羣靈趨，人間二嬴參賓娛。九歌九辨霓裳舞，南斗北斗吹笙竽。銀河耿耿環白榆，蒼龍白虎行躍躍。上林射獸先蹕驅，江都不識王孫車。何人跂屈荒流如，對盧古鄒修啓居。君不見天門光光燭龍代，日入靈沮看晝晦。筮之豐蔀又豐沛，或云見斗或見昧。又不見端門之内屏四星，執法墮地光晶熒。尚書尻高萬歲稱，伯師欲齒龍淵腥。粃糠已奪萬目精，世間白黑無正形。喜甚博山迎聖卿，不知世有白馬生。魏都賦：『二嬴之所曾聆。』尚書事見韓稜傳。

讀史

宦遊至封侯，漢廷本迭貴。容容扶陽終，鼎鼎匡君至。安知數年中，副相賫餘恚。武安孪死權，長孺信國器。奉引一墮車，邊屯淪衛尉。物故空爲詛，讒誹究何意？不見資斧來，半膏鼎鉉齒。悲哉葛繹侯，引拜至隕涕。天道本默成，宰相時來事。入世苟無心，輟餐忘衆味。牙角拔犀象，翔鵠墮羽翠。避禍非不深，區區目前餌。緬懷剛成君，卓矣應侯智。紫綬解折脅，金印歸曷鼻。千載史公書，三歎鬚眉對。

舟中讀朱穆傳有感

墨杘婩斫羣遊世，窮年不可知巧智。我接斯人無町畦，俏俏那能別明昧。況乃豐令與臺郎，區區足掛齒牙利。後時謂及蘇公貫，當日豈知劉輿膩。黍稷爲愆徒贅詞，鴟鳳立義寧非忮。君不見夜來秋水盈澗瀆，兩涘不辨牛馬陸。大魚小魚各矜奮，梟鄒雁兒相嬉娛。秋晴挂帆一千里，得意與爾江湖俱。

仲冬歸家王二員外過余有詩見贈依韻奉答

杜甫歸來喜舊松，衰顏歷歷對晴峯。無心不作蜚廉馬，舊性難馴叔夜龍。天上風雲驚歲晏，江邊梅柳偪春容。當年猿鶴休騰笑，一室丸泥萬事封。蜚廉馬，見唐書王續傳。

才望江湖意浩然，得歸猶喜後施鞭。浮家人共鷗眠穩，臘甕香生歲餽前。雲外自飛黃鵠子，山中閒記紫芝年。新詩日日能投我，何必清音更管絃。

檐牙晴澑日初晡，松竹蕭蕭雀影踈。天地爲罏誰躍冶，雨風無障託精廬。曾聞夷甫營三窟，不見秦醫得五車。何似黃金白雪調，晝賡樵唱暮賡漁。

正月二十四日往揚州道中作

杳杳籃轝去，春山面面開。風和占歲稔，鵲喜助兒咍。殘雪明叢竹，溪橋訝早梅。沙鷗晴渚在，相顧一徘徊。

宿廬江

我老諳於役，兹行意惘然。非關筋力異，祇與世情偏。把卷忽自笑，看山更晚妍。平生似桃李，寂寞竟何言？

默默從人事，悠悠感歲年。孤蓬還自振，夕鳥羡歸便。古驛深燈出，踈林落照圓。辭家才百里，一笑別情牽。

巢縣宿田家

爲問前邨路，山家偶宿畱。盆傾新歲酒，人話去年秋。古木叢祠夕，溪煙竹澗流。相期還過此，一上寺南樓。雲溪南僧樓，眺遠絶佳。

過和州絶句二首

斷隴荒雲暝色愁，歷陽廢壘草如秋。英雄往跡知何處，空記遨頭説舊遊。

詩豪不見劉賓客，司業新吟亦寂寥。千載横江門外路，滿天風雨望寒潮。

揚州

平山堂下雪初勻，輿櫂駢田不涴塵。勸酒鳥猶前代曲，迎風花笑後遊人。西園歌舞能傾國，東海牢盆有上賓。誰念參軍能作賦，藻扃頹壞盡前因。隋書五行志：『煬帝詩：鳥聲爭勸酒，梅花笑殺人。』

京口山光接檻前，松亭日暮尚祥煙。從來憂勤同臣虜，自昔登臨本聖仙。遠水渟泓流八解，斷霞明滅悟初禪。丹甍罯衿堤楊路，記與游人拾翠鈿。韓非子五蠹：『禹之王天下也，身執耒臿以爲民先，股無肢，脛不生毛，雖臣虜之勞不苦於此。』顏延之應詔觀北湖田收詩：『善游皆聖仙。』維摩經：『八解之浴，池定水湛，然滿。』

又絕句二首

起坐中宵擁被涼，誰家小部奏清商。一聲翻調安公子，花月春江片片霜。

侵曉招邀出郭來，平山風雪冷如灰。江南千萬纏頭費，不得梅花一朵開。

援鶉堂詩集卷四

古近體詩五十九首

擬阮公詩

伊耆既御世，淳德紹軒庖。和風一以扇，閭澤布神皋。孰使名實求，而遠攻胥敖。國幾爲虚厲，龍蛇起波濤。嗟嗟畏壘人，傷彼殖蓬蒿。莊子人間世：堯攻叢枝、胥敖，禹攻有扈，國爲虚厲，用兵不止。是皆求名實者也。陰符經：地發殺機，龍蛇起陸。莊子庚桑：楚妄鑿垣牆，而殖蓬蒿也。

雜詩

踰淮植南橘，北土夸所奇。經時感物化，枳枸肖拳枝。橘枳雖有異，頗來衆禽棲。當春發婀娜，紛溶從風披。鳴嘒協絲簧，毛羽矜褵褷。樹下一徘徊，主人顏爲怡。區區草木疏，詎足分高卑。養之至合抱，慎勿召工師。苟用充梁柱，不覺酒味醨。酒醨何足惜，將令衆賓啞。何如植中庭，啾啾羣鳥嬉。考工：「橘踰淮爲枳，南山有枸。」疏引宋玉賦云：「枳枸來巢。」又陸璣草木疏云：其味甘，故飛鳥慕而巢之。本從南方來，若以爲屋柱，則一屋之酒皆薄。

吾憐夏仲御，散髮希黄虞。苟充蠊[illegible]養，何羡青紫紆。一朝入京洛，名動賈公閭。宛轉飛鷁首，跌蕩引鯆鮃。河水詫清激，小海徒欷歔。嗟哉面目旋，白汗竟何如！靈談與鬼笑，奚以喻丹珠。

次韻雨叔江西試事竣入京枉顧示前見懷之作

銷聲鼪鼬逕，忽訝村尨吠。故人天上來，昏夜枉車騎。握手一大笑，促坐語無次。此會若雲族，他時零雨墜。君方漸於陸，我筮艮其背。不知三車醫，但愛五龍睡。舊學已遺忘，新聞記如是。老易床頭書，芟柞田居事。杜鵑笑歸遲，渠云前言戲。甲子過桐，君有見懷詩：田園如此可歸矣。

立秋後一日偕同里諸君祖餞中畯北墅偶舉從邁集中舊韻索和因以為别

天球標異質，不假匠石剖。長離揚九天，豈調凢羽口。先生竝世人，抗心迺尚友。衆籍溯淵源，文苑恣擊掊。鏜焉華鐘鳴，誰敢寸筳叩。遐哉鑾坡側，鬱爲羣仙首。而我今何爲，穨爾驚老醜。矯首顧八荒，迴心薄萬有。世有一貉丘，人情嗟寠籔。來者如積薪，鼎鼎扶輪手。頗聞進東方，或詫延枚叟。玄黄縱剪劈，精粗肆簸糅。綦朱近而先，馬騁瞠乎後。鳴聲别脰注，捷足矜躔风。國家資棟梁，寧復取筲斗。攀提屈宋才，僵蹶籍湜走。譬之垣墉堅，文章但堊黝。隙間蒼蠅聲，海上蒲牢吼。異時千秋事，今日一杯酒。我醉復何云，凉月壓肩肘。

雜詩二首

爰居辭牢膳，雕俎匪彘謀。萬物各有適，嗜好焉取儔。山雞矜毛羽，鏡舞不知休。誰謂海鳥來，鐘鼓齎煩憂。嘗讀班生論，棲隱希嚴周。賜書既滿家，漁釣復優遊。以此辭韁鎖，聖罔俱悠悠。惜矣桓君山，乃從糟粕求。白頭不解事，叩陛血盈頭。申脰俯就鞅，蹴足儕羈俘。生逢建武世，老傍公琴邱。咄哉驕君餌，志士良所羞。魏志王朗傳注：申脰就鞅，蹴足入絆。水經注：公琴卽臯繇冢。

昭文理瑤瑟，逸響振希微。高音欽泰容，寧爲清角悲。玄鵠舞庭下，遊魚溯昆池。巖巖崇山志，浩浩滄海湄。惜無中郎賞，矧求鍾子知。超超淪神域，隱几遂忘機。爲問曲終意，端復有成虧。

張燦符枉（願）〔顧〕齋中以新詩見示蒙推挹過甚思詩人無言不酬之義因次韻奉答

塊處忘呴沫，如魚家涔簺。但愛棲託定，頗復宜篤癃。科頭北窓下，事絕心所忡。課兒勤畦圃，缺食資蕘蕢。過客尠題鳳，空庭辭招龍。張君枉剝啄，相待愧恖恖。瀾翻及今古，披剝解雲霁。君如六寸珵，在璞須治礲。苟取充東序，寧云乖至公。得士匪一目，天道猶張弓。我喜學道人，新新非指窮。佇看一尺地，舉足企衡崧。當今秀才士，金筩富南東。詩筆擅孫許，清言矜淡濛。維君稍緩步，正始希餘風。新詩何瑰麗，窽坎聲隆隆。嵬詭圖山海，眩瞀箋魚蟲。我敢識其大，憒憒鼣與鼷。爾雅：槮，謂之涔小。爾雅曰魚舍也。陸魯望集注云：槮，吴人謂之䉝，方言蕪菁。陳楚謂之蘴，齊魯謂之蕘。唐人文有『招野龍對』。管子小匡：『秀才之士，則足賴也。』爾雅『鼣鼷』，山海經『鼣鼠』，郭註皆云未詳。

和午莊城北郊遊之作

浮鷗浴鷺共晴霄，屐齒招邀斷續橋。四野青塍分夏木，亂山殘照送春潮。高吟好句千金價，零落衰容五石瓢。顧藉杯觥興未淺，竹樓還待月中宵。鍾嶸詩品：『驚心動魄，一字千金。』韓子蒼詩：『顧藉微官少年事。』

飲志袁將諗軒時舉第四子有詩屬和

三索筮成又過之，珠能照乘卜奚爲。縱教坡老求兒魯，未信王家得叔癡。原詩有『入塾又隨諸姪後』。他日詩傳湯餅祝，用劉禹錫送張盥詩事。今時我媿鬢顏衰。試看未老人先吃，頭責應嗤湛口飴。

偶遇僧廬取殘經數帙北軒作歌見嘲蓋故甚其辭激余使有言爾然故有感於余心者作詩答之

君不見首楞嚴經藏龍宫，龍勝默誦迦維通。塞種誓禁傳震旦，豈知破臂流華風？又不見貞觀天子嗜戕翰，虬鳳蟠翔誇秘翫。梁間巧奪永和書，酒醒驚詫蕭生謾。嗚呼！竊鈎者誅竊國王，後世師之成律貫。壑前藏舟夜半移，上下千年可三歎。我今衰駑似田光，忽忽頗效鼠銜薑。夢中時有千里志，不知臣精已銷忘。挾筴遊博兩何事，臧穀一笑皆亡羊。吁嗟乎八億四千萬卷西方經，大海一滴存奇零。隋家志乘開元録，迄今亦復同飄螢。何人薪盡續餘烬？竺蘭僧肇俱冥冥。嘗聞葱嶺傳經日，滴血爲書骨爲筆。慈航東下白馬來，累譯通之代增益。堂上讀書輪扁譏，古人已死空餘迹。西來大意況如何，電光石火驚心疾。殘帙區區類木佛，燒取舍利寧獲一。灰心結伴啞羊僧，共向嵩南師面壁。朝來展誦君新詩，運斤妙契郢人質。好手偷來狐白裘，賞俊吾從杼山律。

調午莊食菌

虛谷曾聞説食經，老饕紛踞竈觚聽。詩腸鼓吹蠹聲老，何日驚雷簇萬釘。

聞雨又簡

石髮溪毛味自奇，長鑱託命子能知。山茨一夜黃梅雨，又見松林出菌時。

巡撫浙江雅中丞（雅爾吉善）**有妹少以病瘦乞養其親不嫁年二十八卒中丞既為誌其墓而又為之徵詩云**

銷歇鉛華兩鬢青，浮塵斷處擅芳馨。金箱一卷申情賦，夜夜天邊織女星。（婺女星爲已嫁之女，織女爲處女，昭十年傳杜註引星占。）

朱鳥窗間畫不開，惠班女誡手親裁。珊瑚架上桃花緗，不與徐陵續玉臺。（著素言，多飭行寡過之語。）

黃絹銘詞豔管彤，桓家高義柳家風。范磚能述東京史，詎敵征南讚記工。（後漢書列女傳贊『昭我管彤。』杜預有女讚記，見本傳。）

張燦符入都省謁令叔函暉助教兼佚京兆試索詩為別

樗散厭婆娑，春巖戀女蘿。翕然辭岫出，悵矣判樽俄。楊柳侵衫碧，餳簫入市多。孤帆衝楚雨，遙騎送征鴚。奇服初從好，希聲世不訛。有文投沈范，佳句擅陰何。坐上吟雌霓，花前辨鳳犧。最憐棠陰轉，還似竹林過。繫馬明燈話，澆書擁鼻哦。獨招綪勁繳，雙錦善新梭。湧賦懷園引，休賡爛石歌。風塵饒洛下，知辟素衣瑳。晉書王述傳：言其曾祖昶識宗世林垂老婆娑之事。杜解悶詩：『頗覺陰何苦，用心虞文靖，領成均日簡。』歐陽元功詩：『坐候棠梨過夕暉。』謝莊集有懷園引。

為張愛廬太守題海東春獵圖

雲樹茀鬱山青蒼，陁靡壇曼春茫茫。誰與屬韃急裝出，牽盧臂隼駒騰驤。張君平生釣鼇手，熊轓揭臨海東部。桑雉卽安黃口兒，邨吠不驚麗眉叟。班春已見前白鹿，割鮮聊復詫烏有。我思唐家梁楹張僕射，千步毬場郡城下。樹旗擊鼓搖新秋，分曹入孟角清蝦。又思揚州貴人曹景宗，邑邑氣索車帷中。鄉里却懷年少輩，如龍快馬鳴雕弓。人生快意須一騁，褒衣大袑塹如黽。政平況復訟庭閒，相逢勿問府君近。我今畱落居田間，每看射虎游南山。獨憐匹馬斜陽晡，興罷愁遭霸陵尉。『投隙龍驤，爲國梁楹。』見新書韋皋、張建封等傳贊。晉時謠：『高第良將怯如黽。』

與客郊眺偶及近事酤飲不覺遂醉成此詩

落日相逢倒接䍦，信中聖處果非癡。朝三暮四人間世，孔百堯千物外期。青玉誰當平子贈，黃壚偏動濬沖思。數聲鄰笛蕭蕭晚，不盡行吟步屧遲。

鄭魚山入粵書來以詩見懷並示近集依韻和答

去時秋盡下牂牁，此日吟詩憶薜蘿。天寶舊聲師段本，雲中高調有乘戈。王逸九思自注：仙人也。年來舊雨題襟少，老去青山入夢多。落日思君一徙倚，蠻煙深處渭城歌。

與諸君飲花下醉後作

花前集坐莎陂陀，酒色照眼如新鵞。問事七缺更八缺，得意長歌復短歌。我聞青天堪倚杵，人說魯陽能揮戈。老子醉著騎牛去，諸君安坐聊婆娑。

歲暮行戲柬北軒

歲雲暮矣風蕭蕭，飢馬繞樹窮昏朝。北軒主人愁無聊。此時徒有四壁立，猶復五字七字頻推敲。南鄰北里何宣驕。狐貂進御膔臛膮，繁聲姱態絲管嬌。百萬標黃榜，千萬懸紫標。人生生活苟不匱，錢愚何惜相譏嫽。君不見河南長者輸家半，縣官下詔褒綸煥。谷量牛馬烏氏倮，朝請得竝公卿坐。平生豈無送窮篇，鬼畱不去燒車船。杜陵老子傷貧病，韋郎絕跡蓬蒿徑。夜聞鄰家獲犀犬，詰朝相逢面有靦。借錢勿問車子張，此事説者誠荒唐。一樽孺稚姑酬勸，但勿歲朝捶如願。

臯門自南陵寄惠新茶寄謝絕句二首

空居幽夢挂雲煙，嗜好憑君記昔年。却笑詩人孟東野，枉將衰劣乞朝賢。皮日休茶具詩：「南山挂幽夢。」孟有憑周況先輩於前賢乞茶詩。

綠華煙粒門鮮妍，春穀溪雲寂住泉。我老無心窺玉札，箇中參得趙州禪。陸魯望和皮詩：「不合別觀書，惟宜窺玉札。」

遊山寺

山根雨氣愁冥冥，山上日落石氣青。何年荒客結茅屋，已墾辣田成畦町。鴨脚聲乾疑吠蛤，殿頭佛燼縣秋螢。老僧茶瓜喜客至，更要九月鋤茯苓。「辣田」見魏書釋老志。

將結茅山中示内

我憶庚桑楚，巖扉愛息機。晝然知者去，幸矣杓人非。長日從荒飽，新寒料苦衣。知卿蠶室婦，不厭楚山薇。「苦衣」見禮記緇衣篇鄭注。

飲贛州家叔未遠軒兼訂北墅納涼之約

蕭蕭隱几二千石，漠漠新陰一百弓。斗酒正期佳客至，流鶯剛落到花中。

藍輿春颺杏花風，菊下還期九日同。最憶憑欄新漲綠，何緣偏負渚蓮紅。

送人之宦浙江

忽看黃氣欲侵眉，爲政東南愜素期。嵐瀲夙稱仙吏窟，印圭曾記漢官儀。水松哦處裁公事，雁鶩人來取署時。此去西湖梅雨後，扁舟臥聽竹枝辭。

屏跡里居聞見都絶客有談近事者皆可驚可愕適同年熊鶴嶠書來附此以慰訊焉

田居幾半歲星周，輟耒相忘賦四愁。見説纖兒縛袴去，更誰男子引刀羞。心驚往事偏譚虎，病訝尋聲有鬥牛。苦憶安生無恙在，黑頭歸去卧滄洲。

題左仲郛詩卷

老來文字從遮眼，麟角牛毛自古今。忽諷新詩當招隱，果然山水有清音。

青冥浮渡舊棲禪，山鳥山花記夙緣。九帶曾參名句里，知君不費草鞋錢。君嘗約余遊浮山，余不果往。君獨遊半月，得詩數十首。「名句」見楞伽經。

漢家詞賦擅卿雲，江左文章半策勛。莫但鳴琴愛巖穴，三都卓犖張吾軍。前翠華南幸江左，孝秀以獻賦頌，多得官者。今復有明春南巡之詔，故云。

過志袁齋中示以一硯云櫟園司農舊物也感歎書此

江左文章鄴下賢，故時人物散雲煙。而今一握端溪石，風雨編摩記百年。

自題研匣上

滑起紅濤挾震霆，少陵詩與致丹青。年來虛几甘牛後，一聽人間鳳味銘。

寄張楞阿先生巡撫湖北四首十一月朔六十初度

天子當陽湛露溥，荆州襟帶重維翰。山川九服雄南紀，節鉞三臺授夏官。加少司馬銜。風轉珠皋芳杜碧，秋深蕙圃獵雲寒。千年羊杜功名在，峴首沉碑剔蘚看。

先朝五袴夙聞謳，三十年來紀宦遊。春水明湖催晝鵲，秋雲泰華擁高旒。西巡九曲車前轉，南顧三門掌上流。寄語當年諸父老，碧油幢記舊君侯。

退食清香晏寢餘，依然詩筆恣畋漁。南樓攜客當明月，西塞看山入綺疏。從事能傾習氏酒，何人不戀武昌魚。獨思高據胡牀日，一曲陽春和孰如。

蛟潭千里静江波，象服巍峩受福那。天以初元行北陸，人因丙子記東坡。青蘋際水雄風起，黄鶴陵雲上客多。聞説清商西曲變，都將康老奏俳歌。

鷗昉示遊西江詩並有山中習静之約戯題

南浦雲飛翰簡濡，故人相對舊眉鬚。此行吸却西江水，敵得盧陵米價無。

俠窟京華脱世纏，熊經禽戲賦游仙。昨來親上洪崖洞，歸結神樓願拍肩。神樓，明劉元瑞事。

北軒示和息翁歲時襍咏屬同作門神

旁厠山行號小神，剖符新歲擅宜春。席曾長者留車轍，物伺將軍訝舍人。冠蓋宵興槐并列，用北齊盧詢祖語。降婁歲記莠生辰。憑君閲盡升沉事，當日黄金幾刼塵。

禮記鄭注：「七祀皆小神。」又云：漢時民家春秋祠，司命行神，山神、門竈在旁。樂府：「相逢行，黄金爲君門。」

門錢

春風標牓颺閶門，荇菜家家利市存。滂說有兄堪使鬼，但祈來子又生孫。白榆飄莢成么小，綵勝繙花號上元。五五三三看比戶，不教姹女涴工痕。紫標黄牓，懸錢庫上梁。臨川王宏事，見南史。「荇菜、來子」，劉宋時錢名。「絹生子，錢生孫，金銀千萬億化身」，唐宣武富民劉某語也。

龍燈

焜煌似借燭陰墟，曼衍欣看勢攫拏。鱗甲風寒欺火樹，之而光動媵文魚。馮夷擊鼓驚珠吐，海客燃膏點額如。記取當年段柯古，山燈蜃構果非虛。段成式觀山燈獻徐尚書詩。

走馬燈

團團陳迹訝虛舟，先景鞭絲不可留。得意春花開畫障，借明粉壁走長楸。玉綃籠薄風齊亍，珠燼宵深電隱溝。誰是不求聞達者，想同内熱羨西遊。孟郊詩：「春風得意馬蹄疾，一日看遍長安花。」顏延之赭白馬賦：「汗溝走血。」

息翁屬和歲莫戲咏絕句四首

陰就祀竈

府海官山術自神，兒孫脩業不居貧。糟塗司命年年事，見東京夢華録。枉效黄羊媚竈人。陰子方，管仲後。史記貨殖列傳：「子孫脩業而息。」

孫寶請隣

閑從徙舍餕尊盛，洽比難忘歲莫情。不似詩人耐蕭索，謂北軒。忍寒敲句和元英。禮記：「盛於盆，尊於瓶。」

杜甫呼盧

牟呼五白意騰騫，飯顆酸寒氣亦暄。他日一錢羞澀甚，咸陽今夕總消魂。

賈島祭詩

伊蒲久矣謝僧窓，快噉鯨鵬勢欲降。酒酺能酬君幾字，鑄金直得李才江。昌黎送無本詩：「鯨鵬相摩窣，兩擧快一噉。」

秋日同午莊别駕訪寄巢四丈園居以雜興八首見示因韻卽事奉酬

一雨過高城，樹應涼颸至。招邀羊求侶，爲訪林居事。

濺濺石瀨生，溪橋斷復横。延緣蓬藋逕，時聞金石聲。

康樂賦愁霖，杜陵歌舊雨。蛩然一笑駈，竹間成賓主。

坐久共相羊，河渚送饟芳。沿隨鶴子步，徙倚梟翁旁。

梟溪下雌蜺，朝雲猶窈窕。相對儼明粧，開軒投子曉。

軒敞却含悽，神期詎若迷。怪鴟啼斷壠，凍雨壞平畦。孟亭副憲殯宮，在園之左側。

平畦愛行藥，丈室苦愁疾。菊信倘有期，及玆重陽日。

近市辦鮭菜，引蔓摘菰菱。惜哉秋水澗，嘉魚未可罾。

退莊屬和遊菜園之作

倚梧吟嘯病委蛇，結侶嬉遊涉渺瀰。姑置拘文君作故，漫教良友鄭箋雖。神生真欲憑雲轡，飲痛何勞問氣篴。乘興而來殊未盡，他時倘憶剡谿逵。莊子：「倚於槁梧而吟」。又云：「形充空虛，乃至委蛇。女委蛇，故怠。」西京賦：「自君作故，何禮之拘。」毛詩鄭箋：「每有雖也。」晉書范甯傳：張湛戲甯有「熬以神火，下以氣篴」語。

贈朗齋道者

北燭尊仙治，南宮策衆眞。歲星原佐漢，王子夙依宸。邁迹丹丘士，棲心赤斧倫。超超標象外，了了契初緡。經授編壬子，師傳志甲寅。龍威潛隱見，林屋閟氤氳。紫府知通籍，朱門不異貧。鄧生雲母屑，貞白鹿皮巾。樓貯飛丹驗，書徵問事頻。曾聞十賚錫，並見五牀陳。一氣通羣帝，三神徹九垠。琳符何燦燦，玉樹自璘璘。會啓軒轅鏡，還驅寓若輪。角根覼道妙，箕畢召精禋。農瑞占鳴雀，炎標感碩麟。理身惟守一，治道信還淳。上綷參玄牝，無爲養谷神。故知除害馬，早已植靈椿。古記由來秘，元扉未易親。空慚舌本强，孰悟子珠因。火棗源長灌，金鈴夜自振。何當出戊戌，相約守庚申。

援鶉堂詩集卷五

古近體詩五十五首

將之廣陵王月如明府枉顧兼荷寵招賦此答謝

齟齬蓬徑影飄蕭，上客迴車慰寂寥。垂老自慙雌霓賞，杜門嘗愧咽蟬嘲。春巖雪霽迎飛舄，鈴閣花深賦洞簫。獨悵綠波人易別，扁舟西去雨瀟瀟。

樹隱春城静市囂，梅花香氣上春袍。揮絃堂上人如玉，按拍燈前興佚濤。自昔裁文工製錦，何妨名士善操刀。華陽知舊皆天末，白髮逢君首重搔。談次及前輩鄧遜可廷尉、彭樂齋憲副、同年顧密齋少廷尉。

贈盧雅雨運使

聲華舊譜並雲霄，疊鼓朱幡廿四橋。江左詩爭傳八米，杏園春已記三朝。衣冠北海人疑古，花月南樓興最饒。千載此邦看駐節，果應佳勝擅風騷。

星輝華蓋幄珠熉，裒對方宣岳伯勤。三接便蕃占晝日，八能偕進燦卿雲。東方篠簜名材集，南國聲歌太史聞。早晚鳳書來日下，海天佳氣正氤氳。

漢家賢將佐休明，形勝東臨右北平。塞草春生朱鷺曲，霜榆秋下白檀城。共知酹酒辭金馬，但看開釁奏管笙。回首張帆鈴閣迥，松枝嘗憶説經横。守永平日嘗屬宋蒙泉編修，延予主書院。予時方謀南歸，未就。

清時官府自神仙，況屬蕪城結勝緣。都會由來先益二，風流誰不愧盧前。雕欄碧轉春遊舫，曲檻紅生竹徑泉。惆悵京臺不同賞，凄迷煙草櫂江船。

劉印于侍讀招同諸君飲安定書院因遊平山堂示贈別樊川詩次韻

人海何殊澗壑幽，蘭芬墨瀋座魚浮。風光正美逢三月，雨氣初收護九斿。紫陌春多前夢在，樊川及金考功俱君同年。白頭朋盍異星稠。蓬萊後會看清淺，潦倒休云一餉謀。

浩蕩馴鷗極渺冥，恩波一聚曲江萍。樽前訪故殊生死，澤畔行吟有醉醒。花鳥自羞人面老，江峯還似佛頭青。釣竿拂處期公等，牛斗菰蘆夜夜星。

寄巢四丈屬題進南巡詩册

第頌陳詩冠珮重，芝華處處慶煙濃。從知宿齒才章麗，雲氣曾瞻五色龍。

携來文綺爛霞霓，帷帟恩榮拜舞齊。記得一行名姓在，孝廉淡墨自天題。自云賜緞片紙，書原舉人方某。

香雲珠網敞銀臺，金氈銀函次第開。花雨忽隨仙饌至，白頭分賜九重來。報恩寺誦經，賜諸臣克食，曾與分嘗尚方珍味。

題仲醇秋浦垂綸圖

微茫秋水雨晴初，擘粒盤針漾碧虛。不侶當時侯叔起，鱗鬐分寸待沮洳。

老我珊瑚拂釣竿，秋風欲櫂楚江寒。他年借得琴高鯉，赤鯶公來子細看。

又題秋燈夜讀圖

人生千載後，如幽室扃鐍。正賴數行書，惠我啟重鑰。罣如骨已朽，相對儼酹酢。周情曁孔思，遺編萬古鐸。堂上洛誦聲，詎可譏糟粕。世士玩春華，枕秘或已略。自詡曉一孔，不知幾州錯。何殊青盲人，到此一驚矐。君爲名父子，塗塈須丹雘。六義本世學，群雅此其橐。耳目恣擩染，寸心會冥漠。豫章覞崛奇，小山垣岊亭。短帹懸秋光，畫者意槃礴。簾摇篠風清，庭深桂花落。苔砌急寒蛩，籬門驚互㯳。佔畢静呻吟，秋窓一燈各。我挐韓江舟，蓮葉初姌嫋。及兹秋氣深，薄凛摧鳴擇。緬懷浮渡山，放艇昏眸廓。尚憶先正言，庶爲吾子藥。勿喰語質木，規處媿婉約。相望千餘里，劇增數日惡。想見下帷人，孤燈懸一䔿。中庸反古之道，鄭註謂曉一孔之人。

登投子山

投子一山當北郭，衆峯屏立吾所家。廿年悔不一登眺，五嶽之願寧非夸。今晨决計欲獨往，二三子約無參差。白頭不乏濟勝具，逸興快若逃鞲䈂。初來逶迤但培塿，漸遠漸勝窺峆岈。是時初冬已搖落，兹山翠黛垂杈枒。岋岋巨石老羆臥，離離古樹蒼虬抓。懸崖一壑轟九軌，穿林細竇鳴孤笳。畧約舊名留老宿，吾曹猶問法來邪？此間欲舉西來意，恍然妙處留清窪。荒梗斷碣雜坐臥，細路幾曲升孤遐。舉頭長江懸日脚，渺茫一線蟠金蛇。顧視城郭黑子耳，但見翔轉千林鴉。往者此名寂住院，大同溯法傳丹霞。再來因果自不昧，塔光瑪瑙人爭譁。青原洞上本一氣，宗風未冥猶朝赮。香林寶刹何時滅，阿誰一問恆河沙。宰樹蕭條鵂鶹宿，罣如徒秘梅李瓜。吾聞是法本無住，刹那一現芬陀花。阿僧祇刼幾塵壞，區區十笏何咨嗟。況此馬鬣一抔土，幽靈靖昧棲塗車。揞笷捨去不足道，拾薪支鼎姑烹茶。蒼蒼落照已横徑，漸聽歸唱樵聲哇。斗折幽谷知何極，遺踪峭邃輸譽巖。歸時把酒各自詫，作詩聊向山靈誇。謝惠連祭古冢文，有『甘蔗節及梅李瓜核瓣。』陸機吊魏武文：『違率土乎靖寐。』

醉後率爾題一絕句

眼前誰侶白師超，但有鳴干逐隊跳。笑我死生蟫蠹窟，白頭尚舉古人瓢。昌黎詩：『還讀古人書，復舉古人瓢。』

登清苑縣城樓

重看長劍出鄉關，軅轆單車道轉艱。夢遠鶯花居上谷，樓臨風雨望郎山。驚心客燕逢春老，回首長楸落日閑。聞道卿雲皆屬御，雷音新從上陵還。

宜田宫保以棉花詩見示成七言一章

我觀土會辨物生，皁覈叢莢俱籍登。星土上繫十二次，用別疆槷兼緹騂。仲父作霸表東海，五施七施何縱橫。蒲葦萑蔓蕭薜茾，如指諸掌如錯綷。乃知古人匡國術，細大不遺咸甄成。書生䙡縷詫博物，試之檀榼猶疑瞠。菽麥昏昏可深恥，安事蟲鳥箋疏名。漁陽上谷古三輔，華實之毛夸神京。聖朝端要保蠢職，桂林夫子諧皐賡。曰寒曰飢我勤恤，曰暑曰雨余心怦。夷吾手實詔豐瘠，山農澤農勤所耕。化材不待新著令，五薀五沃咸治埩。謂此木棉古織貝，揚域久矣知環琊。儒生析義苦拘蹇，水族貝錦徒誙誙。巴樊昔已賦賨幏，寧此三古遺筐筬。擩染物妙窮物態，搜羅纖碎雕瑤璚。三核五核性各別，如葵如苧無纖瞀。先生往時遊於越，蚒蚢䲚蓏稽蠶經。考娘饍婦方志異，上山下簇書丁寧。見本集看蠶詞。當時意作九州被，奚止摘蒸夸筆精。況今岳伯長羣牧，毗佐上理登崇閎。當今馴風萬物遂，挾纊不復踦孤煢。彙材原非棄纖屑，瓜壺葵菽詩爭榮。會當譜此入豳籥，四海蕩蕩歌由庚。

又得三絕句

山行犖确又三椏，處處楓林夕照斜。一望素雯農事晚，携筐人采木棉花。

滌稼寒蛩閱歲華，蕭騷茅屋隱蒹葭。燈前正誦齊民術，臥聽比鄰轉緩車。

牛宫雞栅户交加，曝背茅簷興自賒。龍具㨾成新稻衲，三三五五話桑麻。漢書註牛衣，即今俗呼爲龍具者。

初至津門高薑田太守枉顧翌日以詩扇見贈依韻奉酬

江湖久矣忘鴻干，遯跡宣游笑兩端。不謂乘潮拾海月，翻成戴笠話雞壇。逍遥禮圃猶先典，跌蕩詞塲易舊觀。我老題襟興不淺，却慚夔鑠據征鞍。張平子思玄賦：『將北度而宣遊。』

登惜陰亭

揭孽孤亭夕照平，白頭去國倍關情。碧雲千里愁中合，黃蘖三春觸處生。鐘鼓未聞招海鳥，梧桐何處下鵷鵬。朝來一棹乘潮下，回首春波侶目成。魯靈光殿賦：『飛陛揭孽』。

阻風二首

北風十日吹，小舟苦覊碟。我自厭風濤，頗誚篙工怯。瓶乎試一逞，食罷解維笝。撇漩聚邪許，彭濁鼉鼓襍。分寸不可上，蕩颸凌波渣。傾翻及栢案，簟枕驚怗脅。放乎至中流，轉幸捩柁恰。鳧鷺爭翔飛，亂山倏升厭。去上八節灘，來見卸帆溘。橛杙仍故處，檣纜厠前艙。垂楊頗婀娜，似爲客行嗑。呼童具村醪，庶用敵宵魘。

藏舟欹岸側，曲折似隍陿。居民三五家，炊煙檣角壓。春花凍未醒，岸葦亦蕭颯。野老看客舟，詢云三山夾。念我苦滯淫，終朝縮肩脾。曷用歷村墟，詎得惜行屧。初轉一徑入，沮洳積塍堞。高下接頹垣，圭竇垂編茶。遂見趂虛人，米鹽事凌雜。正苦市囂喧，畧約轉巖嶫。麥苗帶平疇，桃柳亦韡韘。此方農事興，疆以爭荷臿。緬焉憶鄉園，田居興不乏。清溪石涓涓，繞郭山曆靨。花滿公麟居，鶯啼法遠墖。出門思故山，家食占利涉。人情同一揆，易覯更笑靨。行行歷威夷，矯翮效飛颯。鐘韻林端來，樵歌亦互荅。爰陟招堤境，迴壑松吹匝。檀欒擅清飈，花雨驚翾翊。法族四五輩，肅客具袈衲。導之恣登臨，在所攜茗榼。其北構孤亭，衆峰儼屏匌。稍須斷手期，已見具茨葺。鄭重屬嘉名，分扁須張鑽。茶果頗紛紜，蒲薮授方法。惜我去匆匆，紙帳虛懸榻。出門日已暝，蒼茫迷眸睞。牧笛驅耕犢，斷堰聚吠蛤。衣裾苦叢篠，船燈喜岸庋。茲豈述佳遊，聊勝艨艟柙。頹然就枕席，中夜波喤呷。

遊金山同張樊川編修左鮑冲贊府家叔三崧同用東坡焦山韻

我性麏麚林壑耽，北山之北南山南。今年偶作韓江客，九十日春驚過三。故人招邀來京口，遊思勃起匡眠蠶。眼中浮玉豁夙抱，豈令猨鶴懷譏慙。登舟笑歌風漠漠，少選沆漭波潭潭。岧嶢琳宮未知處，紅采翠氣交沉酣。山靈自欣物外賞，世士妄作區中談。客來鸛鶴趨先路，膠葛松桂穿雲龕。蜂房僧留願少憩，一椀相屬中泠甘。煙海茫茫島嶼列，江天浩浩魚龍貪。嵯峨上下匪一至，短笻支徑吾猶堪。迴飆惜未遍諸勝，蒼蒼殘照懸孤庵。

次韻答余荆帆

我愛楓溪物外賢，新詩況復彥倫傳。謂元木。嘗疑煙霧棹頭去，爲復塵寰跂脚眠。灊潁春風雙鬢晚，落花殘照一樽前。山中莫便從招隱，恐費人間百萬錢。

夏孟華谷分司置酒招同陳永九戴潛夫宋我思及余兩兒泛舟遊王氏懷園至夜而歸

擊汰空濛碕岸長，盍簪清興寄滄浪。天臨鼎邑鋪雲紫，河逼鯤溟蕩日黃。倚檻生煙猶漠漠，到門珍木鬱蒼蒼。誰知十里平皋路，一幅蕭疎畫碧湘。柳子厚獻楊憑詩：『高居遷鼎邑。』

清和入夏自滔滔，愛客招摇在浚旄。蒲荇坐忘塵堁外，松楓時見日華高。巡檐鳥囀爭酬酒，繞檻花濃欲上袍。良會難忘別意重，使君原佩吕虔刀。時方以卓異陞見。

對酒何嘗避海鷗，徘徊不盡日西遒。階翻紅藥當蘭圃，籟喝青楸下桂舟。北海樽罍原磊落，南皮絲竹最風流。天邊侶戀遊人舫，華燭金波一片浮。

再次余荆帆前韻

昔年唱和松陵集，今日題襟漢上傳。詞客似君夔一足，世途嘲我柳三眠。未期鞭可隨羊後，終愧驅同老馬前。來詩有『時雨絳帳』語。語笑相從知不厭，爲嫌屐齒損苔錢。

送勒信亭憲副寧夏

黄河東抱赫連臺，天際牙璋簇傳來。榆葉秋高秦塞出，桃花春漲漢渠開。邊催笳鼓金行動，珮擁龍鬟壯氣迴。上郡朔方形勝接，建常獨有使君才。

津門曉日唱驪駒，難忘簪裾接席娱。白地錦裁名士賦，碧油幢擁列仙儒。六條西上宣郇雨，三策東流静海沽。最憶樓頭清嘯迴，梅花羌笛月明孤。

贈艾厚齋明府

文章江左綴珠齊，曾倚南朝偏舊題。五色賦成工製錦，三年政最擅驅雞。搴來芳草湘皐碧，舊治楚中。静撫春絃海月低。遶郭花深休睠戀，佇看紫降九霄泥。

謝人惠酒茗

虚堂凉雨正淒迷，忽訝賢侯走赤蹏。雲簇香篝春欲動，萍生翠杓碧初齊。枯腸自愧搜千卷，問字誰能載一椑。却憶江南淮水曲，茶艙酒舫鎮相攜。陸龜蒙茶塢詩：『遥盤雲髻慢，亂簇香篝小。』張平子南都賦：『醪敷徑寸，浮蟻如萍。』盧仝謝孟諫議新茶詩：『三椀搜枯腸，惟有文字五千卷。』

昔年嘗誦涪翁集，半挺團龍擬璧圭。馬走勿教門載至，羊腸却聽鼎聲齊。我今銀粟看逾好，客到金樽許共攜。入坐誰分袒左右，試湯何必厭東西。宋人詩：『酒酣玉盞照東西。』玉東西，酒器也。

為查儉堂太守題蘭蓀圖

芳菲襲簪裾，葳蕤羅柘館。剡剡翠羽生，歷歷明珠纂。金母斟雉羹，絳闕閑梯几。以此潔晨羞，何如朱仲李。

往者羅含宅，當年宋玉秋。遥憐清太守，瀟灑月南州。

静轉光風細，輕滋曉露圓。南陔推嬀雅，知有譜笙篇。

次韻汪抒懷前輩廣平清輝書院見懷之作

秋蜩罷節已瘖鳴，庭蘀霜空夜尚鏗。挾筴無端情契契，懷人起次月明明。山中桂樹難招隱，海上扶犁媿耦耕。獨憶河汾横講席，一時禮樂待仇程。詩：『契契寤嘆。』列子：『泰族豈此契契哉！』劉楨詩：『起坐失次第，一日三四遷。』

堂下蛙添兩部鳴，颸饕也復侣鯨鏗。冥心十載丘園落，垂老千秋炳燭明。劉子風清瓠葉俎，賈君經傍芰荷耕。來詩云：『謫居多學賈逵耕。』又言：『荷花十餘里，爲畿輔勝地。』檀臺未得同歡賞，空展霜縑數雁程。

題陳宇權飲醇圖

眞看玉盌捧蛾眉，菌閣春多鬢未絲。跋石一歌將進酒，碧雲初墮散花時。

灼灼鮮英艷露桃，參軍沉飲況時韜。語君休諱閑情賦，終勝人間對二豪。

次答張函暉助教見懷原韻

日月如走丸，下注千丈坡。但見東逝水，疇挽西流河。人生合并日，風籜聚卷阿。尚憶昔過從，呻歎襍笑歌。晝夜無舍倦，脱畧匪臼科。至今揮淚處，京里記鳴珂。世味豈一類，隨刀改如何。惟有徑寸地，耿耿青桐柯。顧念髮就短，邢更補蹉跎。樗材謝匠石，羽幹辭垂和。信知吾喪我，安問正與他。兹行復孟浪，舉足動差譌。敝絮著荆棘，何處芳草多。君才自特達，人待纓峩峩。行中棟梁選，非復儕蒿莪。胡爲苜蓿盤，尚爾困編摩。虬龍揚九霄，所資尺水波。佇君爲國器，此望詎云過。新樣世所貴，姑寶舊錦梭。落月照顔色，把詩空吟哦。何日重把袖，淒碧悵春蓑。

答查儉堂太守蒼梧見懷之作

飄蕭自分此生浮，白首羞逢海上鷗。燈火馬行猶昔夢，君昔與余訂交在辛酉年，余時與申二少尹同寓馬市。雲煙沽水凛新秋。仙家別訝千年速，書札來同一賚郵。莫謂新詩等閒語，日南天北又春愁。

讀史

王者與師處，霸者蓋卑卑。在昔隆準公，天統符聖期。風雲起芒碭，侯王猶虎貔。獷秦息炊火，强楚析骸支。賢士定天下，安利是所毗。詔肯從我遊，吾能尊顯之。我聞天位共，喆士爲鴻儀。士生三季後，斯義何其微。但曰予奔走，就是股肱資。所以商山翁，蜚遁但茹芝。嶽嶽魯兩生，甘以鄙儒嗤。惟有綿蕞儀，脂韋而喔呰。嗟哉神聖伏，世運若驟馳。驕餌鉗一世，徒隸頤指麾。遙遙千載人，炎漢若皇羲。大道遺先志，三歎我心悲。漢書敘傳：『獷獷亡秦。』武五子燕王旦傳『趙氏無炊火焉。』禮運鄭注：志謂識古文。

春日遊某氏園歸途作此寄駿生兄弟

緩轍平皋夕照深，南雲相望一長吟。梅桃九命閒居事，牛鹿三車病後心。極浦空村迷海氣，亂帆迴樹動春陰。羊何此日多佳興，睍睆楊園悵鳥音。

附家信後憶故山

角吹清秋閟穗燈，數番裁寄感何勝。二三與馬成田伴，八九逢人待杖興。白首笙歌看異國，青蠅天地憶良朋。扁舟入手知何日，澗壑扶筇恐未能。

答客

夢中審雨記前因，馬耳東風惜病身。地遠何心譏小己，天高無意問修人。難稱齊楚知誰是，書説荆燕總未眞。人事不關君力飲，秋荷期櫂露珠勻。

樊川書至並和函暉韻詩一章見懷因再次前韻奉答

有田居故里，喬夭植陵坡。無食逐飄萍，安辨淮江河。遊從混隻偶，音出齊唯阿。閔閔懷哉嘆，凄凄勞者歌。故知造化力，未能同一科。玉蝀冰始泮，聞君振鳴珂。東方尚索米，顔氏癯如何。忍飢作三公，毓爾千丈柯。遽惜時不與，壯志非蹉跎。君看丹山穴，長離聲雍和。我老觀物化，世間忘自他。目眵失白黑，耳聾隨欺譌。監河笑行貸，升斗媿已多。但追少年事，如江去岷峩。海邦富蒲魚，所見唯蒿莪。冥懷臥一室，契思入三摩。寸心同古井，春風已無波。尚念嘗奇人，經絶求羊過。秋水日夜灌，往來帆織梭。南望寄永歎，展詩助呻哦。寒蟲襍邪許，萬杵方城簑。時方築城，與寓館相去僅數十武，公羊傳「不簑城」也。

寄方寄巢四丈

鸕鷀舊憶城東宅，蘿薜嘗深薊北情。步屧春風隨鳥語，問花秋寺過牛鳴。詩家眷屬何人似？物外仙翁是地行。爲謝長宗矜理窟，用簡文稱張憑語。碧山深處正聞鶯。方干居鸕鷀原，白樂天詩：「詩家眷屬酒家仙。」

秋日鄂怡雲以倉部儹儲至津門相見話舊兼出新詩賦贈

秋來晝舫傳星使，晨起披衣訝老生。北第詩觴紛在眼，西州涕泪不成聲。徘徊沙路長楸直，坐憶經筵曲檻横。十五年中彈指過，日斜清對豈勝情？

往事刹那第幾塵，歡場還鬥現前身。那知鷗夢鴻飛侶，又見鸞停鵠峙人。白首門生潛海曲，青雲冠蓋憶平津。憑君取種官河柳，記與攀條説後因。

清修官閣類巖阿，餐菊裁詩稱有那。愛爾玄虚能賦海，慙予波匿證觀河。天邊征雁啣蘆急，水底潛虬徙窟多。何日更從通潞舫，九懷一奏楚人歌。

援鶉堂詩集卷六

古近體詩五十八首

秋懷

蓬梗漂搖坐永宵，征鴻行斷楚天遥。茫茫禹甸雄三輔，渾渾雲波接大遼。傍海鼋鼉秋氣横，憑城風雨角聲驕。孤生劇有懷人句，楓路魂歸不可招。

維揚舟中別叔六

婆娑身世竟誰之，奇服還矜珮陸離。北海有魚方化鳥，南山頃豆已爲萁。巖居白馬來非暮，關外青牛去獨遲。入望江靡葭菼路，孤飄隱颺雨如絲。

和人詠忍冬花

名豈矜香國，花非艷玉臺。緒風愁雀噪，羅月倚垣開。幸有金銀字，還登藥籠材。誰言兹小草，行見上林裁。

九九消寒盡，三三覆徑滋。色分黄白術，香耐雨晴時。玉女應爲偶，銀牆好借攲。枝頭抱乾蘂，一任曉風吹。

津門送王西園前輩之上江臬使任

繡衣朝出五雲端，雪霽堤楊擁負闌。共道雞鳴歌漢闕，却占神雀下江干。冰迎東飄鱗鱗動，花近南枝欄欄寒。爲報皖公先地主，青冥獻翠馬頭看。王融策秀才文：「歌雞鳴於闕下，稱仁漢牘。」

視草明光憶舊坡，雍容嘉頌匹猗那。熙時康濟猷方大，報國文章願豈過？三楚地形圖籍重，羣舒山色郡樓多。庚公自有登臨興，叅佐何因廢嘯歌。

銀題碧簡上清書，自愧疎庸厠應除。豈謂冥鴻遺爪跡？重瞻儀鳳襲衣裾。花深鈴閣聯吟夕，月墮梁塵奏曲初。此日紞如聽發鼓，也同父老悵前車。

曾邀夾轂問君家，海日朝迴爛爛霞。上冢輿輪過故里，渡江梅柳入清笳。仲宣樓畔嘗懷土，嚴鄭樽前憶浣花。州部依仁猶有願，衹防行草召公麻。

題董曲江盟鷗圖

微風起石瀨，獵獵菰蒲響。坐對秋水生，忽有雙鷗上。

全獨帶笭箵，我慕琦玗子。逢君海上來，更招白鷗耳。

不愛羅鷺緻，閒抛射鴨弓。無心盟海鳥，一爲問澄公。

題楊喆華秋林唫月圖

秋月升已高，秋夜欣遐覩。寒條遞清吹，霏煙澹遙浦。映户竹栢疎，在地荇藻吐。流螢時一照，棲禽夢或語。高唱邈心期，素景成賔主。寥寥千載人，知音獨仁祖。

高韶州蘁田病中為示兒詩五百言其子棚乞題其後

平生意氣躒幽并，芒角胸中老未平。寒食驚風吹不定，惟餘鴻鵠斷行聲。少陵送高適詩：『驚風吹鴻鵠。』

曾近簫韶協風鳴，家聲渤海舊峥嶸。莫同一笑淩雲事，試看莪蒿觸處生。張融遺令生平所善，自當凌雲。一笑。

錢唐楊喆華在京師為某郎中賦紅絲硯詩查儉堂太守見而賞之以女妻焉楊繪硯為圖乞詩

丹楊龍尾虹生熉，潛璞浮筠親墨君。陶泓斂避登羅文，有客歌之詞繽紛。煙華散染吐奇芬，何啻藍田珍氤氲？碧鸛故自鳳鸞羣，女羅裊裊松栢分，山抹微雲人所欣。謝公詩法尤飫聞，得子豈不張一軍？鴛社藝圃須勤耘，筆力牛弩擲六鈞。鳳咮爲君策奇勳，一笑如皐奚足云。

廣西慶遠故有黄文節祠蕪廢不修天津查儉堂來守此邦廓而新之寄所作記並詩屬賦

天水百粤投荒浦，天遣文章爲漆斧。鑾風蛋雨足凰麟，阿閣雲臺收猰貐。儋州禿鬢翁黄土，海康空記南樓主。古藤陰陰龍蛇翻，一片花飛鶯夢雨。秦少游在藤，夢作好事近，醒爲客述之，一笑而卒。蓋本其詞中語也。説餅當年聊微詞，山谷戲趙挺之事。菜肚老人投湘灘。摩圍山色寧不足，日峰月峰供娱嬉。青蠅集污承天院，一卷琳瑯范滂傳。襆被僦舍雨兼風，千載凄凉蘋藻薦。七百年來車書同，象林狼究漸華風。況此牽牛一星繫，版幅環薦猶提封。故人粤嶠軒憑熊，烹鮮不厲彊壯蠭。賧虚幪洞縠稼豐，榕陰焦碧山花紅。擘箋洗硯裁詩筒，辦香平生黄涪翁。宵委祠宇荒荆叢，陊剝勅新梁桷煥。黕昧章灼凌晴空，蕙肴椒漿酹神幄。靈愔愔兮振劍服，惟樂康兮民之福。吁嗟乎人鮓甕頭巖嶔嵜，鬼門關外日凄凄，北望無復下金雞。千秋萬歲公來歸，此間差勝歌羅驛，更遣巫先唱竹枝。

雙芝圖歌為津門查集堂賦

我來覊棲渤海岸，兩丸轉轂三年淹。此邦上國一都會，魚鹽近寶公私兼。舟車上下日闐噎，邑屋叛衍騈櫰櫚。所苦登臨乏勝境，出郊騁望惟鹵鹼。郭西主人愛風雅，高懷不爲方俗瀸。别墅就此拘邢舍，風亭水榭聯廡髟。圃畦褋卉各間列，亦有桃李楓栝松梧檞。過此留連每日夕，如鳥脱籠駒弛銜。最愛舉杯斜陽外，高柳忽墮長空帆。今來杙幹詫異事，芝華窅窊誰所嵌。裊裊卓詭高其捧，如暈斯飛虬䃴碘。初疑雞窠寄奇跡，旋訝月窟棲靈蟾。豈伊對棿巢鷹雉，得匪藻梲靈文龘。況此春秋八千歲，疎枝竦幹相扶參。從來瑞應不虛出，毋煩告之太卜詹尹詹。君當壯日懷犀首，擁傳膏沛淮之南。却歸南陔欣日永，幽薄華蕚和風漸。靈芝茁秀壽金母，彭斟一佐常珍甘。當令聖孝頌天保，援神契應圖書占。君符孝緯協元理，詎云福祉非神湛。他年邦人書郡乘，甄綜銀管夫何慙。矧君畫史情所耽，坡陀錯置成巖嵁。步檐曲檻通迴瞻，展幰當暑去煩炎。東望瀛海雲參覃，更築芝閣快登眺，當令九莖三秀沐日浴月光精暹。昌黎詩：「巨靈高其捧。」

答客

自笑瘖聾亦舊徒，山南山北謚公愚。誰將天末驚弦翼，擬作人間病頳駒。新柳阿儺羞白髮，崇桃夭灼記元都。從來花鳥屏風上，不見扶鳩入畫圖。

沽上待渡

清寒騁望尚披裘，渺渺真如不繫舟。且戀堤楊聽鳥語，試看濁浪畏龍求。孝孫車外橫滄海，莊叟人間總贅疣。坐憶青山白水滿，綠陰啼鴂稻秧抽。

宿烏沙夾

赤脚下桐城，宗道者語。擔囊老更輕。暝煙分斷浦，人語聚荒傖。鬼火宵深亂，叢祠像設獰。白頭憑斷梗，親切舊江聲。

失題

前山正可數，後騎且勿驅。東坡句。竭臨棧石逕，嵐翠在衣裾。春葩敓霞蔚，若華助錦抒。招招野渡潤，粲粲林木紓。陘峴自殊境，花鳥故友于。惜無來遊者，空此喚提壺。

人生意所適，觸處興方起。有如越流人，去國見所喜。吾邑古龍舒，中頗富山水。撥棄事行役，巖岫偶然爾。却坐遂忘疲，停策屢移晷。回首朱公鄉，居然圖畫裡。

金陵口號

煙中四百八十寺，人生三萬六千場。語君不厭鸕鷀杓，風景南朝是夕陽。

舊寺

記訪當年竺道生，樵通之字路纔成。白雲根下分溪色，黃葉峰前出磬聲。燈下談經拈小品，堦前墜果悟初耕。重來千竹林中日，知有迦陵識舊名。

送人歸里

我有一片石，溪傍盛柳樹。每臨春水生，是我婆娑處。君歸卸征鞍，花落颺飛絮。試來雨晴初，憑看萬壑注。

孫孝廉槐溪以竹外一枝斜更好作圖乞題

落落出明玕，高青石氣攢。玉顏愁日暮，翠袖倚天寒。墮砌仙雲冷，拈花佛界看。何人此長嘯，疎影挂青鸞。

九月十洲過津門出頌嘉草堂圖屬題依韻卽送其南歸次章末句兼懷歐舫湘靈諸君

海水羣飛水倒流，盲風怪雨移清秋。阿連衝泥倦爲客，老夫坐痺仍登樓。焚枯酌醴且今夕，春草原鴒應汝愁。自分天涯同老馬，何時浩蕩隨虛舟？

鶴髮飄零九點煙，北峰南澗話燈前。濛濛月宇還疑桂，佛佛香城出妙蓮。時余方從事首楞，將心持佛，佛頌中語。異地杯醪成夙契，去年往中州，亦以是日來天津。懷人風雨入無邊。君歸爲誦山居賦，石室同貧憶歲年。孔顗詩：『同貧清風館。』

為雪園給諫題吾廬讀書圖時以巡漕駐節天津

遭時有所用，如物順比歲。金水剛柔殊，行止方圓異。疇昔耿耿心，寧以榮枯二。所以京華遊，不廢丘壑事。君家清風涇，轇轕花圃緻。朝騎白牛出，暮櫂烏篷至。閉門讀書史，不知馬足四。一排閶闔雲，聊捉東山鼻。周行紀倏過，在野情方摯。適秉鐵南節，相逢漂榆次。舟船半贏籍，鉛素襍紛遝。言念山水窟，彌愜笑談味。酒闌出斯圖，悵焉發霞思。蒼翠落匡牀，珍木自蓊蔚。如聞金石聲，鏘鳴煙水際。我猶越流人，去國欣見似。泠泠谿谷深，隱隱楓柘翳。古舒擅窅窱，茲廬或髣髴。爲有歌風人，曾此彈琹未。南雲徒寄欽，卷圖三歎喟。

雜詩

北上太行坂，攬轡望中原。艱哉阻且長，車敝愁石摶。馬力不獲騁，夕陽尋已單。傍徨傾輈側，顧僕斫園檀。園檀亦何有？駁馬徒欑欑。終然不可御，太息此巑岏。

淑日春風至，夭桃競殷繁。綠葉成遠蔭，婀娜披朱丹。秋氣一夜來，落葉聲隨乾。枯枿念不榮，持斧斫其根。斤鋸未及施，好李已摧殘。物理已如此，人事安足歎。

寄劉寧一 君曾祖灊柱給諫與先公端恪癸未同年

年來海曲歲華諳，欲共親通未二三。每憶征鞍臨暮節，還從上谷話江南。屠蘇飲罷宵談續，燈火更深鬢影鬖。一榻此時懸悵望，金樽銀燭夜眈眈。『親通』見南史陸杲傳。

送沈禹聲之官臨賀

綠榕深處楚雲遼，水侶青羅帶畫橈。鈴閣千花巢翡翠，縣樓雙竹助笙簫。見盛弘之荆州記。九河潮落秋先老，五嶠峰迴木未凋。莫聽蠻歌動鄉思，好憑歸雁寄風謠。

五年彈指居章武，鷃鵲曾訛蠋化那。看汝乘鳧天末去，何人載酒異時過。霜催楓葉明江渚，雪釀梅花引櫂歌。清興琴餘知不廢，衹憐白首悵羊何。

金九秀才惠扇書山居事一則書此酬之

折榴懸艾逐門成，節序悤悤尚寓卿。異地人情隨薄厚，遠天雲意半陰晴。空廊客去留禽語，曲巷風迴罷角聲。時午日，監司、總戎互相投謁。紈扇更教君觸迕，江南澗壑總分明。

杏花次金質夫太守韻

山楹破蕚訝初看，柳絮飛飛欲作團。過雨輕紅成薄艷，迎朝微彈怯新寒。開當露井桃三月，南方李在桃先，北方開在桃後。植傍風廊竹數竿。六命東皇寧負汝，不辭賓嘗日憑蘭。唐人花九錫杏花六命。

洛下尚書走馬看，東風初日影團團。花酣夘酒春生暈，觴佐辛盤客破寒。巢燕銜將紅雨蘂，鞦韆紅映出牆竿。江南却傍辛夷塢，南中杏花與辛夷同時。爲語沙湍護藥闌。宋子京以詠杏花，人稱爲「杏花尚書」。

念慈徵士寄示遊五臺詩報書畢作一詩寄懷卽用集中句山太僕贈行韻

才疎久不夢神官，況復循聲別窾端。老去自羞牛馬走，史公自敘中語。人間一笑沐猴冠。臺山路直篸婆子，露地時馴問大安。詩中多及禪悅，故云。知爾冥冥天外翼，不須行路說艱難。

送人之官南江

和飋習習颺前斿，蜀國弦開閣道秋。白石水迴巴字去，黃金成接萬山稠。地隣七姓思渝舞，郭繞千花出縣樓。家擅詩聲兼治譜，「家傳理縣譜」，見南史傳琰。菖蒲磵在憶風流。

次韻質夫前輩行部滄州喜雪詩

褰帷連霱海雲生，天遣龍公報政成。千里塵沙迷野望，一時銀界與光明。熊轓欣啟豐年兆，兔苑還抽秘思萌。爲語麻姑多釀酒，好看虬鳳舞交橫。

昌黎詩：『龍鳳交橫飛。』

一室

一室還如五石瓠，蕭然蓬徑亦江湖。雞蟲得失時應了，駒犢紛紜谷自愚。爭席不妨來舍者，談王久已避樵夫。年來南郭先生意，總忘新吾與故吾。

拄杖

十日冰澌繞舊磯，漸看紅碧隱柴扉。閒催稚子成雞柵，亦學神農著馬衣。前種夭桃憐寸長，初移隣竹試新圍。交頭拄杖無來往，自數棲鴉早暮飛。趙岐注：『許子衣褐。』褐，馬衣也。

題潮陽歸帆圖

秀林隱翠巘，雜花開夜雨。衆綠被坡陀，初日明江浦。晴江畫舸離平流，迴飆叠鼓驚海鷗。馬人龍户聲伊優，瓜皮魚艇催棹謳。瞥如雁鶩風颼颼，亦有壺榼挈山陬。徽猸侣是追餞儔，使君歌歗何夷猶，一錢不拒尨眉叟。平生未遂五岳遊，揭來南海丹砂求，鴟鳶之嚇焉足投？況逢十月梅花發，亭亭玉艷可宿留。大庾嶺上三日住，長吟短句窮冥搜。迄今歸來尚驚詫，香氣往往遺巾韝。世事劍首譬一吷，偃蹇肯拋吾菟裘。比日已值櫻筍候，鳥聲花語爭獻酬。試看科頭長松下，物外那可從羈紲？却持圖照别增愁，回首山川寄卧遊。陽關何侣雪溪女，春水秋風蜑子舟。

岷山將往中州出春水垂綸圖屬題

渺瀰揄竿逸興孤，無心入海拂珊瑚。雙鬟不逐鴟夷去，春水桃花作釣徒。圖中有二侍女。

綃縠新波碧玉柔，岸花如錦夾津樓。風光正是江南候，三月騎驢下汳州。

家叔南園運副歸里二年追畫度嶺圖自書四詩於上屬題

春雲尚接章江水，庾嶺籃輿取次登。幾樹疎梅遲北客，時三月，尚有梅花十數株。一林清梵叩南能。征人魚貫斜陽外，茅舍雞棲碧磵層。自有山靈供坐嘯，披圖嵐翠欲憑膺。

題歐舫新詩時屆季冬栖息三慧庵相約蔬食習養生之術余未克赴也

急霰振嚴飈，歲暮窮陰沍。擾擾人間世，扇鏊各奔趣。吾亦驅其兒，紛紜狗所務。自省方寸間，何侶惡叉聚。緬懷餐霞人，跂脚雲深處。十笏青豆房，三四寒梅樹。惟有文字禪，妙得無聲句。望望煙樹重，風雪橫溪渡。

世間宦遊人，譬如陳肴饌。蒭豢日厭嘗，溪毛登俎貴。朝朝伊蒲饌，放箸或一喟。軒冕咏皐壤，山林志茅彙。所以邴仲容，千載希風末。先生善晚研，江湖歸髩鬀。何處解脱食，不攬四食味。一卷山水音，無盡煙霞氣。

題同年張佚倫太守松下小照

人間相士皆若一，孰辨樠樗及栲漆。張侯磊砢巖上松，坐使霜飈失凛漂。少日文章如莫邪，豈知寒木生春華。爾來正有霹靂手，作吏欲奪前賢誇。吾鄉山水頗清佳，君昔拄笏看放衙。花竹但饒琴聲韻，兒童不復知敲撾。近時符離唱朱鷺，睢渙騰聲人五袴。州民但訝隼旟遲，使君不厭煙霞錮。霜皮鐵幹生龍鱗，倚石長嘯千尺身。眼前楓柳徒合抱，蒼寒蓄吹搖輪囷。畫師畫君得其意，勿謂風神似小異。逸興何如山澤癯，入官猶夢松風俱。頗嗤當日丹陽守，空戀龍州千木奴。

秋日從家叔歸園春暉及諸君飲懋恒半畝園

弓肘才通儼澗邱，相從暇日謝家遊。曲池憑處松聲起，片石排空嶽色秋。樹外雲歸山擁郭，風前酒滿客登樓。小園自擬壺公地，不比蘭成作賦愁。

朱綴珍瓏甓珍層，驪駒唱罷草初芀。芬敷處處騷人譜，水石粼粼畫史能。奕罷桐陰風轉樹，酒闌花塢月移燈。華京何與蓴鱸思，獨向清秋感季鷹。

家叔贛州太守招同諸君圍棋

黄梅雨過涼風興，海棕藤蔓交鬅鬙。石苔蘚篆鋪文繒，龜殼支牀聊曲肱。覺來花檻思瞢騰，石鼎蚓竅鳴蒼蠅。新蟬戛戛樹頭升，有客剝啄時溲應。一笑方罫懸秋塍，世間蚌鷸奚愛憎。局中楚漢姑馮陵，大行巧鬥常所矜。此樂橘叟良服膺，方國之封何足稱。已覘衆客來烝烝，少安無躁姑軾憑。君看萬事寓目最得意，胡爲出手挽彊爭雲堋！

納涼北墅觀棋戲成二首

弓爲九石棊三品，責實推高未可期。一羽不飛羅目外，寸心都向劍頭炊。已輸半角爭先地，尚看全枰刼盡時。殘局欲終柯爛未，鳥呼落日水淪漪。班固奕旨：「高下相推，人有等級，若孔氏之門，回、賜相服，循名責實，謀以計策，若唐虞之朝，考功黜陟。」

休傍保角守吾雌，清定無妨上品遺。老氏心猶存黑白，昭文音豈有成虧。卽誇水母蝦爲目，衹恐盲人馬近池。是事舊推羊定子，金溝清泚畫方疲。南史：「宋明帝以王諶爲圍棋，清定訪問。」

春遊次客韻

消寒會未終，芳序樽已續。及此清晝暇，言歡不待卜。煙景自近坰，林木紛遠矚。苦茲塵世喧，一縱平皐目。積雪徧山田，往來尠樵牧。可憐萬頃白，全此瑤華幅。高館抗孤清，氣候擅芳淑。簷溜滴餘響，林禽偶鳴竹。攜笻過前溪，佀有梅花馥。婆娑幾皓叟，談諧風味足。卽此邱園意，幸勿語徵逐。

定圃少宰開府粵東道經龍舒枉顧荒齋贈別二首

十枝上日近三臺，五管熊幡雪霽催。海外風傳朱鷺轉，天邊春應赤璋回。文驅蛟鼉波先靜，光媚泉珠月擁來。此去梅花逢候吏，褰帷相憶幾徘徊。

年時鼯逕隱蓬蒿，自分迂疎與世逃。忽訝巷深無履跡，却傳雲外駐征旄。幽棲真幸回衰白，簡畧還應愧濁醪。正好上元三五夕，清光爲借月華高。

人日小集敬軒次花南元旦試筆韻

身如疲馬策難馳，杖侶招邀恐後時。七種況羹今日菜，百莖行看應年蓍。風傳碧樹知新序，人判黃壚感舊期。謂個亭、筆泉諸君。藍尾湯推先酌者，白頭羞問少年誰。陸氏釋文引鴻範五行傳云：『蓍，百歲一本百莖。』

花南再用前韻見示有感余心依韻奉答

升平才後籥雲馳，壯不如人況暮時。海內交遊同電影，病餘詩筆不神蓍。白沙翠竹欣無恙，草履扁舟信所期。中聖中賢須盡日，新吾故我究知誰？龜筴傳：『蓍久不神。』

思永招集輪園雨不克赴代簡

韶光愛戀坐猶馳，況值園林啟秀時。豈憶星占悵離畢，却教需象錯呈蓍。卽看爽塏成新築，更得憑高訂賞期。君將近卜居城西，有山館登臨之勝。他日應門知勿訝，徑來相就客伊誰。需有酒食燕樂之象。

援鶉堂詩集卷七

別録

聖駕西巡迎鑾曲三十首謹序

臣聞詩歌陟嶽，功必極於懷柔；書紀巡方，事尢先夫望秩。況乎合歡心於萬國，正隆尊養之文；占令序於三春，宜協豫遊之典。我皇上至仁法祖，大孝孚天。政化所通，徧日淵與月窟；恩光所被，包乾絡與坤維。固已獻賮書琛，悉赴梯航之會；聯珠合璧，聿彰象緯之符矣。粤以歲紀重光，正介慈寧萬壽。爰承懿旨，載舉時巡。蕙轉光風，淺拂龍旂之影；花飛瑞雪，交添鶴蓋之輝。用循三輔之遙，因攬五臺之勝。鷲峯萬仞，環紫極以標靈；螺徑千盤，矗青霄而聳秀。室利垂光之域，夙號清都；摩騰闡教之鄉，長推化宇。寶坊蒞闕，高懸日月之標；銀洞珠龕，遠護雲霞之氣。於是鳳鸞縹緲，共識天顔；龍象森嚴，爭迎御蹕。爰啓棲眞之地，齊開祝聖之壇。紺馬銖衣，散異香於法界；桐魚釦鐸，流仙響於高峯。用以凝介祉於璇闈，晉崇禧於寶陛。淑氣翔乎上下，休光暢乎神人。加以民俗清嘉，土風茂衍。丹泉碧嶂，皆霑睿翰之光；白叟黄童，悉沐温膏之洽。侍安輿之色笑，道備承歡；陳下里之謳吟，風生展義。洵足以媲崆峒於軒后，而駕委宛於夏王者也。臣江國凡鱗，雲衢退翼。恩深雨露，戀魏闕而心懸；跡遠江湖，望蓬山而路隔。幸當薄海同歡之會，恭遇慈宫大慶之年。稱帝力於田間，竊效塗歌巷舞；仰天容於道左，惟深藿向葵傾。語愧疎蕪，敢擬四巡之頌；情殷愛戴，願承三祝之詞。謹拜手稽首以獻。

春迴玉琯應東風，佳氣絪緼鳳闕中。正是普天瞻孝治，親扶寶輦出深宮。

七政同纏瑞靄濃，天垂寶應際時雍。省方更喜堯封近，五色雲中馭六龍。

紫府仙居地少雙，晴巒點點水淙淙。扶鳩父老沾恩渥，擊壤聲中迓羽幢。

橋山禋祀及春時，玉瓚金籩展孝思。遥望鬱葱松柏路，鐃歌先譜上陵詞。

澹蕩晴煙颺畫旂，郊原景物動芳菲。太平法駕承歡遠，舞衷斑斕是衮衣。

軟紅沙路度鑾輿，地接唐山古帝居。笑指杏花菖葉裏，熙春民物在華胥。

紫陌青疇入畫圖，霏霏靈雨潤如酥。天工疊報豐穰兆，一色遥岑玉屑鋪。

風外農歌趁踏犂，麥苗剡剡覆芳畦。蠲租賜復君恩重，温詔先傳下紫泥。

高嶺盤盤雁齒階，芙蓉幾疊翠屏排。雄關一綫通馳道，好試天閑照夜騧。

岧嶤五頂拔雲開，曾見文殊演法來。早有山靈迎鳳蹕，嵩呼一片徹丹臺。

清凉寶地淨纖塵，絳節珠幢百隊陳。願指金仙無量壽，祝延慈聖萬年春。

珠林香雨晝氤氲，蓮藏山名自昔聞。指點雁門沙塞遠，金輪世界望中分。

佛髻高連遠黛痕，浮空顥氣接天門。珠躔入夜占星象，井鉞參旗拱至尊。

積素輝輝暎曉巒，鏡光天外拂征鞍。翠華行處陽和動，玉宇瓊臺未覺寒。

咫尺璇霄勢可攀，琉璃淨域隔人寰。一從阿育開基後，紺塔長懸碧漢間。

白馬西來教獨先，皇圖佛力總無邊。遥知芝蓋經行處，化宇歡騰五百仙。

大孚靈蹟峙巖椒，天眼争覘瑞氣遥。聞説神燈光景裏，巍峩金閣湧青霄。

獅床雁舍徧山坳，地近中臺瑞木交。正好翠巖峯頂路，拂天千尺轉雲旓。

望海峯前輦路高，東臺洞壑擁仙曹。扶桑夜湧紅霞影，目擊滄溟萬里濤。

一輪寶月挂巖阿，望入西臺爽氣多。酌取峯頭功德水，珠源玉液總恩波。

南臺錦繡列如霞，帳殿初開轉物華。綫草囊花風景麗，春光一壑梵王家。

葉斗峯迴鎮北方，水厓終古自飛光。沉沉龍穴高寒處，呼吸應通帝座旁。

吉祥妙德闡嘉名，大士靈踪在化城。慧日慈雲光不斷，喜從福地奉霓旌。

翠嶺丹崖列畫屏，花宮祝嘏敞雲扃。琅璈一典仙音動，宫錦齊繙梵字經。

遠近岡巒協氣蒸，受釐萱殿集庥徵。天花地菜爭呈瑞，又見非煙五采凝。

浩蕩春臺闓澤流，名山取次奉宸遊。依依夾道垂楊影，十二年前拂玉府。

朱甍碧甃拱華琳，碑碣長垂祖德深。有道文孫重繩武，人天萬古仰宸襟。

聖風洪暢八方覃，共飲衢尊樂正酣。已見泰階平斗北，還看瑞曜出弧南。

太和玉燭葉祥占，法祖尊親盛典兼。到處煙霞抒睿藻，琳瑯寶墨許同瞻。

嗚鑾載道溥和緘，絳叟襄童拜玉銜。小草有心容就日，願歌帝德捧芝函。

賦得朱草合朔得肴字

唐後垂衣代，朱英自剖苞。中天開帝運，文治協羲爻。小草從離德，嘉符合泰交。瞻雲常近牖，就日且依茅。銅史書無爽，金徒刻不淆。同蓂徵瑞莢，異蓮代風肴。應律諧葭管，爲祥別椒郊。彤庭光熀爍，盈闕傍螭坳。

賦得樵夫笑士不談王道得肴字

聖后垂衣日，勳華協泰交。同文通象譯，靈瑞啓符苞。元水書呈範，蒼牙易布爻。藝園恣采獲，儒囿正羣淆。虎觀多兼席，麟臺慶拔茅。一經堪拾芥，至道擬嘉肴。士有希夔契，人非慕許巢。無爲安儉陋，漫取豎蕘嘲。

賦得出水芙蓉得鹽字

太液恩波淼，芙蕖錦似纖。淤泥眞不滓，昭質本難潛。容裔隨瑤島，嫣娟映玳簾。田田翻夕照，面面帶朝暹。夙植標華井，文瀾戲彩鰜。好風疑掠鬋，澄浦笑開奩。仙署人矜幕，蘭橈曲唱鹽。蓬瀛瀟灑境，芳氣絕朱炎。

賦得清如玉壺冰得關字

嬴書瓊臺秘，勳風玉殿閒。彤盤膺上薦，瑤器共寒顔。卽潔鮮逾澈，雙清象自環。午陰生竹徑，暑氣斂花關。光奪琉璃映，凉教羽箑删。玲瓏升秘禁，采斵憶深山。敢耀輕明質，欣藏瑰瑶間。交輝孚尹重，不比淩人頒。

賦得嘉樹靄初綠得初字

得地成嘉蔭，青條向日舒。雜花辭豔後，珍木表春餘。谷羽黄猶淺，梁雛紫乍攄。紛溶微雨外，搖漾午風初。閣轉濃藏徑，樓高隱讀書。豐茸疑翠滴，遙裔逗窓虛。遠影分芝蓋，清陰上玉除。鏡虹何渺靡，帷檻更敷紓。拂水催蘭枻，縈堤障繡輿。非同籬六枳，漫比户雙櫚。調籟和宫漏，祥煙帶禁廬。鳴珂迎曉色，縹碧映簪裾。

賦得蟻穿九曲珠得蠶字

赤水盤中映，看從蟻穴探。竅誰穿一一，徑自轉三三。妙際原非想，微尋似舊諳。冥搜如畏偪，深入意何貪？針孔曾跨伏，螟巢豈妄談？非如篋隱螽，巧勝繭縈蠶。應笑離朱瞑，還教象罔眈。何人堪語小，覼縷靜中參。

賦得指佞草得兼字

嘉草生堯陛，連茹協泰占。瞳矓看影澈，彈劾擬霜嚴。虁契簪裾映，共驩蹈舞嫌。風搖白簡動，枝挺尚方銛。自信孤根迥，原非效口箝。何如汲黯戇，還笑筆公尖。瑞喜神羊竝，名從屈軼兼。聖朝憸佞遠，空戀露華霑。

賦得玉水記方流得江字

孚尹同珠媚，方流寫玉瑽。綺蘭依罄矩，虹影動魚矼。溶漾池環璧，淵淪壁帶釭。分波成畫罫，攻錯藉奔瀧。價定城償五，名知瑴是雙。組應裁靜練，藻合借浮茳。黼扆圭爲冐，彤庭珽正邦。光非藏曲沼，榮氣燭滄江。

援鶉堂遺集後序

姚瑩

右援鶉堂遺集詩七卷，文五卷，筆記三十四卷，總凡四十六卷，先曾祖編修公之遺業也。公歿後，於今四十二年矣。世逾三葉，星將四終，先德闇然不章，渺焉滋懼。矧區區零篇斷帙，僅爲當時佔畢論著之遺者，又已多所放失，若復不能蒐羅綴葺，以著於篇，予小子之咎，將何逭耶！

公名位不顯於朝，史傳無由紀其事蹟，又未乞當世名公大人誌其墓表，無以傳信後世。獨其生平懿行篤學，實能無愧古人。余小子雖不及親承規矩，以所聞里中前輩，往往稱述不衰。攷諸遺編，合之家君庭訓所及，有確然信其不誣者，謹綴於簡，庶世之君子有以覽焉。

公諱某，字某，號薑塢先生。几蘧老人，晚所號也。乾隆壬戌進士，由庶常改授編修，充三禮纂修官，甲子分校順天鄉試，未幾歸里。往來天津、維揚之間，主講書院，以乾隆三十六年卒。公生而淵靜，篤於行誼，勤於問學。蚤孤，憤發策勵。內偕叔曾祖贈禮部，公事母以孝聞。外友天下賢俊，以相資長，尤能博聞彊記，於書無所不窺。故同遊若天臺齊息園、仁和杭堇浦、山陰胡稚威、常熟邵叔宀、山陽周白民，同里則劉才甫、江若度、葉花南、方巨川諸先生，或以博雅，或以詩古文辭，或以經義，知名一時，皆厚結於公，謂『姚君之學不可以涯涘窺也』。生平論學，大旨以駿博爲門戶，以沉潛爲淵奧，而卒歸於和平篤實，粹然一軌於先儒，故不爲詭激之論以自異。病近代諸公或競談攷據以攻詆宋儒爲能也，謂此人心之敝，充其説，將使人不復知有身心倫紀之事，常慨然欲有所論著，以發明其義。不果就。方三禮館局之開也，總裁爲文安朱相國軾，臨川李尚書紱，吾鄉方侍郎苞咸誦法先儒，爲人倫師表，故説經雖不專主宋儒，尚平心以折衷其義，所咨獲於公者尤多。迨四庫館啟，載筆者專尚新博，以蒐輯隱僻爲精，而於漢、宋顯分門户，剖擊理學諸儒無完膚。自是海內靡然，至斥身心性命之學爲異端矣。此公所不及見也。

公所爲詩古文辭，皆力追古人而得其閫奥，嘗與同人約十年不下樓，成舉世不好之文。其談藝精深，多前人所未發。今散見於所著筆記中，不多綴綴。其持論之大者如此。尤精選理，手所攷訂補註者，凡五易本。十三經註疏、史、漢、三國志，凡再三本。其他經史子集，細書批校殆遍。里中好古者，咸爭得之爲寶。顧不自撰集，歿後益散失，而庋閣者十才二三耳。先是，從伯祖惜抱先生嘗與先祖輩收録遺筆，成若干册。家君及諸伯叔皆有抄纂，既以貧遊四方，遂中輟。其成册及奇零者，皆藏於家。至嘉慶戊辰，瑩成進士，歸，惜抱先生乃舉篋以授，而命之曰：『此編修公一世之勤，所存什一於千百者也。吾欲論集，未果。汝其慎成之！』瑩謹受以退。自是所在蒐羅，畧有端緒。己巳客遊嶺南，家君復以爲諭，乃於行笥中重加編輯，區其條例，詳其目次，又三年卷帙粗就，謹第爲詩集、文集、筆記各若干卷。晉書以下缺者，舊本廿二史，多亡其條記，不可得而著也。茲刻詩集先成，並識崖畧云爾。

嗟乎！以公生平七十年之業，身後淪於敝篋者四十餘年，放殘過半，而後稍有成編，又不能全爲鏤版以期傳世。其後人之貧可知也。而瑩之荒陋無似，不足以承先人之業於萬一，益滋懼矣。嘉慶十七年，歲在元黓涒灘季夏月，曾孫瑩謹述。

附録

清故翰林院編修崇祀鄉賢姚君墓碑

包世臣

道光辛卯，安徽疆臣列君與君猶子故刑部郎中之行誼，請祀鄉賢，從人望也。次年冬，部臣勘復。以爲名實相副，得報可。時君之曾孫瑩，宦遊江蘇，以君遺集援鶉堂筆記三十四卷、古文集五卷、詩集七卷、鄉賢録一卷餉世臣，而屬文君之墓石。郎中君世所稱惜抱先生，而君則惜抱軒集中所稱學所自出之伯父薑塢先生也。憶世臣以嘉慶壬申謁惜抱先生於白門鍾山書院，請爲學之要，語及君者至再至三。嗣讀古文辭類篹，中載君論説數十百事，披隙導窾，辨正舛誤，莫不持之有故，則益欲求君書，數年不可得。兹得反復之，乃知君博覽强識，不主家法，唯以旁稽互證，求一心之是。爲詩文必達其意，絶去依傍，自成體勢。居恒不著書，而翻閲校勘，至老不輟，藏書數萬卷，悉加朱墨，見有錯謬羡脱，隨手糾正，各紀録於簡端。君既卒，書籍頗有散失，惜抱先生收手迹之僅存者藏之，及瑩成立，乃舉以相付。瑩逐條編纂，其有前後持論差互者，悉仍其故，今所版行之筆記，胥是物也。

然君集有書史記六國表序後曰：世變異則治法隨之，故漢以後，多踵秦法，司馬氏援法後王之説，以學者不道秦事爲耳食，蓋深感世變，而詭詞以寄痛。則君蓋深有獲於古訓者，非苟矜淹洽也，固將有以用之。乃覓舉至年四十一，始通籍。居詞館數年，即膺察典，當外擢方面，遽引疾去，夫豈恝於世事哉？繼讀君跋顔氏家訓曰：交道締結，常爲禍福所倚伏，文人志士，於幕府權門，貴判迹於首途，避薰炙於始灼。然則君之决退，其亦有所不得已於中者也。君既歸里無所用，則相與率鄉人舉義倉，條約甚設，迄今幾百年，踵其法而擴之。以故邑屢饑而不害，是亦爲政，君斯有所見端矣。讀君之書，可爲學者稽古法；跡君勇退無濡滯，可爲學者涉世法；則推君之任恤鄉黨，可爲學者入居里族、出拊閭閻法；

君之所以不朽，固不繫墓石之有無，而稱述先達流風餘韵，以諷諭方來，斯固後死者所有責也。爰次其世家而繫之曰：

君姓姚氏，諱範，字南青，薑塢其號也，世爲安徽桐城人。曾祖諱文然，康熙中官刑部尚書，謚端恪，雍正中，特旨賜專祠祀於其邑。祖諱士基，湖北羅田縣知縣，民思其政，祀之於名宦祠。父諱孔瑛，早世，贈翰林院編修。君以康熙壬午八月十八日生，戊戌補縣學生員。雍正乙卯選拔貢太學，舉乾隆丙辰順天鄉試第二人，中式壬戌會試第三人，成二甲進士，改庶吉士。甲子充順天鄉試同考官。乙丑散館授編修，充武英殿經史館校刊官，兼三禮館纂修官。丁内艱，服闋，起原官，兼文獻通考館纂修官。庚午京察一等，既引見，以病自免。解組後，教授南北閲二十有一年，辛卯正月初八日卒於家。君卒逾六十年，鄉人追慕教思，吁請入祠，而傳學之惜抱先生實侍君入。一門四世，先後以政事文學，享國家俎豆肸蠁之報，史氏所謂榮名豈有既者耶？

録自藝舟雙楫卷四論文四。

姚範

姚範，字南青，桐城人。乾隆壬戌進士，選庶常，授編修，充三禮館纂修，甲子順天鄉試同考官。是時，同鄉張氏方盛，範以學行自高，無所依附，在翰林不十年遂歸。爲文沈邃幽古，務求精深，不事華藻，又以考據、義理兩家互相譏詆其流弊，至無所歸。故於學無所偏主，自經史百家、小學訓詁無不精通條貫而踐履篤實，一以程朱爲歸。所著有援鶉堂詩集七卷、文集六卷、經史子集筆記三十四卷行世。

録自安徽通志儒林傳。

先薑塢公諱範

姚瑩

先薑塢公範，字南青，端恪曾孫也。祖羅田公士基爲名宦，已有傳。父贈朝議公孔鍈，邑增生，蚤卒。母太僕卿懷寧任公弈鐢女，守節撫公及弟淑。

公性純孝，敦敏好學，博聞强記。及冠，與同里葉花南酉、王中涵洛、劉海峰大櫆、方苧川澤諸先生友善，約十年不下樓，爲舉世不好之文。故沈潛經史，幽邃古澹，邈然得古人不傳之意。雍正己酉拔貢生，乾隆丙辰舉順天鄉試第二，壬戌進士。廷試已置一甲第三人，張文和當國，以姻戚避嫌，請改二甲。然公於文和甚疏，固未嘗干謁也。選庶常，旋授編修，充三禮館編修，甲子順天鄉試同考。是時，桐城張氏方盛，中外要職相望。公獨以學行自高，無所依附，以是不遷。天臺齊息園、山陰胡稚威、常熟邵叔宀、仁和杭堇浦皆以鴻博著稱，尤重公，謂『姚君之學不可涯涘窺也。』錢塘袁子才蚤歲入翰林，名盛一時，假歸，諸名士咸以詩文贈送，袁欲得公一言，竟不可。袁後作懷人詩，及公，云：『平生著書千萬言，臨別贈我無一語。』蓋憾之也。

公在翰林不十年，致仕歸，往來天津、揚州主講。晚歲家居不出，嘗以爲文章關乎世運，學術繫乎風俗人心。元明以來士大夫崇尚義理氣節，群以宋儒爲依歸，風趨正矣。其敝也，師心臆説，人以程、朱、陸、王自負，非失之拘墟，則漸於恣肆。一二好古之士，沈潛廣博，專意名物訓詁，功力勤矣。其敝也，逐末忘本，日以著述求名，反置倫常日用爲輕，身心性命不復知爲何物。二者交譏，亦未有以相勝，故生平爲學，攷證與義理兼進，博極群書，自經史百家、天文地理、小學訓詁，以逮二氏之説，無不淹通明貫而踐履醇粹，一以程朱爲宗。律己甚嚴，雖盛暑室中未嘗一日不冠帶。與人和易，不爲峻絶，人見之自無敢怠者。有所問難，必澈始末告之。僻書奥典，不事披尋，舉誦如流。蓄書十餘萬卷，皆手自論訂，攷正僞謬，後學得其説者，研尋鑽仰，皆足以自致古人。顧不肯著書，或問之，笑而不答，學者尊之，稱薑塢先生。年七十卒。

猶子鼐傳其學，以經説、詩、古文名於世。後四十年，曾孫瑩乃掇拾遺書，輯之爲援鶉堂詩集六卷、文集七卷，經史子集筆記四十六卷，後又增葺重修爲五十卷行世。道光十年入祀鄉賢祠。

録自姚氏先德傳儒林卷之四。

姚編修傳

馬其昶

姚先生諱範，字南青，號薑塢。祖羅田公爲名宦。先生蚤孤，博涉多聞。嘗與葉花南、王中涵、劉海峰、方苧川諸先生約登樓共學，期十年不下，爲舉世不好之文。乾隆元年舉順天鄉試第二，又六年成進士，授編修，充三禮館纂修、順天鄉試同考。時，張氏文和公秉樞機，中外要職相望，張、姚故世姻，先生獨以學行自高，不相依附。同年錢唐袁簡齋負才名，嘗出都，文士集送，徵題盈軸，先生嘿爾。袁曰：『姚君著述千萬言，臨别贈我無一語。』意蓋憾之。天臺齊息園、山陰胡稚威、常熟邵叔宀、仁和杭堇浦尤重先生，謂『姚君之學不可涯涘窺也。』蓋自經史百家、天文地志、小學訓詁，以逮二氏之説，無不貫綜。操行一準儒先。未嘗撰述，蓄書十萬餘卷，手自勘校。於十三經註疏、史記、漢書、通鑑、文選尤所深嗜。凡墜簡、訛音、乖義，一一是正，朱墨不去手。其談藝尤精深。從子惜抱先生鼐傳其學，顯名天下。先生在翰林不十年，即致仕歸，往來天津、揚州主講。年七十卒，祀『鄉賢』。

惜抱嘗欲就諸書眉端整理遺説，不果成。後四十年，其曾孫按察瑩乃輯而刊之，爲援鶉堂筆記五十卷，又有文集七卷，詩集六卷。

子羲輪，乾隆十八年舉人，廣西南寧同知；登，二十一年舉人；斟元，字春樹，縣學增生，學行尤高。孫憲，字彦卯，受古文法於惜抱，有問漪存稿。春樹再傳爲按察，自有傳。

録自桐城耆舊傳卷九。

方東樹集

嚴雲綬 點校

整理説明

方東樹（一七七二—一八五一），初名鞏至，字植之，别號副墨子，晚年號儀衛老人。方東樹出生於儒學世家，幼承家教，習舉子業。二十二歲入縣學補弟子員，逾數年補增廣生。先後應鄉試十次，均困場屋。道光八年（一八二八）始不復應試，絶意於科舉之途。但家境艱窘，不得不輾轉四方，或依人佐幕，或主講執教，以謀衣食之資。其間，曾主廉州海門書院、韶州韶陽書院、廬州廬陽書院、亳州泖湖書院、宿松松滋書院。嘉慶十七年至二十一年（一八一二—一八一六），授經安徽巡撫胡果泉幕；嘉慶二十四至二十五年（一八一九—一八二〇），道光四至五年（一八二四—一八二五）在兩廣總督阮元幕；道光十七年至二十年（一八三七—一八四〇）在兩廣總督鄧廷楨幕。道光二十年夏歸里，鄉居十年。至咸豐元年（一八五一），爲生計所迫，以八十歲之高齡，遠赴祁門，就東山書院講席，五月因病卒。方東樹生當清朝内憂外患頻仍之時，少有經世志；雖終老於布衣，不得伸其所懷，但始終不忘天下之憂。

方東樹自少即喜爲古文詞，文學才華頗得鄉里前輩稱賞。十八九歲時讀孟子，『憮然悟學之更有其大者遠者』，乃頗泛濫於經史百家，及種種經世之學。乾隆五十八年（一七九三），方東樹至金陵江寧書院，隨姚鼐受業，爲姚門四杰之一。乾嘉之際，正當漢學全盛時期。輕義理，重考據，推崇漢學，貶抑宋儒，成爲學壇主流。而姚鼐則獨張宋學旗幟，不懼孤弱，倡義理、考據、詞章合一之論。方東樹深得其師之傳，以爲治學、工文均必『本於一而出之』。『本』即孔孟之道、程朱之學。二十八歲以后，大力『用功心性之學』。約在五十二三歲時，力撰漢學商兑，糾駁漢學之失。刊行后，頗爲並時學者所重，實爲清代學術將有變化之徵兆。方東樹之文以其思想與學術追求爲根底，借詞章表達窮理盡義之思、研經考史之求，三者結合頗密。故評家稱其『爲文好搆深湛之思，醇茂昌明，言必有物，窮源盡委』，『不盡拘守文家法律』。（劉聲木桐城文學淵源考·卷八方東樹）在桐城派作家中自具一格。

方東樹在外佐幕、授經數十年，飽經流離無定之苦，仍不廢治學。除漢學商兑外，其他著作尚多，如老子章義、考正感應篇暢隱、待定録、書林揚觶、進修譜、昭昧詹言、大意尊聞、一得拳膺録、未能録、最后微言、思適居鈐語、山天衣聞、跋南雷文定、陶詩考等。道光二十二年（一八四二），自訂考槃集文録十二卷；詩則有半字集、考槃集、王餘集、遺詩共八卷。上述文十二卷、詩八卷中，除半字集二卷曾於道光十二年（一八三二）由其友人胡曉東刻於廣州外，餘均未能在方東樹有生之年刊行。同治七年（一八六八），由李鴻章等捐資，門人、三從弟方宗誠從其遺文中選録『百有三首』，用『儀衛軒文集』名，刻印於安慶；方東樹孫方濤參與校訂繕寫。此爲方東樹文之首次刊行本，但所選文章過少，不及考槃集文録之半，難見方氏文章全貌。次年，方宗誠又在安慶刊印儀衛軒詩集，收入半字集、考槃集，方東樹子方聞參與其事；此亦屬選本性質。光緒四年（一八七八），方植之全集問世，除收入漢學商兑、書林揚觶等十種著作外，考槃集文録十二卷、半字集二卷、考槃集三卷、王餘集、遺詩二卷盡在其中。全集附刻其曾祖方澤待廬集、父方績鶴鳴集；卷五記左薌齋先生詩後附有其孫方淵如按語；集内四十二篇文後附『自記云』、六篇文後附友人管同、毛生甫評語，三年之喪二十五月而畢説後附阮元來信摘録。以上各點似可表明，全集乃方東樹後人編校或參與編校。此次整理，即以全集所收詩文集爲底本，以儀衛軒文集儀衛軒詩集（後簡稱『儀本』）爲校本，同時參校光緒二十年（一八九四）本考槃集文録、光緒十五年（一八八九）本王餘集、儀衛軒遺詩。方宗誠主持刊行之儀衛軒文集有多篇文章與考槃集文録相關篇章頗有差异，主要是删削；此類異文均在校記中注明。删改究出何人之手，難以推斷。

方東樹治學綱羅百家，文章内容涉及諸多學科；整理者則學識有限，頗感艱難。勉力爲之，其中定然難免差錯，敬祈方家正之。

嚴雲綬

二〇〇八年五月二十日

目録

卷二　雜著下

卷三　序

卷七　記……三七三

卷八　贈序　壽序……三八八

半字集……四八六

卷一　古體……四八七

儀衛軒遺詩

考槃集文録

自序

昔吾亡友管異之評吾文曰：無不盡之意，無不達之辭。國朝名家無此境界。吾則何敢自謂能然！然所以類是者亦有故；蓋昔人論文章不關世教，雖工無益。故吾爲文務盡其事之理，而足乎人之心。竊希慕乎曾南豐、朱子論事説理之作，顧不善學之，遂流爲滑易好盡，發言平直，措意儒緩，行氣柔慢，而失其國能；於古人雄奇高渾潔健深妙波瀾意度全無，得失自明，固知不足以登於作者之籙。平生雅不欲存，判欲焚棄久矣。而友人毛生甫、姚石甫力謂吾不可棄之。及是，戴生鈞衡、從弟宗誠强爲鈔録，乃收羅散佚，輯爲兹編。既成，視之殊用内怍。姑以陳義辨物尚無失實誤世之謬，留之私示子孫，使知吾之志好如此焉可耳。道光壬寅十月十日方東樹題。

卷一　論

辨道論

佛不可闢乎？闢佛者，闢其足害乎世也。佛可闢乎？害乎世者，其人未可定也。世之闢佛者，夷佛於楊、墨矣。孟子之罪楊、墨也，爲其無父無君也。由無父無君而馴至弒父弒君，故曰，辨之不可不早。辨也則以罪楊、墨者罪佛，亦將如是云爾。春秋之事，可攷而知矣。其時楊、墨猶未有也，而亂臣賊子已接迹於魯史之書矣。故孔子懼而作春秋也。商臣、趙盾、崔杼之禍，固非由楊、墨而致也。漢之事可攷而知矣，傳言明帝時佛法始入中國，而王莽已生乎其前矣。其後若董卓、若曹操，可謂無父無君之尤者矣。而莽與卓與操固不習乎佛之教也。今郡縣小者不下數十萬人，此數十萬人貞邪不一，而極其行惡，至於無父無君弒父弒君葢不多有焉。今謂不多有之無父無君之人之必在於學乎楊、墨與佛之人，而習儒者無不出於忠孝也，雖好爲異者，亦莫敢主其說。漢高之甘心烹父以取天下也，以爲爲民則固已倒矣，以爲爲富貴則狗彘之不若也。其後若楊廣、若劉守光、若李彥珣，或手刃其父，或親集矢其母，皆漢高之實啓之，佛固不忍爲此矣！儒者不以風俗人心之壞罪漢高，而以蔽於佛，是謂真蔑其君父者爲可原，而以其迹之疑於是者爲必誅，此不知類之患也。鄉有富人，積財貨萬億，阡陌廬舍，不可籍紀。俄而富人死，其子弗能偏稽也。其奴之黠奸者，日相與蕩覆之。其子弗知其奴之所爲也，則以爲其鄰實盗之，而亦無以明其盗之實也，但以其迹也而疑之，因苦訟之。外盗之實不可定，而其奴之盗日益甚。士不明乎道，而以闢佛爲名者，皆富人之子之類也。君子者，理之平也。富人之奴蕩覆其主之財而無罪，而以刑書誅鄰人，非聖人之法也。

天下之物，有其極至者，則必有其次至者以與之爲對；月之與日是也。彼佛者，亦聖人之月也。莫得而加也，亦莫得而去也。佛本西國王子，捐其位勢而弗貪，去其富貴而弗處，苦身積行，林棲木處數十年，以求至道。有大人之誠而不以立名；與天合而未始有物。鬼神無以與其能；帝王莫敢並其位。使聖人見之，亦且禮之，況未至於聖者乎！且佛之爲行甚苦，其爲教甚嚴，椎拍輐斷，冷汰於物，故曰非生人之行，而至死人之理。非夫豪傑剛忍道德之士，莫能由也。今人頡滑，顛冥懾勢，榮利好色，雖佛招之，固莫從之，而奚待於闢。

山之東有國焉，曰齊；山之西有國焉，曰晋；江之南有國焉，曰楚；關之中有國焉，曰秦。其餘濟清河濁，裂采限封，各固畺圉。其水土不齊，其言語不齊，其風俗好尚政教不齊，自王者視之，皆以共理乎吾民而已。列國者務相爭相寇，日尋於難，勢不能服，而兵爭不已。及至於秦惡其爭也，悉罷其封建而郡縣之，然後天下統於一。老、莊、楊、墨、佛者，秦、楚、齊、晋也。言語風俗之不齊，則道術之各異也。自其一而言之，皆大道所分著，而儒者特爲罷封建之秦。然封建雖廢，天下雖一，而列國風俗言語不齊如故也。天能覆而不能載也，地能載而不能覆也。耳、目、鼻、口各有所明，不能相通，必欲比而同之，其勢固有所不可也。既天下皆知有王則列國之俗各有所習，皆有所宜，固無庸革也。既學者皆知有聖則百家之説各有所明，時有所用，固無庸廢也。

曰，孟子曰：『能言距楊、墨者，聖人之徒也。』然則孟子非與？曰，孟子之時，世衰道微，邪説横作，充塞仁義，楊、墨之道不熄，孔子之道不著。譬齊、楚、秦、晋彊，而侵弱乎周也。諸侯彊，天子弱，其勢足使天下不知有王，故曰『吾爲此懼，閑先聖之道』。豈好辨哉，不得已也。由周而來至於唐，千有餘歲，聖人之道不明。唐承魏、晋、梁、隋之敝，自天子公卿，皆不本儒術。士大夫之賢智者，惟佛、老之崇。韓子懷孟子之懼而作原道，蓋猶之孟子之意也。及至五代，王道不行，君臣父子之綱幾絶。宋興，佛學方熾，聖教未明。歐陽子憂其及於後世也，故作本論以闢其教，蓋亦猶韓子之意也。故在戰國之世，不可無孟子；在程、朱之前，不可無韓子、歐陽子。今生程、朱之後，而猶執韓子、歐陽子之言以闢佛、老，必爲達者笑矣！

故君子立言，爲足以救乎時而已。苟其時之敝不在是，則君子不言。故同一言也，失其所以言之心，則言雖是而不足傳矣。故凡韓子、歐陽子之所爲闢乎佛者，闢其法也。吾今所爲闢乎佛者，闢其言也。其法不足以害乎時，其言足以害乎時也，則置其法而闢其言。其言亦不足以害乎時，而爲其言者陽爲儒陰爲佛，足以惑乎儒，害乎儒，其勢又將使程朱之道亂而不復明也，則置其佛之言，而闢其立乎儒以攻乎儒之言。以孔子爲歸，以六經爲宗，以德爲本，以理爲主，以道爲門，旁開聖則蠢迪檢押，廣而不肆，周而不泰，學問之道有在於是者，程、朱以之。以孔子爲歸，以六經爲宗，以德爲本，以理爲主，以道爲門，以精爲心，以約爲紀，廣而肆，周而泰，學問之道有在於是者，陸、王以之。以六經爲宗，以章句爲本，以訓詁爲主，以博辨爲門，以同異爲攻，不概於道，不協於理，不顧其所安，驚名干澤，若飄風之還而不儻，亦闢乎佛，亦攻乎陸、王，而尤異端寇讐乎程、朱，今時之敝蓋有在於是者，名曰攷證漢學。其爲説以文害辭，以辭害意，棄心而任目刓，敝精神而無益於世用。其言盈天下，其離經畔道，過於楊、墨、佛、老，然而吾姑置而不辨者，非爲其不足以陷溺乎人心也，以爲其説麤，其失易曉而不足辨也。使其人稍有所悟而反乎己，則必翻然厭之矣。翻然厭之，則必於陸、王是歸矣。何則？人心之蕩而無止，好爲異以矜己。迪知於道者寡，則苟以自多而已。方其爲漢學攷證也，固以天下之方術爲無以加此矣。及其反己而知厭之也，必務鋭入於內。陸、王者，其説高而可悦，其言造之之方捷而易獲，人情好高而就易。又其道託於聖人，其爲理精妙而可喜。託於聖人，則以爲無詭於正。精妙可喜，則師心而入之也無窮。如此則見以爲天下之方術真無以易此矣。故曰人心溺於勢利者可回，而溺於意見者不可回也。吾爲辨乎陸、王之異，以伺其歸，如弋者之張羅於路歧也，會鳥之倦而還者，必入之矣。

曰，天下之是非亦無定矣。陸、王既以其道建於天下，而吾方從而是非之。其謂吾之是非爲足以定乎彼之説邪？雖定其説矣，庸詎有毫末增損於道乎哉！然而不得已而辨之者，君子之立言，爲救乎敝而已。揚雄有言：吾於荀卿見同門而異户也。彼其非之固莫同也，此其宗之奚以異乎？孔子曰：天下同歸而殊塗，百慮而一致。所從入之塗不齊則不謀，故小人在利若水，君子在勢若水。水也者，其源異，其委一也。陸、王、程、朱同學乎聖，同明乎道，同欲有以立極於天下。然而不同者，則所從入有頓與漸之分也。何謂頓、漸？佛氏言化法四，教有頓、漸，猶箕子所云高明也，沈潛也。程、朱者取於漸，陸、王者取於頓。頓與漸互相非而不相入，而不知其原於三德也。人之生得全於陰陽之性者，聖人耳。惟聖生知似頓而不可以頓名也。其次不毗於陽，則毗於陰。其性如火日之光，而無不照也而稍速，則毗於陽者也，是頓也；其性如金水之光，而無不照也而稍遲，則毗於陰者也，是漸也。則皆次於生知者也。傳曰：『自誠明謂之性，自明誠謂之教。』以其學而言，曰性、曰教，以其候而言，曰頓、曰漸。回其頓乎，參其漸乎？然而孔子立教，頓非所以也。孔子立教，必以漸焉。論語曰：『吾十有五而志於學，三十而立，四十而不惑，五十而知天命，六十而耳順，七十而從心所欲，不踰矩。』中庸曰：『君子之道，譬如行遠，必自邇；譬如登高，必自卑。』其列誠之目五，曰：博學之，審問之，慎思之，明辨之，篤行之。顏子之照，鄰於生知矣。而夫子教之，必曰博文，必曰約禮。及顏子既見卓爾，而追思得之之功，歎以爲循循然善誘人。則夫子立教，不惟頓之以，而惟漸之以，亦明矣。並曾子而聞一貫者惟子貢，而子貢之言夫子曰：『性與天道，不可得而聞也。』故以實，則顏淵、子貢賢於陸、王；以迹，則陸、王賢於顏淵、子貢。且夫由顏淵、子貢而至陸氏，是千年而後生也。由陸氏而至王氏，是數百年而後見也。古今學者不絶，於中則漸之所磨以就者多也。漸者，上不至顏淵、子貢，而不至欲從而末由；下不至下愚，亦可攀援而幾及。是故程、朱之道爲接於孔、孟之統者，惟其漸之足循，而萬世無獘也。

且夫頓之所得者，心悟也。悟心之妙，上智之所難明。今爲衆人法，而以上智之所難明，則中人不得與焉矣。爲其德之弗明也，而教之以明德，今以德之不明，而絶於明之望也。則其於教亦反矣。故聖人之教如天，陸、王之教亦如天。聖人之教如天云者，蒼蒼然東面、西面、南面、北面，立於地而無不見也。陸、王之教如天云者，天不可階而升，則將永爲凡民焉以没世耳矣。雖然，成陸王之過者，孟子也。子貢之稱夫子曰：『夫子之不可及者，猶天之不可階而升也。』公孫丑之稱孟子曰：『道則高矣，美矣，宜若登天然。何不使彼爲可幾及而日孳孳也。』公孫丑之言則適得孔子之意，而孟子引而不發。余故曰，成陸、王之過者，孟子也。孟子學乎孔子而正其統。陸、王學乎孟子而流於佛。夫孟子於孔子，不可謂有二道也。而其流已如此。則百家所從分之異路，往而不返，何怪其然也。

耳目之官，不思而蔽於物；物交物則引之而已矣。心之官則思，思則得之，不思則不得也。此天之所與我者。『先立乎其大者，則其小者不能奪也』。此孟子之言也。而陸氏之學執之以爲之術。『人之所不學而能者，其良能也。所不慮而知者，其良知也。孩提之童，無不知愛其親者。及其長也，無不知敬其兄也。親親，仁也。敬長，義也。無他，達之天下也。』亦孟子之言也。而王氏之學執之以爲之術。陸氏、王氏學乎孟子，則可不謂有大揚搉乎！奚遽入於佛？入於佛者，非允蹈之也，說不免焉。夫有官而後有職，有職而後有事，事舉而職修。則立之說也，爲思言之也。今其言曰：墟墓生哀，宗廟欽敬，是奚待於思乎，而先立之，又非也。直指心體，先立乎此，然後下學。若是，則知行之序已倒也。易曰：『知至至之，可與幾也；知終終之，可與存義也。』程子以『知至』為致知之事，知之在先，故可與幾。『知終』爲力行之事，守之在後，故可與存義。此學之終始也。知食之足以已飢，而後農夫耕稼以繼之；知衣之足以禦寒，而後紅女織紝以繼之。陸氏基址之說是也，惜所以爲之基址者非也。先行而後學以補其知，故曰：其序已倒也。且先明乎善而後能實其善，中庸之旨也。明乎心而無不明，而無事下學者，佛氏之教也。若夫明乎心而猶有未明，猶待於下學，此陸氏之創言，本於佛氏帶果修因之說，非中庸之恉也。

書曰：『人心惟危，道心惟微。』人心、道心並舉爲辭者，堯、舜之言也。程子之言曰：人心即人欲，道心即天理。朱子之言曰：道心常爲主，而人心聽命焉。二子之言，一家之說耳。今王氏於程子則是之，於朱子則非之。是乎所是，吾既知其是矣；非乎所非，吾亦知其非也。嗚呼！是所謂未成乎心而有是非，將欲是其所非，而非其所是也。道心即天理，人心即人欲。道心、人心，不容並立。故道心常爲主，而人心自聽命焉。今其言曰：人心之得其正者爲道心，道心之失其正者爲人心，安有天理既爲主，而人欲復從而聽命。嗚呼，是欲明人心、道心之非二，以就其轉識爲知之指，直所言之迂晦有不可解耳。儒者之於心也，見爲二而主於一。見爲二，故有聽命之説。佛氏之於心，亦主於一，而見爲一。見爲一故有迷悟之言。王氏之於佛，則可謂同與！蓋佛之教端末雖異於儒，至其論心之要退羣妄，著一真，精妙微審，非聖人弗能辨也。然則儒何以不由之？固不可也。且夫王氏之學，既以全乎佛，而又必混於儒。全乎佛，而凡説之羽翼乎佛者，吾不復闢焉。混於儒，而凡説之冒乎儒害乎儒者，吾方且論之。

人之情有七：曰喜，曰怒，曰哀，曰懼，曰愛，曰惡，曰欲，七者一有不節，則失其中。失其中，而人心肆焉矣。故曰，有所亡有所甚，直情而行之也。聖人者動而處乎中，賢人者求而合其中。故曰，雖有上聖，不能無人心，惟退而聽命焉，斯發而中節耳。且夫動而處中者，不數數也。古者謂之天而不人，今欲以此爲學者率，使天下法則，是性無三品也。夫不攷性之有三品者，亦孟子之過也。何以明其然也？孟子曰：『人皆可以爲堯舜。』『人皆可以爲堯舜』云者，是瓦石亦有佛性之説也。以實言之，孔、孟及佛及陸、王其等不同，其皆得乎性之上也同。惟聖人知人性之不能皆上，亦不皆下，故不敢爲高論，而恒舉其中焉者以爲教。此所以爲『中庸』也。孟子、陸、王則不然，以己之資，謂人亦必爾。雖曰誘之以使其至，而不顧導之以成其狂。故觀於孟氏之門，檢押斧械，蔑如也。攀龍附鳳，巽以揚之益寡矣。陸氏方河決而天踔，其御心猶役奴隸也，然扇訟發明，止於心之精神一語，可謂率矣。及至王氏一傳而離，再傳而放，不亦宜乎。故自孟子、陸、王至今，遠或千年，近者數百年，而不聞復有孟子及陸、王者，則孟子及陸、王固自由天授焉。夫以千年數百年而止有一孟子、陸、王，則是孟子及陸、王固不能人人皆爾。而孟子及陸、王必謂人皆可以爲己者，其意甚仁，而其實固莫得也；則皆過高而失中焉之過也。陸氏、王氏其取於孟子也同，其流而入於佛也亦同，而王氏之失彌甚。惟其人心道心之辨，執之者堅也，吾爲辨其異，指其失，而其是亦出焉。無任來者讆乎以智孽爲雷同也。

夫謂心惟一心，非有二心，佛氏之指不可謂非妙契也。斯而析之，古今之明，吾未見議之所止也。吾嘗致思焉，而略能語其故矣。夫所謂一心者，與生俱生，人皆有之。然固失之六合之裏，四方之内，往古來今，放而不知求者幾千年矣。堯、舜也，孔、孟也，程、朱也，是廸明者也。若告子，若老、莊，若佛及陸、王，亦克尸而享之，因號而讀之。是故尊言之曰道心，實言之曰明德，要言之曰仁，質言之曰本心，徑言之曰生之謂性，悟言之曰本來面目。邂逅於墟廟而謂之基址，省識於親長而謂之良知，則皆此物也，則皆常親覿而有之也。顧孟子以上所覿者有四端之物也，告子及佛所覿無一物者也。故一以爲義外，一以爲一絲不挂也，是以其説不可由也。孟子所覿，告子及佛所覿，數千年覿之者未數數也。陸、王者，有以及於告子及佛所覿矣，而又望見聖人而未審，故猶影響未底於真也。雖然又有辨孟子言本心云者，指道心而言之也。其言放而不知求，則人心也。人心乍出乍入，實止一心也。宋有女子讀孟子『出入無時，莫知其鄉』，曰：『是孟子也。』殆未知夫心者邪。夫心則烏有所出入邪！程子聞之曰：是女子也，雖未知孟子邪，其殆庶幾能知夫心者也。夫心固不可謂有出入也。女子者習於佛之學，直指夫道心，而因蔑其人心，故謂心無出入也。程子之意，則謂出入也者，以操舍而言之也，心固無出入也。心之在人，名實昭然。然自佛釋氏以來，至於今儒者，辨説百端，卒未有識其爲何物焉者。昧昧然，罔罔然，葢數千年弗著弗察焉也。故或以體言，或以用言，或以合性與知覺而有其名其言，心之名象精至於此而止矣，而卒莫能著其實相爲何物焉者。是故達摩欲安之而無可安，神光欲覓之而不可得，阿難七處徵之而莫能定，皆同此昧昧、罔罔焉耳。吾嘗深體之：夫所謂心無出入者，謂肉團心也。彼析其義而未得，又以肉團心無出入，其言近癡，非精妙不能動人，因誣以被之神明之心，而謂其無出入，欲使人求之，以爲至道之所在。莊子之若有真宰而不得其眹也，蘇子瞻之凡思皆邪也，子由之本覺自明也，文信國、高景逸之放大光明也，皆同此昧昧、罔罔也。是故女子及王氏所見，無以異此。而世之小儒方將掀其脣而吹其餤，是烏足與語真知之契乎！是故心之爲號一言者，實體也；而堯、舜二言之，何也？曰：儒與佛所言心皆謂神明也。神明有出入，則有人心、道心之分。而佛氏直指道心，因誣謂無人心，遂誣謂無出入，甚而并心亦誣之謂無，而相與苦守一空，而尊謂之曰『真如』。嗚呼，此求聖人從容中道而不得，因歧而迷惑之至如此，可憐哉，其莫有覺而已其迷者也。堯、舜、孔子以道心、人心出入言之，其爲解至確，而其爲方甚密，惟不敢忽乎人心也。有人心而後有克治，有克治而後有問學，有問學而後有德行。勤而後獲，及其獲之也，貞固不摇，歷試而不可渝。若夫所謂一心者，轉乎迷悟而爲之名也。轉乎迷悟而爲之名轉者一，其不轉者又一也。頓悟者，廸乎悟而爲之名也。廸乎悟而爲之名，悟者頓，其不悟者，頓不頓終莫可必也。然則所謂頓者未嘗頓，所謂一者未嘗一也。雖然此其大介也，若夫彼學行業名實之所立，又非小儒麤學所能歷其藩、了其義也。吾嘗學其道而略能語其故矣。蓋彼所謂頓悟云者，其辭若易，而其踐之甚難；其理若平無奇，其造之之端崎嶇穼窈窕，危險萬方，而卒莫易證；其象若近，其即之甚遠。其於儒也，用異而體同，事異而致功同，端末異而矼乎無妄。同世之學者弗能究也，驚其高而莫知其所爲高，悦其易而卒莫能證其易。徒相與造爲揣度近似之詞，而影響之談或毗之，謂吾能知之；或呵之謂吾能闢之，以是欲附於聖人之徒，而以羽翼乎大道也，而其説愈歧矣。

夫惟不能無人心，故曰『危』；惟不能常道心，故曰『執』。今曰：道心之外，不可增一人心也。又曰：天理在吾心，本完全而無待於（存）［外］也。嗚呼，談亦何容易邪！未嘗反躬，故其言誣；未嘗用力，故其言僭而不可信。顏淵問仁，子曰：『克己復禮。』及請其目，則告之以非禮勿視、聽、言、動。今曰學者但明理，理純則自無欲。嗚呼，爲此言者是求（聖）［勝］〔一〕於堯、舜、孔子也。不辨乎此，則天下之真是何所定哉！

自記云：此仍即原道本論之指，但韓、歐所闢，特佛之麤，其失人人皆知，在今日無容更言。吾所闢為佛學精微，宋明以來學者之敝在此，雖非今日切害，然吾以今時漢學麤末之轉步，必入於此，故豫為防之。其兩引孟子固以陸、王公案所在，亦本程子言。孟子才高，學之恐無把柄。意揮發之如此。首尾一綫貫穿，但行文太播弄，恐不為人所察，聊復自言之。

【校】

〔一〕『聖』，儀衛軒本作『勝』，較妥，從改。

天道論上

自開闢以來，宇內一切成毀之數，靈蠢知愚貴賤事爲推遷之迹孰主之？必曰，天主之矣。噫，是何異齊東鄙野人之談，不經至於此也！夫宇內一切，亦但人之所爲耳，彼天其何權之有。且人生而能食，即教之言，既長，從師而學焉。行能伎藝，日積月累，以至於成人，受室而又生子焉。子既生而不免於水火，則以爲父母之罪。可知成毀之數，一一皆人之爲。獨至於通塞殀壽，則歸之天。以其明明可知者託之人，而以冥冥不可知者屬之天。政以天無所知，可藉以遁吾說而誣之云爾，豈真天主之哉。

且天嘗生水矣，而氾濫中國，地失其性，民失其居，微禹，其孰平之！又嘗生山矣，而草木鬯茂，禽獸狉榛，微益，其孰焚之！非特此也，播種以爲食，蠶桑以爲衣，範金合土以利用，自城郭、宮室、倉廩、府庫，以至兵、戎、禮、樂，凡衛生之經，養生之具，無不待於人，而天無能焉。故曰：造化之機人執之，謂天主之者，不經之談也。

天之用，其賁於物而湛於民之心志者，莫神於草木之華實及雷雨之奮盈矣。不知物性自有常，皆理之固然耳，非有司於天而後然也。今鳥獸之孳尾不以爲天之功，至草木華實獨曰造化，何其不知類也。又況氣機感召，人固有操其休咎之徵乎哉。

抑吾嘗見夫世之人矣，其淫辟回邪才力機械者，其生世也，靡不遂意焉；此非天佑此人而福之也，其人所自爲者，有以自取之耳矣。其潔身服義蹈道秉仁者，其生世也，靡不酷隘焉；　此非天惡此人而禍之也，其人所自爲者，有以自取之耳矣。　意者天非不欲有所奪有所予也，不能有所爲而無如之何耳。　世之昧者乃好言天，疾痛慘怛勞辱困頓，必仰而呼之，則吾未見天之偶一應之也。　又其甚者，自有天以來，凡纏度之高卑，璣衡之運轉，星辰之贏縮，日月之薄蝕，人以其術占之，天無所遁其銖黍。　至人之所爲，千端萬變，天固不及周知而盡識之也。　且夫國之所以廢興存亡者，天也，而聖人悉舉而歸之於人，曰：　『一言僨事，一人定國。』堯、舜率天下以仁，而民從之；　桀、紂率天下以暴，而民[亦]從之。　其論衛靈公之不喪，以爲仲叔圉、祝鮀、王孫賈三臣之功，則聖人之不恃天，亦可知矣。　《傳》曰：　『天道遠，人道邇。』又曰：　『國將興，聽於民；　將亡，聽於神。』武王之數紂也，曰：　謂己有天命，此言天難諶而不可恃也。　夫聖人之智，其必有以知之矣。

天道論中

天不能以其權有所爲於下，於是求得王者而畀之，故孔子作《春秋》，王必稱天。　有所爲，不敢曰我爲之，必曰天工；　有所賞，不敢曰我賞之，必曰天命；　有所罰，不敢曰我罰之，必曰天討。　於是天向所欲有所爲而無如何者，一旦大伸其所欲，既暇適無事，則惟日以其蕩蕩者運轉於上而已，不勞焉。　噫，天亦黠甚矣哉！

王者既受天之命，日夜焦思，不甯旰食，已乃憬然悟曰：　吾獨柰何爲天之所給，而不知法其所爲也。　乃亦求得宰相而畀之。　於是王者向所勞形瘁力而無如何者，一旦大獲其所欲，既暇適無事，則惟日以其穆穆者端拱於上而已，不勞焉。　噫，王者亦智甚矣哉！

夫王者以一人統天下，其事博，其務繁，於是而苦且勞焉，宜也。　彼宰相之所任，益分而輕矣，而亦必求賢以自助，何也？　不知德大者其所統亦大，統大而稱其量斯舉矣；　德卑者其所統亦狹，統狹而不稱其量斯盈矣。　《傳》曰：　『五岳視三公，四瀆視諸矦。』此其分也。　然則廣狹雖殊，而必皆得人以分其任，則一也。　由是布衣韋帶之士，亦皆有天之權在其身，而不可忽視。　臂爲身之所使，而臂又必使夫指焉，豈得謂指非役身之勞者乎。　何以異於是！居室者，棖扉、几案、牀榻、簾幕、柈盂必備，一物不備，則缺而不完。數物不備，則室陋而不可居矣。輕士而謂爲無與於天之權者，是陋室之風，而不睹富者之備物也。是宰相之智也，故宰相得而王者之事畢矣。當堯、舜之時，天下未平，以不得舜爲憂。舜既受堯之天下，又以不得禹、皋陶爲憂。自是湯之於伊尹，高宗之於傅説，桓公之於管仲，皆求得而即以其權畀之。彼三聖二賢者非求忠於天之事而爲此也，彼誠慮權無所寄，則生人無以憑依而走呼，萬類失理，則世將至於欲有所爲而無如何也。吁，其亦危甚矣。

天下嘗有言曰：爲君必法堯，爲臣必法舜。已而其事不必然而亦治焉，則世必以爲嚳言矣。又嘗言曰：執其權則治，失其權則亂。已而其權失而果亂焉，則世必以爲諒言矣。是故堯、舜之聖，與後世之中主同治，惟在不失其權而已。失其權則雖欲法後王且不可，何況堯、舜哉！

天道論下

或曰：子屢言天之權，敢問何指也？曰：其事在洪範，謂三綱、九法、兵食刑賞之類也。然則何以不及禮樂？曰：治天下之本在於安民，安民之道以實不以虛，以疏不以密。以彝倫安之，以兵食安之，以刑賞安之，而猶慮其血氣彊梗以思亂也，又爲之禮樂以柔之，其意則可謂密與。然而，一日無彝倫及兵食刑賞而固已至於亂；焚棄三代之服器，其於民生之治，曾無喪於毫末。故彝倫、兵食刑賞無古今，而禮樂有古今者，知其非經常之道而不可久也。

且夫天下之治，得其序則安樂，其實則順，故禮樂即行於彝倫、兵食、刑賞之中，而不可別於彝倫、兵食、刑賞之外，失其本而使民疑之。人之情一飲之間而至於百拜，此豈復有真意存其間哉。真意不存，浸入於僞，而慝作矣！是禮樂本欲以化民，而適以生其詐僞，豈非密之爲害邪。故嘗以爲禮樂者，但取其順時以塗飾其民，雖叔孫與周公同聖可也，而非天之權之所先也。

彝倫及兵食刑賞則不然，由夏、商以溯黃、神，同此天也，同此民也，則即同此彝倫，同此兵食刑賞也。由黃、神而歷之億千萬年之後，同此天也，同此民也，則即同此彝倫，同此兵食刑賞也。故民之所賴以生，即天之權所託以重。春秋之世，不幸而失之。當是之時，亂臣賊子弑逆（弑）〔相〕尋，搶攘橫決，是非僭差，諸侯摟伐，兵革日興。故春秋書侵六十，書伐二百，災異一百二十有二，其他反常而敗道者不可徧舉，豈非天之權無所與託，以至此與！

夫天嘗失其權矣，幸得三聖二賢者有以贖之。乃今又以失見吾焉。孔子生於其世而不得位，目睹其權之失而傷之，以爲吾取之而疑於僭，不取則生民之害未有已也，吾姑拾取其義焉而筆之於書，以付當時王者。當時王者不顧，則留以付後之王者。展轉相付，終必有王者起而受之，而後天之權有所屬。故曰，春秋，王者之事也。湯曰：一人有罪，無以萬方。萬方有罪，罪在朕躬。伊尹曰：一民不被其澤，若己推而納之溝中。故天之權一失，則人必爭取之。堯、舜固取之矣，湯、武取之以兵，孔子取之以書，及至戰國，孟子取之以辨。取之以書，取之以辨者，不得實行其權也，而其大義則懍然不啻親握之。聖人之心與聖人之治，舍彝倫及兵食刑賞，則何以安民哉！

自記云：此係少作，染心老莊，淺陋邊見。以禮樂為後，見非有識，久而自傷。姚姬傳先生曰：酷似明允。

用人論

世無屯難，得人斯濟。運無隆平，乏賢則亂。故曰：有治人，無治法，如齊文、宣，晉懷、愍是也。故人主之職在擇相，相臣之職在爲國求人而已。然天下惟才大者能用人，才小者不能用人。故人才之進退，視其相臣之才之大小。夫人才不易得，尤不易知。自非上聖通微，其性莫不各有所蔽。或持論如照，所試之於用則不讎；或知勇足備，而相其言貌則可忽；或任叢細而有餘，及歷之大體而不識；或當平時而贍給，及試之盤錯而罔功。惟在區別得宜，付授當器。苟或用違所長，非止但形其短，儻能合以相濟，亦與全才無殊。故非英知不足以鑒而賓之，非雄略不足以信而任之。故見賢而不能舉者，厥名爲慢；好善而不能用者，其弊也亡。又若猥庸之輩，娼嫉之徒，或恃客氣虛憍，則愎諫而護前；或貪小利喜近功，則甘敗而忘害；或自不達幾宜，則怒其異已；或慮不能駕馭，則畏惡其能。易曰：『初登於天，後入於地。』詩曰：『不懲其心，覆怨其正。』凡此皆用人之失也。

然而人苦不自知，既莫不各謂己能，而知人又不易，復莫不各謂己能知人。歷覽史策，得失昭然。方其自雄，牢不可破。故善用人者，驅常人於君子之域；不善用人者，陷君子於小人之塗。驅常人爲君子，化無用爲有用也；陷君子於小人，化有用爲無用也。故人才之衰，造物靳之者半，庸人壞之者亦半。竊嘗思之：有用人之宜，有取人之法，有馭人之道。治平之世，必先攷行誼，行誼彰而風俗成；危亂之際，但取其才猷，才猷展而艱難濟。然術詐情貪，雖云可使，而才良性劣，亦在必誅，如賀六渾、柳公綽、則天皇后三人之馭馬，可以法矣。

至於取人之法，必先器識，不尚文華。故曰，日誦萬言，何關理體。文成七步，未足化人。歷攷古今通人之論，莫不如是。彼黄允晋、文經隱、蕃暨豔、張昌齡之徒，固無論矣，即荀悦著書，持論精切，洞關興亡之大論者，猶言其應敵設變，以制一時之勝，其才不足辨也。魏元忠曰：陸機論能辨亡，無救河陽之敗。養由基矢穿七札，不濟鄢陵之師。覽劉曉、薛謙光、沈既濟、楊瑄、陸贄等疏，可以知用人取士之在此，不在彼也。嘗觀孔巢父之宣慰朔方也，既使懷光復叛，而已亦被殺。黯汶無用若此，杜甫、李白猶交推之，則其餘可睹矣。

若夫馭人之柄，惟在賞罰。吝嗇慳鄙，則無慈仁，而人情不趨。濁亂靡濫，則無義制，而恩不感物。小過不舍，則煩苛以生其離沮；大罪反脱，則失刑而不足止姦。又人性不明，則必好察。既好爲察，必自謂明。不明則照有不通，好察則多疑於物。忠讜之士，疾之如仇。不讎之言，屢售不問。君子日遠，讒諛日進。譬掘根焦土而求苗稼之長也，不可得矣！高泰謂苻堅曰：治本在得人，得人在審舉，審舉在核真。未有官得其人，而國家不治者也。

自記云：此少作，效陸宣公體。

周公論

凡人之智皆自見有餘，不見不足。惟見有餘，故氣益驕；惟不見不足，故違道益遠。是故德不修而不知其闕也；學不講而不知其蔽也；聞義不徙而以自適也；不善不改而以自恕也；習與讒諂面諛之人居，而無由開其悟悔愧恥之萌也。此在質性非良、材智不美者猶且志得意滿，恣睢狂行以長厥傲，而況其才智稍稍有異者邪。其自賢也，必益甚矣。唐柳公綽有廐馬踶殺圉人，公綽殺之。人曰：『良馬也。』公綽曰：『材良性劣，雖良何用！』由是言之，人之性不良而材異於眾者，皆不足賴也。孔子曰：『如有周公之才之美，使驕且吝，其餘不足觀也已！』夫眾人之見，但貴才美，而不知聖人方懼其爲累，人之識固相遠哉。

且聖人之愛名與眾人同，然聖人之名久而益親，遠而益信。眾人之名，但邀譽於庸夫無識之口，而無當於君子之論；此無他，聖人愛名則勤其實，眾人愛名則劫其號，取舍之途別，而所以報之者亦異。則胡不一反而觀之也？孟子曰：『周公思兼三王，以施四事。其有不合者，仰而思之，夜以繼日，幸而得之，坐以待旦。』由此觀之，周公於一日之間，其所爲便其體肆其意者，亦幾耳。惟自以爲不足也，故勤己以自濟。向使眾人當之，則豈不亦高枕而有餘乎哉。

天下大矣，其事亦眾矣，即聖人之智，豈能周知而無遺。周知矣，豈能一人爲之而足辦。故自古帝王以及公卿羣吏，莫不求賢以自輔。其才大者，其用人必廣；其才小者，其用人亦隘。惟忮狹庸鄙之夫，則非其私昵容悦之人不任。豈無懿美英儁之士，彼智不足以知之，而性不足以狎之，故棄之而不顧也。傳稱周公見士，一飯三吐哺，一沐三握髮。吾意當世之士，豈復有賢於周公而足取爲裨益者哉。然而周公見士之勤如彼者，非博好士名而徒以虛禮下之也，發於其不自足之心，而成於不驕之德，故傾其飢渴而不能自已焉。嗚呼，世之君子其法是哉！

韓信論

孫武，其言兵之雄乎，韓信，其用兵之雄乎？二者皆蔽，不達兵要。余陋夫蘇洵之論孫武也，以其術詰其事，如舟人爭港，喧號嚻呶，不離故處，而自謂得便宜。極洵之智，至吴起而止耳，韓信而止耳，其能有以大遠於武邪。取果實者，枝枝而落之，箇箇而掇之，不可爲易矣。及叩本一振，然後風掣雨散，濯如未生，此聖人之兵所以不事陰計術謀，而自無敵於天下。故曰：一怒而安天下之民。偏材之徒秘爲異術密機，是徒知兵之爲陰符，而不知用兵之有陽勝也。

夫用兵者，必先在審天下之勢而後行之，以無窮應敵之謀，如是而已。國子之論齊也，曰：秦得齊則權重於天下，趙、魏、楚得齊則足以敵秦。故秦、楚、趙、魏得齊者重，失齊者輕。齊有此勢，不能以重於天下者，其用之者過也。當楚、漢相距於滎陽之際，天下之勢在韓信，信爲楚，楚王；爲漢，漢王。蒯通以爲，與爲人而王，毋甯背漢而自王。信不能用，卒助漢以滅楚，而己亦隨爲漢禽。其事蓋與六國之齊同失。或曰：六國之齊，其立國也固，且秦不得四國，其勢不能遽及齊。四國並力，雖足拒秦，然不親齊，則力不厚計不完，故齊之勢常重於天下。若韓信與楚、漢，才均勢敵，其用兵之道，無以大遠於項羽、高帝，借使信自王，楚、漢交伐之，吾恐不能一日安枕而臥也。信之智其及此矣。曰：惡有是哉！當劉、項彊弱未分，天下人心未有所定。鄉使信據山東之地，乘百勝之威，以天下分地，招布、越之倫而將之；奉廣武、蒯通以爲之謀主；扶義仗信，以綏定其民；阻河爲固，坐戰劉、項，以待其敝。不出二年，漢必先亡。漢亡，然後集羣策以制項羽，安在不可南鄉以成帝業而一天下。不知出此，而姁姁婦人之仁，狐疑自敗。吾故曰，若信者，用兵之雄，而不達兵要者也。後之論六國者，徒咎其不能合從以拒秦，而不知齊之勢可以爲六國之從主，而不知自用，是可惜也。無經事之遠猷而尋於兵，兵雖巧，所勝幾何！老子曰：『以正治國，以奇用兵。』夫用兵豈特爲治國者之奇哉，抑亦爭天下者之末務焉。史稱諸葛武侯用兵非其所長，不知者復從而爭之，是皆不得爲知言。夫不長於用兵，而長於審天下之勢，乃其所以爲武侯也與！

自記云：先子有言，淮陰為人亦非始終有恒者，武涉明透之辨，際漢王窘困之時，而淮陰不為稍動，豈盡忠信哉，葢束於漢之假王耳。於此方知躡足附耳之功大也。此可謂闡微之論。若樹此文為蒯徹助波耳。其實仍即本信之所以教漢王者。若太史公贊語，雖若莊論，而曰天下已定云云，謂其失之於未定之時耳。言外之意可尋味也。

荀彧論

易鼎之二曰：『鼎有實，我仇有疾，不我能即，吉。』夫子釋之曰：『鼎有實，慎所之也。』嗟乎，此先聖後聖所以傳心，而獨得言外之意與。人情闒茸無能，固不知有所謂實之説矣。及其才足幹時，而汲汲然思一試於用，而以名世焉。此其意宜無惡於天下，而卒之身喪名辱，爲天下後世戮笑，非其才之未美，而其識之不精也。

聖人(無)[吾][一]不復論之矣，三代而後，惟諸葛孔明爲能不悖於義耳。子房景略，其於伊尹之志抑有間矣，然猶能我仇不即，彼文若者豈可同年而並語哉！司馬温公夷齊桓於狗彘，先荀彧於管仲，可謂謬妄失實，悖於是非之談矣。其言曰：或佐魏武，以亂爲治，征伐四克，十分天下而有其八。夫當魏武之世，胥匡之治果能及管仲之烈乎；征伐四克，果皆出民於水火乎；且天下固漢之天下也，而又誰有其八乎。是魏武終其身不肯篡漢，而温公固代爲篡之與。操欲取徐州，彧實稱高光以例其事。而温公以爲，史氏之文，是猶以獨掌翳日，而欺天下以無明。且温公以彧舍魏武無事，而有興漢之功。若是，則彧又何以死爲也。許其死漢爲仁，則不得以事魏爲是。

或曰：彧固未嘗臣魏也，其所帶侍中尚書令，政漢官耳。彼惟不肯臣魏，故以一死明節。夫君子見微知著，以彧之明，而不能審魏武之行之所極，何以爲智者？借使管仲於九合之日，仰藥以死，其得爲忠於糾乎。此又不通之論也。嗟乎，由彧而類之，則爲杜欽、谷永；由彧而降之，則爲揚雄、劉歆；由彧而極之，則爲王偉、張均、張垍。夫本以輔世安民之學，而卒與亂臣賊子同科，豈非講之不明，而守之不固哉！

是故君子必自重其身，以待大有爲之君之致敬盡禮也。其尊德樂義，不如是不足與有爲。行一不義，殺一不辜，而得天下不爲也。若謂亂離之世，非一道所能定，而因以苟且，藉手爲教盜穴牆之謀，則亦爲盜而已。君子亦惟於貪權藉勢之私克之，庶知所自立乎！

自記云：荀文若、方望、張定邊不為無才，而皆昧於正。以視伊、望、子房、武侯何如？千載下自有定論，非以成敗論英雄也。而李太白亦不可恕矣。

【校】

〔一〕從儀衛軒本改。

魏武論

董卓之亂，既遷車駕幸長安，而自屯洛陽。於是山東義兵並起，推袁紹爲盟主。魏武爲紹謀，欲其引河内之眾，臨孟津、酸棗，而令諸將守成皋，據敖倉，塞轘轅大谷，全制其險；使袁術率南陽之眾，軍丹淅，入武關，以震三輔，益爲疑兵，示天下形勢，此所謂形格勢禁之兵也。張儀教秦伐韓，酈生、袁生、桓將軍之勸沛公與吳王者，皆是謀也。當是之時，諸侯形勢兵力皆足以制卓。本初庸才，不能用，以致敗。論者謂袁、曹之所以興亡者，已兆於此，不待官渡之日而後決矣。

以余論之，其失猶不在是。夫魏武之爭天下也，非徒知兵，在能審天下之勢而已。獻帝爲李傕迫於曹陽，沮授勸紹西迎大駕，挾天子以令諸侯。紹不從。其後魏武行之，竟如所策。由是知取天下者，不在知兵，在能審天下之勢而已。不然，魏武之力足以移炎祚，而卒不之取，豈誠憐漢室博虛名哉，夫亦以羣雄之未服，宜假寵靈而不可始禍，以來眾敵也。諸葛武侯謂其不可與爭鋒者，職是故哉。故魏武欲篡之志，當時皆有之，而魏武不取之智，他人有不能忍者矣。及夫終不可得，託爲高言，以文王自況，曰：『天下若無孤，不知幾人稱王，幾人稱帝。』此非欺世以矜其忠，乃其以英智自許云爾。鄉使袁紹用沮授之言，其廢獻帝以自立也，久矣。何則，以紹不知迎帝，則迎帝必廢之以自立，其理固至明者也。夫以獻帝之弱，諸侯之悖，其勢皆不足以自保。魏武以命世之才，獨步於時，惜乎未有大德者馭而用之，遂使成其簒竊之志，爲古今僭逆稱首。此其遭逢之不幸也夫！

毛生甫曰：潛氣内轉，最行文深妙處。

孫權論

夫不能盡時人之器使者，不能來天下之士。天下之士不來，則其所甘以爲忠己者，非煬蔽於回衺，即結知於賈販庸兒而已。孔子曰：『鳥則擇木，木豈能擇鳥！』此言世主不能尚賢，而賢士如鳥之翻飛而去也。且賢士不可以常人遇，而又類多疏逖羈旅窮困不得志之人，食之不能盡其材，使之不能當其用，知之不能諒其衷，此士之懷奇不遇者，所以上下千載而流涕太息於知己之難逢也。

孫權爲人，其才品略亞於魏武、蜀先主，獨其與人之忠，任人之壹，使智能之士，得展盡其意而無憾於心，則雖高、光猶有慚色。雖當日張昭、虞翻、陸遜亦加貶怒，而悔悟旋開，視魏武之使人，束縛之，馳驟之，刀鋸斬殺，日隨其後者，有間矣！觀魏武之戒曹彰曰：『在家爲父子，受事爲君臣。』而權於諸將，分雖爲君臣，情親猶父子。由此論之，夷險之途居然判矣。且以孔明猶有不能得於先主，而權於羣下之謀，不遺一策；覽責諸葛瑾等一詔，知其識用之所至矣。鄉使權能以天下爲重，不爭荆州尺寸之土，而約好於蜀。使關某將荆襄之衆，以臨沔陰；諸葛起西川之兵，出斜谷，臨渭南，以窺長安；權自起三軍，一軍出瓜、儀以摇淮、泗，一軍出濡須以逼合肥，一軍並海遵瑯琊而擾阿鄄。彼魏之君臣備多力分，雖有呂尚，不能善其謀矣。不知出此，而區區於荆州一方，西絶於蜀，北親辱於曹丕。且事有天幸，先主伐吴，使當日諸葛在行，彼陸遜者烏能逞志於夷陵之一炬哉。蜀勝，魏從而伐之，吾見吴之亡不待庚子歲也。以此論之，蒙、遜之才，下魯肅遠甚。使肅若在，必不出此。史稱先主以周瑜所分之地，不足屯軍，自詣權求都督荆州。周瑜上箋，勸權留備不遣，權不從。吾以爲此必魯肅之意，非權所及也。雖然，使置此不論，而專論其任人，則固可賢矣。甘甯困於黃祖三年，祖以衆人畜之。

及歸吳，權一見，禮待同於舊臣。嗚呼，猶令人想見其君臣之間，而思爲之用也。

諸葛武侯論

士有爲常人之所奇，不如爲奇士之所奇。夫奇士之所奇，固非常人之所能奇也；若夫奇士又不能奇，則惟聖者知之而已。諸葛武侯身未離隴畝，豫定三分天下。論者奇之，比於神明。余獨以爲是何足爲公奇邪！夫審天下之勢，先定其規模以從事，智略之士，類皆能之，如司馬錯之伐蜀，商君之徙魏，范雎之畢六國，韓信之策項羽，甘甯、魯肅之圖荆州，黄權、法正之啓漢中，羊祜、司馬昭之謀吳下，逮李絳之算淮、蔡，王朴之平江南，古今若此圖定大計者，不可偏舉，是何足爲公奇邪！吾觀諸葛[一]之奇也，則亦惟其無奇者不可及耳。以道正己，以誠動物，事理其本，治遺其名。身没之日，廖立垂泣，李嚴致死，百姓巷祭，乃至千載之下，覽公之事蹟者，流連感泣有不知其所以然而然者，此豈以奇致之邪！孟子曰：『仁言不如仁聲之入人深也。』又曰：『以佚道使民，雖勞不怨；以生道殺民，雖死不怨殺者。』於諸葛見之矣。

或曰：諸葛自比管、樂，而子擬之聖者，毋亦過與？曰：固也。非世所知也。彼其意蓋欲爲禹、稷矣，而不獲，則降而爲伊、吕；又不獲，則降而爲管、樂。夫其屢降而求其匹，正其故卑而不可逾。非如世士以虚憍而僭實德，以鄙伉而冒英名，所指逾高，所履逾下，樂不足道也。乃若管仲之相齊，功烈亦誠偉。然今讀其書，攷其行事，不過曰論卑而易行耳。且其分財多自予，則以貧賤而損其節；三歸反坫之僭，則以富貴而濫其心。由是以往，其所措施可知矣。仲之言曰：『禮義廉恥，國之四維。四維不張，國乃滅亡。』由今觀之，仲之相桓，安在能踐斯言邪！故孔子於管仲則譏其器小，而程子於武侯，則稱爲大人，豈不信哉！曹魏時何晏、鄧颺，元魏時之崔浩，唐之王伾、王叔文等，皆自比伊、吕、管、葛，卒之或殺身赤族，或身敗名戮，此乃世之所稱奇士邪。而其識已若彼，然則苟不固誠仁達天德者，其孰能知夫人之所至邪！

武侯既歿，司馬宣王按其屯壘，觀其置兵之法，詫爲天下奇才。夫應龍之上下於天壤也，飛騰隱見，雨降雲升，變化俄頃，澤及萬物，而莫測其神之所極。而地上之民方且觀於沼澗，求其涎爪蟠泊之迹，以嘆其奇，不亦鋭乎。

【校】

〔一〕『諸葛』：文中『諸葛』之稱，儀本均改作『武侯』。

狄梁公論

嘗謂狄梁公自是一時偉人，〔而〕其仕僞周也，實爲忘耻。孔子之論君子曰：『天下有道則見，無道則隱。』『危邦不入，亂邦不居。』親於其身爲不善者，則不入也。武后之毒虐淫醜，世謂之無雙，則梁公之忘耻，亦與之爲無雙焉也已。孟子之論伯夷、柳下惠也，曰：『伯夷不立於惡人之朝』，思『立於惡人之朝』，『如以朝衣朝冠坐於塗炭』。君子以爲隘。『柳下惠不羞污君』，援止而止，君子以爲不恭。夫君子之論人，無故從其刻，〔然〕亦不可不核其真以持其平。夫柳下惠之爲和，不過不恭耳，而能不流，不易其介，則與伯夷無異也。平心而論，彼梁公之仕，豈亦有不屑不潔之念，而出於不恭乎哉，不過饕榮以忘耻已耳。當日其從母崔氏已屏絶之矣。〔一〕故梁公之可議，尚不得與管仲、揚雄、蔡邕、荀彧、杜欽、谷永等之仕莽黨、曹藉、梁懷、董卓等。何則？彼操、莽、卓、冀，特異姓之賊臣耳。〔二〕武后身爲人妃妾，爲人母，而親易姓改步，毁唐宗廟，殲唐子孫，復欲奪其子之天下以與姪，其淫醜比之魯文姜、褒、妲而更甚，其毒虐較之莽、操而更兇。嗟乎，此乾坤何等時也！徐敬業一檄數之已盡〔三〕，而梁公〔四〕宴然仕於其朝，徒以小忠小信小節，固寵邀名爲自免計。孔子曰：『是可忍也，孰不可忍也！』〔五〕彼其與張昌宗奪裘而棄之也，如同蛆蟲處溷而茹穢不咽以明潔，將以欺天下萬世皆無人乎！

近閩人鄭兼才、吴江顧汝敬之論李西涯也，皆引梁公爲比，此擬非倫也。夫西涯病不能去國耳，非入仕始終全犯無耻也。兼才以吕夷簡之不去章獻太后爲比，情事尤不類。汝敬謂梁公委蛇幹濟，薦進忠賢，卒成反正之功。古大臣純心爲國，不屑屑計一身之謗譽。世之小人好議論，不樂成人之美，或多訾之。此雖似篤論，而猶未離乎眾說也。夫梁公惟不能使武后反正而誅諸武也，故薦張柬之等也，譬如以二飲器，一盛糞穢，一盛清酒而置酖其中，自飲糞穢而推酖酒與人。以爲與人忠，則不忠也；以爲恕，則非恕也；以爲智，則非智也；以爲自潔，則非自潔也。〔六〕卒之五王與漢王子師同禍，則梁公貽之也。且事有天幸，梁公前死，亦安能必柬之等異日功之必成？使柬之等不幸而陷竇武、何進之禍，武后竟不反正，武三思竟禪唐祚，不知梁公何以藉口塞責於地下，而貪天之功以爲功邪！易曰：『鼎有實，慎所之也。』所之不慎，吾爲梁公惜其實也。雖聲名烜赫，耀豔千古，久而論定，要不能解其忘耻善乎。汪文端瑟菴先生之言曰：呂夷簡無甚可取，太邱道廣，究爲名教罪人。梁公非純臣。甯使唐亡社稷，不可使千古有二臣，王陵所以軒輊平、勃也。若不善用其耻，則與無耻者何殊！原涉家人寡婦之説，正謂此也。卓哉兹論，衮鉞斯昭矣。夫梁公之迹既可議，而心亦無可原。〔七〕柳下惠以和不恭爲行，充之將使天下盡爲馮道。故曰，君子不由以非義也。惠和如展氏之聖，非義且不可由，況梁公乎！吾是以嚴而立之。

自記云：出入往復，揚搉非常。秋風鐵笛，朗朗入耳，不作游移兩歧之説。

【校】

〔一〕自『平心而論』至『已屏絶之矣』：儀本此處作『彼梁公之仕僞周，豈亦有不屑不潔之念而出於不恭乎哉！當日其從母屏絶之』。

〔二〕自『故梁公之可議』至『異姓之賊臣耳』：儀本此處作『是仁杰之可議，不待今日也。夫揚雄、蔡邕、荀彧、馬融、谷永等之仕莽黨、曹藉、梁懷、董卓，千古議之』。

〔三〕『徐敬業』句：儀本刪。

〔四〕『梁公』：儀本作『仁杰』。

〔五〕『孔子曰』句：儀本改作『尚得為有耻乎』。

〔六〕自『以為與人忠』至『非自潔也』：儀本改作『烏得為忠與恕也』。

〔七〕自『梁公之迹』至『亦無可原』：儀本刪。

續天道論

凡人之所以敢肆其惡者，由昧於吉凶禍福感應一定之理，而無所忌憚也。故當其兇邪發心，不特空論以理所不可，莫能禁，卽實告以若此所行，不旋踵而凶禍立至，亦不顧。譬貪毒脯果腹，鴆酒止渴，不能自克也。凡攫金於市，殺越人（於）貨，陵暴滅理者皆是也。此固至愚極悖之戮。民若一二稍有微明者，猶知計較，忍而不敢遂，所恃吉凶感應之理不爽也。及春秋以來，天道不孚於小人，刑政又偏陂不平，人理日陵夷泯亂，舉弑逆大惡悖虐殘賊之夫，每多安然無患，富貴壽攷，與吉人無異。然後向之稍有微明而不敢遂者，亦疑焉，始爭起而效之矣。當是時，是非之理全爽，善人無所恃以自立，凶人無所忌而日以得意。世界否閉，壞亂已極。甚有言欲勉彊爲惡以順天者矣，雖爲惡者亦未嘗無報，顧其分數多寡大小，恒不相敵。老莊之徒審觀而熟計之，故誦言之曰：『竊鉤者誅，竊國者侯。』聖人亦知之而不敢言，故不答南宮适。及司馬遷作伯夷傳，乃獨以之發憤，何其見之晚也。總之，大惡不必報，大德亦不必報。天道冥漠：無情，無知，無思，無爲。本如是，聖人既以悲天，又以憫人，故恒憂之；而欲以易之所謂幾諫也，然亦徒託空言，賫虛志，卒莫能挽之。蓋數有窮處，則聖人之術亦窮，無如之何矣！

雖然，數之所在，聖人固不能違；理之所在，聖人終不可（一）越。不得已而思其方以自處，惟盡其理所當然，而聽其數所不然。居易以俟，而後無入而不自得，以爲人之道必如是始盡耳。非以理敵數，而必其能轉之也。小儒不察，妄以學道修德爲立名之私，既隘而不中理。愚人乃欲以積善望報，抑又惑矣。間嘗深求聖人之本心，蓋欲爲大舜之底豫而不可必也。然且熟諫不聽，撻之流血而不敢怨，竭力供子職而已。且聖人明曰：立人之道，固別於天之道。外而分立一道，子思子所以謂之參也。若人與天本合爲一，則何以曰參，又何以齟齬參差，迥乎不齊如是也。惟聖人分立其道，欲參於天以求合。是以汲汲百年，如臨深，如履薄，急與之角而不暇；以爲苟人道一毫未盡，則不得以誣之於天，或失則磯，或失則恝，以比於不孝。嗚呼，此大舜之心也。蓋既不爲南宮之拘滯，亦不爲司馬遷之怨忿，亦不爲老、莊之局外睨視，而無經綸之用。此所謂人道也，別於天道之外，分以求合之道也。若陶公形神詩，其意見不出老、莊，境地尚不有佛氏之行願，而何以希魯叟之彌縫也[哉]。

自記云：舊為天道論三首，見者皆不肯茲。復推以詳言之，如此其理終為未圓。蓋理亦自然，而本於天者也。非聖人師心自創者也。但以迹觀之，似為專屬耳。

【校】

〔一〕『可』：儀本作『敢』。

原天

蒼蒼者，其色也；運轉者，其體也，天也。而非天也，必有主宰乎是者，而後爲真天。夫天即主宰，而又誰主宰乎天者，必於此求之而真見之。肉團，其質也；知覺，其靈也，心也。而非心也，必有主宰乎是者，而後爲真心。夫心即主宰，而又誰主宰乎心者，必於此求之而真見之。真見天之主宰，然後知畏而奉之，外物不可必，安排而已。真見心之主宰，然後能制而用之，〔一〕時其方動而固執以誠之。莊周疑天曰：孰主宰是，孰推行是？殆猶未識夫天也。劉念臺不識心，求之不得，妄爲之說曰：意爲心之主宰，可謂誣謬失實者也。斯二者，學問之極致，聖道之精微。傳：『其人不待告；非其人，雖告之弗明也。』詩曰：『昊天曰明，及爾出王。昊天曰旦，及爾游衍。』非夫制而用之〔二〕，亦惡能畏而奉之也乎！

自記云：『安排』出莊子，言安於自然而聽其推排也。謝康樂詩亦如此用。明道言，纔有安排，便非自然。則如後世作布置義，出於有心也。吾此用莊子本解。

【校】

〔一〕『制而用之』：儀本作『敬而存之』。

〔二〕『制而用之』：儀本作『敬而存之』。

原性三首

甚矣，性之難明也。在昔聖賢大儒爲說，固當矣。而小儒怐愗，墮於一偏，自開歧見，弗思耳矣。張子氣質之說，即人心道心同實而異名者也。然而學者或是之，或非之。所謂以盆盎之水，求一山之形，形不可得，則智由此惑也。旨哉，朱子之言也，曰：人莫不有是形，故雖上智，不能無人心；亦莫不有是性，故雖下愚，不能無道心。二者雜而不知擇，則其不然者不可見，而其達於用也，或不能無差。故必使道心常爲一身之主，而人心始退而聽命焉。竊謂道心者，性之善也；人心者，性之欲也。欲之本於性也，氣質之性爲之也。或執韓子三品之條出於孔子，疑與孟子性善之旨不合，不知孔、孟所道同，一家之言也。何以明之？孔子言，『率性之謂道』，此善性也。其曰，『［性］相近』，則有三品之分矣。使非有氣質之殊，而何以有上智下愚之别，此孔子言性有氣質之證也。孟子道『性善』，此性之本也。其曰，『動心忍性』，則不善之性也。此孟子言性有氣質之證也。孟子曰：口之於味也，耳之於聲也，目之於色也，鼻之於臭也，四肢之於安逸也，性也。君子不謂性也。而佛釋氏雜舉胎身作用、知覺爲性，是不知作用有善、不善，知覺有同、不同，而概指爲性，亦見其麤，而莫知辨也。此所以爲淺陋與！

二五之流，形也。人與物各賦焉。顧物恒得其濁而偏者，人恒得其秀而全者。故物不可移，而人可移。雖品類萬殊，雜糅不齊，而人與物之大較固如此。獨至下愚之人，雖有教之無類，終徇己而不返，蓋已淪於犬馬之與人殊。故聖人既斷以爲不可移，而弟歸其罪於習，而不以誣本然之性之善。不然，上智與下愚遠矣，而何以曰『相近』邪！若夫孟子之所謂忍性也，忍其不善之性，則固欲反其本善之性，明矣。此湯、武所以亦得爲聖人也。孰謂人性本惡，若無初之可復邪！

丹可磨而不可奪朱，金可鎔而不可奪堅。此可以識物性矣。以萬斛之舟置水上而浮，寸鐵片石投水即沈，此可以識五行之各一其性矣。雖然，此五行之性之質，而非其用也。五行之性之用，如木之發生也，金之割斷也，火之通明也，水之潤下也，土之博厚，貫乎四者而不可離也。雖然，此五行之性所自成，而非其賦於物者也，賦於物則有知覺運動矣。

然而犬之性不同於牛之性，牛之性不同於馬之性，此可以知其賦於物而恒偏也。惟人則不然。其知覺也獨靈，其運動也獨便利而巧作，故統而謂之曰：善。其所以善者，何也？則以其得於五者焉全，故能合以爲用也。故得木之發生，而以爲仁之性，於是有惻隱慈愛之善。得金之割斷，而以爲義之性，於是有裁成羞惡之善。得火之光輝，而以爲禮之性，於是有威儀動作之善。得水之淨鑑，而以爲智之性，於是有是非分別之善。得土之敦厚，而以爲信之性，於是有誠篤不欺之善。然而又有爲惡而不齊者，何也？則陰陽之毗，過不及之差；物欲之雜，引誘而遷也。是故不及乎仁，則傷刻薄，而過則爲姑息婦人。不及乎義，則爲柔懦，而過則爲剛暴。不及乎禮，則爲鄙野，而過則爲足恭。不及乎智，則爲愚暗，而過則爲賊害。不及乎信，則爲詐諼，而過則爲果，爲硜硜。此所以同賦乎性，而有善有不善也。而於善不善之端，又各有剛、柔二失。若溯其本，則大略相近。故皆可學以止於善也。此性善之原委也。

原理 二首

天下萬事萬物皆有其自然，是謂之理。而自然者出於天，故謂之天理。自人不勝其欲，妄而以己私入之，而後乃違反其順正，逆其自然。故聖人以理與欲對舉爲言，而欲人之克去己私，以復於天理之順正也，謂之『克己復禮』。樂記曰：『［夫］物之感人無窮，而人之好惡無節，則是物至而人化物也。人化物也者，滅天理而窮人欲者也。』又曰：『不能反躬，天理滅矣。』此自古在昔先民相傳之明訓，非宋儒創造之私說。故莊子言庖丁解牛，而曰『依乎天理』。韓非曰：『理，物之文也。長短、方圓、麤靡、堅脆之分也。』許叔重說文解字以『理』爲治玉之名。竊以此三説者義悉從同，皆謂自然條分縷析之謂，蓋理之正訓也。近世誕妄之徒，深惡宋儒理學之名性理之說。本不識理，又不識古人文法及其語妙，乃反據此三說，力詆宋儒以理欲、性理言理之非，顛倒迷妄，所謂悖者以不悖爲悖也。

請仍即此而分解之。夫事理本於自然，牛之腠理亦出於自然。庖丁自謂己之奏刀以解牛也，亦依其自然，故曰『依乎天理』。此自語其妙也。而戴氏震反以理本牛之腠理，不當主事義爲言，是顛倒也。鄭氏樂記注曰，『理即性也』。此語甚粹。而惠氏棟不知其出於鄭氏，乃據韓非說，謂理爲物之文，方圓、長短、麤靡、堅脆之分，宋儒不當作性理解。亦見其無知而妄談矣。且夫理有順義，自然之謂也。故人之應務處事，必避礙以通理，而後謂之循理。此理在事物恒雜糅嫌疑，而人心又多迷妄惑亂，故常失其自然而不克明。故必聚學問思辨以講之，謂之窮理。窮理之學，出於孔子易大傳，此理學所以切於人倫日用而不可緩，而何爲深惡痛詆之與！

庖丁解牛雖曰『奏刀騞然』，而又必曰：『每至於族，吾見其難爲，怵然爲戒，視爲止，行爲遲。』易言聖人盡性之事，而曰『旁行而不流』。雄雉〔一〕詩人委心任運，而必曰『深則厲』。聖人達命，不憂不懼。而孔子微服過宋，子路問行軍，子曰：『暴虎馮河，死而無悔者，吾不與也。必也臨事而懼，好謀而成。』凡此數義，皆所謂避礙以通理也。佛學之徒嘗有遇毒蟒猛虎而不避，推車直進，碾斷師足，其師亦不肯避讓。既悍然不顧，又從而爲之辭曰：毒無實性，不觸不發，既進不退，既伸不縮，等義。如是之云，雖似有名理，而君子可欺不可罔，亦見其害於理也。異端之學所以不可以爲世法，要之，亦爲二乘魔外邪見，大乘正覺無是也。

自記云：近世妄庸鉅子既無所知，又無忌憚，著書痛詆言理，毋慮都數十百家。實皆惡其害己也。肆其狂吠，託為公論，以自為蔑理之地。余既略條之於漢學商兑中，茲復摘一二則於此，俾學者知余非刻論也。龍谿李威，字畏吾，乾隆戊戌進士，歷官廣東廉州府知府。著嶺雲軒瑣記四十一卷。其中不無心得可取之言，但大旨宗李卓吾，力詆宋儒，尤斥理學。其言曰：『有宋儒者，斤斤然守一理字、敬字，以道學相標榜。惟朱子後來頗自悔，故為不可及。』按，此言誣矣！朱子之書始終可攷。若朱子悔言理字、敬字，何以為朱子！乃以此推朱子為不可及，妄矣。又曰：『孟子言仁義禮智四端，明明屬於心，不出於性。而諸儒主伊川之言，以四者為性中之理。伊川平生執個理字，到此無處安排，便把來納在性上。彼所謂理者，徹上徹下都使得著。何獨以性為理乎？不從孟子，而從伊川，謂之有見，吾不能知。』又曰：『理字見於三代典籍者，皆謂條理，未有以為至精至完，無所不具，無所不周，為萬事萬物之祖者也。孔門授受不言及理，何獨至宋儒乃把理字做箇大布袋，精麤鉅細，無不納入其中。至於天，亦以為即理；性，亦以為即理，卻於物物求其理。凡説不來者，則以為必有其理。凡見不及者，則以為斷無此理。從此，遂標一至美之名曰：理學。竟為古昔未開之門庭，不亦異哉。』又曰：『伊川曰，大抵人有身，便有自私之理。宜其與道難一。夫既自私矣，安得理在此？可見其於一理字到處擺不來，口角時時流露也。』愚謂：此條乍看似足令伊川啞口，其實乃詖辭也。夫自私固無理在，然非理孰別自私？自私非理，非理以理而顯。如南鍼失位，終以子午而定。伊川語雖似有小疵，而義實廣大勝足。勿以言害辭，辭害意，可也。永嘉見六祖言次，六祖曰：汝甚得無生之意。永曰：無生豈有意邪？六祖語與伊川此語氣正相似。且如鄭氏曰，性卽理也。而樂記有曰：性之欲也。豈可曰，理之欲邪！古人文字多如此。妄人輕薄，不足與莊論也。

【校】

〔一〕文中所引詩句出自詩經邶風匏有苦葉，『雄雉』二字疑誤。

原神

草木之華實也，爲神；其零落也，爲鬼。原始反終，得其情狀，一氣而已，一物而已。是鬼神之可知者，如此也。顧可知者非能自主，有不可知者主之也。可知者不能主，而世之爲趨避以禱於鬼神者，亦見其蔽而惑也。彼鬼神者，特聽命效能於天而已，亦惡能加毫末之損益於人乎哉！是故禱於鬼神，不如禱於吾之心、吾之身。吾之心、吾之身苟盡其道，而福來應之；吾之心、吾之身苟不能盡其道，而禍來應之。其報應倍捷於鬼神。雖然其應也似吾主之其有，不應也非吾之所能主之也。夫其不能主也，由其有不可知也。儒者乃謂禍福之幾，可恃人事以自主也。〔一〕其蔽與禱鬼神也等。周內史叔興論石隕鷁飛，以爲是陰陽之事，非吉凶所由生。而惡知吉凶所生亦陰陽之事邪！　是殆猶未達夫鬼神者也。

自記云：　中庸言鬼神之德極其盛，而推之以本於誠，乃正言其性情功效之費者耳。吾本程子、張子之意，而原其主，乃即微與誠而指其隱者耳。鬼、神，非有二也。大旨亦本孟子、屈子。孟子曰：『莫之致而致者，天也；莫之為而為者，命也。』屈子曰：『固人命兮有當，非離合之可為。』　又云：　以管輅對王基之言證之叔興之言，吻合杜預、劉炫所推論；雖似有理，而失實矣。吾之意又非元凱、光伯之意。竊以易大傳『精氣為物，游魂為變』二句是一串，說物只言其有形而可見者，變是言其所以然，無形而不可見者，乃游魂之神也。神不測。

【校】

〔一〕自『儒者乃謂』至『以自主也』：　儀本改作『世儒乃遂欲藉人事以徵之』。

原靜二首

記曰：『人生而靜，天之性也。感於物而動，性之欲也。』是知人性本靜，凡動皆欲，感欲即動。是欲也，雖感於物，亦出於性。如仁之失爲貪，義之過爲果，是也。故周子定之以中正而主靜也。苟非靜而無欲，則不能無失於動；不能無失於動，則不能無失於性。要之，以無欲，則性常靜而不亂。此顏子、仲弓之所有事也。佛氏猶竊其似，而陳白沙乃錮其身，以爲閉目守寂之學，譬眂迹以索履，其於求足也，遠矣！

鐘鼓不擊而自鳴，則爲妖。擊已罷而鳴不息，亦爲妖。寸莛撞之，微風撼之而大鳴，亦爲妖。寂然不動，感而遂通，而不過其則者，聖人之所以慎於物交也。『憧憧往來，朋從爾思』。將鐘鼓不爲妖，而吾心實妖乎。

自記云：　樂記所言，概凡衆人而言之也。朱子顯周子之蘊，曰：　靜而無欲。為君子之修道者言之也。吾引樂記，本其大同而言之也。孔門求仁之說，學者習熟，幾同嚼蠟。天啓吾衷，幸而悟得，可於言下會也。又大學經曰：『定而後能靜。』朱子章句曰：『靜謂心不妄動。』故復為後説以顯妄字之形。

原動

學者習論養氣，但謂養其浩然剛大之體，以塞乎天地，而不知其始必養之，使不輕動妄動，如莊子木雞、老子嬰兒之喻。此其功守之在内，而制之必先嚴其外，故孟子發蹶趨動心之義也。吾嘗欲禁止紛飛之心，而適值嗽上氣，或有疾痛，當是時，極力定之，不能得。矧其爲奮怒猛厲之動氣邪！然後知孟子體驗精微，故其言密切如是。蓋不能制乎外，而使其氣輕動妄動，則牽率内心，亦隨之而動。内(志)[心]既動，則血脉張興。外睽中僨，無以制吾人心使退聽道心之命，其失必多矣。嗟乎，治心之學，聖賢皆急爲先務。小賢小儒莫知問津，亦見其學之疏而不知要矣。程子定性，書曰：動亦定。此治心之微言也與！

原義

仁包四德，爲元善之長，故孔子多言仁。然又必曰：『君子義以爲上』，『義以爲質』，『無適無莫，義之與比』。蓋義者，宜也，宜時中也。時中，非權莫執。故中權而後時措之宜也。苟行不得宜，則仁亦爲病。如云姑息之仁，兼愛之仁，又如仁主愛愛成貪，皆失義爲之害也。仁包四德，失義則仁之量虧而未盡。傳曰：『精義入神以致用也。』又曰：『同德度義。』故孟子多言義。以是知老子言失仁而後義，佛氏尚仁而去義，其蔽之深，而所以爲異端也。吾性多仁而少義，見於言行，恒疏慮而輕，無所折衷。自以得其天機，可以略彼凡迹，而不知是未可以經事而理物也。聖人精義之學，文理密察，足以有别。行乎仁而過中，卽失乎仁中之義矣。學聖人之道，徒正不如中中矣，而無權則猶失之於時。故曰，巽以行權，巽入於理，而精以擇之也。堯、舜曰精，孔、顔曰擇。洙、泗之統，所以紹夫二帝也。彼世智麤疏，未嘗講學，概曰衆善奉行，是烏知必擇夫中庸而得者，乃可曰善哉！

原直

人性最初之發，莫不出於直。直者，公也。及轉念爲曲，曲則入於私。故曰，『人之生也直』，乾之德，其動也直。虞廷九德，以直爲首。然又曰，『質直而好義』。苟不協於義，則行之疢害之大，亦莫如直爲甚。如訐則召惡，蔽則傷絞，是也。顧直不可見，附氣而見。氣亦不可見，驗於好惡、公私之際而已。其人之好惡，壹出於公而無私也，發於言論、行事，不可屈撓，不爲偏徇，不爲私溺，是直也。故曰：不直，則道不見。古民之疾患，猶不及之今人罔其性，以工爲曲，務巧僞以夸毗阿容。孔子惡之，謂之幸免爲其失生人之理也。傳曰：『好而知其惡，惡而知其美者，天下一人而已。』故曰：『惟仁者能好人，能惡人。』仁者，何也？直也。直，公也。嘗論衛靈公、季氏之待孔子，以迹觀之，可謂曰厚。然而孔子之論二人不少恕。豈負義孤恩，而不顧犯不韙邪。武三思曰：我不知天下何者爲好人，但與我好者即爲好人。由今論之，武三思是邪，孔子非邪？夫好惡是非衷於聖人，至矣！

今人言行不務學孔子，至於好惡是非懷私恩，匿公義，雷同附和，甘自比於武三思，而求勝於孔子；亦見其學之不講，義之弗析，識之陋而汩於世俗庸鄙之私情也。雖然，孔子惡稱人之惡，又曰，毋攻人之惡；孟子曰：『言人之不善，當如後患何！』自經史傳記所陳，古之哲人以臧否爲大戒者，不啻苦口也。吾性直，又好持義理之是非，雖異於詛僭不信，而道人多中其實。則彌以此觸心兵而召怨，作原直以表質，尤必以好義者自劼毖於學也。孔子權之於可與言，不可與言，以智濟其直；而孟子專以直養浩然之氣。吾人學修，亦衷之孔、孟而已。

原我

子絕四：無意，無必，無固，無我。意，私意妄想也。必，則漸執著而重矣。固，則彌堅總之，成於有我之私。聖人不待克而自無，學者必用力而後庶幾。朱子曰：意，必常在事先。固、我，常在事後。至於我又生意，物欲牵引，循環不窮。至哉言乎，可謂推見至隱矣！

屈子稱漁父之言，謂聖人不凝滯於物，而與世推移。似矣，而未盡也。何也？聖人但不必固於有我之私耳，至於義之在我者，則守之不易。故曰：無適無莫，義之與比。嘗論老、佛與聖人皆無我，迹同而實不同。夫所謂我者，謂己私也，住著也，有所也，非義非道也。而佛氏務爲解脱，無智無得，一切空之。雖其黠者知有不可，特爲轉調，謂不憻煩空，曰來曰念，自矜大乘，而祈嚮一差，又入斷滅。何也？蓋於中庸去修道之教，則於禮樂刑政一切品節俱廢，若是，則豈能輔世長民，長治久安邪！至於老氏乃近陰賊，知雄守雌，欲取姑與名曰無我，其實有我之至者。惟聖人以權執中，達變通理，壹主精義，而又或爲小知之言蔽晦之，謂其與世推移，不凝滯於物也。析義不精，使鄉原流俗之輩，借聖人以行其圓通自便之計。無論誣聖，何以服狂狷者之心哉！

原惡

辛丑五月二十二日晨起，坐庭除，課僕人除階前草。初發一蟻穴，須臾又發一穴。當時神昧，竟弗之止。翌午獨坐，追悟而悔之。恨無及，愈思愈惻然，不忍搯膚頓足，如鴆毒崩心，無以自解。念平日立心期寡過盡性，敬人愛物，敦戒毁傷害虐；用著説以教弟子。今身親其事，而神識惛墮，弗省弗寤，成此大戮，不可懺贖。尋常嗟惜終日悠悠空度，無一善足録，乃交臂之頃，不但失一大善，且反造一大惡。尋常螯夫所猶不忍，而我何以不幸而至此極也。

再四推惟本心，乃知此由殺機所發。何則？蓋除草，殺機也。當時志在除草，猛利之心乘於一偏，一往而不可遏。故雖見蟻，而惻隱之心未動，生機未轉也。此可見人心之機其危如此，可畏之甚也。故陰符忌之。古來暴君酷吏窮怒所及，而徇於懵志者，皆其心之一往而不回也。仇香專任德化而不惑，可謂有正知而能裕其源者也。夫一念之動，爲善爲惡，其心知識用，每乘之過量而不自覺。白起、辛靈、韋虛皆同此機，只爭一念耳。繼今當益思培養此心，使怵惕惻隱善端弗隱，充之盡人性以盡物性。肫肫本仁親愛慈以立其根，植其本，要時物無失，乃見權智術妙。毋徒事後嗟咨也。

又昔人言人事之窮，天地鬼神所不能易，惟人能易之。如此蟻穴之全毁，神佛所無如何，而吾一手口之所能爲。夫以一手口而能爲神佛所不能爲，而竟不爲，豈不甚可惜哉！因書以訟吾過，且以警餘年繕性之功，日用酬酢，慎所發機也。

自記云：此機一往，迷誤弗覺，以陷於惡者。又念往昔嘗有三事誤陷於刻薄不仁，事過旋悔之，而末由追改。今思其所以致之者，由其執義太過。此雖出於正，而亦成大惡。佛氏所謂法執理障也。況又有任其習性，未嘗知義循禮興善而成為惡，以負於親長骨肉，而痛不可贖者。然後知弟子蒙養之初，其喻教講學，不可不早預也。書之以詔來者，毋似余之蹈於惡而不可追悔也。

原真

六經無真字。真字名義，始見於莊子。其後佛經遂用爲密諦元旨，曰真如，曰自用一真一切真，至矣哉！雖後起而無以易之矣。夫人之爲行，順理爲覺，順事爲迷。故詩曰，『有覺德行』。此儒、佛兩家之極致微言，亦儒、佛兩家所同修共證之實義也。儒之言曰：道二，仁與不仁。佛之言曰：心二，曰真，曰妄。真者難見，妄者易迷。二者恒糅，如油著麪。所以書貴精一，記貴别嫌。疑斯而析之，非天下之至精，弗能揀麤顯微密察鑒覺也。

是故孔子於微、箕、比干皆稱其仁，而於由、求、賜、令尹子文、陳文子皆不許之。孟子曰：『聖人之行不同也，或遠或近，或去或不去，歸潔其身而已。』其論夷、惠曰：『三子者不同道，其趨一也。』於曾子、子思、禹、稷、顏子則曰：『易地則皆然。』豈非求真哉，豈非求真哉！孔、顏皆無命，而所垂修己治人淑世之理，則萬古不易。佛不能滅定業，償債遇難，乃至老病死苦，一同於衆生，而所説降心離妄之理，則萬古不易。無他，真理所在，故能先天而不違，後天而奉天時也。僻儒小生執無權之中，憑虚妄之見，滯有著空，惡足與語至道哉。莊子曰：萬世之後而一遇大聖。知其解者是旦莫遇之也。是故吾之爲行，衆人以爲如是而乃合於道，而其中有弗真焉。雖爲人之君子，或爲天之小人矣。吾之爲行，衆人以爲如是大不合於道，而其中有真焉，雖爲人之小人，而實爲天之君子也。故曰：君子之所爲，衆人固不識也。雖然，是真與否，非必若世俗小人欺世作僞詐諼之爲也。聞道百自以爲莫己，若析義不精，仁未熟知，未盡毫釐（未）［之］合，而以邊見顛倒爲正知，故遂認賊爲子，而不覺人差别。然則是真者，非特衆人不及知，即以己智内證實，亦所未了。聖人語言文字具在，古今智賢莫不以是求之，而卒不易得一識真者焉。悲夫！

卷二　雜著上

治河書

治河之道，拘牽陳策。惟信於書，不審今時利害，固知寡當。若夫久親職役，頗習事形，本非神靈，難偁遠識，凡此皆不足語於治河之智者也。兹事體大，賤不及議，彊欲通其趣要，聊復妄言之。

竊觀禹貢一書，但挈綱維，不載施功之法。非没而不書，以爲其事不足記也。然而至仁所流，開厥睿慮，究極古今，全攬大勢，先定其規模，斷而行之。上繼禹功，下除民疾，固所望於世之大人者也。今列舉古昔之形，而斷以今河之難易。古之大河，行於平原以北。周定王時南徙。於時雖失禹河故道，大勢未改，則猶然載之高地也。建元之際，河决館陶，溢於千乘。自永平以來，迄於唐宋，千乘之道常爲經流。於是治河者所爭有二：一曰入海之道，一曰决河之塞。河性無常，忽徙而南，忽徙而北，不定入海之道，則下流居民無所定處。故引河北去，及故道不可復，二説每相乖違，而未合適從也。今夫河惟上流潰决，而後下流益淤。亦惟下流先淤，而後上流潰决。入海之道，不直不暢，則潰决之害雖日月告可也；此一定之勢也。在事者不悟，惟專隄防，此所謂察於近而不察於遠者也。譬人腸胃痞疾，醫者或越而上之使吐，或利而下之使瀉。爲治不同，同於去疾而已。賈讓、王横、王景及宋李垂、孫民先、陳祐甫之徒，則利而下之之説。歐陽永叔謂故道必不可復，則知治疾者又有可以越而上之之術者也。二者不同，同於入海。吾以爲必有能辨其宜上宜下者斷而行之，而後功可立。是在醫國者之察脈瞻傷，攬全勢以圖之，期於無遺民之疾，無失河之性。俾大河行於天地，自然相安若無事者；開太平之基，奠萬世之利，斯得之矣！若夫狃於一方，憚於艱鉅，牽於時事，不顧其後，苟且補苴，歲糜帑金，大農支絀，上數爽其憂，下數被其殃。國家視大河隱然如一敵國，豈非當時爲謀者之失哉！

至於河决而塞之，詩、書雖無明文，吾意盤庚祖乙以來，當已如是。苟宜於時，此不可易者也。自是而後，河有變遷，地有利害。自漢及唐，莫如東郡白馬爲最。故古者之議於此爲多。宋天熙、金大定河益徙而南。古今之變，論者比之氣數之不可輓矣。是故由濬、滑而澶、鄆，由澶、鄆而曹、單，由曹、單而徐、邳，由徐、邳而淮、海，其爲地不同，而受害則同。受害同則所以隄堰障塞，施功之法大抵皆同。此固事之所不能無，功之所不可缺者。而實皆禹貢之所不載也。

若夫今日之河，校善於古者三，不如古者二。非其治之之方不如，其勢則然也。古者治河，上流决則多穿渠以殺水勢，水勢殺而下流弱。今亦建用滚水等壩，而下流挾淮，竝力入海，不患其弱。以水治水，一善也。古河入海之道南北遷徙不常，今則二百年經流無改，二善也。古者不專河漕，而亦藉爲運。今則河運分爲兩途，三善也。乃其不如，則亦即於三善之中生其二患，而不得不爲意外之慮者也。夫以一洪湖全受淮水，復以一高堰全束洪湖，此其勢已岌岌，而况加之以黄流之倒灌哉！洪湖溢而南高堰决而南，淮、黄合漲而南，高寶興鹽千里之地將爲巨浸矣。按水平高堰地勢出寶應一丈八尺有奇，出高郵二丈二尺有奇，高寶河隄又出興泰民田一丈有奇，然明初高寶河身雖高，而湖面則卑。故王恕請修造湖塘，引塘水濟運。今則湖面高於河身，昔日之運河患湖之涸，今日之運河患湖之漲。由此觀之，甓社等湖昔卑而今高，實由昔深而今淺，豈非自洪湖以下漸受黄流之淤澱故哉。湖高而運河之隄不得不高，下流城郭、居民如在釜底。然猶可諉曰：地寬而勢散。請試言其急者，則莫如淮陽、清河此一郡一縣城矣。北河既乘建瓴之勢，南河亦露齧决之形，雖曰新城鉢池山柳蒲灣一帶隄岸完固可恃，而王公隄磨盤莊之已事能無戒乎。故曰，不如而可慮者，此其一也。至於里河爲東南漕粟咽喉，而横當二瀆要害之地，此又其慮之匪細者也。大抵昔日之河，分而易治。今日之河，合而難治。論者謂治河無一勞永逸之功，無喜新説，無惑道聽，此其言皆是也。然使不合天下之全勢而計之，使無遺國計民生之慮，河公之仁其可常恃而無憂其變乎。吾意必有任其己溺己飢之責者，而非儒生所可議也。

自記云：治河之事本非所知，往時嘗妄擬三文，亦紙上彊道耳。異之以為義當，而所言未能詳備。因亦為二文，即七經紀聞中所附論河湖文也。余故復取舊稿三篇附於異之文後，以備一説。道光己亥三月。

讀禹貢 二首

禹以四條導山，皆自西而東，以大川爲界。雖非推尋脈絡，而脈絡分明如見。聖人睿知，所別非苟然也。蔡氏以逾河爲疑，謂西山之脈自雲中來。其説本於朱子，余竊以爲不然。夫山水夾行，天事地勢相因而不易者也。惟河爲全乎人。全乎人則水勢可輓，而山脈終不可亂。禹貢書法荒遠宜略及脈絡難明者，一以自某至某爲文。嶓冢循漢南，經西紫興房至荆門荆山，與岷江北岸脈絡相亂，故惟以至荆山別爲嶓冢之脈，明其與漢水相親，而非岷江北岸也。西傾自鳥鼠經散關、太白、褒斜，終南出函谷，與嶓冢東來之脈相亂，故惟以至太華別爲西傾之脈，明其與河、渭相親，而非漢江北岸出武關者也。且岷江南岸自松茂南至牂牁，東折入夜郎，經臨賀、桂陽北度嶺爲衡山，遼闊數千里，雖在荒徼，略而不記，而聯綴本末，其辭不紊。何爲北條獨亂其例乎！夫禹鑿龍門，非獨李復言之，賈讓亦偁其墮斷天地之性。淮南子曰：龍門未鑿，河出孟門之上。然則西山之脈自岍岐爲壺口雷首，復何疑乎！若夫代北、寰武、嵐憲之脈，則另爲一支，以其遠於中國，故不記耳。又嶓冢一條是漢水以南，岷江以北，蔡氏謂江漢以北者，亦小失也。姑爲是説，以質後之君子。

王横謂：禹行水本隨西山下東北去。此但據西山禹蹟云爾。形家者求南岸而不得，遂謂熊耳以下漸平如砥，千餘里脈亂難識。（真）[直]至青、齊，始起岱嶽。此由不知河流爲全乎人，故狃於山水夾行，而妄推其脈。如是我聖祖仁皇帝睿知所別，謂泰山之脈自塞外入中國，夾鴨緑江與長白作對。然後數千年相沿之誤，一語而別白之。不可易。夫天地之故非聖人其孰能明之！

讀溝洫志

禹奠大川，本以平地使水有所歸，民有安處，因以通舟楫。至於經其小水，使附大水以達於海，乃治水之綱維。而溝洫蓄洩預民田旱潦，及貢道所入，皆自然相因所謂故也。若夫史(起)[記]鄭國白公決漳鑿涇，則專用溉鄭。當時徐伯引渭穿渠，則專用漕。及楊焉、王延世商計功利，則專事隄防而已。禹以一貫之而有餘者，諸人分效之而恒不及，亦足以明其智之有大小矣！然賴其溉，而關中沃野底柱之東可以無漕。當是時有河患之處無漕，其餘郡可以溉者即可以漕。六國固無遠漕之事矣。終秦漢之世，敖倉陳爛，三輔無轉輸不給之慮。而苟非河患，百姓無以旱，凶暴原野；有司得緣以補苴救荒，爲侵漁者；水利修而仁智之道得也。是知漢人之治水，猶爲近古，雖分禹之功，而無變禹之道。惟隄防之設起於戰國，彼固各私其土，非謀河之全計也。平當言：按經義，治水有決河深川，而無隄防壅塞之文。吾獨怪夫漢以天下之全而出於戰國一方之計也！賈讓欲決黎陽遮害亭，徙民舍當水衝者，放河入海。昔人迂之，由是委巷之徒，執爲棄地，畀河之論皆以讓爲口實。近時省齋陳氏始辨其爲專指東郡白馬而言，然後知讓固至論也。夫河性湍悍，壅而防之，一縷之隄不足以敵其奔迅潰決之勢。衝流之民排沮澤而居之，使上之人不早爲之所，將聽其一旦之湛溺而不顧乎！當時關竝、張戎、韓牧、王横開空之説，皆同此指，非獨讓一人言之也。夫河堧之側不可田廬，番系田之而敗。讓等欲徙其民而當世無施行者，豈不惜哉！

江南省畺域略

江南省於天文兼得斗、牽牛、須女、房心、奎婁分野，於禹貢爲揚州兼徐州、豫州之域，於春秋戰國爲吴、越、宋、楚之地，於秦、漢郡國爲會稽、丹陽、鄣、九江、廬江、淮南、沛七郡，泗水、六安、廣陵三國，又兼潁川、琅邪、東海之境。南據大江，北沮淮河，東濱海，西接豫、楚、漢。分江以南屬會稽，揚州刺史統之，江以北爲淮南，兖州刺史統之。三國淮南屬魏，上自安慶，下至廣陵，其後廣陵亦屬吴。而江南屬吴。晉亦置揚州。元帝渡江，揚州爲王畿，領江東、浙江，而徐州僅得半焉。宋孝武分浙江東爲東揚州於今爲浙江，而僑置南徐、南豫、江州等郡。齊梁因之。

隋一天下，廢郡爲州，置司隸刺史分部巡察，爲江州、濠州、歙州、宣州、蔣州、廬州、吴州、常州、潤州、楚州、揚州、徐州。唐置淮南道、江南道，既又分江南爲東、西二道。末年，海、泗二州爲楊行密所據。至五代而淮南、江東西爲南唐。宋置淮南、江南路經略安撫使。元設江、淮等處行中書省，以丞相中書令主之。又置淮南、江南肅政廉訪使。明爲京畿重地，不設三司，而受成於六部。宣德時始專命巡撫。景泰時始定以都御史專撫應天等府，而以淮、揚、廬、鳳四府，徐、滁、和三司屬總漕兼管巡撫。宏光時設鳳撫。國朝順治二年，改南京爲江南省，設立經略招撫内院大學士。四年，改經略招撫爲總督，轄江南、江西、河南三省。六年，改總督轄江南、江西二省。康熙二年，改轄江南一省。二十一年，復改轄江南、江西二省，設立安徽、江蘇巡撫。於是始變歷代江南北分統者爲上下江分統焉。其界東則海州、通州、太倉、松江、濱海，西則潁州與河南新蔡界，亳州與河南鹿邑界，六安之英山與湖北麻城界，北則海州之贛榆與山東郯城界，徐州之沛縣與山東滕縣界，南則徽州府。徽州在萬山之中，左界浙江湖州府，右界江西樂平、浮梁。西南之安慶當上游，陸界湖北黄梅，水界江西湖口，東南之蘇州，南界浙江之嘉興。此其四至之所屆也。

大江自江西湖口入安慶界，至蕪湖縣東南流者，經太平府當塗縣牛渚采石至高淳，按水經註以此爲中江，本由溧陽、宜興、震澤入海。自揚、吴作五堰，明代以江水泛，淹没蘇、常田禾，國稅無出。因欽降版築作廣東壩。自是而中江不復通蘇州矣。東北流者經博望山、三山、烈山自和州入江浦、六合界，爲黄天蕩，至鎮江金山、泰州、通州、海門入海。此禹貢所偁北江也。淮水自南陽府入潁州界，挾潁水、汝水，經壽春臨淮至泗州盱眙入洪澤湖，會黄河於淮安。黄河自歸德府虞城、夏邑入徐州府碭山等縣界，經邳州、宿遷、桃源至清河會淮水，由淮安東出雲梯關入海。

其山脈皆發於岷山。岷山夾江兩岸而行，北短而南長。凡山脈之來皆不自本省始，故必遠溯其來脈乃明。其北一枝爲華，爲嵩，爲熊耳及湖北、河南諸山，自信陽、蘄黄入江南六安界爲潜岳；南一枝經潜山、桐城、舒城、廬江，迄於巢縣、無爲；北一枝自六安分水嶺循廬州、鳳陽、滁州、來安，此江北之山脈也。其岷山南一枝爲湖南衡山，去爲黔、粵五嶺，别一枝爲仙霞嶺，在江西廣信府分水之西發去爲浙江之會稽，吴之天目，建康之鐘山。江、浙之山自南來，故水皆北流。又一枝自仙霞嶺常玉山發去，爲徽州太平、廣德、池州、甯國，自西南趨東北，此江南之山脈也。

江南恃長江之險以限南北，而長淮實長江之蔽。其所以守淮之重鎮有八：曰盱眙，曰淮安，曰揚州，曰鎮江，此淮南東路之險要；曰壽春，曰鳳陽，曰和州，曰采石，此淮南西路之險要。此皆所以蔽長江者也。若夫江防之要，曰安慶，曰濡須，曰采石，曰和州，曰江浦，曰滁州，曰六合，曰瓜儀，曰鎮江，此皆戰守所必爭之地也。至於海防，則上海、海門、狼山、金山皆爲重地。明時倭據太倉，官兵列於海口。賊潰圍出，轉掠蘇州。又嘗寇掠通州、泰州，自崇明薄蘇州。總而論之，自安慶而下爲江防要地。蘇、松、泰、通爲海防要地。一在西北，一在東南。徐、邳、淮、泗爲河、淮所經，潁、亳、壽春，當中原南來之衝。英、霍、潛、桐，爲豫楚南來之衝。前人偁瓜儀爲北面門户，廣德、建平爲南面門户。此特指建康而言，非全省之大局也。

夷攷古昔風俗所由，安慶及江南之徽、甯、池、太、廣德等處地理遼曠，崇山大江，盜賊淵藪，昔人號爲難治。孫吴時山越爲患，由來已久。明時以徽隸金衢道，安隸九江道，於時礦賊流劫徽、池，而浙兵不救。安徽江卒作亂，而守道罔聞。太平軍民呼噪入府，僅以和解。廵撫張嘉允奏稱：安有地方四千里而無一憲司鈐轄之，請於池州設兵備，而罷二道之遥制者。又嘉靖時南京操江喻時奏請於蕪湖添設參將。議者謂狼山、金山各有副總，沿海一帶有參將、把總，則藩籬有守矣。淮陽、嘉、湖各有兵備。復有兵備駐劄廣德，則門户有守矣，此足以禦外至之賊。安慶、儀真又有操江、廵江，則堂奥有守矣。此足以禦内發之盜。蕪湖不必添設參將云。今則此數郡民情馴服，其愿者多經商貿易，而士之誦詩書以仕於朝，文行卓然爲時望者不勝述焉。惟潁、亳、壽春一帶，其地廣野四達，民俗剽悍，剛武不事農商，尚氣輕死，報仇殺人，頗有古燕趙之俗。廬州則民惰而地不盡利，鄙樸儉陋，輕去其鄉。鳳陽地瘠而民易告飢，故他郡之傭顧作使男婦，二郡之人爲多。淮、徐數被水患，民多流亡。揚州則高郵、寶應同於淮、徐，而郡治爲鹽莢所聚，其俗侈富，古今偁美。蘇州民俗淫奢略同於揚，惟賦稅繁重，甲於天下。而人文亦爲之冠，信乎大邦之地，非徒財富。韋左司之論不虛也。此江南民俗之大略也。

吴丹陽郡治非在曲阿辨 辨景定建康志

前後漢志曲阿屬會稽郡。順帝分會稽爲吴郡，曲阿遂屬吴郡。晉、宋以來分吴郡爲東海郡，治京[口]，而曲阿爲武進。分吴郡爲毗陵，改晉陵郡，而曲阿爲縣。是自漢以來，無以曲阿屬丹陽郡者。今謂漢末及孫吴丹陽郡治曲阿者，一據討逆傳吴景事，一據吴主紀，一據宋書庾炳之傳。今還以此三事辨之。

討逆傳云：『還葬曲阿，已乃渡江，居江都。時吴景爲丹陽策，乃載母徙曲阿。與吕範、孫何俱就景。』是先徙母而後就景。若景在曲阿，文不應云爾。劉繇傳詔以繇爲揚州刺史，繇憚術『不敢之州』。『吴景、孫賁迎置曲阿』。蓋是時曲阿自屬吴郡，揚州刺史所統，故景、賁權迎治於此，朱治傳所指爲『州下』者也。討逆傳云：『繇乃渡江，治曲阿。』時吴景尚在丹陽，若景在曲阿，文不應云爾。所云繇至皆迫逐之據成事而言。繇傳云，術圖不軌，『繇遣樊能、張英屯横江當利拒術[一]，以景、賁術所授用，乃迫逐使去。』政以刺史治宛陵，當上游，(興)[與]横江當利接，恐其相躡，故逐之。乃以刺史逐郡守，故景、賁不敢抗也。以理而論，未有景、賁方迎之，而繇至即逐史。以互見爲文，故討逆傳不嫌徑筆也。景、賁見逐，退舍歷楊。而朱治傳『策家門盡在州下』，不言在郡也治乃使人迎太妃及權兄弟。若景、賁在曲阿，不應舍之而去，而俟朱治之迎之也。是時治爲吴郡都尉吴主紀云：太元元年秋八月，『大風，江海涌溢高陵，即堅墓在曲阿者『松柏斯拔，郡城南門飛落。』此二句恐不相連。説郡城自指吴郡而言，權當徙京城，今鎮江府京城去曲阿六十里，故連述之。若謂丹陽郡城，則無明文可攷。若庾秉之傳何尚之論丹陽曰：『曲阿今在水南』，水，秦淮水，漢晉以來或稱淮，或稱水。水北爲秣陵，水南爲建業。晉以後丹陽尹治建業。宋周宏正傳：元帝欲都江陵，王褒密諫還丹陽。明日，帝曰：卿昨勸還建業。政以互稱相語也。似以『曲阿』字代丹陽郡治，然不可攷，難以爲據。南史删此語不載也。凡此三事，皆難爲定。

又按，建安九年，權弟翊爲丹陽太守遇害，孫何時屯京城，聞亂馳赴宛陵。是時權西征黄祖，聞亂自椒鄴還過定丹陽，引軍歸吴。夜至京城，試攻城以驚孫韶。按曲阿在京城東六十餘里，若丹陽爲曲阿，權自西還，不應先過定丹陽，後至京，而韶不知也。又，黄龍元年遷都建業；三年，詔復曲阿爲雲陽；赤烏八年，陳勳鑿破岡，自句容至雲陽通吴會船，始不由京口大江，而雲陽乃爲水路要津。亦不應徙孫休於此也。以大江形勢言之，廬江郡在鄱陽東，宛陵在廬江東，江甯在宛陵東，京口在江甯東，曲阿今丹陽縣治在京口東。未有中間數百里要地不爲郡治，而置郡治於東偏下邑也。甯國在太平之西南，江甯之南，連跨鄱陽、新都。建安十三年討黟、歙，置新都郡會稽、吴郡四郡地數千里，山越爲患，故郡治於此。及晉治宣城郡，而丹陽東偏，已分吴興等郡，孫浩分則郡治在建業，宜矣！

【校】

〔一〕『屯横江當利拒術』句：三國志吴書劉繇傳此處文為『屯江邊以拒之』。

吴丹陽郡治建業辨

景定志辨丹陽郡治常在建業，漢志言郡治宛陵者，暫耳。云：元封二年改鄣爲丹陽，其城在今江甯府東南八里，即漢丹陽太守、晉丹陽尹治。舊志亦辨其不然，但以爲移治建業則斷始孫吴，據張紘、先主語。不知紘與先主所勸徙者都治，非丹陽郡治也。云：建安十三年，權領丹陽郡，自宛陵還治秣陵，改秣陵爲建業郡。又云：權改秣陵爲建業。建安十三年移丹陽郡爲建業。皆莫知所出。按，曹公表權領會稽太守，屯吴，以弟翊爲丹陽，未嘗自領。丹陽郡且自吴徙治秣陵，乃十六年，非十三年。十三年分置新都郡，冬遂與曹公戰赤壁。無暇徙治也。後漢志例，凡縣名首書即爲郡治之所。宋書志：元封二年爲丹陽郡，今宣城之宛陵縣。晉武帝太康二年分丹陽爲宣城郡，治宛陵。而丹陽移治建業。若孫氏先已移治，沈約不應舍先而述後也。惟吕範傳以範爲丹陽太守，封宛陵侯，治建業。此乃二十五年權破關侯，移都武昌，建業都治無人，暫令範鎮之耳。至黄武七年秋，吕範卒。明年四月，改元黄龍元年。秋九月，自武昌遷都建業。是時丹陽守人與治所無攷。越五年，是爲嘉禾三年，乃以諸葛恪爲丹陽太守，討山越。觀恪本傳，論丹陽與晋書桓彝、温嶠論宣城同。今斷以吴丹陽郡守仍漢治宛陵，一以國志明之。孫韶傳：孫翊爲丹陽太守，遇害時，孫何屯京城，馳赴宛陵。此一證也。太元二年，休立爲琅邪王，居虎林。諸葛恪不欲諸王在瀕江兵馬之地，徙休於丹陽郡。若郡治在建業，非瀕江兵馬地乎。休徙丹陽太守，李衡數以事侵之。及立，衡懼罪自拘。詔遣衡還郡。若在建業，何云遣還郡乎。此二證也。諸葛恪傳所論丹陽形勢，則郡治實係山城，而非瀕江之建業也。此三證也。惟郡治實山城，故孫瑜領丹陽太守，『自溧陽徙屯牛渚』，不居本治也。吴前後丹陽太守吴景、奪周昕而據之孫翊、孫瑜、吕範、此後應有一人諸葛恪、李衡、沈瑩。襄陽記：衡爲（恪）司馬恪被誅，求爲丹陽太守。按，赤烏中恪爲威北將軍，屯廬江，圖皖口。又屯柴桑，代陸遜鎮荆州。及徵爲輔政，不應，仍領丹陽太守。且恪徙孫休，衡已爲丹陽，非恪誅後也。

自記云：以上三文在江甯府志局館作。

雜説四首

己卯之歲，方子適粵。粵古炎荒地，厥氣恒燠，蟲昭蘇不蟄。九秋隆冬，蚊噆膚嘬面無少息。方子有幽憂之疾，苦不寐，而蚊復擾之，不堪其虐。自乙夜至丙夜，始浹乎漏之一更，摑血三千，未之有失。或曰：子之摑蚊有道乎？曰：然。方蚊之集乎吾面也，吾舉掌以摑之。掌及乎面之尺，而風已先至。蚊豫得風之信則疾起而颺。其風自北來者颺而南，其風自東至者颺而西。掌摑，中掌則風正，風壓而下，蚊颺而上，蚊之力不勝乎風與蚊不相及，故恒失蚊，而以自摑。吾爲之中掌而緩其之力，則其起之也遲。雖然，則何能無失，然而風禽之於先，而掌摑之於後。其失之也希矣。客曰：嘻，有是哉！久矣夫未有以正風之説啓於粵大吏之前也。

鑄銅徑方，裁爲三角大小者五，方一，長楕一，爲數七。聚而爲人者十九，冠服九，器皿三十一，狗馬十七，禽鳥二十。凡宇内之物爲形九十六，靡不曲肖。近巧者演之至二百餘形，名曰七巧之圖。不知其始於何時。近江南人多喜爲之。或曰：其術自句股來，或曰開方，或曰弧三角，皆莫定其説。然須妙思慧解乃悟。不則窮日夜不能成一物。毗陵瞿某最工此。嘗語余曰：此六者惟所置之皆可，獨方者最難。然六者無是則失所倚，而不能以成形。方子聞之，愀然而悲曰：嗟呼！方正之難置也，而舍是又失所倚而無以成物也。獨此也哉！

南方水草所鍾，多蚊。而粤尤甚。冬夏不絶，民無貧富貴賤，必具帳幕，復扇驅之至净盡而後克安寢。苟或有一之未去，則竟夜苦擾以爲患。客有善謔者，爲言其鄰有愚婦人，惱其夫，駡之曰：若不良余，余夕驅蚊，獨遺若首使獨咂若。聞者莫不失笑。俄而思之，愈笑不可已。方子曰：嗟乎！古今來君臣父子昆弟之間，厚自私而計遺禍於君親骨肉，而不悟其旋集於己也，有異此愚婦人也哉！

客有館乎廉州太守者，暇共語，汎及廉市物價。客曰：『米薪差平，惟魚鹽不賤。廉濱海，産魚鹽。魚鹽固賤。』太守曰：『曷爲其然邪？廉瀕海，産魚鹽。魚鹽固賤。曷爲不賤邪？』客曰：『廉産魚鹽，魚鹽且賤。則賈曷爲市載以來？余昔之來扳而載乎魚鹽舟也。』太守與執辨不决。其僕在側曰：『唶，非也。昔所載賈而市乎魚鹽之舟是也。纍纍然捆載於舟中者，非魚鹽也。廉産魚鹽，魚鹽且賤。賈人販而鬻乎旁郡，返則易而市乎布。』余曰：『然。人之情於所未見，開而悟之，非難。及其心生信於目，則其執之愈堅，終身不解。是故經傳而聖人之心亡；史傳而事迹之實亡；獄詞具而兩造之曲直亡；文章傳而古人甘苦得力之妙亡。逆古人不言之志，道乎康莊，而又必周乎曲徑，深林翳伏，草樹蒙密，人迹罕至之處，少有不到則不盡。舟行江上，望見廬山，而以夸於窮髮以北之人，言之者本非意而造諸虚也。然而其於知也遠矣！

毛生甫曰：似柳子厚，學周秦諸子文。

原學

人有臨乎九達之逵，馮高視遠，其於前路，略望見塗轍，遥辨其夷險而止焉弗進，問：『將何適？』茫茫乎未有所决也。校其馬之良，御之巧，可以致遠而（弛）［馳］

焉。不夙駕坐馳默逝，其足迹恒不溢其眦。吾之於學焉有若是。古之爲學者不然。發軔乎堂階，弭節乎周行，修遠勿迫，取道萬里。恬乎，必達其神勇也。神勇者，舉堪輿盡納諸踵。

名字説

吾名樹，字植之，先子所命也。初亦瞢於取義。知命之年，感物發悟，喟然有戚於吾心。因自誨之曰：今人植百果草木者，加澆灌，勤護理，條蘖莖葉，未有不日滋榮而遂其生者。以我殖物，物賁然不我欺。然則移此理以善道自殖，加澆灌，勤護理，克盡其性，天顧不篤其生乎哉。詩曰：『自求多福。』夫福莫大於有生，求莫勤於自殖。嗚呼，小子，爾乃不繹思彝教，日任其槁折以萎絶也。吾見其於生也，靡幸矣！

化民正俗對

客諗安處生曰：『今俗有嗜鴉片烟者，興起不二三十年而蔓延，天下皆徧。是其爲民生之害。吾子固默識於胸久矣。聖君賢相，深廑於懷。名卿良有司多方厲禁，不能除之。且日有甚焉。近聞之道路，中朝有建議將盡取若輩而誅之，是固其罪所應得矣！然得毋猶有未盡之義乎，於子之意云何？』

安處生喟然而對曰：『何爲其然也。夫治國者刑有所必逮，法有所必窮，事有所必礙，道有所必通。夫制刑之本，將以禁慝衺懲犯義也。今人有觸罪者舍之而不刑，則法廢；將必全伸吾法焉，則不可勝誅。於是乎事礙。礙而思其通，非求之於道焉不可。道不虚行，仍存乎事與法而已。且夫事有不容於堯舜之世者，後王之世容之者或有矣。事有不容於後王之世者，有則必斷而誅之，而後天下可治。非後王之治詳於堯舜也，爲後民所觸之罪非生於（治）古，方起於後，今至無理。非人情習染至易而交徧，其犯若甚輕，而其究將使一世同歸於大敝。是故盜賊、虣亂、大奸不絶於世，而以名都、劇郡、方州、下邑之民數通計之，則爲之者之數，恒不敵不爲者千億之一。此非獨秉彝好德然也，小猶其名足恥，而其法甚嚴，有所憚而不敢犯也。

『惟夫淫酗博塞嗜欲之衺，閭里相習，又率皆倡之於衣冠士大夫。長老之人彼自孩童至於皓首，濡耳染目，靡然耽溺於其事。以同己者多而自證，以習非者衆而相安，因恬而不知怪，固以爲是不足恥也。且其法又非若盗賊之重也，僅而有犯焉，亦百人之一而已，百日之一而已。雖犯而其罪又可巧而避詭而脱。於是乎胥天下趨之而不返。申明約法，家喻户説而莫之從。卒其廢時失事，喪身亡家，傷風蠹俗，使民怠於作苦，士荒於學修，官曠厥職，工賈耗其貲，奴僕懈於使令。舉凡所爲生人之經勤生不匱明作有功之常道皆廢。故曰，至無理，非人情；直較之盗賊虣亂之禍百倍而猶過之。夫以百倍於盗賊虣亂之罪，雖斷而誅之，豈得謂非宜。然而有不能者。爲其多衣冠士大夫之人，而又閭里交徧，而不可勝誅故也。然則將遂任而縱之乎？非也。夫爲法以禁奸者必塞其源。其源不塞，而徒止其流，雖多方以遏之，亦多塗以決之。流至而溢潰焉而已，其曷益乎。今官司所爲一切法禁，於鴉片之條不爲不嚴矣。如躉船之有逐也，津關之有譏也，屯販之有執也，議者又欲增重其榷稅以折困之。然皆以施於販賣者耳，而未詳及於食之者也；是以法雖密而無分寸之效。嘉慶初，雖設有枷杖明條，而卒未聞有一人一犯被刑焉者。夫鴉片之害，食者其源，販者其流也。葢倒施之勢也。今誠嚴治食者，則販者不戢而自息矣。而治之又非空文所能禁也。

『且夫治盗賊之害者自下，治嗜欲淫僻之害者必自上貴者始。貴者不治，則其源終不塞；而貴者勢又不能遽加以刑誅也，而其勢又足以骫法也。是以先王之教，治貴恒嚴於治賤。管子曰：「凡令之行也，必待近者之勝也，而令乃行。故禁不勝於親貴，罰不行於便辟，法禁不誅於嚴重，而求令之必行，不可得也。」

『夫鴉片之害，胥貴賤而皆然矣。然欲治之則必自貴者始。何則？貴仕之人鄰於知賢，不當與愚民無知者同犯也，故備責之也。吾有道於此不遽刑誅也，而使之憚而懲焉，甚於刑誅。久之刻著明深，不能拔以逃，則悔而從之矣。

『然則道之存乎事與法者，可得而陳矣。故欲令鴉片之害永絶，則莫若嚴治食者。欲嚴治食者，則莫若先治士大夫在上之人。欲治士大夫在上之人，則莫若愧厲之一法。今誡下一令曰，凡食鴉片者，官褫職，永不叙復；幕賓立辭去，仍申令大小官中不得復相延聘；士子食者終其身不許應文武試；兵役奴僕食者立絀退，仍申令永不得復應顧役。凡民食者抵罪，仍罰出贖鍰；而猶慮無以苦其身以動其心也，從容隱混，無以異於良民也，則爲之象刑，墨黔殊其衣冠以辱别之。乃著令曰，凡食烟者，一切嘉會吉禮賓祭之地不得與，其親故悉絶，其屬不許相往還。（此）[比]於倡優盗賊，不齒士類，如此亦足以摧其冥頑積重之勢矣。

『蓋俗流失世敗壞，非大爲之防，斯犯之者莫止。然要當許以自新。自犯之日，過十二年無犯，準親鄰結保復爲平人，除其衣冠之刑及令。十二歲在天星爲一周，亦足以爲更始之期矣。且罪者世不相及，如祖父兄有犯，不以累其昆弟子孫焉。如此，既不多殘人命，亦不毁其室家，而風俗可以移，澆浮可以止。孰與夫盡殺而猶未必能止者乎！老子曰：「民不畏死，奈何以死畏之。」觀於盗賊而知之矣。盗賊之刑自古未嘗廢，而盗賊之人古今相續如流水而未嘗絶。故夫專用殺者，未可以善治也。古之善論治者曰：太上變化之，其次愧厲之，其次整齊之。今行愧厲之法爲整齊之用，而卒歸於太上之變化。堯舜之治不過如此，豈非所謂有恥且格者乎！且專殺又有所不行也。今告食烟者曰，爾有犯，吾且殺爾。彼固不能遽信而從之也。其心以爲是何能遽殺我也，且又何能盡殺吾曹也。惟曰，爾有犯，吾不待時而行法，法行而遂無以自容於鄉里，久必悔而從之矣。又告有司曰，汝見有食烟者盡執拘以殺。有司厭於申詳審覆之多事也，固不願爲之矣。且殺一人而多漏網，心既有所不安；偏誅而血流漂井，以蹈於狹隘酷烈之所，爲心愈有所不安，則相與隱避矣。惟告之曰，爾見有食烟者即明以象刑施之，刑既施而縱使歸其閭里，而官之事畢矣。則有司何顧而不行法與！』

客曰：『子之言良有然矣，然此令行必將條定法例，吏急而一之。誣扳告訐奸邪并生，黠有力者隱屏而脱罪，愿民陷而麗於法。又貴人勢要所影庇，欲投鼠而忌器則不得發。禁奸不得其術，所傷必大慮，不足止害而轉滋擾亂也。』

曰：『吾爲欲盡殺者求其輕，故耳。若夫古今立法以明民者，孰有安坐無爲而不煩吏事者乎！且聖明在御，大臣體國，百職司守度奉法。凡天地之内，含生戴髮之倫，莫敢相踰越。固將意諭色授而六服震動，言傳喚號而萬里奔走。何有貴勢敢梗大法而致投鼠之嫌乎！故誠能大决藩籬，破顔面無徇縱，執此之令，堅如金石；行此之法，信如寒暑。而又撤去見知故縱監臨部主告訐一切之法不用，惟在賢大夫良有司悉其聰明，致其忠愛，憂深思遠，慮害持難，爲生民生命，以上紓聖主宏濟蒼生之至願，則此令雖繁，校盡拘而殺之，不亦輕平而猶易行乎！

『最可異者，有謂宜弛其禁，益令内地種熬，以分夷人之利，以饜食之者之欲。無論古今，無此治體，且又安能止其害乎！是抱薪救火紾兄之（喻）［臂］而謂之姑徐徐云者之喻也。亦見其愚而罔甚矣！昔人論刑者曰，劓刵椓黥，蚩尤之刑也。而唐虞遵之。收孥赤族，亡秦之法也，而漢魏以來遵之。及至隋唐，始制五刑，曰，笞杖徒流死，此即有虞鞭扑流宅也。聖人復起，不可更易。吾以爲今律遵用隋唐，無異唐虞，既有然矣，獨象刑未復耳。象刑者，本謂象天道而作刑。而尚書大傳曰：唐虞象刑，上刑赭衣，中刑雜屨，下刑墨幪以居州里，而民恥之而反於禮。管子曰：偌堯之世，其獄一踦腓、一踦屨而當弛。漢文帝詔：有虞氏之時，畫衣冠、異章服以爲戮，而民弗犯。荀子雖謂治古不止象刑，而固以墨黥菲屨赭衣與肉刑并言之。今誠采尚書大傳，制爲象刑專條，以處夫情重罪輕之獄，以愧厲爲整齊、變化之用，以紹復有虞之治。所謂教成而愛深，善乎！董生有言曰：習俗薄惡，民人抵罪，雖欲治之無可奈何。法出而奸生，令下而詐起。乃以湯止沸，沸愈甚，而無益。譬之琴瑟不調甚者，必解而更張之乃可鼓也。爲政而不行甚者，必變而更化之乃可理也。苟欲善治，而不能勝殘去殺者，失之當更化而不能更化也。更化則可善治，而灾害日去，福禄日來矣。今誠行伏生、董生之言，先行誼而黜愧辱，使人自愛而重犯法，以風化天下，如此而不格者，未之有也。今士之應攷校者，爲之親鄰結保，以明夫無刑犯之愆，非下賤之族，則以食鴉片之條入於此科，不足以辱之乎！若夫第治其末止其流，則爲法已具矣，亦不可偏廢也。』

勸戒食鴉片文

凡人生而有知。即莫不知貴其生，尺寸之膚，有傷則啼而泣矣。危塗幽夜，怖而相戒，雖誘且怵之不敢赴。誠懼死也。及長而凡事物之稍不利吾身者，切避之；不得則憂或祠而禱焉。自少至老，無賢愚貴賤，日夜之所營，心思智慮之所畢瘁，日趨利避害焉而已，趨吉避凶焉而已。或遘危疾則憂，有告之以將死則戚，人之情莫不然。而食鴉片者獨異於是。知其死而趨之，安其危而甘之，如飛蛾之赴火。知死而趨之，則之死而人不憐；安危而甘之，則當天下下流眾惡交指之的而無人之氣。無人氣之死而人不憐，是蟲豸犬豕之類也，非人類也。

何言之？蟲豸無知，不知以惡死爲不祥而慮防之。犬豕不知有是非榮辱之名，任人之呵叱賤惡，而曾無羞惡之萌。是故人而若此，則即斥之爲蟲豸犬豕也。彼雖欲不受，而固無解其名與實之稱情也。抑尤有甚焉者。蟲豸犬豕不爲世道風俗之害，不以廑君相在上之憂。今食鴉片者則不但已也。嘗試詳論之：夫食鴉片之人，其始不過起於一二浮薄不檢之徒，相恣以爲娱樂耳。初食不覺，久之食必應時，謂之上引。引至則手足痿弱，口眼喎斜，涕洟不收，與中風邪痰厥相類。當此之際，一切人理盡廢。雖侮之、辱之、詈之、抶之，不能起而抗也。此其初害於生也。一也。又，久之，則中漸枯，氣漸澌，藏府積蟲數百千條，以嚙之於内。面焦齒黑肌瘦，色(於)[如]烟煤，肩高於頭，項縮脰伸。其形狀可憎如鬼，人亦即以鬼呼之。如是厭厭以逮於死也，自促其算者也。二也。又，食鴉片之人必須肥醲甘果之類以養之。引之重者每日一二錢至五六錢不等，計烟一錢亦需銀一錢。財力有限，雖富者不能填此漏卮，况貧者乎。然而食烟之人寧任饔飧之闕，而此費不能少。故致父母之養不顧，妻啼兒號不恤。親族嗟吁，鬼神側目。雖暫未死而生理早絶。三也。且食烟之人多在宵夜，呼朋嘯侶，焚膏爇燭，達旦不寐。逮日之朝，人方興，而彼方卧，恒至午漏不起。官曠厥職，士荒其學，工廢其業，商賈耗其貲，兵役墮其職事，奴僕懈於使令。廢時失事傷財，亡身破家干法，犯禁傷風蠹俗，以貽世之大患。四也。

此四大害人非不見也，非不知也，然而相趨鶩以甘死於是也，如水之流東，沛然日下而莫之止。始猶避人有所諱而不承也，今則公然正以供客矣。始猶不過僕隸下賤之人，今則偏於衣冠矣。始猶不過齊民之下流男子也，今則僧道婦女皆吸食之矣。始猶不過閩粤南紀近海洋之地，今則東西北三方邊塞口外通行矣。種種之害，日深日鉅，日甚日衆。其勢駸駸乎將盡化天下爲蟲豸犬豕也。天下盡化爲蟲豸犬豕則三綱淪，九法斁，五事廢，人理絶，萬害興。自生民以來，其禍之柔且烈，未有若此者也。聖君賢相焦思於上，賢大夫良有司厲禁於下，而莫之能止。念及此，雖盡法致辟於此人，其誰曰不宜！而其害又不止此也。彼外夷之以此愚毒中國也，非獨歲糜中國金錢數十百萬而已也。其勢將使中國人類日就澌滅也。此天地之大變也。自生民以來其禍之柔且烈未有若此者也。

我中土之人以聰明粹淑靈智之性，甘受外夷之愚弄毒蠚，以死殉之而弗醒弗悟，較之蟲豸犬豕之本無明性者，更不若也。且聞水陸隘口市販者千百成羣，刀械備具，皆亡命凶徒趨利走險所爲。而不肖兵役又因以爲利，借查拏之名，擾害行李。夫物之情此有所求而後彼有所興，使我不食之，彼惡所售之？念及此，雖盡法致辟於食之之人，猶不足蔽其辜罪也。近中朝有建議將盡拘若輩而殺之。此固其理所必然，勢所必至也。何則？凡害之在於一事一人一方者猶小，其偏延於天下則禍烈矣。夫禍之大至徧延天下，則於聖主之治豈能舍之而不問與！且夫民有忤於天，爽於物，違於道，逆於法，戾於義，其情至無以自别於蟲豸犬豕，則天人交賤之；天人既賤之，則天人亦交棄之。故積禍至重，則一任其禽獮艸薙，而莫之憫慟。斯劫運所由成也。故食鴉片之人不禁，則將盡死於烟。禁之，則將死於法。與其死於烟而劫運成人類滅，毋甯死於法而猶可及止也。書所謂『辟以止辟』也。雖然，天人有悔禍之心，聖人懔不教之虐；鄙人不在其位不謀其政，非其事而言之，是爲罪矣。顧念同類胞與，不殊私居。深憂愍其將抵大法也。故作一文，痛切陳諭，庶彼忠告，普願食烟之人共繹思之。夫福生有基，禍生有胎，轉移之幾，在於一己。罔念克念，聖狂攸分。試取吾言，一一反而問於心：應殺乎，不應殺乎？應改乎，不應改乎？且士子者已嘗讀書矣，知義矣，則請自議其行是遵何道也。官與幕賓已嘗臨民矣，讞獄辭矣，則請自判其罪當準何律也。若夫工商以下諸色目人，則亦視乎衣冠在上者之轉移之而已。

更名説

禮有易名之典。又曰：『生無爵，死無謚。』自展禽以來，有私爲之者。大抵所親所知及門人悼其德之不顯，因相與爲隆名以張而慰之。余固無德美，第欲及未死而更余名，以表實而明志焉。名曰楊，號曰方柳，字行仍舊。客曰：『何謂也？』曰：『余生而集蓼。蓼蟲不知辛，乃今七十而辛愈甚。』曰：『不知也乎哉？昔之人有言曰：夫楊，天下易生之木也。一人植之，十人拔之，無生楊矣。以比於毒方柳，何也？』曰：『陳思王賦曰，楊柳方方，爲欲其生也。有禱祀之心焉。疊姓呼之，綴名讀之。』

續説

始吾爲是説，既甚醜之。曰：是惡得爲有道之士乎哉！且顔回不能回天，仲由亦云由命，乃欲造虚辭持空名以劫天命與？屈原曰：『固人命兮有當，孰離合之可爲？』莊周曰：風與日相與守河，河未始知有攖也。則未知莊子之言爲知道與，屈子之言爲知道與？聞之樹木之能勝霜雪者，不受命（如）[於]天。雖然持斧斤而夭絶之者，人爲之也。人爲之者，亦命也。而龔生獨見非於楚父，豈非枉邪，豈非枉邪！

改名後説

改名非禮也。改名而求其生，惑也。改名而不得生，且彌日促，於是道之真理之正者以出。何謂道之真理之正？曰，大學傳曰：心有所則，不得其正。吾以忿懥憂患，日迫志動，情勝所操，不能持定而失其順。順失則戚戚斯餒，餒則道義之氣不足以自養而身亂，而生以促。史稱嚴延年爲河南守，有府丞義年老，頗悖，自筮得死卦，忽忽不樂。乃至長安上書告延年，因飲藥自殺。解者謂悖心思亂惑也。嗚呼！此所謂不安其性命之情者。衆人焚和異丞之迹，而鈎丞之敗也豈遠哉！夫外物不可必，近名近刑兩陷，而月不勝火則道盡。吾今復更吾名，曰，正庶幾惟省董道，而弗之其所與。

自題像贊

近俗以來，文儒學士多喜寫小像，遍乞人題咏。又喜爲别號以自署。予生平非之，義不肯效，以爲本非名流，徒成習氣。適金陵馬君彊爲予作此圖，固謝不獲，則亦因自爲號曰歇庵，又曰冷齋。系之以贊銘詩説，用自警策，以比於古人几杖座席之銘及書紳云爾。道光二十五年乙巳冬十月。

古之善士，微妙元通。唯不可識，彊爲之容。轉轉權實，蕩蕩虛空。世智懵闇，教理真宗。誰與莫逆？聖佛參同。

歇庵銘

晝居歇庵，夜卧冷齋。十六智孽，十六事本莊子一乘平懷。明鏡止水，無心去來。起念即妄，斷常又乖。見心不二，同師黄梅。夙契植樹，東山門開。

冷齋説

客曰：『子號歇庵，義已盡矣，無餘矣，無隱矣。又曰冷齋，何哉？』曰：『非冷不能歇也。蓋嘗上觀千古，横覽一世，品類不齊，大都凡民多，而賢聖之人不數遘。揆厥所由，不能耐冷故也。不能耐冷則趨於熱。一念熱遂歧爲萬念，方生倏滅，日夜相代於前。如樂出虛，如蒸成菌，如浮雲變滅不可方物；如揚飆駛海，驟馬下坂，無能休息。而究其根本萌芽，不出一我。由有我因有人；人之盛爲衆生，我之盛爲壽者，佛釋氏所謂四相也。由是緣以色聲香味觸法之六塵，造爲妄言綺語，惡口兩舌，淫殺盜貪嗔癡之三業。蓋以色受想行識之五藴，動以八風，淪於六趨，焚炙爀熯，以銷鑠障蔽吾清浄本來無物之妙心。皆有我爲之也。故舉一世之儔類皆視同楚越，即君臣、父子、昆弟、夫婦之倫，禮教信義廉恥之防，悉掉臂而不之顧。何者？彼熱則此冷，勢不竝立也。

『范浚曰：一心之危，眾欲攻之，其與存者於戲幾希。故道家言一念熱情，丹鑪毀裂甚矣。治心之要，莫急於濯熱。濯熱必以冷，則沃心其要也。際利害切身之來而不懼，遇萬鐘千駟之加而不顧，處酒色財如楊秉而不惑。著忍辱鎧，提智慧劍作羼提仙人。堅固不摇，甯靜不動，遠離顛倒夢想恐怖罣礙，以死生爲一條，以可不可爲一貫，信定業之不可離合，而以不懼爲保始之徵。凡此皆由冷而後可幾也。

『世俗凡夫聞古有仁聖賢人，亦知慕之，曰：「是有道者也，是不可及也。」而惡知此仁聖賢人之初乃天下之大冷人也。雖然惟天下之大冷人，又能惟天下之大熱人。蓋自古仁聖賢人其守己甚冷，其與人甚熱。故既曰淡，曰無欲，又曰欲立人達人，己溺己飢也。夫曰淡，曰無欲，冷也。曰欲立人達人，熱也。至於己溺己飢，則熱之極矣！此石隱者流與羅漢辟支之恝然爲冷，終不如大聖人忘身利物之爲熱也。是知熱由於冷，此冷與熱皆道心主之，非夫凡民之所爲冷與熱也。』

客曰：『子之言皆然，已無如習熟老生之常談，不能振沈痼久痹之疾。何也？』曰：『固也。夫大道不專苦行，而非苦無以助修行之力。冷者，苦力也。故吾之欲居是齋也，非徒欲顧其名而思其義，實欲彊其骨而弱其志，以自警吾心耳。僧家有曰，枯木倚寒巖，三冬無暖氣。則即以此齋爲如來之雪山焉耳矣。抑又有進焉。爲學者之患，莫甚於好名。名者，熱之根。其害遠過於慾利。世頗有不好財色，甘淡泊，無營於富貴，而其心不得爲仁者，名心熾而不能冷也。此庚桑所以不釋於畏壘也。吾無用於世，而竊慕古之立言者，蘄與爲不朽，故平生喜著書。除已刻十餘種外，尚有老子章義、陰符經測義、待定録、昭昧詹言、大意尊聞、思適居鈐語及古文集十二卷；晚歲研説性命，因兼尋祖意，緝成金剛藏十書，曰，初發心寱語、金剛經疏記鉤提、無著菩薩十八住、天親菩薩二十七疑、秦譯直解、般若五位細因、唯識論舉要、大智度論樂説、本法心證、聖佛參同共六十四卷。初亦自信，正智誠言。後讀黄檗禪師語録，見其告裴休尚書云：『若也形於筆墨，何有吾宗！』不覺汗下。默自念曰：吾豈將爲杓人乎！吾求冷而以熱爲杓，何異以生滅心行説實相法，如鹿逐陽燄，豈有解渴分。而况意識著述從門入者乎！已出者不及止矣，其未出者當如古德悉焚經疏文字。庶於冷與歇本志相應。』此文傖僞昏濁，私獨大慚。友人光聿元謂：其似有學集。誠然，誠然。非光君不能道此語，非予不能自承認此失。留此一段公案，他日吾孫能辨别之，乃於文章有可語分。丙午七月望日自識。

卷二　雜著下

病榻罪言

昔明孫高陽有言，當大事須置身天宇之外，俯視所營，乃能洞晰情勢，使敵在我目中。今身爲軍事所圍，惴惴焉懼敵人之入我室，發我屋，曾暇及籓籬之外乎。枝砍膚剥，曰，護其根本，樹其能久乎。竊謂高陽之言可謂蓍龜矣！夫人必出世而後能經世，不易之理也。故程子亦曰：坐堂上而後能理堂下，若與竝立於堂下，則是非淆矣。夫所謂出世者，非謂其離羣逃人，如僧徒之出家也。亦謂其心不繫於一己之智、名、勇、功，不怵於一時一事之利、害、難、易，如舜禹之不有天下，伊尹之弗視千駟，所謂出世矣。歷觀古賢豪之克成大功者，必有獨見之智，沈深之幾，致果之毅。故魯子敬稱陸遜曰：意思深長。夫曰『深長』，政淺短之對。言此四字亦常談虛文，而古今成敗盡決於是而不爽也。

今暎夷之猖獗而若不可制，至矣。竊謂中外議者皆未有能見其致害之由，及要領之全形者也。偶因病榻，聊爲客談之。謹按，暎咭唎一國縣三島於各因、黄祁、荷蘭、佛郎西四國之間。地産生銀、哆囉呢、羽毛緞、嗶吱、玻璃等物，在歐羅巴之西，爲荷蘭屬國。明史曰丁機宜，職方外紀曰諳戹地，海國聞見録曰英機宜。以輿圖核之，即暎咭唎。蓋對音翻譯，無一定之字也。其國富彊，與荷蘭搆兵，遂爲敵國。不知何時據占北亞末利加之地，稱加那大。暎咭唎稱歐羅巴之國爲本國。雍正十二年始來粤地貿易，聯屬之地十數國皆稱港脚，來舶甚多。

按，利瑪竇所進萬國圖，分天下爲五大州。一曰亞細亞，二曰歐羅巴，三曰利未亞，四曰亞末利加，五曰墨瓦蠟泥加。艾儒略、南懷仁之徒咸祖述之。中國居亞細亞之中，若東之朝鮮、日本、流球，西之小西洋、小吕宋、如德亞，南之暹羅，北之俄羅斯、紅孩兒廓爾喀痕都斯坦諸國，皆亞細亞也。歐羅巴爲大西洋，若今之佛郎西、荷蘭、意大里亞、暎咭唎本國，皆歐羅巴也。利未亞在歐羅巴之西南。南極出地三十五度，北極出地亦三十五度。若今之大英吉利、咪唎𠻝等國，皆利未亞也。

乾隆五十八年，遣使進貢。是時際國家重熙累洽之盛，高宗純皇帝躬至聖之德，臨御日久，天賜純嘏，萬壽八旬。自唐虞以來，書契所載未之見。薄海徠臣，占風受吏。皇心喜於遠夷之效順，受而畜之。隆以恩寵，稠疊優渥，此天地覆載之無私。而奸夷志滿意隘，不思答報，反潛滋其驕慢。乾隆五十七年，英吉利遣使請由天津進口入貢。署總督巡撫郭世勳奏：外夷各國進貢，俱由例準進口省分先將副表貢單呈明督撫奏奉，允準之日，由本省委員伴送使臣，賫帶貢物赴京。英吉利國歷來在廣東通商。今欲赴天津進口，該國王又無副表貢單，臣等未敢冒昧，遽行具奏。奉上諭準其所請，以遂其航海向化之誠，即在天津進口。五十八年入貢。疊奉有敕諭：其方物有天文、地理、音樂、大表等凡二十九種，特賜國王如意等器物凡數十種。賞正副使、副使之子、代筆官、總兵官、聽事官、管船官等品物各有差。又於如意洲賞正副使、副使之子、總兵官品物各有差。八月十三日，萬壽聖節，使臣行慶賀禮於含青齋，賞正副使、副使之子品物各有差。副使之子繪畫呈覽，賞大荷包二，及通事、總兵官等九員各有差。二十四日又於清音閣賞正使御筆書畫册頁、玉杯等品物有差，副使、副使之子、通事、總兵等官九員品物有差。二十九日於太和門頒給敕書賜該國王品物數十餘種，又隨敕書賜國王品物數十餘種，正副使、副使之子、總兵官、副總兵官二員、通事、管兵等官四員，代筆、醫生等官九員，貢使從人九名，貢船留存管船官五名，留存貢船兵役水手共六百十五名品物各有差。使臣呈請於直隸、天津、浙江甯波等處貿易，并賞給附近珠山小海島一處，及附近廣東省城地方一處居住。奉旨以該貢使越例干瀆，斷不可行，頒給該國王敕諭一道，逐條指駁，令使臣由粵回國。郭世勳覆奏：英吉利貿易廣東，歷年既久，目睹西洋夷商居住澳門，未免心生歆羡。同一夷人，而英吉利國人投住澳門，必向西洋人出租賃屋，形勢儼成主客。是以籲請賞給附近地方，以爲收存貨物之所，與西洋人澳門相埒。溯查西洋人自利瑪竇繼佛郎機住澳已二百餘年，既住者不必驅之使去，暫寄者豈可使其常留。云云。今內外議者皆以㖆夷之禍，起於黃鴻臚之奏禁鴉片，鄧、林二制府之收繳躉船，吾以爲皆非也。夫鄧、林二公特不達大計，無遠猷碩畫耳，而禍本所起不在是也。韓退之有言：引繩而絶之，其絶必有處。觀者見其然從而尤之，其亦不達於理矣。繳烟之舉，病夫嘗力論以爲要約，彊行之，必有後患也。以予詳觀，㖆夷之禍不在近年之禁烟、繳烟也。蓋由於不肖洋商之污辱自蠱，各前督之姑息養癰，內地奸民之貪利賣國，其蓄謀長亂久矣！及積重不返，而商與官皆受其敝而不可救。而方執禁烟、繳烟之迹，論其致禍，失之遠矣。夫以外夷奸宄而縱之，游衍省會重地數十年，所以恣其供給者又悉饜足，其欲寖久而不知，奸心得毋積乎。又況屢肆凶狡，抗拒大吏，公帶兵衆礮火，侵犯內地，轟圮礮臺。

乃惟貪其貨税小利，姑息不敢懲治。此縱無漢奸，亦且足致禍敗。況人情趨利不回，積久盡移乎此，不可謂非前此在事諸公之過也。道光十一年，歙縣葉鍾進號蓉塘客粤中，著有寄味山房雜説，記英夷滋患之事。其言曰：往時夷船到口，該大班等恭請紅牌，來至省館詰朝，穿大服佩刀，到洋行拜候。商人之稍有名望者必辭以事不見，俟其再來，然後一答拜，迎送如禮，一切惟洋商之言是遵。邇年船益多，銷茶葉益多，洋商仰其厚潤，於是該班將到，洋商不俟其來託言照應過關，即出遠迎。又復常至夷館問候，更不聞有大班至洋行者。十三年秋，夷船到二班。攝司大班事益無忌憚，竟帶夷婦至十三行居住。出入必乘肩輿，翻不許洋商乘轎入館。種種故爲干犯。其肩輿系東裕行司事謝治安所送。訪知將治安拏究，瘐死於獄。洋商於奉諭飭查時，爲具稟該大班患病，需人乳爲引，故帶夷婦以來。以此延抗。而其時又不僅該大班攜帶夷婦已也，病夫更聞粤人言，凡洋商所以媚夷人，娼妓、頑童無不購以奉之。洋商愈賤，夷人愈驕。皆商人導之使狂悖云。葉君云：各商互相傾軋，儻有説夷人短者，大班必知。遇事挑斥，故雖賢有品者問以事，亦謬爲不知。而於天朝之用人行政及大憲之一舉一動，夷人反無不知者。又按，英夷於嘉慶元年、十年入貢，皆由廣東，尚無事。十三年以保護西洋人爲名，帶兵七百名，進入澳門，據占東望洋、娘媽閣、伽思蘭三處砲臺。總督吴熊光、孫玉庭不能禁。十四年，總督百齡面奉上諭，命將英吉利兵船何以擅入澳門，明白具奏。據稱嗌叮嗽兵頭恐咗啷哂來阻隔生理，不及稟明國王，即帶兵來澳保護。後奉大皇帝諭旨，不準住澳，即行退回。云云。向來各國夷船來廣貿易，皆各備資本，自行貨買。唯英吉利國設有公班衙，發船來廣貿易，名曰公司。船設立大班、二班、三班等，在粤管理貿易事務。該國來粤夷商水手及所屬港脚等國來粤，均由大班管束。是以事有專責，歷久相安。道光十年，該大班忽稱本國公班牙期滿，散局，嗣後無公司船來粤，將來本國差官來粤管事，亦系大臣。云云。雖經督撫詰問，堅不言明。尋其奸意，蓋欲以大班與中國督撫抗衡，故託言貴官也。葉鍾進又説：十二年，李鴻賓以英夷動率水手數十人或百餘人擅至省城，干犯禁令，飭洋商傳諭。十三年因攜帶夷婦，奉諭查問，遂架大砲於夷館兩旁，設兵守衛。居民無不憤悒。即他國夷人亦謂天朝懷柔過甚。嗣通事蔡剛往諭。剛有膽識，能言，厲聲辨詰，始有畏意，撤去兵砲。而夷婦仍不肯遽回。云云。十四年，總督盧坤奏瑛咭唎公司散班。前督臣李鴻賓飭商傳諭大班，寄信回國，仍酌派曉事人來粤總理貿易。六月內有暎咭唎兵船載送夷目嗶嘮啤一名，攜帶女眷幼孩共五口，寄居澳門兵船。查有番梢一百九十名，停泊外洋。飭洋商伍敦元查詢。詎該夷目不肯接見洋商，旋赴城外呈遞總督書信。封面系平行款式，且寫大英國等字樣。隨飭廣州協韓肇慶傳諭違例等情。該夷目不遵傳諭，聲言伊系夷官監督，非大班可比。以後一切應與各衙門文移往來，不能照前由洋商傳諭。伊亦不能具稟，只用文書交官。且擅出告示，令各散[商]不必以斷絶貿易爲慮。有心抗衡，不遵法度。洋商伍敦元因該夷執彊，請即停止該國買賣。盧坤不欲因嗶嘮啤一人之過，概行封艙，使之向隅。因與撫臣祁墳商度，以爲英夷素性凶狡，所恃船堅砲利。內洋水淺，礁石林立。該夷施放砲火，亦不能得力。該夷目身入中華，距本國數萬里，已有主客之勢。如其跳梁，我兵以逸待勞，其無能爲，顯而易見。又奏稱，粵海關近年征收夷船商稅，英吉利一國約計五六萬兩。國用爲重，不得不通盤籌畫。旋以該夷籲請開艙蒙混，具奏。後於八月初五日嘆咭唎兵船二隻，乘風潮闖進海口，越過虎門鎮遠砂角橫檔各砲臺，駛入內河蛇頭灣停泊。初九日駛入內河，離省六十里之黃埔河面停泊。啤嘮啤居住省外夷館。盧坤等派調水陸兵弁防堵。近省各隘猶言英夷不敢妄思跳梁，已可概見，但防備不可不嚴耳。八月十六日，伍敦元轉據散商咖啤昭稱啤嘮啤因初入內地，不知例禁，云云。盧坤奏言：皇上撫馭外夷，不爲已甚。啤嘮啤雖妄誕，尚無不法實迹。且該國散商數千人，俱以啤嘮啤爲非，無一附和。未便玉石不分。十九日將啤嘮啤押逐出口。該兵船亦於是日開行，至二十二日始出虎門。葉鍾進云：有久住十三行之嘆夷，知漢字，能漢語。每遇班中人來，多方播弄。如道光七八年，於夷館前立大馬頭，置圍牆柵欄。其地爲對河居民往來渡口。具稟上控。總督李鴻賓偏徇夷人，準其設立。迨奉廷寄巡撫朱桂楨親莅折毀。該夷又將來船碇泊零丁洋面，不入口開艙，以八事入稟要挾。又糾各國夷人隨聲附和。惟咪唎堅不從，回稱如我等有船至汝嘆國貿易，必遵汝嘆國法度。今來天朝，圖覓利耳。如無利，即恐請汝亦不肯來。何煩喋喋多言。維時各船主爭噪，大班嘟嘍嗹庸懦無能，聽二三四班許供給各國船食用。自七八月相持至次年正月，大班見事不了，潛赴便船逃去。適洋商以所定茶葉一年不交，一年費用無出，至澳解說。始於是月十四五日入口開艙。此十三年事也。

今欲拯之，非深謀遠計，洞悉要領，需之歲月，改弦更張，不可爲力。何則？據今事勢，由衆人之見，不過戰與和之兩端。兩端之外無他策也。不思粵之香港、浙之寧波、閩之廈門，三省要地，失不能復，而與之和，此辱豈可忍乎！況彼氣方驕，斷不受約。即使我寬大不校，忍辱暫爲羈縻之計，亦恐終爲所紿。不踰時而仍肆其虐，可屈指計日待也。古之和敵者，必我有以制其死命，從而活之，不欲盡殺，故能絕其亂萌。否則，無不受反覆之禍者。前史所載，不可指述。不特唐張延賞、馬燧之於吐蕃，南宋秦檜、賈似道之於金人，明楊鶴、熊文燦之於李自成也。彼奸人失勢，乞撫以緩誅，尚不可信，況我方挫衂，彼方彊盛，肯俯而就和乎。葢和夷，非徒和也。彼必挾兵，重索厚幣而後去。夫以數十萬賞兵士錢銀，仍在內地；以數百萬和嘆夷錢銀，遂歸外國。賞兵士，則內民悅外夷懼而可致功。和嘆夷，則夷愈驕奸不息而坐自斃。昔人譬之以肉飼虎，肉盡，終必食人。今財用既絀，兵威日蹙，徒乞和以示弱而終莫保。是和之一議斷無益於救敗，不待智者而決也。然則將聽其侵陵而不顧乎，又無是理也。則必將曰，不和則戰耳，勢未有可中立者也。然而將不習兵，兵不爲用，又無以制其砲火之利。縱勉彊一擲，亦百戰百敗，徒傷士卒，損國威耳。是無算而浪戰，亦非策也。然則將奈何？病夫曰：是惟得賢督將，譎轉漢奸，多方誤之，誘之上岸，用伏用疑，秘計莫測，四面蹙之；以避其砲火一面之猛烈。㖹夷所恃砲火，利遠不利近。若登岸入城，可以步戰、巷戰。計我民之數十倍於彼，果能有勇有謀，但制梃用箭，以短破長，足以殲之。惟當出示勸諭百姓，勿懼，勿避，勿遷，自相召聚團練義勇士，自相救護安堵以待，其能殺賊者有重賞。家自爲守，人自爲兵，各自嚴防察辨漢奸。不恃官兵，亦永不隸官兵。此切務也。又須練親軍以備救應，廣求奇士以任腹心。歷觀古之決大計成大功者，莫不先定其規模，而後從事。如秦之畢六國，只用遠交近攻四字，遂以蠶食諸侯。又如諸葛之策三分，王朴之平邊，皆先定大計於胸中。其他如淮陰之策楚漢，荀文若、郭奉孝、荀公達、賈文和之策袁曹，皆有定見在胸。史稱趙廣漢爲潁川太守，豪傑大姓相與爲婚姻，吏俗朋黨，廣漢患之。厲使其中可用者受記，出有案問，既得罪名，行法罰之。廣漢故漏洩其語，令相怨咎。又教吏爲缿筩，及得投書，削其主名，而託以爲豪傑大姓子弟所言。其後彊宗大族家家結爲仇讐，奸黨散落，風俗大改，吏民相告訐。廣漢得以爲耳目，盜賊以故不敢發，發又輒得壹切治理。威名流傳。曹公與馬超、韓遂戰於渭南。超、遂相結，公問計於賈詡。詡曰：離之而已。曹公以爲解，遂施離間，超、遂更相猜疑，軍以大敗。嗚呼，此所謂起沈錮之病，回既散之心，非夫沈幾獨見，致果毅之力，惡能辦之。詳觀㖹夷雖狡，非有黏没喝、金兀术之彊勇也，非有内地險扼巢穴之可憑也，非有羽翼支黨，流民飢附，動可呼吸，萬衆相隨應也。三萬里入中國肆亂，其勢甚危，犯兵家大忌。而中國以全力措拒，莫可如何，徒以砲火之利耳。而砲火之用，全賴漢奸爲之導引，然則今日制勝之策，惟有收服漢奸之一策耳。葉鍾進云：咪唎𡁸夷罾英咭唎爲山狗性，人若畏讓，彼必追來。人若反身相向，彼即曳尾而去。

又，其人目不能遠視，故不能輓彊命中。脚又無力，上岸至陸地，則不能行制。梃專折其足，則皆斃矣。亦無他伎勇，所恃砲火，砲子有至三五十斤者。嘉慶十一二年間，有大班喇咈者，探知我屬國安南之東京時有内訌，乘隙可取。遂親往嗌唎甲，勾結掌兵頭人，駕大船十號，直趨安南海口。該頭人先令其副駕七船以入。安南聞有寇，豫飭商船漁艇先期盡匿。故入港數百里無阻，直至東京下碇，不見一人。是夜忽有小船無數圍攏，上裝乾柴火藥，急發大砲轟擊，火益熾。七船之人盡爛。有善泅者由水回報，兵頭不敢再入，乃順抵粤洋。喇咈又與漢奸説合，欲佔澳門。該兵頭竟趨澳門，占住砲臺。西洋澳夷謹守大砲臺，發稟告急。時總督自廣西來，發兵驅逐，夷兵雖去，船仍不去。此十三年秋冬間事也。至十四年，喇咈乃令各商給與金錢帶歸，以恤死難。喇咈被本國革退，以四班嗌嘩喊爲大班。蓋當議欲奪澳門時，惟嗌嘩喊不肯署名故也。嗌嘩喊後有大班吐吶啡者，欲佔我大嶼山爲居止，寄信回國，求奇異物，自粤趨天津口。天津鹽憲入告，奉準入都。該夷等在天津行燕禮，不肯拜跪。及入貢，又不肯行拜跪禮。奉敕諭將貢物領回，由粤歸國，仍免其貨税一萬六百兩。旋經蔣攸銛奏稱，訪得南洋諸夷惟𠸄咭唎最彊，而并非富饒，惟藉貿易爲資生之計。其貨物除中國亦無處消售，是其不能不仰給中國之貿易至明。乞仍準該國貨船在廣東貿易。云云。由前安南之事可見，若無内奸，雖砲火無獨勝之道。故欲滅𠸄夷，惟有火攻。欲得行志，惟轉漢奸以披其心腹。計無以易此者也。由後蔣督之言，知𠸄夷不能不仰給中國。然則何爲養腹心之疾，縱容姑息，太阿倒持授以柄，而長其凶矜也。又，道光十二年，𠸄咭唎夷船駛至山東洋面，並刊刻通商事略説二紙，大意以廣東貿易不公，希冀另圖在他省貿易。可見該夷蓄心造謀，狡焉思逞，非日也。

往年在粤，聞有漢奸言：『官府何必煩心，但許我搶奪𠸄夷貨物，盡給與我，不問，我自能燒其船，殲其魁。』惜乎在事諸公恐釀夷釁，不敢行。今日或可反用之，以收急效，而悔已遲也。古之收人心者，亦仗文字至誠之力。如唐德宗興元詔書悔過引咎，驕將悍卒無不感泣。今亦當剴切勸諭漢奸：食毛踐土二百年，祖宗丘墓皆在中國，何苦助三萬里外之夷鬼。況𠸄夷所獲中國財帛，汝能搶回，皆爲汝有，不愈於助逆而終不得爲三萬里外之民乎？是亦一大策也。𠸄夷之彊，不在砲火，全在漢奸，砲火易制易避，漢奸偏在内地，根株蔓延，誅不勝誅。然漢奸有不得不附𠸄夷之勢：一固在利其資；一則内地無容身，知露迹必死，故以𠸄夷爲淵藂，此勢不得不然也。今欲收漢奸，非廣費金錢不可。而此時財力既絀，亦不易給。且給之無窮，溪壑難盈，非力所能贍。惟即非計之得，當事諸公皆諉而不敢行，亦勢之必然。所謂令下準其搶奪𠸄夷之財，則我無費，而彼得所欲。所謂令下於流水之原，亦理所必然也。但非凱切信喻，明示赦宥不誅，則彼雖搶掠嘆夷而無所歸，不能安宅安居，心仍不敢決。我既不容嘆夷，又不容彼不特無取財之處，且無逃死之處，雖至愚不肯爲，況奸人乎！夫奸民之本心本計，自初至今日，不過貪財，思得金錢耳。豈真愛嘆夷哉，豈真(於)[與]國家官府及富饒郡邑居民有仇恨乎！故徒以食毛踐土等言，彼縱心動而感泣，亦終不敢叛嘆夷以露其身與迹也，勢也。故今大計，惟在肆赦漢奸，待以不死，使之反搶掠嘆夷。而於能殺夷目、燒夷船者，又有重賞高爵。則如反風之捲雲矣，亦勢所必然也。不然，是彼利漢奸，而我又嚴驅之以爲彼用。愈固結不解，禍愈深也。漢奸與嘆夷一日不離，則內地一日不安。惟赦漢奸，使反爲我用，漢奸既回，尚何砲火之足慮乎。彼將並其砲而掠取之如拾薪矣。

尤當以軍法申嚴戰守文武兵士退避之罪，方能倡勇敢而鼓士氣，使知有所畏而不敢犯。宋李綱言退避之策，可一不可再。退一步則失一步，退一尺則失一尺。往自南都歸德退至維揚，則河北大名、河東山西、關陝失矣。自維揚退至江浙，則京東西汴京失矣。萬一敵騎南牧，將復退避，不知何所適而可乎。今日之事若以砲火退避，萬一凶夷直進內犯，亦誰不曰砲火之當避乎。古人有言：以姑息爲安，則終不得安，此前此粵中之失也。以避讓爲得計，則將至無可避，此今日江南之失也。但此事必須詳悉敷奏，明奉特旨允行，使遠近灼知皇上愛民不殺之仁，故有此赦令。俾天下之民義憤激發，感動揮涕，人思殺賊，而後乃能大動漢奸之心，有以堅其信而轉其局。管子曰：『政之所興，在順民心。』所謂下令於流水之原也。如此，則嘆夷之心腹(披)膽落氣奪，而四支之僵仆可立待矣。是爲以文克奸民，以武克嘆夷。所謂折衝於尊俎，而制勝於千里也。是賢於千萬師而猶不能保其必勝也。古之君子功不必自己成，謀不必自己出。期於分國之憂，除民之患耳。要在去計私避害之心，不繫一己之智名勇功，將之以忠藎惻怛之仁心，計慮周密，意思深長，如此而不濟者未之有也。雖使留侯、武侯、賈誼復生，爲此時計恐無以易此。若不赦漢奸，但和暎夷，暎夷雖退而漢奸無所歸，必聚爲亂。爲亂而懼誅，必仍借暎夷爲助以相抗。此禍在目前，亦一定相因之勢也。蓋漢奸益衆，暎夷勢不能養無數之人，給無窮之求，漢奸無所容身，而欲不饜則爲亂必熾，其難收拾更百倍於今日也。且暎夷和而據我險要，聽伊管轄，卧榻之前，公屯豺虎，此豈能安乎。故此之赦令必剴切忱誠，堅明約束，使天下耳目心志一新，如日月昭回，頓見精采。賞必二三萬金，官必以副將總兵之貴，然後乃能鼓舞人心，轉移積重難掉之勢。若文誥虛繁，失辭鬆勁，使本意變計闇而不章，鬱而不發，則人心不動。齷齪委瑣，吝惜金爵，不能破格行度外之事，則恩不感物，人無所貪。凡此三端，有一於此則行之無效如不行也。且非深謀沈幾行之，亦恐混濁，而奸人反得弄欺之也。

南宋時金人犯城，蔡懋禁不得輒施一矢，有敢傷金人一人者抵罪。將士積憤。及李綱令人殺敵者厚賞，無不奮躍。其後金人暫退。中丞許翰曰：『金人此去當令一大創，乃可保久安，否則將來再舉，必有不救之患。』病夫目驗自暎夷造禍以來，前此在事諸公未有一人切齒深怨，誓欲殺逆夷者。但一味愛惜曲護，惟恐傷之。堂上召兵，户内延敵，託名寬仁懷柔，實則畏其彊不敢觸忤。苟且避事，畏而奉之，以免目前而不顧後禍之大也。有海防而不能守，有兵而弗能用。管子所謂『以其地與人者也』。今日事勢非激發忠憤，處心積慮，密計深思，謀下毒手，務殄絶其類，使一人一舟不返，如安南之事，彼方有所畏懼。若小小懲挫，便思收功，姑且息肩；竟或仍與議和，則後禍不了。所謂包火以衣，閉目掩雀，乃不可言矣。奸民中亦必有翹異奇偉之士，爲彼所倚任，須訪明而誘詰之。如唐李愬之降丁士良、吴秀琳，近姚啓聖之降劉國軒，方有用，方可歆以尊爵。若庸凡散人，雖得千萬，無益也。不降則譎間使殺之。不但此也，又當禁斷在粤各國貿易，除澳夷使知暎夷犯順亦足有害於彼之貿易，令其自相憤怨，與我同仇。所謂以敵攻敵，此亦古人之譜著，而今日之切務也。粤中分潤，海關陋規自文武大小衙門以及軍役閒散人等盡徧，一議封關，必恫嚇阻抑萬端。斷而行之，非得張敞、趙廣漢之流不能。按諸國咪唎啞最彊，彼此搆釁，時常劫奪其貨物。嘆夷每帶兵船護貨，皆以防備咪唎啞爲辭。見於文書官牘。

且夫嘆夷之所以得漢奸之用也，亦費數十年之機謀，侜張誘惑，其費金錢亦不知凡幾。故能錮結其心志，使爲之死而不可解。則今日欲解散之而反爲我用也，亦豈杯水鈎金豚蹄，旦夕所可得邪！故竊以爲非若趙廣漢之解潁川朋黨，姚少保啓聖之輓臺人之心，必不能成功。姚少保之平臺也，先密陳奏言，賊之所以豨突而無前者，盡閩人爲之用也。閩人自成功以來，積爲所脅。故其餘孽之來靡然從之。閩人絀而臺人張矣。今必有以壯閩人之勢，當先有以固閩人之心，而後賊可退。又必出奇計，使臺人反爲我用，而後賊可亡。是固非爭衡於一勝一負之間者也。聖祖是之，降璽書褒勞，盡委以軍事。且謂廷臣曰：閩督今得人，賊且平矣。公乃大布方略，分道出兵以綴之，而輕兵抄其餉道。乃大開修來館於漳州，不愛官爵貲財玩好，凡言自鄭氏來者皆延致之，供帳恣其所求。漳泉之人爭相喧述。公掀髯笑曰：『昔人捐金施間，雖信陵君之親而才，廉頗、李牧之武，亞父、龍且、鍾離昧、周殷之骨鯁，可坐而盡也。況豎子游魂乎！』又漢桓譚言於光武曰：『古人有言曰，天下皆知取之爲取，而不知與之爲取也。陛下誠能輕爵重賞，與士共之，則何招而不至，何說而不釋，何向而不開，何征而不克。如此則亡者復存，失者復得矣。』又漢高帝聞陳豨將皆賈人子，曰：『吾知所以與之矣。』乃以多金購豨將，豨將皆降。今日之漢奸亦無賴亡命賈人耳，故誘之易爲計也。又漢景帝謂袁盎曰：『吳王即山鑄錢，煮海爲鹽，誘天下豪傑白頭舉事，計不萬全豈發乎？』盎曰：『吳有銅鹽，利則有之。安得豪傑而誘之？吳所誘皆無賴子弟亡命奸人，故相率以反耳。』其後吳明告諸侯曰：寡人金錢在天下者往往而有，非必取於吳。諸王日夜用之不能盡。能斬捕大將者，賜金五十斤，封萬户。其下以次差受爵金。云云。今亦當明示軍民人等，有能燒夷人大船者賞若干爵某官；能殺夷目者賞若干爵某官；殺散夷者計首級賞若干授某職。雖宋夏竦、明楊嗣昌皆嘗以縣賞格，招敵人之侮，然今官出朝廷，賞待有功，則不致虛濫受欺，可無慮也。壬寅五月謀國之道不恃敵之不攻，惟恃我之不敗。今日之事及逆夷暫退，急須認真增修武備，倡勇敢，鼓士氣，儲蓄聚，習弓矢。鎮静以安百姓，勿摇民心。祇遵廟算密行，不可洩宣秘計。朝廷誠威誠斷，諸將誠勇誠謀，必可轉敗爲功。古人有言，明其爲賊，敵乃可服。逆夷無道，至此已極。而或猶從寬議，謂彼不過希圖貿易，無大罪惡，是疑百姓兵士之心，使之不奮怒殺賊也。夫仁不以勇，義不以力，況奉天戈以誅不譓，何嫌何疑而不致力哉！位卑言高，重干死罪。八月又記

三年之喪二十五月而畢說

三年之喪，天下之通喪，古聖人緣情制禮第一義，百王之所同，古今之所壹。六經、孔、孟第言三年，未有二十五月之說。二十五月者，晚周及秦漢諸儒記禮之失也。若公羊、荀卿、戴記、檀弓篇、白虎通、孝經緯、鄭元、王肅等説，愚皆疑而未安。蓋黄帝以前無喪期，皆心喪無數。唐虞之日心喪三年，亦未有服制。賈疏、鄭目録、七章之義，謂太古冠布衣布，吉凶同服，三王改制，始用唐虞白布衣白布冠爲喪服。周公制禮設經，制服於上，列人於下，從斬至緦，上下十有一章。是則喪期自唐虞喪服，自三王衰斬十一等則，自周公而虞廷所修伯夷所典，書闕有間，其詳不可得而聞。故今壹自周公設經制禮以後言之。昔人論喪服之言曰：死者已喪，主人制服服之者，服以表貌，貌以表心。故謂之致喪三年，致之言至也，言哀情至極，戚容偁其服也。三年者何？中制也。〔一〕

人子於親喪有終身之痛，聖人爲之立中制節，使人知送死有已，復生有節，此天理人情之極，所謂因乎人心也；體天地，法四時，則陰陽，順人情，故曰：喪有四制，變而從宜，禮之所由生也。聖人人倫之至，喪服禮制之精，禮經萬世之典，名之三年，則不得實止二十五月。如實止二十五月，則必不名以三年。〔二〕名存實失，隱以欺其心，顯以欺其親，苟且塗飾人之耳目，何云致喪也。

且前二年大小祥皆以十二月紀實，何獨於後一年而以一月虛當之？揆於義理人心，進退皆無所據。後漢陳忠言：聖人緣人情而著其節，故制以二十五月。此

言非也。因殺制節，立中制節，說三年者已如是云矣，對終身而言之也。今曷爲於三年之中復又節之乎。觀聖人制服，輕重上下，皆極其恩情，獨於親喪進進主減，何其用心之巧曲而薄也。然則公羊、檀弓、荀子等何以有二十五月之說也？曰：此由不解古記『中月而禫』一語而傳會妄說之也。案春秋閔公二年夏五月吉禘於莊公。公羊曰：譏。未三年也。下復曰：三年矣，曷爲謂之未三年？三年之喪，實以二十五月。原公羊之意，謂莊公以前年八月薨，及今夏五月，纔二十二月。雖閱三年，而覈計實月，尚未及大祥二十四月之數。故曰譏不三年也。公羊雖未明言此二十五月爲未及三年之始月，亦未明言此二十五月爲未終三年之足月。而二十五月之數，則明明有其文矣。自是檀弓、荀卿及秦漢以來記禮諸儒皆援爲定論，謂三年之喪實止二十五月而畢。衆口一舌，莫有敢異。遺誤千載，實莫知其所由來。及高堂生傳士禮十七篇，而喪禮又缺不全，無二十五月語。但遞相祖述，謂出古經，爲周公所制。然核其數實不合，繹其義皆不即人心。而古今大儒莫敢破之，重周公也，尊經也。竊嘗反覆紬思，憬然有悟，不揣檮昧，輒僭爲斷之曰：此決非周公之制也。雖諸儒舊傳謂出古經，而實不可信也。蓋春秋之世，諸侯踰法度，一切務從苟簡，以便其私。惡先王禮經害己而去其籍。自孔子時而不具，至秦大壞。漢興，魯高堂生傳士禮十七篇。迄孝宣世后倉及其弟子戴德、戴聖、慶普等相與傳習講說，立於學宮。當時又有古經出於淹中及孔壁，多寡不合，殘闕失次，故喪禮至虞禮而止。卒哭祔練祥禫之禮，僅傳篇目，經無文，其散見於傳記者，皆諸子諸儒之說也。則未知三年之喪實二十五月之文，久爲春秋諸侯所竄亂與，抑爲記禮諸儒所誤說與，要之決非周公之制也。

何以明之？若三年之喪實止二十五月，聖經定制，萬世不易，則後人必無敢爲異說者。而何以至東漢時，鄭元又以爲實二十七月，魏王肅又以爲二十六月，晉武帝時博士陳猗贊成王肅，駁鄭元二十七月之失。許猛等扶鄭義，又駁王肅二十六月爲非。宋武帝時，改晉所用王肅祥禫二十六月儀，依鄭元二十七月。而後除近人說者，有謂司馬溫公、朱子亦皆知康成之非，而姑從鄭，以爲徇孝子不忍之心，甯多一月爲愈。夫三年之喪，先王之制本三十六月，今棄不遵，而從諸子之説爲二十五月，又不能堅守，而從王、鄭，何其游移無定也。竊謂與其從後儒二十七月爲徇孝子之心，曷若遵先王三年本制三十六月，於人心不更愈乎！説者又有謂：哀能致死，故先王制禮，教人以無死。竊謂三年之服已盡，大小祥二十四月，如諸儒説又增至二十七月，若遵先王本制，不過再遲九月耳，未爲死候也。竟必不可待乎。漢文以日易月，正以三十六日，不聞言二十五日。其證至明，應氏劭説之甚確。而顔師古反譏劭爲謬，所謂悖者以不悖爲悖也。

難者曰：此二十五月非止公羊、荀卿之言，據檀弓篇，孔子譏魯人朝祥莫歌，以爲逾月則可。此非孔子亦主二十五月之確驗乎。曰：檀弓篇多誕妄，所記事十失八九，惡可據信？且如檀弓記孔子既祥，五日彈琴而不成聲，十日而成笙歌。是不知尚有禫服未畢，使孔子祥後十日已忘哀至盡，彈琴成歌，第虚行禫服二十日以徇世俗常禮。則聖人之賢於朝祥莫歌者，僅在十日五日之間，何以相譏爲也。且聖人之心乃不自知其忘哀未盡，而迫於二十五月喪期，彈琴自試，習令忘之。是欲速忘也。哀欲速忘，喪欲速盡，有不及後世小賢愚孝者矣，何以爲孔子？夫先王之飭喪紀也，三年終喪，亦大略斡人情耳。今檀弓篇所記乃校計於一月十日五日之間，以誣大聖，不亦蔽乎？孔子語曾子曰：人未有自致者也，必也親喪乎！如檀弓所記非自致之道也。

漢文以日易月，猶以君國施政爲閡，而已失先王亮陰之制。齊宣王欲短喪，乃惑於適庶屈壓之嫌。若後世士民無故而短三年之喪爲二十五月，則爲記禮諸儒所誤。故雖以晉武帝、魏孝文帝之爲君，漢薛宣、弟修、魏徐幹之賢，皆格於卑俗之論，豈不甚可歎哉！宋仁宗升遐，遺詔官吏成服三日而除。三日之朝，府尹率羣官釋服。明道程子執不可。尹怒先生曰：公自除之，某則非至夜不敢也。一府相視無敢釋者。由程子之義，則聖人制法三年之喪，必不以二十五月而畢也。三國蔣濟論祭言曰，有虞以上，豺獺之不若。吾亦謂秦漢以下，烏烏之不若。言雖過而不可破也。但後世事變多故，若必行

亮陰之制，則恐冢宰不得其人。故三年之喪雖通喪，至於人君必須別有權制，使無害於庶獄庶慎，亦無妨於孝德孝治。可也。〔三〕

或曰：子之言固然矣，其如張東之所破王元感四驗，何哉？曰：東之僻儒麤士，惟據左驗，其言禮意實短淺蔽繆，不即人心。而況其所設四驗，又皆奢闊影響，無一足爲確證者乎！夫聖人制禮，必本於天理人情。三年之喪，天理人情之極至，而聖人範世第一大法。今東之之論禮意也，習熟舊說，不過曰，先王立其中制，使情文相稱耳。不知子於親喪有終身之痛，先王制爲三年，此即中制矣。而何必又於三年之期更短一年，止以二十五月當之，欺心欺親，名實虧損，而乃爲情文克稱乎。東之又說：練而慨然，祥而廓然。曰：哀已除而孤藐之情更劇，此情之所致，不假外飾。意謂服已變除而哀猶劇，限於練祥之制也。然豈託於不假外飾而更速除之乎？何其傎也！今觀其弟一驗，惟據春秋『文公二年冬，公子遂納幣』何休、杜預影響之談，參差之說，虛妄不實，何足證先王制禮之大經乎！且是經也，左氏以爲禮，公羊以爲譏，已不能合矣。何休曰：『僖以十二月薨，未終二十五月。故譏。』竊謂經所以譏，譏三年之內圖婚，不指言二十五月也。假令出十二月，明年正月二月納幣，亦不得謂爲已畢喪在三年外也。且下文曰：『三年之恩疾矣，非虛加之也。以人心爲皆有之也。』若不主三年，只爭一月，是直以三年爲虛加矣，豈非自相矛盾乎。至何休解公羊誣謬多端，以弟禰兄，貽誤千載，昔人論之已悉，其言何足爲據。杜預左氏傳注既曰，公薨在十二月，後復以長術推之謂實十一月，以彌縫左氏謂『禮』一語。不但自相抵牾，即使僖實以十一月薨，而十二月正當二十五月，禫服未畢，亦未可納幣，未可謂禮。且即終喪納幣，亦止尋常禮俗恒事，孔子何用特筆褒之，許以爲『禮』。是左氏說經且浮誣不可信，況杜預附會之說乎。丘明、公羊在何休、杜預之先，一以爲禮，一以爲譏，且相違不合如此。休與預乃欲牽引聖經，破析十一月、十二月，旁文孤證以斷三年之喪實止二十五月，豈足信乎！休與預虛妄不實且若此，而東之乃欲據之以證三年之喪實止二十五月，益爲荒渺矣。此其第一驗不足據也。

其第二驗曰：書稱『成湯既歿，太甲元年』，曰『惟元祀，十有二月，伊尹祠於先王，奉嗣王祇見厥祖。』孔安國曰：湯以元年十一月崩，此則明年祥，又明年大祥，故下言惟三祀，十有二月朔，伊尹以冕服奉嗣王歸於亳。是十一月服除而冕顧命。成王崩凡十日，康王始見廟。明湯崩在十一月，比殯訖，以十二月見祖。此周因於殷。非元年前復有一年，此二十五月之二驗。愚按：此驗尤爲緻昧若若若薩。〔四〕伊訓『元祀』自記即位之事，故曰『見祖』。太甲『三祀』自記太甲復辟，故曰『歸亳』。兩事本不相蒙，更與湯崩不相蒙。安國混合言之，甚謬。又僞撰書序，增『成湯既殁太甲元年』八字於伊訓『惟元祀』之上。束之直謂書稱云云，其實書無此文也。攷之古今，斷之義法，未有以故君之崩，繫於新君元年之上。則十一月不得指爲太甲元年。安國曰：湯以元年十一月崩，已爲混謬，況(可)曰『非元年前復有一年』，語尤不通。孔傳及序皆僞書，束之不知而妄引之，安足爲據乎。況即如僞孔[傳]言，湯以太甲元年十一月崩，明年祥，又明年大祥，故下言三祀。十有二月朔，伊尹以冕服奉嗣王，服除而冕，亦不合二十五月之數。無論三祀之冕爲記自桐宮復辟，非紀終喪，即連上元祀爲言，則三祀十一月纔畢大祥，十二月朔正當二十五月弟一朝而已。除喪而冕，是服止二年二十四月。又直滅中月而禫一句，於三年二十五月畢喪之文亦不應。此與吉禘莊公公子遂納幣同一謬誤。伊訓元祀見祖與三祀見祖實皆不蒙湯崩爲言，而何可據以驗湯之喪期。況援康王顧命，明湯崩在十一月，以斷十二月爲湯崩之年，踰月改元即位，益謬矣！且趙氏孟子注曰：湯崩，太丁未立。外丙立二年，仲(任)[壬]立四年。又據竹書紀年，外丙元年至太甲元年，中更六君，七十五年。果如趙氏、竹書所說，則太甲元祀、三祀去湯之喪遠矣，益不可據以言喪服。雖程子有歲年之説，謂丙、壬皆幼，國賴長君，故擇立太甲。此亦不可信。何則？夫伊尹、周公皆聖人也。周公輔成王，委裘而朝。尹何不可輔丙、壬乎。且觀尹於太甲始立而放之，既放而復之，似太甲於時亦尚在童孺之年，非長君也。若太甲年長，爲尹所擇立，則立而顛覆典刑，於尹爲不知人，何擇之有，其事不過如漢霍光之於昌邑王，何以爲聖人？惟太丁、丙、壬相繼不禄，國統三絶，故以次而立甲。非由擇長，亦非承重。故知伊訓元祀不蒙湯崩爲言。若太甲爲長君，前既當擇賢之立，一旦遭放，必不甘受，故宜有高貴鄉公之事。此師春竹書所以有太甲殺伊尹之說。竹書紀年沈約僞撰，師春之書同出汲冢。若竹書、師春可據以證湯崩太甲立年，則殺尹之說亦何不可信。〔五〕太甲惟遭放廢，今而復辟，不得不加冕服。此一定禮儀，非爲終喪，且顧命冕服。後來東坡蘇氏譏其非禮，以爲周公若在，必不如此。則謂冕服爲周因於殷，亦妄。況伊訓見祖原無冕服之文乎！但按經文『百官總己，以聽冢宰』，則實系居喪之禮。蔡傳謂太甲之爲嗣王，嗣仲壬也。太甲，太丁之子，仲壬其叔父也。或曰，孔氏以湯崩踰月太甲即位，則十二月者，湯崩之年建子之月也。豈改正朔而不改月數乎。曰：此孔氏惑於書序之文也。若湯崩踰月，太甲即位，奠殯而告，是以崩年改元矣。蘇氏曰，崩年改元，亂世之事也。不容在伊尹而有之。至改正朔而不改月，仍以建寅之月起數，攷之經史，周秦皆然也。然則此太甲所喪者仲壬，仲壬之崩未知何月。〔六〕而束之乃據以定二十五月之驗，全屬臆造不根。此其第二驗不足據也。

至其第三驗亦惟習熟（當）［常］談，空論禮意，謂二十五月畢喪爲送死有已，復生有節云云。夫三年之制，對終身立義，前論已備。至於菜果酒肉之食再基三年等語，尤爲記禮者之長文剩義，無關制禮大本。若必急於二十五月畢喪，爲飲酒食肉計，豈聖人制禮之義乎！此其第三驗不足據也。

惟第四驗據儀禮『期而小祥』，『又期而大祥』，『中月而禫』〔七〕三語，文義名句相承。雖儀禮經文不見，而篇目相傳有禫禮，非僞撰，此爲可疑。不知此正以著三年之喪，三十六月之實數也。先王制禮，送死有已，復生有節。故喪事即遠，練而慨然，祥而廓然。祥者，吉也。小祥、大祥，漸即於遠。其名其義，皆從即吉言之也。至第三年終喪，釋服矣，無可更爲名者，故復制爲中月而禫。禫者，淡也。示不忍遽釋，而徐以淡之，使漸忘也。此天理人情之至也。聖人因性緣情之制，至是始極也。中月者，半一年，十二月而中之，謂於大祥後第三年之中第六月，於此月行禫，祫祭服禫，又六月終。三年三十六月而除，此爲除服之地，使漸淡忘，故曰禫。禫之名與祥爲類。中月謂第三十月也，於第三年十二建月數次爲中也。説文：『半物，中分也。』如此則中字義訓既明，而又當於人心。若大祥後一月行禫，即釋服，則恐哀有未忘，覺有遽而未忍者乎！何以不言中年，而言中月也？曰：言中年則疑濫於學記間一年之訓。其義舛，其辭不成且混。惟言中月，辭警而文核。乃見制法作經之嚴而立之也。中既有間義，何以不肯鄭、王也？曰：如鄭、王作容一月、空一月，皆不辭，又皆於二十五月之數不合，故不可從也。深觀禮文中，月字對期、又期紀數，禫字之義對小祥、大祥，除喪、即吉、立名三語平列分記。三年事義節次名實昭如日星寒暑。然後歎聖人制禮，其立義精深，制名親切，文字謹嚴章書，真有非周公不能者。唐虞夏商大概立三年之紀數，未有祥禫之制名。此周文所以爲郁郁也。公羊、荀子、檀弓諸説皆不解『中』字之義，以爲即祥之下一月，故主二十五月。白虎觀集議作通，諸儒不解，但因循沿謬，雷同剿説。康成、王肅不解，又不奈諸儒記禮之文，推詳不合，於是游移臆説。一謂除大祥二十四月數之，一謂連祥月數之，一主二十七月，一主二十六月。兩家門下小生入主出奴，互相非奪，訖無定論。由今思之，其所説義皆不安，所立之數與經文三年皆不合；其文字語句皆不可通；其於聖人制禮立法制名精義，皆未能彰徹著明。如孝經緯曰：喪不過三年，以期增倍，五五二十五月，義斷仁示民有終。按，『以期增倍，五五二十五月』二語，承接晦昧不明。『義斷仁示民有終』，此義本以説三年則爲仁至義盡，今以此斷二十五月則甚若若若苴，但覺其巧曲而涸於恩。凡天地之間，萬事萬法莫不由浸而積致。蓋造化密移，一氣不成頓進，一氣不成頓消。寒暑晝夜，節節變化，皆至明著。陰符曰：『天地之道浸。』故陰陽勝，日月有數，大小有定，聖功生焉，神明出焉。〔八〕今三年之喪，前之二年皆實以十二月紀數，至第三年遽以一月終之，與前大小祥立期長短驟促，縣絶不均，迫急無序。不中事理，不即人心，不符天運。聖人制禮，立法精微，智用必不疏闊若若若苴若此。康成解中月爲閒一月，而閒一月實於二十五月之數不合，於是臆造爲除祥月數之説。謂内容一月，二十四月再期，其月餘日不數，爲二十五月。中月而禫，空一月爲二十六月，出月禫祭爲二十七月。其語其義皆晦昧不明，不可得通。王肅以禫在祥月，連祥月數之，閒一月故主二十六月。此亦不合二十五月。夫禫既在二十四月，連祥數之，何爲閒一月，至二十六月又禫？其事複，其義亦不可通。總之，聖人制禮昭如日星，何用費後儒如許調停，仍不畫一。而東之乃謂二十七月，今既行之二十五月。初無疑論，以此彊杜人口。直是憒憒。夫使二十五月初無疑論，鄭、王何以更爲異説？世人何以又背二十五月不遵，而行二十七月無理無名之制乎？惜乎！王元感觀書未偏，求禮之心不切，議禮之智不精，持辨不堅，而爲東之虚謬之詞所絀。當時衆人無識，又皆助東之，謂其言不詭於聖人。遂使周公制服精義禮經垂法明文，竟爲羣儒晦蝕。微言久絶，大義愈乖。郢書燕説，湮没千載。悠悠長夜，豈非古今一大憾事，怪事〔九〕與！

昔孔子以子生三年，然後免於父母之懷，責宰予之不仁，亦大概言之耳。若援喪紀截算之，亦將限嬰兒必二十五月即去父母之懷，於事義可通乎？以愚斷之，三年之喪本實三十六月，有較然無疑者矣！閒嘗竊據漢書文帝遺詔「服大紅十五日，小紅十四日，纖七日」之文，以爲此不但可證三年之喪實三十六月，並因可得禫服實七月之證。蓋自第三十中月行禫，連根數之，盡三十六月，恰得七月。文帝之詔以大紅、小紅當大小祥也，以纖七日當禫七月也。戴記曰：「禫而纖。」疏曰：「禫祭之時，元冠朝服。禫祭既訖，而首著纖冠，身著素端黄裳。」又云：「黑經白緯曰纖。」戴德變除禮文云：「舊説纖冠者，采纓也。」以無正文，故以舊説而言。然則禫纖之制，戴德且無定説。要之既禫而纖，則纖正禫之冠服，故文帝可以纖字代禫也。雖顔師古駁應劭以日易月之説爲無稽，然十五日、十四日、七日之數，即不取周禮，亦必舊典相因，故依而參差折算之，如此斷非率意憑空創撰出之。師古乃謂，文帝此制自率己意創爲之，非有取於周禮。何謂以日易月乎？三年之喪二十七月，豈有三十六月之文，禫又無七月。應氏既失之於前，近代學者因循謬説，未之思也。竊謂師古號精漢書之學，乃於一代朝章國典之大，祖宗煌煌詔語竟昧而不攷，捨而不顧，不知因之以求古禮，乃反下依漢末鄭元二十七月之制，謬以斷周公、尼父以來相因大法。可謂顛倒蔽昧，失是非之心者矣！喪服無三十六月之文，然又豈有二十七月之文乎。劉攽漢書刊誤據『以下』二字謂文帝此制，葢斷自既葬重服已除之後，此言是也。然古人三年制服本不截自葬後起算，只連前始死之日通計以三年耳。觀經文總目列斬衰三年，於後又節節分著祥而縞、禫而纖變除等制，可知三年斬服名義無除葬别計起算。原父解詔語甚的。然其譏説者不知計除葬日，則所見甚滯，殆沿師古舊意，内設成心，故迷真理。夫此十五、十四、七日合計，恰成三十六之數，必非無因。豈非以日易月，通計以滿三年之足月乎！翟方進自以身備漢相，遵用漢家制度，故亦服三十六日。然方進所遵者以日易月也。而三十六之數非始於漢家也。若唐元宗直短以二十七日，唐閔帝以日易月，亦正以三十六日也〔十〕。且師古、原父〔十一〕縱不信以日易月，亦豈不知四時之紀，以十二月成歲，而三十六月恰符三年之足月乎！

夫三年之喪，聖經之明文也。以十二月紀年成歲，古今之通義，百姓之日用也。而漢儒喪服之制，因仍緯書，不名之三年，直名之五五。見於文字，著於碑石。蔽且謬矣！吾觀唐史盧履冰傳載田再思之言曰：『會禮家如聚訟，迂生鄙儒，未習先王之旨，而閡人子之心。安足議夫禮哉！』又元行沖曰：『古緣情制禮，情理俱盡，因心之極也。』夫行沖特泛論一切上下輕重之服且如此，而況斯人第一重喪，反使文不稱情，何謂因心之極也！又近儒顧氏亭林言服制，一以周公爲正。後世有所增損，皆溺乎其文，昧乎其實，而不究古人制禮之意者也。顧氏之言如此，而其説三年之喪亦止因仍舊文，無所辨正。至其稱今人過於古人三事：一曰三年問曰至親以期斷。今從鄭氏之説，三年必二十七月。一曰古人以祥爲喪之終，中月而禫則在除服之後。今自禫後乃謂之終喪。是其意方以從鄭氏得服二十七月爲幸。其説禫義尤魯莽，全昧周公制服設經文與實之正。張皇補苴，止於如此，其於古人制禮之意，殆亦未究也。

【校】

〔一〕自『若公羊、荀卿、戴記』至『三年者何？中制也』：儀本刪去。

〔二〕儀本將前處刪除文中之『昔人論喪服之言曰：「服以表貌，貌以表心。故謂之致喪三年，致之言至也。」』移入此處。

〔三〕自『宋仁宗升遐』至『亦無妨於孝德孝治，可也』：儀本刪。

〔四〕『此驗尤為皦昧（若若若）蕯』句：儀本刪。

〔五〕自『且趙氏孟子注曰』至『則殺尹之説亦何不可信』：儀本刪。

〔六〕自『但按經文「百官總己」』至『仲壬之崩未知何月』：儀本刪。

〔七〕按：所引文句見禮記間傳。

〔八〕自『陰符曰：「天地之道浸」』至『聖功生焉，神明出焉』：儀本刪。

〔九〕『怪事』二字，儀本刪。

〔十〕自『劉攽漢書刊誤』至『亦正以三十六日也』：儀本刪。

〔十一〕儀本刪『原父』二字。

補記

王充作論衡，自言宅舍多，土地不得小；户口衆，簿籍不得少。失實之詞，多虛誣之語。衆指實訂宜辨論之言，不得徑約。余非樂爲是譊譊也，其有聖人不易焉者也。莊子言：三人行，一人惑。則所適不得至今也。以天下惑，余雖有祈嚮，其庸可得邪！固知大聲不入里耳，高言何止衆心。然此所關至大，非若老龍吉之狂而非真與，夫須臾之説不足爲堯桀之是非者也。惟在文言文究傷宂費，使世有如韓退之之改盧玉川，曾南豐之汰陳后山。則此猶可損千餘言。信乎，筆力限於天分，文格囿於時代也。〔一〕

此文既成後，始見近人錢塘王復禮家禮辨言中有『三年喪不宜折』一條，首引季璠爵里未祥之言云云。然繹其説多疏漏，未審確。即如公羊、荀卿年代先後且未辨，反謂公羊爲荀卿所誤。至纖、禫日數未定，中、月二字亦無解。最其後調停起復一事，遺本語末，其細已甚。殆近吏胥官文書之所爲，似未足與議經常大典。又其所引毛西河諸人之説，率皆庸淺習熟，老生常談，緩泛無氣力，不足以奪久敝之人心。昔唐太宗見徐幹中論有『復三年喪』文，甚喜。及宋曾南豐校中論，此文已不可見。觀南豐極稱幹生濁世，獨能攷六藝，推仲尼、孟軻之旨，述而論之。則此文雖不存，未知其説云何，要必有可觀，故能動太宗之意。惜乎，世既不能興行，而傳書者又無識，不知鄭重寶貴，而漫聽其亾逸，使與王元感并湮也。邑子張遇春亦嘗爲文論三年喪，但其義未廣，其辭未備，寥寥短篇，闇鬱不彰。吾故爲引伸之如此，未知於徐偉長何如也。吾説雖如此，然恐徐幹之所欲復，及晉魏兩帝之所欲行，非指三十六月之三年，或時短喪，有不及二十七月，而幹欲復之，如唐武后之請服三年喪，本應服期也。至晉魏兩帝，或是欲改以日易月之制，而行二十七月之服耳。古今事遠，不可究知。要之恐此説爲近之。若三十六月之三年，古專以喪服名家者未及，當以應劭、王元感爲大輅椎輪，吾文特加詳耳。

若論此事，程子亦有誤説處。或問喪止三年何義，程子曰：『歲一周則天道一變，人心亦隨一變。惟人子孝於親，至此猶未忘，故必至於再變；猶未忘，又繼之以一時。』按所謂一時者，據三月爲言，約之合爲二十七月也。夫三年之喪期，而小祥，又期而大祥，中月而禫，經有明文，棄而不言，乃爲繼以一時之説，且此止是解鄭康成，非解三年正義，並非解公羊、荀卿二十五月之義。淺蔽如此，必非程子之言。此見程書第二十二卷，附於張繹師説之後。朱子固以比於傳誦道説之類也。

古之聖王行諒陰之制，百官總己，以聽冢宰，三年不言。春秋以來，諸侯廢禮不行。孟子以勸滕文公。而父兄不敢終異，弔者大悦，蓋孝德天性，不泯於人心故也。後來事變多故，誠恐冢宰不得其人。天無二日，國無二王，或不能三年不言，漢文帝創爲以日易月之制，服大紅十五日，小紅十四日，禫七日，以足三十六日之數。茲可爲天理人情之準，仁至義盡，萬世行之可也。雖羊祜、司馬光極口詆之，殆未詳思其或有變故意外之虞也。宋孝宗雖謂晉孝武、魏孝文實行三年喪服，何妨聽政，但晉武亦止用深衣練冠，朕當衰服三年。愚按，晉、魏、宋三帝實爲聖孝，但止云三年，未委實行三十六月。抑或僅同後世二十七月之制，如唐元宗止短二十七日。惟後唐閔帝實遵漢文帝，以日易月，服三十六日；元宗乃反不如，實由唐臣僻儒顔師古、張柬之輩誤之也。〔二〕至於翟方進身爲人臣宰相，又非一人專職，何必饕榮奪情，以遵漢家制度爲藉口，況方進後母有賢行而慈。方進少孤貧，欲至京師受經，母憐其幼，隨至長安織屨以給。方進有母如此，而忍忘哀負心，以宰相之榮易之。是方進之不孝短喪，尚不如尋常居安無事者，而何責夫明之張江陵也。故嘗謂寧使漢廷暫時缺宰相，不可使人子一日無親。而史乃稱方進内行修飭，供養甚篤。夫以宰相之富貴而養其偏親，此何足難！史可謂取其小節而不識大義者也。附此一論，以諗後世之奪情者。又據顧亭林集，有與友人論服制書稱：關中至今三年喪服三十六月。此説如信，則是横渠之教未泯。昔横渠以禮教關中故也。〔三〕吴幼清服制攷詳序謂：先王制服，必中有其實而後外飾以文，是爲情文之稱。徒服其服，而無其實，與未服等。王元感欲增三年之喪爲三十六月，皆務飾其文，欲厚於聖王之制。而人心彌澆，風化彌薄，不探其本而妄爲之增益，亦未見其名之有過於三王也。知喪不過三年，示民有終之義，則王元感之説絀矣。異哉，吴草廬世所推爲名儒，而其迷惑悖謬乃如此。無論二十七月原非聖王之制，而喪不過三年，經語明白，何得誣三年爲二十七月？直以鄭康成爲聖王乎！至於情文之稱，聖王原不過以三年酌劑其大常耳，若核求以實，則有不可致詰，不忍致詰者。試問草廬，能信古今天下凡服二十七月者，其哀情果皆稱不衰無虚乎。吾恐不肖者即旬月期月，即有無實而徒飾以文者矣。是且不待二十七月，安在必因三十六月而始無實以致澆薄乎。以其無實不稱，不當服三十六月。如刻求其實，即多有不當服二十七月者矣。此與何休解公羊，譏魯文公亂聖人之制，欲服三十六月之服皆悖者，以不悖爲悖也。且以實計三年足月爲妄增，不畏糾者謂以二十七月當三年爲妄減乎？又觀胡紘論孝宗崩，光宗疾復康，自於宮中服二十七月之重服。則前孝宗自言朕當衰服三年，亦必止以二十七月無疑。以此例之，晋孝武、魏孝文二帝之欲復三年喪，亦只二十七月可知。〔四〕

阮芸台太傅曰：『源源本本，殫見洽聞。分風劈流，無堅不破。其解中月而禫，真解創獲，實前人所未及。其言未出世，莫能知其言。既出世，莫能廢有功。名教實宇宙不可少之言，反之人心無不允合。儻能由此興行，亦所謂功不在禹、孟子下者也。不圖暮年獲見此奇特。』仁和邵映垣曰：『姚姬傳先生跋顔魯公廟享議曰：當時韓公亦上此議，與顔公意同。有云「求之神道，豈遠人情」？朱子極推之，曰：禮學精深，得孝子慈孫報本反始之本意。蓋議禮精密，上有以當乎先王之心，而下足為後世大儒之所敬歎。至顔公此文，亦非弟博學工於詞説者之為貴。然韓公之議不見用於貞元之末，顔公之説竟得行於建中之初，蓋顔公是時名稱位望為朝廷所信，固重於韓公。云云。此段議論可移以評此文。至此文行否，要俟諸時會。蓋此事所關，固非特與唐之廟享，一代一時之得失而已也。』

【校】

〔一〕自『王充作論衡』至『文格囿於時代也』：儀本刪。

〔二〕自『茲可為天理人情之準』至『顔師古、張柬之輩誤之也』：儀本刪，增入『誠有變故意外之虞也』一句。

〔三〕自『又據顧亭林集』至『昔横渠以禮教關中故也』：儀本刪。

〔四〕自『又觀胡紘論孝宗崩』至『亦只二十七月可知』：儀本刪。

合葬非古説

由百世之後，等百世之王。其因革損益之故，各因乎其時之宜。有上古之宜，有中古之宜，有後世之宜，有一時以爲宜而不必今古咸宜。若荀卿所謂端拜而議者，壹審乎理之所安而已。

太史公曰：學者多稱五帝，尚矣。然尚書獨載堯以來，蓋諸聖人者，生乎上世，每先天以開人，亦因時而立政。其所創制表見皆不虛顧。純古風氣未開，人心渾樸，故其制作猶多未備。及至周公制禮作樂，緣情致飾，悉以人道推之。其事義益密，品節益詳。故孔子歎其『郁郁』，而慕悦從之，結於夢想。而公當日亦自以多才多藝，能事鬼神。〔一〕上哉夐乎，凡民無能動其喙者矣！然世或謂周人尚文，實傷太縟。如周、儀二禮誠爲運用天理爛熟，大綱雖正而繁文曲節，疲瘁難行，末流益甚。則以爲周公緣人情而制禮，事事即人道爲推，雖協諸人心而莫敢非，亦或遠於天事而失其本。一時若老、莊、棘子成輩，明目張膽，發爲貴本之論，誦言相非。彼固欲以輓世教之失，而不覺其言之過當，然不可謂其全無所見也。嘗試論之：五帝殊時，不相沿樂。三王異世，不相襲禮。而孔子亦有武未盡善之言。若執一法，謂萬世可以永遵，則三代無庸改制，而古今只生一聖人而已足。顔子之問『爲邦』，何必兼酌四代，而不盡從周也。則使孔子爲治，其所損益亦大略可知矣。子思子作中庸，雖發『爲下不倍』之義，謂不可生今反古，而必又曰，攷諸三王，建諸天地，質諸鬼神，百世以俟，上律天時自然之運，下襲水土一定之理。此即虞廷所傳之一『中』也。惟『中』而後可庸。若稍有毗於一偏，或過或不及，則不能禁後人之不有所變通也。

即如葬禮，孔子之言曰：『古之葬者，厚衣之以薪，葬之中野，不封不樹，喪期無數。後世聖人易之以棺槨。』孟子之言曰：『蓋上世嘗有不葬其親者，其親死，則舉而委之於壑。他日過之，狐狸食之，蠅蚋蛄嘬之。其顙有泚，睨而不視。夫泚也，非爲人泚，中心達於面目，蓋歸反虆梩而掩之。掩之誠是也。』觀葬之本義如此，夫豈待有繁文哉。及至周公龍輴魚池，飾牆畫翣，鐸紼麾葆，事義雲興，禮經所載，有不可勝數者矣。[二]然猶曰：孝子仁人之掩其親，亦必有道。謂比化者不苟爲其薄，於人心爲恔耳。至於禍福之説，亦因有可推而論者。葬者，藏也。[三]既求藏其親之體魄，以人子之心推之，則必求其安而無害者。孝經曰：『卜其宅兆，而安厝之。』此義得也。若其親之體魄安，而子孫亦安；『雖子孫不必存此心，而』[四]一本之氣潛通，亦理之宜若可信者。北方高燥，地多火風。南方卑溼，地多水蟻。又有如程子所言五當避者。擇之不慎，則雖曰葬也，與向之委於中野狐狸，與釋氏火化者何異！故孝子仁人求藏其親之體魄而慎擇，免於此數者之患，固理之至正至明，而無可議者。謬儒訾之，未之思也。

唯獨合葬，愚竊疑而未允。非謂合之之必非也，特謂必合之之不必是也。夫人既死，則體魄必壞，勢不久存。故曰衆生必死，死必歸土。至於魂氣上升，延陵季子所謂無不之也。彼其魂氣且不必其常在不散，而又安必恒依於其體魄邪。彼於一己之體魄且不必其常依，而又安可仍以夫婦之情通之。亦見其罔，而獨理未明，未達於鬼神之情狀矣。記曰：『所以交於神明者，不可同於所安褻之甚也。』内則曰：『禮始於謹夫婦，爲宮室，辨外内。男子居外，女子居内。深宮固門，閽寺守之。

男不入，女不出。』其死也，『男子不絶於婦人之手，婦人不絶於男子之手。』明有别也。夫生既有别，則死亦須有别。故衛人之祔也，離之。離之是也。而世或據詩『死則同穴』之言，又臆造孔子善魯人之祔之語，以附和合葬之義。不知古者葬有常期，而人之死無定年。往往相距數十年之久，是安能皆待於一朝而合葬？是以合葬之説雖見於傳、記，而於經、禮初無明文，未可以檀弓、白虎通所記，厚誣周公也。孔子論天子、諸侯、卿大夫、士庶人之孝備矣，未有合葬之語。而世顧以合葬爲周、孔之教者，妄也！若謂周公緣人情而制禮，必欲使人之夫婦、父母常相聚於一處，則公亦安能必死者之魂氣之必皆爾邪！若必以此爲孝，則豈周公以前上古聖人之不合葬者皆不孝乎。而舜之大孝，不聞其以合葬得之也。又不知後世凡合葬其親者，其孝皆比於大舜，其賢皆過於古聖人否乎。善乎，季武子之言曰：『合葬非古也。自周公以來未之有改也。』是武子知合葬之非，特束於世傳周公之禮而許之耳。然則，孔子合葬於防，何也？曰：其事政難信。且同一葬也，可合而合之，本無非也。余病夫可不必合而以必合爲孝之固且蔽，因以罪夫大儒而誣謗之，爲義理生一瘢瘕也。

昔朱子以紹興十三年三月喪父韋齋先生，明年葬於建甯府崇安縣五夫里之西塔山，奉遺命也。時朱子年十有四。自言幼未更事，卜地未詳，乃以乾道六年七月遷於里之白水鵝子峰下，距卒之歲二十八年矣。又於乾道五年九月喪母祝孺人，明年正月葬於建甯府建陽縣後山天湖之陽，距白水之兆百里。而遠後又因白水地勢卑溼，懼非久計，乃卜以慶元某年遷於武夷鄉上梅里寂歷山，并記韋齋詩有『鄉閭落日蒼茫外，尊酒寒花寂歷中』，以爲殆若讖云。按此葬事，具載大全集所撰行狀、遷墓記及壙誌。度當日所以不合葬及遷墓情勢，或因壙有寬狹，不能相容；或懼陵谷有變遷，如周王季之事者，年遠不可究知。要其可合可不必合，當遷與不當遷，必壹本於義理之正，決非無故而違禮違心，犯不韙以取大戾，復自爲文以留授後人指摘。可爲朱子信也。孔子曰：『余所否者，天厭之！』孟子曰：『夫豈不義而曾子言之。』乃近人有錢塘王復禮著家禮辨言，内引盧正夫、張北山、李中孚、毛稚黄等言，皆謂朱子惑於風水，欲兩承吉地，故離隔其父母，不令合葬。極口斥詈，謂其忍心害理，比之世俗不孝悖逆小人之尤者。竊心傷之。夫小人之忌毒君子，恒欲摘其瑕抵其隙以爲快。往往捕風捉影，深文周納以莫須有之罪。加之近世之攻朱子多若此者，不可不辨。或曰，詩有『同穴』之言，不可信乎？曰：周人族葬，如周禮冢人所言，其次以昭穆爲序，同穴謂同壙也。但此詩本淫奔者之所爲，亦與陳乾昔、唐元宗同意，何足述邪！況王復禮書中又改詩『穀則異室』語爲『生則同衾』，益爲猥褻，并失詩人語妙。又引吕坤之言曰：『生死同處，父母之情也。夫婦欲合，室家之願也。分葬之慘，痛入心脾。』詞意皆不雅馴。又謂朱子自營壽藏於大林谷，欲與其妻劉氏合葬，而不令父母合葬。此乃終身之玷，後人當以爲戒。是何言與！夫朱子自規壽葬，名曰順甯，若其居心如此，何以爲順甯乎。小夫所不忍爲，而謂朱子爲之乎！竊謂此事非止關朱子一人之得失，實係天下萬世眼目，其利害是非所繫甚鉅，非細事也。〔五〕何則，禮義者，天地之所以立心，生民之所以託命，乾坤之所以正位。禮義倒而乾坤或幾乎息矣。百家之説，決於孔氏。乃自左丘明、公羊、荀卿以來，及周秦記禮諸儒，厖言謬説，往往臆託爲孔氏之言。是非混淆，多虚妄不實。則賴有有宋大儒程、朱五子者明道立教，使後世有所折衷師仰，以爲其斗極。今若並程朱而詆毁之，猶人欲有視而自壞其眼目也。故吾平生於世之毁程朱者，輒斷斷爭之而不敢避。誠有懼乎其害之大也。竊妄意斷之，以爲朱子之遷墓而不合葬也，必其於義理無害而可行者；若於義理稍有幾微不可，但以欲兩承吉地以圖風水、貪福利，人言不恤，以爲終身之玷。舉其生平所有一切講辨言論不過以佐其欺世、欺心、欺天之具，而於人生第一大事，立身第一大節，名教第一大閑，悉悍然不顧。有如朱子而可謂其若是乎哉。朱子説中庸至誠之立大本，以爲無一毫人欲之僞以雜之；又誌特奏名李公墓述。李公之言曰：臨事而無陰據便利之私者，可謂善人。平心而論朱子，縱不得爲上聖至誠，將不得爲善人乎。此種議論，其始不過瞀儒崽士一知半解，妄逞謬悠而已。不知其罪乃上同於逆天地、忤雷霆、罵父母而無異。今將諸人之言列後，願與天下學者平議之。

【校】

〔一〕『而公當日亦自以多才多藝，能事鬼神』句：儀本刪。

〔二〕儀本此處增入：『且夫葬也者，藏也。』

〔三〕自『然猶曰：孝子仁人之掩其親』至『葬者，藏也』：儀本刪。

〔四〕此九字據儀本補。

〔五〕自『或曰，詩有「同穴」之言』至『所繫甚鉅，非細事也』：儀本刪。

補記

有友人閲此文，意不謂然，面以三事相糾。其一曰：今北方多墓園，後死者即啟前壙合葬。非必同時死乃可合。君文謂必同時死乃可合者，謬也。余曰：凡世之葬其親者，斷不能必人人皆獲吉壤，葬數十年之久，其吉凶必已可見。若其不吉，則不應復葬。若其吉也，則啟之恐洩真氣，致禍殃。且有驚動體魄之嫌，則啟墓合葬亦不可謂得事義之宜。其一曰：周公以前無合葬之禮，故無妨於不合。君文謂古聖人不合葬不爲不孝。此説迂疏不中理。余曰：吾文本謂合葬原無不是，但不必以不合葬即爲悖逆不孝。周公以來，朱子而外，不合葬者亦衆矣。若必皆科以不孝之罪，指此爲元惡，如王復禮之論，既非朱子所堪受，即亦非人心所公許也。其一曰：據四朝聞見録中罵朱子者至多更甚，則此宜不足致辨。余聞乃不復言。夫人乃以毀謗大賢爲無傷，不必置辨，則是無是非之心矣，尚何可與言精義哉！至孔子合葬於防，據戴記檀弓篇云云，陳澔雖爲辨説，似猶失實。如用先儒説殯爲殯母，解慎爲引，皆不成義理，亦不成事理。愚謂恐是聖父殯於五父之衢，四面復土致慎。若今之就攢室堆金葬者然。故孔子不知其爲殯，而誤以爲葬。及聖母殁葬防，乃問於當時輓柩之人之母，然後啟殯合葬。此事乍觀之，似亦人情所有，不知聖人人倫之至，且聰明睿知，事無不察。豈有其父之殯與葬不能審辨，且聖母平日家庭何無一言，而待問於鄹媪而始知乎。又以至聖大孝，合葬父母乃第一重大之事，何至不慎，致墓速崩；又何以不俟葬事畢，急於先返，而委其事於門人小子。程子謂孔子先反修虞禮，墓不堅固，非孔子也，乃責門人也。夫葬而虞祭，乃禮俗之常，何待於修？防在魯境内，非遥，何至無一信，使僕役往來，必待子貢反問而始知？聖人自葬其父母，如此疏忽，潦草不慎，乃不自責，而反以責門人小子乎！此條載程書卷第十八，劉安節所編，淺蔽之甚。必非程子之言，亦不可信。

姚石甫云：『合葬本無非是，但不合葬亦不得謂之不孝。此二語最爲平允。惟朱子始葬韋齋於五夫里，中遷白水，最後又遷武夷。是一父而三葬之也。五夫既奉遺命，而復改葬，是不以遺命爲嫌。但五夫既有幼不更事之悔，則遷白水時，年已四十，不應又不詳擇，何以於慶元某年又遷武夷。葬親大事，果可一再不慎如此乎。幸朱子以慶元六年卒，設壽至百歲，而武夷之葬有故，不又將改葬乎？此等處不能無疑。豈别有義邪？願更教之。』東樹曰：『詳觀來示，亦以不合葬未爲不孝見許，是免朱子一大罪已。異於王復禮等之論。但以三遷爲疑，是固不得不疑，且天下萬世所不能不疑。然愚以爲此何足疑也。人子葬親，求安其體魄於無患，此天理人情之正。惟地之吉凶，則有非凡人術解之所能決定。韋齋無神術，則其遺命亦可違之，不爲嫌。朱子雖解葬術，而亦非神仙家流，則擇地而誤，亦事之所常有，而不足罪者。謂年四十而葬術必精，必當不誤者，此世俗輕薄譎詆不通之論也。即擇而不覺其誤，誤而覺之，於心仍不安，此天理人情之正。見朱子始終仁孝之心空平無纖毫私妄，可建天地而不悖，質鬼神而無慚。衆人之論口角雌黄，意在周納朱子以罪，使無可解免以爲快。愚之意則在求情理之平，以信聖賢之心術行事，渾然天理，一無成見，以解天下萬世之疑。非執意以解脱朱子爲阿附也。此事只以平常道理處之，不用深求，則得其實，政無用張皇也。孔、孟復生，不廢吾言矣。』

昔孔子絶意、必、固、我。劉屏山臨殁遺言誨朱子，惟在不遠復一語。君子改過，一息尚存不容稍懈。曾子易簀，反席未安而殁。以爲與其不得於理，過而死，何如改之，理得而死安也。然則朱子之改葬，猶行屏山之教也。假使武夷之葬未終吉，即壽百歲，亦不得以老自諉。殷人患河，邦邑五遷，何傷於事義乎！惟世之庸人見不超色，聽不出聲，抱尺寸之義，囿丘里之言，固執一見，憑愚護短，顧惜顔面客氣。往往明知行誤，力自覆掩，不肯降心從理，虚心認錯。或指東畫西以飾智辨，或游移兩可自附執中。若是者皆未聞道，皆未奉教於君子，皆未足語於聖賢之學者也。即安有正誼明道，致知窮理，正心誠意如朱子之賢，葬親大事，猶待後生如王復禮、毛奇齡輩之持其短而攻其瑕乎！亦可以決信而不疑矣。

卷三　序

老子章義序

老子之書，不可謂非深於道者。特其用意之過，感衰世澆訛之俗，發辭偏激，遂若顯悖乎聖人。然究其指，不過曰：無爲而無不爲，常使民無知無欲，以相安於渾樸無事而已。太史遷以虛無因應該之，可謂得其要領矣。自魏晋清談，寄心高遠，而制行全與相戾，豈知老子者哉！余嘗言：古今絶學大小雖不同科，而不傳之妙與人俱亡。莊周之道得佛氏擴之，其傳浸廣。老子之學一傳而爲楊朱，已失其旨。千載以來，惟子房得其用，而其後無聞焉。然是猶謂嗣其道者之鮮，乃若善説其書者亦不可概見矣。陸氏釋文所引凡二十八家，今皆不存，存者獨一謬妄之河上公章句耳。唐宋以來，説者乃漸衆。然如蘇子由注不逮王輔嗣遠甚，而東坡顧稱爲奇持，何哉？朱子自言能得其義而不欲爲之，則以其説之流有害於事，故靳之耳。

夫老子之言固易知也，但解之者支離牽率，是以其義晦。今吾作解，合儒佛之理而通之，其本義則竊取之朱子，其分章則以吾所私見者斷之。老子曰：『吾言甚易知，甚易行。天下莫能知，莫能行。』凡求道者，但於近而易知處求之，則得所爲高遠。若於高遠求之，則有迂其難而卻阻者矣。老子豈欺我哉！嘉慶己未四月。

新修江甯府志序

新安呂公來守江甯之三年，乃克修輯府志。以三月開局，八月成書，又三月而鐫之版。其爲之易而成之速，如是是可欣矣！吾嘗以爲：天下之事無不可爲，爲之未有不成者。然而世卒以少成事者，則未嘗不諉之於事之難爲。畏難者多，則亦相與解説以自慰。而烏知彼固未嘗爲之邪！方公之來也，欲成此書久矣。雖以事故紛乘，於無暇能及之際，而其念慮曷嘗須臾一刻忘於此三年内邪！然則此書之所由成之如是其易且速者，蓋早必於公之志矣！府志之不修，閱今百年。則其急待補綴者，非止今日也。然前未有能成之者，豈顧事之本難邪？夫誠知其不難而爲之，爲之而即以速成，如是則亦豈待於今日哉！以今日之爲之有成，而益知前此之閱百年而未修者之未有志於爲之也，況於革興天下之大利病者邪！公之在官也，其豈弟之實見之政事者，固已著於見聞，而無待於余言矣。若茲蓋尤足以勉夫世之畏事不爲，而諉之難者。

自記云：其事例已見於吕之自序，故茲不復言之。

櫟社雜篇自序

周秦以來，諸子各以英資茂實獵道裂術，散以爲文，咸自久於世。校其畛域，廣狹勝劣非一，然莫不本於壹而出之。後世之士專欲工文章而不務本，道術敝跬，致役乎文。游心竄句，紛紜於百氏之場，於是其人與其言始離而爲二。既以離爲二，則象而累之，雖欲不參於三，以至於雜焉不可得已。噫，吾觀後世文士著書愈勤，收名愈急。其能嶢然不入於雜焉者，何其少也！平日無道術之積，及其爲之也，又不求其至。信乎，膚淺者無所明其理，蹇澀者無所昌其辭，如虞道園所譏；然則是亦安能有原泉放海，隨地湧注，超然造極，而皆歸有本，如古人之資深自得者乎！今余自集其文，不敢自欺，而命之曰『雜』，取别於古之以『壹』出之者；且毋俾後有作者見而笑余，謂同處於雜，而惡以議人爲也。嘉慶四年三月。

自記云：此己未年作，時余年二十八歲，於後為學，始壹正其趨嚮。雖未敢言能立本，而其於雜焉者，亦庶免矣。雖然，又有病，夫文章之道，最忌正言直説。董子之文病於儒，故作者弗貴。吾生平為文，好莊語，此所以言之雖精而不入妙。識此，以訟吾短。

陳氏宗譜序

陳，中州姓也。其在江州者，顯於南唐。按史：陳褒十世同居，宗族七百口，長幼共食。則世所號爲義門陳氏者也。自義門以來，族姓(審)[蕃]衍，析爲九支，散處各郡，或顯或隱，世遠不具傳。而其著者曰才遷、公遷、思昇，三人之子孫爲最盛。有曰和庭者，篤行君子人也，與予交最久。今三君之子孫重修宗譜，而和庭之弟曰宗山者，實司其事，因介和庭以請序於余。

余惟譜諜之學，興於六代，而尤詳於唐。太宗詔高士廉、令孤棻等修氏族志，稽正真僞，分爲九等，以定河北、江南之望。然太宗之言曰：古者三不朽謂之門户，今皆反是，豈不惑邪！由太宗之意，其不徒以冠冕之榮爲等級高下，亦可知矣！此譜限勳格，所以遺譏搢紳也。三君之子孫顯冠冕者固不乏，而要其所以奠系世，辨昭穆，俾奕世子孫相維於不替者，必有所本，則亦無忘義門之貽燕也與。若夫胡滿之封，敬仲之祥，太邺之偉望，見諸史傳者，世皆知之，余不具論。論其在江州而出義門之後，信有可徵者，悉如譜所條列。

桑川吴氏宗譜序

聖人作易，每扶陽以抑陰。及哀公問昏禮，孔子爲正言天地之大義以對。蓋男女之配，絶續之交，上以事宗廟，下以繼後世，故著代之際，聖王重之。及後世男教不修，柔以乘剛，於是有婦人侵男子之權而代其行事者。聖人懼之，始兢兢以爲誡。若事之不幸，其男子所不及爲者，而婦人爲之；其所爲者即關於絶續之大事，宗廟繼後世。若吴氏婦者，吾知聖人復起，亦必與之矣！桑川之有吴氏，失其始遷之世。明代有曰太咸者，始推弟幾世永貞以爲始祖。蓋謹於傳信也。自永貞而後，迄今歷數十傳。系世脱紊，廟主燬缺，羣支不序，將復就湮。其裔孫曰君錫者，實痛於心，嘗欲繼太咸之譜而修之，不果而歿。未幾，而君錫之子及孫又相繼死殤。姑婦兩世，煢煢無依，嗣五齡族孫以承厥祧，蓋其不絶如綫也如此。嘉慶某年，其婦胡氏不忍其宗之湮，稟命於姑，捐資延其族胡某創爲吴氏宗譜。其言曰：譜立而後宗族可稽；宗族可稽，而後祖攷之祀不墜。且俾他日修祠立祭，皆緣此興起。庶代吾夫以成其先志云。昔張圓之妻劉氏能乞韓退之之銘以顯其夫，今胡氏所爲，視劉益重且大。使推而則之天下，士大夫之思惟本原者，皆將勸而興焉，豈非仁義交盡之準乎！余既憫而嘉之，樂道其善，以爲之序。

王氏族譜序

吾嘗攷古今氏族，一亡於秦漢，再亂於五代晋宋隋。唐最重譜牒，設專官掌之。而矜門户，崇郡望，依託苗裔，謬妄難稽，譜限勳格，啟世訌爭。故自唐以來，海内名家世譜雖詳孝子順孫，蓋有遠求其受氏之本原而不可得者矣！世偁貴族，莫如王、謝。顧謝氏自漢魏以上無顯者，始盛於晋宋之際。惟獨王氏自周秦漢至今，將相名賢，大儒碩學，無代無之，而其族姓亦最繁。他族雖遠，宗無不同。王氏定著三房，曰琅琊，曰太原，曰京兆。然攷之史傳，實有二十餘望。故王基、王沈相爲婚而不嫌。琅琊王氏自稱出於王子晋，爲世所譏。則其盛衰崇替，支派同異之難稽，有自來矣！

徽之有王氏也，不詳其何望。當元末有名巽者，避張士誠之亂，由婺源清華鎮遷桐。生二子，曰：宗二，曰宗五。始占籍桐城，洪武三年也，是爲桐城王氏之祖。自是仕宦蕃衍，遂爲盛族。然終明之世，三百年未有譜。我朝康熙壬子，幾世孫某始創爲之。乾隆癸巳，曰某者又重修之。閲今六十年矣。人愈衆，才俊愈起。今某某等復事修輯而請序於余。余惟眉山蘇氏自唐武后神龜時遷眉，至宋仁宗至和間，幾四百年而譜未立。是以老泉爲族譜，自高祖以上即不能知。今王氏雖於明代無譜，而自康熙壬子以來所紀上世已詳，蓋已愈於蘇氏之僅能紀其高祖者矣。矧今某等又欲續修之，則其所紀益詳。自今以後，不至遠而愈湮，固孝子慈孫之事，而可爲世法者也。

自記云：氏姓亂於五代，謂南北朝之五代。王荆公亦主此言。而顧氏日知録又以為唐末之五代，二説並存，學者疑之。余此所指晋宋齊梁陳，南北朝之五代也。

待定録自序

天下皆言學，而學之本事益亡。本事者何，修己治人之方是已。舍是以爲學，非聖賢之學矣。古者修己之學，學處貧賤而已，學處患難而已，學處富貴而已，學處死生而已。伊川謂：富貴則不須學。竊以此記言者誤也，非程子之言也。夫富貴之人處勢高，行意便，所及利害益廣。苟爲不學，則以其勢恣睢，非惟害及人心風俗民生國是，終亦必將取爲身殃。君子無須臾離道，惡有富貴則不須學之言邪！至於治人，亦惟富貴有權勢者其用爲切，矧由此而推以處大事，當大任，決大疑，成大功，立大名，不惑不懼，其本皆在於是。故窮之所學，即達之所用；非有二也。

余少貧賤，而困窮益甚。既無所因極，乃壹以學自廣。顧爲仁不熟，未能默識一貫。當其耳目暫交，天光偶發，惝惚有象，須臾亡逋，不可追憶。故每於旅枕不寐之餘，舟車波塵之際，忽有所悟，隨即劄記之。或細思故書，欣然有會，則直記其詞，以當書紳。勤苦既久，集義自生，所得積至百餘卷。其歲月先後蚤晚昏旦，一一蠅注其下，用以自攷驗。初命曰定命書，後見劉宋顧凱之先有是名，乃改命曰攖甯子，攖甯云者，攖之而後甯也。今復改名曰待定録。嗚呼！余之困厄既無可告人，若其所獲於世所不爭者，姑録而存之，以待後之君子論定焉。庶幾其非僭乎！若夫莊子所稱世有真人而後有真知，夫真知又有待而定者，則非余之所知也已。道光四年秋八月東樹自序。

未能録序

閩縣孟瓶庵先生以損益二卦歸之復卦，作求復録，曰：懲忿、窒慾、遷善、改過。凡四篇，用意密切，至矣，善矣！然不逮蕺山先生人譜六言爲有始有卒。余參劑於劉、孟二書，自鞭其所後，爲十言以自程。曰謹獨，曰衛生，曰修内，曰慎動，曰敬事，曰燭幾，曰盡倫，曰執義，曰安命，曰積德。夫爲學之方，固各視其資性。造詣各有入手得力之處，不爲陳往迹以狥觀聽也。術家言吾歲行在卯不利，幸殘生未泯，欲自刻厲，求免惡終。每自念：吾今日死，明日而吾尚存也。曷爲明日死今日而吾先亡乎！凡不修之人，形雖未絶而生理早泯，雖生而死已久矣。管子曰：『壯者無怠，老者無偷。』子曰：『朝聞道，夕死可矣。』又曰：『假我數年，卒以學易，可以無大過。』欲之未能，勉之而已。勉之何如，慥慥而已。如飲水，如耳鳴，雖鬼神不及知，亦自與鬼神同其吉凶。庚寅五月十六日，儀衛主人自序郡署東偏文昌樓下。

以上十義，昔賢名理名言，至精且詳，不可勝舉。今日惟在自家切身檢點實踐而已。不作言銓也。同日又記。

進修譜序

進修者，本易『君子進德修業，欲及時也』語。君子之學，進德以事天，修業以事人。舍是無所致其力。德者本體，卷而藏諸密者也；業者致用，放之而彌六合者也。德業并進，如釋氏教乘雙修。漢學修教而不修乘，宋學之誤而偏者修乘而不修教。而如程朱諸大儒，則必教乘雙修。但德之精麤純雜，業之廣狹偏全，隨人所占，前載所記，可攷而知也。

天之所以與我者備矣哉！君子精其心而德隆，大其心而業廣。小人及偏材弗能也。譜者，百工技藝皆待規矩繩墨法式模範以成其事。獨至爲人，自孩提至老，絶不一講，任情放意，各以私智蕩性，虚憍客慧，忿慾偏惑，苟妄行之。父兄莫之非，交游莫之譏，而無不予聖自狂焉。天下所以少成德全才者坐此。即少有一二質美志學者，不得其門，又昧於所從事，誤用聰明功夫；本末次序不知，卒蹈邊見、偏見，至死不悟。可哀，可憫，吾譜之所以作也。譜在四子、六經、諸史，然泛而求之，莫得其要也。蕺山、二曲，人極人髓。二圖摹擬套習，又偏而多誤。惟邱文莊朱子學的，庶乎近之。但單舉朱子一家之言，不如小學、近思録完備。要之，皆人譜也。皆譜，吾曷爲復作之，此吾所私具也。義理，天下之公，曷爲有私，吾所謂私者，如人皆冠履，視之則同，然而吾所自具者，合吾首，適吾足，必不同於人之所有也。其譜之類凡八：窮理一，密察二，實三，巽宜四，節五，止六，借所七，恒八。辛卯五月方東樹撰。

時政策自序

時政策三首，共七事，蓋其尤切者；其餘猶有取士、删省條例二者，欲補作之，以擬主父偃九事八□〔一〕爲律耳。然非常之事，必待非常之人。苟不度時之足用吾言，而漫以沽其術，則未有不取戮辱者也。易曰：『鼎有實』，慎所之也。老子曰：『不爲福禍始』。蓋邀天下之奇功，必招天下之奇禍。如孔孟之栖栖奔走，知其不可而爲之者，蓋以天命悠遠不可知，吾但誠懇惻怛以事之，如大舜之底豫耳。此意諸葛武侯識之。下此若賈誼猶出於忠愛，如范升之於王邑，則欲以售其才；如王通之於隋文，則苟以沽其名。若主父則與蘇張等，但以求富貴耳。苟不度時揣勢，則富貴未可求，而死於暴人之前也。久矣，此獻璞刖足之明鑑也。乙亥六月十五日，方東樹漫筆。

【校】

〔一〕疑脱一字。

雀硯齋文集序代

昔歐陽永叔擅有宋一代文章之譽，而其平日與學者言論，但語政事，不及文章。人或問其意，公曰：文章止於潤身，政事可以及物。嗚呼，公可謂能見其大矣！然而世之文章之士，以及操觚童子，無不知言歐文，若詢以公之政事，雖通才宿士，或不能舉其實。何公之所輕，而人反重之；公之所重，而人顧忽之與。將政事在當時，後世不克盡詳，而文章之所流傳者遠與。沔陽張蓮濤，余己酉同年友也。學邃而文雄，尤講於吏治。其仕於黔也，歷宰諸縣。凡所爲措施勤恤者，悉本諸經術。既乃不樂爲吏，一旦毅然決去，歸十年矣。嘉慶二十二年，余爲兩湖督延至武昌，將處以賓館，俾兒子請業於君。旋奉命改兩廣，蓮濤不果從行。蓮濤平日箸述甚富，所爲詩古文詞若干卷，舊皆已刊行。今都轉翟公實受業蓮濤，其服膺心悦甚摯。暇嘗告余曰：某官江右時，曾刊先生詩集。至其文集，雕本既久，漫漶特甚。某今重爲校刻，公宜爲之序。余惟蓮濤朋友契闊之情，都轉師弟拳拳之誼，皆不容已於言。且蓮濤蘊畜碩畫，限於職位，不及究施。則其所賴以流傳名字於不朽者，將不在是與！既以應都轉，并以貿蓮濤云。

澄響堂五世詩鈔序

桐城以宦學垂六百年之舊家，劉氏其一也。劉氏之先有諱清者，於宋末由鄱陽遷桐。自是歷元明以巍科高弟躋清華，司刑憲者，相繼不絶十數傳。至廷尉允昌、深莊、鴻議、樸園、起鳳、栖麓，奕世相衍，益大其學。羣從祖孫以詩文畫筆，馳譽當代，風流輝映，比於鄞袁氏豐氏。嗚呼，可謂盛矣！雖兵燹播遷，殘缺失次，不克盡傳；而觀其所見存者，則其不傳者益可概想矣。

昔人著書或及其身而傳，或遲遲數百十年之久而後傳。或始雖盛傳而其後竟不傳，或始雖不傳而其後乃盛傳。此其遲速顯晦，殆有數焉存乎其間，而不可以人力齊與。獨其傳不傳絶續之際，則賴有賢子孫之克承其家，抱殘守缺，網羅放失，有以存什一於不泯。孔子曰：吾説夏禮，是故之杞而不足徵也。吾學殷禮，是故之宋而不足徵也。然則子孫能傳其先業，使人得見其先祖之美，不因以卜其子孫之賢哉。道光壬午，余客粤中。劉某謀刻其先人五世詩集，而屬余爲刪訂編次，且乞序言曰：吾先世代有著述，以年遠致殘失。今自先廷尉以上隻字不存。自廷尉以下僅有存者，不及今收拾。吾懼數十年之後，並此區區者將全晦矣。余受而讀之，竊見前輩典型塗轍有自。如廷尉之沈鷙，深莊之流美，栖麓之名貴，信足爲世言詩者之楷則。若此集遂行，固藝苑所樂推，而豈獨閭里之盛美也哉。

重刻白鹿洞書院學規序

書院之設，肇自唐開元中，與古石室精舍相似而不同。始東宮麗正殿藏經籍，置修書院，已而大明宫外創集賢書院，學士通籍出入，蓋用以廣購求事校讎也。逮宋嵩陽、廬阜、嶽麓、睢陽各立書院，以居生徒，賜之經傳，以相教學。而白鹿洞經朱子設教，其地其精神所萃，千古猶留。登其堂而思其教，誠問學之津梁，入聖之階梯也。

明弘治間郭墡始輯白鹿洞志，簡略未備。國朝康熙初，廖文英重修，後燬於火。星子縣知縣毛德琦重爲修補，廣搜遺事。自宋以逮我朝，興復沿革，藏書祀典，學田藝文，及先正格言，靡不畢備。凡爲書一十九卷，披閲之下，慨然想見朱子當日所以集羣儒之大成，使斯道昭明，如日中天。其遺文教澤，一字一言，皆如布帛菽粟，後之人日游其(天)[中]而不能盡察也。每思窮居約處，無補於世，必欲興起人心風俗，莫如崇講朱子之學爲切。

會廉州太守何公謀取此志第六卷至第八卷所集歷來主洞諸先哲學規，别刊爲一集，廣布各書院，使奉爲繩墨。於以崇正學，儆斯人，成善俗，而復於古道也。刊成，徵余言爲序。余喜與有同志，遂書以識其大恉云。

佩文廣韻匯編序

自平水劉淵首併廣韻之部，逮於黄氏公會、陰氏野夫，今韻盛行。世之學者不但不知字有古音，幾並不知韻有古本，於是唐韻亡。自宋鄭氏庠首分廣韻之部，逮於近時亭林顧氏、慎修江氏、若膺段氏，古韻盛行，世之學者始知字有古音。而周、沈以來所用之音，所定之本，皆不足據。於是後人之韻書行，而唐韻益亡。幸而廣韻尚存於世；而言今韻者不知求，言古韻者又以爲不足求，是唐韻將終必亡而已。嘗病邵子湘作古今韻略，以今韻本求古音，坿載紛然，止標漢魏杜韓詩爲準。既不能如陳、顧諸君力求古經，以訂周、沈四聲之失，又不能著明廣韻二百六部之舊，使學者曉然知唐宋人所用之韻之祖本。揚子雲所譏童牛角馬，不今不古，識者弗之重也。

吾友句容李君元祺撰佩文廣韻匯編，以今韻本存廣韻舊第，篇目部分則從今韻。建類先後則從廣韻，而於今韻廣韻兼收分收之字，詳爲釐註，復移今韻之字之同切者隸從廣韻建首之字。區類相次，開卷犂然。書成，索余爲序。余惟周官大行人之職，九歲屬瞽史諭書名，聽聲音，所以一道德而同風俗也。往者戴東原氏稱，自漢以來不明訓故音聲之原，以致古籍澆僞莫辨，葢小學與經學相表裏，又如此其重。我朝文運昌明，超軼前古。凡諸經疏傳注莫不仰秉聖裁，聿垂制作。而音韻小學經諸儒講訂，亦復參微造極。同文之盛，薄海風行。洵非陸法言等之智所能囿也。但廣韻乃孫愐之遺文，雖不盡合古音，而唐宋以來詩人承用已久。誠恐世不興行，遂以湮微。今此書於部分恪遵佩文詩韻，而兼存廣韻舊部。俾承學之士，於祇奉功令之中，藉以識古人之舊。庶原委得失，既有所攷，而古籍亦賴以不墜焉。

刻屈子正音序 代

楚辭之書，自劉安、班固、賈逵以來，隋唐閒爲訓解者，尚五六家，宋時已皆不見。世所通行者，王逸、晁補之、洪興祖、朱子之注而已。洪本參用二十家之書，朱子作集注，多本之晁録，僅刊補於後。惟釋音則自徐邈、諸葛氏、孟奥、釋道騫外，不多見。朱子集注專用吳才老韻補，明陳季立屈宋古音義已辨其非。然陳書簡略，尚多不盡。山帶閣注附説韻一卷，伏讀四庫提要，稱其每部列通韻、叶韻同毋叶韻三例，以攻顧炎武、毛奇齡之説，亦非通論。余觀其書，據焦竑國史經籍志載徐邈、釋道騫楚辭音一卷，謂朱子所不見者，今亦未嘗不傳於世。是未攷竑此志，多有未見本書而濫列其目之失，則亦未足信矣。

國初至今日，音學大明。江氏、戴氏、段氏、孔氏，承陳、顧之後，覃精研思，博辨廣證，舉魏晋六朝唐宋以來一切譌音謬讀一復於古焉。其專爲楚辭音者，有毛晋、屠晙、錢澄之、張德純等諸家，然皆不合古音。桐城方展卿先生著屈子正音三卷，其恉據韻補以正唐韻之誤，而於吳説之疏謬者，復引經傳及西漢先秦古書疏通以證明之，庶幾讀應雅故矣。顧先生此書作於乾隆壬寅，其時顧氏書雖行，而江氏、戴氏之書猶未盛出，段氏、孔氏抑又後矣，故其分部審音如魚侯蕭尤之類，不能無小失。繼起者易周，而作始者難密，斯固古今之通趣與。

余不敏，於形聲訓詁之學，嘗涉獵而未精。喜先生是書足爲屈子音讀善本，爰爲雕板，以傳於世，而閒附鄙説於後，則以墨圍今按云云，以識别之。用朱子韓文攷異例也。漢藝文志屈原賦别爲書，不曰『楚辭』。今先生所説，自離騷迄招魂而止，題曰屈子正音，蓋據太史公書，不以招魂爲宋玉作也。

自記云：蘇厚子云，朱子答或人書云，諸公稱號，合立一條，例差等，云云。王芳麓樵筆記，朱子集注之例，於程子稱子，諸家稱氏。子者，師稱也。氏有二等，有不敢以字稱而稱氏者，如程子門人尹氏、謝氏、楊氏之屬是也。有自漢以來注授經師亦稱氏者，如孔氏、馬氏、鄭氏、趙氏之類是也。若人非所尊而取之者，則直名之而已。此文江、戴、段、孔不應獨尊稱氏。其説良是。余此所稱名氏皆不應法，但行文不得不爾。姑仍之。而記若説以識吾繆。且以詔後來文家，不可不嚴辨書例。

雙研齋詩集序

公卿大人之能在於經國家，利民人；布衣韋帶之士在於誦説議論，發明道德。韓退之自言能贊王公之能，而道大君子之美。彼其言蓋以自多，欲往而兼之，而不覺其意之溢也。若夫公卿大人經國家利民人，能事見於天下矣，而又以其餘發爲詩歌文章，繇詠性情，潤色鴻業，飾表舒釆，以光國而熙時，自皋夔以來，迄於近世，臺省名公，往往而是。則非特布衣之能而已也。

大中丞江甯鄧公，起家經術，由翰林出典郡。今天子嗣位之初，鋭意登賢，獨識其才。嘉其政，不由階資，爰自太守俾承臬事。五年之閒，濤長方伯，遂躋開府。公自念受知殊異，益殫其忠貞。思所以爲政之要，可以守而不敝者，曰勤，曰平。所至之處，爬櫛隱滯，顧畏輿情，款款業業，求不欺其誠。凡歷晉、楚、秦、皖，行之如一日。蓋舉所謂經國家利民人者，既優優而敷之矣。而尤性耽吟詠，政餘之暇，不廢抽思。嘗綜生平所爲詩，都爲若干卷，顔曰雙研齋詩鈔，命東樹爲之序。東樹聞命悚惶，私於友人曰：是烏乎可！昔李商隱之作會昌一品集序也，見裁於鄭亞。迄今讀鄭公所爲崇竑軒蔚波渟嶽峙，稱衛公勳德氣象，遠出商隱之上。固知大人之美，非大人之筆不能形。而況才萬萬不及商隱，其敢蹈退之之僭言，以犯兹不韙。三辭不獲，然後乃受而伏讀之。既卒業，歎曰：此殆有卷阿之遺音者與！蓋公之詩，上規雅頌，下攬唐賢，同源共流，一本於温厚。故篇中多沖瀜紆餘和平之作，絶噍殺猛起僨激之響。至其奇俊創獲，亦如仁者之勇力能侔造化，迴天地，而終不以勇力顯。蓋几几穆穆之度，交呈於性情文字之閒，而不可以人事彊者。而公虛懷若[谷]，無思賢不及，超然燕處，不留心迹。其於同時之士，有一才一技之可取者，悉羅而致之。揄揚稱説，不啻口出。盍非但忘己所長，並若忘人所短矣。夫天下之理，苟非己性識所有，必不能兼取他人之有。詩曰：『惟其有之，是以似之。』又曰：『心乎愛矣，遐不謂矣。』公非特能兼布衣之能，而又能取之。取之不已，乃以下及於不能者。於此益徵公性量之宏，休休而不可涯涘已。不然，頌申伯之德者，必待尹吉甫，豈有以至微賤之士而敢干其職乎哉。故爲道公所以見取，及樹所以承公之意者如此。若徒論其詩之美，尤公之餘事也已。

徐荔庵詩集序

吾嘗論古今學問之途，至於文辭，末矣。於文辭之中而獨稱爲詩人，又其末之中一端而已。然而詩以言志，古之立言以蕲不朽者，必以德爲之本。故曰，有德者必有言。自漢魏以來，至於今日，其閒賢人君子，高才碩士，英敏異量之徒，或以憫時病俗，或以抒情見素。百世而下，使人讀之，得以攷其身世，睹其性情，如接其衣冠笑語聲音面目。其高者至並其時之風俗治理貞淫盛衰，罔不載之以見，如孔文舉、曹子建、王仲宣、劉越石、陶淵明、杜子美、韓退之諸賢；猶可因以想見詩之本用如此，故古今重之。文中子續經固妄矣，要詩足以覘其世與其人。後代作者豈遽絶於風騷邪。邵子謂，删後無詩，亦過矣。顧世之學者不惟其本原，或拘以格律，釐以人代，齗齗以優孟衣冠言詩。於是有言矣，而不必有德，始失其本而示人以陋。數百年來衰敝相習，篇籍雖富，率夸浮流宕，不能與聖人言詩者合。王者之迹未熄而詩固已亡矣。雖有河汾君子出於時，亦將何所采拾乎！夫三百篇爲詩之祖，而風不同於雅，雅不同於頌，小雅之材不同於大雅。而無邪之旨，興觀羣怨之教無不同焉者，豈不以言詩自有其本在邪，亦曷嘗置一人一詩於前，用一律以髣髴撫肖之哉！

合肥徐子荔庵嘗舉孝廉方正特科，是其行誼既重於鄉里，見於明時。固將揭其所修於身者，爲法於當年，流聲於後世，使人攷其德行之成，卓然非尋常之所能及。乃猶不廢辭章之末事，而勤勤於吟詠詩篇，欲託以自名。豈欲以立德之餘紬，而兼夫立言者與。夫立言，非德無以爲之本。徐子之賢，其必有以既其實矣。始吾識徐子於陳秋麓司馬座，徐子爲言，與吾亡友劉孟涂善，因恨交余之晚。明年，余主廬陽書院，距徐子家不里許，因得數相見。又明年，余主亳州泖湖書院，而徐子先在州刺史署中。夫徐子與余交雖晚，而其踪迹之聚密，有爲親故之所不及，豈非相與有夙因與。然則徐子命余序其詩，其曷可辭，故爲本其素行與詩教之大旨以爲言。

安徽通志序代

國家承平，聲教暨訖大宇之下，休養生息垂二百年。雖萬里之外，嶺海之陬，山川、城郭、兵額、田賦、倉儲、征榷、師儒、學校、風俗、物産，文羅武絡，悉達京部。闕廷之上，民氣動静，視之如咫内外，井井不紊。而治圖志之用，關於政治，其益如此。是以各省通志雖或舊有與無，而皆於雍正七年奉世宗憲皇帝諭旨，一例輯修。書成皆經奏進，刊板藏貯布政司。而安徽省獨統於江南，乾、嘉逮今，頗常增修，而無創造。

道光五年，臣某奉命來撫是邦，實有問俗之責。念兹地千里，所轄府州縣襟帶吴楚，兼有揚豫。較其畺域之廣輪，人文之殷盛，扼塞之險易，財貨之阜蕃，實與江蘇不相上下。矧自春秋、楚、漢、三國、六代以來，封建僑置，華離紛錯。其名區勝迹，遺文軼事，至賾而不可紀極。唐、宋、元、明道路割併，職官建置，沿革隸屬不一，故事尤夥。今取士之額，漕輓之供，巡撫、布政使司之設，皆有上下江之分，而志書獨否。地大物博，首尾要最不具。故江南通志多至二百卷，而安徽事略猶未能詳。且江南通志續修於乾隆元年，距今又閲九十四年。日月運於上，人事增於下。政典條例因時制宜，屢經更定。文書案牘多於積薪，稽攷不備，何以裨益治理，昭示來兹。封畺之吏職在補偏修廢，苟有可以利地方者，雖其未有，不妨創舉。見既有端，不敢避縮。爰與布政使臣某、按察使臣某暨諸監司、郡守周諮協慮，謀創爲安徽通志。僉議曰宜。乃於某年月日會同兩江總督臣某具疏恭請欽命俞允。條例初頒，綱領始布，而臣某旋奉恩命調任江蘇，於時接任安徽巡撫臣鄧某踵成其事。酌籌經費，慎請名儒，開局纂修。歷今四載，始克告成。細目宏綱，詳明該括。俾舊章不致放失，文獻藉以有徵。於以彰我國家累洽重熙典章制作之盛，與江南通志並備史館采擇焉。是書臣某實謀創始，例得弁言簡端。謹拜手稽首，序其顛末如此。

重修太湖縣志序代

道光丙戌冬，余自鳳陽移守安慶。數年之間，凡六屬邑令雖遷調，事故不常，然皆以賢能助余爲治。當是時，值前撫陶、張兩大中丞，暨今鄧大中丞相繼創修安徽通志，檄令各州縣一體輯修邑乘送省志局。凡以稽一方之治理，上備史館采擇焉。於是太湖令山陰孫君始輯修太湖志，既成書，而請序於余。余惟太湖有志，其緣起本末，諸舊序詳之矣。顧自乾隆二十六年前邑令吴君重修，迄今又六十年。人事累積，俗化遷移。君乃悉心爲之稽攷文牘，網羅搜舉，缺者補之，譌者正之。務俾文簡事覈，期於有裨治化，徵信來兹。余覽其書，文事粲然；洵足備一邑之文獻，可以覩見其民俗風土焉。輒復略爲商榷其凡例，是正其文字，庶幾體裁雅正，於以追媲武功朝邑諸名編而無媿焉。蓋志與史相表里，非所記覈實，無以推行諸政事。若夫浮文妨要，公家虚義，概無取焉耳。孫君既以賢能膺計典卓異，行將去此矣，而是書之留貽於後來者，得以藉手共勉爲實政，豈小補也哉！道光十年庚寅仲春。

朱字緑先生文集序

杜谿文集十卷，附白柴文一卷，故編修宿松朱字緑先生及其子曙撰。道光辛卯，樹主松滋書院，其族孫麟憫先生無適裔，將代爲梓行，而屬余序之。其言曰：先生集舊有刊本，既未盛行於世。乾隆時開四庫館，禁書令甚嚴，其家不知而燬其板，惟鈔本僅存於今；又多摩滅錯亂，至不可讀。樹幼即知先生名，而未見其文。既發讀卒業，則歎曰：此豈僅一方之文獻而已，蓋國朝名家著書若此者實不多見，是固將追古之作者，如李翱、蘇洵、曾鞏輩，並垂不朽於天壤。惜乎世無傳本，知之者少，而可不亟亟焉表而出之哉！

蓋先生受知於仁廟，嘗預武英殿修書之選。一時交游之士如萬季野、梅定九、閻百詩、何屺瞻等，並國初碩學耆儒。先生與之馳騁議論，並駕角立，而其文又皆經事析理之言，高峻曲暢，氣韻温厚，得法雄深，無一語爲時人所能措。如與李二曲辨學書、記闕里志後，理明詞確，有裨人心世教。記徐司馬三征事、金中丞、吕沃洲等傳，表潛闡幽，足補史傳之不備。其他雜文記言書事，皆關掌故，無虚詞泛語。而攷其言之所至其所得於内者，行又足以充之。孚於鄉黨，信於友朋，足以重天下而傳後世無媿也。世之文士汲汲著書以邀名，而行無可稱，中無所積，剽襲標榜，憑藉聲氣以炫爆於一時，卒歸湮滅。而如先生之操修明潔，高文博辨，雖其一時未顯，而其光氣靈怪終不可遏抑。在在如有鬼神呵護，待其人而後發。故雖其子孫之式微，而承學後進不敢謝其責，而必爲之發揚暴露，以著見於天下後世也。蓋有天焉，非偶然也。

先生與吾鄉宋潛虚、方望谿先生交最契，其卒也，望谿爲之表其墓，而此集前潛虚嘗爲之序。樹惟書無重序，又自念末學鄙淺，豈足以重先生之文，使學者尊而信之。謹訂其脱謬，更易其卷弟，言其大略，以質世之君子。先生平日所最措意者有游歷記數十卷，今集中有其序而未見其書，惜哉！道光辛卯九月，桐城後學方東樹序。

重刻數度衍序代

今海内言天文學，必推宣城梅氏。然梅氏歷舉新舊西法凡九家皆在前，先繼善公其一也。夫儒者之業，惟天文爲絶學，非專家尠能通習。習矣而或不能精深，灼然有所發明，則亦不著。吾鄉前輩著述如林，皆鮮及此學。故自余晋齋八綫測表圖説外，無一人問津者。近儀徵阮芸台宫保撰疇人傳，褒集古今，而先公實抗席其閒。公所著數度衍二十四卷，著録四庫。其義例具見提要，大抵新西法也。歲久板壞，字漶滅不可識，子孫貧不能修輯。某頃歲自蜀歸，始得購求紙本重摹鋟板。又四庫存目載揭方問答一卷，亦言新法，今未見。揭名暄，字子宣，先檢討公弟子也，所著寫天新語亦在四庫存目中。聞國初有江西廣昌人揭衷熙字静叔，於順治三年以推官護饟，經泉鎮遇寇死。妻萬氏、子暄奮力殺賊報仇。事具邑志。衷熙著有天書性書兵書，則子宣之學有自來矣，因附著之。道光八年戊子十月。

重刻劉直齋讀書日記序代

董子曰：道之大原出於天。天不言而生聖人以代之言。故聖人之言，凡以明道覺世，陳其理而不彊聒，猶天之縣象而益加顯焉耳。周秦諸子獵道術而裂之，刻意著書，始欲私之以爲己。言道有純雜，語有偏全，要欲以明道立教則一也。降自東漢，以逮陳隋，八代遞衰，文士之習盛而道始隱；非道隱也，其言不足以著之，而民無從有聞焉。其僅而有存者大率如沙中之金，細而寡獲，不濟於用。及至唐，韓子因文見道，而道復昌。昔人功之，以配孟、荀，而以爲不在禹下。由今觀之，其弗信矣乎！嘗論古今道術源流，唐韓子之於宋程、朱，猶之伯夷、伊尹、柳下惠之於孔子，亦於其言精麤淺深辨之而已。顧韓子之言以文，程、朱之言多出於門弟子所録；小儒頗病之，以爲其體沿於釋氏，後人習以著書，俚俗淺近，不應爾雅讀。夫言，第觀其於道有離合否耳。詞之工拙時代爲之，非所害也。苟其言足以質聖人而無疑，軌諸子而獨粹，雖著書無文，抑豈文士離經詭正浮華齷齪之言所可共帙同機而讀乎！某性顓愚，自壯至老喜觀語録諸書，尤潛心宋五子，服膺既久。中間仕宦遠涉，夷險紛薄不一，而未嘗稍輟業；以之行身居官，反而自驗，亦時有得力於是。益信聖賢之學體用交盡，口之所發，簡之所書，與躬之所踐無二焉。歷選諸儒，周、程、張、朱而外，不啻數十百家。雖高下不侔，而於道莫不皆有所發明。最後又得孝感彭魯岡、安邱劉直齋之書；魯岡之書近得雲夢程太守梓行，直齋之書雖有刊本而流傳未廣，問之學者，或不能舉其名氏。道光乙未，其族孫某官某人始以其書來，讀之，精深明辨，多所發明。雖其視周、程、張、朱淺深高下未知何如，要其大致不合者抑寡矣。惟原書五十卷，今所刊行陸巢雲删定本止五卷，卷數縣絶。意其微言緒論宜猶有可存者，而今不盡見，可惜也。某將重刊，以廣其傳。余故道其所見，用識私淑之忱云爾。

芸暉館四世詩鈔序

夫蓄德久則其世必顯，雖曰自天篤之，然固人事之符焉已。維文章學問亦然，其積之益厚博，則其聲益遠流；其業世宿，則其致精極能也必益工，其於收名也必益遠。鄉先輩退餘吳先生處仁抱義，樂善務施，其平生所以陰行其德者無不至，而無邀名望報之心。嘗與其弟除夕夜遇孤童之無依而哭於塗者，二人問之，則其族子也。因攜歸，兄弟各撫育之，以至成人授室。先是先生老而乏嗣，洎是至年六十一始得冢嗣竹心大令，又十年復得種之太史，人以爲陰德之報云。厥後太史生三子：長春麓侍御，次星槎刺史，次岳青徵士。太史念兄竹心無子，以徵士嗣。而侍御二子長子方明經、次喬軒大令皆以文行仕宦顯於時。其餘羣從稚孫烝烝林林，盈庭玉立。夫以百年之閒孫曾鵲起，簪纓世襌，翰苑科名畢萃於一門之中，而皆本於退餘先生一人之積累。則余所謂蓄德久而其世必顯，其弗信矣乎！

退餘先生幼勤學，習舉業，而尤工於詩。既久困場屋，連蹇不得志，又初無子嗣，可謂不得志甚矣。而誦其詩，浩浩乎、渢渢乎吟詠性情，攄述游歷，其胸中絶無忿怒愁苦之氣，哀怨侘傺之詞，則可謂之德音者與。竹心大令承庭闈之訓，其詩抒辭雅潔可誦，不以作吏廢其嘯歌。及至太史鯨吞虬横，薄雲霄沮金石，馳騁乎山川之壯，研摩乎景物之華。觀其風格時與唐賢高常侍、岑嘉州、李翰林相近，有初盛承平氣象，無寒苦困瘦之情。自中朝士大夫及四方才士莫不慕重之，然則太史之詩豈獨爲一人之善；固上以大退餘先生、竹心大令之業，而下以開侍御、明經之緒。使人讀其詩，攷其家世，父子祖孫奕葉相承，信世宿其業者，其致精極能而收名益遠有如此也。故星槎、岳青既定次退餘先生及大令、太史詩各爲集，而並以侍御、明經詩附於後，命之曰芸暉館四世詩鈔。嗚呼，盛哉！昔曾子固言，自漢、唐、宋以來，能三世以文特特見於世者，代不過數人。今吳氏之盛若此，雖梁之徐摛、陵，庾堅吾、信，唐杜審言、甫，竇叔向、牟、鞏，宋眉山蘇氏，舉不足專美於前史矣。星槎、岳青以樹嘗及見太史，又習於侍御、明經，故命爲之序。樹無以辭之也，乃爲本其家世所以致斯盛者，由於蓄德積學之久以爲之言。若其詩之工，卓然可傳於後世，讀者當能見而信之也。

吴康甫磚録序

凡人之學雖一物之微，苟好之精且專，斯莫不有傳焉。非彊而致之也，以爲是亦道之散，而所寄故能分，識小之用，歷世而不可廢。夫論學而至文字，六藝之一端耳。於文字之中而及於金石，於金石而逮於磚文，又其一（靖）〔端〕耳。然而論者以爲，金石文中國邑大夫之名，年代日月之紀，偏旁篆籀之迹，有可補經傳所未備，説文所未及，攷鏡得失所亦不遺，豈徒摩挲古物，寄興翫好而已，則磚文或亦分其一節邪。顧唐以前金石之學未廣，自北宋以來，列收藏者至三十餘家。而其人非有閎博大雅之才，貫通經史，則往往不暇以好；好之矣，而或貧賤屏處，力不足以致之，則又不足以聚。即偶蓄一二器，而亦不足以稱富。嗚呼，蓋其難矣！

吾邑學問文章頗爲四方所宗，而金石學獨闕焉弗講；將恐泥小道而忘致遠與，何好之者絶少，前輩之流風竟未有開而先之邪！吴君康甫年少而才秀，性嗜金石，自其在鄉塾時即喜模拓篆刻。及仕浙中，既多與賢士大夫接，又多得地土所出，故其好之也愈篤，其求之也益勤。其説以爲，凡漢晋鐘銘、印文、銅器、碑碣、瓦當之屬，一一取證之以磚文，可補諸體於萬一，於是輯爲是録。叙列精當，頗具條理，較昔諸家録文而未爲成書者，特爲詳備。皆可觀，亦可喜。昔歐陽集古録千卷，而趙氏書多且倍之。薛尚功鐘鼎款識四百九十三器，今儀徵阮相國益之爲五百六十器以勝之。創始者難，繼起者易，亦其事理之所必然矣。夫古物之在天壤，有日減，無日增，矧磚之質賤，不爲人所貴重而易湮毁者邪！得是録以永之，千萬年不朽，則此書之傳亦與之爲不朽。安在致遠泥小，不且爲吾邑開作始之功與！康甫寄書索余文爲序，故爲本其實事以言之。

周書武城年月攷序

吾嘗論學莫大於説經，亦莫難於説經。説經者必以義理爲主，而輔之以攷證。稍偏焉皆失之，而攷證家於天文歷算又必專門，始通其説，因非大儒，罕能兼善。近世學者務蔑義理，而專求之攷據；談義理者又率空疏不學，二者交病而不相能。此太史公所以歎春秋歷譜之不一也。

吾友馬君嘗病先儒說周書武成年月不合，因深箸劉歆三統歷之疏不可信，以致誤諸儒，而因以誤經文也。乃爲周書年月攷一卷，據程氏厚耀春秋長術以斷己卯之無閏月，而武成日月皆合。又據金縢、史記以定武王之卒年，而周公攝政、成王在位之年皆明。其言曰：必得其年而後能定其月、日，以經證經，事覈而詞信。蓋合儒、歷二家之言，信乎誠足爲治國文者要覽矣！吾初疑歷家之術止可推明閏朔，章蔀月日，而不可攷古爲歷之年月所當於古帝王事迹。史文有闕誤，即不能詳。故史遷三代世表不紀共和以上年月，以爲本於孔子之意。馬君曰：君所言概論夏、商以前，吾書第爲周一代言之，而實有經史及儒歷諸書可攷，不當以史遷爲不可易之說。余覽其書，信然乃悔向所見之不宏也。

自記云：其詳具於所與書中，可參觀之。

援鶉堂筆記序

援鶉堂筆記五十卷，鄉先生薑塢姚編修之言也。先生早歲歸田，專精修業，自壯至老，未嘗倦怠。其所校閲羣書包括古今，探篹雅故，凡墜簡、譌音、乖義、謬釋一一是正。或録記上下方，或籤片紙簡中，反覆書之，旁行斜上，朱墨狼藉。然第自求貫通，不希著述。歿後學者借鈔傳寫，致多散佚，或并原書爲人所竊；今其存者纔能過半，又頗顛倒脱爛不可辨識。先生曾孫瑩前仕閩中，始輯而刻之，名曰筆記，本其實也。惟閩中之刻既非足本，又失於讎校，訛誤實多。及兹移官江左，亟事改補。以樹巋堪盡心，過蒙諈諉，於是始共商榷，隨文究義。賡以部居檢校本書，足得依據。整齊首尾，標疊章句，乃定著爲此編。微言奧旨，昔人未宣。眇識精解，當年罕對。後有作者，斯知爲貴。

汪氏學行録序

昔孔少傅文通君子魚蒐輯宣聖而下，子思子上子帛子順之言行著書，以存其先世之德，至太常子臧輯而爲孔叢子，葢言有善而叢聚之也。江都汪容甫先生負海内盛名，士林之稍有識學者，莫不宗仰之以爲通儒矣。而其上又有快士先生者，以工書善籀篆被當世重名，與王文簡諸名賢相友善。其上又有餘姚令君以循吏起家，載在邑乘，殁而配食於社，如某某先生者。嗚呼，汪氏之明德遠矣！吾友孟慈戶部言論風采以名教自任，文章學行以聖學爲歸，懼先德之弗彰，乃聚而爲汪氏學行録。樹受而讀之；竊以孔悝之銘鼎，陸機之誦芬，謝靈運之述德，皆不若孔叢之爲篤信廣博，足以爲法於後世。孟慈其子魚、子臧之亞與。桐城方東樹。

姚石甫文集序

文章如面，萬有不同。而苟求古人深妙之心，則雖千載之遠如出一手。不得其心，往往好彊同其面；同其面而深妙之心亡矣。優人之肖人歌泣悲愉，足移觀者之耳目，有識見之必不以爲真古人也。夫文亦若是焉，則已矣！本之以經濟以求其大，本之以義理以求其醕；表章紀事，然後重陶鑄性情，然後真。不如是則浮，則龐，則輕，則泛然。使不得古人深妙之心，則言經濟而宂，陳道義而迂，表章紀事蕪絫而失輕重，抒寫情抱鄙俚而乏雅馴。唐、宋而後，陳政事之文果足與兩漢齊肩與；而何論周、秦、宋、元以後闡道義之文，果足與孟、荀、楊、韓並美與；而何論『六經』、班、范以來紀事之文不絶，而翦裁弃取，識大小輕重體要者幾人！惟獨性情之製，自三百篇、騷經而降，作者差多，是知文章之事別有淵源授受。韓子曰：不登其堂，不嚌其胾。固非妄庸高名所可刼而有之矣。

夫文章之體如人之體，體不備不可爲人；胼拇、枝指、隆背、垤胸亦不可爲妍體。今人於筋骸肌膚之閒偶觸風邪，則痺瘓不仁，以爲其氣與脈病也。至於爲文則昧焉。一事之書惟恐閱者之不明，刺刺然不啻自作疏解。及義理(應)有思不能，周轉多欠闕。人之才迫窘詰屈爲不足，恣肆變化爲有餘。譬江河之匯衆流，其匯愈多者，其波瀾益大。而才豪氣猛易於語言者，又患其宂費繁而不能殺。是故有文矣，而或無章；或知有章矣，而又無文。降而不文不章，而後稍知集字者，始封己自雄；作之者得少自足，閲之者以贋爲真。客氣虚憍，苟相夸奉。家自以爲遷、固，人自以爲向、雄，而古人深妙之心愈亡而不可見。是故覽其篇什，平岡曼陀，無奇境異勢者，非文；誦其言辭，指前相襲，率意漫書，無創語造句者，非文；徵其議論，糟粕常談，掇拾筐篋，駭新衒博，無元解真理者，非文。餖飣奇古以夸俗，不可以爲華；巷説乃諺而易通，不可以爲質。詔之以主理而腐；告之以求法而拘；導之以尚氣，猖狂妄行而無節制。文章之道欲其静而不躁，重而不輕，要而不泛，畏而不肆，節而不蕩；審而後言，言不失本原，若是者，斯其於爲文也當矣！

見今時無工文者，並無知文者。道思不深不能工文；經義不明不能工文；質性不仁不能工文。故古之工於文者必有仁義之質，如不得已而後言，而後其言傳。而其致力之始又必深求古人，沈潛反覆翫誦研説之久，然後古人之精神面目與我相覿，而我之精神面目亦自以見於天下後世。以此衡之，唐宋以來，韓、歐、蘇、曾、王而外，作者如林，曾不多覯其匹。獨明歸熙甫氏出，始有以得夫古人深妙之心，而以續夫數百年不傳之祕。日久論定，無異喙矣。若夫知文與知道同必以覺言覺，以知言知，而後言之淺深高下無非是也。如以水洗水，溼性同而其流自合。今之論道論文者則不然，以未覺言覺，以未知言知，影響揣似，勦説雷同，以己凡淺測彼高深，如以泥洗水，質味所入，清流亦濁。在黄帝之告歧伯是已，其言曰：誦而未能解，解而未能别，别而未能明，明而未能彰。嗟呼，彼未知爲知者，聞聖人之言不亦廢然自失與。

今石甫之於文其有以得夫古人之心哉，抑猶未邪？不得其心，往往好彊同其面。而石甫之文，其於古人之面不一一求肖。而余之知石甫者，又未能同其溼性之水，則言之雖工，恐未有當也。石甫平居以賈誼、王文成自比，其學體用兼備，不爲空談。故其文皆自抒心得，不假依傍。余觀其義理之創獲，如浮雲過而覩星辰也；其議論之豪宕，若快馬逸而脱銜羈也；其辨證之浩博，如眺冥海而覩瀾翻也；至其鋪陳治術，曉暢民俗，洞極人情得失，如衡之陳、鑑之設，幽室昏夜而縣燭照也；而其明秀英挺之氣，又能使其心胸面目、聲音笑貌、精神意氣、家世交游畢見於簡端，使人讀其文如立石甫於前而與之俯仰抵掌也。則石甫之文即未得古人之心，已自足傳石甫矣。而抑知不得古人之心，則其文必不能若是也哉。

石甫固以陽明自待，而其出宰之縣適即爲陽明所開，其民俗根株獷悍難治，又與陽明當日所征八排峒獠無異。石甫之治此地，禽獮獸薙，剔抉爬梳，化誘若雨露，震讋若風雷。申嚴之法，誥誡之文，朗暢剴切，恢闊明白，又無不與陽明氣象相似。吾不知天特留此盤根錯節以待利器乎，抑故遣石甫居此行其學，顯其才，以與陽明相輝映，俾天下後世知其志之不虛乎！曩石甫嘗爲書達諸公，極論治劇之理。及石甫治平和，一一行之於其言，嗟呼，石甫之學既見於治矣，石甫之治與文既見於當世，而又將揭之以示後世矣。然而人之讀其文者，或譽之，或輕之，未之奇也。吾嘗聞其言，其輕之者固未必爲疵，乃其譽之者亦不得爲當。要之，皆未足爲知石甫者。夫治有明效，當世且不能知其所由，況能即其文而推以知其氣象之何似乎！知不知亦何足損益，余獨恥讀人之文而不能識其心胸面目之真，使作者之心不著於天下，亦古今斯道文章所同憾也。故亟爲著之，使讀石甫之文者，有以攷其迹焉。嘉慶己卯十月序於廣東通志局。

自記云：不免流蕩夸浮，囂張之氣有同躍治之金。久不欲存，因姚集已行，不能掩矣。姑識之，以明僞體當裁。

卷四　序

漢學商兑序

近世有爲漢學攷證者，著書以闢宋儒，攻朱子爲本，首以言心、言性、言理爲厲禁。海内名卿鉅公高才碩學數十家，遞相祖述，膏唇拭舌，造作飛條，競欲咀嚼。究其所以爲之罪者不過三端：一則以其講學標榜門户分爭，爲害於家國；一則以其言心、言性、言理墮於空虚心學禪宗，爲歧於聖道；一則以其高談性命，束書不觀，空疏不學，爲荒於經術。而其人所以爲言之恉亦有數等，若黄東發、萬季野、顧亭林輩自是目擊時敝，意有所激，創爲救病之論；而析義未精，言之失當。楊用修、焦弱侯、毛大可輩則出於淺肆矜名，深妒宋史創立道學傳，若加乎儒林之上，緣隙奮筆，忿設詖辭。若夫好學而愚智不足以識真，如東吴惠氏、武進臧氏則爲闇於是非。自是以來漢學大盛，新編林立，聲氣扇和，專與宋儒爲水火。而其人類皆以鴻名博學爲士林所重，馳騁筆舌，串穿百家，遂使數十年閒承學之士耳目心思爲之大障。歷觀諸家之書所以標宗旨，峻門户，上援通賢，下讋流俗，衆口一舌，不出於訓詁小學名物制度，棄本貴末，違戾詆誣，於聖人躬行求仁修齊治平之教一切抹摋。名爲治經，實足亂經；名爲衛道，實則叛道。

昔孟子不得已而好辨，欲以息邪説，正人心。竊以孔子没後千五百餘歲，經義學脈至宋儒講辨，始得聖人之真。平心而論，程、朱數子廓清之功，實爲晚周以來一大治。今諸人邊見，傎倒利本之顛，必欲尋漢人紛歧異説，復汩亂而晦蝕之，致使人失其是非之心；其有害於世教學術，百倍於禪與心學。又若李塨等以講學不同乃至説經必故與宋人相反，雖行誼可尚，而妒惑任情，亦所不解。東樹居恒感激，思有以彌縫其失。顧寡昧不學，孤蹤違衆，河濱之人捧土以塞孟津，不自度其力之弗勝也。要心有難已，輒就知識所逮，掇拾辨論，以啓其端，俟世有真儒出而大正焉。儻亦識小之在人，而爲采獲所不棄與。

漢學商兌後序

三代以上無『經』之名。經始於周公。孔子樂正崇四術，春秋教以禮樂，冬夏教以詩書。及至春秋舊法已亡，舊俗已熄，詐謀用而仁義之路塞。孔子懼，乃修明文、武、周公之道以制義法，而作春秋。春秋亦經也。孔子雖未嘗以是教人，然其平日所雅言於人者，莫非春秋之義也。衛君待子爲政，子曰『必也正名乎』。陳恒弑其君，請討之。季氏伐顓臾，旅泰山則使欲止之。此皆春秋之義也。至於哀公問政，子曰『文武之政，布在方策』。論語卒篇載堯曰一章，柳宗元曰，是乃夫子所常常諷道之辭云爾。子曰：『道之以德，齊之以禮。』『能以禮讓爲國乎，何有？』又曰：『小子何莫學夫詩？詩可以興，可以觀，可以羣，可以怨，邇之事父，遠之事君。』又曰：『興於詩，立於禮，成於樂。』又曰：『假我數年，卒以學易，可以無大過矣。』故莊周曰，詩以道志，書以道事，禮以道行，樂以道和，易以道陰陽，春秋以道名分。六經之爲道不同，而其以致用則一也；此周公、孔子之教也。

及秦兼天下，席狙詐之俗，肆暴虐之威，遂乃蕩滅先王之典法，焚燒詩書。於時，不特經之用不興，并其文字而殄滅之矣。漢興，購求遺經，於是羣經始稍稍復出。或得之屋壁，或得之淹中，或得之宿儒之口授，而固已殘闕失次，斷爛不全。賴其時一二老師大儒辛勤補綴，修明而葺治之。於是易有四家，書與詩三家，禮、春秋兩家，號爲十四博士。則章句所由興，家法所由異，漢儒之功萬世不可没矣。自是而至東京、魏、晉，以逮於南北朝，絫代諸儒遞相衍説，辨益以詳，義益以明，而其爲説亦益以多矣。及至唐人，乃爲之定本、定注，作爲釋文，舉八代數百年之紛紜，一朝而大定焉。天下學者耳目心志斬然一齊，兼綜條貫，垂範百代，庶乎天下爲公而可謂之大當也；然其於周公、孔子之用猶未有以明之也。及至宋代，程、朱諸子出，始因其文字以求聖人之心，而有以得於其精微之際。語之無疵，行之無弊，然後周公、孔子之真體大用，如撥雲霧而睹日月。由今而論，漢儒、宋儒之功並爲先聖所攸賴，有精麤而無軒輊，蓋時代使然也。道隱於小成，辨生於末學，惑中於狂疾，誕起於妄庸。自南宋慶元以來，朱子既歿之後，微言未絕，復有鉅子數輩蠭起於世，奮其私智，尚其邊見，逞其駁雜，新慧小辨，各私意見，務反朱子。其所謂道，非道，而所言之躂，不免於非，其於道概乎未嘗有聞焉者也。逮於近世，爲漢學者其蔽益甚，其識益陋，其所挾惟取漢儒破碎穿鑿謬說，揚其波而汨其流，抵掌攘袂，明目張膽，惟以詆宋儒、攻朱子爲急務。要之，不知學之有統，道之有歸，聊相與逞志快意以鶩名而已。

吾嘗譬之，經者，良苗也。漢儒者，農夫之勤菑畬者也，耕而耘之以殖其禾稼。宋儒者，穫而舂之，蒸而食之，以資其性命、養其軀體、益其精神也。非漢儒耕之，則宋儒不得食；宋儒不舂而食，則禾稼蔽畝棄於無用，而羣生無以資其性命。今之爲漢學者，則取其遺秉滯穗而復殖之，因以笑舂食者之非，日夜不息，曰：吾將以助農夫之耕耘也。卒其所殖不能用以置五升之飯，先生不得飽，弟子長飢。以此教人，導之爲愚；以此自力，固不獲益。畢世治經，無一言幾於道，無一念及於用，以爲經之事盡於此耳矣，經之意盡於此耳矣。其生也勤，其死也虛；其求在外，使人狂，使人昏，蕩天下之心而不得其所本。雖取大名，如周公、孔子何？離於周公、孔子，其去經也遠矣！

嘗觀莊周之陳道術，若世無孔子，天下將安所止！觀漢、唐儒者之治經，若無程、朱，天下亦安所止！或曰：天下之治方術多矣，百家往而不反，小大精麤，六通四辟，一曲之士，各有所明。雖不能無失，然大而典章制度，小而訓詁名物，往往亦有補前儒所未及者，何子罪之深也。曰：昔者周嘗封建諸侯矣，諸侯而下爲卿大夫，卿大夫而下爲士，士之下爲庶人。周固天下之共主也。及至末孫王赧，不幸貧弱，負責無以歸之，逃之洛陽南宮謻臺。當是時，士庶人有十金之産者因自豪，遂欲以問周京之鼎。十金之産非不有挾也，其罪在於問鼎。後世之學者不幸不見天地之純，古今之大，全賴程朱出而明之，乃復以其謏聞駁辨，出死力以詆而毀訾之，是何異匹夫負十金之産而欲問周鼎者也，是惡知此天下諸侯所莫敢犯也哉。故余既明漢儒之有功若彼，而復辨諸妄者之失若此，後有作者亦足以明余非樂爲是譊譊也，其亦有所不得已焉者也！

節孝總旌録序

古者司徒掌教，在唐虞止有五品，在周官益以三物，知、仁、聖、義、忠、和，謂之六德；孝、友、睦、婣、任、恤，謂之六行。至其教國子也，則又有師氏至、敏、孝、德、友、順等行，而所以考其德行道藝，以興賢者。能者則專以統於鄉大夫，由是族師則書其孝友睦婣；有學，閭胥則書其敬敏任恤。自内及外，則有小行人以五物登其書，以周知天下之故。先王之教詳矣，而皆不及婦人，然後知其教之尊而有等。聖人重大昏以承天地，以順陰陽，以重似續，以妨廉恥，以明婦順。易首乾坤，詩始『關雎』，少儀内則，閒及女事。先王之端風化至矣，而不聞旌表貞節，然後又以知其教之順而有倫。先王之教尊男而卑女，抑陰以伸陽，以爲是固率於其夫者也；故以爲之綱，而比於君父，著三從之義，申七出之條。其出之之道非止一行也，僅於一行而其可出者仍有六則，固不得以其一行而賅其衆行也。燕燕、柏舟之詩，共姜、季姬諸人偶一見於經，非以著其治亂之由，即以愍其人之不幸，而固未嘗以是不祥者縣爲至教，以風示天下也。劉向作列女傳，采古賢妃淑媛所以致興亡者，以垂鑑誡，風切世主；其所列者，曰賢，曰孝，曰節，曰烈，曰慈，曰才，固不專重一節也。厥後史家踵之而作，其義率本乎是。自後世專重一節，於是女子之庸行遂與男子之畸行竝重於天下。蓋三代以上女婦之賢聖者衆矣，而無傳焉者，當其常則務自盡，而無爲名焉耳。故曰，中世之所敦，已爲上世之所薄。而遭變而見稱者，非其人之願也。及至秦人，始嚴著爲禁，而亦未有以旌之也。故女在室及婦人居常而寡，有舅姑在者皆無殉夫之道，而後世竝旌之。雖未合義，而愍志行，哀煢獨，善善從長，固君子所過而許之矣，忠厚之道也。

雖然，古者之節重於男子而略於婦人，後世之節謹於婦人而緩於男子。人之大倫五，以吾所聞見，惟婦死其夫及女子未婚而守貞者爲多；友之能信者差少焉；弟之能悌者差少焉；臣之能忠者差少焉；子之能孝者絶無而僅有。曩余嘗佐修粤志矣，見同局所纂列女至三萬餘人。道光八年，大中丞江甯鄧公創修安徽通志，舉江蘇陽武兩縣例，題請總旌節孝，於是吾邑除自明以來前已旌者不計外，又得三千餘人。以是類之，凡他州縣雖其數未審實，大略亦不減於是。夫以一邑之偏隅，婦女貞節孝烈至數千人之多，而環顧通都大郡，數十百年之久，舉孝子者不得一二焉。其他義行如周禮所當書者不得一二焉。嗚呼，豈不媿與。方其舉節孝也，揆之人人之心，亦豈不盡以若所爲者是難能可貴之美行也與！而曾不一思：吾之節安在也，吾之孝安在也，吾之難能而可貴者安在也？以彼節婦非難能可貴故多邪，則無以服節婦之心，又與本志不相應；以爲已不必有奇行，而自有可貴者在邪，則其所謂可貴者何絶不聞也！往者吾友梅伯言跋復社姓氏録，嫌其太多。吾以爲不然，此通天下而計之也，若以郡邑分計之，則亦僅矣。夫以通天下之善士不過二千二百餘人，而以一邑節婦之數至且過之，不足爲多乎哉！而忠臣、孝子、悌弟、義夫、信友數十百年不得一二焉，不足爲少乎哉！噫，其亦反躬内省，惕然而一思之也哉！ 毛生甫曰：閎整醕博，似曾子固。

明季殉節附記序

馬君公實著明季殉節附記若干卷，命其友方東樹爲之序。馬君是書於諸賢殺身成仁之義，國家殊恩褒善之宏及己所以欲搜補之意，既自具論其事，作爲序例詳矣。思欲賡續大義而識庳學陋，弗克當其職。而措其辭久之，乃似有以得其本末之實，爰始敢爲之説，竊坿於君子尚論之義焉。曰：吾讀明紀至熹宗，歎其政刑之傎，奄寺媢嫉傷善之徒接迹居位。雖以莊烈愍皇帝之恭勤思治，終亦蔽於賢姦之不分，故致忠良凋盡，國無與立。獨其下禮教信義之俗愈挫愈明，在位者既以身殉國，一時士君子及閭閻之義民號呼感憤，捐軀捨命，卒不忍渝其守，欺其志，以殉節義者，無地無之。以余所見稗乘野録及各私家文集所記，爲正史所不載者，不可勝紀。葢比於東漢之末季，實猶過之無不及。宋文丞相之死柴市也，自銘其衣帶云：『孔曰成仁，孟曰取義。』讀聖賢書所學何事？嗚呼，諸君子其於讀孔孟書而克以成仁取義也，固信不虛矣！論逆閹之殲艾，黨禍之株連，繼之以姦臣之翦剔，不應有此也；然卒得之斲喪酷烈之餘，而其多且若是。非必士氣新民風厚也，蓋亦有所由致焉。

當春秋時，亂臣賊子滋起矣。孔子懼，作春秋述先王之道，明仁義之統。魯、衛之君不能用，退而以其說教於洙泗，化其道者七十餘人而已。陵夷至戰國，俗益陷溺。孟子、荀卿嘗亟明之，而其說卒不著。漢興，一二大儒始稍稍明之，而政教不純，豪傑之士少，不能特拔於流俗。東漢光武首崇儒經，明、章以來相繼表揚，立政造事，致法就功，大臣陳諫於君悉引經術爲斷。教明於上，習成於下，故致一代風俗之美，獨隆千古。自是以來，千有餘年，經訓雖存，世主或莫知其可用，學者復蔽於傳注，無復有能明先王之教以陶世者。宋儒出乃實始講明切究，揚搉而發揮之，然後孔孟仁義之道大明於世。雖婦人孺子瞽疾之夫行可不逮，而君臣父子之大倫，仁孝忠訓之大節莫不概乎有以湛於其心。虞道園曰：先正許文正公實始表［章］程朱之學，以佐至元之治。故有元一代風教學術端平醕正，無奇衺暴行。明高皇即位，首延禮儒臣宋景濂、方希直等，以率師表。優厚諸生，親幸太學，與諸生會食。繼世未幾，靖難兵起，而忠臣義士殉國捐生，義動海內，魏、晉以來未之有也。孔孟之道明，仁義之教洽也。嚮非程、朱諸儒講說之詳，有以啟沃其心，使之素知節義之爲重，何由得此！乾隆閒黔人謝濟世上書稱，明人之尊朱子，以私同姓。故因請以其所撰經說易朱子傳注，誕妄之人，事不足論。唐人尊老子則真爲同姓也，而其治若彼，則即謂明人以私同姓故尊朱子，而收效若是，亦足矣，又何歉乎哉。三代以降，更姓易號者不一矣，而政教休明，克稱一代之宏規者，曰漢，曰唐，曰宋，曰明。顧漢人尚黃老，唐人崇道教，惟獨東漢及宋、明人克明儒術。此所以邁絕古今，而足爲萬世法者在此。世之鄙儒乃猶痛詆道學，力攻程朱，甚且以明之亡歸咎於講程朱之學，是惡知天下古今得失之大數乎！韓子曰：人之將死，其臟腑必有先受其病者；引繩而絕之，其絕必有處。觀者見其然，從而尤之，其亦不達於理矣。自古實多亡國，而明之亡獨致節義之美如是，吾故爲推其所由致，以歸於孔、孟仁義之教，程、朱講辨之功，其誰曰不然！往者吾宗望谿先生言，華亭王司農之承修明史也，於吴會人士雖行誼無甚異者，多列傳，而他省遠方灼灼在人耳目者，反闕焉。又曰，秀水朱竹垞得復社姓氏録，以其後事徵之，死於布褐而無聞者十之三。是則地處僻遠而史不及書，名位卑微而史又不及書。如余向所稱，見於野録稗乘及私家文集者，不知何限，而猶恐未盡然。則馬君之勤勤焉旁搜博稽，思欲以顯微闡幽也，亦惡可已哉！毛生甫曰：渾雄精密，於劉子政、曾子固爲近。

馬氏詩鈔序

余讀史，嘗由宋、元逆稽魏、晉以上，獨怪吾邑無達者。唐曹松、宋李公麟傳皆以爲舒産。維明初姚氏、方氏始大，中葉以後，乃遂有吴氏、張氏、馬氏、左氏數十族同盛遞興，勃焉濬發，而且先後克以忠節名臣、孝子、儒林、循吏光史傳者，不可勝述。又若祖宗以文學起家，妙能爲詞章，而子孫世宿其業，至今四五百年，繼繼繩繩，淵源家法，而益大其緒。於是吾邑人文遂爲江北之冠，而他名都望縣恒莫能竝。蓋山川靈淑之氣發見有時，而人事因之如此。不獨禄位烜赫，科名震耀，簪聞搢紳而已也。

曩在康熙初，潘蜀藻輯龍眠風雅，李芥須、何存齋輯龍眠古文，率一姓各數人，一人各數篇。爲什雖繁，而甄采多闕。蓋一邑之編，非一家之集也。近方氏子孫始有輯方氏詩者，乃合一族之作者而全萃之，人至百餘，詩至數千，可謂富矣。余又嘗爲劉氏序澄響堂五世詩，爲吴氏序芸暉館四世詩，然皆第私其祖禰，未及旁宗。今吾友馬君公實輯馬氏詩成七十卷，作者六七十人，合選詩四千餘篇，乃遂與方氏埒矣。嗟呼，吾邑名家凡數十族，其子若孫使皆能爲方氏、馬氏之所爲，安在潘、何二書不能備者不可終備，無如其文之顯晦，子孫之絶續有不能齊也，惜哉！昔曾子固言漢、唐、宋以來，能三代以文章特見於世者，代不過數人。而吾邑方、馬二氏乃宏延若是，由二家例之他族，特未成書耳，而其數諒未必多讓。

是其功名顯濯，既媲於陳、桓、呂、竇、顧、陸、王、謝諸茂宗，而風流文采，又足躋鄞豐氏、袁氏而過焉； 使子固見之，其（難）［歎］美宜何如也！

或曰： 桐城人文固極盛，然獨望谿方氏、畊南劉氏及惜抱姚先生爲能接古作者大家之統，海内稱引況諭，相與推服，特尊其氏而竝偁曰方劉姚，蓋日久論定，無異喙矣。方、劉、姚既出，則其餘誕章乖離皆可置之不足道。吾以爲非也。夫觀天文者覩日月之明，而不能蔑恒星； 察地理者仰泰華之高，而不能剷廬霍。且方、劉、姚自纂作者之籙，而爲人子孫各顯其先祖之美，其義固竝行而不偏廢。余故因馬君之詩鈔爲著一邑源流之大旨，俾來者有所攷，而又以明天下事理無方，而不容以一道隘之也。

二十一部古韻序

古音韻無部分之書，漢人小學書既不專主聲，李登聲類世亦不傳。今人所奉守者獨陸氏之切韻而已。惟切韻經唐人修訂用，著爲功令。唐以後遵之，而莫知其非； 唐以前所以變亂之由莫知其所自，於是古今音隔，判然離爲兩而不相領。雖列土方言閒有存者，而時無子雲之精識好事，孰從辨而識之。

近世有陳、顧、江、段、戴、孔諸家追絶學，尋墜緒，迭興繼起，馳精入神，幾於補捉出八荒，而後古音大箸，偉矣哉！ 縱世未信，而其復古之功不可誣也。陳氏作毛詩、屈、宋古音攷，破宋以來讀古經未合，而概委以叶韻之失，造始創通，卓爾先覺。顧其書多用直音，於雙聲反切之源不著，又於唐韻分部之失亦未究明。顧氏始就廣韻分宋鄭庠六部爲十部，作音學五書，於詩、易皆讀以本音，殫思耿慮，博辨廣徵，實爲曠絶古今命世之作。而江氏以爲於三百篇之音猶有未合，復分顧氏十部爲十三部，作古韻標準。段氏後出，參劑師説，補顧、江所未備，訂平、入相配之未確爲十七部，作六書音均表，析支脂之爲三部、先仙爲二部、定侯爲一部，而以麻隸歌戈，以皆灰从脂，以佳从支。結撰至思皆引馮據，益至精微。而高郵王觀察以爲其所攷入聲猶有失，如以至霽二部爲真之入，又，顧氏誤以月曷等部爲脂之入，亦沿而未改。屋沃燭覺四部从屋从谷等二十五字本侯之入聲，而音均表以爲幽之入，皆誤也。於是分緝合以下九部爲二，以正顧氏仍从切韻之非。爲説四條，立二十一部而爲之表。自東至歌十部爲一類，皆有平、上、去而無入。自支至宵十一部爲一部，或四聲皆備，或有去、入而無平、上，或有入而無平、上、去。以九經、楚辭爲準，而不从切韻之例。儀徵阮相國深韙其説，因屬吾友南海曾君勉士依其類例作二十一部古韻。余聞而疑之，私諗於吾友曰：『凡所以求古音者，將以證古經音，而非欲以施今用也。苟經音既得則止，非必尊古而卑今，以矜爲苟難也。夫唐韻固多誤，而其尤甚者，莫如九麻一部及虞侯蕭尤之相亂，東冬屋沃之相承，既經諸家之訂，亦已明矣。而王氏之分部辨四聲有無，定入聲分部，其説又如此，是經（首）［音］猶未得也。今吾子作韻，將會諸家而定於一，其將墨守王氏而遂已與，抑猶有所證於經，違棄而改求者與？且王氏表第立部而多不具字，雖曰不用切韻之例，而不能不用切韻之字。今欲作韻，與表體異，亦與顧氏就經與唐韻爲之、孔氏就詩而爲之之體異，政當取切韻之字及其音而全具之；第移其部分耳，若是，則於二十一部所從之部之字之有所出入者，將奈何？夫絶學既罕明，君子不苟作，願聞所以爲之之要。』

君曰：『古韻大旨當以詩、易爲主。王氏二十一部確校段氏爲密，今固當主之，然亦猶有沿段氏之誤而未易者。如段以講从東爲第九部，而王氏東第一只注平、上、去，而不言講韻當別入，是同段以講爲東之上矣。物韻段从脂爲十五部，王氏脂第十三只注平、上、去、入，而不言物韻當別入，是又同段以物爲脂微入聲矣。段以業爲第八覃談部入聲，王別出緝部第十六，而又不注業合當在何部，是亦以業合从盍同段矣。竊按説文，講，从冓聲。史記甘茂傳注：講，讀曰媾。此古音也，當入侯部。易繫詞以質韻物，則物、質自當入至部。商頌殷武業葉韻，大雅棫樸楫及韻，小雅皇皇者華隰及韻，板之輯洽韻，衛風芄蘭韘甲韻。據此，業、葉，楫，及，隰、及，輯、洽，韘、甲數字以偏旁求之，皆當在緝部。此皆王氏沿段氏之誤，而某欲僭易之者也。至王氏又有第十五盍一部，竊疑禮記盇（旦）即鶡字，當在祭部乏部，以窆砭泛等字律之，當爲凡入聲。帖部爲忝入聲。此又欲改併而未敢決擅，尚有待於推求者也。』

余曰：『是皆然矣。盇之專部，王氏因切韻之失，第箸入聲而不箸字，固不以祭聲之害曷同讀，而盡於切韻十四字矣。鄧嶰筠尚書曰：「盇从大，聲與(葢)[曷]同，當入祭部之入無疑。」又曰：「曷、盇、害同聲。按九辨『車既駕兮朅而歸』，陳季立引呂氏春秋，讀爲盇。然則盇、朅皆當入祭部，此當爲段氏十五部脂微齊之去聲音也。朅字從去，去讀羌據切，爲有疊韻而無雙聲。今江南人讀去皆作憇音，竊疑去當作羌例切，入祭部。斯於『固韻除矣』，悲回風『固韻曙矣』，鵩鳥賦『固韻故度矣』，而柳宗元答天問以去韻萃，疑朅與蛣、怯等字皆从去得聲，而當爲祭部之入。」此説前人所未及，未知於君意何如，或可采以備一説乎？曷亦有憇音。蔡澤傳唐舉曰，『先生曷鼻』，徐廣曰：曷，一作偈。今以廣韻祭部偈愒揭等字律之，鶡固當入祭部。至乏爲凡入，乃顧氏舊説，吾子其無所疑矣。』

君又曰：『余之爲此大都以諧聲爲主，其指事、象形、會意等字無聲可諧者，則以義求之。又有雙聲得義，如旁溥、祖始之類，斷不能引陽唐部之旁入魚虞，引魚虞模部之祖入之咍，則以偏旁求之。又有以段借之字求者，如檇不从雋聲，入元寒部，而从公羊作醉李入十三部。巉不從毚聲，在侵覃部，而從西都賦作嶄巖入談銜部，皆其類也。至如有訓義入某部而韻不同者，如竊、淺也。故古音轉注略以爲淺即竊之古字。然莊子『竊竊』皆作『察察』，按，竊从禼聲，古文偰字，自當入至部，此又不從雙聲而以段借求韻之例也。然亦有不從諧聲，而从雙聲爲韻者，如平秩借作便程，而戜戴皆讀若秩，即同失聲在至部，而不在耕青部。要之，多以偏旁爲歸，如弼从丙，丙讀爲誓，一讀若導，一讀若沾，余歸入至部者，以弼重文从弗決之也。』

余既得聞此，因進而謝曰：『余於兹事殆所謂未嘗覩字例之條者，而特以此爲古人小學之始功，童子皆知，而豈可不知。冀藉君書幸麤識其崖略，以謝夫固陋而已。今君言若此，其審辨精密允與顧、江、段、王諸作竝不朽於千載矣。惜乎吾老矣，精力就衰，弗克從君請益，而講辨其深賾之故矣。聊道其本始大概，以示讀君書者，俾（之）［知］其改爲之指趣而已。』道光己亥九月，桐城方東樹序。

自記云：余既為此說，復審思之；去讀近倨切，切韻既入九御，若如吾說，以揭、蛣、怯字例之，當讀羌例其憇切，不幾謂古人音有兩歧，當何所从乎？蓋古人有重唇，無輕唇，去讀近倨切，重唇也；其憇切，輕唇也。然後歎古讀羌據切，雙聲、疊韻兩得之，兼輕唇、重唇也。如居之讀其，今居入九魚，其入七之四寘，則揭蛣怯等字入十三祭，亦不得謂之歧音矣。

許氏説文解字雙聲疊韻譜序代

許氏説文解字，小學家形聲之書也。書爲形聲作，而顧汲汲於訓詁者，蓋因聲求義，義明而聲亦愈以無疑。嘗攷其例，以疊韻訓者十之五，以雙聲訓者十之一二；如天顛之爲疊韻，旁溥之爲雙聲，明顯易知，讀者皆曉。惟其於注語積字長贏中，必有雙聲、疊韻字以爲之主，如神下云：『天神引出萬物』，引與神韻也。祇下云：『地祇提出萬物』，提與祇韻也。取諸同部以供指撝，殆屈子所稱。元文處幽離婁微睇者，後來引申，罕發其秘。惟金壇段氏作註始明爲指出，而意非專主，遺義尚多。余喜其能發微，且可證余素論，因推廣之。既於許書所以用意之處有見其斷出於是，而非苟焉爲之者，於是按部求索，一一標舉，積久成帙，輯爲專書。於以闡明許恉，疏通段説，俾奥博之誼粲然復明於世。復取各家注本聚相讎勘，或猶有未允者，如妻字韻室當爲一部，段氏既以妻聲入十五部脂微齊皆灰，又以至室聲入十二部真臻先，謂至讀如質聲。若是者，段雖讀疊韻，而余書則不敢從。不以不同部者誣許書，亂古音也。蓋許書教人因聲以求義，余書則欲人因義以求聲，知義之出於聲而聲以正，知義與義之相比附而古音以明，知許書之雙聲、疊韻鑿鑿如此，而羣經之雙聲、疊韻無不可讀也已。

許氏説文解字雙聲疊韻譜序

古小學之事形、聲、義三者兼併，而聲爲易。人之生也，有先得於聲，而後始辨其形與義者，亦有同得於聲、義，而竟莫識其形者，故曰聲爲易也。故兩漢以上無專求音之書，蓋其時去古未遠，文字亦少，皆有以得其正聲本音，大抵假借譬況弟曰讀若而已明矣。世降而音殊，所以讀是音者，有按之心與目而了然，接諸口而茫然者；則所以求是音也，不能不爲書以專著其事矣。是故古人詁經解字，弟使人因聲以見義。後人立部定韻，又當知有因義以求聲。是故魏世始有反語，齊梁始有雙聲、疊韻，唐人始爲切韻之書。雙聲、疊韻爲之體，反切以爲之用，其於求音至精也。故必雙聲之同而後韻之部同，不明乎雙聲之同而彊切以立爲部，此古今韻書所以多歧也。雙聲、疊韻者，天地之元音也。古人由之而不及言，後人言之而時有戾。蓋古者人少而氣正，教一而風同，故其音不相遠；本天者多也。後世人繁而氣亂，氣亂而音庬，學者雖立法以求之，而不知反古以合天，故多眩惑也。故聲韻之學求之於古則愈合，求之於後則愈棼。是故自其不變者言之，雖唐虞至今無異也；自其變者言之，則數家之說，百里之遥，而有不可同者矣。是故欲通古義必先明古音，而欲明古音非仍於古書求之，則卒莫能得。許氏說文解字主於形以解義之書也，其於求聲不過曰，某從某聲、讀若某聲而已。此固兩漢小學書之通例也。近金壇段氏作注，始於許氏所解說閒注曰，某於文爲雙聲，某於文爲疊韻，某於文爲雙聲兼疊韻，然後知許氏於雙聲、疊韻雖不名而言之，而固已號而讀之。雖不以之反切以求聲，而實可因以得聲之原。且其所讀皆古音，其諧聲莫不取於其所同部。學者尋其類例，觀其會通，於以識音均之原嚴而不可越，則文字之音讀正，而義亦無不昭。而凡假借、轉注交相用之故，亦無不畢貫，率由其讀，可以證古經音，可以證魏晋以來之譌音，與夫周、沈、陸諸詞人審音分部之不當；舉古今輕清、重濁、弇侈、緩急之所以殊者，悉迎刃以解矣。嗚呼，可謂不苟作而至精微者也！

獨是許氏書行千餘年，而曾無一人精讀而發其祕，經段氏揭而明之，遂成稀有奇特，邈前世而未聞。論者謂音韻小學爲唐韻所蔽昧，沈霾千載，直至國朝諸儒始復大著，豈不信哉！顧段氏雖言之，而不爲雙聲、疊韻專明其用，其義猶晦而弗彰；　又其所言猶不無漏遺誤讀之處。高郵王觀察曰：　雙聲、疊韻之字義即存乎聲，求諸聲則得，求諸字則惑。且鼜故作二十一部韻以明之。此皆知主於求聲以明義，特不知即古書專以雙聲、疊韻明之之尤爲易明也。蓋不明雙聲則不能定所切之音，而不求之古書則不知所切聲韻之或有牴牾，故有雙聲非聲，疊韻非韻者矣。甚矣，學問之道非一人之智所能畢其全功者也。尚書南陽公名世應期維周作輔，文羅武絡，兼綜條貫，而學海津逮，陶分不舍。七志之外，餘事及於聲韻。神解天授，匪人所希。其於近世諸家之書靡不串穿周洽，結解冰釋，參伍出入，纖毫必臻。當其詣微獨獲，有非成説所能圄。昨以政暇成詩雙聲疊韻譜，不著一語，昭顯覈密，遠益毛、朱，近埤顧、孔，既冠古今而獨出矣。兹復取許氏書引申段注爲説文解字雙聲疊韻[譜]，所以發明許恉，補正段説，見於所自序者章畫志墨，如列宿之錯置。賤子恂愁，向於此學未嘗識塗，徒以相依之久，時時竊聞緒論。而性分有限，竟莫能通，弟以一孔之見測之。竊以劉熙譔釋名，因聲以求義。孫炎注爾雅，即義以求聲。以今方之，均若未逮此書之明箸也。二書輔行，可使前之言雙聲、疊韻者媿悔而不知近求，後之言雙聲、疊韻者愉快而逸於捷獲。絶學之明，關乎運數，豈偶然哉，豈偶然哉！　道光己亥冬十一月，桐城方東樹謹序。

粵海關志序代

廷楨承乏兩廣總督，莅任之三年，長白豫公來爲海關監督。遠夷賓序，賦獻通贍。乃以其閒創爲粵海關志。惟粵地近海，自昔稱商賈之湊，逐末取富。雖侈俗，畜積足恃，亦長利國家隆富，奄盡地媪公私之積，九叙順歌。粵關所入歲不過畡賦奇零，而王政所建設，守位聚人，制用爲大，故亦領於天子之經費。賈誼曰：　古之治天下至纖至悉也。余既幸遭值嘉會，又得兼董正厥務。書曰：　立功立事，可以永年。榮懷之慶，尚與公共毖之。

粵海關志序代

古之論征榷者曰：天地山海之藏，豪彊擅之；關市貨物之聚，商賈擅之。取豪彊、商賈以助國家之經費，而無專給於百姓之賦税，崇本抑末，經國之遠圖也。今征市雜税之法統之於郡縣，而鹽政又有專掌，惟獨各關隘抽征商税，或設監督，或歸各直省督撫兼轄，分委道員領稽其務。其職掌事例不同（同）於征商而已。而粵海設關，其事與他處特異。蓋他處關征以物爲程，不問商之爲何如人。粵海則通易貨物、抽解課税皆責成於商，其制略與鹽法相等，一也。他處關征不過内地民人，粵海所通皆諸番外國，名曰市易，實寓馭外控内之宏規。偶未盡善，所關天朝體統；於恩威撫馭之方，利害得失之數甚鉅，故不可忽，二也。他處關征客（夠）[多]貨雜不相爲謀，粵海則出入貨物名色率有定椿，定椿而外一切有禁，三也。有此三異，故與他處但務征榷者不侔。洪惟我朝累洽重熙，聲教四訖。航海來王，占風受吏，漸被之廣爲前古所未有。顧職貢有圖，職方有紀，而獨於設關建官之緣始，阜貨通市之科條，僅存檔册，未有成書。雖大經大法具載欽定會典則例、皇朝通典、通攷、通志諸編，而就一事攷之，終少專著。矧法令條制因時制宜，屢有更定，日久事積，案牘塵坌。不及時勒成一書，著明本事，何以敷宣聖化，昭示來兹。道光十八年三月，某恭膺簡命來司榷務，於循例供職之餘，近奉成規，遠稽前事，輒起纂輯之思。爰與鄧制軍怡中丞暨諸同官往復商酌，僉以爲宜，其議乃決。爰始籌備經費，延請儒士，即於是年九月開局，纂修成粵海關志幾十幾卷。類爲十四門，每門之中又別爲子目，小序按語條分件繫，粲然悉備。大抵繁不致冗，簡不致漏。攷之會典，具見法守之章程；本之則例，備知通變之權制。援引諸書以相佐證，叙述詳確不敢鑿空虚談。限斷嚴明，絶不旁羼地志。刊校既竣，爰識其端末，以弁篇首。

粵海關志叙例

周官冢宰掌建六典，『六曰事典，以富邦國，以任百官』。『九職任萬民』，『六曰商賈，阜通貨賄』。『九賦斂財賄』,『七曰關市之賦』。小宰均節財用,以八成經官府,曰:聽取予以書契,聽賣買以質劑,聽出入以要會。九府掌受貨賄幣賦,皆慎其出入之用。司徒設十官治市以教商,各掌其賣價之事。司門正貨賄,舉其犯禁之財物。司關掌國貨之節,司貨賄之出入,掌其治禁。司馬九灋曰:施貢分職,制畿封國,設儀辨(等)[位],詰禁,均守,比小事大。掌固,分其財用;受法,以通守政。職方氏掌夷、蠻、閩、貉之人民與其財用,制九服之貢,各以其所有。懷方氏掌來遠方之民,致方貢,致遠物,而送迎之。合方氏掌達天下之道路,通其財利。訓方氏掌道四方之政事,與其上下之志,誦四方之傳道。形方氏掌制地域,使小國事大國,大國比小國。匡人掌達灋則,使無敢反側,以聽王命。撢人掌誦王志,以巡天下之邦國而語之。秋官、大小行人、司儀、行夫、環人、象胥、掌客、掌訝、掌交諸職,大抵於九經皆屬懷柔之政,故終其詞曰:『以諭九税之利,九禮之親,九牧之維,九禁之難,九戎之威。』觀周之設官所以制財用、綏邦國者,何其若是之繁重周詳也。

自漢初與南粵通關市,自是以後,肇開九郡,舟車輻湊矣。而海舶猶未通也。據班志有譯長與應募者,俱入海市,所至國皆稟食爲耦。蠻夷賈船轉送致之,亦利交易。是中國商賈入海往市,而夷舶未來也。海舶通市起於隋唐之際,而盛於宋元明。宋初置市舶司,以知州兼使。元置市舶提舉司,衡其職守,不過與茶鹽坑冶大使同倫。明亦置三市舶司,而以中官主政。洪惟我朝馭外控内,法制嚴明。粵海設關以來,或兼轄以大吏,或監督以親臣,皆簡自欽命,崇其體統。口岸譏察責諸舟師,給照引水董諸澳丞,撫綏按馭籌略大計,主之督臣。與周之六官大小維繫相與流通之意同條共貫,葢聖主立法體大思精,後先一揆,有迥非前代之所及者。今當纂輯關志之始,竊仰窺創制之精,發明斯義,用以等百王而垂範焉。

宋潜説友撰臨安志,載詔令於首,然冠以前朝,非尊王之義。惟鄭居中等政和五禮新儀首列御筆指揮,最爲足法。今用其例,恭載列聖謨訓,爲諸蕃通貢、通市,專由粵省而戒飭者,用昭國家綏南懷遠設官制用之大法,兼示一書之限斷焉。

國家一統之盛超邁前古，諸蕃外國效順納款，雖在萬里，視道如咫。然會同有館，職貢有圖，非一隅之志所宜侈載。惟其貢道所經例由粤（東）［省］者，於其國土、氏姓、封號、來貢歲月，及昔由粤省而後改由閩省者，悉撮大略，以著粤關職幟。至其事例詳載大清會典，不復備録。其來貢之國壹以國朝爲限斷，若事在前朝及歷代者，各具史志，别爲前載一門。

貢與市相因，既嘉其君之嚮風，亦給其民之求欲。内地無須外洋之貨税，外洋必資内地之物用。許之通市，所以俯順夷情，包容愛育，覆幬之無私也。故凡通市之國名、來市之年載、交市之事例、互市之貨物，以及夷船之制度數額，皆臚於此篇。至蕃夷住澳雖事始前明，而現行無改，與歷代市舶不同，且爲關市之根本，故不以入前事，而載於此篇之首。

周禮設司市十官，官因市而設，有市則必有，所以治之也。兼領、專設之改差，文、武職司之分任，品秩、儀制之殊等，及大小總口設員委員之添裁，胥吏書役之數額，悉載此篇，其遷除去任之歲月，入職官表。

官以治其政令，然非商不能成其交易。十三行名號緣始，與夫事例條件，以及商人報效恩賞品銜，悉載此篇。至通事之名色，於周官即象胥之職，於漢名譯長。譯傳言語爲蕃漢交易不可少之用，然究非官司，故不以入設官篇，而附於此。

有市即有貨物，有貨物斯有榷估。榷估低昂無憑，立之科則，俾有一定之制，斯上下不惑。宋初立法至輕，其後屢以抽解太重，致形陳奏。元世祖時凡鄰海諸郡與蕃國互易舶貨者，以十分取一，麤者十五分取一。明洪武詔海舶市易皆免征，永樂時西洋剌泥國等來朝，附載諸貨與民互市，有司請征税，不聽；其後立法，率至十抽其二。萬歷季年，中官李鳳增粤税二十萬，粤商苦累，求免不得。我朝損益酌中，凡則例之所開載歷有增除；溯自乾隆五十一年清理關務條奏事宜以後，邇年復有改易。今以現奉嘉慶年新修會典及户部則例關册爲準。

既設税額則有課額，課額有正有羨。道光十四年前，總督盧公坤奏：比較近年粤海關徵銀，歲多至一百六十餘萬兩有奇，而商民晏如，外夷懽欣感悦，爲振古所未有。此皆由列聖深仁厚澤，涵濡培養，招攜懷來所致。雖於國帑大數無增毫末，而財阜貨通均安無患，固理人制用大經也。參價搭解每歲發運解京事例悉附此。

周官理財諸職皆謹其要會出入，不獨職歲、職内、司會、司書也。前科則課額，皆以經其入也。若夫禄俸工食，存留支給之數，内除澳門同知、香山縣丞及武職營弁歸布政司奏銷皆定有均節之式，事關奏報，句稽不可不當。至若捐助軍需工程、災荒善舉，一切在經費之外者，雖用數之仂亦不可不紀其實，存備稽攷。

會典及户部則例於關市一類皆載有禁令，誠以利之所在，弊竇朋興，不可不申嚴法制。然如走私、漏税、官侵、吏蝕等弊，要皆各關通例，非粤海專條。粤海所嚴禁如夾帶華人與違禁貨物出洋，及販賣鴉片、拖欠夷帳、兵船駛入内港，皆外海洋禁之大者。以其關於外蕃，比事眘輯一以歸於市舶。其在内民夷雜居，良姦混處，或澳夷滋事，或漢姦句引，陰唆煽惑，恣爲不法，在在皆須防範。是故出入有譏，去來有定，種種明文，縣爲令甲。不特俾夷商海賈懍遵天朝法度，恪謹毋違，亦以戢内地商民，使知劃一刑章，森嚴難犯。雖其職事掌之畺吏地方有司，而實爲本關專責，固當特著爲一門矣。

有一官司則有一建置，其時其地不可不詳識也。凡廨署務所建自設關之初，省城大關、澳門總口及各岸小口前山寨、文武官廨、十三行夷館、礮臺、神廟等，凡因關市而建置者，總爲一篇，以别於地方及營伍之制。

粤關所轄之地各郡縣皆有把截隘口，不獨省城大關及海舶所來，與夫前山、濠鏡、黄浦、虎跳門等地，苟迷其方向，則溝瞀莫辨。各爲一圖，俾開卷而千里如在几席焉。

凡志書皆分史體，史有紀、志、表、傳，地志有圖、表、志、傳。今爲榷志，有表有圖，無所爲傳。而歷任官司在位名數先後之次，雖在檔册而稽覈爲繁，惟著之爲表，斯一覽易顯。

著書固宜知有限斷，而不得其事蹟之本末，則得失何據而稽。而事蹟本末有在於前朝者，不得不溯其由來。今立前載一門，爲凡有涉於貢市之本末者則載之，然亦無取繁稱寡要，闌入宂長也。

志乘之書爲紀人物，故有列傳，而其傳多即采之列代正史。政書非地乘之比，於法不得立傳。苟事績有可紀、論議有可采，亦略采其事，入於此篇。至於諸蕃住澳垂三百年，長子孫恭教命，其風俗、物産、語言文字誠亦不可不紀，然究於權政無關，且印氏澳門紀略既著爲專書，此志不羼載。此雜録一門爲實關係權政而無門可附者入焉。

右叙目通計爲篇凡十有四：曰訓典，曰職貢，曰市舶，曰設官，曰行商，曰税則，曰課額，曰經費，曰禁令，曰建置，曰地圖，曰官表，曰前載，曰雜録。其同在一門而事類較繁，别爲上下。都凡爲卷幾十有幾，其卷目具於左。

七經紀聞序代

異之於余爲邑子，又先後同學於桐城姚姬傳先生之門。顧余早官京師，繼逐宦轍，不克常聚。然每鄉黨親戚及四方友朋來談者，多道異之之賢，余固以熟識於胸中矣。道光七年，余撫皖，皖距江甯近，因就延爲兒子師，朝夕晤語，則見其容端，其氣肅，其論篤，其行方，其遇人和易不露圭角，而中自嚴厲，信乎其爲忠信有道之德士也。已居久之，相得甚歡，不特兒子得所依，而余亦多所資益。辛卯春，攜其徒入都赴試，不（辛）[幸]病卒。嗚呼，其可悼也！

夫異之於書無所不讀，而皆能一一窮其竅要；其發而爲文，雄深浩達而簡嚴精邃，曲赴乎法度。汪、魏諸家殆莫能抗行，深爲姚先生所許。其詩締情隸事創意造言，得坡、谷朗峻爽氣鮮意，近世詩家亦罕有到此者。異之殁之次年，余猶在皖，既嘗爲梓其文集；今年兒子恒自都中寄來異之所著孟子年譜一卷，五經紀聞一卷，四書紀聞一卷，蓋友人梅君伯言以呈阮芸臺相國閲定者。前有相國手墨數行。適桐城方植之在署，植之故與異之久，故稱石友者也，故遂屬爲校勘。余觀漢晋以來説經者互有得失，亦互相申難，苟其説足以扶經義而裨來學，不妨竝存以俟後賢之擇從。異之此書其精者直破二千年儒先傳注之誤，亦有與舊義異而未甚允者，取備一説焉，可也。異之有子能讀父書，足世其家學。歐陽永叔稱惟爲善者能有後，而託於文字者可以無窮。異之殆足以當之矣。

七經紀聞序

七經紀聞四卷，吾友上元管異之同所著也。儀徵阮相國、江甯鄧尚書咸重許之，歎爲通儒不朽，信非虛美矣。尚書前撫皖，日既嘗爲梓因寄軒文集，茲又謀刊此篇。東樹時適依幕府，故乃命以校勘之役。嗟乎，吾安能校吾友之書邪！吾友淹貫羣言，好爲湛深之思。當其得意，視揚子雲若儕匹。平生自忖，於吾友相距之遠，中閒殆難以尋丈度量，而又安能窺其區蓋邪！雖然，是書也，吾友在日數以相視，固嘗共商榷矣。當時論說未盡，今復審之，凡其所致疑於朱子者，於吾意多有未喻。故既爲之釐定部帙，勘正脱誤，閒附鄙説其下以折衷之。義理之公惟期求真得是，吾於吾友平生相期，信咸不有割名之心，固當無疑於所行也。且人之學與年俱進，朱子爲論、孟集注，屢加改定，至老未已，故多有與『或問』不合一者。安知吾友若在，不自改其初説，柰何執其誤以遂其非也。至以四書紀聞歸大中於禮記，而以論、孟附五經，改稱七經紀聞，遵用相國意也。劄記之書，逐日舂輯，不暇依經文次第，武進臧氏經義雜記猶髣髴可見。今悉爲更次，取便閲者，則後死者校刊之職，知非禮堂寫定故也。相國之言曰：其中有精覈者十之二三，有未妥者十之二三，有人已所透發而此猶未透者十之二三，其所指不具詳。第以蒙所酌測，如書：『流宥五刑』、『寇賊姦宄』、『殷庚我王』爲陽甲、洪範錯簡，金縢『（惟）［若］爾三王』；詩：凱風、『自召祖命』；禮記：『五帝』、『五祀』、『大夫彊而君殺之自三桓始』經解；周禮：九磬、職方建國、九服、載師征民；論語：『不占而已矣』；孟子：『狗彘食人食而不知檢』、『王者之迹熄』、太公封齊追蠡、『夏后五十而貢、殷人七十而助、周人百畝而徹』、周徹爲兼行貢助之名、五霸、白圭等條，〔一〕實足以正向來傳注所未及。康成、攷亭應且頷頤，無論其餘。嗚呼，無媿立言也已。

【校】

〔一〕自『如書：「流宥五刑」』至『五霸、白圭等條』：儀本删。

連山綏猺廳志序

郡縣志書能文簡事覈，訓詞爾雅者，率不多見。見者十餘皆不出於秦，論者以謂秦猶有黄圖決録之遺故也。而於秦志尤推武功、朝邑，此固近世之通議矣。吾友姚君伯山雄文碩學，兼秉彊敏理劇之才，初令臨漳，即著循聲。改官廣東知揭陽；揭陽故號至難治之地，伯山爲之，甚有名聲威風，旋擢連山綏猺同知。綏猺設官僅逾百年，屢有創併。康熙中有爲之志書者，殊闕略不備，且其時連山未歸同知專轄。今伯山實始創爲之。余讀其書，誠所謂文簡事覈訓詞爾雅，不朽之作矣。顧其體例壹遵朝邑志。余嘗論朝邑誠奇筆，獨體例有未當，然伯山既以成書，不暇改爲矣。伯山書嚴於限斷，凡地與事之不屬專轄者，不悉載入此志。余既病朝邑，亦不取武功，以其皆不諳史裁，任意鹵莽類例，分合無理也。然余序伯山，則有似對山之序五泉矣。

重編張楊園先生年譜序

近代真儒惟陸清獻公及張楊園先生爲得洛、閩正傳，自陳湛不主敬，高顧不職性，山陰不主致知，故所趨無不差；而清獻與先生實爲迷途之明燭矣。先生嘗師山陰，故不敢誦言其失，然其爲學之明辨審諦所以補救彌縫之者，亦至矣。先生實開清獻之先，清獻尤服膺先生之粹。顧清獻宦成而功顯，名德加於海内。先生行誼著述前輩論説雖備，而終不著，則以其迹既隱，而其書又不克盛行於世，學者罕見故也。

去年秋，蘇厚子惇元自浙歸，攜其全集來示，且盛言：當從祀孔子廟庭，竝鈔輯諸序文、雜傳，將以補年譜之闕疑。東樹受讀卒業，信悦服翫，如凍餓者之獲饔飧、布帛也。因論儒者學聖人之道，徒正固不及中中；或不能純粹以精，而純粹以精必在於明辨晳，先生可謂深詣而全體之矣！前輩稱爲朱子後一人，非虚語也。於是閒謁學使嘉興沈鼎甫侍郎，啓告以宜奏請從祀，竝爲刊布遺書，極蒙嘉諾，且授以新刻陳古民所訂年譜。

歸而細讀之，惜其尚未盡善。爰屬厚子重爲編次。厚子固好學，而尤篤嗜清獻及先生書者。今以其所編來示，實較陳氏爲得其要領。昔劉伯繩譔山陰年譜，先生謂其學問源流立身本末已備，文集之外可以單行。吾於兹譜亦云然。夫先生學足於己，行修於身，豈在名之顯晦以爲損益；惟其辨道閑邪，繼往聖，開來學，則甚有賴於其言之存，既賴其言而可不知其人論其世乎，此年譜之作所以不容已也。且自朱子而後，學術之差啓於陽明，而先生閑邪之功其最切者，莫如辨陽明之失。惜所評傳習録不見，然就其總評及集中所論皆堅確明著，已足訂陽明之歧誤矣。若求其全書讀之，其説應在羅整菴、陳清瀾、張武承之上。因序年譜，略論其大概於此。道光丁酉十月，桐城後學方東樹謹序。

方望谿先生年譜序代

昔孔子於門弟子因材施教，以裁其狂簡，蓋於諸賢才分之所至，無不周知而熟計之矣。獨至使漆雕開仕，然有意外未信之説，何也？上蔡謝氏論此以爲，學人之才性可知者也，獨其心術之微，雖聖人亦有所不知焉。程子論此曰：漆雕開已見大意，故夫子説之，善乎學者不可不見大意也。學不見大意，則識器卑下，志趣狹陋，雖畢生勤劬用功，其成就卒無以躋乎上。歷觀古人，莫之能遯也。吾鄉方望谿先生少時自言其祈嚮，有曰：學行繼程、朱之後，文章在韓、歐之閒。此其言雖若猶未臻乎極至，而大意則已見。卒先生後所成就實無媿斯二語，可謂不欺其言者矣！夫人智之多少以學爲齊，而子貢論夫子之學不厭智在學先，豈非由夫子十有五時志學之始，已見大意也哉。某薄劣不學，而於近世大儒獨服膺張楊園及先生。往時既嘗爲楊園輯年譜矣，兹復取先生續集家譜及前後諸公私集，事言有及於先生者，舂戢詳攷，成年譜一卷。俾讀先生書者有所攷，不惟發揮先生之學行，亦庶以啓來學之識智焉。夫闡揚絶業，必待絶德之人，而後能得其全而無遺。惜乎，某之非其人也。書成，序之如此，以識余僭且媿云。道光二十七年十二月，邑後學某謹序。

望谿先生年譜序

自太史遷創史法，易春秋編年爲本紀、世家、列傳，皆綜一人之本末始終，而備著其行蹟，異其等分而不異其事義，遂爲後世史法相沿不可易之體。及宋以來，又有私家年譜之作。年譜者，補國史家乘所不備而益加詳焉。吾以爲此仍沿遷史十表年月之法，而易其形者也。

桐城名縣起於唐，自唐以前，人物罕登於史傳者。逮乎明代而後，桐城人文輩出，若忠臣、孝子、理學名臣後先接迹，昭垂乎史傳，昭耀乎耳目，遂爲各直省名都望縣所罕能竝。統觀前後，碩德名賢數十族，而於文學尤推方氏。方氏在明則有密之先生，在我朝則有望谿先生。密之博綜淹貫，靡所不通，擅聲一代，然以語文章經學之廣大精微，經世立事之宏綱鉅用，實皆不逮望谿。即以古文一道論之，能得古作者義法、氣脈，韓歐相傳之統緒，〔一〕在明推歸太僕熙甫，昔人號稱絶學，惟望谿克承繼之；〔二〕實能探得其微文大義，不傳之秘，以尊成大業。望谿而後則有劉學博海峰，姚刑部惜抱，學者宗之，以比揚馬韓歐，竝稱曰『方劉姚』，翕然無異論。夫三先生皆各以其才、學、識自成一家，自有千古，蓋非特一邑之士，而［實］天下之士；亦非特天下之士，而實百世之師。〔三〕以愚究論，其實若從其多分言之，則望谿之學，海峰之才，惜抱之識，尤各臻其獨勝焉。然若置其品題，〔四〕就其經學義理以及所敷奏設施之實絜之，劉姚則偏全大小哀然不侔，即同時若安谿、臨川諸公比肩同志，所謂如驂之靳，然亦皆似不及先生之書在海内，名在國史。後有知人論世者出，自有衷論，當知非鄉曲後生阿私溢美，如鄭梁之序南雷，南雷之序山陰也。

蘇厚子惇元沈精敏毅，學行深醕，平日尤篤嗜先生之書。以爲如先生者，不獨超文苑，炳儒林，而其淑身經世之略用，實有古大儒名卿之風。國史雖有專傳，而行誼問學之詳未能悉備，乃采合諸家傳記文字及其家乘而攷訂之，爲之年譜，俾天下後世備見先生所藴之全。識大識小，信乎爲斯文不可少之作。書成，來乞余序。余淺劣不學，不但無以窺知先生之萬一，亦竝不能究測厚子之蓄積，何能序此？固辭不獲，則據其所麤知者而道其實如此。道光丁未八月，宗後學東樹謹序。

【校】

〔一〕自『實皆不逮望谿』至『韓歐相傳之統緒』：儀本作『實皆不逮望谿能得古作者相傳之統。』

〔二〕自『在明推歸太僕』至『克承繼之』：儀本刪。

〔三〕自『竝稱曰「方劉姚」』至『而實百世之師』：儀本刪。

〔四〕自『若從其多分言之』至『然若置其品題』：儀本刪。

劉悌堂詩集序

楚地盡江淮閒，自蘄、黃以東，迆北訖壽春，其山脈起伏蟠鬱千餘里，舒曠雄遠。自古以來多產賢豪英傑異士，若老莊之道德，屈宋之詞宗，搜奇抉怪，軼乎詩書，不獨智略武毅之儔也。而桐城於地勢尤當其秀，毓山川之靈獨多，人文最盛，故常爲列郡冠。是故自明及我朝之興至今日五百年閒，成學治古文者綜千百計，而未有止極。爲之者衆，則講之益精；造之愈深，則傳之愈遠。於尤之中又等其尤者，於是則有望谿方氏、海峰劉氏、惜抱姚氏三先生出，日久論定，海內翕然宗之，特著其氏而配稱之曰『方、劉、姚』，以比於古之班、揚、韓、歐云。方、劉、姚之爲儒，其所發明足以衷老、莊之失；其文所取法，足以包屈、宋之奇。蓋非特一邑之士，而天下之士；亦非特天下之士，而百世之士也。雖其人氣象不侔，學問造詣不侔，文章體態不侔，要其足通古作者之津而得其真，無不若出於一師之所傳。嗚呼，豈妄偁哉，豈妄偁哉！

非有真人，孰能真知而篤信之。居今之世，欲志乎古，非由三先生之說不能得其門。而三先生之學之或有顯晦，則以得多傳人與否爲其候。覩所以致興起及所以就微謝，亦斯文絕續之幾也，何必後世！方氏没近百年，劉氏稍後之，姚氏又後之。及攷方、姚之名，四方皆知。其門人傳業雖多，然除一、二高弟親炙真知外，皆徒附其聲而不克繼其序。劉氏名弗耀於遠，而其說盛行一時。及門曁近日鄉里後進私淑者數十輩，往往守其微言緒論以道學，肖其波瀾意度以爲文及詩者，不可勝紀。將由高美者難幾，近己而易能與；抑成功大者道固廣與，要有好學深思者，必能知其同造於極。同爲難至，而非可以淺嘗鑠化也；有斷然者也。至其教之所行，廣狹遲速雖殊，期以得真爲本，未可以一時之形迹定也。吾友劉君悌堂，海峰族裔也。質性端慤，踐履甚至，其詩文宗述本乎家學，夫躬踐履則言有物，述家學則造必深，宜非尋常文士所可及也已。曩者悌堂在京師，嘉興沈侍郎鼎甫以余名語悌堂，屬其來内交。故悌堂以其詩令余爲序。余於是本山川表人物，正學脈，綜名實，究終始，以爲之言。俾讀悌堂詩者，知桐城文學之統緒，得攷鏡其得失焉。

古桐鄉詩選序

選詩爲總集，葢有權輿。正攷父輯商頌，其後孔子本之以删詩、書。自漢以來，劉略、班志、阮録遞顯，集既專部，而爲之一名。至於蕭梁而其體備，至於李唐而其號繁；或以體分，或以代斷，或以地别。綜終始，廣國文，尚矣。

桐城爲治，葢兼得漢樅陽、舒及龍舒地，至唐始有今縣名。學者所識，舒析其北邊，仍置縣。龍舒半併於桐爲南鄉，樅陽盡東南至江。選詩者域之以一縣，已隘；域之以一鄉，滋隘矣。昔在康熙之世，鄉先生潘蜀藻爲龍眠風雅。逮嘉慶時，王悔生灼爲樅陽詩選，兹文生漢光、戴生鈞衡又爲古桐鄉詩選。夫樅陽猶統縣名，若桐鄉，縱爲寬鄉，在漢制不過百里。然而二生不憚割而專之也。匪私其鄉，葢亦猶地别之義焉。何者？士生一方，睹其地前世無人物，則蹙；其幸得之，則欣欣焉以喜。若夫有之益多且盛，雖一偏之隅，或至於數十百人，數百千篇，則愈欲録而傳之。人情樂善之同，固時有若是，豈徒爲足揚山川之靈而誇耳目於四方也哉。矧是數十百人者，其行誼各有可紀。此數百千篇，其句之雄傑皆有可誦，則其擅一鄉也，猶其擅一國也。茍擅一國極而進之，即可擅天下，推之古今上下百世而無閒焉。合之分之，特其迹有異便，而非其實之有差數也。諸子惟不以地自域，故其域之也，不可緄如水之瀾，如日之容光，充一而全可曰知也。學者囿於所見卑小鄉縣，而以隘相詬病，是謂言天文者不當異辰次，絜地維者不必畫原平也；是昧於細大之倪者也。後有君子尚取吾説而繹其實焉，(者)[可]也。

自記云：起處一段，生甫以為近陋，余心媿之，而未能改。記之以告學人，須知其故。

金剛經疏記鈎提序

受持此經，深觀佛旨及諸菩薩及諸入位上流大士大師，而歎昔人自修之功行，及説法度人之功德，如是其深，如是其廣，如是其精密微妙，如是其辛苦猛利。教理各極，行果俱元。如空生之起請，彌勒之述偈，無著之判住，天親之斷疑，圭峰之纂疏，長水之作記，一理相承，無少差謬，各各文義鈎鎖，析及微塵秋毫，甚矣！昔人求道慎重虔誠，其堅利觀照直與金剛三義脗契。未有小智、小德、輕心、慢心，不脱下苦麤障而冀上浄妙離，氣浮心淺麤粗苟且從事者也。自達摩東度，單提心印，不立語言文字，直指見性，號爲頓門。不踐初地，而降心有道，住心有方，明佛心宗，知其今古行解相應，夫豈妄而非真。然向上諸佛、菩薩聞思修證次第位地及文字般若泯絶弗彰矣，後之人欲求聖教，懵闇乖隔，夫孰從而聞之。自是五宗相紹，厥啓狂禪，野狐外道擎拳竪拂，各逞宗風，蕩滅規矩，緬棄科法。未證爲證，真贋相糅，未必非達磨之有以啓之。嗟乎，古今學術源流變革大抵如斯，其始者本以利之，及傳之久而失其統，遂成大敝。至若此經疏記結集浩博，根究該審，階差不失，血脈潛通，如瓶翻水，二謗俱亡，堪與阿難埒勝。顧以昏耄，苦其文繁。又如大濱之所科會標列榦名，數目頗爲繁碎，迷人眼根，陋於習氣。兹欲易了，姑從簡削，移其次第，改其面目，爲便用心故也。若其哲學，務覽全文。又疏主刊諸異本自云，源派不遠，信非虚語。獨於三果往來之義，因仍舊解，非但迷誤，亦至鄙淺。乃千載憒憒，雖諸菩薩亦未審諦，殊不可解。所謂聖人有郢書，後世多燕説也。今竊取姚先生説爲詮解之，庶向來闇昧因得豁如矣。

孫蘇門詩序

始吾讀木崖潘氏龍眠風雅，固以歎桐城人文之盛矣。後又見王氏悔生樅陽詩選暨吾門人文生漢光、戴生鈞衡等桐鄉詩選，不禁睪然高望遠想，而因以生其奓汰也。以爲桐城山川靈淑之氣所鍾孕於一方者，瑰異日(親)[新]，殫所未見，若是其無盡藏焉。天下名都大邑蔚然以能詩著望者有矣，求其以一鄉一邑，其人至數百千之多，其詩至數百千篇之富，如茲數君子之所選者，亦可以觀止耳矣。乃今讀蘇門詩，於是又知有蘇門孫氏者也。蘇門生熙、雍之際，其人已在前矣。其詩卓犖秀傑，有過人者；乃王選僅載五言律詩、七言絶句各一篇，既不足以見其詩之所至，又不詳其行歷，其於存人存詩兩無賴焉。揆厥所由，則以先生死於客，其遺文散佚，又無子孫爲收拾，以故寥落若是。嗚呼，其可悲也矣。

今先生族孫碉泉獨竭數十年之力，爲網羅放失，勤求近遠，得此百餘篇於籤縢湮舛皀朽蟫斷之餘，謀爲鋟板以傳於世，抑可爲感切而殷勤者也。往者先生族中有名岣者，係節愍公裔，其詩才清警豪雋，略與先生相埒。余以姻戚，故少時嘗及見之。今亦以無子孫，遂隻字無可覓處。文字之傳託於人者甚重，而其閒亦有幸、不幸焉。以孫氏一族而有若是，則夫綜桐城數百十年、數百十族而縣計之，或多有若是者必不免矣。惡在其能殫所未見，而以全著夫一方之盛邪。雖然，是特人事偶有差互，而於山川鍾毓之靈固無歉也。則即蘇門之詩而推之，益以徵桐城人文之盛之無盡藏也，豈不然哉！道光二十五年秋八月，邑後學方東樹敘。

官莊姚氏宗譜序

姚氏得姓於虞舜，神明之胄，炳然無疑。顧自唐以前著史傳者不多見，惟獨唐以後乃大蕃衍耳。攷其支分派別，地各不同，而同以吳興爲望。則後世爲譜者貴近而遺遠之通趣也。桐城之姚族有三：曰麻谿，曰苓澗，曰官莊。官莊之姚自以唐姚思廉爲所出之源，原序稱其土著在山西，後乃遷徽之婺源。至元季有曰福三者，始遷桐之官莊，是爲官莊姚氏。官莊之譜曾修於乾隆閒，越今七十餘年。其子姓益繁，仕宦益起，不可聽其闕而不備，紊而無紀。今某某等乃克糾其族人而續修之，既成，來乞序於余。余惟譜牒之修所以尊祖敬宗收族，天下人心之所同，無待於贊揚嘉美之虛詞。獨爲著其本源之異同，以別於麻谿、苓澗者。固亦官莊之子孫所當信以爲紀實云爾。

璣珥沖劉氏宗譜序

桐城縣治之東北二十里曰麻獨山，有市區曰周婁岡，又北二里許曰璣珥沖，皆田塍農民所居。按字書，瑱珥，玉之所以飾首耳者。璣，小珠之未圓者，又爲測天象之器，所謂璇璣玉衡也。此地左距龍門之古刹，右蓄龍潭之神異，矗山挺秀於其前，旗嶺繞綽於其後。清曠幽奇，其形勝亦靈區也。雖受名之始不可詳，而昔人嘉錫之義亦從可思也。凡民所居得山谷而秘，得原隰而紓。有山谷以含藏之，而後免於洩露；有原隰以蕃衍之，而後免於消耗。故能俾居者財産給足，家室和平，無餒凍之憂，無癘疫之苦。聞此處風俗純樸，無游手淫靡之習。詢其左右前後，聚族而居者多。劉氏道光丁未有某某者輯修族譜，來乞余序。余覽其譜所序，遷桐以來，自一世至今十幾世，雖無貴顯，皆修身蓄德，以行誼範其躬，以耕讀世其業，可謂德門者也。嘗慨譜系之繁始於秦、漢之際，自是以來，悉多誣附，不可信。沿及六代，至於李唐，其攀飾益崇，其誣附益甚，雖大名德之人，往往承習此陋而莫之覺。及宋歐、蘇二譜出，始嚴傳信之義，而爲後世譜學不易之法。又古今世族之盛，無若張、王、劉、李，蓋此四姓無代不有偉望勳位盛德大人。今璣珥沖劉氏序其先，獨於歷代諸名賢一無誣附攀援之失，即此已足徵其家風之純厚矣。然則劉氏之先雖無貴顯，自今已往，必有文章膴仕非常之人以大振其宗者。鬱之久者發必暢，此實天道；而山川之靈毓亦然。璣珥之可寶貴詎惟抱空名而不既其實乎，此理之必可信而不爽者也。則即以璣珥爲劉氏之望，以比烏衣馬糞之王、東西中眷之裴可也。

潛桐左氏分譜序

吾嘗論世本亡而天下之氏族遂湮，其事蓋當秦漢之際。秦漢之際，王者興於草澤，將相起於屠沽，皆不能紀其先。漢書載公卿名人，獨司馬遷、揚雄、馮奉世三傳而已。及魏、晉之世，重門户辨族地，以九品官人，而其誣附多不可信。兼以種姓雜族，而中原之氏族益亂。及至唐人最重譜牒，而諸家世譜官爲修掌，竝私家撰述，其書凡數十種，而帝王之族且不可信，此所以有元元皇帝之祀也。其他新族、舊族，如河北崔、盧，江東王、謝，其可記者亦皆不能遠溯神靈之裔，惟以郡望相高而已。歷攷古今通賢之論，無不以氏族爲病。至宋歐陽公、蘇明允作私譜，始定以始遷之祖；明白可信者以爲祖，而後信以傳信，乃即於人心之安。此雖似隘而近陋，然不猶逾於誣附之愚者乎！

桐城在江北號爲望縣，然自宋以前故無人物，稽之史傳，寥寥如也。及明以來乃有世家大族數十百氏蕃衍迭興，而就中尤以方、左兩族爲之冠，則以斷事、忠毅兩公忠節照耀遠近故也。顧斷事官卑名微，而其子孫特最盛。忠毅則功在社稷，名在敦史，兒童走卒皆能道揚，左事。顧觀其私家譜牒亦無以大遠乎歐、蘇，而別有可法者。今方且勿詳之。左氏先隸籍涇縣，始唐有難當公保障江南，封戴國公，廟食於涇。其弟難定公承隨之。難定第五子瑚公始遷安慶，又十一世們五公復遷潛，又二十六世爲傳公，生卒逸，其葬實在潛，傳公子代一公奉其母遷桐城，是爲遷桐之祖。此據其十一世侍御公及忠毅公子國棟叙如此，當明崇禎甲戌歲也。自是入我朝子孫益繁，仕宦科甲益起，而譜久未修。今某等議續修之，此固尊祖敬宗收族之常舉，無庸侈談。獨潛山一族，自傳公以上上溯們五公十餘世，多不能詳，勢不能彊合。今衆議潛、桐兩族各分序其始遷可信之祖以爲信，不必彊聯爲一云。夫不可知則闕，豈非義理之正，而人心之公，斯亦足爲凡修譜而疑不能明者之良法也已。故本其族人共議之説，即書之以爲序。

自記云：質確明白而已，無文章也，然自可存以為信言。

培根支譜序

吾宗之望在河南。然自唐、宋以來族姓蕃衍遍天下，始無不遷自黟、歙，始祖黟侯所受封邑也。惟源遠而末益分，故有同出黟、歙而不同所遷之祖者，遂別族焉。宗兄四川冕甯縣知縣璋以其所輯支譜請余爲之序，其言曰：吾族凡九大房，自七世祖廷獻公以下稱中一房，中一房逮十四世太史公以下凡三房，而我繼善公實爲太史第二房，是爲璋之本支。昔在明萬歷間，明善公始創修宗譜。國朝乾隆間，恪敏公重修之。迄今相距又數十年，欲再重修，而族重丁繁稽考不易，猝未能集事。是以嘉慶間我叔祖冶青公僅纂輯支譜，而十五世、十六世以下已有不能詳載者。璋今姑就本支見聞所易周者，輯爲兹譜，以備異時大修之采輯。名曰『培根』者，先祖讀書齋名也。子爲我序其所由，毋俾人疑余如私所出而忘其大宗焉者。三辭不獲，乃爲綜其事實，揚搉而言之曰：古今名、德有大小，其聞傳於世亦有大小。聞傳之大小恒視所託以傳者之言之大小焉。是故載德與功與世爲無極者莫如史；其次則碑碣志墓記事之文，見於一代作者之傳集；其次則統志、通志及郡邑之志；又其次乃爲譜牒，是故有譜牒所載而志乘弗及者。志乘載之矣，而名家碑志記事之文無聞焉。碑志記事之文爛如，而史傳仍弗及焉。於是其人雖爲一時所崇，而顯晦大小遂亦由此而爲差别。若夫譜牒所載志乘亦載之；志乘所載，名家碑碣記事之文亦載之；名家碑碣記事之文載之，而史筆亦載之；又況淵源著述絶學代嬗，發揚振動，雖微史筆亦自足以垂千載而不朽。若兹譜所輯自斷事以來，忠節孝烈炳如星日，若明善，若中丞，若太史繼善理學名賢，海内所共知，豈同於無善而虚美之諛言也哉！吾嘗觀南史，其列傳王、謝、庾、胡諸族雖曰國史，不啻諸族之私乘焉。及讀世所傳諸賢别集、總集，有不待讀南史而千載之下莫不習其人者，然後知韓子所稱不待史筆而傳者之爲篤論也。樹族自明初由徽遷桐，今十餘世矣，迄無貴顯者。既與君不同祖，而盛衰又縣絶，故因序君之譜而爲本其郡望之源流，以識吾宗分合之由，有餘慨焉。道光己丑仲冬月，宗愚弟東樹謹序。

宜園雅集圖序代

道光甲辰九月十九日，會於西郊張氏之宜園，是日俗謂之展重陽日。陶公詩稱，九日之名舉俗愛之。洪容齋釋云：陽九數爲老久義也。舉俗愛其名，愛久也。若至於展日則益久矣，是皆於古人多壽之祝有合。前涪州刺史吴君年八旬，巍然鄉老，方以德行薰後進，可謂賢者，實爲大賓。宜園者，前南昌太守張君所營，以怡其尊甫封翁者，甲一邑之勝。軒墀閎敞，房序迴曲，竹樹清華。前一亭臨水面平疇，於春時觀稼爲宜。後負山如列屏，蒔菊滿畦。几案閒置，盆菊皆滿，繽紛繁蓄，五色燦然。雖秋卉也，爛若春葩。維時天氣晴暄，秋陽明麗，賓筵初設，殽核錯陳。觥籌既接，賓皆粹容。有一儒生，舉杯歆然，朗吟唐人崔曙九日望仙臺詩之末章以況余也。夫淵明惟不樂仕，故以采菊飲酒自適。余羈於此，簿書鞅掌，終歲之間，求若此一日之暇樂，不恒多有，何足以比陶公？雖然，古人仕止各有際會，亦不得壹以陶公爲概，抑余有幸者。昔漢任延以少年爲會稽都尉，會稽頗稱多士，延皆聘請禮待。有龍邱先生志不降屈，延遺功曹修書（記）奉謁，吏使相望於道。積一歲，龍邱先生心服，乃詣府願受備録。今諸君不以某年少不德，而皆惠然。自六十以上至八十以上，凡十有四人，于于畢至，幾比於宋洛社耆英之會。張翁年亦八十，神明温粹，顔渥如丹，步履飲啖如少壯，望而知爲德福兼隆者。其族兄封翁八十有三，其媦親左翁八十有二，皆葆性康彊，行不須杖。惟余與太守年同，五十有二，稱最少。戲用司馬温公例，得亦附於會。於是四美既具，二難亦併，一日之閒居然足以傲陶公，誇任延，紹洛社，雖不足以堪之，而謂不足以爲樂乎。爰屬工畫者繪爲圖，列序時人，疏其齒爵，俾各賦詩，用以抒情抱，留示後人焉。王右軍見人有以蘭亭序比金谷園序者則大悦，古今人豈異情乎！

卷五　書後　題跋

書法言後

退之論文屢稱揚子而不及董子，蓋文以奇爲貴，而董子病於儒。余聞之劉先生説如此。然竊以爲退之所好揚子文亦謂其賦及他雜文耳；若法言、太玄理淺而詞艱，節短而氣促，非文之工者也，退之所好不在此。夫立言者皆欲其不棄矣，而不能爲不可棄者，理不當而詞不文也。文其詞而無當於理者有之矣，未有當於理而其詞不文者也。揚子徒知爲不可棄，而不務培其本，畢生用力造字句已耳。或曰：揚子成太玄，桓譚以爲後世復有子雲者必能好之。及宋司馬温公果篤嗜其書，意者其奥而世鮮知邪。余曰：不然。夫孟、荀、揚、韓雖竝稱，然孟氏之道班於聖人，今讀其書，充然沛然，高下曲折涵天地而無極，指事而無不盡焉，曷嘗待於入黄泉出青天，若揚子之所爲邪！夫以揚氏書與孟氏相比，差等殊絶，若河潦之不可同觀。如彼，而司馬氏猶非孟子而尊揚子，其修通鑑多取法言爲斷，〔一〕是尚得爲知言乎哉！

自記云：東坡不喜法言。海峰謂韓公好太玄、法言，故其文字句奇。二説皆是學者，宜互參之。

【校】

〔一〕『其修通鑑多取法言為斷』句：儀本删。

書楊嗣昌别傳後

余讀節南山，反覆於亂本之所由端在於用小人。小人『不懲其心，覆怨其正』，若性生一轍忠智之士『憂（傷）〔心〕如惔，不敢戲談』，至於四方靡騁，而國亦既卒斬矣，何其痛與！作此詩者爲百世戒，此所以列爲經也。吴之入郢也，沈尹戌謀令子常沿漢上下遮遏濟寇，而己東毁其舟還塞城口，自後合擊之。子常不聽，師喪身死，國隨以亡。楊嗣昌之敗開縣也，萬元吉謀以前軍躡賊中軍，自間道北扼緜竹、梓潼，斷賊歸路。嗣昌不聽，師喪身死，楚蜀糜爛。方子曰：是其事之相類，乃所謂不懲其心者，獨子常、嗣昌也哉。君子之論人也，庸、不肖者無責耳矣。惟夫以猶可以有爲之資，而卒與庸、不肖者同敗，身死不悟，爲天下後世戮笑，爲可惜也。方其意氣自用，豈不謂己之所見非進説者之所及哉。而智計之士早熟籌焉，而知其必底於滅亡也。亦惟其愎諫而不詳思者，決之而已。訊而不顧，顛倒思予，墓門所以歎也。洎乎拾瀋不可復得，爛魚不可復全，身親其敗者，恨不能起死者一一語之而使之知悔，則何益矣。然使死者而知悔也，則史策所紀，殷鑒非遥，而何世之踵其轍者趾相接也。甚矣，自克之難也。故君子、小人之介在懲其心，存亡禍福之幾在懲其心。

書阮籍傳後

晉史阮籍傳稱：籍終日言，「口不臧否人物」。世之爲容默以適己事者用意過當，致人心靡然不起，無復聞是非直道之公，而壹皆託於籍。余悲夫其説之足以害俗，而又非事實也。夫聖人不爲毁譽，謂無故虚加之耳，非昧其是非之實而絕於言説也。古者國風之作出於里巷匹夫之言，三代之世皆陳之以觀民心好惡，如將仲子諸詩；〔一〕可見當是時其上之政教雖非，而賴其下清議足畏，故一時風俗禮義相維繫於人心者，久而不泯。及其亡也，孔子懼，作春秋。向使皆不臧否，則是經不得有六，而聖人亦惟致密於亂賊者之怒不可攖，而尚敢著書以自表其褒貶之出於己哉！觀籍爲白眼以斥俗士，蓋臧否之尤者。故卒以見疾於鍾會。異哉，籍之臧否形諸目而第不形諸口耳，而世何以託之也。詩人之美仲山甫也，曰：「既明且哲，以保其身。」而特爲實舉其行曰：「柔亦不茹，剛亦不吐。不侮矜寡，不畏彊御。」今之君子則務隨時抑揚，隱情惜己，苟以混俗取寵而已。嗚呼，是皆析義不精，而特剽竊其近似，以遁於鄉原、老氏之學，而不顧害於人心風俗也，其又何稱美與！

【校】

〔一〕「如將仲子諸詩可見」：儀本删。

書望谿先生集後

作室者卜里閈，量基址，程材用，庀工役，區、堂、廡、房、奧、牆、廁，一一營之意中，而後翼然有室之觀。後人雖有丹堊之巧爲密麗，至於不失黍銖，終不如慮始者精神開闔於空虛杳冥之際，而與造物相往來也。凡事類然矣。樹讀先生文，歎其説理之精，持論之篤，沈然黯然，紙上如有不可奪之狀。而特怪其文重滯不起，觀之無飛動嫖姚跌宕之勢；誦之無鏗鏘鼓舞抗墜之聲；即而求之，無元黄采色創造奇詞奥句，又好承用舊語。其於退之論文之説，未全當焉。而篤於論文者謂，自明歸太僕後，惟先生爲得唐宋大家之傳。維樹亦心謂然也。蓋退之因文見道，其所謂道由於自得，道不必粹精，而文之雄奇疏古渾直恣肆，反得自見其精神。先生則襲於程朱道學已明之後，力求充其知而務周，防焉不敢肆，故議論愈密而措語矜慎，文氣轉拘束，不能閎放也。先後諸公學既不能如先生之深，而又懵於所謂『義法』者，故其爲文不能如先生之潔而知所鎔裁，以合化於古人也。而公遂翛然於二百年文家之上，而莫敢與抗矣。鄉使先生生於程、朱之前而已能聞道，若此，則其施於文也詎止是已哉！

書望谿先生外集後

嘉慶庚午，樹從姬傳先生於江甯鍾山書院見望谿曾孫傳貴，以先生集外文來請叙。其文止一卷。明年辛未，姚先生復得先生與鄂、張二相國論征準夷書，重爲跋語，謂後有刻先生集者必宜入之。道光二十年七月，蘇生惇元自浙歸，以其所輯録望谿遺文一卷見示，則皆前、後集所未刻者，竝有先生前刻集中所有而今刻删去之者；其奏議一卷，則仁和邵懿辰鈔於方氏宗譜後而得之者也。且疑此文既刻於方氏譜後，則其裔孫刻後集者不應不見，而遺之，何也？樹曰：先生文集係手自定，其去留必有精意，非後生淺學所可妄測。惟山東韓理堂所輯望谿集外文有十卷之多，此奏劄獨爲一卷，其事約在乾隆三四十年閒，距姚先生作序時前數十年文亦較多數倍，姚先生殆未見也。又據姚先生兩序，似以他文縱不存，無害，而與兩相國書則必不可不存，所見誠是也。但樹攷先生手定集已載與常熟蔣相國論征澤望事宜一書，其詞意悉與此同意。先生稿或先擬與鄂、張兩相國而未出，後乃改而與蔣相國，遂以此爲可不必重出。而姚先生偶未察而云然與？要之，公之文宜以手定集爲主，而遺文、奏劄當覓韓輯十卷本校正乃爲善耳。宗後學東樹謹識。

書錢辛楣養新録［後］

錢大昕氏以南宋之亡歸獄於鄭清之之主收復，致挑邊釁，其言曰：南宋之速亡由於道學諸儒恥言和議，理、度兩朝尊崇其學，廟堂之上所習聞者迂闊之談，而不知理勢，云云。愚謂錢氏此論，殆孟子所謂無實不詳者與！凡君子論事須平心虛公，揆度義理，攷詳事實；然後其言信，其論篤，傳之天下後世，乃不致誤國殺人也。

近世漢學攷證家因惡朱子，遂深疾宋儒道學，其著説文字率以邊見、偏見、顛倒邪見與爭勝負，道理不足以勝之，則一借國事虛搆影響，以莫須有信口駕誣，如姦胥法吏舞文傷善，不論本案有無虛實，竄名其閒以坐之耳。其論宋事一言不及韓侂冑、史嵩之、賈似道，而惟斃罪道學；論明事一言不及嚴嵩、魏忠賢，而惟歸獄東林。由其毒正邪心，心版所印也。不知南宋立國政恨其無志於恢復，不專任道學耳。使真有志於恢復，如越句踐、燕昭王舉任賢才，如魏文侯、魏孝武，將收復可必，何致速亡。盇收復，正論也。正論，國之元氣、治亂安危之所由，不可謂之迂闊。真德秀請絶金歲幣疏及朝辭所陳五事，與胡銓諫和議疏爭輝簡册，皆萬世金鑒，而又可少之哉！

文忠此奏在甯宗嘉定七年；王柟函韓侂冑、蘇師旦之首至金乞和，韓侂冑誠有罪矣，而函首乞和亦太亡義而傷國體矣。文忠此奏振起人心，不可謂之迂闊。其言曰：宗社之恥不可忘。國家之於女真，萬世必報之仇。高宗、孝宗值其方彊，不得已，以太王自處，而以句踐望後人。今天亡敵人，近在朝夕。誠能以待敵之禮而遇天下之豪傑，以遺敵之費而厲天下之甲兵，人心奮張，士氣自倍，何憚於彼而猶事之哉。且所重於絶金者畏召怨而啟釁也，然能不召怨於女真，而不能不啟釁於新敵。權其利害，孰重孰輕。按，文忠意以蒙古方彊，力能亡金。若我和金，不召怨矣；既和金，必與金共攻蒙古，是啟釁於新敵也。又曰：用忠賢，修政事，屈羣策，收眾心者，自立之本。訓兵戎，擇將帥，繕城池，飭戍守者，自立之具。陛下以自立爲規模，則國勢日張，人心日奮，雖彊敵驟興，不能爲我患。

雖當時諫用兵者如邱崇華、岳婁機諸人之論，亦祇謂宜申警軍實爲自立之計，觀釁俟時，委任得宜而後動，不可輕舉耳。蓋啟釁致兵而無以待之，是速亡之道，智者所見皆同。而非謂當忍恥忘仇，棄中原苟安，而不當言收復，言收復爲道學迂闊也。

矧當日收復之議前出於韓侂胄之欲立蓋世功名，後出於趙范、趙葵之狃於收復淮陽，欲乘時撫定中原，收復三京，竝非出於道學。但收復三京之議，其時史嵩之、杜杲、喬行簡、邱岳皆言出師之害，惟青山力主之，以致洛師撓敗。錢氏據此一段，又據當時在廷諸人之議，而真文忠又惓惓於復仇者，又爲青山所引用之人，故因而獘其獄於道學；以爲必真、魏所爲矣。不（如）［知］此役祇當責青山、范、葵等無備輕發，如當時廷議所論云爾。岳曰：方興之敵新盟而退，氣盛鋒鋭，甯捐所得以與人邪。我師若往，彼必突至。非惟進退失據，開釁致兵必自此始。且千里長驅以爭空城，得之當勤饋餉，後必悔之。范不聽。史嵩之亦言：荆襄方爾饑饉，未可興師。杜杲復陳守境之利，出師之害。喬行簡疏曰：八陵有可朝之路，中原有可復之機。以大有爲之資，當大有爲之會，事之有成固可坐策。臣不憂出師之無功，而憂事力之不可繼。夫規恢進取必須選將練兵，豐財足食，而今將乏卒寡，財匱食竭。臣恐北方未可圖，而南方先騷動矣。願堅持聖意。云云。而不可謂主收復爲道學迂闊也。

且洛師雖敗，而南宋所以亡之故，禍胎病根實不由此。此端平元年之事。既敗之後，鄭清之力辭解政，不許。帝下詔罪己，乃召用真德秀、魏了翁。德秀言：天之所助者順，人之所助者信。陛下儻能進德以迓續天命，中原終爲吾有。若徒以力求而不反求其本，天意難測，臣實畏之。了翁入對言事，凱切反覆利害之端，至漏下四十刻乃退。據史言，如此二公所陳，豈可謂之道學迂闊而惟主收復也乎。又按，喬所謂事與前異者，蓋謂蒙古乃新敵，非如金人有宿仇深怨，久爲所弱等情事。疆場之役一彼一此，何常之有。但益修戰守之備，固可轉敗爲功也。又帝問恢復於孟珙，珙曰：願陛下寬民力，蓄人材以俟機會。又問和議，珙曰：臣介胄之士，當言戰不會言和。帝命吴泳草詔罪己，泳訪於王萬，萬曰：兵固失矣，言之甚恐亦不可。今邊民生意如髮，宜以振厲奮發興感人心。據當日在廷諸臣議論如此，未有以此役爲速亡之禍本也。亦竝不由於用道學之故。開禧末寶慶初，史彌遠欲收召道學以爲名，既而以論濟王事忌之，諷臺諫盡劾去之，至謂真德秀爲真小人，魏了翁爲僞君子。紹定末端平初彌遠死，洛師敗，鄭清之再召用真、魏諸賢。而是年真文忠卒，又明年而了翁去。故理、度兩朝名爲崇尚道學，而實未能盡其用，不特昧其忠信碩畫之非迂闊，而且以亡國大罪加之，豈非無實不詳之言與。但疑青山、葵、范皆尚非至庸劣之人，而趙葵出兵祇給五日之糧。徐敏子至洛，明日即乏軍食，至采蒿和麫爲餅食之。夫欲收復百年之地，而出師伊始支絀乃爾，全無備豫，雖嬰兒之計亦不至急促輕脱如是。及元師南下，饋糧不繼，所復州郡皆空城，無兵食可因。遂以潰敗，一皆如邱岳所策。錢氏以大局責道學，固誣而失實，而究無解於此敗之失。及爲反覆攷之，而後知青山、葵、范當日所以出於此者有可爲傷心者也！紹定五年，蒙古約共伐金，許事成以河南之地來歸。此秦人以商於六百里譎楚使絶齊之故智也。史嵩之不悟，遂許之共以亡金。此雖不見事勢而於義無失，蓋與金爲世仇，得藉手以復之爲快。其時趙范不喜，引宣和約金攻遼受欺之事爲説。此見事勢矣，而於復仇之義爲闕，蓋不與蒙古必助女真，而女真世仇豈可助之！

真文忠所謂：不召怨於女真，而不能不啟釁於新敵，惟當亟圖自立之策，不可姑爲苟安之計。若夫積安邊之金繒，飾行人之玉帛，女真尚存則用之於女真，彊敵更生則用之於彊敵，此苟安之計也。陛下以苟安爲志嚮，則國勢日削，人心日偷，雖弱敵幸亡，不能無外患。蓋安危存亡皆所自取，若當事變方興之始，而示人以可侮之形，是堂上召兵、户内延敵也。此謂不和金，亦不和元，但貴自彊。非史、趙二人所及矣。

及端平元年，金果亡。而後宋之君臣喜可知也。是時又值史彌遠卒，帝始親政，故改元端平，以志喜也。於是青山正爲相，慷慨以天下爲任。欲及元人許歸河南之約，收復三京此真千載一時之機會。喜不及待，故不暇積食蓄兵而急往受之耳。事出有因，不惟非迂闊，亦非全出冒昧。而詎知姦臣誤國，不同心合力，事會蹉跌，不戰而敗邪。詳觀此役，由史嵩之不致餽糧，以致諸軍飢乏，潦草倉猝自潰引還。竝非敵人彊盛，力戰不支，弓亡弦絶，傷夷挫衂，如黏没喝時事也。使是時糧餉充給，諸將秉承定算，堅忍不退，申前日之約；且以三京本吾故地，大義折之，盟信要之。元新得金，中原事勢未集，未必不退聽。如仍恃彊不聽，則用趙奢閼與之説，力戰致死，以勇爲勝。師直爲壯，必可勝之。如此而又不勝，則亦曲在蒙古，非我無端生釁。則用樂毅田單之謀，因我民之怒退而修備蓄力，激起人心，志在必於收復，則中原可終爲我有也。是故青山、范、葵此舉原非孟浪，所恨太脃弱輕脱，如嬰兒之戲，出乎常理當然之外。千載而下覽其事者可爲太息憤懣者也！而錢氏顧指此爲道學迂闊，不識理勢，主收復以速亡，可謂蔽昧無知，全非事實，吠影而已。

逮後淳祐十年，史嵩之去位，青山再相。收召衆賢，用余玠帥蜀，一意出師。興元之役雖無功，而未有大敗。乃十一年而青山卒，又二年爲寶祐元年，余玠死。玠，良將，蜀之長城。帝信讒以斃之，而蜀遂不爲宋有。青山卒之歲，淳祐十一年蒙古憲宗蒙哥始立，而以其弟忽必烈總制（漢）［漠］南開府金蓮川，淳祐十二年，元主以關中、河南之地盡封忽必烈。又六年爲開慶元年，是年九月忽必烈渡江圍鄂，賈似道乞和，忽必烈聞元主卒引還。明年景定元年二月，忽必烈自立，是爲元世祖，建元中統元年。統觀自端平元年甲午青山、范、葵收復三京，及是開慶元年己未蒙古渡江，二十六年間事迹如此。謂之謀國不臧可也，謂由道學誤之，非事實也。

紹定、端平以還，女真既滅，蒙古方彊，滅國四十，亡金，以及於宋事勢駸駸不可得已。燕丹不劫秦，秦亦必亡燕。宋雖日乞和，蒙古亦必滅宋。當此之時，惟有用賢可以自立，乃宋以史、賈輩當之。夫陳賈、鄭丙、韓侂胄之攻道學已出虚誣，今前渡江，日開邊釁蹙國命，實出於賈似道。乃錢氏不以責似道，而弊獄於青山，以致其毒螫道學之誕説邪心甘自附於賈、丙、侂胄，其用意如鬼蜮含沙，最爲可惡。若以和議爲可恃，則前此秦檜殺岳王，史彌遠函侂胄之首矣，而究何能弭女真之寇哉。若以主收復爲挑兵釁，則端平以後未有收復之謀也。若以道學誠足以亡人之國與，則元世祖未即位之先，開府於金蓮川時，首召姚樞，樞陳修身、力學、尊賢、親親、畏天、慶民八事，皆道學之大經。世祖嘉納，動必召問。又召用廉希憲，希憲以孟子性善義利仁暴爲對，世祖善之，目爲廉孟子。及即位，首召竇默、許衡，問以治道。默首以綱常爲對，且曰：失此，則無以自立。又言帝王之道在誠意正心。心既正，則朝廷遠近莫不一於正。元主敬禮之。及元主立太子，太子問王恂心之所守。恂曰：嘗聞許衡言，人心如印板然。印板不差，雖摹千萬本皆不差。若板本差，則所摹無不差者。太子善之。史稱許衡陳政大約以大學修身爲本，其爲祭酒，教弟子尊師敬業，下至童子，亦知三綱五常爲生人之道。虞道園曰：先正許文正公實表章程朱之學，以佐至元之治；人心風俗之所係，不可誣也。攷史者稱蒙古始興而得大儒爲之輔佐，如此豈偶然哉。夫姚、竇、王、許所陳皆道學『迂闊』之言，而元用之以興，何獨宋用之而速亡哉！錢氏之論殆如淳於髡以魯之削歸罪於公儀子、子柳、子思焉耳。

道學之病誠患其迂闊儒緩，失之弱耳。若不主和而主收復，乃其發彊有爲，不肯苟安忘仇，此臣子之大義，乃反以之爲罪邪！統觀古今創守之主，有以一成一旅而光復中興者矣，未有以大朝立國當忍恥忘仇，以主收復爲道學迂闊不知理勢也。古無不亡之國，然甯爲亡國，不爲降國。蓋天下原有亡勝於存，死勝於生者，或由才略不足以濟，或由天命已去不可如何，如楚項羽之亡，田横之不屈，皆彊而亡國，非由道學迂闊以速之也。由錢氏之論，率萬世臣子，不爲越句踐、燕昭王，第作秦檜、湯思退，而後免於道學之迂闊也已。种師道謂李邦彦曰：『某在西土，不知京城堅高如此，備禦如此，不知何事便議和。公不習武事，豈不聞往古有戰守乎！』又曰：『公等國之大臣，腰下金帶，自不能守，欲以與金人。若金人要公首級，當復何如？』明日金使人禮稍絀，上顧師道曰：『彼畏卿故也。』當彊敵壓境朝廷拱默，李綱、師道猶能抗方、張之氣，阻城下之盟，而錢氏乃以南宋立國不應主收復，爲道學迂闊不知理勢以速其亡，况本無其事也。然則，其所作廿一史攷異亦何用也？不過搜覓細碎眩博以邀名而已，於資治致用無當也。張南軒孟子説解交鄰國有道章，以修德、行政、養兵、訓民，卒殄寇仇爲言，詞氣激發。胡文定春秋傳於夫椒之事，朱子詩傳於王風揚之水亦然。以此例之，錢氏之於學，殆未嘗奉教於君子也。

書劉文靖渡江賦後

孫北海曰：世人軒劉静修而輊許魯齋，以其仕與不仕也。然魯齋當元人伐宋，世祖問之，魯齋不對。世祖知其意，遂不復問而心賢之。静修渡江賦張大元人伐宋之舉云：『留我（奉）〔信〕使，仇我大邦。』殆如露布此賦，可令魯齋見與？ 樹按： 北海是言，殆未詳攷靜修之心及其事實而輕於立論也。 昔邱瓊山亦以渡江賦爲幸宋之亡，黜其從祀，惟崔後渠以爲欲存宋。 孫夏峰力主之，而論者終未釋然於瓊山之説。 是皆未攷其事實也。

元史本傳魯齋生金章宗泰和九年，按：章宗以泰和八年十一月崩，無九年。 蓋當宋甯宗嘉定二年己巳。 上溯紹興十年庚申，河南地歸金七十年矣。 下歷金哀宗天興二年甲午，金亡，魯齋年二十六歲。 又歷帝昺己卯，宋亡，魯齋七十一歲。 又二年爲元至元十八年，卒，年七十三歲。 劉文靖生宋理宗淳祐四年甲辰，上溯天興二年金亡，相去十一年而始生； 上溯南渡一百十餘年。 魯齋懷孟人，文靖容城人。 若以中原皆宋土，爲金人所得，以宗國爲義，則皆當爲宋人。 若從土斷，則魯齋固當爲金人，劉文靖生於元滅金之後，固自爲元人也。 觀其作理宗宮扇、度宗古墨詩，題皆書宋； 又作金太子允恭墨竹、畫馬詩，題皆書金，則文靖固自謂元人也。 當開慶元年時，蒙古渡江圍鄂。 命賈似道援鄂，似道密遣宋京乞和，許割江南，稱臣納幣。 及元軍還，似道襲殺其殿卒，匿議和事，以諸路大捷江漢肅清奏。 帝以似道有再造功，似道使其客廖瑩中作福華篇以頌鄂功，通國不知有所謂和也。 及蒙古遣使來徵和議，似道恐泄其事，幽之於真州刺垣。 邏守使臣上書請見請歸，且極陳和戰利害，不報。 蒙古主屢遣使，以稽留信使侵擾邊疆來詰。 李庭芝奏言： 蒙古使者久留真州，皆不報。 劉文靖賦以『渡江』命題，以『留我信使，仇我大邦』二語爲言，實見速南宋之亡禍釁在此。 夫似道此舉挑兵釁以速於亡，實爲元師渡江本案。 當時雖宋之臣民亦咸忿疾其事，文靖元人，言之何忌？ 北海乃以諱國惡之義律之，不亦謬乎！ 全謝山曰： 蘇天爵以爲哀宋，可謂得文靖之心矣。

書許魯齋集後

明邱瓊山尼許魯齋之從祀，以其嘗爲宋鄉貢進士也。 按魯齋生嘉定二年己巳，金人以嘉定七年遷都汴； 是年，魯齋年僅五歲。 魯齋懷孟人，懷孟在汴都西北，金已改爲南懷州，置沁南軍矣，魯齋安得逾汴而就宋之舉也。自嘉定七年下逮端平元年甲午，金亡，魯齋年已二十六歲。是年，趙葵、趙范收汴京敗還，明年，分樊城、新野、唐鄧置鎮北軍，以備蒙古，境治不及懷孟。十九年壬子，蒙古主以關中懷孟地盡封忽必烈。二十年，忽必烈出王秦川，召魯齋爲京兆提學，年已四十六歲。此前未仕時，嘗避亂徂徠山，往來河、洛，就姚樞受書，居蘇門山，皆在金、在元，未聞歸宋也。使魯齋於金亡之後而得歸宋爲鄉貢進士，史文何不一記之；甯宗、理、度之世，史於道學諸賢出處無不詳記，何獨於魯齋而忽之。宋、元同滅金，使魯齋於金亡而歸宋，然且不可，況仕元乎！瓊山不以此斷之，而係宋爲義，謂宋鄉貢進士不當仕元，又無確據，恐不應春秋之法。何者？君臣、父子之義一也。人生於某氏，即當爲某氏之子孫。民生於某國，即當爲某國之民人。若人不幸生於微賤，一旦其族被世家所滅，論者謂此家本微賤，當改歸此世家爲其子孫，理可通乎！魯齋父祖爲金之民人及百年矣，一旦引夷夏之防以斷之。何以異於是！且金、元不當爲載記，王秋澗言之矣。當時采之作金、元二史，不得蔑之謂金不得爲代也。魯齋辭樞柄，臨歿自疚不能辭官，戒家人勿得請謚；及劉文靖之所譏議，皆以是故。但不如瓊山以宋爲義耳。瓊山之言未詳所出，恐記載妄説，姑記之，俟知者定之。若魯齋嘗爲金鄉貢進士，則於情事誠或有之，然不可確知矣。

書徐氏四聲韻譜後

汲古閣刻許氏説文解字有二本：一爲徐氏鉉奉勅校定許氏始一終亥本，一爲李氏燾五音韻譜本。李氏本元明以來刻者多，流傳浸廣。鉉所校許氏原本刻者絶少，則豈不以其偏旁奥密不可意知，學者艱於尋檢也哉。我朝通儒輩出，博綜好古，邁軼前代，而尤崇尚小學。海内攻説文之業者先後不下數十家。於是宋版始一終亥大字、小字本悉出，段若膺説文訂叙之詳矣。吾獨怪諸家刻李氏韻譜不用仁甫序，而仍以許氏、徐氏序及表冠其書，遂使承學之士不知此本出於何人。段氏譏顧亭林誤認李書爲徐鉉等所定，而不知其失在於刻者。然世攻説文之業者所見此二本而止耳，近人所刻小字、大字本而止耳，其鉉、鍇所定韻譜世罕知之。道光庚寅始從友人借得曝書亭所傳本，尋究體例與李氏異者。二李氏雖異其部次，而偏旁安堵聲韻所協，仍偏旁之本文。學者尋檢，未爲省力，誠有如虞道園所譏。鉉命鍇以切韻次者，既移其部次，即不顧其偏旁，期便尋檢，無恤其他。李書仍用許氏説解徐氏等注，徐書則聊存訓詁，其餘敷衍別爲通釋。其曰五音者即四聲，而分上、下、平耳，非宮、商五音也。鉉叙固明言五音分五卷矣。而徐氏堅妄詆仁甫，謂四聲、五音之不分，其謬已甚者，真囈説也。

竊以兩家著書皆各有當，其恉各分見於其所自序，政無庸妄議也。此本題篆韻譜篆字，流俗人妄加，非徐氏之舊。或疑亭林號博極羣書，不應不見仁甫叙，而以燾書爲鉉等所定，其所見或即此本；段氏譏之，非也。吾以爲不然。據亭林所自言，竝始一終亥本且以爲難見，何況此本傳者絶少，未聞他刻。近浙人張氏士俊所刻繫傳前附録李氏説文解字五音韻譜叙，乃仁甫叙鉉書之文，非自叙其書也。其自叙所以改爲者甚詳，見於馬氏通攷，亭林偶忽之，故誤認耳。虞道園稱，至元中瑞陽學宮所刊韻譜，徐氏堅所稱坊閒行本、川本者，皆李氏韻譜也。

皖上修禊圖跋

江右陳叔安得明衡山文氏畫卷，不知其何作也。見卷中景物人士，有類於修禊者，則目之爲修禊圖云爾。皖上者，叔安狡獪戲題之，以誣文氏以愚時人也。或以衡山有高名，故叔安假之以爲重。余獨以爲不然。衡山自作畫，叔安自修禊，其事若風馬牛之不相及。衡山何由重叔安，叔安何由扳三百年以前之衡山哉。天下事皆妄所結，苟求其實，則皆粉碎。且叔安之兄伯游之記具在，明明敗露，未嘗真謂衡山爲叔安作圖也。記中十四人縷縷指實，適徵其戲耳，叔安之不能誣衡山也，明矣。

且宇宙景物古今未嘗有一也，世人以眼識空華，彊生分別。若自天地本（摽）[剽]觀之，足相與啞然笑也。叔安修禊，其人不異卷中人也；伯游作記，其文不異蘭亭叙也。卷中人士、景物不異皖上人士、景物，即不異蘭亭人士、景物也，孰爲晋人，孰爲今人，孰爲山陰，孰爲皖上？吾不得而知之也。然則又何妨專而私之，曰：皖上云。人心多妄，妄起於有著，著緣取，取緣貪，貪生癡，至其癡處皆有故絶可思，而右軍以之興悲，叔安以之游戲，其心豈復有著處哉。道光丁亥正月，桐城方東樹跋。

自記云：似東坡游戲文。

題潁上搨帖圖

吾友管君異之持此圖索題，言曰：『同先祖爲潁上教諭時，潁上黄庭石已碎，其存者可二百餘字，在諸生卜士誠家。先君借而（榻）[搨]之。其後先祖、先君相繼歿家，歸江甯手澤皆散佚矣。同僅於故紙堆中得此，裝潢成册。丹徒張寳崖崟爲作潁上搨帖圖。先祖事迹具同所爲家傳，先君爲人孝謹忠信，年僅三十九而歿，時同方九歲，漫無所省記。今可見者獨此而已。』言未卒，泫然而泣。余曰：『然。古之名賢嘗有以一名一物微細之端而流風遺韻，使人鄭重愛惜而傳之不朽。非以其物而已，以其人之懿淑而因以及於是物焉耳，而況子孫於其先人手澤所存焉者乎！不然，世之貴人金多身閑，爭買書畫，如東坡之欲付與一炬隨飛煙者，其曷足稱！既以應異之，因書其後以歸之。

援鶉堂筆記書後

古人校定書籍，綜覽義旨軌式前則，有大體，有細意。大體炳諸所裁，細意隨時而發，一出通賢之手，即爲凡例。故曰，自揚雄、劉向方稱斯職。歷覽古今，若馬、鄭、賈、服，逮於陸元朗、孔沖遠等之於經，應、孟、如、徐，（遠）[逮]於顔師古、胡身之等之於史類，皆以英敏之資，勤鋭之志，識明心專，反覆討論，鑒别精審；意詞方雅，采獲分散，貫穿齊一，周其藩籬，窺乎區蓋。脈絡次第，曲得其恉。故每編校一書，所費日力即與自著一書等。是以獨步邁俗，無媿雄、向。準此而論，求之近人，惟惠氏定宇、何氏屺瞻、盧氏抱經、錢氏竹汀四家，識精鑒密，差足與於斯流。顧三家書皆整雅，惟獨何氏之書體例乖俗，殊乏裁製，前人以紙尾譏之，良爲不虛。閒取而衡之，似遠遜後來錢、盧二家條理淵密，枝葉扶蘇，精神焕發也。推尋其故，蓋由錢、盧手自訂著，何氏出後人裒次，不得其措注之宜故也。蓋傳其所僅傳，而其不傳者與人俱亡矣。是知書非自訂而託之後人多成增謗，少成減謗，尠不失其恉者。

先生平日校勘羣籍，本以糾繆正誤拾遺補闕爲旨趣，使編其書者納於謬誤闕陋之途，遺誚通識，比於誣謗，能無懼乎！編審既畢，特發斯義，以諗來者。笑古人之未工，忘己事之已闕，不敏之媿重爲口實已。

潛邱劄記書後

吾嘗論達巷黨人稱孔子之大，特驚以爲博學。嚮使孔子而爲一書，攷證三代典物文字，其必過於蔡邕、劉熙、應劭，不待言矣。而聖人於夏、殷之禮亟曰能言，而卒不抗己以爲之文獻；平日教人惟日用下學躬行切己之是務，雖博弟子以文，要不出乎詩、書、六蓺，豈不以民彝物則萬世經常不易，循之則心身安事理得而治化興，昧之則心肆身災學術歧而政俗敗。古之立學校將以傳先王之業，流化於天下，必使學者明於古今，通達道理，凡其所爲學問而攷辨之者，亦學乎此而已，亦辨乎此而已。

後世學異而言多，言多而妄多。學者不顧其本，惟務逞私揚己，驚愚賣名，相與掇拾細碎，爲無益非要失實誤世之言。其説經攷史論議所及，罔是非之真，而以害於人心義理者不少矣。則皆所謂無德者眩，有德者厭，名爲攷信，而實欲行其私説，支離畔援，非愚則誣者也。是故觀其書不見根源本領，使人讀之，心志馳騖愁惑，蕩焉而無所止；可以資口耳，而無益於身用。雖由是更廣爲千百卷，猶莫能盡。宇内無此書不見少，學者不讀此無損於學。雖竊大名，亦徒榮華於一朝，而(未)[末]由施用而不朽。爲學若此，亦足傷也！

或曰：若吾子言，是攷證不足以爲學，則孔孟所稱博學詳説者謂何，且不幾率天下而陋乎？曰：固也。吾以學者忘孔孟也，若猶念孔孟也，將必志乎其所本者以爲先，而後可也。若舍置其本而專務乎此，而曾不要之以約禮反説，此吾所以病之也。近世言攷證之宗，首推深甯王氏、亭林顧氏、太原閻氏，吾觀王、顧二家之書體用不同，而皆足資於學者而莫能廢，非獨其言覈實而無誣妄之失，亦其著書旨趣猶有本領根源故也。閻氏則不逮矣；然亦頗博物條暢，多所發明。讀其言如循近澗觀清泉，白石游鱗，一一目可數，指可掬，其用功塗轍居然可尋見，異於池竭而自中不出者也。特其體例不免傖陋，氣象矜忿迫隘，悻悻然類小丈夫之所發，故不逮王、顧兩家淵懿渟蓄，託意深厚，類例有倫，此固存乎其人之識與養焉已。雖其書出後人薈輯，非其所手訂，而詞氣大體之得失固不可掩也。

書惜抱先生墓誌後

先生之葬也，其家僅埋石誌生卒姓氏而已。樹慨先生名在海內，而當時名卿學士無銘詞，於事義爲闕，屢欲表其墓；輒以愚陋，不足以盡知先生之所至，嫌於僭而自止。道光十三年來常州，見先生從孫瑩所作行狀及先生門人新城陳用光、宜興吳德旋、寶山毛嶽生並武進李君兆洛各所爲誌傳文，其於先生志業行事揚搉發明，燦然無遺，於是始喟然歎曰：乃今而後可掇筆矣。而瑩及毛君固稱：樹子終必爲一文以卒子之志。樹曰：然。昔虞道園有言，子程子歿，叔子爲行狀；張子歿，呂與叔爲行狀。表伯子之墓者文潞公，表張子之墓者呂閣下也。是皆大臣，一言以定國，是非常人之詞。而呂公曰，不敢讓知。知則不敢讓也。知有所未盡，安得不讓乎！朱子作延平行狀，而延平之墓銘無聞。黃直卿、李方子作朱子行狀，而朱子墓銘未見。豈非門人之言足以盡其師之道而無待於他人乎！竊援斯義，〔一〕乃敢舉愚意所欲言者，系而書於後。

曰：古今學術之傳有衆著於天下人之公論者，有獨具於一二人之私識者。私識之中又有其深且切者，則各以其所見言之，以繼夫不傳之緒而已。夫唐以前無專爲古文之學者，宋以前無專揭古文爲號者。蓋文無古今，隨事以適當時之用而已。然其至者乃並載道與德以出之，三代、秦、漢之書可見也。顧其始也，判精麤於事與道；其末也，乃區美惡於體與詞；又其降也，乃辨是非於義與法。噫，論文而及於體與詞、義與法，抑末矣。而後世至且執爲絕業專家，曠百年而不一覯其人焉。豈非以其義法之是非、詞體之美惡，即爲事與道顯晦之所寄，而不可昧而雜、冒而託邪！　文章者，道之器。體與詞者，文章之質。　范其質，使肥瘠修短合度，欲有妍而無媸也，則存乎義與法。　自明臨海朱右伯賢定選唐宋韓、柳、歐、曾、蘇、王六家文，其後茅氏坤析蘇氏而三之，號曰八家。　五百年來海内學者奉爲準繩，無敢異論。　往往以奇才異資，窮畢生之功，極精敏勤苦，踴躍萬方，冀得繼於其後，而卒莫能與之並。　蓋其難也。　近世論者謂，八家後於明推歸太僕震川，於國朝推方侍郎望谿，劉學博海峰以及先生而三焉。　夫以唐宋到今數百年之遠，其間以古文名者何止數十百人，而區區獨舉八家已爲隘矣。　而於八家後又獨舉桐城三人焉，非惟取世譏笑惡怒，抑真似隣於陋且妄者。　然而有可信而不惑者，則所謂眾著於天下人之公論也。　侍郎之文静重博厚，極天下之物賾而無不持載，泰山巖巖，魯邦所瞻，擬諸形容象地之德焉。　是深於學者也。　學博之文日麗春敷，風雲變態，言盡矣，而觀者猶若浩浩然不可窮，擬諸形容象太空之無際焉。　是優於才者也。　先生之文紆餘卓犖，樽節隱(拈)[括]，託於筆墨者淨潔而精微，譬如道人德士，接對之久，使人自深。　是皆能各以其面目自見於天下後世，於以追配乎古作者而無忝也。　學博論文主品藻，侍郎論文主義法；　要之不知品藻，則其講於義法也慤；　不解義法，則其貌夫品藻也滑耀而浮。　先生後出，尤以識勝，知有以取其長、濟其偏、止其敝，此所以配爲三家，如鼎足之不可廢一。　凡若此者皆學者所共見，所謂天下之公言也。

雖然，天下之學其名既著，固久而愈耀遠而不磨，要其甘苦微妙之心則與其人俱亡焉，此斲輪者所以亟悟夫齊桓也。　今東南學者多好言古文，而盛推桐城三家。　於三家之中又喜稱姚氏，有非姚氏之説莫之從，嗚呼，可謂盛矣！　而吾獨以爲人知姚氏之文之美，猶未有能得其微妙深苦之心也。　不得其心，則其於知也終未盡。　夫學者欲學古人之文，必先在精誦沈潛，反覆諷翫之深且久，闇通其氣於運思置詞迎拒措注之會；　然後其自爲之以成其詞也，自然嚴而法、達而臧，不則心與古不相習，則往往高下短長齟齬而不合。　此雖致功淺末之務，非爲文之本，然古人所以名當世而垂爲後世法，其畢生得力深苦微妙而不能以語人者實在於此。今爲文者多而精誦者少，以輕心掉之，以外鑠速化期之，無惑乎其不逮古人也。諸君誌傳所以論先生之文者至矣，樹特以其私識者淺言之，俾學者時省觀焉，以助開其所入云。

自記云：先生為先曾大父門人，先子及樹從游最久，講授無異師弟，而生前實未正師生之稱。恐後人疑之，附識之於此。毛生甫曰：中有微言，自足不朽。

【校】

〔一〕自『樹曰：然。昔虞道園有言』至『竊援斯義』：儀本刪。下文『乃敢』，儀本作『乃』。

管異之墓誌書後

君與吾性皆少可多否，而君差能借人以言，故稍取時譽。吾嘗與君劇論此理，以爲好人而知其惡，惡人而知其美，天下一人而已。古之君子隱惡揚善，獎成庶類，求益於人焉耳，非爲蔽於己也。使己之義理未明，而妄以行誼許人，己之文章未成，而妄以是得許人，是以古聖人義理之公、古作者（精）[精]微能事第爲吾饋遺悅人之具。而足使天下失是非之真，是謂無忌憚。幸而爲宰相論道經邦，官人任使，綜覈名實，主持風教，以一天下之視聽，而或乃駑驥同秣，石玉雜糅，毀瓦畫墁與良工大匠均稱而無所勸懲，曰：仁乎，其智不備也，是謂混濁。夫以無忌憚之心而躬混濁之行，其事之所效又足以令天下失是非之真，此豈非妄也哉。謂己之譽不過循斯須之人情，天下是非之真原不存乎吾言，則自待既太薄；謂己之譽果不謬於聖賢之義理，作者之精微，則其視義理、精微亦太誣。昔孔子不敢爲毀譽，不得已而有譽，必有所試。今人自視己德果已如聖人之明乎，抑猶未也，則妄譽之誤世比於一手掩天下目，可乎哉。吾往與君言如此，今銘君，如有不信，恐君空中將與吾辨，故不敢也。海内論古文之學者以爲其傳在桐城，謂吾宗望谿、宗伯劉耕南先生、姚姬傳先生也，姬傳先生所傳弟子數人皆頗以能文稱，然皆不逮君獨至之論。後世其信，今未可家諭户説也。

書史忠正公家書後

道光十三年四月，樹與寶山毛生甫嶽生同客武進縣齋，生甫出忠正此書搨本，曰：此吾亡友鎮洋彭甘亭兆蓀所貽也。又曰：有汪有典者爲書名史外，別載公三書，揆其詞旨，似俱在此書後。因言明史稱大兵以四月二十日至揚州，二十二日薄城下。明史不言破城日，明史稿紀以爲二十五日。公此書稱四月十八日圍城，從其始至也。又云，越二日礮擊城西北隅。是公此書發於二十一日，距公死僅五日，顧有所不盡本末。

史言公初娶李夫人，繼娶楊夫人，皆無子。夫人嘗欲爲置妾，公太息曰：『王事方殷，敢爲私計邪！』後遺命以副將史德威爲後。而是書所云炤兒者爲公何人邪？公母弟二人，可模早卒，可程爲庶吉士，都城陷，降賊。公請置之理，福王以公故，貸令養母。是書所屬爲保護其母者，皆公從父與兄行，而不及可程，豈薄之不及邪。獨汪氏所載三書，最後一書乃遺其伯叔父及兄若弟，則所謂弟者可程邪？武進李申耆兆洛言曰：明史以可程爲母弟，獨宜興史屺銘以爲從弟，又曰，屺銘名問和，有學行，所爲孝烈李孺人傳，事尤有足感人者。李孺人者李夫人女弟，爲可模妻。可模卒，李哭泣五晝夜，絶食幾死。太夫人素病瘵，忠正殉國後益劇，李侍湯藥久不倦。病革，李割臂肉以進，太夫人卒得生。其後平湖孝廉馮洪圖冒忠正名起兵，破巢縣及無爲州，兵敗被執，堅冒公名不改。大帥命太夫人面質之，李偕楊侍以往。李有國色，姦人聶某見而豔之，欲彊取之以媚大帥，且怵以必從。幣至，太夫人驚悸不能決，則以授李。李從容曰：『是不難。』即攜幣器入，割鼻及兩耳投器中，使僕婦捧以至。太夫人號痛，謂使者曰：『爲我持謝貴人。』聶失措躍馬逸去。當是時，李氏之節幾與忠正比烈。何者，事起倉卒而斷，行之無難也。汪氏書亦載此事，但以可模爲可則，馮洪圖爲馮韶伯，既曰鹽城人，又曰浙人。

自記云：此撫張中丞傳後序，頗歷落有奇勢，而陳侍郎用光極訾詆之。生甫、仲倫亦不取。姑記，以質深於文者，以決吾疑焉。

切問齋文鈔書後

切問齋文鈔三十卷，雲閒陸中丞朗甫纂。其恉以立言貴乎有用，故輯近代諸賢之作，建類相比，以備經世之略，大約憲法吕東萊，其用意固盛美矣。厥後賀方伯耦耕爲經世文編，則搜采益富，體例益備，要陸氏實爲之嚆矢云。樹嘗合二編所輯而讀之，竊見諸賢之作其陳義經物論議可取者固多矣，而淺俗之詞謬惑之見亦不少，雜然登之，漫無別白，非所以示學者之準法也。

且陸氏之論文又非矣，其言曰：是編不重在文，其說當矣；而又曰：以文言道俗情，固高下之所共賞。又曰：道在立言，不必求之於字句。又曰：文之至者皆無意於爲文，無意爲文而法從文立，往往與先秦、兩漢、唐、宋大家模範相同。嗟乎，談亦何容易邪！循陸氏之言，而證以卷中之文，將使義理日以歧迷，如湯潛菴推陽明功業而並護其學術，不知功業在一時，學術在萬世。學術誤則心術因之，心術壞則世道因之。陽明率天下以狂，而詈朱子爲洪水猛獸，其罪大矣。當日宸濠之事，即無陽明，一良將足以辨之。孰輕孰重，以潛菴之賢，猶黨同倒見，況於真無識而託忠厚之名者哉！按：陽明之功誠奇偉，觀其臨事能盡得屯卦道理，可謂賢矣。然當但服其功，不得因此謂其學術非誤也。文體日以卑僞，而安得謂克同於先秦、兩漢邪！

夫文字之興肇始易、繩，迹其本用，原以治百官、察萬民，豈有空言無因而爲一文者乎。特三代以上無有文名，執簡記事者皆聖賢之徒，賡歌謨明者皆性命之旨。文與道俱言爲民則。洎孔氏之門始以文爲教，四科之選，聿有專能。自是以來，文章之家傑然自爲一宗而不可没，固爲其能載道以適於用也。淩夷至於秦漢，道德滑然絶矣。而去古未遠，文章猶盛。往與姬傳先生言，西漢文字皆官文書，而何其高古雄肆。若彼魏晋以降，道喪文敝，日益卑陋。至唐，韓子始出而復於古，號爲起八代之衰。八代者，東漢、魏、晋、宋、齊、梁、陳、隋也。故退之論文，自六經、左、史、莊、屈、相如、子雲數人而外，其他罕稱焉。於是重古文者以文爲上，非祖述六經、左、史、莊、屈、相如、子雲者，不得登於作者之籙。重用者以致用爲急，但隨時取給，不必以文字爲工。二者分立，交相持世。淺識之士眩瞀惶惑，莫知所宗，苟事調停，終未得理。閒嘗折衷斯義，以爲必重古文而後謂之文乎，則自東漢以來至於今，又將以至於萬世而無窮，天下所用以治百官、察萬民者一日不可無，而安能待之遥遥不世出之作者乎！謂隨時取給之文但使有用，即與作者無異，則自東漢至於今，工爲致用之文不知幾千百人，而何以都不傳於後，而獨此寥寥數作者光景常新，久而不敝，而爲人所循誦法傳乎！可知文章之道别有能事，而不得以不知而作者彊預之也。

陸氏又謂，有用之文如布帛菽粟，華文無實者如珠玉錦繡，雖貴而非切需。吾又以爲不然。使世之人皆惟是取給於布帛菽粟而已，則是禹可以惡衣承祭，而不必致孝乎鬼神。而山龍華蟲之飾與夫珍錯玉食之供，凡三代聖王典禮之盛皆可廢也。且夫菽粟入口隔宿而化爲朽腐矣，吾人三年不製衣則垢敝鶉結矣，是故今日之菽粟非昨日之菽粟也，已敝之布帛非改爲之布帛也，此隨時取給之文所以不傳於後世也。若夫作者之文則不然。其道足以濟天下之用，其詞足以媲墳、典之宏。茹古含今，牢籠百氏，與六經並著，與日月常昭，而曷嘗有無實之言不試而云者乎。今不悟俗學凡淺不能爲是，而徒指夫猥子浮華無用之文以爲口實，是尚不足以杜少知之口，而何以服作者之心乎！

孟子曰：取食色之重者與禮之輕者相比，奚翅食與色重也。吾觀集中諸賢之製，其意格、境象、字句、詞氣多與古人不類，且有甚猥俗不識禁忌者，而便謂足以躋於先秦、兩漢、唐、宋大家，其信然乎！俗言易勝，繆種易傳，播之來學，將使斯文喪墜在兹永絶，亦文章之阨會也。況彼所謂菽粟者或糅以秕稗矣，或糅以雜毒矣；彼所謂布帛者或易以刻楮矣，或易以木葉矣。善乎，虞道園有言曰，循流俗者不知去陳腐，彊自高者惟旁竊於異端。如朱彝尊與譚子羽書、淩廷堪復禮、黃中堅佛氏論等文皆是。凡若此者，辨之不審非殺人則以誤人；以此爲用，非良用也。然則，如之何而可？曰：在易之家人曰，『言有物』，艮曰，『言有序』。夫有物則有用，有序則有法。有用，尚矣，而法不可偕；必有以矯而正之，講明切究，遵乎軌迹，以會其精神，使夫古人音響之節、律法之嚴，學者有所望而取則焉，豈可以隨俗恒言，任意驅役楮墨乎！作者之徒宜謹之於此。韓子曰：記事者必提其要，纂言者必鉤其玄。非要非玄，而宂長並録，是書不止百篇，詩不止三百。非惟汗牛充屋，不能盡載，且適以罔道迷人。故曰，白黑分矣，而務去之，乃徐有得也。纂輯之家宜謹之於此。若都不能，則但取經事，不與論文，可也。三通是已。毛生甫曰：於義理文章皆有關係，可謂立言不朽者矣。

書劉貞女紀略後

嘉興錢侍御儀吉言其巡視西城之年，平谷民婦某氏自絞死，下指揮驗狀無他傷。民之父、婦之父母列詞皆曰，婦以舅怒其夫，懼而死。死，愚也，無冤。余察婦所以死者甚可疑，日訪於其傍近，纚得其顛末。趣召民受詞，一如其父言。問諸鄰人亦如之。乃獨引婦之父母及兩弟，反覆導之，卒皆如民父之言。葢婦家愿而畏事，鄰人懼訟之及而不以實告，余雖顯然明白，而終不能引道路之言證成於訟廷，惟自疚身有土地之責，而不能爲匹婦伸理冤枉，因書其事，以著某氏之隱節。侍御後游廣州，因以語於祁中丞竹軒。中丞曰：是獄不窮治則死者之心安。因尚論夷齊衛輙事曰，求仁得仁，此婦亦是心耳。

侍御所讞獄在道光十三年，而十六年又有劉貞女事。劉貞女者，儀徵人，許字某氏。年十七爲歸，妻於其夫家而實未即成婚。居半歲忽自歸，誓不再返。父母驚而詰之，泣不言。既而亦喻其有難言之隱，不卒詢而聽之。女勤鍼黹、操苦役，爲父母服勞。未幾而父歿，踰年而母又繼喪，女侍疾奉湯藥不解帶者百餘日弗懈。父母歿，女哀毀欲以身殉，不飲食數日，賴諸親勸勉始節其哀。自是以後，代其兄經家事。兄本貧窶，疊遭大故，兼頻年水患，饑饉相仍，家一歲而數遷。女食不飽衣不温，曾無幾微愠恚意。至十六年某月日夜，忽自經死。女兄澍實爲文以紀其事而曰，妹不死於初歸之日，懼以死傷父母心也；不死於父母歿之日，不忍以事重累兄弟也；不死於饑寒播遷之日，恐人謂其不堪貧也。及今家稍裕而卒以死，是妹之善其死以全其貞也。方子曰：女未嘗一日忘其死，而顧以死不得其宜不遽死。文信國至柴市之殉而心始畢，王炎武乃欲早迫之，非但不能知信國，抑猶於義之辨析未精也。嗟呼，聶政之姊能顯其弟，貞女之兄能表其女弟，豈非賢哉，豈非賢哉！若平谷民婦之兄弟雖愚而卒得錢侍御、祁中丞爲之表其微，炳如日星矣，又何憾焉。余故爲牽連書之以著其義。

孫節愍公事略跋 代

孫大令穎昌以其先節愍公殉節事略及方恭人命子書來乞題詞，余覽其事，爲之喟然興歎者非一二端已也。維昔明運既終，南都再覆，唐藩入閩。王有英略，枕戈泣血，淬厲思奮。其時舊臣之有聲望者尚多方招徠而用之，以期克濟。乃支梧海隅，受制鄭氏，卒以顛滅。蓋天命眷顧興朝，非顛木之㽕枿所能圖者矣。且自黄漳浦脱大事已去，不可爲矣。楊公暨孫監軍一旅之師，區區效命弗屈。視前此專閫諸公，其於成敗大數已不足爲關係，而聖朝寬大，取其成仁，不遺藎節，特恩曠典，一體賜謚，褒䘏孤忠，毅魄死可不恨。方恭人以弱女子九死一生，拮據艱阻，卒緜其世而保大之，可謂爲其難矣！郭義士俠烈爲心，拔人孤兒於亂軍間，其事尤偉。而孫公子間關千里，崎嶇兵險，歸其季父骸骨，兼惠及楊公。詩曰：『孝子不匱，永錫爾類。』公子有焉。汪太淑人憐其子，以及其主帥，極天理人情之至。公是役也，忠臣、死友、節婦、孝子、烈士、義僕、賢母，各伸其志，以共成其義，洵千古患難中一彦會也。史體謹嚴，止載大略，向非家乘可徵，則是衆美者不幾湮晦弗彰哉。余於公有枌榆之誼，顧不得聞其死事之詳，故既慶孫公之有賢裔，而又悲楊公之無後而終得託於孫公，以長保其墓祀，又不幸中之幸哉！

左忠毅公家書手卷跋尾

吾邑之所以重於天下者，以多鄉賢故。而鄉賢之尤著者，無如方斷事、左忠毅二公。斷事忠貫日月，惜官位卑小，無甚事業。惟其潛德獨昌大其後裔，遂爲一邑冠。若忠毅則事關社稷，身繫安危，楊、左之名赫然在人口耳，至今童嫗皆能道之。雖古稱龍逢、比干，何以加焉！是其遺迹所留，雖片紙隻字，子孫守之，重爲墨寶。後世見之，詫爲眼福。人心之公，理固然也。吾友馬君公實藏有公在獄中所寄家書，淋漓淚血，令人感動，實爲世珍。道光甲辰春，公之族裔某復示余以此二書，則定陵升遐之日，光廟御極之初，公受命巡視屯田時所寄二親之言也。某言得於公裔孫某家故紙堆中，其前後表裏爲一無知傖子塗污殆徧，遂攜歸翦裁，裝池爲此卷，故書末語皆不完。樹既正容莊誦訖，則見公之所以告其親之言，即所以告其君之心，拳拳國是一意無閒。百世下猶可想見其寤寐如結之致。詩曰：『我心匪席，不可卷也。我心匪石，不可轉也。』是豈矜心作意，取辦於一時，慷慨以成名者所可同日語哉！然翫其詞意，公是時葢猶願爲良臣而未決爲忠臣，而惡知其後來之局遂魚爛不可拾邪！馬君云，往年邑侯趙明府嘗於公裔孫處得十三書，亦皆被塗污者。今檢對鈔本，則此二書儼然在焉。前書於『臨時再差人下』缺百有十七字，後書『歲底也』下缺五十二字，然則趙明府輯録時尚完好也。嗚呼，佛經言，凡取有相，皆是虛妄。生滅異住，刹那不常。統觀明事暨公始末，俯仰皆爲陳迹，詎不信夫！矧此一紙之書，安保其不終化爲飛烟，而又可常抱翫也哉。雖然，賤而不可不任者物也，匿而不可不爲者事也，若據現在以徇斯須於世界，則如上所陳，亦尚非駢拇淫僻之行也，而又何議焉。

跋史忠正公答孝烈姚夫人之子吳逸谿君手札

明季流寇肆毒，雍、豫、楚、蜀、江北尤甚。一時士女捐生取義所在皆有，無慮數千百人，孝烈姚夫人亦其一也。於時閣部史忠正公撫皖，同巡按御史張烜上其事於朝，得旌門焉。厥後史公以父喪里居，夫人之子逸谿君以啟陳謝，公答書云云，即今所傳卷中手筆也。以樹觀之，疑前當有寒暄叙答語，或逸去，僅存此六十餘字耳。自太傅文端張公暨諸前輩老先生題識，揚搉歎美至詳且盡，固不容復贊一詞。顧余攷諸遺文軼事，有不能不慨然於公之言者。

謹按：忠正前娶李夫人，繼配楊夫人，公弟可模妻即李夫人女弟也。可模早卒，李絶食幾死。忠正殉國後，太夫人居金陵，嘗病劇，李割臂肉愈之。有貴人某豔李，彊欲娶之。李忿詈，拒之不可，則髡髮割鼻及一耳示之，事乃得已。則世所傳史八夫人者也。攷姚夫人殉節在丁丑之歲，忠正答書在己卯，李夫人之事在乙酉，相距七年。當公答書日，詎知節孝之人近在其家邪！即公深觀時變，或私計密慮，自辦一死以酬知報國，而烏知女婦之節亦出其家門邪。雖然，公之言曰，節孝之門，後必昌大者，則不能無疑焉。謂公之言不信與，則姚夫人之後，自逸谿君數傳而巍科顯仕，照映閭里，揚名海内。其子姓嬰被，英英鵠起，方興未艾，不可謂不信也。謂公之言信與，則公身且乏嗣，而八夫人之後未有聞焉，可謂信乎。姚夫人之節，奇節也。忠正之札，寶墨也。題識諸公，名賢也。可謂盛美矣！嚮非其子孫之賢且貴顯，則此諸美者未必傳；傳矣，亦未必其盛若此。不可謂不信也。然而，當日不幸被寇難，同一殉節捐生無慮數千百人者，不必其皆克有後；有後矣，又不必其皆賢，賢亦不必其皆貴顯，以致其節行流傳之盛若此。則天之報施善人已不能合符一轍，彰信無憾，而烏在其可必乎。獨是當日題旌夫人者並有直指張公，而逸谿之謝啟不之通，羣公之題識弗之重，而夫人之節炳然昭耀於百世，獨與史公之書並著不朽。然則吴氏子孫所藉以顯夫人者，獨賴公書之存，而其言又適有驗焉。則是烏可謂不信乎哉！

嗚呼，孝節之門後必昌大者，天道之常也。其不然者，變也。史公之後不昌者，事關千古，不必以一人一家私之也。夫君子之言天者亦道其常，而不私焉者可也。

跋楊忠烈公與吴司馬公三書

右明楊忠烈公與吾鄉司馬吴公三書，公之族裔孫卓仁所藏，友人姚石甫、馬小眉、朱魯存跋尾，亦既感時撫事，揚搉言之矣。以東樹攷之，其事多牴牾不合。石甫云：楊公此書蓋在天啟四年削籍之後，因據本紀，謂書所稱當柄爲顧秉謙、魏廣微。小眉據勅書稱公以天啟四年正月總督宣、大、山西，二月改命督薊遼。又據孫承宗傳謂，楊公此書皆公督薊遼時事也。朱君云：是時已與左忠毅諸君子削籍歸矣。云云。

按明史稿神宗紀，公以萬歷四十二年巡撫四川，其總督宣、大、山西，明史無傳，年月不可攷。要之楊公此書正公在西師日無疑也。若天啟四年，楊公以劾魏璫削籍，時公督薊遼，雖是年正月先有總督宣、大、山西勅書，然旋即改命。且楊公以十一月去，公以三月督薊遼，莅任已久，而書中方言今公以西師行，用臨淮入汾陽軍故事，以冀其轉移前轍，又不合矣。且薊遼在東，何云西邪？攷楊公於神、光、熹際代之日，爭選侍移宮，與賈繼春訐，冬十二月抗章乞去。天啟二年起禮科給事中，然則，公此書當爲萬歷四十八年泰昌之冬去國時及天啟元年之事也。楊公書在是時，則吳公之總督宣、大、山西亦必是時也。其事葢在楊公未起之先，獨書中所云『不肖之履虎尾，得此猶福，尚感聖恩，結此忤逆璫之局』，似指劾忠賢事。夫楊公之劾逆璫，固將以死自處，而猶欲從赤松子房從容作無官一身輕之計，謂山中人猶可無慮，公不應闇昧於事機如此。此書一則臨行據鞍，一則到家後薦翁應元者。案公以十一月削籍，吳公以明年三月冠帶閒住，相距僅三閲月；不應此三月之内疊有三書，故愚直疑此書爲泰昌之冬去國時及天啟元年之書也。是時王安未死，忠賢未盛，故公猶有『弟恐中外大柄倒授中璫，將來不可收拾』之語；若天啟五年，則許顯純、崔呈秀已用事，璫燄大熾，中外沸騰，劾疏中所言『已如彼不得猶如上，弟恐將來云爾』已也。獨小眉據孫承宗傳疑高陽與公有未洽，此則不可知。攷高陽與遼撫張鳳翼爭畫關退守之説，嘗請勿設撫臣以撓戰守，及與督臣王象乾爭趙率教王楹事，又請勿推經略總督以一事權；此事在三年十一月，故十二月有停推薊遼總督歸經略之命及廷議不可。明年三月朔，王象乾以母憂去，朝廷用吳公爲總督。五月，孫公自劾乞罷，舉趙彦自代，不聽。六月，命王守謙往關門諭留，而傳稱承宗惡本兵多中制，稱疾求罷。是時趙彦爲兵部尚書，而公舉以自代者，則未知公意所惡爲趙公與，爲吳公與？據南陽集三十五忠詩，則高陽固以公與楊公並重已。今據熹宗本紀作天啟元、二、三、四、五年時事，四官表並六君子姤禍年月俾公歷仕時事，與楊公、孫公並著，而僧契靈家狀之牴牾不復辨也。丁亥二月鄉後學方東樹謹識。

跋蔡文勤公與雷翠亭副憲手卷

庚寅五月，玉農太守招寓郡齋，暇日偶示所藏蔡文勤公與雷翠亭副憲手札長卷及諸先輩識跋。展卷敬翫，既幸獲覩墨寶，吒爲眼福，抑於事有因緣，不能無慨然也。憶嘉慶戊午樹主新城今督學内閣學士陳碩士用光家，得讀翠亭先生文集鈔本，心知嚮敬，然未知其始之受知於文勤如此其重也。文勤學術、經濟之傳爲楊文定，海内共知，若翠亭副憲則非師友淵源者，或未盡悉聞。副憲與陳凝齋、朱梅崖兩先生相切劘，講學宗朱子，爲古文師魏叔子。三君子之傳爲魯山木先生仕驥，實爲高弟，克大其成。後山木先生見先師姬傳先生，心折焉；以爲古文正脈在桐城，遂命其子嗣光及甥陳用光來學於桐，用光即凝齋孫也。樹之獲交魯、陳二友，而因以得讀翠亭副憲之文也由此。其後嗣光早卒，惟(石)[碩]士今達爲顯仕。感念師友存殁升沈，益望(石)[碩]士以克繼先師者，上嗣山木、副憲。莊子曰，江河合水以爲大，況固源流一派者乎！雖然，此猶爲文章之末而言之，若夫太守什襲之意則必將使凡見此卷者皆繹文勤本恉，讀書行己實踐其迹，以庶幾如副憲之堅鋭向前，以弟一人德業自命也。若徒矜翰墨，歎賞名言，則此卷之藏亦等於烟雲之過眼，豈所以樂承於先輩者哉，豈太守所以什襲之意哉！後學桐城方東樹敬識。

記左繭齋先生詩後

樹少時見家藏左繭齋先生詩一卷，爲先曾大父手録本，並叙嘗在先叔季默公行笥。先叔既客殁於外，莫知所終，則此詩亦與之俱亡矣。追維人事萬古銷沈，一如夢幻。世宙茫茫，悲恨何限。兹於故書堆中復得此鈔，而前後缺佚過半：凡自四十二葉至六十三葉止，中又缺第四十三葉，共詩一百三十二首。據先曾大父叙稱，先生臨殁，以其稿專屬删訂。重亡友之末命，爲乙其十分之二，得一百六十首有奇，爲梓以行世，而吾家竟無其板。訪之邑藏書家，皆未見。桐城先輩詩，其氣格蹊徑往往相近，而先生作尤奇峭奡闢，嘖嚍不顧。信乎先曾大父叙所云，令讀者未嘗相識如見其人，以爲其志之所持有本故耳。又據望谿、海峰集諸傳記文稱，先生名文韓，字秀起，少保忠毅公曾孫，而未生，先生仲子也。卷末有同從子左仁看梅詩，而望谿集左仁傳云，先生於仁爲遠昆弟行，仁早卒，先生未嘗見。疑望谿誤也。又叙稱，與從弟策頑詩居多，今此鈔纔一再見而已。又袁太史枚記采石弔古詩以爲，孫麻山先生名學顔字用克之作今在卷中，題曰采石懷古，又卷中哭陳敬持詩一首，則確爲孫作。然則此鈔不盡爲先生詩也。又卷中誤編剩人和尚詩三首，初不知爲誰，以爲與宋遺民鄭思肖等類。後見廣東通志，知爲韓姓僧，名亟可，字祖心，博羅人。尚書文恪公曰，纘子，少爲諸生，忽棄家，入羅浮，江南既下，坐事戍瀋陽。有剩人集。而先曾大父詩集中有『涼涼生苦竹，山人何求老』，人皆不知姓字，山林隱逸，前輩零落，無從諮詢，可慨也。又先生尊攷字未生，而卷中有『無情天亦成空老，有用人休説未生』句，疑此亦孫作也。

自記云：張莘農尹石冠堂文鈔云，苦竹山人張純，字吾未，處士張來遠之子。來遠舉孝子，名載江南通志。蘇厚子云，望谿左仁傳云，書以付秀起，俾列家乘，以示邑之人。恐非看梅之人，或係兩人邪。又云，嘉興人言，吕東莊自稱何求老人。淵如按，涼涼生即麻山先生。

合刻歸震川圈識史記例意劉海峰論文偶記跋

右歸震川圈識史記例意、劉海峰論文偶記各一篇，學者所受微言奥論，文章真傳在是也。或曰：自昔作者第以其文傳而已，未有舉其所以治文之方而著之爲言者，若此則幾於陋與？余曰：然。凡後人之所言皆前人所不言，非不能言之也，以爲吾不言而使人以意逆之，則其思之深得之固，而其味長。言之愈悉，使人習口耳而不察。道聽塗説，不得其所以言之意，反以褻吾至教。古之達者葢深有見於其得失如是，故不惟不暇，亦不敢，非第爲其名迹近陋，避而不爲也。然則二先生之慮不及此與，是其言當從棄置而不足采與？是又不然。凡後人之所言多前人所未嘗言，孔子之繫易，由伏羲觀之則陋矣。漢、唐以來儒者説經所發明，由先聖賢觀之，皆可曰陋。然而至於今而傳注不廢，以爲不如是不足以有明也。爲其冥冥羣即於昧也，孰若以吾所覺覺之也，是得聖人成物之智者也。傳言者當論其言之當否，不當屑屑泥名迹怙一曲，若鄭緩之爲儒也。百家衆説愚誣謬種之傳盈天下，而顧欲屏其妙要者而揮之，亦過矣。是二説也，學者兩擇之而取衷焉可也。二篇舊皆刻本，今張子小石欲取合録之以廣留傳。余故著所聞大意，並附韓理堂跋語，爲治古學貴文章者得有攷焉。

書歸震川史記圈點評例後

古人著書爲文，精神識議固在於語言文字，而其所以成文義用，或在於語言文字之外。則又有識精者爲之圈點抹識批評，此所謂筌蹏也。能解於意表而得古人已亡不傳之心，所以可貴也。近世有膚學顓固僻士自詡名流，矜其大雅，謂圈點抹識批評沿於時文傖氣，醜而非之，凡刻書以不加圈點評識爲大雅。無眼愚人不得正見，不能甄别，聞此高論奉爲仙都寶誥，於是有譏真西山、茅順甫、艾千子爲陋者矣，有譏何義門爲批尾家學者矣。試思圈點抹識批評亦顧其是非得真與否耳，豈可並其真解意表，能得古人已亡不傳之妙者而去之哉。牝牡驪黄誠迹論矣，其外所以爲天馬者，安在非得九方歅其人者孰能辨之！姚姬傳先生之類篹古文辭也，原本有圈識評抹，後來亡友吴佑之重镌板本，誤信人言而盡去之，吾苦爭之而不得，可惜也！今此本刊傳，大雅則誠大雅矣，試令後來學人讀之，能一一識其文中之秘妙哉！此關學問文章一大義，吾故不得不明以著之。宋程時叔撰春秋本義三十卷，凡采一百七十六家之言，前有問答、通論、綱領及點抹例一卷，中有所謂紅、黄、青、黑、側、截、點、抹之别。成容若刊入通志堂經解，徐東海因其中有闕葉，不敢擅增句讀圈點。何義門謂圈點有亡，皆宜照依元本，而東海必欲一例，竟全未刻句讀點抹，何甚惜之。夫圈點評抹古人所無，宋、明以來始有之。去之以爲大雅，明以前所無；國朝諸公始爲此論。吾以爲宇宙亦日新之物也，後起之義爲古人所無而必不可蔑棄者，亦多矣！荀卿所以法後王也。後人識卑學淺，不能追古人，而又去其階梯，是絶之也。

自記云：其義可存，文則略倣南豐魏鄭公傳書後。

鄧尚書韻譜圖跋

雙聲疊韻，六朝以前人人皆用之，人人皆知之。周、沈晚出，嫌其局僿，斥以爲病。四聲既顯，文家遂廢不用，寖亦少知。故齊梁之世，時人多見疑問。謝莊、羊戎之倫，敏口慧心，輒造新語，不言本證。唐人求音不得，反稱借之西域，信佛弟子獨得真傳。華嚴經每卷首皆載西江月詞一闋云：華嚴字母衆義親，（宣）善財童子得真傳。字母紐弄，欲昭反昧，徒益紛紜。至於有宋，大儒如朱子又莫知本韻，率讀以叶。明三山陳氏實創古音之説。逮乎國朝，顧、江、戴、段諸家繼起，古音大明；惟諸家之書但言古音，未劇論雙疊。金陵鄧嶰筠尚書以爲元音依永莫備於詩，溯始關雎卒乎殷武。爰及政暇，資以成譜。指文命韻，析句諧聲，不著一語，奧秘悉章。宋後羣書，無此簡體。遠求其對爾雅、毛傳殆可類稱，於以輔成均表，揮發聲類。通之於六籍，可用閎覽，翫化無窮。千世之下，與三百篇並行，莫能析而廢之。不朽大業，其出有時。自非應期，惡能遇此。後有揚雲陸詞，斯知足貴。既已成譜，復爲是圖，命題其前，因述緣來。即用本體作三絶句，以當述贊云爾。

江南春詞跋

倪雲林江南春詞三首，明代吴中諸賢屬而和之者凡三十九人。最後萬歷間朱狀元之蕃蘭嵎聚而書之，並續和四章。蘭嵎籍貫金陵，最有書名，清詞名翰，可誦可觀，洵稱四十賢人矣。迂翁人品畫品高峻絶世，亞於黄鶴山樵。當日外國使臣行千金求一窺清秘閣而不得，百世下其風采猶可想見。卷中諸作氣韻清曠，天然拔俗，咸不媿迂翁原倡。卷前有金箋，翫其題識，知爲揚州馬氏小玲瓏山館秘藏本。雍、乾之際，海内昇平，士大夫多以池館、賓客、收藏、鑒賞相競，而馬氏尤著，幾可方元時顧阿瑛。獨怪厲太鴻館馬氏最久，而曾無一言及此，豈未之見邪。此卷不知何時歸於仁和趙氏一清小山堂，余從趙氏裔孫恒借觀，閒以呈於兩粵制府尚書鄧公，公一見擊賞，謂是宜傳留蓺苑，用永名蹟。因屬董琴南觀察影鈔付刊，而歸其原璧於趙。且題高陽臺一闋，自書於後以當跋尾。格響清綺，楷法勁妙，其於卷中諸賢非但徑可把臂，抑應齊當頫首。觀察蓺鑒洞密，鉤撫維肖，姿致如真，無殊響搨。於是既使五百年聲名文物葳蕤蔥蒨，聚見一時，而尚書暨觀察仕優而學，又因以增一翰墨因緣佳話，是重足尚也。道光戊戌夏六月，桐城方東樹謹識於粵東布政使署九曜一石之南軒。

記史司寇因字作外本蘭亭跋

蘭亭自宋熙甯中薛紹彭取定武官庫石本刻損五字攜歸，其後大觀時詔取薛氏石置宣和殿，自是有二本。趙子固所藏姜白石五字未損肥本，所謂落水蘭亭者也。明柯九思所藏五字已損，瘦本也。其實皆一石也。至薛刻副石爲金元人移去，所謂國學本也。宋刻石本定武外，又有潁上井中所得者，極佳，今石亦毀，不可得。大抵蘭亭原本既貴，士大夫各以家藏本鉤摹入石，毋慮數百本。孫退谷言，南宋理宗御府所藏一百一十七本，又有游丞相所集亦百餘本，西川胡氏所收二三十本。而定武本自南渡後不復可得。凡一帖而摹者十家，其面目必十，而況其爲數百家邪。曩見王夢樓太守跋姚姬傳先生『況』字作三點，『攬』字作兩橫，本以爲惟寶晉齋摹定武本與此同，然不得未損本觀之不能定其是非。今已損本尚不可得，何況未損。昔人謂評蘭亭如聚訟，信哉。至此本『因』字作『外』，乃是俗刻，史定爲唐蠟者，妄也。

馬一齋先生遺書跋 二首

有正言繁稱而人不悟且厭之者，[有]旁見側出，無意立言，自然流出，見者如獲異聞，深解意趣而因以明道者。古之善言者，葢嘗有若是。之人也，之言也，非蘄取於人而以求售其言也。孟子曰：『觀水有術，必觀其瀾。日月有明，容光必照焉。』有本焉，如是耳。見世之著書者剽竊苟且，速以歲月而邀名者皆是，淵潛靜深於大本，積而厚發者不數遘。卒其速成邀名者，終速朽而無名。而不數遘者人轉以其希有而貴之，如法物焉。於是浩帙重編，有不若微文細意者矣。竟陵胡承諾著繹志六十一篇，輯稡儒門精言。而儱侗紛沓心尚麤觕，如庫藏簿、大官庖以夸窶人、餓夫，又如以飴(密)[蜜]粔籹餦餭；未飽者不得飽，既飽者慮或損腸胃。嗟乎，繹志其一耳，如繹志類者不可勝數也。鄉先輩馬一齋先生闇然篤志君子也。平日不以經學理學樹幟，志爲杓人，其遺文亦寥寥無多。然嘗讀之，入其中而耳目洞然一明焉，心志暢然一適焉，如行平岡曼陀而時見瑶草琪花也，如望長空白雲而忽見霞綺也，如循近澗清泉白石游鱗一一可數而可掬也。不專談道而道見。則歎曰：此殆其有本者，不然，何世之以經學理學著書專家者，求其心得創獲一二似此而不得也。往者見安谿官獻瑶石谿集、吴江顧汝敬研漁莊集，與先生是集葢相若云。世有知者，或不以余言爲妄也。同里後學方東樹謹書。

翊翊齋筆記二卷，一齋先生所著也。曩樹嘗爲先生作遺文跋尾，稱先生不以講學立名樹幟，時未見此記也。兹先生曾孫樹華始以此見示，敬讀數過，則歎其醕正審諦，言言心出，非口耳陳言者比。於此見先生檢心之切，嚮道之真，洵足爲聖學津梁矣。至其憫時病俗，亦時欲以其言效鍼石之用於世，然後知先生但不以講學立名樹幟，非不講學者也。抑知非有此講辨之根柢，而烏能茂彼文字之敷榮乎！因悔前言闕漏不實，爰書此以詒吾過。道光丁酉四月，後學方東樹謹識。

書嘉定黄氏日知録集釋後

黄氏稱得潘檢討删飾原本，又得閻、楊、沈、錢四家校本，以爲先生討論既夥，不能無少滲漏。四家引申辨證，亦得失互見，然實爲是書羽翼也。東樹按：餘姚陳梓古民書日知録原本後曰：稼堂先生當時急於問世，任意點竄云云。竊謂二家之言不必可信，觀先生自叙及與人書，皆稱三十餘卷。今黄氏所刊仍三十二卷，則此自係先生臨終絶筆自定本。稼堂第曰得手稿校勘而已，未必敢有所删飾點竄也。黄氏又稱後得原寫本以校潘刻，得者大半。此言尤非是。果爾，則必是取作者所棄，以廢銅充鑄，政先生所罪者也。要之，日知録無用釋，後人或有所引申糾正，各存其所私著可也。政不必沾沾自喜，附此書以掊擊詰難爲自重地也。伏讀四庫提要，於閻若璩、沈儼、趙執信一一致譏，獨謂此書或迂而難行，或愎而過鋭，則顧氏應亦頫首於地下。以樹所見諸家之說，惟歙程吏部魚門論亦最得平，而是集所録九十餘家說，獨未見采取，何邪？

卷六　書

與羅月川太守書 太守後復姓程，官至巡撫。

月日，方東樹頓首再拜，謹獻書月川先生太守閣下：　頃在通志局屢得拜見，荷蒙德盛禮殷，不以凡庸見簡。今當遠去廉州，繼見無期，又恐閣下一旦遷擢他去，是所懷終不伸於左右。是用忘其冒昧，輒以書自通，惟閣下鑒其進言之意，不以造次爲罪。幸甚，幸甚！

樹聞日月遞嬗，人與世相閲，不能無古今。若夫道德文章之懿，人心風俗之同，政化治理之實，性情學術之公，三皇以前則吾不知矣，若唐虞以來則以爲與今無異。是以孔子、孟子生春秋戰國之際，而其所守所陳必本仁義、偁堯舜，非若是迂也，誠以由其道則古猶今。否則雖生聖人之世，而一切苟且，甘自菲薄，若江海之日就污下，於是相與造作妄論，以爲古道必不可復，證多慰同，併爲一談，牢不可破，亦何賴乎。且夫古今者，名邪，實邪？如以爲名也，則古今之義非有升降也。如實也，則今之所指爲古亦古之今也，而今之所謂今又將爲來者之古也。天地未嘗改移，而俯仰之頃，人各以其目睫之智分今古於其間，然則古今名實非有定在也，貴人知所自立耳。世言文章政事稍稍近古者必稱兩漢；自漢而下非無文章也，非無政事也，而不能政平訟理，使庶民迴心嚮化者，理教不興，姦宄不禁，吏無以儒術攷文章經世務，而道德齊禮有未充也。積之無其本，施之無其效。而曰今不如古，將謂民有異心，而孔子、孟子所陳徒設虚論以爲欺罔乎哉！古者自天子以至庶人莫不由於學，語其要曰，修己治人而已。是故體之爲道德，發之爲文章，施之爲政事。故通於世務以文章潤飾治道，然後謂之儒。故朝廷所以舉賢良文學者，將欲有所表而以次用之也。

漢宣帝每拜刺史守相，輒親見問察其賢否，曰：與我共此民者，其惟良二千石乎？又曰：太守，吏民之本也。是故漢世良吏於茲爲盛，宰邦邑者競能其官；或務仁愛教化，學比齊魯；或務成就安全，姦人自屏；

或識事聰明，糾剔姦伏，號稱神明； 或平正居身，仁信篤誠，感物行化； 或簡煩除苛，禁察非法； 或制立科令，勸人生業，若召信臣，杜詩稱爲父母。 任延、錫光變革邊俗； 弟五倫、孟嘗、宋均清行出俗，能幹絶羣； 王堂、陳寵委任賢良，職事自理； 魯恭、吴祐、邊鳳、延篤、劉寬興利除敝，使人不欺，政迹茂異，令名顯聞。 斯皆理行第一，一時之良能已。

自漢以來，世不乏吏才，而或不本於儒術。 及乎儒術盛矣，而施之事用又往往不酬。 於是俗吏、僻儒、華文之士違用背憎，各矜其能，而不相爲用。 南州風俗脃薄，自非修士，尠識學義。 瀕海阻麓，外寇内伏，飄忽聚散，姦宄易興。 又市通蓄貨，地多珍寶，財産易聚，掌握之内，價盈千金。 富則淫，窮則盜，先利輕死，果窒愚悍。 而官斯土者又往往以黷貨營私，損其風施，非得大儒骨鯁魁壘耆艾措理通古今者潔廉自將，設立制防，則亦何由整齊而變化之。 伏惟閣下秉清修之節，蹈羔羊之義，本好惡之正，得寬猛之宜，懷賈誼、倪寬之經術，兼尹翁歸、趙廣漢之廉能； 所至之處，興立學校，革易俗敝，觀納風謡，求民病利，約己奉公，居官如家； 其有寃嫌久訟歷守所不能斷，法理所難平者，莫不曲盡情詐，厭塞羣疑，移風改政，猾惡自禁。 所居民善，所去見思。 朱邑不以笞辱加物，袁安未嘗鞫人臧罪，嚴君嗤黄霸之術，密人笑卓茂之政，凡如此比以閣下方之，誠無所多讓。 非懷德義志古之風其孰能若斯乎！

樹奔走四方二十年矣，所見今之從政者實心實力如閣下未之見也，未之聞也。 嘗以爲於今之世不復見古人，乃今於閣下遇之。 及得閣下之文伏而誦之，然後歎爲治之本其所由葢在是也。 閣下之文指事陳理，義藴閎達，一一皆可施之實用。 而其質㱿之氣，醇篤之論，實足以蹈迹兩漢。 往與師論兩漢之所爲文皆官文書也，而高古醇樸如彼，良由直道所見，言言有物，譬如言食之飽，言衣之煖，天下萬世皆可取信。 非如後世文士馳騁淫費，釣采華名，但依倣格調，矜夸辨博，爲浮靡無實之談也。 以閣下之治證之閣下之文，以閣下之文攷閣下之政，信乎言足以志，而行足以化，則以爲閣下之文與其政斷斷乎其近兩漢也。 非貢諛也，非溢美也。

樹無狀，亦嘗志乎古矣。顧道不加修，文不彰身，行能闒倢，窮居約處，無由自表見。獨其素所蓄積發悟於古者，不能竟默，不揣固陋，輒思以其所欲論次設施者著書；見世之所爲學者違背理本，偏僻破碎，務（政）［攻］宋儒以張門户之私，方且憂其破道，思立説以救其敝，自比於孟子息邪説、正人心。好尚不侔，孤蹤違衆，則欲以此求合於時，亦自知其顛仆而終不振矣！然惟古人身在困辱，爲舉世所不知，都無餘（限）［恨］，獨以不獲見知於大賢爲戚。以樹自度，誠不以飢寒困窮攖其心，以隘其生，俾得從容以畢其業。志趣所就，他日或當有功於先聖、來學；亦閣下志古之懷所樂與者也。昔人或思士而無從，或歷説而不悟，或日進前而不遇，或遥聞聲而相思：智之於賢豈可盡歸之於命哉！輒布區區，惟赦其狂愚而諒察焉。不宣。樹再拜。

復羅月川太守書

月日。方東樹再拜謹復書月川先生太守閣下：十一月二十六日廉州役還，蒙報書。千百言謙沖之盛，誘掖之勤，爲賜甚大。反覆觀誦，且感且懼。東樹前讀閣下嶺南集至呪貪泉詩及『没願化龍』之語，伏而歎曰：嗟乎！此即伊尹一介不取，思天下之民有不被堯舜之澤，若己推而納之溝中之意也。律己之嚴，仁民之志，悉於是乎見之矣！故竊自以爲能獨見閣下之心，而私幸其於今之世復見古人也。兹誦來教，益信大雅之懷識宏論篤，謝華尊素，足以信後世質古人而無疑矣。

今之太守循格例謹銜轡，動有牽制，誠不若漢世官尊權重，得以自行其意。然而爲政之本在一心，不在位之高卑也。孟子曰：『今有仁心仁聞，而民不被其澤，不可法於後世者，不行先王之道也。』孟子之時，王澤寖微。列邦諸侯兵戈搶攘，政教酷隘。一二名卿因時救敝，權宜譎霸，苟簡雜施。故孟子思以先王之政易之，其時然也。夫古今異治，民俗異宜，執古之法以御今之民，不可也。故荀子曰『法後王』也。國家法令昭明，列聖權衡斟酌，百王所以範圍不過者至詳且悉。其於先王之法無以異也，然而民或猶有不被其澤者，非法之不善，從政者將之以法而不將之以心也。苟且簿書，奉行故事，巧相牽避於功罪之途，是免而無恥者在官固然，而民何責邪。來書云：前後所莅，士民望奢情慤，如赤子之依慈母，竟不忍負（必）〔心〕爲揣量肥瘠，懃懃懇懇以備求安全之術。閣下自度之其所以致之，豈嘗有出於今法之外而爲之，不過將之以仁心仁聞之誠，而其澤已不可勝既矣。故使今之從政者皆能若是，則令且優於天下，何況太守閣下，其無疑於所行也。雖然位高者及遠，位卑者及薄，德大者禄大，望隆者位隆，今天子新即位，汲汲理化，登崇俊良，詔中外大臣明慎保舉，閣下清介之風，宏濟之抱久乎於上下，則推先憂後樂之志而廣施之，將舉斯世之民莫不被堯舜之澤者，安在愷弟之愛止及於一方，爲龍之願必待之身後邪。

東樹前書論兩漢官文書之美，蓋偏舉所貴者言之，非謂閣下之文盡官文書也，亦非謂兩漢官文書外便無文也。且就官文書言之，如春秋一經荆公斥爲『斷爛朝報』，此真官文書也，而大義炳如，聖筆謹嚴。如彼推而上之，『二典』、『三謨』、『周誥』、『殷盤』，凡聖帝明王賢臣碩輔所用，明治化，陳政事，孰非官文書邪。其在易曰，上古結繩而治，後世聖人易之以書契，百官以治，萬民以察，則文字之用其原亦可知矣。韓退之、柳子厚論文必原本六經，如莊周所稱，詩以道志，書以道事，禮以道行，樂以道和，易以道陰陽，春秋以道名分。大小精麤其用無乎不貫。至聖不作，道德不一。於是中賢小儒始歧其用而不能相通。要之文不能經世者皆無用之言，大雅君子所弗爲也。諸葛武侯千古一人，而陳承祚所上忠武集，出師表外皆手敎也。閣下之文所以經事適用者，皆足與古人媲美矣。此即少不合於八家，固無慚於作者；而況八家集中亦官文書爲尤美哉。〔一〕

又東樹前論古人文章皆由自道所見，得閣下引賈誼書證之，益可信。蓋昔賢平日讀書攷道，胸中蓄理至多，及臨事臨文舉而書之，若泉之達，火之然，江河之決，沛然無所不注。所以義愈明思愈密，而其文層見疊出而不可窮。使待題之至而後索之，烏有此妙哉。雖然文章之道得之非難而爲之難，爲之非難而知其所以爲爲難。東樹雖嘗學之，顧其所爲甚陋；在嶺南所爲者尤麤豪放縱，時亂以淺俗常語，無復古人韻格。獨其議論或偶有可采，不意大〔人〕君子欲成人之美，樂善過取，比擬崔、蔡。承飾之下，惶媿無地。夫道德、文章、政事三者，閣下次其分合之由，如臨白日以觀掌文，信無所遁矣。

至於攷證之學，蓋自漢代以還，通儒宿學讀書審慎，是非脱誤，辨審異同，詁解音聲，鉤鈲章句。其大者毛音鄭簡與道相扶，其次者名物典章於政爲輔。歷世既遠，著述轉紛。通才碩彦接踵而出，使來學者變學究破傖陋，以炳於經籍之府，其用亦可謂宏矣。東樹乃獨敢非議之，何也？來教稱引宋代鄭魏諸賢以相敦勉，雖其鄙劣，敢不承命。顧竊有未盡之意，敢終爲大雅陳之，以質愚蒙焉。國朝攷據之學超越前古，其著書專門名家者，自諸經外，歷算、天文、音韻、小學、輿地、攷史，抉摘精微，折衷明當。如崑山、四明、太原、宣城、秀水、德清，根抵學問，醕正典雅。言論風采深厚和平，夐矣，尚矣！雖漢唐名儒不過於斯矣。及乎惠氏、戴氏之學出，以漢儒爲門户，詆宋儒爲空疏。一時在上位者，若朱笥河先生及文正公昆弟、紀尚書、邵學士、錢宫詹、王光禄及蘭泉侍郎、盧抱經學士十數輩承之而起，於是風氣又一變矣。此諸公者類皆天姿茂異，卓越常儔，彊識博辨，萬卷在口，能使有學者瞀厥耳，無聞者蕩厥心。馳騁筆舌，論議濤湧，然而末流易雜，變本加厲，弊亦生焉。海内英俊傾其風，豔其舌，懷其利，相與掇拾破碎，搜覓羣書。苟獲一字新義，即詫爲賈人得寶。違背理本，棄心任目，不顧文義之安；但出於漢者主之，出於宋者非之。託〔一〕爲輔經，實足亂經。始不過主張門户，既肆焉無忌，則專以攻宋儒爲功。主名詆罵，視同讎敵，幾於惡聞其聲而比之於罪人。此其風實自惠氏、戴氏開之，而揚州爲尤甚。及其又次者行，義不必檢文，理不必通身心；性命未之聞，經濟文章不之講。流宕風氣，入主出奴，但以一部説文，即侈然自命絶業。朱子有言：書愈多而理愈昧，讀書愈勤而心愈肆，浮名愈盛，而行義德業愈無以逮乎古人。不知孔子所以教人爲學者果若是已乎。此風在今日偏蒸海内，如狂飈盪洪河，不復可望其澄鑑。勢將使程朱既明之道復入於晦盲否塞，而人心風俗日即於狂蕩。其害真有過於楊、墨、佛、老者。夫讀聖賢書而不通於心，不有於身，猶不免爲書肆，而況析言破道乎。

昔孔子辭多，能（肯）〔博〕學而詔及門，文吾猶人。孟子曰：『博學而詳説之，將以反説約也。』學不反約，而以有涯之知逐於無涯之場，此韓子所謂黄金擲虚牝者也。其間豈不有才，所患在於亡本。且夫今之學者皆能譏明儒空疏矣，竊謂明儒德業之盛，匪特今人遜之，求之漢、唐、宋外，不多其比，惟不泥小道也。及乎季年，升菴、澹園始以淹博立名，然而楊氏、焦氏之所就已大不如前人矣。嘗取二家之書觀之，其精正可信者纔十之三四耳。其如駁雜失實之論，不可勝舉也。〔三〕夫取人貴寬，求人貴恕。至論學術是非得失攸關，則必有確乎不可奪者。至於文章亦然。昔北地、弇洲主持壇坫，海内承風而歸，熙甫斥之爲妄庸。鉅子獨宴然寂處安亭江上，爲舉世不爲之學。弇洲臨没乃始悔之，爲作贊曰：千載有公，繼韓歐陽，余豈異趨，久而自傷。嗟呼，如弇洲之高才偉識，進學改過，世有幾人哉。不遠之復在聖門獨稱顏子耳。陸子静云：凡人溺於勢利者可回，溺於意見者難回。然則其識益陋者其所執必益堅，若今之漢學諸公其終迷矣，不悟矣，無從望其能開矣！又若艾東鄉當李、何、王、李極盛之時，獨主孤軍，力追絶緒。由今觀之，東鄉之言字字抉遷、固之心，言言啟韓、歐之鑰。迄今二百餘年，學者猶未能盡曉。而淩廷堪、汪中之徒直詆韓退之、歐陽永叔文非正宗，視同土苴，甚矣。文章學術僞者易售，真者難逢，此孟子所以『好辨』，而莊生所以『齊物』也。〔四〕東樹不揣固陋，嘗竊病之，思欲立説以辨其妄。〔五〕而材卑學落，地賤言輕，思得一二大人君子在上位者爲人望所屬，庶幾如閣下，所論〔六〕足以震蕩海内，開闔風氣。名之所在，利亦隨之。所有偏宕卓犖之士，冀其見收，悉轉移而歸之正學。則彼俗人莫不靡然向風，悔過自責，猶之利禄使然也；不猶愈於風狂無本之學乎。〔七〕乃求之當塗居盛位者，或以刑政簿書爲急而無暇文教也；幸而有之，則又專主於向之所謂漢學者。伏覩閣下所至之處，以興起人心教化爲志，私心儀則久矣。昨者獻書固以傾其景行之誠，亦將幸而得所託焉。特未信而言人以爲妄，故其詞含茹蓄縮而未敢遽伸，豈以文章自媒鬻求知哉。

又閣下言東林清議之害禍延家國，竊尋此論百餘年來搢紳大夫皆同此云云矣。東樹嘗反覆究之，竊獨以爲不然。孔子曰：『天下有道，則庶人不議。』惟未刑賞失平而後清議出焉。當明之季，神、熹失柄，乾綱解紐，國是日非。諸君子在位言位，意存匡弼，當是時無所謂東林之黨也。尋東林之禍始於救淮撫李三才，而成於忤魏忠賢。故凡爭辛亥京察者，衛國本者，發韓敬科場弊者，請行勘熊廷弼者，抗論張差梃擊者，爭紅丸移宮者，概指目爲東林，借魏閹毒燄一網盡之。故孫黨、趙黨、鄒黨、熊黨之目猶之點將録之意，然則疾君子指爲東林黨而惡害之者，特閹黨之所爲耳。吾徒何爲而助之攻乎。當日以鄒元標之講學爲邪黨，而逆黨至以真儒擬忠賢，其是非果安在乎！東林諸賢誦法程朱，其所講論建白，行義風節，於今可見。一時臺閣寺省諸公，宏才碩學孤忠大節，經略展施接武而出，天下望之，朝廷賴之，何莫非東林氣類乎。特風氣太盛，閒亦有一二不肖依附其閒，而正人君子固已多矣。尋徐兆魁之言其訛如彼，詳倪元璐之辨其實如此。日久論定，不當復循衆人之談，隨俗附和，蒙以惡聲而不置白黑也。

論者謂任議之過患在於太畸競意氣筆鋒，必欲彊人從我；求勝於理而不審勢之輕重，好伸其言而不顧事之損益，以致殿上之彼己日爭，閫外之從違遥制。如萬元吉之所論者，誠有然矣。然當時之爲此以致誤國敗事者，豈皆出東林之清議乎，抑在廷噂沓之言官乎！且夫朝政有失，大臣不言而後小臣言之；當局不言而後局外言之。大臣不言而復諱敗遂非，則小臣愈言之而愈攻之，當局不言而復黨邪撓是，則局外愈言之而愈攻之。嗚呼，發言盈廷，誰敢執其咎，如匪行邁謀，是用不得於道，乃自古歎之矣。人主無執兩用中之明，當國者無樸誠通達敢違衆議獨行，而徒責小臣以言高之罪，咎局外以出位之謀，是皆無虚衷罪己之誠，務委過於人，憚自責而不彊力於求治者也。

詳觀明致亡之由，蓋非一道。譬人之身，病已深而不起，或投之攻劑，或投之補劑，而病人之情、醫人之情、旁人之情，淆爭不已，而固已僵斃矣。今不究病之從來、醫之得失，而第責旁人之論，以爲是實傾人之命也，何以異於是。是故明之亡在神、熹，至懷宗立而國勢已不可爲矣。清議之誤國在懷宗圖治之日，而東林之殲滅在忠賢肆虐之年。論者以明亡之故蔽罪東林，可謂不察其本末矣。若夫當魏閹弄權之日，社稷將覆，爲人臣子立於其朝而食其禄，烏能默爾而息乎！卒其奮不顧身，起而搏之，身殲家滅，海内痛心，而欲與後來之阻孫傳廷之守關中、撤吴三桂隨樞輔迎賊者同罪，豈不寃哉！是故謂此三事爲清議誤國則可，謂楊漣之擊魏忠賢、高攀龍之劾崔呈秀爲清議誤國則不可；謂救李三才、護熊廷弼、爭京察國本、科場、挺擊、移宫及最後劾楊維垣房寰爲清議則可，爲誤國則不可。且自顧允臣既錮之後，朝廷日以建言防人，以越職抵罪。當是時可謂能禁清議矣，而其效竟安在。大禹聖人，縣鞀建鐸。衛武悔過，矇誦師箴。國人謗王，召公比之防川。鄉校不毁，子産於以補過。孔子删詩，不廢板蕩。諸葛武侯之教下也，曰：願諸君勤攻吾短。小雅廢而政教衰，清議亡而風俗敗。歷觀古之仁聖賢人所言，若彼清議何負於人國哉！故清議之戒爲士人不能理性裁抑宕跌，慎所與，節所偏，悻直標榜以掇禍；如漢甘陵之謡及公族進階魏齊卿所爲耳。不謂有國有家者當禁人言也。

是故清議黨人之名，惟漢哀、平、桓、靈，明神、熹之世有之，皆以用宦寺憸人而致彼。宏恭石顯之奏蕭望之，劉更生朋黨欲專權擅勢，果是邪；張成教子殺人，河南尹案之爲非邪；侯覽家人殘暴百姓，太守部督郵不當劾之邪！而漢之黨禍，蕭望之、周堪、劉向、李膺、張儉爲之首矣。蓋此輩稔姦大惡，忌君子之發其覆，繩其罪，故起而反噬之。君子亦有君子之氣類，一人見枉，必有營護而援救之者。彼姦人者念只誅一人不足以鋤其類，故被之以黨人之名，而後可以盡翦之也。苟人主明於用賢宰相，公恕無私，則朋黨無自而成，又烏用布告天下，使同忿疾邪。且所務於清議之黨者在天下之鄙俗耳，若乃大臣自爲黨，甚至人主亦有自黨，其權姦者則又何説！夫不能絜矩而好惡徇於一己之偏，如大學傳所引節南山之詩，興喪之幾，殷鑒不爽。不此之察，而專禁在下之清議，豈正本之論乎！宋張嵲言，國家之禍莫大於朋黨，今一宰相用凡其所與者，不擇賢否而盡用之。一宰相去，凡其所與者不擇賢否而盡逐之，宜朋黨之寖成也。胡安定亦言，謂某爲某黨而必欲盡逐去之者，皆非人主之意，乃後來相代之大臣也。嘗觀宋高宗一紀之閒十四命相，明懷宗十七年閒五十命相，由此言之，朋黨安得不成；又況人主自黨其權姦者邪。宋高宗初即位，詔求直言，雖詆訐勿罪。其後進士梁勛上書論秦檜，帝大怒曰：講和斷自朕志，秦檜但贊朕而已。近者無知之輩鼓唱浮言，以惑衆聽。詔送梁勛遠州編管。夫當時言不可和者，張燾、張闡、胡寅、胡銓等議得失炳然。高宗黜李綱、趙鼎，專用秦檜，殺岳侯而主和。或以兩宮之故而屈己事仇猶之可也，然終高宗之世，土地、金帛、子女盡而兵革不息。其效如彼，秦檜既死，而猶身爲護之以罪言者，此非自爲朋黨邪。孝宗初立，詔士庶陳得失。湻熙二年又詔：近世士大夫好唱清議，恐相師成風，激成東漢黨錮之禍。夫不察東漢之所以傾亡者在遠君子親小人，而徒區區以黨人爲患，亦異於蜀先主、諸葛武侯之見矣。

夫論黨人者不曰造言誹訕朝廷，即曰僞學，亂疑風俗，甚則謂其人合謀樹黨，圖危社稷。故人主怒之，疾之尤甚。由今觀之，二漢及明黨人所爭果訕謗邪，恭顯、牢修之言果信不妄邪。當蔡京、秦檜當國日，天下無敢道程子之學。史彌遠當國日，天下無敢道朱子之學。僞學之禁可謂嚴矣！由今觀之，程子、朱子正邪，范致虛、陳公輔、胡紘、施康年、汪沆、沈繼祖、林栗諸人正邪？至於陳東、歐陽徹之請誅童貫、高俅，罷汪、黄而留李綱也，張觀等七十二人之請斬湯思退也，汪安仁等二百人之請朝重華宫也，楊宏等之請留趙汝愚也，德祐中諸生之數陳宜中也，明東林之擊魏忠賢也，果圖危社稷邪，彼諸姦者不危社稷，而清議欲去之者反危耶！唐何蕃等二百人留陽城，柳宗元遺蕃書稱引無稽之言，謂曾參徒七十致禍負芻，卒其抗朱泚之難，六館之士無污賊者。尊朝廷，重國家，壯士氣，可謂清流矣。彼宗元當此，恐不能也。惟獨復社諸人南都防亂揭爲犯聖人已甚之戒，然其時元氣已喪，偏隅宴安，諸生所斥獨一阮大鋮耳。閹部擁兵權無中撓，天將廢之，誰能興之。則明之亡始終於清議無與，必若杜止清議，當如李綱所論，先變革士風，士風厚則清議自止。若梅陶月旦之論亦非懿士所許也。

故如何平叔、王夷甫、殷深源以風流相尚，竊盜虛聲，無濟實用，此乃所謂清議亡國耳。東林非其比也。人主不察，見謂清議亡國，亦以爲云然耳。究其爲議者何人，誤國者何事，不能別而白之，則又恐爲彼姦人者所中，爲怨隙者得相陷害。州郡又或承望風旨，濫及無辜。則是非清議之能亡人國，借清議亡國之名以怵人主，而剥喪元善，爲足亡國耳。此非細故也。先王之政罪人不孥，何有於黨。苟不破流俗相沿之論，解散清議亡國之疑，使君心宅於寬，而刑政得其實，豈所謂休否之常經乎。今生重熙累洽之後，聖明在上，政教隆，風俗厚，士無由有詭激詖邪之行，故可相與講明而爲此議耳。若在朋黨已興之日，則此論即疑亂之罪所歸矣。緣來教諄諄（勤）［勸］誨，輒敢披陳一切。伏惟赦其狂愚而有以裁教之，幸甚，幸甚。附獻所爲文五首，執事餘閒賜之觀覽，亦可見鄙志所執已審而非率其褊隘，忤俗犯怒，蒙輪以當一隊者也。重違台教，無所逃罪，統祈亮察。不宣。

自記云：此文粗麤浮淺，剽而不留，不復成章。姑以論議有可采，存之。

【校】

〔一〕自『固無慚於作者』至『亦官文書為尤美哉』：儀本改作『亦何慚於作者哉』。

〔二〕『託』：儀本作『詫』。

〔三〕自『嘗取二家之書觀之』至『不可勝舉也』：儀本删。

〔四〕自『至於文章亦然』至『所以「齊物」也』：儀本删。

〔五〕自『嘗竊病之』至『以辨其妄』：儀本改作『嘗欲立説以辨其妄』。

〔六〕『如閣下，所論』：儀本删。

〔七〕自『名之所在，利亦隨之』至『無本之學乎』：儀本改作：『使偏宕卓犖之士悉轉移而歸之正學』。

上阮芸台宫保書

月日。方東樹頓首再拜，謹上書芸台宫保閣下：

昔韓退之自多其文，以爲能贊王公之能而道大君子之德。伏惟閣下道佐蒼生，功横海望。歲路未彊，學優而仕；歸墟不舍，仕優復學。凡所措布，皆裕經綸；凡所撰著，皆關聖業。〔一〕三十年閒，中外咸孚，萬口一舌；〔二〕使退之復生且將窮於言句，又豈晚進小生所能揚搉其大全者哉！然惟閣下早負天下之望，宜爲百世之師。

齊肩馬、鄭，抗席孔、賈，固以卓然有大功於六經而無媿色，信真儒之表，見不虛矣。〔三〕

竊獨以學術顯晦遞相升降，猶之三代之運，忠質循環。上溯嬴劉，面稽昭代，其閒二千餘歲之隆污消息可得而言矣。有明中葉以空疏狂禪談學，文業雖盛而淹貫者稀。其後升庵、澹園諸公以博綜立名，而龐繆踳駁，亦淺甚矣。夫精非龐人所信，博非精人所能。二者分塗，由來自昔，固不可比而同之矣。國家景運昌明，通儒輩出，自羣經諸史外，天文、歷算、輿地、小學，靡不該綜載籍，鉤索微沈，既博且精，超越前古。至矣，盛矣，蔑以加矣！然竊以爲物太過則其失亦猶之不及焉。傳曰：火中則寒暑退。今日之漢學亦稍過中矣。私心以爲，於今之時必得一非常之大儒，以正其極，扶其傾。庶乎有以輓大過之運於未敝之先，使不致傾而過其極，俾來者有以攷其功焉。以此求之，當今之世，能正八柱而掃粃糠者，舍閣下其誰與歸！不揣檮昧，嘗著有漢學商兑三卷，引其端見大意蓄之笥中，未敢示人；非惟迹近競名，懼以忤世犯患，抑實以事關學術，鄉里鄙生見聞不出衖衕，未睹於天下是非之全，疑而不敢自信故也。繼思世有大儒而懷疑不謁，亦其自外於君子，即聾從昧，顓固而終於愚惑矣。用是輒敢寫録，冒昧獻之左右，雖知蕪陋淺謬，然意在質疑，事同請業，非布鼓雷門之比。不復引以自嫌。伏惟經綸餘暇俯賜披閲，明正是非，俾解愚惑，用循奉以遵厥塗。幸甚，幸甚。干冒威尊，不任屏營之至。〔四〕

【校】

〔一〕「凡所措布，皆裕經綸；凡所撰著，皆關聖業」：儀本删。

〔二〕「萬口一舌」：儀本删。

〔三〕「信真儒之表，見不虛」：儀本删。

〔四〕儀本此處多「樹再拜」。

答人論文書

夫文家品藻及所以爲文之方，昔人論之已詳，吾無以益子也。無已，則請舉一淺説，爲古人所不必言而實切中夫今人之要害者，曰精讀，而出之勿易而已。世之爲文者不乏高才博學，率未能反覆精誦，以求喻夫古人之甘苦曲折；甘苦曲折之未喻，無惑乎其以輕心掉之而出之恒易也。若夫有知文之失在易，而出力以矯之，又往往詞艱而意短；詞艱意短者氣必弱，骨必輕，精神氣脈音響必不王。是則其詞雖不易，而其出言之本領未深，猶之失於易而已。古之能精讀者不若是，是故揚子雲教桓譚作賦，必先讀千賦。明歸太僕嘗於公車上取曾子固書魏鄭公傳後文讀之五十餘偏，左右厭倦，而公猶津津餘味未已。嗟乎，此所以繼韓、歐陽而獨立，三百年無人與埒，豈偶然哉。唐劉希仁與韓、歐陽齊名，退之文中亦嘗推之。今讀其集，亦尚不失風軌，然而世未有稱其文，甚或不識其名字。彼爲文而不務其至，而徒自踴躍於一世者，視此可以懼矣。子姑歸而精誦三年，然後知世之爲文者皆出之易也。

與友人論師書

來教稱自退之作師説，後來學人多有續爲之説者，雖意恉各殊，而皆得一義於以輔世翼教，至爲宏益，不可廢也。愚舊蓄一疑，久未敢發，敢因明論所及而私佈之。近世士夫援上慕勢而無階，則壹以師密比之。夫師也者，隨道義所在而爲之名者也。惡可以私妄勢利媚說自菲薄爲也。韓公曰：時無孔子，不當在弟子之列。孔子没，門人以有若似夫子，欲以事夫子者事有若，曾子不可。陳相説許行而從學其道，孟子責其倍師，若慕勢而以空名劫其號，非但無義，抑實可鄙甚矣。何北山爲朱子再傳，而未嘗受人之北面，亦不敢輕師於人。古者君、師不分，故曰：天降下民，作之君，作之師。周公以九兩繫邦國，三曰師，以賢得名；四曰儒，以道得民：則皆人師也。司徒本俗聯師儒，師以德行教民，儒以六藝教民，則師爲人師，儒爲經師。至文王世子釋奠於先聖先師，則先聖，人師，先師，經師也。皆所謂傳道授業解惑者也。

若夫近世科舉時文之師，與巫、醫、藝術、百工之師相等，又有形名、錢穀、幕學之師，分儒者之一節而專門，雖不知本，亦供世用。則皆有授業解惑之實，固當稱師。惟夫鄉會主試房攷及外吏保舉屬官乃公忠循職，舉賢援能，以人事君之義，而冒師生之名，殊不應禮，甚無謂。

夫受爵公朝，拜恩私門，爲國用人而已。收其恩師與門生，兩犯不韙。昔韓文公出陸宣公之門，終身未嘗稱師。陸文安爲吕東萊所取士，鵝湖之會，東萊視文安如前輩，不敢與之論辨；文安對東萊則稱執事，對他人則稱伯恭，亦未嘗以爲師也。舒文靖公不師其座主，亦不門生；其所舉士明霍文敏公韜亦不師其座主。邱瓊山亦嘗論此，以爲不應稱師。近陳説巖相國薦陸清獻，及見，不用師生稱説。巖大激服，且云：昔年馮益都薦魏環極，已曾薦王阮亭、汪鈍翁，皆未嘗用師生禮。嗚呼，可謂以禮自處，而又能以禮處人者也。世禄之家往往多門生故吏，苟如張安世、謝瞻、羊祜、柳玭、王曾、王旦之所戒，則政當避之，而又可侈爲榮名乎。且士子幸由師儒起家，舍大司成不師，而獨親此，尤爲失其類也。甚者，有慢其伯叔，慢其幼所受業貧寒之師，而獨隆其房師、座師、保舉之師者矣。薄其昆弟，薄其昆弟之子，而推恩此師之子弟者矣。又甚，則即此師也苟失勢衰落，度不復振，則其待之亦寖薄。自有此師，而世多失其本心，又況淪夷以至斯極也。昔三代聖王必有師，而四岳薦舜，不聞有門生天子之號。若白樂天將相門生乃鄙言耳，獨范文正公之認晏元憲，自是盛德，不在此例。惟足下裁之。

自記云：潛邱劄記曰，明之士夫積習，師弟重於父子，門户又重於師弟。得罪於父母者有之，得罪於座主者未之有也。云云。

答友人書

來教稱引某君之言，蒙心竊獨未安，略爲吾子陳之。夫子厚所稱太史之潔乃指其行文筆力斬絶處，此最文家精深之詣，既非尋常之所領解。若宋儒固未嘗有譏遷史不潔者；即有言語，亦不過謂所記事蹟不必盡可信耳。而如桐葉封弟，子厚已辨之矣。今乃憑虚搆誣，而曰使以宋人眼孔觀史記，必謂其不潔。若自附於能知遷文之潔者，而又不顧歐、蘇、曾、王眼孔之非劣，固宋人也。近世風氣但道著一宋字，心中先白有不喜意，必欲抑之、排之，以著其短失而後快於心。乃至宋人並無其事與言，亦必虚搆之以爲必當如是云爾，以見宋人之迂固不通，殆若一無所知如此也。及攷其所以抑之排之之説，率皆昧妄顛倒影響無實之談；攷其所以抑之排之之心，皆因憎惡道學諸儒而發。樹爲是常切悲恨。

凡文章義理以及吾人言語行事爲得爲失莫不有本，孟子曰：『盍亦反其本矣。』莊子亦曰：『請循其本。』其本一差，則所向莫不差。此古今天下是非所以紛紜，物論難齊，而至道隱而不見，蓋非一人一朝之故矣。至惜翁撰古文詞，取海峰息爭，政以海峰不能持論，而集中此文題較正大，且取其意格足與蘇氏相比，故入之耳。究而論之，則海峰此文其本未充，其理未足也。何以明之？夫古今學人講説辨論勤苦萬方，求至於聖人而已，而卒莫能至。今乃令天下萬世之人皆置是非不必辨，皆若已至於聖人，第爲是恢然有餘而無不包，有是理乎？是蓋暗本東坡、孟子、子思論而益揮發之耳，若有辨之者，則正犯其所譏。則是以此箝制天下人之口，相率爲罔爲模稜，而壹託於聖人，恢然有餘而無不包。烏知孔子之言語行事及所以教人者並無是乎！夫物之不齊，物之情也。孔門四科，才性之殊異無如之何也。他日孔子曰：小子不知，所以裁之。孟子曰：孔子豈不欲中道哉？非因人有性質造詣不齊，而謂至道之止極者，因可不必求詳，亦不必教之使皆企乎中庸也。則何以曰，有教無類；而又曰，審問、慎思、明辨之哉。辨之不明，安知是非之真而奉以爲吾道之正乎。由海峰之論，則聖人者人人皆優爲之。第隱情結舌聽其紛紜，而吾第以恢然包之而無事矣。無論學之不講，道之未明，日即於昏罔無知而無所取正，且將使誰包誰乎，抑彼此互相包而皆足於道乎。且既學聖人而置是非不必辨，是使聖人下夷於諸子百家而莫之貴，而又何必自欺其心，徒奉虚名、崇虚教曰，『聖人聖人』云爾哉。是皆昔之鄉原所以譏狂狷及近世學者攻朱子之餘唾，而海峰方飾爲高論，亦淺之乎其爲言矣。惜翁取之，偶未審也。毛生甫曰：言有關係，持論確而不頗。

答姚石甫書

石甫執事足下：九月十七日故里人來，攜足下閏四月自漳州所惠書。久不見(見)手書，喜甚。及展誦，益徵深愛過於所懷，伸紙闔開，不能自已。僕孤窮於世，匪獨無見收之人，乃至無一人可共語。胸中蓄言千萬，默默不得吐。今春來嶺外，本欲依節帥爲俯仰計，顧鴞不變其音，雖徙越，猶之在楚也。當塗嚮好惟在鴻名茂實之英耳。如僕稚騃，又素譽不立，則其僵（什）［仆］危困爲時所忽，不亦宜乎。緣足下來書相觸發，感念生平，不覺傾囷倒廪，語無詮次。意不主一，要當握手一談，惟足下亮之察之。

樹聞人有恒言曰，士伸於知己，屈於不知己。又曰，志與天地侔者，其人不祥。此兩言者世以爲名言矣。以愚論之，是乃所謂詖辭，非知道者之言也。莊周曰，至言不出則俗言勝。亦烏能盡人而明之哉。道不遠人，與天地侔要不外於至誠之實，盡其性以盡人之性。如是而已，非有加奇於平常日用之外也。君子既知道，則殀壽不貳，修身以俟公卿將相。時至則爲之，否則老死牖下轉於溝壑，皆天命也；亦何祥不祥之有。跅弛之士爲奇論以駭世，而不悟其言之可笑也。至謂士伸於知己，屈於不知己，此言亦甚小。夫曰己、曰知，亦視己可知之實與知我者之智之大小，此其知皆以我與人爲量者也。若孔子下學上達，知我其天，由今觀之，當日顔、曾數子而外，世豈有知孔子者哉！而聖人無入而不自得，故曰遁世無悶，不見知而不悔。必有孔孟之道，而後可語於人不知；必有伊尹、顔子之樂，而後可語於無悶。莊子記子輿之死，歌而託之於命，則猶若有愠焉。潛龍之德惟聖者能之。

僕少騃拙，於人事多所不通，惟篤信好古人。以爲道可以學而至，聖可勉而希。縱其心志，與俗背馳，犯笑侮蒙，齒舌異人同情。少年氣盛，不以屑意，以爲古之人乎類若此矣，吾苟於彼者（若）［合］則必於此者遠矣；益奮不顧。憶自十一歲學爲文時，先子承海峰先生暨惜翁倡古文詞之學，僕耳而熟之，雖不能盡識，然亦與於此流矣。其後十八九時讀孟子書，憮然悟吾學之更有其大者切者，遂屏文章不爲。性善莊、老及程、朱、陸、王諸賢書，讀之若其言皆如吾心之所發者。以觀近時人文字，輒見其踳駮謬盭爲不當意。既嗜好不侔，棄俗自尚，故久困不能自伸。家貧無以供菽水、給衣食之奉，奔走求所入爲養，二十餘年顛沛失蕩。所至輒窮憂患疾病，日與死迫。羇旅異地，每遇良辰會節，瞻望家園凶祥莫卜，中夜推枕起歎，戚然不知涕之流落也。昨於丙子歲先子棄養時，祖母年九十，呻吟旦夕。妻病痺篤，廢不能起立者已六七年。家本空乏，逋累千金，歲月追呼無虚日。三世遺棺浮攢未葬者八。僕本支又甚單，内寡兄弟，外無期功之親。飢寒無所控，緩急無所告。闔門數口皆待僕以幾倖存活，既不可留以居，則決舍之以出；身纔出門，回顧老弱，存亡殍絶不能相顧。丁丑旅困江甯，自春徂秋，日求於人以度時日。誠有如韓子所云，當時行之不覺，事過思之，如痛定之人思當痛之時，不知何以能受之也。是冬漂泊揚州，由揚州復返金陵。適遭祖母喪，聞訃之日，躑躅悲號，欲歸不得。賃居祇樹僧舍，除夕典衾付寺僧充賃值，而不能具薪米。當是之時，如舟行日暮，遇風顛頓於洪濤鉅浪之中，篙櫓俱折，舟人束手，相向呼號而莫知所止泊。僕受氣本弱，自生時先慈已懼其不育矣。十二歲先慈見背，余病疺，至不勝喪。其後頻咯血怔忡。受室後，余妻之母恒患余寡其女。三十外始稍稍壯健。今復洊遘大憂，繼纏哀酷，患氣中傷，天和内損，髪秃齒落，萬念灰滅。魂魄喪失，精神遐漂，聰明墮落，如八九十許人。彼不知我者或能加侮辱，蓄縮忍受，不復自明。摧折久故氣愈下，然往往亦於天轉親焉。夙有幽憂之疾，苦不能寐，於是因以其時而鋭思（夫）[天]道。每念吾今日死，明日而吾尚存也。曷爲明日死，今日而吾先亡乎？先時爲學亦頗泛濫老、釋、雜家，或爲之撰述。近反求之吾身，所見似日益明。有所獲輒劄記之，名曰待定録。歲月既多，積至七十餘卷。其心豈遂以爲不得志於今，猶望見於後世哉；亦曰富誠不可求，從吾所好焉耳。此閒多上才，獨僕以薄劣居同下。客人既不知僕，僕亦不欲求人知。聲塵寂寞，望實交賈，乞食饔豆之餘，寄命葦苕之上。列賁薰心，進退枕險。意興沮敗，生意全無。嗟呼，石甫，吾其已矣！足下料之其果不祥邪，抑果絀於不知己也邪！昔敬通自慨，欲修道德於幽明之路，以終身名爲後世法。僕亦猶庶幾昔人之風乎。曩在幼楷，座上偶與客泛言及原始返終，客搖首曰：此至微妙，不容易言。余時心知此客之未能了此也，遂不復談。夫所謂原始反終者，亦言忠信行篤敬已耳。故夫子曰：未知生，焉知死。程子曰：生之事即死之事。張子曰：存，吾順事，殁，吾甯也。曾子曰：吾得正而斃焉，斯已矣。莊子曰：善吾生，乃所以善吾死。若然者，皆至近至切之實務，引而爲高妙，則失之此意。二千餘年閒，小儒不識，固非此客所及也。且夫人世所爭不過愛惡、攻取、是非、名實、利害、毀譽之閒耳，吾能忍辱，不入好惡諸相，而人可以莫疑矣。天之所制不過死亡貧賤之命耳；吾甘窮，窮而餓，餓而且死，死而裸葬；上以縱施烏鳶，而下以飽螻蟻，而天可以無罰矣。吾患道德之不修，憂辱死亡縣於天命，豈宜以動其心哉。

粵中石甫曩所舊游，其人士風氣既知之矣，無俟僕言。獨怪潮、惠爲退之、子瞻所過化，而其文章淵源曾無有毫髮近似，惟獨瑰琦磊落之士見於史乘者爲不少。豈鍾於山川之性者材易成，而得於講授學問者未有師承邪。知石甫秋閒度臺，臺雖海外，然久被聖化，已與內地等。石甫所以治之者爲猛爲惠，爲媿厲，爲整齊，必有定見。然愚意則欲石甫以管子四維先之，使知尊親也。東坡所謂欲爲箕子留此意於遐荒者，石甫其可不念之哉。道遠不常得通書，故言之不覺其宂。海外新政尚冀垂示一一，以慰遐聽。餘不宣。再拜。

自記云：蕪淺麤露，躍冶可憎。

與范光復論解淑人節行書

范君足下：承示雲中勇烈任公遺集及哲嗣伯卿提督所次公行狀，及其弟叔卿事狀，並二峩堂集、學愚集，讀未數葉，斂容起立，復坐，端誦至數通，灌然泣下。夫忠孝至性之感人，雖異世猶有不能已者，況生同世，而耳目與之近相接者邪。觀勇烈貴顯於時，威加於敵，其行事大節章章如此，天下既莫不聞而重之。況其名蹟又已著之國史，則其傳於後世，以追配古之忠臣固無少媿。伯卿純孝懿行，仕宦之迹稱其門風，而其遺詩清詞雅格，實又卓然足以不朽，則伯卿之自足以傳於後又無可疑者。叔卿至性淑質，世濟忠勤，雖不幸早（世）〔逝〕，而按其行事，亦當附其父兄以傳。施夫人親承孝聖皇太后徽音褒予，有節婦兼忠臣之目，固附其夫與子以傳矣。惟解淑人遘遭愍凶，夫亡子絶，煢煢流離。暮年依於愛壻，而其女復卒，爲尤可悲； 亦安忍獨令其無傳。嗟呼，此其一門忠孝節賢，羣萃並集而得以有傳於後，豈偶然哉。令勇烈之死僅取於捐軀效命，魯莽殺身，而非本於平日讀書之篤，講學之邃，則身雖能忠，而其妻若子及婦亦未必能率由德教，以共成其一門之懿行。若此，伯卿兄弟不幸俱乏嗣，使非足下能篤親顧恩，要信鬼諾，受其遺文刊布以行於世，則勇烈之心迹與其學問之粹美，必不能傳於天下後世，使人得有以攷其成仁取義之有本，刑妻翼子之所由。則足下成人之美，表人之微，有合於古君子之道，亦得附勇烈父子以傳。獨以解淑人事命僕爲詩則有不可者。蓋此等題獨宜於文，不宜於詩。古名手大家率不輕作，決作之亦不能佳，後人亦罕傳之。柏舟、燕燕諸什皆其人所自詠，如焦仲卿詩又不容再擬，其他傳者寥寥。古人次婦行獨有傳誌，而又非可施之生前。夫乞人詩文爲其足傳耳，令其人有知其詩文足傳邪，則必不肯爲之詩矣。若尋常俗士不知其義，而冒爲之，又不足以傳。然則雖得之盈千，直捆載而置之耳，亦何取邪。僕之文知不足以傳於後世也，如不得已，他日當爲一傳以次述其事。然要豈足賴哉，既不獲承命，敢布其愚，惟照察。不宣。

答葉溥求論古文書葉君，粵之嘉應人。

東樹白： 葉君足下，辱書言文章旨要，並示所爲記序雜文，意甚勤，詞甚摯。然竊怪足下相知未素，不察其蔽，且固勇信而過施之，爲失所問耳。僕本無所知，往在江南，一二同學業爲古文。以僕喜議論，妄以此事見推，要之僕所謂望其塗轍而未能由之者。昔曹子桓譏劉季緒才不逮作者，而好掎摭利病，而子建乃獨喜人定正其文。足下以子建自處，而命僕爲季緒，此僕所以發書屏氣媿汗交下也。夫以足下所有如是而進不自足，謙謙下問，雖僕庸虛，其敢復顧時人譏笑，畏忌銜忍，不一吐所懷以答高義塞厚望邪。請誦其所聞，惟足下詳擇其衷焉可也。

僕聞人之爲學，每視乎一時之所趨。風氣波蕩，羣然相和。爲之既衆，往往工者亦出。獨至古文，恒由賢知命世之英爲之於舉世不爲之日。蒙謗訕，甘寂寞，負遺俗之累，與世齟齬不顧，然後乃以雄峙特立於千載之表，故其業獨尊而遇之甚稀。自唐、宋逮明，若韓、柳，若歐、曾、蘇、王，若歸熙甫，其人類數百年始一登於籙。嗚呼，蓋其難矣。抑又嘗論，欲爲文而第於文求之，則其文必不能卓然獨絶，足以取貴於後世。周、秦及漢名賢輩出，平日立身各有經濟德業，未嘗專學爲文，而其文無不工者，本領盛而詞自充也。故文之所以不朽天壤萬世者，非言之難，而有本之難。若夫所以爲之之方，可一朝講而畢也。然而羣喙鳴動，蓄心各異，是其所非，非其所是，顛倒妒惑，昧没不返，後學之士欲求聞古人之真，舉一世空無人焉。夫古之人以其本而發之爲文，軌迹不侔，家自爲則。其人已亡，不能復起自言其心。俗士淺學各蔽其愚，人各云云，吾亦云云，則烏知吾言之獨是邪，人言之且非邪。就令吾言是矣，而古人已死，其孰從而定之。且人之言曰爲文宜何若，何去何取，吾弗過而問焉。吾之言曰，爲文宜何若，何去何取，人亦弗過而問焉。退之有言，究不知直似古人又何得於今人也。而要有不易之論，不可已之情者，吾取不詭古人，不迷來學，自足吾心而已。故凡吾所論文每與時人相反，以爲文章之道必師古人，而不可襲乎古人；必識古人之所以難，然後可以成吾之是。善因善創，知正知奇，博學之以別其異，研説之以會其同。方其專思壹慮也，崇之無與爲對，信之無與爲惑，務之無與爲先。掃羣議，遺毀譽，彊植不可回也，貪欲不可已也。及乎議論既工，比興既得，格律音響既肖，而猶若吾文未足追配古作者而無媿也；於是委蛇放舍，緜緜不勤，舒遲黯會，時忽冥遇，久之乃益得乎古人之精神而有以周知其變態。是故文章之難非得之難，爲之實難。道德以爲體，聖賢以爲宗，經史以爲質，兵刑政理以爲用，人事之陰陽、善惡、窮通、常變、悲愉、歌泣、淩雜、深賾以爲之施，天地、風雲、日星、河嶽、草木、禽獸、蟲魚、花石之高曠、夷險、清明、黲霧、奇麗、詭譎一切可喜可駭之狀以爲之情。及其營之於口而書之於紙也，創意造言，導氣扶理，雄深駿遠，瑰奇宏傑，蟠空直達，無一字不自己出，而後吾之心胸、面目、聲音、笑貌若與古人偕，出没隱見於前而又懼其似也；而力避之惡其露也； 而力覆之嫌其費也； 而力損之質而不俚、疏而不放、密而不僿，陰陽蔽虧，天機闔開，端倪萬變，不可方物。 蓋自孟、韓、左、馬、莊、騷、賈誼、揚雄、韓、歐以來，別有能事，而非艱深險怪禿削淺俗與夫餖飣勦襲所可襲而取之者也。

夫文亦第期各適一世之用而已，而必劌心刳肺，斷斷焉以師乎古人，若此者何也？ 以爲不如是則不足以爲文也，此固無二道也。 嘗觀於江河之水矣，謂今之水非昔之水邪，則今之水所以異於昔者安在； 謂今之水猶昔之水邪，則昔之水已前逝，今之水方續流也。 古之人不探飲乎今之水，今之人不扱酌乎古之水。 古水今水，是二非一，人皆知之。 古水今水，是一非二，則慧者難辨矣。 蚩蚩者日飲乎今之水，有人曰： 吾必飲乎古之水而不飲今之水，則人必笑之矣。 蚩蚩者日飲乎今之水，有人曰： 若所飲今之水實仍即古之水，則人猝然未有不罔於心而中夫惑疾者也。 夫有孟、韓、莊、騷，而復有遷、固、向、雄； 有遷、固、向、雄，而復有韓、柳； 有韓、柳，而復有歐、蘇、曾、王： 此古今之水相續流者也，順而同之也。 而由歐、曾、蘇、王逆推之以至孟、韓，道術不同，出處不同，論議本末不同，所紀職官、名物、時事、情狀不同，乃至取用詞字句格文質不同，而卒其所以爲文之方無弗同焉者。 此今水仍古水之說也，逆而同之也。 古今之水不同，同者溼性； 古今之文不同，同者氣脈也。

雖然，使爲文者古人已云云矣，吾今復取古人所云而云之，則古人爲一文已足萬世之用，而復何待於吾言乎。 夫文猶己也，生民以來，四海之眾，而中以有己立，己於此將使天下確然信知有是人也，則必不俟假他人之衣冠笑貌以爲之，亦明矣。 奈何世之爲文者徒剽襲乎陳言，漁獵乎他人而以爲之己也。 徵是以覈之，將見子不復識其父，弟不可辨其兄。 羣相怪惑，無能求審此人面目之真，而己安在哉。 是故爲文之難非合之難，而離之實難。 雖然，合(而)[可]言也，離不可言也，故凡論文者苟可以言其致力之處，惟在先求其合。 苟真知所以爲合，則以語於離不難知矣。 若於古人艱窮怪變之境不知其難至，而以爲與己不甚相遠也，則其人又不足以語於合之説者也。

真力不至則精識不生。蛟龍之攫網，虎狼蝮虺之毒螫，邇之可以殺人，而慢易與之；家雞野鶩之畜無足愛貴，而威鳳寶之。史言大秦國有駭雞犀，置犀於地，雞見之卻走，而人之過之者蹴踏踐履，童孺丈夫千百而無稍異也。豈人之智不若雞與彼，其性不相習則其天弗能通也。世之俗士名爲讀書，彼其於古作者之製實未嘗相習，故其天弗能通，亦若是也已。粵無雪，土人見微霜目之爲雪，此固不可以口舌喻也。是故文章之難非真信之難，真知之實難。大荒之東有山焉，名曰大言，謂之大人之堂，其去中國不知其幾萬里也。欲造之者必道君子之國。然而或行數十里焉，或行數百里焉，或行數千里焉。行數百里者視數十里者爲近之，數千里者則彌近之矣，而要其爲未得至也則相若。昔程子以説相輪之喻斥介甫，吾謂今之談學問者皆介甫之説相輪也。百工技藝之人同治一事，其知之精者往往獨勝，又況以未知爲知也邪。雖然，文章之道固貴於知矣，而知又視其智之淺深、大小、偏全之量。同聞異受，天地縣隔，孔門弟子日侍乎聖人，而游、夏之知不同冉、閔，冉、閔之知不同顔、曾。譬如水焉，甕、盎、盤、盂以及湟、潦、溝、澮、河、淮、江、海同爲受水之器，廣狹不可同日而語，要各滿其量者亦各隨其器也。莊子曰：世有真人，而後有真知。夫真知又有所待而定邪。往者姚姬傳先生纂輯古文詞，八家後於明録歸熙甫，於國朝録望谿、海峰，以爲古文傳統在是也。而外人謗議不許，以爲黨同鄉。先生晚年嫌起爭端，悔欲去之。樹進曰：此只當論其統之真不真，不當問其黨不黨也。使二先生所傳非真邪，雖黨焉不能信後世。如真也，今雖不黨，後人其能祧諸。要之後有韓退之、歐陽永叔者出，則必能辨其是非矣。此編之篹將以存斯文於不絶，紹先哲之墜緒，以待後之學者，何可不自今定之也而疑之乎。孟子論道統，舍伯夷、伊尹而願學孔子，管、晏豈足顧哉。古之善言文者必喻之江海，善觀江海者必觀其瀾。熙甫、望谿、海峰三先生之得與於江海者，其瀾同也。學者亦必涉其瀾而可哉。緣足下意篤詞懇，聊相與略陳其概，其以此膺時人之詬罵所不敢。詞不宣。

復姚君書

姚君足下： 辱敎推僕以文學事，情詞過盛，既媿且懼，不敢當。然短淺之衷所以有類於是者，蓋亦有由感相愛之深，輒復爲知己一剖露之，伏惟亮察。僕受性迂疏，材能薄下，特爲時人所忽。棲身賤素，名姓不出於鄉里。二十年來飢寒困迫，顛沛失蕩，無以自存，其遇可謂窮矣。然生平情塗氣岸，不敢苟且浮虚剽取名聲，以忝先哲。流遁之志，決絶之行固寠益疾，久困而不知變。每念古之君子坎軻疲曳，分甘溝壑，一無所挾以自張。獨其素所蓄積發於文章者，爲不能遽泯。故竊不自揣，嘗好以其所欲論次設施者著書。自天德、地業、人理凡數十萬言，名曰待定録。藏之篋笥，無人可與共語。

客或嘲之曰： 古今之治方術備矣，其存於載籍者學士大夫尚憚明之，又奚以之亟亟溢名爲也。

曰： 禽鳥棲於深林，不以人不聞而閟其音； 柴胡桔梗生於沮澤，不以人不求而化其性。君子之人判天地之美，析萬物之理，觀古人之全，各爲其所欲爲； 以自爲方雖世不取，猶勝爲無益於天下也。故曰，原其無用亦所以爲用也。人之生壽不齊，上者八九十年、六七十年，中者五六十年，下者謂之不禄，要亦不減三四十年。此數十年閒弛張趣舍，顛墜不反，火馳不顧，分流異適，瞬息便盡。要其刻情繕性，依倚道蓺以成名立方，必無敢忽不踐之地，憖置遠術也。是故吾修之於身而爲人所取法[者]，莫如德； 吾飭之於官而爲民所安賴者，莫如功； 若夫興起人之善氣，遏抑人之淫心，陶搢紳藻天地，載德與功以風動天下，傳之無窮，則莫如文。故古之立言與功、德並傳不朽。夫文之關於(者)世道人心如此其重，而世爲文之家如牛毛，求其卓然足配古作者而無媿，曠代不一覯，則又何也？亡其才之未美，學之未優與，將設心之初徒思捷成速化，蘄勝於人，以鶩一時之名與； 夫情志既動，篇詞爲貴，煥乎之用抽心呈貌，不可掩也。故迪於周全之道者其文粹以精，取諸偏至之端者其文峭以秀，其餘仰高希驥風流可知。故古之人恒由其文以鑒別，其人卒如其言不爽。乃若今世之爲文者可知矣： 掇拾筐篋，馳騁淫費，夸示末學，欺其耳目，坐自尊大。甚者不肖，用諛譽榮，內取悦公卿以邀一切之利，海內稷稷如列邦小侯，地醜德齊莫能相尚。而且曰，起古人與把臂抗行，吾見有絶裾，而逸去耳，不則敨之矣。若人也，其招於世也，殆若槿者也。槿耀榮於朝旦，蔭不移而已銷落也。故文章之敝存乎學術，學術之陋繫乎人心。今欲振之，莫若先鼓其立志。蓋人之才無知愚勇怯，惟志之所在則莫不有立焉。聖人以爲之的，六經以爲之弓，左、馬、莊、騷、韓、歐以爲之彎，激而發之存乎志。夫志也者，所適於文之矢也與。雖然有患，則志在爲利與志在爲道，疑而不可決也。視其所營爲利爲道，可辨也；觀其所存爲道（以）爲利，莫可辨也。夫利之與道其不及遠矣，然而同處也，同榮也，同得也。孰令之而爲，孰禁之而不爲。欲惡去就橋起而不足以定之，於是聖人乃以空名行媿厲之術以濟其所窮。今語人曰，爾爲學在於鶩一時之名，邀一切之利，則罰將及焉，其人不應也。又語之曰，爾爲學在於鶩一時之名，邀一切之利，是古人所羞。然後其人怵然而動於心，瀗然而面發赤焉。有名有實，以致其實；循名責實，以定其名。故君子不立志，君子而有立志必將修胸中之誠，而求配乎古人之位。嗟乎，論文而本於是，然後其文足以鼓盪天下，配德與功；昭乎與日月侔新，悠乎與山川齊壽。豈猶病其榮華銷落也哉！

往吾宗望谿有言，文章雖小術，然失其傳者七百有餘年矣。由今觀之，非夫賢知命世之英曷足與此！周秦諸子獵道術而勤之，道雖不該，而其文瓌瑋諔詭，連犿而不可窮。自漢以來逮於唐宋，諸大家殊狀共體，同聲異貌，莫不充實而耀，深宏而肆，彼其於道，概乎皆嘗有分焉者也。劉歆、柳子厚植節雖污，要之根柢深厚，博大稠美，能自久於天地，才士也夫。夫尊古而卑今，學者之流也，亦非僕之所敢出也。區區之懷，有在於是者，聊爲言之，足下其亦有取焉否也。懼不當盛意，望必有以裁教之，幸甚。不宣。

與馬君論周書年月攷書

馬君足下：承示大著周書年月攷，循習再三，欽服何極！自非好學深思，實事求是，惡能有此鴻識鴻論，以折衷漢晉唐以來諸儒，而歸於至當。顧慚譾陋，無能有所附益，竊於尊指所已及者妄有所引申，以終未竟之緒。

尊指大義有二：一在攷定月日，一在求定其年。言曰：必得其年而後能定其月日。然則雖曰二義，其實固一事矣。向來紀年諸家皆以受辛元祀爲丁未三十三祀，己卯爲周武王十三年克商之歲，後七歲爲成王元年丙戌。先儒説此可疑者有四：一則書序、史記周本紀稱武王十一年伐商，與泰誓十三年文不合。或力信爲十一年，或以十一年爲十三年之誤。若林之奇、蔡沈、王柏、金履祥、陳櫟諸人説各不同，班志據書序、洪範以十一年觀兵，十三年克紂，以箕子歸。是矣。一則疑此十三年若文王若武王不決。其以爲文王者，易緯稱文王四十二年以虞芮質成受命改元，公羊、鄭玄傅會之妄，唐孔氏及宋歐陽永叔辨之明矣。其以爲武王者，程子論伯夷、叔齊叩馬之事，以爲史記所載諫詞非也。武王伐商即位已十三年，安得父死不葬之語。班志據九年大統未集之文，合文王、武王而通計之，則亦仍文王受命改元之説焉。一則武王崩之年數與成王元年丙戌之紀不合。班志據文王世子以武王爲克商後七歲崩，皇甫謐以爲六歲，宋胡士行、明陳大樽以爲四歲。足下據周本紀、封禪書謂武王以克商後二年崩，其文與金縢合，又據陳泗源古歷，推成王元年實丙戌，上推克商之年爲甲申。此中間止二歲，以合史記、金縢之文。曰：武王以聖人之德，如在位七年之久，不應天下尚未定。且曰：班志以居攝七年繫之周公，夫周公人臣，以成王之年繫之，於義未洽。獨據竹書成王在位三十七年，以居攝繫之成王。而班志以成王爲在位三十年者非是。謂竹書雖僞，而此可從。愚按：班志本以魯歷紀魯，故以居攝屬之周公，故稱『(踞)[距]煬公七十六歲，入孟統二十九章首』云云，非虛天王之年屬之周公，如後來共和故事，則不得以此譏之。其據三統歷以成王在位三十年，雖援引不一，而前後實無甲子之紀，有總數而無年攷。史記魯周公世家稱周公恐天下叛周，於是卒相成王，而使其子伯禽代就封於魯。而班志紀成王元年曰『此命伯禽侯魯之歲』，其文固已明矣。與足下所疑周公居攝七年，然後爲成王元年者不同也。

足下推成王元年實丙戌，此亦難信。何者？若以十三年爲己卯，則武王克商二年崩，成王元年當爲辛巳。若以克商之年爲甲申，成王元年爲丙戌，則受辛元祀不得爲丁未，十三年不得爲己卯。反覆研究，不獨足下之言未敢阿從，即千載以來儒者術家之言皆無取焉。夫漢、晉、唐以來儒者以術算推求古經、傳年月，其術不爲不工，其說不爲不詳。究之紛紜百端，迄無一合。吾嘗斷此曰：日月至朔置閏章蔀皆可推，而古帝王所歷年數及干支所當不可求；非不可求，傳說失實，遺文簡脱，傳聞異詞，不可攷也。

故吾嘗以爲歷家之説皆由後爲數以合古，非得乎古以順合乎今之數也。爲數以合古，而不合則摭拾傳記，繁稱異説以穿鑿之。是故歷家之説止可推天，而不可攷古。古不可攷，則並其所爲天者壹誣而亂之，是以其説愈多而愈可疑也。孔子及司馬子長知之，故孔子叙尚書，不論次其年月；子長作三代世表，共和以前無年數。追尋表意，見子長之識卓越羣儒，克繼孔子之志，獨有千古不虛耳。劉恕通鑑外紀於共和以後據史記年表編年，共和以前皆謂之疑年不標，歲陽歲陰之名並不列其數，且如丙戌之年如何定之，不曰以至朔月日章蔀積而推之，而以得之乎。不知後人以朔閏積推一一可成章蔀，此章蔀中至朔月日當何干支之歲，此干支之歲當何帝王歷數之紀，百家乖異，不經難信。王應麟云：帝堯而上六閼逢無紀。致堂胡氏言：有書契以來，凡幾鴻荒，幾至德矣。廣雅稱：自開闢至獲麟二百七十六萬歲，分爲十紀，葢茫誕之説。劉道原疑年譜謂：大庭至無懷氏無年而有總數；堯、舜之年，衆説不同。三統歷次夏、商、周，與汲冢紀年及商歷差異。故四分歷以上元至伐桀之歲十三萬二千一百一十三歲，三統歷以爲十四萬一千四百八十歲，其牴牾不合如此。然此猶以上古世遠難稽。愚請言其近者：如泰初歷以甲寅爲元，漢志以爲丙子，而前人皆以爲實丁丑。夫丁丑距甲寅遠矣。而儒者方據以推前歷上元泰初四千一百六十七歲，今本史記注「四」下「千」上多一「年」字，此據困學紀聞是正。至於元封七年爲適得閼逢攝提格者，烏足信乎！吾嘗求其故，由不知古人以歲陰紀年，不以甲子；甲子惟用以紀日，通推章蔀至朔以求歷元。故班志著紀歷數未嘗有干支之當。自數家以甲子紀年，於是有謂受辛元祀爲丁未、爲己亥者，武王克商之年爲己卯、爲甲申、爲辛卯者，成王元年爲丙戌、爲丁亥者，紛紛異論，由不知古人不以甲子紀年，而於班志又未嘗詳讀焉。何者？班志據三統歷及洪範傳稱武王克商『歲在鶉火』。夫鶉火於辰爲午，則太歲宜在未。彼諸家稱己卯、甲申、辛卯者不亦遠與！然後知經傳參差，可疑而不可信者，在此而不在彼焉。

足下又謂武王未克商必不改正朔，深以僞孔傳及正義以武成一月爲建子之非。又疑蔡氏以一月爲建寅之月，與下文四月丁未庚戌月日不合，而獨斷此一月爲商正建丑之月；以爲月既爲商之月，則春亦爲商之春。愚又不能無疑也。夫漢、晉、唐以來諸儒以三正説『六經』，言人人殊：故有謂皆用夏正者，逸周書、劉知幾、蘇子瞻、蔡沈、程大昌也；有謂改正朔必改月者，白虎通、尚書大傳、孔安國、鄭康成、唐孔氏、宋楊時、邱光庭、熊朋來、趙汸及近世顧氏炎武也；有謂以夏時冠周正者，何休、程子、劉絢、胡安國、朱子也；劉、胡、朱子皆本程子。有謂周時三正並用者，鄭康成也；有謂改正朔不改月次者，魏了翁也；有謂周官正月爲周正，正歲爲夏正，詩『七月』爲夏時，『一之日』爲周正，以爲兼存者，張氏洽集注也；有謂春秋經用周正，傳取國史者，葉石林也；有謂諸侯史有用周正有用夏正者，劉原父也；有謂建子改月爲東周變法，非周公之本制者，徐圃臣也。凡諸數端，或斷其義，或騁其詞，古今相持，未有所決。今足下不信一月爲建寅之月，而獨以爲用商正，是亦用改正必改月之説，特以武王未克商不當遽改耳，略與孔正義相近。愚竊以爲既以十三年爲周之年，又以月爲商之月，春爲商之春，於文爲不類矣。程子春秋傳曰：周正月非春也，假天時以立意耳。朱子云：加春於建子之月，見行夏時之意。按：此雖論後來春秋，亦可明周正稱春之義。東萊講義於春字略焉。足下之言雖辨正而未安也。然則武王未克商而遂可改正朔與？曰：昔者莊子與惠子觀魚於濠上而稱其樂，因互窮其知。惠子不服，莊子曰：請循其本，我知之濠上也。今吾亦請循其本，曰：此固周書也，以周史紀周年，奉周正於武王，何嫌哉！夫推步算術後人密於前人，而陳氏所推既與班志各蔀首皆合，而班志所推自一月壬辰至(三)[二]月己丑晦，明日閏月庚寅朔，小餘，三月二日驚蟄，四月己丑朔死魄，甲辰望十六日乙巳旁生魄，與所引武成月日又一一脗合矣。不特此耳，又與所引外傳『日在析木，月在天駟，辰在斗柄，星在天黿』亦無不脗合。昔閻百詩自駮所用劉原父十月之交辛卯朔月食，以爲説經有不必以理拘者，此固以推步爲準矣，而又何疑焉。或曰：此僞泰誓惡足信邪。班志引書序、武城外傳、洪範、泰誓，而獨不及『十有三年春』之文，於時僞古文未有也。足下稱班志繁稱書傳傳會以著之於篇，則亦以書序爲不足信，因一例譏之。不知僞孔傳稱觀政於商在十一年，克商在十三年，政由書序襲爲此語。古文咸不同乖異，而此固一家之言也。雖經僞序亦僞，然序在前，故班志得引之。但班志前引書序惟十有一年武王伐紂，承文王受命九年而言也。後據禮記文王世子稱武王在位十一年，此著其歷數。而下引春秋、殷歷紀魯繫周公攝政七年於武王後七年崩之下，皆著紀總數而無年。凡此固非歷術所得知矣。

歲陰紀年之法有左右超辰名號，前人説此亦多異。歲者，歲星也。其神曰歲陰，亦曰太陰，亦曰青龍，即太歲也。鄭康成曰：歲星爲陽，右行於天。太歲爲陰，左行於地。十二歲而一周天。天官書曰：歲陰(五)[左]行在寅，歲星右轉居丑，歲陰在卯，[歲]星居子。由此觀之，愈違愈遠，歷十二辰而復會於次。其行之有贏縮，積百四十有四年而歲星超一辰，即歲陰亦超一辰。此其大經也。歲陰與太歲爲一物。爾雅在寅曰『攝提格』，至『赤奮若』十二名是也，乃歲陰輪值十二辰之名號，非即十二辰也。故爾雅太歲在甲在寅，淮南直曰寅在甲，卯在乙；又曰：太陰在寅在卯也。錢君辛楣譏小司馬誤解爾雅歲陽、歲陰之名，當矣；但又别太歲、歲陰爲二，謂爾雅太歲在日在辰兩『太』字爲後人所妄加，即如是，乃使人不知太歲爲何物，與天官書及康成説戾矣。説文：『歲，木星也。』爾雅郭注：『歲，取歲星行一次。』洪範正義：『自今年冬至及明年冬至爲一歲。』周禮：『太史正歲年。』康成注：『中數曰歲，朔數曰年。』謂自今年正月朔旦至明年正月朔旦爲一年中數，三百六十五日四分日之一。朔數，三百五十四日。由是觀之，歲星一日行十二分度之一，每歲行三十度彊，十二歲一周。以密率計之，故不容不有超辰。古人以閏、正、中朔，以超辰之法，正歲星歲陰之行次，法異而理同焉。後人既不能辨明歲、年之殊與歲星、太歲之分，又牽拘於歷術而彊以甲子排推之；牴牾不合，又不能闕疑，則相與以史傳爲訟。蓋千餘年鮮有能達其故矣，然後知馬、班之不可及焉。

錢君又謂歲陰常在太歲前二辰，太歲當云歲星，後論超辰，誤同此。如太歲在子，太陰則在寅；太歲在丑，太陰則在卯。此以隔二辰爲說，與天官書隔一辰左右異行者不同。且如是，則皆左行，何云歲星在天右行邪。此讀天官書及鄭注未審，而妄造臆說以疑誤學者，其言不可信矣。何以明之？分野略例自女八度至危十五度，於辰在子，今尺自斗二十一度至虛六度爲子也丑終婺女七度。故班志曰：『（泰）［太］初元年，前十一月甲子朔旦冬至，歲在星紀婺女六度。』故漢志曰：『歲名困敦，正月歲星出婺女。』以歲星每月行三度不足計之，則右轉入子，正月正出婺女十一度，故曰『出』也。然則明年歲陰左行在寅，歲星右轉在亥。又明年歲陰左行在卯，星右居戌，逐辰違去。史記從寅起，班志從子起，其法不同，惟超辰之數，錢君乃據師春說大衍歷議，則以爲百二十餘年而超一次。及戰國之際至哀平閒，率八十四歲而超一次。近邵氏爾雅正義據晉灼說，亦以爲八十四年云。雖然，不得其著紀所當之歲，雖有超辰置閏之法求之，而亦無所傅之焉。竊權來恉，尋爲此說，未知當否，惟大雅直諒，還有以教之。幸甚。管異之云：震川評史記，如大塘上打䋫，千船萬船不相妨礙。又曰：曉得文章掇頭，千緒萬端文字就可做了，唐宋八家後僅見斯文。

答友人書

今世之士無論所學有見與否，而皆好自尊大，蘄勝於人；作氣勢，立畦町，不待接其言論而其意氣固已不可降抑矣。有觸其機，淺者瞋目忿爭，深者恚恨入骨，於是率相與貢諛阿美，不置白黑以互相推譽，謂之解人。客有以詩卷視余，余爲稱曹子建好人定正其文，客以爲譏己，則大恚憾，至今未已。夫其求勝於今人如此，則必不能及於古人，亦明矣。

然嘗推論其事亦自有本。夫人性皆有所蔽，鮮能確盡理實；彼惟有所不知而後與吾見異，則安能於一日之閒遽奪其所異而與以我之同哉！是非本無常，雖孔、老易觀亦各有不能定者，又況吾人奮其私智而欲人之已從也邪。第就其無定之中而各以近相通，斯亦可矣。夫文章小技，然必有入理之功，經世之用，開拓其心胸，遺棄乎淺俗，出入乎經、子，游觀於事物，深究乎古今文家之變，而後以其雄直之氣、瑰傑之詞，以求中乎法律，逼肖乎古人而不襲其貌。嗚呼，是亦難矣！若乃恃古人往矣，不復能言矣，於是家自以爲遷、固，人自以爲向、雄，漫相矜附，以贋爲真。其稍有知者又往往得少自足，已既不疑，評者又失，此蘇子瞻所以有捫燭叩槃之喻也。唐宋以來號能文者無慮數十百家，日久論定，其卓然不可易者八家而已。有明一代獨推震川一人。此非後人之敢有所靳許也，毋亦古人自與相親，因把臂以同行耳。僕非能知此者，辱足下虛己咨詢，故貢其所聞，惟采擇之。幸甚。

與姚石甫書

近爲一書，辨劉念臺先生之學。極知瞽妄，然亦自有說。夫自明以來，爭陽明之學者紛紛聚訟，至今未已。平心論之，陽明之功不足多，而陽明之所以措注從容，不動聲色以成是功，名若無事者，則雖留侯、武侯、鄴侯莫之能過。可謂體用兼備，幾於識心無寸土者矣。陽明以朱子學於事物支離，困苦難成而不得其本，故提出『良知』，以爲道之本原在吾心，而不在外物。以是果得受用，果成大功，而又以之降服當時許多豪傑，使皆北面相保。既明效大驗，則益居之不疑。學者亦即以是信之不敢議。殊不思直提向上，此非上智不能。如陽明者固閒氣僅見，千百年不數遘者。夫以閒氣僅見，千百年不數遘之賢，而必以此爲天下率，謂學者由其教皆可以一蹴而幾之。揆之人情，夫豈必能此不導人爲猖狂妄行，流爲惑世誣民，不可得也。

故由陽明之教，不待其徒有敗闕而後識其非，即以理縣測之，亦知其斷斷必至於彼矣。然則其以『良知』混

『致知』，及天泉證道四語之謬，非徒語言之失而已也。故凡學者之不肯陽明，非謂其人、其才、其功名可議，正謂其學術教法恐流爲誤世焉耳。歐陽南野與唐仁卿書乃極舉陽明行事之不可及，以推之此信其一人，而不究其教法之將誤於人人也。且南野既以此尊陽明，謂不可及，則生是使獨矣。然使由陽明之教而復皆如陽明，則陽明不貴。若不復能如陽明而但成其猖狂，即南野將亦必知其不可矣。夫以顏子之上資，而夫子猶必循循誘以博文、約禮，而不慮失於支離，何獨病於朱子也。

朱子之教本於孔子，雖似支離困苦難成，然由其說，則中、下皆可循，上智亦不能越。萬世無弊，其亦可矣。若慮學者苦其難成，俾趨於捷徑，則堯、舜、周、孔不敢作是念而爲設之教法也。舜命契爲司徒，敷五教，曰在寬。寬者，謂裕以待之，使優柔漸漬，以漸而入。不聞有捷法，如所云不習不慮，不假外求爲善學善教也。雖然，第即良知爲教學者，體之猶有所入得力處。此雖失孟子本旨，如羅整菴所辨，然使反本循本，自證其心，猶之可也。今山陰竊其意而諱其名，移以歸之慎獨。其形似是，及攷其所以爲說，絞繞蔽昧，使人不得反其意，殆所謂款言者與。款言者，其失與詖、淫等大。不如提唱良知，警切易曉，猶有益於學者也。或謂當日諸人悅服陽明，若彼今之學者猶必爲之左袒；意者陽明真既聖矣，子將毋淺昧不足知乎！曰：昔徐無鬼以相狗悅魏武侯，特謦欬於流人焉耳。當日諸人去人滋久，故聞足音而喜耳，然而已多有看朱成碧，井飲相捽者矣。若夫今人則並未有真知，不過浮情客氣，畏難好奇，豔其功名，樂其簡易；以爲一蹴而可以建功名，則可以爲聖人，則何爲而不從之。夫由陽明之教既爲如來禪語，上而遺下；又爲祖師禪，全以作用機變籠罩，孰謂孔氏之門而有是哉！所以前人諸有知學明理憂世者，咸慮其有生心害事之失而力辨之，不敢以之易程朱之教者在是也。是故以歐陽永叔正統論推之，則陽明者既不能居天下之正，又不能合天下於一，而胡能漂程燼朱，而息衆說定衆志也。不然，樹豈不知王劉高名縣日月，而敢輕爲蚍蜉之撼以自絕哉！

自記云：二祖時有道恒法師，令其徒破祖。其徒至輒欣依不去。恒後遇之塗，謂曰：『我用爾許力開汝眼，今反爾邪？』徒曰：『我眼本正，因師故邪。』余觀傳習録，見徐愛初聞所見甚正，而被陽明彊辨遂邪。惜乎不及道恒此徒能悟受正法也。

與魏默深書

毗陵話别後，不奉教言倏忽十餘年矣。秖以溝瞀無知，不敢扳援當世英豪傑士，引分槁枯，蟠泥曳尾，道固然也。兹八月□日於葉某處得示大著海國圖志兩函，耳此書名已久，遲而未見，急拭昏眸，悉心展讀。甫盡卷首四條，不禁五體投地，拍案傾倒，以爲此真良才濟時切用要著。坐而言可起而行，非迂儒影響耳食空談也。方今聖人達聰求治，思賢若渴，惜乎無有以此獻納彤廷，俾得匡時效，用九事八爲律也。連日繼晷，一字不遺，一息未間，於五日内始畢業。乃廢然掩卷而歎曰：昔水伯之誇秋河也，及觀於海，然後旋其面目望洋向若，謂乃今始睹子之難窮也。竊謂得百騶衍，不如得一魏默深。雖此書亦多本之正史諸志及諸家載筆，故事多徵實，語無鑿空，至其萃編大旨，别具鑪錘。體裁明整，斷制主意要歸有用。近人矜言三大奇書，若此實足當其一也。所謂此自是其勝場，安可與爭鋒。石甫康猷紀行比之，特園林一角屏山耳。

東樹行年八十，平生無他技能，惟亦彊好著書。然前此所刊亦未有奇者，惟莫年濳心性命，勇自精進，欲希蹤衛武公。十年以來著書十六種，幾百餘萬言。亦知大聲不入里耳，不敢一字輕以示人。偶於一二至好微露穎末，乃竟以此犯不韙，交口呵斥，目爲名教罪人。心知其不然，然迹孤勢單，噤不敢申辨一語。要待百世後傳之其人耳。今妄以六種遠求教正，伏乞平心審是，作皋陶之聽直也。竊以聖人至道不出明體達用，内聖外王，放之彌六合，卷之退藏於密。如足下之學直可建立事功以經綸世用，而如樹所存真體精微，似亦未可輕蔑。今年庚戌自元旦至七月續又成書八卷，則自以益造真實，足以發明易大傳及中庸、孟子盡心邃旨，欲及餘生刊而存之。惜乎貧未能舉也。易曰：『惟君子惟能通天下之志。』是以覼縷肆言，無任汗悚。不宣。

復戴存莊書

頃奉手翰，展讀未半，使僕惶悚無地，駭汗震慄。在足下虛衷樂善，嘉與借飾不啻口出。鄙人内顧自量，則不能不驚疑而至於失度也。來教謙尊之稱尤不敢承。昔張楊園不敢爲人師，況僕之下於楊園百倍而未有級者邪。柳子厚亦云，爲他人師且不敢，況敢爲吾子師乎。惟韓退之自負起衰八代，抗顔爲師，彼誠自審，故不自讓；然而李翺、張籍終兄之而不師，亦可見古人自處有不苟然者也。

僕少愚闇孱愞，徒以過庭之際竊習先子及先友談藝，久遂淺嘗浮慕，望先輩門牆而意之，其實未有深知，亦未嘗用功也。二十以外奔走謀養，蹙蹙四方，於今五十年。憂生救死之不暇，奚暇言學。生平自訟所負於親戚骨肉之隱，罔極莫償；所負於聖賢道德往哲學問之指，豪毛而萬未有一焉。中夜捫心思疚，痛自傷悼，無一足比於人。當其發心，誠至恨不欲生。所賴無他嗜好，性拙鈍，不喜逢迎。故不爲俗累所牽，得以其閒時奮私智以窺鑽古人於一二。今老矣，其於前修已行之道，略似望見塗轍，而聰明墮落，精氣銷隕，不復能自策厲前進。當此之時，惟有自惕之不足，又可倜然自肆而爲人之師，遂非長傲以自益其虛憍浮動之客氣邪！足下代僕思之，可乎，否乎。足下之學已見大意，詩文波瀾意度已得古人妙處，所當用功以實其所見耳。學之無窮，其進境亦與之無窮。此非他人之所能益，況如僕者又不足以益子邪。僕之文麤而獷氣未除，其於古人精醖境地實未能臻；又於六經根柢未有所得，故不自信，決意焚而不存。其他著亦皆剽竊淺陋，惟空言析理之說或有可取，亦在學者之擇之，未敢自是也。總之，僕之自問衹見其歉，未見其贏；但有自悼，無敢自喜。惟足下諒之。感應篇暢隱凡稍有識者固皆知輕之以爲陋，所見誠然。然僕所稍自慊，以爲無倍於大雅，而迥異於長編重軼，託門户於經史攷證，駁雜紕陋，疑學術而誣聖教者轉在此書。如有肯爲傳布者，擬以刻版歸之。僕本不著名，又豈私其物，但須付託得人，毋置之腕脱之地爲可惜耳。草草佈達，不盡言意。惟珍重。不宣。

卷七　記

金陵城圖記

古之圖經有圖有經，職方所謂以周知天下土地之圖也。隋志所載世無傳本，晉裴秀嘗著六體，理趣精奥，知之者鮮。世俗志乘之書因仍弇陋，率爲方圖，截然一幅，摹寫山川，猥標八景。若加辨正，名地參差，了不盡其形勢，有識嗤鄙，不其然哉。此金陵圖斜長闊狹皆因山爲之，類豬龍形，有首有角，有目有脊，有尾有足，按以分率準望，方邪迂直銖黍不差，其得裴氏之遺意者與。按建康作邦，基於張紘之論都，侈於謝安之造晉。洎隋氏平江南，六朝之迹殄絶無遺。有唐一代，僅傳韓滉石頭之戍耳。厥後楊、吴、徐氏更造江山宫井御街，重開生面。潘美之暴，闤市蕩然，小民至以竹屋爲居。明祖集慶定鼎，式廓丕基，内爲十三門，外爲十八門。連岡帶郭，截淮包山，形勢之壯，甲於曩古。而聚寶等門城雉則仍南唐之舊，惟於西北迤邐闢擴，倍極崇侈。國家撫有區宇，始改明故宫城爲駐防城。此圖内載將軍等署，知爲改建滿城時繪呈本。嘉慶十五年樹與修江甯府志，客有持此圖見示者，因倩友人摹一本以供覽翫。每一展對，猶想見明祖造天之雄略，國家綏定之鴻模也。

自記云：此圖藏之二十餘年頃，張之壁閒，兹一常來客竊去。故物繫心，嘗為作一詩以記其事。

新建廉州湖廉社學記

國家崇奬文治，一道同風。既立學宫，復詔各直省郡縣建設書院，而鄉遂遠郊又爲之立社學。社學者，即古小學，亦曰少學，成湯以訓蒙士，文王以教小子，而周官所謂家塾、黨庠者也。以其距郡縣遠，故各立於當社，俾一鄉之子弟往學焉。其有秀異者，則升於學，謂之書社。自三代以來，越漢、唐、宋、元、明，歷代因之。

粤東社學視他省尤異焉。世宗皇帝時詔粤東郡縣咸立社學，歲發帑金二十四兩。延師教課經書，兼訓官音。於時南海社學至一百二十，番禺七十餘，其他州邑少不下數十。逮乾隆中，以粵音丕變，當事者始議裁汰豁項，而社學漸廢。嘉慶十九年亳州何公某來守廉州，越明年六月，合浦諸生彭漢光等二十有七人合詞來請曰：郡城東北二十里內有大廉、六湖兩垌，廬井萬家，子弟之願學者無從得師焉。請於兩垌之交地名紅嶺建立社學，以惠我子弟。公聞之喜甚，亟爲請於院司。既得報，而鄉人之能好義者、諸生之與職事者咸各以其貲來助，遂以某年月日經始，某月日落成。凡爲門幾座，堂幾閒，號舍幾區，庖湢畢備。合之用錢若干數，除先已撥置電白寮網地租入若干，續又分撥羅召田入官地，及大溢大王埠潮荒田，今易吴雲騰買受己産大塘田、陂頭塘土地面等處，共若干數，以充入之。

道光元年，公始將礱石紀其創造本末，而乞余爲之記。因進諸生而告之曰：昔韓退之在潮牒修鄉校，以郡人趙德有學行請爲衙推官，句當學事；至今潮人以配食昌黎之廟。今太守之賢不異韓公，爾諸人如有意爲趙德乎，則願有以相詔也。夫學莫大於立身，立身之道在行己有恥而已。古人何人也，立身揚名可爲法於天下後世，而我猶未免爲鄉人也，是則可恥之大者也。而其本必在於讀書，蓋書傳所記自天地民物之理，修齊平均之道，與夫聖賢之言行，古今之得失，下而至於食貨之源流，兵刑之法制，莫不畢載。其閒賢豪名士觀其本末，必能有以激發吾之志氣，開拓吾之心胸，廣益吾之聰明聞見。逮行成名立，凡所爲功名事業之本皆在於是矣。自正學不明，世之爲士者不知學之有本；於是士無不讀書，而其所以求於書者不越乎記誦文詞之末，以釣聲名干禄利而已。是以志趣日以卑陋。朱子有言：書愈多而理愈昧，讀書愈勤而心愈肆，浮名愈盛，而行誼德業愈無以逮乎古人。夫讀聖賢之書而不通於心，不有於身，猶不免爲書肆，況所讀者之又非聖賢書乎！廉僻處海隅，其民之能爲士者常少。幸而有之，其文學記誦之博，英敏秀傑之資，或無以先於他郡。唐宋以來雖以名世大儒接踵來居，又未聞有能摳衣請業而得其學之傳者，故其人物不多顯於天下。雖然，士特患不立志耳，苟能廣讀書以開發其志氣，交相激勸以成其德業，將舉張文獻之名德，崔清獻、余襄公之經濟，邱文莊之文章政事，陳白沙、湛甘泉之理學，海忠介之風節裒而有之，俾百世下聞其風者頑廉懦立，亦分内事耳。孟子不云乎：今曰舉烏獲之任，是亦爲烏獲而已。若循俗卑下無高遠之識，日用之閒闒闒汶汶證多慰同，蔽於時流淺薄之名，習爲浮華無益之務；几席雖設，圖史雖存，師不知所以教，弟不知所以學。其何以人材鵲起，風俗美盛英偉奇特，於以追古人，高當世，而以面目視向所舉諸賢乎！夫賢豪不擇地而生，語曰：十步之内必有香草，況廬井萬家之地，而謂無士，是誣吾人也。今社學初立，故爲采朱子之言，陳其大要以語諸生，使無忘今日立學本意。諸生勉旃，其無負太守之望可也。〔一〕至職事諸人於法例得書姓名，及先後撥置田租弓步租入之數悉列碑陰。主廉州海門書院桐城方東樹記。

【校】

〔一〕儀本此處增：『太守名某，安徽亳州人』。

新建珠場社學記

事有相因而起者，必其有慕乎名懷乎利而爲之。然而有出於義者，則此心之公此理之同，同而之於善者也。太守何公既議興湖廉社學，越六旬，郡城東南七十里珠場鄉諸生李遇春等十有八人亦來請曰：『葢聞道之在天壤，如泉之在地，泉不擇地而出，教亦不擇地而施。吾州在中國西南萬里，炎天漲海之外，其士之能爲學者嘗不逮他郡。今幸賢太守來莅此邦，敷文育德，修飾學校，以惠我廉人。湖廉之士既聞風而興起矣，而珠場獨無吾一鄉之士戚焉。願因太守以請，亦得立學以比湖廉。』公聞之益喜曰：『語云，一人善射眾夫抉拾，此之謂夫。』因復爲之請於上官，而得報焉。其鄉人之能好義者、諸生之與職事者亦各以其貲來助，遂以嘉慶二十一年四月在於土名鐵絲垌地方興造，七月落成。凡爲門幾座，堂幾閒，齋房幾區，共用錢若干數。除先已撥置田寮山網地租入若干以充膏火，而諸生馮掄模等復呈請撥社學後官山一片種植松樹，續又撥入羅召田入官地，及大溢大王埠潮荒田，今易吳雲騰私産大塘田陂頭塘土地面等處田若干畝，歲入租銀若干以充入之。道光元年太守始屬桐城方東樹爲文以記，將刻於堂除，以視永久。

樹因語太守曰：『天下事良法美意誠可貴矣，然往往有其事雖若出於義，而其實則非者。今諸人之爭立學也，其有志於修身攷道經史文章之實用乎，抑苟慕乎名懷乎利，徒役志於會文甲乙之虛美，租入薪膏之弋獲乎？今之書院其敝可得而言矣，月課季攷不出時文，一暴十寒，虛應故事。就試者贋襲倩代，潦草苟率，敷衍濫惡，相沿不恥。校閱者朱墨雜糅，儱侗胡盧，苟相諛説，脩膳取盈膏車而去矣。師若弟汎汎若浮江之木，適相值而不相求。嗟乎，是相率以求名而不成爲名，相率以求利而不成爲利。苟講明學問約己（利）［立］志，行爲士法，文爲世貴，當世推重，後世流傳，豈慕於會文甲乙兒童角逐無足輕重之小名乎！行成言立，仕則道濟一世，顯揚先祖，榮及里閭。即使時命不偶，亦足俎豆千秋，豈懷於區區租入薪膏銖兩之小利乎！夫心胸不開，則聰明必隘。率郡縣百千羣士而相蔽於積習鄙陋之俗，父師不察其謬，子弟不知其非，此由何造就人材而成全器，豈不與設立學社良法美意大相剌謬乎！』太守曰：『是，皆有然矣。子其即以此意言之，徧告湖廉、珠場兩社之士。』

永安城重修大士閣記

事有視之非急而可以化民成俗者，其惟興廢舉墜乎。在通都大邑繁庶壯麗之區或不見功，而在荒陋僻遠則其爲維繫之益大矣！何以明之？人之情積習於狹隘褊嗇之觀，則其氣日衰而神不王。苟入其邑，而城郭、溝涂、街衢、閭舍皆修整高峻，不惟肅往來之觀瞻，實足以培起地脈，增壯民氣，使人樂而趨焉；漸以成聚成市不難矣。故周官冢宰以九兩繫民，而大司徒又安之以本俗，一曰『美宮室』，即此義也。廉郡東一百八十里有永安城，創於明代。國初設駐廉防同知，嗣雍正二年同知遷防，城乃移駐合浦，縣丞及龍門協水師守備於此，凡以扼重海疆，用柔輯邊氓。顧其城無市肆，居民稀少，廬舍不滿百家。中城有大士閣，上以奉大士，下爲四達之衢。嘉慶庚辰廉州太守何公以事過此，憫其將就傾圮，蹶而觀之，則鐵木堅好，半可仍用。因諭縣丞姚某及鄉耆民勸令募金修復，使無任其敗壞。既落成，太守請余文爲記。余惟大士之祀在寰宇無可言者，獨喜其有助於化民成俗之政，且以不滿百家之人民，能輕施樂捨，助發善心，此又足以召迎和氣，蒙被神庥，風雨時節災害不作。是可必也，故樂爲言。

費公祠記

葢聞〔一〕名賢之迹世所樂稱，過其地者往往流連慨慕，想見其爲人，況官斯土，生斯土，而湛於其心志耳目者哉！粵東廉州府東百二十里有山曰『大廉』，高百餘丈，緜亘數十里，葢一郡之鎮也。攷之於志，則以漢合浦太守費公得名；而郡又以玆山得名。道光元年，太守何公行部至此，喟然而歎曰：『古言循名責實，實之不存，名於何有。費公治合浦既以廉著，玆山又以費公得名，而費公曾無肸蠁，是數典忘祖，何以昭示後人！』爰與士紳等議建祠屋三間，祀費公於玆山之上，俾官斯土者師其亮節，生斯土者沐其仁風。盛德至善，終不可諠也。太守又曰：『玆山五徑險隘，登其峰周嚮而眺，連岡迤邐，俱在目前。北與粵西博白地相毗連，尤爲宵小販私出没徑由之藪。玆祠既建，不特兵役巡緝瞭望往來有停泊之所，而湖、廉兩峒居民由此遂免邨尨之警。葢所謂一舉而兩善備焉者也。』太守屬余爲記，爰本太守之言，書以遺彼士紳，俾後人無忘費公者，並無忘何公也。費公名貽，光武帝時人，見范書譙元傳。

【校】

〔一〕『葢聞』：儀本作『自古』。

重建東坡書院記

欽州，秦象郡地。漢元鼎開九郡，則不知是時州屬交阯與合浦？與唐，章懷太子於馬援傳注引廣州記言援立銅柱事。今欽州分茅嶺，爲援立銅柱故蹟，然後斷知此當屬交阯。或曰：漢分茅嶺不在今處，江左以後屢經離析。梁置江州，隋開皇始改曰欽州，至煬帝大業初復改爲甯越郡，則又别於交阯郡而二之。顧其爲地當中國西南萬里瘴海炎天之外，而萬山之中，土瘠民貧，逼接外裔。歷代以來，義取羈縻。任延錫光守交阯，始爲立媒官、設學校。唐宋之世，例爲遷謫之所。雖名世大儒接踵來居，未聞有摳衣請業而得其學問之傳者；故其名稱豪傑、記誦詞翰之功，科目仕宦之名，常無以先於他郡。我國家文教涵濡海隅，荒徼罔不湛被，人文輩起，邁於古昔，如馮子敏昌其尤者也。嘉慶二十四年金壇朱君來刺此州，是年值仁宗睿皇帝六旬萬壽，而此州向無慶祝之所，惟就龍神廟緜蕝行禮。君念臣子職無大小，皆以奉揚大化，宣示國恩。此州壤接外夷，邊徼之民無以肅其觀瞻，生其敬恭。非特臣子心有不安，抑亦非綏靖邊郡之體。州治東向有東坡書院，創自雍正初，歲久傾圮。爰與同官及士紳共議，即其基址於中敬謹建造萬壽宮，而於其左側復建東坡書院。於某月日經始，某月日落成，其萬壽宮爲正殿三間，東西朝房二間，宮門一座，東華、西華門二座。於是遠方臣民儼然如奉天顔於咫尺矣。其書院爲後堂三間，中祀東坡像，旁爲山長寢室、庖湢等所，前爲講堂三間，頭門一座，又於門外修復宋陶弼所建天涯亭一座。亭前立平南古渡坊。朱君曰：是役也，皆諸士紳自以貲輸，親身督理，故用費甚省而蕆功甚速云。

夫以邊徼萬里之遠，窮山極貧之地，其士民一聞公義而趨事如此，可謂能忠信而好行其仁者矣。然非刺史忠誠孚信，奉宣德意，亦不能必其信從如此也。是乃向之任延錫光所願聞者也。朱君來請記，余嘉其事，遂不復辭而爲道其懿實，以詒來喆。桐城方東樹記。

新修鶴山縣學記代

鶴山開縣始國朝雍正十年，世宗皇帝實賜今名，從其望也。其地距省治二百九十里，毗連恩平、開平、新興、高明、新會諸邑，界崑崙、曹幕、大雁，萬山中林深箐密，谿澗陡絶，宵匪藏匿，猺蠻盤踞，往往跳梁滋事，如昔時李山官七、梁經玉、張組珠等，其已事矣。余奉命督粵八載，未嘗不以瀕海阻嶺遠州下邑或猶有伏莽爲憂。癸未歲，元和徐令宰是邑，即命其搜剔萑灌，翦除荆蒯，有則殺無赦。徐令下車，親履古勞、遵名、新化、雙橋、古博、官田、黑坑、蘇海等墟，果獲渠魁四十餘人寘之法。然後餘孽散除，良民賴以安業。顧治無常，士惟在有教，苟不深惟其本，思所以轉移之方，則彼愚民無知習染所迷污者可盡殺哉！故庠序之謹不可緩也。鶴山文廟初創之始本多草略，歲久益以圮敗。徐令於是倡勸邑人共效輸助，鳩工修葺，自寢殿、黌門、兩廡、齋宫、射圃悉更新之，然後焕然規模大備。繼自今濟濟生徒，峩峩儒術，入孝而出弟，尚義而懷刑，即有傑驁不馴之夫，亦將有所觀感，回心嚮仁，盡化爲隆平之秀民矣。會多士來請記，因書此以貽之，多士勉旃，其毋忽斯言也。

安徽布政使司題名碑記代

國家設官於各直省，有總督以制軍，有巡撫以撫民，有按察使以明刑，然惟布政使專地方之成；故凡人士之登進、財賦之均輸綜覈，悉布政使主之。葢明初置左右承宣布政使司，布政使本元行中書省所改，故其體嚴，其政密，外統於内，相承爲一。其屬有參政、參議、經歷、都司、照磨、檢校、理問、司獄等官，我朝因之有損益。康熙六年復裁右布政使，歸併一官，然猶有經歷、理問、庫大使等員，故布政使得其人則一方民俗之美惡、吏治之舉廢、財賦之贏絀恒由之。故觀治者恒由此以攷其時之得失賢否，故其人不可不記也。其賢者去而爲巡撫、爲總督；入而爲卿長，登槐贊元，比肩疊迹相望，故其人尤不可不記也。

安徽布政使舊駐江甯，乾隆二十五年增設江甯布政使司，而安（慶）〔徽〕布政使司始歸於安慶。是時建置廨署，一切經始草創，閩中許公松佶實當其事。觀其所自爲題名碑記，極論所以改歸居近便治之理，且歷著厥職以期責後來居此官者之效。詳哉，其言之矣。今去許公之時六十餘年，向許公所期責者其人凡幾輩矣。又如前所云，去而爲巡撫，爲總督，入而爲卿長、爲宰相者又凡幾輩矣。是皆不可不記其人以視於後者，事修於官，名在於壁，以爲故事垂於無窮，其可已乎！若夫奉職守官以布宣聖天子之大化，俾此邦民登衽席，治進敦龐，則尤欲偕我僚屬相與恪恭兢惕以共厲之也。遂刻石以記，乾隆二十五年以前在江甯者先已有記，二十五年以後至今道光七年，凡□十□人具。官某某記。

桐城新建魁星閣記

進士科始於隋大業，盛於唐貞觀永徽之際。搢紳雖位極人臣，不由此進者終不爲美，此唐王定保之言也。自是以來，歷五代、宋、遼、金、元、明以迄於今，國家所以收英才之用，士人所以梯靖獻之身，齊耳目，湛心志，若上帝之所兩用福極以賞罰乎人者，有必出是而莫易於是；帝亦默喻其志，而設爲神焉以陰司其柄，則世所祀文昌、魁星是也。辨之者曰：文昌非梓潼，張惡子亦非張仲，蓋列星之在於天者。而魁爲羹斗，徐鍇所謂斗首爲魁，而柄爲標也，器名而星象之。漢人轉詁爲首者爲魁，宋人又轉詁，解舉之試而冠其曹者爲魁，復以文昌在斗魁之前，因祀魁星於文昌之宮。而朱衣神則又因歐陽文忠而附會之，其事皆不可信。嗟呼，爲是說者自以爲能持理論兼得攷據矣，而余抑以爲不然。今夫匹夫千萬人心志之所結，天地且弗能違；而況儒士讀書談道，聰明靈智，彼其心志之所奔，積之數百千年而益固，而謂不足以動天心乎！且夫後世之所有，半上古之所無，未可以曲士之見閡之也。董仲舒論露雷風雨，不過二五之氣凝釋合散所爲，而後世則實有神以主之。漢平帝時，天地六宗以下小神凡千七百所，豈必盡上古所有邪！人心之神與天地之神昭明肹響，微分鉅合，充塞於無閒，而人所與接，又以事人之禮事之，爲之像設，爲之廟庭，爲之牲牢酒醴，爲之爵位名號。天子至尊，百神是主。又儼然致勑詞，命以崇其典禮，使非實有神焉以尸之，將謂是皆虛誣以譎世乎哉！傳曰：『天視自我民視，天聽自我民聽。』文昌、魁星之司科名亦若是焉則已矣。

吾邑科目昉唐曹夢徵及宋李伯時兄弟，至明而大盛，及今殆且千百人。夫科目全乎人，而神之枋馭則主乎天，則雖欲不謂蒙神之庥，不可得矣。顧文昌有祀而魁星無專祠，於禮不備。形家者言：孔子廟東南隅當邑之巽方，主文明之象，其形氣於建魁星閣爲宜。於是邑士某某等合幾十幾人，共醵金爲屋三楹，上爲閣以(妥)[安]神，階前爲池，名曰『化龍』；又爲梯以升閣，名曰雲梯：凡皆以爲登進之頌云爾。先是此地爲江氏住宅，其基則蔣氏之世業也。當衆議既定，江翁遂捐其宅，而蔣氏亦捐其地。又求大木以爲樑，衆難其材，某鄉唐氏聞而亦捐焉。閣既成，神像未立。諸生某夢有神背立於破廟中者，以像求之，果得之於東郊龍神廟之廡下。奇偉瑰雄，稱其神號，實異常設，於是遂新而祀之。嗚呼，是皆非偶然矣！是役也，共費金錢若干，及捐貲首事人等姓氏例悉列書碑陰，以某月日經始，某月日落成，合詞來命東樹爲之記，並系以詩曰：

文昌六星，北斗魁前。既司天禄，亦象物先。昭明耿耀，流精上垣。昉唐禋宋，載祀逾千。祝號斯易，人其代天。校德降福，如衡施權。載彼桐國，龍舒之閒。衡嶽天柱，西來蜿蜒。川原翕翼，峰勢迴旋。篤生哲彦，峻我邦賢。忠參龍比，孝式參騫。贊槐開府，烏柱貂蟬。下逮枝官，不計員銓。文儒德士，肩比踵聯。世臣喬木，四方於喧。凡兹人傑，實荷神甄。何以報之，兀此修椽。式新丹雘，爰庀几筵。峩峩冠服，升降孔虔。歌以侑觴，神聽彌妍。與邦咸休，祥習萬年。

廣東省城新建義倉記代

道光十六年冬，余自皖撫奉命督粵。朝京之日，相國儀真公見謂，粵省雖東南一大都會，然地濱海，民稠而田少，土地所出，恒不足以食本地之民；故常仰給於西省。往余在粵，嘗諭令通洋米以濟内地，利甚溥便，子其率而行之。既下車，中丞今陞刑部尚書祁公見謂，廣東省城煙火萬家，商賈市舶輻輳。豪右聚處，掌握之内價盈千金。然皆逐末，本食不足。卒遇偏災水旱，三登不書之歲，米價騰貴，而飢民不免殍困，甚且竊發爲盗。故督宫保盧公議欲遵行古法，諭令各州縣建立社倉，會以水災不果，而盧公旋歿於位。今據廣州宦紳士衿某某等公請在於省城地方建立義倉，而私相勸課，各富紳捐輸銀兩，糴穀以貯，不縻費官帑分毫。余聞欣嘉，既準行之矣。於是以舊西湖倉爲東倉，舊惠潮道公署爲西倉，共爲倉厫二十座，屋六十閒，計貯粟可六萬石。東倉十二厫，中祀倉神三閒，司事住舍庖湢共九閒；西倉八厫，中祀盧公等禄位牌所三閒，司事住舍庖湢共六閒。以十七年三月經始，十八年三月落成。通計收捐銀十二萬五千餘兩，除建倉工費用銀一萬二千九百餘兩，備糴穀銀四萬兩，見實存發商生息銀七萬兩。在事諸人來乞文爲記。余惟兹倉之建，中丞之盡心爲民，諸捐户之好義樂施，在事諸人之始終勤勞，鄉梓用意之仁，舉事之美，既各極其聰明仁愛之願量而無遺矣。抑余猶有所慮者：事非止一時一地而已也，其必將籌乎萬全，俾庶事細大可程可久而不壞，而後無負於今日之意。已然者創之之勤既有然矣，未然者守之之艱更甚於創。從來法雖良而徒法不能以自行，況立法苟未盡良，何以爲守。故先王既竭心思，又必繼之以不忍人之政。余爲權之，蓋有數事焉，請得爲諸君詳言之。

夫義倉之法倣於朱子，初立於崇安。後遂條上其説，孝宗以頒於四方，詔民有慕行之者聽，而官府無或與焉。朱子之法歲一斂散，其言曰，既得紓民之急，又得易陳以新。其法以中夏受粟於倉，冬則出息，什二以償，可以抑僥倖廣儲蓄，即不欲者勿彊。歲或不幸小飢，則弛其息之半，大祲則盡蠲之，於以惠活鰥寡，塞禍亂源。誠慮穀久不易，則將化爲浮埃聚壤而不可食。一旦不獲，已而發之，而不足以惠民。豈非計之未周，法之未善，而卒於虚敝，可惜哉！雖然，又慮爲法太密，鉤稽太過，使吏之避事畏法者視民之殍而不肯發，真有如所云粟腐於倉，民飢於室之患；或將發之，上下請賕爲費不貲，官吏又來往不時，而出納之際陰欺顯奪，無弊不有。或所得粃糠居半而償必精鑿，計其候伺亡失諸費，往往過倍，是以貸者病，而民之懔懔於飢歲者猶是也。故社倉之法不可以司於官，然使里社不皆得有可任之人，如今日諸君子之忠信明察，相與上下一心，以謹出入，則又慮其計私以害公，而其弊更有不可勝言者，亦終於蠹敗而已。故社倉之設其要在於立法之善，而尤要在於得人，斯皆朱子所嘗諄復詳言之者矣。朱子又言：成周之制，縣都皆有委積以待凶荒，而隋唐社倉實爲近古良法，而今皆廢矣。獨常平義倉尚有古法，然皆藏於州、縣，所恩不過市井隋游之輩。至於深山長谷力穡遠輸之民，則雖飢餓瀕死而不能及也。由朱子之言，第立於州縣而尚慮遠鄉之民向隅不及，令人思之有惻然不忍代爲想者。今省會之地商賈市舶輻輳，豪右聚處，而諸君尚能爲鄉閭立此無窮遠計，而遠州下邑不幸而遇災祲，本鄉無備，豈能越千里而請粟以救飢哉。然則盧公之所慮欲令各州縣設立社倉，其尤爲切於經政之實用哉。故今於祁公之所已行者，固欲諸君長慮遠計，爲經久不壞之法，而遠方州縣之未行者，余方將卒盧公之志，而與諸牧令暨各州縣紳庶亟圖之。雖窵州下邑，其紳庶多貧弱，不能如省城之衆且富，舉事易爲力，而苟隨地以濟其鄉，量力所及，不限多寡，亦無不足之理。其壹皆即以此省倉謂之儀式先導可也。

嗚呼，君子爲政苟審於分之所當爲，力之所得爲，而盡其心焉，其於濟人也不已多乎！因記省倉並及其事，至捐輸人户數目及司事姓氏，例得列諸碑陰。

自記云：此文後半所言令屬縣各立社倉事，鄧制軍未行，此文亦因改而未用。蓋因朱子社倉其後行之不勝其害故也，然不行，實可惜。

廣東省城新立義倉記代

圖民之要莫先足食，足食之經莫如積貯。史志所書歷代利害昭然，而惟粤東爲尤亟。蓋粤東爲東南一大都會，幅員二千里。商民錯處，海舶雲萃，大抵逐末者多，本食不足。又瀛壖溟漲，人稠而田少，土地所出恒不足以食本地之民，故嘗仰給於西省，兼徠呂宋、臺灣米以濟。猝遇偏災水旱，市價騰貴，洋舶不時至，則人心惶然，向來諸公莫不惕然重以爲慮。今制府大司馬江甯鄧公暨今陞刑部尚書大中丞竹軒祁公軫念民瘼，爲先事綢繆之計，合議於省城地方，遵行古法建立義倉，積穀以備平糶。旋據廣州紳宦士衿某某等幾十幾人呈稱，該郡屬諸富紳義民私相勸課，情願各捐輸己貲，市穀積貯，不糜費官帑分毫。兩大府欣嘉準行。當是時某實陳臬事，錢穀非其所司，但從旁贊歎碩畫而已。戊戌三月，倉廒落成，適方伯阿公某入覲，某攝布政使篆，於是諸在事者來請文爲記。

余惟漢常平之設初止以供京師，其後乃令邊郡皆築倉。隋義倉之法始令諸州百姓及軍人勸課，當社共立義倉。朱子嘗稱，隋唐社倉極爲近古良法，惜乎皆廢；獨常平義倉爲可行。但常平主於官，義倉主於民，二者交有利病。然苟立法果善且密，又得人以謹其事，圖民之要孰大於是。余嘗稽之粵東錢穀之數與他省異，盍錢實贏於穀，今以有餘之錢聚不足之穀，又收之於豐歲無事之日，轉移之閒而得失利害較然兩平。雖曰民爲之，而實官導之。其在易曰：『有孚惠心，勿問元吉。有孚惠我德。』兩大府惠民之心民孚之矣，可不謂百世之長利乎！若夫地方之坐落，廩廒之閒架，經始之歲月，捐輸之多寡，積貯之數目，以及在事諸人之姓氏一切例得揭諸碑陰者，制府記既詳之矣，玆不復著，著其所欲言者。

新建桐鄉書院記

天下萬事萬物莫非道所發散宣著，世人習矣不察，行矣不著，故恒隱而不顯。子思子知道之用費而憂其隱也，故揭知、仁、勇，示人以入道之門，而謂之達德。淵哉，粹乎言！欲入道者不可離知、仁、勇，凡事類然也，故曰達也。雖然，知仁勇道所分見，特道中之一事，若道則無乎不包。是以昔之哲人尊之以先於天地，親之以切於身心。學者舍是爲學則非學，教者舍是爲教則非教。而世之妄人猶以學道相詬病，豈不哀哉！吾於新建桐鄉書院而以爲可即之以求明夫道焉。

桐城在漢屬廬江郡，兼得舒、龍舒、樅陽三縣地，至唐始有今縣名。其謂之桐者，春秋：定二年桐叛楚。杜預曰：廬江舒縣西南有桐鄉，古桐國。昔漢朱邑嘗爲桐鄉嗇夫，遺言葬此。杜預時未有縣名，故舉桐鄉爲言。攷漢制，寬鄉僅得百里，狹者數十里不等。顧歷代省併沿革不常，舒即今舒城縣，而桐鄉地形不能截然定其址之所在。今特以杜預所指舒縣西南及朱邑墓約略證之，即華離析絕大約不出乎此境。則謂此所建書院地即漢桐鄉，校其名實，其非妄有穿鑿安處傳會也，可無疑也。雖然，自漢立鄉以來即有此地，至於今二千餘年矣。宋元以前此地之爲陌阡，爲亭堠，爲荒汪野水，號狐兔而舞鼯狌，吾不知何如。若近代以來固久爲市鄽闤闠之所聚，煙火千家，輿馬紛闐，雞犬相聞，邱陵草木之緡，望之暢然，亦可謂舊國舊都矣。然往來行人過此，見見聞聞，曾未有憑軾盱衡感今弔古，謂嘗有斯文之聚於此也。顔延之云：『在昔輟期運，經始闊聖賢。』此固事之所不柰何，無足怪者。今一旦欻然構講堂崇閈，閎峻階阤，大屋塗塈，牆隅深邃，胄子侁侁，若舞風雩，良法美意，焕然作新。譬如以十仞之堂縣眾閒，卓乎文翁之肆矣。山川氣象如故，而耳目爲之一變，何其興之易也。

余聞之，是鄉人多好義，又幸皆給足。集議初成，各以其家財來助。蓋其擎之者眾，故其成之也速，爲之者悦。故其舉之也不勞，若使朱頵條其風俗，安見今不如古，不足與漢桐鄉比盛哉！夫以千載難明之迹，而克證以明之，非知無由也。以千載未有之事，新而舉之無難，非勇無由也。至一鄉之人咸能輕財嚮義，富而好仁，又彰彰若是，此一舉也，知、仁、勇三德備矣。故竊願有詔焉：夫今之所以建此書院者，豈非爲勸學與？學之大豈非欲求以明道與？道隱而難明，非知、仁、勇無以開入門之塗。今即此書院之建而固以確效乎知仁勇之實，如是則由此以推於學，而求以明夫道也不難矣。凡來學於此者，其以吾説切而反之於心，所謂即事以窮理者，當必憬然有所啟悟，而無蔽於舍近求遠之失也。孰與夫他書院之教徒以詞章記誦，而溷大學問思辨之正大也哉。若夫經始年月、首事姓名、工役財費、庖湢房序之制，例得書於碑陰。道光壬寅冬十月邑士方東樹記。

重修谷林寺續置田産碑記

古今談佛者，惟顢頇以一空字該之。古今罪佛者，亦惟顢頇以一空字蔽之。王介甫曰：浮屠之法與世人殊，洗滌萬事以求空虚。伊川程子曰：佛氏談空譬如人閉目，不見鼻而鼻自在。以余論之，是皆未嘗深究佛法而慢隨世俗習傳恒言以誣之也。

夫佛法不專埽蕩，尤重建立。蓋二乘斷滅惟私於己，菩薩忘身利人濟物，故曰無爲，而又曰無不爲也。故辟支羅漢不得與菩薩並位，又況三果小乘以下哉。夫佛所謂空，特謂無我耳，豈滅一切世法哉！故經曰：如來者即諸法如義。又曰：如來説一切法皆是佛法。又曰：我所作功德，而無我所故。世儒不察，而以埽蕩斷滅爲佛法，是不知三身之有化應，四智之有成所作，豈大乘之教哉！佛説般若經屢呼諸菩薩摩訶薩，而付屬之摩訶薩釋名勇心，此人能作大事，不退，不悔，不驚，不怖，不畏。故能荷擔如來無上大法，成就不可量、不可稱、無有邊、不可思議功德。故曰，諸佛皆具二嚴。歷觀古德阿育王後惟天台智者大師建立最廣，傳稱其建大道場四十八所，造像八十萬尊，具四悉檀，生四種益，功未有高焉者也。此雖世法，實龍象也。

桐城縣北呂亭驛右舊有清泉寺，相傳三國吴魯肅讀書處。邑志不詳建剎所始，但云歷傳唐宋至明永樂閒僧了美重建，崇禎時燬於兵。國朝順治三年僧元白重修。元白退，院寺漸荒落。邑紳公請靈遠應公住持。靈遠有高行，康熙四十六年聖祖仁皇帝南巡書扁額，遂更今名。濟宗在明初法運中微，至萬歷閒，三峰漢月道藏剖石壁宏禮具德，門席最盛；而具德徒侶尤衆，所謂五千衲子下揚州也。吾未見續傳鐙、續略等書，未知了美、元白、靈遠何人法嗣，於濟宗世次第幾，抑或旁出；要之世近當可信不誣也。

初，靈遠既住寺，因將前各姓所施田種並在寺山場悉行封禁，歸寺執業。其後住持僧有將山場截賣數處，田種典出若干者。道光十年，今晴嵐朗公接事，撙節積累，除重修寺宇，將所典賣山場、田種陸續備價贖回，又代償還前住持借貸一千數百餘（千）文，並添置田畝若干。均係力自經畫，未嘗籍助檀施。現擬稟請省憲遵昔示禁，永遠不許典賣，以保道場，因來乞余文爲記。余惟晴嵐所爲雖未及智顗之廣且多，然就本寺言之，亦可謂有功德而合於佛法建立之義矣。又惟文字者所以載道之器，古人所爲立言與功德同稱不朽。故余平生爲文不敢作空言，必建立一義使有補於世，以爲縱文字卑弱而其義足，不敝於天壤，亦足與其事其人並垂久遠。故兹所發明建立之義，既表佛法真正，又以著晴嵐之功德焉。昔歸熙甫作保聖寺記亦云，文字爲天地間至重也，寺無廢而不興，而文章之傳絶少。今按自建安二十二年魯肅殁至今千六百四十有八年，此地興廢寺之創建不可攷。即自明永樂以來，住持寺僧亦寥落不詳，豈非無文字以紀之之故。吾文患不傳，幸而有傳，則是晴嵐豈可不知所重乎哉。至其山場田種弓畝之數例揭碑陰。道光二十有六年冬十月邑士方東樹撰。

邊城策馬圖記代

道光十四年，蒙古達拉特旂甲喇納令特古斯私將本管牧地招收民人耕種，佳貝子達計多爾濟查知，親往驅逐，致被民人等砍傷。二等台吉薩音吉雅綏遠城將軍奏聞，奉旨交山西巡撫鄂順安督辦。余時以冀甯道奉差，偕歸綏道瑞福，會同歸化城副都統惠顯馳赴薩拉齊廳之包頭鎮地方會審。包頭鎮距歸化城三百餘里，爲内蒙古西二盟所轄地，與土默特烏拉四子部落、鄂爾多斯皆毗連，壤接大青山者，在漢名陽山，又名陰山。自雁門以北迤邐至山海以來緜亘如城障，相屬不絶。是役也，計程凡二千里，計日十旬。雖共使事，亦偁壯游。故既爲詩四章以紀其事，復倩鎮江張茶農解元爲作是圖，時以覽觀用，不忘宦轍焉。又攷史記李將軍傳，渡河據陽山北假中。徐廣曰：北方田官主以田假與貧人，故曰北假。又漢書趙並使勞北邊還，言五言北假膏壤殖穀異常時，□以並爲田禾將軍，發戍（辛）［卒］屯北假中以助邊餉。然則北方田土肥美，又恒以假貧人，乃自古而然與。年月日記。

卷八　贈序　壽序

贈陳仰韓序

昔蘇子瞻作方山子傳，稱其少之時豪俠使酒，馳騁好劍，晚乃類於隱君子之所爲。以爲不遇於世而遯焉，余竊以爲不然。横渠張子少時走馬論兵，慨然以經世爲務。一見范文正公即去其浮動，而卒進於大儒，然後歎賢豪之所自待者重。初雖迷於世習，一經感變而不遠之復，翩然翱翔於寥廓青冥之上；塵壒世俗之民渺然不復可識其心胸面目爲何如人，又況克由於廣居正路而優入聖域者與！吾友陳君仰韓少時躭詩縱酒，喜游，工制藝。年五十，忽棄其所業，折節學爲古文。夫適康莊者雖舉足晚必有至焉，如由於徑也，雖狂奔盡氣疾馳竭力而必傷其行也。今陳君志於古文，雖若未逮於横渠之所志，而固已儕於方山子之徒矣。抑吾嘗謂天下學術非一，而惟古文最難。苟非有仁義之質，經術之功，固不可僞而襲焉。故自司馬子長、劉子政、揚子雲、韓退之、歐陽永叔以逮於明歸熙甫諸君子者，非第其文之工，乃其人皆於道無懵焉。今陳君欲自昌其文，非志於横渠之所爲，則其文必不傳。故吾欲進陳君於文，必先進陳君於道，勇於善變如陳君其必有以及此矣。嗚呼，其可量也邪！

贈譚麗亭序

道光癸未，方子居韶，不自意而蒙毁焉。念毁者古之君子所不免，默默閉門若不聞。有譚子者獨來諗余，年耆而貌癯，聽其言，忠信抗直人也。告余曰：某本江甯上元籍，八世祖祁乙字伯卿故東林黨人也，官南京刑部侍郎。忤魏閹落職，懷宗立，起爲嶺南按察副使。因家於韶，故余今爲韶州人。余既異譚子之爲人，及聞此言，益以歎賢者之子孫固殊於常人也。既而譚子讀余文，謂余有文也。聞余言，謂余有道也。時時過從，因抵掌憤發其胸中所藴蓄，余益以知譚子之賢矣。

又久之，余毁益甚，至合一國上下之人羣惡而幾欲殺之者。譚子殊不懌。余謂之曰：子胡然邪？曩余讀莊子，慕庚桑、南伯子綦之爲人，恒有味乎其言。以攷吾平日所至，雖未俎豆見賀如二子，然亦時蒙謂賢焉。今衆人之猖狂也如是，意者吾之於道益邪，方竊以自釋，而子反爲吾慊乎哉。雖然吾聞譚子蓋亦久蒙毁者，今又不避譏讒而倜然暱就於舉國共非之人，則譚子之於毁固已安之，而猶爲是不懌者以嘗余之意邪！譚子甚貧而廉，無子，有老母，不能具旨甘。而率其弟之子祺日以讀書，學古人爲事，怡然若以餓死爲可樂者。且固命祺從余游；譚子審之，吾與子既以貧與毁終矣，又欲以遺於祺邪。

送毛生甫序

盡天下之人數百年以來，其稱文也，是非齊一翕然無異。論者於唐則韓愈、柳宗元氏，於宋則歐陽修、曾鞏、王安石、蘇洵氏父子。此八人者之在當日，其自視孑焉曠若無儔匹，矯首以視四方，虛無人焉。韓氏論文，恒舉左邱明、司馬遷、相如、揚雄，數人而外，此弗之及。而人亦不以其言爲嶄然，猶以爲當時或出於意氣所託，奮其私見。及至今日，其去數人之世亦以遠矣。而世有知文者矯首以視四方，於彼數人之外，求其儔匹仍虛無人焉。於是然後乃知斯文之有屬，非苟然也。

道光十三年，客吾友姚君石甫武進官廨。武進有文家曰張君皋聞，已前死，不及見。識寶山毛君生甫、宜興吴君仲倫、吴江吴君山子。三子之文不同，要之與皋聞相上下。於是心竊怪而疑之。私謂文章雖小道，然求其作者，命世恒數百年不多人。今吾少在邑，則友孟涂、石甫、長游；江甯則交異之、伯言；後又得元和沈君小宛、陽湖陸君祁孫；今又一朝而得生甫三子。既生同時，又並在大江以南，何其於古所得之難者，而今獨聚之易且多如是。俄而曰：是曷足怪，韓柳固並世矣，然且相愛重如彼。若歐、曾、蘇、王師弟朋友，或近在一方，或萃聚一門，其仕又皆同朝，其文章既震耀當世，流傳且千載。攷其平日相謂推稱之詞，至今按之，一一不虛。此必非虛誣標榜所得劫而有也，明矣。何獨至吾徒而疑之！惜乎異之先死，惟吾數人者獨存，而吾又衰羸，方累於家室老病，不復可望成學。生甫有高識雄才，而齒又方壯，其文效法班固，重厚精密，故於其别，道此以張之。

自記云：略似韓公筆意。沈、陸、二吴、生甫年皆少於余，今皆早喪。而余以衰老獨久存於世，復省斯文為之慨然。而五人之文又皆無收拾，未知其果能著顯而不湮没否，益可悲矣！壬寅五月。

送張亨父序

吾友姚石甫爲言，建甯張亨父，今之奇才也。武威潘石生吏部嘗爲作閩海奇人歌，余固已嚮往之矣。辛卯二月，亨父過桐城，一見傾倒，因出其婁光室稿見示，讀未終卷，則惕然驚歎，信石甫取友不虚。嘗謂唐以後詩人，以李、杜、韓、蘇爲四祖，作者以是爲胚胎，譽者以是爲餉遺，究之得骨得髓，恒數十百年不遇一真；此昔人所以致慨於大雅之不作也。亨父七言古詩如秋空霜鶻振翮獨邁，精神發動萬里無阻；五言沈壯蒼鬱，氣盈勢遠，造意發想自我元宰。賞者咸謂其七言逼太白、東坡，五言逼少陵。要之，論詩政不必如此拘拘以形格相求，如人睡夢初起，蒼黄不辨，亂道妄指，適足爲醒者笑耳。九方甄之相千里馬，豈以毛色牝牡爲辨識哉！亨父於古今作者皆少相推許，而獨心折白羊山人。余未見山人作，而亨父推服之如此，則山人可以想見。余以卑賤，無聞於當世，盛名之士多不相接獨。有異之、伯言、生甫、石甫數子，今又得吾亨父；可知十步之内必有香草，惜乎，余之惡質不克往傀焉，而無差池其臭味也。吁，其可媿也與！於其行道其情好之實，以爲别。

辨志一首贈甘生

甘生生同里，少長於徐州，隨其舅氏宧故也，余老而歸始識之。其人年雖弱，而秉性忠信，行身正直，有可以希賢入聖之資。念遨游四方數十年，閲人多矣，見未有如生者。顧其人獨有所短，則以幼未嘗學問，讀書不廣，文采時名弗耀，以是若稍絀於其儕。一日來請益，余告之曰：『子胡然也？夫古今學脈道統以孔氏爲斗極，固天下之通義而無異議矣。魯論記孔子之教弟子首重孝弟、謹信、親愛，而以學文爲餘力餘事。子夏論人，苟能盡賢親君友之道，雖未學必謂之學。甘受和白受采記有明文： 士先器識而後文藝，不待裴行儉能言之也。余嘗曠觀今昔，竊歎名教傷心之故多出於士類。未嘗不推其所由，則緣爲士者每挾其文章學問以自矜，內以驕其父兄，外以傲其同類，於是因以自肆，因以自飾，因以自恕，因以自藏其身而欺其心。是故其人多一分學問，即多一分過愆。何則，學未辨志，而多取古人之智以自益，若洪河之匯濁流，雖澄之而不可清，故昔人譬之飲藥以加病。朱子曰： 書愈多而理愈昧，讀書愈勤而心愈肆，浮名愈盛而行誼德業愈無以逮乎古人。則非學之能誤人； 徒學文而不尚行，務末而遺本故也。

今子年方壯彊，即用力學問猶未爲晚，但須決所從事耳。試取論、孟、大、中、五經、小學、近思録及周、張、程、朱之書潛心究翫，書不多閲則爲力省，又皆得本源則路徑無差。再取通鑑綱目觀之，於以見古人行事之是非得失，以證吾心不易之理，則黑白昭然，不特有以辨乎古，亦即藉以堅定乎吾之識與力。以此立身行道，即以此應當世之用而有餘矣。而又奚必以文章末技爲歉乎哉！ 夫君子爲己之學與秀才博士不同，誠能立定志嚮，豎起脊骨，八字著腳一直行去，鬼神將避道。豈必如今學者浮沈悠忽，舍己耘人，忙忙一生，徇世俗起倒； 或以博溺心，以華滅實，無一人敢承當大道者。四海茫茫，孰是堪受業之人？ 故人而欲秉學，須具大根器大智慧，先辨志，始得思。惟終始痛自刮磨，如救頭然，不舍晝夜。若趁慣過日，父兄師友見止等閒日聚頭説閒事雜話，即讀書作文亦止爲取利禄聲聞計，無有人直指性命相爲者。光陰虚度，日復一日。一旦身盡與草木衆生同朽，無一善可留於世。其好名者縱有一部詩稿文集，而學未知本，言成淺薄，於世於身何足爲有無乎！

至爲人師匠亦大不易，須是善知識道業純熟，反經守正，又有成物之智，始得力，不誤人。余今方便爲子姑設兩義以相盡，惟子內自決擇之。其一，若見爲人閲世，則當念歲月如流水，駒隙不相待，刹那即失人身，斯爲可懼，固惜陰趨事以成德業。其一，若見爲世閲人則當念天地無窮，人壽命有限，何苦於電光石火之頃迷執癡貪，徇欲妄作無益之擾，閒言末節，毫髮不肯饒人。其侗者怨天尤人，歎老嗟卑，不安義命。其彊者直逞志作業，自墮三塗地獄。其清而靈者亦止爲一己之名，汲汲著書，勦説雷同，言與行違，居之不疑，毫無功於天地民物。故名士之後多不昌者，爲其無實善而多取名也。如魏文帝典論所言，不過如此。所以屈子賦遠游，首言『哀生人之長勤』，蓋哀其勤所不當勤，而不知勤其所當勤。若孳孳之學道，爲善惟日不足，何哀於勤。此李習之所以拜禹言而哭也。

雖然，飯所以爲肥也，壹飯而問人，奚若尸子譏之，亦在乎勉彊熟之而已矣。黄石齋引施四明之説謂：天下病虚，救之以實。天下病實，救之以虚。朱子有見於詞章記誦之失，故救之以義理。此淺見妄説也。是不知孔孟程朱之道徹上徹下，不隔古今；天不變道不變，所謂庸常不易也。佛學者有曰，宗無延促，一念萬年，豈區區爲補救一時之計乎。如國朝學人有鑒乎明人之空疏，舉爲攷證漢學。其末流之害乃至忘其身心、禮義、名節，其失又甚於空疏。又黄棃洲云，學問之事析之愈精，而逃之愈巧。三代以上只有儒之名而已，司馬子長因之而傳儒林。漢之衰也，始有壯夫不爲雕蟲之論，於是分文苑於外，而不以亂儒。宋之爲儒者有事功經制之異，宋史立『道學傳』以别之。未幾，道學之中又有異同。明鄧潛谷又於道學之外立心學，究之，封己守殘，其規爲措注與纖兒細士無異。天崩地坼，落落然無與於吾事，猶自附於道學儒林，同歸無用而已。此論似是，而未究其實也。古之真道學者豈如是乎，不究其實而徒於其名區之，雖名爲學道，奚益乎！子今欲爲學，須於此大介處辨明之，則自知所從事，而無誤於歧趨矣。

贈馬雲序

金陵馬雲工畫，尤妙寫真，嘗自比唐之曹霸。道光乙巳冬來桐城，謂余曰：『必爲君寫像。』余曰：『昔顧長康欲圖殷仲堪，殷自以形惡，不欲。今吾貌寖而癯，氣輕神薄，常顧影自憎，又可圖邪！竊同仲堪之不欲也。且義不止此；昔程子謂人之圖形者苟有一毛髮之未真，則其子孫即不得以爲親。此其説似迂，然由此可以悟理道誠僞虛實之精，亦講學之切義也。古之作史傳者，於其人雄俊英特者，閒亦略及其狀貌一二語，以致景慕；究之，其語傳而像未有傳。米元章爲李伯時説晉王、謝、支、許共游山陰事，伯時隨其言以意作山陰圖，狀四公意態各妙，遂爲名蹟。其實伯時何嘗親見四公哉。古人有言，人貌榮名，此自以名榮而非謂其貌真然也。莊子言㹠子之食於其死母者，少焉眴若棄之而走，爲不見其使形者耳。申屠嘉謂子産曰：吾與子游於形骸之外，而子索我於形骸之内。由二子之意，則形骸非人之所寄以存者也。尸子曰：人之欲見毛嬙、西施，美其面也。若夫黄帝、堯、舜、湯、武美者，非面也。人之所欲觀者，其行也；所欲聞者，其言也。而言之與行皆在詩書矣。且吾聞之，堯黑，舜瘦，禹漏，湯跳，皋陶馬啄面如削瓜，伊尹面無須麋。而世共尊之曰：『聖人』。形骸妍媸本無關於妙德，而況非其人者乎。惟夫元勳碩輔，功名燀赫於旂常，則圖之於淩煙、麒麟以記功宗。又若幽人畸士如謝幼輿輩清風高韻，迥出塵外，允宜著邱壑中。是二者俱於圖像宜。若余至微賤，才能行業無聞於時。衰羸困乏，爲鄉里小兒所賤簡，七十老翁精華銷竭，身心俱忘，前有垢谷，後有痓邱。尚何圖哉，尚何圖哉！且馬君徒欲寫吾之貌，而不能寫吾之心。後世不得吾之心，則必不重吾之貌。浸假而得見吾貌，亦徒以馬君之畫增重焉耳。是馬君之大有造於我，而終無益於我。馬君慕曹霸之爲人，不知霸所寫佳士及路人今皆安在？而霸之名固至今不朽矣。然則馬君自以其意爲之，如伯時之圖支許可也，肖與不肖固不必論也。抑聞晉范宣初不好畫，及見戴安道畫南都賦，乃始咨嗟，甚以爲有益。姑洗吾目以俟之，馬君自行其傕然之志，知必有以化予者也。』

贈文生序

孔門論學論道不出智仁二德，顧仁道至廣，聖人重之，不輕許人，而獨以許管仲；夫仲之於仁，特其用之外著，亦淺耳。故嘗疑此二章〔一〕出齊論，矜誇功利俗習，而託諸聖言耳。後世純學備德者少，古今賢豪大抵全任天資以成其詣。其資於仁多者往往失之愚柔，於智多者又往往流於譎詐。故聖人平日與及門諸賢論學，或〔二〕欲其以智全仁，或〔三〕欲其以仁善智，所謂裁之也。文生鍾甫質美而性明，事理通達，固本仁以爲用，而於智偏多。其行之既於事多濟，亦咸孚於人。顧吾以古今君子之失多坐未能守經而好語行權，故嘗立論，以爲學者制行甯固守經以依於賢，毋慕通行權以妄託於聖。觀聖人論盡性之事，〔四〕曰：『與天地相似，故不違。智周乎萬物而道濟天下，故不過。旁行而不流，樂天知命，故不憂。安土敦乎仁，故能愛。』生自審之，果能不違乎，不過乎，不流乎，不憂而敦且愛乎？飲水者冷煖自知，他人不覺也。生將遠別，來請益，故以此告之，生其無以老生常談忽之也。道光庚戌七月初九日，時年七十九歲。

【校】

〔一〕『故嘗疑此二章』：儀本改作『聖人何遽以仁許哉！吾以為此蓋』。

〔二〕『或』：儀本作『非』。

〔三〕『或』：儀本作『即』。

〔四〕儀本此處增：『可見也。易』四字。

王母秦太恭人七十壽序代

古賢達之英學足於己，行修於身，抱負非常，以其魁壘不世出之才掇高科，膺膴仕，名於時，與海内搢紳馳騁輝映；所至民歌其澤，士仰其風；遠之有望，近之不厭，舉世莫不載其德稱。而夷攷其行能之所自成，則往往由於母德純懿，勤苦善教，天人叶應之所致。蓋自傳記以來攷之不爽，於斯言者十常八九，而非人子欲榮其親，姑爲是歸善之説，亦非人之欲榮是人者，推其意而徒爲是虛美之詞也。

安徽設省以南北分治，而在江之北者其郡邑率當衝道，傳車星使往來於楚、粤、滇、黔者旁午驛騷，日月告至。而桐城尤近省會，號爲至劇。雖其人文風俗嚮教知義，不爲難治，而地廣民庶，賦役殷繁，故凡來令是邑者大吏必慎選其人。有廉明敏幹能於其職者斯克勝其任，而無事不然，則或虞困躓。道光乙未冬，江夏王令君來權邑篆，明年丙申六月代罷。時未久也，而化已洽；地雖偏也，而及甚溥。農夫相與歌於野，役吏相與頌於庭，邑之士大夫相遇，不謀而交譽於道。則以爲令君之被人以恩信，漸民以禮義。識事聰明，糾剔姦伏，興民之利，祛民之害，簡煩除苛，大抵以篤誠長者勤勤懇懇，使百姓寬息。民懷其惠，上下不欺，皆樂從化。循吏之聲，求之於古，惟漢之東西京克庸克比。先是，令君以翰林改官知縣，授甯國之南陵。凡在任幾年，政尚寬平，獄無寃囚。援例應升知府，未上需銓。自任南陵之日，即迎養壽母秦太恭人在署，板輿所奉，歷任相從。歲之月日爲太恭人七十壽辰，而令君亦以是日值縣弧之慶。於是邑之士民以爲稀有，謀所以悦令君者，因以致榮於太恭人，將爲文以壽。余惟歸熙甫有言，古未有於其生辰而爲壽者，豳詩始著『躋彼公堂，偁彼兕觥』之頌，自是而詩之言壽者不一，顧皆虚相祝頌之詞，如史之所稱爲壽者耳。迨後壽節慶賀始於朝廷，而及於公卿，然爲文以稱壽者亦無之。其爲之文者，或乃最其人之生平而概書之，又儼如家傳，皆非古不足法。雖然，以爲慰人子之情，姑可矣。且夫富貴壽攷三者天地龐厚之氣所積，而得之者恒參差而不可兼。必既已得之而可不謂吉祥善事乎。夫愛人者必愛其人之親，愛其人之親必願其壽攷而康甯，而壽攷康甯必本於攸好德，既醉之詩所爲以備爲福也。令君爲治所效之於見見聞聞者人知其賢，比於兩漢之循吏矣，而不知其本太恭人之教於平日也。夫以令君之賢雖使遺佚不遇，而其文學行美猶足以榮其親，而況其仕烝進方始，功名令望之垂於無窮，不可涯量也哉。故爲太恭人壽，而思所以慰悦之者，必備述令君之賢，俾邑之羣士拜誦於太恭人之前，太恭人其亦樂聞之而爲進一觴乎！

何母方太孺人八十壽序

國家設官爲治，內外相維，職事相聯，而其端必自州縣始。故既爲之牧令丞尉以親民，又爲設立校官以督其士。記曰：三代盛王必有師。分至明，義至重，由是以達於國之太學。位有大小，其職事一也。世人不惟大體，乃或較官資之崇卑，揣肥瘠，差冷煖，以爲之喜惡，豈徒用意之鄙，且不幾與設官之本相刺謬乎。明康德涵爲武功縣志，世稱謹嚴。余觀其作官師志，於邑之賢士大夫及他職官皆不載，而多爲校官立傳，意甚不取。既而思之，康公之意將徒爲一己之親厚而私與之與，抑以其人之賢而有不能已於言者與？

池陽何君菊亭以孝廉與大挑，應得知縣，辭而不爲，改就教職。道光十有四年來司鐸桐城，以純明温謹之姿，循循然以德化多士。不特多士樂其和易而親媚之，即邑之耆者暨致仕諸鄉老皆相敬愛，以爲粹然儒者，不媿師資也。桐城與池州壤相接，水程至近，舟楫易達，於是迎養壽母方太孺人在署。春秋佳日，蒔花奉觴。雖較之高爵膴仕者華幕鼎食微若未逮，而儒官静素，室有餘閒，修夕膳，潔晨餐，供養敬謹，福德方遐。而且孫曾鵠峙學詩執禮，太孺人精神益康彊，怡然顧之而樂以是爲養。在菊亭固無忝於古名賢安親之義，而太孺人以儉德居貧，教其子以清修士節風於有位，亦何媿於古之賢母也哉。

歲之十月某日爲太孺人八十壽辰，邑之先達暨多士將爲文以壽而屬序於余，余惟古未有於其生辰而稱壽者，壽於生辰而亦絶無爲之文者。元明以來始有之，而歸熙甫集多至八十餘篇，又嘗自矜爲顧文康夫人壽序，盛言顧氏得其文足以爲榮。竊謂熙甫既循俗爲之文，又復自矜其能，皆非古法度之士所宜有也。雖然，韓子自稱其文能道大君子之美；歐陽子亦曰，能傳人之善者在於畜道德能文章之士。然則人之爲文固貴其善言德行，而人子之欲榮其親者必求能文之士以屬之，始足寄以不朽。熙甫之所爲與其言固失矣，而其文至今存，則其所壽之人亦與其文至今俱存，豈不重賴其文哉！惜乎余之非其人也。且夫經之述母德者亦備矣，在易之晉曰：『受兹介福，於其王母。』詩之頌曰：『魯侯燕喜，令妻壽母。』既醉之篇曰：『釐爾女士，從以孫子。』古人之言如此，然則亦毋徒訾熙甫矣。既以答羣士，於是遂書之以爲壽。

陶雲汀宫保六十壽序代

大司馬宫保雲汀陶公總督兩江之七年，政通人和，休徵物應。丁酉十月之吉晉六秩觴具，官某官司有守，不克躋比稱觥爲壽，謹拜手稽首而謹獻言曰：江南財賦之畺，地廣務繁，而制府統轄三省，兼理河漕、鹽務，百政坌集，肩荷尤鉅。皇上慎重封圻，倚任心膂，既俾公久任安徽江蘇巡撫，周諮利病，至是簡畀彌專用篤，保障至意。此唐虞任賢勿貳之盛，復見於今。而公自受任以來感特達之知，益矢藎誠，整身秉義，以率麗三省庶吏，殫智竭思，圖維大小之政，兢兢業業，夙夜匪懈。於是天子紓南顧之慮，百姓樂化日之舒。一時沐浴德化者咸祝公之壽，而願其益久於江南焉。昔周之世，周公治陝東，召公治陝西，皆以久道化成。既周公歸朝，而召公猶在外，故周公作書嘗稱天壽平格以望之。解者謂坦然無私之謂平；通徹三極之謂格。惟至平而通格於天者則天壽之，俾保乂其國家。故周公舉伊尹以下六人克盡平格之實者以況召公，其後召公果逾百歲之久。然則賢臣之壽攷而久居其位，豈獨一身之福庥哉，夫亦國家之所殷賴也。

往歲丁亥，值公五十壽，某嘗圖公勳歷以來所以利國家奠民人保釐東南諸大政畫册十有六，各繫以詩，進諸座側。越至於今又歷十年，爲時益久，任益鉅，而公莊敬日彊，精神純固。設施之洪，經猷之大，視某嚮所圖詠者益茂，益崇然。則由此以往其勛猷德望又不知其何若，則以爲克盡平格之實，保乂國家，有如周公之告召公者，而何歉乎。抑又聞之，詩人之誦大臣者，莫如申伯及仲山甫崧高、烝民是也，由今繹之，二詩之恉大約皆言賢臣之生繫主德之隆，克邀天鑒。故曰，『維嶽降神』，又曰，『昭格保兹』也。至云『秉彝好德』，則詩人自言其誠，見山甫之德有可好之實，如此而非徒爲是頌美之詞而已。某舊仕江南，奉德音久，雖今嶺海遼隔，而景行之誠無閒近遠，故竊舉詩、書之義以當擇言云爾。

馬母左太恭人壽序代

余與馬君公實同官中州，既稔其爲賢則益相親密。趨公之暇往往過從劇談，與之論古今事理，昭晰微隱，多所啟發。性彊記，於勝朝事蹟及朝章掌故尤熟習，縱言所及，如瓶瀉水。嘗私念薄宦不足爲輕重，而資此爲樂，最平生之幸。其後公實補官汝南，旋請養歸里；予亦改調，忽忽十餘年閒繫飢渴，切心唯甚。兹公實寓書以今歲夏四月爲其母太恭人晉九秩觴，乞余言爲壽。余惟馬君世族，其先代爲名臣，碩學見於史乘及名公卿之文字者，既顯且著矣。而其先大夫只君先生賢明哲惠，又已彰於其邦族鄉人之耳目，皆無待余言。惟太恭人門内之懿美，則聞之於公實者差詳，故因述其大端以致頌祝之意，而弗敢辭焉。

公實之言曰：先大夫少孤貧，太恭人所以佐助之者備極劬瘁，食貧茹淡，上奉姑，下育教子女，不以閫内事貽先大夫憂。而所以接待親賓，祭祀烝嘗百務，肅然莫不辦給。家賴先大夫經營遺業及予兄弟所續增置，幸汔小康，而太恭人儉慎之節不改於初。惟以敬祖收族，訓予兄弟無忘先人之志。夫古之言壽攷者曰勤則壽，曰恭則壽，曰仁者壽。太恭人於是三者可謂克兼之矣，則其所以臻兹遐年者豈不以是哉！公實之述太恭人雖不主是三德以爲言，而以余繹其實，亦何其脗合也。抑嘗論古無生日爲壽之禮，其見於經者皆平日頌禱之詞。六朝及唐始於是日開筵觴客，及元明以來乃有專爲之文者。歸太僕集中至有八十餘篇之多，究其言亦不過推原盛美叙情，好徵德行，以致其稱美較雅頌所陳轉爲近實，故君子亦無譏焉。公實以余言書之於屏，俾來壽於堂者昭然知太恭人之以（公）［恭］、勤與仁而致兹壽也，不亦可以風乎！

方淑人六十壽序代

吾族仰承先祖之蔭，累世以才賢爲名，宦顯四方者多矣，而門内之懿徽尤不可以指屈。《詩》曰：『宜其家人』，又曰：『令德來教』，是固一家之盛美而亦古今所稱願者也。某月日，爲族弟石甫觀察方淑人六十壽辰。石甫蒙聖主特達之知，由淮南監掣同知不次超擢臺灣兵備道，宣力海外。淑人攜副室居里門，奉祀烝嘗，課教幼子，以無貽石甫内顧憂，俾得竭心仰報君國。方氏固多賢媛，載於志乘，先後輝映。而於余族尤世迭婚媾，今兹淑人又其嗣音者也。石甫性至孝，顧少貧窶，所以爲養者恒菽水不充，時形拮据。淑人佐之潔膳羞、承意指者靡不曲盡其道。及石甫成進士，作令閩省，迎養二親於署，而其力始紓焉。石甫愛才好士，勇任恤；内而族親，外而四方朋友，凡一技一能之稍有名稱者恒周濟之。至於頻數再三而不倦，遠近待其舉火者無慮數十家，力不能給，則稱貸行之以爲常。積累至鉅萬無悔，淑人助之曾無一言尼止嗟怨，可謂風火正位，交相愛者矣。石甫年將五十，未有嗣，淑人畜姬，力勸納爲簉室，遂於癸巳年生子孟成。孟成者，石甫時爲武進縣令，挑濬孟河，適功初成，故名之以志其事也。昔魯人之頌其君曰：『令妻壽母』，吾以爲婦女之德必其先能爲人之令妻，而後能爲人之賢母，壽也者又其德之所孚而萃焉者也。余繫宦京都，不克鞠䠞偁賀，爰寄斯文，述其懿美之可稱者以侑觴焉云爾。

馬母程太孺人八十壽序代

嘗論古今賢豪之士多本於賢母之教以成，蓋歷攷傳記，往往不爽焉。雖然，賢子之行易見，賢母之德隱而罕傳，是故苟非與其子交之久，契之深，則不得聞其詳而悉其行之懿也。古今類然也。

余以道光元年任山東兖沂曹道，識桐城馬毅卿先生，欽其賢，因延以課兒子衍秀數年，衍秀今已得中庚子恩科舉人。馬氏固桐城世家，四百年來，以科第、仕宦、學行顯者無慮數十百人。其先太僕公仕明神宗朝爲名臣，載於明史列傳。其從兄元伯又與余同官工部。毅卿厚重篤誠，造次言行不苟，望而知爲端士，故尤相親密。顧久困場屋，遂以諸生援例官廣西思恩府百色巡檢，今選湖北南漳縣方家堰巡檢，本年秋八月來謁余於直隸總督署。因言將以二十三年正月日爲其母程太孺人稱八秩觴，而乞余言爲壽。且曰：母程桐城世族，幼嫻姆訓，于歸逮事先王父母，孝養盡其職，大事盡其禮，事先君子盡其道。夷險一節，敬訓之德，洽於宗族，孚於親黨。有子三人，今惟某存。某今幸捧檄，喜得薄禄以養，然不若得仁賢之一言爲尤足榮也，敢以是請。余既悉馬氏之族望，又聞毅卿述太孺人之行，重違毅卿之意，其曷敢以不文辭，故爲本毅卿之言而著相知之始末，俾毅卿歸而張之於屏以侑觴焉。且使里之人登堂而來祝者讀之，證以夙夕所見聞，知賢豪之生必本於賢母；而其母之賢非有與其子交之久、契之深，則亦無以知而詳之，顯而傳之於世，信如此也。

劉絅屏七十壽序代

國家設官文武分治，唐虞以前吾不知，若成周以來固爲治之通義矣。雖然，人知其爲分，而不知聯事又有宜合者也。聯事之合，非謂以文統武，葢有時武亦有助文爲治之事焉。以文統武，特在勳階上秩，貴臣有臨涖之分義；以武助文，惟方州劇邑胥才孔亟之區而後見，如吾邑營職絅屏劉君是矣。

君本籍山左，世以戎行起家。尊大攷及尊攷皆官皖省，故遂占籍爲懷甯人。君生而倜儻，幼即以經濟自任，未弱冠，騎射矯捷，拔出儕衆。初官太湖，整飭營伍，緝匪安良，其長官皆倚任而器愛之。道光□年改調桐城。桐故劇邑，又當衝道，傳車星使往來於楚、粵、滇、黔者，旁午驛騷。雖其人文風俗嚮教秉禮，而地廣人稠，賦繁役重，令尉雖賢，常不暇給日。君下車之初逮於近年，不幸連遭水患，東南瀕江之鄉，田廬漂没，哀鴻徧野。大憲委員及令君及地方紳士竭力籌辦荒政，凡賑銀、糶粟、給粥，君悉爲之協理，一體辛勞，不分畛域。時出籌議，用心彌至悉，中機宜。不特災黎實戴君德，即大府暨搢紳前輩咸欽其賢。吾所謂武亦有助文爲治者，不其信與！本年盜賊蠭起，君不閒風雨，每夜出署巡緝，閭閻得以安堵。君既仁心爲質，而其才猷筋力又足以濟之，使得盛位大權，俾足以盡展其素，豈非干城腹心之寄與。月之某日爲君七秩誕辰，里人來徵余文爲壽。余既久聞君賢，往歲乙未奉命典試江西道，出里門幸得與君相接見。聽其言論，觀其氣貌，益信所聞之不虚。君之子現官懷甯千總，德配向孺人與君齊眉雙壽，是皆足徵君之以德備福如此，故爲述其大端。俾鄉人書於屏，以張於君之堂以侑觴焉。

蔣邑侯暨德配曾宜人五十雙壽序

福閩蔣侯既涖桐之三年，政修治洽，農不違其時，士不失其教；獄市無擾，吏胥敕法，百爾顓蒙，罔不沐浴膏澤，佩服政教，喁喁然嚮風靡已，循聲播聞，聿著成效。以前十六年在潁上縣獲鄰境盜首，奉旨以知州升用，於二十三年三月補授無爲州知州。未去任，先五月某日，值侯暨曾宜人五十雙壽，於是邑之士紳某等同申祝賀，而命邑士方東樹曰：子宜擇其言。

樹曰：然，固所欲言之於心久矣。蓋侯之爲政，其大者彰彰在人耳目，曰教士，曰惠民，曰興利，曰除害。而其節之清，操之廉，行之勤，出之慎，無倦以忠，難徧以言舉。桐在江北爲望縣，人文風俗夙勝於他邑。然地廣民稠，又當七省要衝，號稱繁劇難治，而侯之治之也裕如。桐邑城鄉舊有三書院，侯延請學師，率興課教；親爲評閱文卷，時分禄俸以獎勵殿最。又與學官弟子款曲延接，有如家人，未嘗不以立品去邪，奮立功名爲誨。又於北鄉孔城鎮敦勸富室創立桐鄉書院，一以教其鄉人，一以無忘漢朱大司農之遺愛焉。桐邑東鄉瀕江，田多患水。向有陳家洲諸圩，圩内田數萬畝，爲東南鄉一大保障。連歲江潮漲漫，灌圩決溢，田廬漂没，哀鴻滿澤，數十百里井賦無輸，停徵者再。侯勸諭賑濟，親自給散，露宿風餐，不避寒溼暑熱，民得安集。又籌經費，督率首事，辛勤修築，圩得復故，賴以保全。此侯莅桐三年内政之最大者也。

又，桐雖無大猾巨盜，而亦偶有江姓、束姓者稔惡著聞，上憲名捕累年不獲。侯不動聲色，以計掩取如探掌。其他嚴究訟師土棍，重刑以懲，而虚誣架訟之風以息。桐俗惑於青烏之説，或貧窶不能葬其親，自郊關四鄉權攢淹柩不葬者，或數十百年不等。侯出示敦勸，並籌費以助極貧無力者。嚴飭地保按户曉諭，期年之間，遠近舉葬者至數千棺，此所謂澤及枯骨者非邪。又災荒之後，瘟疫流行，侯刊祕方，並製良藥散給施救，貧憊者多賴以活。

夫人曾宜人系出名族，世多仕宦。家傳治譜，其所以佐侯爲治者靡不克盡其智仁之方。先是宜人族兄曾侯令桐城，最愛士，士林至今思慕之。及是宜人又來佐我侯，故桐士尤爲歎美，如有親故之情者焉。詩曰：『豈弟君子，民之父母。』我侯有焉。又曰：『辰彼碩女，令德來教。』宜人有焉。抑又惟書契以來，言善政者三代而下惟兩漢爲近古，某竊衡之，以爲侯之爲政殆庶幾焉。於是遂徵其實，而書之以侑觴，兼以爲去思之頌云。

廖君達大令七十壽序代

余讀南史循吏傳稱，齊傅季珪父子治縣，縣内稱神明。時云諸傳有理縣譜，子孫相傳，不以示人。我國家郅治熙隆，登三咸五，一時在位大小臣工，肩比踵連，難以一二數，而桂林陳文恭公尤爲著顯，名在搢紳。公所輯從政遺規及法戒録等書，傳布徧於海内，遵而行之者莫不著惠懋實效，仁人利溥，豈若季珪私於一家之比哉。公後百年而有廖君達大令者，以治縣多善政，播聞遠近。咸云大令位雖未尊，而其賢固足繼其鄉先達流風，遺敎不媿也。往歲壬辰，余奉命典江南試，道出臨淮，君時宰鳳陽，因得接見。挹其言貌，固已心儀之矣。乙未科主順天試，而哲嗣鼎立適出余門，自是款洽既久，始獲飫聞君治行之詳。

君先世爲江右人，明季始遷臨桂。曾祖學博公以科第起家，祖彰明公昆季六人，登鄉會榜者五，君昆季七人三膺鄉薦，四列膠庠，才賢之盛萃於一門，爲邑里冠。君年十九中式，乾隆壬子科舉人，嘉慶辛酉大挑一等，以知縣用，分發安徽，歷任六安州州同、望江、桐城、建平、鳳陽縣知縣，歷署廬江、天長、繁昌、霍山、宿松縣事，所至皆箸循聲。道光戊戌揀發貴州，歷署興義、安平縣，現任印江縣知縣。其在廬江也，邑多淫祠，或藉以漁利。君嚴禁之，俗爲之革。其在桐城也，歲大水，君倡募銀米，賑糶安集流亡，事皆周備。著荒政一書，後令遵其成法多所全活。其在鳳陽也，洪湖水漲，民田多漂溺。君於例賑外，捐廉繼賑，民賴以活。豫陝官兵征臺灣，所過驛騷。君竭三旬之瘁，晝夜靡懈，支應出境，一無濫失，供張辦而兵民相安。其在霍山也，民田沙壓，坍卸八百餘畝。前令不爲申理，君下車已逾期，爲補請大憲開除。若其鋤豪彊也，攝廬江篆，甫下車，杖府役之滋擾於縣者，謁守不謝，人目爲彊項。宿松豪右守備徐某與劉姓爭洲地，訟涉多時，牽累甚衆。君一訊而服，悉置於理。桐城東鄉土棍某糾集亡命數百人，乘災搶奪，勢洶洶欲爲亂。君禽爲首者置之法，餘悉不問，衆遂帖然。其平反獄訟也，壽州劉六子一案，府讞入其罪；涇縣王條調姦致命一案，府讞照和姦定擬，君在省奉鞫得實，皆平反之。其爲民興利也，望江城堞頽壞，捐千金倡修，並改建清城、耀鯉兩門。邑故濱江，上至漢口，下至金陵，往來差役率拘民船支應，日給百錢，民不堪累。君勒示江口，永革除之。在宿，望時兩遇災旱，或謂宜半徵以裕國課，君悉請蠲緩之。及其至貴州也，初署興義。興義在黔、滇、粤三省之交，五方雜處，盜賊充斥。前官規避處分，不肯究治，姦民益肆無忌。君下車嚴刑捕逐，盜風以息。又邑爲嘉慶初新設，俗陋甚。君爲改建學宫，暇輒與諸生講課，人比之文翁云。其赴補印江也，過省垣，值安平有劫獄事。大憲檄君往署兼捕逸盜。盜逃至雲南興義，民感君代爲捕得之。大府擬題奬，君力辭，請赴新任，衆皆賢之。

君性静逸，無嗜好，政暇唯觀書，閒爲吟詠，有詩集若干卷；此比於古人日食一升飯而不飲酒，矜爲治譜之奇術者何如也。今年某月日爲君七十壽辰，鼎立來請余文爲壽，故爲述所聞於鼎立者，而並著其淵源於鄉先達者，如此道其實也。

姚石甫六十壽序

道光二十四年甲辰冬十月，爲吾友姚石甫六十初度，其族人徵余文以爲壽。余惟古之奉觴而上壽者必致其規諫之詞，今將舉石甫行能才美而言，則慮人以爲虚稱而非實，且近於諛頌，而乖擇言之義。於是爲援朱子、陸子兩大儒之言，而揚搉其意焉。朱子曰，大凡天下之事莫非實理之所爲；蓋由物而觀，有其實乃有是物。以事而論，亦有其實乃是有事。大之爲日星，昭赫乎在上也，實有其爲昭赫也。細之爲五行百産，充牣於在下也，實有其爲充牣也。體之於人，學術以實而成，道德以實而著，文章政事以實而偁，功業聲名以實而久。此朱子之意也。陸子之言曰，千古以上有聖人出，此心同，此理同也。千古以下有聖人出，此心同，此理同也。東海有聖人出，此心此理同，南海、西海、北海有聖人出，此心此理率無不同。其所以同者何也，實也。不實，則惡能同！象山陸子極提一『實』字以明道立教，其大指發揮莫切於此。

世風不古，末俗多誣，大道燦陳，昏而忽思。於是乃有專騖於虛僞，而詭以爲實者。是故稽其學術，全未有實也，而妄以爲實；推之德行、文章、政事莫不皆然。三季以來至於今幾千年矣，中間之人若流水，不可涯量，不可紀極。當其時，意氣聲華各予智聖，而有亡之數終不係之。究其傑然不可磨滅，惟此數十百人之有實者相望於天壤。後之人美愛斯傳，非必有親戚相與之雅，昵比燕好之私，稠乎不謀，咸信悦之而無疑是説也。歷物之意莫不謂然，而卒鮮有人克彊己使，然居嘗慨歎，私竊怪之，乃今而於吾石甫豁之也。石甫之少日勤於學，則實勤於學，孝於親友於兄弟，則實孝於親友於兄弟，此非吾一人之私言也，蓋實無閒於其父母昆弟之言也。石甫嘗慕賈誼、王文成之爲人，則實克究賈、王之志事以效於行。故其釋褐而始仕爲縣也，則實克效其理縣之能；及其遷而爲鹽官也，則實克效其轉運之法。進而受知於天子超授監司刑名也，則實克效其監司刑名之職；而且在所治之地，則實克信於其所治之民；其在海外，則實克信於海外之民。其伸威於外夷也，外夷雖忌之惡之，亦實克令其敬畏之。至於仕之所嘗同僚也，則實克使同僚咸歡樂之。其睦婣任恤，於梓里之戚友，四方之交游，則實克使戚里交游咸感念之。是故讀石甫之文章，則實克詮乎道理焉。攷石甫之政事，則實克劘劙乎利病焉。聆石甫之言論，則實克辨析乎異同焉。接石甫之氣貌，則實克散開乎老洫之陰凝焉。故凡石甫之所以將其實心實理者，雖未知於嚮所稱千古以上千古以下，東海、西海、南海、北海之聖人，及所慕賈、王之德業爲何如，而要其以一實致設施之有效，衆志之咸孚，則以爲於朱子、陸子所論無爽焉。蓋吾非止壽石甫於六十也，實將壽石甫於千載百世也。亦非私於石甫一人也，實欲風人，使皆由於實以成材而懋德立事而輔治也。覽余文者，其尚能信吾言爲實，而非阿私其所好也乎！

石鏡心太史六十壽序代

鳳麟之爲物也，不蘄用於世，世亦不責用於鳳麟。然非氣化當極盛之時，則此二物不見，見則世無不徵以爲瑞。是故鳳麟見而不蘄用，鳳麟不損其爲德。世見鳳麟而不用，世亦不損其爲盛。非不用也，彼固不以獲用爲德也。鏡心太史暨其子廣均清才令器，時之鳳麟也。而其父子咸以少年掇巍科，蜚聲翰苑，是鳳麟之見於世也。然而鏡心一司文柄，兩充館修，年纔四十即歸而不出。廣均登第授部署，以寡兄弟奉鏡心家居。雖非終不出者，而恬淡不競於勢位，亦明矣。鏡心父子不出而朝廷亦不責其必出；吾故曰：鳳麟之爲物也不蘄用於世，世亦不責用於鳳麟也。

昔召公作卷阿之詩曰：『鳳凰鳴矣，于彼高岡。梧桐生矣，于彼朝陽。菶菶萋萋，雝雝喈喈。』而歸於『王多吉人』，『王多吉士』，以『媚于天子』。漢元狩元年獲白麟，於時詞臣作詩，以爲黄德之顯。則亦爲非氣化極盛之時此二物不見，益信不虚。以今方昔，何必周漢獨專其美。攸銛待罪宰相，天子以時平無事，使持節出督江南。雖遭際郅隆，陰陽水旱盜賊之無警，究之責深任重，時虞隕越。是攸銛之用於世，世亦以用責之攸銛，而恒慮不勝其用也。以視鏡心父子鳳麟之德，遠矣，美矣。弗可望也已。廣均爲余丙戌會試所取士，以今年三月爲鏡心六十攬揆之辰，乞余言以侑觴。故爲本其父子之才遇以美之。雖然，廣均其歸語而父，黄帝之沼，文王之囿，梧桐竹實，泉甘草美，繁林茂翳，尚其肯來一游與！

封翁桂軒先生壽序代

周漢以來，賢士大夫以經術飾成吏治，其見於刑政張弛損益者，有悱惻愛民之誠，而無操切彊民之苦。於是，民之被其化者有懽欣和樂之風，而無畏懼隔塞之情。上下相安，君子小人各得其分願；往往相與推原其所本，而樂道其善之所由來，蓋風人之義如是。廖侯既來治吾邑之明年，政通人和。士民之愛悦之者益樂親近瞻依，故得悉其封翁桂軒先生之德之實，乃相與歎曰：『我侯之賢也，抑封翁之有以啟之也。』及讀先生所著之書，與其所爲詩文，益歎先生之人之不可及，蓋誠於爲仁者矣！聖人論仁曰：『取數至多。』又推其效曰：『仁者壽。』先儒有言，仁以天地萬物爲一體。先生之自少而壯而老，事親能竭其力，愛弟能盡其恩。勇於爲義，誠於讓名，勤於爲學，篤於誨人。綜其所爲，無不一出於仁，然後又有以知先生之宜克有令子，而享康彊，逢吉之休者也。

蓋先生生本右族，世載清宦，攷曰四川彰明縣知縣，乾隆戊午科舉人。彰明生三子，而先生其長君也。當乾隆四十年閒金川用兵，王師載途，軍書旁午，杜公所謂牧出令奔者也。彰明内軫民瘼，外籌供億，先生實悉心荷理，俾無遺誤。其後彰明調辦口外軍需凡六年，先生往來省視，倍經艱虞。少失怙，事繼母太孺人孝敬倍至。彰明之仕也，兩季皆幼，先生撫養教導，以兄兼師。彰明國爾忘家，不以攖其心，蓋有子克家也。先生少工舉業，凡十應鄉舉，不售。乙卯科擬解者三日矣，卒以後場摒棄，先生自是絶意進取。彰明嘗命以援例出身，先生不肯，願讓於兩季。嘉慶元年詔舉孝廉方正，鄉黨及當事者將以先生應。人莫不以爲榮，而先生顧力辭，蓋其不苟於取名而讓於德也如此；非其中有大過人者能如是乎！

先生生七子，四入膠庠，三登賢書。我侯之仕於皖也，先生以嘉慶十年來就養官齋，十四年，恭遇覃恩錫類，受六品封。旋於十六年歸里，悠游林園，惟日課諸孫，以讀書成就後進爲己事。其居鄉也，修復學校，表章先賢，名迹碑碣，皆違衆獨任其事。其所著書一皆訓俗型方之意，無在不以濟人利物爲心，蓋巋然爲一邑之鉅人長德，童孺婦嫗莫不信其爲仁人也。今年九月某日爲先生九十開六之辰，某等被賢侯之德者咸進而言曰：在書洪範之論五福也，必歸於攸好德；古之大人保福禄而享遐齡，率由斯道。然則世俗頌禱之詞固不足進於先生，惟我侯以康濟之才，展其經猷以上載國恩，克成先生之志而大其施，是則先生之志也。我侯亟以此言進，庶幾先生以爲然，而樂進一觴邪！

方墨卿壽序代

桐城以宦學垂五百年之舊家，方氏其最也。理學名臣、文章經術先後無慮數十百人，海内談望族者莫敢或並。吾師勿菴先生紹先德，擅雄藻，行修而學殖，弟子輩每私議：先生而負其所有以發名於世，與天下俊雄瑰偉馳騁角逐於木天石室，爲國家宏其教，豈特一邑之師而已哉。顧先生老而不遇，平生不泛交，不與當世英髦盛名之士相應答，獨以其學教於一邑；一邑之人用先生之教，而發名於世者踵相接。里巷族婣子弟無論輩行之卑尊，年歲之少長，有不爲先生之弟子者十不一二。則是先生之教既行矣，又何必發名於世，而始足隆宗而光國哉！先生爲文高言絜韻，渾脱瀏亮，脱去筆墨畦徑萬萬。乾隆壬子鄉試，房考嘗以第一人薦，不中。先生性曠達，不以得失爲欣戚，亦不爲崖岸。每逢科舉之歲輒赴，曰：『吾以盡吾能而已。』平居與人無町畦，有招則就之。或極飲大醉嘲謔罵譏，人皆樂親之而不厭。今年七十矣，而耳目聰明，視聽飲噉弗稍衰，性情顔貌笑言游好弗少減。執筆爲弟子評閲文字，蠅頭細書端謹楷正弗少懈。人皆曰：先生葢有得於中而然也。先生曰：『吾何得哉！吾平生惟知樂，吾樂而已。吾無位而忝竊文譽，爲衆人師。吾無子而有五女，足以娱意。嘗教兩姪，皆成立，且以爲嗣。嗣雖殁，而有孫二人。吾貧而衣食亦未匱。吾老而精力健甚，足以任勞勩。吾不學而有詩文集，足以與人覆醬瓿。天之與人恒不足，吾幸有是五樂，吾何歉乎哉！』於是弟子又私議先生之行如此，先生之言又如此，然則先生果有得於中而然矣。昔鄉先輩望谿先生爲高素侯序，於時公卿學士爭爲詩頌高公，獨揭望谿之文於壁。然則先生於弟子亦有喜其言之質而揭而不棄者乎，既以爲先生壽，並敬以質之先生。

家仲山八十壽序

密之先生仲子位伯有裔孫曰璋，字仲山，以今庚戌歲十二月日届壽八十，乞樹爲之序文，其言曰：『以子能文，冀得藉以壽我於無窮也。』余與仲山不同族，故無輩行稱，少小亦不相識。及君解組歸田，適余亦倦游還里，時相過從，因漸相習，久遂相親愛。君少未嘗學問，而資性誠篤重厚，存心制行一以忠信爲本。暮年每日讀論、孟、四子書，作楷字數百以自課。余嘗謂，子夏賢親君友未學爲學之言，惟君乃得彷彿云。君長余一歲，往歲慶七十，余實爲之序，其行履仕蹟已詳，今無以益之也。無已，則惟以壽言之。

古之得上壽者如周之召公，年百六十；宋之文潞公，九十六。是皆聖賢之徒，國楨人瑞，天壽平格。以仲山擬之，則不倫。若葉少藴所記宋賢如張鄧公年八十六，陳文惠公八十六，富鄭公八十一，杜祁公八十八，及李文定、龐潁公皆及八十。西園雜記記明大臣壽攷者王端毅、魏文静而下十三人，是皆執政大臣，中外引瞻，且同朝而不必同時同里，皆與仲山不倫。惟宋洛社耆英及南陽菊潭同飲潭水，得上中下壽。又唐升叔達三易集有南翔八老人詩，序曰：徐爵九十六，趙陸九十四，陸淙八十五，徐勳、張樂俱八十四，董儒八十三，朱梓八十二，陸球八十一，居止不一二里而耄耋相望，日杯酒談笑相娱樂。昔歲仲山與余效唐人香山社故事，爲九老會，余詩所謂『未免鄉人亦可傳』者也。今十年之閒已亡者過半，然此雖同鄉里而不同族也。惟仲山高祖潤齋公年九十一，曾祖奕叟公八十四，父師柳公年八十，其壽鍾於一門，耆艾先後相繼。此古今海内所僅見，是爲稀有之盛，以此爲瑞，乃非異世異地異族所可與並。君居鄉循循如也，無城府。與人言煦煦然惟恐傷之，曾無疾言遽色，然亦無唯呵便佞詭隨之行。其於地方一切公事不立異，亦不退縮，率隨衆遵行。平日飲食寢興皆有常節度。子四人皆馴謹修飭，無里黨之過。君常訓之，以學喫虧、勿討便宜立心。孫五人，長者已登仕版。君精神完固，雖八十而行步不杖，蓄一杖乃反以贈余。膚革充盛，血氣腴潤如少壯人，臉際常泛紅霞，如中卯酒然者，此非内有真積，安能符采外炳若是。嗚呼，可謂真誠君子人矣！余性淺衷而氣輕躁，於語言喜怒易發，雖力自禁飭，而恒致悔吝。每遇有過僁，輒思君以之對治爲鏡，則媿悔累日。非特余也，見古今名流非不各才智自擅，而以聖賢之道衡之，即無不皆在過中，疵病百出。所以然者，皆以學問智能而滋生長裕之之故，莊子所謂智孽也。然則君雖未學而反得免學者飲藥加病之失，豈不懿與！君仕不過縣令，産不過萬金，名譽不出鄉里，惟獨行誼可欽，世壽克繼。爲他人所不知，余爲著之，其亦足以慰君而樂爲進一觴焉也已。

張君七十壽序

道光二十九年十月六日，爲吾友張君七十之誕辰。

先是君於三月閒忽感風疾，手足痺癱，不能轉側，不任步履，言語歰塞不清。不特其家驚惶莫措，即余亦爲之憂疑廢寢，不能成寐。其後屢往候問，皆就臥榻前相晤語，如是者經兩月，竟得良醫良劑靈素之效，日漸痊愈。於是不特其家欣喜過望，即余亦爲之手額相慶。又數月，則漸能杖而起，閒命廝僕扶將，可以前至廳事摒撐家務，接見賓友。余亟勸其毋過勤，仍宜簡事節勞，以自將護。昨日竟乘肩輿過余，余驚喜，延入坐定，則以將届七十誕辰，欲開筵集客以慶更生，而命余爲之序文，將以張於堂，以諗於衆。

余曰：然。夫以古稀之年，本應稱祝，而況君今以重疾獲復平康，尤爲喜慶中之尤喜慶者也。不特其家及衆族戚以爲宜然，即余亦以於事、於情、於理決爾宜然。顧古無生辰祝嘏之禮，凡史傳中所稱上壽者皆尋常飲酒，隨時擇言致語，亦兼規諫，不專頌祝。至唐人始有令節之名，而民俗相沿，遂以生辰稱壽爲故事；然未有特爲文者。至明人乃有壽序之作，惟歸熙甫最擅其能，一集之中至有七八十首之多。余嘗取其文聚而觀之，雖詳略勝劣不侔，大抵以叙情好、述生平、美行誼、致頌祝，是故其事雖沿俗，而於義亦無倍。於是不特君欲得余之文，即余亦自以非余不能爲君作此文。何以言之？則以余與君交最久而知之最深，而差又能言故也。余少與君居相鄰，結契最早。君之尊甫及其母夫人皆習余，而先子及先慈亦習君。故兩家情誼至密，雖朋友也，而不啻骨肉親串焉。君才美而又通習時務，老成諳練，性忠信勤敏，人屬之事靡不盡心。或告之難，無不救恤，力與維持。即邑中一切大小公事、興建工役、賑濟等務，前後諸邑宰莫不倚辦。少時家貧，既久試不利，則橐筆游幕，翩翩書記，遠近諸公皆傾風倒屣，無不欽重契合。既去，猶恒思之，故其與人交久益堅而不普。家本貴族，其先世墳園、墓田、丙舍、祠屋至廣，每歲租入經費支用甚鉅。苟或經理不善，多生弊端，於是其族長公議推君爲都管。既任事則矢勤矢慎，不避勞怨，一二十年百廢具修，害去利增，悉臻美善。夫行修於一國謂之國士，若行修於一鄉豈得謂非一鄉之彦士乎，君於是爲稱其名字矣。余年長於君而材朽不逮，今君疾既復平，自今以往將日進康疆，彌天性歷期頤，以利一鄉。不特如鄙文私所稱述，如此將見後來一鄉之人皆羣致其頌美，相爲慕效。詩曰：『心乎愛矣，遐不謂矣。』豈虚也哉！

卷九　傳

明山東濱州州判甘君家傳

君姓甘氏，諱正三，字世隆，晉於湖敬侯卓之裔也。敬侯墓在江甯之南鄉，地名小丹陽，其子孫聚族居此近千餘年，今世所呼甘邨者也。當明宣宗之世，有曰尚文者是爲君攷，實生君。君生而樸慎篤厚，至性過人，自其少時固已有高世之概矣。始以庠生就職待選銓曹，適父遘病且篤，君聞未審，不待家報，即日奔歸。時人比之阮孝緒之心動念母，無以過是焉。初選通州衛，經歷後遷莒州州判，所在皆有惠政。繼又改濱州，濱州當武定府之東，爲山海要衝，號稱繁劇難治。州判職雖副貳，而所以佐其牧，以理農田水利寇盜者，厥任至重。君盡心講求，凡可以便民悉言於牧，而次第推行之。於時上下莫不翕然稱君之賢，以爲濱之民人是賴。越四年是爲孝宗之宏治二年己酉，君以歷仕於外，久違邱墓，因固請乞歸鄉里。君歸而優游林泉者凡二十三年而歿，年八十三歲。遺訓以耕讀惇謹爲家法。娶朱氏，生四子。嘉慶辛未年，樹寓居江甯，君十世孫福字夢六，愿篤君子人也，始持君狀略，乞爲之傳。

論曰：吾桐之世家多徽州籍，其興盛於桐，自元明始。而在徽者，則自漢唐以來之族望也。是其遠者千年，近者亦不下三四百年。至江南閩浙各郡，往往求所爲明季之故家不多可舉。說者謂山川之性流聚有不齊，居水鄉者恒短，然獨江甯甘氏自東晉迄今千餘年，子孫弗替，此固其祖宗創垂功烈之盛，抑其嗣多隱德培溉以致於茲。若別駕君者，非其人也與。

甘節婦傳

節婦江甯金智洪之女，江西進賢縣巡檢甘名棠次子元勣妻也。初，棠娶陳氏生子元勳，陳氏卒，繼室劉氏生元勣。節婦年十七歸元勣，不及事舅，獨逮事孀姑。勤苦操作，婦職克修。其姑亦愛憐之焉。居五年而元勣以疾歿，遺一女，無子，立族子文陞爲嗣。節婦教養之，以至於成人，爲之娶婦劉氏。甫少年而文陞又死；於時一門三嫠婦相依爲活，而節婦勤甘旨、應賓客、接戚族，皆盡道理，俾其姑與婦若俱忘其無子與夫者焉。家貧有田二十畝，節婦念宗祀先祖雖有伯姒，而他日吾夫之祭祀終闕，乃捐其半以入宗祠，俾爲春秋享祭之費，其明大義慮長久類如此。然而節婦亦遂以經營門户積勞成疾，於嘉慶某年月病卒，年四十八歲，於是守節二十八年矣。先是節婦病革，謂其子婦曰：『吾病殆不起，吾死無恨，獨恨不獲終事吾姑也。』及卒，家人頗見其形如生時，蓋其摯孝之性雖死不泯云。其女適太學生劉起鎮，文陞無子。

方東樹曰：『余識甘君夢六，夢六爲余言其族子婦金氏事甚悉。且言曰：「今年太守吕公重修江甯府志，幸已爲請於官而得旌，且載入府志矣。然府志所收人眾，例不得獨詳一姓，敢乞君爲之傳。」余悲節婦之志，而又以嘉甘君之高誼也，因爲著傳，俾列於家乘云。』

吴貞女傳

吴貞女者，亡友姚君錫九之聘子婦也。父荆園與余居同巷而相善，貞女生一歲，許字錫九次子元蓉。錫九以戊辰中式，辛未成進士，用内閣中書改就實録館，議叙知縣，攜元蓉之官湖南，未至，中道病卒。元蓉弱孤，遽遭變，歸途復覆舟，驚哀致疾，旋亦卒，時嘉慶十七年某月也。貞女先聞舅卒夫疾，則已不食。及元蓉訃至，乃跪泣而請於父母，願歸夫家持服。父母弗忍也，而拒之。貞女膝行，固請三日，血漬巾舄，父母又弗忍也，而許之，謂曰：『許爾守，歸，不爾許也。』貞女拜謝起，入房屏服飾，自是身不登堂，非骨肉不得見其面。歲餘，或竊有議婚者。貞女聞之，遂絶粒七日，幾殞。家人惶惑，荆園泣而撫之曰：『吾固從爾志，何自苦爲！』貞女躍起伏謝。於是貞女居室七載，嘉慶二十三年某月日，姚族始議以錫九長子元芙之子某爲之嗣，而敬迎貞女以歸。入門拜姑，易服哭奠其夫，立受其嗣子朝。是日，姚氏親戚内外尊卑及僕婦在者莫不失聲隕涕，不能仰面。元蓉卒之年貞女年十有六，至是蓋年二十有二，卒成其志焉。

方子曰：古今之遠，四海之大，女子之著貞烈者衆矣。其姓字不同，而其行與事大略皆同。然獨一二人其傳最盛，則又視乎傳之者其人之文有箸不箸以爲顯晦耳。雖然欲傳之心，丈夫之苟名者則爾。若夫貞烈女子，其純明堅確之操，皎皎乎，皜皜乎，豈計其名之傳而後爲是哉。嗚呼，是可風也已！

徐靜川傳

山陰平君默庭爲余言其友徐君曰：『始吾與徐君交，自柯橋章氏文酒之從，旦夕未嘗稍閒也。晤言之誠，心腹未嘗少隱也。處相聚，出相思，如是者蓋二十有八年。歲甲戌，余奉先君諱歸里，二三戚誼與嘗相識者，無遠近皆弔，而徐君不至。余心詫焉，既而詢之，則徐君已前死矣。徐君名熒，字静川，蕭山人。少爲諸生有聲，屢試場屋不得志。行誼文章既無由見於世，乃悉以其學教子。卒，其子四人皆成，能繼父之業。』平君曰：『君性純孝，自其少事其本生父母及繼父母皆有過人之性。君歿之先一年，其母夫人歿，數月，其長子又卒。君以此過致悲哀，遂感疾且死。』嗟乎，士之不遇於世久矣，其文與行之不皆傳亦衆矣，獨其友人所嘗與相知而親厚者感歎悲思，有不能已焉。而必欲宛轉託諸世之能言者以著之，若平君者其亦可謂篤於交友者矣。君幸可以不恨，余故爲傳之，以見世之能取友者，必非恒人也。

解淑人傳

淑人姓解氏，世爲山西朔平人；廣西柳州提督遜之女，嫁雲中任氏爲四川重慶鎮總兵贈提督勇烈公諱舉之介婦，而京營游擊承緒之室也。勇烈二子，長承恩，以難廕補二等侍衛，仕至福建泉州提督。初，承恩補侍衛之年，高宗純皇帝念其門功，復用承緒爲京營千總，再擢南營游擊。乾隆三十七年正月，都城西市火，承緒奔救，撤屋表火道，排牆顛壓卒。淑人年十八嫁，嫁十年而寡無子，生一女，適介休范光復，今爲廣東白石場鹽大使。淑人之歸也，逮事太夫人。及承緒卒，太夫人已先歿，淑人遂依伯姒以居。凡歷山東、江南、福建，皆隨之官所。

嘉慶三年，承恩以臺灣失機逮問，及事解復職，旋以病歿於京師，亦無子。自是淑人遂無依，乃就養其女於杭州，又十年，隨其女壻改官廣東，而其女復卒。是時，淑人蓋年七十矣。

論曰：吾讀史列女傳，而見古之表列女者，無論爲賢、爲孝、爲節、爲烈、爲慈、爲才，然攷其所遭大抵多出乖變不祥，有令人讀之濍然不勝其傷心者。方解淑人以顯貴之女歸於盛族，忠孝之家，榮名烜赫，可不謂得其所哉。及其遘罹閔凶，愈老愈窮，迴思數十年閒前後所歷如隔世人，當此之時，求及於尋常士民之婦得以偕老其夫，育子蕃孫以保聚其骨肉而不可得，又何其悲也！嗚呼，天命不齊，自風詩以來古今若此者，可勝悼哉，可勝悼哉！

方母張安人家傳

安人姓張氏，漢軍鑲白旗人；前安徽和州知州諱廷勳之女，江蘇松江府水利通判方南湖先生之繼室，四川彭水縣令霽園之母也。安人來歸通判君，撫前妻子如己出，飲食教誨倍極懇摯。其隨通判君居松江署也，縞衣布裙，非喜慶事不加服飾。松江故濱海，盜賊充斥，通判職捕緝。通判君每訊盜，安人輒從容進曰：『盜賊之死，死於法也，宜也。就不得其實則有非法而死者矣。惟君盡心焉。』以故通判君終任無冤濫。通判君病，安人侍湯藥、封股肉進，卒不愈。通判君歿，安人時年二十八，生一女一子。女後適同里舉人宿州學正程翰，子即霽園明府也。安人忍死撫孤，艱瘁萬狀。迨孤能讀書，安人教之嚴。每自塾歸，必詢所學，有進益則喜，否，則即加鞭撻。時太息垂涕曰：『汝不力學，何以慰先人於泉下！』霽園弱冠補縣學生，旋中式乾隆癸卯科舉人，後任四川彭水縣令。安人卒於乾隆某年，享年七十有二，凡苦節四十四年，道光八年始請旌於朝。霽園名懷蕿，爲海峰先生弟子，嘗手書海峰詩文集刊行於世。

方東樹曰：余聞之友人潘司馬相曰，嘉慶初，相候補蜀中，識霽園。一日與眾偕謁方伯，有同官某陳請困苦，求得補缺，因長跪以乞方伯，掖之不起。君怒曰，不得缺，窮死常耳，此成何體面！拂衣逕出。方伯起追，謝而送之。越數日，遂委君攝彭水篆。觀霽園意氣如此，知安人之教之有素也。嗚呼，豈非賢哉！

舒保齋家傳

舒采願字守中，保齋其自號也。金谿楊中丞護作雙谿兩賢傳，雙谿，江西靖安縣也。兩賢，謂東軒、補亭兩舒公也。東軒名亮襄，補亭名亮衮，兩人孿生。岐嶷夙慧，同以奇童補邑庠生，又同中雍正癸卯江西鄉試舉人。東軒以丁未會試歸卒，年三十六。補亭仕爲四川永川縣知縣，有惠政。〔一〕君爲補亭第五子，屢困場屋，援例除甘肅渠甯巡檢。巡檢固卑官爲之者，或降志取安，君獨以方耿自飭，手書『孝弟忠信禮義廉恥』八大字，揭堡城樓扉上，而時與士之知學者吟詠其閒，爲勸講田渠水利，民大悦之。有武舉漁奪鄉民，横爲不法。君命健役執之來，曉以義；不服，則按而笞之如律，而自檢舉。會上官欲兩全，其事遂寢。偶郡守之妻過渠甯境，屬吏當拜迎。君獨長揖道左，守聞而怒，屬令求其短。令曰：『此彊項書生，忍飢奉職，未嘗有過也。』守乃檄君送秋審重囚數十人於蘭州省，而不給長解車役，欲因以誤差失陷爲其罪。或謂君曷往謝守而蘄免焉，君曰：『行矣。余幸蘄免而改檄他人，是余移之禍也，吾不爲也。』於是質衣裘爲囚賃車，行數程而貲罄，囚皆步行，鋃鐺躑躅，踣躓血出。君不忍，乃屬囚而語之曰：『吾誠哀若，今欲盡釋若等桎梏以載於吾車，吾與若皆徒步徐行，可乎？若曹有罪，我無罪，諒不以脱逋累我。即若曹逃而皆得遂其生，殺余而活數十人，亦余心所願而不悔。』於是囚皆感泣，相許誓不敢負。既行，囚則左右衛君。值津險處，扶者，掖者，敷茵褥以待憩者，爇松瀹茗以止渴者，煙郵荒磵中依依若子弟之捍父兄者然。

一日日晡，行至六盤山。崎嶇萬仞，麓無居民，他邑解役皆畏難而止。〔二〕君與囚喘息登，未及半嶺而颶風作。涼西之颶比海颶更暴惡，色黑而氣剛，作則正晝如夜，陰霾潮湧，大輿千鈞遭之輒覆。飛石如拳，擊人頭面。眾囚值風起皆紛竄。君坐樹閒，但聞崩崖折木，石破雷吼，如是者數十刻，風勢漸殺，微見星光。則車子爲覆車所壓幾折股，尋聲往迹，見騾伏草中，幸無恙。風際遥聞呼嘯聲，稍稍相近，則數囚埋面土中，風息而起相與追尋而來者也。於是囚抱車子置車後，扶君坐車前，並駕騾而推輓之。且行且歇，復見有執炬者遥呼而來，則斬罪某囚也。夙夜無行客，深山呼嘯，聚立而相待者皆死囚也。戌夜至山麓，去旅店里許，又有鞚蹇騾而來者，近之，則殺人鉅盜某犯也。君乘之入店，按名對文，只少一斬梟某。衆曰：『渠罪十惡，知不宥，是必逃矣。』君不語，第與衆相對啜粥。荒雞亂號，忽聞剥啄叩關，入之，則某也。君望見泣下，因亦泣曰：『人誰不願逃死，實不忍負我生佛耳。』先是，君見車子時衆囚無一在者，車子曰：『此天假之緣，不逃何待，行速者將百里矣。』君曰：『我實縱之，復何尤！』至是，衆囚畢至，故君感之而泣下也。及至蘭州郭外浮橋下，囚皆坐待。君後至，謂曰：『何不先入？』衆曰：『省會官兵多，見小人等徒行，公且得罪。』於是各向車中認取刑具，互相鈕鎖。君見之，更爲涕泣不禁。及君公事畢，將歸，不謁客，先赴監中別囚，與囚對泣，如母別子。囚之知必決，而有老親者求君寄聲身後事，君皆一一疏於紙，歸途迂道往致其家；其或有梟示近地者，仍爲之瘞其首焉。

新畺地多浩壤，戍邊之將各以部卒及謫犯開屯田，無限制，故武職多富。其應給軍糧則設糧廳爲收放，尖入平出，謂之耗羨，以供差徭雜費。初未設州縣，其各屯糧廳必揀調内地之彊幹者，謂之調口。每遇當調，不願往者必多方求免。至是烏魯木齊呼圖壁糧廳員缺，時適有遺犯戕官作亂事，人尤畏之。郡守方忌君送囚而囚不逃也，則僞以彊幹有爲薦君調口。爲君憂者皆勸其以疾辭，否則宜送室家歸，隻身赴邊。君夫人吴恭人謂君，是不可辭，辭且獲譴。且必偕行乃相安，死生有命，奚懼焉。於是渠〔甯〕民之送君者哭聲相續，皆慮君不生還矣〔三〕。君行，出關七千里始至屯所。適值嚴冬朔風苦寒，墮指裂膚〔四〕；積雪中人首纍纍，逆旅之犬銜之入牀下。呼圖壁城戍兵千餘，守備數十員，統於一都司。屯田徧野例交文倉收管者若干，貯都司屯倉以備徵調者若干，餘皆入營員私橐。葢漠外無運道，無葢藏，民食仰屯餘之蓄。歲祲麥貴，都司往往盡糶其備徵之糧，獲利倍蓰，次年則補之；有餘亦未嘗有所徵調也。故事凡祭祀拜次文東武西，定位也。君到官，與都司祭武廟，都司欲拜東，君與爭儀注舊制。都司怒，自是事事相掣肘，且時命其軍校尋隙。一日，有遺犯竊商旅，君緝得其人拘繫之。都司率弁卒奪去，君申提督，提督亦不理。於是釁益深。都司令其營校邏守文倉，雖遵例支放，而耗羨則不許糧廳出糶，以窘困之。閉糶數年，耗糧充棟，積而勿用，〔五〕賴新畺雜職養廉厚，得不飢寒而已。

乾隆□十□年，吐爾扈特率衆數十萬來降，奉旨計口給糧以安插之。〔六〕伊犂將軍所部數千里降人，咸在將弁屯倉所儲備徵糧以供數。羽檄下都司，文到即速運，〔七〕後期者以乏軍興論。都司得檄，憂怖莫知計之所出；蓋是年麥價踊貴，凡諸屯之儲盡糶，積金雖多，而千里内外〔八〕無市糧處。於是有爲都司謀者，是非求舒某不能解。都司慮君懷怨已深，將必不許。其人曰：『吾觀此人輕利上義，膽雖大而〔九〕心甚慈，宜可以誠禮動也。』於是都司乃率羣弁造門請謁，君方習射後圃，釋弓矢出。見之則長跪乞救死。君再三掖之起，詢知所急，〔十〕慨然曰：『蒙君數年爲我守，用有此積，〔十一〕我亦豈乘人之急者。事不可緩，〔十二〕今盡以管鑰付君，即自發運，〔十三〕以成數報我可耳。』都司竦悦出於望外。於時金川用兵，詔許有能運糧餉軍者叙勞授官，君乃命其〔十四〕長子慶雲應詔，得議叙同知加二級，封君爲中憲大夫。適君兄來視弟，道殁於山丹。君遂辭職，往護兄喪歸里。瀕行，念塞外貧交多謫戍而無依可愍者，取槖中糶粟價三千金，悉分贈之而後别。〔十五〕既而慶雲除廣西慶遠府同知，攝永甯牧，迎養君至署。己亥終於州廨，年五十有一。

舒固世族，今慶雲仕爲浙江金衢嚴兵備道，其羣從子姓爲牧令者甚衆，人以爲隱德之報云。君初至塞外，貧甚。都統索公憐之，以監照百紙發君備賑，君辭不受。後十年，口内外監照冒賑案發，而君獨免，非先識乎。〔十六〕君第三子夢蘭世稱白香先生，以才俊名，所著天香記、湘舟漫録、詩文集皆行於世。嘗在怡賢親王邸爲上客，甲辰應江南召試，一時（於）［如］紀文達公、趙文恪公、胡文僖公、楊中丞護皆與游好。白香子普即文僖壻也。

方東樹曰：余讀史，嘗剌取古人縱囚者十餘事，皆奇偉；　而歐陽永叔獨議唐太宗爲好名，豈盡然與！　夫子語或人『以德報怨』，何以報德；　而又稱『伯夷、叔齊不念舊惡，怨是用希』。　夫言豈一端而已，豚魚可格而仁之爲道遠，亦義各有當焉耳。　余未識白香，而顧嘗辱與之書，極相慕悦。　且願與余談，願與連日夕談而不一談，嗚呼，是可想其風期矣。　道光十七年，余在兩粤制府幕，而普仕爲廣東鹽場大使，示余以楊中丞所爲保齋逸事記，余因（爲）點竄爲保齋家傳。　是年冬十二月，白香卒，而余遂終不得與相見，故並及其梗概焉。

【校】

〔一〕自『金谿楊中丞護作雙谿兩賢傳』至『補亭仕為四川永川縣知縣，有惠政』：　儀本改作『江西靖安縣人。　父亮衮，字補亭，與兄亮襄學生，岐嶷夙慧，同以奇童補邑庠生，又同中雍正癸卯江西鄉試舉人。　補亭仕為四川永川縣知縣，有惠政。　金谿楊中丞護所為雙谿兩賢傳者也』。

〔二〕『他邑解役皆畏難而止』：　儀本刪。

〔三〕『皆慮君不生還矣』：　儀本刪。

〔四〕『墮指裂膚』：　儀本刪。

〔五〕『耗糧充棟，積而勿用』：　儀本刪。

〔六〕此句儀本改作『奉旨給糧安插』。

〔七〕自『將弁屯倉所儲備徵糧』至『文到即速運』：　儀本改作『羽檄下都司運屯倉所儲備徵糧以供數』。

〔八〕『而千里内外』：　儀本刪。

〔九〕『膽雖大而』：　儀本刪。

〔十〕『詢知所急』：　儀本刪。

〔十一〕『用有此積』：　儀本刪。

〔十二〕『事不可緩』：　儀本刪。

〔十三〕『即自發運』：　儀本刪。

〔十四〕『乃命其』：　儀本刪。

〔十五〕『而後别』：　儀本刪。

〔十六〕『非先識乎』：　儀本刪。

都君傳

當吾世而有篤行誠孝者曰都君，余敬之、慕之，因爲之傳以警世，而使知鑒焉。　孝者，庸行也，自衆人能盡其道者少，而視之遂若奇行焉。　若夫衆人所共難以爲奇行者，而君子行之祇若庸行。　衆人於君子所易者而難之，君子於衆人所難者而易之，若行其所無事。　無他，直所以用其恩者有推與弗推耳。

君名某，字某，世爲桐城人。始君生，而父客游於秦。君之叔祖父及羣伯叔咸挈家偕往，君煢然依母家居。未幾而母亡，又未幾而父繼歿於客所。於時君甫五齡，無所依，則就鞠於外氏，隨羣兒力樵采以供薪爨。恒冬無緼絮，夏無絺葛，餐蓼茹蒿，朝夕負荷以自食其力，以自脱於飢寒。及長，娶婦倪氏。倪亦賢淑，日勤紡織以佐乏匱。君傭力以給生計三十餘年，備歷苦艱，卒無能多所贏蓄。居常早夜西向號泣，以不得歸其父骨爲痛。一旦决意欲往，因告貸於素所親愛者爲販茶以佐資斧。於是由舒蓼徑商雒，徒步二千餘里，忍飢露宿得達關中。至則覓得父棺所埋葬處，殮其骨，載以歸。歸至中涂，每夜若聞哭泣嘈嘖聲甚衆，相隨於後。君悟因泣而祝曰：某歸若能自存，當復來迎叔祖父暨羣伯叔柩，終不使久淹於異地矣。祝畢而哭聲隨息。越數年復徒步盡取叔祖父母等八柩，悉改殮其骨以歸，因買地爲三分而族葬焉。嗚呼，此一事也，是士大夫讀書仕宦而莫或能爲者，而君以一窶人再行而畢蕆焉。豈必其力之能裕與，亦竭其心所不容已焉耳。

先是君少孤，不能省其先祖父墓。每春秋祭，輒攜香楮望冢之屹然高大者而拜之，人皆笑其非。君志窮，乃傭於其山下之人家，不取其工值；求之一年始得諸麥隴之中，因買田置祀而廣其界。又有祖山爲他姓盜佔而葬者，君踵門哀求以大義動之，其人卒感其誠而自行起阡焉。君少所鞠外氏已衰薄，有柩久淹不舉，君購地代爲歸窆以報其豢育之恩云。其於他親疏及戚墳墓，苟其子孫不克振者，歲時必徒步親往代祭，極其誠敬哀思之情。里有殷某挈家之秦，而託其鄰爲視其親柩者，及遇君於秦，詢知其所爲則大慟，因以屬君。君歸視其柩則前和已壞，力爲捐貲而葬焉。君生於乾隆辛卯年，卒於道光庚子，享年七十有一。生二子某某，遺命子周邮族人惟厚。

論曰：古人一事得力其心遂，以數十百用而終身不盡他事類然，況其爲至情之所發與！迹君之所爲，多在於親喪追遠之事。詩曰：『永言孝思，孝思維則。』又曰：『孝子不匱，永錫爾類。』若君者，信乎其不匱而可則焉已，余撰君事，輒爲太息泣下云。

先友記

東樹嘗欲倣柳子厚作先友記，顧惟先曾大父友計四方近遠無慮都數百人，其在同邑固已百餘人；皆當時知名奇特士。東樹生晚，遠方諸人既不克究知其行義爵年，即同邑所知聞多有用無世而泯滅者，獨謹識其名氏而已。至於先子不好聲氣交，平日相往來樂晨夕者，止鄉曲束髮友數輩，至老莫簪，懼流風遺韻之不聞也，謹記傳之。

左堅吾，字叔固，父周由御史爲浙江甯紹台道。君口不言官位，不應科舉，平生不與要人通一書訊。母劉海峰先生女也，早歿，君痛母死，時貧乏，泣血三年，坐處左右地恒溼。少長外家，習聞緒言，隱然以(楊)[揚]子幼之於司馬子長自處。性多通解，精葬術，有來請者一無拒。又習知海内氏族年媏故舊，並其行輩親疏遠近，酬對所及，幾擅李守素肉譜之能。工書法，俊逸倜儻，兼徐季海、歐陽詢二家筆勢。姬傳先生最重君，每論詩文輒曰：『叔固評是，吾復何云！』君舉止儀度吐屬似魏晉間人，當眾人羣聚，君至恒如仙儒高士蹁躚從世外來，一坐皆傾。每發言必歎，言絶凡近，多出人意表。去則皆如有失。東樹幼即知愛敬君，每來與先子言，則追侍不欲暫離，惟恐其去。然性偏不喜伊川程子，常極口詈之。〔一〕中年忽自服硫磺致疾卒，年四十八歲。平生無著述，雖先子至密，從未嘗見一字。

孫起峘，字岌之，六世祖節愍公臨爲楊龍友監軍，同死仙霞嶺之難。明史附傳。祖建勳以武進士爲御前侍衛，仕至陝西興漢鎮總兵。父顏，乾隆辛巳進士，未仕。君中嘉慶辛酉進士，選授蘇州府儒學教授，告歸卒。君爲人短身細弱，而清高之氣、不屑之韻，翛然出於儕類。被服修潔，儀止天逸，音詞亮越，博學彊識。性冷峭，不言而寒光逼人，人亦以是避畏而疾忌之。喜藏書，多得佳本，手自校勘，籤識精良；人有欲假之者，弗與也。著有権經齋劄記。君與先子交密，東樹幼時樂親父執，最爲君所愛，故以譝於其兄與嫂，而以其猶〔二〕子妻子。君一子早卒，有孫四人，然藏書久散(迭)[佚]矣。君不工爲程式文，其鄉會試卷皆雜以經古語砌成之，人或以爲誚不屑也。

張元輅，字虬御，祖桐山東萊州府知府，父曾份直隸南路同知。君容體骯髒，氣貌矜高，平生未嘗屈於人。其服食、言笑、起居無往不挾帶貴氣而不自覺，其實君非至貴，亦非有施施於驕伉，蓋真性天發自率，其本量如此。中年以例選授廣西州吏目，夫以至貴之性而就至卑之職，豈退之所云物各有分，非天使然乎！居廣西三年，適中丞南康謝公修省志，請君爲分纂，事畢旋以病免歸。歸後二十年而歿。君工書，雄古奇縱，全得晉唐人筆，法甚備。當嘉慶之季，逮於道光之世，海内書家未之有或過者。以名位卑，故不顯。小篆逼秦相，快劍長戟，頗自矜貴。嘉定錢坫、陽湖孫星衍極所嗟服。君厨饌最精，〔三〕性善飲，每醉後容態言笑愈雅適可愛慕。東樹每樂觀之，醒時反不若也。嘗邀先君飲，亦召東樹，父子咸暱親之。君通小學，精説文，無著述。自先子歿後，君彌親愛東樹，恨莫有報焉，每念之則泣。

馬宗璉，字器之，嘉慶己未進士。母姚姬傳先生妹也。少學於舅氏，長游京師，改攻漢學，益治經；著春秋左氏傳補註行世，最爲儀徵阮相國、高郵王尚書伯申所重。君性真率，東樹已受室，君來猶呼東樹乳時小名，近今無復此古風矣。君子瑞辰，嘉慶乙丑進士，官工部都水司郎中，著有毛詩傳箋通釋。

方相褎，字揚廷，父輔讀江甯上元縣知縣。君中乾隆癸卯舉人，爲直隸宣化府保安州書院山長數十年，遂卒於彼，無子。季弟相宸以仲兄難蔭世襲雲騎尉，官至廣西參將。先子之交惟君與馬丈器之最早，而喪逝之早，亦惟君與馬丈略相等。君性慈祥，遇人無親疏皆待之如骨肉，言論坦誠無城府。大人顧喜書能詩，恒呼先子爲兄，呼東樹爲姪。東樹每至君家，則聞歌詠聲滿室，或就爲東樹講授之，視之如子。君與東樹不同族，而君與顧夫人視予父子不異家人也。

王灼，字濱麓，居樅陽，海峰弟子也。乾隆丙午舉人，爲池州府東流縣教諭，著有晴園文集詩集。先子與君論詩文最相得，大約皆宗海峰也。東樹在江甯時，每鄉試之年，君例來送諸生録遺科舉，東樹必往謁。其後君歸，東樹過樅陽亦必謁於其家。君爲人方嚴静重，不苟笑言，持身刑家一率以禮，樅陽一鎮之人無不嚴憚王先生者。儀徵阮相國與君爲同年，然以文行獨最重君，他同年不及也。

左眉，字良宇，堅吾從父兄也。少聞海峰緒論，長習姬傳先生，於文章學問皆早識塗轍，用功甚專苦。君軀幹短而黑肥；性慓直，遇事率言無所避。當其發口如鯁在喉，必吐之而後快，人多憎其戇，恢如也。女適姚元之，夫人戀女，遂挈家之京師，然非君意也。乃獨客山西潞安，竟卒於彼。先君集中云，聞其晚學詩，而未見也。

潘鴻寶，字鼎如，父洵由知縣洊擢浙江杭嘉湖道。君儀止清修，雖席豐厚，而行己居學矩矩然儒士也。師事姬傳先生，工書能詩，喜手鈔書。二子相、羣皆從先君受學，相仕爲緜州州判，迎養君與夫人至蜀，遂皆卒於緜州。相今爲直隸順天府東路同知。羣胡虔壻也，更名光泰，以舉人選貴州天柱縣知縣。君在當時若無以大過人者，然以東樹少所親敬俯仰數十年，至於今日所覯，求復有如君之居身檢素，言論無陂，信讓校然，如思古人也。

吴庭煇，字正行，父貽詠乾隆癸丑會試第一，兄賡枚官御史。君嘉慶辛未進士，官止四川涪州知州。種之先生暨侍御官皆與先子厚，而君尤親昵。君居身檢迪，居家肅整，居官惠勤，居鄉介和。不絶俗，不徇俗。東樹嘗謂其門内有萬石傳家則也。

馬春田，字晴田，號雨畊。君於先子年輩少先，平生宦游，晚始歸里。於時同輩喪逝略盡，故於先子尤親昵，游必共詣，吟恒同韻，今兩家集内所存尚可攷也。君著有雨畊詩集三卷。

胡虔，字雒君，父承澤，字廷簡，號蛟門，雍正丙午舉人，己酉聘充山東鄉試同攷官，庚戌成進士，授刑部主事；改山西靈石縣知縣，有惠政，修隄防，河民偁爲胡公隄。蛟門先生與先曾大攷友，晚始生君，故君年齒少而行輩爲長。先子少與君友，葢扳以相接也。君少孤，生母朱早卒，適母戴教養以至成立。性至孝，好學刻苦自成，師事姚姬傳先生。家貧客游爲養。乾隆丙午，翁學士方綱視學江西，君在其幕，時南康謝公啟昆居憂在籍，因得與訂交，謝故學士門生也。其後謝官江南河庫道、浙江按察使，皆邀君至其署。惟任山西藩司，以道遠不獲同行，遂入秦觀察瀛幕。及謝調浙藩以至巡撫廣西，自是君皆相從，與之終始焉。謝所纂西魏書、小學攷、廣西通志，皆出君手。嘉慶元年恩詔保舉孝廉方正，時朱文正公爲安徽巡撫，儀徵阮相國爲浙江學政，同謝公首致書推薦君。以不與試賜六品頂戴。先是畢尚書沅督兩湖日，聘君纂修兩湖通志及史籍攷等書。君平生撰述多他人主名，故己所私著罕卒業。嘗刻識學録一卷，其餘殘稿散佚，盡爲鄉里小生竊取去。今其家藏書手墨盇無隻字存者。君爲學勤，留心掌故，桐城新修邑志所載蓺文目録一卷，亦本君稿。君三子：長傳，少從先子受學，今老而旅困在粤，不能自振。仲子某，出嗣君弟，亦奔走無定在。少子某依其婦家，在楚北數十年，未嘗返鄉梓。往年君仲子以君所著柿葉軒筆記一卷見示，東樹鈔而藏之，以君之著罕存也，輒代付梓，並撰君行歷以傳學者。因牽連而識先君所尤厚者爲先友記，存情好敘宿尚，凡十有一人。

【校】

〔一〕「常極口詈之」：儀本刪。

〔二〕「猶」：儀本作「兄」。

〔三〕「君厨饌最精」：儀本刪。

卷十　墓誌　墓表　祭文

贈通奉大夫姚君墓誌銘

君諱某，字襄緯。自攷以上官世行治既皆有銘紀於家乘，則君之子瑩所爲麻谿姚氏先德傳者也。少卓越自喜，性伉直，不爲苟容。當其義所在，決爲之與所不爲如風雨之疾至，勃然不可遏抑，雖犯難無所避。先君子嘗受其贄，當是時，君之羣從昆弟託累世交皆從先君子游，而於君尤以氣誼相驩。君世禄仕而家匪豐，既又遭中落，遂廢學以書記游幕。歷廣西、江蘇、浙江、山西、江西以至廣東，率皆以伉直疾惡(困)[因]而寡合，常鬱鬱以不得行其意以養、以祭、以厚其族戚惠及民物爲恨。居常盱衡時事，每抵掌忿激酒酣怒罵，或繼之以泣，人或憎畏之，以爲狂。嗚呼，是烏知君意之所在邪！粵俗嚴捕盜，冒得者率妄搆不辜邀功擢。有鹽大使某將踵行其智，君力爭得寢。其他所居幕，遇獄有枉者輒不避事司，危言救諫。久之，子瑩成進士，君始自粵歸。居里六年，瑩得選爲福建平和縣令，公就養官署，嘉慶丙子也。由是，君之志事瑩壹稟君意究而行之，然後君之意氣乃稍稍發舒矣。及瑩調臺灣，君隨之渡海。瑩以事罷職將内渡，君疾作，卒於舟中，實道光二年十一月某日，距生於乾隆二十九年八月某日，得年五十有九。

公未殁時以子瑩貴，封奉直大夫臺灣縣知縣加三級，卒後贈通奉大夫福建臺灣兵備道加三級。娶張夫人，故太傅文華殿大學士謚文端玄孫女也。祖若霦，河南武安縣知縣，父曾輒，雲南尋電司吏目。夫人三歲失母，能讀書，曉經史大義。年二十歸君，逮事舅姑以孝稱，勤苦持家，親課子，卒成就爲名賢，以文學政事聞當世。夫人之殁也後君五年，時瑩奉部檄入都，故事改降復官者例還原省，故夫人留待，遂卒於閩。子四人：朔、鑾、瑩、和。鑾、和早卒，朔監生，瑩嘉慶戊辰進士，今任福建臺灣兵備道加按察使銜。孫四人：繼光、啟昌、應昌，朔生；濬昌，瑩生。朔、瑩將以年月日葬君某鄉某原，張夫人祔，而命其故人方東樹爲之銘。

初,君之自粤歸也,樹亦自外返。居宅鄰近,朝夕數過從。維時先君子衰老,君之昆弟及與昔日同學者死亡過半,其存者或流離窮困,居行靡有定(正)[止]。每相與欷歔感歎,不能自勝。雖有時興發對酒,縱談劇語如平生,然微窺,君豪雄奮猛之氣亦少衰矣!嗚呼,蓋自是不復見君矣。既追念疇昔,又與朔、瑩久故,其何顧而辭!

銘曰:士不用,賷厥志。歿以泯,疇知悲。獨有子,究以施。尚君見,及慰之。人之惡,天之私。得我直,無怨疑。訂君實,昭銘詞。

張石徛先生墓誌銘

先君子有友六、七人,皆以俊才明識高於一邑。其平日論議風軌,邑之人咸望而避下之,無敢抗;謂能與同趣者,而先生尤高岸有氣,率常絀人而不絀於人。少隨父南路君官直隸,即知爲古學。工書,兼精小篆法,同時以書名家者莫及焉。南路歿,先生扶柩歸,後往客直隸十餘年。嘉慶己未援例授從九品,分發廣西爲巡檢。廣西大吏皆欽重之,不以末秩相遇。會中丞南康謝公修省志,獨令先生與纂修。先生既以氣高世,沈困下位,非其志;又適得髀癰,弟元軥遂迎歸,析己資奉養以終。

先生善飲,數爵後談笑神情愈灑然可觀愛。與先君最昵,而尤親愛樹。樹每自外歸,先生必爲美飲食相召,忘年輩而降色笑焉。先生歸,口手寫古書以課子煒。有招飲者亦輒往而不拒。閒攜杖偕一二相好出游郊外,以寄其散適之興,而其胸之所懷不可得而見矣。君諱元輅,字虬御,世官閥行歷具於姚姬傳先生所爲南路君誌。生乾隆某年月日,卒道光某年月日,年六十有八。初娶顧孺人,生一女,無子。繼娶趙孺人,直隸武清縣乾隆庚寅舉人陝西府谷縣知縣諱盼女,生一子煒。君母弟三人,元軥出繼伯父,至是元軥復無子,以煒嗣。煒將以某年月日葬先生於松山之金石原,樹追維平生,最其志行而爲之銘曰:

生志弗伸,歿名弗振。惟其直氣,蘊結弗淪,鬱此高墳。

朝議大夫廣東嘉應直隸州知州加知府銜金君墓誌銘

君諱錫鬯，字秬和，一字伯卣，號蒨穀。金氏系出漢秺侯，世居安徽休甯縣之七橋邨。八世有曰龍沙者始遷居浙江嘉興府桐鄉縣，遂隸籍焉。康熙己卯舉人，庚辰進士，官工部都水司主事諱樟，是爲君之曾祖，主事復由桐鄉遷居江蘇之太倉州，而仍籍桐鄉。樟生烈，官廣東惠潮嘉道調糧驛道，是爲君祖。烈生埴，官廣西新甯州知州，是爲君攷。君生而穎異，三歲識字，試之輒不忘。五歲就傅，誦讀倍常童。九歲，其從祖某授以史鑑，即知欣喜，朝夕披閱。十二歲隨侍新甯任所，習舉業。君昆弟七人，第三弟錫璐出嗣君叔某，官廣西象州知州。象州迎養繼母朱在任。新甯命君送錫璐往象州兼省祖母。至則象州猝遘風疾，歿於官。君時年十五，爲經紀喪事悉合禮儀。新甯嘗以催繳鹽課不力詿吏議，罷職歿產，後雖復官而家業蕩然。君侍祖母經理家務，閒爲人佐書記或敎讀，營菽水爲養。由是終新甯之世及得官之前，恒幕游四方而交日益廣，學日益進。故君之究心攷證，收藏彝器古泉，由交山東桂未谷馥、吳江陸直之繩始；君之講論經史小學，由交嘉定錢宮詹竹汀徵君可廬及錢氏羣從東垣同人輩始。南康謝中丞啟昆爲浙江方伯，日輯小學攷、史籍攷諸書，招致名宿如桐城胡徵君虔、鄞縣袁徵君鈞、海昌陳孝廉鱣、南城王聘、嘉定張彥曾、仁和朱文藻君皆與之上下議論，相得無閒；殆有如歐陽永叔、張堯夫之在錢文僖河南幕焉。君之補博士弟子員也，朱文正公實爲學使。其食廩餼也，今相國阮儀徵公爲學使。辛酉選拔，諸城劉文恭公爲學使。戊辰之舉京兆也，出曹文正公門下。又嘗主協揆英煦齋家，而於劉文恭公契尤深。此數公者，皆碩賢也，其門下幕府號爲天下之盛。而君皆參著於其閒，聲望略等，可謂賢矣。

先是，君以丁卯科秋試不第，挑補會典館謄録。戊辰仁宗巡幸淀津，君獻迎鑾九言詩二百韻，例一等，及試行在，以脱去補字不取。至是，以會典告成，議叙奉旨以知縣用，選廣東恩平縣知縣。下車改建文廟，興修書院，凡邑之宿案累年不結者次弟清釐，輿情大洽。癸酉充本省鄉試同攷官，所取八人皆知名士。明年以疏脱要犯被劾革職，既開復，旋又以獲鄰境盜犯送部引見，奉旨發原省儘先陞用。是年冬，奉委駐澳門查緝鴉片私販，先後獲犯二十餘起。明年署廣州海防同知，訪緝益嚴。有以鉅金賄進者，峻卻之。同知駐前山寨，距澳門一十五里，所司民夷交涉事，彈壓大西洋駐澳夷人，雖閒曹而責任綦重。澳夷向設兵總夷兵，其番差夷目該國例由小西洋撥遣更調。有⿰口保嗹⿰口旺等脅衆抗拒，小西洋換班兵總及夷兵等不許進澳。君信義素著，外夷讋服，於是親往曉諭，宣示天朝成憲法度，衆夷畏從仍遵舊章。制府今相國阮公奏君撫馭有方，隨陞知州，補嘉應直隸州知州。州俗質樸勤儉，文物冠冕，第土瘠民貧，錙銖重利，匪徒以借貸爲名肆行搶劫。君開誠勸導，詳請平糶，境以帖然。嗣以平反長甯盜案，中丞盧敏肅具奏恩加知府銜。君先後莅嘉應八年，勤政愛士，百姓畏懷。後以接緝盜案四參限滿，降一級調用，卸篆寓居州城。以道光戊戌正月終於州寓，距生於乾隆某月日，享壽七十有二。

君於昆弟最友愛，禄俸所入悉以周濟諸親戚誼。罷官之日，宦橐蕭然。嘗訓諸子曰：『經一番折挫，長一番見識；多一分享用，減一分福澤；加一分體貼，知一分物情。』又謂居家之道莫善於忍，然必思所以善處之方。初聘汪氏，休甯文端公曾孫女，早卒，繼聘錢徵君大昭女。子四人：鳳沼，兩廣鹽運司知事，錢恭人出。[?]濤，錢塘縣學生；鶴清，邑庠生；鳳清，候選主簿；女一；皆戚孺人出。君著有說文引經攷六卷，澹虛齋詩文集十二卷，古泉記十二卷，雜録自記等若干卷，藏於家。鳳沼等將扶柩歸葬君於某鄉某原，而豫乞桐城方東樹爲之銘。銘曰：

其生豐也履輒窮，其施通也用弗終。其蹇躬也道則宏，其封崇也後必隆。

中憲大夫候選道前兩淮鹽運使廖公墓誌銘代

公諱寅，字亮工，姓廖氏，明德慶侯裔。始侯次子曰德有者遷四川，其後有曰錠者再遷鄰水。當明季流寇屠川，有曰明命字朝拱者屢扞城禦難，邑人賴其保障，是爲公五世祖明命；生良碧，良碧生廷玉，廷玉無子，以弟廷獻子能容嗣，是爲公攷。自公攷以上三世皆以公貴贈如其官。

初，公攷之生公也遲，常眤愛之，年十六已受室矣。始出就傅，公爲學自力，中乾隆己亥恩科本省鄉試舉人。屢應禮部不第，乙卯挑發河南知縣，初任葉縣。下車之始即有善政，民咸稱便。嘉慶改元丙辰二月，湖北教匪滋事，葉當孔道，公承辦兵差一事無誤，而民不擾。戊午三月，楚匪焚掠葉之保安，戕驛丞，公撫定賑恤，事咸得宜。五年庚申，以獲劉之協功，擢升知府，並賞戴花翎。劉之協者，邪匪之首逆也，倡亂惑衆，爲諸省教匪之魁，屢奉嚴旨責捕甚急。至是獲之，大吏奏聞，奉旨嘉奬，遂於嘉慶六年補授江南鎮江府知府，署江蘇常鎮道，旋擢江西吉南贛甯兵備道。居三年，署理江西布政使。復任中途訪聞會昌縣民有習邪匪糾黨，彊逼鄉民入會者，即密飭信豐令、贛縣令會哨掩捕，得首夥等置之法，會昌以安。逾年己巳夏，安遠太平堡匪徒聚衆，公從數騎馳往，道念匪徒多鄉曲愚民被誘罣誤，思有以開其蒙而散其衆，乃於路占爲三字歌，疾録數十紙，選幹役分赴上魏一帶徧帖衢街。上魏者，太平堡之大聚也。鄉民見之果相引去，而匪徒遂孤。公明日至，縶繫首匪，事遂定。先是，公在葉有翟家井者，爲邪匪煽惑。公聞信即往，值其正歃血盟衆，遂禽其首惡，餘黨解散。葢公習事久，達知民情，善於應變多此類。

居贛九年俸滿，升授兩淮鹽運使。兩淮額銷鹽引百數十萬，財賦所滙甲於天下。公盡心整頓，生理蕃殖。嘗值歲除一夕納課至二百餘萬兩，實爲向來希有之盛。逾年護理兩淮鹽政。值滑縣用兵，軍費繁殷，督各路兵饟甚急。公曉夜籌計，勸諭衆商趕運，兩匝月得軍饟六百餘萬兩，軍用頓饒。在任三載，前後調撥兵饟、河饟一千數百餘萬兩。甲戌，兩淮所屬告災，殍亡相接，公率厲場屬勸勉各商捐穀數十萬石，親定給散章程，全活不可數計。而公旋以失察劉弟五事鐫降去任矣。淮揚爲東南都會，四方名流鉅公人文駢萃，公接待加禮一一優厚之。揚州舊有安定、梅花兩書院，公與鹽政阿公又特創立孝廉堂，樂育奬勸，人至今頌之不忘。

在京逾年，奉旨準其降捐道員用，然公亦遂無仕志，明年丁丑乞假歸里。復以長孫均官江安糧道就養南來，未幾，仍回四川。道光四年甲申正月日歿於里第，距生於乾隆辛未年四月，享年七十有四。公在河南一充戊午科鄉試同攷官，在江西再充甲子丁卯文武闈提調，戊辰、庚午文武闈監試。配邱淑人，覃恩誥封恭人。子二：長思芳，前江蘇候補道，先公七年卒。次思莊，候選同知。女二：長適某，次適某。孫六：長均，嘉慶庚午科順天鄉試舉人，前江南江安糧道。次圻、增、培、堪、域。曾孫幾人，某某。銘曰：

官世厥德，功能厥職也。我銘其藏，載詞無飾也。子孫引之，不朽徵石也。

浙江道監察御史陳君墓表

君諱希祖，字稚孫，玉方其號也。江西新城人，曾祖諱道，乾隆戊辰進士，講學宗朱子，有凝齋集，學者稱凝齋先生。凝齋生五子：浙江分巡金衢嚴道諱守誠，其長也，是爲君祖。金衢生光禄寺署正元，是爲君攷，蚤卒。初，凝齋遺貲鉅萬分授五子，金衢公輕財好施，遽罄其所受，羣弟復聚其所授而五分之。金衢歿，光禄率而行之益力；所居中田邨千餘家，多待其舉火。及其卒，鄉人爭赴神祠籲乞願以身代，而卒不起，年僅三十云。光禄生君及仲季希曾、希孟；希曾己酉舉鄉試第一，癸丑以第三人及第，歷官工部侍郎。希孟選拔貢士，候選同知。君少孤，與其弟及從叔用光等從鄉先輩魯九皋學。九皋固名儒，君受其學，故童丱爲文即有聲。丙午中本省鄉試舉人，庚戌成進士，改刑部主事，迎母黄太夫人就養京師。某科典河南鄉試，某科分校禮闈，所得多知名士。居刑曹二十餘年，以弟希曾爲刑部侍郎迴避，改户部員外郎，遷吏部郎中。尋希曾、希孟相繼歿，太夫人南歸。君時記名以御史用，未引見，不獲侍母出京。既擢浙江道監察御史，即乞終養，行至杭州以疾留旅次，卒，嘉慶庚辰七月也，得年若干。黄太夫人年三十一守節凡三十年，至是先君一月卒，而君竟不及知矣。君工書，聚古今名家法帖，妙悟而師其意，其運筆於沖淡中取神采，人謂有得於黄庭之法。配魯恭人，前兵科掌印給事中蘭枝之女，生一子延恩；女一，字戴氏，殤。妾趙氏生一子三恩，孫一人。

翰林院編修陽湖徐君墓誌銘

君諱賡颺，字性甫，先世義興徐氏，明大學士諱溥謚文靖公之孫坲始遷陽湖，故今爲陽湖人。君祖諱某，攷諱某，皆以君貴封贈如其官。君少穎敏，讀書自刻厲，舉乾隆乙卯順天鄉試舉人，辛酉成進士，選庶吉士。仁宗幸翰林，禮成獻詩稱旨，賜味餘書室全集、九家注杜詩、高宗御銘八稜硯、墨、蟒緞、絹箋。壬戌散館授編修，歷充實録方略功臣館纂修協修官。故事纂修館書有脱誤字未籤正者予奪俸，君時病咯血，力疾蕆事，未以一字罣吏議。戊辰冬，保送御史，特旨試修己治人論明刑弼教策，奉旨記名四人，君次第二。引見日，君病適初痊，值大寒遂劇，不起。君生乾隆戊子某月日，卒嘉慶己巳某月日，得年四十有八。配袁氏，子二：廷幹、廷華，廷華出嗣君弟某。後女一適吴縣廩生沈秉銓。

君性仁孝端謹，好獎掖士類，著書若干種皆散佚不完。嗚呼，以君之才，使天與之年以就其志，以成其書，以效於事，詎止於是而已邪！然尚能致通顯，以文字結知主上，以較夫世之懷奇不遇鬱鬱槁死，萬分不一見，而或又無子以承其世與學者猶若有愈焉。君子廷幹等以君卒之年冬十二月葬君於某鄉某原，越二十有八年，廷華乞桐城方東樹追爲之銘，銘曰：

仁與壽，嗇厥命。才與名，景厥行。宋二王，回與令。絜之君，亶與并。吾銘不磨，與安石競。

管異之墓誌銘

管異之卒後三年，其友人桐城方東樹念異之孤貧於世，事蹟無可述，獨其文章震耀於當時，而可以不泯於後世，兼以平生游好之密，不可以不銘。乃從其孤嗣復求得其遺書，因次其世以爲之誌。

君諱同，字異之，江甯上元人。父文郁，祖霈，官潁上教諭。君以乾隆庚子十月十六日生潁上教諭之署；年九歲，祖與父相繼歿，母鄒太孺人奉其祖母葉太孺人歸里。鄒太孺人賢，上事姑，下教子，其所以支持死喪備極苦艱，卒成就君爲名士。嘉慶初，姚姬傳先生主鍾山書院，君與梅君伯言最受知。其後君苦力孤詣，學日以進，名日以大，四方賢士爭欲識君矣。道光五年乙酉，新城陳侍郎用光典試江南，力拔君得中舉人。陳固姬傳先生弟子，既得君，不敢以世俗門生之禮待君；其文字苟有稱必曰丈。同邑中丞鄧公巡撫安徽，延君課其子，後六年，偕鄧公子入都，道卒於宿遷旅次，年五十有二。

始余自推星命，不利卯年；君與姚君石甫嘗豫爲之作輓詩。嗚呼，孰知君竟先余而逝也！乾嘉中，海内學者以廣博宏通相矜放，而言古文獨推桐城姚氏，自中朝搢紳及於鄉曲後進無異詞。君與陳侍郎久親指授，最承許與。侍郎貴仕於朝，名最顯。君以窮士，在下而與之抗。知者以爲實過之。鄧中丞暨梅君伯言爲君梓遺集，讀者亦足以知之矣。所著孟子年譜、七經紀聞、大學說、文中子攷、戰國地理攷、詩集、皖水詞存，俱未刻。君娶朱氏，子一嗣復，女子二，適某某。嗣復將以某年月日葬君於某鄉某原，預爲之銘。銘曰：

君之行，孚於人。君之學，足於己。君之文，足以永。君之名，斯已矣。

贈朝議大夫山東濟甯直隸州知州張君墓誌銘

君諱龢，字惠常，桐城張氏太傅文端公之曾孫，工部侍郎諱廷瑑之孫，雍正乙卯副榜贈朝議大夫諱若渠之次子。年十三失怙，奉母事兄克盡子弟之道。讀書警敏兼人，弱冠入泮。兄曾敭中乾隆戊子科鄉試第一名舉人，後十年丁酉，君應順天鄉試中式第二十一名。先是，里有鬻妻以償親喪之費者，君聞之私出金代償，完其夫婦。至是夢神人若示以宜入北闈，遂獲售；人以爲陰德之報不爽焉。辛丑充覺羅官學教習，期滿引見，奉旨以知縣用。丁未，揀發山東試署新泰、嶧縣等縣事。戊申，題補兗州府甯陽縣，充本省鄉試同攷官。己酉，調汶上縣，逾年署濟南府歷城縣，旋陞署濟甯直隸州知州，卒於任所。

君才識敏練，宅心仁厚，所至興利除害，惠洽民心。其在汶上政績尤著。汶水南汴會通河，洪波漲激，舊築煞汶壩以束水勢，歲費椿木藍料數千，皆取給民間。君悉知其艱，詳準大府以藍料改爲官辦，永行蠲免，不以累民。復捐廉五百金，自行采買樁木，民困以甦。是歲五月因運河水淺，大府飭挑汶河。自縣北界甯陽皮山岸起至分水口止，計長一百二十里，需派夫一萬六千名。君察其非要害，親見大府陳其形勢，懇行停止，省民閒數萬金。七月又奉飭挑石頭口引渠工長三千六百丈，計土九萬七千六百餘方。君復詳請緩辦，省民費數千。又民閒歲出軍需車輛，君洞悉其累，改爲自行運行，免出里下。在汶一年善政累累，故君去任而汶人感思尤切，爲立碑頌德焉。君歿於乾隆五十六年三月，年五十歲。以從子元儁官貴州思南府知府，貤贈朝議大夫。元配姚氏，江南河庫道諱廷楝公長女。繼配姚氏，即前恭人妹，俱贈恭人。子二：長世南，次元奎，元配姚恭人出。元奎早卒。女一，繼配姚恭人出。孫一人，孫女一人，曾孫二人，曾孫女二人。道光丁酉二月，君之孫聰度葬君於某鄉某原，而乞同里方東樹爲之銘曰：

煜煜世胄，抱奇懷仁。曰自少幼，成名入官。效於治事，功用以茂。驥足千里，中道而蹷。遠猶不究，銘是幽宮。龜言告吉，克昌厥後。

文林郎山西陽城縣知縣前户部主事徐君墓誌銘

君與余居同巷，學同術，少小相知，及壯而反疏，則以升沈之塗異而蹤迹遂以契闊。幸老而同歸鄉里，方將與君燕談樂飲，朝夕過從，而續夫少日親知之好，以補中年睽別之情，胡僅七十日初服未及理，而桑户遽返於真。在日之善不可忘，既歿之哀奚以塞！然則宜銘君者非余而誰讓也。

君少好學問，於書靡所不窺，矻矻鑽研，期爲不朽之業。伯兄眉以經行稱於時，君少從受學，固已超出儕輩。及成進士，起家爲京外官，宜以文學名，而君顧復以政事顯。賢者不可測，君子不名一器，於君信之。其爲户部主事本司職兼漕務，君到部未久，句稽出蘇松積年蒙隱未解銀七十餘萬，咸稱其能。凡官部曹缺有定而人衆，補實恒稽遲，非十餘年不得。然雖淹滯，固監司階也，故士亦多樂留焉。君學習報滿當留部，念親老，獨不顧，決辭而歸。爲近地游以資菽水，歷主亳州、徽州書院，因覽黄山之奇，著黄山紀勝。旋以伯兄、仲兄皆歿，亟謀禄養，乃乞改官，選授山西陽城縣知縣，以例改近省，授浙江壽昌縣。壽昌距桐城水程非遠，遂迎母太宜人於署，左右奉養者八年，年九十六終於署。服闋仍補陽城，居陽城六載，年甫踰六十，遽引疾歸。

君性彊植，不能與世俯仰，尤不善伺應長官，故不樂終仕。嘗自稱曰，性不隨時，才不周務，不堪世用也。然居心仁恕，爲政寬平不苛。其在壽昌也，勸民墾山地，興立書院，修廢舉墜事無滯者。在壽昌五年，調任臨海。臨邑獄訟殷繁，君處之裕如，反得以政閒著書。其在陽城也，邑有蝗，民以爲神蟲，弗敢撲。復有惡獸傷人甚眾，民又以爲神獸而不敢捕。君吞蝗以示無畏，禱於神而捕惡獸，而兩害悉除。邑有析城山，即成湯禱雨處。山有神泉，旱歲禱之輒應。營卒牧馬於山污神泉而蹂民稼，民苦之而不敢抗。君詳陳其害於撫軍，遂得禁止。故去官而民思之，生爲立祠於山下；前去壽昌，民亦爲立祠云。

君諱璈，字六驤，號樗亭，上世於元至正中由婺源遷桐城。十四世祖諱良佐，明初由進士仕至陝西左布政使，事蹟載邑志。曾祖諱鉉，國子監生，妣石氏。祖諱志沅，贈文林郎，臨海縣知縣，妣張氏，贈孺人。攷諱之柱，贈奉直大夫，户部候補主事加一級，妣王氏，封太宜人。君中嘉慶十二年丁卯科江南鄉試舉人，十九年甲戌科二甲進士，授主事分户部雲南司行走。二十四年爲會試彌封官，道光五年在壽昌爲浙江鄉試同攷官。生於乾隆四十四年四月日，卒於道光二十一年正月日，享年六十三。配王孺人，生子二人：長某殤，次某早世，無子，以從兄子某嗣。女一人，適縣學生葉某。側室李生一子，周晬而殤。君著詩經廣詁三十卷，牖景録六卷，河防類要六卷，黄山紀勝四卷，樗亭文集四卷，詩集八卷，皆已刊行。又選鄉先輩詩四十二卷，名桐舊集，刻未成而君歿。其餘所撰尚夥，未刻者六種，未卒業者四種，皆藏於家。將以某年某月日葬於某鄉某原，豫來請銘。銘曰：

其任雖未究，而能則已試也。其書雖未顯，而皆足名世也。我銘其幽，以永之於來禩也。

自記云：望谿先生云，起家，自家起而尊用也。自判公誤用，而明代人遂有云以『尚書起家』、以『毛詩起家』者。姬傳先生云，按，在家曰居，出仕曰起，非為尊用荆公。蘇君曰起家三十二年，猶云仕三十二年，其義自為可通，不必以明人之誤追貶荆公。先子云，按，此誤實始荆公，觀全谿吴君誌曰，以儒起家世冕黻。可信望谿之言不謬也。

朝議大夫貴州大定府知府姚君墓誌銘

道光二十七年九月六日，前貴州大定府知府姚君殁於江甯之僑舍。越明年，將即葬於句容縣新阡先塋兆域，其孤世憙先於七月返桐城以狀來乞銘。噫，吾故人也，義不可辭，乃按狀次其行歷，並以余所夙知者爲序而銘焉。

君登道光二年壬午恩科進士，以知縣分發河南。三年癸未，補臨漳縣知縣。中膺卓薦，回任候升，故在臨漳久，凡七年；前後嘗兩次兼攝内黄縣事。九年，丁母憂扶柩南回，以桐城墳山禁嚴，動礙他人墓界，往往涉訟，乃卜兆於江甯府屬句容縣孝義鄉大柯邨之饅頭山，並迎其祖若父之柩於桐而聚葬焉。十二年服闋赴銓，改發廣東補揭陽縣，在揭陽三年。十五年升連州綏猺廳同知；以前辦普甯縣鐙匪案被臺臣誤劾，經欽使辨明，旋署肇慶府知府。用太吏保奏擢升貴州大定府知府，在大定六年。君尚氣負才，敏而敢爲，遇事執義彊爭，上官寖不悦。君以道不合則去，遂決意引疾歸，道光二十四年甲辰也。

君生有異稟，自少讀書軒輊非常。族伯祖以詩古文詞爲海内所宗，世所稱姬傳先生者也。君早聞緒論，亦欲以著撰學問文章名世，時會所際，乃反以吏能顯。其仕所歷之地悉號繁劇難治，而君所至鋤姦辨獄，禽獮艸薙，卓著威聲。嘗兩辨寃獄，八鏟賊巢，其餘興利除害不可殫述，赫然與古功名之士競能，有漢西京張趙之風焉。初，君至河南，值撫軍程公祖洛與署開封府後爲河督張公井清審積案，檄君入局。其時共事諸公皆素負折獄才，君以新進居其閒，見同意合，皆相引重。君每讞一案，推明律意，揆情度理，務使兩造誠服，無憾於時。滯獄皆決，悉稱無枉，則君之才得於所授天分者不可度量也。在臨漳有邑民張鳴武控妻被賊殺，前官將以賊成獄矣。君閲讞牘稱賊攀折二窗櫺而入，君念北方窗多窄，僅折二櫺何由能入；且其所居非呼無人應之區，其夫又未遠出，情皆可疑。即往覆勘研訊，果其夫因逐賊誤斫殺妻，懼罪誣控。又有常姚氏被殺，罪人不得，獄久不決。君察是年縣試有招覆第一名文童楊獻子不到，而常姚氏被殺之夜即招覆前一日，心疑之。乃召獻子至署，而察其神色舉動多恍惚。又查得獻子之居與常姚氏居中隔一家爲獻子孀嬸，老而瞽，乃以計賺至署。又傳其胞嬸楊越氏誘訊盡一日夜，引至城隍廟；得官媒似常姚氏者使以血污面，俟人静潛躡其後，楊越氏見之以爲鬼也。與語辨，因遂得實，乃獻子夜至瞽嬸家借梯圖姦不從，行彊所殺。邑多無賴恃彊擾肆，民因不敢設肆，凡日用所需多遠購之郡城。君廉得，故親巡街市，遇則嚴懲之。期年風革，市肆遂興。俗又好訟，君每因公事赴鄉，遇生意即爲講説義理，見婦女之勤織紡者勞以束布，童子在鄉塾者奬以筆墨。四鄉之民習熟相親，或請赴其家訴以事者即爲辨其曲直，或勸令不必結訟，或令其補結存案，歡附如家人父子。情僞盡顯，無敢作姦，由是訟獄遂稀。癸未漳衛洹蕩並漲，漳水改道東趨抵内黄入衛，縣等屬邨莊盡被沖没，君乘水正發時齎糧赴水所，且賑且勘，民歡呼感動。幕賓或言當待勘報而後賑，君言棄一官而可全萬命，吾何惜。及撫軍來鄴，遂檄君承辦災務，全活甚眾。彰屬惟内黄俗最悍，上控罷漕之案無歲不有。上官擇賢令陳君鳳圖宰是邑，謂能獲民也。會漕務正殷時，陳君以憂去，大吏以君爲彰郡六屬民所素服，乃檄君兼攝内黄事。君至，民果輸納。恐後漕事獲濟，君不取内黄一錢，故陳君亦得無困。内黄有賊藪，其邨四面設壕塹，聚黨羽，具矛銃，兵役莫敢攖。君率兵役乘夜往入邨，搜捕撲滅。臨邑毗連大名境有積匪聚賭博，不畏官法。君致書大名鎮及大名令撥兵役堵要隘，會營往捕，匪徒洶洶將抗捕。君大張聲威，驚使散，大名兵役合勢犄逐，遂全數就獲。北地博徒多掘地窖聚盗，其中(其)門僅容一人出入，内排鎗矛爲拒捕計。君令以煙薰之，眾爭出逃，遂被獲。於是合邑賭窖俱盡，盗賊無所容，皆君調度適機宜所致。

在揭陽，揭陽爲粵省著名第一劇邑，其民兇悍，積鉅貲爲械鬬費，世相仇殺。城以外民各距隘守，無敢踰境一步。人有被擄，勒財以贖，不贖即臠割食之。良民禾稼歲被搶奪，故賦無所出，彊者自祖若父以來不知有納賦事。截奪商賈，勒取其税，名曰『打單』。官斯土者恐激之生變，率因循苟且以隱忍爲得計。君下車召吏民矢之曰：『吾來治斯邑，不要錢，不要官，並不要命。有梗吾治者鋤之。』集壯勇教以坐作步伐擊刺之法，搆崇臺西郊，上揭楹帖，下樹大旆，示以保護善良與民更化之意。集紳耆會臺下，爲若設筵。約和者皆辭以懼仇不敢赴，則命人護之來，俾共知振作本意。初，揭邑有戕官事，民賄和之不以實報。又昔年鎮道督兵至揭，見其勢洶乃夜遁，故民益不畏官。邑之河婆司巡檢屬有地名下灘，林箐深密，匪徒匿其中，土豪開張質庫爲之囊橐。盜賊所聚公肆搶劫，人無敢出其塗者。君會營往捕，其人皆赤身持銃，裹頭脱袴，揭俗亡命者每以此示必死以嚇人。君調撥兵勇直前衝突，或死或被擒獲，即時撲滅，於是威風大振。捕一盜，積犯十八案；乃召被害十八家環觀之，轟以火鎗十八出，如其案數。被害家皆感泣，民咸稱快。有正兇居錢坑不出，君率壯勇往擒，其地四面皆山，仰攻不可。君入其邨，邨人共奔高山以觀動静。潮州故事凡官兵赴鄉勦捕，如人逃避則爇其室廬，空其積聚。君戒毋焚燒，書示於門，令其耆老見官，諭話限以日，勒壯勇駐河干以俟。至日耆老不來，君書示復如前。耆老仍不出，君令人入邨見耆老，傳諭述官長意在勸化，無惡意，而耆老終懷疑不敢出。復令一同鄉門生入見耆老，耆老言感官長厚恩，惟負罪太多，故不敢見。某爲一一解釋，復婉導再三，耆老願請官一人獨進邨，勿帶兵勇。報君許可。次日，君乘輿張蓋入邨，隨行廝役僅數人。耆老接見，君一一慰勞，耆老流涕而言昔年被累情事。君告以願與更始，諭令將正兇送出。耆老許諾，並請質子以明信，君諭止之。維時民有在四山高望者皆懽呼，稱曰『好官』。君返至河干，耆老知無相罪意，皆送至舟次。君書數箋分給耆老，以示戢安意。越日，果將正兇獲送，遂置之法。蓋自下灘示以威，錢坑懷以德，而恩信大著。有罪人潛來城探官消息，役拘以來，君以不能拘人於鄉而拘於城，是使民畏而不敢進城也，縱之歸，並責役。數日其族長縛之來，乃按論焉。初，差役不敢赴鄉，每奉有票拘，俟其鄉之人有入城者輒拘之，令其以正犯來始釋放還，故民不敢進城。自此次整頓而後鄉城始通，其弊乃革。揭邑有榕江書院久廢，君復興之，作意培養士子。課餘回鄉皆以官長新政告其鄉人，若聞其鄉有將械鬭者密先以告。君聞即馳往爲之排解，其不遵者則併力治之。君置催科、止鬭二旗，於收穫時懼良善或被搶奪，親督勇壯巡行四鄉爲之保護，樹(摧)[催]科旗使民無驚。械鬭者則樹止鬭旗以往，未至而械鬭者懾於威無不止散。一日，遇持火鎗者結隊行，望見君至，悉没水中。君命以漁網取之，得五十七人，訊爲受僱助鬭者，悉按以法。自是民乃不敢助鬭，而械鬭之風浸息。民閒張鐙慶賀揭牌，書古諺語曰『官清民安』云。揭邑之不完賦者已三四十年，至是輸將恐後，雖揭民亦詫爲意想不到也。

君將去揭，揭民具公呈赴大吏籲請乞留，呈中歷叙君治揭之政，揭民向德之殷，後引豳詩『無使公歸』語，以愛周公者相比況。時總督盧敏肅公閲之，優語批答，準其回任。四境之民聞君復至，演劇以迎，自入境至縣治數十里不絶。先期共揭示曰，合境共迎縣主復任，有敢乘此爲逆報私仇洩私忿者，通邑大小七百餘鄉共往洗蕩之。自後民益馴擾親附，獷梗之俗遂化。

新會令陳君鳳圖前署揭陽，爲團練鄉勇犒賞諸費挪用墊款數至三萬，及是卒於新會任。或有勸君揭參陳君虧空者，君謂：『陳君好官，止有一子，又窮乏，吾何忍令其入囹圄受追比之累。徐圖籌補可耳。』陳君前令内黄、後令揭陽，皆與君相接，似有因緣，然亦可見君厚待同僚，不以財利死生易心也。

十五年，升連州綏猺廳同知。是冬，奉檄普甯察案。先是，普甯令周君赴鄉相驗，令事主一人在己轎中閒行走，蓋亦慮有不虞也。行至大埧，兇徒追至殺於官前，並殺夫役二人。又有鹽曹官晉省中途突有匪衆出，傷其輿夫隨從，行李悉被搶奪。大吏奏明查辦，飭潮州鎮惠潮道同帶兵五百名前往督捕，委君隨同辦理。鎮道先赴大埧，搜捕羣兇，有遠颺者，有就獲者，乃命君就現獲各犯研鞫。究出有龍鐙會事，同盟有厝寮各鄉，以某鄉暨涂洋爲巢穴，以磨盤山暨某邨爲聲援。君以涂洋自宋以來未有能攻取之者，因與鎮道謀議，必計出萬全。乃遣人至揭陽借鄉勇百名聽用，至則令屯大埧，防會匪復聚。復令門闢司巡檢劉某同揭勇自大埧潛捕磨盤嶺，又別遣帶兵勇同日分行潛捕某寨，以先絶其援。次日君與鎮將整(隧)[隊]伍趨涂洋，令都司趙某攻其東，都司馬某扼其後。揭陽鄉勇自磨盤嶺來，亦自成一隊。賊寨中鎗礮並發，揭陽鄉勇從煙火中冒死先進，各路兵繼之，遂大破之。羣匪以次就擒，乘勝復圍捕某邨，傾其巢穴，取獲大礮、鳥鎗、長矛，計前後共獲首從六百餘名。是役惟傷揭陽先登鄉勇一人，廝役一人。二月事竣回省，因湖南猺匪藍正樽滋事，恐逆匪竄入連山，乃奏令君先赴綏猺任防範。其時君遣弁目入猺排嚴查，而潮道及三江協及湖南皆有委員紛紛入排，猺人不勝疑懼。君查明確無潛匪，稟明大府，出示曉諭八排，猺情乃定。君在連州遇民猺搆訟，於判決時每防微杜漸，必使民猺相安，故以無事十六年。丙申以前辦普甯案被臺臣誤劾，奉旨交欽使之本先在粵察案者就近查辦，所劾皆誣乃得解。初，君自連州被逮，揭陽民聞之，絡驛遣子弟至省探問消息，忽訛傳君已得罪，城鄉驚擾。經潮郡文武出示諭之乃止，此亦可見斯民三代直道之公也。

十七年五月署肇慶府。端谿大水，城不没者數版。君立城上，率吏役堵守與水敵，不去。吾時作詩貽君，謂似漢王尊云。君以郡爲總督剳所，營伍最大，兵額最眾，乃與營將商預放兵糧一月。時米價騰貴，一經支放，民不知災。是冬卸肇慶事回省，適東莞縣有懷德、北柵、赤岡等鄉陳、何、鄧三姓械鬬滋事，仇殺多命。大吏委君會同督標中協都司守備等帶弁兵五百馳赴東莞縣會營圍捕，至則各兇聞風逃匿，圍無可圍，捕無可捕。君謂此次督撫會商大兵壓境，警惕兇頑，若不得民之情，服民之心，空舉而回，何以示懲。乃暫駐城内，諭令送兇以緩之，一面排列船隻以張軍威，以寒匪膽，潛選員弁分途踹緝，遂將首從各犯先後全獲。

十九年升貴州大定府知府。大定爲苗疆繁要之區，轄三州一廳一縣，其繁甲於通省。其俗好訟，每訟必牽書役，一案變成數案。或藉命圖詐賄和私埋，一切雞豚細故皆可釀命案，以致良民不能自安。君每逢告期必親坐堂，（皇）且閱且批，或當即擲還，或當即斥責，應訊者即日帶訊。每結一案必有判單，使兩造不能再進一詞，有一批即結者，一訊即結者。無案不辦，無案不結。故吏民咸畏之。其始至每告期呈詞必百餘起，期年僅十餘起，其起解之案悉依犯者原供不增減一字。上官或有意挑駁，逼令改供，而犯者自謂情實如此，不肯改。大吏或下一令，君必斟酌地方之宜，不使受新法之累。見多不合，故卒以齟齬去。郡有白蟒洞，係荒僻之區，無塘汛墩舖。山有岩硐，硐口寬約十餘丈，深約五里，可藏數千人。中產煤鐵，有汪擺片者招集匪類聚於此，燒香拜盟，結老人會，擾害地方。君已訪聞，及是，又有搶擄民人謝石沅妻謝趙氏事，君隨會營往捕，並密諭土目分塗踹緝，旋將汪擺片等五十餘人先後全數弋獲。訊出匪等立有名單規條，約定先搶三江苗寨，後八大户土目，再搶各場。勘得此地有穴可以容人，有鐵可以鑄兵，有廩可以貯穀。定郡民苗雜處，界連川滇，其被惑及誘協之人更易更多，非他郡可比。今迅速破滅不致滋蔓，微君之力，將遺無窮之患。

初，君在臨漳，值漳水漲爲災。是冬，大庾戴相國奉命來勘漳河，時有議復漳流故道者。君攷全邑皆故道，故道不可復，乃著漳水圖經。及在連州，君以綏猺乾隆間始設官，其時連山尚爲縣，轄併不久，畺域錯處，人多未知，乃創爲綏猺廳誌。二書俱已刊行。文集若干卷，詩集若干卷，俱藏家，世憙等將即爲付梓。

君性好奇，喜大言，行多不掩。人或誚之，君亦無怍容。余嘗面質君，謂君大言不慚似李鄴侯，君笑不顧。然察君行事，凡有所處若省括於度必獲而後釋，非檮虛者所能爲也。嘗與君同宿逆旅，命酒縱飲，劇談至深處，君忽放聲大哭。衆皆驚駭走，集户外環觀。君徐收涕謂余曰：『吾之哭，豈惟若輩所不解邪！』凡君平生言動一切率多類此，人咸目爲狂。以比蓋次公沈昭略昨歲答友人書内言植之瞋念未除，乃圖欲作佛，亦奇士矣。蓋友人以是誇余，故君因其語以爲誚也。是不知菩薩慧多定少，必至道樹下始斷絕。而白衣在家修行者不受具足戒，是乃佛理至深妙之法，二乘及辟支佛所不能證，餘人那得知，嗟呼，安得起君於九原而與共論此； 是故余不可不銘君，君捨余莫能得銘，即銘亦必不當君意。

君諱東之，字佑之，號伯山。七世祖諱文燮，爲刑部尚書，謚端恪。諱文然，公再從弟，仕爲雲南開化同知；負奇才，有聲康熙時，遂爲名家，畫入妙品，號黄檗山樵。黄檗山在東西兩龍眠之間，故君亦號檗山。後官連州，見山壁間有宋蘇文定公潁濱石刻『且看山』三大字，故又號『且看山人』。君生於乾隆五十一年乙巳，享年六十有三。高祖諱孔鉞，康熙乙卯舉人，内閣中書，欽旌孝子，配莊氏，封安人。曾祖諱興瀛，監生，贈登仕佐郎，候選從九品，配張氏，繼配馬氏，封孺人。祖諱培致，府學增生，貤贈奉直大夫河南臨漳縣知縣，配張氏，贈宜人。攷諱原黼，誥贈奉直大夫河南臨漳縣知縣，例晉朝議大夫貴州大定府知府，配張氏，誥封太宜人，欽旌節孝，例晉太恭人。君初娶張氏，同里壽州學正諱裕術公女，繼配徐氏，武進縣順天糧馬通判諱準宜公女，俱例封恭人。初納側室周氏，俱前卒。繼納側室楊氏，君歿，殉節呈報待旌。子六人： 世恩、世悳、世憙，俱張恭人出，世悳早歿，壽愷周氏出，恭懋徐恭人出，懋恬周氏出，楊氏所出殤。君命以懋恬爲楊氏後。女二： 長適浙江錢塘汪錫智，夫死絶粒以殉，奉旨旌表，次適同里方之粲。孫男四： 昶、晨、昮、昞。孫女二。銘曰：

謂學未究，猺簿漳經，用諗厥後。謂仕未究，節錯根盤，功喧萬口。謂君無奇，跌宕縱横，執居君右。彼庚元規，其風涴人，嗟嗟某某。我銘君幽，慰君地下，掀髯拍手。百世而遥，石可泐磨，載詞不朽。

自記云： 章法完密，於叙事中一一點綴風韻焕發，韓、歐、王法也。或言艾繁不可删者，亦有説。念此為伯山平生第一功名，英姿得意； 第一颯爽，毛髮俱動。平心而論，實多有足為後來治劇之譜。若貪惜筆墨，裁損字身，縮減文句，以求合所謂義法，則伯山面目性情不出，文章精神亦不出，如宋子京新唐書，反成偽體。墓誌即史家紀傳，宜實徵事蹟，如太史公諸列傳各肖其人，描寫盡致，自成千古。故韓、歐、王三家誌文皆學史遷法，若但以長短為勝劣，則子由誌東坡亦六千字，東坡狀温公至萬言以上。雖昔賢之論蘇氏文不登金石之籙，然二公亦尚非全流俗門外漢也。且伯山之為政與吾之為文，自行意而已。固不規規傍人門户，指前相襲，用一律作優孟衣冠也。此意何當與吾伯山地下共論之。

劉君應臺暨夫人吴氏合葬墓誌銘

道光二十三年十二月十八日，亡友劉孟涂之子繼將合葬其祖父母於邑西挂車山保孫家灣，來乞銘。余實與孟涂久故，不可以不文辭，即取吾所素知者爲序而銘焉。

君姓劉氏，諱宿光，字應臺，國學生。曾祖諱中芙，祖諱拔，父諱廷灌，俱爲名諸生，有學行。妣氏王，生芸臺、上臺及君，繼妣生菊如，兄弟四人。君幼孝謹，性嗜學，以勤苦過甚成勞瘵，早卒，年甫二十五歲。夫人吴氏，世大姓也，〔一〕父音金，邑諸生。夫人自少善事其親，以孝稱。在室處羣聰明順善，動有禮法，以淑慎稱。年二十歸君，歸四歲而君卒，夫人痛甚，自墜樓不死。是時孟涂生甫半歲，衆咸勸以舅姑在堂，奉事不可闕，且撫育遺孤，亦所以慰安泉下之心。夫人聞乃忍死復食，終盡其孝養之職，數十年茹苦歷艱，卒成就其子爲名士。夫人之歸也，姑王早殁，繼于、繼嚴、繼高皆事之如姑禮。舅性喜蒔花竹，夫人助之裁種護惜，其至誠感應，嘗有枯木復生之祥。於時家貧甚，夫人日事女紅佐薪水，贍朝夕。一子雖愛，然課之甚嚴，及壯大，猶不免楚撻焉。孟涂生有異稟，始學爲文輒驚其長老。夫人慮其盈滿弗進也，則教之事賢取友以自益。鄉先達姚姬傳先生以文學爲海内宗，孟涂上書自通，姚先生見而驚異，因授以文章義法，爲之延譽，由是知名；一時名卿鉅公及四方有聲聞之士咸與孟涂納交。最後在亳州纂修州志，刺史任君尤所親善，敬待加禮，相洽甚歡。方以平生游好最兹稱意，忽一日飲刺史署，歸而無疾遽卒，道光四年七月也。夫人聞信驚怛欲絶，而婦倪氏復自經於房。當是時如舟行遇風猝遭覆没，篙櫓頓折。所親連亡，流屍近遠，號呼莫救，鴟鴞之詩所謂『漂摇毁室』者，殆不是過也。

初，孟涂娶於望江倪學博之女，生女、子二，皆早殤。倪乃進婢，生一子繼時，甫三齡，亦如夫人撫孟涂之年，於是夫人復以撫育孟涂者撫孤孫焉。嗚呼，夫人少遭閔凶，幸而有子克成立，又才且賢。乃至莫年天復中路奪之，是何其觸造物者之忌而酷極之若此！雖然，夫人遭命不辰，誠有生人所不堪之憂，然一時名卿鉅公及四方賢士皆知有孟涂，又知孟涂所以克成爲令器，悉由夫人之賢明教育所致。夫人與其婦俱以節行蒙朝廷旌顯。一門再世賢懿爛然，邑乘、省志交載其事。孟涂之文與詩又自足永其傳於後。以視世之龐眉齊壽，愚不肖子孫成行，死而與草木同腐，千百億而無算者，其得失何如也。古今婦人名行多成於慘酷不如意之遭，豈不然哉，豈不然哉！然則夫人之不幸也，乃所以成其不朽也。夫人生於乾隆壬午年四月二十二日，卒於道光癸巳年四月十二日，享壽七十有二。其所撫孤孫繼今亦成立授室矣。孟涂少孤，其尊人早世行事無所傳，吾故獨銘其母夫人之行以爲後世觀。銘曰：

夫不偕老，子不送終，蹇蹇連連，迭告於凶。生欠身殉，殁無媿(客)[容]。越六十年，同穴幽宮。誰其成此，在後之侗。瘞石可泐，令善無窮。

【校】

〔一〕『世大姓也』：儀本作『巨族也』。

王君學儒墓表

君，徽之歙縣人，姓王氏，諱某，字某。援例授布政司理問諱震者是爲君攷，始自徽，挈家業鹺於常，故遂爲常之寓公。君兄弟三人，君居次；其隨理問君至常時年方九歲，已岐嶷異常童。稍長，自敏於學，爲文沈深雅正。復游學浙東，名譽日起。常故多文儒彥士，君遂與頡頏角立。顧數奇，試輒不利，既失怙，後遂不復應。然未嘗一日廢學，居恒取諸子百家丹鉛甲乙以自遣。喜作詩，不拘格律。或數月不著一字，或一日得十數篇，皆自杼胸臆，不欲與世競名。嘗自署其稿曰『天籟』，每曰：『讀書貴明理，功名得失自有定命，不當措意。』其論詩文曰：『詩文貴有性靈，若徒事剽襲，皆古人糟粕，自家面目不存焉。』酷嗜惲南田書，嘗購得數十紙以泐諸石。尤多蓄元明人書畫，嘗坐齋中晨夕展翫，謂人曰：『余老不能游，即此以當自放於山巔水湄，其誰曰不然？』然人有愛者即慨以持贈，不少吝。其寓物而不滯物類如此。常州錢伯坰魯斯固以善書名天下，君乞爲書方正學四箴以揭於壁，因以示其子曰：『骨肉閒存一爾我心即是不孝，我其以此爲遺命矣。』嗚呼，觀此數者，君之風義可想矣。同里朱太史文瀚其先本與君爲同宗，君之殁也，朱實爲其誌銘，極言君之孝友至性過人。太史固一時名宿，其文章議論足使君之姓名學行有載，可以信今而傳後矣。乃君之子國棟復以書達桐城方東樹，乞爲之二碑。樹以埋石於君之世次行誼已詳，因揭其大概以表於隧門之外，使過者讀之知君之蓄積，以慰國棟之孝思云爾。桐城方東樹表。

張大令勖園墓誌銘

張竹狀其先人來乞銘，其言曰：葬未有期也，以君與先人交最契，知最深，齒又耆艾，幸及賜爲文，得藉以不朽焉。讀其狀則自君少日爲學之敏，長而孝友，易直行己，温恭惠恕，及居官之勤民興利除害，往往異於庸常鄙瑣闒茸者之所爲，如吾所知不爽。君以乾隆乙卯科舉人攷取高宗純皇帝實録館謄録部，選江蘇奉賢縣知縣，前後凡兩任。後丁父艱，服闋起復選甘肅之漳縣，以目疾引退，遂喪明。本無宦橐，家居食貧。辛卯癸巳迭遭水潦，境益窘。冬無裘食不飽者十餘年，而卒困飢寒以死。嗚呼，其可悲也已！謂君不達邪，則既已仕矣；謂君嘗貴仕邪，則校君莫年所遭有，不若農民、工、賈，擁百金之産者猶足以自存活，可不謂之命邪！〔一〕桐城固以文學雄江北，而樅陽自海峰先生以詩鳴於世，後起者凡數十輩，惟君與王晴園灼、朱芥生雅尤稱名家。所著問花亭前後集，海内名流爭歸慕焉。配方孺人，今年亦八十。女子一人，子二人，長早卒，次即竹也。銘曰：

諱敏求，姓張氏，勖園其號燮父美。籍世婺源連城徙，銘以奠系緜厥祀。

【校】

〔一〕儀本此處多以下十八字：『然君居官之廉，行己之潔，亦可以是而知之矣』。

祁門五品贈職黃君偉齋墓誌銘

君諱廷杰，字士豪，號偉齋，系出漢孝子香。東晉時有名績者由國子祭酒出爲新安太守，子尋廬墓於郡西黄墩，遂居焉。至黄有名儀者以郡人任祁尉有惠政，因家邑東之左田。至元初有名應祈者任本縣教諭，子叔英贅城西陳氏，遂居城之正街。厥後仕宦甲科不絶。我朝定鼎之初，順治五年開拔貢恩科，有名道光者首膺是選，攷授知州，祁學拔貢自黄氏始。君即道光之來孫也。高曾祖皆隱德不仕，攷諱啟球生君。敏悟過人，植行端厚，言動不苟。以家貧不能業儒，年十三隨父友孫瞻雲翁往池陽習賈。翁深器愛君，以女字焉。君年二十歸娶，婚後即出，年二十四一歸，二十八又一歸。逾年生子雲海。甫三月而孫以産後得疾遽殁，是時君客於皖之高河埠，始自立一肆，不復依人。居頃之，肆中偶有折閲，君以治生爲亟，乃命子雲海棄儒習賈。海居肆五年不甘貿易，泣請於君，願仍習舉業。君許之，命從師受學，業日益進，遂得補博士弟子員。所爲文清真高潔，有前明隆萬人風格，一時遠邇卓然有聲，爲名諸生。君居常念數代祖棺未葬，於是發憤習形家言，遂精其術。登涉險阻，不憚辛苦，卒獲吉壤安葬高曾祖攷妣。此後家計漸裕，遂命海居家侍奉父母，俱年至八十有五始相繼徂逝。君時年六十矣，奔喪後復出，至七十歸老於家，凡十有六年。海亦精地學，覓得青蘿山吉穴扦葬君之父母。於是君之志事俯仰悉畢，可謂存順殁安矣。

君爲人寬厚誠篤，博覽知書，最愛閲史鑑。通星命卦理，尤善醫術，著有傷寒歌訣、雜症詩括。其在皖肆，遇貧病求治者必資送藥劑，不取其值，皖人至今德君不忘。士固有混世同俗，獨行其德，不託飛馳之勢，不假文章之聲，不爭耳目之名，而孝於親、友於弟、敦於九族、孚於鄉里，不媿於天地鬼神，自足以久於世而不朽者，斯固子夏所云必謂之學焉者矣。如黄君者，顧不足賢乎哉！先是，君以孫夫人早卒，又感其賢淑，誓不更娶，至是守義四十有九年，卒以是膺朝命旌揚焉。君生於乾隆二十二年九月初十日午時，卒於道光二十一年閏三月二十四日申時，壽享遐齡。子一雲海，縣學增生，即選訓導，加鹽提舉銜。孫五人：長光照，候選府經歷，加五品銜。次光達、三光普俱邑庠生。四光宇國子監生。五光祖尚幼。曾孫理中，邑庠生，正中六品軍功。餘幼。將以某年月日葬君於某鄉某里某原。銘曰：

其急務之先也，其持志之專也，其蓄德之全也，其吉佑之天也，我銘其藏，視石之堅也。

吾宗望谿先生有言：古者女子不甚重節行，故出妻改適無禁焉。自程子有『餓死事小，失節事大』之語，而後婦女以改適為恥。風同俗一，湛於人心，如四時寒暑之不忒。以為儒者立言有功名教，其益如是。然獨未聞有表揚義夫者。以予行四方久，從未聞縉紳士流言有及此。至於朝廷旌命亦惟忠節孝子為多，義夫無聞焉。今於祁門黃君始特見之，然後識聖人之治恩至周密，非庶士淺知所能量。及讀黟人俞正燮癸巳彙稿於心戚戚，益知不可奪也。其言曰：禮郊特牲云：一與之齊終身不改，故夫死不嫁。後漢書曹世叔妻傳：夫有再娶之義，婦無二適之文。故曰夫者天也。按，婦無二適，固也，男亦無再娶之義。聖人所以不言此義者，如禮不下庶人，刑不上大夫，非謂庶人可不行禮，大夫可不懷刑也。自禮義不明，苛求婦人，遂成偏義。古者夫婦合體，言終身不改身，則男女同也。七事出妻則七改矣，妻死再娶乃八改矣。男子禮義無涯，而深文以罔婦人，是無恥之談也。余故取以著此文，後使知大道體物不遺，未容以偏闕者不中其實，而款言之也。

祭姚姬傳先生文

嗚呼，惟古之時，道出於一，德行文學，並曰儒術。四科既判，其流遂歧。匪惟儒蔽，亦見文枝。立之標準，漢差近之。而道不明，徒存其詞。繼周八代，紐芽於唐。韓徒始作，宋乃大昌。茫茫晦迹，如日中天。凡有血氣，畢被昭宣。惟文於道，其用相輔。有昌其運，同復於古。在唐韓柳，在宋歐蘇。曾王翕奏，如笙管竽。譬濟滄海，必浮河江。如登泰岱，曷舍魯邦。有或越是，斯悖斯龐。昔吾先祖，奉是以教。先生受之，益宏其覺。近世俗士，黨崇漢學。醜詆紫陽，門户是角。搜抉細碎，違離道本。苟肆其心，譁眾取寵。遂及文章，羣喙沸騰。土苴韓歐，放言云憎。孟某好辨，懲是淩暴。洪水猛獸，處士同悼。先生之學，先生自深。用力之久，益精於心。郁郁其文，播是雅言。近維俗敝，遠繫道根。四方之士，既止其門。如何不信，有聞不尊。或進不至，短垣自藩。或牽異說，中道改轅。緊維賤子，函丈夙依。二十年來，不遠以違。食我誨我，除舍分衣。閔茲孱弱，長貧兼病。先生顧之，憂心怲怲。歲在乙亥，梁木其萎。遠承凶問，日冽風凄。中丞之幕，用權吾寢。餘哀不忘，有泪在枕。追維平昔，無善以報。庶廣微言，以覺詔告。嗚呼，嫚嫚妹妹，陋士之羞。先生之守，實惟道周。後有大儒，旦暮相求。論世攷言，知非謬悠。奠醑陳詞，敢質諸幽。尚饗！

祭姚伯符文代

緊吾宗之在桐，承吴興之遠祀。歷載年以四百，象縣瓜與蟠李。惟忠厚之世積，克寖昌而大啟。累重德於鄉祊，並學優而從仕。及端恪之應期，當五百而名世。慎良刑於臯蘇，記功宗於敦史。比文章於虎豹，斑炳蔚於孫子。探經義於漢家，埽淫哇於閧市。追鄭賈以比肩，戰揚馬而摩壘。海内仰爲儒師，百代欽其文軌。我藉榮爲宗光，君親爲其苗裔。余屬長而輩尊，實生後而稚齒。不見君於盛年，僅相親於暮□。挂見聞之一二，不足究君之終始。君少貧而作客，奔衣食而靡止。壯從季以宦游，無恒安於梓里。惟一嘗爲户尊，綜凡百而獨理。既族大而寵多，糅良莠而順比。君秉直以明罰，咸悦服而靡毁。葺祠屋以十數，皆工固而無圮。復樽節其貲費，使常羸而有庤。葢識敏而心平，迺恩明而誼美。諸設施之大者吾不知，就余所可見者有如此。余忝繼於君後，恨智闇而能庳。固萬分之不及，幸良規之在咫，奉成法以周旋。庶幸免於罪悔。敬舉觴以奠侑，冀來嘗其旨否。

祭李守戎文代

嗚呼，凡今之人，多與古異。攷行靡堅，聽言則易。臨危瑟縮，安平贔屭。維子險夷，摯性無二。及茲成仁，不欺厥志。子之死事，匪由人惎。殺賊致果，何誘何避。衆寡不敵，猝遇凶鋒。甲士三百，駢骨胥從。矯矯毅魄，卓爲鬼雄。陰相羣師，卒殲醜兇。門功等閥，祠祭昭忠。西延山下，有赫英風。子既能爾，予又何恫！緬惟疇昔，莫釋余衷。維我與子，居同閈廛。我游我釣，結髮比肩。壯聚京師，十載式遄。文武異選，各就所銓。甲辰之春，子擢營員。余忝縣宰，黃綬是搴。我難其任，子曰不然。官無卑小，率職則賢。治兵親民，曷共勉旃。回顧乳者，出抱幼細。置予厀上，曰爲予壻。子實命我，敢或覆戾。愛敬篤施，骨肉兄弟。若將長别，爲寄孥計。平生交親，於此彌契。予於是秋，需次至皖。明年子亦，守備桂管。便道來過，舊歡重纘。官程匆淹，暫予賓館。謂言禄薄，室家宜緩。止攜一子，作苦相伴。必嚴課之，俾毋習嬾。藉歷營卒，使識將款。凡子用心，克貞克亶。至於逮賤，仁欲必滿。皖江有亭，名曰大觀。二儀高下，極目遼寬。元有忠臣，夙此埋棺。君亟拜謁，顏慘不歡。載讀碣刻，泣涕汍瀾。至心所感，異世同丹。把酒泛論，益攄肺肝。余志循分，不急弊剜。君聞起立，植髮衝冠。謂言立身，不比處境。境可隨時，枉生毋幸。必若拔俗，端由介耿。心堅轉石，名唏畫餅。我喻君忱，冥昭瞢懔。日月其慆，丹青長炳。子今完節，我猶爲人。忝爲民牧，何裨於民。負子所期，媿子所云。君雖謝世，在天有神。旨酒欣欣，燔炙芬芬。陳詞莫罣，君諒知聞。尚饗！

卷十一　族譜序　家傳　哀詞　終制

族譜序

人之生也莫不本乎祖，即莫不各求詳其祖。不幸遭世多故，遷徙靡常，或微而亡其世焉，猶必本受姓之始以著其宗，此人之常情，亦古今之通義也。然而宗之亡即由乎此，非亡於求詳，正由夫求詳之過而轉亡焉。蓋古今氏姓之亡其初亡於世變，其後亡於書。何言之？蓋自秦楚之際，天下大亂而姓失；漢徙豪右實關中，大姓去其土著而姓又失；兩晉雲擾中原混淆，而姓又失；唐人多新族而姓又失；五代之亂而姓又失；宋之南渡迄於金元而姓又失。故雖漢宋明三代之祖貴爲天子，而皆莫能指其高、曾焉。若是者，世變爲之也。古今氏族之書如林，其一二出於古而可信者既亡，於是私譜家狀始多誣附不可信。惟私家譜狀不可信，故官爲之正其失，而官書之疏妄更甚於私譜，由是天下無復有千年可徵之氏族矣。

昔在魏世，置九品中正，州郡各有簿狀，以備選舉。晉、宋、齊、梁因之。家有譜牒，官有圖譜，局置郎令史掌之，以制婚姻。故世本及鄧氏官譜雖亡，而天下猶得因應劭風俗通、杜預公子譜、王儉百家譜、何承天姓苑、魏收河南官氏志等書以存周官宗人之遺法。及至北朝，有以二字三字複姓改爲一字，如破多羅改爲潘與古姓相亂，於是有中原古姓，有代北姓。唐以後又有通譜，有賜姓，有改姓、如理改李有冒姓，離合出入，遂不可稽。唐人最重譜牒，太宗命儒臣撰氏族志，而國姓卒無定論。林寶撰元和姓纂而不知己姓所由來，孔至撰姓氏類例，欲翦去張說新唐書宰相世系表，學者多摭其誤。而李延壽、沈約、白居易等自述其先世，皆取譏嘲，又何責於杜正倫、郭崇韜猥鄙庸人乎！鄭樵稱唐人譜牒書如氏族志、姓系録、衣冠譜、開元譜、永泰譜、韻略姓解等或主地望，或主音聲，或主偏旁。夫音韻、偏旁止可爲字書、韻書，初無與於姓氏。若夫貴賤無常，地望安可專主。然而後世爲家譜者率單主李林甫郡望之書爲據，若是者皆書之失也。

以世變若彼，以書若此，由是天下無復有千年可徵之姓族矣。且夫郡望所繫大抵斷代，自秦漢以後，其善者固有合於祖有功宗有德矣，而於神靈之裔司商所協蔑如也。世俗之人所見陋，不能遠覽古今，詳攷厥世，又不能闕所疑，而惑於相沿陋説稱引無稽，不亦蔽乎！即所望不謬，而所望以上得姓受氏之祖或弁髦相忘而莫之稽，所望以下中閒數百千年絶續遷徙之蹤莫之攷，所望之人同時尚有諸族一概置之而勿之道。其尤異者本非同望，而或扳重門蔭，或貨鬻先祖因緣以爲賄利。總之，郡望之失其始偏重閥閱，貴近遺遠，其後依托謬妄以異爲同，欲由此攷信要難，故不得與古者宗法同善。顧氏亭林謂古者以祖之所自出謂之姓，姓本於五帝，若嬀、子、姬、姜之屬。春秋諸侯於公子、公孫、卿大夫有賜氏、賜族，氏、族本於春秋，若以字、以謚、以官、以邑、以伯仲之屬。通志第爲二十七類戰國猶偁氏族。漢人則通謂之姓，於是姓、氏、族混而爲一。

竊謂族也者，本以昭穆親近相類聚而得名，書所稱九族也，故得與姓氏同文。若夫得姓受氏之始爲祖，別子亦爲祖，氏姓所同出爲宗，繼祖者亦爲宗。故有遠祖焉，有近祖焉，有大宗焉，有小宗焉，先王因而制爲義與禮以綱維而紀屬之。是故由身而上至高祖爲近祖，自高祖而上爲遠祖。遠祖親盡服絶，而於其中有盛功德而爲不祧不遷者，則凡同出其後者共祖之、共宗之，所謂大宗也，次於始祖。是故同姓而不同望者有之矣，未有同望而不同宗者也。同姓而不同望者謂同此字與音，而不同氏族所自出，如瑯琊、太原、京兆之王，楚公族及姬姓，代北之潘是也。又有同宗而不同望者則地望房望之屬，如博陵之東崔、馬糞之別王是也。非百世不遷，遠祖之望也。

方氏出於方雷，其望有三：曰河南，曰開封，曰丹陽。而大宗推河南，出於方雷，語見風俗通。而方雷氏見國語、大戴記、史記，信非妄矣。惟獨河南之望，吾且信之，且疑之，而終莫能指其實也。何言之？六朝以前氏姓書吾不見，若唐以來官私所撰統志類於本姓之下署曰某郡，或曰系出某郡，而皆不詳其所出之故，及其人名位功行之所由。惟私譜家狀歷歷言之，大抵造作名字以實其誣，及攷其時地事蹟莫不牴牾無憑者。河南之望由來已遠，信則信，夫氏族書之云皆然矣；疑則疑，夫其時地事蹟之終莫可攷也。林寶姓纂無方氏，惟於十陽出方叔姓，云：鼓方叔後，引漢有功臣方叔無咎。謝枋得祕笈新書所引於十五灰出方雷姓，云：方雷姓後，女爲黄帝次妃，生元囂，蓋古諸侯國也，下引漢雷義諸人。鄧名世古今姓氏辨證於方姓下云：風俗通曰，方雷氏之後。下即引唐睦州人方干云云，而絶不及周漢兩代人。通志氏族略云：周大夫方叔之後。風俗通曰，方雷氏後，漢有方賀，唐有詩人方干，宋朝方氏爲著姓。閩中多有，系出河南云云。夫此數書皆名籍也，鄭氏尤自矜其著以氏族略爲第一，而所詳不過如此。至於淩迪知萬姓統譜著儲，亦無紘，惟妄引何書造儕儼之名，謂與儲俱仙去，至爲不根。其著方望既曰爲隗囂將軍矣，而乃以屬之晉朝，明人之陋大抵若是，不足辨矣。〔一〕竊嘗攷之，傳稱黄帝之子二十五人，其得姓者十四人，爲十二姓。故言氏姓者黄帝之子孫爲多，虞、夏、商、周皆是也。獨方雷爲帝子，青陽之母氏著爲國姓譜，方族者或稱方雷，爲黄帝之子，殆不學之陋也。特方雷之裔其族甚單，在虞有方回，爲帝舜七友。在周有方叔，爲宣王卿士。在漢前書百官公卿表哀帝時有廷尉方賞，乃東海人。後書光武紀有方望，後爲隗囂軍師，以畫策不用而去，實平陵人。則不知此二族前孰爲祖後孰爲宗也。若五行志安帝時有方儲對策，不詳其爵里。通志云漢有方賀，其爵世亦未詳，賀或即賞字之譌。惟方氏之爲私譜者向來咸稱西漢末有曰紘者，爲河南守，避王莽之亂遷歙之東鄉，三世至黟侯。儲當章帝元和初舉賢良方正，歷官太常卿，封於黟。及隋開皇間有惠誠者爲歙令，其子叔潃愛歙之山水，因家焉。距黟侯十九世矣。其後有自歙遷婺源者，遷環山者，遷巖鎮者，有自婺源遷嚴州者。嚴州之方在唐有詩人干，干生三子：曰珠，曰琄，曰理，最爲蕃盛。自是方氏散衍天下，閩、越、吴、蜀、楚、粤皆有。或本於黟歙，或本於婺源，或本於嚴州，或本於環山、巖鎮，不暇一一攷。要莫不各本其始遷之祖以著爲族，而同以河南爲望，蓋自唐宋以來未有或易之者也。

吾以爲方氏在陳隋以前不可詳，而在唐以後則可稽。其望河南也不可知，而其盛於黟、歙、嚴州則信而可知也。何言之？河南之望未詳所由，竊意郡望之始起於漢徙豪右實關中，大姓各繫其土著以自别，若曰此某郡之著族耳。其後歷代南北遷徙，一時著姓亦各相沿此制以爲稱。故陳隋以前姓氏書因之，唐人不知，悉憑其私牒撰爲名字以專其派。唐以後作姓氏書者益昧其故，而相沿不改。河南之望且不專屬之方氏，而方氏又豈必名紘者果嘗爲河南守而專之邪。且紘既遷歙而著其望矣，而惠誠、叔澥又帶何望而來邪？淳安方氏譜曰：『紘與儲蹟用具謝承後漢書。』按，七家漢史皆不存，而承在司馬彪前，彪不應不見承書，而所作郡國志於黟縣下不云爲侯國，則黟封實未可信。吾意方氏嘗有著姓在河南，官氏志者，其後衰微，而其子孫有帶望而遷於歙，襲河南之名，因鑿空紘與儲之爵位以遠屬之漢世，爲若家於其封以夸榮。當世爲氏族書者不暇深攷其本，於魏收書名之謬亦因相沿云爾。紘與儲爵位行蹟他傳籍皆罕記，而黟歙之族實蕃衍至今，惜乎吾不得隋唐以前之書，而攷之以訂其是非，而姑以出於黟歙近而可信者叙吾譜，而河南之望則姑存而勿論可也。昔歐陽永叔爲家譜不望渤海，蘇明允不望武功，皆慎言之也。而鄭樵悉彊著之，又不能言其故，殆所謂疑以傳疑者與。〔二〕

吾族自明初洪武閒由徽之婺源遷桐，而其始遷之祖以上載於徽譜者不可攷，而前此有於宋元閒自徽之休甯遷池口，再遷桐城，而其始遷之祖以上載於徽譜者亦不可攷。不可攷則各以其始遷之祖爲之小宗，而以徽族爲大宗之望，此固人心義理之大公，而亦後世私譜之通義，不獨方氏然也。厥後遷池口者居桐而族大貴，而吾族獨無達者。昔謝氏自受姓以來久微，而盛於晉宋齊梁之代，遂爲天下望族。蘇氏自唐初遷於眉，至宋洵軾父子而始顯。方氏自唐代以前史傳著氏姓者絶鮮，及宋而漸蕃，至明而大盛。此門運遲速所開，有天命而不可知與。將因形家之言，舉三代而後之貴賤榮悴隆替悉歸於先祖墓田之祥，如袁安之事者與。以吾方氏一族之在桐城者攷之，益信不爽焉。顧人之有世，譬水之有源，源遠而末益歧。是故人賢且貴者則著，不賢而微焉者則不著，亦如水之大者則有名，而其支流之微者經亦略焉。自黄帝時之方雷至虞舜之方回，三百有餘年。自舜之方回至周之方叔，千二百有餘年。自漢廷尉賞、軍師望、對策之儲至唐處士千七百有餘年。以蘇明允之言計之，三十年而易一世，則爲百世矣。百世之久而僅得此六七賢，則其餘之微而不著隨世磨滅者固多矣。處士之祖由婺源而遷，吾之祖亦由婺源而遷。由處士之祖以及吾之祖又千有餘年，而其世之微而不著隨世磨滅者猶之昔也。其不著也固由賢且貴者之少，而明允乃歸之譜之不立；其詞彊而其意則隱矣。

吾則不然。夫世之不著由賢且貴者之少，其得存於今則世固未絶也。不著者吾無如之何矣，幸而未絶不至如眉蘇氏自高祖以上不可詳，則安得不爲之譜以紀之，以同吾一本之恩也。獨是以久微之世而爲之譜，不溯姓源，則爲無始。紀之則來遥遥華胄之誚，然後歎歐陽永叔、蘇明允譜法仁至義盡，爲萬世不易之良則也。其法斷自可見之世即以爲祖，而凡遠而不可詳者截而置之。譜以紀世，非以紀貴；譜以紀信，不以紀虚也。雖然，不攷歐蘇所以爲譜之意與夫所以爲譜之法，而曰吾法歐蘇也，則亦徒慕其虚名，實未覩其著撰。蓋宋承五代之季，仕宦遭亂奔亡，失其世系，百餘年閒士大夫茫然莫識其祖。又有私鬻告敕，亂易昭穆，族姓大淆。永叔、明允惄焉傷之，始創爲族譜以紀其世，大抵皆有懲於誣附之妄，而本其確信者譜之，求爲盡制以盡倫焉。故其於得姓受氏遠近分合，攷信墳籍，不疑不惑，萬世爲昭。及其斷而爲之譜也，創通新義，例法謹嚴，一出以精意。上法孟堅、子雲，而一洗魏晉以來之陋，皜皜乎爲千古不多見之作，所以可貴。世俗無聞，不足以知之，既未見其書，又不悟今俗所爲迥與其法相戾，而猥曰爲譜必法歐蘇也，此與耳食何異！吾嘗綜詳其法以與今俗相校，蓋有二失、七不同焉。

歐譜例曰：姓氏之出，其來也遠。故其上世多亡不見，譜圖之法斷自可見之世即爲高祖，下至五世元孫而別爲世。竊以夫人子孫相繼，人人有高祖，人人必爲人之高祖，柰何截以五世乎。此歐譜之失也。蘇氏爲高祖不可攷，不得已而斷始於此猶之可也。而使後世之得爲譜者人人遷其高祖之父別存先譜，則就此人之譜觀之，不疑於無始乎！　此蘇譜之失也。　蘇譜列序上世名德，遠自神靈及於益州長史味道，皆以親盡，斷而不譜，而別録於後。　今俗所爲其於詳略之載非失之誣，則失之漏，其不同一也。　蘇譜横叙各望如列屏、如模繡，今俗所爲概統於一望，其不同二也。　蘇譜斷始高祖葢無如何而不得已，今世爲譜者莫不起於始遷之祖，而始遷之祖不必(在)適在五世也，其不同三也。　蘇譜法曰：　必嫡子而後可以爲譜，爲譜者皆存其高祖，而遷其高祖之父。今世爲譜者不必嫡子，嫡子亦不必咸能爲譜，而高祖以上亦無可遷。　其不同四也。　蘇譜法曰：　凡今天下之人，惟天子之子與始爲大夫者而後可爲大宗，其餘則否；　獨小宗之法猶可施於天下，故爲族譜者其法皆從小宗。　今世宗法不甚講，又一族之中爲大夫多有，且有父子兄弟同時相繼爲大夫，孰爲大宗，孰爲小宗？　其不同五也。　蘇譜獨詳且尊其所出，而其他則否；　歐譜亦云詳其親者近者，而略其疏者遠者。　其所爲者雖屬親支小宗私譜，而固已有詳略之殊。　不如今人之譜詳則俱詳，略則俱略，壹視人之行歷以爲之準；　爲至公也。　其不同六也。　歐譜、蘇譜皆專主繫世，而後世之譜多載傳贊，揚美虚詞。　其不同七也。

最此二失七不同，而世爲族譜者終必託之以爲稱，首則以其反古斷始，因而實同創也。　故吾今爲族譜雖本歐蘇之法，而亦少變通之，兼用鄉先生姚姬傳先生譜法。期於世次易明，文簡易檢，册輕易挾。　其法以始遷之祖爲之大宗，二世以下各從其支繫，所出爲之小宗。　小宗每九世爲一卷，從二世起盡今日而止。　長房畢再譜次房，亦如之。　以今日修譜之人爲斷，各於其本支推其長房長子一人爲嫡，如長房絶則推其次長，蘇氏所謂惟嫡子而後可以爲譜也。　自此人本身上至高祖，下及其曾、元，累九世共爲一卷。　又旁及其高祖之兄弟，每房爲一卷，曰，此九族五服圖也。　高祖以上又累之，以及其高祖至於始祖而止。　今日修譜之嫡子以十八世爲率，其下不及九世，其上必斷自十一世起，而虚其子孫曾、元焉。　其有過九世者則以所過之人別冠爲卷，此歐、蘇法也。　但歐、蘇截以五世，吾法以九世。　歐別爲世，蘇別爲譜，吾但別爲卷耳。　別爲卷以便支族之易攜挾，此姚法也。　但姚譜三格，吾依歐譜五格，此史、漢表法，本無定也。約曰：凡同大宗始祖者休戚慶弔皆必相問遺，同小宗者加密厚焉，同高祖九族者又厚焉。若不幸有災禍，九族不能賑者，小宗同助之；小宗又不足者，大宗共助之。所貴爲族譜者，爲將同吾一本之恩，譜爲盡倫篤親作也，非徒繫其名位卒葬婚姻而遂已也。吾族既無貴顯，不登朝列，則其功名行業已無可紀，惟其敦德懷仁、内行修美、學業優殊者，略叙數語，以視子孫而傳誌。虚美之文概弗載入，此歐、蘇法也，亦姚法也。

【校】

〔一〕自『林寶姓纂無方氏』至『大抵若是，不足辨矣』：儀本移至後文，參後注。

〔二〕儀本將前面所刪之文移至此處作文中小字雙行注。

族譜後述上篇

昔賢之論皆稱：自秦漢之際而宗失，自世本書亡而五代之氏姓不可攷。秦漢之際王者興於草莽，將相出於屠牧，皆不能紀其先。世本書亡，故漢魏之人碑文所述氏族之始皆不足據。及兩晉雲擾，而天下之姓益以淆亂。宋、齊、隋、唐最重譜牒，然大抵矜門户，崇郡望，啟世訌爭，紛紛可鄙。於是由賤而貴者恥言其先，遠引名人，求以自重；其閒灼然可稽者不過止於漢晉。氏族之書多依託謬妄，海内名家五音望族流品雖高，其言姓源率荒渺難憑，是故譜盛而宗愈失。昔姚寬及顧亭林皆嘗欲由唐虞三代分次其所從來，列攷受氏之初，以類族而反本，意良善矣。究之姓源雖得數世，而後盛衰崇替，遷徙不常，或絶或續，其世次仍不可攷，於是而宗又失。然後知歐、蘇二家及近世姚譜法爲天下萬世不易之良則也。歐、蘇譜法大抵就今日所確而可知者斷以爲譜，推其本同著爲大宗，合其近屬聯爲小宗，凡爲族譜其法皆從小宗。大宗雖遠，而得姓受氏之本及歷代有德之賢，後人不可不知，則略録於後，序而不以入譜。姚譜之法則各異其房支，使其九族近屬聯以相從，慮不幸而有離亂遷徙，子孫便於挾攜，故爲之小字十行本，以易夫方尺之鉅册焉。嗚呼，此其用意非具有至仁之懷，而兼有問學深思者孰能與於斯！

故天下不患宗之亡，而患無譜法。萬氏充宗乃謂宗法與譜法不相謀者，非也。其言曰：一族可同一譜，一族不止一宗。似也，則不知譜之所紀以何立法，其言亦甚疏矣。方氏出於方雷，於虞有方回，於周有方叔，於漢有廷尉賞、軍師望、對策之儲，於唐有詩人干，宋以後漸蕃，達者漸眾，明以來幾於天下徧有其姓矣。而又忠節、儒林、文苑，貴爲節撫宰相者接迹於搢紳，遂爲海内盛族，大抵皆出於歙、嚴所遷，而同以河南爲望。惟獨河南望之爲紘而遷歙，與夫儲之封黟，徒見於氏族書，而此外莫攷。且歷魏晉六代數百年以來，而其世無聞，則未知果家於其封，歙嚴之族果必其苗裔，果自漢世緜延以至於今世，遠莫能指也。蓄此疑滯久不得豁，欲得徽譜證之而又不可通。方族出於徽，則徽譜曷爲不通，曰：往者遷池口之方恪敏公問亭先生重輯宗譜，移書徽之宗人以求其世，而徽宗不應。是以恪敏所修桂林譜於其始遷之祖以上仍缺，其世數而不可詳。彼族至貴，而徽之宗人且不應，矧如吾之族寒望微，其何能得之。是故方氏之大宗在歙，而他郡縣所遷之族概莫得叙支派焉。昔人言北人重同姓多通譜，南人則有比鄰而各自爲族者，信矣。吾族自明初遷桐，先世載徽譜者既不可稽，遷桐後支譜不幸又遭明季兵燹失之。八世叔祖吉生公僅有藏本，而殘缺過半。康熙己巳始重輯而增修之，據此本也；蓋賴是而先代之世次略可稽攷，公之力也。公名學員，後棄家爲僧，號餐霞和尚。自康熙戊戌至嘉慶丁巳，族人嘗一重修之，閲今又四十餘年矣。小子東樹始得而論次之。

族譜後述下篇

氏族譜牒之系，其稱有三：曰郡望，曰地望，曰房望。郡望已見前篇；地望者，始遷所在之稱，如歙、嚴方氏之有鸕鷀、巖鎮、環山也。吾族自婺源遷桐城，始居魯谼，其後亦散衍他邑及各鄉，而必以魯谼繫其望，不忘所自始也。魯谼方氏無顯者，族人或恥之，不以爲榮。則曉之曰：人之所以重於天下也爲能有德與賢否耳，而豈以盛衰崇替殊優劣邪。古有始盛而後式微者，欒郤、胥原降在皂隸矣。亦有始微而終大者，則三代而後之氏族皆是也。然則盛衰崇替政由於人，非以其世，矧吾族固本神靈之裔，越虞周而來者邪。馬龔王志、高平王沈、博陵崔顥、近世華亭放鵝莊王氏皆傳於世，豈藉其宗而始顯邪。且亦人能榮宗耳，宗豈能榮人乎。是故同一盛族也，而或恃其門地恣爲惡行，則不特閭里皆賤之，雖其宗人亦醜之，而不願引以爲族矣。而如有人能勸學修身積功累仁，其行足以孚鄉邦，其學足以重當時，其名足以永後世，則其宗賴之以榮矣，而其鄉人亦且樂稱之以爲美也。斯義也，古今陳迹不可勝談，要稍知書者咸必能信之。是故人貴自立耳，立身而後可以教家，教家而後可以教族，教族而後可以教國，教國而後可以教天下，教天下而後可以教萬世。夫人之爲行至可以教天下萬世，而不足以榮其宗乎！聖人復起，不易吾言矣。今當纂修宗譜之日，凡吾族人尚其繹思吾説，而務勸學、修身、積功、累仁，上有以承其先德，下有以蔭其子孫，久之不怠，後必有以魯祺易河南之望者，而何榮如之！

既以應族人，又從而記其所聞先人之行。蓋吾聞之先子曰：『吾族自遷桐以來，世以耕讀教子孫，雖無顯達，大都敦固純實，無爲惡者。當明季天下多故，流寇躪舒桐間。六世祖〔一〕諱柯字龍宇，與其弟鳳宇、祥宇等五人團聚堡砦於虎頭山，居鄰遠近相依者數百家，結和包陣以禦寇，頗多殺獲。自是賊之搜山者畏之不敢入，比於古亦所謂有功烈於民者也。有四子皆早卒，竟無後。歿後鄉里不忘公德，爲廟祀於本宅旁，立公及弟四人木主以報饗焉。至今有水旱蝗疫，禱輒靈應。其地在下澶沖保，土名石船底。公故與左忠毅公善，此廟亦與左氏松鶴菴相近。及我曾祖諱晙好讀書，是時宗老閑阿先生及諸耆宿老儒胡莫齋、孫華農、吴抱雪等講朱子學，創尊聞精舍祀朱子，而以吕氏鄉約教於鄉。曾祖既與諸人友，因命吾祖師事閑阿。曾祖母江氏故舊族，性嚴毅，克謹於禮法。生四子，長即吾祖。吾祖内秉嚴教，又得諸耆宿爲之師友，故德器成就，卒爲名儒。吾祖爲學宿成，少有高名，所交盡一時知名賢士。當乾隆初，海内文章尚繁縟。吾祖獨師艾千子講論，因與其友張弼宸輔贇、吴井遷直選、江左同人文甄及盍簪集以崇起，先正矩矱。金壇王太史罕皆嘗簡先祖及左廉、姚範、葉酉、王洛、張瑚、周芬佩、胡邦幹、江有龍、王師旦文，號「龍眠十子」；而宜興儲大文亦簡先祖及沈德潛、周日藻、曹階、王之醇、高炳、周振采、蔡寅斗、葉酉、江有龍文爲「江左十子」，「俱」〔二〕刻以行之。又嘗在金陵與韋謙恒、王鳴盛、吉夢熊、秦大士、蔣宗海、曹錫端等一百六十四人爲文會，而先祖年最長，執牛耳焉。寶山朱桓、嘉定汪廷璋同編爲齒録，名曰秦淮文匯。乾隆丁卯戊辰以優行貢入成均，祭酒陸崑川先生銑欽其名，不敢以諸生禮接之。是時，海内昇平無事，深山窮谷遠方奇偉之士皆出求仕，畢集京師，因益得盡交當時賢傑。丹徒王禹卿文治嘗以文贄見，先祖謂之曰：「君他日當以詩名世，文可不必爲之。」王自是遂不復爲文，夢樓詩集所偁舊游「彭與方」是也；彭，丹陽彭晉函也。在京師初主北平黄崑圃叔琳家，後主少司馬觀補亭保，又嘗與友劉耕南同主吴荆山士玉，後爲八旗生教習。歲滿詔以知縣用，先祖不樂就。温給諫如玉及葉庶子酉視學湖南，皆嘗延先祖至楚。所刻試牘盡小題皆經先祖改定，號稱極佳，而先祖每題亦必自作之。其文深峭奇闢，似周秦子家，而壹發宋五子之奧蘊；今此稿存家中。嘗著楚游隨筆四卷，皆攷證地理之言，爲黄認廬登賢借去，遂失之。先是，己卯觀少司馬典順天試，鋭意欲以第二人處之，故事順天試南卷不得第一故也。因明告諸同攷官，而常州劉編修某嘗有嗛於先祖，因屏匿其卷，及搜得之，已污抹不可用〔三〕。觀公太息。後壬午觀公再典順天試，先祖遂不試。明年旌德吕光亨以給諫視學山西，因請先祖至晉，會病血症，不任勞劇。而同里門人姚羲輪時爲洪洞令，因請主其邑之玉峰書院，乾隆二十八年也。時余年十二，隨姚人赴山西侍先祖，讀書一年，而先祖病歸，旋殁。當楚浙獄起，同里孫學顔、上元車鼎賁、鼎普〔四〕皆牽連及於禍，先祖傾身經理爲殮殯，持喪南歸。門人姚刑部鼐所爲誌墓文嘗次述其事。姚編修範嘗稱先祖文似明羅文止，詩似宋楊誠齋云。先祖諱澤，字巨〔五〕川，晚自號待廬，以乾隆三十二年殁，距生於康熙三十六年，享年七十有一。娶洪氏夫人，生三子：烈、述、訓。述早卒，伯父烈無後，以弟某嗣。吾父諱訓，好善能文，事親孝，與兄弟篤愛，與朋友篤信，鄉閭之人無親疏皆愛敬之。生於雍正二年九月，殁於乾隆四十年二月，娶胡氏夫人，生四子而吾居長。』此樹所聞於先子云爾。

先子諱績，字展卿，晚自號牧青。生於乾隆十七年七月初五日，殁於嘉慶二十一年閏六月初四日。娶鄧氏夫人，生子女五人，惟樹獨存。繼娶姚氏夫人，無出。繼娶吴氏夫人，生子女五人，皆不存。先子少有異稟，十歲能讀項羽本紀，姚編修範贈曾大父詩所謂『千言畢覽十齡孫』也。其爲文清深雄傑，詩學退之、山谷，創意造句必出於常人之境，皆刊行於世。坎坷貧困，抱志以終。先是大母篤病久，是時家甚窶艱，藥餌旨甘不給。先子老而憂生，是歲主無爲州繡谿書院，歸感疾，數日而殁。時東樹在江蘇胡中丞克家幕，不及視含殮，其衣衾材木蓋俱薄。嗚呼，尚忍言哉！明年大母殁，東樹旅困江甯，亦不及視含殮，其衣衾亦俱薄。嗚呼，尚忍言哉！聊書而藏之家，使知余之恨而已。吾祖生四子：八叔父殤，三叔父早卒，無嗣。七叔父未娶，以貧不能相保聚，致令客游半世，蹤迹無定。在丙子、丁丑先子及大母喪皆嘗一歸而旋出，自是至今不知存亡矣。每一念之，痛纏心髓。身既迫家累，欲往覓之又無從，使我永負罪於天地矣。叔父名茂元，字季默，生於乾隆丁亥八月十八日午時，長余六歲，幼同學極相狎愛。生平無邪曲之行污下之心，惟性剛不能容物。可以質鬼神而不諧於人，竟以是坎壈惋憤以終。魂靈不返，酷矣，極矣！叔父工書，剛勁蒼古無柔媚態，稱其性情。余自忖不獲久存於世，終不可得見，遂爲之立主以祀於祖父母之側。嗚呼，其或相遇於九泉也。道光十一年五月日，小子東樹謹述。

【校】

〔一〕『祖』：儀本作『伯祖』。

〔二〕『俱』：從儀本補。

〔三〕自『因明告諸同攷官』至『已污抹不可用』：儀本改作『而卷為同攷官劉編修污抹不可用』。

〔四〕『普』：儀本作『晋』。

〔五〕『巨』：儀本作『苧』。

曾大父逸事

大母嘗逮事曾大父，時爲東樹言曾大父事，曰：

『曾大父體貌甚偉，氣蓋儔衆，性嚴毅不可犯。嘗於居宅旁搆書室十餘楹，遠方來學者悉主之。有六安鮑先生遠砦者年四十餘矣，偶有小過，叱令長跪。鮑先生亦無幾微忤於言色。又有一生偶背呼其妻父之字，其妻父故與曾大父爲執友；聞之，誚讓再三，固欲屏逐之，不使列於門。嘗邑中騎而歸，時日已莫，於路昏黑雨甚，度不可抵家，又不可返，遂啟道旁何氏攢宮，繫馬於外，坐於棺側達旦。又嘗昏晚聞門外馬騰躍，以爲與鄰馬相踶齧也，出叱而逐之。及牽馬，不行，乃擁而抱之歷階而上。及入視衣，皆血殷然。後知向爲虎所搏也。』東樹既聞此，又觀曾大父自叙詩集云：『嗟呼，生平志氣之盛，豈屑屑託文業以傳。』然則曾大父胸中所懷蓋未可量也。

大母胡孺人權攢銘

道光七年，東樹葬先攷妣於武嶺龍井灣。先是曾王父母殁七十餘年，大父殁五十餘年，皆浮攢，淹久未葬。東樹嘗以爲痛，立意首葬曾王父母，次大父母，次先攷妣，非徒爲順世及之次，亦所以安先人之心者謂必如是而後爲得也。及卜穴，術者言山向於曾王父母不利，又是歲先攷妣攢室生蟻，食棺皆穿。易材而改殮之，懼來歲蟻復生也，於是遂從權而葬先攷妣焉。近日桐城卜葬最難，雖有大力者且數十年不能得一穴。余家停棺三世，將事無期。東樹自忖生世無幾，思力舉之而後瞑目。然不能自期必，因各豫爲之志。曾王父事行略見於族譜後述，大父處順境，事皆庸行；又其殁也，東樹始三歲，無所省。其略見於先子所述者雖不詳，然有以知其爲篤行好善人也。大母姓胡氏，生於雍正七年己酉，而殁於嘉慶二十二年丁丑，嘗逮事曾王父母，以孝謹得曾王父母歡。性剛明仁厚，舉動有常，終身無疾言遽色。自大父之殁也，家益落，大母辛苦持家，備歷慼艱。其前不知，自東樹省人事，則見大母汲爨浣濯，縫紝灑埽，常日不暇給。前後更骨月死喪二十餘；惟五姑及八叔父早殤，長姑適陸氏，三姑適洪氏，六姑適姚氏，皆先於大母二三十年而亡，皆有子女而皆無存，三叔父娶而無子，早亡，惟吾父及七叔父存。而大母之殁也，吾父先一年亡，七叔父雖近在郡城，亦不及視含殮。是歲東樹旅困江甯，漂轉揚州，聞訃悲號，竟不能返。明年始歸，乃得殯大母於灣楊柳樹之墟。東樹少喪母，體羸多疾，凡衣履縫綻，頭足櫛沐以及飢飽寒燠之節，疾痛痾癢之變，實大母辛勤撫育以有此生。逮受室後大母之勞始得休息，而亦既衰老矣。東樹迫生，故早客外，不能居侍。是時家尤窮空，飲食衣服之需不能備具。每在外思念大母仁慈辛苦而無以報，酸悽心骨，不知所爲。大母最憐愛七叔父，而東樹嘗爲百計營護，力卒不能保聚。嗚呼，東樹之不孝負恩，尚何處而可以贖此罪邪！

胡氏世爲桐城人，有老儒莫齋先生，其子名田字雍則者，與曾王父交最篤，故締姻焉，是爲大母祖及伯氏。今其世絶，祇知外王父諱震蛟，其餘不可詳。銘曰：瓶之罄兮恥維罍，思勞瘁兮哀逾滋。莪兮蔚兮同枯萎，嗟孫蒿兮又誤之，茹痛莫告兮永銜悲。

先集後述

先人詩集六卷，道光丁酉夏六月刊於嶺南，其貲則光方伯律原所佽助也。雕造既竣，其不肖子東樹謹述先人之言曰：蓋昔人有稱鶴立雞羣者，世幾習聞其語而莫喻其興物之妙也。如鶴也則雖折足塌翼病頸，一望而知其鶴也，即三尺童子不能謾之。如雞也則雖爲之金距赤幘，而其德情才性終不能改其爲雞也。夫爲人與爲詩文亦若是焉，則已矣。吾友恒病余閱人文字少，可多否？嗟呼，余豈得已哉。蓋連城大邑或不見一鶴，而連郵比屋莫不畜雞，吾安能面欺以連郵比屋之恒畜，而以當夫珍禽之刮目哉。且夫鶴之貴於雞也，在胎與卵之時而已異，非修飾毛羽習其音鳴態度而可彊似之也。古之詩人如太白、子美、退之、子瞻四公含茹古今，侔造化，塞天地，如龍象蹴踏，如蛟螭蟠拏。當之者莫不戰掉眩慄，色變心死。降而若半山、山谷，沈思高格，呈露面目。奥衍縱横雖不及四公之燀赫，而正聲勁氣邈焉曠世，雲鶴戾天，匪雞所羣，不其然乎。律原最嗜先人之詩，嘗謂其體導源於韓，其創意清而愜，其造語堅而從，其隸事敏而給，有后山之沈鍊而去其拙鈍，有誠齋之警健而去其麤厲。使讀者如游芳林，翫琪花，有愛賞而無厭憎，殆半山、山谷之亞也。且謂斯集也，後有精鑒如晁、陳者必著録斯詩也，後有爲總集如殷璠、元結、高仲武者必貴選，故亟促余刊行之也。先人之言嘗如此，光君之言又如此。今不肖衰莫，旦夕且死，因編次遺稿，妄合取以名集；將並光君之論奉以質於地下，庶尚亦愉色而頷之與。夫鶴鳴則必有子和，惜乎不肖之弗克和之也，傷哉！不肖子東樹謹述。

先母行略

吾母姓鄧氏，桐城世族。外祖諱林，外祖母陳氏，乾隆丙子副貢生諱傳之妹也。陳爲邑中名宿，凡邑士之有名稱者無不出其門，故爲先曾大父門人，而先君子又及其門，故以其女甥女焉。外祖無子，嘗繼弟之子以爲嗣而不能振，生四女，而吾母序居長。吾母以乾隆十四年己巳七月十七日生，四十八年癸卯八月十九日卒，得年三十五歲。是時吾父應江南鄉試，樹年十二歲，家無長年，大母率七叔父實主喪事。吾母性慈仁而訥於口，未嘗笞東樹。生弟妹凡四人，惟東樹獨存。憶歲壬寅，東樹年十一，初學作文，吾母喜代以陳於吾父。識此而已，他皆不省。男東樹泣述。

繼母姓姚氏，外祖國學生，諱興易，外祖母葉氏。母以乾隆癸未年七月十八日生，甲辰年來繼室先君子，丙午閏七月初九日歿。母來，東樹未終喪，憐東樹無母而多疾，年雖未久而所以撫之者甚有恩。母歿時東樹猶少，不能有報焉。先君子以母之無出也，揭葬之松窠尖祖兆近側。

繼母姓吴氏，外祖王父諱生莒，著孝義，行事載邑志。外祖諱某，無子，外祖母張氏。母以乾隆戊寅年七月二十四日生，丁未年來歸先君子，是時家久窮空，母來即值艱窶，常冬無絮衣，薪米日缺，惟以假貸給朝夕。先君子性卞急，見逋責多即誚讓，吾母則泣；已而又然，以爲常，葢三十年未嘗一日寬也。及先君子歿，然後乃不任家事。然默念兩家不振及前後骨肉死喪之慼，常含悲哀。母性慈仁，見人苦者歎之不去口。東樹以家貧早作客，久不歸，歸則母必手治飲食，或漿酒以飲食。東樹所以憐恤之者甚，至今永不可復得矣。尤愛憐次孫，己丑年親見次孫受室，是時疾已動，及新婦始彌月，而吾母遂歿，十一月三十也。東樹事三母，惟與母相依最久，所更憂患最多，故思吾母尤無窮。丁亥冬葬先君子於武嶺龍井灣，以鄧母祔，吾母無幾微介於意見於言面。東樹念無以慰母心，跪而告曰：『他日吾母百年後，當從大母以居，俾子孫無失祀。』母生弟妹五人，皆不存故也。道光十一年五月日，男東樹泣述。

姚氏姑哀詞

先君子女兄弟四人，五姑早殤。長姑適陸氏，其歿也樹不見。三姑適洪氏，歿於乾隆四十七年，樹時尚小，無所省。惟姑幼在室，其相聚也久，其愛樹尤篤，其遇尤屯，其家之事尤悉。故爲之詞以鳴吾哀，比於魯義姑及杜甫之姑焉。

自吾母歿，樹依大母以長，姑憐余，所以提挈護視之者無異於母。乙巳姑年二十一，適姚氏；夫名通意，字彥醇，佳士也，爲湖口縣知縣諱孔鈞曾孫、副貢生諱支莘之次子。支莘字諟伊，夙有奇才高名，於先君子爲前輩而相善。嘗命通意從學，而其兄通昀與先君子交尤篤，故締姻焉。姑於次弟六生於乾隆乙酉三月二十八日，性孝謹仁明，言動重厚，於事尤識大體。歸姚氏，周睦上下無不敬愛。未數年而其家運漸屯，舅患風疾，伯氏客廣東，遂益窶艱。無何而舅歿，無何其姒又歿，於是姑之夫亦出客徐州，姑遂獨持門户。上事姑，下撫兩姪女，恩勤備至。其姑病困牀席累年，典質既盡，假貸以贍朝夕。力不能多賃僕婦，凡汲爨浣濯縫紉饋食悉身親之。及其姑歿，又力嫁兩姪女，竭力資送皆稱情，無失禮文。而身衣襦補綴無一完善，食未嘗飽。

初姑之嫁也，吾家貧，所以資送之者無一長物。當是時，吾幼不知。及是姑遣嫁其姪女，竭力爲之，始告樹以其意而泣。至今思之，恒痛於懷。姑食貧屢空，樹日往視，雖無慼容悲言，而竊窺其形日以瘠，其意色恒滲沮。癸丑之冬樹受室，其時姑疾已動而猶彊支爲言笑。明年甲寅二月，竟以貧餓而歿，年止三十。歿之日竈冷無煙，一稚子在側，惟泣告吾父索棺而已。嗚呼，痛哉！樹尚忍舉其詞哉！吾姑之賢明仁孝而天顧慘虐之，使至是哉。姑生兩子，幼者先亡，長者寄養吾家，踰年又亡。而其兩姪女嫁張氏者未幾皆亡，姑之夫客徐州又亡。夫兄在粵東三十餘年，忽返至江甯而亡。於是其家遂絶。會其從叔姬傳先生贈以地，遂舉其家六喪聚而葬諸投子山下。憶樹少時至姑家，其家尊幼無不愛樹者，偶值食時，樹即佐之，陳七箸，若家人然。嘗作慎火樹詩，諟伊先生亟賞之，故其家皆以此愛余也。樹久客，屢欲一上姑之冢，竟未果。嗚呼，樹生平所負於骨月及長老之期愛者多矣，況此冢内六人皆樹所嘗親事如大親者。歲月匪遥，泉途永隔，追念平昔，其將如此心何！因哀吾姑而並叙及之，豈漫述哉，亦所以寄吾悲悼之情，欲永之於來世焉耳。其詞曰：

姑之生兮罹百憂，姑之殁矣毒孔瘳。天屬盡兮無一留，煢魂歸來兮聚山邱。慝邪弗若兮盡優游，孰謂善人兮命獨仇。雖欲不以之懟於天兮將誰尤！

妻孫氏生誌

妻孫氏生於乾隆己丑年九月十三日，年二十五歸余，今三十九年矣。憐其備歷愍艱，老病且死，乃豫爲之誌，道其苦並述其行；及其見之也以慰其心。以妻平生知文字爲可貴，又樂余之能文也，謂庶可以著其不朽故也。

妻以癸丑年冬歸余，逾二年喪其母，毁瘠幾滅性。一弟未受室，父遠客，乃歸代理其家，居一年始返。是時，吾家尤窮空，先君子困處，大母老疾，無以贍朝夕。余迫生，故遂出游授經爲養，脩俸所入薄，不能兼顧妻，凡有所需常典質自給。嘉慶己未，余客江右，是歲邑中痘殤，一月之閒吾兩弟妹及兩女皆亡，妻抱其子而哭其女，撫其屍無以爲殮，妻嘗爲余述其事而不忍竟其詞。以居隘卑溼，兼患氣中傷得痺疾，不能良行。初猶扶杖彊起，醫者誤投方藥，遂致篤廢，手足俱攣，癸酉年也。丙子吾在江蘇胡中丞幕，而吾父殁，吾母老疾不任事，妻以冢婦持家責無旁貸，竭力以主大事，禮無違者。明年余羈旅江甯，漂困揚州，而大母繼殁，妻所以治辦喪事者校吾父之殁而備艱矣。頻年之閒更兩大喪，余以不孝皆遠避，而獨以委於妻，是固私心所慘媿而無可言者也。又明年余客粵東，妻又爲長子納婦。自癸酉以來至於今，凡十有九年，每朝則令人負之起，坐一榻，漏三下又負之就席以爲常。其餘終歲終日踞坐一案，凡米鹽所需、追呼所告、喪祭所供，賓親所接紛至沓來，悉以一心一口運之。嗚呼，是健男子所莫能支，而以一病婦人當之，其亦可謂難矣！妻知書，通毛詩，子未就傅，嘗自課之。性剛明，厚重有藴蓄，喜愠不形，雖甚急無惶遽色，雖甚窮無慼容悲語，轉側痛苦未嘗呻吟呼天及父母。與人言以誠，無巧僞，哭死必哀。見人有苦常慈憫，行事有常度，明於大義，雖無財而事所當行未嘗廢。

余賦氣弱，自少多疾，妻來時余羸瘠不成形。又常喀血，妻常恐余死，以故無論在家在外，一心常念。余若在病者常舍其疾以憂余之疾，數十年如一日。余偶歸則所以視寒燠飢飽之節者，甚至余意有所欲行，但聞言必謹成之，從未有一事梗避齟齬怨阻者。常默計余所需，不待告語，莫不夙辦。余每念以妻之事余，若移之子事父母可稱孝子。故雖非有古人異量德賢，而揆之婦行實無所闕，其亦可以謂之君子女者矣。余嘗十赴秋闈不得售，妻謂余曰：『吾在室望吾父，及歸望舅，繼又望君，而終不獲一如意。』此雖俗情，而其言亦可悲矣。余性不深，固好直言人失，常以取怨，妻每諫，余迄未能改，以此媿之。余出在外，幸與賢士大夫交游，妻聞之樂。閒與商榷人士才性賢否及時事之是非，皆能解意表，故余不歸，歸則如對一良友焉。妻母弟仕於廣東爲知縣，妻無幾微之念望其濡沫。及其弟所以待姊者甚疏，亦無幾微之念以爲怨。此則余亦服其度之不可及也已。吾嘗謂妻曰：『汝勿死，待吾力稍裕，能爲若具棺殮而後可。』斯言也，因循十餘年未能酬。今歲辛卯始奮然決志爲假貸購材木，使匠合成之，於余心爲稍盡矣。余痛先子之殁也，材木未美；又感姚氏姑及七叔父之事，誓於神明，不許厚殮，用自罰以求安吾心。而於妻獨勤勤如此者，吾無符偉明之德，不敢以妻子行志，又所以報其代余當兩大喪之勞也。

妻桐城世族，五世祖節愍公諱臨，曾祖陝西興漢鎮總兵諱建勳，祖癸未進士諱顔，而邑庠生諱詹泰之女也。初，妻叔辛酉進士起峘與先君交最篤，愛余所作詩文，謳於其兄嫂而以女焉。銘曰：

暇豫不敢望啟，處者生人之常。天罰酷於余，而以爲君殃。懵荼薺之匪固，性誠壹其如忘。銘余詞兮使睹，要後死之無傷。語徵實而無溢，允昭顯於德行。

書妻孫氏生誌後

辛卯歲在宿松書院作家傳畢，爲妻作生誌，欲使見之以慰其心。明年壬辰困阨無聊，再入粤謀升斗，八月歸墮瀧水不死。妻憫余衰莫，奔走不能息，忍恥違心而非得已，常太息涕泣。今年余在常州旅處失意，妻聞之加忉懫，病益增，蓋隱度内外人事，無有長策生意可冀以紓困者矣。余以二月二十五日出門，是日意惝怳荒忽，步徙倚似不任履行。妻勸余少息偃，余決然不顧，勉彊遂出。至東郊將登車，瞥覩一道殣人新死，横尸車側，懼然知爲不祥。及至常州，意外遭拂逆。五月以來心神不甯，憂念家室； 腸若中絶，心如攢刃，晝窮無俚，迺卜迺筮迺占夢，禱神不見吉端。八月八日禱於于忠肅神，蒙示杯珓不吉。反舍得家書，述妻病危篤。十四日復禱於文昌帝君，亦不吉。反舍得家書，則報妻以七月二十九日棄余死矣！

嗚呼，妻事我四十年，無纖毫言語之過，惟日盼困阨之解。辛苦墊隘，備羅酷急。近歲衰羸尫痁瘇癃，言氣不屬，猶日張空拳，嘔心血枝梧日月，以祭以養，以持門户，以保弱幼。余久客於外，不能裕所入，而室不毀者妻之力也。常念三世先柩未葬，千金逋負莫償，一門十口資生無計。余老不支，故雖至疾亟宛轉，不肯自矜惜，醫藥餌饍之弗求，以速於死。嗚呼，痛矣！人生有死，百年必至之常期。惟共貧賤同憂患者難忘，共貧賤同憂患而能賢者尤難忘。吾又寡兄弟戚屬，行止出入惟妻能憫我疾苦，諒我端良。自今無有能憫我諒我者矣！吾聞凶訃已一月，屢以事阻，不得歸護喪以盡其志，且聞其所以殮者皆薄。嗚呼，黔婁之婦之殮黔婁也不肯斜其手足，以君之賢，必能自怡，吾不及與之也。初吾聞報，自悼莫景淒涼，如此窮塗錯履世路險艱，歸邪，死邪，生邪，皆不得顧念。身世將有闔門殄絶之憂，不勝存殁哀懼之情。魄逝心壞，計日待盡。繼念門祚安危冀緩須臾尚在吾身，身死之日，此煢煢者益之速絶，必非君之明惠所善，以爲君地下之憂，故復乃忍情彊自寬釋，百計以求澹吾哀。天乎，神乎，其繼今而能久生乎！吾力能累妻之死，乃不能以一哀酬其酷乎。頗聞弔哭者有餘哀，吾顧可以已乎。雖然，妻篤疾患苦二十年，吾在外嘗憂其死，如未嘗生；則今雖悼其亡，冀其尚生也，或未嘗死，嗚呼！君之足哀見於吾言者如是，其不可以言見者吾亦不能既言之也，無窮而已矣！君之歿距生享年六十有五，子二人，孫男三人。傳曰：妻能成夫，則妻亦成焉。余故竊取康子之義轉謚君曰：成子冀後世有能知君之賢，悲君之遇也。道光十三年九月十三日，是日君之誕辰也。

終制

士君子行己素位而道中庸，亦曰行乎理之所安而已。使微有感激偏宕之意則失中，失中則失道；失中、失道，君子不由也。斯義也蓋嘗有志焉，學之而未能，亦遵之而不敢悖。念及茲衰莫，旦夕游泰山，恐不獲得正而斃，故及未瞑豫言，誓出誠心告汝，其尚以素位中行逆我，慎勿以偏激失道悖我。曾子不云乎：人之將死，其言也善。尚念之哉。

一　我生平有大感數端，不暇悉言，大約不孝居其最。居恒思之無以自贖，惟欲一切自剋損用罰。今與汝約：我死則必無厚斂，毋用纊及帛。第布衾時服裹手足形素，棺充木屑斷楮，校之楊王孫已爲費矣。

一　我無名位，又寡親識。死之日一二執友當相聞外，此毋用赴報。至於喪儀奠設一切明器虚文概勿用，亦勿致客。古有會弔車幾百輛者，亦有老、莊、黔婁、子輿無相，而不以爲沾者。夫理無常是，事無常非，各安同異，毋所疑也。

一　我幼多疾，且窶，雖資性尚非底下，而未嘗實用功讀書，故學無基址。長而乞食四方，顛沛患苦，以紛雜其心，愈不暇精誦。中年以後始稍稍悔，而已時過弗及，又羸，不堪策厲。夜興自捫，德無可據，道不成章，行能鄙薄，爲人所忽，卒老無聞。尚何稱揚，即死，慎毋乞人爲誌傳等文，虚詞赧人，使地下增媿也。

一　我於文事幸及承教先輩，麤聞緒言，亦幸天啟其衷，時有獲於思慮所開悟。但僅望見塗轍，實未曾專心深學之也。平日所爲率牽事應付，冗陋凡下，慚恧不自信，已判隻字不存。至其中或有論議所及義理可取者，嘗欲別出爲一編，久而未暇，以爲與使人呰鄙憎棄，不如絶其傳，猶勝作詅癡符也。

一　待定録中頗有切言至論，牽人事少暇，忽忽未及修理寫定。又卷帙校繁，儻日力不給則壹切焚之。嘗慨後人撰輯前人未成之書，不得其心，徒用己意羼亂之，往往謬誤百出。既失其本然，又以遺誤來學，最是一大恨事，故不如其已也。至所已刻行數種雖無根柢，似於義理尚無大倍處，則亦聽後人之棄取可也。大意尊聞，家誡也，非以爲著書，然於修己治人之方可得大略，用以教幼學，當不至差謬。昭昧詹言皆作詩文微言奥旨，惟講解太絜，爲大雅所不屑，要當割去之。雜稿數篇辨論學術道脈，似尚該審。古之哲人達世言不及家事，非忍之不言，將爲不可言也。王僧虔誡子曰：『鬼祇愛深松茂柏，無預子孫榮枯事。』唐大歷中虎邱寺壁有鬼題詩曰：『雖復隔幽壠，猶知念子孫。』莊子言：『㹠子食於其死母者，少焉眴若[皆]棄之而走。』是三説者，吾嘗痛之。道光辛丑三月晦日儀衛主人書。

卷十二　駢體文

跋彭甘亭小謩觴館文集

駢體之文運意遣詞與古文不異，椎輪既遠，源派益歧。悼先秦之不復，則獘罪齊梁；陋駢格之無章，則首功蕭李。自是而降，殊用異施；判若淄澠，辨同涇渭。嗟夫，臨潁劍器，曲舞公孫；河陽猪肉，案參荆國。不有子美、子瞻，孰辨其波瀾之莫二，妙諦之無上哉！高文典册，漢用相如。韓碑柳雅，集言鴻苑。咸能鏤介邱之泥，鑱燕然之石。亦可知自命作家，奄有百禩，必無專執；記序小文，陰何雜響，以懲羹吹齏，是丹非素者矣。唐人號稱熟精選理，崇賢之業，冠時獨出；珠囊金鏡，哲匠挺生。驅染煙墨，摇襞紙札。雖復文章淺言，不拘糟粕，而當其卓然合作，猶足書之萬本，入人肝脾。又況穎達序經，房喬論史，貞元之詔，會昌之集，鴻筆鉅製，包嬴越劉者乎。某人某集鬱律沈雄，陽開陰闔。遠蹈宗軌，仰稽前則。鴻序兼於衆體，蕭子顯賦題名謚議美於碎金。誄掩安仁，書休曹植；論屈靈運，銘奪士衡。陸倕班掾，遠思前比。矯矯西京，自王筠舊手，蕭愷才子，方兹蔑矣。又昔人論仲文讀書，未半袁豹，先生則器辨服匿，字析凡將，校讐落葉，無慚中壘；經田擷秀，不讓康成，詢所云異人閒出，今日始見者與。樹世傳經術，肄業無忘。追尋平生，頗好詞藻。而學步知慚，顰眉自恥。雖經殷侯之談，屢被陳王之誚。高文載覿，傾仁如何？堂下闚明，未能默息。豈謂一共商榷，解讀郊居，類彼汝南，論兹月旦也哉。

陶雲汀宮保六十壽序代

蓋聞堯咨四岳，則洪水澹其災；舜命九官，則苗頑格其德。降而傅巖弼子，申甫蕃姬，左右咸宜，封揚不已。惟聖主必得賢臣，斯天工獲其人代。緬稽上世，聿等百王，詩、書所稱，德賢所慕，其致一也。我大司馬宮保雲汀夫子，珠躔毓氣，衡嶽降神；宇内榮光，人倫冠冕。陶唐受氏，賓虞在位；長沙作祖，灑字成公。杞梓本荆楚之材，瑚簋實廟廊之器。渾渾長源，洸洸世冑。丞相列表，通侯錫祚。醴泉芝草，是有源根；鳳凰麒麟，同絶飛走。是以綺紈擅譽，鷊弗蜚聲。雙黄童於江夏，兩卻詵於桂林。早游西序，已開毛羽之奇；纔步東堂，遂拔風雲之氣。故當其在文學侍從也，木天掞藻，掖垣封事，雍容揄揚，從容諷議。繡衣逐捕暴，公子名字傾人；驅馬來過桓，御史感風載路。其賦政於外也，厥志澄清，哀矜折獄。陳臬而法不秋荼，布政而嚴於夏日。肥親不椽，人知袁尹之賢；鄒湛□言，共信羊公之德。爰自觀察，逮於開府，莫不道綜隆民，功資輔世。提衡惟允，風聲克樹。晉蜀皖吴，去思在口。蓋其訏謨保大，素所蓄積如此。及乎勳隆望重，天子是毗。宫銜既晉，喉舌維允。節制三方，尊侔二伯。比之周家，淮南有錫召之命；方之漢室，河南來借寇之請。而公益内矢藎忱，外示静鎮。不戁不竦，措磐石於裕如；匪安匪舒，釋機張於省度。是故聖人奠川，即以成賦；有國作爲，隄防方今。又控引河淮，兼資飛輓。因舟楫之利，達倉庾之儲。苟河決而隄橢，必民咨而漕病。公乃綜攬三策，徵玆水土。既下淇園之竹，更修鄭白之功。或原或委，順彼朝宗。疏奠啟閉，各有法程。洪波漲澤，莫能騰害。功合二條，利垂百載。若夫鹽莢之利，由來自古。漢設牢盆，唐置亭户。蓋以事存乎恒寬之議，實制美於劉晏之祖。末如何矣，法敝變生；有可恃焉，人存政舉。將欲姑息在官，則権税攸關國用；將欲督責過急，則下情中於疾苦。聖心之軫念，屢及於玆邦。伯之分憂，敢或貽誤。公乃取財於地，置法以人。商民交恤，南北異經。閭閻罷淡食忤嗟，公私得從容之計。是皆名與功偕，事將時會，驅蒼生於仁壽之域，奠佔危於衽席之際者矣。而公與物無忤，居身自厚。不矜己以伐善，不陵人以取惡。莊敬日彊，精神純固。樗蒲是擯，木屑有貯。而且禮賢下榻，延賓吐哺。俊民莫不景從，單門極於善誘。風流四聞，仁聲遠布。歲之十一月，值我公六十嵩辰。天壽平格，永錫純嘏。朱衣獻八州之祥，黄鐘居一歲之首。國恩榮於家慶，令德宜而凱壽。舊仕江左，實以菲薄。見知趨步，最親彌切。雖側想淵深，罕窮窺映；而游泳和氣，曾無閒阻。乃者馳心休禮，躋堂之願無由；

徒罄褊詞，清風之誦何有。竊比古人，擇言稱壽。敢云導美，聊以侑觴。云爾。

水災募捐啟代

蓋聞旱乾水溢，盛世不免凶災；任卹睦姻，王政急爲先務。救荒雖無奇策，要必在於撫綏。保赤本於推恩，義莫先於鄉里。桐邑本屬山城，亦瀕水國。頻年以來，荐臻凶滂。聲明文物，依然足蓋夫他邦；殍轉流亡，不幸適遭於此日。本縣下車伊始，目擊心怦。歷攷前令尹德政之所施，備聞都人士仁心之所洽。一切措注，具有章程。勿事圖新，惟期率舊。今昔不無通變，故當移步換形；豐歉詎可平衡，惟在度情量力。爰設印簿，徧走高門。老吾老，幼吾幼，在推此心；飢我飢，寒我寒，冀宏斯願。昔漢伏湛、三國駱統遭歲大歉，皆曰：『天下皆飢，我何心獨飽。』嗟呼，苟人人共舉斯念，而仁不可勝用矣。夫保富所以安貧，敢同手實而爲浚削；念眾擎斯克易舉，式呼將伯而切助余。此啟。

孔雀賦擬

臨淄侯與楊修共載觀乎池沼，睹一孔雀遮楯檻而止。愍其羈絆不去，喟然而歎，顧謂楊修曰：『愚士繫俗亦若此矣。董生有云：「屈意從人，非吾徒矣。」悠悠偕時，秖增羞矣。且未睹者覽傳記而遐思，恒畜者與常禽而何異？使鳳凰而可羈兮，亦將同乎此孔翠。寡人不憙，子言其意。』

修曰：『唯唯。偉炎方之越鳥，稟火德於明離。挺文章以爲質，麗毛羽而稱奇。性矜高而難抑，貌暈正而自持。視宣尼其猶父，字文舉爲大兒。含淑靈以表瑞象，中禮而利用爲儀。〔一〕故其頸細如鸞，背隆似龜，行步翔序，和鳴知時。金花戴弁，綷羽連錢。珠毛一寸，錦𤬪三年。擢修尾以自奮，暈五色而重圓。林木翳薈，草樹交妍。剽冠距足，眄睞而前。固宜指崑閬而遐逝，巢雲海以孤騫；侶鸞皇而爲友，邈眾羽而超然。夫何厭江海，徙芝田，背赤霄，下寒泉，嬰繒繳，觸虞羅，千絲罥，一目加。嫮目䮗顧，紺趾紛拏。惜巽禽之自斷，遂低徊而就筊。網西施於越國，遷賈誼於長沙。唯飾表以招累，慒潛身而遠辱。仰天路而靡救，雖百悔其焉贖。蓋患莫大於有身，而咎恒生於失足。爾乃窮如趙壹，繫類鍾儀。雕欄塊閉，故國哀離。栖跱逼畏，飲處喧卑。縱軀委命，韜伏明姿。終懷惠養，畢守階墀。於是思飛不得，欲逝不可，舉頭畏觸，摇足恐墮。内獨怖急，乍冰乍火。長鳴延佇，顧影咨嗟。飄飄羈旅，渺渺關河。動莊舄之越吟，感靈均之楚些[一]。悼榦流而遷徙，悟鸃羈以修姱。雖容止之若暇，實顩頷之已多。隔母子而不見，念將雛而實遐。窺户牖以騰盼，汩余舍而日將斜。翔悲心於寥廓，止一隅以爲家。若乃春秋殊氣，寒暑敚次，景物澄廓，池館清秘，衆變繁姿，不可殫記。抗遥怨以增悲，聊容與而般肆。迺下丹梯，迺步櫳房。矯鳳旍之蔚茂，紛旖旎以修長。開宫扇而滿月，疊屏錦而高張。徐迴身而端盼，若好女之靚妝。纚摻捎而軩匝，灼爛爛以流光。既而歛翮韜霞，整容麗彩，體步妍閒，貌如有待。君子尚其有文，衆族慚其瑣猥。順馴養而啄宿，慎不矜以遠皋。何挈蒯之足疑，識知止之不殆。託陋質於隆恩，期効愚而無怠。

鵩鳥從而陋之曰：「何玆禽之安德，亦繫俗而蒙羞。將厝身之未遠，豈賦命之不由。務舒采以蘄顯，履危機之拘囚。趨東西而怵迫，徒辱己而罹憂。守硜硜之小諒，失曠曠之遠游。嗟隨世而流轉，等生浮而死休。媿至人之遺物，泛不繫之虚舟。苟翱翔於恬漠，孰災累之能酬。悼苑風之不作，藴至理而誰求。爰感類而增歎，爰此鳥之獨尤。」於是臨淄侯稱善而罷。

【校】

〔一〕此句似誤刊，疑當作『中利用而為禮儀』。

學海堂銘并序

昔在堯命羲和宅是明都，帝嬀巡方，興於韶石。聖化所被，文明大啟。南土之賓，自此始也。秦置桂林、南海、象郡，荒裔内屬。趙佗起番禺，懷服百越之君。然珠官之南在九甸之外，論者以爲山川長遠，習俗不齊，言語同異，重譯乃通，椎結徒跣，不識學義。漢武帝誅吕嘉，開九郡，始設長吏；頗使學書，觀見禮化。及後任延、錫光繼爲太守，於是教之耕稼，制爲冠履，建立學校，導之經義。故史稱嶺南華風始於二守焉。由此以來沐浴涵濡，郡遂有儒雅之士。故楊孚爲議郎，擢英於省署；黄頴爲儒學從事，覃思於義畫；董正通毛詩、三禮、春秋，潛精於聖文。此三士者高行殊軌，雖或緬焉未之能詳，然皆擔世主之珪組，究六蓺之秘奥，澡身文淵，宅心道壼。湛漬於儒學之場，游泳乎篇籍之囿。則明分爽探賾洞文，以茹其實而發其華。道光乎前聖，業炳乎來兹。名垂册籍，聲流千載，古稱不朽，斯非亞與。若乃陸公騁其高談，虞翻留其經苑，名賢所涖，風流津逮，綴學之士，祖述所傳，遏彼前良，思皇曩哲。永瞻先覺，顧惟後昆。豈非聞所不聞，允爲伊人之表鏡也。是以斯文未替，並有所承。轍岐派别，專門亦興。越嬴傃劉，洎吴徂晉，更興迭盛，以迄於今。孚經者味道德之華滋，測理者分窔奥之熒燭。發藻者搴蘭芷之芬馨，采韻者激絲磬之宫徵。天鍾其瑞，地毓其靈。方以類聚，物以羣分。野馗風動，都莊雲興。家自以爲鄭孔，人自以爲堅雲。莫不枝附葉著，猋飛景從。含精吐芒，雲煜流光者，葢不可勝記。然而士有常習，俗有舊風。運有隆替，化有澆淳。時有升降，器有濁清。精麤殊會，通蔽相徵。千載不作，淵源莫澂。浚明爽曙，祖搆雷同。學者蔽暗，師道又缺。虚張流宕，優劣非一。亦不可同年而語矣。夫立乎豫圃百夫趨反争爲決拾者，以有夷羿之善也；處於高唐千人撫拍共相唱和者，以有緜駒之工也。游五都之市而斤削之伎莫不良者，以鼓鞲者多也；擊大昕之鼓而俊造之士莫不臻者，以奉帙者衆也。何則，蓬生麻閒不扶自直，素湛於(毁)[湼]不染自淄，所以漸之者，勢也。是以鄭僑不廢其鄉校，而文翁特修其學官，彼豈徒爲虚文哉，道有不可易也。方今國尚師位，家崇儒門。虞庠飾館，石渠炳文。懷仁者麕至，抱器者景從。纓弁匝序，巾卷充庭。風教上升，協於辰極。光炎絶遠，下照淵深。仁風翔於海表，元化燿於丹垠。於時泰階衡平，景雲光潤，遐方徼裔，側聞邦敎，靡然嚮風。同源共流，稟仰太和。通人仲彧，追壟畔而傳經；高士侯君，傭爨柴而著述。是以達義之士曜所聞，信所覿，執經懷槧，雲合霧塞，咸自娱於斯文。

於斯時也，大司馬儀徵阮公以文武光朝，經綸宰世。

秉列精之淳耀，降河嶽之上靈。海内儀刑，當世冠冕。歲路未彊，學優而仕。固以道綜天人，理窮『墳索』。入陪侍從，則嚴徐東馬恧其文；出典圻封，則方召桓文二其迹。乘理照物，抱神研幾。凡軍國遠謨，政刑大典，既道在隆民，則功歸輔世。而猶綴講不倦，述作無疲。陶士行之貞幹，乃惜分陰；王仲寶之升朝，仍成七志。對而爲言，孰云不及。況乃鉤沈小學，形聲必辨；研精篆刻，彝碣廣集。疇人謝其算數，羲獻慚其筆札。洵所謂黄中通理，照鄰知十者矣。而公雅言惟讓，未嘗顯己所長；詮論持平，未嘗形人所短。加之以宏長風流，許與氣類。善誘極於單門，品題榮於寒畯。雖謝朓齒牙，叔休毛羽，何以尚兹。平日所至，招攬秀髦，與之述業。含經味道之士，尋聲而響臻；雕章縟采之生，希光而景附。英靈輻輳，才俊如林，莫不抑首人宗，北面資敬。督粤之八載，歲躔實沈，月應南吕，今皇帝御天下之四年也。函夏無塵，海外有謐。七曜循度，四序順軌。斯人揚和樂之聲，庶士騰醉飽之頌。公方膏以禮樂，沐以詩書，扇以和風，晞以文德。勤恁旅力，清澄島嶼。尊賢接士，敬求損益。典文既洽，儒化大行。遐邇望風，莫不欣賴。樂在官之職，而中和之詩宣布；開集雅之館，而講德之士怡懌。昔巴漢太守曾穿石室新城，小宰猶建講舍，而況宗臣作牧，風喻令德，觀廪廪之容，稱莘莘之禮者哉。

於是度崇基，練時日，儲財用，選匠量功，揆景正臬，礱石庀材，經營不日，乃搆學海堂於粤秀山址。依林結宇，背山築室。前臨交衢，旁區市宅。啟重闉以爲門，包二山以爲曲。帶六脈之隱渠，抗雙門之巍闕。北睎庚嶺，巑岏之勢插天；南眺重溟，瀁漭之屆無際。扶胥浴日升其東，蒼梧横雲封其右。丹刻翠飛，階户離立。長廊廣平，飛檐齊直。肅肅焉，鍔鍔焉，業業焉，翼翼焉，信學範之鴻規，而禮堂之鉅制也。衛子産桂陽，學校方此爲劣；雷次宗鍾山，精舍曾何足云。

於是元冥暢月，水軫旦中，閽門晨啟，命車夙駕。嚴鼓雷動，五校星列。雲罕猋悠，霓旃轇轕。旄頭被繡，武夫戴鶡。儀衛容裔，虎戟交鎩。騕褭沛艾以騰驤，百金前驅而負箙。殷殷蹌蹌，躋躋闐闐，以涖乎兹堂。轅旌宿設，帟幕高張。僚屬旁戾，司存先至。位以職分，屏待交侍。公乃緩帶輕裘，弭節徘徊，遠覽山川，近周堂序。修容乎文囿，翱翔於藝圃。右延經神，左内文虎。羣士陳書，俊民奉贄。升自東除，從容講對。寄之深識，致在賞意。教若風行，應如流水。最以丹霄之價，宏以青冥之契。學無常師，道在則是。人無求備，一藝畢取。等契者以氣集，同方者以類萃。士感知己，人盡其器，而南州益多士矣。

且吾聞之，學者，所以飾百行也；海者，所以匯百川也。細流不擇，象於坎五；原泉不舍，終於放四。大海蕩蕩水所歸，高賢愉愉民所懷。豈不然哉！欽樂文軌，師稟前式。尚實之製，詞罔虛飾。休用我銘，庶彼浚則。其詞曰：

赫赫祝融，作配赤精。是宅是祀，位於南行。火德淳耀，山川文明。兆基上世，開國秦嬴。茫茫百代，視此畺理。有清函夏，暨訖四海。涓選師德，熙我道揆。其來繩繩，令問不已。嗣公承之，益休其光。姦僞不萌，亂邪伏藏。畏威慕教，遠人賓將。軌物作範，恍署文章。文章如何，忝我髦士。髦士未忝，公曰予恥。順彼長道，播告厥指。濯纓振冠，部人多有。粤秀之山，作鎮明都。左綴甌閩，右達黔巫。洋洋鉅浸，浴走天吴。時維形勝，邦之奥區。公曰熙哉，可用作黌。以居學生，資其高明。爰命審曲，經營備成。萬流之屋，蕩蕩靈平。乃瞻甍宇，甍宇有象。上連翠微，二儀昭朗。孔翠晨翔，山雞暮響。樹隱潮飛，窗延月上。既作學堂，羣士孔妣。凡我今徹，由公後謡。揭揭元哲，鼎來無貪。刊石贊始，永貞於南。

漢晉名譽攷擬學海堂課

昔者三代之人才非有意於榮其身，是以未嘗立名也。所可得而名者，惟循其實而加之以名而已矣。傳曰：舜必得其名。武王身不失天下之顯名。詩歌太王曰『不殞厥問』、文王曰『令聞不已』。孔子疾殁世而名不稱，孟子貴令聞廣譽施於身。八元八愷即是肇錫之始，夷清惠，和用致，到今稱之。古之人淳樸未漓，實先而名後，實至而名歸，是以所立甚大，以與天下萬世爲道德人倫之準。及乎孔氏之門有德行、有言語、有政事、有文學，有狂有狷，是乃後世名譽所由歸也。

春秋列國卿大夫及於漢興將相名臣出身効時，大抵爭於功利。自孝武表章六經，師儒雖盛而大義未明。賈、董數賢而外，如蔡義、韋賢、元成、匡衡、張禹、翟方進、孔光平、當馬宮及當子晏皆持禄保位，被阿諛之譏。故新莽居攝，頌德獻符徧於天下。光武有鑒於此，即位之後崇尚節義，敦厲名實，羊裘釣澤，蒲輪賁廬。明章以來，風喻彌盛。韓棱賜龍淵以表淵深，陳寵獲椎成而褒敦樸。遠近觀聽，爭自濯磨。故傅毅有迪志之詩，趙壹有疾邪之賦，劉良有破羣之論，朱穆有崇厚之篇，抱玉乘驥，蹈義陵險，汲汲乎惟恐其汩没而無以榮吾身也。是故皆喜立名，昔人謂漢人以名爲治而人材盛，蓋指東京言之也。夫東漢之名士就其高者或志在澄清，或功存社稷，或身繫名教，或才炳儒林，或濡足蒙垢，或詭時審己，若『三君』、『八顧』之目，甘陵、汝南之評，李郭神仙之慕，卧龍、雛鳳之稱；荀里高陽，鄭門通德，袁雪風清，楊金節峻；黄香則江夏無雙，戴良則天下獨步，莫不淑質貞亮，英才卓礫，甄陶縉紳，藻繢天地。至於獨行逸民之倫及羊續、弟五倫之徒，或峭覈爲方，或可貞苦節，雖性尚分流，爲否異適，趣舍殊操，通蔽相妨，情品萬區，感致匪一，偏行一介，失於周全，而成名立方，照耀乎古今，不敝於天壤，良有不可得而磨滅者。名體雖殊，風軌足尚。雖僑嬰佐時，蘧史秉節，殆無以過也。

自後帝德稍衰，邪孽當朝，清流所激，禍起鉤黨。忠臣義士不容於朝，處子耿介羞與卿相等列。羣伏艸野，至乃抗憤不顧，力爲險怪驚世之行。使天下豪傑奔走其門，願得執鞭，天下之士囂然慕之，於是相與私竊虛名，誇上求高。一時如王符之所論，崔駰之所(誠)[誡]，李固之所諷，郭泰之所規，若謝甄、樊英、朱仲昭、顧季鴻、薛孟嘗、史叔賓、黄子艾、晉文經、向甫興之徒，並皆造作虛譽，妄生羽毛，釣采華名。庶幾三公之位，召徒(謹)[譁]衆；詭開四科之門，志意飈逝。驚遠動邇，而試之經用，言或不酬；求之素心，迹多乖謬。良由實之不副，本之則亡，故致毀謗布流，咎殃立至。古人云：士不妄有名；又曰：嶢嶢易缺，皦皦易污。豈非觀聽望深而盛名之不易稱乎。故立名非真，純盜虛聲，雖致顯譽，終長華競。論者謂名如畫餅，良有然矣。其幸而未顯敗者，交游意氣既足蓋之於生前，而豐碑鴻文又復榮之於身後。良史刊落不盡，奕世傳誦如新。雖君子與人爲善，原不欲洗垢而索瘢；而學者雜物撰德，或有時據局以疑遠。蔡伯喈自言平生爲人作碑，惟郭有道無媿。今攷其集所著文章百有四篇，而銘墓居其半。或曰碑銘，或曰神誥，或曰哀讚，率一人而有二碑三碑及童子之誄，珉石自貞，諛製莫亶。故前人言東京之末文章盛而氣節衰，自蔡邕始。此其風俗又一變矣。

三分之際，兵戈戰伐，籌略輻輳，事皆綜覈，不尚名譽。必若論其端倪，則魏吴之士可得而談。魏之人士文章以鄴下爲盛，名理以正始爲宗，而陳琳答張紘書稱河北率少文章，推奉二張，有小巫見大巫之喻。若夫輔嗣、仲翔名業足以相敵，韋昭、何晏華實亦可相當。至於諸葛孔明之稱殷往嗣，魯子敬之贊吕蒙，胡沖之衡樓玄、王蕃及薛瑩之對吴士，陸喜之論薛瑩，稱談品題，斟酌高下，流布著聞，實競南風。則江左衣冠文物擅美六朝，其來舊矣！

自是而後，風流彌繁。覈而論之，魏啟西晉之秀，吴成東晉之實，其大較也。典午初基，洛陽才盛。羣士響臻，翕宗正始。最其傑特無如二十四友及太傅越所辟，而敗德類行亦莫此爲甚。袁彦伯作名士傳，以王輔嗣、何平叔、夏侯泰初爲正始名士，嵇阮七賢爲竹林名士，裴叔則、樂彦輔、王夷甫、庾子嵩、王安期、阮千里、衛叔寶、謝幼輿爲中朝名士，大抵變漢苦節，樂就放曠；以清遠爲宗，虚無爲理，隆玄學而尚清談，疏禮法而賤名教。舌本潤於老莊，塵柄斷於小品。夷攷其人，類皆馳騖進趣，植私樹黨，傴嫗名勢，撫拍豪彊。嗜慾之餤方熾，廉讓之源未鏡。高者多毗於喜怒，卑者直中於貪饕。俄而戎馬生郊，乘輿蒙塵，主臣併命，家國爲墟。尋韋衷、卞壼諸人之論，則誤天下蒼生者，豈獨一王夷甫哉！

不特此耳，當時清言方競，一時高僧開士咸與士夫酬酢，號爲大暢玄風。時以七上人比竹林七賢，然觀其意趣亦不能斷諸情妄，多以勝壓爲心，所謂般若觀空漚和涉有者果安在哉。若夫士龍入洛爲南士北徙之年；洗馬臨江爲北士南遷之始。元帝初至江左，欲假譽於顧榮、賀循，以爲收服人心之計，甚至謝尚書裒求婚於諸葛恢，王丞相請婚於陸太尉玩，皆以非族見拒，不肯與婚。則江南士大夫高標峻格，略可想見。然渡江名士若劉惔、王濛、褚裒、周顗輩實海内之望，故褚自贊於金閶亭，而南士大驚；周割牛心炙，以啖王逸少，而王以之發名，則江左之盛借重於北士者亦多矣。當時南北互爲軒輊，其後乃漸合爲一。自是以逮梁陳，江南人物聲華赫奕，遂爲天下第一，而北士或瞠乎後焉。顧生民之秀不限坤輿，桓温一見王猛，謂曰：江東之士無卿比者。沈慶之初輕北人，及自魏還，乃知洛陽人物衣冠非江東所及。又其始文采風流但著美於本身，繼而婚宦功勳遂各矜其閥閱。落落高門，英英華胄，移牀遠客，造席無坐。天子所不能命，稱詔所不得進。亦云甚矣！

逮及李唐，而河北崔盧、江南王謝屹爲氏族之望而不替。善乎，裴子野之論曰：二漢尊儒重道，朝廷州里學行是先。雖名公子孫，還齊布衣之士。士庶雖分，而無華素之隔。有晉以來，其流稍改。草澤高士，猶廁清塗。降及季年，專稱門族。三公之子傲九棘之家，黄散之孫蔑令長之室。是知苟且之俗傲慢之禍，當時識者清議已爾。遠自漢魏三分，逮於隋唐一統，五百年間更姓易號者十數，君自創垂，臣各名世，簪裾被宇，冠蓋雲浮，學者川流，處士山積。鉤深致遠，蓋未敢量，而較其風流不甚相遠。其在星辰翊運，固以神功無名，若其河嶽鍾靈，亦復國華表瑞。斯爲上品，無待於言。獨是古今以來，闇契姱修者寡，暴智燿世者衆。但慕其華，不尋其實。雖佳傳穢於千斛，碑版照乎四裔，而並世譏評。後人檢括妍媸真僞，無得而遁，無實而竊其名。雖揚子雲不免世議，而況不及之者與。是故張衡思玄多傷闇惑，劉劭志物有誚風人。論者謂三代而下無全才，豈非近名之害，而篤誠爲己者寡與。彼其勤志研學，遇會處際，風調文章不可一世，亦所謂斐然成章者，惜乎執德不宏，信道不篤，牆高基下，才豐識寡，率皆以其聰明辨慧之姿，飾其傾軼苟妄之情。不勝其私怨忿慾之懷，而坐昧夫明哲保身之誡。若諸葛恪、隱蕃、曁豔、何晏、鄧颺、夏侯玄、殷浩仲文、范蔚宗、沈約、王融、崔浩、唐八司馬之徒，叫呼衒鬻，汗血競時。甚或自比管、樂，及乎敗露百出，滅身致咎，猶以名士自多，豈非不知所以裁之乎。蘇子瞻有言：上失其道，民散久矣。天下之人幸而不爲阿附苟容之事者，則務爲倜儻矯異，求如東漢之君子，惟恐不及。可悲也已。

吾嘗論六代以來文士之論及於魯連、子房而止，雖其庳識未聞至道，亦豈不由脩潔矯曠不屑之韻有以折服其心與。夫容容者固不能有所立，而翹翹者又非聖人之中道。詩曰：『靡聖管管，不實於亶。』又曰：『淇則有岸，隰則有泮。』俛仰古今世運升降、人才偏全之故，消息甚大；固將因天質之自然。誦上哲之高訓，攬孔氏之微言，究三代之絶德，夫豈揚子淵騫、班氏人表、劉氏世説臧否在予！唯世所議謂撮其品題，人倫斯在，嵇之九品，可得而盡與。淮南子曰：乘舟而迷者見斗極則悟。莊子曰：小人之所以合時，君子未嘗過而問焉。君子之所以駴國，賢人未嘗過而問焉。賢人之所以駴世，聖人未嘗過而問焉。蓋乘雲行泥，棲宿不同，所履愈上，所遺愈下。故曰，名可得恒，士而不可致非常。非常之人非有意於名，亦非有意於逃名。進動以道則不辭執珪，貞期難對則甘是堙曖。全性守貞，不爲燥溼寒暑淺深。未臻其分，清濁未議。其方登山絶迹，神不著其證，人不睹其驗。詩曰：『鼓鐘於宫，聲聞於外。』易曰：『或出或處，或默或語。』是君子所以存其誠也。若云徑路絶，風雲通，身彌後，名彌先，猶邀名之捷徑，非所云也。孔子曰：『齊一變至於魯，魯一變至於道。』使漢晉之士矯易去就，則三代何遠焉。故鄒魯之統，千四百年至宋而始續。

謝鄧中丞啟

方東樹頓首謹啟嶰筠中丞閣下：程太守回玫院，奉到頒還先人屈子正音一書。伏蒙擺落常調手筆，具書子細詳論，究其巢穴。復命賤子率據胸臆見知逐條申答，以求至是，不必迴隱。太守具道臺恉欲爲代刊，不圖盛德波恩，絶學獨出，遂使今世獲遇兹奇。祇聞之下忻忭起舞，繼之泣下。謹將所下糾簽悉列注中，依以爲馮，庶覽者去疑無壅，宿滯豁如。夫幽蘭生谷，惠風爲之傳其馨；菡萏在陂，杲日爲之發其色。蓋物理之精感自然相遇，而造化之普氾本出無心。若夫元音奧眇，與天下之至精；絶學微茫，索解人之難事。知元不作，切韻誰增；元朗既興，經讀悉正。伏惟閣下珠躔降德，辰宿儲精，濟北顔淵，關西伯起。半千作字，應五百年名世之期；四七傳封，衍廿八將通侯之祚。官曹扈聖，登黄閣於妙年；衮冕隆民，剸青萍於利器。建隼旟而臨千里，擁熊蓋而撫百城。固已道濟蒼生，功資元化。然猶仕優則學，海納歸墟；武庫文河，研幾探賾。張安世之闇誦，三篋無忘；馬賓王之論事，片言不易。爭飛毫翰，則一品之集傳；精研書田，則七志之編作。加以倒屣下士，縣榻禮賢，汲引忘疲，獎提無倦。收泥沙之小善，振幽滯於寒門。塵路難逢，人寰罕遇。

樹先人空山隱霧，幽谷潛姿，修行明經，澡身浴德。甘韋布以長年，竟松筠於歲晚。百齡飄忽，一命不霑。痌恙侵陵，遂從士[土]隴。陳太邱之積善，羔雁無聞；王仲淹之爲儒，白牛空老。平生著述，不無秋氣之悲；壯歲編摩，實動幽人之怨。人非龔勝，或帶楚風；迹異湘纍，偏吟騷些。比因九歌、山鬼，翻新陌上之聲；塞喔咿嘶，竄亂寒山之句。賈昌朝之不作，孰爲辨音；毛居正之不逢，誰能正誤。二百三十四字，不徒陳氏之疑；一萬七千餘言，用續垂白之注。職殊外史，匪達書名。事迫當仁，聊存簡策。

樹幼而失學，長更傷貧。蹤迹飄零，命途坎壈。或靡依如任彦昇之兒，或全生如鄭莊公之弟。惟班超能讀父書，徒自中夫狂疾；惟通子宜傳家學，迺不好於紙筆。是以遺編斯在，並積塵埃；手澤雖存，多從蠧（閒）[簡]。每懷茲事，常積酸辛。何圖臺慈，遂垂存録。聽清音於爨餘，收夜光於赤水。明示題目，曲賜丹青。敬述淺聞，上酬來教。

樹聞音學之起，實本聲氣之原。擊轅拊缶，應風雅而感和；破斧登天，搆鬼神而寫韻。天籟地籟，累吹萬之殊聲；笙均磬均，象奮雷而爲豫。輕清重濁，變出自然；喉舌齒唇，遞而相及。於是聯之以雙聲，紐之以疊韻。參差窈窕，標萬古興物之風流；燦爛錦衾，播千載懷人之雅韻。是知中天帝陛，已傳喜起之歌；何必蠻府參軍，始辨娵隅之句。夫聖不虚作，六書固曰審音；

而祕未全宣，兩漢惟傳讀若。設法以取之，立度以均之，反切由是而興焉，韻書因之以起矣。然而孫劉釋音，雖精於耳學；或者馬班作賦，仍病於聱牙。周沈以來，四聲斯顯。平上去入，固神解之創獲；天子聖哲，彌常語所易知。由是而吕忱、孫愐，則源流祖搆；李涪、沈重，或臆説滋訛。顔之推譏江南學士，自爲凡例；魏華父誚魏晉俗師，彊立兩音。疑今韻，求古韻，大輅椎輪，籃縷篳路。平心而論，吴棫之功，實維稱首。特四聲互用，猶昧於不煩改字之言；即兩界相通，終未達古音緩讀之故。夫古今斂侈有異讀，然後有協句叶韻之求；省轉假借有本音，然後有字母等韻之法。要之雙聲疊韻在前，字母等韻在後。有疊韻，而後人因有二百六部；有雙聲，而後人因有三十六母。四聲昉於六朝，不可謂古人不知疊韻；字母起於唐季，不可謂古人不識雙聲。祥符以還，韻書併省，日趨陋妄；守温而後，華梵爭辨，益屬歧旁。爰及近代，通儒崛起。陳第、顧絳始溯源而精鶩；江永、戴震繼沿波而討論。本證旁證，易音詩音，並驅『六經』之中，獨立千載之後。其餘撰述，各足專家。莫不辨晰礉碻，讀通雌霓。蓋臻真境，自發天藏。不比狂華，徒生客慧。閣下神曜得道，闇解過人，凡茲發守而鉤沈，悉足匡繆而正俗。昔陸灋言之定切韻，商榷者八人；許祭酒之作説文，覃精者二紀。未有政餘之下，旬日之閒，手揮目治，丹墨紛下；併部分部，了無遯形；从字从聲，具達神恉。足使李登失色，吕靜歎嗟。雖荆玉抵鵲，多輕連城之珍；而阿膠清河，祗用一寸之寶。然猶衣成缺衽，式表志於謙沖；海絶河名，並忘心於勺寄。闡幽敷惠，垂雅契於遥年；同術興哀，託神交於曩日。年如可逮，風雲於杵臼之閒；道不虚行，慨侘於文昌之府。蓋取人之長，即是兼人之美；與人之善，即是同人之樂。爰歷博學，併合倉頡之篇；急就凡將，斟酌揚雲之手。沈隱侯之答陸厥，殆難言焉；徐騎省之得李舟，是有取耳。陋陽冰絶無讓，德莫化矜，情歎莒公；未遇知音，徒開怨府。是本巨衡，用揣鈞石。將爲木鐸，以振聾民。後人未易雌黄，世閒等不可少。講之者曾不得其彷佛，傳之者豈能喻其精微。媿比善財童子，何曾義得真傳；儻遇采鸞仙姬，定復書成善本。式寶茲編，永與松楸而共感； 竊推此志，真偕日月以爭光。下情無任感激悲荷之至。 申此謝辭，終知不盡。謹啟。

擬進安徽通志表代

伏以大圜在上，六合共仰堯天； 中土宅尊，九州攸同禹迹。曰漸曰被曰暨，遠登邁於帝風； 爲墳爲索爲邱，實權輿乎地志。 夏書五百里弼服邦教，當奮武揆文； 漢家十三部牧師使節，在省風問俗。 惟皇圖式廓，匪職方舊界之能包； 故正域是畫，爲江南通志所難括。爰攷安徽之分省，實居江左之上游。 州統維揚，兼帶豫徐之域； 鄉宷荆楚，錯連梁宋之郊。 三十度四十五分，測北極之出地； 十二舍二十八宿，紀南斗之分星。 鈐轄不常，併唐宋東西之道路； 廣輪若計，半魏吴南北之山川。 塢濡須而堰涂塘，人謀昔甚； 戍雷池而屯博望，天塹茲憑。 横江樹於歷陽，和州舊名西府； 聚米鹽於當利，姑孰夙號南州。 控扼之雄，壽春實江淮屏蔽； 瀕江之險，虎林亦兵馬要衝。 雖恭逢一統之朝，無庸夸夫形勢； 而坐攬千里之治，惡可昧厥提封。 若乃虹縣開國，似封建之最初； 相土名城，實王畿之僅見。 嵞山執玉，開貞觀王會之圖； 灊嶽燔柴，肇漢武登封之祀。 至於軒黄遺迹，天都特著爲圖經； 水道提綱，中江大書於禹貢。 小孤大峴，襟江阻陸之奇； 九華八公，選佛昇仙之地。 渦、濠、汝、潁，衍派者逹淮泗而交流； 漸、浙、滁、淝，朝宗者匯江湖而分注。 攸居陽鳥，巢湖疑彭蠡之名； 不利逝騅，大澤陷烏江之路。 觀其原隰沃衍，擅穀粟布帛魚鱉之饒； 人庶殷繁，蓄商賈百工技藝之衆。古譙名壤，猶龍之所誕生； 漆園近郊，蒙叟於焉寄傲。仰先賢於潁上管氏，望軼荀陳； 崛大儒於新安徽國，道齊鄒魯。 又若席鄧艾之倉箱，建劉錡之旌幟，則名臣之功業可稽也； 吟謝朓之青山，弔謫仙於秋浦，則文士之風流可挹也。 至於鎖支祈於泗水，浸稻田於芍陂，會吴子於橐皋，盟宋公於鹿上，横江有渡，曾濟秦皇； 小峴爲關，實奔伍相。 粵溯秦周而上，聯十八國之封圻； 下逮漢晉而還，綜二千年之事蹟。 不有志乘，曷以參稽。

況值重熙累洽，久已浸潤澤而大涵濡； 益惟懿典鴻謨，無非敷蕩平而流愷悌。移風易俗，一日而周百世之謀；立紀陳綱，一方而具天下之勢。蓋稽文武之政在方策，始知成康之化洽人心。世祖皇帝膺受籙圖，肇造區夏，威弧震疊，命師而下江南；廟算綢繆，建官而設皖撫。聖祖皇帝蠲租賜復，膏雨渥被於南邦；世宗皇帝析縣升州，至計遠周於江國。高宗益鴻霈澤，寅紹詒謀，免江夫河篷之征，分文闈解額之數。仁宗亟觀成憲，遹駿先聲，加撫臣提督之銜，安客户棚民之業。凡茲列聖之經猷，悉關此邦之掌故。將欲敬宣夫德意，允宜首冠夫絲綸。是以前撫臣某先時陳奏，創意抽言；臣某接任編摩，克終成事。

竊思方志之采，本小史外史之司；聿攷官撰之書，始元和元豐之世。篇隨國立，（放）〔仿〕謝莊分理之圖；文與人增，踵樂史寰宇之記。事以述而兼創，損益沿革，鉤⿰金𠂢維詳；地本割以爲併，僑省合離，稱名慮混。紀八府五州之華實，田賦物産同登；副一揚二益之繁昌，城郭山川並麗。部分類别，風土職貢之周知；綱舉目張，謡俗官師之畢備。臣學術譾陋，性識愚蒙。未具三長，才詎論於載筆；庶幾一得，慮竊比於張羅。圖表志傳，摭百氏之遺編；文物聲明，攷一方之成事。悉從論纂，創前人未有之書；皆有依憑，昭盛代不刊之典。欽維皇帝陛下堯勳巍蕩，舜德文明。赫日月之照臨，括宇宙而包冒。九服四表，遐邇仰光被之休；一道同風，上下格欽明之化。攷制度、興禮樂，羣臣絶企於清光；開校序、觀人文，千載獨高於聖學。睿思冠古，涓埃何補於高深；健德同天，省覽彌勤於宵旰。徵文獻而上供史館，守土者職分宜然；飾疏庸而冒瀆宸聰，獻芹者心思終安。成書異淮南之數，久淹歲月於三年；稽古匪涑水之精，敢望披尋於乙夜。臣無任瞻天仰聖，激切屏營之至。

為姫傳先生請祀鄉賢公啟

爲籲請詳題崇祀鄉賢，以彰學行事：恭惟聖朝稽古右文，肇隆儒術；型方訓俗，首重崇賢。祭於瞽宗，釋奠爰稱先老；載在祀典，祭法惟報有功。蓋學行克助夫民成，斯馨香不遺於王制。職邑已故原任刑部郎中嘉慶庚午重燕鹿鳴欽加四品頂戴姚鼐誕茂淑姿，應期名世，弱不好弄，長實素心。宏業厲翼，羽儀升朝。校書天閣，則妙盡國華；典試方州，則光昭髦俊。道不希榮，棄官從好。解體世紛，結志區外。國爵屏貴，家人忘貧。其爲道也，禮義是則，詩書夙敦。砥節勵操，直道正詞。和而能峻，博而不繁。承親則孝齊閔參，友悌則和如琴瑟。然諾之信，重於布衣；敦睦之行，荄於至性。深心追往，遠抱惜素。秉彝秉直，不隘不恭。其爲學也，攷覽六經，囊括百氏。鉤深探賾，測(突)[宊]研幾。收斯文於在兹，拯微言於未絶。發明周孔，和調漢宋。多所撰述，於學無所遺；作爲文章，於詞無所假。飛辨馳藻，華繁玉振。如彼隨和，發采流潤。海内推爲儒宗學者，仰如山斗。於時州郡順風，名卿虚禮，纓弁之徒，紳佩之士望形表而景附，聆嘉聲而響和。雖泰山太守北面高密，瀛州學士師資河汾，無以過之。而且翰墨風流，則羲獻矜其筆札；詩篇遠播，則甫白共其歌吟。哲人卷舒，布在前載；先民既殁，德音猶存。迹其孝友温恭，懿行均淑，是有曾史之行也；學匪稱師，文取載道，是有韓歐之望也。鄉評既協，儒林冠冕。有合祀典，無忝禮制。爲此公籲申詳題請鄉賢，以彰學行。庶幾仰叨崇祀，俾芳烈奮於無窮；渥荷褒嘉，自俎豆榮於奕世。相應備具事册，並鄉族甘結，呈送查核，詳請施行。

祭都城隍祈晴文代

竊聞詩歌有渰大田，登俶載之歌；書儆曰狂洪範，著咎徵之應。蓋雲興膚寸，銘功則頌。徧爲霖蜺見崇朝，行路則怨深其雨。際穗城之維夏，正麥氣之迎秋。豈意滂沱，迥殊霢霂。濃雲潑墨，飛下地之爲雺；疾雨翻盆，疑高天之有漏。逾春期於一百五日，難希玉粒之滋培；匯洪流於三十六江，竊慮金隄之岌殆。職膺守土，念切憂民。疾人事之不修，維深内省；冀天心之垂愛，謹致虔祈。仰叩明神，代陳聰聽。伏願靈風轉旆，開眸而迅埽陰霾；杲日馳輪，舉首而攸瞻佚蕩。值鑾煙之息影，幸拯迷津；祝羲曜之騰輝，長游霽宇。五羊兆稔，願監觀薦幣之丹誠；三豕書年，勿屢見涉波之白蹢。上告。

鐙宮銘并序

道光壬寅三月夜，見鐙暈徑尺許，圍三尺許。重輪，其外邊卵色如天青，約寬二寸。其内輪簇紅霞如金在鎔，可六七寸。四面皆見其象如宫，永夜不散。閒起挑之則采翠倍鮮明，光耀可愛。自是常見，其暈益大，徑至二尺，圍至五尺。其外邊翠色外復加絳色一重，約五六分，如世俗緣衣闌于者然。念雖爲幻影，斷非妖異不吉之祥。但不得以情識非想妄逐，因名之曰『鐙宮』，作二詩以記之。頃時修證，差精進於前，始憬然悟此確如性光見象，乃系以銘詞。菩提薩埵三世諸佛必當護念印可。

觀是鐙宮，如滿月輪。中無一物，及諸色塵。無相三昧，佛性法身。浄智妙圓，體自空寂。不起於念，受想行識。不取不舍，無著無擇。如是我見，稀有奇特。性無生滅，此仍有之。性在作用，此實無之。以此去性，厥義猶疑。六祖親宣，三身四智。自成所作，圓鏡不異。偏周一切，應用無滯。但依此觀，五八共位。是爲戒行，是爲寂静。無相有相，即慧即定。合之無得，六宗並證。菩提不昧，般若常圓。太虚縣象，不滯中邊。依此證修，凡情際斷。禁自污染，他非莫管。

二心銘并序

自三月閒見此鐙宮，及此歲終夜夜見之。其有不見者，一月之内或三數夜耳。此鐙，心火，吾本心之相，在佛氏謂之『真如』，謂之『本性』，謂之『主人翁』，謂之『法身』。其外重輪，吾之知覺靈明也。在佛氏謂之『般若』，謂之『報身』。近忽見其中心火時分爲二，其一凝然不動，其一游移動走，相距一寸或二寸、三寸乃至五寸不一，晃漾不定。恍惚之頃，復合爲一，須臾又分。吾始疑眼眵瞚障，瞠目凝睇，犛然二形也，固知浄眼不生空華。然火固一火也，今既分爲二，則必有一幻者。於是憬然悟曰：不動者，吾之真心也。其動者，孔子所謂出入無時者也，佛氏所謂百千億化身也。無明緣行，行即此物也。著境起念，念上便生邪念者，亦此物也。南陽忠國禪師在天津橋上看弄猢猻者，亦此物也。牧牛師曰一回入草去者，亦此物也。然後始知范女及程子謂心無出入指不動者而言，不如孔孟有出入者審諦圓到，成實不錯。然妄無自體，依真而成。何有無真之妄，居然獨立。是以諸佛上聖皆務練妄存真。因系以銘，以通儒佛兩家之理，用自證焉。

心本一心，是一非二。因物有遷，隨析而離。其真漸隱，其爲益甚。邪妄熾結，離輸同病。無始劫中，積習相交。乃至未感，亦恒動摇。偶嗅荷香，一根已墮。六塵坌集，迺日構禍。斯理既顯，毋爲物勝。操存舍亡，亦佛亦聖。

研銘五首

青花方研銘

質理縝密，體素宏正。式是清華，爾欽德潤。興文吐思，莫窺淵映。置之座側，水石雙鏡。

井字研銘

石田雖瘠，井共陌阡。以貽子孫，力亦逢年。

大方研銘

其心坦以平，其質廉且貞，其應虚而盈。舍之則藏，用之則行。

橢(園)[圓]研銘

乾没升斗水，錯磨廉貞性。徒言心不轉，斯文久吾病。

王廉訪長方研銘

内含玉潤，外表瀾清。立身貞固，載心坦平。以此書獄，常求其生。借蘇公語。當今自銘。

杖銘并序

余年七十四猶能彊步，家仲山以杖見贈，因銘之，以答其惠。

顛無與扶，危無與持。彊曰杖汝，仍力自支。履道坦坦，幽人敬錯。蹶者趨者，捷徑窘步。止險念忍，見真行正。始勉終安，於動得定。

半字集

半字集序録

余年十一嘗效范雲作慎火樹詩，爲鄉先輩所賞。由是人咸以能詩目余，余亦時時喜爲之。丙子遭憂，灰心文字，兼悔少作，遂盡取而焚焉。自後酬應感寄閒有謡詠，多不滿意，輒棄去； 故篋中留稿十不能一二。今年友人廣州太守胡君曉東書來徵余詩，將謀爲代刊。乃裒録四十以後作，復加删汰，都纔百餘篇。嘗觀唐劉昚虚詩止十餘篇，杜審言四十餘篇； 李巨山有集六十卷，今所存一百二十詠而已。恨吾詩不逮昔賢耳，敢多云乎哉。佛書有半字、滿字，義以别小乘、大乘之位。愚取半義，用志力不足也，學未至也。道光壬辰二月東樹自題。

卷一　古體

庭前紅梅花三首

紅梅一樹短可援，攢星萬點綴鮮繁。眼明翻訝看者少，孤士忤俗難與倫。憶昔豐城道中見，枯枝凍折雪壓根。頗傷失所得憔悴，心悲耿耿今猶存。此樹繁華植深院，寂寞無異依荒園。乃知生意天力與，區區託地誰復論。盛衰開謝兩自得，真賞豈必待朱門！

今年冬日多晴暄，庭前梅花開正繁。絳苞紅蕊散萬點，浮光照眼火欲温。黄昏獨自倚樹看，哦詩欲吐輒復吞。頗愛退之筆鋒勁，著語苦避歐蘇藩。少時看花不解咏，奔走數里攜餅尊。此地村醪俗難咽，人事差舛那可論。不忍清温與虚擲，夜深爲爾欹風軒。

黄鍾律動萬物恩，陽氣發亂草木暄。庭前梅花開且落，火齊綴樹輝朝暾。近階雖免烏鵲啅，釀暖已引遊蜂奔。墻頭山月墮寒莽，美人獨立風清温。朱衣緋裳看未習，謂言何處妖姬魂。前日半開逢凍雪，頗憂漂泊摧冰痕。清晨循階急偵視，星星宿火埋灰盆。豈料繁華今尚許，欲保性命憑貞元。

吴佑之購求姬傳先生手書至千百紙之多作小閣弆之悵然賦詩兼示庚甫及金陵諸友

書契既易維同文，隨時有作聖所勤。當塗典午隸楷出，穿鑿妍醜爭紛紛。破體無譏六義廢，舉世無人知八分。紙摹石刻見筆法，縱横高蹈各有神。千年野鶩誰敢厭，復道顔公變右軍。堂堂絶境兩魁瀵，後來有作川方增。東坡自言書不能，曉論六家如傳燈。就中評詩有篤語，今人不解古人讐。米顛稱得羲獻統，吴興華亭堪伯仲。爾來翰墨頗横流，先生下筆飄鸞鳳。半世揮毫不甚惜，人間屏幛千金重。弟子（無）［吴］生能好事，遺墨淋漓滿齋供。手澤驚心未忍忘，煙雲過眼知何用。秪恐雷霆檻外過，墻顛屋倒蛟龍縱。憶昨與君同追隨，秋堂燈火共書帷。當時相依初不覺，今日對此雙漣洏。鍾山重來風雨散，清淮蕭瑟(舍)[含]悽悲。微言圮絶古意歇，遁邪游詖喧淫枝。匣中亦有龍騰迹，先生之文不在兹。八分秪是隸之近正者，惟中郎石經當之，故是從二篆生也。中郎嫌俗隸多失，故取用篆之八分以正之。文姬之言分明自隸楷出，而六書全亡，又不止如中郎之所嫌；自是學者非惟不知大小篆，並不知隸之中何者爲生於二篆名爲八分也。杜公云：『中郎石經後，八分遂憔悴。』又曰：『大小二篆生八分。』其言精審。歐公總稱之曰漢隸，其識尤當。自世之僻士如張懷瓘、鄭樵、吾邱衍紛紛謬説，皆無知妄論也。或又反譏歐公爲失，此悖者以不悖爲悖也。迷(悟)[誤]後學，真有捫燭扣盤之歎。趙德父云：中郎石經是隸書也。嘗出漢碑數種，請人辨識，孰爲隸，孰爲八分。其人卒不能正也。吾[邱]衍乃有字源七體，於漢志言六體、衛恒言四體之外别造僞説，誣惑來學。政與穿鑿李陽冰之名同其妄耳。若魏大覺寺碑、梁庾肩吾、唐孫過庭、韋續林罕所言，皆今之隸楷也。

小孤

小孤四面插江水，天下無此奇峭比。有如賢豪勇致身，青雲不藉階梯起。危崖鐵索湧樓殿，雖有去路目先死。不知蓬萊方丈定云何，秪此決有仙人止。過客如雲不暇游，道人常居豈知美。我身未往心獨邁，俛仰已若三躡履。先君詩情昔所寄，百年神遊未忘此。先君平日最愛小孤，爲作詩云：『直下蛟宫無尺土，仰穿鳥道出層霄。』獨恠常篇事絶闕，荒誕遂任標奇紀。自有此江有此山，紛紛號讀從誰始？東家妄説西家辨，江山無情爭愠喜。莊周寓言何所無，屈平騷賦還虚擬。詞人狡獪君莫嫌，世俗未知那妨爾。共道新妝對鏡開，舟中賈客爭狂指。君不見，江婓姮娥日夕飛相過，淩波迎餞漂濤裏。

廬陵

廬陵山水我舊聞，山著丹青水篆文。眼底清風滿六一，不覺楚越吟奏均。公昔仕宦違鄉里，四方山水搜偏勤。自言初官便伊洛，朝游夕飲富友賓。中間謫寓西陵峽，煙霞探賞情相親。永陽滁陽亦如此，泉幽壑美琴音温。新詩紙上再三説，傳之後世久逾新。每當把卷輒心醉，身雖未往意獨欣。公今不在鄉里在，寂寞千載空遺民。愧無佳句繼公作，太息山水聊心存。龍眠山深有佳處，半生我亦忘鄉枌。堂前白髮悲遊子，江上青山謝遠人。問君不歸志何鄙，人生由命安逃貧，飽死餓死風中雲。

水車

瞞然機事慚抱神，不知夫人亦自狥。邱里之言世不出，項項空走風波民。江西忽睹仁智器，木盤抽水安竹輪。江邊三里五里置，岸上百耦千耦勻。高者過岡遠至郭，磴道不起鋪天紳。悽雷慄雪絶翔走，魚龍駭遁垂脩鱗。餘聲下坂轂轉耳，吹去聲風瀉溝珠跳淪。我舟十日戛車過，首輒失枕杯去脣。嘗聞創物聖人事，巧述何傷涫古涫。若使此物三代見，禹無功德湯無仁。雨師閒眠旱魃泣，周宣圭璧毋嗟貧。世間萬事有真用，斲輪老去誰能詢。可笑仲舒作繁露，穿鑿小術疑神人。細思物理亦何有，如此生事情所珍。何當負郭買黄犢，行逢沮溺休問津。

榕樹

榕，閩粤木也，江南無有。己卯三月入粤，過贛州始見之。布葉垂陰，氣接炎塞。既心所賞愛，復因以生警悼。情見乎詞，輒賦此詩。

嘗聞莊惠商樹樗，心中蓬生如已除。又（開）〔聞〕櫟社訹匠石，百年幾死爭始得。物生不材甘長終，乃今又見江邊榕。榕生連天蔭十畝，枝葉雖盛腹常空。人言此木百無用，翦伐不來斤斧縱。建章阿房幾刼灰，慎勿矜夸作梁棟。太陰選鬼鬼神會，欲景翻風接炎塞。若使移根近聖居，孔子何心偏植檜。五行失性始爲妖，曲直不易胡呰謷。時有用舍意何驕，連林不覺無鬱陶。黮雲涷雨溶氛旄，層城有友應見招。路上行人多暍死，萬牛迴首石壇高。

荔枝

古稱荔枝如仙子，我生初食在南紀。徒觀枝蔓先已異，凡口安敢論旨否。青玉刻佩綴明珠，橫陳解袂弛羅襦。一生宋玉能好色，不忍愛此白玉膚。朝來有饋盈傾筐，未曾沾齒齒欲香。卻愁欲報價難稱，高格未許千金償。纍纍浦上樹成堆，頳肩長擔挑滿街。至味從來少真賞，尤物要待傾城咍。吾觀古來諸文士，牽連凡果妄相比。若使早見曲江賦，子桓太沖盡羞死。受氣（舍）［含］滋歲月深，漿甘醴清奭白水。信是天公有意生，彈壓樝梨橘柚李。可憐在遠見輕疑，寒江青楓映千里。

交州涪州產荔枝，永（遠）［元］天寶史記之。閩人作譜語難信，好事鬬品容誣欺。海南何有有掛綠，瀘州杜園不同錄。當時且謂涪州次，此品何由拔流俗。有如佳士不囿地，區區何分閩與蜀。先生一見歎未有，日噉三百殊未足。豈有至味甘如醴，淆然徒被凡口辱。杜陵老子亦可憐，布衣鮐背雲壑眠。側生見疵遠莫驗，同根屈死野岸前。嗟爾懷奇幸無悶，古心泯泯皆不傳。

韓公南食羅腥胦，東坡爲口詫良圖。二賢高風照千古，嗜好胡乃徒區區。豈因憔悴發偏宕，聊借口腹寫煩紆。嗟我非謫乃飢軀，分甘亦得食其餘。乃知尤物移人意，真賞感激情非迂。吾嘗覽觀園囿植，萄桃酸小樝梨麄。若與荔枝共盤薦，高格豈止質味殊。決是天公憐窮士，乞與俾之安海隅。又思胡不偕士遇，自致流落守不渝。三河徙植致遠產，憚行難踐疑荒塗。上林選木湛惠氣，柏梁賦詩名字無。中原無人知爾味，南士噉與常果俱。身雖不藏美終晦，孰云所見不可誣。丹宮玉壺任狼藉，哀哉此是命也夫！

寄姚石甫

君昔南游居嶺外，相思幾歲勞寄書。今君去作閩疆吏，我復飄然嶺外居。雖然不見望非遠，雲作屏兮海作閭。幾回邂逅逢閩叟，道君政聲不離口。百年根株報仇殺，一朝解釋（莫）［蒙］化誘。傳道民間誦六條，古人繼作今無有。愛君才雄志復堅，讀書猛似瞉黃間。總角爲文有高論，往往不減過秦篇。昨朝寄我書一束，筆勢益老意更鮮。崔實荀悅負墻歎，愧有千古慚名山。今嚴力健勇治劇，法當時用猶春澤。君自心清消息宜，真用從來智難測。王渙陽球盡有名，仇香希鳳尤堪惜。近聞移官臨海島，波濤城郭偏宜稻。但提天網長魚鼈，咻負不羞作翁媪。江鰩蜃錯不論錢，醉飽哦詩新句好。緘詞寄君心莫窮，雲海空嗟鳥路通。會知神物有時合，我有干將已化龍。

度鬼門關

南紀山川禹不到，千幽萬秘藏神隩。山靈振策走東海，火雲連天向東倒。祝融稽首請列藩，蒼梧左右相追奔。神官不肯更南去，截斷人迹開鬼門。君知鬼門是何狀，日黄如曀風如漲。岸社無柯水北流，行人一望增惆悵。憶昨梧江三日上，仰見天外突兀一片瑩浄堆屏障，愛此青瓊離立層層手欲捫，舟迴面轉窮殊相。祇疑靈境出非常，豈謂神功竟此方。明日肩輿出山背，滿川但見千青羊。李白當年流夜郎，不逢金雞行過湘。東坡白首海外歸，想見餘年增慨傷。古人行役非得已，我行胡爲忽至此？殘生已厭黿鼉窟，脱去翻教魑魅喜。從來爲身有大患，一飽崎嶇輕萬里。故園葵外日正夕，陟屺瞻望泪如水。

廉州鹽大使廳廨九月盆梅盛開友人有為作圖者大使范君請余作詩

誰道萊蕪甑生塵，酒香炙美能留賓，人言官冷氣如春。火維氣偏嗟地遠，野卉蠻花無早晚，玉豔奮起開秋本。故人粉墨寫作圖，戲君何時逃五湖，摟載西施來海隅。

喜聞羅月川太守解廣州任觀察山東兖沂曹濟道作此奉寄代別

羅侯作守凡幾年，嗣皇繼聖首登賢。詔把使節濟河閒，兖（州）[沂]曹濟道治兖雨露毋任南方偏。春風旂旍卷以翩，樓船髦頭列戈鋋。賓從雜沓紛後先，同官畢慶民歎怨。我聞其言諒由然，炎州際海嶺横天。都會饒富産珠蠙，生犀文甲瑇瑁斑。流離翡翠雜赤珊，沉香細葛載頳肩。籧筐百萬堆金錢，蕉邪龍(眠)[眼]味新鮮。充牣寶物難可殫，大帆高桅聯商船。美利遠盡蛟龍淵，中朝貴仕誇美銓。媢黨相賀奴僕讙，云此莫比握利權。不羨銅山九府圜，好髮爲髲即未髡。黄魚一枚稻斛論，人生如此自足歡。民俗利病知何云，嗟爾前賢徒苦艱。孟嘗(思)[忠]信去珠還，隱之持瓢酌貪泉。更有錫光及任延，耕犂冠履設媒官。子衿城闕化鶩頑，投牒徙鱷刺史韓。父老口耳語相傳，有感直欲爲涕漣。爾來屈指年逾千，始見使君出南滇。共驚堂宇白雀翻，良吏德應留雲孫。用晉書文學傳及唐書循吏傳戀公抵死怨公遷，子美一去誰嗣旃。我謂民言何纏緜，昔公有願化蜿蜒。羅侯嘗有願没後化龍之語，見羅集。祁祁興雨潤枯乾，德洋施普惠無邊。利見要須見在田，股肱康哉歌虞絃。安能輕任常牧蠻，用國志陸楷傳不及華覈騰表牋。薦達陸允有名言，況今天子闢四門。歷選仁明安黎元，龔黄接迹來蹁躚。綏邊撫裔如几筵，不須太守侯龍編。

答姚鼐君追述金陵舊遊兼簡令兄庚甫

我生百歲始欲半，哀樂千端萬端换。金陵舊遊數平昔，飛雨已是十年散。當時師門齊歐韓，四方學士爭追攀。微塵附山水赴壑，羅列杞梓傀榛菅。解衣分食推宅住，邱隅有鳥吟緡蠻。居記橋邊捧月杖，别憶夢裏愁雲山。情親百事靡不有，君家兄弟尤我厚。五月秦淮作水嬉，青浪如油飛鷁首。覆舟龍尾插波底，萬櫂翻動低昂久。管絃哀亮伎歌發，言語不聞但揮手。是時風起雨亦驟，酒艬掀播疾雷吼。鄰舟有女已沈斃，醉挽君衣不容走。秖謂(歎)[歡]游歲月深，那知零落有愁侵。自從一夢兩楹奠，不覺能傷萬古心。君既飄零來乞食，我亦天地少知音。泰興大令亦可憐，罷官不剩看囊錢。前年見我揚州郭，盎無儲粟桁無懸。下念黄口之小兒，上慚滄浪之高天。天寒内手惜袖短，拔劍出門心悵然。餔糜只共桃根妾，舃履難追葉令仙。與君南國復相聚，面顏黯慘摧毛羽。勝華通子那復顧，李白杜甫誰相數。不惜分飛更離别，裴徊失侶悲鳴苦。昨夜西風吹海月，照見鄉心滿銅柱。朝來忽得君報書，不能讀終淚如雨。早知達人貴達命，況歷艱虞飽羞侮。試看古來辱士辱，幾許紛紜還自取。故園山色不論價，一尊村酒力能酤。君居城北我市南，相期歸去作賓主。

寄贈丁某

處瘠已知勞繫地，拗驢況又慘牽時。平生奓心博舊史，安處先生能聽之。南國一覯胎仙羽，何異圭陰度長離。仲宣樓頭吾已老，青眼望子杜陵詩。

扶桑花

昔聞扶桑柱湯谷，上下枝閒棲十日。赤羽燒人不敢近，誰始移根服南國。三年嶺外見百花，一一蠻紅數難悉。木棉吐豔烘晴霞，芭蕉冒雨垂丹筆。西洋海棠口輔倩，含朱欲奏雲和曲。可憐此樹植墻東，燭龍銜照天爲紅。一雨十日光不溼，陰穴百尺吹長風。念汝曾枝習榛棘，上林顏色羣芳空。海角寓居海角亭即在余所居海門書院之側，元范（郭）［楟］、伯顏俱有碑，不言其創始。大約宋時所建，欽州又有天涯亭也。無過客，擁卷埋頭日向壁。有時臨階鎮相覷，要借繁華慰蕭寂。昨朝一樹誰（研）［斫］斷，課僮扶起强爲力。萬物各欲終天性，胡乃爲人恣戕賊。嗚呼，何時決能歸去見吾廬，獨置奇葩階下植。

扶桑花經四時不斷蔕落似蓉葵繁久似菊蓋得四氣之精白者一種尤可愛悵然感之復成短韻

安仁昔作閒居賦，佳果曜色矜二柰。南國受命有盧橘，綠葉素榮紛楚塞。云何此樹九陽吐燄之所拂，白花蹶與金精會。豈切淟涊懲流俗，故飡沆瀣（起）［超］色界。汗面常疑涷雨深，照檻不須暾日挂。玉顏胼晚秋復春，羣藹落盡蘇獨在。先生撫柯起太息，此白精色諒由內。歲寒並謝願長友，伴汝雲山老松檜。士衡嘆逝情最哀，晼晚戢景悲相代。余年及陸又過十，痛每傷多覺心隘。安得故鄉留不死，丹邱羽人仍爲輩。士衡作嘆逝賦，時年四十，因花之難落感念親故死喪之多，因以自感。朝霞瓊蕊不可期，朝霞瓊蕊，神仙所餐。用西京賦。卻視此花真物外。我亦偶此爲汝客，他年無人記相對。

海門書院春晚讀書

昨折嶺梅赴南國，已作迢迢愁遠客。嶺梅猶著向南枝，遠客驚看户開北。合浦古郡人罕至，鬼門距過足心惻。海氛中體寒可畏，溼霧蒸人熱尤劇。火維氣偏時節異，物候不齊語難極。蠻花競開紅早迸，晚蔬豫市果先熟。平地寸步仰看天，東雨未晴西日出。嗟予真作越流人，足音空喜無行迹。木蒼天闊水周堂，閉門惟有書連屋。海角亭邊一樽酒，流鶯伴客作寒食。卻憶江南三月時，牡丹芍藥成抛擲。廟堂祇今賢俊登，五十天涯髮徒白。君不見袁伯業平生功用不經世，垂老下帷亦何益！

九成臺賦韶石

君不見韶州得名以韶石，踵事更（見）［建］九成臺。尚書獨載禮南嶽，此地高張胡爲哉？韶人至今祀虞帝，豈聞依永音克諧。但祝薰風如舜日，爲吾解愠還阜財。蒼梧九疑白雲裏，孤墳説有重瞳埋。書契既遠佚乃見，登臨快取煩襟開。五帝遺音後人識，安知不與商齊皆。東坡作銘陳天籟，山川草木供清佳。口讀銘辭手拊石，武溪便是虞兩階。所恨兹石不作貢，泗濱凡産充磬材。安得后夔取搏拊，天邊應有鳳凰來。

擬江文通雜體

述懷擬張曲江感遇

白雲在巖阿，本自無心出。偶然載靈雨，俄慰三農畢。終朝卷之散，寂爾無尋迹。葛生相劉后，史官闕其職。功用且不知，何論禄與秩。衆情輕疵賤，誰能窺儒術。

金石流炎夏，霜雪烈冬月。時在不可爭，須臾勢還輟。梅花不仰開，松柏不改葉。豈伊强弱異，性各葆貞節。萬物徒芸芸，吾契老氏説。

虚舟游江湖，觸石復挂梗。蜻蜓亦何爭，楚臣屢相警。乾坤有至德，終始懼自省。即此識夷途，不在憂心怲。

春煦氣惟和，秋陰風勁寒。曾未易昏旦，變化乘無端。居身錯感召，已有異慮千。所以大聖人，九卦陳憂患。

蔦蘿施松上，蒲葦生水濱。物性各有託，類也豈惟民。楚越詎云遠，肝胆異所親。形骸有畛域，無乃匪至仁。

達者義爲質，衆士貴逢時。悠悠騁長路，榮吝或異施。在陰有鳴鶴，千里應如斯。尚通自人道，此意竟誰知。

華多木不實，世以儒爲病。外累苟不遺，内熱與世競。踰淮化丹橘，末路渝本性。望古緬哲人，固窮精力命。多言亦何成，要之在委順。

雲泉山館擬王右丞藍田山石門精舍

言尋白雲山，山高與雲同。城中愛秀潔，出郭路已通。漸見佳境逼，賞奇遂無窮。植杖坐盤石，瑶草紛如積。晞目認鶴巢，傾耳辨泉脉。深樹一蟬噪，密林千翠滴。谷音響遠風，嵐煙澹暝夕。香飯狎僧徒，幽齋謝塵迹。宴坐芳襲衣，冷卧雲生席。澗虚石氣寒，夜深月容碧。超然清道心，鳴籟轉虚寂。明發促歸去，惆悵縈心魄。待寫輞川圖，持贈山中客。

夢游羅浮擬李翰林夢游天姥吟

茅山洞庭口，地道通羅浮。蓬萊海中央，左股割瀛洲。耀真自此開神封，靈仙窟宅四百峯。一生好山結潛夢，精感古來聞謝公。有約每不到，秋駕宛御風。尻輪神馬無定在，興發即往知何待。二嶽竝體定合離，欲往仍愁迷路歧。但見丹崖翠巘盡雲構，蔽虧天影兮慄深奇。前行觀石篆，倒卧寒溪淺。（挂）[拄]杖玩符竹，迴環不可讀。水簾舊有讀書處，丹竈今還拾餘粒。菖蒲何離離，蝴蝶亦翩翩。石樓見日出，仙樂聞鈞天。銅龍昨被朱仙獲，啞虎竟守黄公眠。陰室中閟，陽宫洞開。羽人仙客，遥見往來。朱明洞深不可入，泉聲琴筑爭喧豗。沖虚朝真即玉京，葛令前遺仙女迎。獰龍猙虎左右衛，井鉞參旗當晝明。上界三峯路更遐，鐵橋亙絶太清家。瑶臺璿房七十一，紫煙飛出凌蒼霞。異境怳惚遊難畢，須臾夢醒驚魄失。仙山未必有獸守，自是凡人乏仙術。夢遠遊，緣非慳。玉漿斟滿勸君餐，相期終從抱璞老，安能局促長羅世網憂讒屈曲摧心肝！

越臺懷古擬高常侍古大梁行

高臺千年跡已陳，指點處所疑難真。市朝全歸漢版籍，居人豈有秦遺民。當時秦人初失鹿，英雄共起爭馳逐。鴻門霸王開赤帝，龍川假尉乘黄屋。白頭事漢已抱孫，易世興亡那可論！上書孽后能傾國，蹈海忠臣不負恩。登臨每愛秋蕭爽，胷中今古時來往。過客惟夸陸(買)[賈]裝，何人爲弔蠻夷長。可憐霸業久消沈，老夫死骨無處尋。惟有兹臺共越鳥，不改邦名直到今。

遊六榕寺擬韓退之山石

古寺跬步覩榜顔，人境不遠異寂喧。當階日穿榕葉暗，陰壁翻動天影圓。入尋碑碣認蘇子，點畫剥落無一全。庭有高碑，表裏皆東坡書。字徑寸，多剥落，不可識。升堂啜茗共僧話，哤語亦足當談元。物外日月絶幽静，鳥聲閒暇花餘妍。日暮欲去意未厭，照井遶樹重流連。須臾隔巷寺門隱，迴望寶塔淩蒼煙。歸來冥想塵紛剥，但覺耳目非從前。嗟予流落寡游賞，每聞勝境常歉然。況更摧折氣難横，那復强句追杜韓。

西郊游眺擬柳柳州南礀中題

稍稍涼飈發，瑟瑟激商音。卧聞秋已至，步出西郊尋。沇漻天宇峻，傴仄塵閈臨。延緣度廣術，弱步力不任。素節已白露，餘熱尚蒸(瑶)[淫]。徘徊暫兹憩，極目亭臯陰。生翠飛貼水，丹橘緑連林。鴈下瀟湘野，雲去蒼梧岑。南州多瘴霧，海氣與重深。微生屬羈賤，踪跡本幽沈。閉門守寂寞，感念百憂侵。亦恨悟道晚，順迹始在今。忻忻中林賞，憺爾發孤吟。莫言寡所愜，足用豁煩襟。不覩天地曠，何因生遠心。

浴雲樓觀安期生像擬李長吉浩歌

暮山不動守蟾兔，曉雲無質變烏狗。歲歲驪山見棗花，安期定死秦皇壽。東風吹塵作輭紅，馬蹏蹀蹀車隆隆。酒顔花萼漏水續，咫尺蓬萊猶裹足。至精飛騰化神火，人閒會見無知我。分明面目不模糊，徐福涉海船失柁。

聽琴詩擬歐陽永叔贈沈遵

知音之難古猶今，向來亦有沈遵琴。沈遵昔爲醉翁客，醉翁聽琴感琴心。自言醉翁山水意，盡寄沈遵絃上音。古今山水無絕息，醉翁沈遵難再得。君今抱琴來何方，徽以黃金軫玉飾。泠泠十指寫幽怨，調高絃古何悲惻。子輿裹飯子桑門，公主遠嫁烏孫國。問君抑怨何爲然，心在絃中人未識。小來好音妙宮徵，蚤有高名動城市。中散每爲袁淑靳，戴逵不受黃門使。自謂風格頗不薄，肯向俗耳求知己。爾來飄零三十年，鬖髮蕭疏嗟莫齒。榮華萬事不掛眼，耳冷心衰餘一死。知音固不易，善彈亦無人。不作醉翁客，誰能憐沈遵。我聞賈子之琴同雍門，沈遵與汝豈其倫。不見醉翁昔日盛賓友，曼卿子美皆邅迍。自古聖賢多不遇，無以憂患累爾琴，使音不和心煩冤。

白雲山擬蘇子瞻武昌西山

白雲在山如濤堆，隨風天上何時回。憶昔安期此山住，仙山梨棗連雲栽。安期一去雲山在，知與昔時何殊哉。游人尚浴菖蒲澗，飛鳥自宿鶴舒臺。郤從山上望海上，南溟一勺陳樽罍。山中有人能好事，架巖築室雲窗開。菊湖丹井榜名號，常使仙蹟留山隈。當時讀史鄙荒怪，秦皇漢武嗤童騃。仙人自在人閒世，童男丱女尋蓬萊。半世崎嶇輕遠涉，蠻煙瘴雨吾方來。每懷莫景念鄉里，夢醒臥看燈花摧。憂患煩惱莽無界，安期見我豈不咍。自詑身輕有仙骨，欲躡鸞馭相追陪。龍泉之水幸乞我，一洗從來塵與埃。

試西樵茶恩平綠石硯擬黃山谷團茶洮州綠石硯詩

西樵揀芽香出籠，寓公孫子名家種。本顧渚種，故以寓公名家比之。恩平茶阬斲雲月，亦如銅樂從姓説。恩平石人閒未顯，阮尚書獨嗜之，既取作研山，復著説以彰其美，世或遂呼爲阮阬云。尚書綬南緩長轡，退衙脱身罷侍吏。急呼季疵召石介，好事風流至以類。談經舌本苦乾時，哦詩既成自書之。安知胷中活國計，從容恒若無所爲。圍棋談笑足事業，勞勞運甓非我儀。

唐荔園懷古擬元遺山西園詩

城西陂塘有荔灣，荔枝連林夾平川。繁華已矣物色更，五月紅雲烘遠天。當時繁華不可説，離宮別苑千門揭。聞道一柱費三千，殿衣壁帶流膏血。雙女峯下阻兵戈，江陵邸舍悲山河。焱焱自從阿房炬，回望紅雲燄孰多。晚唐僞漢人相逮，百年已見名園改。昌華載酒幾經春，誰記前朝舊主賓。無情芳物成佳節，攬取興亡贈世人。芸台宫保以今人所指昌華苑非是，據唐人曹松詩改此地爲唐荔園。

儒林鄉漁莊圖擬虞道園漁邨圖儒林鄉在番禺西北鄉

往時江頭見漁榜，落日青山當畫想。畫圖今日見漁莊，神在扁舟身欲往。蒹葭蒼蒼是何處，江天滿眼心如素。七里瀧中富春郭，九江城外青楓路。每嗟奔走困埃塵，亦擬垂竿伴釣人。那知柳陌菱塘景，又向蠻煙瘴雨親。丈夫不仕即當卷，溪山到處不用選。古來幾似謝東山，姓名難爲蒼生免。

中秋玩月擬高青邱張校理宅得南字

七見秋月在嶺南，物色光景吾能諳。雨多瘴昏積陰晦，海氣四面天如盦。初宵冰轍始出水，林(本)[木]森昧風鬖鬖。須臾騰空正吐啖，照耀城郭收煙藍。夜濤應高峩二丈，衆星掩縟餘兩三。金鑪焄甲篆度渺，銀燭列燒光短慙。一年好景最今夕，萬舍同仰共歡耽。競掃庭除供茗果，餖飣菱藕瓜梨柑。舉觴上壽罍未耻，邀月作客意則憨。閭門和樂慶非小，承平風俗皇仁覃。嗟予流落苦羈旅，欷念曩跡情何堪。卅年遨游涉江海，哀情樂事恒相參。江南久居足朋侶，文儒彥俊聯驂驔。佳辰幸復值清景，相與高會喧嘲唅。題詩韻險勇胆作，罰酒觥深驚舌舑。浸更歷漏不知息，醉倒往往遺冠簪。中庭縱横踏荇藻，衣上淩亂交楓柟。乘興湖淮泛煙艇，仗樓燈火歌正酣。放棹偏尋閒寂境，陰徑石級窮幽探。歸來天街如潑汞，曙鐘已動城西庵。雖非團圞在鄉梓，但覺適意味尚甘。自更死亡感離散，曠懷那得齊莊聃。莫歲生涯送炎瘴，嶺猿越鳥增憂惔。鬼門距過不自惜，何如近處輕江潭。韶陽寓居更寂寞，一室冷卧如禪龕。閉門無事誦經史，油燈兀兀親書蟫。祇今得所就寬便，鄧林海水深包函。用退之，時居芸臺宫保幕中。人生由命自分定，大小異受瓶罌甀。莫教對酒負良夜，乾愁自縛如繭蠶。去年湖決困飛輓，千檣萬艘阻濁泔。天庾粟紅不賴此，狼戾亦恐饑烏貪。近聞諸公議海運，牽挽不復勞丁男。淮東島道出萊島，大帆高桅劃穹嵁。明梁夢龍曰：元人海運或有損壞，以起自太倉、嘉定而北也。若但自淮安而東，循登萊以泊天津，本名北海中多島嶼，可以避風，與東南之海渺茫無際者迥異。是名同元人而利便不同也。從來興利計必百，蕭相唷嘿艱肩擔。古賢有抱在經世，一己憂樂何足談。卻月罷酒坐歎息，短翮不飛空譊譊。

唐荔園為阮公子賦

芸台宫保以今人所指昌華苑非是，據唐人曹松陪鄭司空游荔園詩，改此地爲唐荔園。公子賜卿書額，爲文記之。

天生尤物開南國，故事初從最先識。南國故事史筆記，前稱永元後顯德。中間唐代稍茫昧，九皋貢外書閒缺。陳留公子名父風，稽古論世眼如月。詩人七字亦長城，霸史可憐爭不得。榮陽使節記咸通，照袂曾見丹砂紅。本曹詩語當時南蠻亂初定，交州置帥康成功。軍府無事暫歡賞，露葉高拂旌旂雄。至今豔説昌華苑，何人上溯唐賢蹤。坐使前代遜寂寞，如夸田完忘太公。百年草木閱今古，興亡世變知何窮。開元驛騎塵旋静，阮宫保謂唐貴妃所食實粤產，蓋亦據張九皋貢爲説。霸主紅雲宴又終。聖朝不事採南海，茂宰有道逾司空。雨露恩膏被下國，聲名文物均皇風。倘使來游興不淺，入幕豈少如曹松。薰風十里城西路，火雲蒸天作紅霧。寶地能教珠滿生，名園更乞金爲布。宫保改稱後，邑人邱某遂葺此園，費數千金。在昔徒傳扶荔宫，於今真種珊瑚樹。海山仙人前肅客，絳襦霞裳不知數。但及良辰盡興游，誰能他日還將去。本曹詩「他日爲霖莫將去」曹生與我皆舒人，一生常作諸侯賓。曳裾偶竊能文譽，感遇還傷不仕身。南州留滯苦無賴，懷抱鬱鬱何由伸。佳辰美景聊快意，氣酣落筆猶能神。他年有人來弔古，不羞名與荔園新。

馬韋伯湘帆圖

十年別子各異地，道長信阻稀寄書。鵲華山畔重執手，一見何止得明珠。自言宦游困未除，文君去幃寡相如。展圖示我意安在，坐令兩目生江湖。

中丞南陽公出一大盤烹鉅魚以食管異之因共作詩唱酬以述其事越日樹至復烹鉅魚賜食賦此答謝

龍泉官窑有生二，良工秘色今不藝。公從何處得此盤，宣和古圖無此識。觀者且未窺精潤，度量已難尺寸計。誰謂蒙莊用大拙，横江之鱗差可置。饜飫易飽小人腹，深廣莫測君子器。管子當筵賦大言，始信齊諧誌非異。用吴均續齊諧鵝籠書生留一大盤事我聞馮讙彈鋏咏歸來，田公特爲魚餐食。古今好賢同一轍，供肝設醴靡不至。賤子已忝説士甘，屢食將軍益知愧。東坡放魚陋韓子，披抉泥沙還自戲。但得江魚入饌來，九牸徒虚公子志。

中丞出一大盤問余置何食余對當置大魚因作是歌

管同

何人遺公此巨盤，龍文大鼎無其寬。王母瑶台執妝鏡，失手笑墮青雲端。又疑羿彈九日落，入窑變此玻璃團。公詢盤中置何等，我思其對雙眉攢。三十斤牛同蝨腦，八百里駮如蟣肝。北溟有魚莊叟説，得而腊之差可安。公言此味不難得，潛醢一雌聞夏官。海天果有任公子，九牸願借珊瑚竿。吁嗟世士巢蚊睫，半菽足供三年餐。忽聞海上釣鰲客，觀刺未畢先疑難，鯤鯨豈復歸羅罶。君不見鬼才小似李長吉，烹龍炰鳳玉脂泣。今人不樂聞大言，公愛此盤重錦襲。

中丞因余詩命烹大魚余戒殺十年矣作此阻之

吐舌萬里唾一世，古有是言無是事。聞公因詩烹大魚，鮐背終宵著芒刺。監厨請客雖等倫，歧亭戒辭早書紳。乞公放取吞舟去，丹尾黄鱗應有神。

中丞酬詩並烹大魚作此奉謝

奇句雲垂兼水立，池魚何辜更殃及。龍官遇此措大來，作書相教慎出入。横江之鯨供一餐，東海在我胷懷閒。請為都講持魚祝，四世三公登貴官。

偶得一大盤異之作詩以為宜魚越日又以詩來謂歧亭戒殺也賦此答之

鄧廷楨

日日霜菘伴壺榼，豪情未足供歠欱。三言忽憶海大魚，亟揲靈蓍得噬嗑。方笑子公鼎染指，又學太常齋閉閤。曾聞香積啖天鵝，那慮塔鈴驚怖鴿。獺祭新詩似鱗次，疾勝水梭花沓馺。知是先生有别腸，芻豢已厭嗜螺蛤。

嶰筠中丞招盛子履張虎兒陸祁孫管異之諸人九日集抱甕園余遲不至中丞用惜抱先生次翁覃谿學士九日登法源寺閣斲字韻作詩柬異之異之有酬作後十日余到府中丞復招陸祁孫許叔翹李鳳洲管異之吴長卿重集抱甕園祁孫兩皆以病不赴會異之次前韻贈余因作此呈中丞兼柬祁孫

重陽故事續古朔，杜牧之九日詩『古往今來只如此』，坡詩『古今重九皆如此』，又云『人閒此會論今古』。險韻先賢矜巧斲。高會又見抱甕園，勝地不數館商颮。説文風部，飈或從颮。惠定宇云：後漢書注引説文，颮，古飈字。此處軒墀我舊經，起廢銘新玉理璞。東坡詩『敢請使君重起廢，落霞孤鶩换新銘』。胡果泉中丞撫皖日，余依幕下凡五年。爾時園亭頹廢爲菜畦，無晏坐處。故恩尊前尚有思，大雅於今況其卓。座上烏紗腰帶鞓，意中廣厦簷牙啄。事業有用在康世，坐嘯甯忘教刑撲。問俗頻看江介巡，檻檻大車上重較。太平令節有休例，肯容八務酒疎握。中園草木新著霜，萬葉晴殷錦色駮。勝友方從千里來，謂張虎兒、盛子履賓筵豈與閻公角。興酣據石任吹帽，未覺龍山風景邈。公稱鳳德任先憂，世仰龍門登後覺。莫怨來違十日期，盃灩黄花手重捉。美人遲暮獨不會，好乖真悟知命學。東坡有九日以病不赴述古會詩，又九日湖上尋周李二君不遇詩云，『人事多乖隔，悟此知有命』。又韓公詩，『寸步難强始知命』。遥知望見有美堂，病枕不嫌遞詩數。坡又有九日湖上望見有美堂魯少卿飲詩。

酬異之

感君不作客難朔，獨憐輪扁老工斲。退飛六鷁聖書災，更甚爰居避風颮。尹樞陸扆事不再，事見香祖筆記引摭言此行又泣卞和璞。見推語重未敢荷，無如要負足跉卓。鄧林有枝蔭千里，鬱(後)[彼]高棲容鷇啄。刷羽爭看鵷鷺來，短翮隨羣飛撲撲。側聞高會舉故事，險韻詩與先賢較。主帥愛客盛賓侣，豪翰滿堂酒重握。嗅英烹紫羅眾羞，風吹錦樹頳霞駁。南樓據牀興不淺，德衛非同布牙角。卻憶醉翁門下士，雨散星離久遼邈。庠門交玨騁淫放，倬彼屏墻緬先覺。與君生願囚一處，雙鳥更乞天公捉。尋醫莫避糟牀注，分曹强鬬糕餌學。從此一鳴三千秋，聒耳不顧人怪數。

九日集抱甕園賦詩甚歡翼日乃大風雨用惜抱先生臘日次重九詩韻奉柬異之

鄧廷楨

侏儒飽死笑臣朔，豈識天機謝彫斲。吾儕相求重聲氣，不與囂囂競風颮。各從頷下抱驪珠，那肯懷中藏鼠璞。舒州山水本奇絶，我與君來錫雙卓。昨逢重九秋氣清，共欵園扉無剥啄。登高姑一陟培塿，矯首龍山青黛撲。風吹阜帽歌烏烏，我亦相從如獵較。文昌張虎兒昭諫羅文山躡跡至，筮得朋簪手重握。陸璣草木劇紛綸，郭璞蟲魚更斑駮。須臾客去余就睡，江上西風動清角。明晨急雨寒瀟瀟，雲氣蒼黄徑寥邈。側聞先生夜無寐，吟聲非夢亦非覺。陰晴未許周髀算，悲愉有似迷藏捉。曠瞻區宇解先憂，頻睇縹緗嗤獨學。作詩摩壘兼致師，酬答勿辭朋友數。

九日抱甕園小集遲方植之不至

管同

我如蓬轉遍天涯，每佩茰囊不見家。四海豈知盈白髮，十年真覺負黄花。他邦恰喜同鄉滿，公讌仍容舉座譁。惆悵龍眠山下客，西風何地落烏紗。

九日讌後連夕雨鄧中丞用惜抱先生與翁學士唱酬韻見贈次韻奉酬

季秋旅鴈違邊朔，羣木凋傷如刻斲。回看江上似陽春，不信人閒有霜颮。晴日光騰淮水珠，朝霞氣發荆山璞。據牀主帥賢庾亮，入甕嘉賓殊畢卓。大烹紫蟹眾羞羅，那憶黄雞秋黍啄。有墩孤月胸前指，墩名指月坐石西風冠底撲。千澗休將藍水誇，一峯足與龍山較。羅虬百詠荷心賞，謂抑山張衡四愁欣手握。謂虎兒踦門各奏瑟孤高，疥壁何嫌字斑駮。三更清香凝燕寢，竟夕大雨喧簷角。佳節從知要醉歡，清景一失成遼邈。憶昔翁姚鬥奇韻，公今瘀絜追先覺。險如矛劒淅兼炊，超若龍蛇走難捉。娵隅我只能蠻語，糕餌今真忘舊學。因公一唱勉一酬，窄徑不堪來往數。

九月十八日重集抱甕園次前韻贈植之

世閒望氣無王朔，血指何人知善斲。鯨魚出水爛泥沙，鳳鳥排空墮風颮。要知赤水多遺寶，何用荆山泣孤璞。方君文場事筆戰，佳作辭慳兼義卓。老驥伏櫪仰一鳴，小雞駭犀飛不啄。遊橐六朝山水在，征衣千里塵埃撲。人聞君至代惆悵，君道此行猶獵較。九夫失鹿手盡拱，一人成蛇酒聊握。冥冥先事暗主張，刺刺何庸妄彈駁。吾鄉鄧先早榮貴，開府皖江鳴鼓角。為君設食打毷氉，似此憐才近寥邈。人垂白髮稱上賓，碑説黄頭感先覺。重陽竹葉當補醉，萬事柳花休逐捉。今朝宴比西園集，他年人重東坡學。若言歸更草淩雲，俗見不鮮吾豈數。

中丞南陽公寄示送管異之入都赴禮部試用惜抱軒集東王禹卿韻並命和作即贈異之

叩門走隸朝遞詩，開緘未讀色先動。明珠盈把訝底至，寒光映日徹窗洞。説文：洞，疾流也。陋巷低眉久塵土，眼明忽使意鮮縱。論文義忝上官通，用杜句賞奇遠念愚蒙共。郵筒送似遣壯士，鳥路百里驅塵鞚。亦知精誠冥相感，消息豫入昨夜夢。伸紙長吟闔且開，手疾敲案口屢諷。念昔識面荷寬假，特揄瑕玼謂殊衆。蟲魚自知非磊落，藥籠名材矧充棟。趯竽無聲獨見求，如倦繁絃懽鳥哢。故人龍頭真國器，自拔殊尤馬羣空。園綺在側合虚館，入座每聞經典誦。尚憐潛德猶在遠，晚偕計吏牒隨送。「國器」、「園綺」、「虚館」、「經典」、「潛德」皆用管幼安事，「在遠」、「計吏」、「隨牒」見匡衡傳。漢庭諸公習班揚，覆底醯雞交發甕。一第溷子安足論，要看穿楊矜巧中。嗟予苦不善程試，司户銜寃友咸慟。卷軸委爲闇媪燭，花鈿滿面知何用。

贈君素絲諗君志，不比彈冠徒喜貢。俶儻徠歌西極馬，雝喈往咏卷阿鳳。富貴甯爲張閣謀，聲名端藉黄瓊重。想得離筵生仰望，怯别添杯飲須痛。用杜恨身不如靳從驂，但著先鞭無復恐。廟堂今見得真儒，賓閣明嗟失吟從。作詩和公慚鄙拙，一府傳觀劇喧鬨。

送異之北上用惜抱先生柬王禹卿韻

鄧廷楨

君才百斛如原泉，涌斷坤維六鼇動。讀五千卷腸拄撐，容數百人腹空洞。抱膝蘧廬木雞養，放眼煙霄阜雕縱。知君最早交最遲，丙歲才能短檠共。錐鋒兩兩互鐫鏤，驂服騑騑相磬鞚。忘醜頗效東家矉，有神似續池塘夢。平生益友愛直諒，晨夕清譚雜規諷。我擘椒蘭識信姱，君貪菖歜言殊衆。方今百家正繁會，篹著紛（絮）[拏]各充棟。獨標名理發萌芽，不逐庬言爭哰呀。塵下庖丁看導窾，槎上張騫羞鑿空。觸手文如翻水成，激響琅琅清可誦。一旦飄然偕計車，臨水登山黯相送。肝膈徐披翦寒燭，意氣重論倒新甕。自言未信善嗚嗚，此去豈矜先中中。一第非圖浮世榮，九泉欲慰慈親慟。請君出涕當為笑，器博從來無近用。急詔終膺漢室徵，齎函豈屑功曹貢。萬里驍騰蒲類馬，九苞文采軒轅鳳。但念龍眠家法在，毋忘夜半傳衣重。經術應推董相醕，治安不用長沙痛。止我無朋嘆孤陋，修名不立真當恐。願君獻賦日邊回，置酒江亭候傔從。相將渌水泛紅蕖，朗嘯長川聽喧鬨。

己丑端午日樹自宣城返里阻雨暫留省寓嶰筠中丞招赴節堂會食因出示近作並幕中諸友暨公子輩分賦五日故事各詩明日聯為一大幀命樹繼作一篇續附於後因憶日昔食品有魚蘑輒拈以為題雖非端午本典取與諸前題為類率成五言詩一首倉卒應教殊乏情采不足與諸公充後塵也

官居類蓬島，羅列多珍鮭。彼美庖鼃鼊，味勝飫脯腜。溪毛冒地茁，游儵擁劍來。殖潛自二本，一體收羹材。園官及鮫師，互歎名實乖。採擷笱無敝，烝湘釜有齋。銀刀豈能剺，石華相與儕。緑橙與毛縷，紫荇還穿鰓。粉紅石首誤，圓滑鴟夷諧。囊盛固爲美，函封定亦佳。螺蚶空自腥，瑣屑吾欲裁。客俎閩南烹，糟魚長羨淮。今晨食指動，嘗新始茲回。不比萝石芝，雞蘇費疑猜。饞涎不易忍，放箸累十枚。香秔加餐飽，狼藉空盤杯。暮歸已酩酊，夜雨天如篩。雖非遠行客，入耳亦煎懷。將軍明有令，故事差詩牌。文章本一魚，附尾要使偕。諸公追强對，詩律能安排。熊羆方擇肉，貍兔安足陪。吾喉鯁難吐，詰窘幾窮哉。

壬辰歲二月姚伯山集朱芥生馬元伯徐樗亭諸君南園飲酒用陶公聞多素心人樂與數晨夕句分韻賦詩余得素字

春至氣惟和，暖律變寒沍。藹藹天宇晴，晨色縟庭樹。中園在市廛，乃勝幽人住。洛社緬昔儔，蒼筤愜今遇。洛社、蒼筤皆園中軒館名積水非深廣，緑萍滿流布。好鳥時寂喧，西山半隱露。故人具尊酒，斟酌窮旦暮。言歡易期前，懷友或愴故。謂劉孟塗良才當濟時，逝止偶殊路。謂馬元伯幸因一夕淹，詠言展情素。

卷二　今體

詠愼火樹效范雲

秦皇斡天運，種瓜冬生荄。若種愼火樹，不教咸陽灰。

詠梅

發萼疑含火，迎春故破寒。不辭香滿樹，誰就雪中看。

春怨詞

柳暗窗前曙，花明陌上春。殷勤雙燕子，來伴獨愁人。

風柳嬝腰肢，露桃媚顏色。復此三五夜，團團見明月。

多謝黄鶯兒，竟日當窗户。爲儂啼相思，不敢惜聲苦。

秋柳

舉頭望秋月，秋月照秋柳。爲舞春風多，不堪再垂手。

螢

稍稍竹間滅，熒熒窗下明。涼風吹不絶，羅扇欲三更。

荷池

我愛荷池好，清風吹水香。葉迷碧翡翠，花隱紫鴛鴦。

萍池

我愛萍池好，驟雨漲新翠。坐久不逢人，時有游魚至。

莪溪三咏

谷口亭

觸熱到亭中，涼風催解帶。此亭如故歡，迎客溪堂外。

向青堂

嵐邊度飛鳥，殘照與明滅。祇有此堂中，不斷青山色。

蕭爽亭

樹影横臨水，山雲半繞扉。醉回張兩袖，攜得竹風歸。

盧江道中

寒食東風薺麥肥，水田高下鷺爭飛。小橋轉處棠梨白，隨意飛花點客衣。

莫愁湖

湖水平如鏡，荷花嬌欲然。縱無風景媚，名字得人憐。

水閣含虛影，天光蕩畫橈。煙波殊淼漫，底事不通潮。

一種風流地，西子與莫愁。安得兩湖水，併作一湖流。

過丹徒謁夢樓先生

漂泊東南且未還，那誇詩[賦]動江關。漫(賦)援孔李通家義，先生及與先曾大父友。來看金焦戍口山。寰宇記：譙山，海口之戍也。大歷詞人江外竊，皎然詩式：大歷中詞人多在江外，皇甫冉、劉長卿、嚴維、朱嘉祐、朱放竊占青山白雲春風芳草，以爲己有。詩道初喪，正在於此。末年諸公改轍，蓋知前非也。杜陵俠客座中攀。用陳孟公事，謂碩士。即今朝士貞元少，猶接餘光識笑顔。

平望

遥林散江霧，水氣益昏昏。落日見漁榜，青春迷旅魂。方將隨越客，西泝浙江源。但恨征鴻斷，鄉音渺故園。

晚抵臨安

兩岸垂楊萬井煙，寒潮初上到江船。數聲柔櫓啼烏起，繫纜浮橋月滿天。

淨慈寺

丹梯隱隱接星房，帳殿深深列上方。小有天園 滿眼湖山對圖畫，諸天花雨染香光。鐘聲欲動聽難去，高僧傳：遠公持律精苦，一日陶公來謁，至寺外聞鐘聲，不覺顰容，遽命駕返。游屐將歸意更忘。斷取大千歸掌上，夢華今在此中央。

岳墳

突兀孤墳佇刦灰，滄桑閱盡倍興哀。當時遺恨黃龍搗，異日甯知白雁來。鑄像鐵難成字錯，撼山軍竟共身摧。西湖尚有南枝樹，慟哭冬青何處栽。

小有天園

雲館疑仙洞，山池結搆新。芳苗生半夏，花渚閟餘春。崖日斜穿牖，晴絲暗冒塵。由來佳麗地，祇待翠華巡。

西湖竹枝詞

越來溪上盪菱舟，折得山花嬾上頭。郎去每愁江水惡，那知湖水自平流。

湖邊日見野鴛飛，湖色山光照浣衣。衣上猶存别郎泪，不教浣盡待郎歸。

石新婦下波千疊，蘇小門前柳萬株。郎情反覆波相似，妾意纏綿柳不如。

桐廬

繚亂千峯碧水環，到來塵念一時删。吾家舊有元英宅，日暮無人飛白鷗。

蘭溪夜泊

孤篷檥棹正詩成，黯黯春雲渺郡城。天近星辰臨水大，夜深燈火隔江明。剛逢七里無風地，七里瀧也。諺曰：『無風七里，有風七十里。』消得三春載酒行。寄語桐君莫相避，故山我亦附君名。桐君指桐爲姓，山以得名，桐城亦稱桐山。

玉山道中效元人體

水漲溝田秧葉短，鶯啼緑樹柳陰肥。十里菜花黄不斷，一團蝴蝶引車飛。

葉底青青梅子小，塘邊拍拍鴨兒肥。滿地柳綿人不惜，隨風吹上夾紗衣。

潁州觀東坡月夜西湖汎舟聽琴詩石刻呈上樊雪鴻太守甯鞠谿王約齋兩明府

學士纔朝右，憂讒請左符。高情殊不替，清興滿西湖。勝地星常聚，前賢風未孤。坐看成異政，還使繼清娛。

前咏史小樂府

莊周

周也非忘世，木雁兩難居。孰知才不才，自著荒唐書。

馬援

伏波可憐人，縈情在軒輊。烈烈征蠻功，朱勃爾何器。

禰衡

北海能薦士，魏武本憐才。如何漁陽摻，自激鼓音哀。

王羲之

右軍通識士，時務頗綜攝。世乃識公粗，但愛鵝羣帖。

封常清

吾憐封大夫，家貧身又瘦。中丞誡使傔，捷書猶可奏。

馬周

將軍雖武人，偏知天下士。君看窮途客，頗能條國事。

杜甫

杜陵激忠憤，許身希稷契。一事不若人，共笑謀生拙。

後咏史小樂府

管甯

新製遼東帽，去作談經客。清議豈不貴，懼失潛龍德。

杜襲

本爲全身至，何當數見奇。丁甯語繁子，詎是委身時。

裴潛

一片荊州土，紛紛國士來。不貪爲上客，所慕霸王才。

賈詡

試可隨張繡，何曾倚段煨。分明量主智，更舉與歸來。

田疇

平生國士知，恩遇永難背。雖取烏桓城，不賣盧龍塞。

袁渙

將軍令我罵，丞相令我賀。雖知新義深，忍使故恩墮。

藏洪

子源不背本，殺身酬故君。一與陳琳絶，悲痛感三軍。

韋忠

常恐深淵溺，褰裳邇禍機。甯爲一孤士，切莫就張裴。

田豐

量主何容易，孤忠恨未通。本規隆霸業，虎口漫相從。

寄姚石甫粵中

尉佗城邊春可憐，梅花驛使早應傳。聞道明珠出南海，知君收拾滿瑶編。

戰舸黄龍出海疆，幕中草檄遲才良。跳梁不用平戎策，且獻鐃歌短吹章。

萬里南荒悵索居，遥憐客舍亦吾廬。桄榔過雨越禽唤，椰葉滿庭映讀書。

將去金陵留別諸子

瓦棺閣外放歸船，説著還鄉喜欲顛。無那故情拋未得，瀕行回首紫金山。

意氣平生儘未羣，論文且喜得諸君。三年陳迹明相憶，蕭寺鐘聲蔣阜雲。

里中晤光律元比部卻送其入都兼簡馬元伯徐漪塘兩水部

才子爲郎滿漢廷，故人相見眼猶青。共言粉署含香美，知否人間有歲星。

再寄徐漪塘水部

故人多向日邊居，醉色鳴鞭滿後車。亦有江南春鴈影，知君何惜一行書。

皋陶國裏同爲客，我醉君醒劇共憐。今日思君君識否，爲傳憔悴似當年。

寄陳碩士侍御

聞道蘭臺本聚賢，繡衣白筆補蒼天。清時諫艸無須削，併作唐虞典誥傳。

癸酉書事

西山寇盜敢縱横，落日悠悠卷旆旌。白馬津邊望烽火，黄河岸上列屯營。

酸水東經繞滑臺，曹南相接戰場開。犬羊都與田銀等，貔虎爭看賈信來。

聞道秦師西出關，居人且可破愁顏。共知張燕非難打，況報添兵向黑山。

聞潘穉卿入蜀省令兄輔之司馬奉迎兩親歸櫬

合州西上是綿州，泠月孤帆内水流。到日弟兄成一痛，斷猿無限不能愁。

巴渝出峽萬重山，那得輕舟一日還。千里全家雙槥櫝，開程始别鹿頭關。

左匡叔赴豫因簡姚鷹青學使

文章誰可繼鄒枚，千古梁王有吹臺。聞道故人操玉尺，因君欲問洛陽才。

得吴蔭甫滇南書

泮洞西去洱江深，萬里南天惠好音。於今汝已無家别，猶道鄉心滿故林。

得梅餘萬揚州書

隋苑繁華自昔時，垂楊終古綰青絲。紅橋何限簫聲好，肯有新詩付雪兒。

蕪城賦罷愁千疊，水調歌殘月二分。今日揚州誰識得，鮑參軍與杜司勳。

送石甫入都赴選

五年恨別空緘字，十日論文共舉杯。歸及梅花開庾嶺，去看芍藥滿豐臺。石甫以除夕日自粵抵家

潘丈鼎如歸櫬至自蜀中欲一哭不果

全家內水出黃牛，無數青猿伴放舟。去日尚思華屋在，歸來零落泣山邱。潘丈居宅甚壯，鬻之而赴蜀。

贈別梅花

爲憐標格每矜持，未肯臨風折一枝。他日相思何處說，半窗殘月五更時。

再寄石甫

千里相思付雁雲，緘詞寄與說離羣。叮嚀莫遣玲瓏唱，多少秋心並到君。

題女史畫册

莫道叢殘數葉橫，依然花韻有餘清。只愁夜雨瀟瀟過，驚起鴛鴦睡不成。敗荷鴛鴦

眼前風葉如真種，石底幽泉合是家。不用銅缾供露蕊，墨痕香處勝於花。墨蘭

齊山

王象之輿地紀勝曰：按，王晳齊山記有十餘峯，其高相等，故曰齊山。或云：以齊映得名，有九頂山洞，即唐杜牧之九日所登。樹於戊辰年客此始得游賞。山中有石筍千枝，環列如屏。對面有亭，亭壁有李白、杜牧、司馬温公、朱子諸名賢石刻。俱妙絶。又壁上隸刻『齊山』二字，大徑丈，係岳忠武書，尤奇偉。有洞深長半里許，可通游人。竊歎此地天工奇巧，百倍於吳中獅子林。惜乎官斯土客斯土者皆悤悤邇來，未有揚摧而詠言

之者。山靈殆亦有不幸與。

四面湖光山倒垂，登臨不覺起秋思。江雲雁影無情物，祇爲曾經杜牧之。

刻骨玲瓏作許奇，含靈偃蹇隱江湄。誰令天匠施神斧，未許尋常過客窺。

池陽雜詩

帝子藏書向此閒，王象之輿地紀勝：梁昭明太子廟在秋浦門外，有文選閣，在殿之東。珠樓玉軸射孱顔。何年笙鶴辭滄海，千載鐘魚鎖碧山。丹檻茸茸秋草没，縹囊寂寂土花斑。經行墨客還詞賦，萬卷西陵涕共潸。文選閣藏文選處

古墓尚傳梁帝子，碧山誰爲賦招魂。金輿不返臺城路，石馬空迷野寺門。輿地紀勝：昭明墓在秀山。府志：山有花園寺，相傳爲昭明捨宅。佛土市朝灰劫變，蕭墻骨肉血波翻。可憐庾信江南賦，園廟哀思更不論。昭明墓

五松山供銅官樂，白笴陂分秋浦詩。懷古每嗟人代速，聞猿始念客心悲。簾閒日對青山色，世上空傳白雪詞。莫怪書生尚淪落，謫仙歌鳳久同哀。李白讀書堂

杜牧當年來出守，祠堂今在亦堪哀。頹垣有榜題名字，令節無人進酒杯。初雁又飛江水静，重陽還見菊花開。杜秋江總同摇落，到處題詩只費才。杜牧祠堂

七子文章鄴下騰，家風清節況延陵。劉劭人物志以延陵爲清節家交游南國多鉤黨，名字東林與代興。玉燭江山空渡馬，烏衣門巷見巢鷹。莫疑邱壑寒藤蔓，猶有山莊屬右丞。吴次尾故居

池陽吊李白

秋浦聞猿白髮生，不關淪謫那無情。九泉欲(其)[共]寃魂語，佳句何須謝朓驚。

讀孟詩

千古畸人總中貧，鹿門山色孟家鄰。生當天寶憐才主，爭遣江湖有逐臣。

許竹亭文雄為余作畫

竹亭，丹徒人，工詩善飲，畫山水逼似查二瞻，爲近時所無。而性曠傲好罵，以故不諧于俗，奇窮且老。甲戌秋與余相遇于池州太守署，作兩畫贈余。

知君族貴漢西京，何止留傳月旦名。老作畫師雙鬢白，窮搜詩句舉家清。江湖爲客久如此，懷抱向人恒不平。莫到荆州見劉表，德操直作小書生。

幕府

幕府悠游白日殘，永懷朝夕送憂端。清霜淺沼層冰薄，粉堞昏鴉暮雨寒。花下圖書珠軸貴，戟門風雨酒杯寬。明年又擬棲何處，倚瑟先悲行路難。

孤城

孤城夜早聞吹角，幕府居閒客思重。石砌蒼苔移冷月，霜池紅粉老秋蓉。文章迂説同非馬，賓客浮名半似龍。强憶十年棲息地，又隨征雁此留蹤。

征雁

天畔征鴻日夜過，長雲欲下更婆娑。江鄉粳稻銜來少，淺渚蘆花宿處多。十月清霜零肅羽，五更畫角倚哀歌。可憐亦有金閨夢，欲寄音書奈遠何。

敬題明閣部史忠正公答攝政王書後

高宗純皇帝御製文命大學士于文襄公書于像卷，刻石揚州祠壁。

兵交一命尚人間，浩蕩天恩未許傷。碧血見題書字緑，朱旗曾閃斗杓殷。西陵玉燭王僧辨，南國哀魂庾子山。千載揚州華表鶴，依依猶帶月中還。

書龔合肥詩

絲綸宿望重明光，高閣重來髮未黄。宮女舊能知沈約，士林今共説中郎。劫過龍漢花仍豔，地出銅駝草尚荒。一卷子山詞賦在，江南哀怨最難忘。

真州清明家馨谷邀同尤水邨先生姚瀟碧明府置酒北山寺

載酒尋春絶可憐，水邨山郭寺門前。辛夷半展桃花笑，都付樊川句裏傳。

荳蔻垂梢薺麥肥，緑楊城郭總朱扉。江春渾欲留行客，况愛揚州金帶圍。

真州準提院返魂梅傳是宋本

誰遣江梅劫後魂，又從人代閲朝昏。也知未忍忘香界，淡月歸來掩寺門。

戎馬窺江事漫傳，前身端合識逋仙。我來試覓南枝看，借問生香又幾年。

家馨谷餞予徐氏園看牡丹

可愛花光閒燭光，新醅如螘月如霜。不因謝朓傷離夜，醉倒層臺高樹旁。

初渡河

紅鐙緑酒紫檀槽，一曲清歌月已高。憑將杜牧揚州酒，翻滴西征范叔袍。

黄河津頭月色昏，青春惡浪殷雷門。岸草欲隨天共莽，酒杯况與水爭渾。

題燕子磯

王謝朱門黯落暉，枉抛雙翦望烏衣。千帆過盡江聲疾，儻有天風會亦飛。

揚州

雨歇官河碧一灣，數聲水調淚潸潸。十年一夢青衫在，惟有寒潮識旅顔。

送聯玉農司馬入都

立馬黄河喚渡時，駝裘茸帽倚鞭絲。新年驛使江南路，費我梅花寄一枝。

梅花嶺拜史忠正墓

邊風城上尚驚寒，流涕難尋舊築壇。梁室中興希玉燭，宋家餘燼斷黄冠。雲霄鶴羽千年化，邱隴梅花幾度殘。不待鮑昭工作賦，平沙共盡始辛酸。

丁丑除夕

是歲旅困金陵，賃居青溪秖樹僧舍。自春徂冬，十一月赴揚州，無所遇，復返金陵。聞大母喪，擲書悲號，欲歸不得。除夕典衾充寺僧賃值，而不能具薪米。陶公有言，今我不述，後生何聞哉。

慘澹精廬逼歲闌，金容慈像也無懽。悲風鵲鼠同塵榻，僧火鹽齏共菜盤。瘃足已忘行路苦，拔心重痛返鄉難。高堂此夕腸應斷，雙擁麻衣淚不乾。時先子之喪始期

家謦谷我我周旋圖

平生何處見吾真，報法先參不昧因。顧汝偕來方自訝，南榮趎見老子事伴君獨往若爲鄰。冰湯失照誰存覺，圓覺經：存我覺我皆爲有我。菩薩常覺不住。照與照者同時俱失，如以湯消冰，無復有冰，知冰消者。鏡智無塵孰主賓。東坡詩：『有主還須更有賓，不如無鏡亦無塵。』苦向波旬生眼纈，天親無著定何人。

馬元伯歸自塞外旋來游嶺南時余仍在粤相見悲喜因出示樹萱堂詩集輒題卷末

遼海歸來席未安，餘生游泳主恩寬。賜環未及星週次，元伯以壬午閏三月謫龍江，冬十二月即蒙恩賜環。伏枕纔經歲履端。元伯以癸未十一月抵里，甲申二月東游嶺南。客裏羈愁新白髮，卷中風壤舊烏桓。也知冰櫱迴腸甚，要借煙波濯綺紈。

鵜退鵬鶱那自由，寄身真歎等浮漚。詩名老去齊常侍，壯志銷時憶少游。古戍黄花行絶塞，冰盤丹荔在炎州。相逢話我飄零在，潦倒南冠淚不收。

回首龍沙路幾千，孤雲無定又南天。關山百粤如前度，元伯己卯年與余同在粤中風土三韓記去年。入座幼安仍皁帽，賞音鍾子感朱弦。儻將在莒論忠愛，莫忘穹廬毳帳邊。

黄木灣觀海擬孟襄陽望洞庭湖學海堂課題

扶胥海口狹，門户阻重關。高舶通諸島，連波灌百蠻。欣逢聖明治，久見鼓鼙閒。來往看彝使，知爲受吏還。

閒吟擬陸放翁閒中自詠

憶昔遨游領未髯，壯懷銷盡旅愁添。酒邊看劍青春過，座上談經白日潛。潛字用管幼安晚節無勞占季主，雜詩聊可效江淹。回頭笑向時人說，真性從來不畏嫌。

寄懷馬德隅良宇**廉州**德隅桐城人，自其祖入籍番禺。辛巳與君同客廉州，君因挈家往，今尚居彼。

海角亭邊共論文，牂牁江上憶離羣。當門盡欲鋤芳草，慎勿詼嘲潞涿君。君好以訐直忤主人，故及之。

丙戌余自粤中歸里時元伯家居日過從相與論詩因重題其樹萱堂集

世事栖栖返遂初，征蠻諭蜀總成虚。惟將絶代凌雲筆，迴取平生下澤車。

再題湘帆詩卷前有題韋伯湘帆圖詩

文章爾雅重西京，東馬從來並有名。堪歎歲星饑欲死，長卿猶自作横行。

十年風雨感離羣，才調縱横最憶君。卻把吟編數開闔，飄飄時見氣淩雲。

嶰筠中丞以雙研齋詩集命為作序因題其卷

開府匡時切，論文暇日親。寰區傳秀句，臺省見名臣。公自爲餘事，人誰步後塵。唯慚非作者，安敢説知真。

皖上諸友多作白海棠詩余不欲為之席某見誚因作此解嘲

共疑絶豔無雙品，不（知）[置]詩人杜子牙。却對練裊明縞帶，一生思慮更無邪。

徐荔庵徵士屬題明樂安公主玉印印方寸，文曰『樂安長公主印』。厲樊榭有詩，今在揚州秦敦夫太史處，荔庵特摹本裝册。

公主瑤池控鶴時，念家山破不曾知。那從刧火崑岡後，六字流傳萬古悲。

秋雨懷人圖為合肥趙野航

千里河梁道阻長，相思夜雨夢秋堂。幾回欲訂雞鳴誤，得助詩人趙野航。余病馬端臨、郝楚望與朱子爭小序，然獨於『雞鳴之什』以爲懷友亦可。

閉門覓句圖為合肥門人郭問渠

閉門不爲注魚蟲，怕擾游仙覓句功。待逐淮王小山去，故驅雞犬入雲中。圖中作一人擔雞犬盤行山徑，生本用陳無己事，余以其姓牽合景純游仙詩。

趙野航冀北送春圖

客裏送春如送客，臨歧無計致纏綿。卅年我亦銷魂慣，不辨江南冀北天。

戲題胡曉東太守左右修竹圖

蕭郎有筆能醫俗，老可投縑正駡人。但咒此君復成筍，應知太守不羞貧。

亳州題許生詩卷長昭

大雅嗟難作，吾衰感未平。彼都多令望，之子負時名。地有臨渦勝，門高月旦評。奇才誰可拔，英物我方驚。少日新詩滿，他年宿德成。因悲杜陵叟，青眼望人情。

宣城北樓歷守以居吏役客至無立坐地悵然成句

北樓蕪廢不堪攀，謝朓風流付等閒。料得游人無敢説，祇應慚殺敬亭山。

宣州試院呈張丈虎兒兼諸同研

偶逢新雨聯官燭，爲賞奇文共濁杯。忽憶呼鷹臺畔侶，書生親見德操來。

庚寅重至宣州再題北樓

謝李遺踪兩寂寥，北樓空在草蕭蕭。我來攜得驚人句，欲問青天首重搔。

衆鳥高飛氣夕佳，暮雲如綺散餘霞。好官不少羊元保，獨把青山屬謝家。

奉中丞南陽公手札報管異之亡逝

歷記同門日，恭惟結友時。分深曾拜母，言出必稱師。名信文章大，身疑禄位卑。那堪離索感，更報哲人萎。

憶昨趨嚴幕，相看惜病身。推心何太密，得句尚如神。遂絶騷人作，長懷醪飲醕。江東殊未遠，待我挽車輪。

將軍待我〔一〕厚，富貴冀當成。豈謂違才命，還教判死生。人間嗟久歷，天上訝新迎。剩有貽書在，開緘涕淚横。起二句用管辰謂管輅語

我昔疑妖讖，多君輓句真。殘生即衰謝，後死益酸

辛。邴華名難立，鍾荀事亦均。空餘頭白在，妻子共傷貧。術家言余歲行不利卯年，石甫異之，豫作輓詩。

自得中丞報，兼時哭寢門。尚思銘墓約，莫遂卜居言。北海經先定，西河教共尊。敢言能作誄，懷舊一招魂。

【校】

〔一〕『我』，儀本作『君』。

宿松贈侯廣文

侯喜詩聲吾黨羡，退之山谷兩追攀。莫言官冷無粱肉，猶勝夷門老抱關。

書宗人水厓先生八分卷字水厓素工隸法，而後人無見之者。十六世孫傳曾藏得此卷，書東坡和陶詩三章。計今二百年物也。

吾宗累葉擅臨池，隸法如公亦冠時。想見中郎典型在，欲將姿媚黜羲之。

奕奕奇縱自有神，百年猶見墨華新。熹平石爛光和燬，今代何人下筆親。

評書誰敢厭家雞，斷缺縑緗剪乍齊。爲愛會稽題六紙，異時長怪庾安西。

莫言過眼似風鐙，異世劉郎尚服膺。幸有谿籐書粟尾，得從規矩見高曾。

徐六襄城東祀先祠落成招同朱歌堂吴岳青馬元伯置酒丙舍看桃花元伯先有詩時余將有嶺南之行不果因補和兼柬六襄

歸到烏衣白社聯，角巾散步會郊廛。試開竹徑判花事，肯放金杯惜酒錢。滿眼江湖疑去住，元伯六襄亦皆欲出游不果驚心顔鬢匪朱元。亦知俛仰皆陳迹，故與新詩後世傳。

再柬六襄

空谷同看滯白駒，杜詩：『皇天無老眼，空谷滯斯人。』呴濡無計轉江湖。墓田丙舍花爭遶，白飯青芻酒滿酤。故雨偕來情自篤，朝霞不出事還殊。范石湖占雨詩：『朝霞不出門，暮霞行千里。』何當喚起遺山老，爲賦堯年野醉圖。

後十日復同歌堂六襄游城西一帶靈泉心庵暢園用前聯字韻柬岳青元伯

春郊重與步相聯，秖爲無花厭市廛。愛客欲尋張翰酒，看囊恨乏阮孚錢。吟成朗朗看珠潤，岳青元伯皆有和余聯字韻詩談罷超超覺箸元。喜與諸君成彥會，不堪佳趣外人傳。

考槃集

卷一〔一〕 古體

滄浪亭二首

古亭宫山楹，道咫渠水隔。訪世失人境，表靈棲遁跡。迴出湖山外，遠驀年代昔。清景可濯纓，豪墨還照壁。清文共楚怨，銀鉤茂晉格。借問此誰爲，良友惜同讁。諸公新刻長史留别王原叔詩墨蹟於壁古來豪俊人，不朽半以庀。偶餘名蹟在，風流賁泉石。

悲君竟夭枉，泉石樂未久。芳音去七百，舊國愁十九。兹亭王孫地，訊主君獨有。韓公城南聯句『追此訊前主』筌名表幽曠，康樂華子岡詩『丹邱徒空筌』仿象絶塵垢。野堂外豁露，曲房晝陰黝。得性萃止翼，偵閒伏瞠鼩。堦抽委膏榮，湖嵌坌奇醜。天影同入舟，靈光或睒牖。圖牒空形似，貞觀悉豐蔀。宋牧仲初修時僧元普繪圖，近諸公復刻五百名賢圖於亭上。又新修滄浪亭志七卷，較舊宋志增多十五六。廡賃漢貞士，望古協尚友。高踪悵莫竝，賢媛藉相耦。亭側新建小閣，祀漢梁高士鴻。歐墓誌曰：子美有賢妻。取與孟光相耦也。有情懷鬱陶，含景屬觥斗。貝蟲信有文，岠虛曾無負。一爲孺子歌，清斯自吾取。

閔己

有客墮迷塗，馳驅殆且病。孚號賴古人，頤阿儼臨命。疇昔靳爲儒，禮記儒行：以儒相詬病。鄭注：『遭人名爲儒而以儒靳。』孔疏引左傳杜注：戲而相媿曰靳。賒闊罔念聖。百行遭傲僻，一狂成陷穽。小知張未滿，多聞氣益横。悠悠衆相蒙，睢睢孰敢諍。莫折荀氏談，真若惡成性。既往不可説，遄已反經正。

貴言衆傳書，履亡徵跡當。盡飾剥賁濡，光新畜无妄。緇帷去絶遠，逢衣逐流宕。不聞道路遵，競騰門户謗。征敵彼善此，狎盟霸蔑王。詩禮亦何爲，臚傳冢閒唱。竊自勵毒癖，柳子厚報崔黯書：『凡人好辭工書者，皆病癖也。竊嘗自毒。』又答韋珩書：『此僕以自勵，又以佐退之勵足下。』承筐佐同貺。

先師晚學易，寡過自期可。但懼日月邁，尚惕年加我。念此惜景光，五十交臂左。來日燭見跋，新愆原燎火。微明緝方熙，擾擾已潛墮。端策勤觀玩，譽懼時玷揣。視履豈惡能，凶矜自眇跛。

讀李翺文

吾生六十外，來日皆餘年。持此攻我闕，尺寸猶足賢。新益未可必，去失不及悛。舒文助悲吒，三復拜禹言。

興言維尚實，理達意無違。本自求厥志，兼通古人辭。長勤不長在，方勤無已時。持謝勿思者，咄謂子何其。

讀孟郊詩

我讀孟郊詩，詠老何酸辛。老非貧病客，莫悟寫言真。我若授郊口，郊如受我身。相距千載下，宛若在一晨。哀蟲吟草根，豈不音動人。文章與跼蹐，天地共吟呻。自古有失職，誰能鳴云云。譏評讓蘇子，後生慎無因。

老客

老客生意短，悲智還自攷。狙喜恩四芧，魚肥天九島。潔志慕嚴棨，乖慵竟草草。頗聞秧雨足，可望豐秔稻。無田祝汙邪，米賤貧亦好。騄歌盈盈花，懼枯纂纂棗。親戚半無存，雞孫遠莫抱。徒勤歸聘使，無由婉孌保。後數月聞壬孫殤，此詩竟成讖。

道運一首示同志

千金重尺璧，棄者有林回。所嗟異天屬，得妄窮之災。自非上皇代，老死無往來。不知何所適，出門屢疑猜。西鄰有赤子，翻爲墨者哀。

聞鶯

真州城郭舊，繁華非昔日。我來官齋住，數月不一出。昨日偶看花，勝地獨妙絶。今晨聞黄鳥，喜劇不可說。民氣有凋换，春物常如一。既使冷耳醒，亦令煩懷失。圓吭引風和，緜羽投林密。雛孫隔千里，嬌姹宛在室。賴可陶哀情，絲竹亦何必。平日百鳥語，頓爾嫌啾唧。欲和嚶鳥詩，忺兹還輟筆。客謝羽翮輕，老感時序疾。從今能幾聽，斗酒急如律。律令雷邊捷鬼，截用不典，以識吾誤。

蜾蠃

蜾蠃銜螟蛉，寄我管城中。經營見連日，往數來還重。心憐此微物，占居仁智充。試啟觀其巧，么麽聚諸蟲。懍然慘孩殺，惜哉隳成功。還掇納幽户，技拙坯墐封。須臾蜾蠃來，入視駭内訌。周遭驗其變，驚躁似悤悤。出蟲置滿案，决去永絶踪。想彼毒忿切，警此危地凶。迴與初計乖，改卜安處宫。乃知天地間，利害必相從。蜎飛及蠕動，性各人理通。戲動過無小，殘賊感天公。

憂旱

東南三年水，流屍慘人目。無論田園壞，邨荒半無屋。貧者死固宜，富者生以蹙。今年春雨稠，喜見桑葉緑。旱禾將及事，謂可卜豐熟。由來人理窮，天心還反覆。龍嬾不上天，雲癡無滲漉。燒薙不行水，我穡曷以蓄。況聞鄰州縣，蝗蟲各蕃族。西面望雲霓，故里尤殷祝。我無半畝田，心憂萬家哭。稷契謨廟堂，小人思果腹。

真州城東觀荷

看花此重來，故習城東路。陂塘隔葭亂，欲進猶窘步。初從招提望，花葉半隱露。詰曲徑漸通，始將雲錦度。乃知至靈境，非可一蹴遇。世界變琉璃，天影漭迴互。乍疑逢王母，張幕宴玄圃。飲攜碧玉盤，乘布青鸞輅。羣仙許平視，頹顔似嫌忤。莫學劉楨狂，恐蹈偃師怒。主人前致詞，云昨始移住。荆棘尚未翦，壺尊猝難具。本家瓜步城，行賈久此處。豈慕製荷衣，聊同種薑芋。但指花可賣，食利比千户。都會論貨殖，冀可史筆附。哀世爲生難，敢陋齊民務。人生秪須臾，勝地無常屬。非有諒莫取，觀空亦何惡。逆及流火先，紅衣未凋素。同來二三子，能游莫辭屢。

夏夜

臨階契冥漠，久坐抱營魄。嗟我百憂腸，焉分静者適。翛翛叢竹淨，薿薿高梧懌。即次豈擇處，幸免雜亂汨。驚飇豁斜月，穿翳盪暗壁。夜深静復動，虚明視無隔。穴鼠拱而游，羽蟲飛不息。物理乘境見，悲懷感衰迪。平生羈旅情，歷歷不堪憶。節序敚昊更，炎蒸追粤劇。求昧斯文病，毗忍塗上借。乾没水升斗，挫辱性廉直。吞聲心内熱，清景棄如擲。迴首遠寒門，時俗甘迫阸。明年念陳迹，不死何處客。

夏日

長嘯冀來風，注目林梢動。我無飲冰事，内熱意胡恟。長廊敞如舟，高軒蒸似籠。紅稠花亂迸，乾飛蠅抱擁。豈望暍人蔭，直迫災歲恐。凍雨不作泥，窪田赤無種。頗聞良苗盡，麻菽被邱壠。雷殷可名希，雲行不成蓊。羣司各奉職，奔禱瘁頂踵。對案慚我食，無功一夫冗。平生濟物性，誰信到傝(䑅)[溽]。事業謝夔皋，詩書奉周孔。纓冠良足仁，閉户非忘勇。古人盡無言，卷懷從士壟。

壬殤并序

余以壬辰年酉月日庚子寅時生，後壬辰余再適粤，八月望晨歸舟過韶州，墮瀧江不死。孫亦以是月寅時生，惟後余一日爲辛丑。奇其與吾同物，又以余之再得生也，命之曰小壬。比康成小同也。余孤窮於世，所遇酷急，幾非人理所有。自曾祖而下，内外諸親無一存者。兩兒皆劣，殆不識字。喜壬神氣似欲不凡，以爲可以付吾書籍，託以門户。漂泊遠客老不得歸，日夜念壬，形於夢寐。詎家書來報，壬以六月二十八日未時殤徂。嗚呼，吾老矣！所望惟壬，壬去而吾無復生意矣。余每閲文史有所評校及新購書，必記其上曰：留示壬孫。冀他日壬見之知此曲折，念翁遥遥作知己。孰謂其無命耶！宣聖有言，非夫人之爲慟而誰爲。嗚呼！壬乎，汝雖不爲吾孫，吾猶欲使百世下讀吾書者，知吾有汝壬也。形雖有隔，神氣無不通，汝尚知之乎！

達人有遺則，知命故忘憂。夷行師公綽，靡至用莊周。鄙夫行衰謝，安排百事休。念我平生親，眼枯淚乾流。二十迫貧窶，衣食事遠游。下階辭子舍，首路具扁舟。爾時心氣壯，謂言貧有瘳。東西紛倚薄，暫往三載留。雖傷恩愛隔，未覺歲月遒。迴首骨肉盡，客子尚他州。歡華寡豪髮，悲恨齊山邱。豈無白首春，序節感先秋。濁醪不醉人，好花嬾回眸。人情隨厚薄，衆目聊相酬。顧惟遭轗軻，及暇詒厥謀。有子不好學，素業荒先疇。淵明歎髮鬢，王霸感蓬頭。喜孫吾同物，神氣不凡儔。清矑揚炯炯，犀角聳觩觩。於菟生墮地，三日足食牛。遠倖梁到溉，得並漢楊修。書史有付託，門户不足愁。老妻昨在日，謂此荆山鏐。别來忽二載，書問必綢繆。我時夢見之，驚覺累唏嚘。三命各有極，再面已無由。伊余德祜薄，爲孫禄算仇。苟非帝有罰，不均將上尤。從此羇旅魂，何以慰明幽。思以識自將，慟深理難售。未知千載後，不朽偕汝不？元文寫定日，慘澹絶筆投。

高文良畫魚

大魚出墨池，空游上壁立。不知何所徙，溟漲萬里襲。自挾波濤勢，鱗甲動猶溼。此物信有神，斯堂招夜蟄。高公矜筆力，元氣冥追及。卻貌莊叟言，培風此飛習。慘澹作鱗而，功淩梓人泣。客來但惆悵，動色無險翜。有時風雨晨，會看失噏噏。

丙申六月初六日同人讌集西郊吴氏似園作此呈主人

蒼山向東迴，中園側邀之。居然秉位置，面埶頗得宜。其西帶清川，如偃月半規。其北當孔道，其南面蒼陂。六月禾稼茂，青稻滿千畦。時與碧雲亂，玉案平不欹。道上足車馬，屋内無喧卑。灼灼萬緑叢，榴火紅一枝。長廊容十人，坐受水風吹。老樹化龍卧，渴飲起何時。結搆本清曠，先疇服未衰。何必智仁性，故將山水歧。緊余苦奔迫，衣上多塵緇。蕭踈發遠興，悵望濯肝脾。況多素心友，噉飲共盤匜。炎歊雖若苦，談笑足忘疲。始信馬少游，高言不吾欺。須臾急雨過，涼飇起天陲。想被羣仙戲，遣龍來催詩。所恨肺病久，筆懦辭無奇。羊何可共和，李杜不堪追。

丙申八月初二日光栗園存之兄弟邀同馬元伯游谷林寺

墟落無居人，佛廟蔽崖架。窅窅竹樹掩，鑿鑿石泉瀉。荒塗連阡術，首路如噉蔗。一亭候山椒，肅客暫休駕。峰勢峻松巔，殿翼插雲罅。此山未云高，飛鳥已在下。南湖面遥影，西日縱歸靶。谷深林更密，名義非借假。將老我始游，及君官初罷。止足無遺恨，不用相慰藉。杜萬丈潭詩：『告歸遺恨多。』馬君歸來久，悟已了香麝。平生飛鳶怛，心從少游化。軌躅同畫疏，屐齒偕尋謝。氣猛語自豪，才豐仕多暇。詞談炙膏輠，登臨蔑泰華。齊魯忽在眼，秦川見亦乍。不有五嶽胷，詎輕穹岫跨。是日律元述曩游泰華事甚豪盛德已行秋，炎威猶怙夏。凄其絺綌風，扇底招樧柘。僧厨殊不惡，羹盂逾嗜炙。我無廊廟迹，又不執耕稼。禄貌子雲薄，俗物王戎罵。故人忝氣類，言笑幸相借。紛囂愜所遺，幽賞情多貫。何當霜月清，重來仍卜夜。

述懷并序

去歲在真州作詩曰：『明年念陳迹，不死何處客。』今歲里居家乏，無以爲生，乃賡去年詩曰：『首邱不可賦，欲客何處死。』嗚呼，繹先師憂貧謀食之誡有愧多矣！

加年吾學易，端策得艮止。一身既不獲，行庭空瞪視。肺病夜豈眠，星見曙先起。畏涼襲重葛，隨意晏櫛洗。米鹽雖不親，羸闋唯我恃。雛孫顧足慰，深憂困饑餒。生存且不保，他日復誰倚？所恨兩男兒，斡父非材美。面牆聖所慼，好學某不似。有事忘涉川，何以厲終始。辛勤此堂構，常恐見傾圮。天命苟無然，吾何爭愠喜。淵明未達道，責子蒙譏詆。百端攪我腸，精眊骨乾髓。冥心付陳編，熅促一暫已。怵然舍之去，坦坦非吾履。首邱不可賦，欲客何處死！

失畫并序

金陵城築於楊吴者僅南門一隅耳，其西北偏，袤延枕帶，因岡戴阜，度鴻規而大起者，皆明制也。國朝惟以明内城爲駐防，滿城居將軍、旗民。餘悉安堵。城形若驪龍狀而無角，頭、目、脊、尾悉具，其於裴秀六體方邪高下迂直準望道里，靡不應法。嘉慶初余在江寧，有持城圖來求售者，所畫至精，銖黍不失。索價甚昂。余因倩江寧友人焦君子淵爲撫一本，而還其原圖，並作記書於右方。藏之三十年矣，常懸於書室。去年有常來客過訪，與之坐廳事，而其僕人在書室。及送客去而此畫失矣。夫金陵之城如故，不須有圖，且其原本尚在人間，益無多恨。獨余摩挲故物，不能無悵然焉。又此圖上下合綴楊堉石竹、尤水邨折枝蘭花兩素紙便面。楊，閩人，亦先輩之有聲者。嘗舉嘉慶元年制科。尤名蔭，儀徵人，嘗得東坡石銚以進於内府者。余識水邨時年已近九旬矣，而作畫妍冶如生，不在惲氏下。此亦繫故人之感，因併作詩。

英辟造草昧，山川供刻削。經緯制作閒，豈伊常情度。金陵六代都，故壘久寂寞。女牆傍淮水，周遭何削弱。明祖度鴻規，萬雉式增廓。至今仰都城，想見雄才畧。巖險本化造，關宇賴人作。蕭相營未央，周公亦攻洛。後王如可法，事更古先爍。龍驪象其形，列圖陳度韄。摹畫張素壁，目翫足爲樂。忽遭從者廋，令我懷抱惡。故物繫人思，非關吝情薄。舊游沈遥天，江山緬如昨。重擬逐南帆，縱目倚高閣。

古人亦何人，事事皆可愛。文章既千古，器物猶百代。尤君好事者，發興流俗外。石銚自宋來，到今俾勿壞。君自何處得，何人之所賣。寶之比魯壺，不共周交敗。銚，周穜所贈。坡因舉穜充鄆州教授。元祐三年穜上疏乞以王安石配享神宗，坡兩上章自劾謬舉之罪。近有輯東坡事蹟者失載此事。繼思蓄異物，懷璧有同戒。沐浴獻尚方，勝事成嘉話。性復工繪事，粉本徐熙派。寫蘭成没骨，愧我幽人佩。君書『紉秋蘭以爲佩』五字於上素壁日張挂，恒如接謦欬。誰知俯仰際，青氈不同在。思君共成感，莫慰風雨晦。

思疚二首

期前歲月短，傷往人代速。炯炯余思疚，深痛在骨肉。命薄遭貧窶，恩誼苦難篤。敝衣煖不均，糲食飽不足。各各歸黄土，應知不瞑目。終傷力未竭，敢謂天獨酷。摧腸永悲負，己已何由贖。

日月不暫停，生人死相續。平生諸親故，大半在鬼籙。先友六七輩，少小蒙刮目。有作每相持，誇示向邦族。豈知老無成，白首混流俗。譬如種荑稗，五穀同未熟。終知無以報，哀至時一哭。

丁酉二月將赴嶺南吾生於是為四適粤矣感而賦此

造物勞我生，未死安敢息。以兹違老病，迢遰輕遠適。南州地氣異，一一記疇昔。颶風可頽城，瘴霧常侵席。隆冬褫鞶帶，盛夏服要襋。噆膚蚊喙饞，蹋步井天窄。舉市鬨蠻語，曉一不知百。逝將去爲口，豈爲樂占國。隱心别先壟，嘉告謝羣客。情親二三友，不言黯相惜。臨行指書幌，流連故經籍。未卜能歸來，重復理煙册。雛孫走相送，顧此彌心惻。族單門户衰，成立望岐嶷。爲善儻可繼，恐懼終崇德。

華陽鎮阻風

南風吹不休，萬艘阻沙岸。常時竺法深，坐被旃檀謾。船窗候五兩，晨興儼戒旦。淹留覽時物，暇日一疎散。麥秀疇已平，柳緑春欲半。居人守田廬，意静動不亂。雞犬放各閒，親鄰喜相唤。役役我何爲，一身隰無泮。明日挂帆行，波濤越浩漫。

馬當遇風變

横雲初蔽日，長風起一綫。小孤望不遠，馬當正當面。天水忽模胡，霾暴攪凶變。欲進櫎無力，未落帆早旋。窗欹半帖水，濺浪驚直穿。同難多鄰船，不得相輓牽。聲吹殷耳嘷，晦瞑慘目眩。無懼喪氣守，不覆感神援。人生有行役，涉險無終善。去去路方遠，吾衰實已倦。

番陽湖謁元將軍廟不果

番陽三百里，水源瀦列郡。江漢阻東匯，澮畎距西濬。環混隨地周，蕩漾極天峻。匡廬浸半黑，日月照全暈。每當北風興，突見萬馬躪。粲粲白銀沙，似列魚(復)[腹]陳。維古有秩祀，四瀆比嶽鎮。此以公侯差，猶當附庸進。鬼神不可度，熏蒿以氣儐。何况將軍靈，忠勛本躬藎。雲旗儵來逝，高車馳轔轔。陰閉與陽施，威柄兩能運。蛇蚓作星野，提封一區分。靈宮應不遠，廟貌瞻尤近。報賽走商民，傴僂陳脯酳。長與天地永，播族陸機鼈賦日於牣。我來值風利，欲泊輒前引。本無祈請事，惟欲風波慎。雖不蒙神庥，亦未遭怒慍。但得濟艱危，妄念無一寸。

南昌贈張子畏

我友二三子，文采皆比肩。鸞凰爲時出，飛騰早聯翩。豸卿長刑部，司寇在金天。元伯歸來早，葩經百世傳。律元氣(蕭蕭)[肅肅]，勁骨抱九仙。石甫道進伎，目解牛無全。伯山在潮州，快刃鋤豪姦。夙昔早知子，未圖如斯賢。政經甚縝密，號令敏且堅。英英南昌守，吏民咸心鐫。求之漢西京，宜在張趙閒。何意行旅際，耳目爲一鮮。待我實情親，披懷靡不宣。惜哉明當去，不得久周旋。我亦欲經世，薄命恒迍邅。生意不自殖，婆娑已華顛。塵冠棄勿彈，上援苟無然。

自南昌入舟肺病益劇至贛州氣喘逆甚不食旬日小舟待盡作寄馬元伯公實兄弟

肺病累頽齡，三年不相捨。前年在真州，寒風實中夏。去年返鄉里，閉關自休假。撫卷輟吟誦，當飲停杯斝。所願終天年，思因櫟寄社。韜精閒見滅，觸境尾閭瀉。夜寐夢豈甘，出游憂未寫。筋力還自覺，甚矣吾衰也。今年我遠行，問志本聊且。風波任顛簸，征途娛意寡。腥聞汨雜亂，船甕人如鮓。元黄日黴面，色變同病馬。金火迭休王，方寸爲鑪冶。有如大塊噫，不閉口囊哆。每發益輷壯，久欠轉瘖啞。唾壺擊破碎，貳缶用匏瓦。河車不灌腦，洟涕炙膏輠。膏肓豈祟宅，占居謀上下。道路死不惜，艱危愁更惹。每恨作悲翁，何堪聞達者。望遠起浩歌，思君淚盈把。

上灘

南風摧倒山，水勢疾如箭。頷頷上灘船，十夫縆一縴。一步兩回顧，去岸久猶見。有時厲滅頂，旁驚手交下。何曾閉篷窗，瞪視目不轉。人生有艱危，此境知經鍊。雖遜捷疾先，亦無覆溺變。昭昭恐致福，常明道心善。寄語狂馳子，操固視版纏。康樂詩：『感深操不固，質弱易版纏。』注：牽引也，此用其字而易其義。

惶恐灘

望到萬安縣，未涉惶恐灘。此灘未云險，顧名使心寒。丞相死殉國，子瞻生貶官。兩賢傳苦語，千載爲辛酸。我無家國恨，大患何由干。衰疾困行旅，所惜爲生難。僮僕知我病，强言勸加餐。顧謂汝僮僕，爾言何其謾。不見饋置箇，何曾徹虛盤。身非叔孫子，不爲饑渴歎。付汝一柄鍤，死便爲埋棺。

將度嶺

病殆氣不屬，六時皆可死。歷歷人理非，益思用莊子。百年總天命，羣動惟氣使。氣存形貌活，氣去形貌委。是境不可執，此生焉足恃。惑志生險夷，妄念起悲喜。持幬無私親，物性有同止。不知死道路，何殊在屋里。身且不相關，此外知誰是。高高大庾嶺，開鑿唐代始。閲世一千年，去地三百里。三秦記：『武功太白，去天三百。』此借用。中間來往客，終古如流水。借問昔時人，今甯復度此。常期有必至，同盡惟一軌。養内或噬外，順逆不在己。籃輿上山去，安排如脱屣。

大庾嶺

南登大庾嶺，何異望鄉臺。回首正北向，鴻雁不同來。萬壑俯地底，鬱鬱千谿迴。絶壁割天暗，石角當人豗。沮洳竇泉溼，澾磴蹝蘚苔。積陰氣悽愴，白日風悲哀。前行平土闊，漸覩田塍開。廣路甃細石，坦淨無纖埃。夾道多高樹，槐柳千章材。市屋如蜂衙，榱題相挨排。緬懷張曲江，厥功誠壯哉。人享百世利，廟專千樹梅。履險轉愁破，高吟咏崔嵬。衰遲墮炎瘴，心隘語徒恢。

始興江口望韶州山石多奇念昔人吟咏皆傳著舜樂既辭客而意凝土人言其氣凶惡主盜亦昧其佳折而作詩

度嶺風景異，北來人未覺。州潭總名瀧，崖嶠多爲礐。江上望韶山，西南露天斲。彼岨無寸土，奮怒遠奔撲。或斷如杵臼，或圓若蝦㲉。馬先夏雲生，獸趁虞人𤜵。修蛇與長龍，狻象獮貐趵。毬門豈形似，雙闕望猶卓。信知造化鍾，不共邱陵學。人言此氣凶，土風失醕愨。逋逃多少年，時見遭刑黥。恐此亦偶然，時清未宜數。凡霞既道場，韶石況舜樂。良姦古來有，不得罪磽确。不見張曲江，人中占鸑鷟。我貪媚奇賞，綴句與湔濯。

湞陽峽

我行江南山，石壁無此峭。面如斧削平，徑謝猿透入聲，讀若突。僄。蛇風空相憐，欲寄無容竅。橫當乘一障，高疑遁七曜。悠悠抱沉疴，洗洗豁孤笑。自細視不盡，莊子：自細視大者不盡。佳處未領要。夜倘夢神官，行追蹋𩫨䖪。

觀音巖

前臨洶大江，後倚立絶壁。欲遵無微行，阻險斷行迹。户牖真鑿翠，榱棟悉嵌石。枝撑殿宇危，峭峻闌干窄。横可過十丈，深未容數尺。正南面短牆，牆外花歷歷。初疑懸圖畫，就視皆金碧。賞奇徒目眩，忮巧還指齚。决知非人爲，定自扶神力。於今亦共見，初此何人闢。我老實倦游，西景送遠客。常恐高人嗤，栖栖不自息。豈意津要衝，忽覩神仙宅。取適雖俄頃，聊以展奔迫。

清遠峽

水闊江岸狹，氣束山夾乘。譬如奔萬馬，忽受節制繩。迴鞭還彈鞚，臨深戒兢兢。令嚴無人聲，滔滔聞激㴸。長年怠欲睡，無事用最能。病危多煩促，春熱南風蒸。帆遲延清賞，目徹謀遠凝。小艓捷捎過，大舸爭先登。浪黑疑蛟躍，壁峻愁鷹騰。孤光迴白日，炯炯令心澂。此間無達者，風景似嚴陵。

飛來寺

清遠峽山寺，飛來自何年。帝子去已久，山僧住等閒。松杉排萬梢，不見山巖巔。朱甍延返景，木氣彌澄鮮。江水洶門過，户牖連牓懸。此境非人世，潭潭真疑仙。篷窗一暫瞥，宿疾爲之捐。惜哉去帆速，清景不少延。恨負江山勝，徒成心目憐。平生少如意，此又抱悁悁。

將至廣州舟中遣懷寄故鄉諸友

弱齡逢艱危，馳驅老復病。瀾漫南紀程，風波險且敻。仲春我辭家，時物改夏孟。紅紫謝芳園，桑柘緑相映。渚芽暄石秀，岸樹臨江浄。催耕鵓姑忙，唤雨鳩婦競。灘瀧恐懼過，城郭連延迎。風正早挂席，月上猶聯榜。遲遲愜賞延，落落取幽迸。鄙人志短淺，妄亦欲希聖。栖栖飢寒迹，奔走傷直性。已猶不自解，人豈免嘲評。粟馬任資益，薇蕨有窮竟。杜甫亦有言，疑誤此二柄。曩昔少壯日，憑借筋力盛。負米肯辭辛，采蘭自生警。觸熱蔭午林，衝寒趁雪徑。黯懦拙智防，不測機與穽。思以勤自竭，庶幾力勝命。回頭念此意，慘慘時已更。即今抱羸疾，孤骨怯照鏡。篷窗時伏案，猶以親書檠。經旬輟飲噉，死期默自偵。雖無游方戀，甯忘首邱正。親交半物故，骨月少同姓。松楸與宰木，情至哀還併。炎海豈不遠，弛擔且私慶。羣公舊曾識，還愁倦勞請。異鄉多新知，故人少來聘。故人終愛我，新知徒貌敬。斯文慎處旅，時義故無輕。

暮抵珠江

珠江入海近，潮壯水力猛。我舟無十斛，欲進勢猶梗。茫茫感氣悲，昏昏曬天永。改帆溢澳闊，緬郭城池迴。初憂迷淼漫，漸見得藩屏。星繁萬枝鐙，象緯逼人境。笙歌何殷耳，寮㡾結成井。水居人俍愛，欲走似無脛。倡女長年水上舟居，曰「寮房」。海内經云：「俍人愛之。」姚薑塢先生云：列子黃帝篇「不俍不愛」，張湛注引作「其人水居俍愛」。先君云：此經當作「人俍愛之」。樹按：玉篇：俍，愛也。北海之俍有國曰俍人。磊峩峙海舶，攂漩趁煙艇。蕩漾明月輝，乘陵黑蛟影。遠近闃人聲，四更不得靜。名都信繁庶，游子心獨耿。勞生逐妄消，其亡取免幸。達人有前轍，觀水監不省。我無仕宦跡，敢託慕張邴。生涯困鹽米，舟車浪馳騁。前年泛吳船，今歲度庾嶺。無人訪死生，即事萬念冷。賞妍自分外，目接心莫領。

重至學海堂

堂基萬仞山，學徹千古事。几几陳留相，建此百世利。及銘經始年，木行已周次。安知舊賓客，窮老今復至。堂刱於乙酉，余實爲之銘，今丁酉而余復之粵。南紀向文明，朱鳥當離位。人物首曲江，如羽在旌旞。近世陳湛徒，儒術自軒輊。未暇涇渭別，劣得洙泗比。六籍暴秦來，文字未終棄。道喪辭又枝，禍甚焚坑祟。維昔何邵公，學海占相謂。觀其解公羊，大義頗顛躓。謬種晚流宕，異學煽風氣。國朝乾嘉中，儒林若羹沸。談理仇真儒，逃難覓碎義。鬼方欲覃及，何論中國㬈。末也本則亡，王熄覇全熾。率闊具予聖，侈張不知忌。胡思畏聖言，各欲立新幟。衛道仰大賢，宣風仗連帥。所以剏此堂，根源古學記。望開粤俊民，緬比蜀書肆。自益簡策古，迴繼鄉先德。習俗改波瀾，聲華休濫吹。公今在綸扉，弼亮唐虞治。五品遜以寬，八教詩言志。胄子肅侁侁，髦士均齊轡。坐看大化成，一洗僻儒僞。側想天上老，時有山閒思。城郭浩如昔，柏栝益翳蔚。樹人同樹木，風煙鬱蒼翠。鄙夫乏志節，無食覺生貴。老投瘴癘鄉，毛髮看憔悴。沉沉纏肺疾，舊學功難施。游屐久不躡，今晨力贔屭。隨意步廊广，困息坐階戺。敞豁遺心憂，蕭寂資道味。溟海眡咫尺，縹緗相枕積。何當念終始，祖構慎勿墜。

光孝寺

經苑闕虞翻，道場尊六祖。斯文兩莫貴，人物自千古。楝宇何修廣，潭潭開洞府。山門欲吞市，四牆不知處。禪房阻户曲，以枚浩難數。石留唐代幢，階植梁時樹。晝焚兼夜禮，外不聞鐘鼓。傳聞國家初，屢作校士所。同門混儒釋，雜然豈異户。虞易學既懵，風幡案徒舉。古人不可見，古人意當剖。無爲慕莊嚴，隨俗頌佛土。

自光孝寺回過六榕寺

六榕無他奇，秖有東坡書。高碑既剥落，榜額猶(瀾)[爛]如。學士考金石，信目追形模。譬如食蝟蠌，豈悟勸學殊。東坡以紹聖初南遷過寺，書『六榕』二大字，今榜額是也。寺内有穹碑，表裏皆書永嘉覺證道歌，字多剥落，無書人名。翁學士方綱粤東金石畧謂其似東坡書，因後小字跋有『丙子』二字云云。而『丙子』實在『年』字下，非以紀年也。我來值梵禮，隔院聞鐘魚。嗟苦遠公行，同回淵明車。歸塗望來處，寶墖隱城隅。俯仰已陳迹，何況千載餘。不知此榕樹，果是宋時株？老仙不可問，顧念久躊躇。

寄梅伯言

仙尉有子孫，歷世人能賢。聖俞以詩聞，歸窮名若專。本朝開典禮，仁廟聖縱天。躬親齊七政，睿通天官言。維時下有應，異人出華門。伏生欲徵日，年老不能行。絶學世無人，是家難舍旃。伏生有令女，徵君有文孫。英英文穆公，童穉覲至尊。問答既有契，屢開聖人歎。從此贊占天，揚子法言：聖人占天。供奉居宫垣。指畫中西法，闡解甘石詮。緒業雖不肆，文采虎豹斑。之子當少日，意格何孤騫。行身踐曾史，文筆繼班揚。胸中氣酣古，嘐嘐自成狂。次宗有講舍，舊基在鐘山。宗儒得韓徒，斯文所寄存。與君侍經幄，異受賓同聞。不有知十敏，那覺回非鄰。竝時管幼安，清德更莫羣。慚彼原與歆，頭尾附一身。復有侯馬儔，如泉共醴源。會文必齊等，出游常連肩。步月上高橋，看花詣名園。讀霓喜把臂，放曲笑轟堂。四主吾一客，傳食以爲常。城西小盤谷，篁竹閟蒼煙。我願此卜築，恨乏買山錢。快意數去日，奄忽三十年。悽悽兩楹奠，安仰失泰山。門蹋宿昔跰，淚下如潺湲。賤子分離早，苦迫生事牽。雖作諸侯客，莫潔堂上餐。南游禄難待，風木生隧寒。塗窮仗友生，在位盼王陽。自聞子高第，三君亦聯翩。竊喜復竊歎，塵冠有時彈。安知天衢路，不登弱羽翰。子既居門限，馬卿亦郎潛。侯生真抱關，遭罵若不聞。振廷在蕪湖觀察幕爲司榷稅務中丞南陽公，問俗皖江邊。故人依嚴幕，會合重周旋。管子抗師席，教疑西河喧。馬君續同來，焕若芙蓉鮮。五日鬮雜咏，相賞句何妍。中丞戲命分咏五日故事未久子別去，俄傳異之喪。載感牀琴痛，哀吟求友篇。郢人亡其質，風斤永藏捐。宿草雖不哭，逝水閒黃泉。子今居日下，溢巷多高軒。久闕一紙書，存問到寒邨。信知豈疎我，勢隔事乃然。新詩復有幾，德義彌深淵。膝下有幾男，讀書敏過人？昔時雄直氣，眉宇落我前。我老病且羸，齒豁髮無元。奔馳不自息，江湖親魚黿。筆墨寖久廢，思以道自湔。庶幾朝有聞，夕死非所患。久要念石席，平生吾未諠。

遣興七首

旋食費晷景，白日不可暮。朱炎熙亭午，忽忽亦西度。閱書盡百紙，眼暗起還屢。陶侃功名士，乃發聖者悟。

天明起孳孳，謂有今日務。豈知百年内，軌轍未改故。怵哉趙簡子，覽物起哀懼。茫茫蒿里原，不向淮海路。

疏星出雲罅，芒見光晢晢。中庭上明月，四壁絶纖翳。照性亦無殊，受質有分齊。萬物無天陽，何以覩輝麗。

性僻疎應接，衰羸厭塵喧。終日一室坐，望古譔淵騫。服膺恨生晚，顧步悵莫連。悠悠聚散地，豈亦有斯賢。

李斯見倉鼠，甘託勢要津。一身既不保，遺誤千載人。牽犬悔他日，上書纔隔晨。舞智徒立亥，解蔽莫師荀。

晚季無全才，樸散道因裂。秉性器苦異，適時用各切。用大彼方笑，效小此誠拙。一蝨自足擅，戒之延海鼈。

大道本夷直，貴各正性命。人人事親長，萬物懷榮慶。奈何倫紀地，殷引堯舜病。安得九鼎金，鑄爲五品鏡。

雨題齋壁

南天雨易稠，北客愁難遣。拘悶無行處，獨坐考墳典。水光照簾竹，泫波影横罥。殷壁尚聞雷，穿牀俄見晛。翻盆渴可待，污泥溼不淺。几暗白成黠，衣垢碧生蘚。傳聞西江地，田廬浩已翦。雨甚江亦漲，洪波勢如捲。遂閉端州城，高浪打門扁。問知歲常然，亦未民人殄。禹迹不到粤，濬川慢(會)[澮]畎。況當距海近，灑播罔游衍。揵菑竹莫下，爲防(失)[石]不轉。坐遜蜀守烈，徒負鄴令愞。人事苟不修，天心豈獨善。羣公懷己溺，應念其魚免。

又作此寄伯山

端州實名郡，君今爲邦伯。城池迎江水，西來下衡踣。側聞昨來事，未没版一尺。吏民皆走盡，君留守雉堞。何異漢王尊，獨立與水敵。我讀溝洫志，慨然慕聖哲。禹功有全規，疏川陂九澤。三代由所施，後世相法則。鴻溝一下引，巨渠東南決。宋鄭齊陳蔡，曹衛楚吴越。濟汝並以會，江淮如不隔。萬古傳離崔，李冰名最赫。利享兼害避，定死均廟食。豹未盡仁智，起乃獨溉鄴。中國有成迹，事當式蠻貊。嶺海況版圖，水工少鄭國。高賢持紀綱，形勢又所迫。吾諗思拯溺，出位病義畫。

鄧尚書遺楷書紈扇 書論詞絶句十首

今夏苦淫雨，亦未除炎蒸。況憎呾膚擾，困此安可恒。兩患並得釋，一扇均效能。清風既遠邀，麽麽揮代肱。謝安蒲共捉，王述劍休扔。鄧公鎮粤國，四塞欽風棱。外裔日肅肅，内海亦兢兢。鯨波静不浪，戎莽伏無升。天子得倚任，吏民有依憑。從容掃滯務，談笑卻飲冰。向來大府帥，幾輩官相仍。赫赫晉唐傑，十賢名並稱。見宋蔣之奇十賢傳風采一以見，青史異時登。活國計常裕，退食暇多乘。故交親杜甫，文士儐崔棱。儒生結習在，翰墨還自矜。諸毛策勳進，狎客絳人徵。黄庭羶野鶩，遺教屏痴蠅。楷則並百代，驅染自晨興。開緘逸氣上，筆法真龍騰。俊拔本自擅，及今韻彌增。復作十章咏，詞人嘉話譝。姜辛動色歎，秦柳頷頤譍。風流看在手，更逾簡與繒。賤子忝舊民，受恩愧已宏。十年蒙喝蔭，千里又簪朋。尫羸同病鶴，側翅隨飢鷹。數面違伏枕，抽腸若牽繩。雖無長物慕，早服同時膺。恭憑舉手惠，揮灑共谿籐。仁風扇海表，奉揚豈能曾。載感曲江賦，秋至重緘縢。

遣興五首

東家貴者妻，膏沐耀眼明。被服何都麗，事事皆光榮。西鄰有賢媛，飛蓬首笄荆。貴者意自得，賤者怨已盈。帝曰余未定，弗克勝以平。汝自憎命短，此翻用小雅正月詩，亦本東坡三槐堂銘『世之論天者不待其定而求』之語。苦道悵河清。

天以清虚冒，非徒空包容。有明靡不監，有問靡不聰。物性既無枉，眩眩故難壅。法言：敢問大聰明？曰：眩眩乎惟天爲聰，惟天爲明。體高莫能攖，疾威非忮衷。久客諳世網，喜怒移府公。鑒此思明哲，匪獨爲因宗。

地以厚德載，窪處集糞壤。去之纔一寸，已自絶埃坱。由此至天中，蕩蕩彌修廣。污下穢羣歸，高明潔獨往。莫謂求空虚，昭然羅萬象。鑒此思立身，可以發遐想。

父祖有志事，各願付兒孫。不能敬承繼，殄（節）［絶］故同論。火傳雖無盡，豈足慰靈魂。移山計誠愚，順性亦何惇。淵明責其子，爲教尚諄諄。咄哉杜陵老，毋乃絶仁恩。

生世何用早，古人同此年。日月不異照，形體不殊官。規矩視聖人，人倫有方圓。陳迹在詩書，德業懸衡權。求亦遇其故，得各還其天。乘化有先後，當仁無辟旋。一一不少遜，何故異愚賢，或言由心故，此心政同然。思之不可得，流涕廢餐眠。

賀蘭山石硯詩 儀徵相國遺尚書鄧公者

相國體好奇，動輒見新格。取石供硯材，遠致流沙磧。巨璞鋒鏑餘，結根賀蘭脊。質裏隱戰雲，雲宿氣垂澤。居然含風漪，紫帶古塞色。勒銘今不事，籌筆聊相借。顧盼（目）［自］朝端，持送驅傳驛。對書可十手，比面共一尺。異狀不常見，奇姿用宜擇。雪浪看在盆，仇池空賞穴。因材與器使，識者一太息。汾水取澄泥，洮州傳緑石。譜史孜歐米，佳品少漠北。兩公國之老，輔世資遠畫。不損亦不壞，名與代無極。真硯不損，真手不壞。東坡語。

夢巽之

故人舍我没，宿草已生墓。禮在哭斯絶，情親夢還屢。似悵背面久，兹辰愜良晤。入座闕寒暄，不暇當世故。殷勤肝膈言，發心亟相語。文章一小道，於學非本務。所恨知者少，遂覺遻難遇。哲匠不比肩，揚馬君齊步。君笑我何必，求足此名數。聞言驚欲請，展轉忽已寤。撫枕淚浪浪，此會何悤遽。君今有羽翮，來去隨煙霧。有疑未及晰，有懷未及吐。幽滯積在胷，沈吟憶平素。生長各一方，死長隔泉路。生死永相念，我懷如旦暮。

簡儀子

賢豪經世務，不必皆自己。但令得所附，志達足可喜。南伯有祁公，繼竝陶吴軌。嚴嚴紀綱地，操割紛在理。匪惟獄訟平，兼得風俗美。强梁必翦剔，窮獨有怙恃。囷倉食萬人，荒年待儲庤。建義倉於省下，儲粟數十萬石。惠君誦在口，四國俶擾此。擇才問誰任，藉藉傳吾子。解榻蕃孺同，入幕超珣比。昔在陳留座，識君驚妙齒。十年不會面，拔擢成杞梓。乃知君子器，不絀周世使。翻悲疲苶身，懷愧顔欲死。况子本晉産，故事習百里。顯君相有爲，事殊迹相似。勉贊樹佳政，令聞覬不已。

貽譚生兼呈其世父處士

自古忠孝門，子孫還式微。懷德不振耀，列士爲傷悲。譚君初識面，皭然白玉姿。行身踐曾史，緒業惟書詩。自言東林裔，流寓謫宦隨。到今二百載，長作韶蒸黎。志潔忌遭玷，跡孤甘受欺。蕭然守窮巷，近市無人知。兩日僅再飯，十年不製衣。逢人肯言貧，耻令愁在眉。堂上有老母，幃内無生妻。慈恩不遑息，執爨朝炊萁。力難賃僕婢，且慎爪氏規。由來奇節士，實賴賢母儀。無子有孤姪，性命相倚依。遂命從余游，一見如鳳芝。父子皆昵余，義均骨肉私。所愧學荒陋，無能相益裨。譬如食苦李，豈足充渴飢。大道近在身，求之有餘師。我歸逾十載，千里遠相違。衰疾(俱)[懼]不保，豈止生别離。兹辰見生面，喜極翻涕洟。始謝業不進，繼道長相思。大母九旬外，仍傷闕甘肥。世父又失明，出入須扶持。抽腸復酸鼻，毒苦無與醫。昔别猶未婚，膝下今兩兒。大者讀經暇，强欲學文詞。繼出省試作，倉卒風簷爲。詞慳簡枝葉，直幹少葳蕤。本不善程式，豈望青雲期。我論東萊伯，曾賞陸子奇。何人司文柄，有識豈此遺。子壯方進德，物栽天必培。薰然積善慶，公侯來未遲。所嗟西景急，苦負罔極慈。問答未及終，振觸摧肝脾。君看古聖賢，大半困於斯。天命無如何，道義終安之。歸幸語爾伯，識此勿復疑。重華在邦邑，便就陳此辭。

送孟經國赴閩尋吴方伯

老病客他州，游衍無與適。跡孤秖自卑，性僻益慵劇。常恐集尤悔，邂逅見違失。爭名我豈然，恫疑空相嚇。孟公今狂狷，一見心悦懌。若與長周旋，使我慰平昔。才俊紛滿眼，若人獨尚德。嶷然大賢後，浩氣貞養直。擺落常情性，覬豁古胸臆。皓皓白石姿，黯黯青松色。搜奇七篇外，遺義著簡册。君輯孟子外篇、逸文、年譜、古注四種，刊行於世。欲援閩知統，迴繼同親炙。向人多坦易，傾懷見肝膈。自矜肘後方，千金活人術。問知我病肺，察色兼切脈。未論道義鍼，肉骨感動魄。道富身益窮，棲棲少安宅。十年寄粤地，一日赴閩國。粤閩地豈異，生事有所迫。尫羸携童稚，去謁延陵伯。西風秋已分，南天熱未息。登頓逾嶺嶠，攀援多險僻。朝行觸瘴霧，暮宿憂虺蜮。雖云舊所經，爲事終感激。不畏道途遠，還慮貲糧絶。臨歧意頗悽，因悲髮同白。後會知無時，天長永相隔。何云樂新知，吞聲作生别。

寄石甫 時自監掣暫權兩淮轉運使

賈生陳政事，漢廷無比肩。姚子少年日，實慕賈生賢。感激濟時志，斟酌道古言。論議不蹈襲，揮發共津源。俊才識子早，英識邁衆先。仡然短小姿，吐氣長虹延。枕藉日萬卷，製作月百篇。聯翩取科第，下韝不再拳。赫然名聲大，一日遠近傳。風神當弱冠，共指名家孫。竊歎汗血步，千里風追奔。通衢要路津，立致非所難。豈謂三十年，仍屈黄綬間。男兒立事業，操割貴乘權。但足使藉手，縣令非卑官。觀子閩中政，治劇異烹鮮。朱墨豈素工，猛懦我得專。不殺爲騶虞，驅惡用鷹鸇。髖髀釋斤斧，游刃亦茫然。到今瘴海民，道尹猶未諠。幾年來江南，政經改從前。吹煦母孱弱，摩手拊痺瘝。乃知君子心，消息與時還。江南多鉅政，鹽筴制用關。體大弊亦大，由來非一端。萬私紛竇目，一利爲之門。交征析秋毫，上下如火煎。府符朝朝下，民俗事事剜。轉運能比晏，大夫賢若寬。區區事且爾，補苴良自殫。官鹽伊自昔，止足道宜敦。古者三皇世，民無淡食患。斥鹵作包貢，不聞有私干。願鏨雕爲樸，更破觚爲圓。魚網漏吞舟，蒸乂不格姦。我欲進此論，文學同虛讙。首陽采葑苦，不信固舍旃。君今操綱紀，諒必出萬全。前年在真州，日夕共周旋。別來忽二載，鍼灸阻南天。南天君昔游，土俗不待箋。但恐結君念，即事遠相牽。古人不妄出，道足飾邱園。束帛用雖嗇，義協亡戔戔。暮景矧自料，豈必陽羨田。天命困乃見，見後無幽元。蹶矣脆前失，庶跼今步堅。閉門歲載陰，序節任推遷。思君才冠世，高義又纏綿。性本樂施與，不問力所艱。所親歸賙給，泛愛及衣冠。薄祿不足濟，稱舉乞鄰焉。率是以爲常，歲累盈萬千。至今官廨外，葢頭無一椽。平生濡沫惠，於我厚尤偏。苦道感鮑子，不顧羞魯連。附書致感喟，高歌激商弦。

遣興六首

江南八九月，百草更不黃。佳色長春翠，若與時序忘。縱横出無次，爛漫不依行。豈惟偏江滸，復見彌山岡。獸蹏共鳥跡，蛇虺相匿藏。車馬踐不死，嚴霜殺未妨。豐屋及廣宇，益傍玉階芳。生意是天幸，罔道故非常。焚山聞上世，帝治開洪荒。田獵習北邊，火烈赫具揚。爾生此值遇，壽命豈得長。農夫志力短，耘鋤莠與稂。苟自易田畝，不暇問道旁。周公豈不仁，薙氏法何詳。由來盡物性，况迪厥心臧。一尚君子風，亮偃蕭艾塲。

去冬入北山，正值冱寒辰。迎眸互栗烈，積雪承凍雲。樹樹枝條僵，峰峰逕路堙。其中有窮鳥，寄命此棲身。飢啄冰亂迸，凍宿葉無温。欲飛生處樂，百里連寒村。甘兹曰降死，慘酷永銜寃。今秋行西疇，稻粱秋穫繁。野雀啄場飽，透入聲鬧旋榆藩。銜羽似逐鬬，嘈囋聲喧嘩。但見鳴得意，不知念所存。渠死固由命，此飽甯非恩。顧謂汝田雀，何以答高仁。

行過濁水津，照影不見面。顏面且不辨，肝膽安可見。人理固言微，己性要能繕。君看明鏡成，光（景）［精］宿百鍊。回參道相取，揚馬文同善。自我物固有，非渠美始衒。人生意氣合，方寸垂深眷。如何古今局，反覆事千變。予智良自矜，邇習遐則偭。法言寡見篇：『邇文之視，邇言之聽，假則偭焉。』詖邪小易方，莊子：『小惑易方。』不藥生瞑眩。石敗宋人怒，龍下葉公戰。骨朽肯市隗，財輕莫寤燕。事傳天下笑，義令達士賤。嗚呼智賢際，天命限孔晏。

斯文至宋朝，聖道倏來復。悠悠久昏夜，萬象多隱伏。月星非不麗，要待爛朝旭。流峙見川嶽，脈絡辨谿谷。坦然周行示，使我步無跼。不知小儒瞀，當晝遭眯目。引車入阬陘，激石還折軸。我行顧之歎，大惑不可告。不學陷溝瞀，學又墮拘囿。竭力耘人田，何由果己腹。終生寄他鄉，不思復邦族。詩書原麴蘖，糟粕豈堪醑！或安床上床，更架屋下屋。豈無耿耿暉，瘠義道難蓄。小識託文武，大敵勇賁育。動思傷日月，極力掎星宿。入市且置履，韓非原本作『且置履』，疑『且』爲『自』之誤。信度不信足。病根長爭名，寡識徒僇僇。執熱不濯手，胥溺自謂淑。

好學戁貳過，懵道悵迷方。請徵平生疢，內省惡中腸。小來習性敝，單露任短牆。關鍵無城府，氣輕語多狂。况懷疾惡心，力爭激揎攘。雖云近剛毅，實自寡周防。中歲歷多難，地窄歡笑場。邂逅作悔吝，頓觸心兵鋩。豈必盡我罪，跡孤林難芳。以兹懷夕惕，磬折勤自將。用心崎嶇外，差居寬便鄉。感悲遭迫阨，託乘聊仿佯。豈知人心異，夷險故難量。好惡我不爭，猜嫌終未忘。吾聞他山石，能攻白玉良。相益終相損，器成質已亡。不如完我素，抱璞老崑岡。

曾參達孝人，見知道繼孔。觀其所習傳，於學靡不總。得力唯一誠，行諸充大勇。宏毅爲二綱，道遠兼任重。自反縮無惴，萬人往何恐。百里命可寄，六尺孤能奉。臨難執志節，自刃不爲動。直體塞天地，真氣喘傝𠑟。惜哉未可爲，冰淵方用鞏。將死垂善言，易簀事堪竦。其傳得伋軻，禾性有嘉種。知耻懦可立，養浩害無壅。學人貴辨志，徒善名難擁。侗願不階亂，伊何類微尰。三大賢名不應斥稱，然詩人之例不如此則不辭，姑循彼法，文家用質家例也。

元祐黨籍碑并序

碑在粵西柳州府羅城縣，爲碑中餘官第六十三人沈千之曾孫暐重刻。暐自題『嘉定辛未知融州軍』，以家藏碑本鑱諸玉融之真仙巖。辛未乃嘉定四年，距崇甯五年毀碑一百一十五年矣。

維宋在中葉，聖后臨孫朝。嚚子情方憪，毀室音正嘵。宗臣降不遲，左右共平音同恭布昭。茅茹彙衆正，疏稗替羣飆。悔敗思靖夷，毖謀時競絿。民志咸應發，居圉仰綴旒。歷覽豈多見，允也仇舜堯。惜哉甫田佃，草盛莠驕驕。坐謝農夫智，老成多告猶。本朱子論吕微仲、范堯夫調停之失意。

告猶不我用，觀過亦知仁。一朝時事異，蝨賊起相因。宗臣既下世，聖后復上賓。顧音命吕范，苦語何諄諄。逆知厭耆舊，好聽用新人。熙、豐鑒不遠，崇、宣勢已振。不有紹庭説，率履將何云。名立斯有對，爭興黨易分。一苞遂衆蘖，甘之元祐臣。

元祐臣誰賢，温國初第一。鞫人先辨姦，訪落孰懲毖。降罔匪自天，荓蜂自辛螫。競競位孔貶，訿訿在密勿。不惜人云亡，回遹昏王室。四海痛已深，中朝怒猶溢。怒溢將奈何！謫死情未畢。遂施黨籍禁，永錮令如律。漢書：諸言如律令。又：言著爲令。唐志刑書有四曰律令格式。黨禁乃是令而幾準律。借問榜誰書，元宰親翰筆。

翰筆今尚存，碑石旋銷毀。天意若悔禍，人心不終死。道消泣安民，禁弛鑱沈暐。崒崒玉融山，勝絶隱南紀。留名誠難滅，欲葢彌遺耻。不異中興碑，炳章照浯水。鬼神煩呵護，魑魅徒歡喜。白日姓字明，空山人代駛。巖阿儻弔古，黨人有孫子。

九曜一石在粤東布政使司署米題藥洲二十五字

事見廣州志及翁學士藥洲攷

清海罷名軍，乾和蕃正宁。鮑照詩：『分壤蕃帝華，列正藹皇宫。』此署南漢以爲乾和宫也，蕃與藩同字，屏也。又：今藩署左爲廣州府署，即古饗軍堂，而藩署即古節度使署也。霸啟抗宏基，王路開官衙。仙湖已忘術，景福殿賦：『欲返忘術。』藥洲亦隱嶼。兹石久離立，叢倚失儔侶。上林賦：『攢立叢倚』。昔貌瞰猶今，前名襲承古。委身蔭楯榮，發地扶柱礎。朝觸雲渫單，夜偃月屯苦。堅性聖不磷，頑質天難補。閲世世方遥，賞奇奇莫取。硌硌爾無言，兀兀吾誰語。留題戴名翰，刻肌當刻楮。性好不爲薄，言米公性好石，不薄待此，故刻字留題。有情聊共憮。

銅鼓詩并序

銅鼓事，據後〔漢〕書馬援傳章懷注引廣州記云云，則世俗所傳傅著伏波、武侯者均不必可信。而明史劉顯傳盛言諸葛以鼓鎮蠻，鼓失則蠻運終。其鼓以聲宏者爲上，可易千牛，次者亦七八百。而顯克九絲、大盤等山，拓地四百餘里，得諸葛銅鼓九十有三，銅鐵鍋各一，其大可函牛。此亦何用，必知爲諸葛所作邪？毋亦昔人以讋敓不靖者之心耳。道光十八年春，兩粤制府嶰筠尚書講閲西省，梁茝林中丞以府中舊蓄銅鼓一相遺，遂移而之東。則未知此即劉顯所獲九十三鼓之一邪？尚書命作銅鼓詩，爰賦其事云爾。

銅鼓無文字，代年昧莫記。事原始漢臣，製獨流蠻地。想當范巨冶，裝炭天爲熾。密箐煙餤颶，乳竇幽泉沸。谿（銅）〔峒〕俶隤丸，鏜鞳走魑魅。傳芭會成禮，聞聲儼思帥。軍嘉用各殊，金革音兼二。占運念終失，易牛權上次。史豈澩異聞，權家譎爲智。嶷嶷尚書公，柔揉綏南轡。舉德毛輶倫，賦政喉舌出。州郡任張祝，酋豪訖讐義。標楯棄勿習，僸休響臻至。此鼓鎮西府，軍門闃嚴閟。倏來從東道，六丁相贔屭。希聲鯨鯢悸，嚴節獟狼避。淵默而雷音，可以狀猛氣。委身華椳蔭，得在軒棨位。魯辭作朋侶，政樂遠方自。圍釘宿列辰，作氣掤振臂。儻非植楹足，還疑月團墜。賓退時緩帶，博古徵彝器。本不供攷擊，無勞署鼓吏。按：後[漢]書禰衡傳作『鼓史』，百官志太常卿下曰：其署曹掾史，隨事爲員，諸卿皆然。余此誤作吏，迫韻不可改。

月

平生他鄉月，何止千番見。每見作悽涼，從來少歡燕。窺牀光愈寂，泫露景難戀。沈沈官街鼓，聲聲與悲餞。喪懷此相對，不寐坐忘倦。秖益心孤明，無復情繾綣。佳夜不屢逢，流光莫浪遣。餘生期遠復，曰旦及游衍。

【校】

〔一〕本集輯詩共三卷，底本上承半字集，編為卷三、卷四、卷五。現改為卷一、卷二、卷三，以求體例統一。

卷二　古體

詠黄佛桑花并序

昔詠扶桑紅白二種以爲極佳，己亥在粤復見黄金色者亦可愛，重成此詠。按，佛疑當作榑，粤人讀爲佛，音轉也。

昔余羁南州，散慮嬉豪墨。曉霜眷條韋，朝柯翫搏艷。炎皞時爲帝，孰知有正色。坤裳通以理，離中麗其德。容光梵窟遺，絹絲中婦織。照耀微妙身，故法質良飾。梁簡文帝佛像銘：『灼灼金容，常留花窟。』光明經：『如來之身金色微妙，其明照耀。』月令：『凡染采必以法，故莫不質良。』萬物久居虚，莊子：『有名有實是物之居，無名無實在物之虚。』念爾重嗟惜。雖遠長江邊，殊非故鄉陌。蠶飢未可采，鳩嗟不充食。沃若墻階下，未落已蕭寂。

旅中憶舊山

越客謫宦悲，楚調存鄉恤。悲恤非一塗，憶山亦情纘。游從往日惜，興自殊方遺。出郭步未遥，在處勝叵選。尋源乏棹激，陵隘遵陘轉。垂雲倚鳥墮，媚筆隱苔篆。兩巖涇秋水，莊子：『秋水時至，百川灌河。涇流之大，兩涘渚巖之閒不辨牛馬。』注：通流謂之涇。姚姬傳先生游媚筆泉記：桐城西北連山殆數百里，及縣治而迤平。其將平也兩巖忽合，龍谿曲流出乎其閒。西循巖可二里，連石若重樓翼[乎]臨谿，右李公麟之垂雲沜也。其南有泉，明何文端公摩巖書『媚筆之泉』四字。又游雙谿記曰：龍谿水西北來，將入兩巖之口，又受椒園之水，故其會曰雙谿。張太傅文端公墓在焉。萬木藏春囀。披雪信夏寒，縣瀑暫冬翦。又姚觀披雪瀑記：披雪之瀑水源出乎西山，東流兩石壁之隘，中陷爲潭，大腹弇口，若罋，瀑墜罋中，奮而再起，飛沫散霧，蛇折雷奔，乃至平地。其地南至縣治七八里，西北距雙谿亦七八里，石潭壁上有北宋人題名三十六字。追尋地隔天，登賞心奔眼。高墳息賢相，聖藻光巖巘。諭祭葬穹碑四植豈果雍門言，又異西洲泫。寄去樂無荒，理和性胡繕。莊子：『儻來寄也，寄去則不樂，雖樂未嘗不荒也。』又，知恬交相養則和，理出其性。此謂太傅雖没，其榮樂仍在，己性亦無悲情之發。惟留獨往志，況惜良知緬。因思遂成謠，妙象愧難顯。

己亥歲八月中廣州作寄馬元伯

終鮮抱長悲，每有況永嘆。比佽嗟行路，烝戎絶親串。與子世累通，同德先人貫。升沉異榮悴，少小嬰憂患。

憂患未有瘳，華年已白頭。辛勤盡肌力，疲苶極俞輈。漢南感喬木，夸人不可休。直至虞淵下，傾河志未酬。

傾河志徒奢，飲河腹易滿。奢滿事各殊，飛念俱瘖瘖。耿介謝晨衿，夷險乖前算。欲申勞者歌，但恨篇帛短。

篇帛秖自娱，復思共吾友。道遠莫致之，瑤華空在手。往日共淹留，今夕思樂酒。悲吟頹弁篇，集霰詎能久。

霰集氣尚温，雨雪不可言。如何積日月，江介絶音塵。獨居邈孤影，望遠怔營魂。聚散雖常事，禍福亦相因。莊子：「禍福相生，聚散以成。」

咏木芙蓉并序

庭前芙蓉一株，開花極繁。朝旦初放，色如截肪，瑩潔無瑕，浄静如雪。（禺中）［將晡］變紅，若醉顔轉酡，乍淺漸酣，鮮耀明媚，頩脕駘宕。及午，赩然滿樹，赬霞蒸起矣。夫以造化之迹妙，陽施陰變不可思議如此。然比之元文處幽則已有象焉。惜人之習見者亦第與雜花羣卉齊視漫觀，曾無鈎深致遠之思，驚奇析異之賞。感而賦之。

詩人感卉腓，騷客懷芳潔。中庭值秋晏，晚秀啟故枿。木末有同搴，目色迭異瞥。和德本一氣，並馳各雙絶。神女賦：「五色並馳。」易觀邢尹妒，後素禮詩揭。仙朝失餐霞，蟬午不知雪。謝施孰推幻，化迹彌彰徹。即事起遥悲，感物增悽切。妙象竟若昧，郭璞詩：「明道雖若昧，其中有妙象。』含景欲誰悅。桂枝怨空銷，瑶華唏莫折。予美久亡此，貽言將安結。

九日登粤秀山過曾勉士紅棉寺寓館勉士主西湖書院講席，疲於客黝，避而遷此。

猿猴不共山，臨旦乃相呼。親交苟不薄，奚吝在離居。滅跡逃畏壘，休樊問公閭。杳杳禪宇静，栖栖塵鞅疎。窗峯正秀粤，經苑忽遷虞。天高氣逾徹，地偏路仍紆。木想洞庭落，風欸暄景餘。疎燈曖月户，曉露沾晨裾。杓人君慮復，莊子庚桑楚：『我其杓之人邪。』謝靈運詩：『感往慮有復。』孤客我熲吁。炎樹嘉橘柚，暮節感茱萸。攬鏡悲集霰，服艾況張弧。慷慨撫存没，炯介懷英儒。顔延之詩：『存没竟何人，炯介在明淑。』及兹憇襄野，願言乘日車。

讀楚詞

羈心積誰語，懷古志銜協。協古古無悰，語心心憚涉。嘗歎楚貞臣，咨吟很自跲。愎化徒若罷，覩計詎能甲。切人固不媚，哀時第曾邑。眩曜啗詐讒，緯繣登嬖唼。誅張悔云暮，歡秦誤踵疊。極目淹路漸，誘騁先夢獵。抽思並日夜，無正徒喋喋。節惟前聖依，情猶末代接。少歌更倡亂，重著遂盈笈。

盈笈二十五，假日聊温討。紛綸六經外，選言似兹少。上皇事已遥，中古迹未掃。千念爭日月，萬言吟芳草。元文況處幽，精理皆爲道。忠信既莫顯，要眇孰云好！抒情切憤懑，揚姱巧化造。『巧』字用韓公『惜哉，此子巧言語。』又，『文字覷天巧。』直就虞舜陳，豈伊楚國寶。資此亦詞宗，撫卷絶羣藻。

昔我同門文

華京與空谷，地勢本參差。鞍馬策枉棘，灌瀆守鮒鯢。畝豈荼薺異，芬念蘭芷移。音塵竟寂蔑，省想絶聞追。昏庭眷東日，夕户悵南箕。徒以夙昔意，冀協平生期。隱聲不相感，純物安可爲。磐石歎自昔，遺迹徵在兹。賦詩介眇志，統世攬予悲。

三賢咏并序

世之論士者曰：士未有不廉而能著節者也，然如彭咸、鮑焦未可以爲世率。竊以袁安解脱、嚴陵堅固、仲連從容致足尚也，作三賢咏。

游魚忘江湖，各足性乃逸。人命固有當，盍可虧道術。道術亦亘同，持操終協一。於己苟欲得，豈人樂求失。寂寂風雪廬，乘乘頑鄙質。故意未肯降，新寵誓勿暱。偶卧人閒事，天文應何疾。一書泣若沱，千金笑其咥。何必東海壖，始遠商賈匹。物豐哀亦備，無主外徒溢。商也空舉肥，一勝戰已畢。

壬寅九月二日馬公實邀同元伯光律原蘇厚子家雲室暨建甯詩人張亨父同集玉屏山楹光張二君作詩余復繼作一篇前有七言一首

爲榭伉山巔，諸山作藩屏。面埶貴有因，游目恣欣騁。羅象證前名，周墻拓旁嶺。廻廊割地防，注泉響天井。鳥道望匪遥，龍鱗繡彌炳。榑檻想冬暄，松磴疑夏冷。雲斷雁欲聯，露下鶴先警。奇心協古涂，仙館在人境。詩客坐淹留，歸人返俄頃。雲室暫歸桐，即日仍返金陵。從來遠游興，性由樂山秉。臨觴惜傾暉，躋攀睠日永。

甲辰九月十九展重陽日邑侯某集同人於西郊張氏宜園為吴蝠山刺史稱八十壽至者凡十四人皆自六十以上至八十以上侯既作圖復倩余為文以記其事列序時人各系以詩

金谷專晉年，樂游美唐代。名園倚郊坰，仙境遠塵外。良辰展仍依，嘉名舊俗愛。陶公詩：『日月依辰至，舉俗愛其名。』解見序。時菊正堪把，初筵宿先戒。雖異南陽谷，宛稱耆英會。風俗通：南陽甘谷有菊潭，谷中二十家仰飲此水。上壽百三十，中百餘，下亦八十。茂宰主維賢，僎賓我筮介。余時年七十三庶金既承筐，傾羞亦綏帶。曹子建詩：『主稱千金壽，賓奉萬年酬。』又曰：『綏帶傾庶羞，鹿鳴承筐奉。』幣帛也。私惠不自留，鹿鳴傳：私惠不歸德，君子不自留焉。蓋望賓示我大道，不以私惠爲德而自留。齊年與天屆。曹子建詩：『齊年與天地，日月同光華。』又曰：『同壽東父年。』華幕駐頹暉，鮑照詩：『傾暉忽西下，迴景思華幕。』意得嬾旋邁。

李少府龍瞑訪舊圖

君具山水性，樂與静智謀。朅來任江國，下秩軫淹留。淹留下秩用謝朓脱身簿尉中，始得恣優游。龍瞑一區地，選勝實能幽。里慕公麟美，圖得輞川侔。威舒屏障疊，複沓津戍稠。炎樹恒冬秀，曲澗皆通流。即趣余方習，發興子誰侔？折麻向邱中，嗟國信應留。惜無瓊與玖，詎報永好投。遥思行李罷，惘惘徒離憂。

將赴祁門東山主講先寄唐魯泉明府兼示文生鍾甫

朽老精力盡，殘生與鄰鬼。八十事遠客，匍匐井上李。棄隸一世休，成佛七事佹。亦知死道路，無殊在屋里。動相猶未滅，詎免拖泥水。寄謝敬昭州，招魂覬伊邇。

題歸田圖并序

祁門洪炯爲太倉州學校官，奉上檄與修圩堤。既成，以功加同知銜。大府林少穆器之，以爲能。方將顯擢，而竟退歸。

洪君託身何所居，萬流之屋高渠渠。幾歲藏山霧雨濡，豹文乍變應時需。秖言官冷用亦迂，囊底穎脱衆始矍。昔賢先憂語非誣，小試已究大夫扶。三江五湖稱上腴，厥田厥賦今未殊。屋（畹）[畩]畦雙晒繩區，三百畝爲屋，五十畝爲畩，三十畝爲畦，此古制也。元以四畝爲雙，唐時南詔以五十畝爲雙，佛書以三畝爲雙。本朝旂田以六畝爲晒，四十二畝爲繩。乾隆四十八年奉旨統以畝計，不用晒、繩等名。區，即邱古今字。功成旱潦不復虞。長官嘖嘖民喁喁，言揚事舉義則符。上賞方（加）[將]獻納俱，薦賢蒙上賞君言若此胡爲乎。區區尺寸奚詭揄，乘流驤首莫躊躇，用謝朓詩語意吾將歸去隨潛夫。君不見傾心司業有韓徒，因緣想慕漢二疏。弇山佳氣無時無，來時有鳥鳴鵷雛。祖帳車馬紛城隅，喧赫何必減傾都，千載相看傳畫圖。

卷三　近體

題光栗園方伯游山詩卷

清時亦有辭榮者，力謝華簪並二疏。昔憶徘徊咏朝雨，今同耿介箸潛夫。名山遍探供詩筆，令弟同攜倒酒壺。有往皆同令弟偕行更就言詞占氣象，瀾清波定識充符。

讀放翁七十詩曰七十殘年百念枯桑榆原不補東隅有感因用其語自貽

白髮肌膚足兩訧，自勤紙筆肆冥搜。收功不補隅東失，問道真成知北游。多口盛名同悄悄，卷懷平世亦悠悠。古人既耄猶思過，莫放殘年判死休。

閉户

閉户餘生日抱殘，永懷歌嘯若多盤。逐車舊詆王文度，穿榻還思管幼安。吾輩幾人存大業，我生三繫得貞觀。大傳：君子所居而安者，易之序也。本義卦爻所著，事理當然之次第也。觀九三觀我生進退，恰得觀之正，可爲行己之則。秖應南海需畺理，倏想經綸壯召翰。

幾歲鯨波鼓怒蛙，南風不競一長嗟。高牙城塞翩熊鳥，上國居民薦豕蛇。白簡氣消天亦遠，黄金心竭士爭譁。新詩吟罷同書憤，孤士憂時意轉賒。結句初稿作「何人載筆誅梼杌，盡破虛誣證福華。」

回首

回首羊城我舊行，物華人傑賽都京。東西市直三司署，表里星羅上將營。徽側平留銅柱在，孫恩死託水仙名。如何一鼓鯨鯢浪，不見屯門設險成。屯門見唐志，即今虎門。

鯨吞鼉呿阻干戈，鬼難風災奈若何。上將威名班爵勇，通侯閥閲計功多。空聞晉鄙兵符合，長憶崔延壯士歌。惟有義民工草檄，揮毫不借盾邊磨。

送鄧嶰筠先生出關述德抒情感事悵別畢見乎詞

嶺嶠南維屏翰雄，溺驂雷合內遄訌。伏波故壘風烟在，橫海新軍節制崇。列辟動容嗟禍謫，幾人騰口頌膚功。艱難欲伴長途往，白首龍鍾未可從。

閫鑰戎機事事從，獨賢幾歲北山同。不欺豪髮公維有，太盡妍媸道亦窮。昌志偏教逢鬼難，乖時終信與天通。共知宣室需前席，豫想明年馬首東。

道遠行趨託咏言，後車鶴俸比乘軒。瞻烏尚想權輿屋，失馬誰參福禍門。完士我時慚許歷，大權公昔悔張溫。前在幕府，力勸陳兵斬英夷鬼首義律等三人。輪臺烏壘皆王土，益補忠勤答帝恩。

駐馬銜杯別恨長，平生商略與端詳。隆名盛位雖難久，讜論嘉謨詎可忘。邊地夕陽無限好，故家積善有餘慶。賜環早晚金雞放，尚擬聽歌到後堂。

遲嶰筠先生不至傳已自江西由湖北路行去矣

初聽遷行首重搔，津亭日日候旌旄。飛篷路已分江漢，悁脰情難釋吝勞。倦馬晚嘶西日杳，征袍晨捲北風饕。不嗟悲緒乖雲雨，同撫流年惜二毛。

杜工部省中題壁

封章初下眾同喑，此舉安危不易任。挾賞連兵按：此漢、唐、宋、明不幸皆嘗有之，前人用此四字大抵皆致其感憤同仇之意。狂狡計，樂天事小聖人心。惟同珠幣厭獯鬻，莫訝風車溉釜鬵。通籍侍臣多衮職，腐儒衰晚愧南金。

傳聞

傳聞夷舶震洋中，重平聲椗危檣浪打空。須信海神無暴橫，果然天道自明聰。宋人送人使高麗詩：『海神無暴橫，天子有威靈』，祝其平安也。茲反用之，以見海神奉天效靈應民也。粵中義民討嘆夷檄中有言其必被雷震風溺者，語劇痛快，今其言果中。書曰：『天視自我民視，天聽自我民聽』，天聰明自我民聰明，豈不然哉。殷宗不待三年克，諸將難爭一戰功。研北老生欣握管，新詩喜播捷書同。

寄姚石甫觀察臺灣

經濟槃槃仰大才，天心篤倚障(灣)[澎]臺。石甫蒙睿念特簡由監掣同知超擢臺灣道，頃遇咲夷弄兵，又奉特旨，命其籌度全臺事宜。柙中兕虎關機伏，海上鯨鯢讐氣回。石甫内安養游民二三萬人，外備咲夷具有勝算。咲夷不敢近。畺理周家維召翰，樓船漢將紀楊推。史記、漢書、南越傳：越船大於中國。樓船將軍楊僕既得越船，因推而前以挫越鋒，以推鋒功封將梁侯。臺灣道職兼緝理番民，稽查海船。良書一卷參微管，悵望嗟乖纓弁陪。石甫曩著東槎紀畧一書，專言臺事。

課小孫讀楚詞

呫嗶童牙識未開，且將香絜與胚胎。卻聽脆舌聲聲斷，時使剛腸鬱鬱回。『鬱鬱回剛腸』，杜句。賈誼傷懷傳弔祭，蘭成述作祖悲哀。他年大雅還能作，莫但詞宗辨體裁。

庭前無宿根忽生蕿草三本開花甚茂感賦

平生鬱鬱無歡事，老見幽花暫解顏。塵世那逢三秀采，休徵準慰二毛斑。傍階蛛綱牽絲貫，舞月龍拏照影還。鬚似鍼，瓣似爪，故蕿有金鍼、龍爪之名。別館北堂兩無預，錢蒙叟詩有『忘憂別館』，按：忘憂，梁孝王館名。又按：詩伯兮婦人思其君子，今俗以北堂專屬人母之稱，失其本矣。甘心也欲免憂患。

有自中州回者言黑岡決口災甚劇憫然賦此

雒陽形勢交和會，惟有黄流患可嗟。傳道滔天高雉堞，頓令安堵化蟲沙。繪圖難寫千家哭，湛玉來歌萬福遐。聖主殷憂采封事，嘉謨毋讓漢臣誇。

再續放翁七十詩句

七十殘年百念枯，那關時任競英圖。即看南海兵戈氣，未閒西窗翰墨娱。觀妙同門叩元牝，發書陳篋汰陰符。少時曾注道德、陰符二經，老甘息機，道德時所研尋，陰符爲無用矣。常時故友如相問，寡過虛隨衛大夫。

九日

城北登高眾與偕，還思年少挈尊膎。七旬依至名堪愛，陶公九日閒居詩：『日月依辰至，舉俗愛其名。』洪容齋謂陽數九爲老，久義也，舉俗愛其名，愛久也。余生辰在是月八日，今年七十，可謂依至而且久矣。四序平分日正佳。風景不殊今古氣，悲懽各繫異同懷。平生客淚思親盡，那望寥天笑適排。

送舊邑令趙子鶴移官粵東

使君夙有神明頌，幾處頻均膏雨培。飛舄忽看攜鶴去，折梅遠約報書來。劬垣鴻雁哀桐國，桐邑時患水灾瘴海風烟暗越臺。時番夷犯順，粵中正用兵。此別中心重惆悵，舊游回念阻追陪。

食貧

食貧幾許悲歡併，歷歷悽涼與目存。每感飢寒傷弟妹，欲將棗栗靳諸孫。百年後死知同盡，終古銜冤總負恩。判把空虛明了義，灰心小乘畢朝昏。

辛丑九月桐鄉書院落成偕文生漢光戴生鈞衡留此信宿作兼示劉元佐程佐庭

郊庠欻起漢桐鄉，純樸山川自一方。峻宇遥峯通一氣，秋陰暝色曖周堂。今來偶共壺觴聚，後會難憑筋力强。信識斯人多俊傑，不因興没待文王。

越警

南征三載頓天戈，望捷軍書喜又訛。竟擲泰山人莫瞶，經畧裕公謙殉師死比鳴越甲海重波。去歲失守定海，今又失甯波。朱儒嚄唶同無賴，螟螣咢夆總一科。爲想前朝籌筆將，蟲編永晝手摩娑。謂胡梅林籌海圖編

送故人子從軍

局促轅駒老更衰，逢憂喜見濟時才。貂蟬果自兜鍪出，宛魄應令笑口開。其父夙負遠志，賫恨早没。豈有孤兒成別隊，弇洲詩：『孤兒別屬子侯軍』。此子以九世單傳之身而出，此蓋危之。漫同蕩子(征)[逐]征埃。丈夫原抱安危寄，脱贈吴

鈎意轉猜。

答寄石甫

故人書札到經年，去歲海外所發念我能將心事傳。靡鹽時常懷靡及，先憂在昔倚先賢。元規塵起憎來涴，來書微有所斥驃騎言佳肯與元。余寄近著書。石甫復云：軍務倥傯，不暇深尋也。聞道軍儲還自峙，辦貲輕費買山錢。石甫有所存遺，故用郗超、許詢及深公等事言。

光律原存之既拓城西故居復新起小石山同人燕集共賦

輪奐居成信美哉，更移拳石象崔嵬。百年草木榮新甽，一曲樓臺認劫灰。暮景半城當落日，故人園坐促傳杯。門庭不斷常來客，白事無勞蹇簿裁。

重題光氏遂園

稀世文章歸去來，結廬人境隱城隈。思艱堂構肯基棄，面埶亭臺隨意(栽)[裁]。古無四聲，則讀平音非誤。拳石表靈雲起渫，雜花裝樹蝶飛回。遥知日涉遂成趣，兄弟相酬數舉杯。

鐙宮并序

連夜鐙暈徑尺許，圍三尺許，重輪外邊約寬二寸。卵色如天青，内簇紅霞如金在鎔，可六七寸。四面皆見厥象如宮，永夜不散。古今傳記未有言者。憶前歲曾三夜見之，隨有失意事。念此雖未必休徵，然亦斷非妖異不吉之祥。總之爲幻影，不得以情識非想妄逐，因名之曰鐙宮，而詩以記之。壬寅三月十四日。

華鐙耿燄籠瑛盤，推枕搴帷永夜看。一道規圍包卵碧，重輪霞蔚護心丹。諸方有佛燃傳易，從古無言狀語難。寂寞殘生正安道，那從非想幻奇觀。

雲書

平生多異夢，非人閒想因所有，然皆一夢即過，未有再者。惟夢見天上現文字及夢見先聖則屢更之。憶少時初次夢天上現忠、孝、廉、節四大字，方徑丈餘，青色，筆力勁挺，似顔柳體。甚可愛。於時雖無知而心隱動，因隨拜之。自後數夢天上現字，字稍小而漸多，方不過徑尺，或兩行，行十餘字、二三十字，或數十行，行數十餘字、百餘字。當時頗能誦其文句，覺遂不記。去歲爲先人覓葬地，野宿古廟神龕下，忽夢見青雲滿天，數千團湧布如羽林星狀。甚訝之。似一人謂余此爲潮花，須臾其雲悉變成字，圓秀似趙孟頫體，非復從前顔、柳法。頃之一行飄墜，余急以手承接之，似旌旂狀。其書横列，記内有故國瀛洲四字，末小字一行，不記。又似有人來欲奪之，旁一人謂其人曰：此非汝所得有也。覺而繹之，事景分明，然殊無謂。因思宇内事境無非幻迹，終屬人心之妄所召。王心齋於道焉能爲有亡，而負天一夢至今無下落。亦可見矣。自非真人孰能覺破道妄，矧固夢與！因感鐙宫事類而詠之。

古廟深更夜氣虚，勞生營魄夢魂蘧。豈言大道能先覺，不信仙鄉有故居。蒼帝製文昭化迹，青天垂象借雲書。他年時至行旌動，嗟唤龍蛇起未徐。

光律原存之同游冶父山同見謂舊俗相傳以此為區治鑄劍處殊未確或即春秋楚羣帥囚處略當近之因感作一詩

孱軀長恨負山游，聽説名山輒欲羞。内外有方皆不與，知仁交謝孰相儔。高懷俯仰嗟陳迹，世事悲歌想壯猷。便作夷吾起江左，休教對此泣纍囚。

早起

服勤早起生來便，不待朝暾射紙紅。素位我安行患難，持家誰避學痴聾。時危兵中憂方大，心寄詩書氣暫雄。昨夜庭花新雨足，羡他生意樂無窮。

即事

嶺外歸來鬢已霜，感懷身世特兼常。郢質故交俄宿草，（去歲毛生甫没）鄧林遺杖竟連岡。（傳聞嶰筠尚書卒於貶所，連岡，諸侯之葬地也。）飛蟲集蓼無辛地，游蟻封槐踵幻場。脆促百年勞起伏，夢回撫枕獨淒涼。

重咏鐙宫并序

連夜鐙暈益大，徑可二尺，圍約五尺許，其輪邊碧色外又加絳色一重，異而重咏之。

煇珥重光月有闌，華鐙彩翠亦成攢。獨夜無人四壁靜，兼旬繼長幾回看。學道漸拚忘禍福，感時暫欲易悲歡。朝來乾鵲巡檐噪，併作禱張幻喜端。

愁絶

屈平杜甫並王臣，蹇蹇由來事亦均。百代英靈雖共盡，千秋詩賦自常新。難求深隱招魂意，正值蒼茫鬬將辰。憑語老夫懷抱惡，不知愁絶爲何因。

病中書懷

不眠幸喜宵分短，抱病偏驚晝景長。九卦漫陳憂患理，千金難買扁盧方。每因爰兔傷罦離，詎省臧羊共穀亡。我欲安心無覓處，若爲消息墮微茫。

馬公實幼白兄弟於其先壟玉屏山蘭若旁新構山楹丙舍各一區於時享祀於時游眺為題一詩兼示元伯

玉屏蘭若亞連岡，連岡，諸侯葬地，後世亦通於上下。更繚周墻啟榭堂。伏臘歲時承祀遠，丹楹刻桷照山光。見看野水平疇白，即想秋林落葉黄。判擬同君返遥夜，雲巖迴望月蒼蒼。

贈姚易卿

姚子清貧世所無，誦芬肯自怨榮枯。古民不惜稱三疾，魯國纔驚見一儒。敝箒蟫魚收破卷，高春鶊雁極朝餔。嗟余陋巷無車轍，剥啄時來就病夫。

壬寅五月撰病榻罪言畢因題一詩

鯨鯢京觀未封尸，海水羣飛似不支。丹漆有皮爭棄甲，金湯折柳謝樊籬。敢將微賤憂天意，漫託虛空餉遠思。《楞嚴經》：譬如以頻伽瓶貯虛空以餉遠。宋人詩：『平生相約濟時功，大似頻伽餉遠空。』老死端無陳事日，新書始見屬詞時。

寄餞石甫

石甫任臺澎道四年，召募義勇三萬餘人，挫敗嘆夷。嘆夷憚之不敢近，故連年浙、粵、江南皆喪地失守，而臺獨完。嘆夷忌惡之，誣訐致抵罪，被逮入都。

威名海外讋鯨鯢，豈謂論功亦數奇。抗疏盈廷無耿育，撫箏雙淚感桓伊。敵情知喜長城壞，民志虛殷卧轍思。臺民數千人簽呈日訴於大府行臺，涕泣保留，不準。獨恨遥途艱出餞，待尋初服話歸期。

感錢江并序

錢君客粵，少年鋒氣，倡募義民萬餘人，布檄聲討嘆夷。斬其酋首，撤其夷館。嘆夷憚之不敢進粵内洋。乃竟以任事太鋭得罪。

憐君晚讀留侯傳，剛未摧柔難始屯。豈謂求婚翻利寇，錢君上書當事諸公，求主畫諸禦寇，匪爲寇也。那知非罪竟危身。射潮枉費三千弩，錢，浙人，蓋武肅苗裔。脱劍同慚五百人。我欲要離近穿冢，天邊魑魅若爲鄰。

喜聞嶰筠先生賜環感而賦此

聞道先生生入關，喜心翻倒劇思患。黄河惡浪何嗟及，中牟決河較往歲黑岡更甚滄海横流詎等閒。海氛未全靖聖主殷憂崇北極，名流今望闊東山。闊字本顔延之用抱朴子意遥知攜手河梁際，對泣羇人慘别顔。謂林公則徐

重有感

行省威名舊與齊，玉關西去手重攜。功名銅柱蠻煙遠，道里金河塞草迷。不死卷葹心任拔，無言桃李徑成蹊。千秋恨别文通感，絶域於今卻並題。

喜聞石甫釋罪出獄用東坡西臺詩句示伯符

聖主如天萬物春，爭傳解網頌湯仁。特寬廷平矜疑獄，衆選咎繇聽直臣。遭命忽更逢造命，趙岐注：孟子三命，行善得惡曰遭命。致身誰忍但謀身。此合用孫性父語及越語意秪

今外國應知懼，宣布中和自海濱。

天公大笑本三時，丹檻雷霆倏忽移。竹杖芒鞵欣得意，紅泉碧澗助忘機。石甫出獄，即往游西山檀柘寺。交無鮑叔囚終脱，此如東坡蒙特恩意愛有桐鄉死不辭。臺民愛君如同鄉況復蘇家好兄弟，千秋留誦柏臺詩。石甫有別兄伯符詩

哭張亨父旅殯

慘澹驚看旅櫬孤，傷心楚老惜吾徒。鼠齧肝臂疑難問，歲月龍蛇讖欲符。今年歲在卯，明年歲在辰。亨父以十月卒，較康成之讖僅先三辰。石友生依還我殯，嬰兒中路愴誰呼？亨父隨石甫入都即館於石甫，今石甫復攜其柩至桐，將令其孤來迎喪焉。春星揖別經年記，逝水流光異代徂。亨父過桐別去，甫經年，年齡超忽徂逝，遂如隔世。

諸葛武侯隆中抱膝圖

三分事業出隆中，遺像千年畫里逢。蕞爾不殊莘渭土，囂然同樂皞熙風。見蟠蠖屈崢嶸氣，隱伏鷹揚戰伐功。不是炎劉基末命，誰能於此識真龍。

正月二十五日

門闌喜氣盎新春，老去歡娛異衆人。樂餌偶令過客止，薪芻昔念所親貧。梵劫茫茫心已斷，駒光悄悄迹同陳。平生通蔽疑蘇子，願結來生未了因。

石甫蒙恩釋獄詔發往四川以同知知州補用於甲辰二月由里赴蜀

莫悵青天道上難，帝恩無外遠人歡。錦江鷁泛春波暖，劍閣雲開驛路寬。黄霸未登嘗佐郡，漢郡太守屬有尉有丞，比今同知、通判。黄霸由河南丞歷廷尉正，遂爲丞相。展禽三黜耐卑官。柳下惠爲士師，三黜不去，故曰不卑小官。蜀山會藉威名重，杜公詠嚴武：『公來蜀山重。』不待三刀話夢端。

重送石甫即用其留别詩韵

春風泛泛麥苗肥，送爾同驂上路騑。自識出山爲遠

志，莫將小草寄當歸。生涯杜甫依嚴武，文字張華重陸機。筋力縱强頭已白，可能契濶不言悲。

石甫釋罪發往四川以同知知州録用樹作詩送行有展禽三黜耐卑官之句石甫至蜀大吏以補順慶府屬之蓬州詩若讖焉石甫遺余書封面結稱展和自注石甫晚號云殆將易曩昔莘野之任更師當年柳下之和用酬余詩意此即韓公歛退就新懦趨營悼前猛之指於道若進於氣則衰矣因復寄二詩用廣其意以張之

金雞放罷向西川，儒雅風流亦自憐。用庾信枯樹賦稱殷仲文語意海外歸翻典屬國，時札雅藏僧呼土克圖搆兵，大吏以石甫備使往解。東坡詩『屬國新從海外歸』，但借用其姓，非實爲屬國。今石甫從海外歸而膺此使，則實有典屬國事任焉。故借用東坡語。瀛洲登果上淩煙。石甫曩寄余書謂，臺灣即古三神山之地，嘗爲詩記其事。今補蓬州，蓬亦三神山之一名，或者奉使功成歸畫淩煙，爲登瀛之兆與。天不假易，古人功名皆成於艱危之中，石甫其無疑。宏文重去聲得相如檄，空道惟應博望穿。駐藏大臣以道路不通糧餉阻梗入奏，則此使於張騫、相如鑿空通道之功爲尤切。試勒奇勳追漢使，莫希和德倚先賢。

知咎詩狂惱舊題，來書屢言詩讖，悔其舊作。報君休吉亦端倪。官曹畫閣蓬瀛上，使者論功大夏西。萬里相侯飛食貴，來詩有『男兒骨相不封侯，也合身經萬里游』之句。三刀占夢益州齊。蜀中儻有君平在，憑數行年付卜稽。

乙巳九月張佑孚招游龍眠雙溪

十至龍眠未有詩，藏胸久負許多奇。清時宰相歸來早，張太傅文端少時讀書處，予告後優游於此者九年，薨即棲神於此。諭葬墓在焉。名士山莊在處疑。伯時山莊據蘇子由所題凡二十處，元明以來，皆不能指證確驗其所在。白首蒔松鱗盡長，太傅用東坡『白首歸來種萬松』語築堤種松，名萬松堤。青雲臨泮翼猶垂。李公麟垂雲泮也。太傅有詩自註甚悉。翼字用姚姬傳先生游記語。何人爲貌同游侶，會(訪)[彷]山陰繼伯時。李伯時畫支許共游山陰圖

乙巳九月十五日家仲山大令招集里中諸老自七十八十以上凡九人為九老會余以七十有四與會因呈同座即用長慶體

重將九老紹唐賢，盛事還堪繼樂天。壽寓不殊長慶日，嘉辰喜值太平年。都忘帝力歸何有，未免鄉人亦可傳。一會一年當滿月，再看八十一回圓。

十九日展重陽復舉九老會再用前韵奉呈諸老

尊酒何分聖與賢，但期無負菊花天。若爲帶綬過三爵，多謝賓酬侈萬年。二句皆用曹子建詩齊契今朝偕老守，孫楚詩：『齊契在今朝，守之與偕老。』虚名後世任人傳。即張翰意卻愧中厨乏豐膳，用曹子建庶羞充溢秖方圓。方圓謂豆籩也。充溢方圓見南都賦及王仲宣詩。

蝠山吴丈以書達諸公極言不宜數會用前韵調之

不論羣居博奕賢，含餔鼓腹戴堯天。敢齊憲乞偕朝杖，惟共靈椿祝大年。冥靈，大龜也，與椿爲二物。行樂當思時是及，偷閒屬幸老而傳。若逢援止君須止，莫倚高情説惡圓。

張丈許餽名酒為會繼而酒不至即用村酒為會用前韵調之

舊醅雖濁亦稱賢，麴蘖何曾有二天。俗呼麴爲酒孃下若中山同一醉，西鄰東老各千年。先生烏有從今化，處士虚聲在昔傳。知是膠西趙明叔，是非空忘兩都圓。

姚庚甫輓詞

悲君薄宦老偏屯，想像平生不可論。贈竹人嗟名父子，君爲惜抱先生冢嗣張羅客冷故恩門。情因歎逝交仍密，用陸士衡歎逝賦意，凡兩層。話到傷心語復呑。最是繐帷悽絶處，白頭扶杖泣元昆。伯兄問漪，薑隖太史冢孫也，年九十。

悼湯海秋并序

海秋與余未面而甚相傾倒，前年寄其所著浮邱子一編，去年余報書甫達，而君遽歿。檢篋中故書字蹟如斜風急雨，感而賦此。

海內知名有數公，如君真作出羣雄。陽城諫草盈廷動，蘇軾文章並世宗。死友赴喪淹去馬，舊編塵篋感驚鴻。交期若許黃泉盡，此恨翻知會有窮。

上阮相國

樹自粵東歸後，不見先生幾二十年矣。去歲辱賜書，過蒙獎飾，呈此答謝。

八十辭榮稱避賢，爭占一老重南天。周家平格惟稱召，唐室文章更寵燕。燕許並稱而燕公尤著。彝使問安來海國，通儒著籍輩曾玄。公門下著籍盡天下知名士，自言有第七輩門下門生。康山便抵東山望，公邸第本在北湖，近始定居康山。絲竹還應謝簡編。

樂壽天全未遽央，平泉晝錦日舒長。緑窗戀闕吟鶺鴒，歐陽公鶺鴒詞白髮觀雛蠟鳳凰。題集舊原名一品，戲賓新約法三章。魏顗無文學，虞存戲之曰：與君約法三章，談者死，文筆刑，商略抵罪。卅年幕府寒氈客，强索蕢茅賦七襄。

吴蝠山輓詞

論交舊德人今少，歎逝新年感倍增。九老肆筵亡祭酒，近日本事羣材取值失陳繩。蕭條宦橐巾衫敝，清節家風物論稱。劉劭人物志以延陵爲清節，家君爲種之。太史仲子春麓侍御仲弟奕世仕宦，而清貧特甚。若把田園易圖史，猶堪數富及雲仍。龐籍詩：『田園貧宰相，圖史富書生。』君藏書甚富。

書宗人雪舟自作生誌後

平生有願待奇才，倦眼金鎞爲爾開。學一先生爭閱卷，未孩嬰孺總凡胎。文章乙丙魚能辨，晁補之詩：『文章萬古猶一魚，乙丙誰能辨腸尾。』骨相三壬命可哀。聞道浮山可埋骨，(龍)[壠]頭掛劍識州來。謂萼亭仲甫二吴君，事見本誌。

丙午除夕并序

除夕傖父題，平生雅不欲作詩。丁丑及今兩以屯患爲之。陶公云：『今我不述，後生何聞哉。』夫三十年爲一世，而阸窮如昔，亦可當小劫一年譜矣。初不欲存，今仍補録。

七十五年過除夕，今年貧果並錐無。始疑受食非真佛，今悔謀生病大儒。寠藪薦盆防穴鼠，瞻相誰屋止爰烏。寠藪，如姚薑隖先生解，以承藉牙緻爲義，不必實爲何物。蘇林顔監注皆失之。則二字作虚字用，故可與瞻相屬對。本有一山長講席用瞻朝夕，因有讒沮於當事者，遂被裁奪，故貧益甚。海枯魚爛從他見，自抱元珠燒劫餘。

丁未除日喻冲阡成誌感先祖妣胡太君暨先繼妣吴太君合葬

一日三迴斬板封，堂坊未稱小山宫。袁安實幸三生遇，韓信虚規萬馬容。祖妣畀烝成似續，子孫引極願來崇。自傷擢髮瓶罍恥，那畢松楸謝責躬。三世遺柩七，今皆畢葬。

戊申至日咏懷并序

余年近八旬，老而益困。寒泉不食，四方靡騁，雎風窮巷，堀堁揚塵。感莫景之崢嶸，嗟徂衰於時命。託爲茲咏，情見乎詞。

戰罷玄黃見一陽，若爲乘化去堂堂。五更闔闢爭天地，百代英靈送渺茫。債酒莫謀今夕宴，生年況過古稀强。命衰不用包犧問，一任窮愁共日長。

心中雖吉外頭凶，西天二十七祖般若多羅尊者記語數命難將一理同。不捷徑還成步窘，任乖時那與天通。空山霧雨徒藏豹，稀世功能枉豢龍。又見窮愁隨一綫，强持喑醷作悲翁。

咸豐元年二月予將赴祁門石甫蒙特旨簡放督理湖北全省鹽法道過家赴任余時年已八十未卜後此能復見否相與惜别口占二絶句為贈

吴興世德冠青霄，謂端恪司寇、薑隖、惜抱二先生嗣祖如君未寂寥。閩嶠有碑同峴首，君前爲臺灣令，後爲臺澎道，皆著德政。魏宫歌妓莫輕嘲。世説：羊叔子自佳，亦何與人事，不如銅雀臺歌妓。

曾官都轉佐先朝，道光甲午，石甫以監掣同知權兩淮運使，實由特旨。特達殊恩今再邀。千古奇功比劉晏，歡聲沸湧漢江濤。

重別石甫

出處異身謀，無爲惹別愁。人天我成佛，事業爾封侯。不朽憑三立，都爭第一流。如今人不信，後世看傳頭。

前別石甫詩有封侯之語石甫瀕行復奉新命改赴粤西軍前因作二詩以實之

籐峽功名王伯安，滿隅真足愧三孱。書生自有平生志，投老齊名説靖蠻。

君今承命佐元戎，指顧能收戰伐功。莫道封侯無素挾，陰符一卷在胷中。

咸豐元年二月將赴祁門東山書院講席及門諸子凡十人共餞余及姚石甫於光氏之遂園并作為序文各賦詩以寵行余深懷愧恧作二詩答謝

共道衰慵行路難，都忘惜別轉餘歡。共將小魯齊名義，敢比爲言海水觀。

國子先生老亢顏，招予進學秖欺謾。貪言欲報齊桓好，謂唐魯泉多恐緇衣愧授餐。

再贈石甫

石甫當筵賦詩，意氣甚豪。余謂昔唐白孝德臨陣策馬度水，意氣從容，人決其必能破賊。今亦以卜石甫必克奏膚功也。

名園別酒醉酡顏，老去豪情未肯删。想見當年費文偉，圍棋更軼謝東山。

東山書院題壁并序

昔齊張融作門律曰：昔有鴻飛天首，積遠難亮。楚人以爲鳧，越人以爲乙。人自楚越，鴻常一耳。此言可爲大通。余今年屆八十，來主祁門東山書院講席。暇日無事，因思謝太傅隱東山，殷深源亦隱東山，左思、孫興公皆言經始東山，而五祖居黄梅傳法六祖，號東山法門。感此數事，故遂爲一詩以見意。

一鴻天首邈難攀，楚越殊觀任等閒。我更法門開五祖，高名殷謝欲齊删。

王餘集

卷一　古今體

瞻園雜詩

江左有名園，歷世五百載。山池緬若新，盤石亦未改。借問作者誰，元勛前代宰。虎步振八荒，膺揚加四海。功成崇燕胥，結搆極崔巍。樂來固有盡，運往逝難待。既作官府居，聿俾旅人逮。目覩巖壑奇，想當居處塏。英靈或來歸，榮華竟安在。

聿居慆日月，撫景敓千端。早柯延清旭，素壁升晶盤。皎皎疑粉白，灼灼共霞鮮。向夕來翔鳥，當晚聽鳴蟬。秋華未榮桂，夏景已殘蓮。淒其試絺綌，不覺池上寒。欣兹日多暇，惜彼世少寬。斯賞豈余獨，得閒聊所安。

悲泉始縣車，淒陰來浩浩。言秋氣已寒，非關霜露早。中庭行獨往，滿逕生幽草。晞池愜游鱗，睇木悅飛鳥。謝公不在兹，空知時物好。

仲秋陽日衰，氣返水始涸。方池既清淺，但見白石鑿。駐雲識天空，濯柳憐條弱。陰霞夕霏霏，浩月夜漠漠。得表中園靈，豈不在一勺。媚此景澄清，邈爾心寂寞。抱素獨閒謠，余懷良可託。

磊磊磵中石，積之成奇峰。下池七盤磴，上挺百尺松。目洞怵幽顯，尋蹊辨歧衝。暉清景猶霽，籟息響愈空。陰晴氣先變，疑若有靈蹤。莫謂兹山小，直道藏蛟龍。

雲鶴千里翮，徘徊獨無依。俯視見喬木，翩然遂來歸。虬枝榮且茂，始欲爲高棲。喬木亦何求，雲鶴自所希。夜來清月滿，白羽相交輝。此蔭聊復樂，明旦何處飛。即事悟遷運，憺爾遂忘機。寓形各有託，奚覺有乖違。

甲第高王侯，泉石畀幽賤。具美良獨難，既有情所戀。中園與俗絶，撫景不可選。秋陽有餘清，卧起檢殘卷。夕嵐既當窗，林影始在面。遠雁聞遺音，泠風交習善。苟非池上聞，安知雲影變。陋彼蟋蟀篇，太康以爲譏。

將去金陵留别諸子

茂器睠瑚璉，秘寶蓄東序。希聲悵不存，承風慨無與。靈珠自量漢，芳流終歇楚。前載鑒不遠，伊好洽匪紓。自爾頃介居，及我來旅處。傃幽等拾芥，清文遂投紵。春甸每聯屐，宵盤或秉炬。淹留江海心，嬋媛膠漆侶。歸客悵旋駕，揚舲戾江渚。浩蕩越風波，儃佪入浦溆。傭書在爲養，訪對將誰語。瑤華暫兹輟，尺牘期藏弆。香蘅如未歇，無歎佳期阻。

胡公子索贈

神淵無渾流，桂林邈凡榦。翩彼褒屐賢，名家不可謾。茂宰康世運，臯禹欽日贊。裘冕歷南行，江介息呻嘆。文軌籍芳塵，聲明識英粲。道情在隆民，昭融契霄漢。緤組講未輟，曳裾盛儒館。清池集鴛鷺，野鶩同舒散。郝經滿貯腹，甯衣短至骭。昔聚記烏衣，今依淹鵲岸。幸從纓弁陪，詎止膏粱冠。論文憐昔賞，對月多新翫。承風採餘葩，若虚收頑愞。弓裘有舊體，年華及初旦。方當萬石齊，甯誇文賦爛。君子亮自勉，牽率媿蕪翰。

長干寶塔歌

大長干，小長干，江上不識長干處，共指寶塔隱雲端，望見何止百里閒。阿育八萬四千塔，幾處埋没遺榛菅。道人建立依故地，寶骨不見空林泉。薩何高悝迹相繼，拙髮掊像感至虔。就中造塔事屢更，僧(伽)[加]三級仰可攀。千年勝蹟幾興廢，永樂後來尤壯觀。飛龍北極跨四海，文母先歸不相待。遂起浮屠比魯廟，紺園龍鶩生光彩。內府輸緡七百萬，陪京役匠三千載。天帝下觀魯班慓，流汗不揩何漼漼。飛甍湧柱壓雙闕，鬼物瓌雄森動魄。至今來觀逐遠近，當時合沓傾邦國。雖無張繇運丹青，日月照耀開金碧。常嗟梁武躬改掘，釧鐶金銀滿龍窟。惜哉兩刹制猶儉，如此何異咸安作。長干爲客身獨閒，登高訪古起長嘆。六朝樓觀煙霧盡，李白橫江吟瓦棺。豈如此塔神靈力，扶峙常伴石城守，鐘山突兀共起撐。清寒昨夜涼風吹，素魄橋上歸來立殘夕。舊聞異事今見之，銀河倒地向天直。又疑陵陽揮釣車，白龍銜鉤忽起立。是日在文德橋望見塔舍利光如匹練，上下亙數十丈。人云見此有勝緣，以何護念蒙慈力。雖然不可得思議，要信法身常湛寂。歸來卻話同舍子，言語不不空咨惜。奇情異境難具陳，作詩追目誇出真。君不見慈恩高標迴烈風，杜陵雄筆壓諸公，登臨翻易感飛鴻。

乙亥秋月夜泛舟江行自池口達皖口

獨夜一舟檣挂斗，江心有月波不受。舟人擊汰光復碎，渾流東奔西月走。坐對翻成被月惱，涼露滿衣一揮肘。何用持此報人間，萬户千門正蒙首。君不見從來魯國賤東家，路人共指喪家狗。

題錢武肅王太湖水府金簡告文

『爲錢蘊山大道弟子天下都元帥尚父守中書令吴越國王錢鏐年七十七歲，二月十六日生。自統制山河，主臨吴越，民安俗阜，道泰時康。市物平和，遐邇清晏。仰自蒼昊降祐，大道垂恩，今則特詣洞府名山，遍投龍簡，恭陳醮謝，上答元恩。伏願合具告祈，兼乞鏐壬申行年四時履歷，壽齡遐遠，眼目光明，家國興隆，子孫繁盛。志祈元祝，允協投誠。謹詣太湖水府金龍驛傳於吴越國蘇州府吴縣洞庭鄉東皋里太湖水府告文。　寶正三年，歲在戊子三月丁未朔二十六日壬申投。』右文字畫遒勁端麗，有唐法，未知誰書。相傳國初太湖漁人網得此簡，誤以爲銅，質於蔡氏。蔡氏式微，子孫鎔其金而分之，故拓本絶少。江君藩得此以貽王裔孫廣東候補知縣鋘。鋘卒，其子漳乃以端谿緑石雙鉤重刻，屬東樹跋記，並系以詩。攷戊子乃唐明宗天成三年，歐史謂吴越奉唐正朔，不改元。吴越備史則云曾改元寶正。此簡可以爲證矣。江君云：王生於唐宣宗大中六年，至天成三年符七十七之數。卒於明宗長興三年，年八十一。與五代史合。然生於二月十六，史不載也。

錢王迓天命，爲文告水府。湖水千年緑未乾，居民尚説湖山主。金簡卻從何處來，太湖漁子歡顔開。蛟龍睡去夜叉醉，百尺網載波濤回。高詞壯意人不識，既醉之詩備五福。當時鑄簡輕黃金，至今遺文重尺璧。嗚呼江翁好古士，取贈王孫攷遺事。寶正之元當天成，江翁下筆成敦史。俯仰陳迹幾經秋，一劍霜寒十四州。江東處士不得志，越國山川空霸圖。

馬小眉空山讀易圖

空山寂無朕，萬象靡不具。而況爻卦縣，苞符託呈露。善者雖不言，豈能吐文句。十翼成暮年，聖心極精鶩。惜哉漢諸儒，專歧鑿象數。至今荀虞家，安援商瞿助。此近人講漢易者語云爾，詳余所著漢學商兑。吾嘗特著論，力闢榛蕪路。不知學士林，疇能共心素。想像巖阿人，時與羲文遇。

贈姚石甫瑩

姚子信奇士，總髮能爲文。揺筆湧江波，但覺腐俱新。哆口出大言，時觸長老瞋。弱冠取科第，一舉不再勤。出作赤縣尹，黠猾斂手馴。峻刑克强梗，獨用酷爲循。始疑終則信，誰嗣歌前民。惡有言國賢，語麤反遺醇。斯人有至性，至性能順親。孝哉人不閒，友誼動鄉鄰。毛義奉檄喜，曾參爲養貧。豈知無縣者，千鍾如過蚊。

贈管異之同

管子誠獨異，南國略無倫。嘉名肇自錫，含意具難申。併合盧馬趣，結交在一身。例乃纂韓愈，義不諧靈均。誰當解意表，吾其代爲陳。阮瞻混名教，曾點志莫春。汇乎邱里言，甯復喜惡徇。昔在列禦寇，感豫昧厥因。已矣莫相告，敦杖唏晉人。君諒自覺悟，小言安所歆。

贈梅伯言曾亮

葛相及陶令，千古兩奇英。出處雖偶異，性量適均平。君欲往參之，取亮而讓明。亮以爲實體，明用由虛行。不見日與月，無私斯至精。君諒有高識，復此顧思名。常恐當孤往，獨見或未瑩。每嘅通蔽妨，亦使疑平生。願君勤自淑，逝勿惜其情。絶四歸無我，致曲先有誠。特此晞陶葛，異代如可并。

贈陸祁孫繼輅

故人從薄宦，多病復長貧。雖以文爲富，常將藥裹身。不進亦不退，羈旅皖水濱。我居近百里，相望若比鄰。自從相識來，情親故無倫。賞趣君過謂，餐勝我彌歆。逢人輒稱佳，訾誹絶不聞。友善及天下，尚論窮古墳。一一託豪素，高情良具陳。始信明德後，累代多達人。

靈泉詩爲宿松侯廣文

宿松學宫側有靈泉觀，舊傳梁天監時有匡阜真人因疫施藥盡，插劍湧泉，病者飲之立愈。今久廢涸，廣文侯君至，濬之復通。

原泉不擇出，湧地無時已。所以孔仲尼，亟稱水哉水。斯義足證道，匪同荒怪理。神仙何渺茫，陋説殊甚鄙。盈科復放海，有本皆如是。君看一勺多，會有蛟龍起。莫信韓子言，釣魚思遠徙。

繁昌三山三華庵庵爲僧山若斯開，係前明遺老。

江干尋古寺，紺宇帶平原。一逕繞流水，孤花香斷垣。院深禪榻静，佛古法容尊。爲問開山事，滄桑不可論。

隱仙庵看桂花因聽道士王樸山彈琴

何處尋丹桂，微風香梵林。悠然法雲外，花雨坐來深。夫子金陵隱，琴彈静者心。爲貪山水趣，歸去月鉤沈。

鷲峯寺題達長老方丈

寶地開香界，花宫静梵塵。院深松閉目，窗迥鳥窺人。觀世三乘運，開堂四諦陳。不因愛禪寂，自覺宿心親。

問訊安禪理，門前倒刹竿。法輪無色相，明鏡自臺端。香飯鳥爭下，蒲團月任殘。欲陪清梵末，翻恨乞身難。

靈谷寺

寶誌遺踪迥寂寥，鷹窠不辨草蕭蕭。秋來靈谷西偏路，一抹青山認六朝。

金山

岷源萬里海門遥，到此風濤勢更驕。水底樓臺開澒洞，雲閒金碧建霞標。衲裘玉帶風流在，畫鼓珠衣戰蹟銷。咫尺腥風愁欲渡，蛟鼉憎客激寒潮。

登北固遠望

回嶺縣江入望遥，廣陵城闕在青霄。（本輿地志語）帆迴水鶴飛爭起，日暮靈鼉舞更驕。一自蕭公來北顧，始知天險限南朝。不須重憶孫盧事，海國樓船鐵騎銷。

丹陽口號

篷窗擁被櫓聲遲，四月輕寒夢不知。一夜丹陽來急雨，暗潮生渚草平坻。

惠泉

夜雨篷窗殢酒眠，曉來漁艇起炊煙。輕雲籠樹琉璃碧，指點青山過惠泉。

過皋橋望見寒山寺

澄波窄港細通潮，望裏寒山寺寂寥。閒倚篷窗看朝雨，淡煙十里過皋橋。

姑蘇

貞娘墓上草離離，短簿祠前柳倒垂。行人繫纜春水碧，便是蘇臺覽勝時。

平望

遥林散江霧，水氣益昏昏。落日見漁榜，青春迷旅魂。方將隨越客，西泝浙江源。但恨征鴻斷，鄉音渺故園。

湖心亭

空水摇金碧，天雲漭四圍。風花蕩春影，化作彩霞飛。鄰女暮猶浣，漁舟晚未歸。鐘聲何處動，遥聽遠風微。

出三江口

客程窮水國，計日屢經旬。海色生石鏡，江聲下富春。鳥邊棲蜑户，波際見鮫人。莫道殊方惡，詩懷浩蕩新。

秋日南城即事

暮天摇落雁聲哀，晻靄層陰澹澹開。最是金風無近遠，丹楓如火送秋來。

當時聞説滕王閣，南浦西山夢想閒。不信盱江經歲住，麻姑山好未曾看。

歸夢遠縈江北柳，遺愁偶憶浙西山。那堪濁酒芸窗下，坐見寒林鳥倦還。

織女闌干夜未央，彩雲如月散秋光。盧能漫頌菩提樹，庭柏森森是道場。

春夜陳氏園

深院閉華月，蒼蒼樹杪浮。微風虛籟發，如對野塘秋。棲鳥宿猶喚，山池聚未流。從來抱羈恨，此夜轉悠悠。

新晴早起聞百舌

卧聞百舌弄朝晴，起聽新聲耳暫明。三月春愁渾不覺，五更鄉夢倍關情。偷將么鳳雛鶯語，故傍殊方客地鳴。郤笑卮言巧何用，秖今猶自滯江城。

觀棋

白屋無端出將才，指揮方罫陣圖開。人生富貴真兒戲，會睹宣城太守來。

奪角衝關語未親，浮山禪師上堂語眼前得道始通神。纔知爭守成皋塞，僅勝趨邊作罫人。

出險求生思入神，白登奇計欲身親。苦言務不關經術，韋曜何曾是解人。

臨川寄孫岌之五丈

客里情懷少未諳，無端引緒似春蠶。敬通顯志徒章妙，方朔懷能可易談。搔首幸無嗟短鬢，許身真媿比雙南。丈人自有郊居賦，潦倒風塵獨不堪。

暮春

楝花開遍尚輕寒，三月春衣未試單。鴻雁不知征客恨，帶將鄉淚到江關。

曉發彭蠡望小孤一帶諸山

際曉過彭蠡，秋帆故國還。蒼茫江上望，山色有無間。陽鳥來偏早，孤雲去獨閒。琵琶送客處，楓葉滿寒關。

赴潁州作

新歲又于役，行行渡潁河。夢隨荒月曉，心逐旅鴻過。樹是江南碧，風驚塞朔多。黄雞休早唱，愁聽汝南歌。

寄姚庚仲孝廉

十載京華指倦途，未能捷步到天衢。才名汝自傾吾黨，風調人言似酒徒。入幕偶隨珠履迹，承家終見鳳毛殊。江南秋雨秋風夕，文酒追嬉憶得無。

寄陳碩士太史

故人今在列仙班，下直仍依霄漢閒。一自輕肥羡裘馬，更傳詞賦到江關。朱弦曾共彈幽曲，清夢猶能憶舊顔。最是西京重文筆，鳳凰池畔有名山。

偕馬十二迓衡游劉氏勺園時牡丹三百餘本未開迓衡赴山右甚惜其不及看也

垂柳陰陰滿大堤，名園攜手趁花期。芳菲不與春風競，款段偏深下澤悲。三月他鄉還惜别，十年歧路各相思。與君暫止飄零恨，且對芳尊共詠詩。

劉園牡丹盛開卻寄迓衡

到門芳氣逐人來，萬紫千紅繡作堆。相憶故人前日去，不知濃豔異時開。闌邊鬥色宜宫錦，風里傾尊倒玉醅。欲寄采豪向花葉，故應媿爾馬卿才。

有自劉園來者言牡丹為風雨所敗惜之

九十春光去底忙，鶯花黯慘惱東皇。開如旅夢消無迹，化去芳魂住有鄉。吴客正思青玉報，齊奴新悼緑珠亡。多情更與西園蝶，收拾花鬚付蜜房。

皋城寒食

二月東風柳弄黄，漫無情興逐年芳。不知春事渾無賴，雨洗花枝故故香。

寒食年年客未還，託居猶得近鄉關。紅桃緑柳知何限，不爲愁人暫解顔。

陰雨連朝困晝眠，新晴乍見草芊芊。故園春色如相憶，不見桃花近十年。

奉寄姬傳先生

當年杞梓徧龍門，高弟傳經業並尊。再世彭宣同入室，衆中王粲倍銜恩。讐編盡付風前葉，步屧曾偕江上邨。十載豫章猶不辨，漫看樗散自乾坤。

潛山望天柱峯

漢武登封處，名山此著傳。白雲遮不盡，奇秀自參天。高鳥長虹外，飛泉落照邊。龍宫纔咫尺，無計躡層巔。

稻孫樓呈甯鞠谿刺史

米老風流盡，寒雅故蝶存。我來重登覽，復見稻生孫。人吏閒公府，牛羊被遠邨。尚思寡婦利，莫使有遺恩。

自題王秀才笑集

自丙子斷文字緣，非曰學道有牙，直以憂患哀酷，萬念灰冷，分甘息機。偶有酬應感興，顔之曰王秀才笑集。

饑餐菜葉飽攤書，鶴膝蜂腰豈識渠。傳語豐干莫饒舌，無人知我是文殊。

輓張阮林

聞君欲就千秋業，兀兀遺經手自編。豈謂未成高士傳，荀君已到獲麟年。君著左傳補杜，已卒業。

千里傳來冀北書，鐙前把卷共姚徐。徐六襄比部自都攜君所著左傳補杜及詩集，與姚石甫商爲刊布。鼠肝蟲臂休相詫，但有遺編尚不虛。

題黃河飲馬圖

南北天涯各問(律)[津]，勞生萬古此駪駪。纔看博望乘槎去，又有臨流飲馬人。

君僕痡兮君馬瘏，知君渴欲飲江湖。但看滿腹如君馬，小婢河神解笑渠。

題我度我圖

當年把櫂下曹谿，萬水千山去不疑。更與君參無我相，眼前面目卻爲誰。

管異之女病痼醫藥罔效忽自言宜食青蒿投之立愈異之作詩紀事

知爾前身是善財，妙因偶爾化珠胎。活人大地皆靈草，曾與文殊證道來。

吴石士太白樓避債圖

歲暮高祠回酒船，謫仙相伴故翛然。詩成一笑渾無事，江上清風不論錢。

題管異之文卷用陳碩士學士原韻

學士原唱及嶰筠中丞和作皆用傳衣事，以惜抱付法在君矣。昔人錯答大修行人不落因果一語，五百生墮野狐身，余故以百丈相勉，亦朋友助修之恉也。

當年我亦輕神秀，智過於師秪未能。莫倚諸方盡驚倒，上堂仍誤野狐僧。

客有作鍾馗憑几畫菖蒲花旁侍二奇鬼嶰筠中丞命題

狗馬偏憎魅易圖，淮南子：畫工好圖鬼魅而憎圖狗馬，鬼魅不世出，而狗馬可日見也。喜神新譜與梅殊。當時若使遺山見，不敢輕嘲鬼畫符。

一史儃然盤礴羸，碧蘿在眼髮鬖髿。驚心宜笑仍含睇，菖葉森森拂劍花。

自信

自信平生志未欺，孤蹤敢望世人知。掇蜂良友分明見，投杼慈親倏忽疑。晚節冰霜彌自懍，窮途天地欲何之。莫言士昔增多口，求忮終身勉誦詩。

堅白從來不自疑，鑠金有口說磷緇。三期乍甚王尊佞，千載難逢鮑叔知。天上星辰箕易簸，寰中阡陌軫多岐。不辭踏海徇吾志，秖媿平原刮目時。

張丈未齋以詩集命檢校

官罷同推第一流，誦芬文體亦弓裘。早聞花月傳三影，晚把琅玕詠四愁。作草官奴生筆底，疑年仙老住壺頭。丈人自有千秋業，掎摭翻增季緒羞。

題僧嘯谿詩畫册

嘯谿師小顛住南屏，往者芸台先生在浙撫日曾題其詩卷，有『七代詩僧』之目。今嘯谿此册即以阮此題序語冠首。嘯谿亦工詩善畫，年八十餘矣。

科第有門求七祖，陳繼昌大魁日：芸台先生有答蓮龕方伯詩云：『若將科第論先輩，門下門生已七回。』杜詩：『門求七祖禪』。宗風作者又如斯。詩家誰作傳鐙録，都付南屏老畫師。

題明閣部史忠正公答孝烈姚夫人子吴君手札呈吴蝠山刺史

當年寇盜肆瘡痍，士女捐生盡可悲。浩蕩天恩留案牘，有崇禎十二年府帖行縣準部咨奉旨旌表烈婦吴氏文書昭融嘉告等公尸。大忠自是文丞相，直指誰爲暴勝之。當時題旌夫人者有張直指，而諸公題識未之及。嶺上梅花卷中墨，温馨常供一家私。

儀衛軒遺詩

卷一　古今體

大道曲

大道垂楊緑未齊，人家住處隔清谿。門前一帶桃花水，流盡春愁不向西。

書慨 時寓金陵

梁帝皈心崇象教，漢皇重色選蛾眉。可憐隻履西歸日，何減琵琶去國時。

晚至新河口

煙林昏水氣，沙岸晚潮生。月黑見漁火，風輕聞櫓聲。人言新林浦，曾是謝公行。忽憶寒城句，蒼然暮景平。

贈陳碩士 用光

春風客舍鳥嚶鳴，邂逅逢君意氣傾。已讓名山雄製作，翻從户壁得交情。用服處窺王烈事神仙郭太同舟渡，碩士邀余同至江右名士中郎倒屣迎。謂簡齋、辛楣、夢樓、蘭泉諸前輩卻誦酒箴慚性短，難將姓字坐中驚。

出觀音門

直瀆穿岡水驛程，春風爲客此遐征。望中鄉邑原非遠，逆旅鶯花秖自驚。别舫何人歌白紵，江樓有女按銀箏。由來樂事江湖滿，莫向窮塗怨恨生。

永濟寺

閣寺緣崖擬麗譙，柱穿鐵鎖冠層霄。江甯府志：洪武初即山建觀音閣，正德中就閣建寺。皆緣崖構成，危石半空嵌壁上，以鐵鎖穿石繫柱。漫開直瀆銷王氣，永建行宮壯聖朝。曠偉江天移絶險，志云：寺舊俯臨大江，今江流北徙，洲渚環抱，寺之奇險略異疇昔，而江天曠偉之觀自在也。嵌空樓觀尚岧嶢。紅泉碧澗爭供眼，莫道禪房總寂寥。

燕子磯絶頂

危磯似燕矗崔嵬，絶頂淩風極望開。天外山形垂繖立，攝山亦名繖山日邊江勢抱弓回。豐碑赤字翔宸翰，舊巷烏衣眇甕坏。念我飄零心匪石，故園巢在不歸來。

京口

芙蓉西北有高樓，鐵鎖穿雲俯潤州。黃鶴不來虛宋寺，赭衣空厭惆秦囚。十千正買蘭陵酒，唐人詩稱新豐酒、蘭陵酒皆指此地一宿聊停水國秋。張佑詩：『一宿金山寺，微茫水國分。』滚滚江聲作悲壯，海門直下古今流。

五人墓

茅田有井磽初聞，見後漢書竇武傳注，磽，音苦教切，謂惡也。竊謂此即惡字，假借轉聲。天禍清流首六君。薄海英雄同意氣，千秋名姓有芳芬。初稿作『累朝培養畜恭勤』要離俠鬼從穿冢，竇武孤忠竟散軍。自古國亡多宦寺，可憐輸爾負山蟁。

開化寺六和塔絶頂

石磴盤紆敞寺門，連峰萬仞俯平原。潮痕半落沙痕白，江氣常連海氣昏。隔浦樹縈帆歷歷，低檐風送燕翻翻。條依寶相莊嚴在，兜帽宫詩莫共論。元廢宋故宫爲佛寺。西僧皆戴紅兜帽，楊廉夫宋故宫詩用其事。開化寺塔猶北宋時建。

釣臺謁嚴先生祠

富春江水緑波平，直得巢由洗耳情。一卧不知天子貴，千秋常見客星明。狂奴態故心難降，處士風危化暗成。若使羊裘上圖畫，雲臺誰與並功名。

安仁縣五日觀競渡

柳拂浮橋東岸平，畫船低共燕爭輕。中流一作鯆鮃引，直得吴兒水戲名。

陳氏西水園古梅一株橫卧水上

新年節物換繁華，一樹垂垂尚綴花。老幹抱香開積雪，疏枝倒水動飛雁。鄉心正怨江城笛，詩思全殊水部衙。信美園林即吾土，莫將零落爲咨嗟。

己未冬旅寓章門述懷

臘雪江梅首路長，歲時荆楚感年光。珠簾畫棟唐藩閣，布韈青鞋下走裝。僮僕解憐蕭穎士，主人誰惜駱賓王。三年奔走空彈鋏，乞食飢詞尚激昂。

贈燕

宛轉朱門問主人，掠泥頻見換巢新。烏衣只在斜陽里，何日歸來畫閣春。

淮水

淮黄交流湖岸隤，城門不啟水門開。漢家溝洫傳三策，使者旌旄動上台。轉饟並殷經國計，朝宗真賴濟川才。莫言淇竹無多下，一塞宣房萬福徠。

寄劉孟塗

西京奇氣今時少，南浦相思别後增。埋劍豐城仍未出，爲雲東野詎同升。路難天地雙鴻爪，歲暮江湖一客鐙。莫道愁懷難獨醒，百壺且試酒如澠。

寄張石徛六丈

丈人小篆自冰斯，不數光和苦縣碑。老去共兒親筆研，病長約婢劑刀圭。酒杯鄉國情還得，簿尉蠻江夢尚疑。張丈先官粤西莫訝心期託年少，先君同德久相師。

冀北送春圖

牂牁江上送行舟，嶺色橫天引莫愁。知有傷心共明月，不知何處憶南州。

課徒

循心因物事難平，山下流泉異濁清。少日功名輕下澤，淩雲詞賦擬西京。先生我自慚來屬，處士人誰辱薦衡。擬向風塵暫投璧，從來共說寶連城。

讀通鑒

作述何人贊一辭，端門赤制啟荒疑。千秋涑水傳遺業，又恨人無王勝之。

讀書圖

胸中邱壑奇難見，眼底煙雲過亦虛。小閣晝長棐几淨，卻將清課代琴書。

左匡叔下第來金陵卻送其歸里

汝蹶霜蹏上國來，正逢秋氣亦悲哉。蒼茫六代論兵地，搖落三都作賦才。匡叔喜談兵赤水求珠終自得，青衫涇淚若爲摧。升沈有命誰能料，且盡尊前濁酒杯。

嚴徐東馬滿京畿，鳳闕高瞻惜暫違。舊日酒徒猶昔態，近來詩思有新機。朱門鼓瑟毛生刺，青眼論交淚滿衣。等是客懷金盡嘆，江頭偏羨爾能歸。

戊辰江上書所見

廣陵煙月舊繁華，釣渚歌堂十萬家。豈意滔天憂雉（蝶）［堞］，翻令安堵化蟲沙。繪圖難望監門吏，泛宅疑乘上漢槎。聞道皇輿本無外，梗萍何惜到天涯。

丙戌九月二十日朱歌堂馬元伯小眉又白吴岳青尹孚張仲岳研峯楚材星宗家曉宇招同張晋卿常州陸綸山上元車鋤雲集徐枳亭山館為周伯恬五十壽元伯賦長句見示余亦繼作

西山爽氣朝尤佳，況乃登覽臨高臺。遠峯天末不可辨，但見一氣青嵬嵬。臺邊城下萬家室，古木雲合如擠排。百年人事或更謝，山川氣象方深培。屋底主人今遠宦，尚憶昔時同舉杯。謂詠之太守我從粵嶠新歸來，故交死散隨煙埃。豈期復有此勝會，縱知邂逅喜滿懷。周郎佳客座所屬，陸弟舊與名相儕。論新說舊坐披寫，高論正遣雲天開。有如盧敖逢若士，相攜汗漫游九垓。酒酣急憶杜子美，頓失窮愁安在哉。元伯老兄詩人才，新篇七字火急催。夜來走伻特送似，數驚喈鳳鳴空齋。從來大敵不易遇，對壘安敢相搪挨。詩中丁甯期再過，雪夜重約傾尊罍。爾時諸君惠思我，儻憑驛寄江南梅。

丁亥正月十四日上元汪平甫管異之馬湘颿合肥徐荔庵同里馬元伯同宴集大觀亭作詩一篇上嶰筠中丞

我資章甫行入越，夢里思歸不可得。道長天遠歲月遒，十年始一返故國。故國形勝控江山，楚尾吴頭疊浪開。岷嶓二水雲端下，此地合名爲大觀。川原草木迷八九，況論人事知何有。衆閧高縣十仞臺，（三句語意皆用莊子）蒼茫一氣凭回首。臺邊游人日往來，行吟坐眺心悠哉。可憐懷抱異哀樂，使我豁爾煩襟開。長風吹雲飛鳥没，萬古消沈人代速。忠宣大節葬寒灰，皖伯封圻杳陳迹。功名富貴若長在，江波不復東流海。我亦悠悠行路人，姓名欲勒將何待。（壁間題詩勒名者甚衆）達既不能令人貴，窮又不能令人哀。文章虚譽不足慕，世人遇我真凡才。邂逅此會成千古，鑿齒彌天如此聚。謫仙已識荆州面，（謂荔庵、元伯於郭松崖太守）拾遺復得嚴公主。（謂平甫諸人於嶰筠中丞）未至不嫌居客右，論心寫意靡不有。要令長價登樓詩，（本太白句）何止澆愁覆杯酒。君不見原嘗春陵四公子，堂前結客三千士。狗盜雞鳴解報恩，人生緩急那無恃。又不見梁園昔日稱愛才，枚馬紛紛國士來。諸公儻欲迎郭隗，兹亭便作黄金臺。

丁亥九月諸同人邀朱學博常一尹陽湖陸君集沈少府環山堂為前邑侯廖鍾隱壽時少府園盆菊最盛廖侯先有詩見示依韻酬之

勝地還宜集勝流，開筵佳日敞清秋。貪趨官閣花經眼，暫免先生屋打頭。（余居宅甚隘）入座飛凫仙令在，閉門投轄醉鄉謀。落英便伴騷人賦，絶勝重陽冒雨游。

早歲栽花花欲然，晚嗟病樹值春前。門除鳥雀看羅滿，澤畔雲帆閲過千。（劉夢得詩：『沈舟側畔千帆過，病樹前頭萬木春。』宋人衍之曰：『澤畔沈舟，坐閲千帆之過。』廖侯歷宰諸縣，前歲因事鎸職。幸有山城慰賢辱，（柳子厚小石城山記云：『以慰賢而辱居此者。』）暫分官燭醉公眠。頗聞卜宅如陽羨，喜近韋家尺五天。（侯近卜宅居桐）

踏土偏尋踏浪來，桃弓射鴨稱仙才。即看谿鳥雙飛下，（縣尉遷升之祥，牛僧儒故事也。）爲有山樓八韻開。壺榼步從今日樂，（用古豔歌）詩篇壁滿故人裁。（壁間諸公贈詩凡數十篇）請陳四座延年頌，千點黄花照壽杯。

筋力平生墨共支，（支，取用之也。坡詩『此墨足支三十年』。）萬言空費葉横枝。歌詩掘冢齊千古，對酒判花且一時。閭里疑年嗟馬長，功名長夜視牛知。當筵努力敎崇德，多恐陳遵地下嗤。

回疆凱歌和嶰筠中丞作

四衛蟲沙臂輒聯，天弧一舉靖風煙。愛烏附後於今蠢，繩武回思六十年。（愛烏罕諸曲部歸附在乾隆二十八年）

蔥嶺千盤繞六城，風雲高護冠軍營。中樞籌策尊元老，上相親來自治兵。

大將威名衛霍齊，幾年聲震玉關西。誓教卷甲清沙漠，未許穹廬遁谷蠡。

輪臺明月玉弓縣，接照軍儲碎葉川。摩盾請兵過十萬，不須充國老屯田。

一箭東西阻玉關，分屯勁旅格登山。朝來忽啟龍蛇陣，已報長鯨斬半還。

黄羊紫鼠翦縱横，窮虜瘡痍撤帳行。幄算飛符行閫外，始知不媿請長纓。

磧里征人歡氣盈，捷書飛奏值元正。近臣爭識天顔喜，萬歲齊呼賀太平。

雪嶺天低萬馬行，爭傳三箭凱歌聲。聖朝不尚犂庭烈，要見敷天快洗兵。

屬國都歸奉舊封，高皇神武聖孫同。丹青更啟麒麟閣，重畫褒公與鄂公。

羽林彍騎罷從軍，候火甘泉化慶雲。重疊恩光賞邊帥，上公侯印策元勛。

將去宣州周伯恬學博置酒祖行是日會者趙大令子鶴汪明經甘畸人趙某强某三廣文惟畸人舊識四君者皆新知並留示沈小宛時小宛奉母諱不能歸吴欲來居郡城

宛水明如鏡，維舟亦偶然。風流違謝守，邂逅接諸賢。仙令來王子，窮官老鄭虔。饌盤甘苜蓿，近市得膏鮮。乍識桃源路，是日展玩汪明經十五樹桃花館圖卷，君皆有題。渾逢飯顆邊。畸人謂余甚瘦論文虛譽忝，惜別旅情牽。後會知何地，前期怛少年。此用朱子跋沈休文詩意沈侯吾遲爾，擘涕素冠篇。時余亦居母憂未期

程玉農郡伯寄示賞菊詩依韻奉酬

清時仕宦喻(風)[鳳]毛，休沐欣兼四美遭。太守登高如杜牧，中和樂職信王襃。昨吟春雨聯官燭，余春閒先在郡齋分校試卷今負秋花隔曙袍。虛念草堂吟望寂，故分餘興助詩豪。

華筵秋泛菊花杯，笑口端應一爲開。屬宰欲尋彭澤近，小兒爭唱習池回。遥傳飈館分曹詠，親覓蠻箋次第裁。屬和始成呼阿買，封題急寄恐相催。

三題馬元伯樹蘐堂詩集三十三卷兼酬喜拙著漢學商兑刻成之什

聞道詩人例水曹，談經況似鼎來超。元伯著毛詩翼傳試評同異嬰培避，更薄風騷屈宋逃。感舊篇多哀國老，閔時歌半述民勞。卷中詠二事最多自憐寸木同溝斷，那得岑樓與並高。

兒子聞客曹州久無信夜夢見之

早歲長爲客，艱難不自知。如何初別汝，忽已夢成思。甞井雖多礙，鴟夷詎可師。加餐守忠信，天命不須疑。

遥憐遠爲客，屺岵陟頻嗟。裘薄寒愈虐，途窮日未斜。人情嗟茹蘗，吾志慼操蛇。竚望歸來早，經田尚可畬。時尚未得子

南園集後八日樗亭復徵前會余得泉字

春盤十日重周旋，擺落塵紛向此筵。濟世諸公堪赤手，元伯、樗亭、伯山仕京外皆有政蹟賞音吾黨總朱弦。漫將出處論工拙，元伯時退處且學興觀剖傳箋。元伯撰毛詩鄭箋，樗亭著詩經廣詁。惟有陶潛飢乞食，誓酬一飯報黄泉。

為馬元伯題灕江風景圖册用山谷歌羅驛竹枝體

草低天闊歸驅馬，血飲皮衣業打牲。欲識皇基風氣古，吉林烏拉鄂多城。索論打牲

内蒙古接外蒙古，卡倫又北是俄羅。九夷職貢尊王會，韎軩容刀自戢儺。俄羅斯

樊纓通角堪達漢，哨塵逐草鄂倫春。聞道青山喜新水，甘心鹽利困車輪。鄂倫春移家

金天少皞司刑官，漠漠剛禽厲羽翰。共說海東青更猛，下韝胡不共雕鞍。秋郊放鷹

北漠三月始生駒，遮勒七格事事殊。纔過穹廬插柳宴，又見郊原套馬奴。牧兒套馬

喀爾喀婦辮赤髮，銀鐺褶袍冠蓋頭。若使張騫到東海，定將織女誤牽牛。喀爾喀婦人牽牛

佛門大法待龍象，蹴踏原非驢所堪。試可海上覓張果，南中嶺瘦虎耽耽。番僧騎驢

四十九旗轄六盟，額林周斐列行營。呼蘭施亟貢飲罷，夜深捲帳對霞綳。蒙古行營

張仲岳以種藥圖屬題侑之以酒醉後率成四絶句亦覺酒氣拂拂從十指出也

手種名花自護持，春風拂檻露華滋。君家舊是韋平弟，那用矜夸金帶奇。

淮海風流七百年，尚將春藥句爭傳。人閒又見張三影，花月妍詞更可憐。

緑窗婢子磨銅鏡，競輓春衫比豔妝。堪笑退之鬬靈性，嬌癡何必比清狂。

九十春光一擔挑，畫中作一園丁擔花滿擔香光如見染宮袍。他年華省吟詩地，便抵翻階謝法曹。

秋葵次韻

傳聞佳植自靈叢，持似秋花應不同。采偶入詩偕蓼草，烹當流火記豳風。清齋飽我供初折，粉本憐他畫未工。便了朝來傳好語，繁華倍勝節天中。

蕭疏老圃種成行，修幹高齊一丈牆。花樣元豐官焙小，裝成羽士道衣長。蒂疑木筆抽簪淺，吹付雲和放口忙。更待秋深添麗景，玉容欄外共迎霜。

種別蔠莃莫例觀，釋名紛若辨榽檀。傾心忠豈陳王獨，放手廉如魯相難。桂醑同斟懷旅井，蓼蟲先避肅秋官。閒居漫共蘘荷賦，露浥鵝黃著意看。

賓廚聊用佐炊烹，不比清齋冷淡情。一自高人能茹味，兼收爾雅盡垂名。低昂舊記金杯詠，芼薦新殊玉糝羹。小草劇憐霜蓄好，每依羲御獨傾誠。

秋鷹

白鼻青骹起樸叢，剛蟲搏摯習飛同。捎雲志邇扶搖路，刷羽天低廣莫風。綵噬令盧蹤並指，窟營狡兔計難工。下鞲卻從中黃去，目觀遥窮大澤中。

陽和拂羽趁微行，曾向春陰立苑牆。倏爾草枯秋澗窄，重驚風勁莫天長。金精秉氣呼雛出，鉤爪乘時祭鳥忙。試理犀翎還戴角，翩同皋隼下晴霜。

左軒蹈厲舞成觀，豈假戎車載用檀。掠地眼明尋景疾，毆叢鳥亂擇枝難。威傳紫塞將軍號，爵秩金天少皞官。迴出風塵誇猛腦，莫將拳鐵等閒看。

淩江俯眺浪炰烹，勁翮横摩萬里情。臺畔尚傳劉表曲，人閒舊懔郅都名。本齊驥子憐神駿，竟下鵬雛出異羹。一樣賞功叨肉食，豈因飢飽易精誠。

戲和鄧嶰筠中丞八箴六首

一幅方巾類五銖，衣裀本自戒沾濡。拚從浪飲號都護，卻挂偏衫異釋徒。質賤願同莞蒻蔽，製工爭擬錦霞鋪。四廂忽奏杯盤舞，戀戀綈袍我亦須。飯單

小龍團瀹定州瓷，出手將牢發妙思。新製蓮花殊刻漏，輕飛鷁首借槍旗。華奢彌欲驚君寶，盪覆終教怒蔡姬。苦説詩人甘露盌，慈航杯渡恰相宜。茶船

陸海羹材釜共湘，有容真可大臣方。那須膳部增員外，不用饔人徧品嘗。樓護鯖原兼味擅，何曾箸合萬錢償。笑他都尉封侯貴，輕薄頭銜秖爛羊。一品鍋

人閒每恨蓬山遠，隱几仙班迹宛然。紫府列曹爭坐位，絳霄同下秩賓筵。淮南草木通靈氣，杜老詩歌借飲傳。欲向公輸問遺製，可曾秘記漢唐年。八仙桌

誰將緗素易牙籤，下帶而存近取便。未啟苞符窺渾渾，縱昭文止束戔戔。章身不共飛魚賜，探策時防秘帖宣。等向腰間伴觿韘，輸他羽箭上淩煙。昭文袋

梁公藥籠眾材全，補骨脂即破故紙偏見棄捐。共誚腹便邊善卧，豈知心正柳誠縣。重陳芻狗宜防火，見三國志舊詆塗雅不值錢。遺教凍蠅鑽未出，收身上繫結繩年。惜字簍

述德抒情壽嶰筠先生中丞六十四十韻

中丞族貴累侯封，儒術名門亦士宗。竹帛史酬高密願，栟櫚疏抗正言恭。洞開林屋家棲鳳，園有孫篁籜化龍。公先世家洞庭，明初徙户實鳳陽，故遂爲壽陽人。國初，太史元昭公實居金陵萬竹園，而顏其詩曰林屋集。林屋即洞庭，亦不忘故土也。今中丞仍居萬竹園，其地近鳳凰臺。天上麟來驚寶釋，盛朝神降極高嵩。秕糠下埽塵空世，圭角磨聾器守盅。一月果堪徵五德，千言信已足三冬。墓田占氣傳羊祜，門狀通家識孔融。自詡策名崑玉貴，早標仙籍苑櫻紅。飄飄鶚步乘時去，冉冉龍驤上路通。邦彥黑頭非府掾，妙年黃閣獨明公。地分清切才賢任，氣得神仙雨露霑。在昔郎潛當武帝，言不似顏駟久潛郎舍由來教授倚文翁。顧廚攬轡澄清遠，禁坐觀謡治術隆。乍出已騰來莫頌，重迎須倍及期侗。鄞埼風物書珍錯，公初守甯波京兆威名賴折衝。繼守西安尤著循聲妙譽本期元宰地，殊恩驟簡列卿崇。公由西安守驟擢按察使，故借用杜句。六條舉察冠峩豸，八使分行馬避驄。丹扆獻箴風肅肅，棠陰膏雨黍芃芃。國藩爰發滕王閣，河潤遙臨碣石宮。通永道駐通州，距京師不遠，政是河潤。重德終宜當閫寄，書生古有奏膚功。上游地控江山壯，南斗星臨憲府雄。帝命去襜彰寵異，人驚門柳惕忪忡。班春道幰褰朱絡，問俗星民夾畫熊。已令高門容駟蓋，頻嗟中野集哀鴻。封章秖是陳農要，石畫多應啟聖聰。濡轡咨爰周列郡，輕裘談笑及孤蓬。都忘烜赫功名勢，不礙疏庸嬾賤蹤。舊學我真慚畫餅，虛名公尚獎雕蟲。猥蒙佳句官僚誦，每接華筵菜肚充。泛泛梗萍前路杳，陰陰桃李舊蹊穠。風塵未肯乖投刺，束縛仍虛欲效忠。莫景室家情繾綣，亨衢日月氣從容。歡聞後樂潛銘志，自有元精耿

貫胸。純嘏已知天命錫，餘慶顯卜善門鍾。升卿名子論陰德，萬石傳家本靖共。丹穴生雛阿閣見，藍田榮玉叅山同。本來爵秩朋三壽，自得康彊協五從。平格共推周保奭，耆英同聚宋元豐。永懷賦政忭明德，孔顧其音肆好風。四海忻登仁壽域，旦瞻華蓋七星中。

酬某見示牡丹詩

故人與我共心期，每見名花輒入詩。楚地舊游成遠夢，江鄉好景又繁枝。相憐國色誰能並，始信羣芳未負奇。吟興未酣離恨續，蠻箋可付憶當時。

壬辰夏將赴嶺南途中寄里門諸友

白髮餘生顧影慚，百年身彊老江潭。若言志不因人熱，六月衝炎向嶺南。

顛固爲羞邱亦非，觀頤總冒拂經譏。傷心乞食陶元亮，長詠榮公懷採薇。

快意由來險亦多，怪君不遺慎風波。可憐不及安巢鳥，三百彭蠡一夜過。時阻風十日，五月初四北風驟起，小孤浪高如山，舟幾覆者再，舟子乘利疾行夜過鄱湖，是日約計行三百里。

韓公謫宦憫羈孤，秦嶺關心家在無。我亦有懷抛未得，端蓍災切剝牀膚。時兒子滯濟甯，安危不卜，病妻危篤，舍之而出。

擬裁詩句借圖經，太守韶州亦故人。嗟我重來公未調，白頭傾蓋一傷神。癸未余主韶陽講席，太守金公實爲主人，今仍未調。

陸賈虞翻舊入詩，中丞縣榻已無期。十年重作來南録，幕府新開又一時。胡小東太守舊寄余詩曰：「槖裝陸賈無消息，著易虞翻久寂寥。不識江西新幕府，可能縣榻早相招。」謂程月川中丞也，今中丞已下世。

年少奇才胡伯仁，英名驚坐似陳遵。近聞憔悴居南海，也作尋常寄食人。

孔雀金花託鳳翔，寒潭偶下志全荒。已慚乞米就仁祖，詎肯搴裾撇季長。

與伯仁不見二十年矣壬辰夏嶺外重晤憫壯志之沈淪怵韶顏之衰變話舊感時悲喜交集天涯歡淺又當別去前期莫定中腸慘慘傾懷率筆不知其言之苦意之繫也

莫悲天畔親知少，昆弟童身異姓敦。一見真如得雙璧，連朝不覺費千言。奇才似爾方憎命，壯志違時説報恩。那忍豫要雞酒酹，由來死別秪聲吞。

壬辰八月十五日歸舟過韶州曲江江口墮水不死是夕對月遣悶雜書十四首

倦游北去上瀧流，身謁龍宮龍不留。應見歸裝陋如洗，怕招窮士賦羈愁。

奇文要道一身肩，英氣靈光尚燭天。投與蛟龍渠不識，六丁收拾待他年。

橫流無地寄斯文，回首重華叫不聞。離騷：「就重華而陳辭。」杜公詩：「回首叫虞舜。」韶州以舜巡方奏韶樂得名。欲共湘纍話寃抑，判將佳節擬平分。世傳屈子以五月五日沈汨羅

一擲鴻毛死便休，濁流不肯受清流。眼中復見兔擣藥，意外重占狐首邱。

不死偶嗟同丙子，東坡語更生恰喜再壬辰。余命生壬辰年酉月，今恰再值。可能生意婆娑盡，枯樹重榮劫後春。

六十小劫風雨急，悟語分明爲我投。秪道天涯共明月，不知初度值中秋。

一年好景是今夕，萬古高臺留九成。九成臺在城上尚欲聞韶待儀鳳，漫偕捉月遽騎鯨。

風度樓連風采樓，張文獻、崔清獻二樓相對在城中前賢德業照千秋。我曹身與名俱滅，卻對滄波魄未休。

我昔曾吟韶石詩，奇詞哀怨少人知。欲邀楚澤寃魂聽，便葬江魚死不辭。

水伯秋河莫漫誇，曾經東海望彌奢。莫年幽夢滄州墮，復又虚隨八月槎。

已溺推仁甚納溝，許身稷契竟何酬。馮河浮海君休笑，了語猶堪截衆流。

四海論交德未孤，先生不死賴神扶。洗清面目重相見，可道今吾勝故吾。

平生不習浮沈學，此日真過生死關。初墮時懵然，漸兩轉再沈，念必不救。神明甚定，殊未驚亂。惟自悼我何以竟止此，及舟子救起，默然而已。身後方干何用識，天留一士在人閒。歙人陳浦題壁詩：『貧歸故里生無計，病卧他鄉死亦難。放眼古今多少恨，可憐身後識方干。』字字如余胸臆所欲出，讀之潸涕，故反用其意。

尚把生前酒一杯，虚名身後等蒿萊。秖愁飲罷無歸處，翻悔乘濤去復回。

壬辰九月二十八日歸自嶺外不敢抵家復於閏月初九日由郡城赴常州途中漫興雜書先寄姚石甫

展重陽日下毘陵，永憶江湖感未勝。親友若爲相問訊，知余心比玉壺冰。

風平波面月當天，岸影空明樹倒連。記取壬辰閏九月，立冬初夜泛江船。是日立冬，余過高淳湖。

身世苕華黯自悽，難將一物荷天慈。累人閔貢煩言說，媿煞袁安高卧時。

由來原憲貧非病，究竟元英飛未雄。衣食四方何所似，拖泥帶水捕狂風。

東坡本欲葬桐鄉，嶺海歸來竟老常。苦對江神誓江水，買田陽羨願難償。

莊惠論交世莫如，巵言悉敵五車書。平生得意濠梁辨，呼輙偏言我是魚。

參軍屋漏來何鄙，居士園蕪歸未遑。我自生心無所住，任教三宿道旁桑。

舟過三山追感丁巳年同惜抱先生舊游

秋江紅樹燦如霞，闤市招提一帶遮。記得卅年前奉杖，春風同看牡丹花。丁巳至今三十六年矣，同先生三華庵看牡丹，先生有詩寄余，見集中。

夢里神明尚儼然，先生下世十八年矣，先子亦見背十七年。余每月必夢見先生及先子三兩次。略隨陳迹散如煙。我今衰病如翁昔，復此傷心臂痛年。余今年自秋來左臂痛甚劇，因憶先生是歲以臂痛不作書，彊爲余書東坡贈梁左藏一詩，不勝其憊。余藏先生書甚多失之，惟此卷尚存。

長慶衰郎舊愴神，百年同惜苦吟身。先子莫年輓諸先輩詩每自比長慶衰郎從今更到先人歲，秪住人間百八旬。先子棄養時壽六十五，余今六十一矣。

卷二　古今體

癸巳九月初八日

去歲還家已倦游，滕王閣子滯行舟。秖今鄉夢無歸路，縱有歸期何處收。

迢迢雲水隔蘇臺，用介甫句彊說還家淚自揩。竟日闌干回繞過，不應前後盡徘徊。

四題樹蕿堂詩集

共有詩名品未分，雙鬟發唱始推君。就中有句腸堪斷，塞曲淒涼不忍聞。

欲遣玲瓏唱未能，感君真意淚填膺。集中近詩多見懷之什他年長慶同編集，名姓多慚附尾蠅。

阿買猶能書八分，銀鉤聊遣張吾軍。何如秀句流傳遍，會想風流海内聞。

題姚文問漪詩集

詩律文瀾水共源，幾回把酒得同論。千秋一卷斜川集，猶見眉山法派存。

為吴江顧子壽兆芝題其亡兄恂堂畫册

畫筆爭師王麓臺，幾人入室換凡胎。可憐楓落吴江冷，獨見人間顧茂才。

卷中吟賞盡憐君，難第才名並紀羣。我幸讀詩兼讀畫，一門墨妙埽煙雲。

先君名德誰爭長，三絶家風偶自嬉。不共空廚化靈蹟，徒揮老吏手親攜。

明吴江趙栗夫副郎賜歸贈别卷子為趙子鶴大令題有引

明孝宗成化二十三年五月十九日，上率東宫暨文武羣臣爲皇太后上徽號。明日下詔推恩，凡仕朝六年者許歸省。舊制三年，其後更十年，以爲太緩；至是酌其中定爲此制。刑部副郎吴江趙寬得與此例。時寬且有大父母在堂，於其將行，同郡吴匏庵、華亭陳一夔及同官等十一人爲詩餞行，共爲一卷。後有國朝何焯、徐釚、張尚瑗等跋尾。此卷後失，歸於吴門繆殿撰彤家。其後繆氏亦式微。道光丙戌，栗夫裔孫子鶴大令始復購歸裝池，家珍翰墨，不啻連城復返矣。癸巳冬子鶴來令吾邑，因出示索題。

孝治登純古，陳情有重儒。郎官原應宿，子舍各私烏。籍甚中朝彦，風流祖道隅。百年留翰墨，異代寶殷瑚。德叶周張仲，情殊漢二疏。畫圖無好事，雅詠匪虚諛。放眼悲今古，中心發慨吁。斯人誠錫類，嘉會閒時需。解帶傷遲暮，牽車憫幼孤。征夫懷靡及，祈父亶難呼。皋樹風摇木，皇華雪戒途。幾聞遺祖納，或有泣王符。感激皆然矣，恩榮有是夫。文孫富經術，先祖是貽謨。出執流官版，雙飛仙令鳧。笙陔修束養，花縣奉潘輿。仕止身雖異，劬勞報亦俱。高深皆帝德，陶鑄本洪鑪。手澤期藏弆，家珍倏有無。與時成顯晦，自爾有歸逋。始化延津劍，終還合浦珠。飛煙裝玉軸，韞櫝鎖金樞。蕭翼潛思賺，姜夔借欲摹。鯫生欣眼福，援筆媿榛蕪。

題趙子鶴大令詩卷

曾於公瑾醇醪坐，謦欬遥通識未真。庚寅春，宣州周伯恬廣文坐識君。秖道鴻才經世務，更教餘事作詩人。卷中山水清音曲，道上賢勞鞅掌身。卷中多行役詩下邑部民無所祝，家聲還繼越州仁。

題鄭板橋畫卷

板橋畫筆尋常見，寫竹圖蘭意更超。自爲離騷起哀怨，世人但解賞揮豪。

紓困

塗身那得白旃檀，熱惱千般似矢攢。欲借觀音無畏力，吹光割水性長安。

弔牡丹并序

卧室小院牡丹一株，常年吾妻在日勤心培護，花開甚盛。去年吾妻死；十月自吴中歸，熱惱千般，不暇顧及草木。今年花開極小，羞縮風際，不堪摇曳。傷其以繁華之質與寒士庶士共槁乾，對之心惻。將復之吴門，作詩與别且弔之。

雲幕悽迷露葉乾，不堪華屋薦金盤。春風小院沈沈夜，擁鼻微吟倚莫寒。

卌年蹤迹滯天涯，每值春風苦憶家。生死若忘無聚散，彊陶嘉月對名花。陶嘉月見楚詞，言生死甚於聚散，今且異生死，則聚散不足道。

莫怪優伶語善諧，堂前軒後盡徘回。亦知哀樂關兒輩，難遣佳辰笑口開。

私制歸來已後時，征西官屬餞行遲。正同零雨悲秋草，還見名花發故枝。或言孫楚此詩以喪妻，歸潘句哀心守私制。

與君半世浮生夢，富貴神仙兩不知。何事陳根將宿草，尚貪生意鬭奇姿。

耆域不逢君竟死，黔婁未謚我何康。那堪白髮悲生事，併作傷春淚數行。

王霸蓬頭徒有子，梁鴻椎髻更無妻。傷心懶作小園賦，沃沃花枝似有知。

幾日還逢撤瑟辰，自謂也長悲可令鄙爲鄰。潘岳悼亡詩：「長悲令人鄙。」此花脆促俄陳迹，正作人閒未了因。

理感端非識所將，庭虚情滿逐年芳。半生半死同憔悴，明日天涯益斷腸。

甲午三月將赴吳門別亡室靈筵兼示兒輩

行年六十已衰翁，滿眼憂危秖自攻。今日辭家重別汝，死生從此各西東。此詩略本王荆公，然於荆公不切，於余最切。賦詩斷章，何必己出哉。

平生分手易前期，乖隔殘年始欲啼。平生出門妻未嘗悲泣，去年赴常州，妻憐余老而行不休，始流涕送余，竟成永別。欲別更教傷往事，題詩未及畢哀時。古人未有喪而賦詩者，安仁悼亡在終制之後。妻以去年七月二十九日亡，今始八月，是違禮也。

筋骸徽纆束難固，肺腑鼎鐺煎欲糜。東西南北俱欲往，用太白句卻與何人共此悲。

朽馭春冰累卵危，癡兒門户感興衰。憂端滿眼非關死，苦憶平生共語時。

豚犬生兒恨景升，功名志局兩何勝。諸孫縱有繩繩

慶，琴散先教斷廣陵。

插架詩書不療飢，都緣懶惰故成癡。西華北叟真兄弟，天命如斯我正疑。

奪角趨邊作計卑，大機大用昔多師。眼前殺活渾多昧，豈假輸他國手棋。

纏子著書工練世，卑論偏異董無心。牆根葵葛有仁智，觀物深悲自古今。

九州春樹著千秋，枯木寒巖不見芽。渠命適時原有定，人情那免異歎嗟。

男兒墮地即生神，筈祝端難並此論。但肯自磨將鐵硯，百鈞烏獲又何人。

老至精神氣並澌，存亡俯仰一身支。功名志局將何

勝，況說荀君識濟奇。

曾聞健婦勝男子，辛苦持家屬阿誰。蝴蝶生涯原是夢，蓼蟲身世不知癡。

即事有懷亡友管異之

南郭吹竽三百人，獨將清瑟立王門。山公舊作神龍照，安得揚光自鬼邨。

百身難贖秦淮海，並世誰齊杜審言。可但生傳萬人敵，夜臺猶壓衆詩魂。

盡堊成風歎運斤，鵝王唼乳更無聞。塞胸疑義堪憐我，過眼奇文苦憶君。

讀錢宮詹盧學士集有感

千夫拍手兔浮河，水底誰探象力多。辛苦張騫勤鑿空，天西月窟遠經過。

陸海官庖各自誇，長飢弟子共咨嗟。朝來新置五升飯，未抵公羊賣餅家。

壽曹太傅相國五十韻代常州汪太守

九服陶元化，千齡應壽昌。降精鍾閒氣，配極弼當陽。祚演姬文裔，珪分漢祖章。曹參初封執珪黄山原作鎮，漸水亦呈祥。漸江出歙縣三玉山，浙江亦爲漸江。德望完圭角，風期掃粃糠。萬流歸海納，一鶚自霄昂。在昔瞻榛楛，由來寶棟梁。桂堂初發策，櫻苑預頒觴。鸞掖清光注，彤墀湛露瀼。蔚文占虎變，雲路見龍驤。扈歷三朝聖，恭傳再世良。梧岡鳴鸑鷟，苹野洽笙簧。啟事山公擅，封章魏相詳。艾腰三品緑，麻帶六經黄。敭歷忱時棐，修和道固康。經綸成宦學，籲俊借聞望。北部掄才地，東堂校士場。便蕃歸藻鑒，合沓理珠囊。朗抱冰壺潔，精心玉尺量。奇才收軾轍，公望得郊庠。卿月重重爛，台星兩兩芒。運樞環太乙，擁日上扶桑。密勿司喉舌，推誠寄膂腸。九儀丞相服，三接令公香。邴魏雖遭漢，夔龍自翼唐。斟元調玉燭，秩序紀金穰。抗論詞多秘，賡歌曰載颺。無爲規未改，不擾市如忘。張坐寬諸吏，尊賢避正堂。四句皆曹參事 優游太平治，恢博大圜綱。薄蓺雕蟲獎，高門集鳳蹌。望隆歐吕並，名媿絳羣方。公自無私奉，蒙驚不世當。彭宣容入室，徐淑莫迴裝。拂拭珉爲玉，雕鐫杙作宋。授經依講席，諮政練巖廊。意絶求詹事，縈叨得請常。一麾去江海，幾歲別宮牆。傳忝和凝鉢，荒愁陸氏莊。感恩誠自戢，頌德益知蘉。舊世忠貞篤，名家奕葉光。升卿本陰德，窋子亦餘慶。衰職臣能補，清心水自涼。在門必儒士，回席到親王。壽域開籧苑，台垣戴斗匡。異恩重疊紀，純嘏海山長。邸第花冬滿，車騎火夜忙。耆英光洛社，平格篤天相。保乂宗臣重，休孚耇德襄。玉瀾同畫像，寵命荷無疆。

程節婦詩

女子貴守貞，制起秦皇帝。背死而逃嫁，義絶子母系。會稽刻石文，森然著爲例。秦令雖云嚴，民心尚多蔽。其後子程子，一言俗彌厲。餓死事極小，無使綱常替。至今七百年，風同道未敝。後族有元溥，代遠實苗裔。溥妻厥氏馮，名門舊姻締。未論賤與貧，大義偕伉儷。豈期命不猶，二載夫遘癘。何難一死殉，未了多牽曳。堂上有孀姑，小妹兼弱弟。雖無膝下兒，驕女未周歲。闔門一髮危，顧此焉能逝。吞聲聊寄命，忍死秉心誓。倚健力持家，茹悲彊制涕。辛勤二十載，百艱一身濟。養生兼送死，婚嫁各次第。懼餒若敖鬼，爰立螟蛉繼。春秋拜邱壟，不輟寒食祭。門户賴再造，一一完生計。從此黄泉下，乃可告息愒。回頭思往事，痛定還侘傺。昌黎有鄭嫂，於兹可並題。得邀朝旨旌，聊以報高惠。我忝葭莩末，見聞悉微細。作詩表艱貞，庶用揭來世。

始興江口聞鷓鴣

余往於己卯、壬午入粤，先慈在堂。後壬辰入粤，先妻在室。今丁酉復來，則一身獨存矣。余寡兄弟，又内外無期功之親。異地重經，乍聞鳥語，振觸感傷，因誦韓公過始興詩，益悲不自勝，輒作二絶句。其迹不同，而情無異矣。韓詩云：『憶作兒童隨伯氏，南來今止一身存。眼前百口還相逐，舊作無人可共論。』

瀧江前後此經過，舊事誰論感痛多。今日孤舟一身在，尚煩山鳥喚哥哥。

韶陽大舜南巡地，書記三妃蓋未從。千里愛兄來遠道，鷓鴣應是鼻亭公。

鄧嶰筠尚書韻譜圖并序

雙聲疊韻，六朝以前人人皆用，人人皆知。周、沈晚出，嫌其局塞，斥以爲病。四聲既顯，文家遂廢不用，寖亦少知，故齊梁之世時人多見疑問。謝莊、羊戎之倫敏口慧心，輒造新語，不言本證。唐人求音不得，反稱借之西域，信佛弟子獨得真傳，（華嚴經每卷首皆載西江月詞之一闋云：『華嚴字母衆義親，（宣）善財童子得真傳。』）字母紐弄欲昭反昧，徒益紛紜。至於有宋大儒如朱子又莫知本韻，率讀以叶。明三山陳氏實創古音之說。逮乎國朝，顧、（仁）[江]、戴、段諸家起，古音大明，惟諸家之書但言古音，未劇論雙疊。尚書以爲元音依永莫備於詩，溯始關雎，卒乎殷武。爰及政暇，資以成譜。指文命韻，析句諧聲，不著一語，奥秘悉章。宋後羣書無此簡體。遠求其對，爾雅、毛傳殆可類稱；於以輔成均表，發揮聲類，通之於六籍，可用閎覽翫化無窮。千世之下，與三百篇並行，莫能析而廢之。不朽大業其出有時，自非應期惡能遇此。後有揚雲陸詞，斯知足貴。既已成譜，復爲是圖，命題其前，因述緣末。即用本體作三絕句。

明康叢脞始皋陶，滌蕩聲詩處處遭。徒道儒家通魯故，伊優亞競病鑾髦。

形聲著譜補蒼揚，反覆號呼莊子號而讀之並得當。更廣參差成錯綜，聿來茫昧與昭章。

委蛇聞望記功宗，治政優優好學同。斯所坰京堂既景，雙從婉孌傲陶通。

輓艾生方伯

貧居依陋巷，交誼得名公。位上無驕志，心長但古風。比肩千里少，遺後一哀同。尚想談經座，悽迷已夢中。

别離猶近日，凶問未移時。豈下孤寒淚，深懷國士知。放歌天地隘，悲念死生疑。峴首名相亞，求刊第二碑。

盡瘁官南服，歸神斗北朝。所親三口衆，公骨肉隨宦者僅三人可贖百身料。哀詔褒還惜，杜子美武衛將軍輓詞：『哀詔惜精靈。』門恩蔭豈邀。惟應留正氣，世德與同昭。公先世忠孝大節，爲國名臣，見梅堂集。

為周達夫題其篋室氏課子圖册

曹娥小家女，死孝自揚芳。豈料千秋下，奇縱並頡頏。使君自有婦，之子豈無裳。樂府傳三豔，增巢宿玳梁。

征車隨謫宦，生死永從君。楚水流哀怨，關山伴旅勤。榮門齊絡秀，同老失朝雲。薄晚南州客，披圖黯淚紛。

問年秖中壽，端範宛嚴師。婉婉柔荄折，熒熒夜火遲。文章懷養豹，根本莫傷葵。他日傳彤史，何慚幼婦碑。

韓幹擬王濟洗馬圖

王郎愛馬解馬性，韓生畫馬得馬神。連錢障泥尚欲惜，五花駿毛肯污塵。脱手神完性復足，迥立地上行麒麟。千年墨寶詫眼福，一時齊見晉唐人。

兒童捉柳圖

兒戲焉知是與非，老夫觀化測微機。任他飄蕩無根蒂，也向虛空捉得歸。

摶之不得偏能見，活潑真看是道機。想得光風滿懷抱，何殊曾點舞雩歸。

輓徐六驤

十載常懷別後身，每當風雨輒傷神。纔看薄宦尋初服，頓了浮生失故人。姚似上窺書滿作，君著作甚富，今已刻未刻凡十餘種。詵薨下逮羽宜振。君兩子皆殤，立有嗣孫，而簉室有遺腹未産。嗟來真返無多恨，可奈爲人正苦辛。

初聞奓户報荷甘，究理深情亦未堪。曝杖狂言希處一，過門陳迹適成三。坡詩『三過門閒老病死』，君歸七十五日，與君交相過門適皆止三次。清高家法芻儀玉，弇州哭徐子輿詩『用君家法薦生芻』通蔽人妨劍解函。漫倚内游知禮意，錯疑楚老異莊聃。

庚子九月二十四日馬元伯三集真率會七人邀余與座成八作詩索和依韻奉呈

平生足迹無常處，故雨聯歡晚暫更。時余初自粤東歸里見説八厨皆士穀，漫來末坐與羣英。人情粔籹成浮俗，市味盤飧美大烹。分供鹽厨兼請客，未堪宰肉效陳平。

庚子歲莫向吳丈蝠山索酒時中寒腰疾不能步

爲恨青州不下齊，且思入務比尋醫。可憐示近糟牀注，已見猩猩著屐蹄。

庚子春自粤歸為先大母謀窀穸久而不得感賦

寫書歸悵日西時，墳壟尤齎憤憤咨。儻信僧虔思所與，也應松柏悼封遲。

書玉谿詩句後

夕陽雖好忌黄昏，忌字用謝公況復登原好莫存。空道憑虛夸奓怵，慘勞牽繫不堪論。

達命

達命休難無奈何，安排莫景用莊過。何當絶迹無行地，彊起齋名賴古多。

作改名説後題

倚伏安危共一機，多師在昔並參微。莫言肇錫無名義，棄疾消難等庶幾。

贈小孫

門子何爲象震雷，端緣恐懼免身災。驚心更豫於鄰戒，有事無妨厲往來。

拔毛躬痛□□□，〔一〕但中惛私盡滅身。試看古今傾覆局，莫言陳迹屬他人。賊仁之惡兩大端，非惛即私。

福有根兮禍有胎，承家須仗濟艱才。癡兒不作綢繆計，可奈明朝陰雨來。

瘠土方能有善思，不淫吾式敬姜師。生民萬福陳詩易，門内興懷感繫之。

疢疾由來玉汝生，莫懷疾怨恕吾情。常將孤孽傷心事，持較安平恐未更。

【校】

〔一〕底本原如此。

七十

七十衰翁何所求，中流日莫獨乘舟。彊持知命安天學，莫遣當年切近憂。用列子

辛丑人日張澹邨集同人官園看梅余以腰疾不赴輒賦短篇代簡

初正涉七候兆纔，佳節游同古以來。開筵上巳有蘇辟，登高人日追韓儕。親交颯沓從子姝，盤蔬冬春雜笋鮭。不須健步移遠道，任吹野水添深杯。新詩傳送逞豪翰，觴政又足共歡咍。一人向隅詎損適，寸步難彊真知乖。吁嗟乎杜陵立馬傷折臂，諸公置酒猶能偕。我今艮限身不獲，薰心維厲遲觀梅。中庭咨嗟數節序，繁枝要

待春風回。正月十三日始立春

三月晦日作終制畢題

虎邱石壁鬼題詩，狆子何知感大慈。莫道僧虔爲耳語，分明哀怨不堪悲。

題左忠毅公獄中家書馬公實藏本

淡墨酸詞未忍看，數行濡血淚同丹。平生公有盟心處，到此方知值歲寒。公有讀書別業顔曰『寒知閣』，即此書中所謂龍眠山房一所是也。當時已遵公言斥賣，今無復尺椽寸土矣。

又題左保元所藏一卷子

淚血函胡字復殘，此書非爲報平安。酸眸怕讀傷心語，三度遭人乞與看。某平生凡三題公家書，惟此三紙最後，乃在趙大令所收十三書之外。計此去公授命時僅十餘日。故真情益迫，語益楚，蓋追比方殷，血肉淋漓。中所作字多剝落，不忍讀也。

故邑侯廖鍾隱大聞輓詞

卅載陸沈黄綬底，一朝亡履罷飛鳧。民情共有桐鄉愛，時論追同漢大夫。

自題寒巖獨往圖

彊共梅花作喜神，宋宋伯仁譜梅花喜神譜，四庫未收。儀徵阮相國續進書目中始著録提要。犍城水月定非真。若爲得失流泉命，不共長生路上人。

飢餐菜葉飽歌歈，獨往今無拾得俱。傳語豐干莫饒舌，無人知我是文殊。

當年亦羡米齊宗，六句元同冥諦功。晚了心王如本法，不須荊世轉栽松。

文殊生被鐵山圍，異世猶遭打笊籬。任爾修行三大劫，我無佛法汝爲誰。

面是娘生面，心爲古佛心。一真傳法界，無有去來今。

再題寒巖獨往圖

韓公作進學解，即客難、賓戲之流也。然曰『德修而謗興，道高而毁來』，則心境未遣自詡不遜甚矣。及觀其詩曰『詰屈避語阱，冥茫觸心兵』，而後知其言有不得已也。余近學佛，自信於人無諍，然猶時遭惡怒，幾於轉喉觸諱惡聞其聲者。斯固魔怨繁興，實由未證法忍，念因無真因，斯果無真果，安有成辦之期。因效寒山、拾得得詩數篇，自精進用充加行之力。道光丁未九月。

我已超居無色界，天神猶責受荷香。一塵飛翳終成禍，淨滅生因是道場。

萬象森羅付八還，無情不語絶憂端。冰湯消後無冰覺，莫著虛空見相參。

此宗本自名無諍，君若嫌吾坐立更。但使過非常自見，管教魔怨不生情。

古人悲痛哭蒼天，只爲愚夫不解元。五百生身償一錯，休教妄墮野狐禪。

寒拾相逢語始親，聯吟石鼎訝非隣。於今況更無侯喜，誰識軒轅世外人。

但能無著即天親，能所雙亡境始真。見相二分渾不住，枉安賓主列君臣。

一乘元爲不二門，騰騰任運閱朝昏。維摩會上人多少，一士拈花更不言。

一微空中無衆微，天邊飛鳥絶因依。王祥自向冰凌卧，那計湔思願不違。此朱子語，可證因中色空，用絶生因。

如來涅槃任君說，數他珍寶自無錢。行人不會真常住，豁達空參筍篾禪。

月可熱兮日可冷，劫火疾雷亦俄頃。苦將離合滅定業，何異留形思去影。

生本無生死亦同，如何流轉盡瞢瞢。真因諦答菴遮問，認取文殊力未充。

莫存仁智及如如，五法由來遣亦俱。火里冰消唯自覺，何須更覓彼無餘。

未得露身終不了，枉談慧定力靡充。眼前任運無多事，但使心真即象龍。

選佛場中及策歸，名經題塔未應非。心空不用三條燭，精一先天天不違。

代姚石甫題寒巖獨往圖

豐干饒舌誠多事，拾得寒山亦非智。凡聖同歸不二門，誰當語處誰當避。

知君此計成長往，送君臨巖皆卻返。何處婆娑非道場，遠游但發寒門想。

九日馬公實幼白兄弟邀同元伯穀卿兄弟偕李少府同游西郭登心菴樓元伯有詩屬和元韻

放懷吾土快登樓，仲宣登樓賦首以非吾土發慨纔隔囂塵境便幽。嘉客平原淹十日，公實遠邀李少府來桐作十日之游神風高閣亦三秋。子安滕王閣之會亦恰以九日安仁政有清商悼，元伯新有安仁之悼若士將爲垓外游。好共弟兄勤秉燭，莫同新息悵壺頭。

題江生貽之空山夜坐圖并序

記曰：人生而静，天之性也。故昔賢爲學有從事習静之道。朱子記王天説雪夜在山中見邵子儼然危坐，以爲其心虚明，故能推得天下萬事之理。所謂静者心多妙也。延平亦教人静坐，然專習於静，其流病多害事。故程子以主敬易之，以敬則能静，而静不必能敬也。惟静能定，定於静也；惟敬能定，雖動亦定。周子曰：定之以中正仁義而主静，静之以中正仁義也，與程子之敬義不别。故朱子亦主程子之敬，此理微密，世儒罕能明之。余生平不喜陳白沙築陽春臺，穴壁進食以習静。此不惟失儒者正理，即佛釋氏之勝正者亦呵止之。如西天二十祖之教二十一祖，南嶽之教馬祖，四祖道信之教法融，其論皆至明切。故王陽明亦言人不在事上習鍊，則無以待事之至。江生貽之以空山夜坐圖屬題，予惟静敬二者皆聖學精微，予均未之能行，但爲折衷以程、朱之敬爲主，兩明其義，以聽生之自審所處耳。因繫之以詩。

爾向山中坐，默得静者趣。旦明爾出王，静向何處住。静不依坐存，亦不遠身去。若恃坐得静，坐非常所務。爾若欲學道，勿向坐中悟。寄心於寂滅，何異同馳騖。我師聖與佛，期爾他日遇。

答寄邵蕙西主政

君平既棄世，桑扈欲返真。四海久獨立，百年還幾辰。道通兼濟物，才薄秪憂身。未遽忘言説，無由會面親。來詩有『何時會面親』之句

庚戌人日揀讀杜集有感作寄姚石甫並柬邑侯唐魯泉兼示馬元伯公實光律原

人日題詩寄草堂，拾遺常侍有篇章。即今海内忘形在，錦里春光莫漫傷。

一士澹臺是舊民，獨承知己意彌親。他年詞翰招魂地，會憶昭州敬使君。

唐邑侯移任祁門别去將攜文生鍾甫同行口號送别

遵渚鴻飛誦我公，無私雨露異邦同。望廬我自增惆悵，一拔殊毛冀北空。

桂林先生以重游泮宫詩四章見示依韻奉和

策治先憂念積薪，白頭樂事後關身。泮宮詩里旂鸞隊，大歷年中竹馬人。用白公句事入坐占將婪尾酒，亦用白公句簪花見慣上頭春。莫言人器殊新舊，共指朝衫罥冑巾。

官人棫樸九州同，煙月文章況大風。懷我好音鴞食葚，思皇多士鳳喈桐。乞言喜就霜髭白，奉杖欣隨落照紅。料得敦詩韓大傅，不歌驪曲效江翁。

大昕宵雅肄篇三，官始休言嬾不堪。多士采芹思樂泮，老成招俊望和甘。同文體莫矜牛鬼，擇術心當辨矢函。鄉校任游還議政，國僑能教正多慚。

緑野平泉望匪輕，一時林下盡耆英。不誇老子居先甲，秖道前賢畏後生。園綺高名成四皓，殷張行輩□〔一〕諸兄。我如沽酒餘杭姥，不中仙人飲太平。

【校】

〔一〕底本此處空缺。

附録

儀衛先生行狀〔一〕

方宗誠

先生諱東樹，字植之，姓方氏。上世明洪武間有諱芒者由婺源遷桐城魯谼，代有潛德。自高祖竹圃府君諱晙，延名儒以古學教子，累世遂以學行顯。曾祖諱澤，乾隆丁卯優貢生，八旗官學教習，候選知縣。門人姚刑部鼐銘其墓，叙文行特詳，所謂方待廬先生者也。祖諱訓，處士，嘗讓産於兄而不居名。考諱績，縣學生，著屈子正音、鶴鳴集，江甯鄧嶰筠制軍、同里光栗園方伯爲刊行，世稱展卿先生。先生幼承家範，年十一效范雲作慎火樹詩，鄉先輩咸歎異。長學於姚惜抱先生，好爲深湛浩博之思。四十以後不欲以詩文名世，研極義理，而最契朱子言。每日雞鳴起，至漏數十下始就寢。嚴寒酷暑，精進靡間。枕上有疑，披衣省覽。舟車塵土之間，憂戚病患之餘，觸事開悟，注時日以記。自天道、治法、物理、人情、修齊之教、格致之方、省察存養之旨、諸儒學術之同異得失，以逮説經考史、詩文小學、浮屠老子、雜家之説，罔不探賾抉微，析非審是。博而有要，約而不疏。嘗言立身爲學固以修德制行内全天理爲極，而於人世事理亦必講明通貫以待用。蓋天下無道外之物，凡此皆吾性所應有也。惟當知本末先後之次，不可以偏物喪志勞心，失其大者遠者耳。

乾嘉之間，學者競言考證，名曰漢學；穿鑿破碎，違失大道，尤喜攻詆程朱。名公鉅卿、高才碩士數十家遞相祖述。間有心非之者，而讀書未博，入理未精，終不敢昌明其失。惜抱先生嘗著文辨之，而其風未已。先生懼，乃著漢學商兑。其序略曰：『近世有爲漢學考證者，著書以闢宋儒、攻朱子爲本；首以言心言性言理爲厲禁，膏唇拭舌，造作飛條，競欲咀嚼，遂使數十年間承學之士耳目心思爲之大障。歷觀諸家之書所以標宗旨，峻門户，上援通賢，下讐流俗，衆口一舌，不出訓詁小學名物制度。棄本貴末，違戾詆誣，於聖人躬行求仁修齊治平之教一切抹摋。名爲治經，實足亂經；名爲衛道，實則畔道。昔孟子不得已而好辨，欲以息邪説、正人心。竊以孔子没後千五百餘歲，經義學脈至宋儒講辨，始得聖人之真。平心而論，程朱數子廓清之功，實爲晚周以來一大治。今諸人邊見，傎倒利本之顛，必欲尋漢人紛歧異説，復汩亂而蝕之，致使人失其是非之心，其有害於世教學術百倍於禪與心學。某居恒感激，思有以彌縫其失，輒就知識所逮，掇拾辨論，以啟其端，俟後世有真儒出而大正焉。』又曰：『爲漢學者，惟取漢儒破碎，穿鑿謬説，揚其波而汩其流，抵掌攘袂，明目張膽，惟以詆宋儒攻朱子爲急務。不知學之有統，道之有歸，聊相與逞志以鶩名而已。吾嘗譬之，經者，良苗也。漢儒者，農夫之勤菑畬者也，耕而耘之，以殖其禾稼。宋儒者，穫而舂之，蒸而食之，以資其性命，養其軀體，益其精神也。非漢儒耕之，則宋儒不得食。宋儒不舂而食，則禾稼蔽畝，棄於無用，而羣生無以資其性命。今之爲漢學者，則取其遺秉滯穗而復殖之，因以笑舂食者之非，日夜不息。曰「吾將以助農夫之耕耘也」。卒其所殖不能用以置五升之飯，先生不得飽，弟子長飢。以此教人，導之爲愚；以此自力，固不獲益。畢生治經無一言幾於道，無一念及於用；以爲經之事盡於此耳矣，經之義盡於此耳矣。其生也勤，其死也虚。其求在外，使人狂，使人昏，蕩天下之心而不得其本。雖取大名，如周公、孔子何？離於周公、孔子，其去經也遠矣！』書將成，適阮文達公總督兩粤，廣刻漢學書導世。時先生授經幕府，以書上之。文達始不悟，晚年乃致書稱，先生經術文章信今傳後。蓋自先生書行，而漢學家詆誣程朱之風始漸熄矣。先生又嘗懼漢學之變將爲空談性命，不守孔子下學上達之序，預爲辨道論防其趨。嘗論：儒者學聖人之道，徒正不及中，中必純粹以精，而純粹以精必在於明辨晳。又曰：人第供當時驅役，不能爲法後世，恥也。鑽故紙，著書作文，冀傳後世，而不足膺世之用，亦耻也。必也才當世用，卓乎實能濟世，不幸不用，而修身立言足爲天下後世法，古之君子未有不如此厲志力學者也。

客遊幾五十年，晚歲家居十一載，終窶且艱，內憂外侮交至，而先生益窮性命之歸，克己盡分靡有厭倦。謂：儒者之獘在於講學者多，求道者少，思以道宏人者多，能宏道者少；是以天下皆言學而學之本日亡。總之，起於有我。有我，而萬過叢生矣。又謂：有一毫我私欲妄即非仁，有一毫顛倒差别即非義。常默默守中而不著中見，靈靈然寂寂然惺惺自在，如理順應。雖死亡憂患凶衰之來，苟非吾失道自取，則一聽諸天命。不以我與其間而生憂惑懼，惟是順理自然，至誠無妄。又嘗謂其從弟宗誠曰：『天下萬事萬物莫非實理所結，必刻礪苦行，精勤勇猛，體諸人倫日用之間，驗於心術隱微之地，期滅人欲於淨盡，而反天理之自然，乃實學也。』

先生年躋大耋，神明不衰，自言所學無時不有新益。句容唐魯泉明府宰桐城，雅重先生。移任祁門，延主東山書院，門人文漢光、甘紹盤從。咸豐元年五月二十二日感微疾，遂不入寢室，與門人飲酒論學自若。二十四日時加寅，盥洗、更衣冠，坐講堂，顧席微斜，命正之。遣僕持簡辭唐明府。謂門人文漢光、黃雲海、甘紹盤曰：『吾身有病而心無病，身有盡而心無盡。堯舜孔孟程朱同此一心，亦同此一盡。』漢光曰：『先生受用否？』曰：『心無一事，但覺甚安。』一語不及家事。閉目端坐，時加申，乃卒。先生生於乾隆壬辰九月八日，距卒於咸豐元年辛亥，享壽八十歲。

妻孫氏，乾隆辛巳進士顏孫女、縣學生贈奉直大夫詹泰女。子二人：聞、戍。孫三人：濤、淵如、綏。

先生少補縣學生，鋭然有用世志。凡禮、樂、兵、刑、河、漕、水利、錢穀、關市大經大法，皆嘗究心。曰：此安民之實用也，道德義理所以用此之權衡也。聖人從廣大心中流出，一以貫之，偏才僻儒分而不能合，則交相蔽。講用者遺體，講體者不達用，此道術所以衰，政治所以敝也。然卒困諸生，無所試。每逢國家大事必爲遠慮，與公卿交，盡言無隱。道光十一年桐城大水，邑令楊大縉貪婪虐民，民大噪，令遂以民變愬大府，將調兵。先生在撫軍鄧公幕，急以身家保。撫軍素敬信，事得寢。十八年客粵時，大臣請厲禁洋煙，下督撫議。先生著匡民正俗對，陳所以禁之之道，勸制軍鄧公覆奏，不能從。

英夷公司領事義律桀傲不受約，居省城夷館，先生力勸制軍殺之以絶禍本。制軍慮啟釁，謝不敏。然終反覆生變者，義律也。方夷人跳梁，東南大帥多退避，先生時時痛心切齒，泣涕如雨，作病榻罪言，論制夷之策，遣人上之浙江軍門，以時方議撫，亦不用。文具載集中。

先生十三歲喪母鄧孺人，事祖妣胡孺人、繼妣吳孺人盡孝養，思慕終身，言及輒零涕。展卿先生卒，先生客胡果泉撫軍所，慟含殮未親，誓没於外以自罰。將卒，猶遺命門人必薄斂。家貧，曾祖以降三世七喪未葬；先生内自疚，親跋涉卜兆，營葬畢而後安寢。又修族譜，立祠規，以尊祖收族。睿皇帝、成皇帝賓天，先生聞俱哭泣逾時。惜抱先生卒數十年矣，猶常泣思之。族戚、交遊、門人中有疾病患難者，憂戚至廢寢食，與人言淚隨聲落。自奉極菲，而遇人則厚，凶歲更減食飲以周困窮。蓋至性醇篤如此。

廉介剛毅，不務進取，邑令以禮先者，往答後不輕造其室。姚石甫廉訪左遷入蜀，假數百金奉先生爲治生計。及聞廉訪使乍雅，歸券於其家。少與新城陳（石）[碩]士侍郎友善，及侍郎典試江南，先生不與試。嘉興沈鼎甫侍郎督學安徽，告撫軍鄧公、方伯佟公欲選拔先生貢成均，先生亦不就試。道光三十年詔舉孝廉方正，姚廉訪首以先生行義告撫軍，先生曰：『吾耄矣，尚堪世用耶，胡爲此虚名也。』勇於有爲，不計利害。常舉黄忠端公語曰，有待而營何事不晚耶。自客遊四方主講席及里居時，凡以詩文就正者，既告之法，必進以古人務本之義。遇事據理直論，或面折人非，以此頗爲人所忮。老年，有與邑令謀欲致之獄者，先生不爲動，然由是益困矣。所交盡當世宏才碩學，而尤重實行之士。韶州譚麗亭、同里許先生玉峯闇修，無知者，先生推爲君子之儒。

先生之文醇茂昌明，言必有本，隨事闡發，皆關世教。上元管異之同謂，古稱立言不朽，惟先生近之。詩則窮源盡委而沉雄堅實，卓然自成一家。寶山毛生甫嶽生、上元梅伯言曾亮、建甯張亭甫際亮咸推爲不及；諸君皆以詩文著海内者也。生甫又謂，先生學則淹博，理則明粹，冲强守道，百餘年來一人而已。姚廉訪稱，先生理究天人，貫穴今古，博大精深，無所不學。又謂先生老而愈窮，見道愈篤，言義理粹密有過元明諸儒者。知者咸謂無溢量焉。先生嘗取蘧伯玉五十知非、衛武公耄而好學之意，以儀衛名軒，故學者稱儀衛先生。所著書已刻者曰漢學商兑、書林揚觶、一得拳膺録、思適居鈐語、病榻罪言、半字集、考槃集、山天衣聞、考正感應篇暢隱，未刻者曰待定録、進修譜、未能録、大意尊聞、最後微言、老子章義、陰符經解、文集、昭昧詹言，凡百餘卷。

嗚呼，先生鴻文博學，名在海内，惟性行隱微之際，有非他人所深知。其孤謀窀穸，以行狀屬宗誠，將乞銘於有道能文之士。宗誠受學雖久，然闇昧無文，不足善言德行，謹撰次大略，俾立言君子採擇焉。受業三從弟宗誠謹狀。

【校】

〔一〕録自柏堂集前編卷七。

儀衛方先生傳〔一〕

蘇惇元

方先生諱東樹，字植之。世居桐城魯谼。曾祖諱澤，乾隆丁卯優貢生，候選知縣，以詩文名於世。祖諱訓，父諱績，縣學生，皆以詩文名。先生幼穎敏，年十一，效范雲作慎火樹詩，爲鄉前輩稱賞。二十二入縣學爲弟子員，尋補增廣生。屢試於鄉不售，年五十，遂不復應舉。自少力學，泛覽經、史、諸子百家書，而獨契朱子之言。嘗學文於姚姬傳先生；爲文好構深湛之思，博辨醇茂，而言必有物。詩則沈著堅勁，卓然成家。詩文皆究極歷代源流，而文尤近江都、中壘、南豐、晦菴，詩尤近少陵、昌黎、山谷。先生不欲徒以詩文鳴，而更研窮先儒義理之學，及老尤篤。每日雞初鳴即起，矻矻鉛槧，至漏下三十刻就寢。有得輒記之；或中夜攬衣起書，所記名待定録，百餘卷。凡格致修齊治平之理無不備。乾嘉閒學者崇尚考證，專求訓詁名物之微，名曰『漢學』。穿鑿破碎，有害大道，名爲治經，實足以亂經。又復肆言攻詆朱子。道光初其焰尤熾。先生憂之，乃著漢學商兑辨析其非，書出遂漸熄。又著辨道論、跋南雷文定，以砭姚江山陰之疵。嘗論儒者學聖人之道，徒正不及中，中必純粹以精。純粹以精，必在於明辨晳。又言立身爲學固以修德制行内全天理爲極，而人世事理必講明貫通以待用。老年益窮性道之歸，省察克治無間。取蘧伯玉五十知非，衛武公耄而好學之意，以『儀衛』名軒，學者遂稱儀衛先生。家故貧，客遊五十年，方伯連帥多爭延之。歷主廬州、亳州、宿松、廉州、韶州等處書院，所至導諸生以學行；不徒課以文藝。晚年里居，誘掖後進，以詩文就正者既告之法，且進以爲己之學。年八十，祁門令君延主東山書院，先生欣然往。抵祁越兩月而卒，蓋咸豐元年五月二十四日也。

先生有至性，内行純篤，事祖母父母甚孝。嘗葬三世七喪，竭盡心力。持己尤廉介剛直，不詭隨世俗。身雖未仕，常懷天下憂。凡遇國家大事，忠憤之氣見於顔色，或流涕如雨。族戚友朋之事爲之憂戚喜忭，一如己事也。所著書仍有大意尊聞、書林揚觶、一得拳膺録、進修譜、未能録、最後微言、思適居鈐語、病榻罪言、山天衣聞、文集、詩集、昭昧詹言等十數種。子二人，聞，戍，孫三人，濤、淵如、綏。

蘇惇元曰：昔先生著漢學商兑，既刊布，謂惇元曰：士不能經世濟民，著書維挽道教，或亦補不耕織而衣食之咎也。先生少究經世學，而老於諸生，未能一試其所著書。多有功於道教，是流澤孔長矣。孔子曰：是亦爲政，奚其爲爲政。先生之學亦猶此之謂與！惇元從遊久，知先生生平最詳。令子聞、從弟宗誠既爲行略行狀，惇元乃更次其要以爲傳。

【校】

〔一〕録自儀衛軒文集卷首。

儀衛方先生年譜〔一〕

鄭福照

乾隆三十七年壬辰九月八日 寅時先生生。先生姓方氏，諱東樹，字植之。晚年慕蘧伯玉五十知非、衛武公耄而好學之意，以儀衛名軒，遂自號儀衛老人。上世明洪武間由婺源遷桐城魯谼，代有潛德。高祖諱晙，好讀書，延名儒以古學教子，累世遂以學行顯。曾祖諱澤，字巨川，晚自號待廬，乾隆丁卯優貢生，八旗官學教習，候選知縣。生平論學宗朱子，文宗明艾千子，詩似宋楊祕監。門人姚郎中鼐銘其墓，叙文行特詳。事載安徽通志文苑傳，詩文曾刊行於世。曾祖母洪氏。祖諱訓，字味書，處士，嘗讓産於兄而不居名。祖母胡氏。父諱績，字展卿，縣學生。著有經史札記、屈子正音、鶴鳴集。學行載安徽通志文苑傳，詩選入國朝正雅集、桐舊集、古桐鄉詩選。母鄧氏，處士諱林女。繼母姚氏，國學生諱興易女。繼母吴氏，諱某字西園女。

四十年乙未　先生年四歲。二月二十六日大父味書先生卒。

四十七年壬寅　先生年十一歲，初學爲文，效范雲作慎火樹詩，鄉先輩咸歎異之。

四十八年癸卯　先生年十二歲。八月十九日母鄧孺人卒。先生少體羸多疾，喪母後依大母胡孺人以長。當鄧孺人没時，先生病痁，全不勝喪。其後頻咯血怔忡，三十外始稍壯健。

四十九年甲辰　先生年十三歲。繼母姚孺人來歸於展卿先生。

五十一年丙午　先生年十五歲。閏七月九日，繼母姚孺人卒。展卿先生以孺人無出，渴葬之松窠尖祖兆近側。

五十二年丁未　先生年十六歲。繼母吴孺人來歸於展卿先生。

五十四年己酉　先生年十八歲。先生自少喜爲古文詞，十八九時讀孟子書，憮然悟學之更有其大者、遠者，遂不肯輕易作文。

五十八年癸丑　先生年二十二歲，在江甯。同里姚姬傳先生時主講鍾山書院。姚故待廬先生門人，展卿先生及先生皆受業焉，而先生隨侍講席最久。與上元梅伯言曾亮、管異之同、同里劉孟涂開，並爲姚先生所最稱許，世目爲姚門四傑。入縣學補弟子員，踰數年補增廣生。先生自二十後，多客四方。生平僅一應歲試，其年學使爲汪瑟庵尚書廷珍。應鄉試十次，道光戊子後始不復應。冬，配孫孺人來歸，乾隆癸未進士諱顔孫女，縣學生贈奉直大夫諱詹泰女。先是孺人叔父嘉慶辛酉進士起峘與展卿先生友善，愛先生詩文，因繩於其兄嫂而以兄子妻焉。

嘉慶元年丙辰　先生年二十五歲。

二年丁巳　先生年二十六歲，在江甯書院。冬歸里。

三年戊午　先生年二十七歲，授經江右新城陳(石)[碩]士侍郎用光家。按：詩集中過丹徒及西湖諸詩皆由江甯赴江右途中作也。八月十二日長子閶生。

四年己未　先生年二十八歲，授經陳侍郎家。三月，自訂少作文名櫟社雜篇，序之，其略曰：周秦以來，諸子各以英資茂實獵道裂術，散以爲文。咸自久於世。校其畛域，廣狹勝劣非一，然莫不本於壹而出之。後世之士，專欲工文章而不務本。道術敝跬，致役於文。游心竄句，紛紜於百氏之場，於是其人與其言始離而爲二。既以離爲二，則象而累之，雖欲不雜焉不可得矣。今余自集其文，不敢自欺，而命之曰雜，取别於古之以壹出之者。且毋俾後有作者見而笑余，謂同處於雜而惡以譏人爲也。又自記云：時余年二十八歲，於後爲學，始壹正其趨向。雖未敢言能立本，而其於雜焉者亦庶免矣。按：是歲惜抱先生與胡雒君書云：植之昨有書云，近大用功心性之學。若果爾，則爲今日第一等豪傑耳。四月，老子章義成。序之，其略曰：老子之書，不可謂無見於道。特其用意之過，感衰世澆訛之俗，發詞偏激，遂若顯悖乎聖人。然究其恉，不過曰無爲而無不爲。使民無知無欲，以相安於渾樸，無事而已。魏晉清談，寄心高遠，而制行全與相戾。豈知老子者哉！嗣其道者既尠善，説其書者亦不可概見。朱子自言，能得其義而不欲爲之，則以其説之流有害於道，故靳之耳。夫老子之言，固易知也。解之者支離牽率，是以其義晦。今吾作解，合儒佛之理而通之，其本義則竊取之朱子，其分章則以吾所私見者斷之。老子曰：吾言甚易知，甚易行，天下莫能知莫能行。凡求道者，但於近而易知處求之，則得所爲高遠。若於高遠求之，則有迂其難而卻阻者矣。老子豈欺我哉！按：先生少時曾著屠龍子，又注陰符經。均未刊。不詳爲何年。老年作詩有『發書陳篋汰陰符』之句，蓋先生少時爲學，無所不通，後則漸歸純粹耳。

六年辛酉　先生年三十歲，授經同里汪稼門尚書志伊家。

七年壬戌　先生年三十一歲，客阜陽王約齋大令署中。

九年甲子　先生年三十三歲，閒居里中。

十年乙丑　先生年三十四歲，授經六安。

十二年丁卯　先生年三十六歲，在江甯書院。姬傳先生邀往課其長孫誦。三月一日次子戌生。

十三年戊辰　先生年三十七歲，客池陽。按：半字集齊山及池陽雜詩皆是年作。

十五年庚午　先生年三十九歲，在江甯書院。

十六年辛未　先生年四十歲，江甯太守新安吕某修府志，延先生分纂。

十七年壬申　先生年四十一歲，授經安徽巡撫胡果泉侍郎克家幕中。按：半字集和鄧中丞詩自注云：『余依果泉中丞幕下凡五年』。而贈許竹亭詩自序又云：『甲戌秋竹亭與余相遇於池州太守署』。當是暫往閱試卷也。

二十一年丙子　先生年四十五歲。閏六月四日，父展卿先生卒，時先生隨胡中丞在江蘇，不及視含斂。

二十二年丁丑　先生年四十六歲。十一月十三日，大母胡孺人卒。是歲先生旅困金陵，賃居青谿祇樹僧舍。自春徂冬，十一月赴揚州，無所遇，復返金陵。聞大母喪，欲歸不得，除夕典衾充寺僧賃值，而不能具薪米。

二十三年戊寅　先生年四十七歲。客宿州，著攷正感應篇暢隱。其序略曰：嘉慶丁丑戊寅，旅困金陵，端憂多暇。時寓居青谿祇樹庵，於僧徒几案偶見此書，嫌其亂雜無倫，則亦仍置之。夜思此書立意立名甚美，毋任其以出於道家忽於世。遂取爲校正，竝爲作注。未成，旋於五月赴宿州，乃攜之行笥，而卒就之。此序道光辛卯作，因書創稿於戊寅，故叙於此。自序又云：己卯七月，復改於廣東通志局，始脱稿。辛卯至松滋書院，重取詳訂，刻而行之。按，先生是書發明天道、人事、物理，極爲詳盡，又引經義、史事及諸傳記以證明之。蓋借感應二字，明聖賢正道，而辨正俗説之誣。極有益於世教，非如世俗善書可比也。甲午夏，佟敬堂方伯再刻於安慶。丁酉冬，重訂增改，三刻於粵東。

是歲歸里，權攢大母於灣楊柳樹之墟。

二十四年己卯　先生年四十八歲。三月，赴粵東。時阮文達元總督兩粵，延先生修廣東通志。先生初任分纂，於所應編纂者一月内告竣，將辭去。文達留之，因屬以總纂事。

二十五年庚辰　先生年四十九歲，在廣東通志局。

道光元年辛巳　先生年五十歲，主粵東廉州海門書院。

二年壬午　先生年五十一歲。四月，歸里。九月，應羅月川太守之聘復適粵。按：先生與羅公書俱附刻羅所著嶺南集中。

三年癸未　先生年五十二歲，主粵東韶州韶陽書院。

四年甲申　先生年五十三歲。授經阮文達幕，著漢學商兑四卷。大略謂：近世有爲漢學攷證者，著書以闢宋儒，攻朱子爲本，首以言心、言性、言理爲厲禁。海内名卿鉅公高才碩學數十家，遞相祖述，所以標宗旨，峻門户。衆口一舌，不出於訓詁小學、名物制度。棄本貴末，違戾詆誣，於聖人躬行求仁、修齊治平之教，一切抹摋。名爲治經，實足亂經。名爲衛道，實則畔道。某居恒感激，思有以彌縫其失。輒就知識所逮，掇拾辨論，以啟其端，俟後世有真儒出而大正焉。又曰：漢學家所執爲宋儒之罪者有三：一曰，以其空言窮理，恐墮狂禪。不知古今能辨儒、禪之分，毫釐利害之介者，莫如程、朱。豈慮守拙者反爲盜賊邪！其一則以宋人廢注疏，空言窮理，啟後學荒經蔑古之陋。攷朱子教人諄諄於漢魏諸儒正音讀，通訓詁，攷制度，釋名物，以爲當求之注疏不可略。何嘗如今漢學家所詈！其一則曰，以其講學標榜門户分爭，爲害於家國。夫自古亡國以用小人。近世議論，專以亡國之禍歸之君子。或謂之曰黨，曰道學，曰講學之家，曰講學門户，若以比於佞人宦寺。尤當戒者，而不聞一人議曰，某代之亡，以用小人之過也。可謂失其本矣！或云，洛、蜀黨分而北宋亡；道學派盛而南宋亡。夫不咎蔡京、童貫，而咎洛、蜀黨；不咎韓侂胄而咎道學派；不咎嚴、魏而咎東林，此果爲理實之言乎！學不講則道不明，道不明，安必躬行之皆出於是邪。自一身而至邦國，自一物而至萬類，何在非學，何在不當講。故曰：學之不講是吾憂也。孰謂不當講學邪！又曰：漢學家首以言理爲厲禁，是率天下而從於昏也。傾敗正道，簧鼓士心，疑誤來學，馴至橫流奔放，人皆失其本心。學術之差爲人心世道之憂，所關至鉅，非細故也。又曰：余生平觀書，不喜異説。少時亦嘗汎濫百家，惟於朱子之言有獨契。覺其言言當於人心，無毫髮不合。直與孔、曾、思、孟無二。以觀他家，則皆不能無疑滯焉。故見後人著書凡與朱子爲難者輒恚恨，以爲人性何以若是其蔽也。故凡今之所辨，惟在毒螫朱子，悖義理，誤學術者。至制度名物訓詁之異同是非，自漢、唐傳注義疏所不能一，無關宏旨，不彊論焉。時阮文達方輯刻皇清經解，以漢學導世。先生以是書上之。按：此書刊於辛卯，而創稿實在粵東。文集上阮宮保書可證。八月，作待定録序。先生嘗曰：余所著待定録，於身心性命之旨，修己接物之方，體驗甚悉。嘗自爲之贊曰：『博學篤志，切問近思。求仁之術，西河是師。追惟生平，否之匪人。維瘠思善，有獲必新。理本大同，心有先得。削其雷同，務絶勦説。雖知無文，行而不遠。惟布與菽，其又可貶。匪曰振德，惟以自薰。知德君子，庶鑒余勤。』按：是書未梓行，其稿咸豐間燬於賊矣。又按：己卯歲與姚石甫書曰：先時爲學，亦頗泛濫老釋雜家，或爲之撰述。近反求之吾身，所見似日益明。有所獲輒劄記之，名曰待定録。歲月既多，積成七十餘卷。據此，則先生之學，至適粵後益專精矣。

五年乙酉 先生年五十四歲。授經阮文達幕中，按：先生在文達幕中兼閱學海堂課文，有擬作數首，刻學海堂集中。著書林揚觶二卷。其序曰：兩粵制府阮大司馬既創建學海堂，落成之明年乙酉初春，首以『學者願著何書』策堂中學徒。余慨後世著書太易而多，殆於有孔子所謂不知而作者。因誦往哲遺言及臆見所及，爲十有六論，以諗同志，知者或有取於鄙言也。其終篇有曰：藏書滿家好而讀之，著書滿家刊而傳之，誠爲學士之雅素。然苟學不知要，敝精耗神，與之畢世驗之身心性命，試之國計民生無些子益處，此祇謂之嗜好，不可謂之學。君子之學崇德修慝，辨惑懲忿，窒慾遷善改過，修之於身，以齊家、治國、平天下。窮則獨善，達則兼善，明體達用，以求至善之止而已。不然，雖著述等身，而世不可欺也。按：此書辛卯冬刊。

六年丙戌　先生年五十五歲，自粵旋里，旋往浙右。

七年丁亥　先生年五十六歲，主廬州廬陽書院。七月，鄧嶰筠中丞廷楨校刊展卿先生屈子正音於皖城。冬，歸里葬攷妣於武嶺龍井灣。先是，先生家世貧困，曾王父母没七十餘年，大父没五十餘年，皆浮厝，淹久未葬。嘗以爲痛。立意首葬王父母，次攷妣，以爲所以安先人之心者，必如是而後爲得也。及是，從父鶴棲始爲卜得一穴於武嶺龍井灣，將葬曾王父母。而是歲攷妣攢室生蟻，易材改斂，懼來歲蟻復生，於是從權而先葬攷妣焉。又逾數年，從父敦化又爲卜得一穴於龍眠烏石巖下，葬曾王父母及大父味書先生，其年月不可詳。

八年戊子　先生年五十七歲，主亳州泖湖書院。

九年己丑　先生年五十八歲。客宣城，五月旋里。按：半字集有宣州試院呈張丈虎兒竝諸同研詩，是往宣城乃閱郡試卷也。庚寅客宣城，當亦是閱卷。十一月三十日，繼母吴孺人卒。

十年庚寅　先生年五十九歲。客宣城，五月，著未能録，序之曰：閩縣孟瓶庵先生以損、益二卦歸之復卦，作求復録曰，懲忿窒慾，遷善改過，凡四篇，用意密切至矣，善矣。然不逮蕺山先生人譜六言爲有始有卒。余參劑於劉、孟二書爲十言以自程，曰：謹獨衛生，修内慎動，敬事燭幾，盡倫執義，安命積德。以上十義，昔賢名理名言至精且詳，不可勝舉。今日惟在自家切身檢點實踐而已，不作言銓也。此書未刊八月二十四日，孫淵如生。

十一年辛卯　先生年六十歲。主宿松松滋書院。五月，著進修譜録，序之，略曰：進修者，本易君子進德修業欲及時之語以自勖毖也。君子之學進德以事天，修業以事人，舍是無所致其力。夫百工技藝皆待規矩繩墨法式模範以成其事，獨至爲人，自孩提至老任情放意，各以私智蕩性虛憍，客慧忿慾，偏惑苟妄行之，而無不予聖自狂焉。天下所以少成德全才也。即少有質美志學者，不得其門，又昧於所從事，誤用聰明，可哀可憫，此吾譜之所以作也。夫四子、六經、諸史、小學、近思録皆人譜也，吾曷爲復作之？此吾所私具也。義理，天下之公，曷爲有私？吾所謂私者，如人皆冠履，視之則同，然而吾所自具者，合吾首，適吾足，必不同於人之所有也。其譜之類凡八：窮理一，密察二，實三，巽宜四，節五，止六，借所七，恒八。此書未刊 校訂宿松朱字緑先生書文集，竝作序。是歲，桐城大水，邑令楊大縉貪婪虐民，民大譟。令遂以民變愬大府，將調兵。先生適在巡撫鄧公幕，急以身家保。鄧公素敬信，事得寢，邑賴以安。

十二年壬辰 先生年六十一歲。二月，自編詩二卷，名半字集。後同里胡曉東太守方朔爲刊於廣州。癸巳年刊 四月，再適粵東，訪按察使某公不遇，旋歸。八月望晨，舟過韶州曲江，江口墮水。有對月遣悶雜書絶句十四首。

十三年癸巳 先生年六十二歲。二月，赴常州，時同里姚石甫廉訪瑩爲武進令，延先生編校其曾祖薑塢先生範援鶉堂筆記。同里蘇惇元來受業。七月二十九日，妻孫孺人卒。

十四年甲午 先生年六十三歲。客姚公官廨中，時姚爲元和令。按：攷槃集有滄浪亭詩，蓋是歲作。

十五年乙未 先生年六十四歲。姚廉訪爲淮南監掣同知，先生偕之往真州。八月三十日，孫龍光生。校援鶉堂筆記畢，書其後曰：古人校定書籍，綜覽義旨，軌示前則，有大體，有細意。大體炳諸所裁，細意隨時而發。一出通賢之手，即爲凡例。故曰自揚雄、劉向方稱斯職。歷覽古今，若馬、鄭、賈、服，逮於陸元朗、孔沖遠等之於經，應孟如、徐逮於、顏師古、胡身之等之於史類，皆以英敏之資勤鋭之志，識明心專，反覆討論，鑒別精審，意辭方雅，采獲分散，貫穿齊一，周其藩籬，窺乎區蓋，脈絡次弟，曲得其恉。故每編校一書，所費日力即與自著一書等。是以獨步邁俗，無媿雄、向。準此而論求之，近人惟惠氏定宇、何氏屺瞻、盧氏抱經、錢氏竹汀四家識精鑒密，差足與於斯流。顧三家書皆整雅，惟獨何氏之書體例乖俗，殊乏裁製，前人以紙尾識之，良爲不虛。間取而衡之，似遠遜後來錢、盧二家條理淵密，枝葉扶蘇，精神煥發也。推尋其故，蓋由錢、盧手自訂著，何氏出後人齎次，不得其措注之宜故也。蓋傳其所僅傳，而其不傳者與人俱亡矣。是知書非自訂而託之後人，多成增謗，尠不失其恉者。先生平日校勘羣籍，本以糾繆正誤，拾遺補闕爲旨趣，使編其書者納於謬誤闕陋之途，遺誚通識，比於誣謗，能無懼乎！編審既畢，特發斯義以諗來者；笑古人之未工，忘己事之已闕，不敏之媿，重爲口實矣。

十六年丙甲　先生年六十五歲。居里中，命門人蘇惇元重編張楊園先生年譜。先生於近代真儒，推陸清獻公及楊園先生爲得洛閩正傳。惜陳古民梓所訂楊園年譜未盡善，屬惇元重編之。并啟告沈鼎甫侍郎維鐈，宜奏請從祀，且爲刊布遺書。

十七年丁酉　先生年六十六歲。二月，復赴粵東，客總督鄧嶰筠尚書幕中。六月，編校展卿先生鶴鳴集。同里光律原方伯聰諧爲刊行。

十八年戊戌　先生年六十七歲。閏四月二十四日，孫濤生。八月，刻援鶉堂筆記刊誤。序之曰：往歲癸巳、甲午爲姚石甫撰其曾大父薑塢先生筆記，寡昧不學，多所繆盭，浩袠已行，不及削改。中心思之，如芒在背；一己之遺譏通識其事小，古義之疑誤來學，則其害大矣。故即其所已悟者亟改正於此，其未悟者則望之來哲。九月，粵海關監督豫某延先生修粵海關志。漢學商兑、書林揚觶刊行後，先生檢其中尚有宜改正者；後觀書時有所獲，可以補入本條相發明者，隨箚記於本書之上下方。積久遂多，取而眘輯之，成刊誤補義二卷。十月，序而刊之。校勘管異之七經紀聞，時鄧尚書任爲刊行。先生於其致疑朱子者附說於後，以正其誤。十二月序之。定族譜義例。先是，辛卯歲已作族譜序、族譜後述。至是寄從父敦化、鶴樓及子聞書，屬以譜事，次年修成。

十九年己亥　先生年六十八歲。在粵東。四月，校刊同里胡雒君虔柿葉軒筆記，因撰其行歷，竝及同里先輩與展卿先生尤厚者，爲先友記。著昭昧詹言十卷，論詩學旨要。大略謂學古人詩，當求之於義理蘊蓄、本領根源、精神氣脈，不可襲其形貌。宜力守韓公陳言務去之戒，及山谷隨人作計終後人二語。而又以文從字順各識其職爲貴。卷一通論，卷二以下專論五言古詩，漢、魏一卷，阮、陶、謝、鮑、小謝、杜、韓、黄各一卷，八月序之。未刊

二十年庚子　先生年六十九歲。夏，歸里。文漢光、戴鈞衡及從弟宗誠俱受業於門。著大意尊聞，以教諸孫讀書行己制心處事之要道。據獮較正簿序及終制，是書蓋成於辛丑前。

二十一年辛丑　先生年七十歲。著續昭昧詹言，專論七言律詩。六月朔序之。未刊

二十二年壬寅　先生年七十一歲。五月，著獮較正簿一卷，示諸孫。其序略曰：科舉八比時文爲仕進始基，出身起家之切用。功令所昭，舉世奔命於此。特其源流得失，求一卓然通達解了者率不易覯，故今麤爲説之。所謂叩兩端而語空空也。俾汝曹他日不爲歧途懵闇，不知而亂道者所誤云爾。已刊作病榻罪言。先是，十八年客粤時，大臣請厲禁洋煙，下督撫議。先生著匡民正俗對，陳所以禁之之道，勸制軍鄧公覆奏，不從。英夷公司領事義律桀傲不受約，居省城夷館。先生勸制軍陳兵斬之。制軍慮啟釁，謝不敏。然終反覆生變者，義律也。及是夷人犯順，東南數省皆被禍，大帥多退避。先生時時痛心切齒，因作此書，極論制夷之策，遣人上之浙江軍門。時浙藩卞公士雲與先生相識，是書因卞公上之。惜方議撫不能用。十月，自定文集十一卷，序之。同治六年，從弟宗誠爲選刻之。

二十四年甲辰　先生年七十三歲。取古人格言，去其膚傅，約其警切，成一卷，名曰山天衣聞，以示三孫。四月，序而刊之。

二十五年乙巳　先生年七十四歲。九月，同里方仲山大令璋招集里中諸老七十以上，凡九人，爲九老會。先生以七十四與焉。有詩紀之。

二十六年丙午　先生年七十五歲。先生前因三世遺柩未葬，盡鬻生産買山。有謀佔之者。邑令史某忌先生伉直，置不爲理。本有一山長講席，以贍朝夕。又

與邑紳某讒沮於當事，遂被裁奪，由是貧益甚。

二十七年丁未　先生年七十六歲。合葬祖母胡孺人暨繼母吳孺人於龍眠喻沖。除日阡成，作詩記之。自注云：「三世遺柩七，今皆畢葬。」著一得拳膺録。已刊

二十八年戊申　先生年七十七歲。七月，作思適居鈴語序。是書取經史所載，古今述傳而義未安者爲之辨論，凡四卷。僅刊首卷先生晚年詩名攷槃集，隨時刊刻，起癸巳，訖戊申。五言古詩二卷，七言律詩一卷。

三十年庚戌　先生年七十九歲。修改大意尊聞，述其指趣。同治五年，從弟宗誠校刊於郡城。

咸豐元年辛亥　先生年八十歲。先是句容唐魯泉大令治宰桐城，雅重先生。及移任祁門，延主東山書院。以二月初旬往，門人文漢光、甘紹盤從。五月二十二日感微疾，與門人飲酒論學自若。二十四日時加寅盥洗，更衣冠，坐講堂，顧席微斜，命正之。又命僕持簡辭唐明府。漢光曰：『先生心内受用否？』曰：『甚安。』時加申乃卒。咸豐二年春，柩歸自祁門。其冬，葬於桐城西鄉挂車山吳家嘴祖墓側。

先生貌清臞，長身玉立，神采凝重。少承家學，又受文法於姚姬傳先生。然好爲深湛浩博之思，不專專於文字；故其文醞茂昌明，言必有本，隨事闡發，皆關世教。詩則沈雄堅實，深得於謝、杜、韓、黄之勝，而卓然自成一家。生平研精義理，最契朱子言。勤於學問，每日雞鳴起，秉燭讀書，至漏數下始就寢。嚴寒酷暑，精進靡間，七十後猶不輟。所著待定録凡百餘卷，自天道、治法、物理、人情、修齊之教，格致之方，省察存養之旨，諸儒學術之同異得失，以逮説經、攷史、詩文、小學，無不探賾抉微，析非審是。嘗言立身爲學固以修德制行内全天理爲極，而於人世事理亦必講明通貫以待用。蓋天下無道外之物，凡此皆吾性所應有也。惟當知本末先後之次，不可以徧物，喪志勞心，失其大者、遠者耳。既著漢學商兑，又慮漢學之變將爲空談性命，不守孔子下學上達之序，乃著辨道論，跋南雷文定以砭姚江、山陰牴悟朱子之誤。老年尤服膺二程遺書，日夕潛翫。嘗論儒者學聖人之道，徒正不及中，中必純粹以精；而純粹以精必在於明辨晳。又曰，士君子行己素位而道中庸。亦曰，行乎

理之所安而已，使微有感激偏宕之意則失中，失中則失道，失中、失道君子不由也。又曰，人弟供當時驅役，不能爲法後世，恥也。鑽故紙著書作文，冀傳後世，而不足膺世之用，亦恥也。必也才當世用，卓乎實足濟世。不幸不用，而修身立言足爲天下後世法；古之君子未有不如此厲志力學者也。少補縣學生，鋭然有用世志。凡禮、樂、兵、刑、河漕、水利、錢穀、關市大經大法，皆嘗究心。然卒困於諸生無所試。

性仁孝，十二歲喪母鄧孺人，事祖母胡孺人、繼母吳孺人，思慕終身，言及輒零涕。展卿先生卒時，先生客江蘇，慟含斂未親，誓宜歿於外以自罰。將卒，猶命門人必薄斂。先世七喪未葬，先生内自疚，親跋涉卜兆。盡鬻生産，營葬畢而後安寢。又修族譜、立祠規，以尊祖收族。族戚、交游、門人中有疾病患難者，驚惶憂懼至廢寢食。自奉極菲，而遇人則厚。凶歲更減食飲以周困窮。與人交遇事據理直陳，或面折人非，無所顧忌。虛衷好學，時退然如不足。然擔當世教、辨論學術之純駁，則侃侃不撓。尤廉介，不務進取，邑令以禮先者往答後，不輕造其室。姚石甫廉訪左遷入蜀，假數百金奉先生爲治生計。及聞廉訪使乍雅，歸券於其家。嘉興沈鼎甫侍郎督學安徽，告撫軍鄧公、方伯佟公景文，欲選拔先生貢成均，先生不就試。道光三十年，詔舉孝廉方正。姚廉訪首以先生行義告撫軍，先生曰：『吾耄矣，尚堪世用邪，何爲此虛名也。』

生平所與交游皆一時宏才碩學，如上元管異之、梅伯言，宜興吳仲倫德旋，陽湖陸祁孫繼輅、寶山毛生甫嶽生、祁門洪巽甫嘉木、建甯張亨父際亮，同里朱歌堂雅、馬元伯瑞辰、徐六驤璈、姚石甫、光律原、劉孟涂、馬公實樹華諸公，皆最爲縝密。阮文達公初與先生論學不合，晚年乃致書稱先生經術文章信今傳後。又極贊所撰三年喪辨，謂其解『中月而禫』真解創獲，實前人所未及。其言未出世莫能知其言，既出世莫能廢。有功名教，爲宇宙必不可少之言。沈鼎甫侍郎讀先生書，始以不見爲憾。既見則自恨年老，不能從學，嘗以告於知先生者。鄧嶰筠制軍與先生論學稱曰：凡心有所疑，未啟口而君已先發之，覺義理原委更加貫暢。李申耆大令推先生負荷世教，廓清翳障，使程朱之道復明。姚石甫廉訪稱先生老而愈窮，見道愈篤，言義理粹密有遠過元明諸儒者。又謂先生理究天人，貫穴古今，博大精深，無所不學。知者咸以爲無溢量之言。

自客游四方主講席，及里居時凡以詩文就正者，既告以法，必進以古人務本之義，尤重實行之士。韶州譚麗亭、同里許玉峰闇修無知者，先生推爲君子之儒。教人作詩文必曰，精讀而出之，勿易。晚歲家居十一年，專以成就後進爲事。從游者如蘇惇元、文漢光、戴鈞衡、江有蘭，暨從弟宗誠，皆以學行知名於時。

子二人：閫、戌。孫三人：濤，閫生；淵如、龍光，戌生，皆能世其家學云。先生老年家居所著書尚有陶詩附攷、解招魂、向果微言述恉、最後微言，皆不知撰述年月，今附記之。

福照年十六七時初學爲古今體詩，得讀先生昭昧詹言，因略辨塗轍。歲庚戌，以所作謁先生，過蒙獎譽，遂獲時承講授。辛亥春，先生赴祁門，臨行命從往代課其幼孫濤讀書，以家累不克應命。逾數月，先生捐館，遂不得復見，至今常以爲恨焉。先生生平行歷具詳所著待定録中，今已燬於賊；其餘撰述已刊者亂後板片並不存，未刊者稿亦多散失。每念先生之學醇正精博，實近世諸儒所不逮。其行誼本末不可以不詳，爰取方氏家譜及先生詩文集、雜著、從弟宗誠行狀、子閫行述，並同時諸公集與所聞於師友者，述年譜一卷，俾天下之士得以洞悉其質行文章之實。語皆有本，不敢臆撰一字，以蹈誣妄之咎。其四十以前游歷事蹟多不可攷，姑從闕如之義云。同治六年春二月，同里後學鄭福照識。

【校】

〔一〕録自考槃集文録。

方植之先生傳〔一〕

馬其昶

方先生諱東樹，字植之。先世遷桐城，居魯谼，爲魯谼方氏。桐城之方最著者，曰桂林，曰會宮，曰魯谼，皆自徽州來遷，然皆各自爲族。魯谼方氏雍、乾間有待廬先生諱澤，字苧川，以優貢生爲八旗教習。敘知縣不樂就，棄去。所交友皆一時名士，而默默獨守中行，姚薑塢編修稱其文似明羅文止，詩似宋楊秘監。待廬之孫諱績，字展卿，即先生父也，尤工爲詩，校正史傳、諸子，鈔録數百卷。著經史劄記、屈子正音及詩文集。

先生既上秉家學，又師事姚郎中，泛覽秦漢以來載籍，自詩文、訓詁、義理，以逮浮屠、老子之説，無不綜練。當漢學熾盛，姚郎中獨毅然自守，先生繼起，更昌言排之。阮文達公督粵，辟學海堂，一時名流輻湊門下。先生客其所，獨發憤著書，言：『漢學諸家目擊時敝，意有所激，創爲救病之論，而析義未精，言之失當，出於淺肆，闇於是非，與宋儒爲水火。而其人類皆以鴻名博學，貫穿百家，遂使數十年間承學之士耳目心思爲之大障。歷觀諸家之書，徒訓詁名物，而無當於聖人躬行求仁、修齊、治平之要。』於是成漢學商兑一書，反復數十萬言，以正其違謬。文達，漢學家所奉爲宗主者也，晚年亦稱先生文學足以信今行遠。蓋其義理一本程、朱，而考證之精、文辭之辨，又足以佐之。

性高介，恒閉門譔述，不隨人俯仰。好盡言，論道術、文藝必抉其所以然。道光十八年，廷議厲禁鴉片，先生在粵撫幕中，著匡民正俗對，不能用。居數年，海氛果不靖，又著病榻罪言，極論自强之策。所籌皆天下至計，而卒不遇，以諸生終。

其爲文，浩博無不盡之意，詩則用力尤至。居恒先鷄鳴起，丙夜始休，丹墨不去手。初，姚郎中從待廬學，至是，先生爲鄉里大師，復稱姚門高弟子焉。歷主廬州、亳州、宿松、廉州、韶州講席。年八十卒於祁門東山書院，光緒元年祀『鄉賢』。

所著書曰漢學商兑三卷，書林揚觶二卷，大意尊聞三卷，向果微言三卷，昭昧詹言六卷，陶詩附考一卷，儀衛軒文集十三卷，半字集二卷，考槃集三卷，王餘集一卷，皆刊行。

孫，龍光，官山西潞安知府。

馬其昶曰：九流百家各極不同之致，皆以明道不相妨也。激則失當，至於相非。一彼一此，猶寒暑之必至。有江氏漢學師承記，即先生之商兑不能無作。而或者因其辭之稍激，疑寒生謀食，特以嘩衆立異。夫苟有世情鄙念，不迎合當塗而故違之乎。此則近於誣善之浮辭，非大雅所宜陳也。先生嘗謂：『士人欲補不耕織而衣食之咎，則惟有著書覺人可耳。』偉哉，斯言足充之矣！余聞之父曰：『先生勤學不倦，意有省會，嘗中夜覺寢，起而識之。』曰待定録者百餘卷，中多微言粹論，惜其軼不存也。

【校】

〔一〕原見於桐城耆舊傳卷十。

儀衛軒文集識語〔一〕

方宗誠

右植之先生文十二卷，附外集駢體文一卷。先生初不欲自存其文，雖門人嘗爲鈔録，得二百四十八首，而未有刻本。亂後遺書多散佚焚燬。去歲閩浙制府盱眙吴仲宣尚書來索取漢學商兑、書林揚觶，欲重爲刊行。合肥李少荃宮保、沅陵吴桐雲觀察、歙程尚齋都轉亦各以書來，命宗誠爲先生編次文集，贈資鋟版；宮保且欲爲先生盡刻所著諸書。宗誠無似，於先生之學不能窺測一二。感諸公誼不獲已，因發先生遺文，先選録百有三首，與同里友人鄭容甫福照先生、孫濤校訂繕寫。先生少承累世家學，宗法朱子，詩古文則嘗受學於姚惜抱先生之門。然先生氣質剛毅，生平以明學術正世教爲己任。研經考史，窮理精義，宏通詳確，而一歸於醇正。言必有宗，義必有本，不欲爲無關繫之文。故其文茂實昌明，而不盡拘守文家法律。嘗自言其文於姚門不及管異之、梅伯言；又嘗以爲吾固深知文，然實無暇致力於此。今節相湘鄉曾公亦以先生言爲不欺，然謂先生之學則遠非二君所及，固自成爲先生之文也。亦亟勸爲刊行。爰付剞劂，數月工竣。先生言行，宗誠嘗爲之狀，門人蘇惇元厚子爲之傳；容甫復爲纂次年譜一卷。於先生學行考之尤詳，今取附集後云。同治七年閏四月，門人三從弟宗誠謹識於安慶寓舍。

【校】

〔一〕此文原見同治七年刻本儀衛軒文集目録後，無標題。現題為整理者所擬。

半字集題辭〔一〕

庭誥論詩示東樹：『作詩如作人，顏曾不易躋。忠信以爲質，韓蘇豈非梯。五言師漢魏，出骨蒙其皮。初唐效七古，傅粉還施脂。小兒强解事，貴盛聊恣睢。豈有鈞天奏，漫預凡伶爲。沿河必至海，築室先正基。冥心待深造，勤如養嬰兒。當其忽有獲，鬼神亦不知。汝才似可至，慎勿用心師。轉思亦何必，至之徒苦飢。』

惜抱先生曰：『寄示之詩乃未見大進於往日，當由與俗人唱和，覺其易勝之，便不復追希古人。此何由能自卓立，有成就可觀乎。大抵學古人必始而迷悶，苦毫無似處。久而能似之；又久而自得，不復似之，若初並不知有迷悶難似之境，則其人必終身無望矣。爲學非難非易。只在肯用功耳！』

又評紅梅詩曰：『三詩有情有韻，落韻穩老，真似昌黎。』

上元管異之同評七言古詩：『締情如韓杜，隸事如蘇黄。深博無涯，變化莫測。擬諸古人，覺務觀失之短，伯生失之弱。植之自謂七百年所無，吾三復而信之。』

又贈詩曰：『朔風吹大江，出户生寒色。鷙鳥各休巢，哀鴻猶振翼。伊人自遠歸，良覿冀可得。采蘭方南陔，負米仍東國。自注：植之歸自嶺南，同適客皖，以爲必可見矣；既而聞有浙右之行，不勝悵恨。時道光六年十一月也。古人學宦游，今人走衣食。覽輝託鳳翔，執飽齊狸德。幕府昔掄才，府僚近匪職。爲同子未甘，表靈衆誰識。孤身萬里老，奇氣一生抑。願子有田廬，稱用取耕織。守雌於山梁，翩然謝矰弋。』

上元梅伯言曾亮贈詩曰：『君作皖公客，金陵違幾春。風期雖勝我，月旦且憑人。開府膺時棟，自注：君時客於胡果泉中丞幕中。題輿首席珍。楚筵陳醴舊，鄭館授衣新。側想傳經暇，遥知得句頻。魚書慚繾綣，雀躍更悲辛。鱣集雞鳴久，龍登雁行親。自注：姬傳先生主講鍾山，曾亮同游門下。學隨吾輩好，文許後生真。問卜皆無色，談空各有神。元文推子論，黄語不吾瞋。香火情非淺，杯盤迹未陳。萍蓬俄逐浪，模楷忽成塵。姬傳先生歿曳痛連朝杖，傳憂異日薪。一哀千古事，兩地百年身。膝爲斯人屈，眉從若箇伸。顧瞻思大冶，縮蓄任鴻鈞。離合緣終易，存亡感詎湮。秪愁良會日，話舊益沾巾。』又曰：『植之哦七字，高浪駕青鯨。累累葛一邱，孤笑寒花明。』

又評曰：『植之之詩妙在字字有凹凸，步步有吞吐。國朝詩人無此境界。且大段讀去，已自成爲植之之詩，不似亮等忽唐而忽宋也。』

又評答姚籀君追述金陵舊游曰：『植之詩所不可及者才也，有才者亦不能如植之，失之率也；才而不率，斯真才矣。』

又評擬虞道園漁邨圖曰：『伯生覺太近人，植之詩字句承接固無一步滑也。』

吳中沈小宛欽韓評曰：『大著詩文兼絶。文則上追周秦，下亦擅韓、柳、歐、曾之勝。覺李習之孫可之輩褊淺，才力俱乏矣。七言古詩抉昌黎之髓，闖少陵之室，世俗但見其横空盤硬，以爲生硬而嫌之，而未識其氣韻沈酣，先賢妥帖排奡，良工心苦也。』

又評送管異之入都曰：『和韻詩俱有雋味，炙而愈出，如山谷之次東坡韻，已是强對，面目卻殊。』

又評寄程月川詩：『滿紙奇縱之氣彌復，章法井然，植之自謂東坡寄劉孝叔後七百年不多有，信非欺人也。題許長昭詩卷此首抑塞悲慨，逼真少陵。』

建甯張亨甫際亮贈詩曰：『辛卯二月姚石甫先生出示植之先生詩，古近體皆出以深思厚力，余尤愛其七言古體，佳處殆非近人所能窺見。漫綴數語，致相慕之意。「李杜不作韓蘇死，歌行作者世餘幾。紛紛侈口學四公，誰得其皮況骨理。春風吹雲在天際，變滅萬態誰能擬。塵埃不見飛空仙，兒曹狡獪詫山鬼。吾聞積理復養氣，意極深遠毋浮鄙。要從沈鬱得飛動，豈貴蹶張與剽詭。二百年來古調稀，何意方侯迺有此。方侯學本惜抱翁，著書百卷析經史。餘事作詩遂絶倫，託興妙合風疋旨。同時亦有劉孟塗，其才自奇氣已駛。我非違衆苦軒輊，黄仲則吳蘭雪難與兹並視。前年出都得單老，是其歌行最可喜。可憐老死世莫知，單可惠字芥舟，山東高密人，著有白羊山人詩稿。其七古最工，非其鄉茘裳、漁洋、大木、秋谷所及，然世無知之者。丁亥□月以諸生終于家，年六十餘矣。余己丑六月於章邱李月汀比部處見其爲李題便面二律，嘆爲大家。李因覓得其刻稿一本與余，今往來皆攜之篋中。嘗與友朋言，俟他日力有餘，當録其七古特梓之，以示後生，庶挽近人浮誕粗妄之頹波也。今念方侯淚如洗。此行於山失浮渡，於人復不遇夫子。余至桐城訪先生，而先生在安慶郡城覓余，致兩不值。青衫白髮老將至，頗識苦貧慣遷徙。眼中詩在幸自娱，世上浮名看流水。」』

上元馬湘飄沅贈詩曰：『知君鶴貌更清寒，嶺嶠三年會面難。作客郭隗非馬骨，累人閔貢秖猪肝。昨聞辨道心猶競，君著辨道論洋洋萬餘言爲有談天口未乾。七百年來無此作，新詩傳寫客中看。』

姚庚甫景衡贈詩曰：『雲霞作秋色，眉宇親故人。不暇述離思，聊與慰苦辛。繼詢別後務，古義紛然陳。名譽何足慕，斯文期還淳。殷殷待彦喆，茫茫悲前民。行年已蘧瑗，内美懷靈均。每覺心多歎，所得時用珍。願言敦四擇，以兹輝千春。賤子惜衰憊，舊學荒荆榛。謬承許與切，況更惠愛真。方將游汗漫，已自甘沈淪。百年會有幾，羣士奚可因。兹辰(辛)[幸]淹留，至論相循遵。大火流以西，涼風來益頻。韶景日可俟，吾知造物仁。』樹與庚甫交最早最久，契最密，相與論議酬答最夥。今久不見，所有往來文字皆不存。檢故篋得此詩，讀之悽然，載之於此，用識石友契闊之感。

姚石甫瑩評曰：『七言諸作横空盤硬，合韓、蘇、歐、黄爲一手，放翁以下或有未能，何況諸子！』

又贈詩曰：『人生如寄死乃歸，此語不妄我所知。郤怪造物苦多事，此大逆旅開奚爲。貧富貴賤各異受，譬如遠客隨所依。金多勢崇得安便，華屋僕馬憑指揮。孔顔無交厄異地，手彈琴瑟身長飢。主人不識厭久寓，反索我垢搜瘢胝。途窮乃思故鄉邑，雖有至樂難舒眉。世情物理本如此，吉凶禍福誰能司。古人窮愁强解事，謂有賞罰吾嘗疑。渾渾大化豈有覺，妄思求福真兒癡。君有窮途不足恨，但恐歸去無所攜。椿長槿短自朝暮，古今變化無停機。江山到處風景好，任君領取天莫私。精粗趣殊好惡别，持與世較孰得之。壯哉君言有如此，歲在辛卯聊自筮。植之自言歲行不利於卯六十語年未爲足，至理所得已不貲。儻遇胡賈論市價，此行豈但鴟夷。乃知逆旅未嘗惡，有生來去空嗟咨。』

馬元伯瑞辰題七言古詩卷：『杜詩沈鬱李清新，蘇海韓潮總軼倫。學到古人齊入化，不存面目但存神。』又評擬江淹三十首云：『研精覃思，神於摹擬，述懷諸篇尤爲寓意深而託興遠。』

姚伯山東之贈詩曰：『江左談詩方植之，近聞華髮已成絲。百年竟爲飢寒累，一顧難逢邂逅知。渡海稚翁非乏術，焚琴伯玉任居奇。故交冠蓋長安盛，獨對斯人有所思。』

姚鷹青元之贈詩曰：『舊鄉多藹日，瘴天阻炎威。不意數旬間，異地接光輝。昔對春花發，今見鑾雨霏。人情變舒慘，歲節易芳菲。嘉藻一何壯，文雅縱橫飛。靈光歎不存，棘下紛無譏。常恐失周道，迷惑無所依。幸子濬淵源，爲我發杼機。三門爭澎拜，底柱何崔巍。高旨非攸庶，離羣誠所欷。不惜長卿貧，但念季女飢。非無共濟心，惜哉方舟稀。歎息不忍別，憂傷使我腓。聞子厭世網，思欲息荆扉。新畦剪鹿韭，昔宇更龍衣。養日潔晨羞，當風吟夕暉。夙願豈不偉，窮途或恐違。孤鴻唳南海，何日復東歸。飢驅惜志短，歲晚悔年非。哀人爲感傷，何以答珠璣。申章欲有贈，欲贈慙力微。但願加餐飯，努力報庭闈。』

【校】

〔一〕原刊於半字集卷首，現改入『附録』。原無題，此題系整理者所擬。

半字集識語〔一〕

胡曉東

吾鄉詩學自海峯先生振起於前，惜抱先生輝映於後，於是英才蔚起，各隨其性情才力以自成一家之詩，而皆得乎詩學之正。故海内言詩者推吾鄉爲極盛，非私語也。植之師事惜抱先生最久，獨以孤高之懷，發抑塞之氣，沈鬱奇肆，不以聲色爲工，與同學諸子特異焉。其去取過嚴，今所存纔百餘首耳。因索其稿亟以付梓，知不爲雅俗所(其)[共]賞，然必有能辨之者矣。道光癸巳夏日識。

【校】

〔一〕此文原為半字集刻行作，收入本書時，整理者擬為此題。

考槃集古體題辭〔一〕

梅伯言云：以子美之老氣，押韓、蘇之强韻，直寫當境，無所雕飾，而艱難危苦之境脱手即是。嘗論杜五古以行役諸詩及尋崔戢李封、羌村諸什爲古今不經人道。足下直有其妙處真處，非如是之境，必不能爲如是之詩。是造物者之有以相吾子也。見寄詩垂念甚殷，知落落故交星散天壤間，無日不往來於懷抱。不以存殁貴賤有所輕重，殊可感也。吾輩數人，正不可無足下數詩作收拾，云云。又云：甲辰展重陽詩，全得曹子建、鮑明遠格意，起二句又似顏延之。近時人不知也。

鄧嶰筠尚書曰：不裝古人面目，而氣韻沉厚，真味醰醰。劉舍人所云，『心生而言立，言立而文明』者也。

【校】

〔一〕此與後之『近體題辭』原均刊於儀衛軒詩集卷首。

考槃集近體題辭

鄧嶰筠尚書云：大作近體愈益兀傲，多以經語入詩而無損於性情。足以鍼庸而砭猥，近時鮮有爲之者矣。此先生入關後官秦撫獲理陝甘總督時所寄書中語

梅伯言云：往見植之評毛生甫詩云，海峯華妙未極沉精，惜抱沉精間乏華妙，生甫庶幾兼之。又評某人詩云，衹因詞熟轉晦意新。是皆微言。今觀植之七言律詩，信絶斯二獘。

儀衛軒詩集識語〔一〕

方宗誠

右植之先生詩，曰半字集者二卷，曰考槃集者三卷，皆先生手定本。附録數首則哲嗣聞所補遺也。亂後版燬，合肥李少荃伯相既以貲爲校刊文集，復命宗誠編次其詩及他遺書，任重爲梓行。先生論詩之旨，具於昭昧詹言一書，自來言詩之精蕴未有先焉者也。顧自以講解太絮，嫌近於陋，而不欲播諸世，惟篤學好古之士傳鈔録而已。生平自信其詩特深，以爲逾於文。上元梅伯言曾亮、寶山毛生甫嶽生、建甯張亨甫際亮皆推尊之，以爲不

可及。謹識之，以俟後之知言者論定云。同治八年春三月，門人三從弟宗誠識於安慶客舍。

【校】

〔一〕此文原見儀衛軒詩集目録後，收入本書時整理者擬為此題。

吴德旋集

點校　石鐘揚

整理説明

吴德旋（一七六七——一八四〇），字仲倫，别號安蔬居士，江蘇宜興人，廪貢生。

其家世，從姚椿所撰吴仲倫先生墓誌銘知：『君世居宜興北渠里口，世祖中行明世以直諫張居正奪情事，名在天下。君幼時見袁枚所論世事，即作文駁之。』

吴德旋於科舉道上不順。姚椿説他『逾冠以縣學生游京師，與同郡張惠言友及四方諸聞人相切劘。游四年歸，用客授以養給。自嘉慶九年以禄不逮養，遂棄科舉業，專志於學。』嘉慶九年即一八〇四年，這年吴德旋三十七歲，那麽他游學京師當在三十三到三十七歲之間。長他六歲的張惠言三十九歲（嘉慶四年）中進士，四十一歲被授翰林院編修，四十二歲（嘉慶七年）即亡故，而吴德旋雖『禄不逮養』，『久處困約之境』，卻能『強作任達』。對比友人的興衰，正視自己的困境，他終棄科舉業。

吴德旋三十七歲之後專志於學的是古文之道。此前在科舉路『踽踽而行』，雖也有心學古文但用志不專。他在姚惜抱先生墓表中説：『德旋年二十餘，慕古人為文，而不知所以為之之法。側聞今天下為古文者，惟桐城姚惜抱先生，學有原本而得其正。然無由一置身其側，親承指授，以為恨。』於是覓來桐城派經典教本古文辭類纂，與張惠言一起揣摩古文作法。『德旋既讀先生古文辭類纂，稍知為文之法。其後獲見先生於鐘山，而請益焉。先生以禪喻文，謂須得法外意。德旋聞之，而若有證也，而先生亦深許德旋為可與言文』。這歷史性會見當在嘉慶十二年（一八〇七）。姚椿説吴德旋『年幾四十，請益於桐城姚先生鼐』。吴德旋『年幾四十』，即一八〇七年，這年姚鼐七十七歲，正再次主講於鐘山書院。

吴德旋十分珍視這次鐘山『請益』。他的詩文對此多有敘説，其七家文鈔後序説：

> 先生誨之曰：『子之論文主於法，是矣。然此學者之始事也。其終也，幾且不知有法，而未始戾於法。子其歸而求之周、秦諸子，及司馬子長之書

乎？』德旋曰：『唯唯。』然固且疑之，疑夫惜抱先生之文之謹於法也。然先生固嘗言之曰：『文之至者，通於造化之自然，人力不得而旋也。』則言夫人力之可為者，亦惟學者之始事而已。

有了這親炙請益的故事，吴德旋『由是一意宗桐城』。在桐城派三祖中，吴德旋對姚鼐評價最高。他說：『姚惜抱享年之高，略如海峰，而好學不倦，遠在海峰之上，故當代罕有倫比。揀擇之功，雖上繼望溪；而迂回蕩漾，餘味曲包，又望溪之所無也。』（初月樓古文緒論之五二）

吴德旋古文理論與創作實踐都深受姚鼐影響。他於初月樓古文緒論中說：『文章之道，剛柔相濟。』『章有章法，句有句法，字有字法；到純熟後，縱筆所如，無非法者。』『作文豈可廢雕琢？但須是清雕琢耳。功夫成就之後，信筆寫出，無一句吃力，卻無一字一句率易；清氣澄澈中，自然古雅有風神，乃是一家數也。』『文章自當從艱難入手，卻不可有艱澀之態。』『古文之體，忌小說，忌語録，忌詩話，忌時文，忌尺牘。此五者不去，非古文也。』但在陽剛、陰柔的美學選擇中，吴德旋終偏於陰柔之美。他說：

僕於文之所見與子居異，子居為文，氣必雄厲，力必鼓努，思必精刻。而僕所深好者，柔淡之思，蕭疏之氣，清婉之韻，高山流水之音。此數者皆子居所少。（與王守靜論大雲山房文稿）

吴德旋是與桐城派的一個重要支流——陽湖派的代表作家惲敬（子居）作對比而標明自己的美學追求的。陽剛、陰柔各得其妍，未必是因子居說他『才弱』而有意氣之爭，但他認為惲敬古文『頗以法家言，少儒者氣象』，倒是頗有原則意義。

相對而言，吴德旋與陽湖派另一代表作家張惠言意氣更相投合些。與沈閑亭書云：

德旋年三十許時，與吾郡張編修皋文同學為文，編修甚見稱許。且欲以此事相推避。編修之言，吾郡士人所取信也，故其時譽德旋文者十八、九。

吴德旋對張惠言也多有稱譽。他說：『張皋文惜不永年，故摹古文之痕尚不盡化，然淳雅無有能及之者；早年雖講漢學，而仍不薄程、朱，所以入理深也。』從吴德旋對惲敬、張惠言的不同評價，不難看出其思想深處始終存有桐城派的元典精神：學行繼程、朱之後，文章介韓、歐之間。

吴德旋之詩文綿邈唱歎，深情致遠，有『古淡』之風。他尤喜寫隨筆，其初月樓聞見録正續編共二十卷，『所録皆吴越江淮間事』，『意在闡揚幽隱，顯達之士不録焉，即間有牽涉亦不及政事，在野言野，禮固宜然。』（初月樓聞見録序）則於桐城派、陽湖派文事之外，保存了豐富的地方風情文獻。然限於體例，此集不收初月樓聞見録。

吴德旋乃狷潔自好的謙謙君子，卻寫有數量不少的豔體詩，是其另有寄託，還是展示了文人的另一方面的風采，當時就令其弟子們百思不解，值得進一步研究。

為全面顯示吴德旋文藝思想，此集以初月樓文鈔、初月樓詩鈔為基礎，補輯入初月樓古文緒論（舒蕪校點常州先哲遺書本，北京人民文學出版社一九五九年十一月版）、初月樓論書隨筆（華東師大古籍整理研究所選編校點歷代書法論文選，上海書畫出版社一九七九年版）。

初月樓文鈔、初月樓詩鈔有道光版與光緒版兩個系列。道光三年（一八二三）所刊為初月樓文鈔詩鈔首刊本（文十卷詩四卷），署『宜興吴德旋仲倫著，受業興縣康兆晉康侯校』。道光十六年（一八三六）刊初月樓文續鈔（八卷）、初月樓續詩鈔（三卷），署『宜興吴德旋仲倫著』。光緒九年刻花雨樓校本乃吴氏詩文集大全者，總署『宜興吴氏師弟論著，初月樓四種，慈水楊家駹署檢』，所謂『四種』包括：初月樓文鈔十卷，初月樓文續鈔八卷，初月樓詩鈔四卷，初月樓古文緒論一卷，並附程子香文鈔二卷。文鈔用『光緒癸未孟春月刻』本，詩鈔用『蛟川張氏雕版』，均署『宜興吴德旋仲倫著，興縣康兆晉康侯原編』。初月樓文續編用『光緒壬午仲秋開雕』本，署『宜興吴德旋仲倫著』。『初月樓四種』魚尾下皆有『花雨樓校本』字樣。

此校點以道光本為底本，校之以『花雨樓校本』，校記如署。

石鍾揚

二〇〇八年十二月

目録

卷六　記

卷七　傳

卷十　經義

初月樓文續鈔 …… 七八二

卷五 記 書事……八二六

卷四　澤畔微吟草……九一五

集外文……九五五

附録……九六九

初月樓文鈔

卷一　雜著

學校貢舉論

古者國有學，鄉有校，州有序，黨有庠，家有塾。民八歲入小學，教之以明父子之倫、長幼之序、灑掃應對進退之節。十五入大學，擇其才之可教者聚之，不肖者復之農畝。其為士者，師教之以誠意、正心、修身、齊家、治國、平天下之道，知仁聖義中和之德，孝友、睦姻、任恤之行，禮、樂、射、御、書、數之藝，其所以養而成之者詳且備矣。於是閭胥書其敬敏任恤者，族師書其孝友、睦姻有學者，黨正書其德行、道藝，州長考而勸之。三年大比，鄉大夫以賓興之禮舉之，而升之司徒曰選士，升之學曰俊士。司馬辨論其材，然後授之以官，而詔之以祿。其教之也備，故才易成；其核之也精，故舉不濫。其時上自公卿大夫，下至庶司百執事之人，莫不有孝弟、忠信、慈惠、廉潔之行。而鄉遂州黨之官，既以治民而又為之長，及其教民也而又為之師，故能民氣和樂，獄訟衰息，禮樂興而刑罰措也。嗚呼，何其盛哉！

至於後世鄉校、州序、黨庠、閭塾廢而不設，民多出於游惰。其號為士者，相與為記誦章句之末學，幾以干天子之爵祿。而古者大學教人之法置而不講，郡縣中乃始建學立師置弟子員數百人，而為之師者又非必有德行道藝可為師法，故弟子或終歲未嘗一見其師，而師亦未嘗一教其弟子。即有考課之法定其優劣，又不過以繡繪雕琢之詞章。由是而舉於鄉，而貢於禮部，而策名於吏部，率未嘗一考其德行道藝之何如，而遂委之以臨民之任。夫上之所期於士大夫者，莫不欲其有孝弟、忠信、慈惠、廉潔之行也。而上之所以第而舉之者徒以繡繪雕琢之詞章，則士之有孝弟、忠信、慈惠、廉潔之行者固無由以進之於上。而上之所舉其有孝弟、忠信、慈惠、廉潔之行者，蓋亦鮮矣。夫士以其記誦章句之末學修之於家，而以其繡繪雕琢之詞章獻之於天子之庭，不知於治天下之道，何所補也？然則鄉校、州序、黨庠、閭塾之設，與六德、六行、六藝之教與鄉舉里選之法，蓋可以不復乎哉！

讀荀子

孟子曰人之性善，荀子曰人之性惡。曰人之性善者，從其上者而言之也；曰人之性惡者，從其下者而言之也。其所從言之雖異，其所以救世之心一也。孟子曰：『人皆可以為堯、舜。』其意主乎勸。勸，故人樂於從。荀子曰：『堯、舜，偽也；桀、紂，性也。學則為堯、舜，不學則為桀、紂矣。』其意主乎戒。戒，故人知所懼。周之末，異端並興，刑、名、法、術、縱橫家言盈天下，荀子明王道、述孔氏與孟子同，而後之儒者亶以其性惡之一言擯之，使不得為聖人之徒，亦不諒其心矣。

然則性惡之說將不得為荀子過與？曰否。荀子之言過也，君子原其情，故不以其過過之也。且非聖人而言無過者，吾未之見也。

讀蘇洵春秋論

洵之論春秋也，其詞則美矣，其論則未篤也。魯，諸侯之國也，而曰以天子之權與之，是與其僭也。子曰：魯之郊禘，非禮也。周公其衰矣，魯之僭，不以周公之後寬之也。然則賞罰之權，將無所寄乎？曰賞罰者，天子之事；褒貶者，史官之權也。天下有道，天子之賞罰行於列國。史之職，記言記動而已，無所事於褒貶也。天下無道，天子失其權，卽史得以褒貶代賞罰。

周室東遷，王者之賞罰不行，而史官復不能舉其職。泯泯棼棼餘二百年。夫子興於魯而次春秋，益損其辭以制義法，使王者賞罰之理復明於世，賊臣篡子有所忌而不得逞，故曰：『知我者其惟春秋乎！罪我者其惟春秋乎！』言身非史官，乃取其職而任之也。後儒以為假南面之權者既失其旨，而復有為黜周王魯之說，其益未達於理歟。

對文王問

或問曰：文王受命稱王，信乎？曰：信。文王僭乎？曰：非僭也。何以明之？曰：吾於堯與摯之事明之。昔者帝嚳崩，子摯嗣立，封弟堯為唐侯，其後諸侯尊堯為天子，堯遂即天子位，泰然不以自疑，未聞後之人有議堯為僭者也。當文王與紂之時，天下歸文王者六州，其負固不服者五十國，皆與紂同惡者也。六州之人民尊文王為天子，文王於是即天子位，遂稱受命。夫孰得而議其僭哉？

問者曰：三分天下，有其二以服事殷，周之德其可謂至德也已矣。此夫子之言也。使文王而受命稱王者，夫子何為有是言乎？曰：三分天下，有其二以服事殷，此文王未稱王時事也。文王未稱王，則紂，君也；文王，臣也。及文王受命稱王，斯不以紂為君矣。文王地大於紂，猶以紂為君而事之，此聖人之盛德也。其不以紂為君者，聖人之不得已也。夫子之言，舉文王之最盛者言之也。由今考之，文王受命九年而崩，夫以文王之德遲之數年必能洽於天下，紂惡不悛則聲其罪而誅之，無可疑者。武王雖德不及文王，而伐紂之舉應天順人，固繼文王之志者也。夫聖人雖無利天下之心，而亦不敢有違於天命。人之所歸即天之所命也。故曰天下歸往謂之王，是故諸侯廢摯而尊堯，即堯為天子矣。朝覲訟獄謳歌者，不之堯之子而之舜，即舜為天子矣。朝覲訟獄謳歌者，不之舜之子而之禹，即禹為天子矣。詩曰：『虞芮質厥成，文王蹶厥生。』夫文王亦猶行堯、舜、禹之事而已，稱王不亦宜乎！孟子勸齊梁之君以行王政，而意常主於師文王，命世大儒之見豈不偉哉！

詰袁子

先學士公諱中行，當明神宗朝，劾輔臣張居正父死奪情，事具明史。而本朝錢塘袁枚著論以非之。予因孔叢子有詰墨篇，仿之而作詰袁子。

袁子之論曰：公，居正門下士也。居正奪情，非禮；公之劾居正，尤非禮。德旋曰：甚矣，袁子之言害道之大者也。父母之喪三年不從政，此天下之公義也。公雖居正門下士，安得以一人之私情廢天下之公義哉？昔宋王陶因韓絳薦舉得臺官，及絳為中丞，陶與之諍議，絳終得罪。歐陽永叔稱為狥公滅私之臣。誠如袁子之論，則人臣皆當牽顧私恩，而朝廷之上不復有直言之士矣。

袁子曰：史稱居正相神宗二十餘年，海内充實，四夷賓服，有霍子孟、李文饒之風。公果有愛國之心，方宜留護居正，為賢者諱。過而劾之，是好名也。德旋曰：然。然則趙用賢、艾穆、沈思孝、鄒元標此四君子皆好名者耶？當時廷臣之交章乞留者皆愛國者耶？喪士氣而開諂諛之門，必自此言矣。且為賢者諱，此為後世史官紀事者言之也。賢者功十而過一，諱其過所以勸善，而當其時，則不宜為之諱也。傳曰：古之君子其過也人皆見之，更也人皆仰之。故仲由喜聞過，令聞無窮焉。若當其時而為之諱，是使賢者不得聞其過也，其可耶？君子之愛人也以德，其奚可哉？

袁子曰：公以副封白居正，居正驚問疏上否，是有悔過掩覆之思也。使公私執門生之誼造滕婉陳，未必不動其天良而自求去位。德旋曰：不然，居正之視相位，必不可一日而去，百世下如見其心。使居正見疏後疾避位，引咎以去，豈不身名俱泰而師弟並榮哉？乃計不出此，而以剛愎之性，倒行而逆施之，則其視相位固不可一日而去也。即造滕婉陳，庸有愈乎？

袁子曰：孔子曰：『不在其位，不謀其政。』孟子曰：『位卑而言高，罪也。』公之官，編修也，非御史也。無言責，是亦不可以已乎？德旋曰：古之時未嘗專設言官，天子聽政，使公卿至於列士獻詩，瞽獻曲，史獻書，師箴，瞍賦，矇誦，近臣盡規，親戚補察。凡有位於朝者，奚而不言也？況翰林職居禁近為天子侍從之臣，位不可謂卑，如曰我無言職也而不言，設不官御史，將終其身立於人之本朝，而一無所建白與？噫，何其謬也。

袁子名能文章，其文集頗行於世，恐耳食者從而附和之，亦人心之憂也。予故詳載其說辭而闢之，俾後之君子有所據以為質焉。

文喻

文惡乎成？曰成於法。法有定乎？曰神於法者變，其有至變也而未嘗變也。

今夫天，吾不知其始於何時也，由今而溯之，五帝之前結繩之代，其生人也不可為量數，其相似者則少矣。然而耳目口鼻手足全而具焉，謂之成人，無古今，一也。今夫水之大者河海，風濤之相擊也，怒而奔，一日千里；其小者為浦澤，乃演漾而渟蓄焉，其勢極不可為懸衡矣。然其折而流也必東，無小大，一也。天與水，其神於法者與！今使有二人者奕，其一能者，其二不能者。不能者雖盡思極慮無以隘夫能者也。其能者則不慮而隘之矣。此無他，法備而神巧生焉。無法者，詘於知也。夫君子之於文，亦若是則已矣。

交難

予之從甥曰：『邵汝琮其為人也，廉潔而有守。與之語則曰古之人如何。』予之友曰：『於竹初其為人也，質直而好義，與之語則曰古之人如何。』二子者非有祿位於朝，非有顯名於當世，然吾目之，所接語天下之善士必歸之。今夫直道之行於古也，是是而非非，士之為善於家者，上之人得知而舉之也。今之稱人者，吾惑之。曰某也賢，某也賢，皆世之達人顯者也，無位之士不聞焉。斯其所謂賢者而果足信也耶？

予嘗道汝琮於竹初，竹初不予疑也。道竹初於汝琮，汝琮不余疑也。已而二子者日相見也，淡兮其相遭，漠乎其不相親也。蓋遲之一載而後為友焉，二子者交相愛也，相勸也，相規也。然則余之言其果足信耶？其抑有異乎今之稱人之賢者耶？大以二子之賢而予為之先容也，而其不苟合也如此甚矣。夫交之貴難也，作交難。

醫說

醫，術也。術莫大於醫，而世之為醫者小之，則未明乎醫之道也。醫之為道，順陰陽而達五行，辨五味，察五色，別五聲，決人生死，十不失一，若是者誠難也。而世之為醫者易之，此其所以小也。

昔者黃帝之治天下也，順天之道，因民之生而無容私焉，故天下不勞而治，夫神於醫者亦猶是矣。且夫陰陽之氣不和，在天則生災異，在人則生疾病。醫者之治病也，必先審其害之所起，不審其害之所起則無以施其用也；又必窮其害之所至，不窮其害之所至則無以收其效也。是故博而習之，所以致其知也；變而通之，所以盡其利也。道如是足矣。邵汝琮學為醫，能明其理，作醫說以貽之。

原食

天地之生人也，必有以給之。唐虞三代之時，民各安其居，樂其業，生養休息，千有餘年而人無饑寒之患。今之論者咸以為承平久而生齒日繁，天之所生，地之所出，不足以給人之用。是不考其實而失天地所以生斯人之心也。

夫三代井田之制畧見於載籍，而其詳已不可得聞。至如晉太康時男子一人占地七十畝，女子三十畝，其外丁男課田五十畝，丁女二十畝，次丁男半之。唐武德中天下丁男十八以上者給田一頃，篤疾廢疾給田十畝，寡妻妾三十畝，若為戶者加二十畝，皆以二十畝為永業，其餘為口分，史冊具在，班班可考。

然猶以為承三國亡，隋之後土廣而人稀，非累世相承，民生不見兵革之比。乃若漢平帝元始二年戶千二百二十三萬七千，定墾田八百二十七萬五百三十六頃，戶合得田六十七畝百四十六步有奇，則自高帝誅秦滅項，與民休息，重之以文、景之恭儉愛人，雖更武帝聚斂征伐之耗，而昭、宣、元、成世並稱小康。故元始民戶數為漢之極盛，而考其田穀所出，未嘗不足以供人之食。

然則民之嗷嗷若救死而不贍者，毋亦山林藪澤之地之猶有遺利也？逐末者多而游惰之民不盡歸農也，俗競於奢而嫁娶喪祭服食之度漫無品節也。崇本而抑末，獎其勤而警其惰，示之以儉而革其靡，則食無患於不足矣。是良有司之責也。

讀中說

予前在京師與張皋文同習為文，凡皋文論文之旨無不與予合者。皋文不喜中說而予獨好之，惟此為異。

昔歐陽永叔謂子雲、仲淹勉焉以模言語，此乃道不足而強言。予以為子雲艱深其詞〔一〕，蘇子瞻以雕蟲貶之，亦未為大過。仲淹之言雖若淺易而詞旨端粹，其氣藹然，若春風之被物，使人游焉而不知何以鼓之舞之，不能自已也。

皋文好古而篤於詞者，顧其持論往往與子雲而不取仲淹，其猶不免文士之見歟。然予之好中說乃兼好其文，文各肖其中之所有。仲淹之為聖人之徒也，無疑焉。

嘉慶丁丑三月十日書。

【校】

〔一〕為，花雨樓校本作『謂』。

書抱朴子後一

葛洪生於衰晉之世，閔時俗之流蕩，疾貪邪之競進，故所著書辭賤祿利，尚高節，匡世謬，貴繩檢，其說美矣。顧乃列之外篇，而內篇專論黃白變化之術，內其所當外，外其所當內，何若斯之舛也？ 夫神仙之事，周秦西漢間，海上燕齊怪迂方士遞相祖述以為神奇，而其後山林全隱之徒清虛好道者，亦往往假其術以自藏，則如魏伯陽參同契之說猶有可頗采者。今曰『大藥成而白日沖，舉壽與天地長久』，則曷若『朝聞道而夕死』之為愈哉？

書抱朴子後二

聞之桐城姚刑部雲，抱樸子外篇依於儒家言多足取，其內篇絕鄙誕可笑。以洪之為人，核之言，不宜有是，殆後世黃冠師偽為之託名洪耶。世傳洪家藏劉歆書與班固漢書，合剌其遺，為西京雜記。江左人謂是吳均依託為之，信觀此足知洪書之多偽託矣。夫士憤志求先聖道，思著書以傳於後，然泯無聞焉甚眾。而誕者之為反得不廢，何耶？

書柳子厚文集

靈皋方氏論退之、永叔諸家之文當矣，而深致貶於子厚為失中。子厚遭貶謫後，文格較前進數倍，其所與諸故人書惻愴嗚咽，雖不足與司馬子長爭雄，固是楊子幼之亞。而靈皋以嵇叔夜方之〔一〕，非知言之選也。辯列子以下諸篇，雖使子長為之，殆無以過，班彪、固父子所不能及。記柳、永諸山水及他雜文，時出入屈原、莊周，崔、蔡固不足多，酈道元之徒又寧足道耶？子厚，文士之傑，其所論著雖不概於儒者道，然亦往往有合者，而詞特妍妙，足以使人愛玩，樂之忘疲。蘇子瞻之於文事可謂能盡其才矣，而晚歲於子厚集有偏嗜。後之人可以思其故也，詎得謂子厚非韓敵也而遽少之哉？

【校】

〔一〕『嵇』，道光本作『稽』，誤。

書柳仲塗文集

宋柳開仲塗慕唐韓柳氏為文，尤高自許，其所敬於書二典、臯陶謨、益稷、禹貢、洪範；於詩正大雅、商周頌，餘若無難為者。今觀其文，殊未為盡善，而歐陽永叔亦嘗推之。永叔文於仲塗絕出奚啻倍蓰！推之宜非實，豈以當五季文敝後如仲塗固已嶢然出其類耶？宋文至慶歷、元祐間極盛矣，然進而儕之秦漢猶有間焉，況商周乎？詩、書，聖人所録，學者非敢望也，精求其義而已，而曰我能為之，可乎？

書大雲山房文稿一

吾觀竺乾氏之書，恣睢奡悍，無所顧畏，直而不撓，前而不卻，文之傑然者也。惲子居得之以言儒，言而佐之以秦人之精刻，故雄悍舉無與比，然欲進而儕於詩、書作者之列，則闕乎優柔澹遠、溫純之美，其高者乃幾及於鼂家令之為焉。鼂家令以刻覈之資治申商之學，非必專意為文也。子居專意為文而適焉鼂家令之似，則固其性之所近，而非盡由於學。非其性之所近而強學之，鮮有不敗矣。

余謂漢人之文可師法者，無過劉子政。子政文端愨淵懿，足以征君子之所養。學之雖不成，不失為謹厚。士無險厲佻薄之習，其成者在宋為曾子固，在明為歸熙甫，在我朝為姚姬傳，皆絕異乎子居之為之者也。其與子居為孰勝乎？非蒙之所能定也。世有推高子居，謂其文直與韓退之並之人也。固異乎榮古虐今者之識歟。

而其於退之亦遊其藩而已，其窔奧則未之覯也。

書大雲山房文稿二

子居與湯編修書文甚工，論皋文語甚當。夫皋文，世所推奉，而信其說之不謬者也。然皋文其始以漢人之學為賢，於宋猶不免於隨時俗之好以就名，後既遷而為濂洛關閩之說則為時無幾，而其說之存於著述者不少概見。嗚呼，天不欲使斯道大章顯於世耶，胡奪斯人之酷也？然而世之溺於功利辭章之習久矣，皋文卽幸而獲永其年，大聲疾呼以震發一時之聾聵，人之群焉推奉而信其說之不謬者，未必如其始之為漢學時。

子居之論皋文當矣。而子居好己勝而自多其能，其才愈高，而言乎質之近道則皋文為愈於子居。皋文之稱子居也，曰亦狂、亦狷、亦隘、亦不恭。狂者進取，狷者有所不為，子居信皆有之。其狷而至於矜也似隘，其狂而入於肆也似不恭。夫隘與不恭，非夷惠之病，學夷惠者之病也。子居兩似之，而自喜益甚，故卒遠於中行。雖然，以子居之才而循循乎先聖賢之規矩繩墨，則橫渠、康節之儔也，豈直為文士已哉。

讀呂氏春秋

先王之世，士之處於庠序者無異學其有智慧才藝，無不舉而揚之。周之季也，士不出於庠序而各以其所樂為學，挾所有以待世。而困於無資藉以施其用，則咸思著書以自見，於是百家之言紛紛藉藉而起。

夫呂不韋，非端人也，然身為秦相，能招致賓客，好文詞。一時才智之士利其稍餼，固勸趨之矣。卽畧法先王頌言儒效者，憤於己之不得遇，有人焉能材吾之所長而且為籍之，且為布之，亦何為不以為主而歸之耶？呂氏之書固多出於道家言而中有精語格論，雖儒之懋者不能過。吾意七十子後散處諸侯之國者，其畢集於呂氏乎？使以其言施於治，秦其有不長世哉？而不韋，固非其人也。

書果堂集

予往於陸中丞朗夫切問齋文鈔讀吳江沈征士冠雲

保甲論而善之，為書而藏之篋。衍後觀青浦王侍郎述庵文集，言少時嘗從冠雲問古文法，因思盡得其遺書讀之。道光二年春假館無錫薛畫水司馬臨湖之衙齋，見架上有冠雲所著果堂集及群經小疏，意洒然如新獲良友焉。

冠雲少時以長洲何學士義門為本師，年二十五從儀封張尚書伯行講求洛閩之學。既應博學鴻詞徵，至京師復與桐城方侍郎靈皋相淬厲摩切，故其文格端謹無譁囂浮侈之習。長洲沈尚書確士謂可與歸熙甫代興，元和惠徵士定宇稱其為文神似昌黎。皆不免譽之或過。然如禮記問喪篇後記能使為人子者讀之愀然而悲，瞿然而思，卽不必詞之極於工而自足以不朽，惟其當乎人心之所同然而已，而況其為言之有文者與？

冠雲於時之言古文者推方靈皋、沈師閔。靈皋論文以左氏、司馬氏之義法為標準，師閔則舉韓退之之文以明示著作之軌範，謂左史法微，退之法顯，有志乎古者所宜以是為先務，故嘗取其文而論述之。然靈皋久負重名，故至今家有其書，而師閔則無人焉道之者，豈其老死深巖窮谷中，惟求有以自盡而不欲人知之耶？抑當時固有文名士大夫間，而未及百年姓氏已若將泯歿，不知其所講明退之之法，果有異於人人耶，否耶？而世之滅裂古法肆意以為文者，往往使人歎羨以為不可幾及，其故何也？

書蒿庵集

濟陽張稷若先生邃於三禮之學，為顧亭林所推，而篤志力行，守朱子家法，信乎以經師而兼人師者也。中庸論上篇謂中庸云者，贊禮之極辭。中庸一書，禮之統論，約說其言，至精至當，無以易矣。下篇謂孟子之於齊梁一如孔子之於魯，欲因以興文武之道，於周則不敢信以為然，七國兵爭，民生之困已極，而周室之弱，勢不可以復振。當此之時，有能拯民水火之中，行仁義而為政於天下者，斯則文武在天之靈固欲舉天下而授之矣，而豈必以改步為嫌耶？明乎此而堯舜之禪讓、湯武之放伐與夫傳賢傳子之說，無不可以觀其會通，而聖人公天下之心誠無所用。其委曲遷就，硜硜守經之士，恐未足以語此。

至其所為釋迦院記作佛語，世儒頗病其未純。吾觀稷若此文在彼教中誠為最得上乘義，學佛之徒果能以是為修持之則，不猶愈於服習聖賢之書而惟以計功謀利為心者耶？

書曹嶢亭詩卷

右古近體詩一卷，長洲布衣曹嶢亭之作也。嶢亭家故貧，而少失學，年二十餘尚混跡傭保間，後廼自知讀書，遂以經教授鄉里，學不為舉子業，惟詩歌是耽，至為同輩所訾謷，而治之益力。

嶢亭性樸野，足跡不接乎貴人之門，故世無有知之者。惟仁和宋助教左彝見而奇之，頗為延譽。吳人稍稍知嶢亭能詩，左彝之推嶢亭也，謂其詩得晉、宋之遺。以予觀之，信左彝非妄歎者矣。方嶢亭之從事於詩也，獨唱而無和，妻孥皆竊笑之。然嶢亭不因以自沮，而終克底於有成，可不謂志士乎哉！夫左彝交遊滿天下，乃能於寂寞中求真士焉。嗚呼！其識過人遠矣。

書王惕甫文集

唐穆宗時以工部尚書鄭權為嶺南節度使，卿大夫相率為詩送之。韓退之作序言權功德可稱道，家屬百人無數畝之宅，僦屋以居，可謂貴而能貧，為仁者不富之效。舊唐書·權傳云，權在京師，以家人數多，奉入不足求為鎮，有中人之助。南海多珍貨，權頗積聚以遺之，大為朝士所嗤。宋洪景盧謂權乃貪邪之人，而退之以為仁者，何耶？予以為退之與權同朝，必能窺其隱而故為此言以諷之耳。退之稱樊紹述文為文從字順，今紹述之文傳於世者，極艱澀不可讀，或疑紹述文從字順之作皆已亡逸。是大不然，當時文士固有學奇於韓愈、學澀於樊宗師之說，則知退之之故為反言以譏之者，決也。

近姚刑部惜抱軒文集中有與王惕甫書云，文章之境莫佳於平淡，措語遣意有若自然生成者，此熙甫所以為文家之正傳，而先生真為得其傳矣。或者疑其言之過當。予謂惕甫文未嘗無佳者，而與熙甫無一毫似。刑部之言用意與退之稱樊紹述者略相類，後人觀惕甫文則自知之矣。

卷二　書

與張介軒書

介軒足下，自來京師，窮困益甚。易曰：『困而不失其所，亨。』此大賢君子之事，非德旋所能及。然亦不敢不勉。聞之君子之學以為己也，富貴貧賤則天而已。天欲富貴之，人雖欲貧賤之而有不能也。天欲貧賤之，人雖欲富貴之而有不能也。子曰：『如不可求？從吾所好。』

德旋近日知好孟、荀、楊、韓四君子之文，時時讀之，覺有所得。前時所為古文，今悉已焚棄；俟他日更為之，當可觀。且夫古之人不得志於時，則思著書以傳於後；及其學之既成，雖易以萬乘之卿相而不在願也，況肯舍之為無益之求哉？夫以德旋之有足下，寧猶有不知者，而言之如此，亦信足下知其志之非妄也。

不宣，德旋頓首。

答從甥邵汝珩書

往年所作壽序一篇，勉應足下之請，本不足以言文，來書過承推許，不敢當，不敢當！若云得有力者振之當聲價十倍，則與予私心甚不相合。余生平願學昌黎，而於三上宰相書，微有不足之意。在昌黎汲汲以行道濟時為務，或不嫌於自進。若自審無昌黎之學而徒役役於貴人之門，曰我將以行道也，豈不愚而詐矣哉？故余自入都以來，公卿大夫之門未嘗敢以文謁也。即有二三端人正士，其識足以知之，則其力又不足以振之者也；如彼有力足以振之者，其識恐未足以知之也。昌黎有云，不知古文，直何用於今也？然予既以知之而好之，而樂之，用不用豈所計哉？足下治經之暇當兼讀史，用世之學，吾於足下焉是望，願益勉之。

與張皋文論文質第一書

昨過足下，讀所著文質論一首，議論筆力與明允相上下，矯矯乎振時之傑也。雖然，僕竊有疑焉。忠信之謂質，而簡略非質；禮樂之謂文，而度靡非文。文與質必相為用，然後可以同民心而出治道。商尚質，周尚文。尚之云者，猶言意之所貴焉耳，非謂文質有偏重也。子曰：『質勝文則野，文勝質則史。文質彬彬，然後君子。』使商之質勝於其文，周之文勝於其質，何以見聖人治天下之大用哉？故夫文質有偏重者，皆其叔季之世之為之也。周末文勝，時人求禮樂於玉帛鐘鼓而不知探其本，故夫子曰：『如用之，則吾從先進。』夫以先進視後進，則後進為文，先進為質矣。而其實夫子所稱先進，乃文質彬彬之君子也，此可以明尚質尚文之說也。子曰：『民可使由之，不可使知之。』此之謂也。

三代之後禮樂不興，教化不行，其病在於未始有文。逮至老佛之徒出，去其君臣，棄其父子，以求所謂清淨寂滅者，天下之人樂其說之誕而從之，則并不知有質矣。足下徒知老佛之以其術愚民，而民之樂為從也，曰此足以見民之惡文而欲反之質也。其信然與？其不然與？足下之言雖未盡軌于理而文自卓卓可傳，如曰吾之文將以明道也，有一言焉不衷於道則文寧不傳，則非僕之所敢知也。足下之才與學，僕所望而不及者。抑心所謂疑，不敢不告也。書此以問足下，並質之子居，其必有以教我，幸賜裁答。

不宣。德旋頓首。

與張皋文論文質第二書

皋文足下，僕見足下前所著文質論，詞旨深遠，猝難以明，輒敢疏其所疑以相質，欲因以暢引足下未發之旨。蒙賜答書，所以教僕者甚詳而至。僕學淺識卑，即欲有言以益足下，譬猶挹勺水而注之河，其不足當有無之數也，明矣。懷不能已，復有所陳，伏賜覽觀焉。

足下之論大旨以為禮樂者道之器，文質者禮樂之情範，其過、中、不及而一於道，所以教士視其將入者而防之，視其既敝者而矯之；所以為民故其勢不得不偏重。夫聖人之教人也以身先之，故不令而行，未有岐。教士與民而二之也，如岐。教士與民而二之，吾不知聖人之所以自為者奚若也，從其教士者耶，則是未嘗偏重也；從其為民者耶？則是聖人乃自處於過、中與不及也。

而豈其然哉？又云偏重而既至其平，則聖人又將有變焉。不幸而無聖人，則其重遂日積而不可止。此又僕之所大惑者也。夫既至於平，是一於道。一於道，是胥天下而為文質彬彬之君子矣。謂非聖人之所大願乎哉？曷為乎又將有變焉也？在足下之意，固以為視其將入者而防之也，然試思商、周得天下之初，其時文質果已至於平而聖人從而變之與？抑不免於偏重之為之患者與？

僕云忠信之謂質，禮樂之謂文，而足下非之，在僕則固自有說。子曰：『繪事後素。』子夏曰：『禮後乎？』子曰：『起予者商也。』傳曰：『忠信之人可以學禮。』孟子以事親從兄為仁義之實，而言禮樂則曰節，文斯二者樂斯二者。僕之為此言，未嘗盭於孔孟之旨也。先進之於禮樂以忠信為主，而禮樂輔之以行，故文質得其中。後進之於禮樂則徒襲其虛文而無有忠信以為之主，故不可從也。足下又何疑於先進、後進之於文質哉？且尚文尚質雲者，聖王當日不過流示之意焉耳，豈嘗囂然自號於人曰：我尚文乎？尚質乎？夏、商之政，其詳不可得而考矣。至於周則周禮、儀禮，其書具在也。子曰：『周監於二代，郁郁乎文哉！吾從周。』又曰：『質勝文則野，文勝質則史。』夫以夫子之聖而曰從周，則非從其勝質之文可知也。吾以是知非周之偏於文也。周非偏於文，吾又以知商之非偏於質也，蓋質者百世不可變。若夫文則因其時以斟酌損益之，而使之稱於質，斯已矣。足下無泥於一質一文之說也。

君子之立論也，定一意焉以為之主，雖百變而不離其宗，而要之在使人可信。足下之意大要以周之衰，民敝於文，自周以來天下之勢未嘗一日不欲反於質，特無聖人以善其後，故使異端得以乘其隙。夫老、佛之道矯於文而喪其質者也，矯於文而喪其質者之足以為天下害也。如是而足下猶云矯枉者必過其直，毋乃強焉以口給御人，而自忘其說之頗乎。足下云，吾之所謂反質者，固將從興禮樂始。由足下之論言之如此，則甚似而幾矣。然反質云者，對民之敝於文而言也，後世之民既相與自去其文，尚何反之足云乎？且夫君臣父子固不可即以為質，而舍君臣父子則又別無所以為質。質之不存，文將焉附也？ 質先而文後，此自古聖人不易之定說也。佛、老去君臣，棄父子，尚得謂存其質者耶？ 吾之以民之從佛、老為不知有質者，其說如此而曷嘗與禮樂為文質耶？ 僕於道茫乎未有得者，足下望僕講求其非以趨所是，僕故不敢自退，伏願詳察而審思之，務使合於孔子之道，幸甚。

不宣，德旋頓首。

與惲子居書

子居先生足下，伏維比日政履綏和，侍奉堂上安吉，欣慰，欣慰！ 德旋自皋文南還後益落寞無所向，近與族子子方同主西華門外李員外家，惟朝夕以誦讀為事，時之人未有能知德旋者，德旋亦不願人知也。

竊嘗以古之賢人，雖交滿天下，其號為知已者不過數人，然得此數人者知之，愈於群天下之人知之也。 今使群天下之人知有德旋，而足下及皋文者乃反鄙夷而不屑道，則雖群天下之人知之，如未嘗有知之者也。 今德旋幸為足下及皋文所知矣，雖時之人未有能知德旋者，德旋固以為愈於群天下之人知之也。 足下前在京時以孟韓之學為己任，及今從政，務益推而大之，斯德旋之見知於足下，其為幸愈不淺。 德旋雖不敢自謂於古有得，但心竊志之久矣。 古之道不譽人以求悅己，故敢進其說如此也，足下其亦詳察之。

不宣，德旋頓首。

上百菊溪先生書

某月日，吳德旋謹奉書再拜，言奉天府大丞菊溪先生閣下： 往年德旋假館坦園侍御家側，聞閣下好善而忘己，樂推引後進之士，因竊自念生平所得不後於人，宜可以辱閣下之知者。 然不介而見古人恥之，是用不敢執贄以求進見於左右。 其後閣下來侍御家，適相值，因得望閣下之光輝，聆閣下之言論。 身處卿大夫之位而與卑賤士相推讓若等夷然，抑抑乎得降階之道，雖德旋固以為閣下今之古君子也。 古之君子，其與人也不妄與，必見其所可與者。 其棄人也不輕棄，必見其所可棄者。 德旋自幸為閣下之所與，而竊喜其學之果將有成也。

李翺感知己賦序有云：『見善而不能知，雖善何為？知而不能譽，則如不知。譽而不能深，則如不譽。深而不能久，則如不深。久而不能終，則如不久。』閣下始見德旋所為詩，以為不違於古。乃敢益進其所有，而閣下譽之不容口，語人曰：『吳德旋，今之韓愈、孟郊也。』是不惟譽之而已，抑可謂深之極至者也。德旋之詩實下古文遠甚，而閣下猶譽之之深如是，豈於其所為古文而見之而不知，知而不譽，譽而不深耶？然而不久抑不終者何耶？毋乃見其外而未見其內也？

德旋之從事於古文而篤好之也，不惟其詞之異於今之謂，亦將因以有得於道焉耳。守其道不肯自貶，以求合於世，此德旋之所以志也。閣下自始識德旋以來，至於今亦嘗見德旋有求於閣下否耶？未有也。而今者閣下之於德旋，若惟恐其有求於閣下也。德旋如欲有求於閣下，必且朝登閣下之堂，莫入閣下之室，請之勤而不已也。而德旋豈其人耶？人各有能有不能，習軟熟工語言以媚夫人之耳目者，則非德旋之所能也。且閣下既以知德旋而譽之而深矣，其思所以拔而起之也，固不應俟德旋之求者。果求焉，又非道也，德旋辱閣下厚知，故不敢不以古君子之道待閣下，故略陳鄙意並以解閣下之疑，計不以為犯。伏惟俯賜照察，幸甚，幸甚。

不宣。德旋頓首。

答惲紉之書

紉之足下：頃讀來書，知足下愛我之深也。幸甚，感甚！德旋生二十有八年矣，中間更歷憂患，遂至廢學。即偶有知識，不過獵取浮詞已耳。入都來交惲子居、張皋文，始知所以讀書為文之道，深思而力取之，乃稍稍有得焉。思之既深，如有古人立於吾前也。而及其注之於手也，如不知有古人也。若此者，其亦足以自樂焉耳矣。

昔韓子因文以見道，德旋竊有志焉，而非果遽以為能至也。果至矣，則貧而富也，賤而貴也，人爵安足為我榮哉？足下學博而守約，必有先我而得之者。至來教云云，則敬聞命矣。

不宣。德旋頓首。

答張臯文書

臯文足下：前往近著雜文四首，來書過誤，有以奇之，且欲以此事相推讓，甚非所宜。德旋嘗謂，文章在天地間自有定論，千萬人譽之不為有餘，千萬人沮之不為不足，今得足下稱許則又以自幸，非自以為有餘，正貴知我者希也。足下之文與明允、子固相上下，其去昌黎一間耳。若德旋所為文去歸熙甫尚遠，何敢望入昌黎窔奧？但生平志鄉實在於此，故聞足下之言不能不幸而自喜也。德旋應科目為時文，疾世人之滅裂古法而以剽竊塗澤為工，思欲少存先正體格，於今日其見擯棄，所謂求而得之也。然使昌黎復生於今之世，其肯為彼之所為者哉？

德旋居京師二載，窮窘迫蹙，無以自存，不知者至以相訾謷。伏自思念性不喜諂佞，惟好孟子、韓子之文，欲得彷彿其萬一，故其開口議論，多與今世人不相合，而足下顧亟亟稱道之如此，此所以道愈高而困愈甚也。在此鬱鬱甚無聊，迫欲南歸。然歸亦無所得食。近楊子靖相延教其幼弟，且暫留行，俟開歲後徐圖之耳。今以往陸以寧哀詞一首，文甚草畧，不足觀，但欲令足下知斯人之不幸也。歲暮苦寒，惟為道自愛。

不宣。德旋頓首。

與于竹初書

竹初足下：德旋始聞足下在京師十餘年刻意讀書為文，以求道心，甚慕之。其後與足下相見，益信足下非庸眾人。足下亦不以德旋為不肖，引與為友，欲相期切磋以造乎中庸之庭，足下之待德旋厚矣！德旋之與足下交深矣。未始見足下之有大失也，但覺足下於不相知人似乎尊己過甚者。夫君子之尊己也尊其內而已，其於外固未嘗尊己而卑人也。君子以仁義忠信為主，而文之以禮樂。禮主乎敬，樂主乎和。能敬且和，無適而不可。足下有端慤之資，而不能隆禮和樂，甚為足下不取也。且足下果已至於古之賢人與，則賢者不傲。其猶未至於古之賢人與，則當思其所不足而勉焉以赴之，循循焉而履之，烏得以慢易為哉？

子夏曰：『君子敬而無失，與人恭而有禮。四海之內皆兄弟也。』四海之內大矣，疎與親其不可混而同矣，而曰皆兄弟也。此子夏之言過也。其曰：『敬而無失，與人恭而有禮。』此則夫子之緒言，宜日誦而日思者也。朋友之道，善則相勸，過則相規。可與言而不與之言則失人。足下有過而德旋不能規，即足下無樂乎與德旋為友，而德旋亦將有失人之累，是以不敢不盡言於足下。足下誠能聽其言而加省察焉，因克治焉，德旋且以足下為師，非直友之而已。幸甚，幸甚！

不宣，德旋頓首。

答張翰風書

承惠書若文，知足下毅然以興復古道為己事，幸甚，幸甚！來書詞旨甚高，而其問之下而恭，則非僕所敢任也。僕少攻應舉之文，本非所好，而窮居僻陋，又無良師友道之於前，徒以己意為之，成即棄去，亦不復措意。年已二十始知讀古人之文，心竊好之，以為學者當學為如是之文也。學之未幾，出以示於人，人或謂之能矣。然取古人之文讀之，終覺其不相類，則又幾欲廢。然而自返，年二十六游於京師，與皋文、悔生之徒切磋砥礪，日有進益，凡所為文於古人立言之序，似能十得五六，而所謂明體達用之旨則概乎未有聞也。自京師歸後，家居荒涼，謀食無暇，六經三史芒然不復記憶，應舉之文雖心益厭之，然又未能絕意不為，間亦有所撰述。而牽率應酬之作，又從而破壞其體，乃益自歎其才識之卑暗，而古人之為不可及也。

足下負瑰瑋絕特之資，而又嘗慨然有志於經世之學，胸中之所蓄日以閎大，故其言切實而疎通，但力為之，將不至於賈生、晁錯之為，不止介甫、子固之倫，豈足為足下難哉！至如僕者，徒能知古人之成法而言不適於實用，譬之無源之水，其涸可立而待也，乃欲引而進之古作者之列，僕誠不自揆，亦知足下之言為過當矣。雖然，承足下之問，敢不誦其所聞？

夫為文之道至繁而不可厭也，至簡而不可議也，以立意為主，以修辭為輔，辭所以達吾意也，是故意未盡也則長言以申之，又未也則詠歎以足之。意盡矣，益一辭焉不得也。繁其所當繁，人以為太繁，吾勿之病也；簡其所當簡，人以為太簡，吾勿之病也。孰信乎？信乎古而已。太史公曰：『好學深思，心知其意。』韓子曰：『其觀於人，不知非笑之為非笑也。夫而後可以有所立矣。』足下既以抗志希古而欲擇所從入乎，司馬子長、韓退之之文具在，日取讀之其可也。其他俟相見時更論之。不宣。

與林仲騫書

仲騫足下：僕自辛酉之春獲與貴郡諸君子相接，諸君子不鄙夷其譾陋，收而納之交遊之中，此僕之幸也。僕往時見少卿文極心折之，竊以為今之號能為文者，自桐城姚刑部、吾郡張編修外，此最其卓卓可傳者矣。足下之文淵源於宋南渡諸家，而上追廬陵、南豐之遺軌，持是以往，將無以測足下之所至也。足下論文，不尚摹擬，是也。然而摹擬之說亦無可厚非也。永叔之學子長，介甫之學退之，彼固未嘗句模而字放之，而其行文之軌轍各有所從出焉，豈漫然任意而為之哉？

慎齋記謹撰就，今録以往，未知於足下之意有合焉否也？少卿屬為其文集序，僕愧不足當此任，然不敢辭，且不敢過推。作者不蘄人之知，奚取乎炳炳烺烺以為誇耀也。書不能盡意，惟為道自愛。不宣。

答李心陔書

得手書審比日起居佳勝，至慰，至慰！僕前簡專與足下論書，而足下以此末事不足道，意欲務其遠者、大者焉，識議卓然甚偉，然抑有說焉。

夫苟立德如顏、曾，固無所藉於區區之藝事，下此則必思擇一藝以執之、樂之，終身而不厭，蓋有所託以自娱，卽外物至不以移吾好，其於養心之道未始無小小裨益也。然僕之所見亦淺矣，非所以待足下也。

鄉試事雅不欲復與，吾方求為可知者而不得，尚安能望人之知哉？承問不敢諱也，鹿耔到清源，必能詳述近狀，故不多及。履茲春和，惟倍萬自愛。不宣。

與孫庶翼書

得書知不以予言為過當而欲終身從事焉，此以見吾賢好學之心，甚盛，甚盛。但恐前所言專為矯枉救弊而設，未必遂為至當之歸也。賢輩見稟承庭訓，而予輒進其迂愚之說，蓋自恃其一日之長而不知已陷於非禮之罪，惟畧其迹而取其心，或者可以見諒於知己耳。窮居僻壤，不與四方賢士大夫相接，惟九月初一入城中，與次陸、季方、魯野諸人相聚數日而已。

中秋節前三日周保緒自山東歸，時運河尚乾涸，舟楫不通，在鷓園一宿而去。晚間接其議論，亹亹逼人，以彼之才固宜不肯俯就繩尺。若予之無所可用，決不敢與海內英賢較短長也。程子香篤信程朱，趨向甚正，然守之太拘，亦疑於隘而不廣，當知同乎我者之未必皆是，異乎我者之未必皆非，烏置薰蕕冰炭於吾意中哉？信道宜篤，執德宜宏，堂堂乎張，固亦聖門之高第弟子也。和順積中則英華之發，皆道德之輝，是所望於來者耳。不宣。

與程子香論大雲山房文稿書

前往惲子居大雲山房文稿，頗悉心究其利病否？子居文有得於遷、固之雄剛，然頗似法家言，少儒者氣象。上秦小峴按察書乃絕似戰國策，唐以後如此等文甚少也。其言云：仲倫之於道也儉。此語誠中吾病。其言仲倫達心而懦，此非知予者。予性實剛介，特不喜與人競是非耳〔一〕，豈遂懦哉？其論王惕甫謂：惕甫強有力而自恃。又云：惕甫之於道也，越此二語恐子居亦所不免，惕甫或較甚耳。

古之學者厚於責己而恕以待人，故其氣和，其詞婉。自明以來文士不知此義而好貶人以自高，故其矜情勝氣時時流露於楮墨間，去孟、韓溫醇之境遠矣。或謂子居文似毛西河，予以為西河冗雜，子居高簡，有法相懸，不可以階級計，但詞氣特相近耳。然使子居和其氣，婉其詞，其文未必能若是之雄且傑也；使子居能和其氣、婉其詞而其文仍若是之雄且傑，不且將差肩於子長、退之而陵轢子堅、子厚矣乎？然今子居之所就，固已在持正可之上，而方之明允、介甫，猶為未足焉。吾之文位置當在震川、望溪間，固子居之所甚不滿者。而子居之文，予亦以意量其高下如此。此千古之事，豈一人之私能軒之而輊之哉？大弟究心斯事久矣，其以予之言為何如也？不宣。

【校】

〔一〕特，花雨樓校本作「持」。

復路質軒書

質軒先生足下：得書知起居佳勝，甚慰。承委作尊先公墓表，不敢辭，謹撰就，今録以往，幸教正之。

德旋嘗謂友朋中惟足下與景樞能見古人大意，景樞幸得時相見親言論，而與足下隔，不得亟見以為恨。德旋於朱子、象山、河東、姚江諸大儒之書，亦嘗博觀而詳考之，顧自以心雜不專，不敢遂名其學。昔人有云：一自命為文士，便不足觀。殫一生之心力以求為不足觀之人而猶未必得，殊可浩歎。十數年來更好書，學小技，識趣愈卑，方甚有愧於足下，而宜為足下之所閔。今足下復藻飾之，是重益其愧也。乍暑珍重，千萬。不具。

與王守靜論大雲山房文稿書

子香歸得手書二，藉悉近狀，甚慰。遠懷與子香論《大雲山房文稿》書，因子香之問而及之耳，不欲傳聞於人也。子香與足下觀之，過矣。足下欲書此文而藏之，抑又過矣。無已，則請得與足下申論之。

僕於文所見與子居異。子居為文氣必雄厲，力必鼓努，思必精刻，而僕所深好者柔澹之思，蕭踈之氣，清婉之韻，高山流水之音，此數者皆子居所少。然子居文固遠出雪苑、勺庭諸公上，其字句皆經鎔煉淘洗，誠為得力於周秦諸子之書，非苟作者，然亦但可謂之文而已，若謂道卽因之而見，恐矜氣太甚，未為得中道也。

至其論文之語，則僕往往求其解而不可得。子居以為古文其體至正，此語恐非是。經、史、子，皆文也，安得別有所謂古文體乎？唐宋人文集中亦有言古文者，對當時場屋中取士之文言之，非別立一體以為古文之式也。其言不可盡，不可餘。吾不知其所謂盡，以何人之文之體較之而謂之盡，其所謂餘以何人之文之體較之而謂之餘也。子居述安溪先生言，謂古文韓公後介甫得其法。而子居推其意言之則自歐陽文忠公而下均有貶詞，似古文之體當以韓公為正矣。而子居又嘗以為文必宗經，唐宋人作贈序是謂不經。贈序韓公之作最佳，而子居一筆抹倒，則又似不以韓公為正，究不知其所謂盡，以何人之文之體較之而謂之盡； 其所謂餘，以何人之文之體較之而謂之餘也。

夫經、史、子皆文，文固不始於韓公。僕竊以為有文字來當以虞夏之書為文祖。虞夏之書簡而易明，殷盤、周誥何其為之難也？ 言之又何其嘵嘵也？ 殷周人已不能得虞夏人作文之法，而況於戰國之世，道術分裂，諸子百家之紛紜雜出者乎？ 而又況乎唐、宋、元、明諸人之各名一家者乎？ 欲以一律繩之，難矣。子居之論震川也，謂震川之文謹，謹則置詞必近，以是為震川之失。夫謹，莫謹於春秋，春秋將有失耶？ 置詞之近，莫近於論語，論語將有失耶？ 以震川之文較之聖人之為言，其淺深大小高下誠不可以同日語，然其所以不可同日語者，當別自有在，而非謹之失與置詞之近之失也。

故僕又以為下六經之文一等者，司馬子長之史記是也。史記文無美不具，自茲已降，卽不能無少欠缺。以此人之所有傲彼人之所無，無不可者。子居以其雄厲之氣、鼓努之力、精刻之思，傲廬陵、震川諸君子，諸君子必俯首而願為之屈。而諸君子以其柔澹之思、蕭踈之氣、清婉之韻、高山流水之音傲子居之所短，子居能無避席乎？ 僕於古人之文好而學之二十餘年矣，近以饘粥不繼，方汲汲治生，此事蓋已廢棄，非欲與子居競名者。然僕於文自有見處，不能於子居之所是者而卽是之，所非者而卽非之也。子居高才盛志，幾欲掩跡韓、柳。僕之荒言，固知必為有識者所訶。足下其藏之篋中，勿以宣示於人，幸甚，幸甚！

德旋頓首。

與程子香書

不相見近三月矣，所業更有新得否？ 夫文雖小技，然君子不敢以苟為之。且不朽有三，立言居其一，言無文則行不遠，故必慎其所從入之途。所從入之途不慎，後而悔焉，舊染之習未易忘也。上者自司馬子長、韓退之入，其次自柳子厚、王介甫入，又其次自歸熙甫、方靈臯入。自子長、退之入者長於奇變，然慮其形具而神不屬也。自子厚、介甫入者長於幽邃，然慮其多為作而晦且詭也。自熙甫、靈臯入者長於渾樸，然慮其狃於近而識不遠也。惟其美之襲而慮周焉，斯謂善學古人矣，夫如是是豈可以苟而為之哉？

且吾聞之曾子之言曰：『出辭氣，斯遠鄙倍矣。』柔暗之質，其失也多鄙，鄙之病恒在辭；高明之才其失也多倍，倍之病恒在氣。太史公曰：『擇其言尤雅者』。此所以遠乎鄙也。柳子厚曰：『未嘗敢以矜氣作之。』此所以遠乎倍也。退之論道之文，宋人以配孟子，雖未必果為定論，要之不與文士為列也。自子厚習之，永叔以下諸子近而至於熙甫、靈臯、姬傳，其文皆有獨至之美。而人之好尚不可強同，或予或奪，優劣分焉，非其文之有優劣也。

余愛讀歸熙甫、姚姬傳兩家文，每一展卷覺馥郁之氣在室滿室〔一〕，此豈可為不知者道乎？明允、子居之文有高古直逼先秦者，豈不亦使人可愛？然決不可專學，專學則氣矜奡而近於倍。茗柯集有為作，然淵雅近西京，擬之議之乃成變化，子雲、子厚蓋亦於斯不廢焉。聞見録比續成一卷，到家後更商榷也。少蓴近讀何書？觀熙甫文，有入處否？書到可並觀之。不具。

【校】

〔一〕在室，花雨樓校本作『在於』。

與張翰風書一

德旋再拜翰風足下：比者聞諸道路之言，謂足下頗留意聲色之好，德旋於足下未能聞流言而不信。若果有之，甚非德旋之所望於足下也。足下少年時未嘗有此，今年近六十，宜益以道德為後學楷模，不應更蹈少年子弟之過。飲醇酒，多近婦女為樂，彼憤而為之者吾無責焉。今聞足下尚不忘用世之志，尤不應有此。

德旋賦性踈簡，於素所交遊平時不苟通書問。以為道寒暄、敘契闊，世俗固以此為重，然非所施於吾友，故不為也。想足下亦同之。自以少喜為文學之幾三十年，今大江南北亦頗有知德旋能為文者，然所遇當世知名士，率未足與深言文。故嘗與敝門人程子香言，同時人能深知德旋之文者，張編修兄弟耳。編修既歿之後，德旋必以足下為文章知己第一，故於足下之過，雖得之傳聞而不敢不規。彼此不作循常通問書，而今德旋之所期於足下者甚切深，足下其必有以報我，幸甚。不宣。

與張翰風書二

正月中於儲吟筠許得手書讀之，知足下果寓意於物，非留意者。德旋慮足下放不知止，而遺書相規，淺之乎視足下矣，然德旋終願足下益慎所發也。德旋比成聞見録十卷，快意處彌近子長，德旋非妄自譽者，惟足下能信之耳。

劉海峯云，為古人之文，已為一世所不好；為古人之人，將為一世所不容。今以一世所不好之文而為之者，幾為一世所不容之人而尚冀傳之通邑大都，有相與披吟而贊誦者乎？亦祇藉以泄其窮老欝勃無聊不平之氣，間與一二友生抵掌談說以為快而已。德旋願足下益慎所發，乃以為知我者之報。

足下果能屈已遜志，聽受其言，繼自今真可以聞流言而不信矣。叔獻見受經路質軒之門，質軒文學行誼皆過人，可師法也。黄君修存詩文力追古作者，與晉卿、彦聞諸君交舊，足下亦宜聞之。今者因其入都應試，屬問起居，惟為道自愛。

不宣。德旋頓首。

與張翰風書三

修存歸，得手書並詢悉起居無恙，意亦良慰。然此非為足下賀貧之時，不能不為足下生憂貧之念，如何，如何？伏承肆力書法，務自撝謙。而拙書乃蒙見寵，絕可悸矣。德旋少年時篤好韓退之詩文，見退之有『性不喜書』之言，即亦絕不措意。三十歲後有所激發於為書，亦甚嗜之，而在儕輩中質最劣。然以質之劣也而思之較深，於古人之所以離合得失，實能心知其故，但運之於手不能如吾意之所欲出耳。

至其為之之道則有說焉，大凡物罕則見珍，多則生厭，群天下庸耳俗目以為佳，則高識者望而卻走矣，何也？以其多而生厭也。然方其始，曷嘗不見珍哉！蓋見珍於一二有氣力之真知者，而千百輩信耳，不信目之人從而附和之耳。及其久而趨之者益衆，則似合而愈離，有失而無得，於是豪傑自命之士務思有以矯之，而矯枉者必至過正，則得在此失亦在此，故入主出奴之論日出而不窮，固皆高識者之為也。

今惟用吾果敢之力寄吾澹泊之思，發吾高遠之趣，以與古人相遇於神交寐寤之中〔一〕，而其誰之似、誰之不似皆姑置焉。世有知我者吾則與之相娛，世無知我者吾則以之自娛。幸而天假吾年，則成吾學而不虛所願，未可知也。不幸天不假吾年，即虛留此願，亦未可知也。

足下所為分書已足跨越當世，降而為行楷、行草，即不能遽到古人，豈至有愧於今人耶？慎伯書信能自樹立而不免求之太過，於自然之境猶有間焉。德旋謂其截長補短，可並諸城而未到華亭者為此也。時中幸不惜貶損手教，並詳述近狀以慰遠人之思。天寒惟珍重。不宣。

【校】

〔一〕寤，花雨樓校本作「晤」。

與陸祁孫書一

祁孫足下：德旋與王守靜論〈大雲山房文稿〉書，所言未必盡當；而子居之論震川，實亦未當也。論震川之文者以方望溪為至當，望溪謂震川文號為雅潔，然猶有近俚而傷於煩者。傷於煩，乃其不謹之病，而豈其謹之病與？置詞之近或即指其近俚處，則子居之言為無漏矣，而說之不明。且其弊非生於謹。祁孫過信子居，而援孟子論夷、惠之語以為子居論震川文之謹與近，猶之論其人之稍隘、稍不恭。

而德旋折之以莫謹於春秋，莫近於論語，猶之乎言莫隘於伯夷，莫不恭於柳下惠，則益非篤論。隘與不恭，學夷、惠者所必有之病；謹與近，學春秋、論語者所有之病乎？伯夷隘，柳下惠不恭，隘與不恭，君子不由。孟子之言無可議者。假而曰春秋之文謹，論語之文近。

謹與近，君子不由其文。可乎？不可乎？其不得援以為比者一也。文莫謹於春秋，莫近於論語，此說之可通者也。人莫隘於伯夷，莫不恭於柳下惠，此說之不可通者也。其不得援以為比者二也。震川之謹非春秋之謹，震川之近非論語之近，德旋與守靜書中固已言之，謂其誠不可以同日語，然其所以不可同日語者，當別自有在而非謹之失與置詞之近之失。固未嘗謂震川之謹即春秋之謹，震川之近即論語之近也。且文固有言之似平近而旨實高遠者矣，論語之後周子通書是也，通書謹於文者也。程子易傳是也，易傳謹於文者也。亦有言之似深刻而旨實淺陋者矣，鬼谷子是也。其他戰國諸子益多奇肆之作，而合道者鮮，然其文未嘗不佳。宋、元、明儒者語録往往依附於道而不足以言文，文之佳惡有時不盡系乎道之離合，而要不得以謹於文為文之病。夫文言也，傳曰：庸言之謹。又曰：有餘不敢盡言。易有餘而不敢盡，是之謂謹。今曰以謹失之則其說決不可以示教，而德旋之所必不敢附和者。

祁孫乃謂德旋之文有意與子居相難而作，豈其然乎，豈其然乎？德旋性不喜與人競是非，而祁孫識解異於恒人，德旋素所愛重者也。若但以不喜競是非置之，非心之所安也。祁孫得書後幸不惜往復，以盡所懷講，去其非以求是，德旋非祁孫之望而誰望焉？秋涼體中得毋苦否，千萬珍重。不宣。

與陸祁孫書二

得手書曠若，復面承示七家文鈔敘二首，皆佳。適文自南豐、新安而後必以震川為最，雖其集中牽率應酬之作存者過多，不能無失，然就其佳者論之，氣韻實近子長。又東坡晚年與諸故人書無意於為文，乃真天下之至文。震川敘記文時得其意，然而知之者鮮矣。德旋少年時學為文，但知愛退之、介甫二家，於此等文不甚留意，直以為平淡無奇而置之耳。遵巖步趨南豐，已覺板重，不及新安之自在，荆川又其次矣。然吾鄉先輩之文有出荆川之右者耶？故疑子居、皋文，並是開闢以來吾郡文人中所未有之品，但遂以為能掩跡子長、退之則尚未可耳。夫謂荆川、遵巖之文之不足與震川並，乃德旋所見如此，而非欲強人之我同也。學者之病莫患於強人同我，王荆舒所以禍宋，亦只受此四字之病。吾輩今日正宜時自檢點，拔此病根，義理無窮，文詞亦義理所寓，敢輒自許為定論哉？

彭秋士敘事文簡潔似陳承祚，而妙處猶當勝之。然自吳門數子而外竟無有能知其姓氏者，今得祁孫及畫水先生表章之，幸矣！德旋嘗謂士之為學，未必無意於後世之名，亦不必皆有意於後世之名。若夫仁人君子之用心，則閔其為之之勞而欲使之有聞於世，乃所以為學者勸也。祁孫能病不廢學，貧不求財，此德旋之所企而羨也。

德旋比來衰颯殊甚，右臂鎮日作痛，雖欲日暮炳燭，勢將不及。惟遇近人詩文集則翻閱一過，有可入吾聞見録者録而藏之，如是而已。向亦頗以季次、原憲之節自勵，然有饑寒切身之憂，亦恐不能無求於當世。雖陶公乞食，不失為廉，然已覺與初心相刺謬矣。祁孫將何以幸教之？程子香從德旋學為文，似亦已得塗轍，但其所處之境，亦潦倒不堪，未知能竟其業否也。清風戒寒，惟慎自愛。不宣。

與陸祁孫書三

得十一日手書，知七家文鈔有改為劉、姚、張、惲四家之說，鄙意頗不以為然。梅崖故有文名士大夫間，德旋舊嘗以梅崖文質之姬傳先生，疑其可並皇甫持正而賢於孫可之。姬傳先生亦以德旋之言為非謬也。士為文足稱韓門高弟，斯亦可矣。今其文集雖未能盛行，而名尚不為甚晦。惟秋士名絕不顯，故宜表章之耳。然梅崖、秋士或可去，而望溪必不可去，去望溪即不成書，且甚有似於續二十四家文鈔後者，此尤必不可之故也。

夫彼二十四家之文，惟望溪為能得古人之正傳。自望溪而外固亦有於法較近者矣，而蔑棄規矩、蕩無繩檢者，亦得濫名於其間，乃世所豔羨，或反在於蔑棄規矩，蕩無繩檢之為。而其於法較近者，又未能上追唐宋諸賢，為深心嗜古之士之所祈。向若非於二十四家中特表望溪以自異於庸耳俗目之見，則何以解於不為二十四家文鈔之續哉？二十四家文鈔之續則於劉、姚、張、惲諸君子非曰榮之，適以辱之耳！足下幸以此意達之畫水先生，可不再計決也。

梅葛君四月中北上，道出揚州，德旋於友人家曾一見之，不知其所為文何如。既云與足下相伯仲則固難其年，而甚可畏矣。德旋於古人之學，志焉而未逮，遇少年才俊士輒自生退沮之色，亦由實不副名益增忸怩耳。然幸嘗獲侍賢士君子之側，聞其緒論，而深求力索於子長、退之之義法，竊自以為能知古作者之意，故於二三知己之前不肯自掩其愚，必盡吐其中之所欲言者而後快。足下文條達似北宋諸家，能少加鍛煉使略近唐人，則且誰之不如乎？異時有於七家之外廣之為八家、為十家者，孰且能遺足下乎？吾家曹州之亡固可悲悼，然足下年已及艾，哀樂之感不宜過情。乍寒惟倍萬珍重。不具。

卷三　序

贈汪企山序

世之號為士者，生六七年則就師學。師授之四子書，讀未竟則授之經，經凡五：曰易、曰詩、曰書、曰禮記、曰春秋。讀或三經或二經，魯者或讀一經則雜取左氏傳、國語、國策、史記、漢書，唐宋八家文百數十篇授之，讀未竟也又取所謂時文者而授之。則又擯其時文之所謂名家大家者勿讀，而就當時縣試、府試學使者試文之中程式者號曰考卷，鄉試、禮部試文之中程式者號曰墨卷而授之。師曰，若熟，此則可以取科第矣；弟子亦曰，我熟，此則可以取科第矣。果也。上以此來，下以此應，得之者皆此術也。

吾友汪子企山績學幾二十年，四子書自朱子集注外諸說無不講也，五經内外傳皆了然於心與口，及其為文一以先輩大家為法，與時之所以得之者異，故屢進屢躓。或勸之曰：『子宜改是。』企山曰：『盍主試者之不吾録，吾之文則不可以詭而遇也。』於戲！企山之賢於人遠矣，抑予有進焉。

古聖人賢人之所以修身、齊家、治國、平天下者，四子五經之書備矣，是故古之學者未嘗汲汲於求人之知也，有司不吾舉則思所以修其身而齊其家者，奚若其有知之者則舉而措之於國於天下而無疑，夫是之謂士。充企山之志，其不可以進于是與？如不及此而徒曰吾正吾文，則與世之詭其文以求遇者，其為賢也幾何？

贈于竹初序

予始入都，交汪企山。企山為予言，吾邑人之客于京師者有于震竹初好學志古之士也。其後因企山以交於竹初。接其人，溫然其容之粹也；讀其文，油然其光之幽也。竹初為時文以徐思曠、羅文止為宗。凡為時文以取科第而已，二子之文非苟悦於時人之目者也。竹初何其好之異與！竹初曰：『吾之為此，非欲以苟悦於時人之目也，將盡吾力之所至而為之，以傳之其人焉。』

余雅不喜為時文，即為之亦不足觀。竹初見予文則甚好之，以為大有類于徐、羅也。余於時文無所好，故無所學，竹初以為徐、羅之似，予不敢信也。余之所好固有異乎竹初之好也。古之人有韓愈氏者，其為文也原本乎六經，學孟、荀即孟荀若也，余讀之而好之。古之人有曾鞏氏者，其為文也原本乎六經，斟酌于太史公、劉向，學西漢文即西漢文若也，余讀之而好之。好之而不已，故學之也；力學之而不能及，故好之也益堅。雖然，將盡吾力之所至而為之，力之所能，余不敢懈也；力所不能，余亦無如何也。竹初為時文，不以苟悅於時人之目，如又能舍所好而進于古，則余也請從而後矣。

送惲子居序

五十九年，惲子居以咸安宮教習期滿謁選，得浙江之富陽縣。余年十五六時，識子居於家。及來都，與子居交益親。子居之友張皋文，予師友也。予之學為古文，得子居、皋文兩人為助。於子居之行，其能已於言邪。德旋聞之古之君子，其學也學其所行，其行也行其所學。唐宋人如韓退之、歐陽永叔、蘇子瞻、曾子固之徒以古聖賢人為師，其發於言，為文章美矣善矣；而施之政事，多可述者，不徒以言之已也。

子夏曰：『仕而優則學，學而優則仕。』今子居之于學，其果優乎，否邪？若猶未優則學固未可以已也。如曰吾已仕矣，學非吾事也，則吾未敢信為仕之獨優也。

往年皋文作吏難四篇，言曲而中，極為子居所賞。今其為之也，于文之言者實能體而行之，吾見富陽之民之蒙其澤也。子居行矣，余何以告子居哉？曰：信以為本，敏以出之，寬以居之，廉以守之，斯於仕與學也，思過半矣。

贈戴生序

戴生從予學毛鄭詩，既受讀，進生而告之曰：『蓋聞君子之於學也，非徒習其詞而已，必求其解焉。得其解必通其意焉。不通其意如不得其解而已，不得其解如不習其詞而已。昔孔子之教人也莫先于詩，詩之為用始自男女居室之間，推而極之至于美教化、移風俗、動天地、感鬼神，而其本在於使人得其性情之正，故曰：「詩可以興，可以觀，可以群，可以怨。邇之事父，遠之事君」。豈虛也哉？學者讀孔子之書以探孔子之道，習其詞矣進而求其解，得其解矣進而求其意。苟至于通其意則性情得其正，事物得其理，本身以教家，而由家以達於國，由國以達於天下，無所施而不當矣。今生之學於詩也，將徒習其詞而已邪？抑將求得其解而通其意邪？求得其解而通其意也，則無欲速，無作止，優而游之，饜而飫之，吾未見有久而不獲者也。

生曰：『弟子不敏，乃今日聞命，請事斯語矣。』遂書以贈之。

送陸以寍南歸序

乾隆六十年大挑天下貢士，陸以寍得校官，將南歸以俟選。以寍，吾邑之名能詩者。余始未識以寍，固已知有以寍之詩。及與定交都下，復為序其詩以傳，以寧又甚矜予詩，予未之敢任。雖然，以寍之待余也厚，於其歸也不可以無言，請仍與之論詩。

周詩三百篇，詩之祖也。作者類皆當時之賢人君子，聖人刪之以定為經，故其教主於溫柔敦厚。然而其失也愚，夫詩豈能愚人哉？亦愚者之自失焉耳。以寍通左氏春秋，旁及諸史，明于古今治亂得失之故。其為人敏而善悟，愚非所慮也。然于溫柔敦厚之道，或者其未盡乎。今以寍之歸也，誠益治其詩以進，求所謂溫柔敦厚者而從事焉，涵泳乎國風，陶鎔乎雅頌，使心氣和平，優游夷愉。以之為己則舒而安，以之教人則巽而婉，道德之歸也有日矣。然則以寍尚勉，思于其所未至者哉！

送楊子掞序

余之獲交于子掞也，以其師張君皋文。皋文與予同志于文者，而子掞從而學焉。故其視予也，如其師。歲之十一月，子掞奉其太夫人命就昏湖北宜昌，將行而求余文，予不可以默。子掞文甚高，行甚稱文，其於古聖人垂教之言慮無不深思而得其意者，余姑述之而子掞聽焉可也。

禮始於謹夫婦，孔子刪詩而以關雎為首，明夫婦之道也，和而敬，摯而有別，其至矣乎。傳曰：『夫也者，以知帥人者也。』男帥女，女從男，故古之君子未有不以身教也。其在易，家人之卦初九曰：『閑有家悔亡』。教在初，法在始也。上九曰：『有孚威如終，吉。』刑于寡妻而著於外也。其義歸於反身，所以反身者，無他焉，敬之謂也。子掞學古者也，故余之言云然。

贈徐魯培別序

仁義，生而有者也；爵祿，非生而有者也。天生人而與之以仁義之道，其能保而不失者寡矣。至於爵祿則敝敝焉以求之，求之而不得則曰：『天之所以與我者薄。』嗚呼！仁義厚邪？爵祿厚邪？與之以仁義不能保而惟爵祿之是求，亦見其惑矣。

吾友徐君魯培居京師十餘年，未嘗戚戚於貧賤也，未嘗汲汲於富貴也，其于仁義雖不能盡合，然而盡其力以求合者也，屢見擯於有司而無怨言，魯培于是乎賢遠于人。余留都下三年矣，與魯培相得歡然無厭也。嘉慶元年四月，余將歸洮湖之濱，魯培謂余曰：『自吾來京師，離父母年久，無所成也，而猶不得歸養，于吾心有不恔焉。子歸何以告我矣？』

予曰：『為人子者心乎親，遠遊非得已也，故聖人亦不以重過乎人子。陟岵、鴇羽之詩，夫子録之有以鑒其心矣。夫孝莫大于立身，子能力行仁義之道以日新厥德，雖有離憂何傷成哉？成哉，爵祿不足以名之。』魯培曰：『然子之言，韓愈不過。』

贈別王悔生陳子穆子敬詩序

傳曰：獨學而無友則孤陋而寡聞。友者，多聞之資，進德之助也。韓子云：『其人而賢者也，雖不吾與，吾將強而附。』大哉言乎，可以為法矣。

余之在京師，友陳子穆、子敬也，以惲子居、張皋文為介；友王悔生也，因皋文之言而託於文以為介之。三子者，雖不吾與，吾固將強而附也。然吾嘗為子居、皋文所與矣，子居、皋文不妄與人，三子之所知也，吾以是知三子者之必吾與也。今世重科舉之學，而三子者獨好古人之文，而期與之齊。世之人有不笑以為迂者乎？以余之困于世，而入而讀古人之書，出則偕吾友以相講學論道，欣欣然以天下之樂為盡在己，此豈可為不知者道與？道而信之者其誰與？先是子居出宰富陽，皋文居喪武進，今茲悔生歸桐城，子穆、子敬歸海鹽，又以感賢者之相聚不可常得，而予將終於孤陋而無所成也，乃作五言詩一章以寄予懷，以貽之三子。其詩曰：

古人云已遠，夢寐期見之。相從天下士，汲汲追前徽。不恨相識晚，但恨今乖離。揚芬豈逐嗜，此意無人知。孤馨寄群林，抱質終不移。願充君子佩，采采莫相遺。

贈湯點山序

嘉慶己未，余客遊杭州，得友一人焉曰宋左彝。左彝以才氣自負于人，少所許可，獨稱其友湯點山者，為能有古人之風。既而點山介左彝與余相見，並觀余所為文。退而為詩贈余，其意以為古經世之儒往往有伏巖穴中者，用以慰余之沈抑，而堅其學古之心。噫，點山之待余誠厚矣。

予愧無經世才，而嘗有伏巖穴之志。向以告于吾友張皋文〔一〕，皋文則寓書責予言：『古之避世之士類皆有經世大才，而經世才非由天授，皆出於學，經記所載無一非為經世說。今子讀之而患無其才，毋乃中於偷息苟安之習而不克自振耶？』余讀皋文書，自悔出言之不慎。

而今者點山之言如是，意豈與皋文異歟？然余與點山非有平日之雅，而點山見予文即以經世儒相期待，吾恐其以言取人而失之也。予竊不自量，志乎古者有年矣，而衣食于奔走無暇，時懼終無以自樹立，將愈增點山失言之累，而回思皋文所語，則更惕然不自安也。

【校】

〔一〕向，花雨樓校本作：『鄉』。

送陸紹聞序

予與紹聞交有年矣，紹聞才高乎當世而藏之甚深，若無意於人之知者，然公卿大夫多聞其才而薦譽之。詩云：『鼓鐘於宮，聲聞於外。』不其信歟！

夫古之振奇之士發憤修先聖之業，抱遺經探元始，其攻之也篤而專，故其中也充然，而其於外也泊然，雖舉世無有過而問焉者，而終無悔於厥心。子雲寂寞，君平沈冥，彼豈有意希當世之名譽哉？近世士不求道徇乎祿者，卑矣；高者尚其辭，恒思奔走有力以成其名也，于是流俗人之毀譽皆足以判憂喜于其心焉。嗚呼，古學之不明，其敝可勝歎邪？

紹聞，余執友也，每見必相勉以古人之道。今茲紹聞將游於楚，而余適有越中之行，遂書此以為別。

贈錢魯斯序

余之始識魯斯也在乾隆巳酉之歲，迄今嘉慶壬戌歷十四年矣。中間緣人事乖隔，蹤跡頗疎，而相知愛之心固結而不可解。方余初見魯斯時所作詩文甚淺陋，不足觀。魯斯顧有以奇之，謂異日必當為作者。十餘年來予所得差不後人，魯斯益自喜其言之將驗。淺識之士或從而怪之，魯斯不顧也。魯斯少負逸才，嘗慨然思欲有用於世，今雖老不得志，而奇氣不可抑塞。予年未四十，而頹然常有遺世之想，蓋余兩人所志不必盡同，而不肯阿曲狗人以與世之仳仳蔌蔌者為伍，是則余兩人之所以同也。

噫，古人不可作矣，得如魯斯者而與之朝夕上下其議論焉，其亦可以無憾于今之世矣。夫魯斯以工詩善書法名天下，天下士無不知有魯斯。然予所以推高魯斯而重其為人者，為其近于聖門之狂而可與進取乎至人之道，豈以區區文藝之末概其生平耶？今年春，魯斯偕余客居吳門靈鷲寺中七十餘日，晝夜縱論極歡。於其別也，意若有不自得者，久之益思念魯斯不能置，因書是以寄魯斯。魯斯能無有感於余言也哉？

贈周保緒教授淮安序

夫所貴乎士者，為其能明天地事物之理、古今得失之跡、聖賢修己治人之道，才足以利濟天下、澤及當世，非謂其能誦說之多，辭章之瞻，博取富貴為身家之計也。夫才生於識，識生於學，學之境無窮也，才之量無盡也。學如游夏，後世鮮能及焉，而不足以並。顏子才如管仲，後世鮮能及焉，而不足以望周公，何則？境相懸、量相絕也。世之人少有所得則曰吾已能矣，已足矣，何其自待者薄歟？抑彼固未知才之所以為才與學之所以為學歟？

荊溪周保緒以進士改官淮安府學教授，人皆惜保緒之枉其才，而吾獨以為不然。何也？人患不才耳，才患不大耳。才大而世不我用則世有任其責者矣，吾何患焉？保緒年未及壯而才氣赫然驚人，使及今見用其所措施，必已能出千萬人上，又況韜其光而不耀，斂其鋒而不試。益之以學而日充其識，若山之不厭其高，海之不厭其深，學愈知其不足，則才之量益廣矣。保緒之自待也厚，故嘗以吾意質之而保緒不吾非也。貪常嗜瑣之徒，豈足與窺其所志也哉！若夫國家建學立師，將以樂育人才而使之有所成，以待用於上，則見於保緒所自為告諸生之文者，詳矣。予故不復言之也。

送李心陔序

古之求友者，將以輔而為仁也。故有責善之義焉。今之人非無友也，然而責善之義不聞也，若是雖謂之無友可矣。古之取友者，惟其道。道之所在，故以賤交於貴而不為謟也，以貴交於賤而不為瀆也。後世之交則利焉而已矣，故以賤交於貴而鮮不至於謟也，以貴交於賤而鮮不至於瀆也。即有豪傑自命之士思矯其弊而挽之於正，而世之人習見夫卑污者之成俗也。至於貴賤相形之際則竊竊然疑其為謟，而意其為瀆。嗚呼！言求友之道於今之世，蓋其難哉。

雖然，君子之於世，惟求以自盡其道焉而已耳，我可以就彼而求益者，吾與之為友矣；彼可以就我而取益者，吾與之為友矣。貴與賤，吾何知焉？若是則雖有竊竊然而議我者，吾不之患矣。如其非道之為而不免有利心焉，雖世之人不吾議也，吾能自欺其志乎？

李心陔將游於楚，而謂余曰：「何以贈我？」余與心陔友也，有責善之義者也，故為友說以送其行。

贈蔣蒥堂序

昔班孟堅作漢書以四皓、嚴、鄭與王貢、兩龔諸人同傳，而一時清名之士皆附之傳末，所以明出處之無殊。致論者以孟堅此傳足補子長之闕，而猶恨其未備，則以世主褒賞之科未立故也。光武即位，兩龔、鮑宣子孫皆見褒表至大官。而嚴子陵以布衣，萬乘與講鈞敵禮。其後若黄叔度、徐孺子、郭林宗之徒皆高尚不仕，所至衣冠懷之惟恐在後。範蔚宗悉次之史，後世史家宗之。然余以為士之潔已好修，無愧古人而不得列於史者，豈少也？

吾邑蔣菑堂先生好讀書，不為章句俗學，抗志希古，有兩漢處士之風。以余識解少知異俗，恒心許之，故余與先生貌雖疎而意實親。今先生年七十，命其長子謹乞贈言於余。余愧無孟堅、蔚宗之筆，不足以彰先生之潛德高行。若以為知先生之深莫如余者，則余不敢辭，因為序以贈先生，願先生康強壽考，長為鄉里諸儒矜式焉。

送程生序

程生德賚從余學為文於茲有年矣，余自顧其中枵然無所有，不足以為人師。而生顧不惟不棄予，且篤信予，嘗謂余曰：『古文自韓退之而後能學退之之為文者，未數數然也。時文自歸熙甫而後能學熙甫之為文者，未數數然也。得其宗者惟夫子，故德賚願從而受業焉。』余感其誠，凡所從事於古人而僅有之者，悉以相授而無所隱。

已而生將應舉於京師，余送其行而告之曰：『京師冠蓋所集，公卿大夫及始進之賢士，其文學知識出余遠甚者多矣。生其往而游焉，聞見日廣，聰明日益，何患古人之不能至耶？雖然，生應進士舉即宜治進士業。今之進士之業與古異矣，而生向所志者古人之學也。學於古而求為今之文，其可得耶？學於古而求合乎今之人，其可得耶？如曰不悖於古而復可宜乎今，則吾未之敢信。』其後生遂止而不行，意以余之言為有諷也。夫余之於生誠不宜有所隱，故即所見而誠告之耳，而奚諷之有！

贈俞象元序

考之周禮，司徒掌邦教而屬有鄉大夫、州長、黨正、族師、閭胥、比長諸職。比長教和親，而閭胥書其敬敏任恤者，族師書其孝弟睦姻有學者，黨正書其德行道藝。州長考而勸之以入于鄉大夫，鄉大夫舉其賢者、能者而獻其書。故其時士之有行誼者無不聞達。漢置三老、孝弟、力田，猶存古意，而後漢光武詔南陽撰作風俗，于是沛三輔有耆舊節士之序，魯廬江有名德先賢之贊，其後遂有三輔決録、汝南月旦之評，故東京風俗最為近古，而處士之聞獨多於後世。魏晉南北朝之間風教頹失，而九品中正之置，懲勸存焉。自隋唐廢中正，立科舉之制，由是詞章之學見重于世而行誼絀矣。夫人之能為詞章者，其于敬敏、任恤、孝弟、睦姻之道未必皆有合也，而樸訥之士自度無以爭勝于詞章之學，則退而從事于治生纖悉之務以食其力而安其土，而不復措意于廣大之業。雖其能有合于敬敏、任恤、孝弟、睦姻之道者，亦無自顯聞于當世，固其勢然也。

吾邑俞君象元性和厚醇謹，善治生，隆于施與，遇歉歲出藏粟賑饑，居恒則睦其宗親，使無有憾者。此葢古者閭胥、族師之所宜書而無愧于三老、孝弟、力田之稱者也。君今年八十有五矣，會其族人纂修家乘，君之子某某等屬予為序。予不能辭，而因述周漢以來取士論人之法以質于君，使人知力本之足尚，而後世處士之聞所以不若漢東京之盛者，非果無其人也。某年月日同邑吳德旋序。

贈孫于丕序

嘉慶十八年，吾友陽湖孫讓于丕以進士選授安徽懷遠縣知縣，奉母楊太宜人之官。凡太宜人之所以教於于丕服官勤政愛民之道，于丕祗奉不敢違。已而于丕以事被議，太宜人安之，戒于丕毋以得失累心。于丕事尋白，復為縣令安徽，則太宜人年八十矣。

往時德旋嘗致書于丕，謂治民、獲上、信友、順親，雖今古事勢不同而理無或異。于丕復書以為治民、獲上、信友，以事勢揆之，不能無今古之隔。惟不順乎親，斯不信乎友，無古今，一也。夫順親本乎誠身，誠身在於明善，然而善難明也久矣。同一事也，施之昨日而善，施之今日而未為善矣。施之彼一人而善，施之此一人而未為善矣。輕重之倫，何以能不失乎？緩急先後之序，何以能不淆乎？非察之極其精而可遽言斷之，致其果乎無窮者義理也，固非一人之知見所能盡。舜，大知人也，好問而好察邇言，舜之所以成為舜也。顔子，睿知人也，以能問於不能，以多問於寡，顔子之所以成為顔子也。

于丕誠循是而求進焉，則於天下之善無所遺，而於太宜人之教其必有合乎。夫如是而後謂之順乎親，可以信友，可以獲上，可以治民矣。

道光三年某月日吴德旋序。

卷四　序

陸以宧詩序

吾邑名多佳山水，其清和淑靈之氣盤礴委積，足以使好游能文之士流連愛慕，吟詠而不置。自唐杜牧之、宋蘇子瞻，皆樂居其地，屢見之詩。至今邑中往往多二公流寓遺迹。顧當其時不聞邑人士有與二公唱酬者，豈為之而不克以傳邪？抑果無其人耶？逮勝國時杭中丞淮邵太守珪扶輪大雅稍彬彬矣。國朝陳檢討維崧好為沈博絕麗之詞，泱泱乎大風也。後八十年而有儲國鈞出焉，國鈞之詩精深華妙，莫與倫比，雖才力不逮子瞻，其于牧之蓋幾可以無愧。予心嚮往之而歎其難至也。

乾隆癸丑始識國鈞之弟子陸君以宧于京師，居甚近，得朝夕繼見，相與論詩甚洽，因出其所為詩累百餘首見示。讀之知能守其師說者。吾邑之詩至維崧而始大，至國鈞而始精。君斟酌于二子之間，其詩固已卓然可傳，況及今為之不已，其進于牧之、子瞻，吾無以量也。予生既晚，不獲親炙儲君，猶幸得與其弟子相師友，故予序以宧之詩以致嚮往之意，庶幾知所進而不自止也。

邵汝琮詩序

予年未二十即與汝琮相切磋為詩歌古文，編簡往來無虛日，然年少氣盛，各矜為能，然不自知其學之未至也[一]。癸丑年春，汝琮別予北游，予亦教授山左。客居無聊，暇輒吟詩以寫其志，至廢寢食為之。學之既久，恍然若有所得，恨不得即時見汝琮與極論利病，故予旅稿中憶汝琮詩為多。

其年十一月與汝琮相見于京師，急出近詩以示之，察其意甚喜，謂予真有所得，不虛也。而汝琮亦愈益發憤，肆力于詩，則取其曩時所作，草芟而木削之殆盡。汝琮於詩為之幾二十年，所為詩不下七八百首，今改存一百七十首，將以就正于時之能其事者。夫學然後知不足，向之自以為足也，迺其無有所得也。今之自以為不足也，所以能有所得也。力之勞、好之之篤如是，而不克以及于古者未之有也。予嘉汝琮之志，故為之序，以俟夫能其事者擇焉。

【校】

〔一〕然，花雨樓校本作『嘗』。

儲先生詩集後序

余少時讀儲長源先生詩而好之，以為吾邑詩人當斷自先生始。往年來京師，與其弟子陸以寍相友善，每見必論詩，竟日語未嘗不及先生，然後知先生蓋古逸民之徒也。先生博聞強識，于書無所不讀，然只用以資為詩。詩出有聲于時，兩淮鹽運使德州盧雅雨聞其名，以禮招致之。雅雨好將士類，賓客游士盡英俊諸儒，然皆推讓先生出其下，由是名重江淮間。

居無幾，雅雨以事去官，先生歸而杜門屏迹，絕不與豪貴人通。家貧無以為資，至並日而食，而為詩益勤。其於世俗之好，泊如也。以寍親師事先生，為余道其事頗詳悉。余嘗以不及見先生為恨，然讀其詩，未嘗不想見其為人。嗚呼，三代之後學術不明，士爭以浮名相尚，湛于耆欲，牽于勢利，能自樂其所得者鮮矣。若先生則可謂有志之士也，違俗適己，遁世遐顧。其賢于人也不既多乎！以寍甯歸謀梓先生遺集，余固知好先生之詩者，遂為之序云。

畢莘農詠史詩序

古者立采詩之官，雖民間里巷謳吟之什皆得上貢于天子。天子巡狩，命大師陳詩以觀民風。朝廟祭饗，公卿大夫作為雅頌以宣上德。王澤下衰，賢人君子閔時病俗，亦得抒其悲憤之情以通諷諭。後之覽者因以知其政治之得失，則王者之迹存焉。故詩，亦史也。周室東遷，王者之迹熄而詩亡。漢興立樂府，采詩夜誦，則有趙代之聲、秦楚之風。魏氏以後朝廷不聞采風之典，雖篇什繁興而于時之治亂、俗之美惡固無述矣。在唐之中葉，杜子美述時事為詩歌，其言與雅、頌為近，古今作者蓋莫得而並也。

吾友畢子莘農為詠史詩三百餘首，遠自上古，近迄于明，稽其成敗興壞之理，韻而協之，以供吟諷。便游矚洪荒之世，志其崖略，唐虞以後始加詳焉，是是非非，勸善懲惡，其創意也本之春秋，其造言也即乎雅、頌，其志將以掩迹子美、陵轢百家，進而並之乎史也。噫，世人賤近而貴遠，故方今知莘農之詩者尚少，莘農幸葆而藏之，待其人而傳之，更數百年後必且有告諸惇史采而録之，以備矇瞍之誦者矣。

吴果庵詩序

聞之詩有六義焉，一曰風，二曰賦，三曰比，四曰興，五曰雅，六曰頌。風雅頌，詩之體也，各以其類從焉，不可混也。賦也比也興也，一詩之中有兼備者焉，然亦各有宜也。頌之體于賦宜，大雅之體近乎頌，風之體于比興宜，小雅之體近乎風。人之學詩也，視其性之所近。其為人也博而壯，則其為詩也大而莊，其為詩也大而莊則深于頌者也；其為人也巽而婉，則其為詩也靜而柔，其為詩也靜而柔則深于風者也。雖然，又視其遇之所直，言語侍從之臣則浸淫乎雅頌，布衣之士寓物興感則游泳乎國風，是其宜也。予嘗論之云爾。

吴君果庵與余相遇于京師，同歸乎潙濱，予故知其為人誠巽而婉者也。而加之憔悴專一以激發其志氣，故其詩多風人之義，而雜出于小雅怨誹之為。蓋其人性情之所發與其遇之所直，皆可因詩以得其真焉。其詩曰穀香草者二卷，曰旅貞集者三卷，予集其可傳者録之，凡得如幹首云。

族叔晉望時文集序

古之學者且井且養，三年而通一藝；今之學者不耕而食，然終其身不能通一藝者，何哉？科舉之學為之害也。古之人明于經術，六藝無不通，而于其中又有所甚長者焉。孟子長于詩、書者也，荀子長于禮、樂者也，董仲舒長于春秋者也，楊雄長于易者也。其為文各以自道其所得而已，故其言出而天下後世以為則。

自科舉之學盛，士皆以通經學古為迂，故其為文剽剝穿蠹。日趨日下，至類于俳優者之所為，而群然恬之，不以為怪。問其名，曰我言聖人之言也。考其實乃類于俳優者之所為也。噫，其弊也甚矣。

今欲挽其頹靡而歸之雅正，使人知通今學古之為貴，則亦擇其為之善者，以示之趨向焉而可哉？其在勝國時王鏊、唐順之、歸有光、胡友信、徐方廣、金聲、陳際泰、艾南英最其善者也。國朝之以時文名家者衆矣，自予所見則李光地、方舟、劉大櫆、竇光鼐最其善者也。

而今乃得吾族叔晉望先生。先生之於為文既勤且久，原本經術而又出入于周秦兩漢諸子之書，以披其文而相其質，誠足以繼夫李、方、劉、竇之為之者，而上追王、唐、歸、胡諸大家無愧色焉。是急宜梓而行之，以為復古者勸也。或曰：『先生之文則善矣，然非所以追趨而逐嗜也。』予曰：『君子之學盡其在己者而已，窮達聽之天，毀譽聽之人，豈可以用吾力哉？』有志復古者，尚其擇所從事矣。

贈一彬上人序

西域有至人焉，其名曰佛。其為教也，始于戒而成于慧，其心也止而無所系，觀而無所逐。故言治心之法者多勸歸之。雖然，今之為佛之學者吾見之矣，苟慕其名而已矣，非有得于其實也，甚者資以為利而不知其悖於師說也。吾心閔之，嘗與吾友汪原杜言而慨之。原杜則為余言一彬上人者，始居天臺山，學道二十年，近主蘇州之靈鷲寺。今之為佛之學而能行其師說者，一彬其人也。夫原杜之取人也不苟，吾知之。今乃推服一彬如是，即一彬之為人可知矣。

嘉慶己未，余適以事往來吴越間，則因原杜以交於一彬，久而益知其為人。愔愔乎其靜也，亹亹乎其勤也。其律身也嚴，其治事也敏。與之語，簡而明，辯而不華。其于佛之道，非苟慕其名而能行其實者也。得治心之法者也，日進焉而不已者也，其有成也必矣。余既嘉一彬之能行其師說，而又足以見原杜之知人也，故為文以贈之。

小峴山人文集序

六經，聖人之文，其言至精至大，萬物畢具。聖人既沒，迄乎戰國之時，諸子百家紛紜淆亂，惟孟子、荀卿采六經之文以著書，發明仁義禮樂之旨，粹如也，廓如也。

自是厥後作者代興，而司馬子長、韓退之傑然相望于千百年中，如山之有泰、華焉。即其辭考之，違于道者亦鮮矣。蓋古之能為文者，理莫暢于孟子、荀卿，法莫備于子長、退之；此四君子者其文皆本于六經，由其道可以上達于孔氏。後之學為文而求合于聖人之道者，舍四君子其奚適哉？雖然，四君子之文具在，學之而能至焉者寡也。疾趨焉，患其蹶也，故必擇其能合者而假塗焉以循之，則如宋之歐陽永叔、蘇明允〔一〕、子瞻、曾子固、王介甫，明之歸熙甫，國朝之方靈皋，皆其選也。岐而之他，有合焉者不也？

無錫秦小峴先生以所為文示德旋，德旋受而讀之，考其師友淵源所漸漬，固已及乎熙甫、靈皋，而永叔、子固之遺風猶有存者。蓋不相襲也而神與為合，惟其本同也，于以上追孟、荀之徒而從之，則既得其塗矣。若德旋者，以無本人之學治古文，妄意希合退之，乃徒得其形似，讀先生文益使余悚惕慚恧而不自知所以裁之也。

【校】

〔一〕允，花雨樓校本作『充』。

丁晨暉六十壽詩序

予舊與丁君晨暉俱學龍城書院中。晨暉論文慎許可，獨稱余為善。余時猶未及冠，而晨暉年已四十餘，然晨暉折輩行與余交，甚相得也。晨暉久困于舉場，其胸中不平之氣無所發，則時時混跡于酒徒，然識者皆愛其才而憐其志。猶憶乾隆己酉之秋，余與晨暉相遇于金陵，晨暉方為有司所擯，邀余入酒肆痛飲，大醉。誦其所為文，大哭，已而大笑，四座盡驚。晨暉傲睨自若。

余年少氣盛，謂功業可戾契致而惜晨暉之已衰。自是之後余講業齊魯，北至燕，南渡浙江，無所就，困而歸，志意頹落矣。

然十年之間見士大夫得科名者，其所能非必有加于晨暉，而晨暉竟以諸生老也，豈非其命也。夫今歲之春晨暉為六十自壽詩一章，知晨暉者屬而和之，凡得如干首，聯為大卷，將以授之梓人，晨暉俾余題其首，而予為之述往事以歸之。

宋左彝詩集序

仁和宋君左彝自編其詩都為一集，以示其友吳德旋，曰：『詩之興肇于上古，陶唐氏前書闕，不可信。虞歌夏諺乃時時見于紀傳中，其為古而甚于周詩，漢氏以後莫之或為，今欲追而復之，難矣！予顧為其難者，法古歌謠作雜言一卷。五言出於漢時無名氏之十九首，蘇、李之贈答，邈乎夐哉。自是彌漫于東京，逶迤及于魏、晉、宋、齊、梁、陳、隋，雖作者所涉之淺深不同，然皆有風人之遺意存焉。法漢魏六朝作五言古詩一卷，自三百篇變而為楚詞，又變而為漢人之樂府，變而未失其正也。又變而為唐人之七言，古詩蓋其靡矣，然樂府遺音惟太白為能近之，法太白作七言古詩一卷。齊梁五言體雜儷偶，唐人諧聲而以律名，而摩詰、襄陽、太白猶時以古法行之，沈、宋諸人瞠乎後矣。法王、孟、李三家作五言今體詩一卷。凡余之所得如是，子盍為我序之？』

予惟近世能言之士，其識力大都不及唐以上，君獨閎意眇旨，由唐人而上溯之，極于古歌謠而止。其識固不可及，而才力之雄，獨又自足以相儷。其傳于後也無疑矣。君嘗為太學儒官，久之如有所不樂，棄官來歸，以復古道為己事。近更徧遊天臺、雁宕、黃山諸名勝地，若將軼出埃壒之外而接夫灝氣之清英者，吾又安能量其所至也哉？宜興吳德旋序。

汪問樵詩序

予友李鹿秄數為予言，錢塘汪問樵詩詞溫麗，得風人之遺，予顧未之識也。己未八月，予遊杭州，交仁和詩人宋左彝。左彝論詩主漢魏六朝，而于唐人獨推太白，言太白之詩出于齊梁者為多，後人但知尊盛唐而薄齊梁為不足法者，過也。其持論頗與予合。左彝既以詩鳴浙中，其游知交多風雅之士，然未嘗有言及問樵者，豈問樵不求知于人，故人之知之者希邪？

十月初予自杭州來上洋則問樵在焉。索其詩觀之，思清而詞麗，蓋出入于溫飛卿、韋端己之間，而又時具初唐四家風格，信乎其為才之美者也。問樵年甚少，家中藏書甚富，異日讀古書益多，所為詩將變而益上南朝鮑、謝諸人，若可跂而及矣！問樵倘歸遇左彝，倘以吾言訊之〔一〕，其必有合也。

【校】

〔一〕訊，花雨樓校本作「譏」。

秦蒙初詩序

自古能文之士，其並世而生者無不相知愛，非必皆一鄉之人也。雖然，其生也各異處，若未嘗有人焉先為之容，則亦安能無因而至前耶？

邵汝琮歸自錢清，出所為冶山詩草示予，其中多與慈溪秦蒙初唱和之什。汝琮矻矻說蒙初不去口，曰：『蒙初甚知言，嘗與之論古文，能別其源流之正偽，其詩則學中唐而為者也。為之言吾仲倫，其心有深慕焉，而以不得即見為恨，盍為序其詩以慰其願見之心可乎？』乃並出其詩十餘首見示。

讀之信汝琮之言非妄也。因念予與蒙初雖未得相見〔一〕，已相信不疑，他日既見之後其不要約而相親也，明矣。即為之序其詩，固非無因而至前者，而特愧予之拙于言，恐無足以當蒙初之知也。

【校】

〔一〕予，花雨樓校本作「子」。

四書文選序

制義之興始于宋，盛于明，至國朝而大備。明弘治以前文不勝質〔一〕，意在發明經義而已，然是制義之正體也，茲録其文之尤者為一集，而弘治以後之文之深美宏約者入焉。正德、嘉靖之間文體益變而之古，其時能者十數，而唐應德、歸熙甫之作往往與先秦、西漢同風，夐乎莫可尚矣。茲録其文之尤者為一集，而嘉靖以後之文淵古鬱茂者入焉。其為之以魏晉人之為者，自隆慶、萬歷間人始其敝也。文而巧靡而無骨，若夫倅色揣稱則湯義仍為之冠矣。茲録其文之尤者為一集，而萬歷以後之文雋永明艷者入焉。

國朝諸名家文則別自為卷而其體仍以類相從，蓋我朝自李厚庵創為復古之學，其言固與漢人說經之文相表裏。而劉海峰、竇東皋得古文遺風，其言之美亦不減李氏。後進安于所蔽反目為怪迂而不足道，有識之士能無發憤而興歎歟？雖然，此非僅學者之過也，時之所以求之者不存焉，則以為無用而棄之，宜也。予之乖于時久矣，敢謂有人焉能信而從之者乎？又豈敢謂予之能有樂于是乎，知其難則可貴矣。

【校】

〔一〕弘治，道光三年本與花雨樓本皆作「宏治」。下文中「宏治」云云皆作此例。

攝山采藥圖序

有廊廟之士，有山林之士，易而置之，不終日而思返。致通顯立功名，其廊廟之士乎？外聲利，逃虛空，其山林之士乎？而非也。廊廟、山林皆迹也，迹于廊廟未可以廊廟之士目之也，迹于山林未可以山林之士目之也。迹者，其遇也。惟易置焉而其志不樂，乃得于其所樂者而定之名。君子之于世也置之廊廟間而宜，置之山林間而亦宜，無適無莫，隨其所遇而安之。

莊達甫征君學博而才贍，量優而氣充，置之廊廟間而宜者也。而其志恬于澹，其神棲于漠，置之山林間而亦宜者也，吾無以定之也。

征君為攝山采藥圖，間出示予，屬為之序。夫序者，序其意也。采藥，非征君意，其諸有所樂于山林也耶，迹耶？遇耶？征君殆寄焉，以聽不知己者之定其名耶。宜興吳德旋序。

林仲騫詩序

嘉慶辛酉之春，余客游吳門，獲交林子仲騫。接其人而溫然以和，聽其言而怡然以順，讀其文而充然若有得也。已乃出其所為詩示予，且屬為敘。曰：「竊見吾子之篤于友也，非苟為稱譽而已，必期相勸勉以至于古人，此僕之所以征序于吾子者也，願吾子之有以進之也。」

余惟古之詩人如陶潛、李白、杜甫之倫，其志尚高遠，非欲僅以詩人自名者也。惟不欲僅以詩人自名，故其詩非凡為詩人者之所能及。宋陸子靜先生謂李白、杜甫、陶淵明皆有志于吾道，豈虛也哉？仲騫之學出于南宋諸儒，故其根本深厚而又妙能為詞章，雖不欲僅以詩人自名，吾知世之名能詩者未有能遺仲騫者也。

予少喜為詩，長而學為古文，皆無所成就，方深有愧于仲騫，而仲騫猶有取焉，抑可謂欲善無厭者矣。夫詩之于道，未為尊也，而為之必要其成，使求進而不已。陶、杜之去人也豈遠哉？詩云『如切如磋，如琢如磨，』仲騫其念之已。

永定邵氏重修宗譜序

周時天子使小史奠系世紀之世本，而詩之以諷于瞽矇，則世家系彰彰可考。周衰而列國名卿大夫士類能窮心辨悉于族姓之傳。秦漢之間其學寖廢，太史公述世本譜列國系家言而或世次闕而難考，若年數不可推者亦間有之，豈非以世遠文軼不具故耶？又況從千數百年後欲遠求前古時事，而傅會成之，其尚足信乎哉？

吾邑永定邵氏傳以為徙自河南，然莫詳其初徙時，故今邵氏世譜斷自南宋，前為逸譜。迄元明之際而始著焉。信以傳信、疑以傳疑，古之道也。按，逸譜，邵氏之興，當宋祥符治平之世，而蘇文忠公雅游吾邑，與邵民瞻相善也。大凡邵氏自北宋時居此可信，第文字闕軼不能詳也。要之，明以來為吾邑世家，成化、弘治之間嚴州太守文敬、雲南兵備副使節夫並以政事文學顯于世，名人碩士繼跡邑乘美哉。其發聞遠矣，夫黄土西南有巨族邵氏，江南、北無不知以蘇文忠及民瞻故。而中更兵燹，譜牒散亡，世次失考，然至今稱吾邑望族者亦賴有文敬諸賢，世載厥德，用俾後之人仰前哲之遺風而奮然興起焉爾。

邵氏世譜修于乾隆四十七年壬寅，迄今嘉慶八年癸亥歷二十有二年矣。邵君某某慮其久而渙散不屬也，續修之，因以藝文內外集屬予論定。予既不辭而删次之，遂為之序，以弁其端云。

惲紉之學詩録序

聖人之道大矣，博矣，非一人之學所能盡識也。況遭秦火之後，學者不見全經，七十子之書十不能存一二，故漢世重經師，而傳之者多異說，其離合之數未有能定之者也。宋朱子出而集群儒之大成，其得聖人之意固多矣，而其以果于自信而失之者，蓋亦不免焉。夫士生數千載後可以上追古人而與之默契者，惟心性之理而已。若夫實事求是，非可以鑿空而為之說也，則莫若存其故訓而聽學者之自擇焉，此朱子之廢序言詩，所以使人不能無遺議也。今天下學者相師為制舉之文，童而習之皆朱子一家之學也。而好古之士翩然反之，輒言鄭康成氏學，雖其說之離於道者，亦不難。舍聖人之經以曲從鄭氏，夫不衷于道而惟鄭之從，抑豈可謂篤信聖人者歟。

吾郡惲紉之先生，今之好古之士之傑然者也，雖更歷憂患，未嘗一日廢書不讀，而學尤邃于經，嘗出其所著學詩録示予曰：『學者之患在于專己而自足。專己則固，自足則侈，非求道之方也。吾治詩不敢苟從朱子，而鄭氏之箋亦時有與之牴牾者。夫毛公以來儒者之說詩詳矣，平心以察之則是非可見也。學者慎取之而已矣。雖然，吾所録其皆當牴理乎？吾所見為是，安知非人所見為非乎？子姑為我擇焉。』

德旋退而卒讀，曰：『美哉，非信道不惑，何以能擇之精如此耶？抑予有所欲效其愚者。鄭氏，漢之大儒，其于道雖未能盡合，而其為名物象數之學則從漢迄今未有能過之者也。朱子可謂知道者矣，而其為詩集傳也，務欲異于序說。此特儒者意見之偶偏，而未可執是以相訾謷也。故凡後儒之說有勝于古人者録之可也，其有詆毀鄭、朱之言刪之可也。先生之取道也廣，其或不以愚者之言為不足聽乎？』先生以書求徵序，遂書以應之。

左傳名言序

左傳非出于一人之手，蓋自邱明作傳而後傳其學者遞有增益。然以其文既富，則以存賢人君子之格言為不可廢，予聞之桐城姚姬傳先生之言如此。夫古之立言之士如史佚臧孫辰之倫，未嘗自為一書以詔後學，則其言之幸而永久不泯，甚賴傳述者之有其人矣。且言亦蘄有益于世耳。言而無益于世，雖累千百言如未嘗言，甚且不如不言。言苟有益于世，則雖片言單詞有終身用之而不盡者焉，並不必問其出于何人之口也。言之有益于世者，自四子書而外聖人之道其與人以可循而守者，莫詳于禮而易、春秋其藴也。易垂其象而義則隱，春秋著其事而義存乎隱顯之間，自左氏傳春秋而春秋經世，先王之志乃顯。而後世為文詞之學者玩其華而忘其實，則其謂之浮誇也亦宜。不知左氏傳聖人之學存先王之禮，所謂賢者識其大，不賢者識其小，莫不有文武之道焉，而豈以文詞之贍博繁富為後世誇多鬥靡者之所得藉口乎哉？

吾友閔肇虞元愷刺取左氏傳中名言裒為二卷，以資循習，便觀覽。使持其言以考鑒古今是非成敗得失之迹，可以旁燭而無遺照焉。學者讀左傳名言一書，不啻舉二十二史中名臣奏議之書而盡讀之矣。予嘉閔君之用心謂可廣其傳也，故為之序云。

楊隨安時文集序

凡有所為，必有以自樂也，而為之乃不厭。雖然，一人為之之樂，不若與人共為之之樂也。與一二人共為之之樂，不若與千百人共為之之樂也。然而與千百庸眾人共為之之樂，又不若與一二有志之士共為之之樂也。一二人為之，千百人從而和之，此亦可以快然自足矣。而氣或慮其浮，而志亦憂其隘；一二人為之，千百人從而沮之，若是而不疑且怠，而決為之。及其成也，彼千百人者亦且從而稱道之，而其氣彌靜而彌若有所不足于其志，則如吾友楊子隨安之于制舉業是矣。

隨安自少以能文名，然其文非能大有異于人人之為之者也。已而見余族父晉望之文以為大有異于人人之為者也，而折而從之。論者或可之或否之，而兩人者之志愈堅而力愈果，而終以有成。而論者亦翕然以定。

世之人言舉業往往並稱晉望、隨安，而隨安顧自以為不啻望若也，此隨安之所以過人絕遠歟。隨安嘗與余論文，以余之能知其有所樂乎此也而屬為之序。余美隨安之能有合于古人取善之道，而非專己自足者之所可同日語也，故不辭而為之序。若其文之工，則固天下共見之矣。

顧少卿文集序

予嘗受古文法于執友張皋文所，退而讀古人之文，以意逆志，與之委蛇俯仰，間有所述，不敢以易，而為之將以自淑其身心，庶幾不悖于古之作者。雖使舉世莫之好而冀有所得，以俟夫千載以後之人之知而已。

已而得顧子少卿于吳門，少卿之論曰：『士必有古人之情性而後能為古人之文。古人之文，其可以言傳者法也。有言之所不能傳則有非法之所能盡，而必于性情焉求之。夫文士之張其說也，必曰文以載道，然自漢以來求所謂載道之文若董子對策、韓子原道諸篇，多不過數十首耳。謂不如是而即不足以與于文章之數則幾無文矣，惟驗之于性情之際，以考其所得之淺深高下，則其人之才與其學與其所志皆有不能掩者。』

少卿之持論如此，宜其文之進于古也。往年予從甥邵汝琮録予文受梓，少卿見之喜予文之不戾乎古也，因悉出其文示予，且屬為序。予謂少卿之文之工固宜為有識者所歎美，乃其得力之故。則予之知少卿，為深惜臯文已逝，不及見少卿，相與上下其議論也。然千百載後必有能知其所志之相合者，予復何憾哉！是為序。

張介軒初禊草序

嘉慶丙辰，梁溪畫史放王右軍蘭亭敘意，為介軒作修禊圖。介軒忽有感也而自題之，而其于詩遂不能以已，久之而積成卷帙，因名之曰初禊草云。概自曹魏正始中諸名士以清言相尚，晉承其後，天下士波蕩而從之，莫不放浪通脱，遺棄世事，以任達為高。其所稱述大率莊列虛無之譚耳。右軍有憂之故其序蘭亭集也，以一死生為虛誕，齊彭殤為妄作，託諷諸賢，意深遠矣。豈徒寄興于清湍修竹間哉？

吾邑稱山水奥區，巖壑幽深，不減會稽山陰之勝。而介軒家瀕漏湖，與漁樵混迹，豈其中亦有不自釋而悉于詩焉發之耶？夫使貧賤易安，幽居靡悶，莫尚于詩，宜介軒之篤嗜而不能已也。介軒之于詩也既深知而篤好之，而又有得于湖山之助，宜其詩之日進而未有已也。若乃興感蘭亭寄情託始合契之旨，有非予所能詳者焉。

譚辰山臨江閣詩稿序

吳江譚君辰山于學無所不窺而尤長于易，著書數萬言，甚具，而又以其餘力為詩歌以自娛。其比興敷陳，蓋得宗于白太傅，雖時有感激怨懟之作而不失乎溫柔敦厚之遺覽者。即其詞以通其意，可以信其為閔時病俗之賢人而變風變雅之苗裔也。初，君年甫壯而舉于鄉，屢不得志于禮部試，乃謁選為崇明縣學教諭，凡十二年。意忽忽不樂，棄官歸。歸又十年，年六十餘，老且病矣。然以貧不能自存，復起為原官，竟以病卒于官，時嘉慶甲子十月也。

君極喜誦予文，然初未相識。其卒之前月，予來崇明，始識之于孫于丕席上。及將卒，予與于丕往問之，諄諄以稿序見屬，而恨識予之晚，其意綣可感，因為之敘而存之。

北渠吳氏重修族譜序

漏湖之東有渠水焉，最小水之名者，匪直以佃漁之贍為勝也，蓋亦因乎其人。在昔明之初載雲坡吳公自邑西成任鄉始選于此。厥後齊河訓導宗和以能治毛詩有名。文甫博學多聞，始輯譜系，子孫世以耕讀為業，亦越我始祖慶公自新安來爰宅茲，至贈少傅。寓庵府君由進士起家，一再傳後而勳名紀太常，列于江左衣冠舊族。在今後嗣子孫雖或散處他郡縣，而環渠水而居者，衡宇相接，故兩家子弟通往來，歲時膢臘祭賽器相共，有古者同井之風，邑人並稱北渠吳氏者也。

夫昔者先王之世量地以制井，度地以居民，聯之以比閭族黨之制，使之相保相受相賙相恤，合之以大宗小宗之法，使人皆知尊祖敬宗，收族之誼而孝友睦姻之俗以成。自田不井授而民皆輕去其鄉，自大小宗之法廢而民忘其本，衣冠之族所恃以相維繫者蓋莫重于譜，故昔吾先正恒兢兢致慎于斯。而今茲某某吳君亦所以續修其世譜，而屬序于余也。予惟累世先人同里之好，幸其能以敦睦為先而族之諸父兄弟至今相與依而為鄰者甚眾，則風俗之成，亦吾宗之與有幸焉者已。遂不辭而為之序。

湯點山詩集序

憶嘉慶己未之秋，予與點山相遇于明聖湖上，點山以詩贈予，而予亦為文以贈，蓋相期于古人之道之交而非有勢利之誘者。點山夙擅詩名，然甚不自足，嘗謂予曰：『吾詩宜得子序，然須俟之十年後耳。』予時心韙其言。夫以吾今日之所為欲推而進之古作者之列則愈為而愈覺其難，如曰吾蘄不讓于今之人而已，則點山之詩固已兼衆體而成一家，而又何歉然若是耶？此點山之所以不可及也。

點山為祿養計，宦游于吳。今年春予來吳門，點山復與予遇，出詩一編示予。曰：『吾所得將止于是耶？抑尚可以有進也？』予發而讀之，則其去古人也不遠矣。由是而之焉，將不至于建安、黃初間不止也。既為之定其可存者，而因題其端以歸之。時嘉慶戊辰四月也。

詩經酌注序

予友于震竹初治毛詩十年，其意以為漢初言詩者有齊、魯、韓、毛四家，今所存惟毛氏，故訓傳二十卷而已。詩序，不知何人之作，然其說往往與左氏春秋、國語合，其傳之必有據，依今欲廢序以言詩，而詩之義荒矣。于是乃因序說以求詩人言外之旨，而博稽漢唐以來諸儒之言之涉于詩者參互考證，擇其長說，為詩經酌注三十卷。既成，屬予為論定。

予惟感人之道，聲音為至，而詩三百篇，孔子皆嘗弦歌之以求合于韶武之節。學者諷其辭而通其義，則可以理其性情而施之家國天下之用，非空言比也。竹初之于詩也，果能由序說以達于孔氏矣乎？我不敢知。抑且於漢、唐、宋諸儒孰相後先也？我亦不敢知。而為之專且久，至于十年而後成書，義理訓詁之兼明而不偏主一家之說，必也其能自得之矣，而于古人也奚愧焉！而于詩也又奚憾焉！

任維周文集後序

右任維周先生文集若干卷，其子煃編輯。先生貌粹而氣溫，涵之愈光，一騫一翔，故其為文優柔平夷，坦坦舒舒，不棘不馳。余始學為文，不與俗類，或笑或疑。先生獨矜異之，謂古之作者正如此也。夫知言之難自古歎之矣。先生之論文也，既與余合，而先生之文，余顧未之多見，豈道固宜晦耶？

先生沒而煃以先生遺集來請序，曰：『先君子易簀時命煃曰：「吾之生不獲展吾志，歿無以自見，恐遂泯滅，念交游中可託其言以傳者無如吴君仲倫，子不吾忘，其必往求焉。」煃是以竊有請也。』余于先生既嘗有知己之感，況又重之以垂歿之遺言，雖欲默，安得而默耶？

卷五　序　題辭

三吳舊聞録序

粵自泰伯開吳，諸樊始通，上國時則有若延陵季子合禮知樂，言游北學洙泗，身通六藝。洎漢氏以來聲明軼於齊魯，名公巨卿繼跡史書者不可勝數也。然而閭巷好修之儒或學成而過蹇，道尊而身隱，加有奇跡偉行，磊磊明明，與夫偏長曲藝之士，一志疑神〔一〕，亦能遺外，聲利蕭然自遠，而名不甚顯於大都通邑。

是用有慨於余心，爰乃參考遺文，諮詢故老，傳述舊事，整齊而差次之，始自漢代，迄於明季，為三吳舊聞録十卷。用以輔聖賢之名教，陪史氏之外乘。後之君子或亦有取焉爾。

【校】

〔一〕疑，花雨樓校本作「凝」。

續太平廣記序

太史公有云：百家言黃帝，其文不雅馴。又云：禹本紀、山海經所有怪物，余不敢言之。蓋自周秦之間，齊威宣燕昭好神仙術，而海上燕齊之方士挾術以干世主者不可勝數也。鄒衍以陰陽主運顯諸侯，而齊稷下談者數千人，大率祖述鄒子之説，故疑山海經、穆天子傳之屬，皆周末諸子依託為之。太史公述史記意在紹明世，正易傳，繼春秋，本詩書禮樂之際，然亦兼採雜説而成，故其文瑰奇俶詭，不可方物。

小説家言，固亦史之支流餘裔，而秦漢古書多不傳，傳者或偽。唐人之書備矣，而集其成者惟宋之太平廣記為巨觀。

荊溪陳景辰好蓄書，尤留意撰述之事，所著荊南小志、荊南碑刻録，皆詳實典雅，足以征文獻而備掌故。而又以其暇日蒐採遺文，為續廣記百四十卷。既成，以示余，且屬為序。

夫小説之與史，果且有辨乎？果且無辨乎？得其辨而慎擇之，小說與史無異也。否則昔人且以好奇為子長之病矣。充景辰之才可以進於史，故書此以質之。

李氏三忠事蹟考證序

李氏三忠者，曰用楫、曰耒、曰頎。頎於用楫為大父行，耒、用楫，同產弟也。用楫以崇禎癸未進士授廣東瓊州府推官，永歷朝以大學士吳貞毓薦擢兵部侍郎，巡撫肇、高、廉、雷、瓊、羅五府一州。耒、頎並以丙戌貢生仕永明王，耒為監軍道，頎官監察御史。用楫、耒先後以抗大兵死節。頎以謀誅孫可望事泄，與大學士吳貞毓等十八人同日遇害於安隆，合瘞安隆北關之馬場，世稱十八先生者，頎其一也。

安隆之難，傳者異詞，故勝朝殉節諸臣全録十八人中有林青陽而無李頎，而永歷詔書則有頎無青陽。當是時，青陽以出使李定國，逮至被殺，其死在十八人後無疑。及定國護永明王入雲南，追恤遇害諸臣，建廟於馬場，勒碑大書十八先生姓氏，乃去頎而列青陽，殉節諸臣録蓋以碑文為據，而頎之名遂獨軼。嗚呼，彼既殺身以成仁矣，而豈有冀於後世之名耶？然猶幸有永歷詔書可考，而其見於三藩紀事本末、見聞隨筆、劫灰録諸書者，並彰彰不泯焉。若耒之死，在李定國攻肇慶兵敗時，尤他書紀載所不及為，可慨也。方靖南王耿繼茂之統大兵入欽州也，用楫御載於合浦，師潰，走靈山自沈勞氏園池，事在順治九年。耒合李定國攻肇慶在順治十年，而頎之遇害則順治十一年事也。

嗚呼，天之棄明久矣，而三年之中李氏三人相繼効節，君臣之義無間盛衰，蓋炳如矣。用楫先為御史時劾給事中金堡、丁時魁等，與瞿式耜不相能，卒之致命遂志，兩人如一轍焉。然堡、時魁等皆小人也，用楫惡之而式耜庇之。式耜雖賢者而其是非固不可掩，用楫與吳貞毓、盧象觀同舉進士，又與堵允錫相友善，而其成就卓卓亦略相等。當勝國之季，吾邑固尤多烈丈夫哉！用楫玄孫慶來懼其先世忠跡久而就湮也[一]，乃綱羅明季遺聞為李氏三忠事蹟考證一卷，武進趙君懷玉既摭其事合傳之，而余因為之序。

【校】

[一]玄，兩本皆作「元」，避「玄」。

蘭譜略序

吾邑張子廷華生而愛蘭，家傳種植之法，為蘭譜略一卷以示予。予讀之而有慨於中也。其一之產云：宜興香蘭山，東人震澤志稱地產香蘭，今崔氏聚族居之，不復產蘭。蓋蘭之生必於窮巖深阻、人跡不經之所，則今之香蘭山，其不復產蘭也固宜。此非地之性有今昔之異，而實物性之不移也。

其四之養云：蘭性逸，故植之必舒，蘭心孤，故培之必潔，蘭氣靜，故守之必正，惟無戾其性、拂其心、欝其氣則善矣。如賢人君子優游山林磵谷之間，一旦羅之廟廊仍當適其幽潔靜正之懷，完其蕭遠閒放之趣，此為三代兩漢之士言之，誠有然者。後世士大率自炫以求售其有，如蘭之性、之心、之氣者往往潛藏山澤間，不可得而跡，則張子之論不其贅歟？雖然，君子之言亦言其所志而已。推張子之用心，豈不欲士之植品者以三代兩漢之士自待而無汲汲於譁世取寵之為也？

又其七之話云：宜興蘭似君子，閩蘭似士大夫，舊譜所用肥膩水多施於閩蘭，若宜興蘭則癯瘠，其本性也。士夫尚有近墨者，君子介廉，膏粱若浼，余三復其言而悲之。

任澧堂悼亡詞序

嘗讀韓退之吊武侍御所畫佛文，竊疑退之於文非苟作者，武侍御以妻之亡故而事佛以求冥福，而何足煩退之為文？及觀蘇子瞻集有為呂文甫妻作傷春詞，乃知古之人其不忍逆人之情如此。吾邑任君澧堂喪其配馬氏，哭之過，時而悲，為悼亡詞四首，而以書來屬余序之。

夫詞者詩之餘，而古詩之作類皆有序，序不必其人之自為，故澧堂以屬於余也。余好讀韓、蘇二公之文，效而為之者有年矣。謂余之文已韓、蘇若乎，微論世之人不吾許，即吾許也而余亦未之敢任；謂余之文無所得於韓、蘇則雖榮古虐今者比比皆然，而澧堂不然也。澧堂之欲得余文，信余文之可傳耳。以為得余文則於亡者可以無恨，而澧堂之悲亦於是焉可以少解。余故不忍逆其請而為之序云。

從兄覺庵鶴園詩鈔序

世之論詩者或以格律區高下焉，或以聲調判優劣焉，或又以為格律、聲調舉非所以作詩之本而專主性靈焉。同者黨之，異者伐之，論說繁興，紛紜莫定。余以為皆是也，而皆非其論之至者也。詩三百篇有風、雅、頌之別其體，一篇之詩有賦、比、興之異其義，此格律之說之所由昉也。舜命夔典樂教胄子，既曰『詩言志』矣，又曰『歌永言，聲依永，律和聲』，此聲調之說之所由昉也。若乃賢人君子閔時病俗，男女詠歌，各言其傷，則性靈之說固即所謂言志者而引伸之耳。兼而有之具美也，專而精之曲能也，能事獨精，非不足以名當時而傳後世，而顧欲執己之所長繩人之所短，則彼我易觀，均為未足，詎得謂之至論哉？

漢人之詩與三百篇為近，人不數首，莫可瑕疵。建安以降，作者益衆，遞相祖述，各名其家，而當塗之代冠以陳思，晉宋之間首推靖節，紹姬、劉之絕軌，該六朝之清綺，蔑乎不可尚矣。唐之詩人初、盛為美，莫不體源騷雅，宗法魏晉，而善學陳思、靖節者杜少陵也。中晚諸家憲章初、盛而善學少陵者，白香山、李義山也，不規規於求似而有其所以似者存焉。下逮宋元眉山、劍南、遺山、道園諸公各擅厥能，不相沿襲。勝國時李獻吉倡為復古之論，必漢魏，必少陵，摹擬肖似，尺寸不失，於是言格律聲調者宗之，言性靈者排之，人各是其所見，而卒未有以相勝也。

余從兄覺庵從陽湖左仲甫先生學為詩，大率以少陵為祖，以香山、義山為宗，不求似於形模字句之間，而求其所以似於形模字句之外，斯為善學古人者歟。覺庵嘗自編其詩為一集，然尚非定本，覺庵歿後仲甫先生為删存之，得如干首。後之覽者可以考論其師友淵源之所自焉。

陳景辰遺書目録序

古之君子不得已而有言，故言立而功德後見之君子。得已而不已則以是悅耳目，娛心志而為游藝者之所矜尚，此所以雜家之言前史録、藝文者不能發也。荆溪陳景辰學博而好著書，嘗以所輯續廣記百四十卷示余，而余為之序矣。

景辰既歿，其弟子楊君敷、黄君蕚等梓其遺書曰荆南小志、曰荆南碑刻録、曰百四十齋記、曰九子山行記、曰經史子集跋、曰墨莊古文凡若干卷，而介景辰之友董君瑚征序於余。

景辰之書品量今古或未必盡當，而諸弟子以師之遺書不敢輕有所去取，懼失真也。景辰固好學之士，而楊君等篤於師友之誼，謀所以不朽景辰者，為詳且慎，其風義有足多者，余誠悲而樂之。

嘉慶庚辰春正月，宜興吴德旋序。

一彬上人語録序

儒之與禪，其奚辨乎？論者謂儒之學主於經世，禪之學主於出世，是固然矣。然如宋之李忠定、明之王文成功業炳著，德言並立，而其學皆出於禪，禪果不可以經世乎？邵康節、陳白沙儒之秀者，而息心觀化，蟬蜕塵滓。讀其遺書令人有天際真人之想，儒果不可以出世乎？

浮屠一彬學於禪而有見，夫道體之大，心體之妙，自度度人，廣為説法，融會儒釋，精純洞徹。後進聆受，欣所未聞。録而藏之，無所遺失。微言未絶，妙聲永存。余與彬師最為久，故每相咨論，彌日忘倦。彬師門人以師語録付梓而徵余序，爰識數語，竊附知言。

程慕雲黄山聽泉圖詩詞序

余少時聞諸長老言，江以南多名山，而黄山最為奇特。後讀桐城劉海峰先生游黄山記、武進張皋文編修黄山賦，愛其文詞之莊麗蓋險怪幽絶之境固有以發之，意欲一往遊焉，而未果也。

程君慕雲家新安而賈於吾邑，然性嗜讀書，暇輒手一編不輟，又好窮山水之勝，歸而游黄山者再矣。吴君菊畦為作黄山聽泉圖，而慕雲徧徵知名士題詠之，多至數百十首。

國初時黄山孫無言好遊，多賢士大夫之交，一時海内諸名士詩文集中咸有送孫無言歸黄山之作。無言生平他亦無甚表見，而能愛尚文雅，使人人樂為稱道，不可謂非奇士。今慕雲與俗殊好，其亦無言之流亞歟？抑吾聞黃山多古仙真遺跡，故得道延年者萃焉，然大抵皆遁世長往之士所託，非必真有形解銷化之術。慕雲儻遇其人，弗靳告我也。

許叔翹文集序

文之為用博而其來遠矣，記事纂言之文原於書，繼之者左氏春秋內外傳也，司馬遷、班固、陳壽其委也。言理之文原於易、論語，繼之者孟子、荀卿也，董仲舒、揚雄、韓愈其委也。言情之文原於詩，繼之者屈原、宋玉也，枚乘、司馬相如、張衡、曹植其委也。今於後世綴文之士將責之以書、詩、易、論語之為乎？則自晚周以來其疇克當之。不寍惟是，即責之以左氏、孟、荀、屈、宋之為，以為必如是而後為滿吾意之所欲云者，斯亦苛矣。苛之失為拘，而其流且激而為矯誕，為桀奡，則非所以為宗經述史之本也。要有能仿佛乎司馬遷、董仲舒、枚乘、相如諸人之為者，則固以傑然於百年間，可以命為作者而無慚矣。

善夫，柳宗元之論文也，其言以為苟或得其高朗，探其深賾，雖有蕪敗則為日月之蝕、大圭之瑕，曷足傷其明黜其寶哉？宗元文學春秋外傳，為之可謂惟妙惟肖矣，而其言若是，此可以知論文而銖銖寸寸較量於一言句之間者之非。故吾讀懷遠許君叔翹之文而不禁慨然慕之，欣然欲從之而不可得也。

余始聞叔翹之名於姚刑部姬傳先生，後以訪孫大令于丕至懷遠，因獲交於叔翹，而盡讀其所為文焉。叔翹文自兵家言入，蓋嘗已見之施行而非空言無實者之可比，故屢為當代巨公所賞。今年秋叔翹與余相遇於揚州，將以其文付梓而謂余曰：『吾於近人之文篤嗜姚刑部，而刑部亟稱吾子為可與言文者。今刑部之文已不復可得，得吾子為敘吾文可矣。』夫叔翹之文，固余所慨然慕之，欣然欲從之而不得者也。若乃銖銖寸寸較量於一言句之間，則既非余疇昔論文之旨，而尤非所以論叔翹之文也已。

荊南人物考序

不虛美，不隱惡，良史敘事之體也。府州縣誌之作，義同于史，而史則善惡兼書，志惟書美不書惡，此其所以異焉爾。吾友劉鏗弦齋病邑志之蕪，為荊南人物考一編，凡四易其稿而後成，予得而讀之。其分門也當，其去取也嚴，其足以信今而傳後無疑也。

夫古之善敘事者稱左邱明、司馬遷、斑固、韓愈，其是非褒貶多折衷于聖人。而固傳酷吏，不入張、湯、杜、周，猶不能無遺議。愈文號為謹嚴，而志墓之作不免有諛詞焉。

今吾弦齋之書則異是，蓋雖名聲彰顯如漢許武者，猶以其近于矯情也而削之。予謂武矯情以成弟之名，武之過也，然不可謂武之不友于其弟。觀過可以知仁，亦聖人觀人之法也。而弦齋之書削武不録，以為立異近名者之戒，此其與善之不濫可知矣。其有左史之得而無固、愈之失者歟。至其行文之簡而有法，蓋庶幾乎陳壽、李延壽之為，非夫沈約、魏收諸人所得並論也。

潘魯泉天一論序

丙子春，予友徐魯野為予言：『蜀山有潘魯泉先生者，邃於經學，善著書，其所撰述當見賞於當世宏達君子矣。然欲得吾子敘之。』予聞而心喜甚，欲一觀魯泉之書，而多事卒卒未暇訪求也。秋八月舟過蜀山，訪先生之居，得讀所著天一論十一篇。旨奥詞奇，洞心駭目，其見賞於當世宏達君子也固宜，然尚有疑焉者。

論中極言死生之故，謂生為如是之人即死為如是之鬼，此固知生即知死之義，但不知人之死而為鬼，其終有乎？其暫有而卒無乎？聖賢豪傑之與庸眾人固亦同此生且死于天地間，而既死之後，其有知、其無知可比而同之乎？抑有異焉者乎？先生蓋引其端而未竟其說也。

又云水有清有濁，清濁渾則為混沌，而清上升，濁下降則為開闢。若是則天地者水之所為，而水非受生成于天地也。傳曰：『夫婦之愚，可以與知焉。及其至也，雖聖人亦有所不知焉。』夫聖人之所能知者既有天地之後之事之理也，若遥而溯之未有天地之先，雖聖人烏從而測之哉？ 蓋嘗思之太極之初，陰陽未分，渾然一氣而已。一者，道之原，其為體也，先天地而立。一生二，二生三，三生萬物。一者，數之始，其為用也，後天地而行。先生天一之論，其兼舉之乎？ 兼舉之也者，義繫乎一，非專繫乎水矣。義繫乎一，是言道也而數即該焉。義繫乎水，是言數也，而與道為體。先生之學根抵程、朱，而出入莊、列，故其言可望而怖也，抑余有感焉。

德旋自以讀書不至固滯，而少更憂患，中歲奔走衣食，窮于世而無所偶，不獲治聖人之經以自充，就此恨無極。先生之窮與德旋等，乃能于先聖微言深探幽隱，抉剔爬羅，至老不自暇逸。此德旋之有愧于先生，一矣。又況前此者，先生知有德旋而德旋不知有先生，此德旋之有愧于先生，二矣。既承命為敘其書，惟謹以所疑者還質于先生而不敢隱，是即所以報先生之知也已。先生以同邑沈君鶴田為本師，每與人論輒曰： 吾師之所以教某者如是。于此可以見先生為人之大凡云。

汪筠莊先生時文序

吾邑汪筠莊先生博極群書，以名進士出宰閩中，晚而因事告歸，未嘗一日廢書不讀。後進之士從而問業者，先生隨其質之高下而資益之，莫不各有所成就。先生所為詩、所為古文，德旋皆嘗讀之，知先生淵源所自，蓋在唐宋諸大家，時文特其緒餘耳。然且經之以董、韓、程、朱之理，緯之以屈、宋、賈、馬之詞，彬彬乎質有其文焉。

先生喜與德旋論文，德旋於本朝諸家推李安溪為第一，先生意不然之，謂安溪説理固當，然其文格一以守溪為宗，殊少變化。德旋聞先生語，意不能無疑，唯唯否否而已。後見桐城姚刑部姬傳相與論及時藝，德旋舉安溪為問。刑部之言與先生適合，德旋乃無所疑于先生向時之論也。然刑部所自為文有意規摹應德熙甫，應進士舉者無所用之。

若先生之文則不名一格，上之可以通于古作者文章至高之境，而選聲煉色，未嘗不足以追時好而取世資，誠可謂豐年之珠玉、儉歲之膏粱也。先生文集刻既成，及門諸子以先生嘗喜與德旋論文也，咸以為序先生之文者莫如德旋宜。德旋不敢辭，遂為之序。

閔茗山詩序

予年始弱冠，于同邑得友二人焉，一為吳貽芸，其一則閔君茗山也。貽芸、茗山，皆高才，嗜酒。予性不能飲，然兩人皆昵就予，予每入城，兩人則邀予過酒家極飲，酒間琅琅誦新詩相激賞。時貽芸聲藉甚邑里中，而茗山素不治博士業，人以故易之。而予與貽芸特敬愛之，惜其才之不克見于世也。其後貽芸客死豫州，而茗山出遊南粵，所交皆一時賢豪，然歸而與予敍述平生親舊，以為知我者莫貽芸、仲倫若也。

茗山晚益儻蕩，酒後輒大言無所讓，然其所為詩歌古文雖一字之未安，必與予商榷。予才不及貽芸，宜為茗山之所簡棄而顧篤信之如此，此以見茗山非好加人者，特負其奇，不肯碌碌，則時以自鳴其不平焉耳。雖然，老氏不云乎『知我者希則我貴』矣，茗山胡不聞焉？茗山比輯所著詩一卷示予，其意乃人之不己知而過為無窮之慮，予謂茗山詩不假修飾而神韻自足，出以問世，必有知而好之者，因為之序以開之。

七家文鈔後序

錫山薛畫水與陽湖陸祁孫選定七家文鈔成，既各敘其鈔之之意矣，而德旋復為其後序。曰：

余年二十餘至京師，與武進張皋文同學為文，得桐城姚惜抱先生古文詞類纂讀之，而知為文之不可不講於法也，如工之有規矩焉，如射之有彀率焉。雖曰神明而變化之存乎其人，然欲舍規矩、彀率而別求所以神明變化之方，其究恐歸于迷謬而無所得，蓋嘗持是說以語皋文，而皋文不予非也。年幾四十始獲親謁惜抱先生而請益焉，先生誨之曰：『子之論文主於法，是矣。然此學者之始事也。其終也，幾且不知有法而未始戾乎法。子其歸而求之周秦諸子及司馬子長之書乎！』德旋曰：唯唯，然固且疑之，疑夫惜抱先生之文之謹於法也。然先生固嘗言之曰：文之至者通於造化自然，人力不得而施也。則言夫人力之所可為者，亦惟學者之始事而已。

我朝之文能無戾於古人之法者，斷自方望溪始，劉海峰則望溪之弟子，而惜抱所從受法者也。臯文始亦得宗於海峰，而變其清宕為淵雅，故文格與惜抱相近。惲子居兼綜百家，而其鎔煉淘洗之功非貌為秦漢者所能企。我朝之以能文名者數十家，然無有能踰此五君子之上者矣。建寍朱梅厓為文專宗韓退之氏，可伯仲于皇甫持正、李南紀之間。長洲彭秋士長於紀述，簡質似陳承祚，録之附于五君子之後，臭味亦未始不同也。

夫古人之文豈嘗有定法哉？言其意之所欲言而已耳，言其意之所欲言者而氣足以充之，詞足以達之，則文成而法自存乎其中矣。豈必懸幟而市於人曰：此于法宜如是耶？洎乎漢氏之東，文氣漸即衰薄，魏晉以降，才士雕琢曼詞以為適俗應用之具則固宜，其氣之不足以充，詞之不足以達矣。及其久而相沿成習，若士之為文固應若此者，斯為蔽益甚，而其于古也不亦遠乎？六經簡嚴易直之體，不既澌滅而無遺矣乎？唐韓退之以天挺豪傑起而振其衰，稟經以立義，因事以造言，而其氣足以充其體，其詞足以達其意，悉與古之所以為文者合，於是後之學者不得不求為文之法於古人之文，謂非是將不得其門以入也。若乃神明而變化之，則固非法之所能拘，而法亦非所以盡意，然豈可驟而語之承學之士乎哉？而世猶有欲舍法以言文者，則非吾之所敢知矣。

陸祁孫冷宦閒情圖序

自祁孫為合肥校官後，予不見祁孫者三年矣，然屢郵書以文字相商榷，則如時見祁孫也。今年春，予赴畫水司馬之約來無為，而書問之，往還益狎。予每一書往，祁孫之書輒四三至，比以其所為冷宦閒情圖寄示，曰：『子盍為我序之？』

予嘗謂學者之事，必以治其性情為急，自非上聖之資則其性情必有所偏。知其性情之所偏者而矯之，無不可以適於道；自非下愚之質而陷溺之深者，其性情亦未始盡漓，因其善者之機而達之，無不可以進於誠；自夫人之不能制其情而因以累其性也，遂乃以善歸之性，以不善歸之情，夫豈知性情之本一哉。夫人而不善用其情則情之果足以為性累也。釋氏之徒惡夫情之足以為性累也而務欲滅之，人且與木石等而性非其性矣，彼其黠者亦知其言之不足以自立也。則又為無所不愛之説以濟其窮，而推之於滉漾不可知之境，且其雜施而無等，雖若類于過情者之為，而要其歸則仍可謂之不近人情而已。君子之言情也則不然，吾未能免於過情也，思其何以過，即思其所以抑之之道焉。吾未能免於不及也，思其何以不及，即思其所以引之之道焉。若乃發焉而中節，則自其一曲之善推而致之，使無所不善而中和性情之德在我矣。此則治情復性之為也，而何情之足為性累哉？

昔者陳鴻之稱白樂天也，以為深於詩而多於情，吾嘗欲移其語以評吾祁孫而不知祁孫之以為當否也？夫樂天誠多於情者，然誦其言而考其行，雖於子思子所謂中和性情之德未能悉合，然其篤於倫理，非雜施而無等者也。祁孫非有樂天之名位而可以信其大節之相似，則亦於其性情焉信之而不僅在乎一詠一觴之際也已。

道光二年某月日序。

錢雲峰畫幅題辭

宣和畫譜云：『張僧繇畫龍不點睛，點即騰躍而去。』噫，技乃至此乎？吾疑是言之未必果可信也。然吾聞之桐城姚惜抱先生之言曰：『文之至者通于造化之自然。』夫文，亦一技耳，技之精者力與造化侔，則安知夫僧繇之事之果不足信耶？

吾友錢雲峰善畫龍，少即好之，至老猶不厭，往往絕人事為之。昔明道程子謂文非學之專則不能工，工于文猶玩物喪志也。況于他技能乎？然予于文字之好，性焉，而不能割舍。故嘗與李心陔論學書，謂苟立德如顏、曾，固無所藉于區區之藝事。下此則必思擇一藝以執之樂之，終身不厭，雖外物至不以移吾好，其于養心之道未始無小小裨益也。曩雲峰司訓江寍時，惜抱先生主鐘山書院教席，暇日恒相過從，未知曾語及此否。而予亦嘗接教于惜抱，恨未及以此意質之。抑莊周氏有云：『將使同乎我者正之，既同乎我矣，安能正之？』惜抱也，雲峰也，皆同乎我者也，夫安能正之？

王學愚畫像冊題辭

予嘗為學愚作愛石圖序，予時未識學愚，徒以予友張皋文之言信其為賢者耳。後於郡中數數見學愚，習其為人，益信皋文言非妄。今學愚已卒，皋文墓木且拱，予於是歎人生之難久長，而猶幸二子者之能有所自立，以永其傳於不敝也。

今年秋，學愚長子守靜復出此圖示予，予因為之書其後。已而守靜別示予一圖，圖之狀為學佛者。守靜謂予曰：『先子素不喜釋氏學，自為此圖，嘗自題七言絕句詩一首。今天籟集中無此詩，不知先子意何屬也？』又曰：『先子所為圖甚夥，獨此最似，似於愛石圖。愛石圖徵詩騷文略備，而學佛者未有言也，敢以為請。』予謂人子於親之既歿也必思，思之也深則其音容笑貌若將可接，況真有能得其似者耶？守靜之拳拳於此也，固宜矣。遂並書之。

程氏世系録題辭

子香從予學為文，予授以子長、孟堅敘事法。子香心喜，以為獨能得之。

子香幼時從其大父自新安僑居吳門，今茲卜宅陽羨，與其族從闊絕，恐久而益疎，將昧其所自出，乃考之家乘，自晉忠佑公以來凡五十八世，次其行事，為程氏世系録一卷。屬其執友徐君星煌書而藏之家塾，以示後人，使無忘先澤。其用意良厚而行文能守孟堅遺法，異時良史之才，吾于子香望矣。

朱橘亭詞稿題辭

蓋聞意內而言外謂之詞，雖萌芽於唐，爛漫於宋，而其源在國風、離騷及漢人之樂府，故予雖不能為詞，而於古人之詞之善者未嘗不樂取而諷誦之。然吾聞亡友張皋文之論詞也，謂自宋之亡而正聲絕，元之末而規矩隳，詞學之壞較之詩、古文而尤甚焉。

數年前見溧陽史補堂詞而好之，以為能通古作者之意，非明以來諸家所能及。時補堂已卒，恨未識其人，然聞補堂稱吾邑朱橘亭詞不容口，橘亭遂屏棄一切而專肆力於詞。今年夏，余寓居蔣瀆橋西，與橘亭居相近。因索其詞觀之，蓋寢食於南宋諸大家而挹其勝者，信補堂之非妄歎也。吾邑詞人在宋時推蔣竹山先生，今得橘亭而竹山有嗣音矣，故喜而為之序云。

長松箕坐圖題辭

士君子之生於世，當隨其遇之所直而皆有以自見。進，非以為榮，行其義也；退，非以為佚，安其分也。予從兄夢生自少壯時即練達世務，儕輩推為經濟才，嘗偕予入京師，應京兆試，再進再不遇而歸。予兄弟自是不復有求進之志。然予猶妄意希後世名，思託於不敏之詞以自解説。夢生則專務力行，于凡分所當為之事無不勉而為之，雖有時被訕詬，不悔。

此圖固未足以概夢生也。昔阮嗣宗中實至慎而外託于狂者之為，夫夢生則亦若是焉而已，故書此以發其意云。

徐節婦圖像題辭

昔明歸熙甫作陶節婦傳自高其文，以為風雪中讀之一似嚼冰雪，蓋其事固有以發之。陶節婦以身殉夫，謂獨小嬸共叔主祭，念歲月遙遙不可知，遂孤行其意而不顧，不可謂非行之至高者。

今吾友潘君葉帆次女、徐述曾之妻夫亡無子，留其身持徐氏門戶，俟叔娶姒生子，而子之義各有當，而所處為倍難矣。其族弟某為圖小像，葉帆乃屬予題之。予之文雖不及熙甫，而邑中節義之事往往見於予文，遂為題數語於幀端。

周忠毅公玉印詩冊題辭

吳江周石苔明府以其先忠毅公玉印詩冊見示，且徵言。嗚呼，忠毅大節炳載史書，豈藉此以為重？然後之人獲睹前賢之遺物，相與詠歌而嗟歎之，自有所不容已焉。當日甘心為逆璫私人者，非無文字流傳後世，徒足以供人之詆誚而已〔一〕。而忠毅諸公姓字，聞之使人肅然生敬恭之心，此足以驗浩然之氣之長存於天壤間也。德旋既書應石苔後，讀公奏議稿，有請謚公，揭自顧東白先生而下凡七人而先學士與焉，不任感激之私，並謹書以志。

【校】

〔一〕供，花雨樓校本作『共』。

慶莽和尚名山行腳圖題辭

辛已十一月吾友涇包慎伯自吳門來維揚，余與相見於平山堂下，語移時別去。已而慎伯遣棣持一卷子至余寓齋屬題，則故慶莽長老名山行腳圖也。

予未識慶莽，識其徒心朗，曾為題雙樹圖，卷中有句云『實無一法與塵世』。夫實無一法者，無之而非法也。慶莽始則閉關習靜，後乃行萬里路。今心朗學慶莽自閉關始，其終行萬里路與不終行萬里路，皆非法之所縶。則吾謂閉關可，不閉關亦可，不知心朗意中云何？並質之慎伯，以為何如也？

卷六　記

鴝園記

澴湖東三里許地名歸美橋，橋之北有宅一區曰歸來墅，墅中所謂鴝園者縱廣不及二畝，園之主人安其小也，故名。園中壘土疊石為邱，登邱而望，隱隱見澴湖水如縈帶，同官、鵝嵛諸峰其秀皆可攬挹。邱之下為池，三分其園之廣而池居一。池中有蒲、有蓮、有葭葦之屬，儵魚數十尾漱漱乎其間。池之北為飲虹之亭，折而西為課花之館。庭中花藥紛郁，修篁蕙蒨掩映蘭楯之前。主人暇則讀書於此，客至汲泉煮茗，或呼僮具盃酌，擷園蔬為饌，有古隱士風。

余讀後漢書·逸民傳如梁鴻、高恢之徒激亢高蹈，其蹤跡若滅若沒，使人不可得而見。蓋士之瑰意琦行者，既自以其身不能隨時俗俯仰，而耳目所接卑瑣齷齪，適足以發其牢騷憤懣無聊不平之感，宜其潛隱伏奧而不肯與當世之人相見也。今鴝園地不出闤闠，而邱壑自具山水之勝，一憑眺而得之，以是為隱者之居，其亦可以徜徉自恣而無違世遠去之思矣。主人姓吳氏名覲，於余為再從兄云。

青雲橋記

無錫縣富安鄉之沙灘津，其始設筏以為渡，則舟人藉以罔利，而蚤暮不時，涉者病焉。釋圓覺者，其里之人也，自為齊民時即心閔之，遂棄家習浮屠法，挾其師說丐於鄉之人士，創建木梁，旋易以石，是為青雲之橋。圓覺又結茅於橋之旁。而其徒慧隆又新而大之，則今所謂青雲寺也。

夫川之有梁，所以利民也，故善為政者及時而成之。然自儒者言之則人見以為迂闊，而浮屠氏之說乃反中於人心，此吾之所歎也。然吾觀圓師之所為，雖於行為過中而於人為有濟，其賢於世之專利而私己者豈不遠哉？

橋之建於乾隆某年某月，寺之建於乾隆某年某月，嘉慶四年七月某日宜興吳德旋記。

蘇州靈鷲寺藏經閣記

佛法自後漢時入中國而其遺言皆在西域，中國之人續取而譯之，其多至於五千四十八卷，其言與中國聖人之經有離有合，而學佛之徒相與尊而守之，亦謂之經。

蘇州之靈鷲寺，蓋始建於梁天監中，其後屢廢屢興而未嘗有藏經之閣。浮屠一彬以嘉慶三年主寺之講席，衍其師說，宗風大暢。州之人士翕然宗信，願輸其貲。迺於寺之隙地建傑閣為藏經之所。

經始於某年月日，以某年月日告成，於是州之人復翕然稱之曰，惟一彬之能。而一彬讓而不居，曰惟賢士大夫之德。則相與來請曰：願有述也，使來者知作之所始焉。予與一彬久故，故為之記。

石塔記

昔吾祖南翁先生構別業於茶山白蕩間，池館之勝甲於郡治，所謂南山之南是也。

嘉慶壬戌九月，余以事過茶山，極望荊榛，遺跡盡矣，悽愴者久之。已而至眾度巷，壁凝塵如畫，腐桷危簷，恒有落勢。庭無樹木，草藂生被階，頹垣荒薜中見石塔可丈許傾焉，上有細書斑駁隱約可辨，則南翁先生手書前後甃路記事文也。茶山故物，此其僅存者矣。歸而告於從兄淳望宀山居而謀致之。今年春淳望兄至茶山，載塔以歸而置之鷴園土邱之上。鷴園，宀居讀書處也。宀居既有詩以紀其事，而復屬余為文志之。

嗚呼，向之所謂名勝之地，今已盡為荊棘禾黍矣。一塔之微何有焉？然以先人手澤所存，為子孫者忍聽其湮沒塵土中而不為之所耶？且使後來繼今者知斯塔之彌可貴重，宜何如愛惜而珍護之耶？若是其不可以無籍也，故謹而記之。時癸亥四月初一日也。

文昌神祠記

周禮大宗伯以熟燎祀司中、司命。司中文昌，第五星。司命，第四星。秦以後代從祀南郊壇，而先是，七國時沅湘間俗信鬼，多淫祀。屈子取其合祀典者為九歌，中有大司命、少司命云，說者謂三臺文昌，皆有司命。屈歌詞，蓋兼之也。文昌第六星曰司祿，故世又以為兼掌祿籍而奉祀於學宮。然今文昌主祠蜀梓潼神，神仕晉戰歿著靈於蜀，以鐵如意與姚萇助成戰功，歷唐、宋、元、明代屢顯神異，加封爵，進而益崇，與漢前將軍關侯並。

竊按，依古以來若祀五帝及祭社稷及靈星之祭，又若祭天駟為先蠶交有厥配食，蓋外禮無主，不止文昌神祠梓潼，猶時耳，然是何所依緣也？非通幽明之故其孰能知之哉？近世乃更有託神所自為化書其說益放，予不敢言之。

郡西南某鄉故有文昌神祠一所，屋凡若干楹，歲久廢壞。嘉慶某年某某等斥而新之，並為置祠田若干畝，給道士供灑掃費，而為惜字院於其中，規畫盡善，可久已。竣事來徵文，予因為之記。

慎齋記

元和林仲賽名其讀書之居曰慎齋，而屬予為之記。記曰：

昔孔氏之門學者莫不求道，然卒傳夫子之道者惟曾子。而曾子復傳之子思。曾子之傳大學也，曰『所謂誠其意者毋自欺也，如惡惡臭，如好好色，此之謂自慊，故君子必慎其獨也。』子思之作中庸也，曰：『莫見乎隱，莫顯乎微，故君子慎其獨也。』其言若合符節。楊子雲生西漢之末，亦頗有所窺見於道，而其言曰：『由於慎獨入自聖門。』子雲之行，頗不滿於宋之儒者，而其遺言實有不可廢者，此類是也。曾子、子思之書始雜戴記中，宋大儒程子特尊信而表章之。朱子復為其章句，益發明慎獨之旨。而後承學之士乃有以得其要領，蓋能慎於己所獨知之地，則於天下之事無不慎，而天德王道可一以貫之而無疑，舍是以言學則岐出旁騖而不可以適於道，此程、朱之所以為上接聖人之傳而大有功於來世也。

今之學者往往厭薄程、朱而宗漢之鄭、馬[一]，則識其小而遺其大，得其粗而遺其精。而仲騫乃能為宋儒之學於舉世不為之時，吾知其必有充然自得者矣。夫朋友之相贈也以言，使其事為仲賽之所已能而復舉吾之所聞於古者以相告，苟吾之言有足采，宜亦無厭斁於仲騫，仲騫其益懋焉，而純純焉，而常常焉，而惕惕以自箴[二]，而默默以俟其成，則洛閩之傳在是矣。

【校】

〔一〕之，花雨樓校本作『時』。

〔二〕惕惕，花雨樓校本作『常常』。

貞壽堂記

貞壽堂者，吾友陸君祁孫奉其生母林太孺人之所居也。祁孫蚤歲失怙，賴母孺人以養以教，俾得成業，發聞於時，故海內知名之士與祁孫為兄弟交者，競致詩若文為太孺人壽。祁孫不知予之拙於言也，而復徵予文，不能辭而為之記，曰：

君子之欲壽其親也，必先謀所以自壽者焉。自壽之道立言不如立功，立功不如立德。德何以立？守身而德可立矣。身何以守？貞遇而身可守矣。夫君子之學非以求合於眾也，蘄於自盡而已矣。一身之遇可以屢遷，而所以自盡者無之而可苟。行一事也，揆之於理而不順，反之於心而不安，由是則雖可以邀譽而有不為也。行一事也，揆之於理而順，反之於心而安，由之則雖可以召謗而有必為也。見之於用而為功，功可壽於天壤矣。垂之於文而為言，言可壽於百世矣。

祁孫方以文學為當代大人先生所器重，異日之建庸而奮績，吾不能量之為何如。而古君子之進德修業，及時而有成者不可以不為祁孫助也。祁孫在，勉之而已，如是以為太孺人壽，則亦異乎人人之所以壽其親者矣。

重建陳渡橋碑記

郡西南十里有橋於運河之上者曰陳渡，初故以石篤之，石毀而易之以木也，不能考其為何時。而其復易之以石也，則始於明嘉靖丁酉而倡議於浮屠人德山，唐襄文公嘗為文以紀其事。

歷歲茲久，石乃剝而善崩也。鄉之耆老縉紳咸曰：『我其圖承前人功，不可以怠，不可以吝。』則相與鳩貲聚木石，撤舊而新之。經始於嘉慶某年月日，告成於嘉慶某年月日。其高廣延袤之數，視昔有加焉。已乃復相與言曰：『我成前人功於不怠事，乃不可不紀，惟今之能言之士，孰為追企於古人。我其徂求，乃不可不謹於是。』

吾友李君章有以書幣來請曰：『願有記也，使來者可述焉。』章有先世故宜興人，自其曾祖月篷先生始僦居武進，今為陳渡橋人也。

我寓樓記

新河邵汝琮於其故居之南三百許武僦樓屋西楹居之，而名之曰我寓。其樓前直高阜，隱隱隆隆，有岡巒起伏之勢，於隱者之居為宜。乙丑冬日予間過訪之，因宿於其所謂我寓樓上，談竟夕，樂甚。汝琮請予為記。

予觀古之賢者，不得志於時則卜居澗阿之間，求志養高以自適，其適讀衛風・考槃一詩，彼所謂『獨寐寤言，永矢弗諼』者，樂乎在己，他人不能與焉。然吾聞莊周氏之言曰：逃空虛者，聞人足音跫然而喜，則夫獨喻之樂，又不若喻諸人之為樂耶。

汝琮以弱冠補邑諸生，中歲偕予肄業成，均應京兆試，連不得志而歸也。今予既絕意進取，志存山水之樂，而汝琮亦將屏跡邱園，為終隱計。吾知汝琮之有所樂乎此矣。汝琮之樂，予知之。予之樂，亦惟汝琮能知之言之，而必應唱之，而必和。考槃詩人，蓋未嘗有此樂也。夫人中無所得，斯見異而遷焉。苟中有所得，將安往而不獲吾樂者？陶靖節有云：『寓形宇內復幾時，曷不委心任去留。』達哉斯人，幾於無我者與？抑君子之所以無入不自得者？又非是之謂，而別有其可據者與？

汝琮曰：『先生之言有足以警予者，請遂書之』。因書以為我寓樓記。

江村書塾記

如皋黃學博青溪與予相遇於淮陰，索予文觀之而好之，因屬予為其江村書塾記而並述所以請記之意，曰：『自吾高高祖君求公創建斯室，吾高曾祖、祖父承之而時葺治焉。某少時讀書其中，甚樂也。長而經涉世故，以性不能適俗，動遭譏謗，然入吾室而嘯歌偃仰，如與古人相進退揖讓，而面稽其可否，逌然不知憂患之在吾身也。願子為我記之，以解於眾多之口，而因以自警，而且以示吾後人。』

予應之曰：『子之意誠美矣，抑子以性不諧俗，故與世多齟齬則恐猶未若予之甚也，而奚假予言？然此不足以為病。視吾言行臧否何如耳，其果臧耶則謗我者受其咎矣。若吾之言行未能皆合乎道而有議我者之隨其後，吾得從而改焉，是吾之師也，而又何慍焉？子而信於之學以蘄至於古人，而無復系心於時俗之毀譽，則所以為承先志而啟後人者。端有在於是，且安知無獨行好修儒聞風興起，而相與唱和於荒江寂寞之濱也？』

歸美橋吳氏祠堂記

歸美橋吳氏始遷祖為文學椒圃府君，由椒圃府君而上推之五世而為明贈少傅寓庵府君，寓庵府君自宜興北渠遷郡城洗馬橋，有少傅公祠在洗馬橋東北。寓庵府君生復庵府君，明翰林院侍讀學士，贈禮部右侍郎，有先賢吳學士祠在洗馬橋。復庵府君生詹所府君，明明通進士。詹所府君生乃乂府君，明武進縣學生。乃乂府君生勅我府君，皇清國子監生。勅我府君，椒圃府君之考也。椒圃府君之兄曰松溪府君，居郡城南十里之古茶山路，故詹所府君別業，今松溪府君之後猶居茶山。椒圃府君由郡城遷宜興歸美橋，今六世矣。子孫咸聚居無他徙者，於甲令得別立祠祀重始祖。

嘉慶庚午從兄文耀倡建祠之議，德旋與諸兄弟及諸從子輩皆曰願盡力。乃卜地於橋南之若干步築室四楹，中祀椒圃府君及椒圃府君以上凡四世，旁有夾室為藏主之所，則自椒圃府君以下數世之主亦得袝入焉。既成室矣，而門塾之制猶未備，非敢緩也，用不足也。是役也，積木之費若干，積瓦石之費若干，積工之費若干，凡縻錢若干千文，竣事之後僉以為宜有記也，故謹記之。

族兄笠軒畫像記

笠軒長余六歲，自余為童子時笠軒即來書塾中謁先君子談藝，見余能屬文則甚愛余。余年十九肄業龍城書院中，時笠軒讀書郡西郭之石佛庵，而溧陽王泰園來游吾郡，寓南河沿關壯繆廟。笠軒與泰園有舊，一日泰園在笠軒許見余所作七夕詩善之。笠軒因導予謁泰園，自是三人者暇輒相往來。泰園故負詩名，笠軒與余學為詩，每一首成，泰園輒為評論其可否。泰園、笠軒皆善飲，余雖不能飲，亦時時從過酒家，與酒人溷跡如此者蓋數月焉。

其明年各散去，余與泰園遂不復相聞，而與笠軒或間歲一見，或間數歲一見，不能相合併如曩時矣。獻歲孟春之月，余過笠軒，笠軒出示余一圖，竹樹蒙密，有少年憩息其中，余諦視，不識為誰何之人。笠軒曰：『此余三十年前舊圖也，而竟忘之耶？』余追思昔年與笠軒游從事，歷歷可數，而今者笠軒須鬢皓然，圖中狀貌反不復能記憶，則余亦將老而衰矣，豈不重可慨也哉！笠軒曰：『是不可以不記。』因述往事記之。

道光辛巳某月日。

記周節母湯孺人事

夫婦人倫之始詩首關雎，以其得性情之正也。若乃遭變而能不失其正，則聖人亦有取焉，以為法於天下後世。邶之柏舟，婦人不得於夫而作，而其卒章曰：『靜言思之，不能奮飛』，無他志也，如是而可以怨。鄘之柏舟衛共姜守義自誓之詩也，而其言曰：『之死矢靡他，之死矢靡慝』，何其言之摯而決耶？如是而可以興，此性之貞、情之則也。

嘉慶戊寅之夏，余友涇包世臣慎伯以事至吾邑，未幾去，遺吾書曰，日來陽羨，山水佳絕處一未游歷，惟多得良友耳。因畧舉所往還者數人，而周子珍黃，其一也。且云：『珍黃之母孺人苦節，世臣既為之傳矣，然吾子邑人也，不可無言以表章之。』已而珍黃謁余以請，乃徵其事記之。

孺人姓湯氏，年二十四歸周君起雲，未朞而寡，遺腹生子應華即珍黃。周世業儒，家貧甚，孺人上事舅姑，下撫教遺孤子。衣食百需，皆出自十指焉。珍黃奉其母孺人教，以文行知名。所致詩若文皆一時賢士大夫之作，足以為母孺人榮矣。而猶以未得余言為憾，其不遺一士之意可謂勤矣，豈不亦有合於詩人明發不寐之懷也歟！

卷七　傳

談節婦傳

談節婦陳氏，荊溪人，談宏遠之妻。婦年十七歸談氏，九年而宏遠死，子二人，長七歲，次五歲。姑吳氏亦寡居久，憐婦特甚，而婦之事姑日益謹。

先是，宏遠家故貧，又以業儒故不善治生，田十餘畝，賣略盡，而逋負責家，又已百金。及宏遠死，既葬，索逋者填門。婦提兩兒徧告諸買產者，家益其直。歸而召諸責家悉償之。日市錫鏹紙，手制楮幣賣以給食。食恒乏，無一日儲，日買小麥磨之，自食麩屑而以面供姑食。夏月臥無帳，俟伺姑熟寢，即不復寢，持扇驅蚊竟終夜。其行孝於姑，皆此類也。乾隆甲寅節婦疾病，姑問之，向姑泣曰：『婦不孝，不能終事吾姑，命也。』距其夫宏遠之死二十有八年矣。節婦死，姑哭之慟，曰：『勤苦孝順，吾愧吾婦也。』

吳德旋曰：『節婦居荊溪縣城之南倉里，予自少時往來城中，而其高節未有聞者。婦行不出門，其信然與。』予來京師，周君葆元為予述其事如此，予因為之傳云。

徐烈婦傳

徐烈婦吳氏，嘉興縣學生徐宸煥之妻。烈婦少讀書，通大義。宸煥家貧甚，朝夕恒苦，食不繼，烈婦處之怡然。乾隆五十一年宸煥死，烈婦為書與其母訣曰：『兒上不逮事舅姑，下而子女無一人。夫死，於徐氏已矣，若歸而從母以居恐違婦人從夫之義，兒愍且從夫於地下，母無以兒為念也。』遂自經而死。

吳德旋曰：烈婦之死，偉矣。然同時有某將軍妾者，將軍死，妾從死。嘉興士大夫爭為詩以章之。至於烈婦，寂如也，吾友戴經亦嘉興人，為予述其事，概然者久之，且曰：『子必為之傳。』嗚呼，烈婦豈藉余言以傳耶？

徐孝子傳

徐孝子爾正者，江陰縣人也，其伯兄爾大當明季，殉國難。有弟曰玉，方幼為人所略賣。其母痛幼子之亡也，日夜泣，喪其明。爾正則請於母曰：『大人幸少安，兒必得弟以報母。』母許焉。

遂行，遍求之。至金陵，直其弟刈薪樵城下。弟望見爾正，號曰：『若非吾仲兄耶？』爾正聞之曰：『玉之聲也。』察之，果是，因持之泣。趣告所主而以金贖之歸，其母因之目復明也。

吳德旋曰：予聞爾正家貧，資傭賃以養母，然好讀書。晝作苦，夜矻矻誦經史不少休，後遂補學官弟子。蓋其行事皆人之所難能者。

許伯清傳

許伯清名學夷，江陰縣人也。幼有高識，好讀書，不屑為舉子業，同輩咸笑之，伯清乃為論以自見。其略曰：三代立賢，尚矣；漢舉賢良，猶為近古。後世以經義取士，而其流益敝，葩詞蔓語，童習而長試之，家以為賢子，國以為良士，是豈所謂經濟之學耶？

伯清為人負氣而多傲，遇貴介或少嚴，必陵出其右，故其言曰：寧為跖毋以貴而驕，寧為丐毋以貧而諂。然四方名公物色求之，則削廉隅歡然相得也。

晚歲屏絕人事，榜其居曰維摩室，設維摩詰像，焚香晏坐其中，曰：吾借此以消世慮而已，非敢與世之佞佛者伍也。嘗謂儒者以格物致知為本，釋氏、莊、列並多喻言。而莊、列産於中土，人知其言為喻；釋氏起於西域，人以其喻為真，世士莫不甘心焉，則不能格物致知之故也。少學為詩，至老而不倦，其稱詩主漢魏，所著有詩源辨體及許伯清詩行於世。

吳德旋曰：予讀惲應翼先生所為許伯清傳，見其著論多與余合，是以刪取其要，序而存之。

張氏二節婦傳

張節婦白氏，武進縣人，張政誠妻。婦年二十二歸政誠，生子三人，女二人。政誠倜儻好學，家貧，屢困童子試，父文復命北游，占天津商籍。鄉試順天，俄得疾，卒京師，是歲雍正十一年也。

訃至，節婦哀慟絕，復甦。時舅文復年老，諸孤幼，度不可即死，乃稍稍節哀。明年文復病及革，顧節婦泣曰：『吾死矣，諸孫與新婦為命，然貧甚，無可倚者，奈何？』節婦泣對曰：『新婦生死與諸孤俱。』文復遂卒。是時節婦三子，長思楷，年十一歲。次蟾賓，九歲。次瑞斗，六歲。兩女少長，年十二三歲。節婦則率二女紡績以為食，而課三子讀書，口授四子、毛詩，為之講解。文復有弟曰民三，老矣，教授於家。節婦命其三子從學，其後皆以文行有聲。乾隆二十四年節婦疾卒，年六十有四，距其夫政誠之卒二十有七年。初，節婦之在室也，母病，刲股肉和藥以進，病輒愈。及文復疾革，節婦復刲股以進焉。及其卒也，子瑞斗亦為之刲股。其葬也，知縣黄瑞鵬表之曰：『純孝苦節。』

節婦姜氏者，常州府學廪膳生張蟾賓之妻也。婦年十九歸張氏，十年而夫卒，生女甫八歲，子惠言四歲，夫亡後四月遺腹生子翊。張氏世居南郊德安里。蟾賓兄弟三人，少孤而貧，資教授以養母。母卒，各異財，其伯兄別賃屋居城中。蟾賓既卒，家無一夕儲，節婦與其女作女工以給食，及所生四歲兒少長，依世父就城中學，逾時月乃一歸省。一日暮歸，無以為夕飧，各不食而寐。遲明兒餓甚，不能起。節婦曰：『兒不慣餓，憊耶？吾與而姊而弟時時如此也。』兒泣，節婦亦泣，比日昳乃貰貸得米為粥而食，其貧如是。然節婦勤針黹紡績，卒能撫其二子至於成人，教之以禮法。節婦逮事其姑白夫人五年，得白夫人歡。其於先後委宛備至，於人無所忤。又善教誨人，與之居者皆悅而化。故自節婦之卒也，內外長幼無不失聲，及姻親之臧獲皆為流涕。節婦以乾隆五十九年十月十八日卒，年五十有九，自夫亡後至是凡三十年。

贊曰：予自少時從張惠言遊，即知其母姜夫人之賢。及姜夫人卒而後益聞白夫人之高節，然惠言兄弟並恂恂退讓，為時聞人，豈非姜夫人之教耶？

汪貞女傳

貞女汪氏，宜興縣人，汪朝敘之女也，字同邑周思建。乾隆二十一年思建既冠，將授室，請期於汪，汪許之。婚有日矣，未及期而思建以疾卒。

訃至，女泣告父母，願歸周氏守夫喪。父母愛憐之，意良不忍，然知女志不可奪，乃使人告於周，成禮而歸之。至則請於舅姑，以夫之從子某為己子，慈愛之而嚴教誨之。

初，女之從母徐未嫁而夫死，守貞不再字。女幼時高其節，及是乃自以貞孝著聞。

邵貞女傳

貞女邵氏，宜興永定里人，邵宇南之女也。字同邑陳友遷，未行而友遷死，時貞女年十三歲，聞訃哀泣，辭其父母，欲奔友遷喪。父母曰：『若能終而志乎？』貞女頓首曰：『兒死無所恨。』遂從之，歸貞女陳氏。

貞女事其舅姑如事父母，舅姑憐之，甚欲嫁之，因以言感之，冀貞女肯從也。貞女徐言曰：『吾所以來云，何哉？如是吾不可以生矣。』舅姑慚而寢其議，貞女乃得安。後數年舅姑相繼卒，貞女哀毀盡禮，其誠孝蓋出於天性。乾隆丙午，貞女無疾而卒，年六十有四。夫弟友良以其子培原後貞女。貞女卒之夕，空中聞鼓樂聲，異香，經宿不散。或曰：貞女殆死而為神矣。

談母陳孺人傳

予門人談禹聞手其祖母陳孺人事狀乞文於予，曰：『禹聞少逮事先祖妣，以先祖妣之孝慈惠順，加之大節過人，固宜有聞於後世。禹聞雖愚陋無似而幸及夫子之門，則先祖妣不朽之寄，惟夫子是賴，願夫子賜之傳以為談氏榮。』予既不獲辭，乃為次其事而傳之。

孺人姓陳氏，宜興人，歸同邑談君爾容，有子一人，女四人。爾容之事親能盡孝，孺人實佐助之。爾容破產葬其親，家貧矣，賴孺人勤儉，終以不致困乏。乾隆四十三年二月爾容疾且革，孺人籲天悲泣，願以身代，復禱於竈前，手利刃刲股肉和藥以進，爾容卒不起。時孺人年四十餘，後若干年子某疾卒，孺人哭之慟，兩目皆瞽。又閱若干年而卒，年七十有三。

初，孺人有姊適王氏，貧而寡，孺人善待之，曰：『姊與我皆未亡人，我幸有餘資可使姊衣食。』不足耶，周給之，終其身也。

黄節婦傳

黄節婦孫氏，陽湖戚堰里人，贈奉政大夫國子監生孫璟女，宜興東黄塘里人黄光遠妻。二十一而嫁，嫁三年而光遠死。節婦誓以身殉夫，投繯者再，舅姑勸諭之，乃止。

其後舅姑相繼卒，叔甫娶姒，家政悉節婦主之。節婦治家有法，閫内外井井然。節婦後善病，臥不能起，其叔姒為之櫛沐，進湯藥必躬親之，不使婢。節婦意不自安，輒止叔姒而叔姒以為宜也。節婦性喜節儉，夫亡後愈自約不食肉衣不縑帛終其身。

節婦無子女，撫王氏女為女，從子紹宗為子，女已嫁而紹宗猶未娶也。嘉慶二十二年正月病將卒，謂其家人曰：『吾死無他慮，惟以未及見紹宗成立為恨耳。』卒時年四十有七。

吴德旋曰：余居距東黄塘二十里，而近又與光遠家有連，故夙聞節婦之賢也。節婦之兄讓與余友善，今為安徽懷遠令，聞節婦死，哀之甚，以書來屬予為傳。乃徵其行狀，删次而存之。

路慕堂先生家傳

先生姓路氏，諱學宏，字宏劭，別自號慕堂，荆溪籍，宜興人。父諱衡，康熙乙未進士，為閩之順昌令，甫七月卒官。時先生年六歲，哭踴如成人。稍長勤學好古，補邑諸生，事嫡母湯、生母徐，能盡孝。家貧，資教授以為養，比居二母喪，幾不勝喪，見者皆為心惻。伯兄季弟並早世，無子，先生以兩子自幼分嗣之，待寡嫂及弟室皆盡禮，教授所入泉粟並資焉。先生年七歲時讀孟子即解辨義利字，故終其身以廉潔自持，所至爭迎為學者師，而同時諸名宿無不高其學行者。乾隆乙酉充拔貢生，辛卯本省鄉試中式，辛丑大挑一等，分發陝西試用知縣。

初攝山陽令，有趙成者殺牛廷輝全家六人，以其家孤懸，無鄰里，成即首其子友諒宿牛氏，實殺之。拘友諒至，但號泣請死，無他言。先生覺其冤，密致成妻，廉得成強私子婦狀。又密訊友諒婦於別室，盡輸其情。蓋成既逼淫子婦，而廷輝故與友諒善，知其事，將資友諒挈婦遁。成知廷輝本謀故銜之，欲殺廷輝並殺子。子逸則戕廷輝闔門，而即誣陷其子云。讞具例問誅。先生憫友諒遭人倫之變，白廉使奏請末減，當宮刑。一時咸服其仁明也。

調權麟遊，值甘肅回逆田五亂，據石峰堡肆焚劫，逼麟遊。先生騎馳境上，傍險築五堡，煉鄉兵防御。城中積糧，選器機分士卒，登陴守。募義勇列營城下，號令嚴整，諭居民無恐，逆竟不敢犯。巡砦官鳳翔丞陳某、裨將喬某邏回平民馬二指為賊，諜密報上官，械馬二送縣，希得功。先生謂馬二非賊，微服至馬二所居村密訪之，果非賊也，竟釋之。而上官業受丞等報，謂逆且入陝境，趣重兵戍麟遊，檄興漢兵備副使長白豐公按馬二，先生速具牛酒慰戍者，戒無驛騷而自迎見豐公。豐公初聞馬二釋，頗疑怪，已而知其事之誣也乃大服。謂先生有定變才，即撤兵去。逆亦尋滅。

授知宜川縣，縣北境於縣治最遼遠，群不逞據為藪穴，名丐而實盜，千百輩蹂躪鄉落，所至索供，張闌入內寢，脅婦女縫紉，行酒無忌，大為民患。先生購捕盜魁數人，立斃之，餘黨悉屏跡去。巨猾康彥宗、陳亞子恣橫邑中，莫敢詰問。先生甫下車即名捕之〔一〕，置之法，一邑稱快。

先生以宋儒胡安定、張橫渠二先生嘗宦宜川，建二賢祠。躬率士民謁祠下，講東西銘，及教授湖州條約，長幼環聽，俗為丕變。在縣六載，引年歸。去縣時，士民泣送者數百里不絕。先生之歸年七十餘矣，然猶簾閣據幾讀書不輟。後進之以詩文相質問者，隨其才之高下而資益之，莫不各有所成就。嘉慶六年十二月得疾卒，春秋八十有二。

二十一年邑之耆老薦紳文學之士具先生行已歷官事蹟，由學博士牒縣申請行省布政使、行臺都御史總督尚書、行臺副都御史、巡撫侍郎督學使者核實，崇祀孝弟祠。

吳德旋曰：先生于學無不窺，尤深畫理。余所見先生畫冊品格在陳白陽、惲南田之間，此在先生為餘事，而世或以是重先生也。雖然，若先生者畫固以人重耳，人豈以畫重哉？

【校】

〔一〕名，花雨樓校本作「召」。

學愚王君傳

君姓王氏，諱曰旦，字學愚，候選布政使理問諱震之次子。君幼隨理問君僑居常州武進縣，即能先意承志，以樂善好施，父子顯名郡邑。理問君卒，君哀毀盡禮，撫庶弟及亡兄之子如子。其於施與益厚，人以緩急就君謀無不為，盡力於人常若有所歉者。然友天下賢士，與之砥礪學行，嘗貌己為愛石圖，偏徵詩若文以求詠歌其所志。

蓋君之為人與其所撰著皆不假雕琢，而近自然云。性嗜古書畫，家藏唐宋人名跡甚夥，暇輒簾閣據幾，摩挲不去手。於近人之畫尤好惲正叔，搜其遺墨刻愛石山房帖。曰：吾以是尚友其人也。所著書有天籟集若干卷。

吳德旋曰：初，予亡友張編修皋文數為予言君之為人立名義，重然諾，有古人之風。而僕射山人錢魯斯者，亦予友也，尤稱道君不置。後予邂逅君於郡中，一見如故交。君既歿而君之長子國棟以狀來乞予作傳，於是益知君內行純備，誠當世之所希也。國棟好學能文，君祉所施，將在此矣。

江貞女傳

貞女江氏，歙芳坑里人，江天聲之女。年十三字同邑王昌子國彥。昌父穆堂故業禺荚，挈家屬僑居常州武進縣。乾隆五十一年丙午國彥年十七，女年十九，既請期，婚有日矣。而國彥之父以疾卒，國彥居喪哀毀，嘔血數升，病甚劇。穆堂寓書女父天聲，備告以故。

天聲秘之，數月勿令貞女知，而貞女微聞之於母也。一日天聲呼女，謂曰：「婿病急，奈何？」女以父向秘之而今忽告之，疑婿已死，急請曰：『大人以兒字王氏，婚禮五六已行』，因再拜曰：『兒願從父母乞此身矣。』天聲愕然曰：『婿固病，尋當愈，何出是言也。』女愈疑，堅欲歸王氏。天聲知婿固未死而女意百方喻之，終不釋。恐有他變，不得已具舟親送之常州。而國彥以就醫吳門，竟卒。計國彥父以六月十日卒，國彥距父卒十日而病，以十一月六日卒，正女舟次澌江時也。既至常州，天聲先遣人謁穆堂，比返報知婿已死。見女欲實告，輒相對，嗚咽不成聲。女泣曰：『大人勿言，兒已喻矣。兒之來，豈謂郎生耶？請急為告祖翁，兒既來，無異議也』。

穆堂即備禮迎歸。女既歸，守舅與夫之喪如既成婦者然，事姑如事母然。女居常未嘗見齒笑，而其侍姑側亦未嘗有戚戚容。凡歸王氏九年，而以乾隆五十九年甲寅二月得疾卒，時年二十有七云。

半笠程君家傳

君諱應科，字冠亭，號竹墅，晚更號半笠山人，姓程氏，世居婺源之盤谷。其遠祖靈洗謚忠壯，以功名顯梁陳間。支祖曰從龍，唐刑部尚書。考諱待詔，字公良，善行賈，致多貲，然以好義稱，見邑志義行傳。

君少讀書，倜儻有大志。父卒金陵，以喪歸葬盤谷，循禮無愆。方君侍父疾時，父自知不起，執君手言曰：『吾首創尚書公祠，功未竣，於心終不忘，汝能續吾志而成之，吾死不恨矣。』君泣應曰：『諾。』卒成之，如其父志。

君以入貲為福建福州府通判，坐與知漳州府全某爭不法事罷職，時乾隆五十七年也。嘉慶四年九月赴京師，遵例呈請引見，奉旨授鐵嶺縣典史。

為典史四年以病歸。僑居吳門，雖老猶樂善不倦，建明道、伊川二夫子祠於虎邱祀之。又嘗於竹墅興義學，新韓溪世忠祠後寢。所至雖浮屠、老子之宮有所興作求於君，無不應。性喜植花木，又善磊石為山，仿倪元鎮獅子林圖，構舒深園於吳之婁門以寄其尚友之志。好觀古人法書名畫，遇晉唐石刻之佳者輒購之，暇則簾閣據幾摹放之。蓋其可見者如此，而其中之所存者莫能測也。君卒以嘉慶十四年某月日，年六十有九。

吴德旋曰：吾嘗一識君於吴門之靈鷲佛寺，後以吾友汪原杜館君家，因造訪之，得觀於其所謂舒深園者，則君已卒矣。已而君之孫德齎從余學為文，出所著君年譜示余，余乃論次其事，為傳以授之。

莊母戴宜人傳

宜人姓戴氏，諱小鳳，字碧梧。先世河南人，祖為雲南參將，卒於官。父貧不能歸櫬，遂家雲南。宜人年若干歸秀水莊胥園公。時胥園公方為永北府同知，乾隆四十年也。宜人性恬淡靜壹，衣布衣，不事修飾，略涉筆墨，勤女紅。事女君石夫人執禮甚謹。石夫人雅愛重之。

四十五年，胥園公坐總督李公事牽連謫戍伊犁。伊犁將軍伊公厚遇之，踰年保授撫民同知。先是，宜人欲隨之戍所，以方有娠，石夫人止之。已而生子，石夫人撫之，而謂宜人曰：『今幸有男，爾行爾志可矣。』宜人乃慷慨請行就道。道出豫省值歲餓，流民千百為群，勢洶洶，僕輩惶懼，力勸返。宜人曰：『行也。死，吾分耳，何畏焉！』既至伊犁，胥園公驟見之，泣下不能止，曰：『夢耶？真耶？』宜人囅然曰：『君幸無恙，妾亦幸無恙。妾之來欲以慰君心耳，豈反重傷君哉？』胥園公於是破涕為笑，曰：『有是哉，吾當強為汝加餐。』

五十四年六月，胥園公秩滿得代，宜人隨至京師。其明年正月，石夫人亦攜子至京師相見也。胥園公尋補惠川守，後遷至廣東布政使，卒官。宜人誓以身殉，石夫人謂宜人曰：『子年長矣，教誨之使成立，亦爾之責也，何以死為？』言已，相向哭。宜人乃不敢言死。然自是多疾，疾時止時作，以嘉慶四年四月初二日卒，年四十歲，子一。

吴德旋曰：吾友莊徵君達甫，胥園方伯之族子也，嘗謂余言宜人。子仲方好學嗜古，以父任當為縣令，不肯就從，諸生後應京兆試，得舉矣。其志未可量也，於此益知宜人之賢云。

詒穀程君家傳

君姓程氏，諱成標，字顯明，一字詒穀，徽州府婺源縣人。遠祖靈洗謚忠壯，以勳業顯梁陳間。君之支祖曰洵，宋吉州録事參軍，師事朱子，為名儒。君之考曰士富，母黃氏生子四人，君其第三子也。君生而家貧甚，六歲鬻於某縣為某氏養子，稍長遇從兄成漢，詢知母固無恙，感泣欲歸，私以衣食遺母。年十八辭其義父母歸婺源，復姓程氏。與兄若弟力田奉母，母意有所欲，力可致必致之。季弟為母所鍾愛，析産日弟所欲得者悉推與之，宗族鄉黨翕然稱孝友焉。於朋友重然諾，寡言，言必相勖以道義，卒時年七十一。

配詹孺人善事姑，姑嘗患背癰，大如盎，痛苦甚，貧不能求醫。孺人禱於神，願以身代。癰潰肉如泥，為洗滌之，吮去毒肉而愈。鄰嘗不戒於火，孺人獨負姑行，餘悉不問。孺人以勤儉治家，晚歲家漸豐，則呼其諸孫而訓之曰：『吾昔與汝母於庭樹下掃落葉為薪，炒麥飯食，時腹饑甚，目不能視。汝母獲敗梨一枚奉吾食咽，而後耳目能見。聞今若等有食可食，衣可衣，無忘吾與汝母食梨食麥飯時也。』鄰有貧而欲去其婦者，聞之急與之金，令相保。蓋其約己好施，有以知程君之教之行於家矣。子一人昌，例貢生。孫若干人，長均，次某某。

吳德旋曰：君諸孫中均最好學，亟游吳門，多賢士大夫之交。近以所撰大父母行狀介其族孫德齋屬予為傳。予聞婺源學教諭陸公嘗以孝友傳家，旌君之閭矣。考其行事，洵克無忝也哉。

族母陳孺人傳

孺人姓陳氏，例封儒林郎湖南長沙府通判諱某女，予族父晉望先生之配。孺人在母家習勤苦，及歸，善事姑毛太孺人。毛太孺人病，孺人衣不解帶，湯藥必親嘗。既歿，席地柩側哭泣踰年。性慈愛，喜施與，親戚有困乏者周之，寒者或給以衣，然孺人自食粗糲，衣布衣，破裂則補綴而服之。

晉望先生之論學，以錫山高忠憲公為宗，孺人從受大義，由忠憲而上溯洛閩，暇輒取程朱集及高子遺書諷誦之，居恒戒諸子曰：『汝曹讀書，當知有古人為己之學，功名富貴非吾志之所存也。』又常舉高忠憲語曰：『心如太虛，有何生死。』蓋孺人之所自得者如此。嘉慶某年月日得疾卒，年六十。

論曰：古之學者求所以盡為人之道而已，故窮達出處無異焉。後世學術不明而謀利計功之心，雖命為豪傑者不免。觀孺人之所以戒諸子者，而其賢於人也遠矣。

孫于丕妻吴宜人傳

宜人姓吴氏，諱某，陽湖縣人，年十八歸同邑孫讓于丕，為贈大夫虹如先生塚婦。事祖姑屠太宜人、舅虹如贈公、姑楊太宜人皆能委曲承順，得其歡心。性勤敏，有幹略，家事無巨細悉身任之，不以委諸叔姒。諸叔姒感其德，亦盡介婦禮惟謹。宜人生五子一女，皆自乳之，其餘力及諸從子女，撫之一如己子女也。

嘉慶癸酉九月孫君以進士選授安徽鳳陽府懷遠縣知縣，未及上事而河南滑縣賊作亂，安徽戒嚴，巡撫都御史檄孫君隨至潁州防守。十月，宜人奉姑楊太宜人攜諸子女至鳳陽，明年正月得疾卒，年五十有二。孫君甫得官而喪其賢婦，悲不自勝，遂不復娶。吾女適宜人次子勵，未逮事宜人，而勵以宜人狀乞予傳，乃掇其行之大者著於篇。

讓溪程君家傳

君諱昌，字潤蕃，別自號讓溪，姓程氏，婺源縣例貢生陳忠壯公靈洗之後。父諱成標，字詒穀，邑志列孝友傳。母詹氏。君生而天性孝友一如其父，年十八佐其宗人贈承德郎兵部車駕司主事尚珍賈吳中，後尚珍子鐵樓以知州攝湘陰縣事，復延君佐治，並以忠信見倚任。

婺源令趙公與邑士議修志。先是，邑志採小說家言，誣程氏為劉後程之後，屢以書牒辨論，未得白。君昌言於諸薦紳曰：『公等用無稽之談登之邑志以誣人祖，是書也成尚得取信於後世乎？志近於史，紀事一有不實則所載前人事蹟舉無可信者矣，公等盍詳思之？』諸薦紳然其言，言於令，本朱子大全集削其誣。於是族黨中益推君有才辨，能任事。鄰村董姓與許姓忿爭不已，各千人持金刃鬥於野，觀者幾倍其數，君至出一言解散之。宋時遠祖墓地已屬董氏，君理修之，買山立碑碣，置祀田守之。君支祖宋吉州録事參軍洵師事朱子，名其齋曰尊德性，朱子嘗為作銘。君志在表章先德，復創建尊德性齋，刻世德録、朱程問答、尊德性齋集諸書行世，又倡修韓溪程氏世譜、曉湖支譜若干卷，所自著有讓溪家訓記先世遺言行及身所經見聞凡二卷，藏於家。

吳德旋曰： 余嘗為君考詒穀傳，而君之長子均復狀君行實寓書於余，乞傳君。君世孝友而均尤欲闡揚祖父懿媺之行，可謂能繼志者矣。

裴母白孺人傳

孺人姓白氏，康敏公玄孫女，年十九歸裴君正儀。適裴甫四月而姑歿，正儀家故貧，所有資已罄之婚禮，孺人乃悉出衣服簪珥之屬質錢治喪具。其後正儀事父以孝聞，亦賴孺人助養也。乾隆某年正儀卒，孺人四十一，子三人，長直詒，年十四歲。次某五歲，次某遺腹生。孺人性慈愛，然自夫亡後督諸子嚴甚，曰：『汝父邃於理學，博涉經史，嘗欲有所著述，未遂。今若等能讀父書，不墜厥先人緒則吾願畢矣。』孺人喜釋氏學，晚歲日誦金剛經數過，曰：『此亦安心一法。』

初，正儀元聘妻吳氏未嫁而卒，孺人為請於吳，歸其喪而葬之，歲時祀之。古者婦未廟見而死，為未成婦，歸葬于女氏之黨，禮也。若女已字人，未嫁而死，歸喪於夫家，此於禮為非古，然情則厚矣。且在孺人若不難以繼室自居者，尤為人所難能也。

德旋少與孺人之子直詒同肄業龍城書院中，又同補博士弟子。後三十年而直詒以孺人傳來請曰：『吾子與直詒為舊交，直詒謀所以不朽先孺人者，惟吾子是賴。吾子其不可辭！』德旋既不獲讓，乃次其事而傳之。

烈婦楊三姑傳

烈婦楊三姑者，蘄水人，故倡家女也。三姑有二姊，父使為倡，皆不嫁。亦使三姑，三姑不肯從，強之百方。誓以死。不得已嫁之。居無何父以好語誘三姑歸，而招致諸少年調之，三姑詈客，客哄然而散。父怒殺而密瘞之蘄水城下。

已而婿至，問三姑。其父陽驚曰：『吾女以某日還婿家，何問我耶？』婿揣知三姑已被害，然無左驗，未敢訟言之。焚紙錢於塗而默告焉，隨紙灰跡之至其瘞處，委焉掘地得棺，啟視則三姑屍也，面如生。遂鳴於官，當其父罪。以禮葬三姑而表之。

程子香妻莊孺人傳

孺人姓莊氏，諱婉英，武進人，商州直棣州知州暎之孫，永北直棣同知文和之女。幼聰慧，愛於其父母。年二十三歸婺源程德賚子香。子香時僑居宜興，從余學古文詞，不喜治進士業，孺人進言曰：『士人讀書，固非為取科第故，然獨不思顯親之義乎？』悉質簪珥諸物助子香入貲戶部，為國子監生應鄉試。孺人好讀書論史，有深識。事姑孝謹，其治家事無巨細咸有法則，蓋程氏得賢婦而子香以為得良友焉。

其女弟歸同邑吳純，以產卒。聞之慟哭，不食飲者數日，由是憂傷成疾，間時小發。嘉慶己卯子香游鳳陽，其明年六月孺人病卒。方其病時，戚黨勸以書招子香歸。弗聽，曰：『以吾病而勸夫子歸，夫子歸見吾病而相守於家，是徒困而兩無所益也』。

初，孺人歸踰年而生子夢星。後連生二女，長梅初，次夢芀。孺人卒後子香自壽州歸，則夢星、夢芀皆病劇，未幾同日殤。子香挈梅初拜孺人畫像，梅初指謂父曰：『吾母何至是耶？』子香聞其語尤悲也。

孺人之卒也，子香既次其事略，復為文祭之，為詩若賦哀之。於葬也，志而銘之，然猶以為未足酬孺人之德，而請余為傳。余哀子香之請，不能辭也，遂次而傳之。

朱鶴濮仲謙傳

朱鶴字松齡，吳縣人，工行草圖繪，尤深於篆學印章文，刻畫精甚，旁及雕鏤小玩，罔不稱絕。今簪有朱松齡者，蓋即以其字稱之也。聞之公安袁宏道之言曰：古來薄技小器，皆可成名。鑄銅如王吉、姜孃子，琢琴如雷文、張越，磁器如哥窯董窯，漆器如張成、楊茂、彭君寶，士大夫賓翫欣賞，與書畫並重。當時文人墨士名公巨卿湮沒不知凡幾，而諸匠之名顧得不朽，所謂五穀不熟，不如稊稗者也。

濮仲謙，金陵人，言貌樸野，粥粥若無能者，而技藝之巧奪天工。其竹器一帚一刷竹寸耳，勾勒數刀便與凡異。然其所自喜者，必用竹之盤根錯節，以不事刀斧為奇。經其手略刮摩之，遂得重價。居三山街里黨資其潤澤者恒數十人。而仲謙貧自若也。於友人坐間見有佳竹佳犀，輒自為之。意偶不屬雖勢劫之利動之，終不可得。故有一技之長者其人必不同於流俗也。

至如吳中陸子岡之治玉，鮑天成之治犀，周柱之治嵌鑲，趙良璧之治梳若錫器，朱碧山之治金銀，胡四之治銅鈩，馬勳、荷葉李之治扇，張寄修之治琴，範崑白之治三弦子，並以絕技擅稱，而宜興供春時大彬之治磁壺，論者謂躋之商彝周鼎間無慚色，其名之不朽也宜哉。

管樂斯小傳

樂斯姓管氏，名學湛，武進人，生十二歲而孤。少長謹言飭行，無子弟之過。舅氏無錫薛君玉堂善其為人，妻之以女。薛君為廬州同知，樂斯依薛君於無為署中。道光二年三月薛君權知鳳陽府，樂斯亦隨往。八月望後十日，樂斯由鳳陽陸行抵無為。屬有小疾，未愈又塗次失食飲節，疾益劇，於九月二十七日竟卒。

樂斯善小楷書，得文征仲法，尤精篆刻。近時以篆刻名者推完白山人鄧石如為最，予見樂斯所刻印章，奇賞之。樂斯因為予鐫初月樓朱書一方，宛然完白山人之作也，今不可復得矣，惜哉！樂斯卒時年僅三十有七。

凝夏王君傳

君姓王氏，諱勷，字凝夏，號勉齋，宜興人，國子監生。父士榮。母許氏，生母周氏。君幼善讀書，年十八奉父命服賈，久而漸致饒裕。及父母卒，將葬。君以為此大事也，不可以倉卒啟後悔，因研究形家言，與善相地者游，度形勢論吉凶，凡三十餘年卒得善地以葬。君弟馭遠蚤卒，有遺孤二人，撫教之如己子。

君於諸善事無不為，與人交尤能盡始終之誼。君故與潘某善，嘗為潘某貸張某錢百四十千，自乾隆五十年至嘉慶六年，歲代償子錢，其後潘卒，不能盡償也，君復以己市樓一間市屋一間歸於張，人以是推君長者。

君居鄰蜀山書院，吳門韓封公是升來主講席，游於君，甚歡。既去而書問饋遺不絕。余門人婺源程生德賚僑居邑西蔣瀆橋，距君居不過數十武，余每邑中假寓程生家，與君昕夕過從相得也。道光二年正月君飲余酒，時余將有揚州之行，為五言詩一章別君。其年七月，君遽以疾卒，年七十八。君長子禮既乞程生為君狀矣，余乃次其傳云。

含章殷君傳

君姓殷氏，諱發，字含章，陽湖人。父曰建如，太學生，生君兄弟四人，而君其季也。君事親孝，嘗侍父疾，衣不解帶者數月矣。而疾益甚，君割臂肉以療焉。疾乍減，已而復增。卒不起，君哀毀幾不勝喪。君與諸兄相友愛無間，諸兄每為人言之曰：「吾愧吾季。」君以孝弟稱於宗族鄉黨，人皆敬之。邑蠹吏無法害民，君籲於大府，使不得逞。人於是又知君之才足有為也，咸倚賴君而亦引為己任，凡事有誣枉者輒代為申理之，必得直乃已。乾隆五十八年五月卒，年五十有三。

吳德旋曰：昔人以割臂療親疾者，殘生滅性，謂之愚孝。余以為孝子之事親，惟知孤行其意而已，至性所發無擇蹈焉。夫烏得執尺寸之義以繩之哉？

李紹仔妻錢孺人傳

孺人姓錢氏，陽湖縣人，贈鹽城縣教諭枝衍之孫、國子監生燾普之女。母李氏，繼母吳氏，生母丁氏。孺人少穎敏，讀書通古今大義，女紅之事不習而能，為父母所鍾愛。父母意有不懌，孺人解之，輒喜。同堂兄嫂十餘人皆長孺人數十歲，見孺人幼而端重，言動有度，如成人也，咸敬禮之。性不喜談人短，或有言及者過之，若勿聞也。

長適同邑李述來紹仔，生子女凡六人。紹仔恒出游，居家之日少。孺人上事姑曹太孺人，下撫教諸子女，辛勤操作，自晨至暮不得休。嘉慶癸酉，曹太孺人無疾而逝。時孺人疾未愈，强起襄大事，由此恒病瘁，然家事猶身任之。蓋其病時止時作者十年，而口未嘗言疾也。道光壬午某月日卒，年四十有七。

孺人卒後紹仔思其賢而重傷之，以事述請余為傳。若非是無以慰其思者，其亦可悲也已。

卷八　述　行狀

先考吳府君述

府君諱某字學載，一字蓮溪，姓吳氏，陽湖縣學生。先世居宜興北渠里，明嘉靖中尚寶司司丞贈柱國少傅，諱性始徙家郡城，是為入郡始祖。二世祖諱中行，明翰林院侍讀學士贈禮部右侍郎〔一〕。以直諫顯。三世祖諱兗明，萬歷庚子舉人，隱居不仕，勤於著述。高祖諱禹思，明武進縣學生。曾祖諱守典，皇清國子監生。自少傅而下五世皆居郡中。祖諱貞立，常州府學生，復徙居宜興歸美里。考諱端聰，篤志勵行，鄉里推長者。妣，陳氏，生府君兄弟三人，長曰濱漁府君，諱獻書；次即府君；季曰晝蕉府君，諱泰。

府君幼稟庭訓，親師而取友，習為制舉之業。既冠，游京師，翕然有名，所與交皆端人正士。先大父之卒也，府君方在京師，訃至，號慕悲慟，幾不欲生，哀聲感動行路。病而歸，歸而奉事太夫人，晨夕定省無闕。凡十餘年而太夫人卒，破產營葬事，人以為難。嗇於自奉，食草具，而祭必極豐，朔望參拜祠堂，遇忌日則慘戚不樂，如是者以為常。立名義，不侵然諾，以氣節自高。讀史慕汲黯、鄭當時之為人也。雅好賓客，客至雖降等必飭冠帶而後見之。見人有善，揄揚之必盡力焉。其或有過，即面斥之。能改矣，待之如初。人以是服府君之誠，無怨望者。生平急朋友難而不為翕翕熱，同學故人多貴顯，招之不往也。晚歲屏居里中，日與田夫野老課桑麻問晴雨為樂。暇則發為詩歌，語不求工，而大旨歸於忠孝。教子弟以敦本崇實行為先，曰：讀書不能守約博覽，亦奚益哉？此足以見府君之志矣。

府君生於康熙五十八年四月十三日，卒於嘉慶六年六月二十四日，年八十有三歲。配，吾母惲孺人。繼配，吾母劉孺人，先府君卒。子二人。德星，常州府學生，蚤卒。德旋，陽湖縣廩貢生。女三人，長適國子監生惲廷煒，次適廩膳生惲蘭枝，次適蔣良檻。孫男一人，孫女三人。重惟府君不獲信其志以歿，而德旋之不肖，不能顯揚於萬一，將乞文於有道君子以圖其不朽焉。昊天罔極，嗚呼痛哉！

【校】

〔一〕院，花雨樓校本作「苑」。

張皋文先生述

先生姓張氏，名惠言，字皋文，世為武進縣人。父諱蟾賓，常州府學生。母姜氏。先生生四歲而孤，及長，為學自成，博聞強識，精思絕人。乾隆五十二年丙午舉於鄉，以嘉慶四年己未會試成進士，選庶吉士，散館改授部曹。大臣以先生經學淹通才任著作聞於上，授編修。

論者謂自宋時歐陽永叔為翰林文章稱極盛，乃今復遇之先生云。先生始攻駢體文，同郡惲敬見歎曰：自相如、枚乘歿後二千年無此作矣。先生以為古作者既遠，士聞見日卑陋，將復古道，非我而誰？乃益治先秦太史公書，漱滌磨礱而融之以道德仁義，故其文瑟若圭瓚，使觀者望而生敬，可謂獨出冠時勇紹絕軌者矣。又自元明以來學者剿襲宋儒之書，空談性命；而近時宗漢之士專取漢人穿鑿附會之說，矜博炫異以與程、朱為難。先生起而駕前說，能悉會漢宋諸儒傳注而兼采其長，故一時言六藝者折衷焉。惜乎年未及中壽而遂卒。嗚呼！先生將明聖學以啟群蒙，而其道未能大顯于天下，承學之士多用是為歉。然即其所為文以觀其用意之所在，雖古楊雄、韓愈氏之徒不能過，必傳於後無疑也。先生其可無憾！

先生生于乾隆二十六年某月日，卒于嘉慶七年某月日，年四十有二。配吳氏。子一人，成孫。有弟曰翊，能嗣先生為文，同志交推之。德旋嚴事先生師友間，頗得與聞先生之道。于先生之歿也思所以永其傳者，因為之述以俟異日作史者采擇焉。

陸節母林太孺人狀

太孺人姓林氏，諱桂，閩縣人，生於雍正十三年乙卯正月二十二日，大父母及父母皆早世〔一〕，依族姑之寡者以居。稍長求祖父諱，姑年老不復省憶，又所處僻，無群從往來，遂不能詳其家世。年十五歸恭城令陽湖陸君諱某。初，太孺人嘗從鄰婦學繡。婦繡有聲，購者甚眾，不能給，輒倩太儒人代為之。趙編修晉者林所自出其母夫人市鄰婦繡而工之，婦以太孺人對。趙太夫人以同姓故迎至其家。是時恭城君方為彰化令，以海疆俸滿旋省寓於趙，聞太孺人賢而納之，時乾隆十四年己巳六月也。

是年恭城君補順昌，終順昌任凡六年，囊篋細碎無遺漏，繄太孺人之力。蓋恭城君再娶皆早卒，故太孺人遂專闔內事云。十九年甲戌恭城君題陞臺灣府鹿耳門同知，明年乙亥正月將上事而以順昌任內命案遲延被劾，奉旨引見，以三月入都。太孺人亦以是月旋里。恭城君旋奉旨仍以知縣用在部，乞假歸。

恭城君事其母鄒太夫人孝謹，與兄南陵君、弟平彝君相友愛。是時南陵君亦引疾家居，居縣學旁，恭城君所居曰東第，平彝君居白雲溪上。鄒太夫人往來其間，每至一家留十許日，兩家者饋問相望於路。太孺人先意承指，尤得鄒太夫人歡。平彝君娶於吳，無所出，恭城君以太孺人所生子繼裴嗣焉。其後恭城君謁選入都，挑發廣西署藤縣事，復署慶遠府德勝同知，而太孺人侍鄒太夫人居里第，比鄒太夫人卒凡五年。恭城君既免鄒太夫人之喪，太孺人隨侍恭城君赴廣西候補。始至署，思恩府百色同知旋補，恭城未赴，以署任內代追隔省債項被劾，有旨命總督即赴廣西，訊明具奏。百色距省遠，訛言駭聞，太孺人日夜焚香禱天，願身死紓恭城君禍，額膝盡腫。已而命下，止革職。先是，恭城君第三子某來省，卒於官舍，至是太孺人奉恭城君手書，攜喪至桂林，為同歸計。土田州饋贈卻不受，未抵省所乘舟為石所觸，水大至。太孺人急命家人支帳房岸側，諭先移柩，次行李。家人相顧有難色，然見太孺人危坐舟中，水沒及膝，不得已盡力效命，柩以獲全，行李亦無所失。比太孺人登陸，舟始沈。凡太孺人高識雅量遇變不驚類如此。

恭城君性好獎勵後進士，既歸里，里中名諸生咸以所業來質，或乘月敂門，恭城君輒留飲。太孺人進饌豐潔常如豫蓄。凡侍恭城君家居十有六年。而恭城君以疾卒，太孺人欲以身殉者數四，然念大事為重，且以子繼輅方幼，度不可即死，乃銜哀經紀喪事。恭城君歛時物皆一一手自檢之。諸親屬以恭城君前受知桂林陳文恭公保舉堪勝知府蒙恩記名知府，欲以四品歛； 或又以恭城君長子某方擢寍州知州，雖未引見，可五品，太孺人皆以為僭持不可。會宜興儲梅夫先生至，謂恭城君友婿蔣蓉庵先生曰：『此論語無違之義也，宜聽之。』遂定議，用七品服。儲梅夫先生，恭城君同榜進士也。

自恭城君卒後，太孺人乃專意教子，欲以趾美先人，嘗親授繼輅戰國策、史記諸書。繼輅一日曝書，檢得元人曲數種私閱之，課不如程，為太孺人所覺，大怒，與杖至數十。繼輅長跪謝誓不敢。良久，太孺人命繼輅起，戒之曰：『傳奇妄語不足觀，架上有漢魏六朝唐人詩，兒苟耽之，不汝禁也。』繼輅奉太孺人教，為詩文日益有名，浙江學使阮芸臺侍郎招往助校試文。太孺人寄繼輅書有云：『寡婦之子，非有聞焉，勿與交，何者？過庭之訓無聞而姑息之愛多誤也，汝讀此寍不瞿然自念耶？吾以汝名譽未立，冀益親師取友以成其學，非僅為負米計也，汝宜勉之。吾生平立心感恩而忘怨，汝持此入世，浮薄之行庶其免乎！』侍郎偶從繼輅案頭見之，特示幕府諸君，交口稱賢母云。

太孺人雖年高，然遇朔望必詣家祠行禮，家忌設供必手自上香，執爵肅立不倦。繼輅等以為言，太孺人曰：『汝以為勞耶？凡佚吾身與安吾心二者孰適？細人之愛，非所樂聞也。』太孺人樂善好施，勇於為義，戚族有急，雖不以告，聞之必為盡力，力不逮則數日悒怏，至為減餐。性不喜人稱頌，尤惡譚人過失。繼輅等偶有指斥，輒咈然曰：『汝所親覩耶，何言之詳也？』其於一言一行之善則津津樂道不置焉。

嘉慶十四年己巳，太孺人年七十五歲，五月某日太孺人謂繼輅等曰：『術者謂吾年不越三十，吾時不之信，然亦不自意至於今日也。汝父之終，春秋七十有五，吾寍敢過耶？吾夜夢汝父遣亡僕三人者來云，肩輿且至。吾來汝家六十年，於茲雖無功亦無大過〔二〕，今得與汝父相見地下，吾心欣然無所留戀。今與汝曹約，吾去時當令室中寂靜，毋得號呼以亂吾意，汝曹志之。汝父廉惠寬平，子孫必有食其報者。吾聞為善非以求福，然為善求福不猶愈於為惡耶？施予不當望報，然施予望報不猶愈於吝嗇耶？吾早失怙恃，未嘗讀書，以汝父教始識字，稍稍通曉文義，無深識高論以遺子孫。然汝曹守此數言亦庶乎不為浮薄之行矣。』六月十四日得小疾，尋愈，惟不欲穀食，日飲玫瑰清露十數盞。二十二日夜將半，沐浴更衣履，正臥瞑目而逝。

太孺人凡生男子子二，即繼裴、繼輅。繼裴為季父後，早卒。繼輅嘉慶庚申科舉人。女子子三人，其長者未行而卒。女之婿曰儲一崧、黃楚蘭。孫男若干人，孫女若干人，曾孫男女若干人。太孺人卒後三月繼輅為書與其友吳德旋曰：『前侍郎尹公會一曾為其母夫人作年譜，以繼輅之不文不能為行狀，謹援其例述年譜一卷，竊見吾友好治古文，尤長於敘事，以繼輅之獲交於吾友，是天哀先太孺人而使之不朽也。為先太孺人狀莫如吾友宜。』德旋不敢辭，則受太孺人年譜讀之，而掇其言行之大者為狀如右，謹狀。

【校】

〔一〕〔二〕大，花雨樓校本均作『太』。

惲子居先生狀

先生姓惲氏，諱敬，字子居，一字簡堂，世居武進縣之石橋灣。祖諱士璜，考諱輪，兩世並以先生貴贈封文林郎。母鄭孺人。先生幼學於父，少長從舅氏鄭環夢楊遊，然持論好獨出己見，長老皆驚異焉。中式乾隆四十八年癸卯科本省舉人，五十二年充咸安宮官學教習，時同州莊述祖珍藝、莊獻可大久、張惠言皋文，海鹽陳石麟子穆，桐城王灼悔生先後集京師。先生與之為友，商榷經義古文。而尤所愛重者，皋文也。

五十五年教習期滿，引見以知縣用。五十九年選授浙江富陽縣知縣，皋文為序以送其行。其略曰：『夫為令之道，六經、孔孟之所述，皆子居向時之所道也。以子居為之，其不可以至耶？』曰：『吾不為彼之所為而已，豈子居向時之所道耶？君子出其言則思實其行，思其行則務固其志，固志莫如持情，實行莫如取善，子居勉之矣。』先生曰：『善，敬敢不求從良友之規？』既至富陽，銳欲以能自效，矯然不肯隨群輩俯仰。大吏憚其風節，欲裁抑之，令督解黔，餉先生曰：王事也。怡然就道。返自黔中。調知江山縣，父喪，去官，時嘉慶元年十一月也。

四年服闋，入都謁選，明年四月選授山東平陰縣知縣，引見改授江西新喻。新喻吏士素橫，藐視官長，輕朝廷法。先生至，痛懲創之，人疑先生之為治過猛也。已乃進其士之秀異者，與之講論文藝，斷事不收聲，必既其實。士民懷德畏威，翕然大變於其舊。

七年，張皋文歿於京師，先生聞之慨然曰：『古文自元明以來漸失其傳，吾向所以不多作古文者，有皋文在也。今皋文死，吾當並力為之。』先是，皋文與今禮部侍郎蕭山湯公金釗講宋儒之學，是時先生方究心於黃宗羲明儒學案，有所見輒筆記之，未及與皋文辯論往復也。及皋文卒，先生為書與侍郎，其略曰：

『濂洛關閩之說至明而變，至本朝康熙間而復。其變也多歧，其復也多仍。多歧之說，足以眩惑天下之耳目，姚江諸儒是也。多仍之說，足以束縛天下之耳目，平湖諸儒是也。二者如揭竿于市以奔走天下之人，故自乾隆以來多憖置之。憖置之者，非也。揭竿于市者，亦非也。且如彼此之相詈，前後之相搏，益非也。夫所謂濂洛關閩者，其是耶？其揆之聖人，猶有非是者耶？其變之仍之者，是非其孰多耶？知其是非矣，何以行其是去其非耶？』

蓋先生嘗自言其學非漢非宋不主故常，故其說經之文能發前人所未發。而世之論先生之文者，乃以為善於紀述，而說經非所長焉。

十年調知瑞金縣。瑞金在萬山中，俗好訟鬥，素稱難治。先生張弛合宜，吏民咸就約束。有所論決問法何如，不可干以非義。瑞金諸生楊儀招倚富奸逼佃戶女，事發到官，願進千金求脫罪。先生峻拒之。後屢邀人關說，至以萬金相啗。先生曰：『吾自作令以來，苞苴未嘗至門，今乃有此，豈吾有遺行耶？』卒論如律。先生廉名素著，至是人益信之。十五年大吏以先生治行第一保舉卓異，十一月至京師，明年三月引見，同任候陞。是歲刻大雲山房文稿成。又明年，守南昌府吳城同知。

十九年以奸民誣告家人得賊，失察被劾，黜官。先生為人負氣矜尚名節，所至輒與上官忤。上官以其才高每優容之，而忌者或銜之次骨。及誣告事起，當是時前撫刑部尚書金公光悌薨於位，今兩廣總督阮公元自河南調撫江西，未至，布政使方獲理巡撫印務，唶曰：『惲子居大賢，乃今以賄敗。』先生既擯不見用，士大夫之賢者咸為先生惜且冤之，而先生不以介意，益務為文自壯。初，先生之再謁選也，石橋灣故居已奉其先府君遺命，讓兩從父居之。自挈兩弟奉鄭孺人之官，至是假館，所親無寍居。屬有門下士官安慶知府，試往謀之，道遇疾歸，歸寢十日而卒。

先生生於乾隆二十二年丁丑二月初一日，卒於嘉慶二十二年丁丑八月二十三日，春秋六十有一。配孺人陳氏，繼配孺人高氏。子一人。弟之子穀也，嘗從予遊。女七人，長適歸安姚晏，餘皆未行。孫二人，尚幼。

先生既卒之三月，余始從穀求遺書，得大雲山房文稿都若干卷，外集及詩詞各若干卷，歷代冠服圖說未成，其治獄別有子居決事四卷。先生之治古文得力於韓非、李斯，與蘇明允相上下，近法家言。敘事似班孟堅、陳承祚，而先生自稱其文自司馬子長而下無北面。先生所欲有為於天下者，具見文集中。以在下位不獲有所施設，然後之人讀其書足以知其志之所存也。先生于陰陽、名、法、儒、墨、道德之書，既無所不讀，又兼通禪理，以為心之故惟聖賢能知之，而言之佛與學佛者亦能知之。而言之大學正心修身章與金剛經應無所住而生其心句相合，故嘗謂余云：論學貴正而不執，然不可雜，雜則不正矣。蓋其所自得者如此。穀以所述先生年譜示余，余病其未備也，乃更參以所聞見及先生文集，為狀如右，謹狀。

卷九　墓誌銘　墓表　墓版文　哀詞　祭文

周先生墓誌銘

乾隆初，宜興有能文之士八人，江南人謂之八俊，其一周先生星章。宜興自康熙、雍正間，儲欣任啟運以時文顯，名家大家相望八人者，雖後出而與之並云。先生諱瑆，別字蛟川，先世吳江人，自曾祖始遷宜興。後遂占籍為宜興人，家饒于貲。父耀如君以好施，故業中落。至先生耽詩書，益不問家人生產事而貧亦益甚，性夷淡沖和，與人交不立崖岸，嗜飲酒，好事者或載酒往易其文。當其空無時，客至不設肴具，則相與飲酒。雖晨炊不給，怡然不以介意。惟日與其友六七人者相切礪為古文辭，以為歸熙甫、唐應德之徒儻可至也。

乾隆二十一年丙子舉于鄉，再試禮部不遇，遂絕意仕進。歸而教授里中，日孜孜以導掖後進為務。有以官事煩先生者，先生屏不預，曰：　吾知讀書而已，不知其他。　雖賦詩飲酒，調詼談笑，其豪放任達似魏晉間人，而終其身名不掛于過差，鄉里歸其長厚。

乾隆四十八年癸卯疾病，九月初十日卒。卒之前夕為文以自挽，其要歸於一死生、齊得喪，類莊周、列御寇諸人，所謂有道者。生平所著有淡成堂制義若干卷，古文若干卷，詩賦雜著有燕游草、湖壖草、潤東草、蓧里草凡若干卷藏于家。先生生于康熙五十五年六月二十七日，春秋六十有八。夫人朱氏，動循禮法，一時推為女宗，先先生卒。子一人葆元，乾隆己亥恩科舉人。女子三人，長適國子監生黃繼昀，次適吳佩組，幼適附貢生汪坤裳。孫男四人，栽、植、本、根。孫女二人。先生既卒之四年，乾隆五十一年九月葬于宜興縣高城鄉之原，夫人朱氏祔。既葬之九年，而其子葆元始乞銘于吳德旋曰：『先人之葬也，孤無狀，不獲乞銘於當世之能言者。今吾子名能文章，而辱與孤厚，惟碣石而表焉，庶先人之所賴以不朽者于是焉在，子其毋辭。』德旋再讓不獲，則為之銘，銘曰：

棄其貲而翫于詞，彼庸者之所嗤。由今觀之，孰為愚哉？孰為愚哉！

棲梧葛君墓誌銘

君姓葛氏，諱晉昌，字鳳堂，一字棲梧，太學生，世居吳縣太湖之東洞庭山〔一〕。祖士位。考國琦，太學生，考職州同貤贈修職郎，生君兄弟八人，而君為最幼。君娶邱氏，子四人，長某，某官；次某，某官；次某，次某。孫若干人。

君少愛閒靜，無世俗之好。伯兄恒故儒者，君承其指授，動止進退皆有禮法，謹慎恭順，人無間言。洞庭擅山水勝，君居其間，日以吟嘯為樂，仿佛桃源、輞川隱者之徒。晚好釋氏書，清齋奉佛，泊如也。嘉慶五年正月有疾不起，及將卒，命家人無怛化沐蘭焚香，端坐而逝，人咸異之。

余嘗以為周之季世，聖人之道分裂而為八九，釋氏之書最後出，其說窮極幽渺而不致于用，乃若所言性命之旨雖儒者不能易也。君其學焉而有得矣。夫君卒年六十，其葬也以嘉慶某年月日，墓在某鄉之原。銘曰：

生有涯也而有無涯者存焉，吾與之銘永不湮。

【校】

〔一〕太湖，花雨樓校本作『大湖』。

陸君妻莊氏墓誌銘

夫人姓莊氏，陽湖縣人，曾祖絳考職州同贈禮部右侍郎，祖大椿射洪縣知縣贈順天府南路同知。父炳國子監生，妣陳氏。夫人幼敏慧通書史，愛于其父母，擇起所宜歸，以年十九適同邑陸君諱某，有文學德行。乾隆某年陸君以瘵疾卒，而夫人年一十有三。家甚貧，遺孤方幼，曰不可以貧故廢學也，而教其子以被服儒者治經術而身行之。中更舅姑之喪，曰不可以貧故廢禮也，而自小斂以至祥禫宜稱之節，皆與古為準。其于哀也必盡焉。

莊氏故有董太夫人家訓一卷，夫人幼而習之，思廣其意，分十有二目，曰戒容止，慎言語，展功緒，潔中饋，相夫子，和室人，事舅姑，奉喪祭，謹婚姻，教子女，禮賓客，御僕妾，以經為綱附以列女傳及子史之可采者。纂録未成，以嘉慶七年某月日卒，年五十有一。子二人。耀遹，常州府學生；耀遠，先夫人一年卒。孫三人某某，女孫二人。

嘉慶某年耀遹將葬夫人于某所而乞銘于友吳德旋，德旋乃為之銘。曰：

于舅姑為孝，于子為慈。惟其守義，達禮明詩。斑昭女戒，詞樸意美。有煒其章，庶幾在此。行則備矣，其辛其勤。不酬于年，而永于聞。

溪北謝君墓誌銘

君姓謝氏，諱炎，字曰上，宜興縣學生，世居邑之貝墅里。君之考曰次山先生，諱又得，以善屬文名于時。君幼資名父之教，長而益自刻厲，不苟同流俗以取寵譁眾，故卒困于諸生以終。規言矩行，翔步合禮，遇人無少長貴賤抑然常自謙，降善行。楷書宗法歐陽，率更時觀而摹之，以揣其離合之分數，雖老至不倦云。

配陶氏，繼配李氏。男子子三人，女子子二人。君卒于乾隆某年月日，春秋若干，以嘉慶某年月日葬于某鄉之原。君初號蒙溪，晚而更號溪北，曰：『北于時為冬，萬物之所斂藏也，余不能競榮于時，寧守寂以終老焉。』銘曰：

維遇之艱，噫其如何，而貞其藏，考予銘耶？

李母曹太孺人墓誌銘

太孺人姓曹氏，陽湖東横林里人，年十九歸山陽縣訓導李君，生三子：慶來附貢生，後世父檢討君；復來附監生；述來縣學生，為仲父後。孫男二人，孫女五人。其卒以嘉慶十八年五月十一日，年六十有七。明年十二月四日葬于江陰觀山鎮之野山嘴。

方太孺人之始歸也，事女君謝太孺人謹，聽視其言色，凡意之所欲為無稽時者。謝太孺人賢之曰：『吾從此可不問家人事矣。』訓道君卒，遺產不過中人之家。然太孺人延師教其三子，供具精腆如素封。其後三子皆為聞人。致賓客，至者如歸，以是賢母之名聞四方，約己厚施自親者。始訓導君有女兄適于管，攜孤相依。訓導君割屋居之，先後數十年。舉家相繼卒，太孺人為經紀其三世之喪，買田葬之，歲時祭祀之。訓導君三從兄子某貧不能婚，太孺人為娶婦，養而教之，凡五年而後遣之偕歸。

太孺人性剛直，然其接人一以卑讓為宗，姻戚家遣婢問起居，對之必起。鄰女至，執手通欵曲無不盡情。待子婦嚴而有恩。即下逮臧獲，有不善則教誨之，雖夏楚不輕施也。故內諧外附，咸服其德而從其教焉。德旋與慶來兄弟為友，于太孺人之葬而請銘也，誼不可辭，乃為銘曰：

猗嗟，孺人其德孔優，仁以為質，擢剛而柔。穀也貽後，於酬斯豐。我銘昭之，刻示無窮。

李鹿耔墓誌銘

嘉慶二十二年九月朔日，王守靜使來告曰：李鹿耔卒于清河矣。余聞而哭諸寢門之外。已而葬有日，其弟復來心陔以狀來徵銘。余與鹿耔交舊矣，不可以不文辭，乃為敘而銘之。

鹿耔諱慶來，字章有。鹿耔，其自號也。宋丞相忠定公裔。忠定之孫有曰元祐者，始居宜興，故世為宜興人。高祖諱用楫，明崇禎癸未進士，廣東瓊州府推官，永明王時仕至兵部侍郎，肇高廉雷羅瓊巡撫。曾祖諱焆，皇贈翰林院檢討，始遷武進。祖諱維坤，皇贈翰林院檢討。考諱英，乾隆乙丑進士，翰林院檢討。本生考諱萼，歲貢生，山陽縣訓導檢討，兄弟皆籍宜興。

至鹿耔始占籍陽湖，為附貢生。檢討兄弟故善書，鹿耔承家學，幼而能之。先是，同州錢魯斯以書名天下三十年矣，鹿耔年二十許最後出，而名與之齊，時稱錢李。嘗以應順天鄉試，至京師見推于大興翁覃溪學士，而長洲韓桂舲尚書、歸安王勿庵侍郎尤重其書，寶之，與劉文清公書並云。鹿耔以先世侍郎公暨侍御公頎、觀察公來皆仕永明王，殉節死而節未彰灼，乃搜訪軼聞為李氏三忠事蹟考證一卷，此其尤著稱于士大夫者。而他所著有肯室古文稿一卷，北山吟草二卷，六止庵隨筆二卷藏于家。配謝氏，廣東雷瓊兵備道諱梃之孫，江西饒州府知府諱寶樹之女。妾王氏。子一人，弟之子頒也。女三人。長適王國任，次、三尚幼。鹿耔生於乾隆戊子十月二十六日，卒于嘉慶丁丑八月十九日，年五十。以某年月日葬某所。銘曰：

其來也孰始之，其逝也孰終之？忽乎芒乎，而不可知也。噫！

協恭余君墓誌銘

君姓余氏，諱國模，字協恭，國子監生。世居宜興中巷里。父純，母方氏，生君兄弟四人，而君其季也。配陸氏，縣學生沆之女。子三人，某某。女二。君少治進士業，然非其好，好宋元明儒者之學，小學、近思録、高子遺書尤所服膺誦習。君既抗志希古，獨行己意，不屑苟同于人，人咸非笑之。而君之友張光璨、王家位稱君篤信好學，儕輩罕見其比。然亦惜其志之盛而學未成，不獲中壽以竟其業，身死而抱無窮之恨也。豈非其命也邪！

君生于乾隆四十八年二月二十七日，卒于嘉慶二十三年正月十九日，年三十有六。以卒之年某月日祔舍北先塋。王家位請余銘君之墓，余辭不獲而為之銘，曰：

苟無其志，孰為長年？亦既韞斯，而何以不延。闡幽表微，賴有良友。礱石求銘，庶幾不朽。

宿州知州楊君墓誌銘

君諱國棠，字樹思，號召亭，姓楊氏，雲南大理府太和縣人。曾祖諱翊，增生，祖諱榮祖，庠生。考諱澎，贈文林郎。妣某氏，贈孺人。乾隆戊申，君以縣學生中式雲南鄉試第一名舉人。明年會試入都，又明年丁父憂歸，某孺人亦尋卒。君喪葬循禮，終制不遠適，以經義教授于鄉後進，士從問業者用君說應舉多獲雋。嘉慶辛酉大挑一等，分發安徽，以知縣用，歷權知太平、懷遠、定遠縣事，補授全椒縣知縣，以廉能舉卓異遷宿州知州，以修河堤勞得疾卒。

君所至不求表異為赫赫名，然民安其政，去而思之，不能忘。每遇歉歲盡心于賑救，其在懷遠，有飛蝗入境，不損傷禾苗，咸以為德政之所致也。其在全椒，創置育嬰堂，規畫精當，可使後人隨而守之。性喜獎掖人善，部民中有孝子順孫及能文而飭行者，稱揚之，或進而與之講論得失，無倦。兩為同考官，所得多佳士。

君生乾隆某年月日，卒于嘉慶某年月日，春秋若干。配陽氏，繼配楊氏，贈封皆孺人。子一時熙，國子監生。女一，適太和縣學增生錢維泰。孫一，嵩齡。君善無錫薛君玉堂，薛君今為廬州府同知，于君之卒而將歸葬也，以狀來徵銘于德旋，德旋不獲辭則為之銘，曰：

聿有吏能，其才可登。卒瘁于勞，而不究其升。銘是幽宅，俟後之徵。

贈朝議大夫鳳陽府知府王君墓誌銘

君諱世秀，字競巖，世為浙江湖州府烏程縣人。曾祖諱泰寰，國子監生，例授州同知。祖諱嘉楨，國子監生。考諱之琮，贈朝議大夫、鳳陽府知府，妣俞太恭人。生子若干人，君其第三子也。為人孝弟恭恕，少勤學善屬文，父兄賢其所為，委之于學，不以家事問之。君亦益發憤攻進士業，年二十三補縣學附生，屢應鄉試不獲解，以入貲貢太學。而卒施教于家，植善于鄉里，嘗手輯前載言行之足備懲勸者，為青箱戒勉録，又著古今體詩一帙，不求工言句閒，而惟以慎思慮為理性情之本，蓋君之意不欲以詞人自命，而專致力于儒者之學，以淑其身心，故一時之虛聞無足以慨于懷，而貽之後人者為大且遠也。

配錢恭人，同縣國子監生宗璜女，能助君孝養，故君得以不分志于囊篋細碎。君既歿而能勗子以成君之志，性喜儉約，及子貴猶不改其舊，然施于內外親族有加。子四。長耀辰，嘉慶戊辰進士，翰林院編修，鳳陽府知府。次耀奎，次耀逵，次耀昇，皆國子監生。女二，長適某官某，次適某官某。孫七人，某某。孫女四人。

君卒于嘉慶三年十一月十七日，年五十二。太恭人卒于道光二年閏三月初六日，年八十。以某年月日合葬某縣某鄉之原。銘曰：

棄華掇實，于道能力。于古是澤，于後為式。有配儷德，祔茲幽宅。琢銘樂石，其永無泐。

國子監生荆君墓表

丹陽荆屺手其祖東原君行狀來乞予文，曰：『自吾祖之卒于今二十年矣，吾祖生不得顯于時，歿宜求能文章者為文以表諸墓。問之人，則皆曰其吳君乎！屺是以竊有請也。』德旋再讓，不獲辭，乃為之敘而授之。

君諱揚，東原其字，鎮江府丹陽縣人，以入貲為國子監。君生而敏異，年十三能暗誦論語、孝經、易、詩、書、周禮、儀禮、禮記、左氏春秋，比長益通諸子及史，為古文宗歐陽永叔氏，磨礱浸漬，卒名其家焉。君質行孝謹，父卒，水漿不入口者三日，哭泣盡哀。及葬及祭，盡禮。其居母喪也，亦如之。

荆氏故丹陽巨族子姓，繁衍以千數。君睦其宗親，使無有憾者，親族自同高祖以下時節饋遺不絕，即疏屬貧乏者周之惟恐不至。宗人子弟即賢，游其名而益勸之；即不肖，以善言教之。故自君之歿也，哭之皆悲，其可尚矣。嗚呼！匹夫而化鄉人者，吾聞其語，未見其人也。若君者，豈非其人與？論次功德，表而章之，豈獨以美荆氏而勸其子孫？將使聞其風者或因以有感而興也與。

君之祖曰某，父曰某。配史氏，雲南新平縣知縣某之女。子男二人，女二人，孫三人，曾孫四人。其卒以乾隆四十二年正月十五日，春秋若干，其葬在邑之新莊里。

中憲大夫廬州府知府薛君墓表

道光元年，無錫薛玉堂以廬州府同知再權知府事，勤慎稱職，耆老薦紳頌美之。曰：『先太守遺德在吾廬，今百數十年賢嗣復置德于此，豈不韙哉！』玉堂曰：『惟吾先太守遺德在茲，玉堂敢不夙夜祇肅以求無忝于先人。』

先太守者，玉堂之曾祖鶴齋也，德政載廬州府志·名宦傳中。傳稱其守廬州時會歲旱，設法賑濟，全活億萬，勸民設義倉，出納筦鑰擇公正鄉約司之，不解手吏胥，由是饑饉有備。開金斗河，修學校，多教養善政，士民德之，祀名宦祠。諱曰之佐，字曰晉卿。鶴齋，其自號也。世居四川保寧府蒼溪縣。考諱宗智，贈朝議大夫。妣可氏，贈恭人。順治辛卯君以縣學生中式本省鄉試，戊戌授山東莘縣知縣，以最遷順天府推官。康熙辛未省推官對品補光祿寺署正，遷刑部湖廣司主事，權河南司，掌印郎中。遷江南司員外郎，尋遷戶部福建司郎中，以郎中榷龍江關稅，復入為戶部郎中。以郎中授廬州府知府，坐剛直失上官意。罷，僑居金陵。康熙戊辰八月十二日卒，享年七十有六。元配恭人劉氏，繼配恭人張氏。陳氏，側室。孺人，金氏。子五人，景瑩、景瑄、景珏、景琡、景奎。女二人，孫若干人。玉堂，景珏孫也。

君于明儒中愛陳白沙先生之論學，至其晚歲寐寤中若或見之，與相酬答，嘗命畫史為教子圖，而自為五言詩一章題其上，語皆切實。昔韓退之為符城南讀書詩，歆豔利達，議者謂其但可作村塾訓言。而君詩稱引，為山掘井，一依于孔孟勸學之旨，可謂知言之要者矣。玉堂與德旋為友，以狀徵文于德旋，德旋讓不獲，迺次其事表于墓。

贈文林郎路君墓表

贈文林郎路君諱承啟，字泝岑，別字方洄，國子監生。先世自山東汶上遷宜興，君之支祖曰雲龍，明萬歷庚辰進士，仕至江西參政，祀邑鄉賢祠。參政之孫有曰某者，明郡學生，君之曾祖也。某生登庸性高逸，善治圃，別自號圃癡，任釣臺先生為作圃癡翁傳，君之祖也。登庸生能由有經濟才，不見用而施于族，族人至今賴之，是為君考。妣王氏，生君兄弟四人，而君其季云。

君少治儒家言，未成而遭父喪，伯仲叔三兄皆早世，不得已輟業學治生，家產僅及中人，以勤故得不匱乏。事寡嫂能盡禮，撫諸兄子恩意隆洽。樂振施，晚歲以名德見重邑里。邑中諸耆老薦紳欲行利濟人事，必推君為主辦，君未嘗以力不逮為辭，而繼美先人，以洽于族從，尤能殫厥心焉。君既以治儒家言未成為憾，故其教督諸子嚴甚，為子延師必擇邑中名宿，居恒戒諸子以謹言慎行，動止準繩一以小學為則。夫所貴乎儒者之學為其能明先聖賢之道，措之躬而無玷缺也。世固有記問該博詞章贍麗而于道多背馳者矣，考君之行事，不可謂非儒之懋者，而又何恧于不文也哉？

元配徐孺人與君齊德，凡君所欲為諸善事，孺人必贊成之。君故善奕，或有時以奕廢事，孺人婉言規之，即終身不復奕。于此可見孺人與君之能相勉以相成也。繼配徐孺人，性慈惠，習勤苦，至老猶操作不懈，自奉儉約，布衣十年不易，諸子賓友至則治具豐潔如素封。君有丈夫子五人，長應宸，郡學生。次應良，出後伯父。次應廷，嘉慶丁丑進士，鎮江府學教授。次應華，縣學生。次次應昌。女三人，長適郡學廩膳生潘庠，次適潘覲華，次適徐棣原。孫男九人，曾孫男九人。

君卒以乾隆四十七年壬寅某月日，春秋五十有八，以某年月日與元配徐孺人合葬大碉山。應廷與德旋為友，以書來屬文君墓上之石，不獲辭，乃掇其行之大者書之。

例授承德郎候選布政司理問王君墓表

君姓王氏，諱震，字敏功，一字穆堂，歙人。例授承德郎，候選布政司理問，然非其好，故不仕。

中歲挈家屬僑居常州武進縣。君之在歙以好義著聲，倡修宗祠，敦睦九族，族之□獨無告者惟君之歸，君悉衣食之。遇歉歲出藏粟以賑飢。其樹德于常與其在歙也無異，倡建紫陽書院以祀朱子，導其鄉人之秀而貧者資之學。君兄弟五人，食指以百數而君待之如一，雖千里外無異財。其擇友最慎，度可宗者而與之交，故終身不變。

君施德不望報，為善不近名，然人皆歸其長者。沒而思之，不能忘。君卒後若干年，君孫國棟乞余為文以表其墓。而君之家世及生卒之年月若日已詳于唐君為坤、鄭君環所作墓誌、家傳中，故不書。而特書君為人之大略如此，以授國棟，俾鑱諸墓石。

陛宣汪君墓版文

君諱震，字陛宣，先世自新安徙居宜興，今為宜興人。考諱正采，以剛方見推鄉里。君少孤貧，能以忠信勤儉自成立。年二十八喪偶欽氏，不再娶。有弟二人，仲曰煥，季曰純樸。君與季刻苦治生業，漸裕，才仲而委之于學禁，毋以家事相關白，衣食百須悉自君出，故仲得以肆力墳典，成進士，為聞人。後仲官縣令閩中。君以敦樸率先諸子姪，諸子姪皆化之，至今邑中言家法者稱汪氏。

君卒于嘉慶元年某月日，春秋若干。子男二人，坤載、坤毓。坤毓為季父後，皆前卒。孫男五人。君卒後六年嘉慶六年某月日從子坤裳葬君于邑之同官山北麓，以坤載袝。既葬，以狀來乞予文，曰：『坤裳少受教于先世父，先世父生平無他嗜好，獨喜延納文士，惜不及見子，見子必好子甚，子宜為文』。德旋不獲辭，乃按狀次君行事如右。

吳貽芸哀詞

吳景元字貽芸，荊溪縣人也。少有能文名，予年十四五時往往聞貽芸名邑里中籍甚，乾隆五十年與俱學龍城書院中，始相識。後二年同補學官弟子，相知益深。貽蕓好為古文，余得交貽芸，始學為之，每一首成，貽芸輒自以為不及，曰：『吾往時受侯朝宗文，今觀子不既過之乎？』予嘗愧其言。五十八年，余游濟上，十一月來京師則聞貽芸已客河南，行且入都。余來京師逾年無所得，獨所為古文較之前時優劣數倍，日夜望貽芸至，與一細論之。嗚呼，貽芸則既死矣。

貽芸為詩似溫飛卿、韓致光，尤工小詞，其最佳者雖秦少游、柳耆卿不能過也。使假之以年而少進于道，當能為古大家之文，以自必傳于後，而孰謂其已死耶？嗚呼！以貽芸之才之美如此，即不知貽芸者聞其死尚將哀而惜之，況如余者與貽芸相知為深耶！故為之詞以舒予哀，且無使其無傳也。

噫乎貽芸，凡子之為成不可期邪？而夭其年，而止于斯邪。噫乎貽芸，人之有生孰所持邪？何才者之命天使奇邪？其可知邪，其不可知邪？吾惟為子悲而已矣，吾安所歸其譏邪！

陸以寍哀詞

以寍姓陸氏，名致遠，荊溪縣人也。幼時聰敏過人，年十九補學官弟子，從里人儲長源學為詩。長源亟稱之，曰：『吾學有所授矣。』居數年，學既成，聞楚粵多佳山水，欲往觀焉，迺窺九疑，浮沅湘，溯灘水，踰桂嶺而南，恣為詩以昌其氣。年幾四十始挾其詩游京師，見知于程翰林魚門，為之延譽，由是知名于時。以入貲為國子監生，舉乾隆四十八年順天鄉試，六試禮部不第。乾隆六十年大挑天下貢士，以寍得校官，將歸俟選而病發。

病間遂行，行至靜海縣之唐官屯而卒，時八月十一日也。

予自入都以來與以宼交最早，以宼亦知余特深，故於其歸也為序以送之，極道所以相勸勉之意。以宼忻然喜，若忘其身之老且病，而欲益勵志于聖賢之學也。不謂方送其行而遽哭其死。嗚呼！可哀也已，其詞曰：

求仕無成兮昌其詩，歲不而與兮而竟何為？斯固有命兮疇則知之，嗚呼哀哉！往不可追兮來者其誰。已乎，已乎，孰與陳吾哀乎？

邵柳堤先生哀詞

柳堤先生姓邵氏，名湘，世居宜興之永定里。性簡淡高曠，好山水，夙擅工畫，以之自娱，不邀名當世。然其宗師造化，獨到自然，識者珍之。先生避俗如仇，然終歲未嘗一入城市。余時至其室，即與余論先輩軼事，娓娓不倦。余與先生為內外兄弟，故過從尤數，而先生之知余亦特深也。

今年春先生有疾，余往問之。慨然謂予曰：『吾人不能刻意勵行，以古人自期。偶有尺寸之長為時輩所見推許，便爾侈然自足，恐數十寒暑後身與名俱歸泯滅，殊可浩歎，吾子勉之。』嗚呼，先生之所以待予者厚矣，其即先生之所以自待者歟！今先生雖死而有不死者存焉，後之人必有能知先生者也。然先生晦迹逃名，故聲稱不及于遐遠，味其言可以哀其志矣。其詞曰：

信吾生之有涯兮，歲駸駸其如馳。富與貴其庸可保兮，若湛露之晨晞。惟抗懷于在昔兮，聲無翼而能翔。嗟高人之不偶俗兮，獨掩抑而莫為之揚。抱厥志以終老兮，痛牙弦之絕張。聆別音而感慨兮，緊何日其能忘。

祭外舅黃允通先生文

當乾隆之庚戌，炙清光于始覲，聽鳴雁之雝雝，開賓館以宿留。值桂樹之初榮，命壺觴以相侑。得句法之律梁，共討論于清晝。出漢書以佐飲，不輟談于殘漏。尋射策于上都，切禱祈于速售。雖見擯于舉場，謂予文其何詬。

嗚呼，彼飛蓬之虛問兮，非君子之所賓也。不隨俗之步趨兮，乃與德而為鄰也。爰清靜以自守兮，宜超世而久存也。何時命之不長兮，遂撤瑟于芳辰也。烏鳴哀於日夕兮，華放豔于三春。瞻靈幃之寂寂兮，奠盃斝而傷神。嗚呼哀哉！尚饗。

祭汪筠莊先生文

我年甫冠，讀公詩文，落秋之實，若華于春。在古無讓，庶幾斯人。唐歸而降，孰為其倫。公令閩中，山川阻絕。悠悠我思，晤言不獲。公歸自閩，予在京邑。飾譽求名，稽我良覿。我初識公，因公仲子。戊午之春，登堂伊始。公喜見予，溫顏霽色。如等夷然，不以年德。翼我以文，策我以行。振轡而馳，勉矣無頓。公之伯子，予辱知尤。並其叔季，結契綢繆。光陰往來，展也如駛。哀樂相乘，十年彈指。嗚呼，哲人之逝，吾將疇依。祝公壽考，曷不期頤。天乎人乎，而止于斯。公今已矣，我寧不悲？設奠陳詞，惟以述哀。尚饗！

祭周慕堂文

君年倍予，予所嚴事。君曰奚然，汝實吾弟。昔我族父，名能文章。君酷似舅，涉籓升堂。茂實英聲，騰于太學。滌蕩浮華，歸之檢約。京師冠蓋，君游其間。高氣雄視，邁乎常倫。南浮沅湘，憶賈弔屈。浦怨山哀，含思悽悒。晚歲屏跡，于我獨親。矜我述造，後必有聞。仲冬之初，嬰茲沈疾。投我以書，言詞愴惻。子窮于世，辱君見知。君之命我，我其敢辭。尚饗！

祭汪原杜文

嗚呼，我初求友，聞子有聲。孝友忠信，令德允成。曰如斯人，始可相取。不實而華，乃非吾友。與子游從，察子之為。克副所聞，益彌不虧。名父之子，無慚弓冶。博稽往籍，文亦爾雅。兼綜二氏，糾紛畢解。務自撝謙，若無能者。惡衣菲食，獨隆于施。殫其心力，義色仁思。嗟我之馳，與子多背。子不我遺，我言子佩。相期寡過，養性延年。中道棄我，其誰使然？嗚呼，如子成德，世之所希。吾為子慟，非哭吾私。嗚呼哀哉，尚饗。

卷十　經義

物有本末事有終始知所先後則近道矣

嘗思道不可見，以其載夫道者而名之為物，以其治夫道者而名之為事物也。事也，道之所見端也，然即物與事以言道而不得其次第之所存，則道終不可得而見。曷不即明德、新民、知止能得觀之。既以載夫道者而名之為物，則未有名為物而不殊本末者也。本惟一本，末乃萬殊。本末者，物之所自有而非人之所意而謂之者也。既以治夫道者而名之為事，則未有名為事而不判終始者也。原始要終，終則有始。終始者事之所自有而非人之所強而分之者也。物有本末，雖非人之所意而謂之，而人不可以不知之。事有終始，雖非人之所強而分之，而人不可以不知之。操乎本以及乎末，而功有專營，由其始以貫其終。而念有專注，本也，始也，道之所先也。人顧於其所先者而後之道，甯有冀乎？惟知所先而道不失序矣。見為末而姑緩之，而未嘗為物之所遺。見為終而姑徐之，而未始非事之所及。末也，終也，道之所後也。人顧於其所後者而先之，道庸可幾乎？惟知所後而道不躐等矣，則近道矣。

民之所好好之民之所惡惡之

好惡同民，絜矩之道也。蓋一人之心，千萬人之心也。合千萬人之好惡而為一人之好惡，斯能盡絜矩之道者乎？且夫平天下在絜矩。所謂矩者，吾心之好惡而已；所謂絜矩之道者，推吾心之好惡於天下以平其施而已。試即南山有臺之詩之詠君子者思之，君子自格物、致知以來既有以清其好惡之源而存於中者，不參以人欲之累。君子自誠意、正心而後復有以端其好惡之本而發乎外者，不狥於一己之私，有如老老、長長、恤孤，我所好，可知為民所同好也而好之；不能老老、長長、恤孤，我所惡，可知為民所同惡也而惡之。是則民之好惡，皆可以我之好惡而推。而我之好惡，即視乎民之所好、所惡以為準。蓋秉彝之良人所同具。而衣食既足，教化始行，故先予之本，富以救其貧，復教之為善以去其惡，誠有以合乎好惡之大公而盡夫好惡之全量矣。然非知之至明，求之至誠，烏能若此乎？此不可謂民之父母乎！

子曰學而時習之不亦說乎有朋自遠方來不亦樂乎人不知而不慍不亦君子乎

聖人論為學之全功，欲其自得之也。夫學者欲其學之在己而已，足乎己然後可以及人，亦足乎己故不假乎外慕。夫子恐人之以學為人之事也，故論為學之全功以正告天下之學者，其言曰：天以五常之理命之人而人得之以為性，而又非能生而知其性也，則有先我而覺者焉，不可不學以明之也。學則所未知者由是而知，所未能者由是而能，亦可以有得於其故矣。然或作止不常而表裏扞格，終無以自愜於心，故時習之為貴也。誠於所已知者而習之，使知益精；所已能者而習之，使能益固，則理之散於事物者，聚於吾之一心，有不覺其怡然而自說者矣。天以五常之理命於人而人得之以為性，此非有我之所得私也，人之不能生而知其性，猶之我也。而其必由學以明之也，猶之我也。吾之學益進，習益熟，說益深，則凡與我同類者必有相應而至者焉，由是而吾之所知者可以及於人，而使之共知。吾之所能者，可以及於人，而使之共能，亦可以相適於其志矣。而況有自遠方來乎？學吾之學者皆三代之英也，說吾之說者盡天下之士也。傳道得其人，行道得吾與，有不覺其暢然而為樂者矣？天以五常之理命之人而人得之以為性，此固天下之人之所同也。其學吾學、說吾說者則既有以明其性矣，而天下之人非皆能學吾學、說吾說以明其性者也。吾之學益進，習益熟，說益深，而人不知焉，亦其常也。夫我自有其可說可樂者，而於人乎何與？我自為其可知者而人不知，於我乎何損？是故人而我知也，吾無怍焉耳。人即不我知也，吾亦無怍焉耳。慍於何有？然非成德之君子，其孰能之？蓋至是而為學之功全矣。

禮之用和為貴先王之道斯為美小大由之有所不行知和而和不以禮節之亦不可行也

賢者原禮之所以行而復為之，窮其弊焉。夫禮嚴而和者也，嚴而不和則拘，和而不嚴則蕩，其失維均，有子故為之原其初，復窮其弊以示人也。謂夫禮非強人而設之也，因乎人情以見天，則固行之萬世而無弊者也。蓋三千三百之數，雖若繁重拘迂而非人之所樂，而天秩天敘之經實則斯須不可去，以即乎心之所安，是其用固以和為貴者也。殷因夏禮，周因殷禮，推而行之而先王之妙道存焉。大而經禮，小而曲禮，行而宜之，而後人之率由準焉。然則禮豈有不行者哉？而復有所不行者，則非禮之過也，人將歸其過於和而亦非禮之和之過也，吾以為其病在於知和而和。知和而和者自謂任以天矣，而不知禮之本於天，故無以節之，而其弊遂至於褻天；自謂循乎性矣，而不知禮之由於性，故無以節之，而其弊且至於拂性，其不可行也。宜哉，吾願世之行禮者反而求之先王製作之原，得其所為森然而不可踰與油然而不容已者，而禮其無不行矣。

未若貧而樂富而好禮者也

與生俱生者，惟性而已矣。吾性中本無所謂貧，本無所謂富，故能忘境者能見性者也，無見於性而曰我能無，諂矣。是猶有貧之者存也，無見於性而曰我能無，驕矣；是猶有富之見者存也，有見於性而無見於貧，貧而樂，無諂，不足言矣。有見於性而無見於富，富而好禮，無驕，不足言矣。雖然，人非聖人，孰能生而知其性？不能生而知其性而又未嘗於自守焉，加之力則貧必諂，富必驕，故學處貧富者必自無諂無驕始。而遽以此自足，則彼樂與好禮者亦人耳，何讓彼以獨能也哉！

子張學干祿子曰多聞闕疑慎言其餘則寡尤多見闕殆慎行其餘則寡悔言寡尤行寡悔祿在其中矣

賢者有求祿之心，聖人告之以得祿之理。夫正誼不謀利，明道不計功，此聖賢正學相傳之要旨也。言行交修則祿不待求而自至，聖人亦言其理而已，豈真以得祿歆動學者哉？昔子張之學干祿也，葢將以同其所得於人而非世之希榮慕勢以求倖進之可比，然為干祿而學則已心馳於外矣。夫子乃箴其失而告之曰：君子之學以為己也。夫言行其大端矣，學之欲其博，擇之欲其精，守之欲其約，必多聞闕疑而又慎言其餘焉，多見闕殆而又慎行其餘焉，夫聞不多則疑者或因而自信矣，見不多則殆者或因而自安矣，多聞多見所以為闕疑殆之地也。夫疑不闕，安所得，其餘者而慎言之；殆不闕，安所得，其餘者而慎行之。闕疑闕殆所以為而慎言行之地也。誠如是，其慎言也雖不敢謂言滿天下而無口過，亦庶幾乎可以寡尤矣。誠如是，其慎行也，雖不敢謂行滿天下而無怨惡，亦庶幾乎可以寡悔矣。誠如是其寡尤也，而言之中有祿在矣。誠如是其寡悔也，而行之中有祿在矣。數不可必而理有可憑也，在人者不可知，而在我者有可操也。師果知從事於斯矣，而猶暇干祿乎哉？

子曰關雎樂而不淫哀而不傷

哀樂不違乎則可以識性情之正焉。夫哀樂，情也。不淫、不傷，哀樂之得其正也。關雎殆用情之準哉。嘗思人有情而自製之，蘄以返乎其始也，而往往以不及制而流焉，此所以貴乎能安也，其惟關雎乎？關雎以淑女之既得也而樂，樂者人情之所同。而關雎何以異焉？夫不宜樂而樂者無論矣，即宜樂而樂而不知樂之何以失其正也，則不淫難也。樂之與淫也有辨，而樂之與淫也又若幾幾乎難辨。身之者以為樂固宜爾也，而任天下後世之人即其情而思之，亦以為樂固宜爾也，斯不淫矣，此惟關雎獨矣。關雎以淑女之未得也而哀，哀者人情之所共，而關雎何以異焉？夫不當哀而哀者無論矣，即當哀而哀而不知哀之何以害乎和也，則不傷難也。哀之與傷也有別，而哀之與傷也又若幾幾乎無別。身之者以為哀固宜爾也，而任天下後世之人因其情而求之，亦以為哀固宜爾也，斯不傷矣，此惟關雎獨矣。夫中和者，性情之德，學者葢終身焉而致此卒鮮，顧令閨中之女子能之，何其盛也！此其所以基王化而為萬福之原也歟。

子使漆雕開仕對曰吾斯之未能信子說

賢者不安於小成，聖人喜其能進取焉。蓋聖賢無有體無用之學，明體所以達用也。學者誠有見於體用合一之原而求以至乎其極，則其心即聖人之心矣。漆雕開之在聖門，吾誠不知其何如，而夫子使之仕也，固謂隨其器之所優於事，皆可以有成；隨其分之所及於物，皆可以有濟也。而開乃不自安也，曰：『吾斯之未能信。』意以性分之事本無內外，民人社稷，開不敢外視之也，而以內斷於神明則未之能信矣。宇宙之理本無大小，一官一邑，開不敢小視之也，而欲大有所建樹則未之能信矣。因開之言如此，則開非不欲仕也，而特不欲以仕試也。因開之言見開之志，寧有量焉。且無論開異日之所就，而第觀開今日之所志，其蘊積也豈無具焉？夫子聞之而說可知也，非說其不仕而說於其所以仕也。學者於此可以得聖賢為學之本矣。

老者安之

聖人言志而首及於安老焉，夫曰老者則固有宜安之理矣，而彼非能自安也，夫不有待於安之者耶。且吾聞養老引年，聖王所尚，而吾夫子之志也，其因物付物之妙，則固有首及於是者，意謂天下之人莫不於我有相關之誼，而誼之最切者尤在父事兄事之儔，亦莫不於我有相待之情，而情之最殷者乃在曰艾曰耆之齒。夫不有老者乎？而能不思所以安之也乎？以彼之待安於我也而與之以安，夫固順其理之所宜受，則雖有所加隆焉而不為過。以我之致安於彼也，而無或不安，夫亦循吾職之所當為，故必有所獨厚焉。而不容不及也。其在王者之世，制民田里，教之樹畜，使人各親其親，而惟茲老者得以遂養而厚終，優游於無事之日，且不獨親其親，而凡茲老者得以去勞而就逸，相安於大順之休，自尚齒之風微而黎老有播棄之患，則夫隨分自盡固猶賴有儒者哉！此吾所以有志於大道之行而不能自已者也。

非公事未嘗至於偃之室也

觀賢者自守之嚴而得人之問不虛矣。葢枉己以徇人，士品之所以不端也。植黨而徇私，鑒士之所以不真也。風俗之弊，人才之衰，鮮有不由此者。想子游對夫子之意，若曰行不由徑，滅明之為人，偃之得於所聞者如此，意其人殆落落難合，名可得而聞而身不可得而親者歟。而孰知不儘然也。其於偃之室也，蓋嘗數數至焉，何其易也。既而察之，其至之日則武城人以公事畢至之日也。而非然者，長吏之庭，固未嘗有若人之迹矣。偃是以思其人而不能忘也。慨自世風之降也，士之欲以能自奮者往往置其身於苟賤不廉之地，而不知所恥。見有一二潔清自好之士，則以為非人情不可近，而群聚而議之，此獨為君子之所以難也。誰復有意於其為人而思之不置也哉？夫然而守身若滅明者，可法矣。夫然而取士若子游者，亦可以風矣。

子罕言利與命與仁

觀聖人之所罕言者，慮深而指微矣。葢言利則悖於義，而命與仁之精微宏大，又人所不易知者。子之罕言之也，其為慮深哉。昔聖人之以言立教也，不導人於情之所易溺，不強人以理之所難悟，故有所罕言者焉。罕言維何？其一曰利，夫利與義相背，有見於利則無見於義，而貪得忘失適足以滋害而已，顧可諄諄焉日舉而言之乎？雖利物足以和義，而和義之利亦非可用，吾意以謀之者使正其誼而復謀其利焉，勢必至假公以濟其私，而終亦歸於悖義矣。宜夫子之罕言之也。其一曰命。夫命非利也，而亦與利同罕言者，誠以命為天之所令，語其理則聲臭俱無，語其氣則雜揉難辨，學者但當修身以俟之而已。使識未足而告之，反足以生其惑，而憑虛懸億，弊必至於廢人事而不修，夫是以罕言之也。其一曰仁。夫仁非利也而亦與利同罕言者，誠以仁為性之全體，專言之則兼統四德，偏言之則主乎愛人，學者但當強恕以求之而已，使德未至而語之，反足以起其妄，而窮高鶩遠，弊必至於忽庸行而不謹，夫是以罕言之也。籲，聖人之為後學慮也，蓋深。

文學子游子夏

文以明道也，學以經世也。文不足以明道，雖華勿貴；學不足以經世，雖博奚益也？是故文不兼學則無實，學不兼文則寡要。然而能兼之者鮮矣，其惟子游、子夏乎！所志者大道之行，而高其見於三代之上，所榮者先王之義而精其識於六藝之中，此固未喪之斯文。賴其相與修而明之，而不朽之盛業欲其相與傳而述之者也，聖門之所謂文學者，蓋如此。而或者求其說而不得，而遂以詞章記誦之學當之，方且以為得其菁華，方且以為窮其枝葉，而不知孔氏之門之文不若是之務華而棄實也，孔氏之門之學不若是之得粗而遺精也。

振河海而不洩萬物載焉

更即河海以言地，而可進徵其載物之全量焉，夫河海固與華岳分體於地者，振而不洩則地之廣厚為何如？乃進徵於萬物之載而又以見廣厚之用之全也。中庸意謂，吾言地之廣厚而以華嶽徵之，固已然，特其廣厚之體之一端而未足以明廣厚之體之全量也，而尤未足以見廣厚之用之全功也。則吾且由華嶽而進徵之河海，河為四瀆之首，其自龍門而下而所渠並千七百也；海為百谷之王，其環發州而外而所匝盈五萬里也，可謂包乾奧而括坤區者矣。乃流焉而不息而不見其竭，注焉而不辭而不見其盈。藉非地之廣厚何以能相容而並包之若此哉？夫河海固地之氣之所流行者，而惟地足以振之；亦猶華嶽為地之氣之所融結者，而惟地足載之也。河海之與華嶽，固地之分其體以各成為廣厚，而振而不洩與夫載而不重，又地之合其量以共成為廣厚也。而地之全體舉於是矣。乃若言其功用之盛，而豈但已哉？吾又得徵之於萬物矣。萬物皆生於天而成於地，地以翕受宏其量，此品物之所以咸亨也。地以凝固敦其體，此厚德之所以載物也。成之功雖後於生而載之用足配乎覆，惟得一以寧，有以代終而兼濟，故眾萬之物莫不尊天而親地焉。蓋雖華嶽河海猶並處於萬物之數，而川流嶽峙，亦各著其生物之功，則其不測何如也！ 而其根於不貳者可知矣。

今有受人之牛羊而為之牧之者則必為之求牧與芻矣

大賢因齊大夫之委其責於不得為而復設喻以曉之焉。蓋食焉而避其事，非特受大者之有所不可，即至於牧人之細而其責將有所歸也。孟子因齊大夫之委其責於不得為而復設喻以曉之，曰：凡人身處事外則雖從容坐議而不為病，若身在局中而欲辭其咎，決非可以無所短長而浸為之者也。天下事大抵皆然矣，且亦思吾之以身許人者，豈徒冒於其名而不求既乎其實耶？徒冒於其名也則固可以安之而無愧矣，如求既乎其實也而何以自安也？ 夫業已諾之為己責而猶藉口於分之難為，亦既自度其能勝而乃致慨於籌之莫展，則是受人之牛羊而為之牧之而可不為之求牧與芻也，而寧有是理哉？ 夫不能自主者勢也，而有可自盡者理也。吾誠殫思竭慮以求為之所，然且不克如吾志焉，是亦勢之無如何矣。然得謂非吾之所能自主而遂可以幸告無罪於斯人也耶。

初月樓文續鈔

卷一　雜著

考槃說

考槃，衛之賢人不欲仕於莊公之世而作也，故序以為刺莊公。蓋國未有不以任賢而興，棄賢而敗者，今觀其詩無一刺譏語而刺在其中焉。衛自康叔受封而後至頃公而有仁人不遇之詩，衛政衰矣。及武公修德行仁復康叔之舊，今由淇澳之詩考之，其所美者武公也。然非躬行君子己亦實有是美者，不能言之親切如此，此足以知其在位之多賢矣。一傳至莊公而使賢者不願仕於其朝，卒至寵嬖人而召禍。易曰：『履霜堅冰』。至此其征也。有國者可不慎歟！

野有蔓草說

此詩集傳說決不可從，序以為思遇時，蓋謂思得君子為國而被其膏澤。然既云『邂逅相遇』，則亦不必屬之於思其諸朋友相贈答之辭歟。曰適我願，曰偕臧，或相勵以勤問學，或相勉以卒功業，皆須得時，如野草之被零露而其生茂豫也。蓋其聞聲，相思者已久幸於邂逅之遇而因以道其欣喜之情，致其綢繆之意如此。

或曰：鄭莊公始得祭仲，密謀殺弟，詩人探其意而作此以譏之。於今未有以確信其誠然，然又何不可作是解耶？陶淵明詩『我唱爾言得，酒中適何多』，安知其非譏劉裕幕府中人？故曰詩之比興如易之取象，無泥於一說而可以任人之自得焉。漢、魏、六朝、唐人之詩如此類者多矣，至宋則敷陳者十九而比興之義衰。故朱子治詩於國風恒不得其解，此固不足為朱子病，然亦不必曲為之諱也。

園有桃說

魏詩，說者以為為晉而作，如邶墉之於衛。然如此詩則詩人憂其國之將亡而作也，其為魏人之憂晉歟？抑晉人之憂曲沃歟？不可得而知矣。至其言之深切沉鬱，反復致意，後之讀之者如見其痛哭流涕之狀，如聞其太息痛恨之聲，而時卒莫能寤也。悲夫，自園有桃詩人而後屈靈均似之，靈均知楚之將亡而舉國之人莫之知也。又其後劉子政似之，子政知漢之將亡而舉朝之人莫之知也。蓋楚漢之亡，形未著而其兆則已萌矣。夫自古亡國亂朝，未嘗無人也，棄之疏遠之地而厄之，使不得展其用，則固無如之何也已矣！

衡門說

此詩序以為誘僖公，而朱子集傳則云：此隱居自得而無求於世之辭。兼此二說其義始備。首章即其所居之地言之，而固窮之節自見，下二章則推廣言之，而士之為學、君大夫之為國，其理皆可相通。謂士不宜自諉曰愚而不憤志于學，君大夫不宜自諉曰弱而不強於政。治古詩人之言包孕宏遠有如此，然則此詩殆賢人在下而不忘君國者之為歟。陶淵明處晉、宋之際，三旬九食，繫心故國，其為詩清遠奮厲，庶幾近之。

讀伯夷列傳

伯夷、叔齊無餓死首陽事，宋王介甫始言之，至我朝劉才甫而益暢其說。然唐韓退之之頌伯夷也曰：『微二子，亂臣賊子接跡於後世矣。』是二說者宜何從？

余謂王、劉之言於當日情事為得，而叩馬之諫、采薇之歌有其傳之，則存之足以立教，故太史公采軼詩而為之傳，曰：『余悲伯夷之意，睹軼詩可異焉。』又曰：『由此觀之，怨耶？非耶？』夫太史公豈果致疑于夷齊之有怨乎？太史公，怨者徒也。若夷齊之無怨，軼詩之不足據，則太史公固知之矣。

書柳子厚辨晏子春秋後

晏子春秋，非晏子所作，柳子之辨審矣，而其說猶有未盡。吾疑是書蓋晚出，非太史公、劉向所見本。太史公、劉向所見之晏子春秋，不知何時亡失之，而六朝人好作偽者依放為之耳。凡先秦古書於義理或多駁悖而詞氣奧勁，必非東漢以來文士所能擬作，如晉乘、楚檮杌、孔叢子諸書皆斷然可決其非出周秦間矣。柳子言為是書者墨之道，吾以為此特因晏子以節儉名當世，非假是不足以成書，故剌取墨子意，衍其說，未必果為墨者為之也。

讀魯仲連鄒陽傳

太史公以鄒陽附魯仲連傳後，人每不得其附傳之故。惲子居推其義謂，士挾技游諸侯間，能如仲連之飄然遠舉，不受羈絏為可耳，不然，能不如鄒陽之受禍哉？太史公蓋傷之也。此其義非不深，然非太史公本義。

太史公本義則太史公固自言之，曰：『鄒陽辭雖不遜，然其比物連類，有足悲者，亦可謂抗直不撓矣。吾是以附之列傳焉。』仲連，天下士。鄒陽固非其比，而仲連義不帝秦，責梁客新坦衍皆危言〔一〕。陽之得附于列傳，以其在梁獄中上書自明，辭多不遜，故美之曰抗直不撓，非直以其比物連類，有足悲而附之也。凡太史公之言，抑揚處每于反覆見意，太率如此。朱梅崖謂陽以比物連類之辭，遂得與仲連合傳而致羨之，則失其旨矣。

【校】

〔一〕坦。花雨樓校本作『垣』。

辨列子

列子書非列子所自作，殆後人剽剝老莊之旨而兼采雜家言，傅合成之。中惟周穆王篇旨奧詞奇，筆勢迥出，固是能者為之，但未知果出列子否耳？柳子厚以劉向稱列子鄭穆公時人，謂與書詞所稱引事不合。而姚惜抱則云今世所傳列子書多有漢魏後人加之者。吾因是頗疑列子實鄭穆公時人，向所見列子八篇中當有與鄭穆公問答語耶？抑出處時事有可考而知耶？不然，向何至疎謬若此？柳子又莊周為放，依其詞第即周穆王篇言之，則可。至如湯問、楊朱力命等篇乃不逮莊生書遠甚，而其詞與莊生相出入者又未知孰為後先矣。夫以柳子之識而猶有此蔽，則信乎辨古書之真僞者，難其人也。

真靈位業圖辨

世傳陶宏景撰真靈位業圖，取中土君臣名蹟與叢祠淫鬼，雜見錯出，可謂誕妄之尤者矣。姚刑部姬傳以抱樸子内篇鄙誕可笑，決其非葛洪作。余即刑部之意推之，而有以知真靈位業圖之決非宏景作也，蓋里巫之無識者所為耳，黄冠師少有知見便不肯為，而謂以宏景之賢而為之耶？士君子生當衰亂之世，讬於神仙浮屠之術以怡神養性，全生盡年，蓋亦其不幸。而妄人造作妖祥，誑誘愚俗，輒附之前人之假其術而有盛名者，以冀幸流傳不廢，後之人信以為非僞。而至儕陶、葛諸賢于張道陵、寇謙之、杜光庭之間，其毋乃察之不詳歟？

明季黄石齋先生嘗謂其門人徐節之曰：『神仙，我道之僕隸；釋典，大學之灰塵。』其言正大明切如此。而先生授命之日，說者謂其兵解仙去，何其視石齋先生之淺耶？夫仙者，其氣終有時而銷爍，而自古忠臣義士具百折不回之性，其精神與天地無終極，此則以理斷之而可信其必然者也。窮理君子慎無為異說所惑焉，真靈位業圖不足辨也，以謂是陶隱居作，乃不可不為之訟冤，故辨之云爾。

對佛老問

或問佛曰：能自覺矣，至其覺人，必其人之能自覺也。儒者之言曰：君子以仁存心，以禮存心，心欲其存此，治心之準也。今而曰無心之心量，是即為心量，將使人何所循而持焉？故曰：必其人之能自覺而後可也。問老曰：能自治矣，至其治人，必其人之能自治也。儒者之言曰：君子有諸己而後求諸人，無諸己而後非諸人。推己及物，此治人之方也。今而曰：我無為而民自化，我清靜而民自正。政刑不立，何以威民？故曰必其人之能自治而後可也。

然而後世之言用者每借資於二氏，何也？曰：聖人之權未易窺測，而後之儒者知守經而不知達權，則又往往動而多窒。二氏以權立教，取其足以破執而已。然則擇善固執，何以為誠之者之道歟？曰：昔者孟子言之矣。曰：所惡執一者，為其賊道也，舉一而廢百也。是故賢人君子知一之不可執也，而所貴在乎能擇，擇則辨其孰為善、孰為不善，善既得矣，執之何咎焉？善無已也，善無方也，執善非執一也。然則佛氏之云實無一法可得者，果有合於聖賢之道乎？

曰：學者必先知經而後可以行權。經以正其本，權以通其變也。鶡冠子曰：表術里原，雖淺不窮，其言固有所受之。若未能知經而惟權之為尚，終不免於意行而已矣。其賢於華士之偽者幾何？是故儒者之於二氏，可節取而不可備信也。備信之則求之愈博，入之愈深，而其離道也將愈遠矣。此之不可不知也。

卷二　書

復王守靜書一

守靜足下：　接來劄具悉諸君子雅意，僕雖窮居僻地，鮮師友之助，而與諸君子郵書往來，一昔可達，亦差足自慰。足下論書進張司寇而退劉相國，在足下固別自有見。然張司寇書但有筆力耳，論其氣息去二瞻、西溟諸公猶遠，無論香光已。劉相國正書能藏精到，于古拙中殊不易，及稿書守古法未化，雖退之可也。吳府君墓表、近始録出此文，亦但能守法而已，澤古齋遺文序用史記纂言法，足與前所為傳文表裏相輔，耶溪經義序既不得不作，而僕性不喜作泛常高論，嬉笑之語以莊雅出之，此古文與小說家言之辨也。今以往可分致録之而仍以底稿寄存，子香許為幸。

昨又作得讀魯仲連鄒陽傳文一首，自謂能推闡子長贊中意而文境畧近柳子厚，今並以往，幸檢存之也。唐韓退之文起八代之衰，輔之者柳子厚而已耳，李習之而已耳，終唐之世未見更有子厚、習之其人也。僕嘗謂古文極盛于北宋衰于南宋，明七子侈言復古而冥不可理，其弊尤甚。我朝自方望溪以古六藝之旨論文，而海峰、惜抱、大雲、茗柯相繼而起，足以追配宋慶歷、元祐間作者，無慚色焉。潤安、筠墅、耶溪諸君能力為之不懈，包羸越劉之美，儻得于吾身親見之歟，吾日望之矣。足下樂道人之善，故僕于足下之前道古揚今，辭煩不殺，足下其必能諒察之。不宣。

復王守靜書二

足下前至荆溪，與庶翼、子香縱論于僕之狂言，想備述之而相與撫掌稱快，亦如潤安、筠墅諸君也。足下謂僕能以古六藝之旨導後進，此非僕之所敢承。僕讀經最鹵莽，惟于古今人文章高下，則所以求之者不淺而知之為深。至于自為之文，殆不敢所能知之十六七。然于康熙、雍正以來五六君子之作，亦似有不相襲處，而無不可以往參其間，使僕于古六藝能沈潰究切，洽浹于心，方將角退之而陵子厚，豈第如今之所為哉？

歲月既逝，精力就衰退，則以己之所未能者轉而望之後起之彥，故有如前書所云云，非恕己而刻求于人也。諸子方年少氣盛，時立志宜如是耳。志立矣然後可以徐而俟，志苟不立則又將奚俟焉？其必共喻此意。不宣。

復王守靜書三

守靜足下：德旋前與耶溪書，謂數月以來獲免饑餓之厄，屬有天幸。而耶溪欲發固窮之論，故來書中有『窮困益甚』之語，與德旋書意似不甚關合。然耶溪勗勉之意殊足感也。德旋自信于詞章之學略有知解，而見世之謗毁程朱者，意中不以為然，故發言制行不敢顯與程朱相背。不知者遂以德旋為理學家，甚或以大賢之名歸之，取供戲侮。故德旋比來頗以得謗為喜，誠恐蹈入鄉願行徑，卻與私心大相刺謬也。

足下來書述潤安輩之于德旋，每有求道若渴之意。蓋如在諸君子固實有是美，而施之于德旋則甚非所宜。蓋如德旋者但當以畸士相待，率吾性之所近，謂可希陶靖節之十一，乃所樂受。昔陸象山先生謂李白、杜甫、陶淵明皆有志于吾道，故以德旋為求道之士，德旋不敢固辭。若謂道積于躬而足以供人之求則斯世之大自有其人，而德旋去之尚遠，故曰甚非所宜也。德旋比成五言律詩一首寄筠墅弟，並與諸君子觀之。

又德旋居歸美橋，須俟有人至河橋方能寄書，不比在宜興北門，可以時通書疏也。前委書冊葉俟入郡時面繳。不宣。

復王守靜書四

德旋嘗聞晝水述祁孫言，謂姚惜抱續集不如前集，以其復王惕甫等書有過譽之言也。德旋以謂惜抱續集中志墓諸作大勝前集，不宜因是加貶。故有書王惕甫文集之篇，原為祁孫而發。祁孫極不喜惕甫文，謂惜抱過譽惕甫，自是惜抱之失，而德旋為之回護為非。且以為君子立言務求其正，無反言以譏之之理。遂並謂樊紹述文必是文從字順，今所傳紹述文艱澀不可讀者，特其偶然耳。祁孫之文用意大略如此，其實當時人固有學澀于樊宗師之說，可知紹述文之為澀體無疑。

祁孫之言未必果是也，特其篇末謂皋文以德旋與毛洋溟相提並論，而抑揚之旨自見。子居以德旋與王惕甫相提並論，不見抑揚之旨，即是子居之失，其用意亦可謂善矣。德旋又何必更與致呶呶之辨哉？如謂揚惕甫而抑惜抱，祁孫之識豈至如此悖謬也？率復。不具。

復王守靜書五

守靜足下：往歲十二月至錫山訪薛畫水太守，與之論文事極暢。粵西呂月滄郡丞謂德旋之文置之姚刑部集中殆無以辨，而畫水不甚然其說，意欲以予文駕刑部上者，固是畫水偏見也。自來明州，日惟讀易本義參疑，為之已有端緒，歲暮當可成書。足下揣吾治易宜有可觀，來書遂以程子易傳相勗勉，甚荷厚貺。程傳以人事說易，博大閎實，自可離易專行。若德旋所為，不過為本義參一疑解，而于本義所引而未發者時一疏而明之，何敢上擬程傳？然研窮其義，矜慎其辭，自謂有得于潔靜精微之教，未知異時有能讀吾書而信之者否？吾書成，惜張編修皋文不及見之也，如使編修見之將毀其所治虞氏易而更為之矣。編修，賢者也。賢者不自有其能知，夫已能者之不足貴也，易涵萬象，不可執一為說。編修固嘗云爾，後編修而為其學者尊之過盛。遂若仲翔親受易于孔氏之門而得其傳者，失之千七百年至編修始復得之，若是其難能而可貴也。噫！亦過矣。吾所見近時治易成書者汪君企山、王君瑤舟皆實有所得，其說亦多可采，非欲故襲之以為吾美也，于理有不得不同則固無嫌于相類。

至于張編修虞氏易言二卷中乃殊有精妙語，今取其尤善者褎録之，足以見賢者之志，非挾一先生之言私自悅而遂以為足者也。李安溪先生解彖辭、象傳尤多精詣，發前人之未發，于爻辭則遜矣。

潤安、耶谿、筠墅諸君承垂念，幸為告之。德旋雖老，尚不肯虛擲歲月，但精力實已不足赴所志，體中覺衰乏耳，率復並候近好。不具。

復吳耶溪書一

耶溪吾宗足下：德旋前與耶溪書，以子香謂耶溪不宜務博為非。耶溪實兼人之才，異日可望追蹤蘇子瞻、朱晦庵兩先生者，惟耶溪一人。耶溪來書務自撝謙而轉以相屬則過矣。德旋非能以言榮辱人者，德旋譽耶溪謂今時已足抗衡子瞻、晦庵，于耶溪無毫髮補，況期之異日耶？特以見善而不知，則已知而不揚，是蔽賢也，是孟子所謂不祥之實也。德旋之譽耶溪，懼當不祥之實耳，豈敢以一人之口為足敵千百輩之呶呶者乎！

德旋幼未識學，年踰二十始少知，自好讀書為文，家無藏書，所居窮僻，無從借得。性又善忘，從他人架上案頭讀之，旋即與未嘗寓目者等，所守兔園冊子，妄意進退古今人，高下豈有當哉？嘗念性不能自賤簡阿諛苟合取容當世，然遇人無賢愚、少長、貴賤，未嘗敢少有自矜負之色。而久處困約之境，若墜坑谷，無有垂之綆而出之而引之平夷之路者，以是默默而居，踽踽而行，間入邑城中，則其所相與游從往還不厭者，皆窮蹇抑塞無聊之徒。然且追逐雲月，舒悲娛憂，強作任達以自附于陶元亮、王無功諸人之後，一日不饑死即為天地間一日之幸民，如是而已，他何望哉？他何望哉？

耶溪年未及壯，所造已欲上追古人而從之，固當以遠者、大者自期而切切然，惟以文章為不朽之事業，亦非德旋之所望于耶溪也。德旋衰老，廢學已久。耶溪慎毋曰效德旋之所為，則耶溪進矣。耶溪其勉圖之。不宣。

復耶溪書二

耶溪足下：來書文甚佳而與鄙見有不盡合者。文章之事，千萬人中有一二人知之即不為寡，特視知之之人何如耳。方今知德旋之文者，在德旋朋舊中數之，可得十餘人。其未相接而相知者，蓋又不僅一二數也。且如吾郡知文之士自張宛鄰而外宜無過王瑤舟，而瑤舟則既知之矣，若乃悠悠世俗之口，曾何足與于多寡之數而顧以入吾思慮中之計較哉？況天下之人衆矣。

吾為文之時先有求知於人之念，此一人知之，彼一人未必知也。又將移吾求知之念於彼一人，輒轉而求之，豈有既乎？ 方德旋年二十許，時見吾郡諸前輩言及古文無不嘖嘖稱羡侯、魏、汪、姜及董文友、邵青門諸子，而于望溪、海峰曾不置之齒頰間。 自皋文交王悔生而後知古文之學在桐城，數十年來學者稍稍稱說望溪、海峰、惜抱三先生為能學古人而得其正。 然世人好三先生之文者終不敵好侯、魏諸家之文之衆。 即惲子居喜為驚世駭俗之譚，居之不疑，固宜好之者之較多于三先生，而世人好子居之文者亦終不敵好侯、魏諸家之文之衆，則亦聽其出彼入此之紛拏於天壤之間，而不以入吾思慮中之計較焉。

今足下於德旋之文，但當論其果能有得於古人與否，而知之者之衆與寡與夫傳之其人而傳或傳之其人而卒不傳，皆可置之勿論。 至于愛古薄今則世人親見揚子雲祿位容貌不能動人，遂輕其書，在漢時已然，何況今日？ 然數百年後吾亦為古人，安知後世揚子雲之必不及待也？ 率復，不具。

德旋白。

與族弟筠墅書

筠墅弟足下： 德旋前與吾弟及守靜、耶溪書狂言滿紙，諒諸君子必有以是正之。 守靜寄到邱邦士文集，德旋四三紬繹之而心折焉。 其修詞之潔，非同時諸家可比，又能歛欝其氣於滉瀁中，較之以風馳霆擊為駭人之狀者，誠不可以同日語。 德旋嚮者于國初諸家文有取乎汪堯峰，堯峰文醇雅可誦，而敘事傷於過煩，蓋自宋南渡後諸文家通病。 邦士乃亦間不免此病耳，然邦士文之佳者絶出堯峰遠甚，故自明歸震川後我朝方望溪前能文之士斷以邦士為最矣。

惲子居云，邱邦士文奇淡，不蹈襲前人一言一句，然非正宗。 德旋以為正宗亦非有定式，要在前後布置不失序，吐詞雅醇不蕪，則自唐虞以來至于今日，其卒不可變者也。 昔者韓退之之論文也，曰無難易，惟其是耳。 如何而後謂之是？ 前後布置不失序，吐辭雅醇不蕪，即是矣，非欲務以艱深為尚也。 而其近於躁率者必去之，非欲務以流便為尚也。 而其近於晦澁者必去之，是即所謂吐詞雅醇不蕪也。而昧于此者雖日與之言為文之法宜如是，彼且河漢。吾言謂若於文字之見有痼疾，吾又安能舍吾所聞于師友之訓而徙而就之，謂吾向者之言實過乎？

昔人謂太史公記酒肉簿必有可觀，德旋以為太史公記酒肉簿亦如其為史記者之為矣。何也？質而不俚，脩詞之能事畢矣。雖然，太史公之所以為不可及者在神明，於法而變化無方。如第曰質而不俚而已，豈惟太史公能之？班孟堅、韓退之、柳子厚、李習之、歐陽永叔、曾子固、王介甫、蘇明允、子瞻、子由諸人具能之矣。其或文勝而質不足，或質而不免於俚，則皆不足與于斯事者也。自北宋而後為文者之能合於古人與否，吾先以是斷之，至於理之醇駁則視乎植根之深淺，而於脩詞之得失無與焉。德旋聞吾弟與潤安、耶溪諸君於大雲、茗柯兩家文有抑揚之論，德旋以為兩家各有相勝處，未易定其優劣。謂茗柯有擬古之跡，此固其所不免，然即以大雲論其文有全似晁家令言兵事書、趙營平屯田奏者，而行文軌轍出于管、荀諸子，不可掩也。茗柯擬古，亦子雲、子厚之匹耳，曷嘗句摹字放如明七子之取憎耶？且茗柯亦不幸中道而逝耳，使假之以年而至于五十六十，安知不盡變古人之形貌而泯其模寫之跡哉？

且夫為文之士各有所得於天之分，不可以強而能，其可強而能者謹守古人之法度不使有軼。因其規而為圓而周旋也中之，因其矩而為方而折旋也中之，如是而已，雖其所得於天之分甚優者，亦必徐以俟其自化焉。雖然，士不求為古之文則已，士而求為古之文而曰吾惟謹守古人之法度，不使有軼而已。神明變化之境，非吾之所敢幾也。夫誰則肯為是言者，故或且於古人之法度貿貿然未之知而徒徵引故實，發為頗僻之論，橫鶩旁逸，不可控御，而曰吾聖於文，吾神於文，世之人固亦有見之而適適然驚、津津然羨之者矣。而其稍知古人之法者，則已見之而猶然笑之。故夫謹守古人之法度，不使有軼，乃所以為聖於文、神於文者之資，冀異日之忽不自知其何以能，遂忘古人之跡也。德旋之於為文所得於天之分未優也，而於古人之法度不可謂非心知其意者，故願與吾弟及潤安、耶溪諸君共守之而勉俟之。不宣。

答洪子齡書

子齡足下：來書詞意兼美，而其中褒獎過盛之語，決非淺陋所宜承也。德旋年二十餘從事讀書為文之道，自二三同志而外未敢輕有依附以冀揚聲于當世，而見世之才智之士往是己所習，互有稱毁，大都不越足下四蔽之論。竊以學問之途非一端之能竟也，然而傳之自古片義之存有不能廢，述之于今一節之長豈無足採？況天之所賦才分各有優劣，人之所趨好尚不可強同，何必執己繩人，更相非笑，強分畛域，務自貢高哉？至聖賢義理之學，其精純博大，微妙深遠，有終身求之而不能測其津涯者矣。而或且矜其蒐獵之功，騁其黨伐之說，侈然自以為體用兼該，本末具舉，此德旋之所以甘心晦匿而不敢與聞也。

足下心企古初，志存介潔。情殷乎著述之林，思裕夫經綸之業。廓其有容，明而不耀，此德旋之所期於世之君子，庶幾一見。乃今于足下之為人與夫為學之所趨向，而差欲慰生平之願望焉。幸何如耶？幸何如耶！守靜、潤安、子香、筠墅、耶溪諸君就其所存志皆可尚，並吾取益之資。至于各引所長以益所短，則又在乎諸君之能自得矣。足下以為何如？屬有疾未愈，不能搆思營度為文。足下略其詞而察其意，可也。不具。

與沈閒亭書

閒亭足下：德旋年三十許，時與吾郡張編脩皋文同學為文，編修甚見稱許，且欲以此事相推避。編脩之言，吾郡士人所取信也，故其時譽德旋之文者十八九。編脩既歿之後，惲大令子居大肆力于文章，其論文也自歐陽永叔而下均有貶詞，以德旋為若可登文章之籙者，而亦得幸與所貶之列，曰才弱。大令之言，又吾郡士人所取信也。故比時毁德旋之文者亦十六七。俗耳庸目移其聽視于人以為譽毁，于德旋之文無所益損也。韓退之不云乎，要以俟知者知耳，而乃者足下見推，以直接退之云云，此又世人之所深疑而怪駭者也。

漢以後為文者莫高于退之，退之其可至耶？世人之深疑而怪駭之固其所也。雖然，退之誠不可至，而求其法而效為之，則奚不可者？抑豈惟退之而已，今且由退之而上溯之司馬子長，又上溯之至于屈原、莊周，又上溯之至於易繫辭、論語、左氏、檀弓，亦孰得禁吾之求其法而效為之者？豈曰效為之而遂能至之耶？孟子之書謂人皆可以為堯舜，夫堯舜豈人之所能至哉？然其言曰：子服堯之服，誦堯之言，行堯之行，是堯而已矣。為文者之宜取法乎古，亦若是焉已矣。至其所可至而其所不可至者，相違豈遠耶？得其傳而已矣。湯武得堯舜之傳者也，歐、蘇、曾、王得退之之傳者也。世人自不為之而遂疑為之者為偽得之者為妄，是詎可以執途人而喻之者哉？

足下方少年，于為文非由師授而塗轍甚正，持是以往，如德旋者越之倍蓰，奚難焉！偶有所見，伸紙疾書，不覺累幅，非欲為文也。暑熱幸自愛，不宣。

德旋頓首。

復呂月滄書一

月滄先生執事：接奉手書，一再雒誦，覺文境洮洮清絕，雖使古之善為文者如柳子厚、歐陽永叔、歸熙甫諸公執筆為之，豈能復有相踰越哉？德旋學術淺陋，不敢與海內賢士大夫較量所得，故常屏居鄉里，墨墨自守。前望古人，既仰企焉而莫之逮；後顧無窮之來者，則又自揣無可以待之之具，惟以為生平獲受教於師友之益，差異於流俗人則可耳。韓昌黎謂時時作俗下應酬文字，下筆令人慚。今昌黎集中不見所謂可慚之文，當時固隨作而隨棄之，不待李南紀編集時始汰之，可知也。

德旋嘗聞姚惜抱先生云，西漢人文傳者大抵官文書耳，而何其雄駿高古之甚！昌黎官中文字止用當時文體而即得漢人雄古之意，則是判改吏牘猶堪近古，勝作俗下應酬文字矣。夫治古文者固昔人所云寂寞之道，然誠得一二奇傑有志之士相與棄俗尚而誦說講論，豈不愈于獨守太元，以待千載後之復有揚子雲耶？自今以往德旋雖中無所積，不足以仰副采納之盛心，而即一涓一埃，竊願悉輸之左右以為快，維執事恕其狂肆，誘之使言，不勝幸甚。

德旋輯有瑣腦雜志十數卷，敘事議論相間錯出，他人之言與愚鄙所見亦相間錯出，是小說家子類。異日當賫以就正，今瞻近之期尚未可卜，謹先録近所得論文數則于別紙，乞賜覽觀，或可還以一字示褒貶乎。率復並候近祉。不宣。

德旋頓首。

復呂月滄書二

月滄先生執事：前者德旋一時激于知己之感而頓忘其僭越之罪，于大著輕有刪易句字，可謂愚妄，不知量之甚者矣。雖冀邀執事之終恕之，而未敢必執事之果能終恕之也。雖然，德旋辱執事之知厚矣，誠欲效其涓埃之報而無由，一旦寵之以朋友切磋之任，敢不勉竭區區以獻於左右？然使執事不察其心而第論其迹，而被之以荒誕之名，安所逃之？抑昌黎所云，農馬之智專度，未必不見許于執事。而德旋之感執事之知之者，誓心不忘終身焉耳矣。至于執事之能終恕之與不能終恕之，則究未敢必也。竊以謂執事即不能終恕之，德旋固亦無改于其敦勸之本志，而必將期執事于華嶽之顛、渤碣之委焉。

昨奉到手書，不意執事寬之至此，且盛有所稱譽，乃益歎大君子虛懷集益，有迥出尋常萬萬者，而小人之妄意猜度，為絕可鄙笑也。德清沈閒亭茂才，趙季由太守所取士也，年少才美，為文塗轍甚正，異日成就當大有可觀。執事留意人才，或可引與談議辨析異同乎！德旋論文之語尚夥，匆匆不及録呈。大作二十二首須細讀，統俟續寄耳。春深惟為道自愛。不宣。

復呂月滄書三

月滄先生執事：德旋為世所簡棄久矣，自以學殖不深，行能無足比數，二三同志信而稱之，實為逾分。而世之簡棄之者適當其所宜。今執事之信而稱之，乃不啻雅故相識者之所未有，用是俯而慙，伏枕而思，不自知何以能得此于執事也。德旋與執事未嘗相見，而評議執事之文畧無所隱飾顧忌，此其愚直為何如者哉！雖然，不敢以不如此也。德旋嘗欲自附于古之狂者而不直，則為聖人之所深棄，而敢不懼乎！

德旋之所期于執事者蒙莊、史遷，以執事之宏才卓識而從事于斯，深以數年之功力，震川、惜抱宜可紹而兼也。此亦殆有天焉，盡乎人以俟之而已。德旋聞桂海間往往平地孤巖拔起，削立千仞，造物者之為至是而夐，無以尚其氣，欝積數千年必有所屬以發之者，今安知非執事耶？幸自愛無失時。不宣。

復呂月滄書四

月滄先生執事：得書知道履安和，快慰不可言喻。伏承謙光下逮，云欲相師，言之至再。在執事誠為高世越俗之舉，而德旋斷非其人。夫是乃子厚、習之諸君子所不敢居之任也。德旋自顧何所有而敢侈然為賢者師乎！又竊以為論詩文者不宜立師弟子之名。傳道解惑，文人中惟韓退之足當之耳。漢儒重經學，因有經師；宋儒嗣統孔孟，可為人師。元明講學家雖真偽錯出，而所托之名固尊。我朝如湯睢州為監司後，始受業于孫夏峰徵君，睢州不為矯，徵君不為僭，道在則然，非是者弗許也。執事之于德旋，蓋知其文之僅可而未知其人之不可耳，至為文之道乃不敢不據所見以相質焉。

古人之文易辨也，近吾世者有時俗之毀譽，足以淆亂是非，眩惑視聽，故其文辨之較難。夫文家之美，非一人之所能盡擅也。詩之有風、雅、頌，書之有典、謨、誓、誥，且各專其美而不相兼。後之人乃欲執己之所習以為是，而于異己者則盡非之，豈後人之識反能遠超于邃古耶？此其大可疑者也。韓退之造語學子雲而更勝之，蓋子雲猶或有艱晦之失，而退之雕琢復璞，悉歸自然，固為勝之耳。然當退之時，惟柳子厚能知之而言之，他人固未必能知之，而亦未必能信之也。至于今日乃人人皆曰韓退之果勝揚子雲矣，豈非古人之文易辨，而近吾世者其文辨之較難歟！

且文士之效法古人以得其神為貴。神合矣，能泯其迹固善，即曰迹未忘焉，亦不害其為文之美也。于鱗元美之學先秦，徒以剽剝句字為工，無論其神之不屬也，而形骸亦未為似，何以謂之文哉？姚惜抱先生所云『舍其粗則精者胡以寓焉』者，謂此也。德旋之于斯事志甚高，求之甚深，而才與學誠皆不足以副所志，故樂得才智之士而與之言，庶幾因所見之親而轉而播之，廣為傳之，以相繼於無窮而已。德旋固無嫌盡言于執事者，亦望執事匡所不逮而無或少存隱飾之意，德旋雖不若執事之虚心好善，然亦非以訑訑之聲音顔色距人者也。履兹長夏，維祈厚自珍愛。不宣。

復呂月滄書五

得書知道履安和，為慰。歸震川文有不能謹細之失，誠如耶溪所論而足下疑之，疑之是也。震川，北宋後文家大宗，似非後學所宜輕議，然當仁不讓于師，亦聖人之訓也。震川之文，其以大氣涵負之者，名公卿詩文集序為盛，以其有關于明中葉後國家隆替興衰之故，故其言感喟深至，恢宏鬱茂，得漢氏之遺風。然以較之歐陽永叔之外制集序、曾子固之列女傳目録序、先大夫集後序等篇，未知其孰為先後。而遂以為能追蹤司馬子長，則是尊之過盛者之詞，殆猶未足為據。姚惜抱先生云，震川能于不緊要題說不緊要語，而風韻疏淡出自子長，斯為得之耳，然其牽率應酬之作，集中存者過多，故近俚之病時或不免。我朝汪堯峰、施愚山諸公皆于此不辨也。能辨于此者，不得不推方望溪為首庸。望溪以為古文失其傳者七百年，蓋謂此耳。不然如震川者乃謂其失古人之傳，亦已苛矣。至于震川經義真軼出歐、曾古文之上，足以肩隨史公，抗衡韓子，豈守溪、思泉所得與之並論哉？

德旋於文章之事求之數十年，自唐宋諸大家而後所心慕者惟震川、惜抱兩先生，而自為之文果足並之與否，所不敢言。若效而法者，則又不敢以之自域，置吾身于上下數千載之中，其高下源流次第階級異日必有能辨之者矣，而豈以區區一時之毁譽存諸念慮間乎？

士自宜為知己者用耳，德旋與某郡丞非有平昔過從之雅，而為之刪改石浦志畧，竟不獲一言之酬報，若未嘗為其事者，然此于相待之禮為已亢，乃德旋之所不宜受也。特因其先謁而來請之時，托于足下之言以為重，今故不復與之校而責之，否則無故為所役而更加之非禮之辱，此何說耶？德旋與足下之交已定，萬萬不敢因此事起陵谷胸中。然謂受兹非禮之加，遂自甘焉，而絶無幾微之不豫，則猶未之能。故以畧陳于左右，其必有以鑒而諒之，即承動定。不宣。

復呂月滄書六

得書知偶示微恙，旋即平復，甚慰。德旋非故欲高自許也，然於古時文與詩與書皆能知之，而與並世之人無所讓，以好之甚篤，故求之甚深也。而世之眞信之者無幾人，其故亦有可言者焉。世人好之不篤則求之不深，而又鮮肯以不知自仞，則其所見謂是者未必是，見謂非者未必非，大都適與吾見相左。德旋之所以窮於世而無所遇者坐此也，然使捐吾夙所得于古人之真解，隨聲附和於捕風繫影者之談，不惟性所不能也，又且年憶過耆，何多求於斯世，顧肯效此逢世之資為哉？

足下之前真可以發吾之狂言者，故不覺淋灕快意一道耳。至來書所引易爻詞義，乃非敢承也。即以足下所擬之卦言之，在彼為豐屋者之天際翔，而在德旋為折右肱而無咎，則庶乎。抑豐之綜卦為旅，故雜卦傳云：豐多故親，寡旅也。德旋之解以為人處豐大之時，親故之就而與謀者必多。漢樂府云：來日大難，口燥脣乾。實有其事也。若獨旅無歡則所親惟童僕而已，至乃譽命上逮，非有文明之德者，其孰能之？蒙之九二所以立師道在周、程，以前惟江都、河汾足當之，而鄭北海不與焉。德旋今雖以授經自給，實非擬議所敢到也。少卿、芝階近獲晤談否，竹嶼觀察、春木、生甫諸君皆曾通簡札未耶？漸涼，千萬珍重。不宣。

答任階平書

階平先生閣下：接誦手教，知慨然以學道為己任，欽佩無已。德旋竊聞強恕之事固盡人可行，然大學傳齊家治國章云，君子有諸己而後求諸人，無諸己而後非諸人，所藏乎身不恕而能喻諸人者，未之有也。此宋儒所以有無忠並無恕之說也。夫己未盡則無可推，無可推則不恕矣。如曰吾未能盡孝也而姑恕人之不孝，吾未能盡忠也而姑恕人之不忠，此豈聖人之所以概望于人者耶？蓋離忠而言恕，衛洗馬之能事也，其源出于老莊。合忠以言恕，即聖人之道一以貫之，不能外矣。道不離于日用，日用不外于五倫，五倫皆情之所持也。無情之人上者如木石，其下則為殘忍凶暴之徒而已。

然而情有正有不正，情之正者性之發也，此古聖賢之所保，亦宋儒之所日夜講求而發揮于文辭者也。情之不正者欲之熾也，此古聖賢之所禁，亦宋儒之所諄諄告誡而大為之防者也。宋儒謂人欲當處即是天理，其言至精，故宋儒但教人遏欲循理耳，曷嘗教人滅情復性哉？閣下以言恕言情，謂異于宋儒。而德旋以為言恕言情方不異於宋儒，則未知于閣下之意何如也？然德旋固非能為宋儒之學者，正大而天地之情可見，此宋儒論學之宗旨也，非德旋之所敢冀也。發乎情止乎禮義，是則德旋之所自勉者矣。發乎情者，不能皆正，時時以禮義檢束之，不使蕩而踰焉，以求無大悖于孔孟程朱之訓，而猶常恐其未能也。閣下倘賜之以言而教正之，則幸甚，幸甚！此復，即承動靜。不宣。

德旋頓首。

答筠墅書一

筠墅三弟足下：德旋病瘧後務自嗇養，今體中亦無他，但精力終減於舊，讀書不能深加玩索之功，以是媿吾筠墅也。來書謂方今守先待後之任在德旋一身，此何說耶？抑于古之所以為文之法不可謝，為非識途之馬耳。

筠墅果北行乎？筠墅苟可以無北行，德旋終以北行為非筠墅所宜。何則？體過弱，道塗勞頓，非所堪也。筠墅北行若果，德旋願筠墅捐去一切異同之見，自為所當為而已。近作劇佳，論見于評語者不復贅，又以往讀左史文敘一首，辭雖甚簡，然意亦盡矣。意有未盡，筠墅當于言外得之。

德旋白。

答筠墅書二

筠墅吾弟足下：前得手書，匆匆作答，未盡所懷。今幸獲少暇，有急欲為吾弟告者，願勿視為迂談而置之。

大抵世士所爭者不越名利二端，吾輩既無生產可治，勢不能不謀衣食，雖終歲為利所役而實無與人爭利之心，此固可以自信，人亦未嘗不信之也。若名心則不敢白謂盡無之〔一〕，然謂與人競名而生娼嫉之念，則自有知識以來從未敢稍有萌動於隱微之間者，此惟求以自信而不必求信於人。然此亦吾質性所自具，非由務學而得。

而吾弟乃視為甚高之境，歎羡若以為不可及，恐吾弟于人已相形之際或未免有勝心之動于不及覺者，安可不求其根株之所在，急思有以鋤而去之哉？至德旋答任階平庶常書中所云，道不離乎日用，日用不外于五倫者，此又人人所能言，絕無奇特，不願吾弟之張而飾之也。不宣。

【校】

〔一〕白，花雨樓校本作『自』。

卷三　序

贈族弟筠墅序

昔戰國時人鶩於功利，而孟子之書述唐虞三代之德，託始於梁惠王問何以利吾國，因言利之所以為害，仁義之所以為利，此七篇中之大指也。孟子雖命世亞聖之才，而時君終莫任以國政，故孟子亦無所藉以施其用，獨其書存而萬世賴之。太史公傳孟、荀，發明孟子首章之義，曰：『嗟乎，利誠亂之始也。』又曰：『自天子以至於庶人，好利之弊豈有異哉？』子長鑒有鑒於時之言功利者競進，至使海內騷然，民不安其生，心固惄焉傷之，而託辭於讀孟子書以為後戒，可謂拔本塞源，其言有補于世矣。

余族弟筠墅學為古文，於太史公書治之加勤，往往能得其言外之意，而於時之尚功利者疾之尤甚，人皆迂而怪之。吾聞先世儒者之論，謂人心之陷溺害甚于洪水猛獸，是故古之君子畢生汲汲皇皇焉，凡以救世而已。達而在上，救之以行；窮而在下，救之以言。其志同，其道同也。然吾又聞孟、荀蓋皆晚而有作。今筠墅之齒未也，思葆夫天之所與我者而欲同之於斯世，宜務講明齊治均平之道，使坐而言者皆可起而行，至不得已而著書立言以自表見，則雖不有得於今，安知後吾之世無收效于吾言者也？筠墅之志誠卓矣，其益求所以充之者而後可歟。

周易繹傳序

盈天地間無非道也，是故盈天地間無非易也，而聖人所以作易教人之旨，則在乎隨時變易以從道。夫道，其深矣乎！夫易，其幾矣乎！易之為書也，言天道而人事該焉，言人事而天道備焉。後之言易者或主象數，或主義理，豈遂能覩易之全？而不可謂其於易無所見。卦畫，伏羲之易也。彖辭，文王之易也。爻辭，周公之易也。而爻本于彖，彖本于畫，不有夫子之傳，孰知夫三聖之易之博而通哉？然且主象數者黜義理，主義理者輕象數，夫何異同之論之紛紛也？

予友汪景望企山治易幾三十年，著周易繹傳若干卷，其自云繹傳釋經，非敢越傳以釋經。可謂篤信好學，精思極元者矣。曩予與企山同客京師，見企山治易勤，甚歎其志之卓而力之果，而又能虛其心以集益，不憚與人商榷焉，誠豪傑自命之士也。書既成，屬予為之序。

予之于易，乃所謂百姓日用而不知者，夫何足以序企山之書？然竊以為學者誦法聖人，期于不悖聖人之教，而聖人所以作易，教人之旨莫詳於傳，傳明而卦畫、象、爻辭皆明矣。然則企山之于易也，其庶乎！

鄒潤安觀化圖序

昔莊周、列御寇著書喜言物化，其說窮幽極遐汗漫怳忽，莫可究詰。而佛法自後漢時入中國，中國之為其學者，悉取莊列之旨傳之，益渺茫不根而使人易於失守。儒者之觀化則不然，雖推而極之，至于上際下蟠充塞無間，所言似與釋氏、莊列相出入矣，而其道造端乎夫婦其事，不越子臣弟友之職，於是焉盡己之性、盡人之性、盡物之性而可以贊天地之化育，無非真實無妄者之為之。此所以異于釋氏、莊列之言也。

潤安鄒君為儒者之學而兼通禪理，然其于儒與禪之辨甚明也。余每見之與之言，時獲名理之益。一日出其所為觀化圖屬敘。余以為潤安必非釋氏、莊列是從者，然儒者觀化於天地萬物，則知天地萬物之皆吾一體，必實致其功而後可耳。不然，彼釋氏、莊列之徒方侈然自以為能，而吾果何以異于彼耶？抑彼固能之而吾果可以不必求異於彼耶？潤安知之審矣，奚所俟於余言？余之為此，將使世之為釋氏、莊列之徒者觀之以自省，而證其所得之同異，何如也？

王學愚天籟集序

歙王學愚卒後，子國棟輯其遺詩曰天籟集者為兩卷，請余序之。夫詩之有序，貴乎能深明作者之意。予非深知學愚者，恐不足以序學愚之詩，故嘗一再辭焉，而國棟之請不已。

既而思之學愚之為人，篤于行而豐于質。歿而嘗與遊者皆稱之。觀于其詩則又絕去雕飾靡曼之習而達于情之所不容，已非欲與世之詩人較得失者，即其志之所存可知也。

抑吾聞學愚之治詩也，偏嗜陶靖節，日哦焉不置。夫靖節豈欲以詩人自命者耶？惟不欲以詩人自命，故凡刻意求工於詩者皆遜焉。學愚之學靖節，其有意耶？其無意耶？意不在於詩而又不能以無詩耶？蔡中郎有云，諸生競利，作者鼎沸；蓋名之所在，利亦輳焉。學愚不求工于詩則與競利者異矣，世有深知學愚者，試以吾言質之。

劉海峰先生經義鈔目録序

桐城劉海峰先生以詩古文負重名雍正、乾隆間，然其平生著述之尤善者，經義也。海峰經義妙得莊周、史記之遺，而知之者鮮，知之而能好之者尤鮮。而余族弟敬承獨能知而好之。夫經義之與古文，未嘗有異也。世之人歧而視之，吾不解其何故也。然而持是說以語于人，人莫不嗤笑之，擯斥之矣，此海峰之文所以知之者鮮，知之而能好之者尤鮮也。其有文不必似海峰而足與之媲美者，近得四人焉。余族父晉望先生，其一也。其三人者曰竇東皋，曰姚惜抱，曰白禮裁，此數家之文具在也，而世率以為無用而棄之，可慨也已。

敬承，晉望先生之季子。余曩者與晉望先生相見，論說古今人文章高下，于經義自荊川、震川後斷以海峰為絕倫。時敬承年尚幼，未能悉聞，聞之亦未能悉解。乃自晉望先生之歿，余每與敬承論文而喜前型之猶未墜也。敬承手鈔海峰經義若干首，大抵皆時之治進士業者所不欲觀，而余與敬承幾日誦習焉而不厭也。由此觀之，志古修業之士，其終不憂屬和之無人也哉。

選明詩綜序

道光甲申冬，余留宿友人路質軒學博京江署齋。質軒出朱竹垞先生明詩綜本，屬為擇其尤者，將使子弟別鈔之。既卒業而為之言曰：詩之體至唐人而始備，故論詩宜以唐為宗。宋人病其太離，太離故法踈。明人病其太合，太合故形似而性情反為所掩。論者每以復古之功歸之李何七子而病即隨之。然自七子而後明詩益不逮而日衰，蓋七子學唐人而得失參焉。後乃惟七子之學，夫烏乎不日衰？然公安嘗矯七子矣，竟陵嘗矯公安矣，而明詩且屢變而益敝。

夫矯枉者鑒前人之過而將以求中也，矯而過焉則是以過矯過也。以過矯過，夫烏乎不益敝？論者以為雲間諸子出而明詩復興，然亦復于其故耳，明之故不可遂以為唐之故也，唐人之詩莫盛于開元、天寶之世，蓋有建安之風焉，而其時能者數十人，各能以性情自見于篇什，故曰正之變，變而不失其正也。嗚呼！豈不難哉。

路質軒六十蒙求詩草序

昔衛武公飲酒悔過而作賓之初筵之詩，此殆其少年時事；及為抑詩以自儆則年既老矣。今考其詞有云：『於乎小子，未知臧否？匪手攜之，言示之事。匪面命之，言提其耳。』此其深自貶損而求助于人之意，可知國人以公耄而好學，故謂之睿聖武公也。

予友路質軒學博自壯歲治詩，即沉酣于杜子美集，然以為未能有所得也，而輟筆不為者數十年。年幾六十始盡心力為之，數年之間詩體大就，蓋不第涉子美之藩籬，而幾欲登其堂而入其室。然質軒欿然不自足而名其詩曰六十蒙求詩草，若自比于幼學者，然其真有衛武抑詩之美與。

昔蘇文忠公嘗以杜子美詩並于韓退之之文、顏魯公之書、吳道子之畫，以為至此而天下之能事畢矣。余謂人即兼有四子之長而不以學道謙遜為之本，終無以解于程子玩物喪志之譏。立其本焉，斯遊藝之事固聖人所不能廢，而况詩之為道，所以成孝敬而厚人倫者且將于是乎取資耶。質軒之論學也，以先正陸清獻公為宗，而清獻嘗名其書曰困勉録矣，其意念之抑然自下猶之衛武公之為也。而質軒乃與之先後同揆焉，何其懿與？質軒之詩大抵皆余所點定者，因為之敘而發其所以名詩之意如此云。

陸湘帆小石山房詩稿序

予曩在京師與同邑陸學博以寧論詩契合，最相友善，故于其南歸也為序以送之，其卒也為辭以哀之。以寧之令子念祖湘帆年長於余二歲，而以父執視予，予固不敢當也。然湘帆執禮甚恭，曰：『某敢忘先君子之舊好？』予以是知湘帆之為人，必無子弟之過也。

湘帆以名父之子嗣為詩，日益有聲公卿間。蓋其足跡幾半天下，多得江山之助矣，而詩格雅飭修整，應矩合度如其人，如其人焉！湘帆比出其所著小石山房詩稿，屬余為論定。予既幸故人有子，能不墜其家聲，而追思往事，忽忽已三十餘年，所遇幾無故物，又安能以無感也？讀湘帆詩，蓋不禁悲喜之交集，而因以書其簡端。

澤古齋遺文序

德旋嘗讀族父晉望先生所為鷗園詩序而有感也，其言以為人當先有所得，使物皆至于心，而心不為之囿，則神鬼之奧，作息之常，其趣一也。富哉斯言，旨哉斯言！夫使物皆至于心則于天下之理無所遺，而心不為物囿即先儒所云堯舜事業亦如浮雲之過太虛，而況於區區文藝之事乎？然先生每以德旋為可與言古之為文之道也，蓋其論說之相合者十而八九，間有十之一二之未合。德旋亦不強以求合于先生，而窺先生之意若以為無嫌於偶有未合而已，不啻其盡合也。桐城姚刑部姬傳，德旋所師事也。刑部與德旋論文亦間有一二未合者，而刑部所為惜抱軒文集，德旋固敬愛而心儀之。乃今讀先生澤古齋遺文，而德旋之敬愛而心儀之也一如惜抱焉。

先生故以經義名當世，其所為古文恒不自收拾，歿後先生季子敬承始搜録之，屬德旋為論定。德旋蓋讀先生所為春覺軒詩序而復重有感焉，其言以為古人取形聲點畫制為文字，合一二字而強以號于人，謂之名姓，特取以便人之記識而已，而人強執之以為我，我固然乎？然則古人之所以為我者，又何如也？嗚呼，此先生之文所以不蘄知于人人，而先生之志之所以篤，先生之學之所以邃，皆可于此乎思而得之，而文固其餘事焉耳矣。

道光四年八月日族子德旋謹序。

吳耶溪經義序

曩者余族父晉望先生以經義名當世，從之者多一時俊士也，而耶溪尤為先生所稱賞。先生歿後，耶溪之文日益進，持以示余，余之愛之也殆較之先生而又甚焉。嘗以為耶溪之文，說理則李厚庵也，布格則唐應德、歸熙甫、諸理齋、劉才甫也。耶溪年甫踰冠而所造已能若此，吾無以測其異日之所至矣。然人之見之者每嗤以為偽體也，耶溪以余嘗愛其文而屬為之序。

夫耶溪之文之體則唐應德、歸熙甫、諸理齋、劉才甫諸先生之文之體也，何以為偽？何以為不偽？

蓋言之中無物即偽，言之中有物即不偽矣。雖然，吾以為有物，人以為無物，吾又安能家置一喙以與之相論辯哉？余嘗求經義法于宋人，始為經義之文。求古文法於司馬子長、韓退之之書，求古詩法於曹子建、阮嗣宗、陶淵明，求今體詩法於杜子美、杜牧之、李義山，求書法於歐陽信本、顏清臣、楊景度、蘇子瞻，窮老盡氣，不遺餘力以冀幸一當，而自世人觀之，無慮皆偽體也。則以余今日序耶溪之文，恐反足為耶溪累，於耶溪奚益哉？然使唐應德、歸熙甫、諸理齋、劉才甫諸先生生于今之世，為其所為之文，而見之而不嗤之為偽體者，殆無幾人耳！今耶溪志于復古，亦自為耶溪之文而可矣，於人言乎奚恤？然使耶溪遂成進士則耶溪文不脛走千里，決非偽體矣。夫是乃所謂命也，命非人之所得而制，耶溪其姑俟之。

詩經申義序

予族父晉望先生著詩經申義若干卷，其意以為聖人之經義蘊無窮，前人之說詩者詳矣，而義有未盡，乃引而申之，故不偏泥序說，亦不盡廢序說。序說之可信者存之，其不可信者則自為說，以達詩人之意。若乃昔賢之說之當于心而不可易者，與並世之人之說之可采者，列之于篇，並著其姓字，蓋先生志在發明經義而已，而豈蘄勝于人以為己名哉？

先生之為是書年已六十餘矣，曩時先生嘗語德旋曰，吾欲為詩經申義一書，而猝未得暇，故其書尚未成也。已而德旋授經揚州，與先生不數數見。先生之書雖成，德旋未嘗受而讀焉。先生既歿而其季子敬承始出此見示，屬為序之。

德旋之於詩舊嘗學焉而未能得其要領，然所見古今人詩說十數家，求其理之純而不雜，氣之和而不激則無逾于此矣。是書也傳，其必有涵濡諷詠，得古人之意於數千載之上，而蘄以自淑其身心者乎！是則先生之志之所存也已。

陸子卿抱琴圖序

世傳司馬長卿琴歌詞意膚淺，疑為後人擬作。然長卿飲卓氏酒弄琴事載本傳，子長與長卿同時，宜得其實。夫琴者，先王以禁止人之邪心，而長卿當日所為托于琴以將意者。顧若是蓋自古音之亡，弦歌不求合於韶武之節，而哀樂之失其正，而流焉者往往而然。長卿慢世之士，無足深責。至如犢牧子七十無妻，感于雉朝飛而作操，此固人情之所不能免者，而君子亦以為過，何？則後而失其時矣。

陸生子卿蚤歲喪偶，幽憤抑欝，乃不自得，為抱琴圖以見其志，不可謂非情之正者。子卿從予學為詩有年矣，詩之為教發乎情、止乎禮義，情有正有不正；禮義者，性之德，無不正也。子卿其果有得于斯也夫！

莊芝階藏書目録序

昔蘇子瞻以束書不觀、游談無根致慨，于後生小子蹈此者之為病。由是言之，欲議論之援古證今而有依據，非多讀書識義理不能犁然有當于人之心。顧世往往有讀書愈多而于理甚昧者，又或于古人名物象數之學辨之甚精而詳，及與之言當世之務，輒迂遠不近情而無以適于用，是豈書之無益於人哉？人自不善讀書，不能受書之益耳。

予舊聞秀水莊芝階之名于其族兄達甫，知為佳士。道光丁亥十一月，余應同里程朗岑大令之招適四明，道經錢塘訪芝階於僑居之里第，晨夕相與縱論，知其淵源所自出，蓋在南宋諸儒。而諮之以宰物成務之方，雖夙以經世才自命者不能過，如芝階乃真可謂之善讀書者矣。芝階家多藏書，經、史、子集畢備，其目凡經之類若干部為卷若干，凡史之類若干部為卷若干，凡子之類若干部為卷若干，凡集之類若干部為卷若干，都若干萬卷藏于家，悉著于録。

宜興吴德旋序。

鄭樵仲乾坤易簡録序

樵仲為予言：『康節邵子之學，卓絕千古，紹而明之者幾無人焉。吾欲窮其源，竟其委，而求之于易。讀易久之乃憬然有悟也，而後筆之于書，曰乾坤易簡録』。夫邵子之書，人皆得而讀之，莫之知也。樵仲獨能知之而推而闡之，其言愈約，其指愈明，而其理則備於易，斯亦所謂得不傳之秘於遺經者與。

世之為陰陽五行之説者，人各是其所見，可謂雜矣。得樵仲為之統宗，而諸家之書無患乎雜而不貫。昔者帝錫禹洪範、九疇閱千有餘年而後箕子傳之，乃大彰顯于世。蓋道之明晦自有其時，非人力之所得而強。今樵仲發明邵子之易于七百餘年之後，不可謂非天意之攸屬也。抑聞樵仲所著有曰河議墨守，吴江吴山子惜當時之人不能用其言，余以樵仲非一世之士，則言非一世之言，雖不有得于今，安知無收其言之效于異日者。謂宜並公之天下後世，毋徒閉之篋中而已也。

東槎紀畧序

造物之生才也，必有所以用之，用之大則功被六合，教垂百世；用之小即功在一隅，而其言之立亦自足以不朽。如吾友姚石甫大令所著東槎紀畧一書，其庶矣乎！石甫夙留意經世之學，不為詹詹小言。及為縣令臺灣，兼攝南路同知，又權判噶瑪蘭，習知其地勢民俗，遇事激昂奮發，鋭欲有以自樹立。

其為是書也，始平定許、楊二逆事，而以陳周全案紀事終焉，凡五卷。其中言兵事諸篇切實詳備，鑿鑿可見之施行，既不減鼂家令矣。而記颱異篇，議論尤卓絕。未之言也，人人意中所未嘗有；而及其既言之也，又若人人意中所共有也。韓子曰：『其皆醇也，然後肆焉。』其是之謂與！石甫方以高才碩畫見重當世，造物者蓋將有以大用之，非僅于此書為足自表見也。然即此而觀，後之從事臺灣者必取其言以為鑒，豈非不朽之盛業也哉？石甫嘗謂余有志立言之士，遇所聞見美惡皆宜據事直書，以寓勸懲之指，乃克扶樹教道而有補於人心。讀石甫之書，足以知其識之宏而志之所存者遠矣。

愛日思歸圖詩序

鎮海王淩衢先生，乾隆中成進士，時先生文名籍甚，有欲招致之者，謝不往。人謂先生稍委蛇必得館職，先生曰：『家有老母，幸得歸養。我愛我日，雖三公不願易也。』已而需次選人，爰命畫史為愛日思歸圖以見志焉。後十年謁選，得惠州永安令，本躬行以為治民德之，然亦未竟厥施也。先生之歿久矣，而愛日思歸圖其家至今葆藏之。道光壬辰夏，予客四明，先生之孫曰升以此圖見視，屬題。予乃為之詩曰：

我幾德名，諸勢奚貴。顧瞻京國，身羈心逝。芳草芳草，生于南陔。願言采之，曷不遄歸。言駕我車，言乘我舟。我行不速，歲月其遒。閱世孔長，哲人往矣。貽厥孝思，後其趾美。

斷釵圖詩文序

湯節母楊太夫人，少即工詩，長適與竹湯君。相唱和，為詩甚夥。自與竹殉父死難海外，則悉焚棄舊稿，不復為詩。其後長君都尉貽汾奉太夫人居揚州瓊花觀，一夕反側不成寐，所戴玉釵忽中斷，因口占絕句二首。都尉聞而潛録之。又其後都尉以與竹棄稿五十首付梓，則並附梓太夫人斷釵詩二首於後，且繪為斷釵圖，徧徵海內能詩文者題詠之，而屬德旋為之序。

德旋聞之記有云，母沒而杯圈不能飲焉，口澤之氣存焉耳。况釵之為物，尤所常御，此於杯圈不啻也，是宜都尉之永念不忘也。夫猶憶德旋幼時見先劉孺人恒戴玉釵，釵中斷矣，用白金裹而屬之。德旋問何不易之也，先孺人曰：『此吾少時舊物，不忍棄之耳。棄舊者，其人不足與，汝宜戒之。』德旋奉先孺人訓不敢違，然今德旋年且老矣，業不修而困于世，不能顯親之善，方甚有愧于都尉，故今于都尉之屬不禁重有感也。嗟乎，子欲養而親不待者，蓼莪之詩，其孰能竟讀哉！

續修滙上許氏支譜序代

昔周武王封伯夷之後文叔於許，其後子孫因以國為氏，蓋許之受氏由文叔。或曰堯讓天下于許由，許由不受而逃之，許之得姓久矣。或曰：非也，堯以天下讓四岳，四岳辭焉，而後與在廷之臣共舉舜，四岳其氏與名不傳，後之好事者即以許由當之。其逃隱事不見于經，不足據也。然史記·齊世家言太公望呂尚者，其先祖嘗為四岳佐禹平水土，甚有功。虞夏之際封于呂，或封于申，姓姜氏。而又于陳杞世家之終歷敘唐虞之間有功德者十一人，謂伯夷之後至周武王復封于齊，豈伯夷在堯時嘗為四岳，辭不受堯之天下，及舜命官而復為秩宗以典禮歟？太史公多見古書，宜別有據，第其言周武王復封伯夷之後于齊而不及許，豈以許國微，不足與齊比而遂畧之歟？

然許氏自漢以來為海內名族，今吾郡滙上許氏以明永樂間無錫教諭始居武進之洛陽曰楚渠者為祖。由楚渠推而上之，以南唐李氏時參德化軍事諱稠者為遷歙北昉溪之祖，又推而上之以唐睢陽太守諱遠者為有功德之祖，又推而上之至唐宰相敬宗。以唐書宰相世系表推之，至漢侍中昆，自昆而上則世益遠，不足據而推矣。滙上許氏之為譜也，由楚渠已上第追述先世之源流而不致其詳焉。由楚渠而下則生卒葬嫁娶行實，凡譜之所宜有者皆具，可不謂詳且慎歟！

余往時嘗授經滙上，與許之賢士長者游，美其風尚之醇樸，謂可與道古者。茲余門人郡文學賡與其從弟容續修滙上許氏支譜，既成矣來請序于余，余不可以不文辭也，遂為之序如此云。

丹徒縣節孝祠譜録序

道光十年歲在庚寅，鎮江府丹徒縣紳士茅元輅、鄒衍慶等採其邑中之孝貞烈節婦女應旌典，而力未能自遂者告于學博士牒縣，申請行臺省提督學政奏聞禮部，奉旨得建總坊並入祀節孝祠，復合之已被旌而舊見于邑志者凡若干人，為節孝祠譜録五卷，其餘録一卷則為存疑，為待旌，為附録，又凡若干人。昔者聖人之作經，所以正彝倫、立世教也。夫婦為人倫之始，有遭變而能不失其正者，聖人尤亟取焉。其在于詩鄘之栢舟、衛共姜守義之作也，録之于經，以為夫死而稱未亡人者，宜以是為則焉耳矣。

夫壹與之齊終身不改，禮也，義也。禮以範士大夫先生之制，制不苛責之庶人之家，而義則盡人宜守。靈皋方氏所云，程子一言震動乎宇宙也。而大儒論學之效既愈久而愈彰。若乃徹其環瑱，至老不嫁，以養父母，此所謂率民而出于孝情者也。又有已字未行，壻死而矢不再字者，與夫亡而以身殉者，其志行均足以維風勵俗，烏可任其湮沒無傳也哉？彙而録之，播其芳馨，終古無極，闡幽發潛，功亦懋矣。

先是，常州府之武進陽湖縣諸紳士業有是舉，丹徒其踵而行之者也。鎮江府學教授路君、訓導陳君，皆余友也，壬辰三月過訪焉，獲覩斯録。二君並屬予為序，予不敢辭也，而為序之如此云。

陸子卿匣琴樓詩稿序

詩莫盛于唐，唐人中如李白、杜甫、白居易諸家篇什固繁富矣。至如劉眘虛者存詩不過十數首，然後世言唐人之詩之善者莫能遺焉。自宋以來有存詩多至千百篇而實無一篇足以供人之吟諷采擇，以是知詩之不貴多而貴精也。

余嘗持是說以語路質軒學博，質軒信之。又以語陸生子卿，子卿亦深信之。嚮者子卿命畫史貌己為抱琴圖，而余序之，既嘗告之以為詩之道。及是又以其所著匣琴樓詩稿請序，曰：『願夫子之有以策之也。』子卿于詩不多作，而能引其芬芳悱惻之致以達幽憤抑鬱之情，誠有足以感余者矣。夫謂知音者之難遇也，固也。然苟能為伯牙，則不患世無鍾子期。子卿其益致力于是，以求為伯牙之弦而可已，異日者吾且將遇子卿于高山流水間與！

友人吳德旋序。

李紹仔詩序

余少喜為詩，然不恒與人論詩，嘗遇仁和湯點山于明聖湖上，語合意相善也。已而點山善紹仔，甚稱紹仔之詩。紹仔詩不輕與人觀，度點山能知其詩，故視之。而點山果能知之而稱之，且曰：『子詩甚不易知也。然曾與仲倫觀之否乎？』紹仔曰：『未也。』點山曰：『吾所見世之知詩者莫仲倫若，是必能知紹仔詩。』其後予訪紹仔於陳渡里，紹仔悉出其詩視予，予得而觀之。

紹仔詩以五言為尤善，蓋出自唐之王右丞、韋左司諸家。而于我朝諸賢則與桐城劉海峰先生最相近。海峰之詩有學太白，為之者未善也；學右丞左司，為之時至焉。紹仔之詩格高詞雅，而又能時出新意，非專以摹擬為工者。其於海峰且駸駸乎欲過之，宜點山之歎為不易知也。今紹仔屬予序其詩，惜點山已逝，不獲更相與論定，而歎賞之則亦待其人而傳之可矣。

卷四　序　題跋

遵路鄒翁七十壽詩文序

道光三年，余留居郡城最久，于是始識鄒生澍，而余族弟敬承、族子鋌，皆澍之友也。三人者並喜從余游，問為文之法。時敬承、鋌始從事于古，而澍以能為詩歌、古文詞，有聲郡中。名士如陸祁孫、周伯恬昆季，吳山子、汪逸雲諸君皆稱美之矣。然澍家故空乏，以醫養親，而親安之，余乃深有意乎其為人也。其後余每入郡，澍輒偕敬承、鋌就余談藝。余亦時時過澍居城北之沙溪草堂，直澍他往則晤其尊甫。遵路翁，恂恂退讓君子也。澍雖以技述鳴而學日以益充，行日以益謹，一時賢士大夫咸慕與之交。是誠所謂國人稱願然，曰：幸哉有子如此者，固宜其有得于義方之訓。

而澍乃間為余述翁之所以教澍與澍之所以承翁之志者，曰：『澍每日外出，至暮則吾父置酒俟澍歸，而問一日所為之事。凡事涉退讓及以苦思愈人不能治之疾者，輒喜為滿引一觴。否則必加譴責，澍以是兢兢然愈不敢有所苟也。』余聞其言而有慨于中焉。夫以仁存心，以禮存心，君子之所以異于人者，正以其不求異人而人自覺其倜然遠耳。如有求異丁人之念即心已越而不存矣。澍之待余也厚，恒以遯世無悔之學相勸勉，余固不敢承也。觀於翁之能教澍以成其名，余自顧亦為人父者而彌足愧矣。歲之某月日為翁七十誕辰，凡郡中與澍交者皆有壽言以彰其潛德，而澍顧彙成一編視余，欲得余文為序。誼不可以辭也，于是乎言。

徐都督六十壽詩文序

壽者，德之徵。德者，壽之所由致。考之於詩，豳風、七月之篇為稱壽之始。群雅之才百有五，言壽者不一而足。然皆歸本于德美之尚，而非徒泛為頌禱之詞，如小雅南山有臺之詩之美君子也，既曰邦家之基，邦家之光矣。而其究也勉之曰：德音不已。又申之曰：德音是茂。此其無窮之願望，言雖詳而不可厭也。

龍飛道光之十一年，歲在辛卯，徐都督星溪與德配某夫人並壽躋六十。一時同官于浙及寓公之能文辭者及浙士之才名者，咸有頌禱之章以將意，其體則或為文或為詩，又或為詩餘。都督之喆嗣某彙而編之，而予友呂子月滄屬德旋為之敘。夫都督之為人，德旋于燕間之見而知之矣，好賢禮士，有古者干旄大夫之風焉，僚執之友既相得于朝夕之溫恭，而浙東西千里中臺萊杞李之儔莫不欲涵而煦之，固宜登于是編者，盡無媿乎群雅之才焉矣。

呂月滄藏書目録序

粵西呂月滄郡丞為寓公于杭州，四方賢士大夫至杭者聞月滄多才藝，咸願與之游，月滄亦樂以所得者同之于人而無所吝。比年來予亟游浙中，既慕其賢而友之，使子謹從受學焉。月滄喜購書，積多至三萬餘卷，命謹為編其藏書之目録。既成，予猥以文辭之學得當于月滄，為之序曰：

昔宋劉原父誚歐陽子不讀書，夫以原父之殫見洽聞固勝歐陽子，然歐陽子之文出原父上逾等，吾以是知學不徒尚博也。歐陽子自言藏書一萬卷，今月滄所藏倍屣之，不啻可謂富矣。月滄之為古文，吾不知于歐陽子何如，而其研窮義理，辨析精審，以視歐陽子，幾欲過之，此余所以慕願之深藏之于心而不能忘耳。余家無藏書，所守兔園冊子，學人之陋莫有甚于余也。月滄雖不以原父之誚歐陽子者誚予，而予則安能無媿乎哉？為之序，益以滋予之恧焉而已。

陳漁珊詩序

學詩之宜以唐人為宗也，此言可以俟之百世後之能詩者而不惑。然規規焉務求合於唐人則慮其形似而神不相屬，博而習之則又慮其雜焉無統，終不能自成一家言。

予昔在維揚嘗與四明黃支山論及之，相與歎學者之多，能自立家之鮮，而能滿吾意之所欲云者為尤鮮也。予蓋已孜孜于其中數十載，未有所得，即亦不敢向人侈言斯事，惟遇有不自滿如支山其人者，則私共商榷而已。

予既與支山別，久不相聞。及予來客四明，支山方宦游粵東。得其書，述故念舊，其言愈不自滿也。

予思支山不獲見，得支山之友陳君漁珊詩讀之，其才力足以抗衡宋元諸大家，而入律之細謹、寄託之遙深、運思之清婉無一不合于唐賢，絕不蹈宋元人流弊，誠所謂博而習之，而無患乎雜焉無統，能卓然自成一家之言者也。予與支山不相見已十餘年，未知其近所得何如，而幸獲誦漁珊之詩，幾且滿吾意之所欲云矣。顧漁珊猶不自滿而屬予點定其詩，予不敢當斯任也，而為序之如此，異日以質于支山，當亦喜所見之不甚相遠耶！

石淙山房詩草序

溧陽史霽寰先生，少負異才，有志經世之學。詩，其餘事也。先生自通籍後不甚為詩，間為之亦隨手散棄，今其仲子麟所編石淙山房詩草皆先生少作，然先生之志之所存于此，亦可見矣。溧陽與吾邑壤地相接，風俗大抵相似，然予讀先生詩異乎吾邑諸詩人之為之者，麟述先生言詩之旨，亦異乎吾邑諸詩人之言之也。

昔之說詩者謂唐魏同俗，故其詩亦相近，予以為葛屨也，汾沮洳也，蟋蟀也，山樞也，其諷刺之意固畧同矣。魏風自園有桃以下，唐風自揚之水以下，其用意之相近者亦無幾耳。人各有性情，各有遭際，則其形之歌詠也，不求異而自不能不異。夫豈可執一格以相強，而抑之使盡如吾之所為耶？數十年來吾邑人之為詩者大率以唐之大歷為宗。大歷詩非不善也，然謂前乎大歷、後乎大歷者，其詩俱不宜效法，毋乃失之過拘乎？先生之詩兼綜唐宋，不尚摹擬，而自與古人相合，此其詩之所以工也。若乃先生言詩之旨則麟之述之也已詳，予聞先生之外舅吳企劉吾邑人也，為詩文並工，年未三十而夭，今讀麟所輯吳宜人詩附編先生集後者，風格固自不凡，宜人蓋不及受法于父，其大都有得於先生論詩之旨歟。

儲硯峰先生文稿序

予年二十餘求友于邑中，得一人焉，曰儲溶凝雲。聞其尊甫硯峰先生工為古文辭有名，因求得其遺稿讀之。吾邑治古文者自任王谷鳴鶴堂集後眾所推惟儲氏，而先生文與在陸草堂及存研樓不相似也。然余方從事制舉業，于古文家不敢輕有軒輊之論。其後受法于武進張編修皋文，請益于桐城姚刑部姬傳，則于古今人文章高下昭昭然辨之甚明矣。吾邑之文如史南瀾、許少來諸先輩多南宋理學家窠臼語，惟任釣臺宗丞清芬樓稿文境特清，而先生文則尤以力勝。往時凝雲請予為先生文稿序，予未暇以為。凝雲卒後予猝猝多事，益無暇更求先生遺稿讀之而序之。

道光辛卯與凝雲之子材同客四明，材以先生遺稿視余，而申其先子之請。予欲以先生文第在陸草堂、存研樓上，蓋聞之同邑劉彭甫之言亦如是。彭甫之論文未必悉當也，而此論則與予見甚相合，爰取其意以序先生遺稿。歸之材，使葆而藏之，且因以慰凝雲之志于地下云。

石經閣文集序

予比年遊浙中，恒得直諒多聞之友，相從講說古之為文之道，而嘉興馮柳東尤獲亟見云。先是柳東由翰林院庶吉士改授福建將樂縣知縣。已而有所不樂，復改授校官之職。今為寧波府學教授，直予方客鄞縣署中，而錫山汪寫園工部來為月湖書院山長，三人者未越月踰時即相見，見則各出其所得於古人者以相質。寫園論文有高識，然不輕作。

柳東則為之甚勤，既脱稿輒就予商搉可否。柳東聞見該博，於諸子百氏之言靡不周覽，所著若三家詩異文疏證、石經補考已著録於學海堂經解續編，至於為古文則惟恐其有岐途之惑也，而汲汲焉切磋究之。予故以愚直聞於友朋間，不解飾偽，柳東不以是棄予，而辱收之交遊之中，予何敢少有隱匿，不盡輸其向所得於古人者以相告耶？柳東考訂之文似其鄉先輩朱錫鬯，近復從歸震川、方望溪、姚惜抱諸家以上溯唐宋作者，推而極之至於司馬子長、揚子雲，故其文進而日上，且將度越南宋諸公矣。雖然，山之起伏，水之瀰漫，龍蛇之蜿蜒，風檣陣馬之迅疾，其境將何以遇之，敢以是質之柳東兼訊寫園，其必有以告我也。

宜興吴德旋序。

鄭仰高文稿序

余客四明之二年冬，吾友陸紹聞自粵東遺予書，謂甬東有問道者否。紹聞之所謂道者文焉而已，予於文雖有所受之而不自知其果能合乎古人否也，然苟有問于予者，必謹告之以所聞于師友之訓，而不敢匿。乃此邦之賢士君子未或過而問焉，夫欲捐絕世俗之好，相從于蕭寥寂歷之中，求所謂淡泊之真味而咀之，此其人固非可以驟遇也。

蓋遲之，又二年之久而後得慈谿鄭子仰高，仰高肆力于古人之學已數十年。予觀其文，氣疏而詞暢，蓋幾可以自信者。仰高顧欿然不自足，而就予求益焉，意殷殷至一再請而未已。予因告之以所受于姚刑部姬傳、張編修皋文之說，謂假令吾生周、秦、兩漢時，豈有後世庸俗之語習于口耳間耶？此告之人人，鮮不駭且疑，怪且笑者，而仰高獨深然吾言。然則仰高之文其進而日上也何疑，乃若其才則固予所畏避者矣。

族弟筠墅讀左史文序

族弟筠墅從予問為文之道，予授以司馬子長、韓退之之義法。筠墅深信不疑而力求之子長，為讀史記文若干篇；已而進求之魯君子左邱明，又為讀左傳文若干篇，皆能探其微而索其隱。王君瑤舟許為好學深思之士，予亦甚喜筠墅之能張吾軍也。余年既老，運思不能深入，若筠墅讀左史諸篇，實非予所能為矣。然謂筠墅之為，非予所能知也可乎？筠墅將北行而請予為其序以求益焉，予謂筠墅于左、史之文亦既心知其意矣，如又能兼通其法，則雖以差肩于退之也何有！

精華録選序

山右郭君得何義門、查初白兩太史評選王文簡精華録本，則取其有二家評語者别録校刊之，原本於二家之評，用朱墨書相别異。朱者何氏筆，墨者查氏筆也。今則但以何評、查評注識而一之于副墨云。

文簡于詩少即好之，至老猶篤嗜不厭。尊之過則曰在古無上，卑之過則曰優孟唐賢。均之於文簡之詩，無當也。嘗聞文簡之論詩也，曰典、曰遠、曰諧、曰則，四者備而詩之能事畢矣。以文簡之論核文簡之詩，其亦庶幾無愧矣乎。

查氏之于文簡嘗著籍稱弟子，顧其為詩與文簡絕不相似，故其譽文簡也非黨同。若何氏疑其不能與文簡無異同矣，乃亦未嘗有心於伐異。學者既讀二家之評，復取精華録全本並觀之，文簡之真自不可掩，而奚尊之過、卑之過者紛紛為？其在易同人之象曰：同人于野則亨；六二爻辭曰：同人于宗則吝。凡事皆然，於詩何獨不然哉？

徐季雅延年齋文稿序

余始識季雅時，季雅年甫二十許，為詩古文辭才甚美，言動循謹，余固心畏愛之。其後隔不見者餘二十年，則聞季雅馳驅南北，交遊寖廣，名聞益著。又其後與相遇于維揚旅館中，匆匆數語而別，迄今已十二年矣。而復得見之于武林，季雅出其文一編屬余為之刪定而序之。余聞姚惜抱先生之言曰：人入集之文欲其少，不欲其多，譬之花木之英雜于眾草蕪穢中則其光不耀，夫文亦猶是耳。惜抱先生之言，季雅所深信也。余乃本此意以定季雅之文，刪其牽率酬應之為之不足存者，得文若干首而為之序。

曰：夫文，藝也。而昔之學者因以見道，故比之他雜藝為尊。然古之君子言行必相顧，度其事非吾之所能勝即不敢以形之于言，故其言之出人視之若淡然無足賞也，又若蕭然無所有也，然終不肯飾吾之所未至者，而強以求悅于人。夫是之謂為己之學。今季雅之為既幾足上希古立言之士，吾顧季雅自今以往益治其文而務砥厲行，使後之讀書論世者信為慥慥誠篤之君子，則季雅之所以不朽其名者足恃矣，而豈徒藉於文乎哉？而文亦奚必多乎哉！

南枝偶吟草序

道光癸巳春，予與金陵袁鶴潭偕客浙江學使陳石士先生幕府中。其秋茂苑陸方山繼至，朝夕談讌甚相得，鶴潭、方山並好為詩，以予之舊嘗從事於斯也，詩成輒就予商榷，予遂不亟讓而與為點定焉。鶴潭為古詩希風晉宋間及梁陳，方山則出入元、白、歐、蘇間，體格不同而比興敷陳，發情止義，不同其流而同其源，至今體詩則二子于玉溪生有同嗜。玉溪生之學少陵，不求其肖，然自少陵之後今體詩之足以代興者斷推玉溪生。今二子之于玉溪生也，時與之合焉，亦時與之離焉，不以撏撦為能事，故于離合之際得其真矣。

二子將與予言別，各出其自入幕府已來之作，合而名之曰南枝偶吟，授之剞劂而屬予序之。詩曰：『嚶其鳴矣，求其友聲。』又曰：『神之聽之，終和且平。』二子求友之聲和且平矣，予前既為之點定，今詎可以無言耶？爰題數語于其簡端以質之當世知言之君子。甲午六月望日。

句東三家詩合刻序

聞之桐城姚刑部姬傳之言曰：『文章之事貴能辟新徑，偏於正者其境易窮，而佳處易為昔人所掩。』予謂刑部之言固然，而正變之源流則不容以無辨。即以詩論，漢氏尚矣，自魏黃初以洎唐之天寶作者代興，雖其性情遭際之見於篇什者非盡歸於一致，而譬之若水，然波瀾曲折不越於厓則均可謂之正。杜子美、韓退之為變之始，至宋之蘇子瞻、黃魯直而為變之終。惟其自正而之變，故變而有其正者存焉。若自變而益之變則正始之風蕩然矣。

予向者曾與鄞陳大令漁珊論及之。漁珊詩才力足以抗衡宋元諸大家，而絕不蹈宋元人流弊，予既讀之而敘之矣。已而漁珊之友定海厲君駭谷、慈谿葉君心水並以詩視予，則才力皆且伯仲漁珊，而風格亦略相似。然皆各本其性情以出之而絕不相襲，信乎其自正而之變者也，不窮於境而佳處不為昔人所掩者也。姚君野橋選三家詩合刻之，屬予為序。予論詩與世殊，嗜好而惟於四明諸君有深契，亦未可謂之偶然也。遂欣然而為之序云。

重刻練中丞金川集序

明成祖靖難兵起，至其即位，在廷諸臣不義其事而以身殉故君者亦眾矣。然惟新淦練中丞公嘗廷數李景隆之罪而請誅之，為能發奸謀於先事。惜其言之未見用也，是故公之受禍，與方、黃諸公埒，而後之尚論其世者獨不能加以訾謷之辭。自公殉節後未及百年，已有輯其詩文而編之成集者，建書院以祠之者。又其後則更有謁其祠而贊題之，過其故里墟墓而憑吊之，為詩若文以祭之。因其後嗣之匿久而後出也，為即其事考之，又旁摭其遺事録之，凡若此者皆哀敬之誠發於心之所不容已也。

昔屈子靈均本忠君愛國之意作為離騷，卒自沈以死。數千載之下讀其書尚欲為之垂涕。而謂後之讀公遺集者能漠然無動於中，不興起其慕義無窮之志，為之掩卷流涕太息也哉？公集自明弘治間瓊海王君佐始輯而編之，曰金川玉屑。至正德中提學李公夢陽始梓行之，迄今已五鋟板。則後人之詩文雜述，凡為公而作者悉登於編以備觀覽。今公之十七世孫廷璜將重刻之以廣其傳焉。廷璜，廣東惠州人，知江蘇常熟縣事，與予善。

道光十六年二月，宜興後學吳德旋謹序。

薛畫水文鈔序

道光元年予客授揚州時，畫水以廬州江防同知權廬州府知府，與友人陸祁孫選本朝七家文鈔，屢致書於予，商榷選事。然予與畫水前此未及相識，但彼此聞名，相憶嘗通書問而已。其年冬予歸舟迂道過訪畫水，匆匆信宿而別。明年春，畫水延予至江防署中，命子仲德從受業焉。予因與畫水暢論古時文利病，相得，甚恨相知之晚也。已而畫水以卓異引見入都，自是隔不相見者三年。而畫水遷甘肅慶陽府知府，以病乞假歸，杜門養屙一室，然益務讀書為文自娛。予每歲於暇日輒造訪之，畫水則以近著俾予評定，而予亦視畫水以新得之文，畫水輒命子弟録存之，如是者以為常。畫水文周折旋曲，悉中規矩，自以拘於法而不得騁，不能自成一家之言，恒用為歉。

予嘗謂古之學道者，恒始於有為而終於無為，凡藝事皆通於道，即莫不皆然。才士之聞吾言者每厭其庸近而棄之，畫水顧以為得中之論，持其說而莫之能移也。畫水卒後仲德裒輯遺文為一編，將以授梓，請予敘之。予以畫水於文謹守古法，不踰尺寸，為初學人導之先路，可無岐途惑，梓以公諸世固宜。而予與畫水文字之知為最深，則仲德之請亦宜矣，遂不辭而為之序云。

葉心水詩序

予向序句東三家合刻詩，述姚惜抱先生論文語，衍其意為之。既而葉君心水復以其專集屬為序，請得更述惜抱先生論詩之旨申言之。惜抱以為明李、何、王、李諸公，其摹擬古人也，誠不免過似，然猶未失昌黎韓子所云『詩正而葩』之義。予聞惜抱之於詩從李、何七子入，然今惜抱軒詩集絕非有模寫之迹者存焉。

夫擬之議之乃成變化，未有不經擬議而遽可以言變化者，亦未有不變化而能自成一家之言者。揚子雲曰：奚斯嘗睎正考父矣。正考父嘗睎尹吉甫矣。奚斯之睎正考父無論，吾特不知今所傳之商頌，其商人之舊歟？抑正考父之為之歟？正考父之為之固可云正考父睎尹吉甫矣，若其為商人之舊，則是尹吉甫之睎商人也。要之，以商頌玄鳥、長髮諸篇較之周雅崧高、烝民、韓奕之作，其相似處安在，夫惟不似之似乃為真似耳。子雲好古而篤於辭，尤工摹擬，豈其無所見而云然？蓋始於摹擬，終於變化，予夙所聞於惜抱先生者如此。

心水詩心儀古人而能出新意於法度之中，其於李唐諸賢幾有不似之似矣，而心水固亦好惜抱軒詩者，予故言此以質之。

厲駭谷詩序

予前既為句東三家合刻詩序，而厲君駭谷復以其所著全詩視予，屬為之序。曰：『吾子之論詩則善矣，而予自視缺然，願吾子之有以進之也。』

予曰：詩，藝耳，而可進於道，其境無窮，而學之進而日上也，與學道者無以異，是故言非可以一端竟也。

學詩者之宜以唐人為宗也，固也。然而有原有委，學之至者神合焉，學之不至者貌存焉。神合矣，形貌安足論哉？盛唐諸公學建安黄初而神合者也，韋蘇州、柳柳州學陶、謝諸公而神合者也。宋人中如黄魯直、陸務觀學唐杜子美七言今體而神合者也。窮其原而竟其委，其進也孰御焉？而或者謂齊梁五言依託魏晉，義山學杜原本風騷，則溯其原之為尤貴也，若乃鎔鑄曩哲，不薄今人，神而明之，權度在我，斯可以變化無方矣。

駭谷之詩亦既體大思精，絕出輩流，蓋自元遺山而後鮮有能過之者。而且如海若之方存乎見少，則其異日之所至，吾又安從而測之？

程子香尺牘題辭

西漢之末，陳孟公善為尺牘，而惜其不傳，建武以來班、崔諸公奏記獻誠之作可以想其概焉；建安黄初間文采斐然，足資吟諷；洎乎晉室東遷，王逸少父子以筆札見重于世，其言最為簡雋，南朝士大夫轉相慕效，別成風尚。唐韓、柳氏文追周漢書、狀、牋、啟之類，悉以莊雅出之，不雜魏晉間輕雋適俗語；北宋歐、蘇諸家則於書狀外兼存尺牘一體，藻殺于曹魏，質重于典午，道情達愫之辭，斯為正則已。

程生子香學古為文，希風韓、柳，而又善于尺牘，王守靜尤愛之。子香乃自裒其稿為二卷，而予因為之書數語于簡端，使後世復有王守靜，其珍視之也，將不啻若逸少父子之書蹟而廣為搜之，惟恐其不備也已。

張春水鴻案聯吟圖題辭

吴江張君春水以所著風雨茅堂詩寄視余，且屬題其鴻案聯吟圖。余舊聞春水名於粤西呂月滄郡丞，知其能詩善畫而已，今讀其詩不覺欽佩之無已焉。春水食貧而能葬其先世曾祖以下凡八喪，結廬墓側，非賃春廡下徒成激亢之舉者可比。且梁孟雖雲偕隱而德曜，當日不聞賡五噫之歌也。予嘗謂古詩女曰雞鳴章當為聯句之祖，蓋古者賢夫婦之相警戒有如此。然則春水之尚賢好德，亦其琴瑟靜好之風有相成者歟！

袁香亭太守山水畫幅題辭

江寍袁廷璜鶴潭與余同客浙江學使陳公幕府中，以論詩相契合。余于詩求之三十餘年始稍稍窺見阮步兵、陶靖節諸家用意深處，然可學而不可至，則姑即唐之陳正字、常盱眙者而息肩焉。出以視人，或然或否。乃鶴潭見余詩則其知之而信之也，勝于余之自知而自信，以為去阮、陶諸公不遠。余自稱詩以求得此于人未數數然也。

鶴潭，香亭太守之孫。太守，故詩人而尤以畫名當世。顧其家舊所藏悉遭燬，今鶴潭來杭州購得山水畫幅屬余題之。余謂鶴潭異日誦古人之詩而展讀斯畫，遐心獨縱，恍若置身高山流水間，其猶當遇我於空濛寂曆之鄉，而與為欣賞也已。太守自歸田後為寓公于金陵，今其子孫遂占籍為江寍人云。

張鱸江秋林讀書圖題辭

古之善讀書者非以資為文，然而善為文者必其善讀書者也。讀書而徒以資為文，為之雖善亦技而已，而或者因以自多，不知此其為善讀書之餘事，而無足矜詡也。然且不能自抑其矜詡之情，則讀書益多，為文益工，適足以長其恃才傲物之習，而與古之善讀書者之道日以遠。

吾嘗讀震澤張鱸江孝廉文而恨未識其人，蓋讀其文而可信為善讀書也。讀書非徒以資為文，故善為文而絕非有自多之見者存焉。孝廉之幼子涵以孝廉遺圖曰秋林讀書者見視，屬題。乃即以余所見于讀書為文之指，書之而與世之善讀書、善為文之君子共論之。

跋吳康甫所藏吳越王龍簡拓本後

右吳越錢武肅王告龍文銀簡拓本。簡投洞庭太湖水府後，因歲旱為水濱居人所得。復毁于火，故拓本在人間者日減。按，吳越國境鄰南唐，太湖與南唐共之，非吳越所專有。然洞庭鄉隸蘇州，吳縣則固在其境內云。又其書年稱寶正，是時在中國為後唐天成，可見吳越錢氏其在本國中亦自用帝制，考古者有資焉。康甫嗜古成癖，得此拓本甚寶愛之，固其宜矣。

跋呂月滄所藏爭坐位帖後

余平生所見爭坐帖佳本若此者，未數數然也。董香光云，草書以十七帖為宗，行草以爭坐帖為宗。余謂欲學十七帖必先學爭坐帖，學十七帖易成偽體，學爭坐帖不能不以果毅之力為之，天下事無驟幾自然之理。月滄精于言學，請即通其說於論書。

跋管印軒蘋雨山房詩草後

予聞管君印軒之工詩舊矣。壬辰初夏始得其蘋雨山房詩二卷于李心陔而讀之。五言近體沉鬱出自子美，而五古時近何仲言，近日詩人中所不易覯也。心陔為予言：『印軒于詩用意頗深，用力頗勤，然甚不自足，不欲出以問世，吾惜之，故為擇其尤者梓之，非印軒意也。』噫，是乃印軒之詩之所以工歟！

昆明戴壽伯笙華館吟稿題辭

予嘗為壽伯作寶雲樓記，又為題其碧嶢耕讀圖，皆期之以千古之學。蓋壽伯自幼至壯，隨尊甫都督公宦游四方，所至故多風雅交。及來明州，與同志數輩結社聯吟，為詩益富美。

予於近人之詩愛桐城姚姬傳先生，故常取惜抱軒詩集評點贈之。壽伯欣然喜，若將由此以上追唐宋諸賢。而不謂其年方壯盛，遽齎志以歿也。然其詩已足自存其人，後有蒐輯滇南文獻者知必不能遺吾壽伯也已。

道光十五年十二月日，宜興吳德旋題于四明客館。

白華山人詩說題辭

予於詩求之三十餘年，始稍稍窺見古人用意深處。今讀白華山人詩說，乃先得我心之所同然。是故山人之言，予亦似能言之，然第能言之而已。山人殆至之而後言之者也。然亦幸予晚歲所見合於山人，故能知其說之精當，則又差足自慰云耳。

跋錢文端公直廬問寢圖

道光甲午秋，予在浙江學使陳石士侍郎幕府中，讀侍郎所為錢文端公母陳太夫人畫冊序，知清芬懿澤之所留貽者永矣。已而侍郎偕公曾孫泰吉輔宜與予相見，語合意。輔宜官海寍州學博，予許以歸時迂道過訪之，然匆匆遄返，未果也。歲之初夏，予返自明州，始克踐前約，而相與縱論文事，甚暢。輔宜出家藏文端公直廬問寢圖屬為跋。公當時文學豐采冠東南，足令人企慕無已，而今乃得綴名圖後，抑何幸歟？若乃公之善承太夫人之教以為貽謀之本，而俾後之人世守之而無沬者，他日當更從輔宜而詳問之。丙申四月日。

儲麗江詩草題辭

麗江嘗就予問詩法。予告以君家長源先生詩為吾邑中前此所未有，後亦未見能繼之者，誠即是而求之，足以信今傳後，無疑也。而麗江意以為未足，謂宜廣而求之天下焉，進而求之古人焉。於是極其才力所到，周旋出入於唐宋諸賢，將不至，自成一家言不止。已而麗江客江右，以其詩授梓，歸而持以視予。予觀其筆墨馳騁之能，幾欲與長源爭道而趨矣，可不謂豪傑有志之士乎哉！丙申六月日。

卷五　記　書事

楚頌亭記

蜀山故有東坡書院，祀宋蘇文忠公。公嘗欲買田種橘於此，以為當築一亭名曰楚頌，然其願卒未果也。公之孤忠勁節與屈靈均先後同揆，而遭讒被放亦復相似。昔靈均之頌橘也，謂行比伯夷，置以為像，此固其自喻之辭。而公之寄意於楚頌，亦豈漫焉而已哉？公雖未果所願而遺風餘思之被於此邦人士者，愈久而不能忘，乃於書院講堂之偏為之種橘之堂焉，而復築楚頌之亭以成公志。其額則諸同人屬余仿公意書之。

余所見公署榜書，天遠堂在永定，邵氏屢摹而失其真矣。惟郡東門護國寺尚完好若新書者，余每過之輒諦觀焉而不忍去。余自初學書時即甚好公書，然知公書根柢在晉唐，未敢率爾規仿之也。泝其源於王僧虔、徐季海、顏清臣、楊景度諸家，久之乃有以得其意之彷彿，而浩然之氣有非學之所能及者焉。而余今且執筆為公役也，豈不媿且幸歟？公之蹤跡徧天下，凡公所至之境後之人莫不相與尸而祝之，社而稷之，然以公之嘗欲買田終老於茲而願未果也，則知斯亭之成，公之魂魄必棲戀於此矣。道光乙酉七月某日記。

歲寒堂記

歲寒堂者，洪君子齡之慈母邵孺人課子齡夜讀書之所也。子齡生四年而生母見背，後二年其尊甫稚存先生亦捐館舍，賴慈母邵孺人養而教之，俾得成立。今子齡年甫二十餘，所為詩文已足繼其家學，循墨蹈矩，無少年子弟之過。念非孺人之力不及此，故嘗屬工畫者繪為歲寒堂夜課讀圖，將徧徵詩若文以彰孺人之潛德，而屬記于予。

夫慈母如母，固恩之不可解于心者也。況節之苦，教讀之勤且慎，又非凡為慈母者之可比乎！子齡誠葆斯意而益廣之，則傳所謂『一舉足而不敢忘父母，一出言而不敢忘父母』者，蓋無間于出處之殊途，而直可奉以終身焉矣。余舊游于子齡之兄孟慈，而今子齡復不鄙棄余，且稔知予之樂以闡揚潛隱為事而有是屬也。予又安能已于言耶！

河橋化城寺記

西域至人之道以為有而非有也，以為無亦非無也，有無不立而後一切治生語言與實相不相違背，是故善學佛者應而不窮，為而不功。是謂真空河橋化城寺者。當國初時由在水禪院浮屠慧生誅茅結屋於此，招徒眾安禪習靜守古德，共住規約。其堅苦之志、卓絕之行，長老至今猶稱道之，然其詳不可得聞矣。中更衰替，僅綿不絕。乾隆間有浮屠覺明住持兹寺，於殿后增建大士殿、禪堂、藏經樓凡若干楹，率其徒講說經論，學佛者稱之。已而覺明示寂，講誦希濶，僉以為道非其人不行，則復延在水禪院浮屠晨初來主講席。晨初始至晦不自曜，數年之後道俗景附，宗風大振。

晨初謂可恢宏前人之規以示應迹而非侈也，爰與其徒某某等運致木石瓦甓之材甚具，撤大殿及前殿而新之，高廣悉加于其舊，又增諸天尊阿羅漢像，設成妙莊嚴地，又增建廊屋十餘楹。經始于道光某年月日，以某年月日告成，共縻白金萬有餘兩。其致之也不覺其煩，其成之也不見其勞。西域至人之道，晨初信學焉而有得矣。夫然晨初不欲自有其功也，謂前之人其勤至矣而名幾晦焉，章之庶可乎。而僉亦以為事固不可不記也，則相率來請余記之如此云。

重修延陵書院記

定海延陵書院創建于都督吳公吳望延陵，故為之名以誌所由始也。其後幾廢，而修復于鎮將趙公，繼之者為鎮將林公咸秉，肅肅之心以造就人才為先務。趙公者雲南人，本戴氏以出，繼冒趙姓，實今都督戴公之伯父也。道光戊子公以巡海至定邑，見書院舊址頗為旁近居民所侵削，慨然興歎，以謂前此創而因者之法良意美，若之何棄之？且吾先伯父遺愛之蹟存焉，我其可委為異人任耶？乃捐奉重修復之，既成矣。成之之歲，值德旋客游明州，命為之記。

夫書院之設昔賢以為講學論道之所，而今之群焉朝誦而夕惟者。經生之學學之一端耳，然義理之精微、制度名物之該博，未聞可以舍經籍而他求也。樂其群相與敬其業，誦說先王而被服造次，依于儒者之範及其習而安也。將使異日進而用世則施于政而足以道民，退而修業則淑諸躬而足以型後期。仰答聖天子作人之至意者，胥于是乎在焉，昔言游氏以弦歌之化試于區區之武城，謂無人不當學道，不其然乎。不其然乎！詩之序曰：菁菁者莪，樂育才也。其詩云：既見君子，錫我百朋。此則定海之士所宜為公敬誦之者與！

辛卯十一月朔日，宜興吳德旋記。

述祖德齋記

桂林陳君延祺名其讀書之齋曰述祖德，以其先相國文恭公年譜視予，屬為之記。德旋謹案公年譜，其初由監察御史出守揚州，憲皇帝令仍帶御史銜具摺言事，凡所奏請，上悉嘉納。純皇帝登極，遂大用，膺封疆重任二十年。公為天津分巡河道時每擇駐防年久之河兵，訪求河工利害及水勢起落，何處宜堤，何處宜疏，因地制宜，輒有成效。常曰老河兵即吾師也。故公凡所臨涖之地，必詳訊各屬民情土俗，興除所宜，次第施行之，大要以正人心、厚風俗。為本民之善良者，旌其廬；元凶巨姦，必置之法而擒。治蘇州治平寺淫僧一事，吳民尤快之。謳謠徧閭巷，故至今吳中雖婦女童稚皆能略知公之為人也。公之晚歲為東閣大學士，從容論議上前，有古皋陶拜手稽首颺言之美。嗚呼，可謂盛矣。

陳君以名家子負俊才，奔走下吏，非其意之所樂。予嘗告以漆園傲吏，無用為用。而王公大人不能器之，然考文恭公故好讀濂洛關閩諸大儒書，以之律身，即以之型家垂訓。今陳君能恪守先世之遺矩，則隨所遇而皆可以自盡，又何顯晦升沈之足感乎？宜興吳德旋記。

勺園八詠圖記

嘉興馮柳東以所為勺園八詠圖視予，屬為之記。柳東之為是圖，其初未有園也，圖之以寄意焉耳。柳東由庶吉士改官縣令閩中，以太夫人不樂就養復改授校官于四明。歲時歸省，乃以祿入之餘稍稍治其居宅，後隙地為園。園之勝，其可名者曰奉與軒，曰古靈源，曰拜竹香龕，曰小檇李亭，曰一朵山，曰柳界，曰酌史岩，曰一把香茅屋。柳東一一係之以詩，是謂勺園八詠，詠皆五言絕句也。

予未嘗一至園中，第于圖畫間神游焉，則未知園之勝果若是否乎？抑予嘗游方之外而略知其大指矣。天壤間蓋無實之非幻也，方柳東官京朝時並未有圖也，而園未嘗不在也，憑心而已矣，是故即閩嶠而在閩嶠，即四明而在四明，無適而不與其圖者相遇也。雖然，柳東今為校官，游方之內者也，以是為娛親之所則實矣，而奚幻焉？柳東曰：『是吾志也，盍遂書之！』因書以為勺園八詠圖記。

藏密廬圖記

道光壬辰夏予客鄞江，慈谿鄭仰高欲邀予過其所謂藏官廬者而為文記之，予未暇也。而仰高之意益勤，其請至再三不厭。

予雖未造仰高之廬，亦既見其圖矣，蓋林木交蔭，稱其為隱者之居也。仰高性喜治古文，不樂與俗伍，然亦間至郡邑城中，未嘗屏跡人外，奚取乎藏之密哉？且吾聞大隱隱于市朝，陸沈者無所往而不自得，而曰入林惟恐不密焉，是滯於境矣。或曰仰高其非境之謂，惟心之謂。夫卷之而可藏于密者，未有放之而不可彌于六合者也。仰高之意，其果在于是乎？則非吾之所能知矣。

寶雲樓記

戴君壽伯隨侍尊甫都督公于四明署中，得李北海雲麾將軍碑舊拓本，簾閣據幾習之，因名其所居之樓曰寶雲，而屬予為記。

昔之論書者謂右軍如龍，北海如象。北海書源出子敬而能自成一家之體，固宜為學書者所師法矣。曩時徐星溪都督以洗硯圖屬予序，因以論書相契合。星溪書學顏平原，以謂兼慕平原之為人。今壽伯之于北海，其亦有尚友之思與？北海、平原二公皆以剛正之性為李唐一代偉人，其書格不必同也，而自有其合者存焉。與二公並時擅名者曰徐會稽，後之人徒以點畫之工謂其書不可廢耳，未聞有稱其人而愛慕之如李、顏二公之名之盛也。是故知書之以人重也，而後可與言書。昔蘇子瞻氏以知書深自許，而曰苟能通其意自謂不學可。如子瞻氏者真其人矣，壽伯得無意乎哉！

朝陽禪院重建大殿記

朝陽禪院在歸美橋東北里許，不知創建于何代。乾隆十六年，浮屠慧禪自陽湖姚亨僑普善庵飛錫于此，其始殿宇頹毀，一廢院耳。慧禪悉募新之，有園圃竹木之勝，遂成名刹。慧禪之徒曰勝凡，勝凡之徒曰淨修、淨賢，淨修之徒曰耀德，淨賢之徒曰繩德。自勝凡以下予皆識之，而耀德尤善予。其初以文字禪相契，後乃舉祖師心印語互相證而無不合也，故予家居之日於朝陽禪院月恒一至焉，甚或再至三至焉。耀德之徒曰西林，繩德之徒曰東林，皆與予善。然自耀德、西林相繼圓寂後，予亦不恒至朝陽院矣。東林之主海慧寺丈席也，予故送之山中，及退院恒招予過其靜室談說經論，意甚勤。東林之徒曰洪書，西林之徒曰洪舟。洪舟嗣東林住持海會寺，歸而偕洪書籌議重建大殿，則出於衣食之餘不假丐貸。經始于道光七年某月日，告成於某月日，積木積石積工之費其糜錢若干千文。已而洪舟、洪書奉東師之命來請予記之。

予故多方外交，若吳門靈鷲寺一彬、河橋化城寺晨初，咸有興作之役見紀於予文，茲詎可以辭耶？乃述其世次以誌予與諸長老游從之跡，而尤喜耀德之後有能振其宗風者如此也，於是乎書。

野園記

慈谿鳴鶴山下杜湖之上有葉氏園曰野園，大可十畝許，有池焉，直旱歲掘之得泉，汲之不涸。其上有亭，取白樂天池上篇意名曰優游亭。其北有榭，於觀月為宜，則又取謝元暉詩句意名之曰停琴。又其北室三楹曰鐵蕉吟館，以室後樹鐵蕉也，故名。室中貯彝鼎尊罍之屬，皆古法物。其南有橋有廊，植桂百餘本，築樓三楹，藏書十餘萬卷，及唐宋以來諸名人書畫真蹟。其東則野梅數百樹，結茅廬其中。又東皆種竹，竹間四儀亭最高，登之則邑中諸名勝皆可見。

園之主人工詩善鼓琴，每當靜夜月明，萬籟蕭寂，朱弦高張，心手相應，發之以清商，止之以中聲。寄情巖壑，抗懷古昔，雖陶元亮之自謂羲皇上人，不是過也。主人與定海詩人厲駭谷相善，駭穀為予言之如此，而併道主人之意，屬予為之記云。

屏山堂後記

屏山堂在今鎮海縣治之東北梓蔭山上，始建於宋嘉定中帥臣馮柄，郡人應熠記之。其記今府縣誌皆失載，而僅見於延祐四明志。邑人王學博師竹懼其久而失傳也，請於錢塘梁學士山舟書而勒諸石。其後山右郭侯來令茲邑，以為昔人之蹟必藉後人而傳，倡議修拓，邑之人願襄事焉。

其制堂舊三楹，今合為一閣，其上奉文昌神。閣後有亭曰迎秀，南有軒兩楹，邑士往往讀書其中。閣之前為墻，墻有門，門以外舊有月臺，方丈許，即其址，擴之甃石。興築亦建閣於其上曰養正，正廣與文昌相等。經始於道光某年某月，其工材則郭侯實鳩庀之。落成之歲月為某年某月，今李侯涖治之三年也。

功既竣，師竹以為宜有後記，適予客游四明，因以見屬予。惟昔人之蹟，後之人因而崇飾增美者，所在多有，然其人大率皆負重名於時者耳。今而其人其文若晦若存，軼見故籍幾忘厥名，惟其令之一為倡始，而邑士回應，勸趨恐後，非誠發於懷舊思古之情而能然歟？予故樂為記之如此。

若其地之襟帶江海，波濤洄漩，群山拱抱，朝暉夕陰，俄頃變幻，煙雲杳靄出沒於空濛蕩潏之際，覽者當自得之，而予固未涉其境，不能效謝康樂、酈道元、柳子厚之徒模而笵之，句鏤而字琢之，以供後之文士騷人悅於目而諷於口也。

清芬館記

鎮海王淩衢先生，乾隆中以進士選授縣令粤東，獨挈長子上事，而時時寄書言家政。然語合典則，不屑屑於求田問舍，書凡數十通，其家人悉葆而藏之，無所遺失。先生之孫曰升師竹益珍先澤，既以先生家言編入文集，又以手蹟裝成四巨冊。錢塘梁學士山舟題曰清芬懿訓，師竹因顏其讀書之所曰清芬館，而陽湖劉編修芙初、桐城李觀察海帆嘗記之矣。今師竹復屬予為之記。

予之獲交於師竹，蹤跡皆在鄞江，未及過其所謂清芬館也。曩者師竹之友慈谿鄭仰高請予記其所居之藏密廬，予以未及往過辭焉。仰高必欲記之，而視予以圖，予因為其藏密廬圖記。然則今記師竹之清芬館，豈必身履其地耶？特未知予之文足步劉編修、李觀察二君之後塵否耳。抑師竹既以詩書澤，厥躬而教二子皆成學，有聲於時。是真能誦先人之清芬而揚其芳烈，將使久而彌馨焉，斯則予之所深致羡於師竹者矣。

道光十六年三月日宜興吳德旋記。

重濬福山塘記代

常熟故稱水鄉，陂塘浦澤往往給佃漁之贍，而福山塘為尤巨。道光十四年某自丹陽移知常熟縣事，其明年某月邑紳士言朝標、沈崇福等言，福山北枕大江，東聯耿涇，西接九漸，夾塘而田者不下數百萬畝。南受震澤之委而輸之江，攸關蘇、常兩郡縣水利，又通泰兩屬商販往來要路，向設兩關口納稅。上關國課非僅為一邑之要害而已。自乾隆壬申開濬後迄今八十餘年，閱歲既久，其淤淺固宜，比雖小有疏滌，率不過按田捐貲，責成經造分界施手疏濬，未幾仍復淤淺，今欲竟其原委而疏通之，則工鉅費繁，請自按田捐貲外分別樂輸之，多寡以朝命獎之，示風動而昭激勸，庶可集事。

縣以其言達於府，申請行臺省大吏奏聞，報可飭到，邑士民咸踴躍趨事。擇於十六年某月日為施功之首，以某月日告竣，計所濬河若干千百丈，廣若干丈尺，深若干丈尺，計工若干萬餘，塘之深廣悉如其舊。夫為政之要在興利除弊而已。然或且謂利不可驟興，何？則恐弊之隨其後也。今茲役之興，其為有利而無弊也固。夫人而見之，一勞而享其逸者久，暫費而沾其澤者永，以今準昔斷可識矣，昔管夷吾稱天下才，而語其為治則曰『令順民心』；今也上令下從，役不淹時，而適當某之承乏於茲，乃幸獲睹其成功之速，而無不周收效之近而計可遠也，安可無所紀述以視後人？於是乎為之記。董斯役者某官，某邑人、某某等皆當得附書。

書陸貞女事

貞女陸氏，宜興人，幼許字無錫孫某。貞女生有至性，父疾篤，嘗刲股療焉。父卒，哀慟幾絕。母病，亦刲股療之而愈。嘉慶二十五年孫某以失明抑鬱死，訃聞，貞女欲往，因謂母曰：『兒宜死，然今不即死者以母在也。』母知女志不可奪，遂歸之孫氏。然貞女恒依戀母，返而從母以居。其于孫氏歲一至再至而已。

道光五年冬貞女請于母曰：『舅姑年且老，願歸事之，當歲一再寍母也。』將行，則又謂其兄與喬曰：『吾兄受業吳仲倫先生之門，妹既知有先生矣，願得先生一言而終身奉之。』與喬以告于予。予曰：『既貞且孝，女德備矣，予復何以益之哉？』因為書其事而章之。

書顧孝子事

荊溪顧孝子名恒丰，兄弟四人，孝子次居二。自幼善事父母，父歿事母尤篤孝。道光十年七月母患痢，孝子刲股肉療之，凡數四，終不愈。既葬，廬墓側將終身焉。既終三年喪，其兄為娶婦，有期矣，孝子不得已而後歸。

孝子初不知書，族大父興宗教之識字，授以論語、孝經，為之講解，輒能了其大義。邑大夫陳君聞之，獎之以額，曰『孺慕可風』。孝子雅不願人知之，然其族之人榮孝子之行，孝子雖欲逃名，安可得哉？

書鄭孺人事

鄭孺人諱方，字習庵，姓左氏，陽湖縣人，中丞公名輔之女，適武進國子監生鄭良弼。良弼之大父曰環，字清如，揚州府甘泉縣學訓導。父曰旦興，舉人。中丞公故受業于清如先生，師弟子尤相得，因以孺人字良弼云。孺人生而淑婉，性至孝，為大母季太夫人所鍾愛。中丞公及母陸夫人亦絕愛憐之，甚于諸子。歲乙卯，中丞公方為南陵縣知縣，陸夫人忽遘異疾，起居言動如常人而不能寢食，醫治罔效。孺人淚嘗沾袂，私以黄紙自書，焚香拜天，祈以身代，已而再刲臂肉以進。陸夫人食而甘之，疾遂瘳。

後二年中丞公調繁霍邱，贅良弼于署。無何，孺人隨婿至甘泉學署中，事祖舅祖姑，姑一切煩辱之事悉躬親之。逾年得疾甚，歸里就醫，卒年二十有三。姑哭之慟，孺人猶時見夢，省慰姑焉。

良弼字樵仲，與余友善，以中丞公所為女方傳視余，屬書其事。余乃掇取其要，次而書之。

卷六　傳　述

族父晉望先生傳

族父晉望先生諱士模，武進縣學生。先生以能文名天下，其文原本經術而出入于先秦兩漢諸子之書，以自成一家言，與唐應德、歸熙甫相上下。論學主高忠憲，實踐深造，期於自得。接人以和，而遇有不可，未嘗不義形于色。先生處稠人中不自表異，恒守靜默。及與之論前載理亂得失之故，當世民生之利病，時事所宜施行，言之鑿鑿，然雖夙以經世才自命者不能難也。

乾隆、嘉慶之際，學者治經率宗漢之馬、鄭氏，先生不為故異，亦不為苟同，惟虚其心以與古聖賢相委蛇，故於濂洛諸儒之說尤盡意焉。所著詩經申義若干卷，又文若干卷，詩若干卷，及門人所記愧人、謹心二録並藏于家，惟制義若干篇已梓行于世。

論曰：嘗聞先生言高忠憲之學，出于姚江，亦兼宗乘而能防其末流之失，故其道可遵而守也。自姚江之徒有背其師說者，為世儒所詬病而訾議，乃兼及忠憲，不亦過乎？由是觀之，先生之所自得有非可喻之人人者矣。

鄱陽縣知縣吴君家傳

君諱琦，字景韓，一字敬庵，姓吴氏，先世自荆溪遷陽湖之薛墅，為陽湖縣人。君年二十七舉順天鄉試，後以四庫館謄録勞授江西宜黄縣知縣，調鄱陽縣知縣。謝病歸，而卒年七十有六。

在鄱陽時民有以事訟于巡撫者，聞人言令當得罪，乃驚，索牒而還，曰：『幾失吾好官。』民或訐所怨，以為教匪。君詰之曰：『何驗？』曰：『若不食肉與鹽。』君曰：『若食之而食，則奈何？』訐者遂屈。又有誣大姓為不軌者，大吏命名捕之，且曰：『其以兵往，君先期戒所應捕者曰：「有一不至，吾不汝能救矣。」』既而皆來，為白其誣于大吏，得釋。君既謝病，以貧負官錢不得歸，民相率以金代償，乃得歸。

君于詩古文經義，為之皆工。詩宗王貽上，古文不多作，淵雅與汪苕文為近。而經義則才雄氣駿，多感激豪宕之音。所著詩古文經義凡若干卷藏于家。

論曰：士之負奇志者恒患不遇于世，若君則試為吏矣，然未獲竟其用，猶之乎不遇也。君壯歲時嘗攜酒登泰山日觀峰痛飲，此其意氣為何如者哉？及自江西歸，客揚州康山江氏，扁舟往來江上，輒登金、焦二山，造其顛，望窮千里以寄其意焉。晚歲家居不出，每謂人曰：『吾于康山，至今思不忘也。』

璞山屠君傳

璞山屠君諱南琛，字銘莪，一字士璋。璞山，其自號也。生四歲而孤，賴母萬太孺人撫教之，得成立。既長，自知好學，言動必謹，與同邑蘇謹人、畢雨亭、王省吾、蔡師澤及予族父晉望先生請求宋大儒書，以身體而力行之，事母尤盡孝承意志無違。

家故饒裕，然性喜節儉，惟于施也侈焉。乾隆庚戌年郡人議設敬節會，君營其事甚力，而首建義塾為四郊倡，宗祠祭產薄，不甚給供祀事，君捐己田二十畝益之。又于祠旁建孝子節婦二祠以彰前烈，皆體其母孺人意而為之也。遇歲凶歉，輒出錢糴穀以賑。至其晚歲幾困矣，然猶行諸善事不怠。所著有語録數卷藏于家。

予嘗一接君于晉望先生所，望而知為有道之士也。晉望先生于儕輩中尤稱賢畢雨亭及君，為詩贈君曰：行可為我師，誼祇稱我友。然則君殆不自有其善耶？予未識雨亭，顧嘗志其墓，今乃次君事為傳云。

誼卿湯君傳

湯君名洽名，字誼卿，世為武進人。少穎慧，善讀書。及長，以入貲為州同知，應順天鄉試，學于張編修惠言，以能文名，兼通天官、秝數、星算之說。嘗以算學考取天文生，補未及期而歸，一以修業著書為事。已而游楚，復遊豫。或踰年歸，或未踰年即歸，意忽忽如有所不樂云。

君與其內弟莊繽澍最相善，繽澍亦好為秝算之學，然自以不君若也，每有所得必就正于君。君嘗與繽澍分撰五經算術補及疏證，書未成而卒，年四十有一。

君所著有穀梁春秋例一卷，勾股算指一卷，太初術長編二卷，漢書分野星度糾誤一卷，梁書・藝文志一卷，又補陳書・藝文志一卷，山海經道里考一卷，北魏張淵觀象賦補注一卷，賦稿一卷，雜文稿一卷，詩稿六卷，藏于家。

吳德旋曰：吾郡多好學深思之士，蓋有名不出里巷而著述足傳于後者矣。夫學期自得，遑暇計及于人之知不知耶？跡君遊歷所至，未嘗與人競一日之名，故卒所成就如此，然竟不獲一展其蘊也，惜哉。

古愚張君傳

古愚張君名侗，字邦彥，一字之屏。古愚其自號也。武進縣人，父曰紫照。君性穎異，少治舉子業，勤甚，然暇輒好觀古史書，講求經世之學。已而父命棄舉子業，習為賈。君曰：『是亦足以見吾用也。』乃因時察變，審其財之贏縮之數而出納之，致殷阜焉。君有高識曠度，常以為事之關于大利害者不可以不爭，不爭則人且將魚肉我矣，而堪受之乎？若小利害則固宜忍之，吾方遐思而深念，蘄以有補于世，而暇與人日相競耶？蓋君之為人，其大較如此。

嘉慶丁卯歲饑，邑大夫議賑，委君董其事。君引為己任，請鄉捐而鄉自散之，圖之不足者分有餘以濟之，規畫盡善。鄉之富人皆取以為法。君于鄉鄰戚友之貧者體之尤加意，每歲終輒問卒歲費所歉尚有幾所，而傾其貲助給之，人以故歸德于君，而君率未嘗少見德云。吾聞老氏之學以柔退為尚，然特慎其所發耳，發則不可御也。太史公列范少伯貨殖傳中，具有微意，而少伯事在越世家，言其作用可見矣。若君者，蓋幾近之歟，而惜乎其用之止于是也。

洪孟慈傳

洪孟慈名飴孫，孟慈其字也。又字佑甫，陽湖人。考諱亮吉，翰林院編修，以博物洽聞為海內學者所宗仰。孟慈承家學，沉敏嗜古，留意箸述之事，其精力又足以赴之。嘉慶戊午舉于鄉，四試禮部不售，以薦卷挑取國史館謄録，以謄録期滿選授湖北東湖縣知縣。上事甫八閱月而卒，年四十有四。

孟慈既卒，友人李兆洛申耆求其遺書，得所撰世本輯補十卷、三國職官表三卷、史目表三卷、毘陵藝文志四卷，青埵山人詩十卷，皆成書，其他創為之而未及成者倍焉。既而申耆取三國職官表、史目表刻之。其世本輯補則已刻于揚州秦氏矣。

先是，趙懷玉收庵嘗為孟慈世本輯補序，而申耆乃復為之書其後曰：『吾黨之士，自孟慈歿而亹然有志纂述者瞠乎如失所依據，意銷沮而力不前矣。』孟慈志學既篤，博聞多識，加以強力兼人，夙夜不怠，其所欲為者甚夥，如隋書經籍考證、漢書地理志考證之類凡十餘種，皆創手未就。其就者世本輯補、三國職官表、史目表三種而已。世本輯補之成，嘗以其稿請質于孫伯淵先生，遂留其齋中。孫後以其稿付江都秦氏刻之，遂冒秦名。于原書前後不易一字，但分卷不依原目而為三大卷，又于序中竄入數語以附其名耳。

近世為世本之學者頗夥，然多採摭殘碎，約略編次，雜而不貫。獨孟慈此書鉤稽義類，厘訛補闕，能使世本復還舊觀，用力甚至，有裨于承學之士甚大。秦氏既梓而行之，則好學者得家置一編，于孟慈之意當甚慰。蓋著書者期有益于世而已，豈必爭此名哉？予既為刻職官表、史目表，故並世本原序及收庵先生序刻之，以繫于後，亦使來者有考焉。嗚呼，安得有志之士取孟慈未竟之業一一成之也？余與孟慈有舊，而其季弟嶠孫尤善余，以孟慈行狀屬為傳。乃刪次而傳之。

芝澤孫君傳

孫君諱某，字芝澤，宜興嚴莊里人，家故素封，少讀書即慕古義俠行，長而好結客，然必擇其人可與而後訂交焉，故無始相慕願後棄之者。至君晚歲，家中落矣，而好結客如故。至或流連竟月，終無厭斁心。君為人和厚，然秉正嫉邪，人莫敢以非禮于之。里黨中有忿爭者訴于君，君出片言斷其曲直，輒解。君既歿而里之人思之不忘，曰：自今以往，不復見有斯人比矣。

子凡四人，其第三子曰麟，字道南，余從妹之夫也，邑諸生，嘗從予季父畫蕉先生游，與予尤契合。道南家既貧而廉介不苟取。余以狂狷自命，戚友中亦惟道南之知余為深，故余于道南之卒也哭之甚悲。已而余從妹請為其君舅氏作傳，因並次道南於後云。

厚齋陸君傳

陸君名隆，字用升，以字行。別字厚齋，宜興人。父學正，國子監生，生君兄弟六人，而君其第五子也。性沈寂，寡言笑，足跡罕踰戶外。幼治進士業，尋以多病故棄去。好讀漢魏六朝唐人詩，時時吟諷不置，然終身未嘗為一詩。曰：『昔人賦詩見志，非必人自為詩也。自唐以後幾於人自為詩，而詩之可存者寡矣』。善行楷書，兼法趙子昂、董思白，然取足自娛而已，亦未嘗應人書也。君至性過人，待兄弟尤友愛，家故素封，貲半耗于兄弟之多故，然無幾微怨望心。以是宗族鄉黨翕然稱之，以為不可及。

君嘗命其長子與喬從余學，與喬能詩善書，名日有聞矣。君既卒，與喬狀君行，乞余文。余乃為之傳如此云。

毅軒談君傳

談君名履中，字習傳，別自號毅軒，荆溪人。父景瑗，教督君嚴甚，自君總角時一言動必繩以禮。治進士業，出應有司試輒不售，然以文行見推邑里中。君事親謹，有所行必先以告，許之而後行。有所言必柔聲也。君性慈仁，待宗族尤厚。

一日天大寒，夜深矣，欲寢，忽起謂其妻曰：『族弟某刈薪樵為業，衣單薄，霜寒風刺骨，奈何？』君之妻素善體君意，因應曰：『篚中有舊襦，補之尚可以御寒。』即篝燈為補，竟天始欲明，君即持往衣之。其他以升斗應人之需，往往稱貸為之忘其力之不足。

君家既貧乏，所親或謂君宜令諸子分業農賈治生。君不聽，卒使其三子皆習儒業，延名師教之。而君長子汝為補邑諸生，有名。余聞君之名舊矣，然未相識也。晚交汝為，而君已前卒。汝為狀君行示余，乃次其傳。

櫟塘王君傳

王君名煒，字廣仁，別字櫟塘，世為徽州歙縣人，國子監生。君好讀書，博覽大義，為文直抒己見，不務採色音聲以取寵於俗。君最為從父穆堂所知，穆堂寄居武進，悉以家事委君。穆堂卒而穆堂子曰旦亦于群從中與君為最相得，兩人分理外內事，合力行義數十年。君居恒務省約，然每當春秋佳日輒具酒肴招集親故及族子弟之秀者，相與登臨山水，縱飲嘯歌為樂。與人言悃悃欵欵，竭誠無隱，接僕隸亦無慢容。君族弟文翰稱君易直慈諒，氣藹然如春晤對，久之使人不覺矜之平躁之釋也。

吳德旋曰：余未嘗知君也，然與君從子國棟交尤善。國棟最為君所稱賢。君既歿而國棟以君狀請余為傳，且曰：『非是無以報吾從父之知。』余重國棟之請而傳之甚略，蓋無取乎虛美之溢辭云。

孫虹如先生家傳

孫虹如先生諱璟，字榮組，一字虹如，國子監生，誥贈奉直大夫。先世自金壇遷常州之戚墅堰，今為陽湖縣人。先生好讀書，以早孤棄進士業，心常病之。然暇輒手一編不輟，故于書無所不窺，而尤以明理為務。自父歿後事母屠太宜人凡三十九年，孝謹備至。樂振施困乏，尤急隣里之喪。生平以爭訟為戒，有來告者盡力排解之，即不可已則曰：此非某之所敢知也。為人謀，一斷之以理，而後以利害權之。其自為謀也，力求心之所安，而不惑于他說。性喜結客，客至，勅中廚辦膳必精腆。為子延師，擇郡邑中名宿，凡所以奉師之具擬于封君。然自奉儉居，居常衣布，食惟菜蔬而已。長子讓成進士，謁選，當為縣令。先生誡之曰：『縣令為親民之官，賢則為民造福，不賢則易造孽。吾不能必汝造福，其慎無造孽乎！』然先生竟不及見讓之為政也。

德旋初與讓同客京師，相友善，結婚姻。歸而謁先生于家，先生折輩行，與相接甚歡。嘉慶辛未，德旋授經宜興郭外之唐家莊，先生嘗過訪之，談論竟日，欣欣焉。其年七月初八日，先生卒之年月日也。先生之友嚴莊孫芝澤與先生並以好賓客、寬厚正直聞于時。往歲嚴莊孫氏纂修家乘，德旋既為芝澤作傳矣，今讓以先生家傳請，愈不可辭，乃次其傳。

胡孝子傳

胡孝子名鍈，字聲旗，一字警生，上虞縣附貢生。少治進士業，勤苦勵志。中歲奉父命幕游秦中，一夕忽心痛，因自念曰：我他日未嘗如是也，此必有故，殆吾父病耶？其明日急束裝歸，抵家其父果病且殆，詢父病始生日，果即孝子心痛之夕也。

孝子嘗以冬月為繼母求醫郡中，邑去郡百二十里，途遇劫，身所衣悉被掠，裸體行二十餘里達醫所。醫者怪之，告以故。醫者歎為神助，貸之衣而授藥焉，母病由是得愈。裸行時雖寒甚，然後竟無他恙。

初，孝子方九歲，隨母汲井，母誤墮井中。孝子即從入井，俄而遇救，俱得出，人咸異之。孝子以乾隆四十五年卒，年六十有一。

吳德旋曰：予舊著聞見録二十卷，亦屢書孝友事矣。然如胡孝子者不數數見也。孝，庸行耳，而胡孝子事顧多奇，夫孝子豈欲以奇見哉？然天故暴異而彰之矣。

姚孝子傳

姚孝子名熙，字紹周，別字滄橋，浙江慈溪人。父必明，贈儒林郎，母贈安人張氏，贈儒林君卒後二月孝子生。孝子方五六歲，飲食必先奉母而後敢自飲食，遇事之力可任者即為之，一舉足一出言必稟承母教，合於禮法。稍長就塾師受讀，穎敏過人，然以貧故不能竟學。年十四遵母命習賈于吳。孝子行自念：人顧立身何如耳？士與賈奚別焉？益刻苦自勵，交友必信，然思念其母，不能一日忘也。人或饋之衣，藏之。郵書告母，母命之服然後服。饋之食品，有可儲之久而無敗者，必歸遺母。後微有所蓄，即治行，為歸養計。知交咸勸留之，孝子曰：『吾所以遠游者，效昔賢負米之意也。如可以歸而不歸，是忘親而謀利矣。』遂歸。

孝子之歸事母也，其視聽在微忽，凡母意有所欲必先為之。母晚歲善病，孝子侍奉湯藥，扶持抑搔，頃刻不相離。病益甚則衣不解帶，目不交睫，如是者久之。及母卒，孝子哀痛不欲生，至死而復甦者再，所親或以滅性非孝規之，孝子瞿然曰：『敬承教矣。』乃稍稍節哀，治喪事自小歛及大歛及葬，凡附身附棺之物稱其財之有無，無幾微可留異日之悔者。

母之將卒也，謂孝子曰：『吾族之嫠而無依者不少，使其稍可資生，孰不欲以節見？汝異日力能周恤之，當體吾此意，毋吝。』孝子泣受命而謹誌之。孝子終三年喪，復賈于吳越十餘年，乃得以母節請旌于朝。又十餘年乃得以所蓄置義田，贍近宗之孤寡。復于居宅之東建祠屋一區，以奉考妣之栗主。且設塾其中，教諸遺孤之無力就學者。其善成母志如此。

孝子寡兄弟，同母惟適鄞王氏姊一人，其家始小裕而後貧，孝子迎至家，飲食居處共之，與己無異。孝子于施與厚而尤篤時故交之誼，雖饋至千金無德色。生平寡嗜好，暇輒博覽典籍，數十年不倦，曰：『古聖賢嘉言懿行具載于書，書之益人無窮也。』孝子以入貲候選布政使理問，卒于某年某月，年若干。道光十年有司以其孝行上之朝，奉旨建坊旌表。

吳德旋曰：道光庚寅予客游鄞邑上虞，萬進士蓉塘告予以其鄉胡孝子事，而予為傳之。後二年壬辰鎮海王學博師竹以慈溪姚孝子行實視予，予敬慕之，次其傳。孝子德載鄉里，于施衣、施藥、施棺及造橋樑、修道路諸善事無不舉。夫孝，百行之先也，能孝于親則其他義行皆後矣。然其里之人或以是多之，故予不得而沒之也。

元義烈汪君傳

君諱益謙，字受之，姓汪氏，唐越國公三十世孫，世居歙西之大里。大父垚當元皇慶延佑間，屢征不起，自號碧山，世稱碧山先生。父貞保，師友鄭玉、鄭潛、唐桂芳諸公，以德望推于鄉國。君年少有勇略，仗氣節，里稱小宣議君。

至正初，江南寇賊蜂起，群不逞，為害閭里，貞保白當事懲治之。賊畏宣議君，不敢加害于其父，則陰誘其弟艮都入山殺之。君聞，率義勇趨鬬救弟。賊悉起，圍君數重，君卒入賊壘奪弟尸，鬥且出，身受重創，及舍北張塘而隕。然自是賊黨甕潰過半，少斂迹矣。

予與君十五世孫士侃友善，士侃謂予曰：『與吾祖同時有鮑壽孫者，以救父得旌，而吾祖獨湮沒不著。然張塘血影石至今猶存焉，吾子善敘事而好闡揚潛隱，乞為書之，庶幾藉以傳世。』予以為此軼聞之可紀者也，遂諾之，而次其傳云。

徐磋砆先生傳

先生諱瀛士，字磋砆，姓徐氏，荆溪縣歲貢生。考諱某，邑諸生，家素封而性好施，族戚鄰里以緩急告者無不應。先生事親孝，恒先意為之，諸善行不勝舉。及先生繼志行德，竟以是致困乏，不恤，撫庶弟恩意篤摯，率妻子事庶母甚敬。

先生故好學，及從儲大令曰虞游，得其指授，治經義益精。自王濟之、唐應德已來諸名家靡不研究，至其晚歲以所受于師者傳之其徒，孜孜然不倦也。邑中自湯默齋傳高志憲王靜之學，為後進所宗，史南瀾、許少來毅然以儒者之道自任，而儲在陸用文章顯名，從其說者甚眾，門戶若不相入。先生兼體之，故不自表暴，而人皆信尚焉。嘉慶元年邑人欲以先生應孝廉方正征，先生堅辭不就。以嘉慶某年月日得疾卒，年若干。

吳德旋曰：予自少時聞先生名邑里中，然未得見。及與先生長子菉定交都下，歸而謁先生于家，接其容藹然也，肅然也，聆其言粹然也。揚子雲之稱李仲元曰『畏人也』，先生近之矣。

孫庶翼傳

孫庶翼名勵，陽湖戚堰里人，前安徽懷遠縣知縣、今候補山西臨縣知縣讓之次子。嘉慶壬申、癸酉間予授經宜興北郭外，庶翼與婺源程子香俱來問業，時從予游者恒得八九人，趨向不同，而庶翼、子香獨相得歡甚。後兩人皆僑居宜興，晨夕以學行相砥礪。子香家貧，幾不足以自給，然子香不甚憂，而庶翼代之憂若已負諸責者然。

荆溪徐魯野工書法，為人廉謹，庶翼善之。魯野患背疽，以貧故缺醫藥費，幾殆。庶翼多方丐貸以資之，魯野由是獲痊，乃楷書朱栢廬治家格言贈庶翼，曰：『無以相報，所願故人效法者在此矣。』庶翼又善宜興吳少尃、歙王守靜，書問往還不絕，然猶以不能時相過從為恨。守靜稱美庶翼，謂似東漢獨行士，而父執李申耆亦嘗以是稱之。

道光七年七月十二日，得暴疾卒，年三十有七。庶翼娶吾女，生子一，才五齡耳，然有夙慧，已能日讀書六七行矣。

王季耀小傳

王季耀名星南，武進人，幼即攻書。比長，書既成，坐市肆中，為人作書以給食，食恒不足而意泊如也。好飲酒，每得錢輒治具邀客共飲，其客大率皆寒素士。尤與同里張北野善，北野性介不苟合，而季耀于人無所忤，然亦守狷潔。兩人皆貧困，不能相急，自引咎而已。季耀後為所親招入粵，北野走燕趙間。比北野得小官歸，則季耀已自粵中還，死矣。北野哭之極哀，然亦未能恤其後嗣也。

方季耀在市肆中傭書時，余嘗偕其友王守靜一過之，與論書甚洽，心固許之，然自是遂不復相見。季耀卒後數年，守靜以北野所撰季耀哀辭視余，曰如此人者不可使無傳也。余乃稍括其語次為傳云。

秦震宇先生傳

先生姓秦氏，諱鳴雷，字震宇，金匱縣學生。宋淮海先生裔，明兵部尚書金八世孫。父曰之本，母王氏，繼母楊氏。先生幼孤，事繼母以孝稱。家故饒裕，族某鬻其田產殆盡，安之無怨言。性好學不倦，其治經於漢宋諸儒傳注無所偏，主精研奧義，察之以平心而和其氣出之，以達己見，期於發明聖人作經垂教之指，而非欲以自為名。嘗游南越及浙東西，所至人皆信向之，然落落不苟合也。晚歸教授鄉里，出其門者為名卿、為良吏，皆有以發。

其所傳先生論學之言，與高子遺書相出入，似禪而實非禪也。嘗曰：『靜中懲忿窒欲，最易得力。』又曰：『自姚江之學興，矯其弊者或至不敢言靜，亦因噎廢食耳。』又曰：『以心持心則不可，以心持志則可；以心察心則不可，以心察意則可；　以心攝心則不可，以心攝情則可。吾儒存養之功所以異於釋氏觀心者也。』其宗旨如此。

卒時年七十，所著有易翫、讀易質疑、書質疑、詩測、詩存、春秋抱遺、禮液周官粹義、瑤石山房文鈔、耕餘堂時文、瑤石山房詩鈔、史雋都若干卷，藏于家。

吴德旋曰：　聞先生于諸弟子中最賢，同邑汪士侃寫園以女妻之。寫園後成進士，服官政有聲。道光已丑、庚寅間與予同客四明，相友善，以先生所著詩測視予，屬為序。則先生之族孫小峴侍郎既嘗序之，予乃為其後序。寫園復視予先生行狀而以傳請予，雖未識先生，然讀其書，足以知其志之所存也，遂為之傳云。

晉卿董君傳

君名士錫，字晉犯卿，一字損甫，武進縣副榜貢生，候選直隸州州判。先世姓趙氏，系出宋魏懿王德昭。其始遷武進者曰元處士孟堙，至明季有名中兌者出嗣于董，為姑之夫，後更名承獻。承獻之後皆姓董氏。君大父曰開泰，廣東昌化縣知縣。父曰達章，國子監生，以能詩名。君幼從大母錢孺人受孝經章句，及就外傅讀諸經史，悉能通解。年十六從其兩舅氏張皋文、宛鄰游，皋文以文學伏一世，君承其指授為古文，賦詩詞皆精妙，而所受虞仲翔易義尤精。

君家貧，非客游無以為養，曆主張太守古餘、阮尚書芸臺、方太守茶山、唐通守柘田、洪觀察石農、鄒觀察錫淳皆名公卿也。又曆主講通州紫琅書院、揚州廣陵書院、泰州書院，所至士皆慕而親之。嘗客安徽，為六安晁梅生、盧義山修其族譜。時同里孫于丕知懷遠縣，李申耆為修縣志，未成而以事去，延君續修焉。

道光辛巳，君房師霑化蘇君觀察淮揚，招君于幕。蘇君猝染時疫，病甚，君侍疾謹。或告君鄉試期迫，盍舍去，君作色曰：　『吾受吾師知遇之恩，未能一日報，今吾師疾病而吾遽舍之而行，非特無以酬吾師，且重負吾師也。』卒不應試，留侍疾，閱數月蘇君乃愈。遷福建按察使，旋丁父憂歸。

而南河總督黎襄勤公素知君才，及是賢君之為聘請修續行水金監。行水金監作于雍正間，傅澤洪曆考河道古今沿革興廢成敗之由，為河務薈萃之書，而于黄、淮、運三河為獨備，歲久未輯。君以為前作詳于考古，略于征今，續之者宜詳于徵今而略于考古。如永定河之工程今增于古幾十倍矣，而前書未詳，尤宜備載，因草例十數條以上，襄勤公嘆服。君輯是書三載，書未成而襄勤公卒，事中輟矣。其後河督張公、副河督潘公至，仍延君纂修而卒成之。

君自中歲左肘生瘤，治之罔效，其後瘤敗而卒。君好治陰陽五行家言，殫心者數十載，嘗曰：『世之言奇門六壬，相墓者皆各自為學，吾獨求其原于易以貫之，然求之愈深聞者且駭，恐世之卒莫予知也。』所著有齊物論、齋集賦二卷，文六卷，家譜一卷，詩八卷，詞三卷，外編三卷，遁甲因是録二卷，未成者遁甲通變録、形氣正宗賦。家譜、詞已刊，餘未刊，藏于家。

吴德旋曰：予始識君時，君年甫及冠，所為文已駸駸入古人之室，其志豈以小成自甘哉？而竟止于是，徒令天下後世人惜奇才之不遇也。吁，足慨矣。

程節母汪孺人傳

孺人姓汪氏，諱某，宜興人。福建崇安縣知縣汪煥之女，年若干歸婺源程存樸，踰年生子德貽，而存樸遂卒。又踰年德貽殤，孺人奉舅姑命，子夫之從子德賚，慈愛之而勤教督之。德賚幼時每從外塾歸，燃燈令誦書，所授書能暗誦乃令就睡。雞初鳴令背誦昨所讀書，能無差訛則喜，否則速之起，令復熟讀能成誦矣。然後令就塾。如是者以為常。其後孺人命德賚從予學為古文，所與游皆一時賢士。孺人喜曰：『吾子能不辱先人，吾無憾矣。』道光六年九月得疾卒，年五十有五，守節凡若干年。

初孺人之事舅姑未嘗敢有一事自專擅，及遭舅姑之喪，哀與禮兼盡，人以為難。孺人好讀金剛、圓覺諸經，有所證入，曰：『無所住而生其心，則能安其心矣。』又曰：『一切治生語言皆與實相不相違背，何言之融徹乃爾？余謂心之精微之故，釋氏實能知之而言之，然喜為福田利益之說以動人，則其陋也』。嘗與孺人之兄坤裳言之如此。坤裳故好禪學，孺人之有得于諸大乘經，蓋亦坤裳之教云。

姚節婦傳

節婦姓張氏，浙江慈溪人。年十九適同邑姚必明，善事姑，姑甚宜之。必明體羸弱善病，節婦侍湯藥惟謹。及必明卒，節婦誓不欲生，姑以大義曉之，乃銜哀強起治事，乾隆二十二年八月也。後二月子熙生，節婦上事姑下撫育子女，勞苦無片時之暇。子熙稍長，就塾師讀。節婦雖慈其子甚，然教督之未嘗不嚴。家故貧，藉紡績佐給食，然節婦不以家事累姑，朝夕恒營甘旨奉姑。姑歿，喪葬盡禮，然自是益困，饘粥或不繼矣。熙年十四命之習賈于吳。

熙賢，能蚤自立，歸而孝事敬養母。節婦由此得少安，然以積勞故恒多疾，疾數年而卒。節婦將卒時謂熙曰：『吾族之嫠而無依者不少，使其稍可資生，孰不欲以節自見？汝異日力能周恤人，當體吾此意毋吝。』熙泣受命，謹誌之。後果以所畜貲置義田贍近宗之孤寡，如節婦志。節婦卒于乾隆五十年六月，年五十有一，距其夫卒之歲凡二十九年。嘉慶五年奉旨建坊旌表節孝，節婦後以子熙候選布政使理問得贈安人矣，然以節重，故余次其傳仍以節婦稱焉。

吴德旋曰：予之客四明也，慈溪姚洧以陳嘉植所撰其大父贈儒林君暨大母張安人合葬墓誌，介吾友王師竹視予，屬為文以彰其大母之節，予為傳之如右。洧有兄曰：某節婦冢孫蚤卒，甘妻童氏守志三十年，與其祖姑先後以節孝著稱鄉邑，予聞之師竹云。

洪母鄭孺人傳

孺人姓鄭氏，諱某，貴州某縣人，年十五歸陽湖洪北江先生。時北江先生方以編修視學貴州云，孺人事北江先生及女君蔣宜人甚謹，佐蔣宜人理家政，措置得宜，及蔣宜人卒後家政悉孺人攝理之，凡若干年。年二十九得疾卒。子二，長胙孫，陽湖縣學生。次齮孫，副貢生，生四年而孺人卒，賴慈母邵孺人養而教之。

齮孫長而德邵孺人甚，為歲寒堂夜課讀圖，徧征詩若文以彰之。然每思念鄭孺人，未嘗不愴然而悲，至欲追述鄭孺人生平行事則茫然矣。嗟乎，此昔人所以致痛于蓼莪之篇也。

節孝蔣氏姊傳

節孝蔣氏姊，諱雁，姓吳氏，宜興歸美橋人。先考蓮溪府君之第三女也。母孺人惲氏，劉氏。先劉孺人見背，時姊年甫十四耳，然夙嫻先孺人訓言，動悉遵禮範。年十七歸同里蔣君良檻，逾年生子繩祖，又逾年生子繼祖，又逾年蔣君得瘵疾卒。

蔣君有高才，少以能文名邑里中。其卒也，士林皆悼惜之。時君舅與生姑氏皆在堂，吾姊事之甚謹，及君舅卒而事生姑氏尤篤孝。先世有所遺田僅足供饘粥，吾姊辛勤拮据，為二子娶婦。其後二子亦相繼死，有孤孫三人，長孫今已成立，余尚幼。自吾姊歸蔣氏，為婦為母，人皆取則焉。道光八年四月某日卒，卒年六十有四，守節凡四十二年。

莊蘭珮小傳

莊蘭珮者名盤珠，陽湖人，莊有鈞之女，同邑舉人吳某之妻。幼穎慧好讀書，既長習女紅精巧，然暇輒手一編不輟，嘗從其兄芬珮受漢魏六朝唐人詩，讀而好之，因效為之，輒工。其詩多幽怨淒麗之作，大抵似昌谷集云。嘉慶某年得瘵疾，以某月某日垂絕，復甦，謂其家人曰：『余頃見神女數輩抗手相迎，云須往侍天后，無所苦也。』言訖遂卒，年二十有五。

余讀唐李義山所為李長吉小傳，載長吉死時事甚奇。而明工部郎中葉紹袁女小鸞歿為月府侍女，世傳其與乩仙天台泐師相問答，遊戲精敏，泐師驚曰：汝但有綺語罪耳，天上人間智慧第一，吾不敢以神仙待汝也。爰命名絕際，攝入無葉堂中，密修四儀無葉者。無枝葉而純真實之義。上根之人應以女人身得度者入焉。

噫，異矣。夫神仙之事儒者所不道，然人之有慧業者，其于去來死生之際必有異乎人。人觀蘭珮臨歿時對家人語，宜可信。予與蘭珮母家有連，故悉其事而傳之也。

偉瞻張君傳

偉瞻張君，諱遠覽，河南陳州府西華縣人。幼孤，能自力于學，性敏慧，讀書日記誦數千言。事母盡孝，家雖貧竭，力營甘旨無缺。母卒，哀毁甚。及葬，廬墓三年。君博學工為文，乾隆癸酉充拔貢生，己卯本省鄉試中式舉人，選授正陽縣學教諭。其教人先器識而後文藝，遠近爭來就學，庠舍至不能容。其弟子經指授為文，用君說成進士、膺鄉舉者甚眾。

巡撫畢公嘉其能，以卓異薦選授貴州鎮遠縣知縣，青浦王述庵侍郎為敘以送之，謂君用博雅之學播循良之治，必能寬猛以時，使民苗咸輯也。及君蒞任，果如所期焉。鎮遠，古夜郎地，苗民雜處，獷悍難治，君結以恩信，皆帖服遵約束。舊俗子女多者，其父母往往忍不舉，君出教諄諄然，諭以義理，苗民感動，甫七月而舊俗為之一變。

大吏以為能，令署黎平府下江清軍理苗通判。下江環治皆山，以山為城，缺處補之以磚，價十倍于石。君以為勞民傷財，無益也，以石易之，每歲省工價無算。下江山中故有虎患，君至則出多貲制火器，率武弁鄧元第等往山中日習之，下江由此遂無虎迹，苗民賴之以安。君之在下江甫四月，因疾致仕歸。歸日，苗民扶老攜幼，涕泣相送。

君既歸西華，而西華民東玉林者潛謀不軌，跡且露。君與邑大夫密謀擒治之，又恐其黨之潛入城中也，力疾躬率門人子弟輩晝夜巡察。君雖以老疾家居，然遇事猶奮發有為如此。若其他為善于鄉而鄉里載其德者皆常事，故不書。所著有詩小箋、春秋義略、詩集、文集凡若干卷，藏于家。

吳德旋曰：君與偃師武虛谷大令並以經學著聲中州，後並為循吏，然皆未竟其用，而儒者之效不獲大彰顯于世，惜哉，惜哉！予之聞君名也，由新城陳碩士侍郎，凡君所著述，侍郎悉以視余，余得而讀之，因次其傳。

祝人齋先生傳

海寍祝人齋先生洤，初名游龍，字貽孫，生未周晬而孤。年四歲母吳孺人教之識字，首舉人字昭之曰：『人與天地並列，謂之三才，汝當知所以盡為人之道。』先生聞而默識之。既長自號人齋，以志不忘母訓云。先喆楊園張考夫邃於朱子之學，先生未及與之相接，讀其遺書而私淑焉。先生慎於擇交，交既定終身弗諼。

大理守汪謝谷延先生于署事，每咨而後行，先生言無不盡。無何，太守卒，無歸資，先生多方經紀，致其喪歸。亡友周孝廉鋐梅子庸玉貧無依，先生養而教之，俾得成立。先生嘗往來燕、齊、豫、章、閩、粵間，所至必交其名賢長者，陳相國蓮宇、雷副憲翠庭、傅少尹謹齋、陳布衣頫恭、李山人鋏君，皆與先生為同志之友，而所尤善者陳進士凝齋也。凝齋以禮記說無善本屬先生刪節注疏，兼博考諸家，擇其長說為書七十卷，終未及訂正而卒。所纂有淑艾録若干卷，掇録朱子精粹語為下學編若干卷，其他詩文尺牘多散逸，僅存者文二卷、詩二卷而已。先生以乾隆丙辰恩科舉于鄉，卒于巳卯某月日，卒年五十有八。

吳德旋曰：聞之先生同州周君勳懋，稱先生踐履篤實，為海昌儒林之冠，而州志顧列之文苑，誤矣。予謂詩文固嘗以人重耳，今陳碩士侍郎梓先生遺集行世，庶令後之學者知為人之重于詩文也哉。

李心陔傳

李心陔名復來，陽湖縣學生。父諱蕚，山陽縣儒學訓導。心陔幼孤，從其伯兄慶來鹿籽受學，鹿籽善書，以蔡君謨為宗。而心陔書由天授，略涉歷初唐諸家，已過人遠甚。長從同邑王甗瑤舟治經義，瑤舟亟稱之。心陔于義理、考證、詞章之學，議論無所偏主。見人有善，慕而與之游如恐不及，人皆樂就而親之。初鹿籽以先世三忠仕永明王殉難粵中著李氏三忠事蹟考證若干卷。心陔助其搜輯之功為多。鹿籽歿後，心陔以三忠事蹟徧徵海內知名士，為詩若文以顯之，悉梓行世。

余與心陔故世交，而心陔年少于余，故兄事余，然各以衣食故不獲時過從，每見輒依依不忍別也。道光甲午九月，予自越歸里，聞心陔病，亟往視。心陔猶娓娓向予談說詩文事如平時，後聞其疾時愈時不愈，心憂之甚。無何，凶問至，哭之而悲，因次其傳。

孫訪山傳

孫訪山名讓，字于丕，一字訪山，陽湖戚墅堰人。考諱璟，國子監生，贈奉直大夫。訪山性開敏好學，弱冠游京師，肄業國子監。乾隆丙午科應順天鄉試中式，至嘉慶壬戌始成進士，歸班候選，選期至而丁贈公憂，服闋，選授山西臨縣知縣，以母老告請近省選安徽懷遠縣知縣。其為治以通民隱為務，而實力行之，尤盡心於水利，文廟卑隘，倡捐拓之。邑志久不修，延邑士之賢者考文獻，採節義以示風動。又招友人李兆洛申耆鉤稽載籍，相與訂正而成，稱佳志焉。罣吏議去官，已而事得白，仍候補安徽署鳳陽府同知。丁母楊太宜人憂，服闋，發山西候補，曆署繁畤太平縣知縣，補臨縣原缺。復罣吏議休致，貧不能歸，賴同官佽之以行。至山東東昌府，其親家張琦宛鄰方為館陶令，留之署中。疾作，未幾卒。

訪山為人坦易真率，不事表暴為名高，然與之游者信其於孝友最隆也。工制義，有勝國時萬二愚、孫淇澳諸賢之風。在國朝心所敬惟李厚庵、劉海峰、竇東皋數子而已。然為之不易成，又往往成即棄去，遺篋中所存僅文十數首耳。予論文與世殊嗜好，獨訪山以為善。曩者予友于震竹初著詩經酌注三十卷，嘗以屬予為刪訂，訪山故善竹初，約與共點定之而梓以行世，未果。今予亦成詩經集傳拾遺數卷，恨不獲訪山一正其是非也。訪山卒於道光十一年十二月，其明年張宛鄰亦卒，又明年訪山之喪乃得歸。李申耆既為之誌墓矣，余乃次其傳云。

盤幅顧君傳

盤幅顧君，名亨榮，世居荆溪湖洋渚里。其九世祖曰環，當明正德中遇凶歲輸米七百石賑饑。郡太守請於大吏，以『尚義之門』四字為額旌之。君年甫十一而父衡章卒，遺田僅五畝，有弟曰利榮，母范氏。君稍長力耕養母畜弟，及年二十餘習為賈，所居積物利輒數倍。至其晚歲田連阡陌，比素封焉。先是，君之族人才君之為，以祠田三百餘畝舉君主其出納，君司事十餘載，所買田亦倍於舊。

君既富即好行其德。嘉慶十九年大旱，出藏粟賑饑，復出貲浚湖瀆以通水利。道光三年大水為災，益出藏粟以賑。恩授九品銜。八年，里人議建設義倉，儲穀以備凶歲振施之用。君捐田五十畝、錢五百緡，督造四載，倉甫成而君遂卒。卒時命諸子續捐田五十畝入義倉，而倉西偏復捐瓦屋五楹，諸子奉遺命不敢違。邑大夫以其事達大吏。奏聞，奉旨給帑建坊以表其閭。君自壯歲與弟異居，既以先世遺田授弟矣，然弟有子女婚嫁事，君任治之如己子女，每飲食必召弟，弟未至不先獨飲食，如是者數十年，人尤以為難也。

吳德旋曰：予與顧氏有連，嘗為點定其家乘，乃知湖洋渚顧氏先世，固所稱尚義之門也。而君克繼起，可謂賢矣。又其族之長者，率群子弟以祭產之贏入千餘金義倉，亦奉旨建坊旌獎，豈不盛哉？

吳少蕚傳

吳少蕚名謣，少蕚其字。一字籍庭，國子監生，世居宜興之泊村里。曾祖紱翰林院編修，以文學顯名于世。少蕚家貧，以經教授邑中，束修自好，慎交游。陽湖孫庶翼、婺源程子香並寓家宜興，以學問文章相砥礪。少蕚慕而友之，庶翼、子香以古狂狷自命，而少蕚持論稍中焉。少蕚初治經義，有先輩諸名家之風。及與程子香友則從余問古文法，予以所聞于姚刑部姬傳者告之，謂從歸熙甫入可以上溯司馬子長。少蕚遂日取熙甫文讀之，每為文輒仿佛其波瀾，意度將不入其窔奥不止也。詩學晚唐，書畫亦入能品，邑人皆信而推之。

道光丁亥秋，庶翼、子香相繼卒，少蕚素通方書，自以不能獲奇效于良友，憤而出游，訪孫大令于丕于太原。後數年歸，訪予于歸美里。余適以事入邑城，未之見也。其後一見予於孫庶翼之故居，相對欷歔歎息而已。又後數年，道光十三年某月日得疾卒。

薛畫水傳

畫水諱玉堂，字又洲，一字畫水，姓薛氏。先世居四川保寍府蒼溪縣。曾祖之佐順治八年辛卯鄉試，中式舉人，仕至安徽廬州府知府。罷官後家金陵，為金陵始遷祖。祖景珏，康熙三十五年丙子，四川鄉試中式舉人，仕終河南光山縣知縣，罷官南旋，居無錫寺頭鎮，為無錫始遷祖。父稻孫占籍金陵，乾隆二十五年庚辰，恩科江寍鄉試，中式舉人，著釣雲軒詩集行世。

畫水生十歲而孤，母徐太恭人延師教之。甫弱冠即以工詩善屬文名於時，占籍無錫，補縣學生。乾隆五十七年壬子江寍鄉試，中式舉人，六十年乙卯恩科會試，中式進士。殿試後引見，以內閣中書用。嘉慶元年補中書缺，兼管誥勅房事務，尋丁內艱。服闋，補原官。奏充會典館管纂修官，兼文淵閣檢閱方略館分校，八年權內閣侍讀，十二年論俸推陞內閣典籍。奉旨外用，選授安徽廬州府同知，歷權知太平、廬州、安慶、池州、鳳陽府事。其為治以實心行實政，而尤留意於教化，以造就人才為先務。所至必擇其士之尤茂異者與講論文藝，謂即末可探其本也。

道光五年部銓推陞甘肅慶陽府知府。會肝疾作，乞病假歸。歸而杜門養屙，坐臥一室中，然故人及後進子弟以詩文相質者，接之無倦。性故好讀書，及是好讀書益甚，所藏書歲閱一遍，遇有謬誤處隨時校勘以籤記之，有疑亦籤記之，以俟考。有質疑者，知則答之，偶忘即檢書示之。無可考則又籤記俟考。既得遇前詢者必告之，居恒每自言曰：『少不誦讀，長不論議，老不教誨，昔賢之所非也。』又曰：『老而不教，歿無人思，敢不勉乎？精力雖衰，盡吾心焉可矣。』畫水處朋儕間談諧閒作，然有理致，似魏晉間人，人皆樂就而親之。畫水之歸也，年六十九矣，歸又十年卒，年七十有九。

畫水晚而好治古文，嘗選定國朝七家文鈔行世，自著詩、古文集凡若干卷藏於家。畫水既家居後務自晦迹，然邑之士大夫爭推高之，謂不獨文字逾人，其篤行孝謹，實非人所能及，咸欲矜之以為表式。不得已一應鄉飲大賓之舉外，此足跡未嘗出里門也。

吳德旋曰：予與畫水相識晚，然相知特深。自畫水歸田後，予每歲必賣舟一造訪之。至則相與論文，往往竟日。道光十五年，予因多事猝猝未及過訪，而八月中畫水凶聞至矣〔一〕。嗚呼，自今以往，予安得更遇有如畫水其人者而與之友哉？

【校】

〔一〕聞，花雨樓校本作『問』。

劉君妻蔣孺人傳

蔣孺人者，吳縣人，武進劉儀五山之配。五山以嘉慶癸酉舉順天鄉試，俟補知縣。道光十二年五山方游閩之上杭，主講琴岡書院，而孺人以疾卒於家，年四十有九。初，孺人隨侍君舅、君姑於浙江金華縣署，又隨侍於廣東海豐縣署，檢理囊篋，細碎無遺。及君舅罷官歸里，家空乏而食指益繁，五山兄弟恒出遊，家事悉倚辦孺人，甚勞瘁矣。然合宅上下絕未聞孺人有咨歎聲，而舅姑及諸叔姒咸若不知家之空乏也。孺人有子曰曉華，曉華承父訓以能文名，然五山家居之日少，而曉華自幼至長無子弟之過，蓋本之孺人之教為多云。

吳德旋曰：予識劉君時孺人已卒，道光十四年也。其明年始識曉華，曉華以孺人事略請予為傳，述孺人持家勤苦狀，涕出不能止。有子如此，益可知孺人之賢矣。

曾烈婦傳

曾烈婦葉氏，名露秋，廣東連平州分司里人。年十七適同里曾通，通亦年十七，時道光八年也。居無何通得瘵疾危甚，烈婦之母屢遣人伴勸慰烈婦，諷使歸寧。烈婦曰：『此豈女歸寧時耶？夫病若此，當事之不能旦夕離也。』母無如之何。已而通自度疾終不起，每謂烈婦曰：『若年甚少而吾病若此，若將奈何？』烈婦無言，垂涕泣而已。九年六月，通死。

死之日烈婦持錢二百文給其鄰之九歲稚子曰：『吾家當用灰漆治棺，須得鴉片少許和之，汝能為我買來，我當報汝。』鄰之稚子信之，為買得持至，烈婦即時生服鴉片死焉。母聞，馳赴哭之，曰：『兒何愚至此耶？』後數日兩喪並舉，觀者或愚之，或悲之，終莫有列其事聞于有司而表之者。予友練立人大令亦連平州人，與烈婦居相近，烈婦幼時曾見之，凜然冰雪姿也。及是聞烈婦事始末甚詳，為予言之如此，曰：不可使無傳也。予乃次其事傳之云。

芑臣王君傳

芑臣王君，諱咸亨，字允元，一字芑臣，浙江鎮海縣人。父諱慶，候選州同知，嘗出藏米六百石賑饑，邑人載其德。君生五歲而孤，其母夫人鄭守節撫教之。君年二十縣試第一，補縣學生。性孝友，好讀古書，聞有善書未刻，輒出貲刻行之，雖多金不惜。其於為善，若饑渴之於飲食，凡邑中義舉如浚城池、賑饑之類皆倡為之。當事者以其事聞，部議敘得八品銜。君於諸善事既靡不為而意歉然，常若有不足。其施惠人則每戒之曰：『若毋向他人言之也。』君既卒而人始自言之者甚眾。

君之事母，視聽在微忽。既得疾，日強起循恒節，示若無甚疾者。然至其卒之前一日，猶然懼傷慈母心也。君之卒年僅二十五，遺孤子二，僉以謂為善無不報，其在君之後嗣乎？

吳德旋曰：道光十五年冬，予游明州，客友人鎮海王學博師竹，許君介師竹請予為屏山堂後記。屏山堂，故宋嘉定中帥臣馮柄建於鎮海梓蔭山上，而郡人應焆記之者也。堂之頹廢久矣，而君捐千金倡修拓之，然師竹述君之意，願毋書名記中。予甚異之，謂如斯人者，誠世所不易得，異日將因師竹以納交焉。至十六年春，予復來明州，則君已卒矣。君弟咸章請予為君傳，予既慕君之志而悲之，遂次其事傳之。

張楊園先生傳

張楊園先生，諱履祥，字考夫，世居浙江桐鄉縣清風鄉之楊園里，學者稱張楊園先生。父曰明俊，明萬歷中副貢生。先生九歲喪父，母沈大人教之。天啟五年先生年十五，補縣學附生。崇禎七年館同邑顏士鳳家，時東南社事方興，各立門戶，遠近紛如，士鳳與先生嚴相約，毋濫赴。但與里中數子邱衡輩相砥文行曰存知社。十五年先生年三十二，見黃子石齋於武林。石齋以近名為戒，先生謹誌之。十七年渡江見劉子念臺於蕺山，師事之，歸而自謂有得也。他日於念臺著述中採其尤者曰劉子粹言。吳江張嘉玲佩蔥甲申後棄諸生從游，請執贄師事先生。先生不內，門人或請其故，先生曰：『某生平授經之外未嘗納拜，正師弟之誼，近見時流講學之風始於浮濫，終於潰敗，平日所深惡也，豈至暮年而躬蹈之？況佩蔥敏而好學，聞善力行，素稱畏友乎？』初，崇禎十六年門人歸安吳子琦請於先生，欲游復社名公之門以延譽，先生止之。子琦意甚堅，先生曰：『如必不可已，子往拜楊維斗一人可也。』先生曰：『人不可無直諒之友，予年二十後得交顏士鳳，方知流俗之卑污，其不至失足於張薄，周鐘之門者，皆士鳳力也。其言曰：誤天下蒼生者，必此人。君往見彼，則予絕君交矣。予以是懼而止。』故先生于士鳳之喪徒步往哭，收其遺文以歸焉。

先生嘗云：『聖人之於天道，庸言之信，庸行之謹，盡之。』又云：『求異於人即異端也，求合於人即鄉願也。盡其當然之分，斯依乎中庸也。』

所著書曰經正録，曰願學記，曰問目，曰備忘録，曰詩，曰書，曰初學備忘，曰學規，曰訓子語，曰答問，曰門人所記，曰言行見聞録、曰近古録、曰近鑒、曰喪祭雜說、曰農書凡十有六種。先生之學以子朱子為宗，而尤嚴於陽儒陰釋之辨。與先生同時學相似者為太倉陸桴亭先生，後先生而興起者平湖陸清獻公也。清獻公見先生備忘録一冊以為篤實正大，足救俗學之失，甚欽歎之。又其後海寍祝洤人齋於先生之書采輯精要，為淑艾編，稱先生盛德所至，迴狂瀾，砥中流，身困道亨，確乎不拔，實兼統乎河東余干諸君子而為朱子以後五百年聞知之一人。

吳德旋曰：予舊聞張楊園先生為陸清獻公所推重，而未嘗見其著述。道光十六年予與桐城蘇惇元厚子相遇於鄞江，厚子篋中有先生全書及門人所訂年譜一卷。予幸獲借觀，因次為傳。

張宛鄰先生述

先生姓張氏，名琦，初名翊，字翰風，一字宛鄰，武進縣人。生而孤貧，稍長親師取友盡一時之名宿。其伯兄惠言以學行顯名當世，先生穎悟亞于兄，為詩古文詞播于海内士大夫之口，學者並稱二張。先生也自年二十餘補縣學生，以教授為業，恒客游。嘉慶十九年癸酉舉順天鄉試，年已五十矣。道光三年壬午以館班分發山東候補知縣，初署知鄒平縣事，甫踰四月。然去之日，耆老垂涕餞送者屬于道。繼署章邱十有三月，繼署館陶，二歲即真授焉。其為治，視民之疾苦職己之由，思所以為民興利除害，于心靡不盡而尤勤于農事，仿古區田法教民種植，使凶歲有備。治獄刑故宥過，一以經術斷之。在館陶凡八年，以道光十三年三月得疾卒，年七十。

先生藴深而志遠，以遇之艱，宦之不遂，其所欲施之世者十未獲展一二，然處則為佳士，出則為循吏，亦既過人遠矣。先生喜治兵權謀書，覃精地理，其于山川險要道路出入之勢如指諸掌。治古文自曾子固、歐陽永叔而歸於班孟堅氏。詩工五言，宗法魏晉，高者欲駕潘、陸而上之。詞則由趙宋諸名家以上溯溫飛卿、韋端己。書長於分棣，蓋懷寍鄧石如之亞。而真行書與涇包慎伯齊名，慎伯推之以為舉世無與比。通方書，始受法于歙金輔之後，得黃氏坤載書，歎為絶詣，師其意，為人治疾輒奏奇效云。先生既卒，子曜孫收拾遺書謹謹無失，都所著述曰：戰國策釋地二卷，素問釋義十卷，古詩録十二卷，李詩録四卷，杜詩録四卷，詞選二卷，本草述録六卷，宛鄰雜著一卷，兵家雜著二卷，文二卷，詩二卷，詞一卷，鴛鴦劍曲二卷。其未成著唐詩録若干卷，勸農約言若干卷。戰國策釋地、素問釋義、古詩録、詞選已梓行世，餘並藏于家。宜興吴德旋述。

卷七　碑文　墓誌銘

重建會稽禹廟碑代

會稽故茅山也，亦名苗山，禹崩而葬焉。史記·越世家云：少康之庶子封于會稽，以奉守禹之祀。或曰：啟封庶子無餘于堇，其地為古堇子國，即今鄞縣，世遠莫知其然否。而越絕記云：無餘都會稽山南，故越城是也。古書之言越故多異，要當以世家言為正當。七國時越既屬楚矣，而越之公族或為王或為君，濱于江南海上，洎漢興而猶有閩越東甌，奉其先祀。禹之廟，在越中者固宜不專一所，抑當日四載之乘周行天下，觀山川之勢以知其便利，相視土地所宜以貢。至于衣皮草服葛，越之鄉莫不即敘。廟食宜徧瀛海，然惟塗山及會稽為朝萬國、致群神，施戮計功地，廟視處加重，而會稽陵寢在焉則尤重，今塗山廟在其巔。而會稽山旁之廟自古有之，世傳其下群鳥耘田，夏後氏之裔今猶有依山而居者。

某奉天子命分巡是邦，恭謁陵廟，愕其頹圮過甚，榱棟皆有崩落勢。惕然于心，喟然歎息，爰與知紹興府某君謀所以撤舊而新之。因以請于都督某公。鎮將某公告諸屬吏。僉曰：都哉，其奚可怠？度工鳩貲，競勸趨納。其廟之高廣之度，像設之儀悉遵于舊，不敢加侈。落成之後雨暘時若民人忭舞，某既樂其事之有終也，謹撰辭而鑱諸石。其辭曰：

揚州之域，據淮極海。龍蛇所都，漫漫瀰瀰。神聖施功，萬靈既從。貢賦斯備，計其攸終。陟遐奄迹，悠哉遺烈。于周杞微，嗣守在越。明德之馨，無斁于承。儉則易富，橘柚充庭。肅將祀事，以歆而宴。元圭袞冕，福我黎獻。

誥授資政大夫禮部左侍郎陳公神道碑銘

公諱用光，字碩士，一字實思，姓陳氏，世居江西新城縣。曾祖世爵候選州同知，贈資政大夫。祖道乾隆戊辰科進士，候選知縣，贈光祿大夫，常以宋儒之學啟迪後進學者，所稱凝㘽先生也。父守詒，河南陳州府知府，贈資政大夫。陳州五子，公次三。幼有至性，九歲喪母魯夫人。家人每言及輒流涕，庶母姚撫之慈甚，喪其卒如所生。少補邑弟子員，翁學士方綱、李侍郎璜為學政，皆器異之。至京師尤為朱文正、彭文勤兩公所優許。中嘉慶五年順天鄉試舉人，六年成進士，改庶吉士，散館授編修。十九年轉御史，巡視西城，以部議回原衙門，仍供職編修。道光二年遷司業，歷中允侍講庶子、翰林院侍講學士，詹事府詹事、內閣學士兼禮部侍郎、禮部右侍郎，署戶部右侍郎，終禮部左侍郎，常充日講起居注官、文淵閣直閣事國史館纂修總纂、文穎館纂修、明鑒總纂。兩為會試同考官，一為順天鄉試同考官，戊辰河南鄉試正考官，乙酉江南鄉試副考官，提督福建學政，浙江學政，壬辰科會試覆試閱卷大臣、武會試總裁。

公性和易，不與人競，亦不喜顯立同異。達官有期之喪，公固無意往也，人問之，乃曰：『吾大誤，竟忘往吊』。由侍講學士驟遷至內閣學士，上面諭曰：『朕知汝能恬退，故特用汝，汝非有保舉人也。』乾隆、嘉慶之際，天下言文章者推桐城，而江西新城亦最盛。桐城姚郎中鼐公本師也，然公初學于舅氏同里魯進士仕驥，故為文兼取兩家法，而澤之于詩書仁義則一而已。詩初學鉛山、蔣編修士銓，後亦以姚郎中為法，故氣稍斂抑云。公奉祿所入悉費于施與，同年查訥勤夫婦相繼卒，無子，以其二女為子婦而子其幼女，擇顧侍郎皋之子嫁之。為外舅、舅氏及師姚郎中置祭田，費或千金或數百金無靳惜，故無一日不貧，然未嘗或見其有憂貧之色。

公之先自凝㘽先生以朱儒之學為教，陳州恪遵其說。公幼時習聞之，言動必循禮法，然治經未嘗墨守宋儒門戶，於禮記有刪改，陳澔集說於四書有通義未定本，于春秋則仿呂東萊，讀詩記取諸儒先之說合于己例者，順而摭之，緣而成之，名春秋屬辭會義，斷手于襄公，至臨歿時猶以此書未成為憾。嘗取近時人之嘉言懿行及關于掌故國聞者集為衲被録若干卷，自為詩文集若干卷。公于為文善上元管同、宣城梅曾亮。同、曾亮皆嘗受古文法于姚郎中而同為公典試江南所得士。曾亮故年家子，然公接之恒自降抑。即以德旋之淺陋，顧嘗與公妄論詩古文利病，公輒欣然聽之，其能不自矜如此。公為浙江學政時奏罷宋孫覿之專祠奉祀，以黜邪佞。而海寍祝貢士洤，故凝厽先生友也，其為學由楊園張考夫以達于子朱子，公訪得其詩文遺集刻之，此足以見公之志在正人心、厚風俗，而非徒以文章為報國之具矣。

娶魯夫人，四子：蘭瑞，國學生。蘭滋，廣西上思州知州。蘭第，戶部河南司侯補郎中。蘭豫，甘肅高台縣丞。女七人，適魯應祜、涂慕祁、王輔舜、王汝誠、祁寯藻、禮蘭祜、曹裓。孫三人，曾孫一人。公之卒以道光十五年八月十三日，年六十八。其明年某月日葬于某所。梅郎中曾亮既志而銘之矣，德旋為之文其碑而系以銘。曰：

志矩為學，宗經為文。稽古必力，卓然有聞。久居史職，三長無忝。進貳秩宗，在公黽勉。務既厥實，不矜其聲。謙謙致美，撝而非鳴。多賢之門，韞此懿德。顯詩刻碑，昭示無極。

亡友張介軒墓誌銘

予與張介軒居同里閈，少相友善。介軒年長于余十三歲，故弟畜余。余以貧故時時出遊，介軒有田二頃，衣食足自給，恒家居。余之遊不甚遠，踰時即歸，歸而相過從，幾無虛日。介軒年三十餘始為詩，已而好之甚篤。其論詩兼取唐宋而于唐賢中尤嗜李義山，有讀李義山絕句三章推義山才豔為三唐第一。其詩有序，序云：

義山錦瑟一篇自昔苦其難解，余以為此義山言懷之作，亦無題類也。特託興錦瑟以之命篇耳。義山情殷伉儷，以再娶故不能無痛悼處。太和、會昌之際，目掣掖庭多故而於令狐父子始恩終怨，中年易感故成此詩。首二句標明思華年，三言夫婦，四言君臣，五六通言夫婦君臣而朋友意寓其中，末二句復申言追憶，一篇之中哀樂之變備焉。其以冠玉溪全集，宜矣。可見義山忠厚悱惻篤于人倫，一飯不忘，當不獨使少陵專美。

陽湖錢魯斯見之，歎其識議之卓絕。余嘗謂讀國風小序不徹，無從論詩。國風，言情之書也，其言似男女而實非男女者，尤宜加意尋繹。義山詩所以為超然獨得其解，未可以輕佻浮薄疑之。至如韓致堯香奩集、王次回疑雨集揣摩牀笫，又決非國風之旨矣。今試取義山詩與香奩、疑雨集比而觀之，其用意奚啻天壤之隔耶？介軒深知義山，故其為詩哀樂之感異乎恒情也。介軒為人故謙謹，及與之論詩則無所避讓。余與介軒議論多合，偶不合則爭，介軒初不肯相下，然往往終從余言。介軒善飲酒，予性不能飲，飲少輒醉。然每至介軒許，介軒飲余酒，余飲輒倍常，酒後相與論詩，至竟夕不倦。介軒于詩未嘗一日廢不治，卒之前夕猶自取所為詩改易數字焉。余詩初學韓退之、孟東野，介軒以為善。後悉棄之，更學南朝宮體及晚唐人詩，介軒益以為善。然自介軒之亡，余詩又一變矣，乃竟不獲與介軒酌酒共論之也。悲夫。

介軒名起，字采五。介軒其自號也。世宜興人，少補縣學生。大父諱某，父諱某，母某氏，配龔氏。子四：長光璨，縣學生。次某，次某，次某皆能讀書飭行，鄉里稱之。女三，皆適名族。介軒以嘉慶某年月日卒，春秋六十有六。其葬以卒之年某月日，墓在某某之原。銘曰：

文人愛憎結症瘕，作詩之說尤紛拏。出彼入此家其家，聿有能者篤嗜之。朝砥夕礪攻疵瑕，葩麗正則百世垂，我銘其藏辭匪誇。

雨亭畢君墓誌銘

君姓畢氏，諱應箕，字耀寰。雨亭，其自號也。武進人，本系邗里吳氏。父諱某，與戚畢某同巷居，相得也。畢無子，愛君而撫之。既兩父皆早世而嗣母以乾隆壬寅年亦卒。君事本生母以孝聞，家貧，資教授為養，然竭力營甘旨無缺。畢又涵者，君嗣父之從子也，常為人言君之事親者而歎曰：人家親生子，詎有爾耶？蓋所稱一如其事本生母者。

然君于濂洛關閩諸大儒之訓，身體而力行之，而尤所深嗜者許文正遺書、薛文清讀書録也，嘗以為文正之學篤實而輝光，文清之學高明而純粹，論繼朱子統者必以二公為得正矣。間亦喜翻人乘經，謂其誕處固不足信，然于心體實有所見。不知者遂以君為溺于佛氏之說，君置勿與辯，時人莫能測焉。君常論學于同郡蘇謹人、屠銘莪諸子，而與予族父晉望先生尤相契合。晉望先生嘗語人曰：『自予所識知，未見有如雨亭者。』君聞之大愧，戒不得復有所道，然則君之所以自待者，何如耶？

君志欲少置田宅為畢氏立後，而身自復姓歸本宗。然竟不克，遂臨歿戒其子善承畢氏後，而葬己于本生父之墓旁。配某氏，子一，良翰。女一，適劉某。君卒于道光某年月日，年七十有八，墓在某鄉之原。

余舊聞君名而未嘗修士相見之禮，及讀晉望先生澤古齋遺文有贈言于君，乃知君固晉望先生之執友。晉望先生歿而君與其季子敬承為再世交，敬承每為余言君秉德淳，固可為人師。而詢之學校，學校中不知有君；詢之卿大夫，卿大夫不知有君。知君者維相與論學之數子而已。此予所以舊聞君名于寂寞之中，而疑君之故峻其節歟。敬承性耿介，不妄諛人，其推君非以父執故也。藏之于心不能忘，思有以闡其元行而屬為之銘其墓云。銘曰：

如疢于心，若疢于身。孰鉤其沈，而鑒其真。後有知者，曰此古君子之墳。

東帆費君墓誌銘

道光三年某月日，武進費君東帆卒于京師。是年某月其孤孫善慶奉君之喪歸武進，以某月某日葬某所，持狀來征銘。按狀，君諱湘，號魯堂。東帆，其字。考諱懷禮，贈奉政大夫。君年二十餘補縣學生，後以入貲為國子監生，舉嘉慶戊辰恩科順天鄉試，年已五十餘矣。

先是，奉政君以修德行仁見推邑里，君志欲恢先人之緒而光大之，不憚艱苦勞瘁。及君從子庚吉成進士，觀政禮部，人咸謂積善之家宜有斯慶，君自此可少休矣。而君亦以刻厲不少懈，然志垂就而終齎焉，卒不獲一展其蘊，而遂以歿也。其亦可悲矣夫。

君配袁氏，贈文林郎福建上杭縣縣丞諱勝基季女；繼配錢氏，太學生諱鼎長女。子二人：本修、本立，皆前卒。女二人，長適袁啟莘，次適國子監生王國棟。孫五人，長即善慶，次某某。銘曰：

嗟志之勤，而鬱未伸。而考其行，而刻于瑉，而庶其不湮。

程子香墓誌銘

子香姓程氏，諱德賚，徽州婺源縣人。大父諱某，某官。父諱某，早卒。子香少時從其大父僑居吳門，其母夫人汪氏，宜興人也，故子香後遂奉母居宜興云。子香不喜治進士業，從予學為古文，時人多非笑之，子香勿顧也。嘗以國子監生一再應江南鄉試，意不樂之，後竟不復應試。子香與陽湖孫庶翼、宜興吳少萼、歙王守靜交最善，四人者志意略相似，而子香後少以能文有聲，無錫薛畫水太守尤稱賢之。予窮于世久矣，而獨得子香相從論學不厭，將資以待老。今歲五月予訪友河南，十月歸里中，乃知子香已卒，甚悼惜之。

聞子香卒時斂其生平所著文語家人曰：『善藏之，待王守靜至而與之。』子香卒後守靜至其家，果索子香遺文以歸，將為求有力者刊行之。子香初篤嗜韓退之書，以退之為賢于司馬子長，每作文予必心儀之，然終不能似也。曩者桐城姚刑部姬傳教予為文之法，且力求古人疎淡處；太史公書無美不具，歸熙甫能傳太史公真脈。予深信之不疑，後遂轉以是語授子香。子香折而從之，深思力取，幾且有成矣。而遂卒，茲益可恨也已。子香卒於道光某年月日，年僅三十有五。娶莊氏，某官某之孫某官某之女，先子香卒。生一子而殤，女二人皆幼。銘曰：

志古力學，不在我耶。有不我者，奈之何哉？奈之何哉！

五初李君墓誌銘

君諱康齡。五初，其字。先世本無錫夾山王氏，明萬歷中有曰慎吾者，以媚親育于武進輞川李氏。冒李姓至君七世矣。祖諱衍，曾貤贈奉直大夫。考諱征蘭，封奉直大夫。妣奚太宜人。

君善為文，屬思艱苦，所得必異于人。以國子監生屢應順天及江南鄉試，皆不售。益自修業，然其後以奉直春秋高兼理家政，纖悉必躬親之，遂不能專意誦讀矣。

君之事奉直也謹，凡奉直意有所欲為，輒先治之，故竟奉直之世於志無幾微留憾者。君為人沈毅，思慮詳審，一事發端必要其始中終而逆定之，後卒如所慮，無意外憂。其為人謀亦然，既為之謀，即始終以為己事，度其力之所不能及則不謀也。

君與弟兆洛最相友愛，兆洛自為諸生時及成進士，得一切不問家人生產事，而畢心力于問學，繄君是賴。兆洛以翰林院庶吉士改授安徽鳳臺縣知縣，君往視之，見兆洛能于其職則喜，然猶以遇事輕卒為戒。兆洛後以丁奉直憂歸，遂不復出，家居與君相樂也。君以歲之三月得疾，兆洛侍疾，坐稍久輒促之起，夜輒促之臥，而顧微語侍者曰：『吾疾殆不起，無所顧戀，惟恐以此傷吾弟心，奈何？』嗚呼，君不自悼其死而徒以損其弟之樂為慮，故兆洛于君之卒也哀盡焉，而猶若不能致其情矣。

君卒於道光八年三月某日，春秋六十有二，即以其年十月某日祔葬無錫龍山祖阡。配趙氏，江陰國子監生諱貴權女。子一，毓華，嘉慶己卯科舉人，大挑一等，分發廣東候補知縣。孫一，岳生。銘曰：

和孺之樂，樂不可踰。孰明其然，孰究孰圖。克知允蹈，乃維于茲。考行飭終，銘以昭之。

謹齋陳君墓誌銘

君姓陳氏，諱義存，後更義為壽曰壽存，字與權，號謹齋。先世吳木瀆里人，至君曾祖諱啟文始遷廣西桂林府臨桂縣。祖諱夢齡，占籍臨桂，為縣學生。父諱道柱，候補縣丞。母吳氏，生君兄弟三人，而君其次也。配陶氏，先君卒。子二：長會嘉，以入貲候補縣丞。次載周，蚤卒。女三人，皆適士族。孫一人，熊光。君卒於道光元年四月日，春秋若干，其葬在靈川縣東村坪之原。

君少有能文名，以國子監生屢應鄉試，不售，遂棄去進士業，往來粵東西，為諸侯上客。君事親孝，交友信，其所善貧乏者生則周之，既死猶恤其家。平生未嘗言人短長，然子弟有過必痛責之，俟其改而後已。君以剛直見推鄉里，遇事侃侃持正論，不可屈。僉曰：陳君，君子人也。

君晚歲時時念及江南祖塋，欲令一子返居吳中故里。及載周卒，猶時時以修江南祖塋戒會嘉云。君卒後九年，道光十年，會嘉與德旋同客浙東鄞縣，因謂德旋曰：『先君子葬未有銘，敢以請。』德旋之知會嘉也，由前杭州府西防同知永福呂君璜，自予所識當世士大夫未有賢於呂君者，然呂君甚賢會嘉，嘗命其子從之學，即會嘉之為人可知而非肯以虛美加於親者。爰諾其請而為銘，曰：

有子而賢，祉施厥孫。非徼于天，亦俟其然。惟其植之固，而萌將益蕃。

候選知州吳君墓誌銘

君姓吳氏，諱文忠，字浩然，別自號集齋，浙江慈溪縣人。祖諱承祥，考諱世榮，兩世皆以君貴贈奉直大夫。妣太宜人鄭氏，生君兄弟五人，其仲早卒，而君最幼。君少以孤童自奮，讀書日數百行，年十三傭平湖胡氏藥肆中，日制藥夜取方書讀之，至雞鳴時不倦，如是者八年。既而賣藥嘉興市中以自給，為人治病輒效，久之名聲彰徹諸公間。自行臺省都督、鎮將、監司、郡伯題額相贈者以十數。而君務自抑，慎視聽，精詳出之以稱，人皆信向焉。蓋其思沉力果，積久不懈，故能因應得宜，如百心手而至密無間，莫能窺其蘊也。人有就君治疾者，數年後復來，君曰：『若前患某症，予曾為處某方。』其強識如此，亦足以見君不苟于處方用藥矣。

初，君遵母夫人遺命，與伯兄析產，其後君業漸饒，而伯兄業亦漸裕，君則與其第三兄、第四兄同居十餘年而後乃異財，又其後兩家各有田百餘畝矣，然僅足供衣食資，時有匱乏仍取給于君。君後復以嘉興衡益堂藥肆與伯兄之子運和，曰：『吾曩者與伯兄析產，不敢違母命故也。』

君之先自鄞徙居慈溪，至君五世矣。君以入貲候選知州，復為其第四兄入貲候選布政使理問，晚而杖履相隨，怡怡然樂且孺也，此非誠有見于仁義之實者耶？若乃施濟利物諸善行，在他人當特書不一書，而于君為不足述矣。君卒於道光某年月日，春秋七十有一，其葬在某鄉之原。配宜人邵氏。子三，長運鴻，候選知州。次某，次某。女三，長適同邑郡庠生徐明良，次適某，次適某。孫三。銘曰：

古録緘奥農軒憑，智士元解通幽靈。洞見炯炯傳其精，施手奏效全有徵。已立立人植不傾，益敦内行和且平。福慶綏善無虧盈，琢石綴辭垂令名。

胡封君墓誌銘

君姓胡氏，諱邦綏，字予含，一字雨庵。慈溪東鄉田湖村人。以子紹閔貴封奉直大夫。祖諱某。考諱某，始為諸生，尋棄去，殖財于甬上，繼客乍川。君少讀書為文，勵志勤學，然以親年益高，乍川業不可棄，則沿輟進士業不治而往乍川也。

君寡兄弟，其叔父有四子，視之若同父者。然君與從弟汝甯合力為善，汝沿能任事勝勞，然里中每有善舉，君皆為之倡而所捐貲必最贏焉。群從子弟以君故為善益力，其幼者循循知自飭，遵君之教也。君晚而課孫，手一編不輟，曰：『吾故業也。曩時廢學出於不得已耳。』

初，君之大父母年皆八十餘而終，父卒年八十一。母童太宜人卒年九十一。及君之卒也，年亦八十餘。人以為孝友之家，宜奕世壽考如此云。配費氏，側室某氏，並封宜人。子二，長紹曾，廩貢生，歷權湖州府訓導，宣平縣教諭。次紹閔，州同知，銜加二級。孫九人，曾孫七人。君卒于某年月日，以某年月日葬某鄉之原。銘曰：

善繼述，勤治生。篤于義，行可稱。世載德，宜遐齡。慶延嗣，綿厥聲。安體魄，鞏佳城。伐石藏，昭茲銘。

國子監生鄭君墓誌銘

君諱浩，字芝室，姓鄭氏，國子監生，世為浙江慈溪縣鸛浦里人。高祖諱梁，廣東高州府知府。曾祖諱性，歲貢生。祖諱大節，以附監生授州判銜。考諱印卬，縣學生。妣董氏，繼妣張氏。

君生四歲而孤，以循飭為大父所鍾愛，君先世故以孝謹聞郡邑中，而君之事母尤篤孝。母晚節善病，君親侍醫藥，衣不解帶，以為恒。乾隆壬子冬，家人不戒于火，火且及母所居樓，君急負母下樓突火出，獲免。其後母以節終，君哀毁盡禮，達禮者稱之。

君性好古，遇有古書名畫輒購之。一日往城中人家見爨下作薪者悉書板，視之則明烏斯道春草集也，急購歸，為補刊其缺者行世。教子喬遷嚴甚，委之于學而策以古人行已之方，言動或稍軼繩尺，即與杖，不少貸。比君卒時喬遷學已成，文質皆有以自見于世也。

配董氏。子男四人，長即喬遷，縣學生。次枚，次樹，次復振，枚、樹皆早卒。女三人，長適鄞諸生周世緒，次適同邑諸生虞廷寅，次適鄞張某。孫七人。君卒於嘉慶十六年二月日，春秋五十有四。即以其年七月權厝柩于鶴江之濱。道光十一年十一月，喬遷以君行狀來請銘。讓不獲，乃為之銘曰：

孝先百行，鬼神祉之。孝子有子，率前之為。既得吉卜，宅安于茲。以利後嗣，其永無虧。

魯堂胡君墓誌銘

君姓胡氏諱紹曾，字省之。魯堂，其自號也，浙江慈溪人。祖諱文祥，諸生，贈奉直大夫。妣童氏，贈宜人。考諱邦綏，國子監生，封奉直大夫。妣費氏，封宜人。君幼穎悟，九歲能屬文，大父以其才也鍾愛之，自督課焉。

君于經史之學如夙成，略涉即能記誦，長而有聲郡邑間。由廪貢生入貲候選訓導，歷署處州府宣平縣學教諭、湖州府學訓導。性坦易，與人無所忤，于物無所競，生平慕衛洗馬之為人，謂人有不及，可以情恕；非意相干，可以理遣。學者能日誦斯言則意氣自平矣。故其所至，凡著弟子員籍者皆愛而親之。好為詩，研而精之，然其婆娑嬉游、涵濡諷詠之意，取自怡而已，不苟欲求知于人也。著有六行軒稿藏于家。配姚氏，子五人，女若干人，孫七人。君卒于嘉慶二十五年十月初三日，年三十有四，其葬在某鄉之原。銘曰：

強恃智究，乃以心鬭。靜言持之，曰遠釁咎。既和而平，以晞穆清。來者覺慕，尚徵斯銘。

吳耶溪墓誌銘

唐李元賓、獨孤申叔，宋王逢原皆以高才盛志蚤世殞命，然托於韓退之、柳子厚、王介甫之文，遂藉以不朽，後之人未嘗不追思而慕道之。今于吾耶溪之亡，乃不禁流涕太息，深悲而重有感也。耶溪幼時質甚魯，年十一性忽開悟，讀書過目輒成誦，下筆有老成之風。年十八補縣學生。道光癸未，耶溪年二十四，從余問古文法，予以所受于師友之説告之，蓋疑信半也，已而深信不疑。數年之間所為文出予遠甚，然耶溪信予甚篤，其論余文每不自覺為言之過也。耶溪年三十而挾所業文入京師，諸公貴人頗有能知其文而為之延譽者。然一應順天鄉試，不售。未幾得疾卒京師旅館中，年僅三十三耳。

予謂極耶溪之才與其所志，必能遠追漢唐作者于數千載之上，以自成一家之言，而不意其竟止于是也。然今即其所就而論之，以視李元賓、王逢原諸人有過之無不及矣。嗚呼，以如是之才、如是之志而竟止于是，甚可惜哉，甚可惜哉！

耶溪姓吴氏，諱鋌，陽湖縣人。大父琦，江西鄱陽縣知縣。父應庚，國子監生。娶某氏，無子。耶溪之喪，以某年月日歸自京師，將以某年月日葬某所。其友人王國棟先期以書來速銘。嗚呼，吾忍銘吾耶溪也夫？雖然，耶溪之葬，非吾孰宜為銘者？銘曰：

已矣乎，與之以才而靳厥年乎？斯則然矣，而孰能厄其千百世之傳乎？已乎，已乎，知予悲者後將有其人乎？

仲姊惲孺人墓誌銘

姊姓吴氏，諱勝，宜興歸美橋人，先考蓮溪府君第二女，妣惲孺人，繼妣劉孺人，生子女共三人，長即仲姊，次三姊適西鋤蔣氏，以節孝稱次。德旋仲姊歸陽湖恩貢生候選州判惲君蘭枝，以道光十一年八月初九日卒，年七十。時德旋客四明，赴至，哭於旅舍。其年十二月自四明歸至郡中，既哭拜于姊靈几前，復與惲君相向哭別，已而惲君以書徵銘曰：『蘭枝嘗遭家難，能使蘭枝獲稍供子職者，惟足下賢姊氏是賴。今將以某年月日葬某所，蘭枝思所以不朽足下賢姊氏，足下其可無銘諸？』

嗚呼，吾忍銘吾姊也夫？姊性明達貞亮，精力過人，孝友天植，年十歲即能佐先孺人治家事，及先孺人見背而德旋隨先府君游徐沛間。姊年十九，在室持門戶，動合禮法。年二十四而嫁。嫁三日而君姑氏卒，時六月暑甚，既大斂，喪服不暫釋，曰：『吾不及事姑，惟以持服盡吾職耳。』

居無何，惲君家難作，挈吾姊依所親避宅高梅，自是惲君恒出游，吾姊率婢操作，日纑高昌棉八兩，織布日二疋，辛苦倍常。然以君舅居隔城鄉，不及朝夕供奉為歉。既歲上饍錢若干而衣履復以時上，後惲君仍入居城中，以教授給養，而吾姊之事君舅益孝謹，比君舅卒，持服盡禮一如君姑卒時。姊于內外諸從子女無不慈愛，而愛弟妹尤篤摯，推所以愛弟者愛弟之子若孫如己子若孫，推所以愛妹者愛妹之子若孫如己子若孫。姊生一子而殤，嗣子二，長煥，次文淵。女一，適國子監生王鳳階。孫一人，孫女二人。銘曰：

以吾姊之慈孝仁恕而顧使之畢世艱苦以瘁，其生天殆欲示人以為女為婦為母之則耶噫！

例授承德郎六品銜孝廉方正惲君墓誌銘

君姓惲氏，諱秉怡，字潔士，一字梧岡，陽湖縣人。曾祖綿生，國學生。祖鍾茂。父毓秀，直隸肥鄉縣典史，以外孫麟慶貴貤贈奉直大夫。母莊宜人，生君兄弟二人，而君其仲也。君年十六讀陸清獻公三魚堂文集，慕其為人，因以清操勤苦自勵，而務講求經世之學。及以國子監生應鄉試，久不遇，以周易筮之得蠱之上九，遂淡于求進而惟以詩文自娛焉。道光元年詔舉孝廉方正之士備召用，邑之薦紳先生咸欲以君應，君辭之至再三。然卒以君應詔，而君年已六十，終以不任召用辭。

娶莊安人，子三，長受章，嘉慶戊寅恩科舉人，浙江候補知縣。次彙，昌邑增生。次某。女一，適山西靈石候選同知何林。孫五人，女孫四人。卒于道光十三年十月初七日，年七十二。

君年二十餘即以授經給養，後遂以業授經終其身。君之甥今南河總督麟公常從受業，而君所教授諸弟子取科第成名者甚眾，然則君雖未獲展所蘊，而所以傳諸其徒者未嘗不見之行事矣。君本師同里楊漪園太守為人廉潔守正，君平生依以為則，師弟子相得甚。及君疾病，時太守年八十，猶三至榻前視疾焉。君于交游執友中尤善同里孫大令于丕、荆溪周教授保緒。于丕為令山西，罷官後卒于山左，君悼傷之甚，每言及輒嗟歎無已。性好施而取諸人則甚介，常貸周保緒百金未能償，及將卒，戒諸子必償之。卒後九日，保緒至，諸子遵遺命以百金償之。保緒歎息涕下，以五十金為賻焉而去。

君書畫皆入能品，而書尤善，常受法于同里莊然一，然一師歐陽率更父子。而君以徐季海為宗，論者以為各有勝處。所著有靜存亝詩文集若干卷。道光某年某月日諸子葬君某所，而乞銘于德旋。德旋遂為之銘。曰：

介然自守，志之專也。不事為事，義之安也。無名為名，藏之潛也。銘以彰之，亦弗諼也。

誥授奉政大夫刑部安徽清吏司主事葉君墓誌銘

君諱煒，字允光，號意亭，姓葉氏，世居浙江慈溪縣鳴鶴鄉。祖諱芳盛，國子監生，贈中憲大夫。考諱本，候選州同知，贈中憲大夫。妣沈氏，封太恭人。中憲生六子，君其季也。生有至性，幼時中憲嘗患心疾，君焚香籲天，願以身代。病轉劇，皇急奔里中神廟，叩頭流血禱焉。諸兄或紿以病癒掖之歸，已果霍然。人咸以為孝感所致。

嘉慶元年丙辰，詔舉孝廉方正之士備召用，當事者以君應，君力辭不就，乃止。其後中憲命由國子監生循例報捐主事，尋丁外艱。服闋，沈太恭人命入都謁選，簽掣刑部安徽清吏司行走。佐其長平反冤獄，以廉明稱。而君念太恭人春秋高，欲歸侍養，因乞假歸，遂不復出，而行其德於鄉里垂二十年。

君以小宗支譜百餘年不修，系牒荒缺引為己責，考自小宗十一世祖以下世次、名字、官爵、行業、嫁娶、生卒葬排纂先後，具有條理，越十年而成。又倡議捐建九世祖祠，置祠田若干畝，合祀九世以下支祖。

鳴鶴鄉五都地方四十里不通江潮。鄉有二湖焉，曰白湖曰杜湖，溉田數千頃，湖制大堤橫截而用閘堰蓄泄湖水，備旱潦。中憲嘗獨捐千餘金建兩閘、兩堰。君志欲恢先人之緒，以為土岸善崩，欲為久遠計，必建石堤以固之。集鄉人會議議成，君家獨任白湖堤及杜湖西碶一閘，糜白金四千兩有奇，一歲而工竣。其杜湖全堤則合五都之眾，計畝出泉以治之，十年而功未就也。君則并治其道路，甃以平石，凡八百餘丈，以為五都勸，而五都之人終不果，君慨然曰：『是難以人力齊也，吾將獨任其成。』事未舉而疾作，臨歿時誡諸子曰：『此吾未成之志也，慎勿忘。』君歿後諸子繼君志卒成之，鄉人咸享其利。若乃遇歉歲，賑飢設義渡以濟眾，皆在君為常事，不足詳書也。

性喜聚圖籍，每入肆見古書秘本不惜重價購之，或從友人借鈔藏弆，至數萬卷。少時與其二兄白湖、譜山稱詩郡邑中，及自京師歸後益治詩以自娛。白湖、譜山並極才力，所至揮斥出之，而君詩清真瀟灑似白樂天，著有鶴麓詩稿六卷行世。

配陳宜人，繼配姚宜人。子三人：長元墀，道光壬辰科舉人，候補刑部主事。次元階，縣學生。次元堺。女四人，宓輝董涵青、阮瀚方慶槐，其婿也。君卒於道光元年十月十一日，春秋五十有九，以二年十月十八日葬於雙廟村之原。銘曰：

惟德之崇，其建有功。名載而終，銘其幽宮，以彰厥庸，貽之鄉里，來者所宗。

午生葉君墓誌銘

慈溪葉君諱元墀，字紹蘭，一字午生，因母之感夢鳳仙而生也，故又別自號海藥生。方君母氏之感夢也，覺而自診之意，謂是生女祥耳，及生而男也喜甚，愛之逾常。君生有慧業，四歲就塾師受小學章句，若成誦者然；七歲即能為詩文，九歲應童子試，太守鄧公奇之，謂異日必以文章名世。十三歲補弟子員，十七補廩膳生，三十五舉於鄉，以入貲候補刑部主事，卒京師，年三十六。

曾祖芳盛，縣學生，贈中憲大夫。祖本，國學生，候選州同知，贈中憲大夫。父諱煒，國學生，嘉慶元年徵舉孝廉方正，不就，以入貲為刑部安徽清吏司主事。母陳宜人，繼姚宜人，生母湯氏。妻周氏。

君少以詩、古文名邑里中，有丐文者至，下筆千言立就應之。先是，君之諸父以詩、古文名於時者二人，曰白湖，曰譜山。及君嗣為詩、古文，一以二父為師法，嘗詠里中古跡十疊臺萊韻，譜山見而劇賞之。其後君以所能授二弟，而其仲曰元階有雋才，君與偕創詩社於月湖之攬碧軒、白湖之小隱山莊，邀諸名流觴詠無虛月，一時稱為盛事云。先世藏書甚富，至十萬餘卷，君涉獵殆徧，故初喜兼綜百氏，後乃鋭意治經，貫串漢宋諸儒之説而尤究心於周易卦義，孜孜焉不怠。

君孝友性成，父刑部君嘗病痢，君衣不解帶者三月餘，病瘉而後復寢。其事母也居恒，游不越境，及至京師間數日必寄書問母平安否，蓋身雖羈而心逝，未嘗一日不念母也。自刑部君之亡而君專家政，於諸善事靡不為，不勝書也，而特書其繼先志之為功于鄉邑者。邑中杜、白二湖溉田十萬餘畝，一鄉之人利賴之。湖之有閘，故君祖所建也，旁築泥塘以蓄水，而歲久泥敗，刑部君倡議建石堤固之，白湖堤方竣功而刑部君歿；君承刑部志復築杜湖，石堤未成而君又歿。歿時遺言囑弟元階曰：『此先人未竟之志也，吾死若必竟之。』元階遵遺言竟厥事，然鄉里推功於君，載其德焉。

君所著有周易史證、周易正義證凡若干卷。海藥生詩草若干卷，詞草若干卷，午生隨筆若干卷，並藏於家。其卒以道光某年月日，其葬在某鄉之原。銘曰：

朂志勵學，厥基則崇。矢探幽賾，以開顓蒙。胡命之不延而遽阸其躬？既莫測其所由始，又孰知其何以終？我為斯銘，昭之無窮。

卷八　墓表

吳府君墓表

府君姓吳氏，諱偉業，字雍若，一字求邇，先世自元末避亂，由荊溪遷武進薛墅，十一傳至諱某者，舉于鄉，為揚州府教授。生某，某生府君，薛墅吳氏自某以上皆務農力穡，至某始以儒業顯。世居薛墅，非薛墅者不共譜，家祠故有簿籍，多煩雜不可考校。府君自幼即有志釐訂，及長遂引為己責，日夜稽考至忘飲食寒暑。府君性嚴明，為族人所信憚。族有忿爭者就府君平之，輒悅服。人有不善切責之，既改則待之如常。終府君之世，族人皆斂抑就範，非公事不見官長。府君性慷慨重義，有楊輪左者，父歿，無以為生，君與輪左有故，資之衣食婚娶。輪左所有惟居宅，欲售之以償。府君曰：『故人知汝，汝不知故人，何也？且汝不有老母在耶？』輪左自是不復言。胡公保琳為御史巡察山東，聞府君名，以千金為壽，府君受之不報也。無何胡歿，府君即以所遺授其家。府君好飲酒，學擊劍，喜觀古史書，所居樓側有古松，蒼幹虬枝，寒濤謖謖，因顏其樓曰聽松，日吟哦其間，時或引觴獨酌，忻然而笑。居恒為人說忠孝大節，娓娓不倦。遇事有可悲憤者輒拔劍而起，人莫能測其意也。

初娶繆孺人，早卒。繼娶汪孺人。子二人：長琦，某科舉人，江西鄱陽縣知縣，贈府君如其官。次某。孫七人，某某。府君卒于乾隆某年月日，年五十有八，以某年月日葬某所。府君于德旋之族為大父行，其曾孫鋌從德旋學為文，以所撰府君事述屬為墓表。乃次其大略如此，俾揭之于阡。

贈文林郎呂君墓表

永福呂璜以其先府君狀視德旋，泣而言曰：『先府君砥節礪行，受沈冤晦鬱以歿，而葬未有銘，思得能文之士為文以表諸墓，三十年不忘於心。今幸遇吾子，其必哀而許之。』德旋諾受狀為質，言次其事云。

按狀，君諱茂綸，字繼夏，先世自山東益都遷廣西永福縣之上水村，故今為永福人。考諱祖昌，有隱德。君自幼善屬文，年二十四為縣學弟子，旋以試高等補廩膳生。乾隆三十八年當貢入太學矣，而適有子婦毛氏之獄。毛氏者，同邑監生毛學臣妹，歸君長子明玠。毛，故富家，而明玠性不慧，年十六七許尚不識方名甲乙，明玠至外家，諸僚婿輒笑侮之，以故婦意不能無少懟。一夕，偶與明玠詬誶室中，家人以為恒事不足怪也。遲明，失婦所在，徧跡之不得。越二日屍浮村前溪水上，乃知其死。學臣率男、婦至，盡擄室中物以歸。君度勢不可以私斂，鳴之官，驗屍無他事，良已，時乾隆三十七年六月也。其明年毛氏有宴會，學臣折簡招君，君薄其人，辭不往，學臣由是大恚恨。家有傭耕人曰秦宏信盜竊物。覺，逐之。宏信將更傭他氏而主者疑於可否，君為力言其不可狀。宏信亦大恨，走告學臣曰：『若妹為夫家殺，我負之棄于河。若愬官我當為佐證』。學臣信之，取證宏信言控縣。時令吉公已前卒，新令彭日龍受學臣金，脅明玠，誣稱以絮被塞婦口死，而學臣又必欲甘心于君，益以多金賄日龍，則又脅教明玠誣君主令故殺械成獄。明年君與明玠皆當故殺律，流二千里。縣以獄詞上之府，府上之按察使，按察使周公升恒以為此固疑獄也，殺必有故，今乃無故，不近情，及見君恂恂儒者，則愈疑，因問曰：『若新婦富家女也，富家人雜，若父子得毋陰覺其有私而故殺之乎？』〔一〕君叩頭謝曰：『新婦雖少年，然素端謹，何忍以此污之？』按察使愠曰：『愚哉，吾不能為若雪冤矣。』罪定如府縣所上。乾隆四十年父子俱論戍，君赴江西之萬安，以家從，而明玠赴弋陽，明年得病死。

君性剛直果斷，遇有不可則義形于色，略不能自貶損，故及於難。然在易·大過之上六曰：『遇涉滅頂，凶，無咎。』君之遇禍謂非時命為之耶。君居萬安之三年，璜始生，是時彭日龍以贓敗去官，死桂林。秦宏信得學臣金買宅舍娶婦，俄而火焚其室，宏信及妻相繼死，而學臣亦家漸替不及中人產矣。

君居萬安之十六年，乾隆五十五年，純皇帝八旬萬壽，大赦天下。君蒙恩得釋旋里，又七年而卒。卒時璜已補學官弟子，以侍疾在側。君語璜曰：『汝能讀書為善士，於吾足矣。然讀書望成進士，亦士之常也。仕宦惟縣令不易為，倘為之何以不忘我乎？』璜泣封曰：『倘為縣令，見買直者如見父讐，見被冤者如見大人矣。』君曰：『固也，然不受賕，臨民者之分。縣令須才以濟德，能有利澤及人，乃為不負讀聖賢書耳。』君故好讀宋人儒書，璜年十六七歲時即授以性理及小學、近思録，曰：『必如此方是世間第一流人。』君于學無所遺，經史而外醫卜星命及形家言皆旁涉之，雖處患難未嘗一日去書不觀也。君後以璜貴贈文林郎。

配王氏，繼氏雷，次氏何皆贈太孺人。子四：長即明玠，前死弋陽。次瑄，武庠生。次揚政，捐職從六品銜。次璜，嘉慶辛未進士，浙江慶元、奉化、鎮海、山陰、錢塘等縣知縣，杭州府西海防同知。孫四，曾孫二。君卒以嘉慶二年二月十六日，春秋七十有二，墓在蘭麻山之水雲拱。璜守君之教，以學行有聲公卿間，庶足慰君於地下矣。初，璜至弋陽求明玠骨不得，乃招魂而返。

道光九年某月日宜興吳德旋表。

【校】

〔一〕毋，花雨樓校本作『母』。

姚薑塢先生墓表

雍正、乾隆間桐城方靈皋侍郎負盛名海內，顧於同邑畏二人焉，其一劉才甫，其一則姚薑塢先生也。才甫以其文。而先生兼以學重，稱為通儒。先生諱範，字南青，薑塢其號。世桐城人，曾祖諱文然，刑部尚書。祖諱士基，羅田縣知縣。考諱孔鋠，邑增生，以先生貴贈翰林院編修。康熙五十七年先生年十七，補桐城縣學附生，雍正十三年充拔貢生，乾隆元年丙辰恩科順天鄉試中式舉人，七年壬戌會試中式進士，改庶吉士，九年甲子充順天鄉試同考官，十年乙丑授編修充武英殿經史校刊官，兼三禮館纂修官，丁母夫人憂。歸服闋，補原官，兼文獻通考館纂修官。十五年庚午京察一等，引見後以病免，歸遂不復仕。嘗應直隸總督方恪敏公之聘主問津書院前後凡八年。

三十六年正月初八日卒，年七十。道光十二年十月崇祀鄉賢祠。配某氏，某官某女，封安人。子五人，某某。孫六人，曾孫四人。以乾隆某年月日葬長嶺山。

先生九歲喪父，哀毀如成人，事祖母及母能盡孝。父歿時弟淑甫四歲，甚友愛之。性坦易，接人以和，然遇所不可介如也。在翰林時，同館錢塘袁子才方年少有才名，諸公貴人爭為延譽。子才欲先生贈之以詩，竟不可得。家居之日，有同年生為桐城縣令，先生屏跡自遠；有以洲地訟者懷千金求一言，力卻之；富家子欲其一過門為重，卒不往。

先生博物洽聞如漢之劉向、揚雄、班彪、固，治詩古文皆以唐人為宗。而立身行己一準則乎程朱。鄉里後進咸師尊之。然卒傳其學者，從子鼐也。先生之讀經史百氏，有所見輒以蠅頭細書識其簡端，詞繁者用別紙簽書之。或勸之著述，笑而不應。鼐著九經說，采先生緒論間入焉。其後曾孫瑩悉裒集之，為經史子集筆記四十六卷，又援鶉堂詩七卷、文六卷並刊行于世。瑩以先生遺書及崇祀鄉賢録視其友人吳德旋，屬為文表先生之墓。

道光十二年十一月宜興後學吳德旋撰。

姚惜抱先生墓表

德旋年二十餘慕古人為文而不知所以為之之法，側聞今天下為古文者惟桐城姚惜抱先生，學有原本而得其正，然無由一置身其側，親承指授以為恨。後得先生古文辭類纂，讀之而憬然悟，謂今而後治古文者可以不迷于向往矣。陽湖惲子居好持高論，于辭賦古文必曰周秦兩漢，至其論學未嘗不推先生為海內一人也。

先生諱鼐，字姬傳，號夢穀，一號惜抱，世桐城人。曾祖諱士基，羅田縣知縣。祖諱孔鋏，以子範貴贈翰林院編修。考諱淑以先生貴贈刑部廣東司郎中。妣某氏，封宜人。

先生少學文於同邑劉才甫，才甫為序贈之，期以王文成公之學，由是知名于時。乾隆十五年庚午本省鄉試中式舉人，二十八年癸未會試中式進士，改翰林院庶吉士。三十一年丙戌散館，以主事用分兵部，尋補禮部儀制司。三十三年戊子充山東鄉試副考官，遷禮部祠祭司員外郎。三十五年庚寅充湖南鄉試副考官。三十六年辛卯充會試同考官，遷刑部廣東司郎中，充四庫全書館纂修官，記名御史。年餘乞病歸，自是歷主講梅花、敬敷、紫陽、鍾山各書院凡四十餘年。嘉慶十五年庚午重赴鹿鳴宴，欽加四品頂戴。二十年九月十三日卒，春秋八十有五。群弟子祀之鍾山書院。道光十二年十月崇祀鄉賢祠。配張氏，某官某之女；繼配張氏，某官某之女，並封宜人。子三人：景衡、師古、雉。孫四人，曾孫二人。

先生外和而内介，義所不可確然不易。其所守官刑部時，廣東巡撫某擬一重辟案不實，堂官與同列無異議，先生核其情獨爭執平反之。乾隆、嘉慶之際，天下爭尚漢學，詆程朱為空疎無用，先生毅然起而正其非。嘗以為論繼孔孟之統，後世君子必歸程朱，士之欲與程朱立異者縱于學有得焉，猶不免為賢知之過，其下則肆焉為邪說以自飾其不肖者而已。於戲，若先生者謂非獨立不懼之君子也哉？先生于學無所遺而尤工為文，其文高潔深古出自司馬子長、韓退之，而才斂於法，氣蘊於味斷然自成一家之文也。詩從明七子入，卒之兼體唐宋，模寫之迹不存焉。書逼董元宰，蒼逸時欲過之。所著有九經說十七卷、三傳補注三卷，文集二十卷，詩集二十卷，筆記四卷，法帖題跋二卷，尺牘十卷，並刊行于世。

德旋既讀先生古文辭類纂，稍知為文之法。其後獲見先生于鍾山而請益焉，先生以禪喻文，謂須得法外意。德旋聞之而若有證也，而先生亦深許德旋為可與言文。然今德旋年且老矣，業不加進，慚負先生，尚何言哉，尚何言哉！嘗竊以謂立言之士自元明以來才學兼擅，未有盛于先生也。雖然，吾能言之，疇克聽之，先生將有待也耶？抑無待也耶？固無待也，而若仍不能無待，嗟乎其又可慨也已。

先生以某年月日葬某所，時未有為之銘者。今先生之從孫瑩以先生行狀及崇祀鄉賢録視德旋，乃擇其尤要者次為文，刻之外碑，先生既歿而言立，足以垂世行遠，無所藉德旋之文，夫亦用是以志仰止之忱而已矣。

道光十二年十一月門下後學宜興吳德旋撰。

國子監生王君墓表

耕心王君富于耕，既而力行善，鄉里載其德焉。又自以讀書少，時過而學則不及，然心益慕之，延名師教督諸子。諸子鄉學皆力。道光辛卯，君卒已逾十年矣，君之子實珊等請予表君之墓。予讓不獲，乃次其事而授之。

君諱浩，字惟賢。耕心，其號。國子監生，宜興人。考諱某，妣某氏，生君兄弟五人而君最幼。君始受田不及古餘夫數，然君治田有法，歲收恒倍常，而用之有節，逮其晚歲業田倍初以十數。君所居鮑莊里有溪焉，向設舟渡。乾隆甲寅，里之人梁其上以木，其後屢修屢壞而木直倍。曩時眾方慮其難繼，君倡議以石易之，費千餘金，獨任其半，時嘉慶甲戌冬也。族孫長春負債百金，遇饑歲，債家以券入在城賑局，勒追迫。無以應。君慨然曰：賑飢，善事也，況并可解吾族人之阸乎？即代償之如其券之數。然是歲君于里中既出藏粟以賑，凡戚黨間以匱乏告者無不佽也。

配蔣氏與君齊德。子三人，長即實珊，縣學生。次茂梧，國子監生。次梠，好學工文，歲之正月，凡三及余門焉。女一，適蔣靜遠。孫三人。君卒于道光元年某月日，春秋若干，以某年月日葬某鄉之原。

同邑吳德旋表。

初月樓詩鈔

初月樓詩鈔序

體源風騷，疏瀹性靈而出之，一切虛響浮藻屏滌都盡，可云：『不著一字，盡得風流。』五言近體，清華秀逸，上追太白，平挹文房，與吾邑一壑風煙集亦先後競響矣。

余年十七始學為詩，無所師受，徒自以其意求之古人，絕不敢自信。二十六歲，游於京師，陸以寧學博見余詩而善之，以為妙兼眾體，必傳於後無疑。然余則甚自疑也，自京師歸後悉焚棄之。後間有所作，質之鄉先達汪笏莊先生，獲此評語。後數年，又悉焚棄。以甯、笏莊先生，皆吾邑之名能詩者。余既為所稱許，即邑之人無不以余為能詩矣。然余終不能自信，偶有酬應之作，隨手散去，惟與門人金鄉周延鴻同學南朝宮體及晚唐人詩數十首僅存篋中，即澤畔微吟草也。

近年來讀古人之詩，覺所見與前有異，因復為之，而存之且積而成帙焉。及門諸子請授梓人，余自念今距初學詩時已四十年，雖性所不能而好之甚篤。然以終不自信之故，今所存者數年後未必不更焚棄，以其曾費日力於此，不能絕無憐惜意，姑徇諸子之請，付之剞劂。蓋舊作十無一二存者。

而汪、陸二先生知己之感不能去懷，故仍將笏莊先生評語存之卷首。因自述其甘苦之所歷，以示子弟門人，非敢謂余詩遂足問世也。

卷一　拊缻草

維揚即事

垂楊千樹碧，拂岸復縈楂。微雨濕江路，好風吹杏花。巷口見飛燕，城頭聞暮鴉。繁華空逝水，歌舞又誰家。

贈陸以宓吾邑詩人，當以儲長源為最。以甯宓，其弟子也。

長源詩冠古，今見一燈傳。而我後來者，聞風亦慨然。何期到京國，遇子已華顛。多愧逢人説，清才許獨偏。

寄陳子穆

我昔棹江水，乘閒訪太邱。別來經十載，相望各千秋。好友幾人在，名山何處求。行將蠟雙屐，期子共清遊。

題儲紀堂畫溪春曉圖時紀堂有上海之行即以送別

一夜梅花發，催香遇畫樓。春風綠楊柳，芳意滿汀洲。草色引離思，煙波生遠愁。瀟瀟暮雨曲，去去木蘭舟。

懶向

數畝荒園西澗濱，陶潛酒熟願長貧。惟將文字酬知己，便算瓊瑤報美人。楊柳板橋斜日景，桃花流水古時春。低徊無限平生感，懶向前途更問津。

朝陽庵看桂作庵故有桂樹二株其一已枯死然餘枿猶能作花每至花時遊者群集感而賦此因示洪舟上人

於何參妙解，直欲究行藏。用顏子如桂聲一山意。論法吾無隱，觀空坐可忘。天心存古質，老樹得朝陽。誰是散花手，能來作道場。

雜感

求聞在中歲，予力恨未殫。少知欣自得，研慮苦其難。開帙似了了，輟卷仍茫然。歲月不我待，衰頹竟何言。

撫己發深慨，放懷復高瞻。古之晞顏人，窮思徹天淵。

松喬孰不羨，在昔聞其語。我無升天翼，何以奮遐舉！百年亦須臾，為歡復幾許？即事每欣然，真樂任吾取。童冠如可偕，點也聖所與。

吾非逢世資，志願頗不局。人我貴其通，云何自狹促？窮達固異施，所存不宜薄。營已亦有方，饑寒免斯足。乞食非喪廉，陶公有前躅。

吾州有賢喆，執節推湯君。謂賓鷺先生。舉世競苟得，斯人終守貧。諧士避嚴冷，獨行無與群。惜吾不遇之，相期矢貞堅。願言告惇史，作傳存其人。庶令千載後，古直留遺聞。

人為萬物靈，所貴識文字。讀書能繕性，修士每勤企。蕩情不自持，遂乃縱滛麗。質喪迷道原，還淳體真契。飾聲為詩篇，其本在言志。有時取斷章，亦曰見斯義。商賜可言詩，曾不傳茂制。

經綸丈夫業，量欲齊海嶽。顒顒謀一身，康濟亦已局。夙尚慕散金，平生重踐諾。時或欣執鞭，磬折徇微祿。身存志不泯，身歿名隨覆。念此懷百憂，何能自貞淑。瓢飲苟療饑，蕭然謝榮辱。

秦士多避世，抱玉終潛藏。豈惟黃綺徒，不肯屈漢皇。浮邱古名儒，受授何堂堂。本師孫卿子，高足楚元王。彼哉非與斯，同始而異終。道喪身亦燼，逢世竟何庸。

古人重潛德，光耀千春垂。豈不思雲蒸，會度須俟時。力爭第一流，凡情宜自持。如何誇誕士，沾沾蘄小知。勝心日以競，永為達者嗤。盈志與溢氣〔一〕，固其才為之。吾愛無用用，莊周真可師。

陽和煦萬物，雨露寧偏滋。古之立命者，強植志不欺。夷叔惟求仁，登山歌採薇。嗟哉元魯縣〔二〕，我乃何人斯。一日飽藜藿，亦荷皇天慈。詎能免艱阻，來日吾安知。

大瘦悅忘醜，全人脰肩肩〔三〕。好惡固無定，是非孰為真。人皆主先入，亦有吾所然。紛紛競同異，口舌相侵欺。吾欲伸正論，齊之以不齊。

東坡磊落人，作詩多刺譏。論才吾甚愧，好直或庶幾。茹噎終不快，不如一吐之。大哉禹稷功，萬世仰設施。未能拯饑溺，安用高官為。陋巷有貧士，蒿目籌八區。卷藏謝憂責，捽茹亦山雌。偉矣河汾賢，獻策非干時。

微尚不同俗，求人亦已拘。溫寒無異情，獨指幽貞廬。經涉啟悔途，責已無後虞。日中市恒滿，暮歸遂成墟。古來共如此，何足增歎吁。吾意賢汲鄭，誓心保其初。晚節悟交態，翟公亦區區。

老氏稱大辯，義與坤四比。括囊吾詎能，寡之或可矣。嘉肴不在多，一臠有餘旨。列鼎羅珍羞，知味者誰子？簡節理所貴，求益良可鄙。子陵報光武，勸戒兩言耳。子陵書答君房，意報光武，故曰狂奴故態復作矣。

大道有夷徑，賢知矜秘密。命豈不在天，乃欲以巧奪。委形而神存，薪盡火不滅。有來孰不去，去者何所惜？一我雖區區，亦煩大化力。笑問靖節翁，喜懼果何益。

富豈不如貧，盈滿道所尤。日月有虧昃，四時運必周。氣至萌者達，榮英豈長留。安得高明家，而無瞰室憂。謙謙降階美，循理非有求。足知為善樂，即此昇華邱。

都市豪華子，細馬驕春風。貧士執書冊，咿唔環堵中。感激方自茲，慨歎將焉窮。濟物軫素抱，一世關窮通。所謀僅衣食，道與賈豎同。心計自不如，豈足爭庳崇。余懷良莫逮，視蔭儕庸庸。

吾聞收遠名，探汲須深切。虛聲償淺植，非我心所崇。寄意欲有待，悠悠固無窮。終古何遼哉，旦暮儻一逢。後無知余者，甘與草木同。容華桃與李，此日為誰穠。

【校】

〔一〕溢，花雨樓校本作『溫』。

〔二〕哉，花雨樓校本作『或』。

〔三〕肩肩，花雨樓校本作『肩偏』。

重游西湖憶亡友宋左彝

一棹扁舟遠，時稱兩逸人。所欽今不見，往事向誰陳？柳絮紛如雪，桃花空復春。滄桑成小劫，回首幾揚塵。左彝好言是長生，故有句。

曹生青崕舊學詩於萬香南香南亡後吾友汪季方導之來從余問詩法余愧無以益之也暇日成五言一首貽之

聞見博為美，守之固可約。吾意欲云云，詞必使其達。有時不盡言，言表意非畧。說詩我豈能，共事欣有託。人人須自為，韓豪啟秘鑰。倔強忌太生，和婉忌太弱。難易非所論，柔剛貴相錯。幽奇任探歷，枯淡足咀嚼。摹擬迹不存，古法皆我法。冥契千載上，抽毫儼酬答。知者其誰歟，有酒吾自酌。

清明日招同張介軒作尋春之遊走筆代簡

寒食匆匆過，尋春去未遲。依樓楊柳樹，照水杏花枝。風物歸吾黨，襟懷愜素期。流光不相待，勉子趁芳時。

同張介軒游善權寺寺後碧蘚岩相傳祝英臺讀書處也介軒有詩予亦口占一絕

孤花寂寂表巖阿，欲界天香占幾多。黜質也同齊女化，姓名贏得入樵歌。善權洞前摩崖有『欲界仙都』四字。

高樹踈陰蔭石壇，薜蘿秋挂夕陽寒。仙雲飄緲空岩曲，莫作巫山行雨看。

客中看海棠作憶癸亥春日與邵汝珩汝琮宿天遠堂談藝時海棠盛開置酒歡宴今二邵並亡此樂不可再矣

簾卷東風花映樓，海棠一樹豔無儔。聞名結友起遐想，海棠友為名。秉燭照妝醒暮愁。好鳥弄音時下上，妍枝閱世幾春秋。憶從天遠堂前見，蕭索情懷易白頭。

秋日過旅園作旅園主人性迂僻而與予厚善自主人之亡余不到旅園者三年矣

黄蝶飄翠徑，凉蟬咽暮枝。九原不可作，三載未曾窺。憶昨逢佳節，攜尊傍小池。那知好風景，又到感秋時。

訪家景樞菊畦兄弟口占一絶

竹中高士今張鳫，令弟丹青擅國能。與我同尋逸民傳，試將襟抱置寒冰。

庭梅開後即景

新月窺香久，重簾開較遲。浮雲乍相掩，不許見高枝。

春日送友人遠山

溪水溶溶浸晚霞，綠楊風起送行槎。此去正逢寒食雨，桃花開徧野人家。

陪蔣雲亭司馬汪原杜明經消夏灣觀荷作

輕舟催畫槳，初日詠新荷。清露曉猶滴，香風時一過。我家濡湖曲，慣聽采蓮歌。淺酌不成醉，思鄉意轉多。

秋夜宿靈鷲寺聽雨不寐起坐讀佛經

豈是客無寐，由來夜漸長。雨聲和漏滴，蟲語逼秋涼。物有情難禁，人須意自防。楞嚴存案上，展讀封鑪香。

山塘見買花者戲占一絕

入市見西子，傾囊輸一錢。何如範少伯，載上五湖船。

從侄汝瑛以執卷圖請為題句因成五言一首勗之

讀書不在多，貴識忠孝字。開卷詎無益，求益須辨志。世儒勤記誦，矜博徒炫異。才多信足患，見僻更滋弊。勉哉守樸學，崇德庶其企。

示內子江夏君

與君為兄弟，及今三十年。辛苦立家室，綢繆陰雨前。劬勞長兒女，恒切凍餒患。躬耕力不任，求食吾愧焉。幸無交謫聲，差免憂腸煎。我誦白傅詩，愛其贈內篇。達人無不可，況有閨中賢〔一〕。偕陰久貞志，時聆同心言。安貧固常德，任運終無愆。

【校】

〔一〕閨，花雨樓校本作『閏』。

思亡友錢魯斯汪原杜

我友之良者，無過錢與汪。游從每無斁，議論交相當。行己互商榷，位置不肯輕。所不如漢士，惜未能躬耕。皇皇避言色，介極反似狂。曼倩師柱下，仍獲全令名。如何清濁間，可以安吾生。茫茫四瀛內，疇與同深情。二子今永逝，思之涕盈眶。

讀詩

窮年守幽獨，何用開吾懷？寄情翰墨藪，卷帙無停披。歷選前喆語，流觀八代詩。魏、晉、宋、齊、梁、陳、隋、唐。五言接風雅，具體惟陳思。不忘報一飯，陶杜幾賢哉！摩詰佛語耳，太白誠仙才。

示程生子香

程生程生誰使汝，腰不能如磬之折，口不能如河之懸。天乎人耶？適不可以逢世而其誰汝賢，汝將以筆為耕硯為田，違時之好而矻矻於遺編。何以能瓶有粟廚有煙？不如田舍翁，多收十斛米。朝出看西山，晚臥南窗呼不起。

勤生

漢家三葉全盛日，邊塵不驚烽火息。丁男耕耘女蠶織，何者於我為帝力。利來利往皆勤生，衣食須紀非交征。賈生莫論事鼂錯，休言兵，但令無營無競，可以平進為公卿。

懷湯點山

交遊滿吳會，良友豈多得？之子越中英，希風古遺直。哦詩善五言，往往似元結。器我儔人中，贈言最親切。親老為祿養，屈身就卑秩。偶世不獨高，貧仕安所擇。孫公祀竈心，千載幾人識。

送程子香之揚州

維揚佳麗地，子志非所存。顯默豈一端，謀生道彌敦。俗好固難諧，和介亦可珍。因依將十載，古誼時相陳。悠悠世上談，棄置不足論。高言慎所發，密意誰當傳。此行隔江介，遠送心悵然。

已卯九月與四明黃支山同客揚州支山與余有文字契九日相攜訪菊因成一詩

殷勤一遇慰華顛，情性從知愜所便。別後定吟青玉案，今來莫負黃花天。此生能得幾九日，傳世動稱五百年。且欲隨君酒家去，持杯相屬意歡然。

客維揚偶作

自我來茲土，孑身謝儔侶。人生貴適情，結束何太苦？胡不飲美酒，日醉歌且舞。我我周旋久，心口自相許。雖居一室中，放志在三古。心期作者徒，一一皆可數。塵寰遂幽屏，奚必事高舉。左圖而右書，足可慰羈旅。

寄少萼子香

嵩華意中見，即事乃苦卑。一己有厚責，理也知難違。漁父歌滄浪，靈均抱深悲。詎云到聖處，且與相推移。持贈縱其可，云胡不自怡？何時謝羈鞅，長吟歸去來。放浪山澤間，命儔娛清暉。

悲玉川

人生出處兩大端，遇之無定分有定。達士任所遭，安常絕覬幸。哀樂不能入其心，況乃無端肆營競。可怪玉川子，不肯在家讀春秋。一朝去謁時相門，觸禍身死將誰尤，將誰尤？吁悲哉。

讀惜抱軒集感而有作因許叔翹

吾思唐宋賢，高遐跡難薄。上者李杜韓，其次乃坡谷。去之千百歲，汲汲求其躅。同志錢魯斯與張皋文，翰墨時間作。詩文小技耳，好固賢弈博。志猛加後鞭，力微愧前逐。晚識惜抱翁，許與益顏怍。斯人既云逝，宇宙覺寥廓。依歸一失所，顧影傷寂寞。時英紛議論，於我心不屬。冥行慮多岐，修途悵回轂。賴有遺書存，吟諷意自足。循誘得夷徑，巽說可無愕。雅奏裁淫哇，耽玩如嗜欲。寄言同聲客，欣賞不可獨。

寓意

蘇子於物多寓意，妄言妄聽詎留情。廬陵不信神仙事，何處卻有芙蓉城。

口占寄內

學道先須斷妄想，三間茆屋未能忘。他年紙閣蘆簾里，定有新詩及孟光。聞劉芙初編修云，三間茆屋即是妄想，故有起二句。

浮生歎

江鄉十月禾登場，隨陽之雁謀稻粱，飽汝腹仍盈我倉。讀書者誰子？抽思乙乙為文章。求仕無成慕田父，及把鋤犁歎辛苦，世間萬事無不然。浮生苦被物欲牽，大地何生何因緣，紛紛誰復知其端？任以無心乃心量，極目滄江波浩蕩。

寄彭柳西

我愛彭夫子，安恬世所稀。早能通畫理，兼已息塵機。水逆鰥魚上，霜寒獨雁飛。浮生每多感，念爾始知非。

冬日思家酌酒自勸

關心旅雁落寒沙，欲問江邊載客槎。宋玉有詞多隱約，江淹無筆擅才華。那禁孤館聽愁滴，可許高枝見早花。得酒便能銷積恨，勸君何用苦思家。

會得

函關妙旨誰能解，東海高蹤豈易攀？擬易揚雄終近正，論詩李白未宜刪。巖間不改松桂色，天際遙看鵷鷺班。會得前賢經世意，愧無著述可名山。李白終無取，陶潛固不刊。晚唐人論詩語也。

飲路質軒齋中留別

曉日江帆落，閑雲到處隨。祇因為客久，來謁故人遲。高永思前哲，深談復此時。寒梅著花矣，且勿訴離卮。

自維揚到家後示妻子

江上抽帆歸願遂，花前莫放酒尊空。誰知元亮望三益，卻笑昌黎送五窮。貧富那分南北阮，杼軸不計大小東。人生隨分且為樂，得失無心如塞翁。

初春有懷

窗饒新月映，砌有舊苔封。寒意入春減，疎花如我慵。詎為宿烏戀，倘作行雲從。寶劍酬恩具，知憐得幾逢。

得湯點山凶問雨夜淒然有作

聞子疾無苦，何期命已殫。窮愁吾有作，他日與誰看。得句共蕭寺，追思成古歡。小樓春漸入，聽雨又生寒。點山前寄余詩，有『文到窮愁應更好』之句。

友人有問余詩法者走筆答之

君莫問我詩，我詩多變格。知音最蚤惟陸君，以寧。許我清才世無敵。自交仁和宋左彝，風人之意時一窺。南朝鮑謝不可到，側豔往往如溫岐。吾州數子才不羈，論議絕出高難躋。南宋不數陸務觀，中州姑置元裕之。嶙峋坡谷猶下乘，更誰比數詩人詩。我今偏得採詩法，不論濃淡與平奇。但須妙合興觀群怨之大旨，導源三百其無迷。

朝陽庵耀德上人與余最相契合每暇輒過訪之瀹茗清談往往竟日示寂後其徒西林稱師命以遺杖贈余西林亦尋歿庚辰春日至庵中覩其遺像慨然感之而今洪書洪舟兩開士能振其宗風又足慰也因題五律一首於壁間

耀公圓寂後，遺贈一枝藤。事往迹仍在，心期得未曾。談經翻貝葉，問法續元燈。誰道入初地，今看接上乘。

京口遇沈小宛同渡江

輕帆遙指古揚州，浩蕩波間泛白鷗。暮色蒼然從遠至，先生老矣又何求。了知明月同千里，但隔鄉關有四愁。差喜中途逢沈約，人疑郭李共仙舟。

為謝栢崖少府題船入荆溪圖栢崖，楚人，攝荆傒縣典史。

今我無端思昔人，昔人可思不可親。昔人到處有遺跡，後來視今猶視昔。滄浪之曲意何深，刺船況是瀟湘客。一片輕帆趁好風，蕭蕭楓葉打疏篷。文章誰嗣蘇和仲，如此溪山屬寓公。

寄邵犖甫

向來我亦山間水，與世同波又一時。至竟能成長往計，淮南枉費小山詞。

庚辰春暮在維揚連日有看花之遊花已為積雨所敗同人藉以遺興念予友李心陔獨旅無歡折簡招之心陔欣然偕往因率賦七律一首奉呈

又逢櫻筍殘春節，故侶相攜且命觴。花落江頭隨逝水，鳥飛天末趁斜陽。百年事業慚衰鬢，幾日消磨在蜀岡。還我煙波舊漁釣，棹歌聲寄入滄浪。

歸鴻

長空雲澹逝歸鴻，社燕相逢夕照中。最是江南風景地，秋來春去太匆匆。

老去一首寄汪季方余初識季方時各有邁往不屑之韻，二十年來英華銷沮盡矣，撫今追昔，慨然感之。

少年亦有湖海氣，往往悲歌佐酒巵。老去卻為田舍計，陳登床下臥難辭。

初夏得子香書子香客孫大令于不懷遠衕齋與林念航先生以古文之學相印可書中述念航有傾倒於德旋之意且以不得一見為恨感賦一律因寄念航

吾與程生舊，書來達遠思。不才甘守拙，夫子獨深知。濂洛尊遺訓，韓歐跂正辭。同心渺天末，相見定何時。

擬貞烈王淑姑絕命詞淑姑事，余已載入聞見録矣，悲其遇，烈其志，擬作此詞以俟夫觀民風者采焉。

成言安可悔，矢志寧有他。母兮胡不諒，使我不得歸夫家。吾父吾翁兩雙失，二女同居志亦得。如何一旦中變乖，愧殺鶼鶼雙比翼。常將井水擬妾心，妾身甘向井底沉。

題心上人雙樹圖卷

此心内外中不在，斯語聞之古維摩。更就導師參妙諦，只今宴坐當如何。實無一法與塵世，但有雙樹垂煙蘿。三百六旬擾擾者，應慚虛逐利名多。

春日偕李心陔徐良鄉榮芸游平山堂作

杖策探幽發興新，滿山桃李各爭春。繁花照眼絕堪愛，小雨沾衣且莫嗔。但使心如流水遠，終令迹共野鷗親。昔賢勝地留清賞，況是招攜屬故人。

夏月泛舟平山堂下因憶姑蘇舊游

斜日明湖上，輕風蕩小舟。花間恣洄溯，柳外足淹留。露下沾衣袂，簫鳴發棹謳。橫塘一夕路，仿佛記清遊。

初秋重泛舟平山堂下即事有感

小舟蕩槳疾於鳥，載酒重過平山堂。映水花枝齊鬥豔，涵空秋影欲生涼。西風催雨莫太驟，夕露濕衣猶未妨。誰解清閒滋味好，吾家元住藕絲鄉。

雨過

雨過殘暑盡，涼蟬鳴高樹。勞者易見恩，非定愜所遇。心賞豈在多，狥物遂成誤。析理辨秋毫，精微孰能喻。自慎德二三，詎為狙喜怒。鄙吝差欲萌，吾思黃叔度。

飲酒

我於古人中，絕愛元次山。次山若遇我，毋乃心不歡。我雖不善飲，三爵猶勉旃。蘄免惡客呼，酒政終須刪。酒禁古所重，述之悉陳言。達人難可拘，有讬方逃焉。緬昔嵇阮儔，尚友吾何嫌。士各審遭際，詎必皆忘天。陶陶樂斯永，中有羲皇年。

卷二　拊瓴草

偶成

上士不擇居，無猜任相耦。去留寧系情，哀益那施手。此心既泊然，何者為好醜。子雲草太元，墨墨恒自守。畏壘無事實，其人固可有。孰喻而非真，幸勿誚莊叟。

宿好邈難遂，惜此一日光。豈無意氣感，臣精已銷亡。觀化悟生理，翫占甯易方。委心但任運，竭慮仍安常。秉節貴自我，不我者未妨。形迹詎為累，失得終相償。彼昏騖奇詭，傑士安可望。遲疾非所計，曷不行康莊。

鏡靜觀群動，真空本無事。望古生遐思，一感紛百慮。近名豈所安，履迹欲何置。徂年已若斯，急景況難駐。念我陸沈者，空居人間世。滔滔舉目然，頹波孰能制。

大鈞鼓一氣，聚散紛無垠。而人於其間，偶然得此身。何用私自昵，百計求榮觀。豈如捐外獎，隨分獲所安。倚伏況難定，人胡狃目前。汎若舟不系，乘空故超然。

人事有遷易，感激恒因之。蘭芳與菊秀，年年長若斯。哀樂豈相關，即景紛差池。喜新而厭故，逐物況情移。故者即為新，此理無人知。新者遂成故，此意終何如。

魚鳥各有適，池籠固違性。足恭吾不能，長傲詎非病。磨礱務內瑩，周折亦中應。挫鋭師老聃，無諍獲禪定。人群何必踈，塵慮自可迸。責己驗盈虛，時流安足競。日躋道無窮，前哲有景行。

頹陽照衰柳，秋花尚餘絢。夕露竹間零，濕螢時一見。高樹響不停，空齋坐方宴。余心故寂然，何用滅聞見。

先正有遺言，珍並球圖重。風俗美東京，學術尊南宋。舉世所不然，淵情孰餘共。但謀步兵醉，莫效長沙慟。涉世何常途，乘危須力控。空山無古今，遐心每獨縱。竹實久不登，名成忍饑用。爭餐雞鶩間，嗟嗟爾奚鳳。

萬境各所際，一人異初終。自非上聖資，心賞安能同。志士每沖懷，博求思變通。亹亹防闕遺，來會幾天工。守隅為致一，曲論無全功。放意恣高談，驚俗稱豪雄。魔推或非佛，草偃多從風。

為善問施報，焉能思黃虞。史公意有在，孰知原其初。百家多雜說，聖賢亦遭誣。何況末世士，乃欲計毀譽。一念爭千齡，眷之為大愚。養性貴無欲，仁義猶蘧廬。所以古達人，有時還自汙。

瀟瀟幾風雨，木落淮南秋。涼蟬聲漸咽，蟋蟀吟未休。寒暑迭相乘，日月無停輈。天運自有常，怨者將何求。百川盡東逝，河漢西方流。

風雲入奇懷，高寄形骸外。但能無何飲，餘義悉從汰。綺語摹梁陳，荒淫豈足怪。一誤墮愛境，終焉受天械。俛仰塵勞中，欲去那可謝。溷俗亦良圖，隨分守吾介。再拜雲間人，學仙尚未暇。

瞿曇設權教，其言亦多端。要義在忍辱，身心獲安然。吾觀震旦人，此事第一難。淵哉猶龍旨，致柔純氣專。溪谷我所為，妙契無窮門。

今人喜謗古，古賢橫被冤。豈知百年後，今人為古人。古人非盡妍，後人亦多賢。平心去黨伐，好惡何所偏。虐今固未可，虐古奚取焉。誰為傳意者，吾已懲吾言。

恭慎信嘉德，吾思萬石君。西京俗歆美，毋乃開其源。家法重躬行，在彼寧非賢。汲黯治黃老，而以戇直聞。修幹本天質，非由揉矯然。下士承末流，頹波遂相沿。介恃無揖客，矜誇指要津。車不下里門，內史誠貴人。

終南有捷徑，不棲沉冥人。古之大隱者，乃在金馬門。逐影虛得似，尋聲恒失真。相士須達識，沈浮安足論。應跡苟不拘，默爾窮心傳。萬法了無取，意行歸自然。

感舊一首示李心陔兼寄紹仔

我始幼學年，登堂拜父執。賢昆亦總角，楚楚出相揖。君時甫齠齔，可念如玉雪。爾來四十載，情好久逾密。君家世忠孝，往往見余筆。辱知君乃最，褒重不遺力。萬里赴岷峨，求言意彌切。因削贈行篇，勗之友三益。君誠篤友誼，於我尤固結。書箋常在笥，序草恒掛壁。我歌伐木章，慕古誓車笠。良朋得二三，絕勝貨千億。舊游幾凋喪，皋文指先屈，魯斯繼萎謝。大雅委榛棘，是皆師友兼，考行無玷缺。賢昆張錢亞，亦化為異物。銘幽竟不讓，吾詞能簡質。徒含宿草辛，笑緒總陳迹。我衰君亦艾，強勉事著述。敢希千載人，但懼多暇日。志士惜分陰，無妨後名實。感舊遂成詩，未至傷偏激。因風寄令弟，期振摩霄翮。

婺源程子香僦居陽羡從余學為文吳少萼善而友之以女字其子庚辰六月子香有悼亡之悲而其子尚幼少萼撫教之如己子焉余嘉其篤於友誼為詩以美之

投報各有取，要為心所賢。世士翻覆絕可駭，乃在死生貴賤貧富區區間。古之傷心人所以等於逐臣棄婦，悲來流涕感激而成篇。今我二三子，大能砥行意殊俗，不重於黃金而重在一諾。朋友之交第五倫，誰其知者吳少萼。

詠懷簡黃修存

知人良不易，歷試須事事。誰能料沈浮，未敢妄軒輊。近己議無高，為大抑何侈。觀生固難慊，考義欲求是。居世乏苦心，云何稱尚志。詎因山林逸，遂貶廊廟器。古來青雲士，蓬篳願終在。時哉管葛興，秉正莫能刺。不聞天下才，但解鬥機智。何當返真淳，竟作成蹊樹。

終日行

終日仰屋粱，勞心憂思多慨慷。終日問田舍，持籌握算無閑暇。著書望後英，積金傳耳孫。同是遺所不知誰何之人，畢竟何者為愚何者賢。試讀莊生齊物論，乃知然與不然兩難正。各從所好莫相嗤，執鞭之士吾無譏。

九日登維揚城樓及暮而反意欲訪菊未果也歸途悵然有作

涼吹滿江關，江城夕照間。從來愛重九，此地少名山。強賦登高去，因看倦鳥還。誰家最多菊，陶令始能閒。

九月望日傍花村訪菊絕句用周少蓮韻

未尋歌吹竹西路，且到傍花栽菊村。此日揚州誰杜牧，更將明月試教論。

讀唐詩有感

屈宋衙官真戲語，才人自詡每無雙。可怪汾州薛太拙，解詩惟許賈長江。

丹陽道中

驛樹盡寒色，江天銷暮霞。停舟待月出，凝眺數歸鴉。漸與鄉園近，猶嫌道里賒。閨中應計日，蚤晚望還家。

到家後挽張介軒

江鄉舊侶多零落，詩酒過從獨有君。小別那知成永訣，他年誰與定吾文。難忘共步橋邊月，未忍回看渡口雲。一卷芳華初禊草，幾迴吟諷對釭薰。

飲汪季方宅

獨旅久無歡，歸來那肯長閉關。銷愁且盡一樽酒，身後名於我何有？人生衣食急所需，治產便欲求贏餘。使子有園可種竹，有池可養魚，不須發憤傳貨殖。請檢架上致富之奇書，年來長策只如此，吾老將休可知矣。

雪夜檢舊作思亡友宋左彝湯點山

已苦霜寒暮景催，況聞孤雁數聲哀。江南此日初飛雪，驛路何人遠寄梅。每憶平生塵外賞，難忘二子越中才。于今孰許千秋志，自慰衰遲酒一杯。

雜著示及門諸子

言志為詩定不疑，新聲日競正聲微。詩兼六義應須記，莫漫隨人說是非。

我從記室参微旨，誰道論詩不論人。屈使征西居下品，陳思終是漢純臣。司馬孚自謂魏之純臣，植之於漢猶孚之於魏也。

武德之前正始還，中間誰最占吟壇。好攜謝守驚人句，來敵叅軍行路難。

佳麗才情許騁妍，國風好色倚前賢。貞觀不發南朝體，可要關雎尚德篇。

繪句還須學道功，五言隨例說陶公。新聲只解西昆好，愛古何曾到漫翁。

詩家三昧通禪理，妙處難於色相求。句句皆從苦心出，柳州端不讓蘇州。

退之琴操邁西京，餘事何妨縱筆成。為遣誰人語孫子，大儒原不要詩名。明孫礦云，退之於詩本無所得。宋人目為大家，直是勢利他耳。近時名人亦多有此說。

詩到元和句益工，章成隻少建安風。還因寒瘦稱郊島，寂寞無人說武功。

三疊陽關古調宜，旗亭樂府侭誇奇。樊川了不矜高格，的是千秋絕妙詞。

子美沈雄未易親，涪翁煉骨得清真。南人愛說江西派，分與金陵作後塵。

最好初三月似弓，娟娟涼露洗新桐。渭南傳得茶山法，詩到無人愛處工。

孤詣遙追靖節翁，遺山五字有高風。詩中疏鑿推渠手，事比平吳要論功。

異體何嫌各擅場，那將蟬噪等齊梁。高談競拾韓公唾，欲與黃初較短長。

謝家詩派亦堂堂，陶令風流百世芳。寂寞朱絃期一拂，訾謷全不解何郎。

何李馳名蔑等儔，詩壇百尺起岑樓。高吟只作詩人了，昌谷還推第一流。

名高從古易招尤，歷下曾傳白雪樓。寄語多才絳雲叟，保無後起費吹求。

飲酒歸田自一途，祇堪擬議到王儲。淵明別有延年訣，更訪巖間鳥跡書。

十五從軍能用矛，陸家兄弟笑無謀。終童才調汪童烈，直教黃門輸一籌。華亭夏完淳十五從軍，十七授命。詩工五言，雖老宿不能過也。

濃脂膩粉莫輕塗，姑射仙人冰雪膚。翦彩為花好裝飾，也須刀尺有工夫。

詞條意蕊誰相稱，恐被詩書掩性真。讀到綠楊城郭句，也如春草謝家春。

風懷詩載曝書亭，可是才多壞典刑。鄭衛言情非紀欲，一生枉自抱遺經。

滿園嘉樹長新柯，玉砌名花種幾多。若共戎葵校顏色，此時真奈牡丹何。

一唱還聞和者千，誰知白雪有真傳。巴人自愛巴人曲，試聽歌成亦斐然。

漁洋逝矣更誰憐，轉益多師後勝前。我自心欽姚惜抱，拜袁揖趙讓時賢。

示張聽曾

樊遲通六藝，志乃存稼圃。君子不素餐，詎敢辭作苦。田家盡食力，豈伊慕隆古。置身士農間，吾意夙所許。橫經匪求聞，讓畔莫餘侮。用可澤斯民，舍即老環堵。莘野及隆中，遙遙無幾數。淵明沮溺心，亦足次遐舉。吾徒且依放，高論時一吐。

與陸子卿論詩

學本明人倫，詩須通諷諫。風雅體異宜，溫厚意無變。志苦語或近，思淡色彌絢。平險俱足家，歧途有迷眩。如參祖師禪，未易辨真幻。苟能端性情，定許繼騷選。弗以春華敷，而忘秋實薦。華實同根株，培之不宜倦。欲淨理始還，欲當理亦見。

別王凝夏

名場亦駐足，至竟幾人同。疎脫便吾性，游從得此翁。問梅門數欵，邀月酒頻中。揖別何深恨，前途任轉蓬。

春日寄少萼

高館獨愁坐，窗前春鳥鳴。吾衰猶旅食，所得是何名。苦欲離塵累，能無念友生。相期鹿門隱，幽討事宜成。

懷顧少卿卻寄兼訊林仲騫

孤懷疇可訴，馳思闔閭城。抗志期真隱，論文謝近名。所欣從寂寞，深恐負平生。道訊林和靖，新書幾卷成。

初夏聞蟋蟀聲有感

才聽春庚送好聲，忽聞蟲語入離情。問渠有底關心事，未到秋來已不平。

邗江逢家懋堂話舊即送之還荊溪

自昔繁華地，逢君即送君。沙頭起宿雁，江上足寒雲。入世飽經涉，言懷感見聞。還因惜離別，暫得立斜曛。

春日看花戲作

紛紛紅紫競芳華，春色都歸蘇少家。滿意看花須論樹，生來不愛折枝花。

春暮感懷二首

綺陌垂楊都拂地，遥堤碧草似粘空。桃花定要矜顔色，看汝枝頭幾日紅。

且憑燕子訴斜暉，華屋興哀有是非。落盡海棠飛盡絮，更將何物餞春歸。

浮萍

一分流水蚤知春，弱絮風中證夙因。莫枉浮萍比遊子，誰能浪跡不依人。

梅花行

梅花如高人，迥立塵世表。形容雖甚癯，神完不枯槁。又如仙者非有求，而人自求之。愛我須遠俗，我實無他奇。霜中作花，直以品格勝。論香論色非真知，東風吹開復吹落，肯逐桃李爭芳菲。

寄内

便教矜捷足，總是蹔時人。世肯憐螢照，天應恕虱臣。百年何蚤計，一飽亦前因。詹尹無勞卜，吾歸理釣綸。

讀古歡堂詩集題後

山薑半格似遺山，一體能工便不刊。更有差強人意語，論詩難比作詩難。

瓜州曉渡

滄波浩無際，煙景望中收。帆影入雲盡，天光接水流。遙山極蒼靄，孤棹悵夷猶。何日捐塵慮，憑虛訪十洲。

辛巳六月何功甫之官粵西謂余曰何以贈我因口占五律一首以送其行

古直吾猶忝，時榮子所遺。從來賢達士，不厭抱關卑。江水日千里，桂林天一涯。花前倘相憶，蚤寄向南枝。

初秋偕内子泛舟西滆湖即事有感三首

荷花成世界，百里水雲寬。但覺此間好，焉知求日難。縱情須一往，緘恨有千端。遙意虹橋畔，笙歌定未闌。

夙有浮家願，今成泛宅圖。近花莫打鴨，待月好提壺。望遠情難恝，論心道未孤。何當入塵海，還似對虛無。

前路渺何許，輕帆任所之。一方秋水隔，半嶺夕陽遲。漸可收菰米，徐當理釣絲。煙波足生計，吾唱汝能隨。

代簡寄子香兼示少蕚庶翼

論世每曾高獨行，當仁那肯讓前賢。一分長短憑人較，十畝寬閑與子旋。各有平生未了事，須加努力著先鞭。元知勁骨難諧俗，自保靈臺莫問天。

吾鄉潘履常與余論詩文合者可十之七八秋日偶成五律一首寄之

昔賢多妙制，故里足名山。微我共欣慨，何人最往還。每聞吐高論，時欲開愁顔。那須學良賈，少作待君删。

維揚中秋月夜示康康侯吉士兄弟

淮南叢桂發，卻愛小山枝。今夕二分月，清光知為誰。竹陰涼吹滿，蘭徑露華滋。欣賞須吾友，離愁銷酒巵。

得周綺庭延鴻兄弟書卻寄

故我依然感故知，燕雲吴樹有離思。曾偕淮上三年住，每惜簾前寸晷移。志不千秋休論學，長雖一日詎堪師。久甘迂鈍從人笑，垂白無成亦自嗤。

秋夜

燈暗仍孤夜，開簾月一鈎。蛩聲催落葉，鄉思入涼秋。榮辱豈關慮，贏餘非所求。生涯有瓶粟，歸計在漁舟。

檢得亡友汪次陸手跡感賦一律

平昔幾同志，如君何處尋。高風希魏晉，妙契只山林。匿跡避時論，誰人知苦心。遺文多散落，感動一悲吟。

歷盡

愛僻須防溺，情深轉自疑。乍將愁引緒，忽已亂如絲。爛漫非無酒，妍華敢騁詞。險危俱歷盡，猶恐猝難持。

九日登高

不淺登臨興，淹留豈有成。人皆循故事，吾亦愛其名。孤雁淩霜迴，殘霞隔水明。隋堤萬楊柳，搖落若為情。

前題

不為簫聲也滯留，若論蹤跡愧間鷗。一年又到重陽節，何物能銷萬斛愁。入世未工疎結客，歸山無計且登樓。霜林殘葉紛紛下，賴有黃花照素秋。

聽雨感懷

寸心何所戀，薄命不難知。靜聽竹間雨，清聲祇益悲。傳家望幼稚，作計太支離。詎敢嘲元亮，賢愚一任為。

歲宴寄内

相望一水即天涯，作客經時苦憶家。不合臨行訂歸日，累卿夜夜卜燈花。

寒夜見蚤梅有感

江館苦寒夜，因為一醉謀。那知曲欄畔，已有暗香浮。乍見真堪喜，尋思只欲愁。須防風雨夕，零落教誰收。

留別黃修存時篋中有修存近詩將攜歸示陽羨諸子

江城何意片雲留，江水無心日夜流。三載維揚交一士，多生結習訂千秋。龍泉劍已看新斸，明月珠宜慎暗投。狂簡天容吾黨在，把君行卷共銷憂。

自維揚至無為訪薛畫水司馬至日舟中遇雪

雲暗野風勁，寒深旅雁驚。渡江逢至日，回首感離情。宿恨酒中盡，新愁笛里生。迷津正飛雪，未敢計歸程。

與畫水夜飲賦呈

聞名久相憶，覿面始今時。悃愊為良吏，風流亦素期。放懷論往事，把酒勸深巵。心許兩無歎，非徒文字知。

臘月廿四日到家作時刻聞見録十卷成

書成十卷歸裝重，名可百年生事優。指與盟心惟白水，還餘舊識有沙鷗。家無長物從來慣，語不驚人也便休。一樹家梅情最憶〔一〕，到門先問著花不。

【校】

〔一〕最，花雨樓校本作『取』。

雪後看梅示女史汪梅芬梅芬，余汪氏姑曾孫女也，善寫生，適余友何功甫。功甫之官粵西，久不得消息，憶嘉慶庚辰正月余飲功甫齋中，留宿。今忽忽已及三年矣。

春風吹送玉簫聲，每對名花有故情。雪滿階前消不盡，能教香氣入簾清。攜琴邀笛年年事，來往風流不厭煩。花下又持新歲酒，天涯應憶故園春。

草堂

西漏湖濱舊草堂，論文詎敢擬班揚。幾人載酒尋花徑，獨樹啼鶯喚野航。今雨能來足相賞，名山有約定難忘。牽蘿尚未酬心事，莫怪營巢燕子忙。

壬午仲春即事有感

故鄉風景最相親，回首征塵歷苦辛。彭澤可稱百世士，相如也是一心人。殷勤遠道通芳訊，爛漫花枝占好春。賽社村村簫鼓沸，請看羅綺逐時新。

二月

二月晴光好，河橋冰泮時。殘梅未忍折，新柳又將絲。徑小輕陰合，簷低晚照宜。翩翩雙燕至，愁思每相隨。

別内

花前置酒勞相送，愁見離亭柳色新。何日能如陸東美，與卿長作比肩人。

春望

一溪春漲水平堤，春色無邊望欲迷。大有生紅映修竹，那無佳夢贈黃鸝。

寄謝栢崖

老去見奇特，素心今不違。言詩孰可與，如子定知希。遠愧佳人意，寧論吾道非。高吟望岱作，已覺衆山微。

蕪湖道中寄友人作

壯志何曾變，依人莫浪疑。金家須口實，吾道在奔馳。入畫成名本，探花得好枝。江山供眺望，浩落赴前期。

卷三　雪泥草

感懷十二首 徐元歎云，未廢吟詩而發言莫賞，寂寥之慨今昔同之。

苦李五千言，囊括諸怪奇。竺乾書後出，出入皆於機。溢為千百倍，數語可了之。達摩棄文字，卓哉人天師。一花亦有候，一果亦有期。言如無言者，果熟花開時。

華軒世爭羡，榮聲世競趨。避之竟若仇，無乃太區區。良非性所諧，強勉難久居。狂狷存其真，酸鹹與俗殊。感應有常理，裘葛皆時需。盍盡一日歡，無為千載愚。

經世固有術，儒者急治生。蟲鳥鳴春秋，耕織時須乘。勞心豈殊力，食祿皆代耕。勵志一以怠，有物敗汝名。鼎鼎百年內，録録將何成。願勿咎既往，自今宜重懲。

日月逝不返，閲人成古今。浩浩總情劫，造物元無心。學仙學佛者，用智相窺尋〔一〕。豈無堅忍力，奈此年命侵。天地會有盡，群生誰見憐。置身萬劫外，亦復無可欣。

鄒魯守樸學，楚人妙詞章。莊屈冠古才，比興義兼長。發憤所為作，馳騁於末流。斯為狂狷徒，肯與濁世謀。逍遙與天問，荒怪夫何尤。

古風日以遠，學自狥名始。立言因其時，激勸良有以。常談亦勿棄，稗販亦勿恃。如何轉法華，法華轉者是。

山濤終事晉，叔夜窺其微。不然絶交書，難免君子譏。丈夫抱奇志，所貴能知幾。弋者將汝篡，耿介其焉施。不見冥冥鴻，奮翼方高飛。

讀書求甚解，穿鑿恐難免。淵明析疑義，托志古狂簡。詩篇何必多，蓄意中繩檢。窈曲而昭章，憑人見深淺。緬惟援手情，端拜藉僶俛。

感時迫淒序，念遠望遙甸。雲外欣來鴻，梁間悵別燕。庭綠委芳初，無成意猶緬。豈惟鶗鴂鳴，霜風欲飄霰。奔輪挽不留，往者孰可諫。

明月臨虛牖，流光遂盈帷。默想清淨理，獨觀昭曠懷。彼豈有私照，狥愛揚其輝。哀樂詎易泯，喜慍宜自治。刁調眾籟發，安能無是非。

秋氣一何肅，蕭條風滿林。豈無松與栢，不受霜雪侵。彌望皆蒲柳，何以慰我心。徑草不復芳，木葉下岡岑。搖落固如此，悲哉非自今。

一畫未開天，便應有歌詩。矢音隨所觸，于喁和天倪。事必有增美，言必尚精微。質家貴明肅，文家遂逶迤。質文遞相變，文字有輪迴。詩人代相益，斯言不吾欺。詩以道性情，婦女所其治。如何明七子，據之為己私。肆口大復古，非我莫能為。致啟彈射端，來者論愈歧。著書雖滿家，棼亂難爬梳。物論不可齊，欲還結繩初。

【校】

〔一〕智，花雨樓校本作『知』。

春暮書示子姪謹

花花草草各生新，寂靜虛齋寄此身。家計艱難吾竟老，天心慰藉物猶春。他時望汝能成立，入世何人不苦辛。要識詩書該至道，未妨耕鑿是堯民。

自嘲

鄭聲未放王平甫，長笛誰家吹遠春。一個酒樓無句著，算來詎可號詩人。『詩中不可無酒樓』，王平甫語也。

病起

楊柳和煙解倚欄，沈郎消瘦怯風寒。煩憂對雨不能整，孤豔留春未肯殘。小飲且刪名士習，好花須得美人看。用心苦到陰何句，任與時流作笑端。

新荷

柔絲萬縷結垂楊，荇帶牽風翠蔓長。更放新荷齊出水，田田不礙小池塘。

榴花

綠陰如幄起生煙，一樹榴花帶雨鮮。好語紅裙莫相妒，分無笑靨博人憐。

嘲燕

芳草萋萋滿大堤，雙飛燕羽翦初齊。花間暫可容君到，終傍誰家簷下棲。

海棠

豔影驚看第一枝，東風搖盪晚春期。朝來幾見睡能醒，除卻真妃更比誰。

主客歌

歌主客，請莫喧；張明燈，列華筵；召眾伎，都且妍。主人所樂者客，客稱主人賢。今夕樂斯樂，明日各自東西水流路。難悠悠，還能相憶否？

悼杏

風雨無端送好春，惜花情緒欲沾巾。斜橋楊柳深深處，曾見風流新寡人。

楊花

正好樓前聽曉鶯，飛花點點亂春情。因風若道無才思，謝女清詩詠不成。

芍藥

舊事須徵洧水邊，閒愁觸忤到花前。佳人折贈殷勤意，一別春風一惘然。

南山

南山一何高，蓬蓬白雲起。乘雲非我能，陟嶺跬步始。登登若無盡，中道慮蹶趾。方欲窮其顛，勢豈能遽止。不知最高處，離天復幾里。曠爾霄漢期，遂已絕塵軌。

春風行

謂春風媚俗，偏他吹入深谷幽蘭叢； 謂春風避俗，桃紅李白各各呈姿容。春風兮春風，曷不使我三百六十日，日日坐乎其中。

湘簾

花氣熏人日漸長，湘簾波影動春江。不須更訪羅裙譜，蝴蝶捉團飛近窗。

杏花

冶春紅紫漫千品，著眼分明只一枝。何意登牆飛豔笑，最宜照水寫芳姿。從容賓館書宮體，指點山村見酒旗。燕燕鶯鶯都好在，風風雨雨莫相欺。

蜂房

蜂房各自開戶牖，用山谷句。芳徑每從蛺蝶飛。世事無過眠與食，得花便可策勳歸。

即事

平生蹤跡飄蓬似，百歲光陰野馬馳。高樹烏生八九子，當牕花發兩三枝。如何不感經時別，且欲長吟有所思。衰病可能除藥物，一杯強進故相宜。

五日

又付詞人好時節，卻增惆悵對江天。枝頭杏子落無數，牕外榴花開欲然。意到偶繙書一帙，倦來兼學柳三眠。故園風景遙堪憶，綠樹村邊聽蚤蟬。

五月十八十九日連得家信

作客何年已，濱湖憶舊廬。經時常臥病，連日得家書。憂早情偏切〔一〕，謀生計總疎。不須頻看鏡，白髮更盈梳。

【校】

〔一〕早，花雨樓校本作『旱』。

立秋前一日作時方撰瑣牕雜誌

迎秋洒微雨，瑟瑟生涼風。炎威應時減，造物洵至公。踈林滴清露，閒階吟暗蛩。歲月自遷易，翰墨嗟何功。思緒紛不治，述作焉能工。來者知為誰，視昔將毋同。流傳且勿計，聊以娛吾窮。夙志在山水，言將理絲桐。

七夕

碧梧庭院景清幽，隱隱簫聲何處樓。弦月乍涼孤館夢，明河又值一年秋。人間底事堪藏拙，天上如何肯寄愁。剪燭正防驚宿燕，好風偏解蕩簾鉤。

前題

皎皎當牕見玉鉤，穿針人在水明樓。如何一則齊諧記，賺得清宵爾許愁。

秋夜

漏殘孤館酒初醒，盥手焚香讀道經。階下暗蟲通夕響，庭中奇樹應秋零。涼颸驟送蕭蕭雨，濕翠都棲點點螢。寂寞覃思草元者，竹牕幽映一燈青。

較涼

露下前池月轉廊，水軒風送芰荷香。雕簷燕子亦雙宿，只是鴛鴦夢較涼。

獨夜

相思愁阻絕，獨夜鎮無眠。疎滴高梧雨，涼生翠竹煙。芙蓉隔秋水，河漢在遙天。團扇恩情重，忍教輕棄捐。

蓬鬢

蓬鬢蕭蕭百感生，感時懷抱向誰傾。簷飄一雨秋全到，經誦多心夜更清。墜葉豈無傷別恨，亂蛩那作不平鳴。空齋寂寂聽殘漏，月掛疎桐已四更。

無聊

川路去迢迢，長空雁影遙。秋花太矜豔，孤客鎮無聊。入夜涼風起，吹來明月簫。何當攜酒榼，一蕩木蘭橈。

燈花

江城秋到冷書帷，漏轉將殘月影微。怪底銀釭雙穗重，涼宵佳夢近來稀。

秋思

小山招隱荒途遠，水閣生涼秋思饒。見說枝頭綻金粟，誰於月下撥蘭橈。偶因讀曲添新句，好與焚香譜玉簫。感事亦知成往迹，懷人且自永今宵。

小病

小病今初減，簾疎望月宜。空齋人獨坐，繁燼爾奚為。祇覺蟲吟苦，難禁秋氣悲。相思竟遙夜，何許有佳期。

中秋對月有懷在臨湖作

留人有桂樹，酌酒對金波。未省三分月，臨湖得幾多。上年客揚州，詩有『今夕二分月，清光知為誰』之句。清輝遍庭宇，涼意逼星河。持此欲為贈，憑誰寄短歌。

秋日偶被酒出遊聞人說蘇常諸郡秋成可望因成一律寄內

何以暢幽抱，棲遲酒一杯。羈愁隨病減，好語自東來。治圃功宜早，裝棉信已催。清秋足佳日，吟望興悠哉。

閒牕一首寄子香

閒牕日日理殘編，發憤難將舊業捐。敢說幼安教透土，須防靈運讓生天。長貧枉自看朝槿，相警還宜聽暮蟬。一片秋雲裁豔影，待攜明月到樓前。

中秋已過重陽漸近獨旅無聊悵然有作

霜前籬菊看初斑，桂樹淮南尚可攀。砧杵萬家秋滿郭，星河千里月臨關。愁來無緒都成結，句有深情肯浪刪。但送將歸已堪涕，何須臨水更登山。

索居

床頭金盡待何如，敢向秋風歎索居。堂下從遮五桃樹，池中難覓雙鯉魚。人依孤影兩寂寞，月與積水同清虛。已見網絲結牕牖，更看苔色上階除。

遣意

名利不須問日者，人生由命非由他。用昌黎句。一觴一詠從吾好，三沐三薰詎足多。漫許為文希屈馬，盡難得句似陰何。欲參初祖西來意，便到無言費揣摩。

晚秋對雨二首

且看秋欲去，為爾費沈吟。獨對蕭晨雨，誰知倦客心。寒沙群雁落，空水一江深。別自有愁思，非關年鬢侵。

衰頹遽如許，愧我向時心。林雨飛殘葉，江城急暮砧。來遊及春早，此日又秋深。漸覺吳棉薄，離憂也不禁。

盧德水夕旦吟自謂不阡不陌似詩非詩余愛而效之意到便書凡得十首

惟有性情人所靳，竟於何處得其真。不須痛飲稱名士，解讀離騷是可人。

竹雨松風滿徑涼，閉門修業足相羊。莫輕仲子爭螬李，高士須求辟穀方。

赤松廣成今已矣，緱山浪傳鵝管聲。服氣故應能益壽，見誰白日羽翰生。

相逢意氣漫相許，白首焉知無變操。從古憐才讓巾幗，男兒大抵重錢刀。

子房欲棄人間世，只許長源可比肩。醇酒婦人嫌太浪，英雄退步是神仙。

嗣宗高步邁常倫，耽酒狂吟冥見聞。誰識沈幾中至慎，保全終仗大將軍。

柴桑高語少人知，感憤和平兼有之。不論形模論情性，白蘇都是一家詩。

言是心聲莫漫論，閒居那獨笑安仁。失真無過陳伯玉，高蹈偏工媚婦人。唐初詩文並工者，斷推陳伯玉，而獻媚則天，至為可鄙。

文采章身未可輕，偏詞枉替昔人爭。蘇門學士皆風節，卻道不如呂惠卿。朱晦菴貶蘇門諸子，謂反不如呂吉甫肯讀經。晦菴大賢，乃有此偏論，雖自伊川護法中來，然亦過矣。以是知論斷古今人最難得平允。

東邊日出西邊雨，道是無晴也有晴。劉夢得竹枝詞句。奔軼絕塵劉夢得，爭教老鐵擅才名。

寄贈家景樞

我見今人不如古，幾以所聞疑古人。此心無乃近鄙薄，妄意詎可猜真賢。古人今人等人耳，但問置身何等是。如君學行無可疵，滿園修竹含清飔。布衣高名著天漢，蜀莊不愧揚雲知。

自題瑣牕雜誌

聖作理無漏，賢述加周詳。重之可無須，背之為不祥。不如纂舊聞，取足盈緗緗。自顧啞然笑，日夕何皇皇。汝非史遷峻，汝博非蒙莊。學此曼衍筆，言語徒荒唐。途遠不自力，暮氣兼迷方。嗟哉今已矣，來者吾所望。

酒家梅花

為傳芳訊到山村，村女當壚勸酒頻。一樹横斜風雪里，與誰粧點作新春。

紅梅

幾日東風初霽雪，牕前春到恰如期。斷無人處分明見，三八瑤姬倚醉時。

書答管異之書後異之，金陵人，姚惜抱先生弟子也。

自失子姚子，黄金鑄不成。遺書紛在篋，展對若平生。斯世幾同志，相期勉繼聲。盈盈一江水，雙鯉寄遙情。

春日同孫庶翼程子香黄君仲遊西溪作

何當便棄囂塵境，直就煙波作釣家。傍水村墟多秀氣，沿堤梅杏有佳花。經行儘是曾遊地，來去渾如不系槎。共憶十年前故事，曉看雲起暮看霞。

偕君仲至河橋書所見

東風著意釀花期，新柳垂垂漾碧絲。最是春來惆悵事，一株香雪欲殘時。

水仙

解佩何須怨交甫，陳思也恐棄言多。亭亭試看淩波步，可有纖塵上襪羅。

新柳

盈盈恰似十五女，臨水風流見一枝。記得河橋纜船處，小樓空自貯相思。

置酒行

置酒邀客，烹肥掣鮮，今日曷不相為歡？窈窕誰家姝，被服羅與紈，今日曷不相為歡？砌花欄藥，郁郁芬芬，左竽右瑟，紛然前陳。君胡為乎？目若無覩，耳若無聞。我自有所憶，我自有所憐。白髮不元，何用為情人？

喜晤儲麗江

楊柳矜新翠，梧桐茁美枝。不聞下士笑，獨與老人期。好鳥來何暮，孤雲每去遲。文章酬世具，底用苦心為。

為汪梅芬題吟詩圖兼寄何功甫

謝庭詠絮播芳音，花下宜調綠綺琴。南國詩才高水部，也應點筆共清吟。

即事口占

無多夕照悵離筵，衰柳殘花不任攀。一片行雲珠閣外，遠山如畫見彎環。

有感戲成

秦樓初日照梁時，絕代銷魂那得知。比似少陵詩最好，亂頭粗服也相宜。

遺懷

往事知難悔，此生行已休。不圖全美譏，且莫賦離憂。芳草前堤路，芙蓉滿鏡秋。傍花宜淺酌，載月有扁舟。

卷四　澤畔微吟草

李義山無題詩原本風騷抑揚盡致當是其感遇之作余賦性疎簡久不作用世想聊假柔翰以消永日偶成七律五章感歲月之如流歎逢年之無術曾無關於大雅惟讬興於風人有道君子幸勿哂其輕薄也〔一〕

霧閣雲牕暗幾重，玉顔窈窕宋家東。湘娥鼓瑟流清怨，秦女吹簫向碧空。華燭燒殘猶有淚，好花須落不因風。娟娟卻恨初三月，偏照情人復帳中。

東南日出照城隅，誰信羅敷自有夫。小樹生香還結子，疎簾拂露不成珠。玉簫聲里飛蝴蝶，苦竹從中唱鷓鴣。富貴冉如行樂好，人生底要執金吾。

誰遣明河天上流，星娥月姊迴含愁。此時相對還成憶，昔別無端豈自由。重戶更教珠綱綴，小山應有桂香浮。芳華曾否通宵夢，碧杜紅蘭易感秋。

巫山高高十二峰，陽臺遺恨古今同。千點萬點竹枝雨，一絲兩絲楊柳風。神女廟前芳草綠，楚王宮畔小桃紅。分明記得湘裙樣，六幅行雲畫最工。

任教銀漢限紅牆，冷卻金釵十二行。那有心情窺宋玉，畧無消息報王昌。鴛鴦戲水迴煙島，燕子銜泥繞畫梁。多謝春風莫相識，羅帷曾度九秋霜。

【校】

〔一〕哂，花雨樓校本作「灑」。

録别

言當與子別，欲行又遲遲。遲遲復何為，執手前致詞。哽咽忍無語，悵然獨登車。車遙遙，路迢迢，迢迢之路使我心勞。

三月

三月百草芳，蝴蝶飛南園。桃花好顏色，灼灼明陽春。我有一樽酒，願飲桃花前。花開能幾日，花落忽如煙。

日夕

日夕雞欲棲，月明烏欲啼。靜言懷所歡，相期竟不來。門前折楊柳，寄妾纏綿思。纏綿復纏綿，妾心徒自憐。

我所思二首

雨瀟瀟，風吹之。我所思，隔前溪。前溪深復深，欲渡不渡空沈吟。

遙相望，不得語。我所思，隔南浦。南浦朝朝風浪生，我今持楫來迎汝。

青青楊柳枝

青青楊柳枝，風吹亂如絲。昨來攀折處，葉葉有離思。

芙蓉

芙蓉冒淥水，照影鬥華姿。幽蘭植深叢，妍好誰知之。秋風一以至，歲華逝駸駸。豔質終難保，哀思安可任。

蟋蟀

蟋蟀將在堂，君子尚行役。行役無歸期，愁思向誰說。明月上簾來，光流玉鏡臺。含情屬明月，莫更入羅帷。

明明之月

明明之月不可以掇取，如花之人不可以久留。博山壚中香氣浮，真珠簾卷珊瑚鉤。起視河漢臨高樓，徘徊轉側心煩憂。非君之故，何為使我不能休。

有所思

如何有所思，忽見梅花謝。寂寂兩無言，含淒玉窗下。對景撫瑤琴，聲聲怨遙夜。遙遙夜夜不成眠，空抱愁心誰我憐。

彈琴

泠泠澗水聲，答我花間琴。忽已暮雲合，能令秋氣深。明月澹涵白，景在青松林。愛此無人境，惟聞鸞嘯音。

懷人

懷人春夜坐，坐久微風生。遠遠聞清吹，誰家玉笛聲。開簾納歸燕，倚檻聽啼鶯。苔砌露偏重，花檐月倍明。頹思方就枕，惆悵曙雞鳴。

河橋見衰桃一樹有感而作

細雨輕雲夢未成，前池照影自分明。嚴妝倩笑幾相見，已減登牆一片情。

花之春

花之春，月之秋，美人何時復來遊？待來終不來，使我心如饑。階前新種相思樹，蝴蝶一雙繞樹飛。

早春

小閒輕寒春未融，流蘇帳曉冷芙蓉。一番風至調金管，數點梅開見玉容。淺水映花幽夢短，朝霞和雪麗情濃。誰知斷雁哀箏思，空外愁雲結萬重。

春詞

閒吹玉笛譜春詞，春在溪頭楊柳枝。夭桃穠李爭獻媚，黃鳥白鷗各相思。山如含笑看自好，酒可解憂醉不辭。無奈風光太飄蕩，慣引遊人感別離。

鶯啼

鶯啼春滿院，花影入簾重。美人倚闌坐，巧笑如芙蓉。

七夕

獨上西南樓，穿針對玉鉤。佳人思遠道，七夕詠牽牛。湘竹萬古怨，芙蓉一夜愁。珠簾縈昨夢，冰簟怯清秋。

春別

踟躕青絲騎，殷勤碧玉簫。山長水更遠，花殷鶯復嬌。君行莫更頻回首，此後相思非一朝。

憶昨

憶昨別君時，杏花初滿枝。別來能幾日，楊柳長新絲。

照鏡

網絲結疎牖，輕塵委妝臺。稿砧山上山，照鏡復為誰。念君託嬌愛，容華非昔時。明鏡何無情，照我長相思。

朝日

朝日照綺窗，繁花何暄妍。花容慙妾貌，妾容比花顏。折花憶故歲，花開入新年。新年非故年，新花猶故枝。故人倘垂念，故心終不移。

客中春日花前酌酒

東風日日催芳信，誰道江城樂事賒。燕語鶯啼春滿國，山長水遠客思家。即看屋角明斜照，相映枝頭盡好花。正有聽歌情不淺，銜杯忘卻鬢都華。

剩有

簾外荼蘼風似翦，闌前紅豆雨如絲。浮花浪蕊都拋擲，剩有青青葉滿枝。

臨江

水色空明暎綺羅，臨江樓閣倚湘娥。簾疎不隔花枝影，團扇家家畫九歌。

仲夏

斜景臨北牖，朱樹藹南榮。壚香雜花氣，松風和琴聲。仲夏草正綠，高枝蟬始鳴。王孫歸未晚，何用羡浮名。

團扇

合歡團扇剪裁工，頓著涼生羅帳中。傍枕好懸明月影，含情無限待秋風。

不解

笑靨花爭豔，啼眉柳並妍。不解良人意，如何得可憐。

秋期

庭前下白露，池面浮圓荷。草色別情滿，竹枝哀怨多。綠窗聞蟋蟀，玉鏡愁青蛾。消息秋期近，天孫欲渡河。

怨情

芙蓉嬌出水，紅淚鏡中潮。欲寄長相思，關山路迢迢。湘弦二十五，悽切不能調。窗竹鳴秋籟，疑吹秦女簫。秦女附彩翼，凌煙升紫霄。天孫渡河漢，乃用鵲為橋。

吹笙

吹笙鶴駕杳難蹤，碧落銀河悵望同。十二樓中明月夜，東南誰寄小心風。

綺語

綺語未除文字戒，柔情偏系柳絲長。薔薇芍藥皆春色，風致無嫌近女郎。

流螢

流螢點點出芳叢，和露飄來翠徑中。不為前身是香草，肯教消受扇紈風。

蝶

怯雨穿香檻，隨風度畫樓。與花俱命薄，貪夢不知愁。

蟬

露重風高便覺秋，踈踈一樹綠含愁。斷雲心事誰料理，吟盡斜陽苦不休。

微雨

微雨止還作，流螢去復來。落葉初別樹，涼風漸盈幃。已見上新月，猶聞響輕雷。啾啾歸鳥倦，切切吟蛩哀。羇人劇多感，清淚數行垂。

桂樹

畫蘭桂樹生金粟，少女風前玉露涼。傳語嫦娥好消息，人間花有月中香。

陽春

陽春二三月，蘭蕙齊花作。幽蘭香氣多，隨風入君懷。解君佩，系妾襦。妾有願，君知之。悅君慕君感君愛，無論君心知不知。

絲蘿

絲蘿附喬木，浮萍居水中。等是無根物，生涯迴不同。浮萍隨風飄，兔絲不可移。妾心抱區區，君子何時歸。

柳

含怨含愁態並工，和煙和雨媚春風。青青莫管人離別，自有小桃花暎紅。

春色無端上翠樓，東風吹綠滿春洲。灞陵空有長條在，不系流年只系愁。

瑤池

滿酌流霞酒一杯，瑤池春宴記曾來。桑田滄海尋常事，阿母桃花幾度開。

春雨

紅樓悵望隔清塵，夢雨如煙罨去津。一帶春山鏁濃黛，不知西子為誰顰。

雨窗聞鶯

濃陰滿院濕煙和，百囀嬌鶯暢好歌。紅藥軒中清夢轉，綠楊枝上曉風過。輕花片片飛無影，細雨絲絲織幾多。老卻詩人渾不管，玉笙吹徹奈愁何。

武陵

春水當門長，桃花夾岸開。武陵自人境，誰肯問津來。

宓妃

自從西館阻佳期，秋菊春松總後時。可怪陳王無一事，宓妃留枕到今疑。

簾

飛飛變燕阻華堂，一桁簾垂透露涼。月漾輕絲縈碧浪，風搖疎影散紅芳。深深未許通眉語，脈脈偏能鏁夕香。綠鬢彈琴看春雨，虛無何異對瀟湘。

詠早梅有贈

一枝春色早，開向綺窗前。盡日無人至，教君恣意憐。

春深

幾日杏花風，春深綺閣中。平生夢游處，雙燕話簾櫳。

秋情

的的玉窗夢，依依碧岫雲。池塘落秋豔，園林含夕曛。蕙草芳已歇，暗蟲吟失群。微霜淒簟色，涼氣侵羅裙。網絲滿瑤瑟，沉憂但為君。

瀚海

瀚海霜飛八月天，黃沙白草自年年。可堪思婦樓前月，流照征人塞上眠。

雜擬二首

獻笑殊難禁，含羞亦強持。款語未曾接，兩情祇自知。

相思一何苦，不及未嫁時。明知兩決絕，相見徒爾為。

秋日偶成即自題詩卷後

經雨秋河淡欲消，廣寒宮闕影迢迢。雕簷去燕涼初逗，曲沼辭荷暑乍銷。乘霧仙人歸洛浦，分箋詞客重南朝。便教花鳥長相伴，未抵詩篇慰寂寥。

白玉窗前樹色繁，閒階綠淨上苔痕。並飛蛺蝶朱闌曲，雙宿鴛鴦碧水溫。鏡亦有光難照影，花因無骨易銷魂。楚天雲雨荒臺夢，千載詞人細意論。

讀查查浦記夢詩意有所感情見乎詞戲擬十首 太史公曰：「國風好色而不淫」，李義山曰：「楚雨含情皆有放託」，是余詩旨也。

夢里聞香覺後驚，寒花踈影隔窗横。尋思得不添惆悵，歷歷巫雲湘雨情。

雪藕玲瓏比慧心，相看脈脈已情深。偶通眉語元無忌，便說度詞也不禁。

性愛幽閒近漁釣，搴芳茅屋補藤蘿。佳人倚竹曾親問，可是煙波張志和。

少陵豔句最堪思，清簟疎簾看奕棋。新月如眉肯相照，玉簫旋隔雨絲吹。

自愛湘裙工繡水，肯拈柳帶結同心。不妨巾幗存知已，通國皆能保展禽。

綺歲何知色是空，涉江那不採芙蓉。憐才惜貌非無謂，我欲先誣阮嗣宗。

新詠篇篇近玉臺，分箋疊稿費清才。那教敗意人如魅，就里無端擦坐來。

月在雲中不可招，仙人樓閣迥迢迢。靈楂消息憑誰問，清淺銀河隔幾橋。

相見應難一一陳，孤懷猶未忘前塵。等閒若遇元才子，那不思量記會真。

誕謾元如賦感甄，便教留枕亦徒然。陳思雅意靈均匹，任與詞人一例編。

後擬十首

鴛鴦捉對水雲居，鎮日貪眠蔭玉蕖。不管他家好花柳，已沈三十六鱗書。

怪底遊絲斷復牽，輕風吹到夕陽天。小窗入夜添愁思，夢里閒花卻放妍。

傷別傷春覓見初，相如消渴病何如。微波不敢傳心曲，小立窗前也怯虛〔一〕。

斬新花蕊原無價，乍捐朱顏亦可憐。只恨羲娥不相借，惟教暗里換流年。

靜聽弓弓點屐聲，就中消息最關情。如何獨閉良宵月，分作姁媧斷此生。

漢女從今不可求，綠楊堤畔幾停舟。翩翩燕子春風里，羨爾能棲第一樓。

小園曾覩亂紅飄，只隔重門路豈遙。離恨天近甘久住，省教暫見益無聊。

怡顏只好盼庭柯，錦瑟年華瞥眼過。畢竟難忘轉綿邈，秋來夜夜賦明河。

愛讀言情鄭衛詩，采唐贈芍寄相思。花前雙笑終無分，未忍吟成決絕詞。

宋玉微詞託意殊，書生枉自笑登徒。淵明老作閒情賦，千載知音有大蘇。

【校】

〔一〕小，花雨樓校本作『心』。

續擬十首

枝頭啼鳥怨春殘，欲去應憐欲住難。生小便親桃李色，向來只作等閒看。

陌頭楊柳正依依，不為封侯也不歸。那有絲蘿附喬木，惟看明月入羅幃。

無復新詞倚玉簫，可堪瓊樹憶朝朝。美人高士姻緣簿，只準羅浮一夢銷。

十二峰前一片雲，峰峰娟妙總難分。畫圖曾見巫山本，巫峽流泉不可聞。

滋蘭樹蕙充芳佩，曾許風流近楚騷。才子掃眉虛宿願，詞場屈宋自名高。

世外幽姿絕點塵，只應花下有漁人。落英芳草仙源路，多恐重來不是春。

青溪舊宅小姑祠，卻怪靈風不滿旗。漠漠生煙繞花底，個中情緒有人知。

只盼前期未有期，無情原草自離離。游絲一縷懸蛛網，搖漾終無委地時。

花糕舊俗憐重九，竹栢新圖紀歲朝。苦茗一甌香一寸，清談也要福能消。

堪嗟雪片一冬深，流水空山自古今。說與梅花渾不信，青松未改歲寒心。

初月樓續詩鈔

卷一　夢餘草

夢中得絕句一首

聞郎大堤去，故來就郎別。妾貌不如人，人心不如妾。

贈別

看雲愁欲暮，臨水贈將離。即事已難遣，遠人安可思。歌清憐倚笛，心苦證彈碁。留得前溪月，盈盈照酒卮。

乞家菊畦為余寫真作看竹圖題詩一首奉寄

覽鏡驚華髮，行藏祇自憐。煩君拂縑素，為我寫林泉。位置慚佳士，遊從緬昔賢。還應對寒碧，吟嘯盡餘年。

暮秋赴吳門泊舟無錫道中作

沽酒來村市，停舟傍夕陽。人家幾叢竹，門外盡疏楊。流水一何急，寒鴉底事忙。可堪搖落候，辛苦又離鄉。

題萬子磬箏客圖

秦箏彈逸響，古調比湘靈。幽意託香草，新詞滿畫屏。子磬所著詩詞曰香草集。林鶯三月語，汀雁一行停。我欲攜尊酒，勸來花外聽。

寄懷阮梅叔

海内論才筆，珠湖舊擅名。梅叔自稱珠湖漁隱。遙天雲暮合，遠道月同明。相望隔煙水，所期敦性情。輕舟掛帆處，載酒欲聽鶯。

晚望

負策立柴門，靜與青山對。本無經世才，藉日甘隱退。村樹孤煙生，頹陽奄西邁。悠然思古初，跡似屏人外。徘徊待新月，吾意誰能會。

月夜探梅

殘雪漸消春欲回，柴門徑僻多荒苔。半灣流水幾家月，一夜東風數點梅。小舟乘興每獨往，故人相期何未來。此生自笑耽岑寂，吟賞惟須濁酒杯。

可疑

訪藥求仙事可疑，人間天上兩無期。繁華已覺荒唐夢，感激都歸月露詞。高館客來花欲笑，小園春入鳥先知。怪他第一橋邊水，流盡年光逝莫追。

舟次河橋雨霽看新月上聞鶯聲有懷

垂楊幾樹傍高樓，拂水還能系客舟。小雨何心成昔夢，穠花無計避新愁。相思絕代人千里，竚盼遙天月一鉤。濁酒深杯吾竟醉，好憑鶯語作勾留。

細雨

細雨濕蒼苔，開簾見落梅。春風元不隔，燕子又飛來。懷袖書三歲，憂思日幾回。天涯數朋舊，多半滯蒿萊。

經年

良友隔音徽，經年去未回。簫聲清午夢，花氣壓春醅。芳草離愁色，朝雲冠古才。國風凡幾變，詞客自多哀。

感離問訊之作

橋邊楊柳掛新絲，柳色青青感別離。不惜殷勤重問訊，夕陽門巷好花枝。

暫見

坐聽枝頭好鳥鳴，重簾高捲喜初晴。相知且道家常語，暫見終輸眷屬情。豔豔春雲朝未展，盈盈秋水晚逾明。新詩一卷千金直，紅藥欄前笑已成。

答汪季方

時鳥歎新旭，芳條藹前軒。氣和物皆春，意得可忘言。日暮風徐來，佳花正翩翻。

北郭寓齋之前牡丹盛開旋為風雨所妒適陸生子卿以牡丹詩寄閱因成絶句二首

連宵風雨釀春寒，錦帳初施夢未安。欲倩朝雲寫精采，一年春事憶將闌。

名花相對態逾妍，旋見飄零玉砌邊。多恐江郎才易盡，夢中彩筆定誰傳。

知音一首與庶翼子香小飲示之

知音如不隔，海内幾比鄰。倚檻吟紅藥，停琴憶遠人。樓臺昨夜月，鶯燕一家春。坐恐芳菲歇，飛觴及此辰。

春暮簡董應彝

桃李時爭豔，溪山路不窮。獨游夕陽外，高詠暮春中。風雅幾人變，艱難舉世同。看君猶壯志，吾病已成翁。

歸思

佳景已頻換，歸思亦暗催。簾前雙燕舞，檻外一花開。斜日看將盡，美人期不來。沉吟豈無故，獨坐且持杯。

舟行即事寄楊蘭穀

曲曲溪流轉，清暉似若邪。笛聲多傍水，簾影最宜花。眠柳因風起，歸舟趁日斜。前村月初上，貰酒問漁家。

鎮有

當階紅藥又翩翻，鎮有深情憶古歎。且共花前一尊滿，漫期海外九州寬。琴心避就元無準，燕語丁寧別亦難。黯黯春光看欲暮，東風歸去夢初闌。

長憶

留春春不住，漸覺綠陰濃。長憶別君日，何時下山逢。

涼夜詞

碧樹華茲映綺牕，疎簾月色皎於霜。風前茉莉香初透，消受羅衾一味涼。

初秋經舊遊處題詩一首寄所知

江村過雨氣初澄，河漢難消萬古情。秋水簾櫳塵事隔，暮雲樓閣遠愁生。望中景色歸吟卷，何處淒涼起笛聲。絕憶春風楊柳岸，扁舟乘月聽啼鶯。

秋夜懷談伯宣周禹聞卻寄

飛星過碧漢，涼露滴空林。一片清秋月，高懸萬古心。芙蓉自開落，身世任浮沉。獨有懷人句，誰聊永夜吟。

過永福精舍贈半橋上人

尋幽不在遠，一徑造禪室。花木蔚然深，微涼見竹色。穀芳豈終閟，懷秀待深識。浩露空林秋，誰為表沖寂。惟聞日暮鐘，偶茲謝塵跡。

與友人野飲

秋氣積素抱，惘默懷無窮。幸茲謝結束，稍宜罄歡悰。數子非有期，道合時相從。攜手適郊野，緩步聞清鐘。望遠洲樹小，際晚嵐翠重。藉草傾壺觴，浩歌對長松。落落復誰待，寥寥天宇空。

秋夜獨宿友人山房寄群修上人

秋館涼風生，夜靜蟲語碎。空階散花影，蘿月垂虛翠。勝賞莫與同，孤懷偶焉遂。蕭然清絕境，暫得釋浮累。何當息塵緣，蹤跡寄方外。

寄族弟筠墅兼示王守靜鄒潤安吳耶溪諸子

蒹葭起遙思，蟋蟀助清吟。夢與鳧鷗遠，秋因風雨深。容華謝時豔，岩壑幾幽尋。寂寞期相守，泠泠鳴玉琴。

西溪即日寄家午生

獨行西溪上，日夕見歸鳥。山容天際淡，靜意隔喧擾。遐思憂世人，著書每恨早。余復何所營，閒吟以終老。

為友人題秋蘭圖

幽花自矜妍，宜春亦宜秋。清風時一來，斗室香四周。璧月光夜滿，卷簾上瓊鉤。娟娟露初涼，芳情鎮相留。

秋日憶畫水

林居觀物變，白日忽西沉。凜茲素秋節，極望愁煙深。平生獨往志，未暇希知音。惟有薛夫子，賞我邱中琴。禮延適高館，百城恣遊尋。一別已三歲，離憂故難任。眷言撫商調，濁酒聊孤斟。

感秋

雲淨天宇迥，日夕涼風吹。颯然庭樹秋，紅蕖亦離披。芳蘭晦幽色，微霜又淒淒。豈無盈觴酒，感此心踟躕。

翠屏洲訪王柳村即事

江畔洲如月，用孟襄陽句。高齋迥絕塵。清吟從所好，良會感前因。宿草悲猶在，謂宋左彝、石遠梅、楊時菴諸子。深杯勸每頻。桃花齊放後，芳意徧遙津。洲上有桃花萬樹。

路質軒齋中盆梅

蜷曲保孤根，無損淩寒意。淺笑亦嫣然，有美焉能蔽。斜月照來遲，軒屏且高寄。

雪後同質軒步日精同下翫月

旅人故多感，遠思成默默。君子惠好我，相期指林樾。靜夜碧天高，寒光交雪月。松竹藹餘清，森森岩際列。素襟屢欲殫，曠宇復茲覿。即境自空明，非關眷岑寂。覽物發幽吟，良遊有稽閱。

質軒屢有詩章見贈率成一律答之

不須短翼恨差池，三載重來慰夢思。並坐能彈流水調，相看已過當年時。持杯喜對梅花月，翦燭長吟杜甫詩。好景無多吾自惜，桃源倘有外人知。

歲除日晨起示子姪謹

偕汝依良友，朝朝習苦吟。艱虞畢生事，歲序故鄉心。殘雪留寒色，徵鴻遞遠音。杜陵厭拘束，肯使積愁侵。

除夕酬質軒

明燭豔椒盤，吟情亦未闌。共歡今夕飲，不作異鄉看。梅蕊初迎歲，江春已破寒。且捐身世感，客館頌平安。

別質軒

又作江幹別，春來景物殊。笙歌喧隔院，花柳滿前途。歸思三三徑，良時九九圖。酒壚行處有，好鳥勸提壺。

客中得畫水書喜而有作

揖別記江頭，相思春復秋。連綿風雨夕，珍重尺書投。遂有鳴弦興，都忘旅泊愁。梅花供索笑，芳意若為酬。

荆南紀遊

數點嵐光淡似秋，清溪一曲抱村流。梨花夢遠宜招月，楊柳情多愛近樓。今我無成憑位置，春風隨處可淹留。不須更訪桃源路，且與荆南紀勝遊。

尋思

燕舞鶯歌逐番新，翻因懶慢見吾真。侭容酒似淵明好，未必詩能子建親。小樹花濃微有露，疎牕燭燼暗搖春。尋思十里揚州路，誰是珠簾第一人。

畫中

幾疊屏山儼畫中，輕寒惻惻雨濛濛。千回汲引憐才地，一半矜持為國風。緣易別時愁決絕，最難堪處似通融。當軒豔雪銷殘後，又見桃花報小紅。

浪跡

浪跡從教歲月遷，江鄉風景故依然。垂楊垂柳芳郊路，乍雨乍晴寒食天。一首逐貧揚子賦，三春滿地沈郎錢。何須苦思搜窮僻，快讀南華內外篇。

清明

清明巷陌雜花稠，覓得新題是舊遊。不信前期杳如幻，那教濃笑轉生愁。楹書便可從人借，斗酒還應與婦謀。門外一溪春水碧，也須料理木蘭舟。

即事

欲追前夢杳難尋，即事分明悔轉深。擢秀名花依醜石，挐空古樹集羈禽。銷聲自鬱青霞氣，沉照誰憐碧海心。風颭疎燈戞牕竹，夜涼依舊擁孤衾。

春夜簡朱橘亭

一年好景當三月，寒食清明今又過。漫擬文通裁恨賦，休邀子野聽清歌。離愁不奈春宵永，惆悵惟應詞客多。萍易飄流蓬易轉，強持卮酒慰蹉跎。時子香赴皖江，庶翼赴山右。

扁舟

扁舟逐浪片帆輕，夾岸桃花照水明。莫更貪看楊柳月，減君庸福是多情。

春日偶題三首

分日控花曲水濱，夕陽樓外往來頻。怪他移種相思樹，別作誰家深院春。

畫樓人似隔天涯，簾幕春風燕子家。蝶怨蜂愁都不管，空庭閑煞女郎花。

花下停舟對綺牕，沉沉簾影閣斜陽。依然碧草裙腰路，慣引閒愁似水長。

甘心

風騷幾輩擅時名，慷慨還從感激生。敬吊靈均遭薄俗，欲賡平子詠同聲。六朝佳句流傳體，千載知音旦暮情。北客漫誇元宴序，甘心拊掌庾蘭成。

寄談伯宣

京口同遊棹，溪山續舊盟。老耽文字飲，貧見故交情。玉局遺風古，東皋幽事成。黃鸝囀枝好，且自守柴荊。

老去

老去情懷未減歡，如何容易放春還。飛花著處隨飛燕，好夢難忘敵好山。人事幾更勞記憶，仙蹤且近苦追攀。相望舊是吹笙侶，只在盈盈一水間。

碧雲

茂樹陰陰草閣前，碧雲日暮悵遙天。支離敢信全高節，忠厚相知讬少年。悟到非心亦非佛，想多如夢復如煙。花繁絮亂人間世，子晉何因便得仙。

初夏示從姪穀之

北牕施夏簟，桑竹繞吾廬。小扇招涼候，單衣稱體初。野花新粉黦，靈鵲好音虚。入世慚無補，衰慵更廢書。

信有 時先後得黃修存、李心陔書。

已放春歸強自寬，麥秋天氣尚餘寒。鳥窺靜意併無語，花吐芳心亦未闌。高樹陰多慰棲託，故人書到喜平安。豈同衡宇歡情接，信有關河行路難。

題天臺證性圖為晨初群修兩開士

投跡指高嶺，經行翠微裏。溪光與岩色，無非清淨理。緬昔餐霞人，悠然悟無始。饒舌憑豐千，漫山徧紅紫。

立秋前二日雨後簡張聽曾

碧沼蓮開翠葉齊，投林倦鳥自相依。秋前快雨應難得，樹底新涼恰早歸。遥望孤帆天際杳，靜看晚景竹中微。金尊檀板非吾分，要聽清言玉屑霏。

偕王守靜汝瑛穀之兩從姪鷗園小酌

竹樹蕭蕭慣引風，知音今喜一尊同。論文共作鉤心語，下筆爭憐折臂功。那許凡情參聖諦，好憑人巧錯天工。相攜更從蓮花彴，笑指名山夕照中。

偶寄

薛垣藜徑老夫家，畫里青山亦騁懷。仲蔚長年門自掩，伯鸞終隱婦能偕。初鶯蚤雁來斯應，明月清風醉侭佳。臥起無端俱偶寄，此生久已外形骸。

題周文矩明皇並笛圖

玉宇高寒集上真，清歌妙舞一番新。大唐天子親調律，正有承恩善女人。楊太真寫佛經，嘗自署善女人楊玉環為大唐天子李三郎書。

病起偶成

病餘不自惜，強起望平原。雪淺寒易消，酒力尤能溫。孤舟明月灣，荒村寂無聞。梅花昨夜開，一枝真我春。佳人遠相隔，可思安可親。服食苟無誤，吾將期羨門。

將之京江訪質軒先有此寄

元解每從難處索，琴書偏與靜中偕。尋常對客無高語，杖屨逢春有好懷。砌畔幽花長寂寂，枝頭新鳥自喈喈。相思便擬催蘭棹，一訪知音正復佳。

上元夕偕內子初月樓話舊之作

競嬌羅綺上春天，芳樹依樓起暮煙。淑氣催成花事早，好風吹得月波圓。焚香靜語酬良夜，邀笛清遊記昔年。若使徐陵閒筆架，玉臺新句竟誰憐。

曾許

江鷗曾許結深盟，萬里濤瀾到岸聲。吳下山川都入夢，春來花鳥總關情。難邀信士來君叔，苦憶高人向子平。勸汝不須啼嫁娶，好將心跡證分明。

偕午生暮發京口寄質軒

遠寺疎鐘開夕照，長堤碧柳映明牕。餘霞散處都矜豔，好鳥飛來鎮自雙。幾樹夭桃臨曲渚，一枝柔櫓下春江。髯蘇顛米留遺蹟，千載何人復此邦。

最憐

最憐膽小怯空房，夢未成時漏正長。已是榴花消息近，卻教經月不開箱。

莫秋滆湖晚眺

汗漫期相與，莊周我所師。看雲初起處，到日欲斜時。新雁淩寒色，流波寄遠思。東籬佳興足，開徧傲霜枝。

粉壁橋即目

紅蓼已無色，年光逝不留。蕭疎數株柳，臨水尚風流。野外情偏永，籬邊意自秋。霜清林葉脱，倦鳥亦相投。

重過永福寺訪半橋上人

我愛游方外，心知定不疑。到門延竹翠，入室見蘭支。上人善畫蘭。果熟耕雲徑，香清待月時。即看庭下柏，真羨歲寒姿。

正月十九日至京口訪質軒賦呈

正月才過半，江城景色新。人憐經歲別，天與早梅春。芳訊詎宜阻，孤懷許重陳。開尊尋舊約，肯負豔陽辰。

答質軒

豔發花前思，欣逢雨後晴。深情千載共，芳夜寸心爭。跡有詩騷近，詞兼麗則成。西園春正好，試聽囀枝鶯。

與柏崖別七載矣丁亥春仲復與相遇於京江柏崖枉贈佳製獎借過當予愧不足任也爰次家午生韻成一律以答之

久別驚重遇，江幹值好春。高情惟念舊，佳句又增新。陸海才元大，江花筆更神。城南芳草路，相惜愧連茵。

有感呈質軒

解珮漢皋女，臨波洛川神。誠素豈不達，良期邈無因。渺渺去津遠，依依垂柳新。歸鴻爭渡影，芳草已如茵。且行及時樂，莫負今年春。

京口歸舟作

江頭又見柳條新，不奈愁心入遠春。似有佳期猶隔夢，獨饒秀句未全貧。病餘歲月容高臥，歸向巖阿結比鄰。更歷征途豈吾願，艱難生計苦催人。

寒食前二日偕穀之步楊柳橋閒眺宗徹上人邀過朝陽菴晚飯即景口占

小阮吾宗秀，相從破寂寥。園林飛翠羽，村陌入餳簫。指點桃花岸，經過楊柳橋。更期參玉版，佳處況能邀。

寒食前一日訪薛畫水太守別後成一律奉寄

不覩薛華今五載，扁舟到訪寒食前。苦教一見即相別，更訂後會期三年。黄鳥聲聲催綠暗，桃花樹樹割春妍。茲行又作江湖客，煙水淒迷憶遠天。時余將為江漢之遊。

質軒有姊妹花詩致為雅詠余羨而和之然幾不能措手矣勉效玉臺體成篇以博一粲

簾幙春深後，成行出畫裙。初三拜新月，下九嬉夕曛。趙姊美無度，楊姨豔一群。闌前裁麗句，目送為誰欣。

玉溪生詠蝶詩定是無上妙品質軒讀之而心醉余效成三首恐不足為玉溪陪臺也

不畏香露濕，樽前舞態狂。簫聲上初月，簾影見斜陽。舊夢終難覓，閒情好寄將。還須避歌扇，且自宿花房。

惠質偏宜小，芳心最泥春。美人憐豔影，劍客學輕身。逐恨知難免，招愁故有因。蒙莊觀物化，夢覺定誰真。

鳳子名堪貴，村駒品足珍。畫闌剛一曲，香逕自成鄰。粉重金猶嫩，花殘草亦親。西陵消積恨，生幸值芳辰。

質軒和余詠蝶詩用意深婉迴然絕出余無以敵之復用韻戲成一首詩不足存聊以助一時之歡笑云爾

燕燕為誰語，鶯鶯相對歌。濃花何處好，芳草一庭多。畫本看精美，詩家費揣摩。年年二三月，來伴老人過。

燕

商略安巢地，雙棲最有情。好風吹柳慢，斜照入樓明。驟掠穿花羽，旋投落翦聲。新愁到春色，銀燭夢難成。

欝金堂上路，睇視眄柯斜。似爾能營室，何人不念家。懸知舊痕在，未覺此情賒。夢穩流黃月，休令少婦嗟。

鶯

遲日麗江城，西窗快晚晴。滿庭紅雨馥，一徑綠陰成。消受清閒味，閒關四五聲。吳歌聽歷歷，新曲應嘉名。

客夢驚殘夜，詩情記隔晨。城隅憐靜女，笙管樂嘉賓。細雨舟橫渡，新晴柳弄春。聞聲最相惜，憑洗庾公塵。

蜂

花天須作計，香國要爭春。李徑來無忌，蘭叢採倍珍。去應逢蛺蝶，歸自識君臣。擾擾知何恨，人間盡苦辛。

覓樹不辭遠，尋春敢避譁。竭來迷蝶徑，憐惜到瓶花。香暖日停午，露清風滿衙。蹔飛粧鏡畔，腰束詎宜誇。

前用質軒韻詠蝶詩意乃別出覺其太離因復成一首

三月踏青節，相逢游冶郎。如何疑舊雨，肯自限紅牆。漫擲看花淚，徒凝待月粧。羅浮本仙界，翾動豔歌堂。粵東有歌堂詞。

遊仙詩

朝餐華頂霞，夕飲湘江水。齊州苦局促，萬里暫遊耳。淩虛倒景蓬萊宮，青洲杳與明河通。琪花朱草紛蒙茸，瑤姬素女拾苕翠。乘鸞跨鳳時相從，近來阿母太匆匆，不寄上元書一對。

登望海樓口占

傑閣疏櫺面面開，淩虛何處訪蓬萊。秋風記上吳山頂，曾讀枚乘七發來。

空山

煙漠漠，雲漫漫，空山無人盡日閒。雨餘澗水流清潭，清風泠泠激潺湲。恍如□戛玉響佩環，美人竹外來珊珊。乍聞黃鳥聲間關，桃花一笑春欲闌。

尋山書所見

竟無人跡到，只有鳥飛來。寂寞春風里，櫻桃花自開。

古歌

浮雲已掩初弦月，春風未散丁香結。美人不來，奇花始胎。我不自斂，誰當持之。我不自縱，安能待來。茲嗟我所思，乃在高高崑侖之顛，荒荒大海之涯。世無赤松子，仙路幾窮哉。

卷二　涉江草

初發揚子江寄質軒

悽悽越鄉客，悠悠空江路。近寺晚聞鐘，遠洲晴辨樹。夏綠紛可結，春風杳前度。舊賞歷清景，今離感遲暮。詎因外物牽，祇為有生誤。輕舟任沿洄，勝蹟亦屢顧。轉瞬失三山，了義悟無住。

廬江道中

無限好山橫秀色，滿堤芳草映清流。好山見我如含笑，芳草懷人可自由。初日東南飛孔雀，浮雲西北有高樓。鴛鴦不解相思苦，煙雨寒塘並白頭。

江行寄午生

小果圓成詎肯留，終須彈指現神樓。品題珍重珠千斛，心印分明玉一鉤。隔嶺雲霞天際想，滿江煙月筆端收。誰能更被閒愁誤，且倒芳樽自獻酬。

江行雜感

長江極天浮，浩浩流不息。夙期念當乖，豈敢憚行役。欲奮無輕翰，川途安可越。信宿苦淹滯，黽勉理舊業。故關初未遙，離思紛已積。時見飛鳥還，悵然煙波夕。

斜日一停橈，極目眺江甸。雨餘霽景澄，雲澹夕林絢。高鳥戾遊氛，空際時隱現。羈愁此暫釋，含意復遙緬。征途亙綿邈，去去何所戀。

瞻途未百里，白日俄西傾。巒光依夕變，霞彩映江明。流連景物會，昏旦暄凄更。有來一何速，隨感念已盈。能無逝者歎，胡嬰越鄉情。

衰年世慮澹，我友惠存故。謂周延鴻。皇然赴嘉招，庶用愜心素。佳景昔未歷，勝情今始遇。客囊賸羞澁，羈跡浪淹滯。前山已吐月，後渚亦墜露。遙望西南永，徘徊江洲暮。

洲渚相縈帶，山川杳無窮。密林媚晴景，高雲幻奇峰。近矚延清賞，遠望契微衷。問道貴知津，劉海峰姚惜抱夙所崇。逝矣不可追，來者將焉從。洲魚樂恬波，翔鳥淩長風。未知滄海大，祇覺寥天空。

輕舟過古皖，晚色澄遠江。疏薄沾新雨，長林隱微陽。夕風何泠然，拂簟生夏涼。此邦富禪傑，道傳名益彰。不悟清淨理，寸心誰能降。願以了覺性，自發慧炬光。

水宿淹二旬，借枝靡有期。路難古所歎，安用憂心為。家人計行程，諒與初念違。壯遊寡懽悰，何況衰頹時。茲行吾自忖，三載當來歸。未至意先倦，後事安可知。衣食非細故，翰墨代鋤犁。窮鄉尠交轍，歲入恒支離。譬彼力穡子，豐儉理難齊。望秋願誠賒，篤舊倘一希。行行宜自勉，且用慰渴饑。東流古彭澤，我行阻石尤。緬惟靖節翁，高風邈無儔。出處皆以道，卷舒常自由。蓮社不能招，覇府跡肯投。有時遇俗士，亦與相綢繆。去乎若風逝，來也如雲留。誰能解意表，吾欲從之遊。

江幹太子祠，簫鼓送斜日。斯文在天壤，千載永不滅。清音屏絲竹，雅志紹刪述。淵明賦閒情，何哉玷白璧。

平生好吟事，獨學愧無友。淵明真我師，嗣音得子厚。楚調殊和聲，若心特相偶。吾詩亦可弦，慕陶或庶柳。古人難可齊，恥逐今人後。敢期千載下，屈指數誰某。惻惻寒雨中，棲棲一窮叟。長謠自寫心，寂寞終何有。

逝景不可駐，江流夜潺潺。失群信為悲，中宵起長歎。念我二三子，睽攜問山川。各有斐然作，將毋待裁刪。文字不療貧，已矣行路難。相期在異日，報之以名山。

先友錢仲文魯斯，湖湘舊遊處。嘗因遊倦歸，視我新詩句。才名五十年，高幟能自樹。詞翰追坡谷，草聖擬旭素。走筆疾若飛，空堂颯風雨。予生秉微尚，耽古未識路。振轡翰墨聲，乃以此賢故。指訣獲親授，期許亮不誤。毀譽迭相乘，風籟等閒度。今我涉江來，年亦就衰暮。回望總淒迷，陳跡增慨慕。

我行阻石尤，倚棹荒江側。炊煙起茅屋，疎樹蔭蓬蓽。居民四五家，各各營所業。生我蠱羨心，悔學幹祿術。良圖何用騁，改轍須量力。智士非易求，且為世人說。

揚舲入漢川，已抵襄陽路。襄陽古才藪，雲霄跡炳著。出處有殊途，顯默各隨遇。誰為梁甫吟，前途日將暮。

夜過採石磯望太白祠作

謫仙祠宇在，絕壁俯江潯。同調齊高士，清風晉竹林。天空雲淡淡，夜靜月沉沉。誰是指衣者，悠然望古心。

又詠太白一首

天寶孽初芽，恬熙如久安。李侯肯念亂，托喻存詩篇。言之慮無補，獨見灼幾先。天爵能自貴，拂衣何翩翩。浮名與時榮，視之若埃塵。清風激百代，鄙事不敢論。志希果有立，悠悠安足陳。

江月

江月清可憐，淒淒復娟娟。流光映華薄，涵氣入疎煙。忽奏誰家笛，三更風露前。羇懷耿無寐，回望一悽然。

江上聞歌

滿酌清尊落照前，垂楊猶帶六朝煙。鄰舟聽唱江州曲，獨抱離愁向楚天。

屢阻

屢阻石尤風，因之覽化工。鳥飛山色里，魚戲柳陰中。臨水情何極，看雲興不窮。未須愁落日，祇畏酒樽空。

野戍

曠望不可極，南飛急暮鴉。嶺雲遙吐白，江月迥舒華。隔浦漁村小，轉堤帆影斜。言尋泊舟處，野戍起鳴笳。

孤店

江樹色參差，江光時隱見。無數亂鴉啼，斜日照孤店。

江村

背山臨水幾人家，水抱孤村山徑斜。短短疎籬圍綠樹，隔牆微露石榴花。

蘆洲

宿雨未全收，江幹少行跡。初月上遙岑，已映蘆洲白。

憶謝栢崖時栢崖為洞庭西山巡政廳

相從尊酒憶論文，合與西山鸞鶴群。消夏灣頭宜遊客，也堪呼作洞庭君。

暮雨

風急楚山秋，雲來暗江閣。孤舟暮雨時，誰唱瀟瀟曲。

即目

微雨灑芳甸，人煙遠村里。風吹蓼葉翻，忽見孤鳥起。

舟行遇順風志喜

連朝舟阻楚江東，悵望南湘路不窮。今日峭帆三百里，舉觴應酹快哉風。

潯陽

九派潯陽水，煙波思渺然。扁舟橫古渡，一鳥入遙天。淪落青衫客，浮沉錦字箋。琵琶商婦怨，吟望感前賢。

見早荷有感

陂澤居然見早荷，嬌如解語笑含波。花前孤緒從風引，江上愁心入暮多。露氣曖空涼欲墜，月光臨水豔相摩。遙思故里濱西滆，采采還曾發櫂歌。

江上

辭家遠作遊，蹤跡如飄蓬。那堪江上路，愁水又愁風。

客舟無事戲拈詠物舊題得姊妹花一首

比豔絕無別，待年如有差。並向雕闌列，可勝錦帳施。追歸遲日好，備媵小星宜。斟酌春風里，春風肯浪吹。

又得詠蜂一首

犯露先通訊，窺簾未放嬌。遊絲牽並繞，花氣遠相招。徑絕思能轉，香殘意肯消。拂憐敲玉指，飛趁賣餳簫。

初月二首

涼宵風露好，初月上遙天。臨水兩脈脈，映花已娟娟。纖影簾前度，清輝帳角懸。殷勤下階拜，心事向誰傳。

淡淡初三月，斜來小閣中。纖眉學初就，微步印難工。新賞詎已足，清歡未遽終。期君三五夕，露濕桂花叢。

蟬

碧樹棲身好，林園易夕陰。是誰將苦意，教汝作高吟。怨切邊城月，涼催秋夜砧。舉家清未得，羈客最關心。

舊井

公子惜銀牀，佳人倚新粧。昔邪生故徑，枯樹臥頹牆。已分斷行跡，何曾見墜瑠。可無憐舊意，惻惻向斜陽。

風

山雨欲來時，蕭條萬竹悲。夜屏庶燭影，曉幙問花枝。江上帆初緊，原頭草亂披。那堪戛簷馬，遠戍憶歸期。

霜

寂寞豐山夜，寒鐘乍動時。天高氣方肅，楓冷葉初辭。奔月姮娥寡，鳴弦素女悲。莫將遺事訴，防備泣花枝。

入漢川感舊

誰染輕雲作綺霞，滿川綠樹影交加。不離南國佳人夢，早別春風燕子家。予自春杪至京口，夢餘草中增詩十數首。此地從來饒古怨，所思遠道隔江花。他年竟署煙波叟，好入荆溪買釣槎。

舟泊青山泛口占

映徹疎簾碧水虛，青山相對泊船初。忽驚鳥散餘花落，可似南朝小謝居。

湖口

湖山兩輝映，景物共澄鮮。豔思憑花月，繁聲奏管弦。斜橋幽絕處，楊柳淡含煙。向夕涼風起，蕩舟歌採蓮。

橫塘曲

梁燕朝朝見，庭花夜夜開。如何同住橫塘里，不及鴛鴦捉對飛。相期採蓮人，並舟採蓮去。他人採蓮儂採子，阿誰識得儂心苦。儂心苦，儂自憐。⿰女包媧亦無匹，誰能笑獨眠。

息妃

明燭華燈高下光，恩承新渥寵專房。息妃不語看花日，已分將身讬楚王。

漢川即事偶成三首

長堤疎柳指輕橈，芳草斜陽滿漢皋。大國善鳴惟正則，遠遊著句即離騷。未能採藥師前哲，且自傾囊買濁醪。北渚那堪愁帝子，雲沙無際楚天高。

危檣燕子去還來，碧樹鶯聲斷復隨。細雨輕雲辭舊夢，美人香草入新詩。楚山窈窕愁煙里，江館玲瓏夕照時。正有涼風天未起，更看明月笛中吹。

自憐奇志負青霞，澤畔吟來感鬢華。論世敢譏鸚鵡賦，著書頗識昌黎家。入花影亂飛數蝶，繞樹聲多啼晚鴉。遊女荷裳愁露濕，榜人棹歌催月斜。

代簡寄周綺庭

綺庭昔從游，於我情特厚。一別二十年，音問亦間有。切切西河悲，應感離群久。聞之古達人，及時惟飲酒。盍為永日娛，攜琴命賓友。我行至南陽，難弟欣聚首。念子不能忘，時時在心口。未知能一來，更續古歡否。

憶質軒

路侯余所美，乃亦肯華余。歲宴得此友，前者或未如。廣文非厚祿，分貽慰饑劬。獻歲發春時，江波狎盟鷗。及夫餞春節，浩蕩行遠遊。君言別恐久，宜更一月留。此邦美山水，足以供雕搜。況直佳風日，花藥紛前除。觴酌亦時具，興盡無勸酬。各自率真性，古誼今有不。同調得宗秀，午生。朝夕常相於。論詩契唐彦，上可薄黄初。樂莫斯最樂，念離復躊躇。終當營所務，忍涕即長途。途長信難越，但問情親疏。情親路匪遥，襟抱期可抒。並砥日新志，時應寄一書。

月夜

人静漏聲遲，涼秋三五夕。徘徊孤月光，照見庭花發。

周延鴻和予息妃詩因復感成一首

故苑淒涼悵霸圖，野花零落滿平蕪。千秋那更傳心曲，投閣終憐莽大夫。昔人有以李陵之降匈奴、揚雄之仕新莽比於息嬀者。範質欠、周世宗一死，死固非易事歟。

歸舟得絶句一首

剩有斜陽上客舟，滿空秋色是新愁。那須更問銀河水，江漢無情萬古流。

卷三　拾零草

五月五日寄質軒答其往年五日贈行之作也

憶從山寺攜觴酌，擬共江頭放釣槎。萬古沉冤悲楚澤，一年消息到榴花。異鄉為客聞吹笛，空館相思詠折麻。自有聲華播遐邇，莫愁珠玉委泥沙。

汪寫園工部招飲月湖書院竟日用韻賦呈

講德徵前事，荀陳聚一堂。清言挹朝爽，高館納秋涼。幸此歡今雨，渾忘客異鄉。當湖好風月，玉笛夜琅琅。

次韻戲答呂幼心郡丞

客館逢君展素襟，已將詩笠換朝簪。招邀聽月聽月，酒樓名。虛傾耳，比擬看花別系心。『看花海月香』，郡丞句也。五夜芳情應未減，一江空水若為深。高談偏道新知好，我亦跫然喜足音。郡丞見贈詩中有『新知何必諱言深』之句。

次前韻寄謝幼心郡丞

已唱高言殫美襟，無妨群士慕斜簪。料量一局推能手，郡丞以題觀奕圖詩見示，故云。商訂千秋只此心。傲骨還應同石廋，閒情那便抵江深。陽春自昔憂難和，識曲須聽空外音。

天末

涼風向夕起，天末遙相思。相思苦長夜，達曙吟聲悲。孤英未蒙採，微波孰通辭。歲華行欲暮，淹留事多違。搖落今如此，芳心安所持。

春日雜感一首

芳華羅綺自相親，歲歲年年景色新。今日重過邀笛處，梅花零落不成春。杏花初報小園春，正是消寒九九辰。楊柳未經攀折苦，隄邊又放短條新。

題汪味根乘槎圖絶句二首

掛帆何許訪蓬壺，鑿空張騫事更虛。見説神仙多護短，不傳一卷劫前書。

蕩舟人獨佔年芳，瑶草琪花總異香。儀態幾曾師素女，肯隨阿母鬥明粧。

春暮偕徐禹耕錢叔和許日章過江氏園亭復至月湖書院訪汪寫園即事

美景城西路，招尋及暮春。垂楊宜拂水，好鳥欲親人。藤瘦緣危壁，花疎點近鄰。前途果幽約，更得訪知津。聽寫園談所歷山水之勝。

讀湯太夫人斷釵詩題後

詒謀忠孝結根同，砥節何嫌詠絮工。詎比曲收彤管句，傳家信有二南風。

淚斑斑只為思親，鬢影釵痕見性真。列女傳中增故實，零章不鬥玉臺新。

鄞江館中即事

三載淹鄞江，黽勉事傳述。師資本舊聞，誦詩兼讀易。勗哉希賢志，吾才豈云竭。況乃夙心違，將何比松栢。春華不足愛，去日等駒隙。惟應桐樹秋，瀟瀟聽夜滴。

古風疇與揖，晏坐同山林。謝遊堪養拙，亦慕跫然音。一欣固難期，歎息還彌襟。陳編時復展，獲我心所欽。棄置身後事，聊爾弦吾琴。

題溪樓延月圖應吴興奚榆樓屬

高高簾卷對遥天，露濕紅欄人未眠。水調歌成斜漢轉，依樓一樹起生煙。

倚檻臨風笛一枝，雕簷燕語夕陽時。溪頭月上徵前事，按譜間翻絶妙詞。詞人厲樊榭曾居此樓。月上，樊榭姬名。

晨起登祐聖觀閣晚歸寓齋感賦簡示方公子雲帆兼寄姚大令石甫

鐘鼎山林豈相伍，樹立何常各千古。文字知交非偶然，不隔關河況風雨。乘閒杖策登高樓，江天曠望開吟眸。我欲洗心語白鷗，惜哉濟海無方舟。奇服幼所好，老至將焉求。四明已作三年留，縱有妍唱誰為酬。階前碧梧自蕭颯，群鳥日夕徒啁啾。一遇殷勤洽清賞，佩萱頓爾銷煩憂。

明月

明月明如此，涼催白露晞。秋河不可即，烏鵲又驚飛。卜肆憑誰問，知音悵久違。祇憐青桂樹，應有故香歸。

涼思

何處滿涼思，階前蟋蟀鳴。哀音頻入聽，懶婦要曾驚。殘葉空庭下，孤燈永夜清。更聞鄰笛起，祇覺夢難成。

夜被酒寢不成寐起題

碧樹低枝拂短楹，堪憐越鳥盼巢成。已教旅思增吟思，況復蛩聲雜雨聲。檻外古香和夢斷，酒邊華髮共愁生。涼宵忍卻孤衾戀，不奈疎簾曙色明。

訪菊

訪菊過閒園，霜氣肅以勁。秋容不肯淡，哀柳亦相映。風林盡蕭條，暮色分遠近。延矚起遐思，何日遂幽屏。流泉倚杖聽，予志在無競。

過野寺見落花有感

野寺鮮人跡，垂楊自一村。心期誰共語，花事不須論。流水仍前渡，斜陽故小園。皈依向初地，親切問真源。

微波

微波讬意鎮相望，衹覺盈盈一水長。羡爾驚鴻好風格，臨池慣寫十三行。

西溪

慣引東風恨，楊枝葉葉齊。小橋流水漫，遠岫亂雲迷。春盡寒方減，花殘鳥自啼。日斜空悵望，不是為西溪。悵望西溪水，李義山句也。

千里

千里關河未是難，如花疑隔楚雲端。願為蛺蝶宜春困，欲採芙蓉慎夏寒。聞說高樓在西北，生憎明月上闌干。向來學作逃禪客，奥義楞伽卻懶看。

苦憶

高梧葉初下，微徑草猶芳。苦憶秦簫遠，愁聽楚雨涼。垂簾罨花影，展卷挹爐香。燕燕堂前見，飄流感異鄉。

涼秋

涼秋付與暮蟬吟，花外漁歌入古琴。美滿西風吹莫定，一灣流水繞楊林。

獨坐

獨向空階坐，蕭然風滿林。暑過新雨至，秋入亂蟲吟。東道誰相問，西歸倘嗣音。羈懷耿無寐，蓮漏夜沉沉。

江上

林塘一帶夕陽浮，簫鼓聲中起暮愁。江上清風誰是主，謝家團扇又經秋。若為舊約來青鳥，冉更新盟訂白鷗。越女紅裙竹枝曲，柳陰深駐森蘭舟。

憶別

秋色滿江城，流哀有雁聲。愛才寧異昔，憶別且多情。隱約簾波動，霏微夢雨成。迢迢千里思，愁對暮雲平。

即事

階前深落葉，病蝶亦多情。把酒微風度，卷簾新月生。孤燈鄉思切，遙夜角聲清。即事慙通隱，淹留何所成。

閲許生日章寄錢叔和詩余亦有作寄叔和兼慰許生離别之感 叔和，先友魯斯幼子也。

兩載同淹留，千絲越綱沉江頭。飽嘗瑤蛤味種種，翩然去矣生離憂。臨安許生於子厚，説子時時不去口。我今衰白無所為，此意淒涼愧先友。人生聚散安足論，天涯知己真此鄰。他日相逢期醉倒，十千一斗寧辭貧。

仲秋感懷

玉露被幽徑，生香發故枝。良時佳景色，客路方多岐。路岐且勿恤，願言祛所疑。緬思巖壑美，永懷貞秀姿。惟應赤松子，攀晤愜心期。

鏡里

鏡里芳華豈自持，好風吹夢到清池。漫將一首陳王賦，錯比唐人本事詩。

中秋望月

天際雲情展，鱗鱗豔不收。桐陰孤館寂，桂樹小庭幽。易得芳時恨，難為後日謀。嫦娥豈無悔，今古盡供愁。

江頭

意遲云在江頭，心許夫君第一流。但肯相思已銷恨，何須更駕木蘭舟。

秋柳絶句

煙月輕籠灞水橋，離情別恨總難銷。如何已竟哀蟬曲，依舊臨風鬥楚腰。

慈谿道中

勝地山容古，輕舟客思綿。林皋新霽後，樓閣夕陽邊。梵響流寒穀，漁歌入遠煙。忽驚沙雁起，嘹唳警愁眠。

臨安歸舟作

古寺閒門靜，寒林小徑幽。塵懷須盡滌，清境苦難留。我返荆溪棹，誰為建德遊。隔江聞玉笛，併作雨中愁。

古意

萬里歸來日，封侯事等閒。奉君一丸藥，為君駐好顏。

斜曛

吹笙樓上駐仙雲，誰是多情杜司勳。無賴春光似流水，一尊憐惜對斜曛。

江上

江上詩情豔晚霞，春風燕子不離家。那教好景匆匆過，孤負西園一樹花。

春日偶成

雨過堤楊碧，風來陌草薰。春情閑處覓，花色就中分。靜倚溪邊樹，遥看嶺上雲。鮮明皆可悦，羅綺自為群。

春遊曲

流蘇垂寶帳，蛺蝶畫羅衣。日斜花影亂，歸棹急如飛。

小雨

杏花開且落，碧草正芊芊。小雨天宜麥，芳時古禁煙。客尋南磵約，心會祖師禪。便欲淩風去，逍遥紀大年。

示午生麗江

共有千秋志，辛勤戒蚤成。相從破蕭瑟，高論薄時榮。花外斜陽淡，溪頭初月生。銅官好山色，蒼翠莫能名。

集外文

初月樓古文緒論 呂璜述

道光戊子，吳仲倫先生館於鄞。十二月，將返宜興，過杭，而璜遮留焉。住叢桂山房凡二十餘日，所親承口講指畫，恐其久而忘也，條記之如左。

一

作文立志要高。北宋大家，雖不可以不學；然志僅及此，則成就必小矣。史、漢及唐人，須常在意中也。

二

古文之體，忌小說，忌語録，忌詩話，忌時文，忌尺牘。此五者不去，非古文也。國初如汪堯峯文，非同時諸家所及，然詩話尺牘氣尚未去淨，至方望溪乃盡淨耳。詩賦字雖不可有，但當分別言之：如漢賦字句，何嘗不可用？六朝綺靡，乃不可也。正史字句，亦自可用；如世說新語等太雋者，則近乎小說矣。公牘字句，亦不可闌入者。此等處，辨之須細須審。

三

文章自當從艱難入手，卻不可有艱澀之態。

四

作文豈可廢雕琢？但須是清雕琢耳。功夫成就之後，信筆寫出，無一字一句吃力，卻無一字一句率易；清氣澄澈中，自然古雅有風神，乃是一家數也。

五

章有章法，句有句法，字有字法；到純熟後，縱筆所如，無非法者。

六

昌黎謂聲之長短高下皆宜，須善會之。有作一句不甚分明，必三句兩句乃明，而古雅者；亦有鍊數句為一句，乃覺簡古者。總之，不可不疏。

七

古文辭類纂其啟發後人，全在圈點。有連圈多，而題下只一圈兩圈者；有全無連圈，而題下乃三圈者；

正須從此領其妙處。末學不解此旨，好貪連圈； 而不知文品之高，乃在通篇之古淡，而不必有可圈之句； 知此，則於文思過半矣。

八

淡非淺薄之謂； 淺薄則人人能之，正為文所當戒者也。文章之道，剛柔相濟。史記及韓文，其兩三句一頓，似斷不斷之處極多； 要有灝氣潛行，雖陡峻亦寓緜邈，且自然恰好，所以為風神絕世也。

九

唐人以五律為四十賢人，不可一字帶屠沽氣。古文亦然，通篇容不得一字屠沽。然而，知此者鮮矣，能辨其是否屠沽亦不易矣！ 真作家所以少也。

十

『不受八家牢籠』，安得有此才分？ 但於八家範圍中有所以表異之處，如姚惜抱所云『尋求倡陳未盡之緒而引申之』，則途轍自正，各就其才，而可幾於成。

十一

戚鶴泉謂古文不可有古文氣，其說非也。前明多誤於此論，故自震川而外，鮮有成就者。

十二

姚子壽謂文忌爽，亦非也。孟子乃文章之最爽者；史記、戰國策亦然。西漢初年，文章之高，猶有周、秦氣，亦正以其爽耳。武帝以後，則文太做作矣。

十三

文章不可不放膽做。

十四

作文遇好題目，自易動人； 然此乃偶然湊手，非己所能主張。惟有相題行文，還他質而不俚，是能自主者。亦不必刻意求奇。往往通篇只可單點，卻是好文章，便可入集。若無可寄慨而必要感慨，無可援引而必要援引，反支離矣。

十五

不得已應酬之作，則入集時必去之。如震川集中，壽文已有可以不存者； 公牘而入於書中，亦少揀擇；小簡則尤不必入集也。

十六

上等之資從韓入，中資從柳、王二家入，庶幾文品可以峻，文筆可以古。人皆喜學歐、蘇，以其易肖，且免艱澀耳。然此兩家當於學成後，隨筆寫出，無不古雅，乃參之以博其趣，庶不流於率易。

十七

孟子文章無美不備。

十八

老、莊、列三子：老雖道其所道，而最精深；莊子亦超妙；列子較淺，恐是周、秦間人采一時小說，而稗販老、莊之旨以為之，其同於莊處，亦似從莊剽剟者。

十九

莊子文章最靈脫，而最妙於宕，讀之最有音節。姚惜抱評昌黎答李翊書，以為善學莊子，此意須會。能學莊子，則出筆甚自在。

二十

荀子文少變化其精者已為禮記所採矣。

二十一

諸子中，老子似經，其旨與吾儒異，無害也。荀子說理較醇，而文筆近於平。淮南排句亦多，卻有精彩。莫超於莊子，莫峭刻於韓非子矣。孫武子亦先秦之文，非漢人所及。列子義蘊稍淺，亦先秦之文也。

二十二

史記、兩漢、三國、五代史皆事與文並美者；其餘諸史，備稽考而已，文章不足觀也。

二十三

史記如海，無所不包，亦無所不有；古文大家，未有不得力於此書者；正須極意探討。韓文擬之，如江河耳。

二十四

古來善用疏，莫如史記。後之善學者，莫如昌黎。看韓文濃鬱處皆能疏，柳州則有不能疏者。

二十五

史記未嘗不罵世，卻無一字纖刻。柳文如宋清傳、蝜蝂傳等篇，未免小說氣，故姚惜抱於諸傳中只選郭橐駝一篇也。所謂小說氣，不專在字句。有字句古雅，而用意太纖太刻，則亦近小說。看昌黎毛穎傳，直是大文章。

二十六

史記諸表序，筆筆有唱歎，筆筆是豎的；歐陽文有一唱三歎者，多是橫闊的。

二十七

範蔚宗自謂『體大思精，而無事外遠致』，誠哉是言。事外遠致，史記處處有之；能繼之者，五代史也，震川文也。

二十八

史記於左傳長篇，只用一二語敘過，正是其妙處。須知質而不俚，只是敘此等如道家常，所以高耳。

二十九

漢文近於平。如劉子政，則較之董江都為不平矣。

三十

班孟堅學劉子政而文不同。後漢書之筆太松，當下班書兩等。

三十一

三國志得龍門之簡，以史法論，勝於後漢書。裴松之補注，有近於小說而亦收之者。須知此等書亦陳承祚所見，而不採取，所以為簡要也。

三十二

李習之謂昌黎文如他人疾書之，寫誦之，此是何等音節；昌黎品第，當在班孟堅之上。

三十三

柳州碑誌中，其少作尚沿六朝餘習，多東漢字句，而風骨未超，此不可學。貶謫後之文，則篇篇古雅，而短篇尤妙，蓋得力於檀弓、左、國最深；平淮西雅與昌黎平淮西碑亦相埒。

三十四

古人文章，似不輕意；而未落筆之先，必經營慘淡。如永叔與尹師魯書直似道家常，若不先有一番琢鍊，何以能如此古雅？

三十五

老泉嘉祐集存文不多，卻篇篇可傳。

三十六

蘇長公晚年之作，有隨筆寫出，不待安排，而自然超妙者。非天資高絕，不能學之。其少年之作，滔滔數千言，才氣真不可及，然精義究不能多。若賈長沙之長篇，則事理本多，所以不可刪節。長公文只論一事，而波瀾層出，故間有可節處。

三十七

古來博洽而不為積書所累者，莫如王介甫。渠作文直不屑用前人一字，此所以高。其削盡膚庸，一氣轉摺處，最當玩。

三十八

穎濱在八家中自覺稍弱；然自渠以後，至震川未出以前，無此作也。

三十九

歐之大碑版，不善學之，易於平，易於散。

四十

八家之外，李習之尚可參，其氣習自好也。孫可之則有暴氣，亦未能自然，究非正宗；看王介甫便高過之遠甚。姚牧菴力掃南宋，而學韓尚太吃力。

四十一

虞道園筆太遊衍，較之宋潛溪稍淨，而文品不甚相懸。王遵巖文少靈氣，然自正派，虞道園正與之相伯仲耳。明七子文，句句欲古峭，而不知運以灝氣，往往至於不可讀，乃荊棘叢也。

四十二

歸震川直接八家。姚惜抱謂其於不要緊之題，說不要緊之語，卻自風韻疏淡，是於太史公深有會處，不可不知此旨。如張鱸江所賞諸篇，不過歐、曾勝處而已。有寥寥短章一一逼真史記者，乃其最高淡之處也。

四十三

汪堯峯文氣息好，在國初諸老中，自屬第一；但少嚴峻遒拔，如游池沼江湖而不見壁岸，未能與北宋名家抗行。

四十四

朱竹垞頗能擺落浙派，敍事文較議論為優，但少風韻耳。姜湛園則更漫衍。

四十五

黄梨洲氣岸自闊，而文中乃多不揀擇之語，法亦尚疏。

四十六

邱邦士文有質味，同時諸子罕有能似其質者。

四十七

侯朝宗天資雅近大蘇，惜其文不講法度，且多唐人小説氣。

四十八

魏叔子文之大病痛，在好做段落，狠其容，亢其氣，硬斷硬接，議論文尤多此種。邵青門亦有此病，而又甚之。

四十九

本朝時文，如李榕村入理深，而氣格亦高，至古文便全不合法。如儲同人及畫山諸公，皆時文勝古文者。王罕皆古文，亦不唐不宋不六朝，不似古人；方朴山亦然。前明人古文又是一種，讀一篇了，不知其命意所在。如唐荆川、茅鹿門時文之高，幾足與古人同其品第，作古文則語不揀擇，而法亦不合。

五十

方望溪直接震川矣，然謹嚴而少妙遠之趣；如人家房屋，門廳院落廂廚，無一不備，但不見書齋别業，若園亭池沼，尤不可得也。

五十一

劉海峯文最講昔節，有絶好之篇；其摹諸子而有痕迹者，非上乘也。

五十二

姚惜抱享年之高，略如海峯，而好學不倦，遠出海峯之上，故當代罕有倫比。揀擇之功，雖上繼望溪；而迂回蕩漾，餘味曲包，又望溪之所無也。敍事文，惲子居亦能簡，然不如惜抱之韻矣。

五十三

張臯文惜不永年，故摹古之痕尚不盡化，然淳雅無有能及之者；早年雖講漢學，而仍不薄程、朱，所以入理深也。

五十四

惲子居文多縱橫氣，又多徑直說下處；不善學之，便易矜心作意，而氣不和。其續集氣息較好，筆力又不逮前集矣。惟作銘詞古質不可及。文章說理不盡醇，故易見鋒鍔。子居自命似欲獨開生面，然老泉已有此種，不可謂遂能出八家範圍也；但不可謂其學老泉耳。老泉變化離合處，非子居所能。

五十五

朱梅厓文境文體，與方望溪不相入；學韓而專學其詰曲處，此非善學也。昌黎本文從宇順，妙極自然；今人無其根柢，乃只見怪怪奇奇耳。然梅厓集中，書一體最佳，有可傳者。

五十六

王惕甫文有不講法度者，只不肯淡，便是其病；從選學入，然於選亦不甚深也。

五十七

秦小峴文未脫詩話氣，條達之文則有之。

五十八

袁簡齋文不如其小說，然小說亦不到古人佳處。

五十九

張鱸江文雖少蒼古，然取道甚正，王惕甫不及也。

六十

魯賓之文，清而能瘦，其氣亦疏，可以卓然有成者，惜不永年。惕甫評其文云：『皮殼未去。』此言不確。如惕甫之文，乃正嫌其皮殼多而無骨耳。賓之文亦遠出惕甫上。

右若干條，皆先生就瑝所問而答者。瑝退，以片紙書之；先生別去，乃稍比次而書於冊。他日以告先生。先生曰：『此不可以示人也。凡論人論事，必本末具，乃可筆於書而無遺議。此等或舍大而專言其細，或舉偏而不見其全；不量餘者，將以為口實焉。』瑝不敢忘，而並識於此。

初月樓論書隨筆

一

十年前見楊少師書，了不知其佳處何在。近習步虛辭數十過，乃知後來蘇、黃、米、董諸公，無不仿佛其意度者。黃涪翁比之『散翁入聖』，可稱妙喻。然涪翁又云：『今人見楊少師書，口是而腹非也。』在宋已然，何況今日。然余既已深知而篤好之，即以此當出世法矣。

二

山谷論書，於晉人後推顏魯公、楊少師，謂可仿佛大令，此言非也。魯公書結字用河南法，而加以縱逸，固是大令筆。少師筆意直接右軍，而不留一跡，董華亭謂其古淡非唐人所及，可稱篤論。

三

董華亭云：『今人眼目為吳興所遮障。』蓋勝國時萬曆以前書家，如祝希哲、文徵仲之徒，皆是吳興入室弟子，徵仲晚年學山谷，便一步不敢移動，正苦被吳興籠罩耳。希哲狂草，雖云出自伯高、藏真，而略無遠韻，但可驚諸凡夫。華亭出而明之書法一變矣。

四

永興書渾厚，北海則以頓挫見長，雖本原同出大令，而門戶迥別。趙集賢欲以永興筆書北海體，遂致兩失。集賢臨智永千文，乃是當行，可十得六七矣。

五

本朝書家，薑湛園最為娟秀，近時劉諸城醇厚，有六朝人遺意，但未縱逸耳。香泉、天□瓶當時並負盛名，而凡骨未換，較之明季孫文階、倪文正諸公不逮遠矣。

六

余友錢魯斯以書名海內四十餘年。初學董香光，繼學李北海，後乃出入顏清臣、蘇子瞻、黃魯直，能掃盡世俗謬種流傳見解，可謂書之豪傑。惜其未參褚河南、楊少師筆意，氣息稍粗。而有時肌理細膩，則又涉於凡豔，書品不無小減耳。然沉著痛快，固是一時無兩。

七

魯斯嘗謂余云：『作書草率最難。』余初不解其說，後學懷素小千文，略得草率之意。學右軍十七帖，則又不見所謂草率者，於魯斯之說，仍不能無疑。近學楊景度步虛詞，乃知草率者，細淨之至也。恨不能起魯斯而一問之耳。

八

十年前余在揚州與安吴包慎伯論書，慎伯不喜平原坐位帖，而余極好之。然余學書在慎伯後，未敢與之爭。近慎伯來陽羨，與余復相見，論書亦推服顔行，自悔前言之失，示余以所著述書一篇，妙論層出，予所見能書之士，未有若慎伯之通識也。惟於魯斯多微□詞，且不無過當語，倘所謂責備賢者之意耶！

九

慎伯論書，於唐人後推東坡、思白二家。其言以為東坡雄逸，思白簡淡，非餘子所及。此見極與余合。慎伯又云：『學蘇須汰其爛漫，學董須避其刁疏。汰爛漫則雄逸始顯，避刁疏則簡淡乃真。』斯固然矣。予謂爛漫、刁疏在彼二家，病處亦覺其妍，但恐學者未得其妍，先受其病，不可不知耳。

十

人於鄉先輩不能無私，魯斯愛惲南田書，謂其意趣勝香光，自成過論。南田所用只是河南一家法，香光能集會稽、平原、少師諸家之長，決非南田所及。近見王石穀書，淳古似楊忠滑，而不以書名，想亦為畫所掩耶。

十一

慎伯謂自柳少師後，遂無有能作小楷者，論亦過高。米海嶽九歌、趙松雪黄庭内景經，皆能不失六朝人遺法，但其他書不能稱是，遂為識者所輕。文徵仲黄庭經亦與右軍原書酷似，但恨用筆太工巧耳。

十二

惲南田雲：『褚、米一家書，學米先須從褚入。』余謂學褚有得，自可不須學米。米小行□楷書固出於登善，亦只哀冊一種耳。若枯樹賦、公孫宏傳贊，蕭淡之筆，海嶽終身不解也。東坡金山詩出入河南、少師、平原，真有淡不可收之妙，非海岳嬋娟羅綺之比。慎伯謂宋賢惟東坡具神解，斯言得之矣。

十三

明人中學魯公者，無過倪文正。學少師者，無過董文敏，作者雖多，兩雄為最矣。為二公開先者，其惟楊忠愍乎？董香光論書盛推米海岳，海嶽行草力追大令、文皇，以馳騁自喜，而不能掩其怒張之習。香光平淡，似為勝之。近時諸城學香光而益加遒厚，然略不肯馳騁，遂極詆海嶽。書家所見不同如此，孰為正其是非耶？

十四

米元章云：『草書不入晉人格轍，徒成下品。』此論極是。然唐人草書，無不學大令者。□大憐狂草，盡變右軍之法而獨辟門戶，縱橫揮霍，不主故常。姚刑部姬傳謂：『如祖師禪，入佛入魔，無所不可。』可稱妙論。余謂大令草書，雖極力奔放，而仍不失清遠之韻。伯高、藏真筆力雖雄，清韻已失，學之者愈似而愈離。黃涪翁所云：『高閑以下，但可張之酒肆也。』□元章力追大令，而就其合作，僅堪與孫虔禮抗衡，以為入晉人之室，則猶未耳。

十五

董香光云：『學柳誠懸小楷書，方知古人用筆古淡之法。』孫退谷侍郎謂董公娟秀，終囿於右軍，未若柳之脫然能離。予謂柳書佳處被退穀一語道盡，但『娟秀』二字未足以概香光。孫虔禮書譜云：『不激不厲，而風規自遠。』此香光之所以得宗於右軍也。

十六

韓退之石鼓歌云：『羲之俗書逞姿媚。』書家之病，昔人論之詳矣。退之性不喜書，固未知右軍書法之妙。且意欲推高古篆，乃故作此抑揚之語耳。後人誤看，遂若右軍之書真逞姿媚，而欲以吳興直接右軍，非惟不知右軍之書，亦並未解昌黎詩意矣。孫退谷以華亭娟秀，謂囿於右軍，已非篤論，況欲以吳興姿媚當之耶！

十七

劉諸城云：『松雪自當為一大宗，既或未厭人意，然究無以易之。』此就元人而論，謂鮮於、康里諸公皆非松雪之匹耳。若以辭害意，而欲遂以松雪嗣統二王，豈以諸城之智而出此耶？

十八

李西臺肥而俗，僅勝周越耳。其時蔡、蘇未出，遂擅書名。東坡筆力雄放，逸氣橫霄，故肥而不俗。要知坡公文章氣節，事事皆為第一流。餘事作書，便有俯視一切之概，動於天然而不自知。吳匏庵亦步亦趨，尚未足以語於離形得似之妙也。

十九

余見坡公法書，定以金山詩為最，蓋公書務顯筆力，亦恨太盡耳。然學未到沉著痛快地位，而遽求含蓄，雖日習右軍之書，亦只如優孟之似孫叔敖而已，竟何益哉？

二十

昔人評歐陽率更書如金剛努目，大士揮拳；虞永興能中更能，妙中更妙。二家之書，余實未敢定其優劣。涿鹿馮銓謂虞則內含剛柔，歐則外露筋骨，君子藏器，以虞為優。此言非也。歐亦剛柔內含，學歐而不得其筆，乃有露骨之病；學虞而不得其筆，又豈無肉重之失耶？

二十一

慎伯謂平原祭侄稿更勝坐位帖，論亦有理。坐位帖尚帶矜怒之氣，祭侄稿有柔思焉。藏憤激於悲痛之中，所謂言哀已歎者也。

二十二

張司寇書名最烜赫，其筆力沈鷙，洵足追步香光，而氣韻遠不逮矣。姜湛園、何義門氣韻與香光為近，而筆力又不足以副之，甚矣斯事之難也。

二十三

東坡自云：『余書盡意作之似蔡君謨，稍放似楊風子。』東坡於少師，神似非形似，觀其筆勢，殆可伯仲。君謨學平原而出以恬和，和能入雅，恬亦近俗，較之東坡殊為遜矣。

二十四

學楊少師書，如讀周、秦諸子，乍看若散漫無紀，細玩卻自有條理可尋。於詩則陶靖節也。王右軍如史記之文，變化皆行於自然。其於詩則無名氏之十九首也。

二十五

董思翁云：『作字須求熟中生。』此語度盡金針矣。山谷生中熟，東坡熟中生，君謨、元章亦尚有生趣。趙松雪一味純熟，遂成俗派，惟黄庭内景經生意迥出，絕不類松雪書，而世亦無問津者。

二十六

松雪行書以天冠山為最，北海肖子也。世人豔稱民瞻十劄已屬次乘，梅花詩則自鄶無譏矣。

二十七

吾鄉蔣盤初先生書，兼用永興、河南法，品格最近蔡端明。草書學藏真而少加收斂，位置當在祝希哲上。吳大來以平原為宗，書特蒼鬱。曹湛思稍嫌單薄，而意趣頗似楊少師，如陽羡茶，味雖不濃而色香殊勝。

二十八

戲鴻堂所收玉潤帖，當是元章贋作。香光中歲於元章書有偏嗜，故往往為所蒙蔽。而諸家石刻所收晉、唐人名跡，亦惟元章贋本為多。

二十九

明自嘉靖以後，士夫書無不可觀，以不習俗書故也。張果亭、王覺斯人品頽喪，而作字居然有北宋大家之風，豈得以其人而廢之？

三十

李懷琳絕交書草法出於大令，而未得其筆。鮮於太常小楷亦娟秀不俗，行草學懷琳而彌不逮。然太常在當時已擅盛名，學如牛毛，成如麟角，詎不信歟！

三十一

唐人之書法嚴而力果，然韻趣小減矣。予謂二莊以後，趣莫深於少師，韻莫勝於東坡，可以補唐人所未足。

三十二

山谷小行書自佳，蓋亦從平原、少師兩家得力，故足與坡公相輔。大字學瘞鶴銘，骨體峭快而過於豪放，亦成一種習氣。學者貴於慎取，不可遂為古人所欺。

三十三

余年三十餘始留意書學，即好東坡、思白二家，然苦無入處。學淳化閣帖，愛大令、文皇之馳騁自得，而益迷其源。自是汜濫於唐、宋、元、明諸家十有餘年，而私心所好仍在東坡、思白。世人賤近貴遠，以時代判優劣，輒卑視二家。而卑無高論者，則又以趙松雪為羲皇上人而已。近聞慎伯之論，予所信益堅。慎伯又導余學楊少師步虛詞，日習一過，覺於蘇、董二家意趣，時有所會，直不知手之舞之，足之蹈之也。

三十四

近人之書，劉諸城渾厚醇實，自足名家，而仁和蔣山堂古秀在骨，幾欲突過諸城。山堂作書如以墨汁傾紙上，又時似枯藤之掛壁，思翁暮年神境也。世人於筆法、墨法皆所不講，而務求勻稱，見此等妙跡，鮮不嗤怪。有志之士所以窮老盡氣於荒江老屋中，惟求有以自信，而不肯輕為人應酬筆墨也。

三十五

十數年前見吾鄉吳味泉書，輒愛玩不能釋手，以其熟於二王草法也。近覺其有不足處，蓋行筆學平原，而未能透露香色，反不若湛、斯。

三十六

學趙松雪不得真跡，斷無從下手。即有真跡臨摹，亦須先植根柢。昔之學趙者無過祝希哲、文徵仲，希哲根柢在河南、北海二家，徵仲根柢在歐陽渤海。此如學六朝駢儷文，須先讀得漢書也。豈惟松雪不可驟學，即學元章、思白，亦易染輕綺之習。魯斯嘗云：『不學唐人，終無立腳處。』誠哉斯言！

三十七

書家貴下筆老重，所以救輕靡之病也。然一味蒼辣，又是因藥發病，要使秀處如鐵，嫩處如金，方為用筆之妙。臻斯境者，董思翁尚須暮年，而可易言之耶！余學書幾二十年，所曆者皆世人嗤笑唾棄之境，而又不肯安於小成，故數數從業，至今日乃覺有悟入處，倘亦禪家所謂『漸修頓證』之候乎？然質既駑弱，功力尚淺，能知之而不能至之。而二、三同志，年齒後於余者，以予為識途之馬，相從講論。異時必有造其極者，然後以余言證所得，而信其不誣，則余二十年來所費日力不為虛枉矣。

予昔家居作此，初脫稿，為門人程子香取去，裝成長卷。其後薛畫水太守見而欲得之，子香不肯，與別録楷書一本贈焉。今藏於畫水之如執燭齋者，子香遺墨也。子香卒後，予手稿不知為何人所得矣。道光辛卯，在四明館中理舊篋，得門人康康侯為予所録本，復自書一過。追思往事，忽忽十有餘年，而予以臂痛廢學，亦且十年。年愈增，歲月愈促，老大無成，彌用自愧而已。

附録

初月樓文鈔序

康兆晉

吾師吳仲倫先生以古文名天下，幾三十年矣。先生所自喜在敍事，文字簡嚴變化，幾欲上接馬、班，承祚而下，不足多也。而雜著及書、序、記之文猶自謂不逮震川、望溪，蓋先生性不欲多上人，故每自抑損如此。兆晉以先生所著聞見録授梓，因請並梓文集。先生抑不許，請至數四而後許焉。先生之文，置之唐宋元明諸家中可伯仲於誰氏，世固不乏知言之選能第而決之者矣，豈兆晉區區一人之私，敢臆度為說哉？

道光三年四月受業康兆晉謹序。

録自道光三年版初月樓文鈔。

初月樓文鈔序

郭傳璞

桐城方望溪以古文法授劉才甫，才甫授姚姬傳，姬傳授四大弟子，益盛且遠。獨張皋文與吾吳仲倫師於姚在師友間，師名位不顯，然同時如惲子居、陸祁孫、呂月滄、周芸皋輩莫不拱手推重。蓋方以精潔勝，劉以奇宕勝，姚以渾雅勝，而師以幽敻窅渺之思造淵曠空濛之境，平者使曲，垂者使縮，誠不知其視子長、退之奚若，要之為桐城正宗無疑也。湘鄉曾文正公墨守桐城，一再稱之。於是天下莫不知有宜興吳氏矣。

師著有初月樓文鈔十卷，續鈔八卷，原刻兵後絕少。丁丑客京師，吳縣潘斆廷丈屬為別購。不可得，因以舊本繕寫，逾年始竣。又繕聞見録續録各十卷。將郵寄潘丈，取眡多譌奪，遂庋梔中。去秋老友張菊齡孝廉見而愛之，許為重鋟，予畀以原本。今冬自武林歸，菊齡以訖工告，且原本譌奪，釐正十九。是則嘉惠後學之功甚溥，不特慰吾師於泉下也。若夫聞見録之重鋟姑待諸異日云。

光緒壬午冬十有二月祀竈日，鄞郭傳璞謹序。

録自光緒九年版初月樓四種。

注釋初月樓四種弁言

張壽榮

桐城家古文，惜抱而後不概見。宜興吴氏亦姚氏一大弟子。予適得其初月樓正續文鈔，合以詩鈔，並古文緒論，與其門下程子香文，凡四種，都為二十五卷。授諸剞劂，庶言桐城家古文者有取資焉。夫文莫醕於桐城，亦莫正於桐城。學者誠於此為初徑之導，進而求諸唐宋史漢，以冀至於古作者復何難哉，復何難哉！

光緒壬午塗月廿有七日立春節，鎮海張壽榮識。

録自光緒九年版初月樓四種。

初月樓文續鈔序

吴敬承

仲倫先生近著八卷，敬承讀之而有思於易之道也。夫盈天地之間皆易，易非聖人不能作，然人苟無得乎易，其所為文縱殫心畢智以營之，舉不克造於至極之境。先生是編變化出沒，不可以一端。擬其陰陽不測，神而明之之謂乎！然其歸率本庸言庸行，不越夫常法，非又效法成象易知易從者乎！自古通變之文莫神於莊列，體道之文莫醇於董子，然二者之長恒不能備兼，兼三子之長者孟韓而外毋多得也。

敬承於先生，亦豈敢遽推之莊、列、董子之上，然得其神而不襲其形。體孟韓而得其微意者，謂非先生之所獨至與，而世之以跡象相求者，或且以為過於隘焉，或且以為近於凡焉。夫隘者窒而不通，凡者無當於道。先生之文篇幅似隘而實變化無窮也，言論似凡而要皆倫常之體用也。彼以冗長為大、以險怪為奇者，視此不皆膚末哉？而尚何凡與隘之足言哉？若乃文不盡言，言不盡意，如深山鼓琴，聞其聲而末由逐其跡，則又在讀者之自得之矣。

族弟敬承謹序。

錄自道光十六年版初月樓文續鈔。

澤畔微吟跋

陸與喬

右澤畔微吟一卷，吾師吴仲倫先生著。先生足不接歌舞綺羅之場，顧好為南朝輕豔之制，用意良不可測，豈所謂『發乎情，止乎禮義？』詩之為教，固然耶。觀者弗以韓偓香奩視之則得矣。

受業陸與喬謹識。

錄自道光三年版初月樓詩鈔。

題吴仲倫夢餘涉江二草時舟發姚江在山陰道中作

陳用光

探囊皆古錦，觸手盡名花。楚調絕凡響，唐音成一家。姚江吟淡月，瓊想發孤槎。海上移情曲，成連詎足誇。

老矣嬋娟影，璿閨未許登。行經浣紗處，誰更苧蘿矜。贈鏡羞同照，援琴敢獨承。真靈圖位業，捧袂嘉吾曾。

新城陳用光石士

錄自道光三年版初月樓文詩鈔。

永嘉舟中讀初月樓詩意有所觸得絕句四首

袁廷璜

篷窗一卷鎮相親，瑤想瓊思別有神。不為芙蓉涉江水，欲搴芳草贈靈均。

靈源到海幾迷津，誰最長年識苦辛。貪食胡麻侭留戀，桃花容易誤漁人。

天巧人工各盡妍，暮雲卷雨態娟娟。誰從縹緲巫峰外，恍遇靈妃一粲然。

近翫情怡耳目娛，豈知欲界有仙都。看山也愛奇峰好，絕壑何緣屐齒無。

江甯袁廷璜鶴潭

錄自道光三年版初月樓文詩鈔。

初月樓詩鈔跋

張壽榮

初月樓詩鈔四卷，亦康氏原編中所刊列，其緣起存棄及諸家題評，吳氏自述中詳之矣。予初疑子固能文未必能詩，今讀之覺清麗芊綿，風雅獨勝，而古體中尤有渾浩樸茂之概。信乎甘苦所曆，有得者之言也。爰為釐正字體仍附梓焉。

光緒壬午三月八日壽榮識。

錄自光緒九年版初月樓四種。

初月樓古文緒論跋三則

其一

陳增

粵西呂月滄郡丞嗜古文辭，嘗師事仲倫先生而得其旨，以親炙緒論，手纂成編。增雅慕先生之文，與先生之論文，而不獲一見先生，因録而藏之行篋，時尋繹焉。丁酉春，增客海昌，晤先生於學博錢君警石之齋，相見歡然，因出所藏以質之。先生曰：『月滄可謂好學也已。』遂加校正，以貽警石。會州人蔣茂才有叢書之刻，願附梓以廣其傳，俾後之覽者知先生師古之心，與月滄師先生師古之心，並警石愛先生及月滄所以師古人文者，亟以示後之學為古人文者之心，一如先生愛月滄之心；蔣君之意，蓋可以忽乎哉？

山陰陳增跋。

其二

錢泰吉

仲倫先生初月樓文稿，於古人法度無不合；而其深造獨得，實未有所依傍也。然先生論文必曰：『吾嘗得之張編修、姚刑部云然。』其不忘師友之言蓋如此。桂林呂月滄郡丞篤嗜古文辭，迨見先生，而體格一變。今從山陰陳君厚齋得郡丞所録先生緒論，蓋師先生之文以為文，即師先生不忘師友之心以為心也。蔣生沐茂才方刻叢書，願以此卷傳示學者。先生尚有文評三種，他日當副墨以贈生沐。俾學者知從入之途不可不慎，且知先生論文宗旨與古人無不合，而其言則深造獨得之言，豈嘗襲古人所已言哉？

道光丁酉首夏嘉禾甘泉鄉人錢泰吉跋。

其三

盛宣懷

右初月樓論文論書二卷，國朝吳德旋撰。按，德旋字仲倫，宜興人。幼有神童之稱。既長，以廩貢生入都，三試不售。絕意舉業，攻古文，宗韓退之氏，一主於法。時姚鼐方為海內文宗，學者翕然稱桐城，仲倫亦步趨之。然仲倫實有志聖賢之學，既不為世用，特托於文，以為養心之助。嘗與同里路應廷書云：『德旋於朱子、河東、姚江諸大儒之書，亦嘗博觀而詳考之；顧自以心雜不專，不敢遂名其學。昔人有云：「一自命為文士，便不足觀。」殫一生之心力，而求為不足觀之人，而猶未必得，可為浩歎！』應廷得其書，三復諷誦，以為有道之言，非文人所能托也。此古文緒論，桂林呂月滄所録；論書隨筆，門人康康侯所録；海甯蔣光煦刻入別下齋叢書。余喜其論文論書足為後學津逮，有名理，無高論，近世學者當知之。

宣統庚戌十二月武進盛宣懷跋。

録自舒蕪校點常州先哲遺書本，人民文學出版社一九五九年版。

吳仲倫先生墓誌銘

姚椿

宜興有獨行篤學之君子曰吳德旋，字仲倫。當乾隆季年已以文學服海內，迨後數十年而其志不衰。抑或有訾其文與學者，而卒不敢議其行。豈非其志之立有以置其行與學於克久者與？

君世居宜興北渠里口，世祖中行明世以直諫張居正多情事，名在天下。君幼時見袁枚所論先世事，即作文駁之。踰冠，以縣學生游京師，與同郡張惠言友，及四方諸聞人相切劘。遊四年歸，用客授以養給。自嘉慶九年以祿不逮養遂棄科舉業，專志於學，而遊道日以廣。年幾四十請益於桐城姚先生鼐，先生以為善學韓文。君由是一意宗桐城學。當是時，言考據者遍海內，文字又皆以淩厲為高，君涵濡醞含，斟酌損益，欲使規格不戾乎古，以力與俗抗。氣孤勢單，眾譁且笑，既久而翕然無間言。君以孤童支衰緒，凡義所應為者俱不敢後。自少時已肩分輯宜興東皋草堂之支祠，為學宗宋儒，而絕不欲以講學名友人。人或謂其以古六藝之旨導後進，輒遜謝不敢當，以為謹能知古今人文章所自為之意而已，至自為則輒不逮所能知十之六七；又言：『人但當以畸士目我，率吾性所近，謂可希淵明萬一。昔陸子靜謂淵明、李杜皆有志於求道，故以吾為求道之士則不敢固辭，若謂道積於躬而足以供人之求，則斯世則自有其人，而德旋固去之甚遠也。』識者以為知言。

君卒於道光二十年九月，年七十四。子二：長謹，縣學生。次盈嘉。君從游王國棟以謹狀來請銘予。初聞君於宋先生大樽，繼而識君於莊舍人仲方所。會呂郡丞璜問古文義法於予，予將遠行，乃以君對。其後璜與君遊甚歡，迨葬也璜已先卒，予乃為銘。君著書甚具，交遊甚廣，而予皆不載，以為是不足以銘君也。銘曰：

晚周而降，文與道分至。本朝方氏乃始欲合其統緒，而論者猶復紛紜。君生於今，勢如救焚，不顧其力之不及，顧欲仰乎皇墳。嗚呼，仲倫生今之世而以古人自處，庶幾乎絶倫而超群，後之來者或且免述此意，而以免綿延延乎無垠，我豈能言夙者知君，後有傑士興起斯文。

録自姚椿晚學齋文集卷八。